大卫·科波菲尔 上

（英）查尔斯·狄更斯 ◎ 著　浮菱 ◎ 译

| 全本无删减 | 名师批注 | 无障碍阅读 | 有声伴读 | 原创手绘 |

北方妇女儿童出版社

版权所有 侵权必究

图书在版编目（CIP）数据

大卫·科波菲尔 /(英) 查尔斯·狄更斯著；浮菱译. -- 长春：北方妇女儿童出版社，2021.1
(悦享丛书)
ISBN 978-7-5585-5232-8

Ⅰ.①大… Ⅱ.①查… ②浮… Ⅲ.①长篇小说—英国—近代 Ⅳ.①I561.44

中国版本图书馆CIP数据核字(2021)第004028号

大卫·科波菲尔
DAWEI KEBOFEIER

出 版 人	师晓晖
责任编辑	李　媛
装帧设计	旧雨出版
开　　本	787 mm×1092 mm　1/16
印　　张	41.5
字　　数	960千字
版　　次	2021年1月第1版
印　　次	2023年1月第1次印刷
印　　刷	北京市兴怀印刷厂
出　　版	北方妇女儿童出版社
发　　行	北方妇女儿童出版社
地　　址	长春市福祉大路5788号
电　　话	总编办：0431-81629600

定　　价	103.80元

前言
Preface

德国诗人歌德说过:"读一本好书,就等于和一位高尚的人对话。"阅读中外文学名著,简直就是在和一位文学大师对话。他们创作的名著,纵贯古今,横跨中外,大浪淘沙,沙里淘金,成为全人类共同的宝贵财富。

名著是历史的回音壁,是自然的旅行册。它可以拉近古今的距离:我们阅读名著可以探访在时间长河中和我们擦肩而过的人,看看他们怎样面对生活。它可以缩短地域间的距离:我们阅读名著便可足不出户而卧游千山万水,体察各地的风土人情。

名著是全人类智慧的结晶,那里面充满了智者的箴言。谁读了《论语》《老子》,不觉得是大师们站在人类思想的巅峰上,为我们播撒智慧的种子?我们阅读他们的书,就是站在巨人的肩膀上俯瞰世界。

名著是人类感情的储藏室,是传承文明的火炬手。它们展示着人类审视、确认、表现自身情感的过程,表现出一种摆脱生活的琐杂而趋向美与高尚的努力,其深厚的底蕴总是能够在我们的生活中唤起这种寓于诗意的情怀,因而具有永恒的魅力。

名著是真、善、美的化身,是人类生活中难得的一片净土。大师们在炼狱中心灵首先得到了净化,他们的作品无处不放射着高尚的光辉。在紧张而浮躁的社会中,我们的心灵有时会由于四处奔波而疲惫,由于过于好斗而阴暗,这时阅读名著能使我们变得宁静而高尚,在阅读的过程中抚慰心灵的创痕,涤荡心灵的浮尘。

本套丛书有《红楼梦》《水浒传》等中国传统名著，还有《钢铁是怎样炼成的》《格林童话》等国外经典名著。可以带领学生领略中外人文差异，徜徉思想之海，探索文字奥秘。编者在编制本套丛书时，本着学生的认知层面和生活经验，对原著进行了全方位的解读。每一章节前加上了"精彩导读"，帮助他们获取本章的大致内容，增强总结能力；同时，在每一章的大量文段中选取了优美的词句，有精彩解读，帮助他们理解作者的情感变化、写作手法等，提升他们的写作技巧；在章节后有"精彩点拨"，总结中心思想，剖析艺术手法，加深他们的阅读印象；还有"阅读积累"，拓展了他们的知识层面。

相信广大学子们读完这套为他们精心打造的丛书后一定能开阔眼界，增加智慧，健全人格，铸就人生的新境界！

编　者

查尔斯·狄更斯（1812年2月7日—1870年6月9日），19世纪英国现实主义文学的主要代表。编剧，主要作品有《大卫·科波菲尔》《匹克威克外传》《雾都孤儿》《老古玩店》《艰难时世》《我们共同的朋友》《双城记》等。

他在艺术上以妙趣横生的幽默、细致入微的心理分析，以及现实主义描写与浪漫主义气氛的有机结合著称。马克思把他和萨克雷等称誉为英国的"一批杰出的小说家"。他出生于海军小职员家庭，10岁时全家被迫迁入负债者监狱，11岁就承担起繁重的家务劳动。12岁当学徒，开始独立谋生。16岁时在律师事务所当缮写员，后担任报社采访记者。他只上过几年学，全靠刻苦自学和艰辛劳动成为知名作家。1837年，狄更斯完成了第一部长篇小说《匹克威克外传》，这是他的第一部现实主义小说创作，后来其创作才日渐成熟，出版了《雾都孤儿》（1838）。狄更斯特别注意描写生活在英国社会底层的"小人物"的生活遭遇，其作品深刻地反映了当时英国复杂的社会现实，为英国批判现实主义文学的开拓和发展做出了卓越的贡献，对英国文学发展起到了深远的影响。

大卫·科波菲尔尚未出世时，其父亲就去世了，他在母亲及女仆的照管下长大。不久，母亲改嫁，继父默德斯通凶狠贪婪，他把大卫看作累赘，婚前就把大卫送到了他乳母的哥哥皮果提先生家里。皮果提是个正直善良的渔民，住在雅茅斯海边一座用破船改成的小屋里，与收养的一对孤儿爱米丽和汉姆相依为命，大卫和他们一起过着清苦但和睦的生活。

出于对母亲的思念，大卫又回到了继父家。然而继父不但常常责打他，甚至剥夺了母亲对他关怀和爱抚的权利。母亲去世后，继父立即把不足10岁的大卫送去当洗刷酒瓶的童工，大卫从此过起了不能温饱的生活。他历尽艰辛，最后找到了姨婆贝西小姐。

贝西小姐生性怪僻，但心地善良。她收留了大卫，让他上学深造。大卫求学期间，寄宿在姨婆的律师维克菲尔德家里，与他的女儿爱妮丝结下了深厚的情谊。但大卫对维克菲尔德雇用的一个名叫希普的书记极为反感，讨厌他那种阳奉阴违、曲意逢迎的丑态。

大卫中学毕业后外出旅行，邂逅了童年时代的同学斯梯福兹。两人一起来到雅茅斯，拜访皮果提一家。已经和汉姆订婚的爱米丽经受不住阔少爷斯梯福兹的引诱，竟在结婚前夕与他私奔国外。皮果提先生痛苦万分，发誓要找回爱米丽。大卫回到伦敦，在斯宾罗律师事务所任见习生。他从爱妮丝口中获悉，维克菲尔德律师落入诡计多端的希普所设计的陷阱，正处在走投无路的境地，这使大卫非常愤慨。此时的大卫爱上了斯宾罗律师的女儿朵拉，但两人婚后的生活并不理想。朵拉是个容貌美丽但头脑简单的"洋娃娃"。

贝西姨婆也濒临破产。这时，大卫再次遇见他当童工时的房东米考伯，米考伯现在是希普的秘书，经过激烈的思想斗争，他最终揭露了希普陷害维克菲尔德并导致贝西小姐破产的种种阴谋。在事实面前，希普只好服罪。

与此同时，皮果提和汉姆经过多方奔波，终于找到了被斯梯福兹抛弃后沦落在伦敦的爱米丽，并决定将她带回澳大利亚，开始新的生活。然而就在启程前夕，海上突然风狂雨骤，一艘来自西班牙的客轮在雅茅斯遇险沉没，只剩下一个濒死的旅客紧紧地抓着桅杆。汉姆见状不顾自身危险，下海救他，不幸被巨浪吞没。当人们捞起他的尸体时，船上那名旅客的尸体也漂到了岸边，原来竟是诱拐爱米丽的斯梯福兹。爱米丽为汉姆的行动深深地打动了，回到澳大利亚后，她终日在劳动中寻找安宁，并且终身未嫁。

大卫终于成了一名作家，朵拉却患上了重病，在皮果提前往澳大利亚前夕便离开了人世。大卫满怀悲痛地出国旅行散心，其间，爱妮丝始终与他保持联系。当他三年后返回英国时，才发觉爱妮丝一直爱着他。两人最终走到了一起，与姨婆贝西、皮果提愉快地生活着。

经典书评

《大卫·科波菲尔》在艺术上的魅力，不在于它有曲折生动的结构，或者跌宕起伏的情节，而在于它有一种现实的生活气息和抒情的叙事风格。这部作品吸引人的是那有血有肉的人物形象，具体生动的世态人情，以及不同人物的性格特征。

狄更斯也是一位幽默大师，小说的字里行间，常常可以读到他那诙谐风趣的连珠妙语和夸张的漫画式的人物勾勒。评论家认为《大卫·科波菲尔》的成就超过了狄更斯所有的其他作品。

大卫早年生活的篇章以孩子的心理视角展示了一个早已被成年人淡忘的童年世界，写得十分真切感人。例如，大卫以儿童特殊的敏感对追求母亲的那个冷酷、残暴、贪婪的商人默德斯通一开始就怀有敌意，当默德斯通虚情假意地伸手拍拍大卫时，他发现那只手放肆地碰到母亲的手，便生气地把它推开。大卫向母亲复述默德斯通带他出去玩时的情景，当他说到默德斯通的一个朋友在谈话中老提起一位"漂亮的小寡妇"时,母亲一边笑着,一边要他把当时的情景讲了一遍又一遍。叙事完全从天真无邪的孩子的视角出发,幼儿并不知道人家讲的就是自己的母亲,而年轻寡妇要求再醮、对幸福生活的热烈憧憬已跃然纸上。又如,大卫跟保姆皮果提到她哥哥家去玩,她的哥哥皮果提先生是一位渔民。大卫看见他从海上作业后回来洗脸,觉得他与虾蟹具有某种相似之处,因为那张黑脸被热水一烫立刻就发红了。这个奇特的联想,充满童趣和狄更斯特有的幽默。

在《大卫·科波菲尔》中,狄更斯运用漫画家夸张和变形的手法,用简单的语言风趣幽默地塑造了一个个栩栩如生的人物,给我们留下了难忘的印象。这些漫画人物充分展示了狄更斯小说的艺术魅力。

大卫·科波菲尔

大卫·科波菲尔是《大卫·科波菲尔》中的主人公,是个遗腹子,他的父亲闭上眼睛不再看到世界光明时六个月之后,他便带着一片头膜出生了。作者描写了他从孤儿成长为一个具有人道主义精神的资产阶级民主主义作家的过程。他善良,诚挚,聪明,勤奋好学,有自强不息的勇气、百折不回的毅力和积极进取的精神,在逆境中满怀信心,在顺境中加倍努力,终于获得了事业上的成功和家庭的幸福。在这个人物身上寄托着狄更斯的道德理想。

大卫的形象直接、准确、生动而形象地体现了狄更斯在企图通过儿童形象的代言,展现他以"仁爱"精神反抗资产阶级的贪欲和冷酷,渴求人与人直接的和谐、友爱;并希望所有的英国儿童也能通过良好的教育,最后成为高尚而且对社会有用的人。同时体现了作家所认为的人类的精神追求和社会生活应当是"乐观向上、欢快、温和"的人道主义思想。

默德斯通小姐

大卫童年的灾星、继父的姐姐默德斯通小姐的性格特点是极端冷酷和残忍。从一出场就奠定了她这种性格:面色阴郁,皮肤黝黑,声音男性化,两道浓眉连在一起,她的钢制钱包合上的时候,咔哒一声,像是狠狠地咬谁一口,在狄更斯笔下,没有生命的东西也成了活的,她打扮时用钢制手铐和铆钉,这都是这位冷血的钢铁女人的性格写照。默德斯通小姐是一个十足的男人婆,她讨厌男人,却长着男人的脸孔,没有女性的温柔,没有爱心和同情心,她和她弟弟一直折磨可怜的克拉拉,并把大卫看成眼中钉,用各种手段折磨大卫,造成大卫童年的苦难。以后,在朵拉的家中又出现了她阴郁的影子。

贝西姨奶奶

贝西姨奶奶在某些方面与默德斯通小姐有相似之处,但她们有本质的不同:贝西姨奶奶脾气古怪,她对驴子非常敏感,驴子从门前草地经过是她一生最为气愤的。她特立独行,敢说敢干,不顾世俗的眼光，略带男性气质，偏重理性，但是贝西姨奶奶博爱、善良、仁慈、心软、重感情，虽然她讨厌男孩，但是大卫投奔她后，她又收留了大卫，并把默德斯通姐弟骂得痛快淋漓。她对大卫的教导：永不卑贱，永不虚伪，永不残忍，这可以成为一个人立身行事的座右铭，在她的抚养爱护下，大卫健康成长，并成为一位著名的作家。贝西姨奶奶可怜狄克，收留他，欣赏他，给他舒适安逸的生活。她是珍妮的监护人，还监护其他一些人，教育他们，让他们学会保护自己。她对朵拉那么疼惜与宠爱，一点也不嫌弃她，还给她起了可爱的名字：小花。

贝西姨奶奶对她的丈夫仍然没有忘怀，即使他抛弃了她，另寻新欢，变成一个一无所有的浪荡人，但他只要来向贝西姨奶奶要钱，她就会给，虽然受他的威胁，但这也说明贝西姨奶奶重感情、有情义。贝西姨奶奶是一个很有头脑、很能干的女人，她了解许多商业活动，她在破产时隐瞒了两千英镑的财产，她故意这样做是为了锻炼大卫，让他学会适应困境，战胜困难，能够承担生活的重任。那段时间给了大卫很好的锻炼，靠自己的努力，证实了自己的能力，不负贝西姨奶奶的一番苦心。贝西姨婆虽然脾气古怪，性情奇特，但她的品德却令人尊敬，值得信赖。

克拉拉

克拉拉与朵拉也是极为相似的。她们都非常年轻、漂亮，天真幼稚，孩子气很浓，很善良。她们的不同在于：克拉拉的命运更为悲惨一些，结婚才一年丈夫就去世了，第二任丈夫默德斯通又是那样一个冷酷、贪婪、残暴的商人，他与克拉拉结婚完全是为了金钱，而天真单纯的克拉拉并没有察觉到，再加上默德斯通小姐的折磨，她没有了任何自由，连疼爱自己孩子的权利都没有，最后在忧愁、孤单、担惊受怕中凄惨地死去，竟没有与相依为命的儿子见上最后一面。但是，克拉拉并非纯粹是一个玩具娃娃，她有知识、有学问，可以自己教大卫，她也能够管家，家庭料理得不错，她还有一个很好的用人兼朋友——皮果提。

朵拉

大卫第一眼看到她就被她深深地吸引，仿佛整个世界只有他和他可爱的"小花"。大卫那么爱她，把她捧在手心里，装在心坎里，又有贝西姨婆的呵护与照顾和爱妮丝的喜爱。她天真美丽而善良，虽然完全不懂家务，把事情弄得一团糟，但她是如此善良而爱着大卫。在生命终了时把最珍贵的遗产——她深爱的丈夫，托付给朋友爱妮丝，希望丈夫可以在自己离开后有幸福的生活，她是无私的。可爱的"娃娃妻"朵拉这时候显得如此成熟，令人难忘。

爱妮丝

爱妮丝无论从容貌、品德、学识、思想上来说，她几乎都无可挑剔。她美丽端庄，大方得体，温柔善良，恬静稳重，体贴周到，有敏锐的洞察力、坚强的性格和意志、宽容博爱的心肠，她是大卫的精神依托，是一个美丽的天使，任何人都会为有这样一个知心朋友而感到无比骄傲和自豪。爱妮丝从小就是父亲的管家和精神慰藉，由于对父亲的爱，她过早的成熟，并承担起照顾父亲的责任，为了父亲她不得不讨好希普这个卑鄙小人，但是她是绝不会屈服于希普的，不会让希普的险恶目的得逞。

目录
Contents
大卫·科波菲尔

第一章	1
第二章	10
第三章	21
第四章	32
第五章	45
第六章	58
第七章	64
第八章	76
第九章	87
第十章	96
第十一章	110
第十二章	120
第十三章	127
第十四章	134
第十五章	142
第十六章	154
第十七章	161
第十八章	175
第十九章	187
第二十章	194
第二十一章	205
第二十二章	212
第二十三章	224
第二十四章	238
第二十五章	248
第二十六章	254
第二十七章	267
第二十八章	277
第二十九章	285

第三十章	299
第三十一章	306
第三十二章	312
第三十三章	319
第三十四章	331
第三十五章	343
第三十六章	350
第三十七章	365
第三十八章	377
第三十九章	384
第四十章	396
第四十一章	411
第四十二章	418
第四十三章	431
第四十四章	446
第四十五章	452
第四十六章	465
第四十七章	477
第四十八章	488
第四十九章	497
第五十章	507
第五十一章	516
第五十二章	525
第五十三章	539
第五十四章	557
第五十五章	562
第五十六章	575
第五十七章	584
第五十八章	590
第五十九章	599
第六十章	605
第六十一章	618
第六十二章	626
第六十三章	635
第六十四章	643
第六十五章	649

第一章

> **精彩导读**
>
> 本章讲述了大卫出生时的与众不同：他出生的日子和时辰天生具有两种禀赋；他带着一片头膜奇怪地出生，但是这在那个地方是个吉祥的象征。同时也介绍了大卫的家庭背景和家庭成员，大卫的身份——一个遗腹子，以及大卫出生时的情景。

让各位明白本书的主角是我而不是其他的什么人，这是本书应当加以说明的。关于我自己的传记应当从我出世的那一刻写起。我记得（不过也只是听说罢了，但是我对此却深信不疑）我是在某一个礼拜五的半夜出世的。时钟刚敲响十二下，而就在那时我也呱呱坠地了，两者分秒不差。

几个月前，在我还没有出世的时候，我的保姆和一些见多识广的女邻居就开始关注我了，对于我出世的日子与时辰，她们倒有这样一个说法。她们说，第一，命不好，注定一生坎坷；第二，具有能看见鬼的本事。她们深信：在礼拜五后半夜的几小时内出世的小孩都是不幸的，都天生具有那两种禀赋，男孩也好，女孩也罢，都是一个样。

至于第一点，用不着我在这里多说什么，以后我的亲身经历会告诉大家我的一生是否会像她们说的那样。关于第二点，我也只能这样说，大概在我出世后不久就把这种特殊的本事给弄丢了，反正到目前为止我还没有体验过。即使没那种禀赋我也不会有所抱怨，假若正好被某个人捡去，那么我则会衷心地祝福他受用一生。

小孩在出世的时候，都带着一层胎膜，我也不例外。后来，我的那张胎膜竟然以十五基尼的低价在报纸上登广告出售。可能是当时的水手手头紧，抑或是人们认为这胎膜不能保佑他们溺水不死，宁愿穿救生衣，最终也只有一个人开出了价格。他是个与证券经纪人打交道的律师，他出的价格也只有两镑，余下的部分用葡萄酒补上。他不愿意多加一分钱，哪怕因此失去终身不致溺水身亡的担保。最终只得撤

埋下伏笔

以保姆和女邻居的说法为下文我的命运埋下了伏笔，勾起了读者的阅读兴趣。

知识延伸

胎膜：俗称胎衣，但胎衣不包括母体胎盘。英国人认为小孩出世的时候头上戴着胎膜是一种吉兆，可以保护人终身不致溺水身亡。

回广告，白白浪费了一笔广告费。说起葡萄酒，那时我家多得很，我母亲自己也去市场上卖酒。十年过去了，这胎膜又再一次拿出来卖，不过这次是由我们村的五十个人以抽奖的方法来决定由谁来买。每个人先出半克朗作为此次的抽奖费，而抽中的人则需要再花五先令买下它。当时我也在场，看到自己身体的一部分竟然被这样处理，心里十分不安，也窘得很。我的胎膜最终被一位拎着篮子的老太太抽中了。老太太十分不情愿地从篮子里掏出了五先令，都是一枚枚半便士的硬币，但最终还差两个半便士，即使人们花了好长的时间，用了很多数学方法向她证明这一点，也没能起到一点效果。后来，在那个地方流传着这样一个奇闻：那个老太太寿终正寝的时候刚好九十二岁。不过听人家说，她平生最得意的一件事就是一生当中除了走过一座桥之外，就再也没有在任何水面上走过了。即便是在喝茶的时候（茶，她倒是蛮喜欢喝的），她也要对那些四处游荡的水手和其他的这类人表示一下愤怒，在她心中，这种行为简直是罪过。即使你向她说明茶也是那些游荡水手通过她认为的这样的罪过的行为才得到的，最终你得到的也不过是她更自信的回答："我们绝不游荡。"

现在我也不需要游来荡去地说明这件事了，要从我出生时接着说下去。

我出生在萨福克的布兰德斯通，抑或如苏格兰人所说的"在那里"。我是一个遗腹子，在我出世前六个月我父亲就离我们远去了。即便是现在，只要一想到我们从未谋面，我心里就觉得怪怪的。在我儿时的记忆里，令我更加觉得奇怪的是，他那块白色的墓碑是我小时候最早产生的联想。每当火炉把我们的客厅烘得暖暖的，烛光把我们的客厅照得亮堂堂的时候，我总是对被我们关在门外独自躺在黑夜里的父亲感到无限同情，简直觉得有点残忍。

我父亲有一个姨母，也就是我的姨奶奶——特洛伍德小姐（后面还会提到她），在我们家算得上是个大人物。每当提到她时，我可怜的母亲总是鼓足勇气称呼她为贝西小姐，当然我母亲提到她的机会是不多的。她曾与一个比她年轻的男人结过婚。那个男人长得相当俊秀，但如果像俗语所说"美貌在于美德"的话，他就不够俊秀了——因为他有打过贝西小姐的嫌疑。在一次为了日常饭菜争吵时，他鲁莽得很，甚至想将贝西小姐从三层楼高的窗户里扔出去。他脾气暴躁，也就因为这一点使得贝西小姐同意给他一些钱然后与他两地分居了。他带着钱去了印度，后来在我们家中一直流传着这样一个荒诞的说法，说有一次有人瞧见他和一只大狒狒骑在一头大象身上。但我总是觉得，那应该是一个贵妃抑或一个公主。先不管这个谣传吧，十年后，当我姨奶奶听到从印度传来他闭眼归天的消息时，她有何感想我们无从得知。但至少有这样一点我还是清楚的，就是和那人一分手，我姨奶奶就恢复了她原来的姓，并在离我们很远的一个海滨小村庄里买了一间小屋，和她的仆人一起在那里做单身贵族。很显然，她是想过世外桃源的生活了。

我相信她曾经很喜爱我的父亲，但是在婚姻这件事上，父亲着实让她伤透了心，因为在她看来，我的母亲简直是一个"瓷娃娃"。在她见到我母亲之前，就已经晓得她还不满二十岁。我父亲自从结婚之后，也就再也没和贝西小姐见过面了。我父母结婚的时候，我父亲的年龄是我母亲的两倍。他的体质一向不太好，婚后一年便去世了，正如我前面所说的那样，在我出世前六个月他就离我们远去了。

在一个礼拜五的下午，发生了一件不寻常的事，我个人认为比较重要，请允许我在此提一下。不过那件事究竟是以何种方式发生的，我现在已没有什么印象了。那时，我母亲正坐在火炉旁边看着炉火，两眼充满了汪汪的泪水，身子虚弱，完全一副精神不振的样子，想到自己和那即将出世就没了父亲的小陌生人，顿时一阵悲凉涌上心头。楼上的抽屉里许多绣有大吉大利祝福语的针插早就表达了对这个小孩的欢迎，似乎这个世界早就接受了他的到来，因此没有人露出一点奇怪之色。就像我说的，在一个天气晴朗、吹着微风的三月的下午，我母亲坐在火炉边，一副精神萎靡的样子，正怀疑着是否能度过目前的困难，当她拭去眼角的泪水朝窗外张望时，恰好瞧见一个陌生女人正朝着花园这边走来。

再看一眼时，我母亲的第六感告诉自己：她就是贝西小姐，而且很坚信这一预感。落日的余晖洒在那个站在花园篱笆外的女人身上，甚是耀眼，她摆出一副从容不迫的样子朝门前缓缓走来。

当她来到门前的那一刹那，她的行为举止证明了我母亲的预感。据我父亲说，她那行为举止是一般的基督教徒所没有的。她并没有拉铃，而是径直走到正对着我母亲的那扇窗前，伸着头从外往里张望。她将鼻尖压在窗户上，压得如此之紧，以致我那可怜的母亲我们提起她时总是说她的鼻子是扁平而且是白色的。

也就是因为那次，她使我母亲大吃一惊，所以我一直坚信我能在礼拜五出生多半是得益于贝西小姐。

我母亲一时慌了神，赶紧起身走到椅子后面的角落。贝西小姐站在对面不慌不忙地扫视了一下屋内，若有所思，她的视线如同荷兰钟摆一般左右摇晃，最终落在我母亲身上。她皱了皱眉头，然后对我母亲打了个手势，示意我母亲去给她开门，如同使唤用人一般。我母亲也顺着她的意思走了过去。

"我想你就是大卫·科波菲尔夫人吧？"贝西小姐说道，说这话时她加重了语气，大概是看到我母亲身上的丧服及她的身体状况而特意加重的。

"嗯。"我母亲有气无力地答道。

"我是特洛伍德小姐，"贝西小姐自己介绍道，"你准听说过，我敢这样说。"

我母亲回答说很荣幸听说过她的名字。但她却表现得不那么愉快，丝毫没有荣幸的样子。

"此刻，她就站在你面前。"贝西小姐说。我母亲低着头把她请进了屋。

因为走廊对面的那间最舒适的房间没有生火，所以她们来到我母亲刚刚出来的那间房间里。事实上，那间房间从我父亲的葬礼结束一直到现在都没生过火。她们俩坐下后，贝西小姐一言不发，我母亲想忍住伤感，尽量不哭出声来，但那只不过是徒劳罢了。

"哦，好了，好了，好了！"贝西小姐连忙劝阻道，"别这样了！行了，行了，行了！"

可我母亲哪里能忍得住，一直哭尽兴了才停下来。

"孩子，把你的帽子拿下来，我想好好看看你。"贝西小姐说道。

即使我母亲有意想拒绝却因为太惧怕她，所以只好照办了。但母亲由于过分紧张，手忙脚乱到把头发全都披散在了脸上，那一头的秀发甚是美丽。

"哎呀，我的天！"贝西小姐惊叹道，"你还是个吃奶的娃娃呢！"

毋庸置疑，从外貌上看我母亲十分年轻，甚至比她的实际年龄还要年轻。她低垂着头抽噎着，仿佛这是她的过错。她一边小声地哭着，一边说着，她恐怕也认为自己是一个充满孩子气的寡妇，

如果能活下去恐怕也只是个孩子气的母亲罢了。在短暂的停顿中,她仿佛觉得贝西小姐用她那并不柔和的手在抚摩她的满头秀发。可是,当她怯生生地朝贝西小姐看去时,却发现这位女士卷起裙裾的下摆坐在炉栏旁,双眼盯着炉火,眉头紧皱,脚踏炉栏,双手则叠放在膝盖上。

"这到底是为什么?为何叫鸦巢呢?"贝西小姐突然问道。

"你在说这个房子吗,小姐?"

"如果你们当中任何一个有点实际的生活观念的话,叫厨房会好些而不应该叫它什么鸦巢。"贝西小姐说道。

"鸦巢是科波菲尔先生说的,"我母亲说道,"我们——科波菲尔先生认为这附近有乌鸦。"

恰在这个时候,一阵晚风吹过,在庭院尽头几棵高大的老榆树中间引起了一阵骚动,使得我母亲和贝西小姐都不禁朝那里望去。只见那几棵老榆树起先枝头低弯俯接,好像巨人在交头接耳、低声密谈一般,这样安静了几秒钟之后,枝头开始晃动起来,仿佛刚才她们谈的话语扰乱了它们内心的平静。正当这几棵树乱摇狂摆的时候,树顶上那几个饱经风霜的旧鸦巢犹如惊涛骇浪中的破船一样颠簸了起来。

"那些鸟到底在哪里呢?"贝西小姐问道。

"哪些?"当时我母亲正在想着一些别的事。

"我是说那些乌鸦,它们在哪里?"

"我们想——科波菲尔先生想——当初这里的确有一个大鸦巢呢。不过,都很多年了,那些鸟早就离开了。"

"这就是大卫·科波菲尔啊!"贝西小姐大声说道,"地地道道的一个大卫·科波菲尔啊!竟能想到如此奇妙的点子,把一座周围没有一只乌鸦的房子叫作鸦巢,因为看见了鸟窝,就认定周围肯定有鸟的存在,多么傻啊!"

"科波菲尔先生，"我母亲回敬道，"去世已有一段时间了。倘若你要是当着我的面挖苦他……"

我心里暗想，那时我可怜的母亲肯定是恨不得想打我姨奶奶一巴掌，不过即使我母亲在这之前有过这样的训练，姨奶奶也会轻而易举地将她制服，对她来说一只手就可以完全胜任了。不过，这场无形的较量在我母亲从椅子上起身后便告终了——她又很温顺地坐了下去，接着晕了过去。

醒后，或许是贝西小姐将她摇醒的吧，不管怎样，当她醒来时发现贝西小姐在窗前站着。暮色降临，她们彼此还能看清对方的轮廓，这得感谢炉火，否则什么也瞧不见了。

"嗯，你感觉大概会在什么时候……"贝西小姐回到座位上时说道，仿佛刚才不过是看看窗外的风景而已。

"我现在浑身都在哆嗦，"我母亲吞吞吐吐地答道，"我也不晓得我这是怎么了。我快要死了，我相信我活不长了！"

"别，别，别，"贝西小姐说道，"先喝口茶吧。"

"咳，咳，你觉得茶对我来说还有多大的用处吗？"我母亲叫道，一副叫人心疼的样子，着实可怜。

"当然有好处啦，"贝西小姐说道，"你不过是有些幻觉罢了。你怎样称呼那个女孩？"

"我还不晓得到底是男孩还是女孩呢，贝西小姐。"我母亲天真地说道。

"上帝保佑她！"贝西小姐念起楼上抽屉里针插上的第二句祝福语，但她对我却没有丝毫祝福的意思，那句话是对我母亲说的，"我不是说你肚子里的那个，我在说你的女用人！"

"皮果提。"我母亲说道。

"皮果提！"贝西小姐愤然地重复道，"孩子，你的意思是说有人走进基督教堂，竟然给自己取了个皮果提这样的教名吗？"

"皮果提是她的姓，"我母亲怯生生地回答道，"鉴于她的教名和我的一样，科波菲尔先生就用她的姓称呼她了。"

"喂，皮果提，"贝西小姐打开客厅的门叫道，"把茶端进来！你的女主人有点不舒服，别出去闲逛了，动作快些！"

贝西小姐对人发出命令的时候俨然一副一家之主的样子，仿佛自打有这房子起她就是这儿的主人似的。听到这陌生的声音，皮果提吃了一惊，赶紧端着蜡烛从走廊里走了过来。贝西小姐跟她打完招呼之后，顺手把门关上了，在椅子上坐了下来，脚踏在炉栏上，双手则叠放在膝盖上，跟先前一个样。

"我刚才说过你要生一个女孩，"贝西小姐说，"准是女孩，我有这种预感！那么，孩子，这女孩在出世之后……"

"没准是个男孩呢？"我母亲冒失地插了一句。

"我告诉你我的预感向来是非常准的，"贝西小姐说，"别顶嘴！这个女孩在出世之后，我愿意做她的朋友，做她的教母。就叫她贝西·特洛伍德·科波菲尔好了。这个贝西·特洛伍德一生不应该有任何过错，也不应当滥用她的爱情。可怜的孩子，她应当接受上等的教育和良好的家庭监护，使她不会愚昧到相信根本不值得她信赖的事物，今后这就是我的责任了。"

贝西小姐每说一句话，头都要摆动一次，像是痉挛了似的，如同她过去的仇恨在同她作对一般，而她则克制着不使其外露。至少，我母亲借着微弱的炉火观察她时是这么想的。因为我母亲太怕贝西小姐了，看到她感觉太不安了，也太软弱、太慌张了，所以什么也没看清，也不知道怎么说才好。

"大卫待你如何，孩子？"一阵沉默之后，贝西小姐张口问道，她头部刚才的那些动作逐渐停了下来，"你们在一起幸福吗？"

"我很幸福，"我母亲答道，"科波菲尔先生对我实在太好了。"

"什么，你被他惯坏了吧，我想？"贝西小姐回了一句。

"现在又是我孤身一人在这个艰难的世界上苟延残喘了，完全依靠我自己，就这点看来，我想我确实被他惯坏了。"我母亲一边抽噎一边说道。

"好了，好了！别再哭了！"贝西小姐说道，"从地位上看，你们并不般配。孩子，我问个问题，你是一个孤儿，是吗？"

"是的，我是个孤儿。"

"以前还当过家庭教师吧？"

"我在科波菲尔先生曾经拜访的一个家庭当保姆。科波菲尔先生对我非常和蔼，特别关心照顾我，最后我答应了他的求婚，接着我们就结婚了。"我母亲很坦诚地说道。

"唉！可怜的人儿！"贝西小姐沉思道，依旧对炉火皱着眉头，"你究竟懂得什么呢？"

"我不太清楚你在说什么，小姐。"我母亲怯生生地说道。

"我是说在持家这一方面。"贝西小姐说道。

"恐怕不是很多，"我母亲答道，"没有我希望的那么多。不过科波菲尔先生生前教过我……"

"他自己又能懂多少呢？"贝西小姐插了一句。

"……比起以前，我想已有不少进步了，这恐怕要得益于我虔诚地学而他又耐心地教。要不是因为他离我而去……"说到这里，我母亲又停住了，再也说不下去了。

"够了，够了！"贝西小姐说道。

"我经常地记账，每夜同科波菲尔先生结算。"我母亲在悲痛中哭道，又停了下来。

"好啦，好啦。"贝西小姐说道，"不要再哭了。"

"……我敢说，我们从没有在这上面闹过一句，不过有时科波菲尔先生嫌我把3和5写得几乎无法辨认，再就是会怪我在写7和9时加上一条弯曲的小尾巴。"说到这里，我母亲只得停了下来，拭了拭眼角的泪水。

"别这样了，你非得把自己弄病不可吗？"贝西小姐说道，"你再这样的话，对你，对我的教女都不好。好了，你绝对不能再这样了！"

她的这番话对于我母亲渐感不适的身体来说不过是起了点小小的功效罢了。接着又是一阵沉默，不过被贝西小姐的咳嗽声打破了，她依旧把脚放在炉栏上一动不动地坐在那里。

"我知道大卫曾经买了一笔年金，"过了一会儿，贝西小姐说道，"为你他作了哪些安排呢？"

"科波菲尔先生，"我母亲有些吃力地答道，"考虑得很周到，为人体贴厚道，他把其中的一部分留给了我。"

"多少？"

"一年一百零五镑。"我母亲说。

"他本可以给得更少一些的。"我姨奶奶说。

在适当的时机她说了句适当的话。这时我母亲的情形变得更加糟糕了。皮果提端着茶盘和蜡烛进来时一眼就发现了这一状况。若不是屋里光线不好，我想贝西小姐也早就发现了这一点。皮果提连忙扶我母亲到楼上的卧室，并让她的侄儿汉姆·皮果提去请医生和护士过来。皮果提把汉姆藏在我家已有些时日了，就是为了发生这种紧急状况时可以有个人去请医生，当然我母亲是不晓得的。

当那两个重要的人物到达时，看到一个不曾相识的女人在火炉前坐着，左胳膊上挂着一顶帽子，耳朵里还塞着棉花球，这使得他们大为吃惊。我母亲从未跟皮果提提起过我姨奶奶，因此对于她皮果提便一无所知了。她在客厅里完全是个秘密。她衣兜里装满了棉花球，还不时地往耳朵里塞，她并没有因为这一举动而贬低她的庄严与神圣。

医生到楼上看了看之后，便下来了。据我猜想，当他发现接下来的几小时可能会跟对面的这位陌生女子相处时，便会努力地表现出一副有礼貌并善交际的样子。在男人中，他可谓最谦逊的了，在小人物当中他也算得上是最温和的了。他总侧着身子出入房间，为的是给别人多留下点空间。他的脚步犹如《哈姆雷特》中的那个鬼一般轻，甚至连那个鬼也没法跟他比谁慢。他的头总是朝一边歪着，一部分为了表现自己的谦逊而贬低自己，或是为了谦卑地讨好别人。如果他说从没有对一条狗废过话，那根本没什么好奇怪的，就是面对一条疯狗他也不会跟它废话。他最多只会对疯狗很温顺地说一句，或者半句，或一句的一小部分，因为他说起话来甚至比他走路还慢。他绝不会为一条狗动气，也绝不会对它动粗，不论什么原因都不能使他变得急躁。

齐力普先生温和地看着我的姨奶奶，头歪向一边，微微向她鞠了一躬以表示敬意，轻轻地碰了一下自己的左耳，暗指那些棉花球说道：

"耳朵发炎了吗，小姐？"

"什么？"我姨奶奶把棉花球像拔一个瓶塞一样"嘭"的一下拔了出来。

齐力普先生被她这一粗暴举动吓了一跳——他后来对我母亲说——几乎到了手足无措的地步。但他还是极为温和地重复道：

"耳朵发炎了吗，小姐？"

"胡说什么啊！"我姨奶奶说完便又把耳朵塞上了。

此时齐力普先生也不知道该做什么好，只能静静地坐在那里看她，而她则坐在那里看火。他们一直坐到齐力普被唤上楼去。在上楼后过了大约一刻钟，他又下来了。

"嗯？"我姨奶奶把靠近他那一侧的那个耳朵里的棉花球"嘭"的一声拔了出来问道。

"嗯，"齐力普先生答道，"我们在——我们在缓慢地进行呢，小姐。"

"呸！"我姨奶奶在这个蔑视的字眼上加了一串纯正的颤音。然后，她用棉花球把耳朵又塞了起来。

的确——的确——齐力普先生后来提起这件事时对我母亲说道，他的确受了惊吓，单就职业的观点来说，受惊吓是肯定的。但他还是坚持坐在那里看她，而她则坐在那里看火。就这样，他们坐了差不多两小时，直到齐力普先生又一次被请上楼去。上楼后不久，他又下来了。

"嗯？"我姨奶奶把那侧耳朵的棉花球拔出来后问。

"嗯，"齐力普先生答道，"我们在——我们在缓慢地进行呢，小姐。"

"呸！"面对我姨奶奶发出的这种声音齐力普先生觉得忍受不了了。那简直就是存心在打击他的精神。当他再次被叫到楼上之前，他宁愿坐在又黑又冷的楼梯上。

第二天，听汉姆·皮果说，在这件事发生过后的一小时内，正当他朝客厅门口张望时，这一偶然的举动却被贝西小姐发现了，在汉姆来得及逃跑之前就被正激动得在客厅里走来走去的贝西小姐抓住了。汉姆在免费的小学上过一段时间学，最擅长的是面对老师的提问，所以在我看来他说的话是可信的。据他所说，当楼上的脚步声和说话声越来越大时，他被那位女士一把抓住，接下来就把她的激动全都发泄在他身上了，从这点可以断定，她耳朵里的那些棉花球面对楼上的那些声音是起不到什么效果的。他还说，那女士抓着他的衣领，在客厅里把他拖来拖去，如同刚服用的鸦片在此刻正发挥作用一样，抓他、摇他、打他、乱揉他的衣领、乱扯他的头发，甚至连耳朵是谁的她都分不清，直接用棉花球塞住他的耳朵。他的姑母证实了他的遭遇，他直到十二点半才被释放，当时正被他姑母撞见，她说当时他和我出世时一个样——红扑扑的。

温顺的齐力普先生可以在其他任何时间记仇，但在那个时候他却是怎么也办不到的。他刚替我母亲接生完，就侧着身子来到了客厅，极为和蔼地对我姨奶奶说：

"嗯，小姐，祝贺你。"

"祝贺我什么？"我姨奶奶粗鲁地回复他道。

齐力普先生被我姨奶奶这种极其粗鲁的态度吓得又开始紧张起来，但齐力普先生面带微笑向她微微鞠了一躬，这样做是为了让她平静一点。

"天哪，你到底想要干什么？"我姨奶奶不耐烦地嚷道，"你不会说话吗？"

"放心吧，亲爱的小姐，"齐力普先生再一次用他那最为温和的语气说，"现在，再也不用担心了。小姐，放心吧。"

当时我姨奶奶居然没有去摇他，没有把她想知道的话给摇出来，这实在可以算得上一个奇迹了。她只对他摇了摇头，却摆出了一副足以令他发抖的神气。

"哦，小姐，"齐力普先生鼓足勇气说道，"祝贺你。一切都过去了，小姐，现在都办完了。"

我姨奶奶细细端详了他足足五分钟，这段时间内齐力普先生正一心发表他的演说。

"她还好吗？"我姨奶奶交叉着双臂摆成一副圆规的姿势问道，帽子依旧挂在她的胳膊上。

"哦，小姐，我想再过不久她就会觉得很舒服了，"齐力普先生说，"在这种不幸的家庭背景下，对一位年轻的母亲来说我们所能期待的舒服大概也只能如此了。小姐，如果你现在去看她的话会对她有益的。"

"她呢？她好吗？"我姨奶奶粗鲁地问道。

齐力普先生把头歪得比先前更厉害了，如同一只温驯的鸟一般，看着我姨奶奶。

"我在说那个小孩，"我姨奶奶说，"她怎么样？"

"小姐，"齐力普先生答道，"我以为你早预料到了，他是个男孩啊。"

我姨奶奶一听这话，顿时一言不发，像使用甩石机的弦那样把帽子提了起来，对着医生的头部瞄了一下，然后把帽子歪戴在自己的头上，起身走了出去，再也没有回来。如同一个失望的仙女一般，或者说就像大家认为的，像我有本事看见的鬼一样消失了，再也没有回来过。

她真的不曾回来过。现在只有我躺在摇篮里，而我的母亲则躺在床上，至于贝西·特洛伍德·科波菲尔则永远留在梦和影子的国度里，留在我最近游历过的广袤区域。我们窗户上的亮光也照在人们最后的归宿地上，也照在那个无他即无我的人的坟茔上。

精彩点拨

贝西小姐是一位善良、固执的女士。她对于"我"的母亲报以同情，对我的出生抱有很大的期望，她固执地认为"我"应该是女孩，在"我"的母亲生产之时贝西小姐的表现反映出了她内心的紧张。在"我"出生后，医生说我是男孩时她就失望地离开了。

阅读积累

教 母

教母指基督宗教新入教者接受洗礼时的女性监护人。一般请教会内虔诚而有名望的教徒担任，负责监督并保护受洗者的宗教信仰和行为，如同母亲对于儿女。

在古时，婴儿或儿童受洗后，教母（或教父）会教导受洗者（即教子）在宗教上的知识，而如果教子的双亲不幸死亡，教母（或教父）有责任去照顾教子。

教母（或教父)可替受洗者申明信仰，可替代无能力的父母教育儿童。教父教母制起源于受洗成年人受洗应有主教所认识的一名教徒陪同并为之作保的习俗。各教会对教父、教母要求不一，有的只要求有教父或教母一人，有的要求有教父教母各一人。

在俄罗斯或东欧其他的地方，替亲生父母的小孩子进行洗礼一般都不会当作一种负担，反而是被当作一种荣誉来看待。通常父母在自己的密友或者是所信赖的人内，为儿女选择合适的代父母。基于信念跟罗马天主教不同，通常新教并不多实行这个仪式。

第二章

精彩导读

幼年的大卫和母亲以及他家的仆人皮果提生活在一起，他们的生活虽然不是太富裕，但也很幸福。后来大卫的母亲认识了一个叫默德斯通的人，随后两人开始了一场幸福的恋爱，皮果提对默德斯通先生印象不好，最后大卫跟着皮果提去皮果提哥哥家游玩去了。他会在那遇到谁？会有什么好玩的事情发生吗？

突出了皮果提的双颊和两臂的红。

观察力：指大脑对事物的观察能力，如通过观察发现新奇的事物等，在观察过程中对声音、气味、温度等有一个新的认识。

当我回想我幼年模糊的岁月时，首先清晰地在我的脑海中浮现的便是我那满头秀发年轻漂亮的母亲，其次就是完全不成样子的皮果提。首先是她的黑眼睛，仿佛她的黑眼睛使得她近眼处都发暗；其次是她又红又硬的双颊和两臂，我常常奇怪，为什么鸟儿偏偏选择去啄苹果而放弃她的双颊和两臂。

我清楚地记得，这两人彼此在相隔不远的地方俯下身子或跪在地板上，那时她们在我眼里同我差不多高，然后我就在她们两个中间摇摇摆摆地走来走去。面对皮果提习惯伸给我她那被针线活磨得粗糙了的食指点触我的感觉，我分不清那是一种印象还是一种记忆。

或许这不过是幻觉罢了，但是我仍然相信我们的记忆力能够让我们回想起比众人认为的还要远得多的时代，正如我相信的一样，许多小孩的观察力的准确性和贴切性是足以让我们吃惊的。不过老实说，那些成年人在这些方面也同样具有这样的能力，与其说这种能力是他们后天获得的，还不如说他们天生就有而且自始至终都没有失去。当我大概地观察了那些到今天还保持年轻时的朝气、宽厚和乐观心态的人之后，更让我感觉这种能力是他们从童年遗传下来的。

先不说这个了，倘若不是借此来说明下面的观点，我真的怀疑我是否也在游荡。我所要说的观点是：这些结论是我从自己的亲身经历中得出来的。如果我接下来所遇到的经历能表明我是一个心思缜密的孩子，抑或在成年之后仍对童年生活记忆犹新的话，我完全可以拥有这两种特性的所有权，这是毫无疑问的。

像我前面说的那样，回想幼年模糊的岁月时，我母亲和皮果提是在那些混乱事物之上优先浮现在我眼前的。让我想想，除了她们，我还记得哪些呢？

首先是在我看来并不新的房屋，在云雾中忽隐忽现，但还是保持着幼年时的那种熟悉记忆。第一层是通向后院的厨房，有一个鸽笼在后院中央的柱子上，却并不曾住过什么鸽子；有一个狗窝在院子的一个拐角处，却也没有什么狗；倒是有一群让我觉得高得可怕的家禽在院子里走来走去，摆出一副吓人的模样。有一只习惯在柱子顶上打鸣的公鸡，当我透过厨房的窗子朝它望时，它便对我格外注意，摆出一副凶猛至极的样子，令我发抖。院门外有一群鹅，我每次走近它们时，它们就会伸长脖子摇摆着追逐我，时常在梦里还能梦见它们，像一个被野兽围困过的人夜里会梦见狮子一样。

其次是一条长廊，那么的幽远深长！它是连接厨房和前门的一条通道。一间黑暗的储藏室的门就开在那里，是一个独自一人在夜里走过时要加快脚步的地方，假如没有人拿着一盏灯站在那里为我照明，我真想象不到在那些桶桶罐罐和旧茶叶盒后面会钻出什么来。从那门里飘出一股混杂的气味，肥皂味、泡菜味、胡椒味，像蜡烛味，又像咖啡味，完完全全是一股发霉的气味。另外还有两间客厅，一间是我们（母亲、我，还有皮果提；因为平时我们也没什么客人，皮果提在干完一天的活之后就成了我们真正的伙伴）晚上坐的客厅，另一间是我们星期天坐的，很气派，但并没有让我们感觉到丝毫的舒服，因为不知是什么时候皮果提曾告诉我关于我父亲的丧事，还提到穿黑外套的人，所以它总让我觉得凄凉阴森。在一个礼拜天的夜间，在那间客厅里，当母亲对我和皮果提说那拉撒路人如何从死人堆里复活的场景时，我怕得要命，以至于她们后来不得不把我从床上抱到卧室窗子前指着那片寂静的墓地，对我说那些死者在肃穆的月光下一动不动地躺在那里。

在我所知道的任何地方，青草不及墓地那里的一半绿，树没有那里的一半阴凉，也没有任何东西能超过墓碑那里的一半安静。每天早晨，当我从母亲卧室套间的小床上朝外张望时，总能看到有人在那里放羊。面对日暑上的红光我时常这样想：日暑是不是因为自己能报时而感到快乐呢？

我们在教堂有一个高的靠背座位，它的附近有扇窗子，透过窗户能够看见我的家。每当清晨礼拜时，皮果提总要朝房子看许多次，以确保房子没有遭受抢劫和火灾的危险。因为她不放心，她的眼睛向四处张望是难免的，但如果我也像她一样朝四周张望，她就会很不高兴。当我从座位上站起来时，她便要皱眉，示意我除了牧师哪儿也不许看。就算那个牧师不穿那件白大褂，同样我也可以在众人中把他认出来，他会不会奇怪我总是这样看着他呢，这倒是让我感到很害怕，也许他会突然停下来问我为什么老是看着他。我总不能这样一直朝着他看吧，我总该干点什么啊。肯定不能打呵欠。我朝母亲看，她却假装没看见我；我朝走廊中一个小孩看，他朝我做了个鬼脸；透过前廊，朝那射进来的阳光向外看，发现了一只想进教堂的羊，它大概是迷路了吧。假如再多朝它看一秒钟，我想我肯定会高声叫起来，如果真的是那样，我要变成什么样子连我自己恐怕都想象不出来了！当我抬起头时看到了墙上的灵位，试着去怀念和我们住在同一个教区的包杰斯先生，当他久经病痛折磨而令医生也感到束手无策时，不知道他夫人有没有想到齐力普先生。或许他也无力回天吧，如果真是这样，他是否会希望每个礼拜都有人在他面前提起此事来帮助他不至于忘记。我从戴着围领的齐力普先生（那围领只有礼拜时他才会戴）转向讲坛看去，多么好的一个游戏场啊，它可以改建成

一座很好的城堡，由另一个孩子爬上梯子去攻打时，可以把带穗子的绒靠枕向他头顶抛过去。慢慢地，我的眼睛闭上了，头顶响起牧师的一首催眠曲，他唱得那么兴起，接着所有的声音都消失在耳畔，最后我从座位上摔了下来，咕咚一声，然后半睡半醒地任由皮果提带我回了家。

这时我看到的是我家外部的一些情景，清新的空气从卧室打开的格子窗透进来，那些旧鸦巢在花园尽头的那些老榆树上摇摆不定。那时我就在后花园中，我记得在放着空鸽笼和空狗窝的院子后面有一个蝴蝶保育场，被高高的围墙隔开，门上还有一把大钩锁。园子里的树上挂满了果实，没有哪个园子里的果实比这里的多、比这里的熟。当我陪同母亲在园子里采摘果实时，我站在篮子旁边赶忙拿起一颗草莓吞了下去，还装出一副若无其事的样子。夏天就这么在一阵西北风中过去了。在冬日里，将近黄昏时分，我们会在一起做游戏，在客厅里跳舞。当母亲气喘吁吁时，她就会坐在靠背椅上休息，这时她就会把她的头发往手指上缠绕，还伸一伸腰。她会让人看上去觉得她是健康的，并为自己的美丽而自豪，这一点我再清楚不过了。

以上这些都是我最早印象中的一部分。在我最早的印象中可以得出这样一点见解（假如能称得上见解的话）：对于皮果提，母亲和我都有点害怕，在很多事情上都是她拿主意。

某一天晚上，皮果提和我坐在客厅的火炉边取暖。我跟皮果提讲了一个关于鳄鱼的故事。要么是讲得太清楚了，要么就是她对于这个故事太感兴趣了，我记得，当我讲完之后，鳄鱼给她的印象就是一种蔬菜。我讲累了，讲疲倦了，非常想去睡觉，可是那时我可以等到去邻居家消磨夜晚时光的母亲回来（觉得这确实是一个不错的优待），因为这个我决定不去睡觉，即使是死在岗位上也不去睡。当时我已经困到不用手指撑开眼皮就会立马从椅子上跌下来的程度，那时皮果提在我眼里开始膨胀了，越来越大，我用力地坐在那里看她在忙着手头上的事。看她留的一小块蜡烛头（用来擦线的），它太旧了，身上全是褶皱。看码尺，看她那个绘着红色的圆顶圣保罗教堂的针线匣盖，看她手指上的铜顶针，看我觉得十分可爱的她。我困极了，我想如果我有一会儿的工夫看不见任何东西，我就会跌下去。

"皮果提，"我突然问道，"你结过婚吗？"

"天哪，大卫少爷，"皮果提答道，"你怎么会想起问结婚这事呢？"

我被她的惊慌回答弄清醒了。她把针拉到线的尽头，放下手边的活看着我。

"你到底有没有结过婚呢，皮果提？"我说，"你是个很美丽的女人，我说得没错吧？"

老实说，我当然觉得她和母亲是没法比的，在我看来她却是另一种美的代表。在那个气派的客厅里有一张画，画上有个花球红绒面的脚凳，那是母亲画的。皮果提的肤色和画中凳子的底色是一样的，只不过凳子光滑些，而皮果提的皮肤却粗糙一些罢了，不过这有什么关系呢？

"我美丽，大卫？"皮果提说，"唉，不对呀，大卫少爷！你怎么会想问结婚这事呢？"

"我也不清楚！人不能一次和两个人结婚对吧，皮果提？"

"肯定不能。"皮果提没有丝毫迟疑。

"假如先前和你结婚的那个人后来死了，这样你就可以嫁给另外一个人了吧，是不是这样子的，皮果提？"

"可以，"皮果提说，"如果她愿意的话，亲爱的，每个人的见解是不同的。"

"那你的见解呢，皮果提？"

我好奇地看着她问道，当时她也为我的问题而惊讶地看着我。

"我的见解是，"皮果提一边转移了她的目光，继续做她刚才没做完的活，一边想了想说道，"我没有结婚的打算，大卫少爷，我决不结婚。我的见解就是这样。"

"我但愿你没生我的气，是吧，皮果提？"如此沉默了一分钟我问道。

她当时看我的态度是那么淡定，以至于我真的认为她在生我的气。但我的想法被她接下来的举动证实是错了，她把手边的活（她正在补一只袜子）放下，张开双臂面对我长满鬈发的脑袋，给了我一个拥抱。当时给我的感觉就是那个拥抱好紧，因为她很胖，当她穿好衣服时，只要稍稍一用力，她衣服上的扣子就会向外飞出那么一两颗。就在她搂住我的时候，我清楚地听到纽扣绷落到地上的声音。

"你再给我讲讲阿鱼的故事吧，"皮果提说，对于鳄鱼的名字她还不能准确地讲出来，"我感觉我只听了一小半呢。"

当时我不明白皮果提为什么用如此奇怪的眼神看我，也不明白她为什么那么想听有关鳄鱼的故事。不过，当我给她讲那些怪物的时候，不知不觉睡意全消。埋在沙土中的鳄鱼蛋会利用太阳来孵化，我们在它们身边不断转着圈子，因为它们身体笨重，它们根本赶不上我们的速度，我们尽了所有能想到的花样去折磨那些鳄鱼。能做的我都做了，至于对皮果提我就不敢说了，她好像若有所思的样子，偶尔用她手上的针戳她的脸和手臂。

鳄鱼估计被我们折磨得体无完肤了，我们又开始拿美洲鳄发脾气，此刻，花园的门铃响了。当我们来到门口时，看到母亲回来了，我觉得此刻她更美了。在她身旁是一个长着浓密头发和胡子的男人，上次做完礼拜就是他送我们回来的。

就在母亲蹲下来吻我的时候，他说我比皇帝还享有更多的特权——或是别的意思差不多的话，当时我并不明白这些话，后来才慢慢明白过来。

"你是什么意思？"我伏在母亲肩膀上朝他问道。

他拍拍我的手。但说不上来，我就是不喜欢他，可能是不喜欢他洪亮的嗓音，更不想看到的是他在拍我的手时碰到我母亲的手，但他的确那么做了，我用力地把他推开。

"嗯，大卫！"母亲温柔地呵斥道。

"勇敢的小家伙！"他说，"对于你的忠心我丝毫没有意外感。"

母亲那晚美丽的容颜是我见过的最美的一次。对于我的粗暴，她也不过是很温和地责备了一句，随后把我抱得更紧了。接着她转过身去，向那位费了那么多事送她回家的男人道了一句谢，并向他伸出了右手，当他回礼去握时，我感觉她瞥了我一眼。

"让我们说'晚安'吧，孩子。"那男人对我说道，此刻他把头挨在母亲的手套上，我看到了让我醋意大发的一幕。

"拜拜！"我说。

"好吧!我们交个朋友吧,成为世上最好的一对吧!"那男人笑着说,"让我们握手吧!"

我的右手此刻握在母亲的左手里,我便把左手伸给他。

"呵呵,不是这只手,大卫!"他摇摇头。

这时母亲把我的右手拉向他。可是因为以上的理由,我向他伸的仍是我的左手。不过他也就苦笑地握了一下,还说我是个勇敢的家伙。说完便走了。

他在花园里拐了个弯便出去了,在门将要关上之前他朝我们看了最后一眼。

在旁边一直没有说话的皮果提甚至没动一下手指头就把门上了锁。我们来到客厅。与以往不同的是母亲并没有在火炉边的靠背椅上坐下,而是直接来到房间另一端低声哼唱着小曲。

"但愿你今晚过得很愉快,夫人。"皮果提说。她拿着烛台站在屋中间,一动不动,俨然一个水桶。

"谢谢你,皮果提,"母亲语气很高兴地答道,"今晚我过得非常愉快。"

"这种快乐的变化是因为一个陌生人或其他什么而引起的吧。"皮果提暗示道。

"这样的变化实在是令人快乐。"母亲答道。

皮果提仍旧一动不动地站在那里,母亲继续低吟浅唱着。我去睡觉了,但没有睡熟,还能隐约听见她们的谈话,但听不清具体在谈什么。当我从迷糊中醒来时(醒来的感觉很不舒服),发现母亲和皮果提一边流泪一边在谈着什么。

"不是这样一个人,科波菲尔先生会不高兴的,"皮果提说,"我敢这么说,我也敢发誓!"

"哦!老天啊!"母亲叫道,"你非得把我逼疯不成吗?哪有女孩像我这样可怜得让一个下人来说自己的不是呢?你非得如此不公平地把我唤作女孩吗?这到底是为什么?我难道没结过婚吗,皮果提?"

"你结过婚是事实,上帝可以为你证明,夫人。"皮果提答道。

"那你怎么敢,"母亲说,"我并不想说你怎么敢,我的意思你是知道的,皮果提。就是你怎么可以忍心让我如此难受,对我说了让人受不了的话,你是否明白,除了你,我没一个朋友可以依靠!"

"越是这样,"皮果提答道,"就越不行。不!无论如何也不行!不!"皮果提用力地摇她手中的烛台来表明她的意思,我怀疑她是否会把烛台扔出去。

"你怎么忍心这样对我,"母亲说完就开始流泪了,"多么不公平的话啊!你怎么总以为一切都已成定局并似乎都安排好了一样,皮果提?我不是告诉过你很多礼仪吗?还说这些都是最普通的交际,你怎么能如此残忍!追求对我来说又能如何?如果人们愚蠢到滥用感情,那能怪我吗?我能怎么办,我问你?我想你肯定希望我剃光头发涂成黑脸,或是烫伤自己把自己变丑。你会希望我那么做的,皮果提,我敢肯定。"

面对母亲的不公平的指责,皮果提似乎很伤心,至少我是这么想的。

"亲爱的,"母亲一边叫着一边走到椅子边把我抱住了,"亲爱的大卫!她根本是在暗示我,说我根本就不疼爱你!"

"我没有任何暗示。"皮果提说。

"你有，皮果提！"母亲答道，"你有没有暗示过，没人比你更清楚。你刚才的那些话是什么意思，刻薄的东西，你心里比我还清楚。上个季度我连一把伞都不肯买，你也知道那把绿伞破得连一点穗子也没有了。对于这一点你比我更清楚，皮果提，你能否认吗？"说完她就朝我转过身来，满脸激动的样子，还把脸贴近我的脸，"我是一个令人讨厌的妈妈，是吧，大卫？我是一个讨厌的、自私的、品行低劣的坏妈妈吗？说我是，亲爱的，说'是'呀，那样皮果提才会爱你，跟她的爱相比，我的根本就不值一提，大卫。我是不是不曾爱过你？"

说到这里，我们都哭了，我哭得最厉害。不光是我，她们哭得都很伤心。我清楚地记得皮果提哭得甚为悲痛，甚至让我怀疑她身上的扣子是否会飞出去。她和母亲言和之后便在我的椅子旁跪下来哄我，当时有几粒纽扣像炸弹一样向外飞了出去。

我们上了床，心情都不怎么好。有那么一段时间，我被自己的呜咽声所惊醒，有一次我从床上爬起来时，发现母亲正坐在床头朝我俯下身子。再后来，我就歪在她怀里睡熟了。

我再次见到那个男人具体在什么时候，我也记不太清楚了，或许是在接下来的一个星期天，或许是过了更长的时间，因为我对时间的概念很不敏感。不过，他来到教堂和我们一起礼拜，最后又送我们回家。他和我们一起走进院子，看到客厅里的一束天竺葵花，当时他也没怎么认真看它，但为什么在离开之前，他非得让母亲送他一朵呢？还不情愿自己去拿，非得我母亲亲自为他挑选，这让我很纳闷。他甚至还说他会永远戴着它。他难道不知道花一两天就会凋谢吗？他真是够傻的。

现在皮果提晚上也不像以前经常跟我们坐在一起谈心了。据我的观察母亲对她比以往更尊重了，但我们却没有以前那么快活了，经过上次之后我们便疏远了。至于原因，我是这样猜想的，可能是皮果提不赞成母亲穿那些一直放在抽屉里的漂亮服饰，也可能是她不喜欢母亲经常去那个男人家，但至今我也没能想明白。

自那以后，我也经常见到那个满脸胡子的男人。但我并不因为我们经常见面而喜欢他，相反因对他的嫉妒而产生的不安至今仍没有消除。这样说吧，这可能是发自一个孩子内心对他的厌恶，也可能是由于皮果提和我对母亲所持的一贯看法，或许还有其他什么理由吧，但到今天我也没有因为自己比以前多了一些见识而发现它们。至少在当时对我来说，那种观点在我头脑中还没完全成型，或者说那种观点根本就不想接近我的大脑。至少我还不能把这些零碎的东西拼凑成一张网，并把所有人都置于这张网中。

一个深秋的清晨，当我和母亲在花园里散步时，默德斯通先生（前面提到的那个男人，而我在此刻才知道他的名字）骑马来到我们跟前。他喝住了马，跟我母亲打了个招呼说他正要去罗斯托夫特拜访几位开游艇的朋友。他还说，假如我愿意骑马的话，可以坐在他前面的马鞍上同他一道去。

早晨的空气甚为清爽，那马站在花园门口不停地向外吐气，还弹动着四条腿，似乎很乐意让人骑。看见它如此欢迎我，我有想去的冲动了，真的想！于是，我被母亲打发到屋里，让皮果提把我打扮一下。此时，默德斯通先生也下了马，牵着缰绳，沿着蔷薇篱笆在花园外慢慢地走来走去，母亲则在花园里陪他慢慢地走来走去。我记得，当时皮果提和我从窗子向外偷偷地望着他们，他们在

一边走,一边欣赏着院子里的那些蔷薇。我还记得,脾气温和的皮果提此刻一下就暴躁了,她把我的头发朝与平时相反的方向用力地梳。

过了片刻,我便坐在默德斯通先生的马上出发了。马儿沿着青草地快活地往前奔跑着。他用一只胳膊甚为轻松地搂着我,平时我是不喜欢乱动的,但那时,我怎么都想扭过脸去看看他那张长满胡子的脸。他的眼睛很浅,我真找不到一个更好的词来描述他那没有一点深度可言的眼睛,当他目光转动时,仿佛能被一种奇怪的光线轻易改变。有几次,我怀着惧意凝视着他的眼神时这样想道:他到底在想什么呢?从我现在的位置看他,他的头发和胡子比我以前看他时还要浓、还要黑。他的下巴是方的,刚刮过的胡子还留着又粗又硬的短渣,看到这一切使我想起大约半年前在我们这里巡展的蜡像。如果你看过他那整齐的眉毛,以及黑白褐分明的皮肤,你一定认为他是个英俊男子,我想我那可怜又可爱的母亲肯定也会这么想。但在我看来他的模样让我一想起来就觉得讨厌,这让我很是忐忑。

我们在海边的一家旅馆外停下来。有两个穿着宽松短装的男人在一个房间里各自躺在那儿抽雪茄,他们的身下都排着不少于四把椅子。角落里堆着一些外套,里面还有海军斗篷,另外还夹有一面旗子。

当我们进屋后,那两个人懒洋洋地爬起来,说道:"喂,默德斯通!我们还以为你死了呢!"

"还没有。"

"他是谁?"其中一个抓住我问道。

"这是大卫。"默德斯通先生答道。

"姓什么?"那人又道,"琼斯吗?"

"不是,姓科波菲尔。"默德斯通先生答道。

"啊?是那个迷人的科波菲尔太太的儿子吗?"那人叫道,"那个美丽的小寡妇?"

"奎宁,"默德斯通先生说,"你得小心点。有人很明事理呢。"

"谁明事理?"那人笑着问。

我也抬起头,想知道那个明事理的人究竟是谁。

"谢菲尔德的布鲁克斯。"默德斯通先生说。

听到他说是谢菲尔德的布鲁克斯,我就放心了,起初我以为他是在说我呢。

那个布鲁克斯似乎有很好笑的地方,因为一提到他,那两个人就开怀大笑起来,默德斯通先生也笑了,笑得很开心。笑过片刻之后,被唤作奎宁的说:"至于这次的生意,谢菲尔德的布鲁克斯是个什么态度呢?"

"呵,对于这件事我看不出布鲁克斯又了解多少。"默德斯通先生答道,"但是我想他是不会赞同的。"

说完这话,他们又开心地笑了。奎宁打算拉铃叫些葡萄酒为布鲁克斯祝福,当然他也确实那么做了。酒上来之后,他叫我也吃点饼干喝一点酒。就在我准备喝酒之前,他要我站起来说:"打倒布鲁克斯!"我说完便引起大家的一阵喝彩,接着便又开心地笑了,我也跟着笑了。我一笑,他们笑得就更为开心了。总之,我们都很开心。

之后我们便来到海滨的悬崖上散步,接着来到草地上,用望远镜看东西(我装作能看见很多美丽的景色,其实用那玩意儿我没有看见任何东西),然后我们回旅馆提前吃了午饭。在外面散步时,那两个人就一直在吸烟,如果你闻闻他们那粗布外衣的气味,你就会立刻想到这衣服在他们从裁缝处拿来时就一直伴随他们吸烟到现在。我清楚地记得,在我们上了游艇之后,他们三个人一同走进船舱去忙着整理文件了。从敞开的天窗朝他们望去时,只见他们十分卖力。在他们整理文件的时候,我由一个很和气的满头红发的人照顾着。他天生一颗大脑袋,却戴着一顶极为小巧的帽子。他的背心上绣着"云雀"字样的英文字母。我猜想那大概是他的名字吧,可能他住在船上的缘故吧,与住在街上的人不同,不能像他们一样把自己的姓名标在门上,于是就把姓名写在了自己的胸前,可就在我那么称呼他时,他却告诉我云雀是这艘游艇的名字。

据我观察,整整一天当中默德斯通先生比起那两个人似乎更为严肃、稳重。那两个人很快活地开着玩笑,和他开玩笑却是很少见的。我觉得默德斯通先生很深沉、冷静,而他们似乎也有和我同样的看法。据我观察,有那么一两次,奎宁先生怕惹默德斯通先生生气,于是在说话时歪着头对着他。还有一次,就在巴斯尼治先生(另外一个人)得意扬扬时,奎宁踢了他两下,并给他使了个眼色,意思是要他注意一声不吭的默德斯通先生。除了那个谢菲尔德的笑话外我真的想不起来那天他在什么时候笑过,不过话又说回来,那也是他自己讲的笑话啊。

通过我的观察写出了默德斯通先生的严肃、稳重。

天黑之前我们回到了家。那晚秋风瑟瑟,在打发我进屋喝茶之后,母亲便陪着他在蔷薇篱笆外散步。在他离开之后,母亲问我在一天当中我都做了什么事,他们都做过什么、说过什么。我如实地告诉了她,她笑了,还说他们全是些颠三倒四的家伙。但据我观察,对于他们的胡说八道,她好像很喜欢,对于这一点,至今我都这样认为。我突然想到谢菲尔德的布鲁克斯先生,便问她是否认识,她的回答却是否定的;不过,据她猜测他应该是个制作刀叉的。

此刻,她的脸又出现在我面前,比我在大街上的人群中想要寻找的任何一张脸都要清晰;我能说她的脸不存在了吗?虽然我知道它已变化了,虽然我明知它已经不复存在了,但是我能么说吗?她那少女般的纯真而美丽的脸庞在那天夜里扑面而来时,我能说它凋谢了

写出了"我"对母亲的脸的感受。

吗？她在我记忆里一直那么鲜活（我也只能这么说了），而在我的记忆中她比任何人都光彩动人，我还能那么说吗？

说完，我就上了床，让我来如实讲述她那时来和我互道晚安时的情景吧。她来到我的床边，双腿屈膝，双手托额，好像在跟我开玩笑。

"他们是怎么说的，大卫？再给我讲一次吧，我才不信呢。"

"'迷人的——'"我开始说。

母亲把手放到我嘴唇上阻拦我。

"肯定不是'迷人的'，"她笑了起来，"肯定不是'迷人的'，大卫，现在我敢肯定不是那样的！"

"是的，就是那样的。'迷人的科波菲尔太太，'"我理直气壮地答道，"还说是'美丽的'。"

"不，不，肯定不会是'美丽的'，肯定不会。"母亲又把手放在我嘴唇上说道。

"是的，就是这么说的。'美丽的小寡妇'。"

"这些愚蠢的家伙，也不感到害臊！"母亲捂着脸笑了，"这些家伙真是可笑至极！是不是，亲爱的大卫？"

"是，妈妈。"

"千万不能告诉皮果提，否则她会生气的。我自己就很生气了，我不想看到皮果提也这样。"

当然，我答应了。于是，我们互相亲吻过后不久我便睡着了。

相隔多年，我感觉好像是发生在第二天一样，但事实上不过是两个月的时间而已，皮果提告诉了我一件让我甚为欢喜的事。

某个夜晚，和往常一样我们在一起坐着，身边有袜子、码尺、蜡烛头、绘有圣保罗教堂的针线匣、关于鳄鱼的书。当时母亲去邻居家了。皮果提看了我好多次，想开口说些什么却没有发出任何声音。见她这样，我还以为她不过是在打呵欠罢了，最后她还是说了，不过我觉得她好像是在哄我一样。

"大卫少爷，你想不想跟我一道去雅茅斯住两个星期呢，我哥哥家就在那里。那里很好玩的。"

"你哥哥人怎么样，皮果提？"我忙问道。

"哦，他是个非常好的人！"皮果提把两只手举得很高喊道，"那儿不仅有海、海滩、大小船只，还有打鱼的人，还有汉姆可以陪你玩。"

皮果提说的汉姆是她侄儿，在前面我曾提到过。

她讲的这些开心的事让我感觉很兴奋。于是我说很想去，但又怕母亲不同意。

"嘿，我敢打一个基尼的赌，"皮果提很认真的样子，"她一定会同意的，如果你想去，她回来我就去问她，怎么样？"

"但是我们怎么能把她一个人丢下呢？"我一边说一边把我的小胳膊肘支在桌上，想对这问题作一个深刻的讨论,"总不能把她一个人丢在家里吧。"

如果皮果提非得要在她手中的袜子上找一个洞去补的话,我想这个洞肯定小得可怜。

"我说,皮果提!她是不能独自一个人过的,你知道的啊!"

"哦,天哪!"皮果提看着我说道,"你还不知道吧?她正打算和格雷普太太(我们的邻居)住两个星期呢。至于格雷普太太,她正要宴请宾客呢。"

哦!原来如此,那样的话,我就可以放心地去了。我迫不及待地等着母亲从格雷普太太家回来,等她决定是否愿意给我们一个实现这了不起的愿望的机会。正像我所想的一样,母亲爽快地答应了。当晚便安排好了一切,旅行期间的食宿费也都准备好了。

转眼之间就到了动身的日子,连迫不及待的我都觉得时间过得太快。对于这一天,我等得实在是太过急切了,害怕会发生地震、火山爆发或其他的自然灾害而使我的旅行耽搁了。吃过早饭,我们便乘车子出发了。让我拿钱换一夜穿着靴子和衣而睡我也愿意,不管多少钱!

在叙述我当时是如何迫不及待地离开那快乐的家时,我有点不经意,但到现在我还为此感到难过,当时我竟没有想到我永远离开它了。

当车子停在我家门口快出发之前,母亲跑过来吻我。当时,面对我的母亲,面对那个生我养我的地方,依恋之情顿时涌上心头,我不一会儿便哭出了声。母亲也跟着哭了,她把我抱得很紧以至于我能清晰地听到她的心跳,想到这些,我感觉真的好幸福。

我记得当车夫要开始赶车的时候,母亲在门边跪下请他再等一会儿,好让她能再亲吻我一次。那时当她的脸凑上我的脸吻我时,我能感受到她那份真挚的爱,那时我真的很幸福。

最后我们出发了,就在她一个人站在路旁朝我们远望时,默德斯通先生来到她的跟前,好像在劝她别太感情用事。我透过车后的窗子向他们看去时,我不明白这一切跟他有什么关系。皮果提也看到了那一幕,似乎跟我一样不高兴,当她把脸转回车厢时通过她的表情就可以很清楚地看出这一点。

我坐在那里看着皮果提,心想,假若她像童话中说的那样奉命把我遗弃,不知道我能否沿着她落下的纽扣找到回家的路?

精彩点拨

本章在刻画"我"的母亲重新恋爱的事件上运用了多种表现手法:动作描写"直接来到房间另一端低声哼唱着小曲";语言描写"他们是怎么说的,大卫?再给我讲一次吧,我才不信呢";侧面描写,我发现母亲的变化。从而生动形象地把母亲的害羞、兴奋和对未来美好生活的渴望表现出来。

阅读积累

教　堂

　　基督宗教是欧洲人生活中的一个重要的部分。因此，作为宗教活动传播的主要场所，教堂大多历史久远，并且遍布城乡各地，成为城、镇的重要组成部分。

　　教堂是基督教三大流派（天主教、基督新教、东正教）举行弥撒礼拜等宗教事宜的地方，按照级别分类有主教坐堂、大教堂（大殿）、教堂、礼拜堂等。

　　世界现今前三大教堂是天主教的：圣伯多禄（圣彼得）大教堂、米兰大教堂、塞维利亚大教堂，全世界共有1520座宗座圣殿，其中大部分分布在欧洲，特别是在意大利。

　　欧洲的教堂主要分为四种建筑风格：罗马风格、哥特风格、巴洛克风格和现代主义教堂，也有少数其他风格的教堂。

第三章

> **精彩导读**
>
> 　　大卫在随皮果提来到了皮果提先生（皮果提的哥哥）家后，认识了勤劳的汉姆和可爱的小爱米丽以及经常说自己可怜的高米芝太太。大卫爱上了小爱米丽，他在海边度过了难忘的两个星期。等他回到自己家时，发现他的妈妈竟然结婚了，她会过得幸福吗？

　　据我观察，在世上恐怕再也找不到比那车夫的马更懒的马了。它垂着头，慢吞吞地向前走着，仿佛它满心希望收包裹的人们一个劲儿地等着。我还以为它因为这个念头在笑呢，但车夫说它不过是在咳嗽罢了。

　　车夫把他的头垂得比马还要低，把一只胳膊放在膝盖上，一边打着瞌睡一边慢慢地赶着车。与其说是他在赶车，还不如说是马在替他做这一切，我想，没有他，我们也会到达雅茅斯的。他独自一人得意扬扬地吹着口哨，压根就没想过要和我们搭话。

　　皮果提临走时带了一篮点心，即使我们乘着这辆慢得要命的马车去伦敦，有这篮点心我们也不会挨饿的。一路上我们除了吃和睡再也没有别的事可做了。皮果提用篮子把支撑着下巴，很快就入睡了，就算睡着了篮子也不曾离开过她的手。如果我那天没有听到，我怎么也不会相信像她这样一个手无缚鸡之力的妇人会有如此震耳的鼾声。

　　我们在路上走走停停，如此很多次，甚至用了很长一段时间，为的就是把一副床架送交给一家酒馆，又拜访了许多其他的地方，对于这些我感到异常厌倦。但是当我一想到马上就能到达雅茅斯时，就倍感兴奋。看着河对岸的那片沉闷的荒地，感觉那么潮湿，完全是一块蓄水地。我突然想到，地理书上说我们居住的这个世界是圆的，但是为什么从每一角度看上去它却都是如此平坦呢？大概是因为雅茅斯位于两极之一，所以才会这样的吧，我想。

　　当我们走得更近一点时发现附近的一切景象都像是横在天空下的一条很低的直线。我向皮果提暗示说，假如有一座小山的话会好一些，假如小镇和潮水不像烤面包和水那般混在一起会更好的。听到这些，皮果提用加重了语气的口吻对我说，我们应适应这世上的一切，对她自己来说，以自称雅茅斯鱼而感到无比荣幸。

　　我们在街上看到的一切让我大开了眼界，鱼味、麻絮味、柏油味扑鼻而来，到处游荡的水手，另外还有在路上叮当着来去的马车，我突然发觉自己先前是冤枉了这个热闹非凡的地方。当我把我

的这一发现告诉皮果提时，她大为欣喜，并对我说，这里的人都明白，雅茅斯是最适合人类居住的地方。

"我的汉姆也住在这里呢！"皮果提叫道，"大概我已认不出他了！"

事实上，他在一家小酒馆里等我们，当我们见面时，他问我此趟旅行感觉如何，如同一个认识已久的朋友一般。听到这话时，我觉得我对于他的了解并没有他对于我那么熟悉，因为除了我出生之前的日子，他就再也没去拜访过我们，所以他认识我而我却不曾见过他。一路上因为他背着我回家，所以我们之间的关系大大进了一步。对身高六英尺，魁梧健壮，身宽肩圆的他来说，却天生一张带着孩子气傻笑的脸，还长有一头让他看起来像绵羊的浅色鬈发。他穿着一件帆布短衫和一件即使没有腿在里面也能直立起来的硬裤子。他戴着一顶帽子，如同一种漆黑的东西盖在旧房子上。

汉姆驮着我，胳膊下夹着一只箱子，另一只箱子在皮果提手里。我们穿过堆满碎木片和沙砾的巷子，经过煤气厂、造绳厂、小船厂、大船厂、拆船厂、修船厂、配索厂、铁匠厂，以及其他类似的地方，最终到达了从远处看来那异常沉闷的荒地。这时，汉姆对我说：

"少爷，那就是我的家！"

我朝周围望去，尽可能从荒地望过去，望到海滩边、河道旁，可我始终没有看到任何房子。但在离我们不远的地方有一条看似旧船之类的东西，在海潮不及处。从那里面伸出一个漏斗一样的烟囱，还缓缓地冒出几缕青烟，我实在看不出它哪一点像是人居住的地方。

"不会就是那个吧，"我说，"像船一样的东西？"

"正是，大卫少爷。"汉姆答道。

我想即使是阿拉丁的宫殿或鹏鸟的蛋，也不能比住在这艘船里的荒诞想法更让我神往的了。在它的旁边，开了一道有趣的小门，直通屋顶下，船的周身还开有一些小窗。但更让我着迷的一点是，它是一条下过无数次海的船，一定不会有人想到要把它拖到地面上作为房屋供人居住。假如在建造之初它就是专门供人来居住的话，它会让我们感觉它太小且不方便或是太孤单什么的，可因为它就是一条下海打鱼的船，所以现在看来它倒成了一个完美的住处了。

走进去一看，里面清洁可爱，异常整齐。一张桌子，一只荷兰钟，一个带有抽屉的衣柜，衣柜上放有一个茶盘，盘面上绘有一个拿伞的女人正和一个在转动着铁环、军人模样的正在散步的小男孩。茶盘被一本《圣经》托着，防止它掉下来把书周围的茶杯、碟子和茶壶都砸碎了。墙上有一些普普通通的关于《圣经》故事的彩色油画，被镶有玻璃的画框装着。这些东西给我留下的印象相当深刻，以至于后来一见到小贩卖这些东西，我就会记起皮果提哥哥房子里的这一切。在我看来有两幅最为出色的画：一幅是穿蓝衣的伊撒被穿红衣的亚伯拉罕当作祭品，另一幅是穿黄衣的但以理被扔进了绿色的狮穴中。小小的壁炉架上有一幅由桑德拉人建造的名叫撒拉·珍的小船的画，船尾还粘有一根真正的木头，实在是一件集美术和木工技艺于一身的艺术珍品，在我眼里，它是一件令世人羡慕的作品。有一些钩子悬在天花板的横梁上，另外还有一些类似柜子和箱子之类的东西，用它们来作为坐具，以弥补椅子的不足。

以上这些都是在我一进门之后所看见的（感觉挺幼稚的），接着，皮果提打开了一扇靠近船尾的小门对我说，那是我在这里的卧室，比起我家的那间更为完美可爱，在以前船舵经过的地方开了一扇小窗户；墙上挂了一面镶有贝壳镜框的镜子，高度正好让我看到我的整张脸；一张和我个子差不多长短的小床；桌上有一个插着海藻的蓝色玻璃杯；墙壁刷得比牛奶还要白，缝有补丁的床单反射的阳光刺得我的眼睛火辣辣的。在这间可爱的房间里，散发出的鱼味吸引了我的注意，那气味强烈到当我掏出手帕擦鼻子时，都感觉好像有一只大海虾包裹在手帕里。私下里我跟皮果提说了我的这一发现，她告诉我说，她哥哥是以贩卖大海虾、螃蟹为生的。此后的时光里，在屋外一间放有盆和桶的小木屋中，我能经常看见这样一大堆小东西，它们彼此有趣地缠在一起，一旦夹到什么东西它们到死也不会松开。

一个系着白围裙的女人在门口很有礼貌地迎接着我们。离她大约还有四分之一英里时，我就从汉姆肩上看到她在门口向我们屈膝行礼了。在她旁边还有一个戴着一串蓝珠子项链的漂亮女孩（我是这样认为的）和她一道在迎接我们。当我走到她跟前想要吻她时，她不让，跑进屋躲了起来。晚上，就在我们很得意地吃着比目鱼、溶奶油和马铃薯时（另外我还吃了一块排骨），进来一个脸上长满胡须却很和善的人。他管皮果提叫"小丫头"，接着给了她一个响吻，从他的言行举止来看，我猜测这应该就是她的哥哥了。果然，他们给我介绍说他是皮果提先生，这家的主人。

"欢迎你的到来，少爷。"皮果提先生说，"你会觉得我们有点粗鲁，但那正是我们豪爽的一面啊。"

我谢过他，说在这里我会很快乐的。

"你妈妈呢，她好吗，少爷？"皮果提先生问道，"你们走时，她没有不舒服吧？"

我对皮果提先生说，像他所希望的那样，她是愉快的，并说她要我转达她的问候呢——当然，这是我编造的一句客套话。

"真的很感谢她，"皮果提先生道，"呵，少爷，如果你能和她，"他朝他妹妹点了下头，"汉姆，还有小爱米丽一起，在这里多住两个星期，我们会觉得万分荣幸呢。"

他如此热情地表达了地主之谊后，便走到屋外，一边用热水冲洗着自己，一边说道："我身上的污泥是冷水所不能洗净的。"他洗完之后便来到屋中，这时他看上去干净多了，不过因为水太热把他的脸烫得太红了，这倒让我想起了屋外的那些大海虾，进热水之前身体还是黑的，出来之后就全身通红了。

我们在喝过茶之后，就把门关严了，相对于外面寒冷多雾的天气，我觉得这所温暖的屋子是最舒适的隐居之所了。听着海面上呼啸的风声，想象着屋外的冷雾偷偷爬过这片荒地，面对着火炉想到附近这唯一的一所用船作为住处的房屋，一想到这些感觉自己像是着了魔一样。小爱米丽已不再害羞了，和我一道坐在烟囱旁边的一个低小的柜子上，这柜子的大小刚好够我们俩坐。皮果提太太系着白围裙面对着火炉在织毛衣。皮果提很自在地在用那绘有圣保罗教堂的针线匣子和那块破旧的蜡烛头缝补着，看上去就像那些东西不曾被别人保管过一样。那晚汉姆教我如何用扑克算命，可规则他却又不记得了，因此他翻动了所有的牌，结果他手上的鱼腥味全都沾在那副脏得要命的牌上了。皮果提先生在一旁抽着烟，我觉得这是一个和他聊天的好机会。

"皮果提先生！"我说道。

"少爷，什么事？"他说。

巧设问句

诺亚的第二个儿子叫汉姆，所以才有如此一问。

反复手法

通过大卫与皮果提先生的对话，可以看出下层人民生活的不幸。

"因为你们住在方舟上所以才给你儿子取名叫汉姆的吗？"皮果提先生觉得这个问题似乎蕴藏着很深的道理，但他的回答却并没有显示出这一点：

"不是的，少爷。他的名字不是我起的。"

"那他的名字是谁起的呢？"我用基督教义问答的第二个问题向皮果提先生问道。

"这个呀，是他父亲呀，少爷。"皮果提先生说。

"我一直以为他是您的儿子呢！"

"他的父亲是我弟弟宙。"皮果提先生说。

"他死了吧，皮果提先生？"我沉默了片刻问道。

"淹死的。"皮果提先生说道。

皮果提先生的回答让我感到甚为诧异，汉姆竟然不是他的儿子。我开始怀疑这些人之间的关系是否都被我弄错了。我很想把这些人的关系理清楚，于是我决定向皮果提先生问到底。

"小爱米丽呢？"我看着她说道，"是你的女儿吧？"

"不是的，少爷。她是我妹夫汤姆的女儿。"

"也死了吧，皮果提先生？"我沉默了片刻之后，忍不住又问了一句同样的话。

"淹死了。"皮果提先生说。

我深刻地感到继续这个话题的困难程度了，但是我还没有弄清楚其他人的关系呀，于是打算继续问下去。我说：

"你连一个孩子也没有吗，皮果提先生？"

"嗯，少爷，"他笑一下继续说，"我是孤单一个人呢。"

"单身汉？"这让我更为惊讶了，"嗯？那么她是谁，皮果提先生？"我指着那个系着白围裙正在织毛衣的人问道。

"哦，她呀，她是高米芝太太。"皮果提先生说。

"高米芝？"

此刻，皮果提——我家的用人——向我示意别再问了，我也就只好陪大家一起默默地坐在那里。到睡觉的时候，皮果提来到我的房间，她告诉我说，汉姆和爱米丽都是孤儿，皮果提先生在他们无依无靠时就收养了他们，一直到现在。至于高米芝太太的丈夫，是和他曾经在一条船上干活的伙伴，因为贫穷，最终死了。不过他自己也是一个穷人，她说，但他比金子还要好，比钢还要硬——她如此比喻。她告诉我，唯一能让他发脾气或诅咒的就是对他的这些义举妄加评论。如果有人在他面前提起这事，他会很愤怒地捶一下桌子，曾经还打破了一张，然后赌一个可怕的咒，假如这样做不能奏效的话，他要么一去不复返，要么就要受到"高埋"。对于"高埋"这个词，我曾问过那里所有的人，似乎没人知道它的来历，但人人都把它当作再可怕不过的诅咒了。

"高埋"：一个英文单词的谐音，意为遭天谴。

我在睡意加深的情况下领会了主人的好处，心情也跟着舒畅了。听到女人们在船的那一头一间和我的差不多大的卧室中入睡，也听到他和汉姆在悬梁的钩子上吊起两张吊床。就在我睡意浓烈的时候，海上的风咆哮着吹过海滩，想到这夜晚翻腾起伏的大海，顿时有种说不出的忧虑。但我想到，我毕竟是在一条船上，而且万一发生了一些事，船上有像皮果提先生那样的人是有很多好处的。

第二天醒来，一切都和往常一样，什么事也没有。当早晨的第一缕阳光照到屋中那镜框上镶有贝壳的镜子上时，我便起了床，和小爱米丽一道来到海滩上拣石子。

"我想你应该是个水手吧？"我向小爱米丽问道。究竟有没有想过这个问题连我自己也不是很清楚，但我觉得出于礼貌我应该说点什么。就在那时，我看到离我们不远处有一面船帆，在她明亮的眼睛中反射出一个美丽的影子，使我想到这个问题。

"不，"小爱米丽摇摇头，"我怕海。"

"怕？"我站在大海面前摆出一副神气十足的样子冲海喊道，"我不怕！"

"啊！可它是残忍的，"小爱米丽说，"它曾那么残忍地对待着我们的一些人，我见过一艘同我们房子一般大的船被它吞没了。"

拟人手法

形象地写出了大海的残酷。

"那不会是……"

"你是说我父亲淹死在里面的那艘？"小爱米丽说，"不，不是那艘。我从来没见过那艘船。"

"你也不曾见过他吗？"我问。

小爱米丽摇摇头："想不起来了。"

无独有偶！我立刻对她说："我父亲在我出世前就死了，只有我母亲和我过着我们想象得出来的幸福生活，而且还说不光是现在，将来也要这样幸福地生活下去，我父亲的墓在我家附近，被一棵树遮着，有许多个愉快的早晨，我来到那树下听鸟儿欢快地歌唱。"有一点小爱米丽似乎和我不同，那就是，她母亲比她父亲更早地离开了她，除了黑暗的海底没人知道她父亲到底埋在哪里。

"另外，"小爱米丽一面低头找着贝壳和石子，一面对我说道，"你父亲是上流社会的，你母亲也是位太太；我父亲不过是个渔夫，

我母亲也是个渔夫的女儿,我的舅舅丹也是个渔夫。"

"你说的丹就是皮果提先生吧?"我问道。

"丹舅舅——在那里。"小爱米丽对着那座船一样的房子点了点头道。

"嗯,我指的就是他,我想他对你一定很好。"

"他对我很好。"小爱米丽说,"假如哪天我也做了太太,我一定送给他一件镶有钻石纽扣的天蓝色外衣、一条紫花布的长裤、一件红色天鹅绒背心、一顶卷边帽、一只金表、一只银烟斗,对了,还有一箱钱。"

我说皮果提先生对于这些是受之无愧的。不过我很怀疑,他是否能很自在地穿上他那感恩的小外甥女为他设计的服装,至于那顶卷边帽对他是否合适,我就更为怀疑了,当然我没有说出我的这些想法。

小爱米丽已经停下了脚步,望着天空盘算着,仿佛那些都是一种美好的景象。我们一边朝前走着,一边注意着脚下的贝壳和石子。

"你想成为一个太太?"我说。

小爱米丽看着我点了点头,笑了:"是呀。"

"我很想那样,如此一来,我、丹舅舅、汉姆,还有高米芝太太全都会成为上等人了,我们就不必担心暴风雨会在什么时候来临了。我不光是为了我们自己,还有那些可怜的渔夫,万一他们遭遇不测,我想我的钱可以帮助他们。"

我对这个想法甚为满意,感觉不会有任何阻碍。当我对这个想法表示了我的欢喜之后,小爱米丽害羞地问道:

"现在呢,你仍然不怕海吗?"

此刻海很安静,安静得让我安心,假如现在有一个大一点的浪花向我们打过来时,我肯定会怀着对她那些被淹死的家人的可怕记忆跑开的。但我仍然说:"不怕。"我又补充道:"你也没有表现出很害怕的样子啊,虽然你说你很怕。"因为我们走过旧码头或木板走道上时,她走得太靠边了,我真担心她会因此而掉下去呢。

"我怕的不是这个,"小爱米丽说,"每当海风咆哮的时候,我就会被惊醒,全身发抖,想着丹舅舅和汉姆,我相信可以听见他们呼救的声音。所以,我好想成为一个夫人。不过我怕的不是这个,一点也不,真的,看!"

她从我身边一直走到离我们不远处的一根突起的锯齿形木头上,木头高高地悬在水面上,周围没有一点可以作为护栏的东西。那一刻的情景给我留下了很深的印象,假如我会画画的话,我完全可以把它画下来:小爱米丽带着那种我永远也忘不了的神气面朝大海跳上她的死地(我觉得是这样的)。

当她安然无恙地回到我身边时,我嘲笑自己刚才为什么如此害怕,甚至差点叫了起来,对于连一个人都没有的地方,叫喊是没有任何用处的。自那以后一直到现在我想了很多次:在那些无法预料的事中,是否存在这种可能,即她在那天突然变得如此胆大是否是因为有一种仁慈的吸引力在鼓动她去冒险,她那亡故的父亲在引诱着她向他靠拢,以便他们可以团聚。自那以后,有那么一段时间我曾这样怀疑：假如她未来的生活已在那一瞬间给我作了启示，以一个孩子完全可以理解的方式给我作了启示，如果我不向她伸出援手她便很难得以保全的话，我是否应该向她伸出援手呢？自那以后，有那么一段时间（虽然不长但的确有过）我这样问自己：假如小爱米丽在那天就在我的眼前被吞没是否会更好些？我这样回答，是会更好。

或许这太早了点，或许我说得太快了。不管怎样，由它去吧。

那天我们走了很长一段路，拣了很多在我们看来的稀罕之物，还把一些搁浅的星鱼很小心地放回了海里——到现在我还是无法了解它们，对于我们这样的做法，我无法断定它们究竟会感谢我们，还是正好相反——接着我们便朝皮果提先生的住处走去。在龙虾外屋的避风处，我们交换了天真的吻，之后洋溢着阳光和快乐的心情进去用早餐了。

"两只多么年轻的画眉啊。"皮果提先生说。照我们的话来说，说我们是两只年轻的画眉，这是一种恭维，我们接受了。

当然，我爱上小爱米丽了。我敢说，我爱她，比我后来那高尚且尊贵的爱情还要真挚强烈，还要纯真和高尚。我相信，围绕着那个蓝眼睛的小女孩生出一种东西，并把她化成了我心目中的天使。即使在任何一个晴朗的清晨，她在我面前展开一双小翅膀飞走了，我也不会认为有什么奇怪。

我们经常这样相亲相爱地走在雅茅斯雾蒙蒙的海滩上。我们就这样自在地消遣时日，仿佛时光也像一个长不大的孩子。我对小爱米丽说我很喜欢她，如果她不承认她也很喜欢我，那我就不得不用刀子捅死自己。她说她很喜欢我，我也相信她很喜欢我。

对于不平等或太年轻或有关其他什么缘故阻碍我们，我和小爱米丽都不因此而感到烦恼，因为我们没有考虑过未来的事。我们没有想过以后的事，就像我们不曾想过以前的事一样。每晚，当我和小爱米丽肩并肩坐在小柜子上时，高米芝太太和皮果提都会称赞我们，经常能听到她们这样说："哦，多么般配的一对啊！"皮果提先生一边抽着烟一边对着我们微笑，汉姆也对着我们咧嘴。除了笑他们什么也不做。我想，他们是喜欢我们的，如同喜欢一个好看的玩具或喜欢一个袖珍的罗马剧场模型。

没过多久，我便发现，在高米芝太太和皮果提先生同居的日子里，并非我们想象的那么和谐。面对如此小的住处，面对如此暴躁的高米芝太太，我们经常为她的啜泣而感到不安。我很担心她，假如她有自己的房间的话，那样她就可以在她不高兴时去她自己的房间独自哭泣，一直到好点后再出来，我想这样我们也会舒服一点。

皮果提先生偶尔去光顾一家叫如意居的酒馆。我是在我来到这里的第二天晚上或第三天晚上发现这一点的，那晚他出去了，在八九点钟，听面对着荷兰钟的高米芝太太说，他早上就去那里了，现在肯定还在那里。

高米芝太太整日愁眉不展。就在早上刚点上火炉时她还哭过。"我是个苦命的人，"当遇到不愉快的事时她就会说这样的话，"一切都不顺我的意。"

"啊，烟熏得满屋子都是，"皮果提（我又指的是我家的用人）说，"你也知道它有多讨厌，我们和你一样都烦它呢。"

"我觉得他烦我更深一些。"高米芝太太抽噎道。

那天寒风阵阵，冰冷刺骨。高米芝太太坐在火炉旁最温暖、最舒适的地方，我是这么想的，当然她的椅子也是最舒适的。即便是这样，她仍在抱怨，她抱怨这寒冷的天气，说冷气不断地侵蚀着她，像虫子在她背上爬一样。终于，她哭出了声："我是一个苦命的人，一切都不顺我的意。"

"今天真的很冷，"皮果提说，"我们都这样认为。"

"但我比你们感觉还要冷。"高米芝太太回道。

类似的事件在吃饭时也发生了。因为我在这里算得上是贵客了，因此，高米芝太太的菜总是跟在我之后上。鱼太小而且有很多刺，马铃薯烤得也有点焦，对于这一点我们都不否认的确感到有点失望。但是高米芝太太说她更失望，接着又哭了，并且又很悲痛地重复了那句话。

大概九点的时候，皮果提先生回来了，这位不幸的妇人正在她的座位上织毛衣，很凄惨很可怜的样子；而皮果提在缝补；至于汉姆，他在补他的大水靴；当时我正在读书给他们听，小爱米丽坐在我旁边。高米芝太太除了叹气不曾开过口，就算喝茶时也没有抬起头来看我们。

"嘿！你们好啊！"皮果提先生坐下道。

我们都和他搭了话或做了个眼神来表示我们对他的欢迎，只有高米芝太太坐在那里一声不吭地织毛衣。

"有什么不顺你的意了吗？"皮果提先生双手一合说道，"打起精神来！"

不过她好像没有要振作的意思，掏出一条黑丝手帕拭了拭眼角的泪水，并没有顺势放进口袋，而是放在伸手可及的地方，过了一会儿，她又拿起来擦了擦，仍旧放在原处备用。

"有什么不顺你的意的吗，太太！"皮果提先生重复道。

"没什么，"她答道，"你去如意居了吧？"

"嗯，我刚才在那逗留了一会儿。"

"我的错，是我赶你去那里的。"高米芝太太说。

"赶？我很乐意去那里啊，怎么会是你赶我去的呢！"

"很乐意？"高米芝太太一边摇头一边擦着泪说道，"的确，的确，很乐意，都是我的错，都是因为我你才那么乐意的吧？"

"因为你，怎么会呢？让我们忘了这个吧！"皮果提先生说。

"的确，的确，都是因为我，我很清楚我自己，我是个苦命的人，不仅一切都不顺我的意，而且，我也不顺别人的意。的确，的确，我的感触比别人多，表达得也比别人多。这是我的悲哀。"

我坐在那里静静地看着他们，突然想到，那种悲哀已经蔓延到家中的其他人身上去了。但皮果提先生并不这样认为，他所作的回答只是恳求高米芝太太打起精神来。

"我和我的期望差得太远了，我很清楚我自己，因为自己的烦恼让我感觉更加烦恼。我极力不去想它们，但结果是徒劳的；我极力去习惯它们，但结果仍是徒劳。因为我的存在，这个家已经变得不那么愉快了，对此，我并不否认，你的妹妹已经很不愉快了，还有大卫少爷。"

听到这些，我开始感到不安，带着深深的内疚与不安叫出了声："不，别这么想，你没有使我们感到丝毫的不愉快。"

"我的做法纯属无理取闹，"高米芝太太说，"没有一点益处，我最好的归宿就是进救济院等死。我是个苦命的人,最好别在这里跟你们作对。假如事情要和我作对,而我又要和我自己作对,就让我回救济院吧。丹,我还是去救济院吧,免得惹你们生气。"

高米芝太太说完便回房睡了。在她离开之后,皮果提先生就满脸同情之色地面对着我们大家说道:

"她在想那个老头子呢。"

那时,我还不清楚大家所说的高米芝太太想的那个老头子是谁,直到皮果提在送我进房间睡觉时才对我说,是那淹死的高米芝先生。她的哥哥总会在她不高兴时拿出那句话作为理由在他自己身上发挥一种感动的效果以此来宽恕她的暴躁。那晚,就在他上了吊床之后,我还时而能听到他对汉姆说:"可怜的人啊!她在想那个老头子呢!"在我居住在那里的剩下的时间里,每当高米芝太太出现类似状况时(发生的次数不多),他总以他最大的宽容化解了。

两周的时间就这么过去了。潮水的涨落打乱了皮果提先生去如意居的次数,也打乱了汉姆的工作进程。当汉姆无事可做时便会和我们一起散步,指着大大小小的船只给我们看,还带我们去划过几次船。为什么屈指可数的一组印象与另外一些地方的印象那么相似,特别是有关他们童年时的那些联想,我相信绝大多数人是这么想的,但我始终没想明白这是为什么。每当听到有人提起雅茅斯时,我就会想起在海边某个礼拜天的清晨,那催人去教堂的钟声,靠在我身边的小爱米丽,向海里懒洋洋地扔着石子的汉姆,海的尽头,太阳刚透出浓雾,像影子一般的船在阳光的照射下显示在我们面前。

日子过得飞快,终于要回家了。我可以忍受同皮果提先生和高米芝太太分别,但是要我跟小爱米丽道别却是万分痛楚的。当我们手拉手向车夫居住的酒馆走去时,我答应会写信给她。后来给她寄了一封,但是字比招租广告上的还要大。我们在离别时都很难过,在我的人生当中,假如有过缺陷的话,那天便产生了一个。

我在皮果提先生家做客的两周时间里,基本上没有想过我的家,可以说是完全背弃了它。但是当我朝家走去时,我那谴责的童年的良心此刻就如同一个引子在向我指引了,当我精神不振时,我便感觉,那是我的家,我的母亲就是我的朋友,可以给我最大的安慰。

我离家越近,这种感觉便越强烈,而周围的一切又变得如此熟悉,我便迫不及待地想要回到那里,投入她的怀抱。但是皮果提没有这样的感觉,还对我很和蔼地加以压制,同时她的样子表现得很不安,心情很不佳。

先不管她吧,只要马没有不高兴,我们总可以回到布兰德斯通的鸦巢的。我记忆犹新,那是一个阴冷的下午,阴沉的天仿佛有雨。

打开门,我半哭半笑着找我的母亲,甚为激动,却见到一个未曾谋面的仆人。

"皮果提!"我很伤心,"妈妈呢?"

"回来了,少爷,"皮果提说,"她已经回来了。等一下,少爷,我想……我想跟你坦白。"

她由于激动加上下车时表现的那种笨拙,把自己弄得像个彩球一样,不过让我觉得有点扫兴而且近乎离奇,但我未对她说出这一点感受。下车后,她便握紧我的手,疑神疑鬼地把我拉进厨房,关上了门。

"怎么了？出什么事了吗？"我很惊讶。

"没事，少爷！"她强作高兴的样子。

"肯定发生了什么，妈妈呢，她在哪儿？"

"妈妈在哪儿？"皮果提重复我的话。

"是呀，她为什么没有到门口去迎接我们，我们来这里做什么？说啊，皮果提！"泪水填满了我的眼眶，我感觉失去重心了。

"可怜的孩子！"皮果提紧紧抓住我叫道，"你怎么了？说话呀，亲爱的！"

"不会也死了吧！天哪，她没有死吧？"

"没有！"她叫道，叫得声音那么大，接着坐下来大口喘气，还说我让她受了惊。

为了使她恢复过来，我上前拥抱了她一下，然后又退了回来，满脸疑问地看着她。

"你是知道的，我之前就应该告诉你的，但我始终没找到一个合适的机会，我应该去制造一个机会的，但我却不能十风，"她那颤抖的话语，不经意间把"十分"说成了"十风"，"打定主意。"

"后来呢？"我感到更加惶恐了。

"少爷，"她一边颤巍巍地揭下她的头巾，一边喘着气说道，"你现在有个爸爸了，你觉得怎么样？"

顿时，我的脸色惨白，全身发抖。我想到躺在那里面的他一下又活了过来，我不知道这是为什么，仿佛一阵让人感觉窒息的风向我迎面吹来。

"另外一个。"皮果提说道。

"另外一个？"我重复道。

皮果提倒吸了一口气，如同吞下了一块很硬的东西，然后把手伸到我面前说：

"来，我们去见他。"

"不，我不要。"我向后倒退了两步。

"还有你的妈妈呢。"

我停下了。接着我们来到那间最好的客厅，也就是她离开我的地方。我母亲和默德斯通先生面对面坐在火炉旁。见我来了，我母亲赶忙放下手边的活站了起来，但我却感到莫名的陌生。

"嗯，克拉拉，亲爱的，"默德斯通先生说，"冷静点！控制住，永远控制住自己！大卫，你好吗？"

我把手向他伸去。犹豫了片刻，我走到母亲跟前，我们相互亲吻着，她拍了拍我的肩膀，然后又坐下来继续刚才未完成的针线活。我不敢看我的母亲，也不敢看那个男人，但我很清楚，他在看我们。我转身来到窗前，透过窗子看在寒风中低垂的草。

后来，我找个机会溜到了楼上，我原先的卧室被搬走了，现在我要睡在很远的地方。接着我不经意地走下楼，想看看还有什么依旧保持着原貌，但一切似乎都改变了；接着我又悠闲地来到院子里，但我很快就离开了，因为那个空狗窝被一条大狗占据了——那狗叫声低沉，毛发黑黑的——它在远处看见我便狂叫起来，跳出狗窝向我扑来。

精彩点拨

皮果提先生是一位仁爱的渔夫。他没结过婚,自己无儿无女,却收养了因为父亲遭遇海难的侄子汉姆、外甥女爱米丽以及高米芝太太。并在高米芝太太痛苦埋怨的时候用宽容的心去安慰他。

阅读积累

《圣经》

基督教的《圣经》又名《新旧约全书》,由《旧约》《新约》组成。《旧约》一共有39卷,以古希伯来文(含亚兰文)写成,由犹太教教士依据犹太教的教义编纂而成,囊括了犹太及邻近民族从公元前12世纪至公元前2世纪的人文历史资料。《新约》一共27卷。《旧约全书》即犹太教的圣经,是基督教承自犹太教的,但《旧约全书》和《希伯来圣经》有所差异,书目的顺序也不同。

特点:1.它是世界上发行量最大的书籍,年发行量数以亿册;2.它是翻译语言最多的书籍,达2500多种;3.它是包含内容最丰富的书籍之一,涉及天文学、地理学、历史学、人文学、教育学、诗歌书、智慧书、医学、法学、预言等;4.它写作的时间间隔历经1600年。作者的数量、身份各不相同(40位左右),但内容却一致而且前后并没有矛盾冲突之处。

在西方社会,《圣经》的影响早已超出宗教范畴,其教义渗透在社会的各个阶层,影响力遍及哲学、政治、经济、制度、伦理、法律、文学、艺术乃至日常生活的方方面面。同时,圣经也是联合国公认的对人类有史以来影响最大的一本书。

第四章

> **精彩导读**
>
> 回到家后的大卫，一步步地被孤立。母亲对他的训斥，默德斯通先生对他的暴打，默德斯通小姐的挖苦让他陷入痛苦之中。在被囚禁的时候，只有皮果提给了他温暖。懦弱的母亲被蒙蔽，大卫也要以一个坏孩子的身份被送到学校，大卫会在学校获得幸福吗？

假若我的床所移进的那间房间是一个可以为我作证的有思想的东西的话，现在——我想知道以后是谁睡在那里——我便要它证明，我带给它的是何其沉重的一颗心啊。在我上楼时那狗一直在狂叫，我在它的叫声中走进我的房间。那个房间跟我如同两个陌生人，我两手交叉着坐在那儿想心事。

我想的全是一些无关紧要的事——房间的样子，天花板上的裂缝，墙上的壁纸，玻璃窗上的条纹和上面的灰尘；看到那三条腿的脸盆架东倒西歪的，带着一种不满的神态，这使我想起了那因失去她老头子而烦恼的高米芝太太。我哭了，不过说到底，除了冷和沮丧之外，我不知道为什么哭。最后，我在寂寞中突然想到小爱米丽，我被人从她身边拖走，来到一个没有任何人像小爱米丽一半那样需要我的地方，想到这里，我很伤心，便缩进被窝里哭了，不久便睡着了。

"他在这儿！"蒙眬中，我听见有人在说话，我的头被人从被窝里扒了出来，接着我被吵醒了，是我母亲和皮果提，她们来看我了，我是被她们中的一个给吵醒的。

"大卫，你没事吧？"母亲问道。

对于她的提问我感到很奇怪，不过我说："没有事。"我记得，我说完便把脸埋在被子里，以此来掩藏我那因撒谎而发抖的嘴唇。

"我可怜的孩子。"

那时候，似乎没有其他的什么话能够像她那样把我叫作她的孩子那般有感染力了。我把头缩进被窝里，当她伸出手来掀我被子的时候，我把她的手用力地推开了。

"这是你的错，皮果提，你这残忍的东西！"母亲说，"对于这一点我完全清楚，但我想知道，当你唆使我的孩子来反对我、反对我爱的人时，你对得起良心吗？你为什么要这样做，皮果提？"

皮果提举起了双手，抬起了头，可怜到只能用我在饭后常背诵的祷告来回答她："科波菲尔太太，愿上帝保佑你，希望你永远不会为你方才说的话而真心后悔！"

"你想把我气死吗？"母亲叫道，"现在我还在度蜜月呢，恐怕连我最大的仇人在这时也会放松一点，不去妒忌此刻正在享受片刻宁静与幸福的我。大卫，你这淘气的孩子！皮果提，你这粗鲁的东西！上帝啊！"母亲把头在我们俩面前扭来转去，带着一种暴躁的性子叫道，"当我们有权利希望这个世界顺心如意时，便突然发现，它是如此令人苦恼。"

这时有一只手向我伸来，我发现那只手既非我母亲的也非皮果提的，那是默德斯通先生的，于是我不知不觉地在床边站起来。他把手搭在我的肩膀上说道：

"怎么回事？克拉拉，难道你忘了吗？坚定一些，亲爱的。"

"爱德华，我很愧疚，"母亲说，"我很想做得好一点，但是我却实在不舒服。"

"的确！"他说，"对他来说，这是一个坏消息，而且来得如此之快，克拉拉。"

"现在，我已经感到很不舒服了，而且很难堪，的确，那是很难堪的，我说得对吗？"（我母亲噘起嘴回答道。）

他扶起了我的母亲，靠近她的耳边低声说了些什么，还吻了她。此刻，我母亲把头靠在他的肩上，搂着他的脖子，看到这些，我就知道他有能力将我那软弱的母亲塑造成他想象的样子，并且他已经做到了。

"亲爱的，你先到楼下去吧，"默德斯通先生说，"大卫和我待会儿就到。"他对着我的母亲点头微笑，然后目送她离去。接着他拉下脸朝皮果提说道，"你知道你的女主人姓什么吧？"

"这个我当然知道，我来这里已经有一段时间了。"

"诚然，"他说，"不过，在我上楼的时候，我好像听到你在称呼她时用的不是她自己的姓。现在，她已经跟我的姓了，这个你是知道的，也请你记住这个！"

皮果提朝我望了几眼，眼神中透露出不安。她没有说话，行过礼之后便退了出去。我想，她大概明白有人不希望她留在这里，再说，她也没有理由留在这里。他关上了门，坐在椅子上，此时屋里只剩下我们俩了，他抓着我的胳膊，让我站在他面前，盯着我的眼睛。我感到我的眼睛被他吸住了。每当我回忆起我们这样彼此面对面的时候，我就能听到我的心跳声，每次都那么迅速，那么强烈。

"大卫，"他的嘴唇闭了起来又张开，说道，"如果要让一匹马或一条狗听话，你猜我会怎么做？"

"不知道。"我有气无力地回道。

"打它。"

此刻，周围都寂静了，我听见了我的呼吸声，那么短促。

"打它，让它感觉痛苦，我告诉自己说：'我要驯服它。'即使打得它皮开肉绽，流出了血，我也要驯服它。你脸上有什么东西？"

"是泥。"我说。

我知道那是泪痕，我想他也知道。但是如果他握起拳头对着我将刚才那问题问上二十遍，我想我宁愿心脏炸开也不会骗他的。

"你是一个聪明的家伙。"他带着别人不曾有的微笑说道，"我知道，你很清楚我的心思。

去，把脸洗干净，大卫少爷，然后我们到楼下去。"

说着便指着那个让我感觉和高米芝太太家的很像的脸盆架，并点头向我示意，要我照他的话去做。我不曾怀疑，直到现在也没有怀疑过，假若我迟疑一秒钟，他一定会毫不迟疑地将我打倒。

"克拉拉，亲爱的，"当我照他的指示做了之后，他依旧抓着我的胳膊，在后面监督我走进了客厅，"我想你不会再感到不舒服了，我们年轻的性格不久就会得到改善。"

天哪，那一刻只要他说一句很和蔼的话，我想我就很快被改善的，而且这样的改善将是终生的，那时，我也不是现在的我了，而是另外一个人。如果他说一句鼓励我的话，或者说一句怜悯我年幼无知的话，或者说一句欢迎我的话，再或者说一句"这是我的家"，都会使我从内心去顺从他、尊敬他，而不是外表上的假装。当我的母亲看见我惊恐不安地、甚为疏远地站在房中时，我想，她是难受的，当我溜向一把椅子时，她那忧虑的眼光跟着我移动，她好像要说我那幼稚的步伐中带着一种自在的风度，但她最终并未说出口，因为说那句话的时机已经溜走了。

我们三个人坐在一起吃饭，但彼此都很独立。他好像很爱我的母亲——但我并不因此而喜欢他——我母亲也很爱他。从他们的谈话中得知，当晚他的姐姐要来跟我们一起住。顺便插一句，我有这样一个发现：他似乎无所事事，除了在伦敦一家酒馆有一份股权，每年可以从中拿到一些红利之外，他不曾干过其他的事，况且，那家酒馆是他的曾祖父留下的，他的姐姐在那家酒馆也有一份股权。

饭毕，我们坐在火炉旁。当我想着如何逃到皮果提那里，而又不使人觉得我是在逃跑从而会得罪一家之主的时候，花园门前停下了一辆马车，于是他出去了。我母亲也跟着出去了，我胆怯地跟在她身后，在那黑暗的门旁，她转过身来，像过去那样，把我拥入怀中，低声对我说，要我爱他、听从他。她在匆忙中说完了这些话，仿佛她刚才所做的根本就是在犯罪，但她却又表现得那么亲热，伸出手来握住我的手，一直走到他的身旁才放开，又伸出手挽着他。

来的是默德斯通小姐，一个看上去十分晦气的女人。乍一看，她跟她的弟弟一样黑，就连面貌和声音也跟他很像，两条很浓的眉毛，几乎一直长到她的那个大鼻子上，仿佛上帝弄错了她的性别，因为不能长胡子，而用眉毛来补偿似的。她带来了两个大箱子，箱子盖上用铜钉钉出了她名字的首字母。她从一个硬皮钱包中拿出钱付给车夫之后，便把钱包放进了袋子里，那袋子被一条粗大的链子束在她的胳膊上，接着袋子就被她关上了，钱包就那样被她监禁了。在那之前，我从未见过一个像默德斯通小姐这样的女人，从头到尾都像是铁打的一样。

一阵寒暄过后，她跟着我们来到客厅，在那里，我母亲作为新的亲属被正式介绍给她。随后她便面对着我问道：

"弟妹，这是你儿子吧？"

我母亲说是。

"一般来说，我不大喜欢男孩。你好吗，男孩？"默德斯通小姐说。

在她这种鼓励之下，我对她说，我很好，并也向她问了声好。默德斯通小姐面带冷淡回了我四个字：

"缺少教养。"

经过上面一番谈话之后，她便要求去她的房间看看。自那以后，我便觉得那个房间阴森得让人害怕。她带来的两只大黑箱子从未有人见她打开过，永远是锁着的，还有她那镜子上森然地挂着无数用来打扮自己的小钢钉。

据我观察，她打算长久地住下来了，没有要走的意思。第二天清晨，她便开始出入储藏室，打乱了物品原来摆放的位置，为的是帮我母亲整理物品。我总觉得默德斯通小姐有点疑神疑鬼，她总怀疑别人在家中藏了一个男人。在这种幻觉的影响下，她总是不时地冲进煤窖，打开黑暗的橱柜的门，之后又啪的一声关上，并相信自己已经发现了那个男人。

虽然默德斯通小姐全身没有任何灵活之处，但就早起这一点来说，她却是很积极的。在我们都还在梦境中时，她便起床了，第一件事就是去找那个男人。皮果提这样说，她连睡觉也睁着一只眼，对于这一点，我却不能同意，因为后来我亲自试验过，发现这样根本就办不到。

在来到我们家的第一个清晨，在公鸡开始打第一声鸣时，她便起床了，过后不久便摇铃叫醒我们。当我母亲下楼来用早餐并准备沏茶时，默德斯通小姐如同小鸟一样在她脸上啄了一下，以此来表示她的吻，说道：

"克拉拉，亲爱的，你应当清楚，我来这里是为了分担你的烦恼。你太美了，也太没有思想了，"我母亲的脸刷地红了，笑了笑，似乎对她这样的说辞并不厌烦——"我可以承担你的家务，如果你愿意的话，我可以替你保管钥匙，那样的话，这一切都由我帮你整理。"

自那以后，那串钥匙就整天被放进了她的小"监牢"中，一直收藏在她的枕头底下，此后，那串钥匙就与我和我母亲断绝了来往。

对于管理权的移交，我母亲也表示过抗议。一天夜晚，当默德斯通先生批准了他姐姐提出的一项家务计划时我母亲突然哭了起来，说道，她以为可以跟她商量一下的。

"克拉拉，我真的搞不懂你！"默德斯通先生一脸严厉的样子。

"哦，你说搞不懂我是很合适的，爱德华！"我母亲叫道，"你在我面前谈论坚定是很适合的，但是你并不喜欢这样。"

可以这么说，坚定是他们姐弟俩所共有的品德。如果要我对这种品德按照我的理解加以解释的话，那应该是霸道的另外一个称呼，也可以解释为一种傲慢的气质。当然，无论是哪一种解释，他们俩都共同拥有这一品德。就我现在看来，它仍然是这样。默德斯通先生相当坚定，在他看来，这个世上再无别人能与他相比了；在他看来，别人根本就没有半点坚定，因为别人的坚定都臣服于他。但我的母亲和他的姐姐是个例外，默德斯通小姐可以坚定，因为他们是亲属，但那坚定不过是低级的，附属于他的坚定；至于我母亲，她也是可以坚定的，也必须坚定，但也仅仅是忍受他们所谓的坚定，而且还必须坚定地相信，世上再也没有其他的坚定了。

"这很让人难受，"我母亲说道，"在我的家里——"

"我的家？"默德斯通先生重复道，"克拉拉！"

"我的意思是我们自己的家，"我母亲瘪着嘴说道，很明显她是受到了惊吓，"我想你应该明白我的意思，爱德华，这是很让人难受的，在你的家里，我无权询问一句关于家务的话。在我们结婚之前，家里的事我管得很有条理，问问皮果提就知道了，在她不干涉我的情况下，我做得怎

么样!"

"爱德华,就此打住吧,我明天就离开。"默德斯通小姐说。

"珍·默德斯通,请你别开口可以吗?你是了解我的,但是你怎么可以暗示你对我一无所知呢?"她弟弟说道。

当时,我母亲处境很不好。她泪流满面地说道:"事实上,我没有要赶任何人走的意思。假若有人要离开,我会很苦恼,很不愉快。我的要求并不过分,我也不是那种不近人情的人,我只是想有些事偶尔可以跟我说一下。对于曾帮助过我的人,我很感激他们,但我只想时而象征性地跟我商量一下。我记得,有一次你还因为我的幼稚和缺乏经验而感到欢喜呢——我记得你这样说过——但是现在你却因为这个人对我感到厌烦,而且还那么严厉。"

"爱德华,就此打住吧,我明天就离开。"

"珍·默德斯通,请你别开口好吗?你怎么可以违背我的坚定?"默德斯通先生说道。

默德斯通小姐拿出一条手帕举在她眼前。

"克拉拉,"他对我母亲说道,"你让我感到很惊讶,很奇怪!的确,我曾经因为能娶一个缺乏经验的人而感到欢喜,那是因为我可以在塑造她的品德时加入一定量的坚定。但是就在珍如此尽心尽力地帮我,因为我而掌握了一些类似管家的权力,却遭到了这样卑劣的回报时——"

"别,别,爱德华,"我母亲叫道,"别责备我是一个忘恩负义的人,我相信我不是,也不曾有人那样说过我。的确,我犯过很多错,但那样的错我却不曾犯过。别那样对我,亲爱的!"

"当珍·默德斯通遇到如此卑劣的回报时,我必须得说,"在我母亲停下不说话了后,他又继续说,"我感到心寒,也改变了我的想法。"

"别那样说,亲爱的!"我母亲可怜楚楚地请求道,"哦,别那样,亲爱的!你那么说我,我感到很难受。无论我变成什么样,我是很热情的,我知道我是,在我说这话之前,我很清楚我是,否则我肯定不会那样说。我相信皮果提也会这么说的,不信你可以问问她,我相信她会那样告诉你的。"

"不管你软弱到何种程度也不能使我有半点改变。"默德斯通答道,"你怎么了,喘不过气来了?"

"让我们跟以往一样和睦相处吧,哪怕有半点的冷淡和残酷都会让我难以活下去。"我母亲说道,"我很内疚,我知道,因为我的过错,也多亏了你的好意,愿意帮我纠正这些过错。珍,我不反对任何事,假若你走了,我肯定会伤心难过的——"我母亲悲痛得再也无法说下去了。

"珍,我希望我们之间像今天这样粗暴的话在今后不要再出现。今天发生的事,并非你我的过错,我们都是被牵连进来的,让我们想方设法忘了它吧。"一番慷慨陈词之后,他继续补充道,"今天的事会对孩子产生负面影响的,所以,大卫,去房间睡吧!"

我很担心我的母亲,泪水充斥着眼眶,几乎找不到门在哪儿,连跟皮果提道声晚安或跟她要根蜡烛的心情也没有了,就这样在黑暗中摸索着走进我的房间。午夜一点之后,皮果提来到我的床头,叫醒我对我说,母亲已经伤心地睡去了,他们姐弟俩还坐在那里。

第二天我起得很早,当走到客厅外时,我听见了母亲的声音,便停住了脚步。她在很谦虚地恳求默德斯通小姐对她宽恕,默德斯通小姐答应了,接下来的一切便又归于平静。自那以后,我母亲如果想在某件事上发表她的见解,她一定会向默德斯通小姐请示,或者用某种绝对可靠的方法去探知默德斯通小姐的意见。当默德斯通小姐生气(她动不动就那样)时,她就会把手伸向她的袋子,仿佛她真的要取出那钥匙一样,看到她的这一举动,我母亲便会陷入极度的恐慌之中。

默德斯通家血统中那阴郁的遗传染指了他家那严厉而愤怒的信仰。自那以后,我经常想,那种信仰存在一种让默德斯通先生产生如此坚定的性质,那种坚定深刻到他不允许任何人以任何借口逃避他找得到理由的严厉处罚。即使是这样,我也不会忘记我们去教堂时的那种可怕情景,以及那已改变了的氛围。让我头痛的礼拜天又来了,现在我听到的是默德斯通小姐带着残忍的口气在念着那些可怕字眼的经文。当她念道"可怜的罪人们"时,她的眼睛就会在教堂里转来转去,仿佛那句话是对教堂内所有在祈祷的人说的。我向我的母亲看了几眼,看见她处在他们俩之间,微微地张合着她的嘴唇,那姐弟俩像闷雷一样在她的耳畔咕哝着。这时,我甚至怀疑是不是那些传教士都弄错了,而他们俩才是正确的,天堂中的天使都是一群恶魔。假若在祷告的过程中,我稍微动一下手指头或抽动一下脸部的肌肉,<u>默德斯通小姐都会用她手中的书杵我一下,杵得我肋骨生疼。</u>

动作描写
写出了默德斯通小姐对"我"的严厉。

当然,在我们回家的路上,我又见到那些邻居在远处看着我的母亲和我,窃窃私语。他们三个人相互挽着走在前面,把我一个人丢在后面,当我在后面低首徘徊时,我打量着那些人的眼神,同时也怀疑我母亲的步伐是否没有以前那么轻盈了,她那美丽的姿色是否也已荡然无存了。我还对另外一个问题有疑问,那就是,那些人是否和我一样没有忘记过去我们(我母亲和我)一起走回家的情形,在那段凄惨的岁月里,我整天都在想这个愚蠢的问题。

有关我上学的事,他们曾提过几次,那是由默德斯通姐弟俩首先提起的,当然我母亲肯定不会有任何异议。但那时,我还在家中上课,自然这个提议也就没有太大的成效。

那些功课我到死都不会忘记。名义上由我母亲教我,事实上,却是由默德斯通姐弟俩把持着。每次他们都在场,把那些功课当作叫我母亲学习他们所谓坚定的绝佳机会,殊不知,对我们母子俩来说,<u>那坚定根本就是毒药啊!</u>我确信我是因为那样才没有去上学的。当只有我母亲陪我时,我学得很认真,也很快。至今我还能隐约想起我倚在我母亲腿上学写字母的情形。现在当我拿起课本面对着那些胖乎乎的

比喻手法
形象生动地写出了默德斯通姐弟认为的"坚定"对我们的毒害。

字母时，O、Q和S的平易性格好像又像过去那样浮现在我眼前，虽然它们的样子让我觉得很怪，但给我的感觉却丝毫没有憎恶和勉强。恰恰相反，当我读那本鳄鱼书时，母亲在一旁用她那温柔的声音对我鼓励着，听到这些，我就如同在小径上漫步一般。但每当我面对那些森严的功课时，我觉得那对喜欢宁静的我而言就是致命一击，如同在灾难的日子里服苦役一般。那些功课既多且长，而且我敢说，我母亲同我一样被那些科目弄得手足无措。

让我回忆一下当时的情形吧，顺便把它记录下来。

用过早饭之后，我便带着书、本子和一块石板来到另一间客厅。我母亲已坐在桌边等我，但真正等候我的人是默德斯通先生——他坐在靠窗户边的一把椅子上佯装看书——还有那挨近我母亲正在串珠子的默德斯通小姐。他们俩给我的影响是很深刻的，以致我费尽千辛万苦装进脑子里的东西全都逃走了，逃到一个我实在无法找到的地方去了。

我把一本书递给了我母亲，也许是本语法书，也许是一本历史书或地理书，现在我记不大清楚了。当我把书递给她的一刹那，我朝那书望了最后一眼，趁着在自己忘记之前以最快的速度大声背了出来。当我背错一个字时，默德斯通先生看了我一下；当我背错第二个字时，默德斯通小姐看了我一下，这时，我脸红了，就在我背错第六个字时，再也进行不下去了。我想，我母亲此时肯定想把书递给我以便让我能想起来，但是她不敢，于是用温和的声音对我说：

"哦，大卫啊，大卫啊！"

"嗯？"默德斯通先生说，"对孩子要坚定一些，不要说那些幼稚的话，他也许明白他的功课，也许不明白。"

"我敢肯定他不明白。"默德斯通小姐插了一句，很凶的样子。

"我真担心他不明白呢。"母亲说。

"那样的话，克拉拉，你就应该把书递给他，让他明白。"默德斯通小姐说道。

"是啊，亲爱的，我也正想那么做呢。大卫啊，再背一次，别再犯糊涂了。"母亲说。

我照她的话做了前半部分，背了一次，但是后半部分我却怎么也做不到，因为当时我是糊涂的。还没背到上次背的地方——我先前背对的部分，此时因为我的糊涂也背错了，再也背不下去了，停在那里想。但我想的不是那些功课，而是一些无关紧要而且甚为可笑的事，如默德斯通先生的睡衣值多少钱啦，他姐姐帽里的兜网是多大码的啦，等等。此刻默德斯通姐弟俩做了一个同样的动作，对于那个动作我期待已久了，即使他们做得那样不耐烦。这时，我的母亲领会了他们的意思，把书合了起来，但是这次欠下的债必须在完成另外的任务之后继续把它完成。

当然，对于这样的债，它只会像滚雪球一样越积越大。当然，我也就越糊涂。面对如此绝望的一个荒谬而幽深的泥潭，我感觉是那般失望，以至于连逃出来的念头都没有了，最后只得把自己交给命运了。当我一直错下去的时候，我母亲和我面面相觑的样子的确让人感到悲哀。当面对这些令人苦恼的功课时，发生了更令人苦恼的一幕，我母亲动了一下嘴唇想给我一点暗示，她天真地以为不会有人注意她的这一举动，一直在专心致志等着这事发生的默德斯通小姐发出了一声沉沉的警告：

"克拉拉！"

我母亲大吃一惊，脸色苍白，随后怯生生地笑了。默德斯通先生站了起来，拿起书砸向我，或者用书打我的脸，然后提着我把我推到了屋外。

即便功课做完了，还有那些令我头痛的算术题在等着我。那是专门为我准备的并由默德斯通先生口传给我。他问道："我去一家奶酪店买奶酪，奶酪的价格是每块四便士半，我买了五千块双格罗赛斯德奶酪，那么我应该付多少钱？"此刻默德斯通小姐正暗自在那发笑。一直想到晚餐时间，我也没想出个所以然来。那时，石板灰弄得我满身都是，浑然一个黑白色，最后还是一片面包帮我摆脱了那些奶酪的困惑，羞愧地度过了那个晚间。

到如今，我都觉得我那不幸的学习大概就是这样的。假若没有默德斯通姐弟俩在一边，我本来可以学得不错，但他们姐弟俩对我的影响宛若两条毒蛇对一只小鸟的影响那般神奇。即使那个上午我获得还算不错的成绩，午餐的时候也得不到什么优待；因为假若我不经意间表现出没什么事可干——默德斯通小姐是绝不甘心我无所事事的——她就会用下面那些话来唤起她弟弟对我的注意："克拉拉，我亲爱的，没什么可以比工作更好的了——让你的孩子做点功课吧。"如此一来，我立马被压上新的劳动。至于说到与年龄差不多的孩子们玩玩游戏，那可是很少有的事，因为默德斯通姐弟俩的阴郁神学把所有的小孩都看作一条毒蛇（虽然在众多圣徒中也有过一个小孩），并坚信他们的毒性会相互传染。

被这样连续地对待了六个多月，我变得阴沉、迟钝、执拗也是必然的结果。感到与母亲一天比一天疏远生分也是一个原因。假若没有那一件事，我想我一定会变糊涂的。

那情形是这样的：我父亲在楼上的一间小房间里留下来一小批书，家中也没人关心。由于那间小房间紧邻我的卧室，我可以很方便拿到它们。就是从那间无人看管的小房间中，罗德利克·兰顿、皮尔格林·皮克、汉弗来·克林克、汤姆·琼斯、维克菲尔德牧师、堂吉诃德、吉尔·布拉斯和鲁滨孙·克鲁索这么一群赫赫有名的大人物走了出来与我交好，他们都将我当作朋友。他们保全了我的幻想，也保全了我对某种超越于我当时处境的东西所抱有的希望。他们——还有《天方夜谭》和妖怪的故事——没有对我造成一点害处，就算那些书中有几本是有害的，但对我也没有什么害处。现在我还为此而感到惊讶，当时在那么沉重的问题包围下，我得苦苦思索，但仍然错误百出，却能抽出时间来读那些书。我也觉得奇怪，在那些小小的苦恼之下（当时我觉得那些都是大大的苦恼），居然还能将我自己想象成喜欢的那些人物，将默德斯通先生与小姐比作所有的坏人，从而使自己得到一丝安慰。我曾经在整整一个星期里将自己当成汤姆·琼斯（一个孩子的汤姆·琼斯，一个与人无害的人）。我确信我一连在一个月里扮演我心中的罗德利克·兰顿。我一个劲儿地读着当时书架上放的那些有关航海与旅游方面的书——如今，那些书名我已经不记得了；我还记得，我曾一连好多天在我们那房子中属于我的领地上走来走去，拿着一根旧鞋楦的中轴武装了一下自己，宛若大英皇家海军的舰长，在面临被野蛮人围攻的危机前，决心献身也在所不辞。那个舰长永远不会因为不知拉丁语法被扇耳光而失去尊严。我的确那样过，但无论活着还是死了，舰长毕竟是舰长，是个英雄，尽管世上有种种语文的种种语法他所不知。

这是我唯一的经常的安慰。想到这情形时，我脑海中总会出现这样的画面：一个夏季的晚上，孩子们在教堂的院子里游戏，而我却坐在床上拼命读书。在我心中，周围一带任何一个谷仓，教堂

里任何一块石头，院子里的每一寸土地，都与这些书挂上了关系，统统代表这本书中某个著名的地方。曾经，我看到汤姆·派普斯爬到教堂的圆顶；曾经，我瞧着斯特莱普背着行囊在侧门前停下来休息；我还晓得就在我们那村子酒店的大厅里，特伦宁舰长正在与皮克尔先生开会。

列位看官现在和我一样清楚，当我再次回忆起童年生活中那一段往事的时候，我是什么样子。

一天早晨，当我带着那些书来到客厅的时候，发现母亲的样子是焦虑的，默德斯通小姐的样子是坚定的，而默德斯通先生正在把一种东西扎在一根有韧性的棍子的下部。当我走进屋的时候，他就不再扎了，而是把那玩意儿扬了起来，在空中抽了一下。

"我和你讲，克拉拉，"默德斯通先生说道，"曾经，我常挨鞭子。"

"真的，当然。"默德斯通小姐说道。

"确实，我亲爱的珍，"母亲怯弱地吞吞吐吐地说道，"不过——不过你想那对爱德华有益吗？"

"你想那对爱德华有害吗，克拉拉？"默德斯通先生严肃地说道。

"就是这句话！"他的姐姐说道。

对于这句话，我母亲答道"确实，我亲爱的珍"，就再也不说什么了。

我隐约觉得这些对话与我有着直接关系，我留意默德斯通先生落到我身上的目光。

"喂，大卫，"他说道——我看到他在说话时又斜视了一下——"今天，你应当要较往常多加小心。"他又将那根棍儿扬了起来，挥动了一下。他将这些已经准备好的东西放在他的身边，随后拿起他的书，做了一个令人难忘的眼色。

刚开始就这样，立马让我心慌意乱了起来。我感到课文中那些字又溜了，不是一个一个地，也不是一行一行地，而是整页整页地溜走了。我想抓牢它们，但它们似乎穿着溜冰鞋——假若我能够这样说的话——没有哪个能拦得住它们从我身边溜走了。

我们开始时不好，接下去就更糟糕了。刚进来的时候，我还以为自己准备得很好，想能好好表现一番；可是事实证明我完全错了。我不及格的书一本又一本堆了起来，而在这整个期间，默德斯通小姐就一直监视着我们。当我们最后轮到做那道五千块奶酪的算术题时（我记得那天他用棍子做算术题），我母亲一下子哭了起来。

"克拉拉！"默德斯通小姐用她那警告的声音说道。

"我不太舒服，我亲爱的珍，我想……"我母亲说。

我看到默德斯通先生严肃地朝他姐姐使了个眼色，然后拿起那根鞭子起身道："喂，珍，我们不能指望克拉拉能够坚定地忍受今天大卫要加给她的忧虑与痛苦，那样会让她太为难了。克拉拉变得坚强了许多，也改进了许多，但我们还不能指望她太多。大卫，你与我一道上楼去，孩子。"

当他把我带到门口的时候，我母亲向我们跑来。默德斯通小姐一边阻拦，一边说道："克拉拉！你是个十足的傻瓜吗？"我看到我母亲这时捂住了耳朵，并听到了她的哭声。

他缓缓地严肃地朝我的卧室走来——我可以断定他对这种行刑的正式仪式感到其乐无穷——当我们到达那里的时候，他就突然一把把我的头扭到他的胳膊下。

"默德斯通先生！先生！"我朝他叫嚷道，"不要！求你不要打我！我本来是想学的，但当你和默德斯通小姐在边上的时候我就学不了。我真的是学不了！"

"学不了，真的，大卫？"他说道，"我们试试看。"

我的头被他夹住就如被一把老虎钳夹中一般，但我设法拦住他，并有那么一会儿拦住他了，我求他不要打我。但我只能拦住他那么一小会儿，因为他立马就要朝我身上狠狠地打下来，而我就咬住他夹住我的手并将它咬破。现在想起那时的情形就使我觉得牙酸。

于是他打起我来，好像要将我打死。在我们发出的喧闹声中，我还听见她们哭着跑上楼——我听见我母亲哭——还有皮果提。随后他走了，把门从外面锁上；我发狂了，但我感到身子发热、发烧、破烂、肿痛，只好无力地躺在地板上。

我记得多么清楚，当我安静下来的时候，整所房子都被一种异样的沉寂笼罩着！我记得多么清楚，当痛楚与激情开始减退的时候，我开始觉得我多么不应该呀！

我坐起来听了好长时间，没有任何声音。我从地板上爬了起来，在镜子里瞧见我的脸，那么肿，那么红，那么丑，就连我自己也吃了一惊。当我动一下的时候，伤痕处就被拉得紧紧地痛，这让我又哭了起来。但是与我所感到的负罪感比起来，这痛算不了什么。我相信那沉甸甸压在我心头的负罪感使我觉得我是一个穷凶极恶的罪人。

天色已经暗了下来，我关上了窗户（在大部分时间里，我都头枕着窗台躺着，轮流着哭、睡、茫然地朝外面看），这时钥匙转了，默德斯通小姐拿了一点面包、肉、牛奶进来了。她将这些东西放在桌子上，用那典型的坚定眼神瞟了我一眼，随后就出去了，又随手把门锁了起来。

天黑了好久后，我仍然坐在那儿，心想不知道还会不会有人来。当那一夜已无来人的可能时，我脱了衣服，上了床。在床上，我开始满怀恐惧，想以后我会有什么样的遭遇。我的所作所为是不是犯罪行为？我会不会受监禁，送进监牢？我到底有没有被绞死的危险呢？

我永远忘不了第二天清晨醒来时的情形：刚睁开眼睛时那股高兴和新鲜感立马被对凄惨旧事的记忆压垮了。默德斯通小姐在我还没起床的时候又出现了，她唠唠叨叨地告诉我，说我可以在花园里散半个钟头的步，不能更多了，说完就走了出去，让门敞开着，如此一来我可以享受那份恩典。

我那样做了，在长达五天的囚禁中，我每天都那样做了。假若我能够单独见到母亲，我会向她跪下，求她饶恕；但是在那段日子里，除了默德斯通小姐，我看不见任何一个人——晚祷的时候是例外：那时等大家都就位了后，我被默德斯通小姐押解到场。在客厅里，我这个青年罪犯被孤零零地安置在靠近门的地方。在其他的人做完祈祷起身前，我就被我的"看守"庄严地带走。我只能看见我母亲尽可能远远离开我，并把脸转到另一方向；我也看见了默德斯通先生的手被绷带包扎着。

我无法对任何人证明那五天是如何的长。好多年后，我都记得那几天。我倾听家中一切可以听到的声音、门铃声、开关门的声音、嘈杂的说话声、楼梯上的脚步声，以及在孤独和屈辱中格外让我感到难堪的笑声、口哨声和唱歌声——那让人捉摸不定的时间，特别是在夜里，当我以为是早晨醒来的时候，却发现家人还未去睡，而漫长的夜晚才开始呢——我那些令人丧气的梦和可怕的梦魇——白天、中午、下午、晚间的复返，还有男孩们在教堂院子里游戏，而我那时只能在室内远远地看着他们，并因为惧怕他们晓得我被监禁着而羞于在窗口露面——永远听不见我自己说话的奇怪感觉，随吃喝一同产生又一同消失的那种短促的感觉，那种可算是种愉快的感

比喻手法
形象生动地写出了我的愉快的感觉给我的深刻印象。

觉——一个夜晚带着新鲜气息的雨，它在我和教堂之间越下越快，直到似乎它与那临近的夜色要把我在忧郁、恐惧和懊悔中浸透——这一切好像周而复始了好几年，如此生动、如此强烈地印刻在我的记忆中。

我被囚禁的最后一夜，有人轻轻呼唤我的名字而把我叫醒。我从床上跳起来，向黑暗中伸着胳膊说道：

"皮果提，是你吗？"

没有直接的回答，却依旧再一次叫我的名字。那声音是那么神秘、那么可怕，假若我不是忽然意识到它一定是从钥匙孔里透过来的，我想我一定会被吓昏过去的。

我摸索到门边，将嘴唇对着钥匙孔，小声地说道：

"是你吗，皮果提，亲爱的？"

语言描写
形象地写出了大卫他们在默德斯通姐弟俩手下的痛苦生活。

"是的，我亲爱的宝贝大卫，"她答道，"要像老鼠一样轻啊，否则猫会听见的。"

我懂得这是说默德斯通小姐，也意识到眼前情形的危险，她的房间就在附近呢。

"妈妈好吗，亲爱的皮果提？她很生我的气吗？"

在她回答以前，我能听到在钥匙孔另一边，皮果提轻轻地抽泣着，而我也在这一边小声地哭着。

她答道："不，不很生气。"

"我要受怎样的处置，亲爱的皮果提？你晓得吗？"

"去学校，挨近伦敦。"是皮果提的回答。由于我忘记了将嘴从钥匙孔移开再将耳朵对着那儿，她第一次回答全从我喉咙里传了进去，我只好让她再说一次，虽说她说的是让我开心的话，但我却没有听到。

"什么时候呢，皮果提？"

"明天。"

"默德斯通小姐从我的抽屉里把衣服拿出来就是为了这个吗？"

她是这样做了，不过我忘记提了。

"是的，"皮果提说道，"箱子。"

"我能见到妈妈吗？"

"能，"皮果提说道，"早晨。"

随后，皮果提将嘴对着钥匙孔，尽那钥匙孔所能地用那么多感情和诚意说了一席话。我敢说，这个钥匙孔在射出每一个断断续续的句子的时候，本身也发生了一阵阵微微的震动。

"大卫，亲爱的，假若我近来——不曾像过去那样——和你亲近，那并不是因为我不爱你。我可爱的孩子，我还是一样爱你，比过去更爱你——因为我想，那样会对你更好——对别人也更好。大卫，我亲爱的——你在听吗？你能听见吗？"

"是——是——是——是的，皮果提！"我呜咽道。

"我亲爱的！"皮果提无比同情地说道，"我所说的是——你永远不要忘记我——因为我也永远不会忘记你。我会尽一切努力照顾你妈妈，大卫——像我过去照顾你那样——我决不会离开她的。总有一天她会喜欢将她那可怜的头枕在——枕在她那笨头笨脑、脾性极坏的皮果提胳膊上——我要写信给你，亲爱的——虽说我没有什么学问——我还要——我还要——"皮果提开始一个劲儿地吻那钥匙孔，因为她不能吻我。

"谢谢你，亲爱的皮果提！"我说道，"哦，谢谢你！谢谢你！你能替我做一件事吗，皮果提？请你写信给皮果提先生与小爱米丽，还有高米芝太太与汉姆，和他们说，我并不像他们想象的那么坏，并和他们说，我将所有的爱送给他们——特别是给小爱米丽，行吗，你愿意吗，皮果提？"

心地仁慈的皮果提答应了，我俩都带着最深的爱亲吻那个钥匙孔——我记得，我还用手拍它，仿佛那是她那张诚实的脸——然后分别了。从那一夜起，我心中就对皮果提产生了一种我也不大能说得清楚的感情。她并没有代替母亲，也没有人能代替；但是她进入我心中的一个地方，我的心把她关闭在里面；我对她怀抱的那种感情是我对任何人都不曾有过的。这也是一种有意思的感情，但假若她已经死了，我无法想象我自己会做些什么，或如何来出演这一场悲剧。

第二天一早，默德斯通小姐像往常一样出现了，她告诉我，我就要去学校了，不过这消息对我完全不如她所想象的那样算个新闻。当我穿好衣服的时候，她告诉我，要我去楼下客厅吃早餐。在那儿，我看见母亲面色苍白，两眼通红。我扑到她怀里，请求她饶恕我那痛苦的灵魂。

"哦，大卫！"她说道，"你竟伤害了我所爱的人！努力改过，千万要改过！我饶恕你，可我非常难过，大卫，你心里竟有那样坏的情感！"

他们已经说服她，让她相信我是个坏东西，这比我的离开更让她难过。我也为此感到伤心。我想吃下这顿离别的早餐，但我的泪水滴到我的奶油面包上，流进我的茶里，我吃不下去。我看到母亲有时看看我，随即又看看那监视着我的默德斯通小姐，再向下或向别处看看。

"科波菲尔少爷的箱子在那里！"当门口车轮声响起的时候，默德斯通小姐说道。

我寻找皮果提，她却不在场；她和默德斯通先生都不曾出现。我的旧相识，就是那车夫，已来到门前，将箱子拿到车前，放了进去。

"克拉拉！"默德斯通小姐用警告的腔调说道。

"放心好了，我亲爱的珍。"母亲答道，"再见了，大卫。你去是为你自己好。再见了，我的孩子。放假的时候你就能回家了，做一个好孩子吧。"

"克拉拉！"默德斯通小姐又说了一声。

"当然，我亲爱的珍，"母亲拉着我答道，"我原谅你，我亲爱的孩子。上帝保佑你！"

"克拉拉！"默德斯通小姐重复说道。

默德斯通小姐好意将我带出门，送到车前，一路上她还说她希望我在得到坏结果前能够痛改前非。于是我就上了车，随那匹懒洋洋的马上路了。

精彩点拨

默德斯通小姐的精神统治和默德斯通先生的武力威胁让大卫的身心受到了很大的创伤。而母亲认为大卫变成了坏孩子，这更让大卫伤心欲绝。在人生的痛苦时刻，只有皮果提在默默地安慰他，给大卫以心灵的慰藉。

阅读积累

堂·吉诃德

堂·吉诃德小说《唐·吉诃德》（又译作《堂吉诃德》《堂·吉诃德》等）的主人公，这篇小说是西班牙作家塞万提斯于1605年和1615年分两部分出版的长篇反骑士小说。故事发生时，骑士早已绝迹一个多世纪，但主角阿隆索·吉哈诺（唐·吉诃德原名）却因为沉迷于骑士小说，时常幻想自己是个中世纪骑士，进而自封为"唐·吉诃德·德·拉曼恰"（德·拉曼恰地区的守护者），拉着邻居桑丘·潘沙做自己的仆人，"行侠仗义"、游走天下，做出了种种与时代相悖、令人匪夷所思的行径，结果四处碰壁。但最终从梦幻中苏醒过来。回到家乡后死去。

文学评论家称《唐·吉诃德》是西方文学史上的第一部现代小说，也是世界文学的瑰宝之一。

第五章

> **精彩导读**
>
> 皮果提偷偷地送给大卫钱，车夫巴吉斯让大卫给皮果提写信并替他写上"他愿意"这句话，大卫在长途马车旅馆被人欺负和欺骗。大卫被一位老师带到了学校，学校里等待他的是更大的侮辱，他到处被人嘲弄，那么，大卫的学校生活一直是这样吗？

马车在前行了约半里路的时候突然停了下来，此刻我的小手帕已经沾满了泪水，湿漉漉的。

为了弄清楚马车停下来的原因，我向外探出了脑袋，却惊奇地发现，皮果提从一道围墙中跑过来，爬进了马车。她一把抱住我，将我搂在胸前，后来发现鼻子很不舒服，才想起来是皮果提抱我时挤的，但当时却没有丝毫疼痛的感觉。皮果提没有说话，仅仅是松开了一只手臂，从口袋中掏出了几袋点心塞给我，又塞给我一个钱包，在这个过程里，她始终没说过一句话。最后又抱了我一下，用力地一挤，接着便下车跑了回去。我始终这样认为，那时她的长衫上不曾有一粒扣子了。我从地上捡起了一粒作为她的纪念品珍藏了好久。

车夫看了我一眼，似乎在问她是否还会再回来。我对他摇了摇头，说应该不会了。于是他对那匹懒马说道："走吧！"我们便继续我们的旅程。

我哭了很久，之后我想，再这么哭下去也没什么益处。况且我记得罗德利克·兰顿和英国皇家海军的舰长在任何艰难的情况下也不曾哭过。车夫见我没有再哭的打算了，便建议我把那张小手帕晾在马背上，我很感激地答应了，那一刻，我发现我的那张小手帕真是小得可怜。

哭过之后，我也无事可做，便拿出皮果提塞给我的那个带有弹簧的硬皮钱包，打开一看，发现有三个亮闪闪的先令，它们被皮果提事先用漂白粉清洗过，这样做是为了让我更加喜欢它们，另外还有用纸包着的两个半克朗，纸上有我母亲的笔迹："让我的爱伴随在大卫的身旁。"当我看到这句话的时候，我感动了，恳求车夫帮我拿回我的小手帕，他却说还是不用的好，我也同意他的看法，便用袖子擦了擦眼，之后便停止了哭泣。

但由于之前的那些因素，时而我还会进行一番彻底的呜咽。没走多远，我问车夫是否会一直送我。

"你要到哪里上学？"车夫问。

"前面。"

对比手法

形象地写出了车夫的马的特点。

词苑撷英

沉默寡言：不声不响，很少说话。

知识延伸

杏仁糖：英文中情人和杏仁糖的发音很接近。

"前面是哪里？"

"离伦敦不远吧。"我说。

"哦，但是那匹马，我估计还没有走到伦敦一半时恐怕就走不动了，那时甚至比猪还要懒。"那车夫抖着缰绳说道。

"照你这么说，你只送我到雅茅斯吗？"我问。

"差不多吧，到了之后，我把你送上长途马车，它会带你到你想要去的任何地方。"

到此刻我才知道他叫巴吉斯，他今天所说的话已经很多了。正如上一章所言，他是一个沉默寡言的人，为了酬谢他，我从皮果提塞给我的点心中拿出了一块递给他，他一口便吞了下去。如果把那块点心递给一头大象，我想它会表现出欣喜之色，但他却没有半点表情。

"点心是她做的吗？"巴吉斯先生问道，依旧无精打采地弯着腰，两只手搭在两个膝盖上。

"你是问皮果提吗？"

"嗯！"

"对啊，我们家吃的点心全是她做的，饭也是。"

"真的吗？"

他翘起了嘴好像要吹口哨，但我却始终没有听见。他仍旧坐在那里，打量着马的耳朵，好像看到了什么新的东西。就这样前进了一段时间之后，他才慢吞吞地问道：

"我相信她还没有情人吧？"

"你是在说杏仁糖吗，先生？"我以为他还要吃点别的什么东西，以至于连他的话都听错了。

"我是说情人，她没有心上人吧？"

"皮果提吗？"

"嗯！"

"没有，从来没有。"

"真的吗？"

他又噘起了嘴好像要吹口哨，但我却始终没听见，他不过是继续坐在那里打量马耳朵罢了。

"她，"巴吉斯先生想了许久最后问道，"还会做各种各样的水果点心和各式各样的美味佳肴，对吧？"

我告诉他说是。

"那，我问你，"他说，"你会写信给她对吧？"

"当然啦！"我很肯定地答道。

"那，"他慢慢地转过头对我说道，"那，如果你给她写信，请加一句，巴吉斯愿意，可以吗？"

"巴吉斯愿意？"我重复道，"只有这一句吗？"

"嗯——"他考虑了一下说道，"是——的，就这一句，巴吉斯愿意。"

"但是你明天就可以回到布兰德斯通了啊，那时，我离家已经很远了，为什么你不当面告诉她呢？"

他摇了摇头，然后很认真地重复了他的请求："就这一句，'巴吉斯愿意'。"于是我答应了他。当天下午，当我们在一家旅店等车时，我要来了纸和笔给皮果提写了一封简短的信：亲爱的皮果提，我已到达，一切顺利，敬请放心。巴吉斯愿意。代我向母亲问好。你亲爱的大卫。还有，他很想让你明白一点——巴吉斯愿意。

我提前完成了他的这项委托，之后巴吉斯又陷入了沉默。近来的遭遇让我感觉身心疲惫，一上车我便靠在一只袋子上睡着了。到达雅茅斯的时候，我才醒过来，车子来到了一家让我感觉异常新奇而又陌生的旅店，陌生得让我放弃了见皮果提先生和其家人的愿望，甚至连见小爱米丽的愿望也被粉碎了。

院子里停了一辆没有套马的长途马车，是那么干净光亮，看不出一点要去伦敦的样子。当巴吉斯先生把马车赶进院子后，我在想他会如何处理我那放在柱子旁的箱子，还有，他会把我如何安置。这时，从挂有禽肉的弓形窗子里探出一个女人，问道：

"你就是那个从布兰德斯通来的？"

"是。"我答道。

"姓什么？"

"科波菲尔。"

"嗯？我这里没有人为这个姓预先付下定金。"

"可能是默德斯通吧？"我说。

"如果你是默德斯通少爷，那么你刚才为什么称自己是科波菲尔呢？"她很不解。

我对她解释之后，她摇了一下铃，喊道："威廉，带他去餐厅。"这时从对面的厨房中走出一个茶房，当他发现我就是他要接待的人时，似乎大为失望。

我们来到一个挂着地图的大房间里。我在怀疑，假如这些地图上的地方真代表外国，如果我被遗弃在中间的某一个角落，我是否会感到异常陌生。我坐在靠近门边的一把椅子的一个拐角上，手中拿着一顶帽子，我觉得这一举动是很不礼貌的。当那个茶房为我铺了一块布，并在上面放了一些调味瓶之后，我那时一定很害羞，脸肯定早已红透了。

那茶房递给我一些排骨和蔬菜，并很粗鲁地打开了盖子。我以为之前一定得罪过他。但他接下来的举动让我那颗忐忑不安的心静了下来，他在桌边摆了一把椅子，并很客气地对我说："六英尺高的，过来坐啊！"

我向他道过谢之后便坐在他为我摆放的那把椅子上，但是他却站在我对面目不转睛地看着我。每当与他目光相接时，我总觉得我的脸红得发烫，害羞得都不能灵活地使用刀叉了，每切一片肉，

肉汁都会溅到我身上。当我就要吃第二块排骨的时候，他对我说：

"特地为你准备了一些麦酒呢，现在要尝尝吗？"

我谢过他之后说要，于是他把酒倒进一只大杯子里，然后把杯子举过头顶，酒在阳光下显得那么耀眼。

"哎呀！"茶房说道，"好像倒多了。"

"似乎真的不少呢！"我微笑着答道。见他如此开心，当然我也觉得高兴。他，满脸疙瘩，头发直挺挺地竖着，一手叉着腰，一手拿着杯子透过光站在那里观察，十分友好的样子。

"昨天这里来了一位先生，叫陶普骚耶，很强壮的一个人，我想你认识他吧。"

"不，我想应该不认识。"

"穿着短裤、灰大衣，围着花围巾，戴着一顶檐很宽的帽子。"他说。

"不，我没有福气认识他。"我很惭愧。

"他来到这里，"他把杯子举过头顶透过光说道，"也要了一杯这样的酒，我告诫他最好不要喝，但他就是不听，结果喝下去之后便倒在地上死了。这酒对他来说是有害的，更不应该拿出来，事情就是这样的。"

听完这件可怕的事之后，我大为惊讶，我说，我还是喝一点水吧。

"嗯，我想你应该清楚，"他闭着一只眼睛看那透过杯子的光说道，"在我们这里，没有人会喜欢点过的东西剩下来，那样他们会生气，不过，你要是乐意，我可以帮你喝掉它。这种酒我常喝，习惯了当然就不会有事了。如果我仰起头一口气把它喝下去，我想它对我是没有任何害处的，我可以帮你喝了吗？"

我对他说，如果他确定那酒对他无害，我是很乐意的，但我也绝不愿意看到他如此去为我冒险。就在他仰起脖子一口气把它灌下去的时候，我极不想看到他也像那个陶普骚耶先生一样，倒在地板上死去。但是那东西对他好像没有任何害处，恰恰相反，当他喝完之后，我倒觉得他更加精神了。

"这是什么？不会是排骨吧？"他把叉子伸进我的盘子问道。

"是啊。"我说。

"啊，上帝啊，"他大声叫道，"我不知道那是排骨呢，对麦酒来说，排骨是最好不过的解药了，这不是上帝的恩赐吗？"

于是，他左手拿起排骨，右手拿起马铃薯，自鸣得意地吃了起来，见到他安然无恙，我很放心。接着他又拿起一根排骨、一个马铃薯，接着又是一个。当我们吃完之后，他又拿来一个布丁摆在我面前。那一刻，他好像在想着什么，心神不宁的样子。

"你感觉这饼怎么样？"他打起了精神问道。

"这是布丁。"

"布丁！"他又叫出了声，"真的？你刚才说它是什么？"他凑近了一点，"你说这是布丁？"

"是的。"

"啊，布丁，"他顺手拿起一个汤勺，"布丁是我的最爱！这不是上帝的恩赐吗？来，我们比比赛，看谁吃得最多。"

毋庸置疑，最后的胜利者肯定是他。他总是要我跟他比谁吃得多，但是与他的汤勺、速度和饭量相比，我都逊他很多。当然从吃第一口开始，我就被落下了，永远地落下了，不过像他这样爱吃布丁的人我还是头一次见。当吃完布丁时，他大笑了，好像他对于布丁的钟爱依旧不变。

由于他的友好，而且我们又相处甚欢，于是我便向他要了笔、信纸和墨水，开始给皮果提写信。他立刻拿来了我要的东西，并且说要在我写信的时候监督我。写完之后，他问我要去哪里上学。

"挨近伦敦。"我知道的也不过是这些而已。

"啊？我很担心你呢！"他表现得很无助。

"怎么了？"我问道。

"上帝啊！那所学校曾经弄断过孩子的肋骨，两根呢！那可是一个孩子啊，可以这么说，嗯——让我看看，你多大了？"

我告诉他已经八岁了。

"你的年纪和他相仿，他在八岁半的时候被弄断了第一根肋骨，两个月之后，断了第二根，结果就死了。"

我无法掩饰什么，更不想对他作任何掩饰，听见他把我和那个小孩作比较，我感到极为难受，便问道，他的肋骨是如何被弄断的。他的回答丝毫没有让我感觉舒服一点，因为他用了三个可怕的字："打断的！"

这时，院子里的长途马车的号角声打断了我们，我倒觉得它响得正是时候，于是我起了身。因为自己有个钱包，因此内心感到有点骄傲，于是慢吞吞地问，有没有东西是需要付钱的。

"嗯，一张信纸，"他问道，"你买过信纸吗？"

我实在想不起来我买过那玩意儿。

"信纸是很贵的，因为要纳税，在这里我们就这样被抽税的。值三个便士，还有，除了给茶房的小费，就没有其他要付的了，墨水就算我给你垫上的吧。"

"你——我——我应当付多少给茶房呢？"我红着脸吞吞吐吐地问。

"如果我没有儿子，而他又没有生疹子，我绝不会要六便士；如果我不需要赡养我年迈的母亲和我那可爱的妹妹，"他很激动，"我不会要一个法寻；如果我有一份好的工作；如果老板对我很好，我绝不会要你的钱，相反，我还会送你点什么，但是我是靠那些残羹冷炙过日子的，又只能睡在煤堆旁——"他再也说不下去了，哭了起来。

对于他的不幸，我深表同情，觉得如果给他少于九便士的报酬，那便是残忍！于是我拿出一先令递给了他，他接了下来，很谦虚恭敬的样子，接着便拿在手上，验证了它的真伪。

就在我被扶上车之后，发现了一件令我很尴尬的事，大家都以为中午的所有饭菜是被我一个人吃下去的，听见那弓形窗子里的女人对驾车的车夫说道："乔治，一定要看好那孩子，我担心他会撑破肚皮呢。"接着又发现院子里的那些女佣都跑过来看我，对着我笑，以为我是一个十分能吃的

小怪物，还有那个令我同情的朋友——那个茶房，此刻已经不再悲伤了，似乎并没有因为我被嘲笑而感到惭愧，甚至还加入那些嘲笑者的行列，丝毫没有愧意。如果我曾经怀疑过他，我想，一半是因为他的这一举动引起的，但是凭着一个孩子所拥有的单纯的信任和对一个年长者的信赖，我敢说，那时我并没有认真地怀疑过他。

我承认当我无缘无故成为车夫们嘲笑的对象时，我感觉很难堪，他们说因为我的缘故才使车子加重了分量，还有四轮马车对我的行程会比较方便。我的饭量同样被那些乘客当作笑柄，还问我的生活费是否同两三个兄弟的总和相等，我的伙食费是否被人事先垫付了，以及另外一些令他们开心的问题。最糟糕的是，在我匆忙离开时，我把皮果提给我的点心落在了旅店里，又因为他们的嘲笑，在有机会吃东西的时候，出于羞愧，就忍住没有吃，因此在吃过一顿便饭之后便要彻底挨饿了，接下来发生的事证实了我的顾虑。在我们停下车子吃晚饭的时候，我很想吃，但怎么也鼓不起勇气，于是独自坐在火炉旁说，我不饿。但这也并没有减少他们对我的嘲笑，一个声音沙哑、长相粗鲁的人说我是一条蟒蛇，吃过一顿可以维持很长一段时间，而他呢，一路上，除了口渴喝水之外，其他时间都从箱子里拿出东西来往嘴里塞，刚说完又吞了一块炖牛肉。

写出了大卫在痛苦生活下的无奈和妄想。

我们打算下午三点从雅茅斯动身，估计第二天上午八点能到伦敦。夏日的傍晚凉爽宜人。当我们途经一座村庄时，我在想房子里面是什么样子，人们都在干什么。有些小孩追上我们的车子，扒在后面走了一小段路，我在想，他们的父亲是否还活着，他们过得是否幸福快乐，此外，我还想了很多其他的事。我记得，有时我情不自禁地想到母亲和皮果提，并隐隐约约记得，在咬默德斯通先生之前，我在想那时我是什么样的感觉，到底我有多坏，想到最后也没能令自己满意，似乎感觉咬他是很久远的事了。

夜幕降临，温度也跟着降了下来，他们怕我从车上掉下去，于是把我挤在两个男人之间，几乎被闷死，他们睡着之后，把我挤得更厉害了，我痛得失声叫道："啊！抱歉！"对于我的叫声他们感到极不舒服，因为他们被我的叫声吵醒了。坐在我对面的是一个包裹着外套的老妇女，裹得那样紧，以至于在黑暗中我把她误认为是干草堆了。她随身带着一个篮子，但是很长时间没有找到一个可以安置它的地方，后来她发现我腿下有一片空地（因为我腿短，坐着触不到地板），于是把篮子放到我的脚下，我被那篮子刺得十分难受，但是我稍微碰一下那篮子，里面的玻璃杯就会相互碰撞而发出响声，那个老女人便会给我很重的一脚，说："喂，别乱动，小心你的骨头。"

天终于破晓了，已经能看见晨曦了，此刻他们睡得比较安稳。他们表达对整夜的颠簸不满的那可怕的鼾声现在也听不见了。当太阳普照在大地上的时候，他们的睡意差不多也消退了，便一个接一个醒了。但此时他们都说自己昨晚不曾睡过，甚至让我吃惊的是如果有谁说看见他睡了，他就会表现得异常愤怒。在接下来的观察中，我发现，在人性的所有弱点中，我实在想不通他们为什么不敢承认在马车中睡过觉这一事实，至今，我还未弄明白，同样也感到诧异。

当我从远处看伦敦时，我觉得它是一个非常神奇的地方，我相信，我所喜欢的英雄们都会在那里不断地表演，我还隐约认为，它比其他任何城市都充满了更多的奇迹与罪恶，在这里就不多讲了。当我们走进它时，我们入住在白教堂区的一个旅店预订的房间。我忘记了那旅店到底是蓝牛还是蓝猪了，但我记得它是蓝什么，而且在马车后面有它的画像。

那车夫在他下车时把头转向我，然后到票房门前说道：

"这里有一位布兰德斯通来的默德斯通少爷在这里等人领取，有人来领吗？"

没有人回应。

"试试科波菲尔吧，先生。"我无奈地垂着头说道。

"这里有一位布兰德斯通来的默德斯通少爷但自称科波菲尔的小家伙，有人来领吗？"

没人回应。我很着急地朝四周望了望，但是除了一位裹着脚的独眼人之外，车夫的话没有在任何人身上起到任何效果。那个独眼人说，应当在我的脖子上挂一个铜圈拴在马厩里。

梯子拿来之后，我跟在那个干草堆一样的女人后面下了车，但在她拿走篮子之前，我没敢动一下。车里已经没有乘客了，行李也很快被卸了下来，马也被卸下牵走了，马车被旅店的几个伙计推走了，却依旧没有人来认领我这个从布兰德斯通风尘仆仆赶来的少爷。

此刻我感觉比鲁滨孙·克鲁索还要孤单（没有人同他说话，也没有人了解他的孤独），当我走进卖票房时，承蒙售票员邀请，我进了柜台后面坐在那架称行李的天平上。当我坐在那里面对着大包、小包、账簿和马厩里的气味时，一连串可怕的担忧从我的头脑中闪过。如果没人来领取我，他们会在这里留我多久呢？我那七先令用完之后

> **知识延伸**
> 白教堂区：伦敦的一个贫民区。

> **知识延伸**
> 蓝牛还是蓝猪：英文中"蓝牛"和"蓝猪"字音相近。

心理描写
写出了大卫的孤独和恐惧。

比喻手法
人成了商品，写出了我的不能自主。

简要说明
暗示该人未穿衬衣。

就赶我走吗？晚上我是否会同这些行李一样睡在大木箱里，早晨只能用喷水机中的水洗脸，也许晚上会露宿荒野，到第二天再让我坐在这里等人来领？如果是默德斯通先生计划好要赶我出家门，那我该怎么办？就算他们让我留在这里，等到我那七先令用完开始挨饿时，我也就不能再留在这里了，否则，不但会令顾客感到烦恼，还有可能要使那个蓝什么东西承担我的葬礼费呢。如果我现在就回家，尽最大努力走回去，但我又不认识路啊，相信走不了多远就会迷路的，就算我回到了家，除了皮果提我还能相信谁呢？如果我去警察局，去当兵，或做一个水手，面对如此弱小的我，他们铁定不会要的。想到这里，我开始发昏了，正当我焦虑到极点的时候，走进来一个人，跟售票员低声说了什么，那售票员就把我从天平上拉起来，推到他面前，仿佛我是一件被称过后付了账的商品。

就在他拉着我的手走出售票房门口的时候，我偷偷瞟了他一眼。他是一个双颊深陷、脸色苍白的年轻人，拥有和默德斯通先生一样黑的下巴，但不同的是他没有留胡子，他的头发乱糟糟的，褪了色，没有光泽，还穿着一件褪了色的黑大衣。他的袖子和裤子都很短，脖子上还系着一条不大干净的白围巾。我一直认为那不是他身上唯一的麻布，不过那是他露在外面的唯一的麻布了。

"你是刚入学的新生吧？"他问。

"是的，先生。"我这样认为，但实际上我并不清楚。

"我是伦敦学校的一名教师。"他说。

面对这样一位学者，我感到敬佩，于是向他深深鞠了一躬，同时又感到羞愧，羞愧于去拿像我的箱子那么平凡的东西了。因此，在出院子走了一段路之后，我才厚着脸皮说回去取。我很委婉地对他说那箱子或许以后还能用得着，当我们回来时，他对售票员说，中午的时候会叫人来拿。

"先生，还要走很远吗？"当我们回到刚才折回去的那个地方时我问道。

"离布莱席兹不远。"

"离这里远吗？"我怯怯地问。

"远着呢，我们乘马车过去，差不多六英里吧。"

我实在太疲倦了，想到还有六英里，我实在坚持不住了。我鼓足勇气对他说，我已经一整夜没有吃东西了，希望他同意我去买点，那样的话我会很感激他的。听到这话，他停下了，显得很吃惊，想了一会儿说，他要去拜访离这里不远的一个老人，这样我就可以去买点面包或其他我喜欢的东西，另外我可以在那里得到一些牛奶。

于是我们来到一家面包店，站在外面朝里张望，我提出买许多易于消化的食物，但都被他否决了，最后花了三便士买了一块黑面包。接着我们来到一家食品店，用第二个先令买了一片五花咸肉和一个鸡蛋，但我感觉找回的零头依然很多，这让我觉得伦敦是一个物价很低的地方。把买好的食品包好之后，我们便往那个老人的家走去，路上我们遭遇了一阵使我原本困乏的头脑再次混乱如麻的喧闹声，过了一座伦敦桥——桥名应该是他告诉我的，因为那时我正处于迷糊状态——那个老人的家终于到了。就那房子的外观看，门前立着一个石碑，碑上说这里收纳了二十五个穷女人，因此我猜想这应该是个救济院。

那个老师来到了一个小黑门前，顺手拔掉了其中一扇门的门闩，那些门旁边都有一个斜斜的窗子，每扇窗子上面又有一个与之类似的窗子。当我们进去时，一位老妇人正在烧水，锅中的水正在沸腾。见老师来了，她便停下了手中的活，说了一句，好像是"我的小查理"，当看见我进屋时，便站了起来，双手一合，微微向我屈了屈膝。

"你能为这位年轻的先生热一下早餐吗？"老师问道。

"我可以这么做吗？我当然可以啊！"那老妇人自问自答道。

"菲比茨恩太太今天还好吧？"老师面对着另一个坐在火炉旁的老女人问道。那个老女人看上去就像一堆衣服，直到现在我还庆幸当时我没有坐错地方，刚开始我差一点儿坐在了她身上呢。

"她很不好，"第一个老女人答道，"这应该是她感觉很不好的时期了。就像火炉的火一样，一旦熄灭了，她便跟着熄灭了，而且永远地熄灭了。"

我跟他们一样，盯着菲比茨恩太太。那天很暖和，但是她仍然感觉冷，除了火炉之外她不曾想过其他什么东西。我在想她恐怕在嫉妒火炉上的汤锅呢，我很清楚地记得，当火炉被用来煮我的鸡蛋、烤我的咸肉时，我向她投去了惶恐的一瞥，在没引起他人注意的情况下，她向我扬起了拳头。阳光透过窗子照进来，落在她的背上，她坐在火炉前，用一种很不放心的眼神打量着它，如同她在温暖那个火炉，而非那个火炉在向她散发热量。当我的早餐热好之后，火炉便得到了解放，这让她感到异常快乐，并且大声笑了出来，但我觉得那笑声相当刺耳。

坐定之后，我便享受了一顿丰盛的早餐：黑面包，鸡蛋，咸肉片，还有一些牛奶。当我吃得高兴时，那个老女人向那个学者问道：

"你那根笛子带来了吗？"

"嗯，在身上。"

"奏一曲吧，"那老妇人用讨好的腔调请求道，"无论如何！"

于是，那个学者从衣袋里拿出了分为三段的笛子，拼接好之后便吹了起来。长这么大，我觉得没有人比他吹得更难听了，在这个世界上，在我听过的所有天籁或人为发出的声音中，要数他的笛声最为苦闷了。我从没听过那些调子，甚至我在怀疑他吹的每一个音节的调子是否有对的，那调子给我的感觉就是：首先，使我想起我的悲伤往事，最后终于流下了泪；其次，夺走了我的食欲并唤起了我的睡意。我开始打起了盹，眼睛慢慢闭上了，此时，头脑中涌现出了过去的事。那个敞开了角橱的房间，以及房间里的那个方背大椅子，还有那作装饰用的三根孔雀毛——我记得，在我进门时，我就在想，如果那孔雀知道它那美丽的羽毛今天的命运时，它会是什么感受——都消失在我的视野中，我睡着了。笛声渐渐远去了，此刻我听到的是车子行驶在路上的声音，我上路了。突然马车颠簸了一下，我被惊醒了，笛声又在我的耳畔响起，那学者依旧交叉着腿坐在那里吹着，很凄哀的样子，那老女人则在一旁微笑着听。接着，她、他都消失了，一切都消失了，笛声、教师、伦敦学校，还有我自己，除了沉睡，什么都消失了。

我梦见，那老女人在那悲哀的笛声中满脸笑容地一步一步向他走去，站在他椅子背后给了他一个大大的拥抱，这使得他暂停了演奏。记不清是之前还是随后，我正处于迷迷糊糊的状态，就在他重新演奏的时候，我看见了也听见了那老女人在问菲比茨恩太太笛声怎么样，她向炉火点头回答说："啊，很美妙！"我相信，她把演奏出如此美妙的笛声的功劳都归功于炉火了。

就这样，我睡了很长一段时间，当那伦敦学校的教师把笛子拆成三段收起来之后，便带我出去了。一辆马车停在不远的地方，于是我们便上了车。我感到非常疲倦，当我们在半路上停下来带别人的时候，他们把我安置在一个空位上，我便在那里睡着了，一直到马车爬上一个长满树林的小山坡时才醒过来，过后不久，车停了，到了。

之后，我们——教师和我——沿着一条小路走了不多久便到了伦敦学校，学校被很高的围墙围着，看上去很沉闷。墙上挂着一个写有"伦敦学校"字样的匾，当我们按下门铃之后，一张看上去甚为阴森的脸从门上的孔洞中向我们张望着。门打开了，那个人的脸很肥胖，牛一样的脖子，突出的太阳穴，短头发，还有一条用木头代替的腿。

"一个新生。"教师说道。

那个装着木头腿的人把我仔细地打量了一遍——用的时间很短，因为我并不大——锁起了门，拔出了钥匙。当我们朝他那看上去阴森森的树林中的房屋走去时，他冲我们喊道：

"喂！"

当我们朝他望去时，见他手中拿着一双靴子站在门前。

"喂！梅尔先生，在你出去的时候，修鞋匠把你的靴子送来了，他说，它们已经坏得不成样子了，他还奇怪你为什么还想着要去修。"

说完便把靴子朝梅尔先生扔了过来，梅尔先生走过去拾了起来，我们便继续朝森林中的房屋走去。这时我才发现他脚上的那双靴子也坏得不成样子了，就连袜子也破了，如同花蕾绽放一般。

伦敦学校是一所没有任何装饰的四方砖建筑。校园内异常安静，于是我问梅尔先生，是不是学生们都出去了，听到我这样问，他也感到奇怪，对我说，当时是假期，学生们都回家了。校长克里克尔先生及其太太、女儿住在海边。我之所以在假期入学，是作为我犯错的一种惩罚。这些都是他在路上告诉我的。

我仔细打量了他领我进的教室，我从未见过如此寂静而荒凉的地方，今天算是见识到了。一间大房子里摆放了三排长书桌以及六排长板凳，墙上满是用来挂帽子和石板的钉子，肮脏的地板上撒满了纸屑，书桌上凌乱地摆满了纸质的蚕房。两只被主人遗弃的小白鼠在发了霉的纸板和铁丝做成的笼子里蹿来蹿去，用它们那饿得通红的眼睛打量着四周，寻找充饥的东西。一只鸟在一个跟自己差不多大的笼子里，围着一个两寸来高的横木跳上跳下，那动作发出的声音甚为可悲。但它却似乎没有这种感觉，因为它没有发出任何悲哀的声音。教室中到处弥漫着一种不愉快的气味，像是发了霉的棉衣、腐烂的苹果或是书本的味道。即使这房间建成时就没有屋顶，即使一年四季下的都是墨水雨、墨水雪、墨水冰雹，也不会比现在屋内溅起的墨水更多。

梅尔先生拿着那双被鞋匠退回来的鞋上了楼之后，我便一边观察四周一边朝讲台走去。我在一张书桌上发现了一块纸牌，上面用优美的字体写道："小心他，他咬人。"

我立刻在书桌周围张望，怀疑那是给一条狗准备的。我用匆忙的眼神打量了一番之后，却没有任何发现。当我还在四下张望时，梅尔先生下楼径直走到我跟前问我在找什么。

"抱歉，先生，我在找狗。"

"狗？找什么狗？"

"那不是一条狗吗？"

"什么'不是一条狗'？"

"要人小心，他会咬人。"

"没有，科波菲尔，"他一脸严肃之色，"他不是一条狗，相反，他是个人，是个学生。抱歉，科波菲尔，我接到指示，那块告示牌是为你准备的。真的很抱歉，但我必须得这样做。"

说完便扶着我把那块小巧而醒目的告示牌挂在了我的脖子上，以后，不管我到哪里，它就是我的一个背囊，我必须承担戴着它的义务。

没有人能够想象它给我带来的痛苦，不管有没有人在看我，我总是觉得有人在念那几个字，但当我转过身时却没有发现任何人，但这却没有让我感到丝毫的安心，因为无论我的背朝哪个方向，我总是觉得有人在我的背后念它。那个冷酷的木腿人让我感觉更加痛苦，他有权监督我，当我靠在树上或是倚在墙上时，他就会站在他的门前朝我大声嚷道："喂，科波菲尔，转过身来，露出那个标牌，否则，我就去揭发你！"

紧挨在教室和厨房的背后，是用石子铺成的操场，每天早晨，当我奉命在那里散步时，我都会听到教室前的每一个人都在念那几个字，差役、屠夫、面包师等；我怀疑，连我自己也开始害怕起来，担心自己是一个咬过人的野种。

操场上的一扇旧门上刻满了名字，仿佛这是一种历来已久的惯例。面对那扇门，我在想，万一假期结束了，他们回来了，他们会用怎样的腔调，带着多重的音念道："小心他，他咬人！"每当我念起每一个名字的时候，我都不由得想这个问题。一个叫詹姆斯·斯梯福兹的学生把他的名字刻得很深，我在想，他会用一种很有力的声音来念它，之后便过来扯我的头发；一个叫汤姆·特拉德尔的，我在想，他会带着一种玩笑的口吻念它并假装很怕我；至于那个叫乔治·邓普尔的，我想他会唱出那六个字。我畏缩在门前，看着那些名字，似乎听到所有的学生——梅尔先生说全校共有四十五个学生——一起跟我绝交，然后用不同的腔调喊道："小心他，他咬人！"

我经常想起那个问题。面对教室的书桌和长板凳，躺在床上面对那些空床铺时，我都在想这个问题。我记得不止一次地梦见，像以往一样和我母亲在一起时，去参加皮果提先生家的聚会时，乘马车去郊游时，或是跟我那个不幸的茶房朋友一起用餐时，他们都会因为看见我穿着一件睡衣而且还挂着那个告示牌而尖叫。

面对如此单调乏味的生活，面对开学时的那种忧虑，这未尝不是一种苦难啊！每天，我都得同梅尔先生做很长时间的功课，但值得庆幸的是，这里没有默德斯通他们姐弟俩，当然也就没有受到任何惩罚，但在做功课前后，我都在那个木腿人的监视下去散步。我清楚地记得那绿色的石板，漏水的水桶，潮湿的空气，长相奇怪的树干——雨天里从它身上滴下的水仿佛比别的树都要多，在晴天里蒸发得好像又比它们少一样。大概一点钟的时候，梅尔先生和我在摆满松木桌却很空荡的食堂里，坐在满是油污的桌前吃饭。之后，我们便一直学习到喝下午茶的时间。梅尔先生端着一个蓝茶杯，而我则用一个锡罐喝水。每晚我们都得忙到七八点钟，梅尔先生在教室的讲台上用笔、墨水、戒尺、稿纸吃力地结算着上半年的账目。当他收拾起那些工具后，准备睡觉之前，他总要拿出那根笛子吹一会儿，每当听见他的笛声，我便在想，他就要从笛子两端的孔中钻进去，之后从每个音孔中渗出来。

听着梅尔先生那令人发愁的催眠曲，我想象自己坐在教室那昏暗的灯光下，背诵着第二天的功课；合上书，从他那令人发愁的笛声中，我仿佛能听见家中那些习惯的声音，还有雅茅斯的海风声，突然感觉悲凉、寂寞；想象着，独自一人去那没有人的卧室中睡觉；想象着，坐在床头回想着皮果提的每一句安慰我的话；想象着，早晨站在楼梯上从一个可怕的裂缝眺望着那悬在屋顶上的大钟和那个风向标；我害怕那个叫詹姆斯·斯梯福兹的和别人在上课的时间到来。在我的这些忧虑中，那个时刻让我感到害怕的程度仅次于那个木腿人打开那生锈的大门让克里克尔先生进门的时刻。在这些情形下，我不敢想自己是一个很危险的人，但我却挂着那个告示牌出现在这所有的情形中。

梅尔先生对我从不苛刻，也很少与我说话。我觉得我们已经成为不交谈的朋友了。对了，有时，他用无法形容的态度自言自语，发笑，抱拳，龇牙，摇首。他的这些动作，刚开始，我感到很惊讶，但时间久了，也就司空见惯了。

精彩点拨

缺乏爱的社会环境：在旅馆时，大卫被茶房抢走食物并被骗走钱；坐长途马车时，被其他乘客嘲笑并占位置；到了学校，大卫除被木腿人监视外，还因默德斯通先生的"小心他，他咬人"的牌子到处被人嘲弄。这些都给大卫造成了精神上的折磨。

阅读积累

先 令

先令，是英国的旧辅币单位，符号为"/-"，1英镑=20先令，1先令=12便士，在1971年英国货币改革时被废除。先令也是奥地利的旧货币单位和肯尼亚、索马里、乌干达、坦桑尼亚的货币单位。

先令最初是一种金币，起源非常早，可以追溯到罗马帝国时代的苏勒德斯币。英国最早使用先令。

英镑为英国的本位货币单位，由英格兰银行发行。辅币单位原为先令和便士，1971年2月15日，英格兰银行实行新的货币进位制，辅币单位改为新便士，1英镑等于100新便士。如今，流通中的纸币有5、10、20和50面额的英镑，另有1、2、5、10、20、50新便士及1英镑和2英镑的铸币。

第六章

> **精彩导读**
>
> 　　大卫初见克里克尔先生，心里对他很恐惧。在老师和学生们依次返校后，大卫认识了优等生詹姆斯·斯梯福兹，被他骗走了所有的钱，并通过他与同学们的谈话了解了学校所有的事。詹姆斯·斯梯福兹会像他说的那样保护大卫吗？

　　这样的生活大约过了一个月，那个木腿人就开始带着拖把和水桶出入学校的任何一个房间了，因此，我在想，他这样做可能是要开学了，他开始准备迎接克里克尔先生和那些学生了。我猜对了，因为过了不久，他就带着拖把进了教室，把梅尔先生和我赶了出来。在有一段时间里，只要哪里可以睡，我们就睡在哪里；只要能过下去，就尽力过。差不多在那个时候，有两三个先前不怎么见到面的年轻女人，现在也经常出入校园了。那段时间里，伦敦学校就像个鼻烟盒，到处弥漫着灰尘，弄得我不断地打着喷嚏。

　　一天，梅尔先生对我说，克里克尔先生会在晚上回来；晚上，当我们喝过茶之后，梅尔先生对我说他已经到了。在我上床睡觉之前，木腿人过来把我领到他那里去了。

　　克里克尔先生在学校里居住的地方比我们的要舒服千百倍。另外，他还有一个很别致的小花园，比那个尘沙弥漫的运动场给人的感觉要舒服千百倍。我想那个运动场简直就是一个微型的沙漠，除了单峰或双峰的骆驼，估计没有人会在那里面感觉舒服。当我颤巍巍地走在通往克里克尔先生房间的走廊上时，我甚至觉得去留心那走廊带给我的舒服感也是一件极为奢侈的事。当我见到他时，他的威仪让我感到羞怯。在他的房间里，我没有见到克里克尔太太和他的千金，除了他之外，我没有见到任何人。克里克尔先生很胖，胸前挂着一个表链和一个装饰，坐在一把有靠背的椅子上，旁边放着一个杯子和一个茶壶。

　　"嗯！"克里克尔先生说，"这就是那个需要锉去獠牙的年轻人吧！把他的身体转过去。"

　　木腿人提着我转过了身体，好让那块告示牌呈现在克里克尔先生面前，他看够了之后，我又被那个木腿人提着身子转了过来，让我面对着克里克尔先生，接着他便站到了克里克尔先生旁边。克里克尔先生看上去很凶猛，小眼睛、小鼻子、大下巴、光秃的头顶，还有额头上那粗大的青筋，以及一些白而稀少的湿润的头发，梳过两边的太阳穴，在前额上交叠起来。他给我印象最深的是他的嗓音不高，只能低声说话。另外，当他说话时，我感觉他很紧张——对于如此微弱的声音——因为他的脸色更加愤怒了，额头上那粗大的青筋更加粗大了，当我回想起这一切时，面对他的这些特征，我一点也不感到惊奇。

"嗯，"克里克尔先生说，"关于他，有什么要报告的吗？"

"还没有任何机会让我找到他的过错呢。"木腿人回答说。

看来，克里克尔先生很失望。这时，克里克尔太太和小姐进来了，她俩看上去都很瘦弱，从她们的安静中，我看出她们并未感到失望。

"到这里来，小家伙！"克里克尔先生朝我打了个手势道。

"过来！"木腿人重复道。

"很荣幸，我能认识你的继父。"克里克尔先生捻着我的耳朵低声说道，"他是一个坚强的人，一个有价值的人。我们彼此互相了解。对于我你了解多少？"他带着一种残忍的恶作剧的口吻问道。

"还不了解呢，先生。"我咬着牙说道。

"还不了解是吗？嗯？"克里克尔先生重复道，"不过要不了多久你就会了解了。哼！"

"你要不了多久就会了解了。哼！"那木腿人重复了克里克尔先生的话。我后来常发现，他总是对着学生用他那粗野的声音翻译着克里克尔先生的话。

我感到相当吃惊，对他说，如果他乐意我那样做的话，我会尽全力去了解他的。这时，我发现我的耳朵快被拧得冒出火来了。

"让我告诉你我是什么样的人。"克里克尔先生低声对我说道，他最后用力拧了一下我的耳朵，终于放开了，但那一下足以让我干枯的眼睛涌出泪水，"我是一个鞑靼。"

"一个鞑靼。"木腿人重复道。

"当我决心要做一件事的时候，我会毫不犹豫地去做；当我决心要完成一件事的时候，我肯定会把它完成。"

"——要做成一件事，我一定会把它完成。"木腿人翻译道。

"我是相当有决心的，这就是我做人的原则，而我处事的原则是尽我最大的责任。当我的亲人，"此时他凝视着克里克尔太太，"反抗我的时候，他们就不再是我的亲人，我会抛弃他们。那小子，"面对着那个木腿人，"又来过吗？"

"没有。"他回答说。

"没有，他了解了，他了解我了。带他走吧，我说带他离开。"克里克尔先生望着他太太拍了一下桌子说，"因为他现在了解我了，小家伙，你也会了解我的。你可以走了，带他出去。"

听他说这话，我自然感到高兴，当看见克里克尔太太和她的千金都在抹眼泪时，我又为她们感到不舒服。但是，我心里有个请求，虽然我怀疑是否有勇气把它说出来，但是它与我的关系实在太密切了，使我不得不说：

"如果您高兴的话，先生——"

克里克尔先生小声说："嗯？你还有什么想要了解的吗？"克里克尔先生用眼睛直盯着我，仿佛我就要被他的眼神燃烧了。

"我对我过去的行为已感到很惭愧了，"我吞吞吐吐地说，"如果您高兴的话，可否在学生回来上课之前，让我摘下那告示——"

我不清楚克里克尔先生因为打算同意我的请求，还是他从椅子上跳起的这一动作仅仅是为了吓唬我，他还没来得及离开那把椅子，也没等木腿人送我出去，我便慌张地退了出去，径直走向我的卧室，一刻也没停过，也不敢停。当发现后面没人追上来的时候，我便安心地上了床（那时已经很晚了），躺在床上差不多两个钟头才睡着。

动作描写

写出了大卫的惊恐害怕。

第二天一大早，夏普先生返校了，他是一位教学水平高出梅尔先生许多的高级教师。夏普先生的早晚餐都会跟克里克尔先生一家在一起吃，而梅尔先生却只能同他的学生一起进餐。夏普先生看上去是一个肥胖却没有多少力气的人，天生一个大鼻子，可能是由于太重的缘故，以至于头总是向一边垂着。对于他那光滑的鬈发，我听第一个返校的学生说，那全是假的，还是二手货，并且在每周六的下午还要去卷一次。

生字背囊

鬈（quán）：1.头发好，引申为美好。2.头发卷曲。

告诉我这些的正是那个汤姆·特拉德尔，他是第一个返校的。他对我说，我可以在那扇大门右边的门闩上方找到他的名字。我问："特拉德尔吗？"他说："是！"接着他便请我把我本人和我家里的情况向他作了汇报。

我对于特拉德尔第一个返校感到高兴。因为他对我身上的那块告示产生了浓厚的兴趣，打消了我以往考虑是把它露在外面还是藏匿起来所感到的不安。在每一个学生返校之后，不管其他的，他会第一个把我介绍给他们，还说："看这儿！多好玩的游戏啊！"也幸亏大部分的学生在返校后都垂丧着脸，没有像我之前想的那样拿我来开玩笑。当然也存在一些人，他们围着我乱跳，就像野蛮的印第安人一般；也有一些人把我当成一条狗，摸我、拍打我，冲着我喊："兄弟，爬啊！"又把我叫作桃泽。面对如此多的人，我感到很难堪，流了不少泪，但与过去我所想的待遇相比，这些又算得了什么呢？

知识延伸

桃泽：狗的名字。

不过，在詹姆斯·斯梯福兹返校之后，我才算正式成为该学校的一名学生。见到他就如同见到长官一样，他以学识渊博著称，至少长我六岁，很帅。他曾经在操场前的一个棚子里仔细盘问了我近来所受到的待遇，听完之后便大为愤慨地说："这是一种耻辱！"因为这句话，我决心永远与他交好。

"科波菲尔，你身上有多少钱？"当他用那几个字结束了对我的盘问，并在我离开时问道。

我对他说有七先令。

"钱，如果你愿意的话最好由我替你保管，倘若你不想，那就算了。"

对于他如此友善的提议，我立刻表示同意，接着便拿出皮果提给我的钱包，把钱倒在他手上。

"你现在用钱吗？"

"不用，谢谢。"我说。

"如果你高兴的话，随时都可以，你知道的。尽管告诉我就是了。"

"谢谢，真的不用。"我又说了一遍。

"等一下去宿舍，也许你会很乐意花两先令买一瓶葡萄酒。"斯梯福兹说，"我发现我们同住一间寝室。"

听他说这个建议之前，我自然没有想到这个，于是对他说好，我很乐意那样做。

"不错，我想，你同样会很乐意花一先令买一块杏仁饼吧？"

我说好，很乐意。

"再买点饼干和水果，各花一先令，怎么样？"他建议道，"我说，你剩的可不多了！"

见他笑了，我也跟着笑了，但心中感到一丝的不畅。

"好啦！"他说，"我们应当尽全力利用好这笔钱，这就对啦，我会尽力帮你拿到你想要的。如果我高兴，随时可以出去，然后把食物偷偷地带进来。"说完便把钱放进了自己的腰包，然后很客气地对我说，他会很小心的，叫我放心那些钱，保证不会出现任何问题。

他对我兑现了他的承诺，但是我并不因为这个而感到忧虑——我担心我会乱花母亲给我的那两个半克朗——即使我把那包钱当作很珍贵的礼物保存起来。在我们上楼睡觉时，他拿出了那些价值七先令的食物，摆在那洒满月光的床上说道：

"瞧，小科波菲尔，你现在完全可以举行一场盛大的宴会了！"

对于年幼的我，面对年长的他，我不敢想由自己来主持这场宴会，一想到这一点，手便会颤抖。于是我求他来代替我主持。寝室里的其他人齐声附和我，于是他便答应了下来。在我的枕头上坐定之后，便开始分配食物了——在我看来，他分得那么合理，那么公道——拿出他自己的那只没有脚的杯子传递那瓶葡萄酒。周围的人靠近我们坐在床上或地板上，我则坐在他的左手边。

我记得很清楚，与其说我们集体坐在一起低声说笑，不如说我在一旁很恭敬地听他们说笑。月光透过窗子照进来，地板上倒映着它。斯梯福兹在桌子上寻找东西时，拿起一根火柴投进磷粉盒中，随即闪现出蓝色的火焰，打在我们的身上，可能是因为黑暗，也可能是因为晚宴的秘密性，也可能因为我们说笑时声音都很低，突然一阵神秘的感觉涌上心头。我带着一种说不清的感觉听着他们谈论一切，可能是严肃，也可能是敬畏。不过这种感觉让我觉得愉快，因为大家离我很近。但接下来的一幕让我吃惊并佯装大笑——特拉德尔冲着大家说墙角有鬼。

从他们中间我听到了所有有关学校里的事。他们说，克里克尔先生自称鞑靼是因为他严厉、残忍，而且无人能及。打学生已成为他每天必做的事，像一名骑兵一样攻击他们，毫不手软地鞭打他们，斯梯福兹说他除了鞭打这门艺术之外，近乎无知，甚至比学校中最低等的学生还要无知。很多年前，他曾是伦敦桥南的一个小酒商，后来破产了，于是花光了克里克尔太太的钱兴办了这所学校。我还听到了一些我所不知道的事，至于他们如何得知，我也不清楚。

他们说，那个木腿人叫屯哥，是个很野蛮的家伙，他之前在克里克尔先生的酒馆里打过下手，他们说，他的腿是在那时候弄断的。由于帮助克里克尔先生做成过一笔名声不是很好的生意，所以知道他的一些秘密，现在克里克尔先生也就只好带着他一起进入教育界了。他们说，全学校的学生都是屯哥的死敌，当然克里克尔先生除外，唯一能够让他开心的就是生活中的冷酷与残忍。他们还说，克里克尔先生本来是有一个儿子的，当然了，也是屯哥的死敌。他曾经在学校中帮过忙。有一次，因为他向他父亲直谏过学校的制度过于苛刻，也有人猜想说，他曾抗议过他父亲对他母亲的不公正待遇，之后便被赶出了家门，自那以后，克里克尔母女俩便一筹莫展了。

但是，我听到了一件很奇怪的事，在学校中，克里克尔先生永远不敢对詹姆斯·斯梯福兹动手。当提起此事时，斯梯福兹说自己倒是很愿意看到他那样做。一个和我性格差不多的看上去很柔和的学生问道，假如克里克尔真的那样做了，他将如何处理。他随手拿起一根火柴扔进了磷粉盒，火光映在他的脸上，他说，如果克里克尔敢动手，他便会拿起放在壁炉上的那价值七个半先令的墨水瓶砸克里克尔的头，直到砸倒克里克尔为止。听他这样说，坐在黑暗中的我们连气都不敢出。

他们说，夏普先生的待遇其实不比梅尔先生好。优待生斯梯福兹证实说，当饭桌上摆了冷热两盆肉的时候，夏普先生总是说他比较喜欢那盆冷的。他们说，夏普先生的那头假发其实跟他并不适合。有人说他是"神气活现"——因为他自己的那头红发很容易被人看见。

他们说，有一个煤商为了抵偿债务把儿子送进学校，因此他们都叫那个煤商的儿子"汇票或等价物"。他们说，在父母眼里麦酒是一种劫掠品，布丁是一种惩罚。他们都说，斯梯福兹正在与克里克尔小姐谈恋爱。在黑暗中的我，头脑中浮现出他那帅气的模样、潇洒的姿态、卷曲的头发，耳畔回响起他那好听的声音，我想这是极有可能的。我还听说，梅尔先生其实并不坏，只是他连半个先令也拿不出手罢了；可以想象，他的母亲也穷得叮当响了。此刻我的脑袋中浮现出那顿早餐的情形了，还有那句"我的小查理！"又响起在我的耳际。如今回想起来，我感到很高兴。当然，那件事我没有跟任何人提起。

我们一直聊到宴会结束之后的一些时候。吃完了，大多数人便立刻上床睡了，最后那些依旧在低语和静听的人也都上床了。

"晚安，小科波菲尔，我会照顾你的。"斯梯福兹对我说。

"我很感激你的仁慈。"

"你有姐姐吗？"斯梯福兹伸了一下腰问道。

"没有。"

"多遗憾啊，如果你有一个姐姐，我相信她一定是一个大眼睛、美丽、娇柔、害羞的女孩，我会很喜欢她的。晚安，好梦！"

"晚安，好梦。"

当我上床之后，我的脑子里全是斯梯福兹，当我抬起头看他时，他面朝上躺着，柔和的月光洒在他那清秀的脸上，他很自在地把头支在手臂上。在我看来，他有很大的权势，当然，这也是我尊敬他的原因。月光下，并没有朦胧的未来向他投下阴郁的暗影，在我梦到的我终夜在里面闲逛的花园里，也丝毫没有他的身影。

精彩点拨

上至残忍的克里克尔先生和他的爪牙木腿人屯哥,下至用虚伪的嘴脸欺骗大卫的学生詹姆斯·斯梯福兹,伦敦学校虽然刚刚开学,我们就可以预知大卫在学校的悲惨生活了。

阅读积累

印第安人

印第安人是对除因纽特人外的所有的美洲原住民的统称,并非单指某一个民族或种族,印第安人分布于南美洲和北美洲各国。他们所说的语言有上百种,一般统称为印第安语或美洲原住民语言。印第安人的族群及其语言的划分情况至今没有公认的分类。

16世纪,到美洲的欧洲殖民者大量奴役甚至屠杀印第安人。到21世纪大约有3000万印第安人,其混血后代麦士蒂索人大多为男性殖民者与当地女性的后代。而在美国,印第安人仅占全国总人口的1.2%左右。

美国联邦法律称呼这些少数族裔时,将不再使用"印第安人"等具有"歧视性"的词汇,而由"美洲原住民"取代。

第七章

精彩导读

　　正式上课了，大卫见识了克里克尔先生的残暴，特拉德尔的遭遇让大卫同情，几乎没有理由的暴打让大卫胆战。但斯梯福兹的保护让大卫在校园的生活不再被同学欺负，大卫给同学们讲故事。梅尔老师被辞退了，皮果提先生和汉姆来学校看望大卫，大卫得到了小爱米丽的消息。放假了，大卫回到家会怎样呢？

　　第二天便正式上课了。我记得很清楚，当克里克尔先生用完早餐进入教室时，原先乱哄哄的教室顿时变得死一般的宁静，他站在门口，看着我们，像是一个巨人在俯视他的俘虏，这给我留下很深的印象。

　　屯哥站在克里克尔先生一旁。我想此刻他已经没有再叫大家安静的必要了，因为我们个个都吓得发抖，一声都不敢吭。

　　接着克里克尔先生便说：

　　"嗯，学生们，这是一个新学期了。在这个学期里，我劝你们要当心你们的功课，因为我会加重惩罚，我不会手软的。你们的那些擦来擦去是没有任何用处的，因为接下来我给你们的伤痕是你们永远也抹不去的。努力吧，亲爱的同学们。"

　　这可怕的开场白之后，屯哥便出去了，而克里克尔先生则来到我旁边坐下，对我说如果我因咬人而闻名于世，那么他也是。说完，他便拿出一根棍子，问我说，如果用它代替牙齿，那么我会有什么感想？它很锋利对吧，嗯？而且还是双料的牙齿吧，嗯？它有很长的尖头吧，嗯？它咬人吧？它咬人比你厉害吧？每发出一问，我身上便多出一条伤痕，痛得我扭来扭去。所以没过多久，我就可以很自在地享受优待。当然没过多久，我便哭出了声。

　　我并没有说，我所受到的都是特种待遇，而且不止我一个人，恰恰相反，就在克里克尔先生巡视教室时绝大多数人都受到了同样的优待，特别是那种体格弱小的学生。在那天的课程开始之前，至少有一半人已经在哭了。那天在课程结束之后，全校有多少人在哭泣，我不敢去回忆，这不是我在有意夸大其词。

　　我想像克里克尔先生那样从他的职业中（打学生）获得乐趣并以此来满足他那种强烈的欲望的人恐怕再也找不出第二个了。我以为，在所有学生当中，他最不能放过的便是长得肥胖的学生，仿佛他们身上有一些让人迷恋的东西，但让他觉得烦躁，因此他总会在一天之内把学生们弄得伤痕累累。因为我自己就很胖，所以很清楚这一点。我想如果我现在想起那个家伙，即使我没有受到过他的虐待，我对他仍然有着一种正义的愤怒，只要我了解了一切，我也会感受到这种愤怒，因为他就是一个浑蛋，彻头彻尾的浑蛋，他没有资格让我去信任他，就如同他没有资格去担任海军大元帅或陆军总司令一样。但话又说回来，只要他从事这两项职务中的任何一项，他所做的坏事大概又会少很多。

在他的眼里，我们如同一尊偶像下的小罪犯，卑微，可怜，而他却又是那么残忍，就现在回想起这一切，我难以想象那是怎样一种人生的开端啊！

现在我仿佛又回到课桌边了，留意着他的眼光——很卑顺地留意着。这时，他正拿着戒尺为另一个刚受过难的人（手刚被打肿）纠正算术题，那个受难者正在用小手巾擦手上的伤痕。我并非特地去留意他的眼神，我有很多事要做，但我却被他那病态的眼光所吸引，我在想——怀着一种恐惧的心情想他接下来会做什么，是来惩罚我还是其他人。不仅是我，在我前面的那排学生对他的眼神也有同样的兴趣，也在注意着。我想他也清楚我们的这一举动，只不过他不愿揭穿罢了。他摆出一副可怕的脸孔在纠正着算术题，不久他把眼光转向我们，我们赶紧低头装作看书，身体在不停地颤抖。不久，当他不看我们时，我们便又抬起了头。一个不幸的人因为未完成习题，像一个犯人一样被他揪了出去。那个"小罪犯"在他面前吞吞吐吐地保证明天会做得好一点。克里克尔先生打他之前讲了一个笑话，我们都笑了，脸色却吓得惨白，浑身打颤。

现在我仿佛自己坐在座位上了，在夏季的一个令人发困的下午，好像周围的人都变成了苍蝇，到处是一片嗡嗡嘤嘤声。我感觉到一种肥肉的油腻味（刚吃完饭一两个小时）。我的头重得像一块铅，我非常想睡。我坐在位子上盯着克里克尔先生，如同一只小猫头鹰一样对他眨着眼；当我快被睡神征服时，他似乎出现在我的梦中，为我纠正那些算术题，他慢慢地走到我的身后，为了让我清醒过来，他在我背上留下一道伤痕。

这时我仿佛又出现在运动场中，即使我没有找到他，但是我感觉我的眼光依然被他吸引住了。我知道他吃饭的地方离窗子不远，因此，我便想象他就在窗子中，盯着窗外看。如果他从窗子中透出他的脸，那么我肯定会表现得很卑微、很温顺；如果他透过窗子朝窗外张望，就连最勇敢的学生（不是斯梯福兹）也会停止他们那欢快的叫喊，变成一脸毫无表情的样子。一天，特拉德尔踢球时不幸打碎了那窗子的玻璃。就那时的情况看，好像那只皮球打在了克里克尔先生的头上，就现在想起当时的一幕，我还会怕得浑身发抖呢！

不幸的特拉德尔，穿着紧身的天蓝色外套，胳膊和腿看上去就像德国香肠或卷筒的布丁。所有学生中他是最快活的却又是最不幸的：上学期他几乎是每天都要挨棍子的，除了星期一放假的那天只是挨了戒尺。他说要给他的叔父写信告诉他所受的待遇，但终究还是没有写。他把头在课桌上靠了一会儿之后，又高兴了起来，开始大声地笑。不知是什么原因使他如此开心。在眼眶中的泪水干之前，便拿起笔在石板上画满了骷髅。刚开始，因特拉德尔从画骷髅这一举动中寻求安慰，这让我感觉很奇怪。曾经有一段时间，我以为他在修身养性，并且用那些象征着死亡的骷髅来提醒自己不能再挨打了，但是后来才发现，他之所以不停地画骷髅仅仅是它们好画，且没有什么特征而已。

特拉德尔认为同学之间应该互相帮助，而且那应是一项庄严的义务。凭这一点看，我想他是值

得尊敬的。但他曾因为这个而受过几次苦；那次，在教堂中斯梯福兹发出笑声，教堂的司仪以为是特拉德尔，于是便把他提了出去。就现在我还可以想象得出他在那些会众鄙视的眼光下被押出去的情形。即使他被关了很长时间，第二天伤心地在他的拉丁文字典中画满骷髅，他也不愿说出真正的凶犯是谁，但是他得到了回报：斯梯福兹说他的心是纯洁的，没有半点歪念头。我们都认为那是对他的最高评价了。当然我也想做点什么来赢得大家的好评，哪怕是上刀山下火海，虽然我没有特拉德尔勇敢，也没有他老练。

面对着斯梯福兹拉着克里克尔小姐的手从我们面前向教堂走去的那一幕，我觉得我算是见了一回世面。我不认为克里克尔小姐的美貌能与爱米丽相比，但是就风度来说，她绝对是无人能比的，而且还是一位非常具有吸引力的年轻小姐。我不是因为爱上了她才对她作如此高的评价的，当然，我也不敢爱她。当看见穿着白色裤子的斯梯福兹为她撑着伞时，我觉得认识他是很荣幸的一件事。我也相信，她很崇拜他，在我看来，夏普先生和梅尔先生是很显著的大人物，但与斯梯福兹相比，宛如两颗星星和太阳一般。

由于斯梯福兹的保护，学校里也就没人敢得罪我了，准确地说没有人敢不给他面子去得罪他看得起的人，这使得他成为我很有用的朋友，但是他却不能，或者说他不曾使我免受克里克尔先生的虐待。克里克尔先生对我的严厉并未因为他而放松丝毫，每当我受到他的虐待时，他便会告诉我说，他不能忍受。我不曾拥有他的勇气，这让我觉得他是出于好心好意而鼓励我。克里克尔先生对我的严厉也不是没有好处的，当然仅仅是那一次的好处，也是唯一的。当他从我身后走近我，想扬起手打我时，他突然觉得那块告示牌在妨碍他，因为这个，不久便把那块牌子摘了下来，之后，我便没有再见到它了。

有一次发生了一件很意外的事，加深了我和斯梯福兹之间的友谊，虽说有时它给我带来了一些不便，但是它却让我感到骄傲与荣幸。那是在运动场中，在和他聊天时，我随口提了一个大概是某个人——我忘记了——好像是关于《培尔格林·皮克尔》中的某个人。他当时也没说什么，但是就在我睡觉之前，他问我有没有那本书。

我说没有，但是告诉他我读过，当然也提到了一些别的书。

"你还记得吗？"他说。

"嗯，记得。"我答道，我的记性很好，我相信我还可以说出来。

"那好，你讲给我听吧。"他说，"你把读过的书讲给我听。晚上我不能早睡，否则早上天还没亮就要醒的。我们大可以一本一本地讲。这就是我们之间的'天方夜谭'呢。"

这个主意让我感觉愉快，当晚我们便实施了。但是，每晚我都得讲到很晚，当我极为困乏时，却又必须打起精神，所以这时讲故事就成了一件很艰苦的工作。但是为了不使他失望或者说令他不高兴的事根本就不能发生，因此故事必须要讲。而且在早晨起床铃摇响之前，我便像希拉乍德王妃一样被叫醒，那时我很困，很想再睡半小时，但必须讲上一个故事。这是一件很长久的事，但他却很坚持，并且他答应指导我数学和习题，还有一切我觉得晦涩难懂的课程，照此看来我并不吃亏。但是，我想插一句公道话，为我自己，是因为我崇拜他、喜爱他，使我感动的是他的赞扬，而并非那些不吃亏的交易，也不是出于怕他。当时这让我觉得是很宝贵的，即使现在我怀着受伤的心去回忆这些小事情也这么认为。

斯梯福兹是很体贴人的一个人，他不顾一切地把他的体贴表现在一件很特殊的事上。但是我怀疑，特拉德尔和其他人会因此而气恼。皮果提给我写的信——那是一封令我兴奋不已的信啊——在开学后不久便到了。她还寄来了一包橘子。橘子中藏有一块饼和两瓶樱草酒。我把它们当作至宝。照理说，我应该请求斯梯福兹替我保管的。

"嗯，照我说，酒应该留起来，在你讲故事时拿它来润嗓子。"

他这样说让我很害羞，顿时红了脸，然后请求他不要那样。但是他说，我在讲故事的时候曾经嗓子哑过——不过是他听到一点嘎音罢了——因此每滴酒都不能浪费在那些无谓的酗酒行为上。之后，他便把酒倒进了一个大玻璃瓶中锁进了自己的箱子，当他认为我需要借助酒来提一下神时，便让我喝一口。有些时候，为了使它加大提神的效果，他便往酒中掺些橘子汁，或加一些姜、薄荷来提味。虽然我不敢说他那样做会改善酒的味道，同样也不敢说那是一些很不错的健胃品，但是每天起床的第一件事和睡觉前的最后一件事便是怀着感激之情喝下一点。当然，对于他的关怀我同样怀有感激之情。

培尔格林这个故事我好像讲了几个月，又花了几个月讲了别的故事。我想，寝室里的每一个人都不曾因为缺少一个故事而不高兴。那酒好像也如同故事本身一样持久。可怜的特拉德尔——我想到他，就能笑得流出眼泪——应该说，他是最易激动的一个。当我讲到好笑的部分时，他便笑得打嗝；当讲到恐怖的一幕时，便怕得发抖。因为他，我经常不能继续我的故事。我记得很清楚，当我讲到吉尔·布拉斯遇上了马德里的强盗首领时，他发出一种恐怖的声音，恰好被门外暗中巡视的克里克尔先生听到了，于是以扰乱寝室为名被揪了出去，并被打了一顿。

我心底那些浪漫的幻想被鼓动了起来，原因是我在黑暗中讲了那么多故事。单就某一方面来说，这或许对我没有太大的用处。但至少我已被同寝室的人当成开心果了，虽然在学校里我的年纪最小，但我的名声却被传播开了，引起了很多人对我的注意，这使得我更加努力。在一个完全用残

酷的手段压迫学生的学校里，不管校长是否是个浑蛋，我想，学生们大概也无法安心学习了。相信，当时的我们跟其他学生一样无知，受了过多的压迫和挨打之后，便也无心学习了，正如人们不能处在痛苦、烦恼和不幸中安心工作一样。但是因为我心底的那些虚荣心和斯梯福兹对我的帮助，让我有了不少进步。在学校的那段时间里，虽然责罚没有丝毫的减少，但就平时积累知识这一方面，我却是做得最好的一个。

当然，梅尔先生给我的帮助是不可忽视的。顺便插一句，带着谢意插一句，他是喜欢我的。所以每次看到斯梯福兹蓄意中伤他，如诽谤他的感情或者怂恿别人也去损害他时，我感觉非常痛苦。当我对斯梯福兹提起梅尔先生曾带我去那个女人家享用自己的早餐的事之后的很长一段时间里，我感到痛苦，害怕他会把这事抖出来并以此来辱骂他，但是我有什么办法啊，因为我不能对斯梯福兹藏有秘密啊，如同我不能背着他拥有一块饼或任何其他有形的东西一样。

一天，克里克尔先生生病了，没有来学校，这对我们来说无疑是一件高兴的事，全校上下洋溢着一种快乐的氛围，早上上课时大家都在无所顾忌地说笑。我们感到的轻松与快乐使得屯哥根本无计可施，纵使他拖着那木腿进入教室两三次并记下了主犯的姓名，但他的这一举措并未收到很好的成效。因为他们明白，现在他们不管怎么做，第二天都免不了受罚，所以他们想倒不如及时行乐来得痛快。事实上，那天就半天假，由于是周六，我们担心去操场会引起克里克尔先生的注意，何况那天的天气也不适宜外出，所以在下午的时候，我们便留在教室学习一些专门为这种季节准备的功课，当然是比较容易的那种。那天刚好是夏普先生去做卷发的日子，因此学校里的一切苦差事就落到梅尔先生一个人身上了。

如果我可以把温和的梅尔先生比作一头牛或一只熊的话，那么，那天下午，当喧闹声达到最高时，他就像那两种动物中的一只被成群的狗围攻。我记得，他用他那干枯的手支撑着他的头，伏在讲台摆放的书上，痛苦地在那一片连下议院主席都会头痛的喧闹声中继续那令人头痛的工作。学生们在教室里跑来跑去，跟别的同学抢座位，有的在说话，有的在笑，有的在唱，有的在跳，有的在号叫，有的在拖着脚走路，围着他转圈，龇着牙，做鬼脸，模仿他：模仿他的贫穷（如他的鞭子、大衣）、他的母亲，模仿那些凡是他们能看到的属于他的东西。

"别吵！"梅尔先生突然站起身，把书用力地摔在桌子上叫道，"你们这是在干什么？让人难以忍受，简直让人发疯！你们怎么可以如此对待我？"

那摔在桌子上的书是我的。我站在他的身旁，跟着他的眼光朝教室看了一圈，发现同学们都停下了，有的表现得很惊讶，有的感到有些害怕了，也有的大概是内疚了。

斯梯福兹坐在教室的最后一排。他的双手插在衣袋里，靠在墙上微笑。当梅尔先生盯着他时，他抿着嘴悠闲地看着梅尔先生，好像在吹着口哨。

"别吵，斯梯福兹！"梅尔先生冲着他说道。

"是你自己在吵吧。"斯梯福兹红着脸说道，"你在跟谁讲话？"

"坐下吧。"梅尔先生说。

"是你该坐下吧，先管好你自己吧。"斯梯福兹说。

接着便是一阵笑声和一阵喝彩声，但是当他们发现梅尔先生的脸色那么苍白时，便又恢复了宁静。一个跑到他身后准备扮他母亲的人在那时也改变了想法，退了回去，假装在修钢笔。

"如果你认为你可以操纵任何人的头脑，"这时，他下意识（我是这么想的）把手放在我的头上，"或者可以在几分钟之内驱使任何比你小的同学用卑劣的手段来侮辱我，而我对此却完全不知情的话，那你就错了。"

"我不需要因为你费脑筋，所以事实上我并没有错。"斯梯福兹冷冷地说。

"老弟，如果你利用你在这里得宠的地位，"梅尔先生的嘴唇哆嗦得很厉害，"来侮辱一个上层社会的人——"

"一个什么人？他在哪？"斯梯福兹笑道。

这时特拉德尔叫道："羞耻啊，詹姆斯·斯梯福兹！太坏了！"说完便被梅尔先生拦住了。

"侮辱一个不幸的而且从来没有得罪过你的人，凭你的聪明才智，你应当知道侮辱他是个错误。"梅尔先生的嘴唇抖得更厉害了，"你知道你在干什么吗？结束卑鄙下流的事，坐下或站着都由你自己决定。科波菲尔，往下读。"

"小科波菲尔，"他走上前说道，"停一下。我老实告诉你，梅尔先生，当你在众人面前说我卑鄙下流或者其他类似中伤我的话的时候，你就是个厚颜无耻的乞丐。不！你一生就是一个乞丐。但是当你那样说我时，你就变得厚颜无耻了。"

厚颜无耻：指人脸皮厚，不知羞耻。

我搞不清楚，是他准备对梅尔先生动手，还是梅尔先生想出手，或者他们都有这样的想法，他们僵持了，仿佛都成了石头。这时，我发现屯哥陪在克里克尔先生身旁一同站在我们中间。我还发现，克里克尔太太和小姐站在门口朝里张望，看样子她们都受了惊。梅尔先生一动不动地坐在那里，整张脸埋在双手里，胳膊撑在桌子上，就这样坐了一些时候。

"梅尔，"克里克尔先生把手放在他的胳膊上低声说道，但声音显得那么清晰，以至于屯哥没有必要去翻译他的话，"我希望你没有忘记自己！"

"没有，先生，没有忘记，"他露出脸，摇晃着脑袋搓着手答道，很紧张的样子，"没有忘记，先生，从来没有。我记得我自己，我记得——没有忘记，先生，从来没有，我——我记得很清楚，先生——我——我希望你更早点想起我，克里克尔先生。那样的话就更仁慈、更公道了，同时也会省掉一点麻烦，先生。"

克里克尔先生脚搭在板凳上，手搭在屯哥的肩上，坐在桌子上恶狠狠地盯着梅尔先生看了一会儿。见梅尔先生很紧张地在摇头搓手时，便扭过头对着斯梯福兹问道：

"嗯,老弟,既然他如此不屑于告诉我这是怎么一回事,那么你说说看。"

斯梯福兹避开了那个问题,带着一种轻蔑和愤怒的眼神看着他的对手,仍旧没有回答。就在那样一个紧张的时刻,我也不自禁地想,梅尔先生与他那高贵的外表相比是何其丑陋和庸俗啊!

"我想知道他说的宠人意味着什么?"斯梯福兹终于开口了。

"宠人?是谁说的?"克里克尔先生额上的青筋胀得很粗。

"他!"斯梯福兹指着梅尔先生说。

"嗯,你是什么意思?"克里克尔先生转向他的助手,很愤怒地问道。

"我是说,克里克尔先生,"他低声说道,"我是说没有人能够利用他在这里得宠的地位来侮辱我。"

"侮辱你?上帝啊,请容我问一句,"克里克尔先生双臂抱在胸前,连同那根棍子一起,皱着眉,眼睛几乎被眉毛遮挡住了,"当你在说宠人的时候,你是否想到过我,对我持有最起码的尊重?对我啊!我可是这所学校的校长啊,我也是你的雇主啊!"

"我知道,我也承认那么说是很不合适的,但是那时我太激动了,以至于没控制住自己才那么说的。"梅尔先生说。

斯梯福兹插了一句:

"他说我很下流、卑鄙,所以我也说他是一个乞丐。但是那时我也太激动了,所以才叫他乞丐的。既然我说出了口,那么我就甘心承担后果。"

当时我并未想到会承担什么后果,但他的演说却引起了我的兴趣。当然,不仅是我,他的演说也影响了其他人,因为其中的某些人也表现出了稍稍的激动,虽然没有人作声。

"我很惊讶,斯梯福兹——我很高兴你能如此坦白,但是你确实让我感到惊讶,你怎么可以把那样一个卑劣的称呼强加于萨伦学校所雇用的人身上?"克里克尔先生说。

斯梯福兹发出了一声短促的笑声。

"我不想看到你用如此的方法来回答我,我想知道更多的情况,从你这里,斯梯福兹。"克里克尔先生说道。

如果梅尔先生与这个英俊的学生相比是丑陋的话,那么克里克尔先生的丑陋就更难以想象了。

"让他自己来澄清自己吧。"斯梯福兹说。

"澄清他自己不是一个乞丐吗?斯梯福兹,你是说他在这里要饭吗?"克里克尔先生嚷道。

"如果他不是一个乞丐,那么他的家人肯定也是,所以这跟他自己是一个乞丐效果是一样的。"斯梯福兹说道。

梅尔先生看了我一眼,但是最后他的眼睛定在了斯梯福兹身上。他继续和蔼地拍我的肩膀,不过他所看到的却是他轻轻地拍着我的肩。我的脸烫得很厉害,心中很是内疚,抬起头看他,发现他在盯着斯梯福兹,手继续轻拍着我的肩,看的还是他。

"克里克尔先生,即使你希望我能够表明我的态度,为我自己辩解,但是,我必须要说,他的母亲现在正在救济院里靠救济才勉强苟活于世啊!"

梅尔先生的手依然拍着我的肩膀,但眼睛一刻也没有离开过他,低声说了一句,如果我没听错的话,我想他说的应该是"不错,他说的是对的"。

眉头紧皱的克里克尔先生带着一种毫无善意的笑容面向他的助手说道：

"嗯，这位先生的话你都听到了吧，梅尔，现在请你当着大家的面澄清这件事吧。"

"他说得对，没有半点错误，他说的全是真的。"梅尔先生说话时教室内死一般沉静。

"那么，请你当着大家的面宣布，同时也好心地告诉我，在这之前你有没有对我坦白？"克里克尔先生歪着头，看着大家，转动着眼珠子问道。

"我想你并没有直接了解。"这是梅尔先生的回答。

"哼，从一开始我不知道此事，是吗？"克里克尔先生冷笑道。

"我想一直以来你不认为我生活得很好，而且我现在在这里的地位和以往在这里的地位你都一清二楚。"他的助手答道。

"这我知道，如果你这样说，那我确信，"克里克尔先生额头上的青筋瞬间暴鼓，"你以前的地位根本就是错误的，你以为这里是慈善学校吗？抱歉，梅尔先生，你走吧，越快越好。"

"再也没有比这更好的选择了。"梅尔先生站起身说。

"那么，请吧，老兄！"

"告辞了，克里克尔先生，再见了，亲爱的同学们。"梅尔先生环顾了教室一周，又把手轻轻地搭在我的肩上说道，"詹姆斯·斯梯福兹，对于你，我最大的希望就是你会为今天的所作所为而内疚。但是现在，我希望，我们不曾是朋友，同样也不希望你是我所关心的任何一个人的朋友。"

说完他又把手放到了我的肩上，不久便收拾了几本书和那根笛子，把钥匙放在了书桌上，留给继他之后的那个人。做完这一切便夹着他的所有家当离开了。之后，屯哥翻译了克里克尔先生的一篇演讲，对斯梯福兹维护了学校的尊严这一义举进行了赞赏。还同斯梯福兹握了手，最后演讲在我们的三声喝彩中告终了。我不知道大家为什么要喝彩，我很难过，但是为了斯梯福兹，我也很热烈地参与了。倒是特拉德尔，对于梅尔先生的离去，他不但没有参与喝彩，反而在那黯然神伤，这一举动被克里克尔先生发现了，随后他便遭到了一顿毒打。打完他之后，克里克尔先生便回到了原来的地方，也许是沙发，也许是床吧，我记不太清楚了。

克里克尔先生走后，只剩下我们面面相觑地站在那里。我很内疚、很后悔也被牵涉进去了，如果不是斯梯福兹以为我不够朋友——或者说，如果不顾我们之间年龄的差距和我曾对他的敬仰——我肯定无法控制我的眼泪。当然，对于特拉德尔挨打，他是很高兴的。

可怜的特拉德尔刚才还把书枕在书桌上，此刻，他正像往常一样把自己埋在一堆骷髅里，以此来发泄心中的不快，他还说他根本不会计较。梅尔先生确实受了委屈。

"他受了谁的委屈？哼，你这个丫头。"斯梯福兹说。

"哼，除了你还有谁！"特拉德尔答道。

"我做了什么呀？"斯梯福兹问。

"你做了什么呀？"他反问道，"侮辱了梅尔的感情，还让他丢了工作。"

"他的感情！哈哈，我可以打包票，他的感情很快就会好起来，他不像你，特拉德尔小姐。至于他的工作——那是一种很重要的东西吧。我会给家里寄信，让他拿到一些钱的，你这个丫头。"

我们相信斯梯福兹这番话。因为他母亲是很富有的寡妇，还听说，不管他要求什么，她都会尽可能去满足。对于特拉德尔被制伏，我们相当高兴，对斯梯福兹也极为推崇，因为他最后降低的身

份。对我们来说，他之所以这样做，完全是为了我们大家的利益，他不顾自己的利益，已经将这样一种伟大的恩赐施加在我们身上了。

但是我必须要提的是，就在那一晚，当我躺在黑暗的寝室里讲故事的时候，我仿佛多次听到梅尔先生那哀鸣的笛声；当斯梯福兹疲乏地睡去之后，我躺在床上，很难受地想象着那笛声肯定在离我们不远处悲伤地吹奏。

没过多长时间，我就因注意斯梯福兹而把他抛在了脑后。还没有新老师来给我们上课的时候，斯梯福兹上课时很轻松，不带任何书本，完全靠脑袋代替它们。我们学校从拉丁语学校聘了一位老师，在他正式教我们课之前，他就被介绍给了斯梯福兹。斯梯福兹对他的评价很高，常常对我们提起说他是块砖头。虽然我不太了解他所说的砖头指的是什么意思，但是我却很尊敬他，也没有怀疑过他的学问，虽然他从来没有像梅尔先生那样照顾我（说这话并非说自己有多大的面子）。

在这个学期的学习生活中，还有另外一件事让我印象深刻，至今都还清楚地记得。

一天下午，就在我们被克里克尔先生攻击得晕头转向而且还没有停止的意思的时候，屯哥走过来扯着嗓子喊道："科波菲尔，有人找！"

至于客人是谁、他们在哪里等候等一系列问题，他和克里克尔先生说了几句，随后我便奉命前去饭厅。当然，像往常一样，在课堂听到有人喊我的名字的时候，我就会站起来，吓得浑身发抖，在去饭厅之前，来到楼梯的后面换上了一身干净的衣服。在执行这些命令的时候，对从未有过这种经验的，我来说是那样的慌张。一路上，我想，他们应该是默德斯通姐弟俩。但是当我走到门前，突然想起来或许应该是我的母亲，刚想开门时，却把手缩了回来，停在那里，小声地哭了一会儿。

进门之后，我却没看见任何人，倒是感到身后有一股莫名的压力，转过头一看，我很吃惊，原来是皮果提先生和汉姆。他们彼此相互靠在墙角，看见我便脱帽向我致意。我笑了，一部分因为他们做出来的样子，但大部分是由于见到他们的那种喜悦心情。我一直在笑，笑到掏出小手帕来擦拭眼角那高兴的泪水才停止，我们还很亲热地握手。

皮果提先生见到我眼角的泪水，露出很心疼的表情，还用胳膊推了一下汉姆，示意他说点什么。

"高兴些，少爷！"汉姆笑道，"让我看看你长了多少。"

"我长了吗？"我一边擦眼泪，一边问道。我不会为我所了解的任何一件事而哭泣，但是，一旦看见我的老朋友，我便会哭起来。

"是长了，不然还能是什么！"汉姆道。

"的确是长了！"皮果提先生说道。

接着他们俩相视而笑，又使我笑出了声，再后来我们三个都笑了，一直笑到我差点哭出声才告终。

"皮果提先生，你知道妈妈最近还好吗？还有那个我最亲爱的老皮果提。"我问道。

"当然！"皮果提先生答道。

"那小爱米丽和高米芝太太呢，她们怎么样？"

"当然好。"皮果提先生很肯定地答道。

接着大家都沉默了，直到皮果提先生从口袋里掏出两只顶大的龙虾才打破了沉默。另外，汉姆的胳膊上还挽着一个装小虾的帆布口袋，其中还有一只大螃蟹。

"瞧，在你与我们同住的那段日子里，我知道你喜欢吃这些东西，所以我们特地给你带了一点。都是那个老妈妈做的哦,全都是她烧的。都是高米芝太太烧的呢!没错。"皮果提先生似乎总是在这个话题上转圈子,可能是事先没有准备要对我说什么吧,"没错,是高米芝太太,说实话,这些全是她烧的呢!"

我向他表示了感谢。当皮果提先生注意到汉姆只是很腼腆地对着那些东西微笑而并没有帮助他圆场的意思的时候,皮果提先生便接着说:

"嗯,我们是乘雅茅斯的帆船到格雷夫森德的,一切都还顺利。我妹妹把你现在的地址写给了我,并且还说,如果我能来格雷夫森德,一定要我过来看你,顺便替她向你请安,并且告诉你家人一切都好。对了,在我回去之后,小爱米丽将会给我妹妹写信,告诉她我看见你了,说你很好,让她放心。这样,我们便完成了一个兜圈子的游戏。"

我把他刚才说的话重新回想了一遍,才明白皮果提先生的意思是说他把消息在我和我的这些亲人之间传递了一圈。我很诚恳地表达了我的谢意,并对他说,小爱米丽从我们在海滩上拾贝壳的那时候起就变了样子,还没有说完便感觉自己的脸红了起来。

"是啊,她快要变成大人了,她的确要变成那样子了,你可以问他。"皮果提先生说道。

他指着正对着装满小虾的口袋微笑的汉姆说道,汉姆也点头表示同意。

"她那张美丽的脸啊!"皮果提先生说道。

"还有她的学问!"汉姆应和道。

"她的书法呀!如同黑玉一样黑哦,而且大得你从任何角度看都可以看得很清楚。"

当皮果提先生提到小爱米丽的时候,站在我面前,我简直无法形容他那豪爽而多毛的脸上显示出的快乐与喜悦。他那诚恳的眼睛似乎在发光,仿佛它们深处被一种光明的东西所撩动。他很激动,以至于他那宽大的胸膛都在不断地起伏。他把他那厚实的双手交错地握在一起,又用他那大锤般的右臂加重他的语气。

汉姆也表现得像他一样诚恳。要不是斯梯福兹的出现使他们感到羞怯,我想关于她,他们还有很多话要说。当看到我在一个角落里同两个陌生人说话,斯梯福兹便中止了他刚才哼的曲子对我说道:"原来你也在这里,科波菲尔!"(因为这不是普通的会客室)说完便从我们身旁走了出去。

当他正要走出去时,我叫住了他。至于原因,可能是因为拥有他这样一个朋友而感到骄傲吧,也有可能是我想向他介绍我得到皮果提先生这样一个朋友的经过。我很客气地对他说(到今天,我仍然记得当时我们说的话):

"等一下,斯梯福兹,对不起。他们是我保姆的亲戚,两个很和蔼的人,在雅茅斯靠打鱼为生,从格雷夫森德来看我的。"

"哦!"斯梯福兹折回来说道,"你们好吗?很高兴见到你们!"

他的态度中含有一种洒脱的意味,一种愉快的优雅,而非傲慢。我还相信,那种洒脱是迷人的。就他蓬勃的精神、悦耳的声音、俊秀的脸和身材及其他我所知道的一切,再加上他那种与生俱来的吸引力和那种被极少数人排斥的魅力来说,他们乐意向他敞开心扉这一情形是必然发生的。

"在给家里人写信时,请你一定要告诉她们,斯梯福兹对我很好,如果没有他,我真不知道怎么办才好。"我对皮果提先生说道。

"别听他乱说!"斯梯福兹笑道,"千万别告诉她们关于我的事。"

"皮果提先生,假如他去诺弗克或萨弗克,只要我在那里,请你放心,如果他愿意,我一定带他去看你的房子。那是我见过的最好的一所房子了。斯梯福兹,那是用一条船改造而成的。"

"嗯?用船改造成的房子?"

"对于这样一个不折不扣的船家,那真是一所最好不过的房子了。"

"嗯,少爷,他说得对,"汉姆咧着嘴说道,"你说得对,年轻的朋友,少爷,这位先生说得很对。不折不扣的船家!呵呵!正是如此!"

皮果提先生的高兴劲儿不亚于他的侄子。但是由于他很谦虚,所以不能表现得像他侄子那样高兴地去接受别人的夸赞。

"嗯,少爷,"他一边把领巾向怀里塞着一边笑着向我们鞠躬,说道,"谢谢,少爷,很感谢,我在我那个行业里尽了自己的一份力。"

"最出色的人也不过如此而已,皮果提先生。"斯梯福兹说道。他已经知道他姓什么了。

"我敢说,你也是这样的人,少爷,"皮果提先生摇着头说道,"你做得很好,很出色!十分感谢你,少爷。你对我的好意我很感激,少爷。我很粗鲁,少爷,但是,我却又是豪爽的,我希望我是豪爽的,你懂得。至于我的房子,好像没什么值得看的地方,少爷,但是,如果你愿意一起前来,我会好好招待你们的。我是一只蜗牛,是真的。"他说的是蜗牛,他那样称自己是为了说明他走得很慢,在他说完第一句话的时候他就想走,但最终却回来了,"但是我希望你们过得快乐!"

汉姆回答了这句客气的话,接着我们便以最热情的方式跟他们道了别。那个晚上,我忍不住想告诉斯梯福兹一些关于小爱米丽的事,但是我太羞怯了以至于不敢去提她的名字,当然也怕他笑话我。我记得,当我想起皮果提先生说小爱米丽就要变成大人的时候,我怀着一种很安静的心情想了老半天,但是,我想那是毫无意义的。

我们偷偷地把那些皮果提先生称之为野味的海鲜搬进了教室,在晚间我们举行了一次盛大的夜宴。但是特拉德尔却无福消受。他实在太不幸了，连一顿晚宴也不能享用。他太脆弱了，因为吃了螃蟹而在夜里得了病。发现之后，因不肯招供实情，结果又挨了棍子。

那个学期剩下的日子里，我的记忆是混乱不堪的，每天都在为我们的生命而挣扎；季节的更替，夏日的离去；寒冷的早晨唤我们起床的铃声，又被那铃声唤去就寝；灯光暗淡，炉火不暖的课堂；炖牛肉、烤牛肉，循环交替；还有那些奶油面包、奶油布丁、卷角的书本、裂了缝的石板、沾有泪水污迹的练习本、棍子、戒尺、理发、下雨的礼拜天；还有那令人窒息的墨水味。

但是，我清楚地记得，关于假期这个想法，有很长一段时间，它像一个固定的黑点丝毫没有移动，直到后来才开始向我们走来，越来越清晰。刚开始，我们以月为单位，后来是星期，最后开始数天数。但是我却担心得不到回家的准许。后来，当我听到斯梯福兹说通知已经下来的时候，我又出现我会弄断一条腿的预感。放假的日子终于由下下星期更替到下星期，由后天、明天、今天，最后到今夜，就在那夜间，我登上了去雅茅斯的马车，踏上了回家的旅途。

在车子上，我断断续续睡了很久，也零星地做了很多梦。当我醒来时，窗外已不再是伦敦学校的操场了，耳边响起的也不是克里克尔先生对特拉德尔的呵斥声了，而是车夫赶车的声音。

精彩点拨

生活总会有苦有甜，大卫在学校虽然经常受到克里克尔先生的毒打，但是斯梯福兹对他的保护，同学之间的交往，皮果提先生和汉姆不远千里的探望都给大卫带来了幸福和喜悦。而梅尔先生的离开让大卫对人生有了更加深刻的认识。

阅读积累

天方夜谭

《天方夜谭》指阿拉伯民间故事集《一千零一夜》。它讲述古代阿拉伯地区有一位国王叫山鲁亚尔，他生性残暴嫉妒，因王后行为不端，将其杀死，此后每日娶一少女，翌日晨即杀掉，以示报复。宫相维齐尔的女儿山鲁佐德为拯救无辜的女子，自愿嫁给国王。山鲁佐德用讲述故事的方法吸引国王，每夜讲到最精彩处，天刚好亮了，使国王因爱听故事而不忍杀她，允许她下一夜继续讲。她的故事一直讲了一千零一夜，国王终于被感动，与她白首偕老。因其内容丰富，规模宏大，故被高尔基誉为世界民间文学史上"最壮丽的一座纪念碑"。

第八章

> **精彩导读**
>
> 在大卫回家的路上,巴吉斯先生又让他给皮果提捎信。回到家后,母亲又有了一个孩子,但默德斯通姐弟不允许我接近这个孩子。他们逐渐控制了大卫的家,这让大卫觉得自己在家中是一个多余的人。让大卫郁闷痛苦的假期结束了,大卫离开了家,回到学校的大卫会有什么变化吗?

天还没亮,马车便来到了一家旅店,但并不是上次那个茶房朋友所在的那家。我被领进一间门上漆着"海豚"两个字的可爱的小卧室。虽然之前在楼下火炉旁喝了他们给我倒的热茶,但是我依然感觉很冷。夜深之时,我高兴地上了海豚的床,盖上海豚的被子睡去了。

车夫巴吉斯先生打算在明早九点来接我,我奉命在约定时间之前等他,八点钟就起了床。由于昨晚没休息好,现在有点头晕。他见到我时的那种神气仿佛我们还不曾离开五分钟,仿佛我去旅店兑换零钱或类似的事都没有发生一般。

我和我的箱子上了车,车夫就位之后,那匹懒马就拖着它那习惯的步子前进了。

"看上去,你感觉很好啊,巴吉斯先生!"

对于我的话他没有任何反应。唯一的动作就是用袖子擦了擦他的脸,然后仔细盯着他的袖子看了好一会儿,仿佛要从那上面找到一些他所希望看到的健康的颜色。

"你的话我已经帮你带到了,巴吉斯先生,我已经给皮果提写信告诉她你想对她说的话。"我以为他知道会高兴一点。

"哦!"他似乎并没有因此而高兴,回答的语气很冷淡。

巴吉斯先生干巴巴地答应着,看上去不怎么高兴。

"怎么了?有什么问题吗?"我迟疑了一下问道。

"嗯,有问题。"

"你想说的不是那句话吗?"

"话或许没有问题,不过到了就结束了。"

我不太明白他所指的意思是什么,于是重复了他的话继续问道:"结束了,巴吉斯先生?"

"到现在还没有答复啊,"他斜视我说道,"没有答复啊。"

"你在等一个答复吗？"我睁大眼睛问道，因为这在我看来是一种新的见解。

"当一个人在说他愿意的时候，那就是说，他在等一个答复啊！"他慢慢地转向我说道。

"嗯，我不太明白。"

"嗯，我从那刻就开始在等待她的回答呢！"他又重新把眼睛移回马耳朵上了。

"你告诉过她是在等待吗？"

"没——有，"他哼道，"到今天我和她说过的话不超过六句，我没有必要去说。"

"要我替你去说吗？"我迟疑了一下问道。

"如果你愿意，你可以那样做，"他又慢慢地朝我望了一眼，"巴吉斯在等待她的答复。你说——该怎么称呼？"

"你是问她的名字是吗？"

"嗯！"他点了一下头。

"皮果提。"

"是姓还是名？"

"是姓，她的教名是克拉拉。"

"真的吗？"

之后他就坐在车上思考着，仿佛刚才的这些事中有许多要去思考的东西，还轻轻地吹着口哨。

就这样大概过了一刻钟，他说道："你就对她说：'皮果提，巴吉斯在等待你的回答呢！'她也许会问：'回答什么？'你说：'回答我写信对你说的啊！''什么啊？''巴吉斯愿意啊！'"

给了我这样的指示之后，巴吉斯先生还用他的肘部猛击了一下我的肋骨。之后，他又像先前一样坐在那里赶着马车，没有再说其他的什么话，这样大概过了半小时，他从口袋中拿出一支粉笔，在车篷上写上"克拉拉·皮果提"，他这么做显然是为了防止自己忘记她。

啊，虽然那个家已不再是我自己的家，但是，当我站在那里面对着周围熟悉的一切时，还都会使我想起以前那个充满温馨的家，但现在却又像是一个永远也无法梦见的梦了。这种感觉是多么奇特啊！在路上，我想起那段没有其他人插足我们中间的日子里，母亲和我还有皮果提相亲相爱，却又悲伤地不能断定我到底是喜欢家，还是喜欢待在学校和斯梯福兹一起忘记过去。但终究还是到了家，没过多久便到了住宅前。那些叶片凋零的老榆树在严寒中颤抖着那些枝丫，还有那

动作描写
写出了巴吉斯对皮果提的爱慕之情。

比喻手法
形象地写出了大卫对以前充满温馨的家的回忆和内心的伤感。

些鸦巢也一片一片随风飘散了。

巴吉斯把我的箱子拎下马车就驾车离开了。我沿小道朝家走去,面对那些玻璃窗,我很害怕默德斯通先生或他的姐姐突然出现在窗子后面并朝我张望,但一直到门口也没有看见那两张面孔,因为懂得如何打开那扇门,所以就没有去敲门,而是以一种静悄悄的方式进了屋。

当我迈进客厅时,听见母亲的声音,她轻轻的歌声唤醒了我心灵深处那最稚嫩的记忆。我想,虽然此刻她唱的是一个新调子,但也感到亲切,如同一个很久未见的密友。

从那歌声中,我听出母亲的孤寂和沉思,我猜她是一个人待在那里的,于是便来到她所在的房间。她坐在火炉旁,喂怀里的一个婴儿吃奶,把婴儿的手按在脖子上,眼睛直盯着他,嘴里哼着小曲。我推断得没错,她是一个人。

当我对她说话时,她吓了一跳并叫出了声,但是当她发现是我,便把我唤作亲爱的大卫,她的亲爱的孩子。她从房间中央向我走来,跪在我面前亲吻我,把我的头抱在她的胸口,又把挨近她的那个婴儿的手举近我的嘴边。

我情愿在那个时候死去,也情愿怀有那样的感情离去。相比以后任何时刻,那时我更适合进天堂。

"他是你的弟弟,"母亲抚摸着我说道,"大卫,我可怜又可爱的孩子!"一边说一边按着我的脖子一次次亲吻我。此刻,皮果提突然跑了出来,一下坐在我们旁边的地上,在我们面前疯狂了大概十五分钟。

好像没有人会想到我能回来得这么早,车夫把时间往前赶了很多。默德斯通姐弟俩去拜访附近几个朋友了,估计入睡之前是不会回来的。我根本没有料到会是这样一种局面,没有料到我们三个人又能坐在一起而不受其他人影响。那时候,我感觉以前的那些快乐时光又回来了。

我们坐在火炉旁边吃晚餐。皮果提在旁侍奉着,但我母亲却极力反对她这样做,叫她同我们一起坐下吃饭。我用的是我原先那个绘有褐色战船的盘子,我在学校的这段时间,皮果提把它藏了起来,还说,即使拿一百英镑她也不会卖它的;我喝水用的是那个刻有"大卫"的杯子,还有我那不会割破手指的刀叉。

当我们在吃饭时,我想这是一个绝佳的机会,去传递巴吉斯先生的话。在我说话之前,皮果提就开始笑了,还用围裙蒙住了脸。

"发生什么事了,皮果提?"母亲说道。

皮果提笑得更加厉害了,母亲想去扯开她的围裙时,她便紧紧地按在脸上,如同头被套在口袋里一般。

"你到底做了些什么?"母亲笑道。

"哦,该死的家伙!他想娶我呢!"皮果提叫道。

"他应该是一个很好的人,对吧?"母亲问道。

"我不知道,也别问我。即使他是金子做的,我也不会要他的,我不要嫁给任何人。"

"那,你为什么不告诉他,这样你不觉得很可笑吗?"

"告诉他,关于他的想法,他不曾亲口对我说过一个字。他很明白,如果他敢那样,我一定会扇他的耳光。"皮果提露出脸说道。

这时，我发现，她的脸比任何时候都要红，甚至比其他任何人的脸都要红。每当她笑出声时，她就把脸蒙在围裙里，如此反复了几次之后，便继续吃饭了。

我的母亲虽然一直在微笑，但是我能感觉到她变得格外严肃，更悬心了。刚开始，我就看得出来，她变了脸色。虽然脸依旧那么美丽，但表现出的忧伤让人感觉单薄。手变得更加瘦了，而且白得近乎透明。接着，她连态度也改变了，变得烦躁、慌张。最后终于伸出手，很温和地放在她的老仆人的手上问道：

"亲爱的，你不会嫁给他，对吧？"

"太太？"她睁大眼睛说，"上帝保佑你，不会的。"

"不会很快结婚吧？"母亲温柔地问。

"永远都不会！"皮果提叫道。

这时母亲紧握她的手说道：

"别离开我，留下吧。或许不会等多久了，要是没有你，我该如何是好啊？"

"离开？怎么会？我说，你那愚蠢的头脑到底装了什么啊，竟会使你想到这些？"皮果提对我母亲说话的语气像是对一个孩子，这种情况早就司空见惯了。

母亲除了表示感谢之外没有任何话语了，于是皮果提接着说道："我会离开你？我相信并也了解我自己。皮果提要离开你？我倒是很情愿去试试！不会，不会的，绝对不会！"她摇着头交叉着双臂继续说道，"亲爱的，如果她那样做了，那她对不起你。她那样做，会让那些猫儿高兴的，但是她不会让他们得逞的。我要留在这里，要他们继续烦恼，一直到我成为一个怪僻的老太婆。等到我聋了，瞎了，瘫了，牙掉光了，说话也不清楚了，没有半点用处，等到无法被人吹毛求疵时，我就会到大卫那里，求他收留我这个老太婆。"

"我一定会很高兴的，让你享受女主人的招待。"我说。

"菩萨心肠！我知道你会那样的！"说完便吻了一下我的前额，表示对我的感激。在那以后，她又蒙起脸笑了巴吉斯；在那以后，她抱起那个婴儿喂他去了；在那以后，她收拾了饭桌；在那以后，她换了另外一顶帽子，带着她的针线匣、码尺、蜡烛头，像以往一样走了进来。

我们围在火炉旁快乐地说笑着。当我告诉他们克里克尔先生多么严厉时，她们非常心疼我；当我告诉他们斯梯福兹是如何好的一个人，又是如何保护我时，皮果提决定要走二十英里地前去感谢他。当婴儿醒来时，我把他抱起来，很温和地盯着他。当他睡熟之后，我像往常一样爬到我母亲的身边，搂着她的腰，把我的脸贴在她的肩上，她那天使般的头发垂在我的身上，我感到温馨极了。

当我坐在母亲身旁，面对着红热的火炉，我几乎相信，我不曾离开过家半步；默德斯通姐弟俩随着火光的暗淡而消失了，除了母亲和我还有皮果提，其他一切都不是真的。

皮果提坐在火炉前，左手套着一只袜子，右手拿着针，火光闪一下，她就缝一针。我实在不明白哪来那么多袜子需要缝补，袜子究竟是谁的，来自哪儿。从我最初的记忆起，她似乎一直在从事这种针线活，永远不曾做过其他的事。

"我想知道大卫少爷的姨奶奶现在怎么样了？"皮果提似乎对一些令人出乎意料的问题会在恰当的时候突然想起来。

"皮果提！你的话是多么愚蠢啊！"我母亲从沉思中醒悟过来。

"但是，但是我确实想知道啊，太太！"

"你怎么会想起她来？难道这个世界上就没有别人可以想吗？"

"我也不知道这是怎么回事，可能是由于愚蠢使我的大脑再也想不起其他任何人。他们的出现与消失完全是随意的，完全不受我控制。但是我真的想知道她现在到底怎么样了。"

"真是胡闹！难道你还希望她来第二次吗？"

"怎么会？"皮果提叫道。

"那就好，让我们忘了这样一件不舒服的事吧。"我母亲说道，"毋庸置疑，贝西小姐将她自己关在海边的那个小屋里，永远都会待在那里。不管怎样，她大概不会再来烦我们了。"

"不会了！"皮果提想了一会儿说道，"不会，肯定不会的，不过我想知道，如果她死了，她会给大卫少爷留些什么。"

"哎呀，皮果提，"我母亲说，"你多糊涂啊！当初她根本就不希望大卫出世啊！"

"或许今天她已经饶恕他了。"皮果提暗示说。

"她为什么现在能饶恕他呢？"我母亲针锋相对地说道。

"我是说，因为大卫少爷现在有一个弟弟了。"

对于皮果提如此这般，我母亲立刻哭了起来。

"好像这褴褛中的婴儿对你做过什么一样，要你这样去说他！"我母亲哭道，"你为什么不嫁给那个车夫巴吉斯？你还是去吧！"

"如果我离开的话，默德斯通小姐会很高兴的。"皮果提说道。

"你的心肠什么时候变得这么恶毒了？"我母亲应道，"你对默德斯通小姐的仇恨何时达到了这样一种程度？我想，你是想钥匙应该由你来保管并管理家中的一切吧！即使你那样做了，也不会让我感到丝毫意外。她这样做完全是出于她的好心！你知道她是这样的人，我相信你知道得很清楚。"

皮果提嘀咕了一句，好像是在说"讨厌的好心"，还说她的好心也未免太过分了。

"你的心思我懂，我知道，皮果提，也完全理解。你也知道我明白，但是我却很惊讶你的脸为什么不红。让我们一件件地说，现在我们来讨论默德斯通小姐，皮果提，这你是无法推托的。你不曾听见她一次次地说我太没有思想，也太——呃——呃——"

"漂亮。"皮果提提醒道。

"得，"我母亲很腼腆地回答道，"如果她愚蠢到这样说我，能怪我吗？"

"没人会说是你的错。"

"没有，我希望没有！"我母亲说道，"你不曾听到她一次又一次地说，因为这个，她愿意为我省去这些麻烦，因为她认为这些麻烦是不适合我的，当然我自己也这么认为。每天她不都是起早贪黑吗？她不是每天都在做各种事，摸进所有能进的地方吗？煤棚、储藏室，以及那些我都不知道的地方，还有那些令人感觉不舒服的地方。难道你想说她这样做没有一点热心吗？"

"我可没这样的心思。"

"你有那样的心思。除了干活，其他任何时候你都在暗示我这一点，永远也不会找到别的事去做。而且你从中得到满足，皮果提。"我母亲接应道，"你除了干活，就暗示，再也不干什么别的了。你总暗示，从中得到满足，当你谈到默德斯通先生好心的时候——"

"我从未谈及过他！"皮果提说。

"的确从未，皮果提，不过你暗示过。这就是你刚才对我说的。这是你最恶劣之所在。你一直在暗示。刚才我说我懂你，现在你也知道我懂你。当你谈及默德斯通先生好心却又装作没看见的时候，我相信。你像我一样知道他的好意，是那些好意在驱使他去做这一切的啊！你懂得，同时我也相信大卫明白，他过去对于某个人的严厉是为了他好啊！因为我，他爱上大卫，完全是为了大卫好才那么做，虽然严厉了一点。但对于问题的分析能力，他比我擅长，因为相对于他这样一个坚定、严肃而认真的人来说，我是软弱、轻浮而幼稚的，他也是为了我。"这时，我母亲因为激动而酝酿出的泪水轻轻地滑落她的脸颊，继续说道，"因为我，他操了很多心，我应当感激他、服从他。如果我不这样做，那么，皮果提，我就要发愁，责备自己，怀疑自己，不知道怎么办才好。"

皮果提静静地坐在那里看着火炉，用套有袜子的左手托着下巴。

"别再这样了，皮果提，"我母亲换了个腔调继续说道，"我们别在这里拌嘴了，我受不了这样。如果在这个世界上我还有真正的朋友的话，你就是一个。当我把你唤作可笑的人，或可恨的家伙，或其他一切类似的什么的时候，皮果提，我想说的是，你是我真正的朋友。从科波菲尔先生带我来这儿，你在大门欢迎我的那个夜晚，我就把你当作真正的朋友了。"

皮果提反应还算快，很用力地挤了我一下，并以此来签署了那个好的条约。从那次聊天中，我得到了一些结论。她发起那次聊天，参加讨论，无非是想让我母亲可以利用这个小小的矛盾所得出的结论来安慰自己。她的这个策略是十分有效的，因为那天晚上母亲表现得格外愉快，皮果提也没有去和她拌嘴了。

喝完茶，掏过炉灰，剪过烛火之后，皮果提从她的口袋中拿出那本鳄鱼书（我不清楚是否一直以来她都收藏着它），为了纪念过去的

> **语言描写**
> 写出了皮果提希望大卫母亲不再懦弱。

> **神态描写**
> 写出了大卫母亲的天真单纯。

一些往事，我又给她念了一个章节。后来，我们又谈到了萨伦学校，于是我给她们谈了一个神圣的话题——斯梯福兹。那晚，我们都很开心。那晚，像以前一样快乐的夜晚，却又注定不会再次出现，在我的记忆中永远被尘封。

大概十点的时候，门外响起了马车声。我们都打算出去迎接他们，可母亲连忙说，已经很晚了，况且默德斯通先生和小姐又不喜欢我晚睡，所以，我还是先去睡为好。在他们进屋之前，和母亲相互亲吻之后，我连忙拿起蜡烛上了楼。当我途经以前被关禁闭的房间时，突然产生了这样一种想法：由于他们的介入，将家中过去那种温馨的氛围如同散羽毛一般将它们吹走了。

自上次事件之后，我还不曾见过默德斯通先生，出于不安，我连下楼吃早餐的勇气都没有了。在下楼的过程中，我停留了两三次，甚至还多次踮着脚轻轻回到房间，但我觉得逃是逃不掉的，最终还是下了楼。

当时，默德斯通小姐在泡茶，默德斯通先生背对着火炉站着，见到我只是目不转睛地盯着看，却没有任何想要跟我打招呼的表示。

一阵惶恐过后，我颤巍巍地走到他跟前："很抱歉，对于以前做过的那些事，我感到很后悔，希望您能够谅解。"

"对于你的忏悔，我表示高兴。"他说。

说着便把那只我曾咬过的手向我伸来，面对上面的那个红点，我不禁多看了一眼，但当我注意到她脸上显露出阴险的表情时，那红点跟我通红的脸比起来似乎算不了什么。

"你好！"我对默德斯通小姐说。

"假期有多久？"她一面叹气，一面用那个取茶的勺子指着我问道。

"有一个月呢。"

"从哪天开始呢？"

"今天，小姐。"

"哦！也就是说现在已经过去一天了。"

她似乎很高兴每天早晨以同样的态度在日历上划掉一天。但是在划掉第十天之前，她总是那样的闷闷不乐，当数字进入两位数的时候，她觉得似乎看到了希望，划掉的天数越多，她越是快活。

就在假期的第一天，我做了一件令她极为惶恐的事，我来到了她和我母亲坐着的那个房间。我把那几个星期大的婴儿从我母亲腿上抱了起来。突然默德斯通小姐发出了一声尖叫，吓得我差点把手中的婴儿摔下去。

"怎么了？"我母亲问道。

"啊！克拉拉，你瞧见了吗？"她喊道。

"瞧见什么？在哪里？"我母亲问道。

"他抱起他了！那个小孩居然抱起了他！"

她吓得厉害，连忙向我扑来，夺走了我手中的婴儿。随后便晕了过去，为了让她清醒过来，我们给她喝了些葡萄酒。她醒来后，便命令我以后无论如何也不准碰我的弟弟。我那可怜的母亲用一种极为温顺的口吻赞同了她的这项禁令："毋庸置疑，你的做法是对的。"但我可以看得出，她不愿意这样。

还有一次，当我们仨和我弟弟在一起时，因为我母亲的话，她又发了脾气。母亲抱着那个婴儿，面对着他微笑，此刻，我觉得他很可爱，母亲看着我说：

"大卫，过来！"

这时默德斯通小姐放下了手中的珠子。

"我相信他们很相像，他们跟我长得很像，当然他们也非常像！"我母亲很温柔地说。

"什么，你在说什么？"默德斯通小姐冲我母亲问道。

"亲爱的，我是说，我发现这孩子的眼睛跟大卫的很像。"面对她的责问，我母亲怯生生地说。

"克拉拉，有时，你就是一个傻子，傻到了极点！"她很气愤地说。

"我亲爱的珍！"母亲抗议道。

"你就是一个傻子，要不，怎么会拿我弟弟的孩子同你作比较？他们像吗？哪里像了？一点也不！他们之间没有任何相似的地方，现在是这样，以后也同样如此！我可不想坐在这里听你作如此愚蠢的比较！"说完便昂首走了出去，并重重地关上了门。

一言以蔽之，在默德斯通小姐看来，在其他任何人看来，我不是一个讨人喜欢的人，甚至有时我自己也这么看我自己。不喜欢我的人表现得那么明显，而那些喜欢我的人却又不善于去表现。这一反差使我造成了一种错觉，总感觉自己粗俗、愚笨。

有时，我的行为令他们感到不安，如同他们令我不安一样。如果我进入他们正在谈话的房间，如果我母亲是高兴的，那么从我进去的那一刻开始，她的脸上就会飘来一朵愁云。如果默德斯通先生很高兴，那么我的介入会终止他的高兴。如果他姐姐很不愉快，那么我的介入则会加重她的烦恼。我母亲总是受难者，她害怕同我说话，也害怕善待我，否则便会惹恼他们，随后便会受到教训。她不仅怕自己惹恼他们，也怕我会得罪他们，于是在我每次进去之后都会怀有一种惴惴不安之色打量着他们的脸色。

为了让我母亲少受些难，我决定尽量避开他们。假期的大部分时间里，我都是披着小外套，躲在那个没有半点乐趣的卧室里，一边看书，一边听着教堂的钟声。

有时，吃过晚饭，我会同皮果提坐在一起，在那里我不会因为暴露出了本性而发愁，因此感到极为舒服。但是，在客厅中，这些都是被禁止的。但是，为了训练我那可怜的母亲，他们便拿我来做试验，因此，我不能擅自缺席。

一天在晚饭过后，当我像往常一样离开时，默德斯通先生叫住我："大卫，我发现，在你身上有一种孤僻的神气，我很为这个担忧。"

"比熊还要孤僻！"他姐姐叫道。

我很卑微地站在那里，垂着头，一动都不敢动。

"嘿，大卫，孤僻而倔强的性格是最恶劣的。"默德斯通先生说道。

"没错，在我见过的所有人之中，这孩子的性格最为固执！我相信，你也发现了吧，克拉拉？"他姐姐说道。

"请你能够谅解,亲爱的珍,你认为——我相信你不会怪罪我的,亲爱的珍——你很了解大卫吗?"我母亲说道。

"如果我不了解,那么,我应该感到羞耻。我承认自己没有渊博的知识,但是,我并不缺少这方面的常识。"

"对于你的理解力,我没有任何的怀疑。"我母亲说。

"哎呀,千万别这么说。"默德斯通小姐愤愤地插嘴道。

"不过我敢这么说,大家也都知道。从这一点得到的好处是多方面的,没有人比我自己更清楚这一点,所以我也这样说,也敢担保。"我母亲说。

"克拉拉,可以这么说,对于那个孩子,我一点也不了解。"她摆弄了一下手腕上的手镯说,"抱歉,你们可以认为我一点也不了解他,他实在太难理解了。不过,我相信,以我弟弟的洞察能力足以将那孩子的性格看得一清二楚。我想,就在我们讨论这个问题的时候,他正准备说出自己的观点呢。"

"克拉拉,"默德斯通先生用一种极为低沉的语调说,"就这一问题,应该有比你更公正的判决人呢。"

"爱德华,"我母亲怯生生地说道,"对于这所有的一切,你才是最好的裁决人,比起冒充裁决人的我要强百倍,你和珍都是如此,我只是说——"

"你只是说了一些温顺而又欠缺思考的话,以后不要再这样做了,亲爱的,好好注意自己的言行吧。"

我母亲动了动嘴唇,仿佛在说"知道了,亲爱的",但是她却未大声地说出口。

"大卫,"他把脸坚定地朝向我说道,"当我发现你那种孤僻的性格时,我很为此担忧。如果听任你这样发展下去而我却没有帮你改正,那就是我的过错,也是我所不能忍受的。少爷,你必须努力改正,我们也必须努力帮你改正。"

"抱歉,从假期开始的那天起,我绝没有故意去孤僻的意思。"我吞吞吐吐地答道。

"在真话面前,说谎也是一门艺术!"他训斥我说,此刻我发现母亲颤巍巍地伸出手,像是要伸向我们之间,"你带着你的孤僻躲进了房间。当你应当待在这里的时候,你却,你却待在自己的房间,我是要你留在这里,而非那里。还有,我要你在这里听话,大卫,你是了解我的,我说到做到!"

此刻默德斯通小姐冷笑了一声。

"我要怀着一种恭敬的、直爽的、敏锐的态度来对待我自己、珍·默德斯通和你的母亲。我不会再任由你自己的性子躲开这个房间,好像这里存在一种流行病。给我坐下!"

他像呵斥狗一样命令我,我也如同狗一般服从。

"另外,"他继续说道,"你喜欢与那些庸俗下流的人为伍。以后不准再与仆人们来往。你有许多需要改正的地方,但厨房绝对是一个可以改正你那些缺点的地方。至于那个唆使你的女仆,我不会说什么,但是,克拉拉,"他压低了声音对我母亲说,"因为以往感情和那些颠扑不破的错误观念。"

"一种没有任何道理的极端的错误思想!"默德斯通小姐大声附和道。

"我不过是，我不太愿意看到你同女仆皮果提那样的人来往，以后要改掉这一不良习惯！否则，大卫，你是了解我的，如果你不老老实实地服从我，后果你是知道的。"默德斯通先生说道。

我很清楚他所说的后果，或许应该说比他所能想到的还要清楚。我只得老老实实地服从他，没有再躲进自己的房间，不敢再到皮果提那里避难了。只得一晚一晚地坐在客厅，等待夜幕降临之后去就寝。

我受到了如此令人厌烦的拘束，几个小时以同样的姿势坐在那里，手臂、腿连动也不敢动一下，否则默德斯通小姐就会指责我浮躁，甚至连眼睛也不敢转动一下，生怕她从我的眼中看出我带着一种不喜欢或是查看的眼光在巡视着周围的一切，那样她就会有新的理由来指责我了！哪怕有一丁点的动作，她便要找个借口来指责我的不是。坐在那里，听着时钟走动的声音。看默德斯通小姐穿着那些亮闪闪的珠子，想是否会有一个不幸的人愿意娶她；默数火炉架上的那些线条，眼神不经意地从墙纸上的那些波纹缓慢移到天花板。这是多么令人无法忍受的沉闷啊！

在那糟糕的天气中，在令人窒息的客厅里，在默德斯通姐弟俩面前我是怎么样在独自徘徊啊！那是一种我必须担起的可怕的担子，一种永远也冲破不了的白日噩梦，一种压制我智力的力量。

在吃饭的时候，总觉得饭桌上多余了一把刀叉、多余了一个碟子和一把椅子，同样也多余了一个人，所有这一切的一切，都是我的，多余的是我，在如此沉闷而不安的环境中，吃的是怎样的饭啊？

当点亮蜡烛时，我希望能做点什么，却又不敢去看那些令我感兴趣的书，只得硬着头皮看一些算术论文，<u>以致那些度量衡图表变成了五线谱，我看的那些枯燥的东西如同线穿过祖母的针眼一样，从我的左耳穿过，右耳穿出了</u>，这是多么令人苦恼的夜晚啊！

形象地写出了我看算术论文时的枯燥的心理感受。

虽然有很多顾虑，但是我仍然在不断打瞌睡，不断地从睡梦中惊醒，面对那些出现不多的小问题。现在似乎永远也得不到解决。脑中一片空白的我，似乎被所有人忽视，却又妨碍了所有人。当时钟敲响九点钟的第一声时，默德斯通小姐命令我去睡觉，这是多么美好的解脱啊！

我的假期就这样挨到了最后一天。那天早晨，<u>默德斯通小姐兴奋地说道："假期完了！"说完便递给我假期中的最后一杯茶。</u>

对于离开，我并不惋惜。当时，我近乎愚蠢，但是我却很清醒地在想念斯梯福兹，他身后站着令人战栗的克里克尔先生。此刻巴吉斯已经在门外等候了，面对母亲俯下身子与我告别这一举动，默德斯通小姐用警告的口吻说："克拉拉！"

与语言描写一起写出了默德斯通小姐希望我离开家的心理。

我吻了母亲和我的弟弟,虽然很难过,却并不因离开而难过,因为每天见面却又近乎别离的状态,如同代沟一样每天都存在。在我的记忆里,对于那个热情的拥抱之后的情景,似乎比拥抱时的感受更加鲜活。

上车之后,她从背后叫我,我探出脑袋,见她独自站在门前抱着婴儿让我看。

就这样,我们分别了。后来在梦中,我梦见分别时的那一幕,我专注地看着她,她也以同样的表情很专注地看着我。

精彩点拨

默德斯通小姐是一个冷酷的、不近人情的人,她自己内心黑暗,所以以己度人,她认为大卫也是坏人,在看到大卫去抱默德斯通先生和克拉拉的孩子时,她"吓得厉害,连忙向我扑来,夺走了我手中的婴儿"。后来甚至禁止大卫碰那个孩子,并在大卫的家中处处排挤大卫,让大卫觉得自己是这个家中多余的人。

阅读积累

天 使

天使,中文音译安琪儿,本义指上帝的使者,来自天上的使者。大多数宗教信仰中都有类似的概念。基督徒一般译为天使;穆斯林有时译为天仙。代表圣洁、良善、正直,是上帝(安拉)旨意的传达者、为上帝(安拉)服役的灵、受上帝差遣保护信众不被恶魔侵扰的保护者。将神给人的讯息带进人间的桥梁。人间监察者、人们行为(包括隐私)的忠实的记录者,对抗神国敌人的战士、神国内拥有特殊职业的人民。

天使由轻如空气的物质组成,从而使他们可以根据需要幻化成各种最适合的物质形体。

第九章

> **精彩导读**
>
> 开学了，大卫的朋友斯梯福兹在学期结束时离开了，而更让大卫伤心欲绝的是他的母亲去世了。在棺材铺，大卫又知道了他同母异父的弟弟也去世了。回到家中，大卫参加了他母亲和弟弟的葬礼，皮果提也向他介绍了母亲临死前的一些事情。母亲死了，大卫该怎么办呢？

我生于三月份，在这之前学校中发生的一切事就一笔带过不提了。唯一记得的就是斯梯福兹比以前更加值得敬佩了。他比以前更活泼、独立，而且喜欢他的人更多了，但他却要在学期结束时离开了。当时，面对如此伟大的记忆，那些较小的事情就显得那样渺小而无关紧要。

我甚至不敢相信，在回到学校时距我生日这中间竟有两个月的时间。对于这铁一般的事实，我只能承认，否则，我便要相信，这两件事之间是紧挨着的。

对于那一天，我记得很清楚！到处弥漫着雾气，地上铺撒着幽灵般的白霜，我那盖满雾水的头发散落在脸上，面对教室中朦胧的景象，教室中零星地点着几支溅了泪的蜡烛，照亮了那多雾的早晨。学生们跺着脚，呼出的气在寒冷彻骨的空气中缭绕。

当时已经吃过早餐，我们刚从操场走到教室。夏普先生喊道：

"大卫·科波菲尔，跟我到客厅来一下。"

我期待着皮果提提着一只篮子来看我，所以一听见这个命令就甚为高兴。当我匆忙离开座位时，旁边的同学跟我说，在有东西吃的时候多想着他们一点。

"不急，大卫，"夏普先生见我如此匆忙，说道，"有的是时间，不忙，不忙。"

他说话时的腔调，假如我仔细想一下，便会感到吃惊，但是当时我没有心思去想他的话，便匆匆忙忙向客厅跑去，进去之后，看见克里克尔先生正坐着吃早餐，面前摆了一份报纸和那根棍子，他的妻子拿着一封已经拆封的信，唯独没有看见篮子。

"大卫·科波菲尔，"她把我拉到沙发前，很郑重地对我说，"有一件事要告诉你，我的孩子。"

这时，我不禁看了克里克尔先生一眼，他正在心不在焉地摇着头看着别处，并将一块很大的奶油烤面包塞进嘴里。

"你还太小，对于这个世界的变化无常还不够了解，"克里克尔太太说，"其中有些人会离我们而去，但这是我们必须应该知道的，大卫。有人在年幼的时候就意识到了这一点，有人在年老时醒悟，也有人自始至终都明白。"

我很诚恳地看着她，希望能从中明白她的意思。

"假期结束时，你离开家的时候，"她停顿了一下，"他们都好吗？"又停了一下问道，"你妈妈呢？她好吗？"

我心中一惊，依旧不明白她的意思，仍旧诚恳地看着她，不想说话。

"嗯——很不幸，今天早上，我刚收到消息，说你妈妈病了，病得不轻。"

此刻，克里克尔太太和我之间腾起了一层雾气，她的影子左右晃动了一会儿。紧接着那令人沮丧的泪水便沿着脸颊滑落了，此刻她的影子也静止了。

"她病得很重。"

我完全明白她的意思了。

"她死了。"

其实她不必说出结果了，我已经很悲伤地哭出了声，这广漠的世界中又多出了我这样一个孤儿。

克里克尔先生待我很仁厚，整天留我在那里，有时独自把我留下，我只是哭了睡，醒了又哭。当我再也哭不下去时，我想，那时我身上的压力最为沉重，甚至悲哀也成了一种无法解脱的痛楚。

但由于我的懒散，我并没有花过多的时间去关注那压在我心头的灾难，不过只是很懒散地徘徊。此刻，我想了很多。想到这时肯定大门紧闭的房子；想到那个婴儿，克里克尔太太说他已经很微弱了，他们说他也会死的；想到父亲的坟墓，想到将要躺在那棵我熟悉的树下的母亲。当我一个人时，我站在椅子上面对镜子中的自己，发现眼眶中布满了血丝，脸上爬满了愁容。就这样过了几小时，我在想一个问题，如果回到家我的眼泪像此时这样干枯，那么，那时我应该想一些过去发生在我和母亲之间令我感动的事。那段时间里，我也领会到了别的学生给予我的尊重，因为我的不幸，我已经成为他们中间重要的人物了。

如果说有哪个儿童真正感受过悲伤之痛，那么我算是感受到了。但是，因为这种悲伤却让我享受了一份满足。那天下午，他们都在上课，而我却在操场上独自散步。当他们正在上课时，发现他们透过窗子看我，感觉自己很另类，于是更加愁苦了，走得更缓慢了。下课之后，他们跑到我面前同我说话，我从未因此而表现得骄傲，跟先前一样，关注他们所有的人。

在第二天夜里，我便要乘车回家，这次坐的不是马车，而是那种专门供人在中途短距离旅行的脚踏车。那一晚，我没有讲故事，特拉德尔非要把他的枕头借给我用，我并不清楚他这样做会对我有什么好处，况且我自己也有一个，但是这似乎是他唯一一件可以借给我的东西，不幸的人啊！除此之外，临别的时候，他把那张画满骷髅的信纸送给了我，作为我悲伤的一个安慰和帮助我内心安宁的一剂良方。

第二天下午，我便离开了萨伦学校。那时，我还不曾想过，那次离开后，便再也回不来了。整晚，我们都在缓慢地前进，一直到第二天早上九点多才到雅茅斯。我下车去找巴吉斯先生却没有找到，倒发现有一个肥胖的、呼吸短促的、十分愉快的老头儿在那等我。他穿着黑衣服，他的短裤的膝盖处有褪了色的缎条，袜子也是黑的，头戴一顶宽檐帽子。他喘着气来到我面前问道：

"你就是科波菲尔少爷吧？"

"是的。"

"跟我来吧，我送你回家。"

他牵着我的手来到一条狭窄的街道上，一路上我在想他是谁。最后我们在一家店铺前停了下来。店面上写着"欧默，经营布、绒衣、服饰、丧事用品等"。那是一间令人窒息的店铺，摆满了各式各样的已制成或未制成的服饰，还有一个摆满帽子的橱窗。我们来到店铺后面的一间客厅，有三个年轻的女人正在裁剪桌上的黑色布料，布屑撒满地板。客厅中还有一个烧得很旺的火炉，弥漫着令人窒息的黑纱布的气味。

那三个女人抬起头看了我一眼，便又勤快地继续干手里的活。窗外传来院子里作坊中的一阵很枯燥的锤打声，"咚——嗒嗒，咚——嗒嗒，咚——嗒嗒"，没有丝毫的旋律感。

"喂！明妮，你们完成得怎么样了？"那个老头对其中的一个女人说。

"快完了，能赶上试衣的时间，放心吧，父亲。"她高兴地答道。

欧默先生坐了下来，摘了帽子，喘着气。他太胖了，必须先喘会儿气才能说：

"很好。"

"父亲啊！你快成为一只海豚了！"明妮开玩笑地说。

"呵呵，我也不知道这是怎么了，不过，我跟它真有点像了。"他思考着答道。

"你是那么随便，把什么事都看得那么随便。"

"亲爱的，不随便也没有用处啊。"

"真的没有用呢，不过我们都很快乐，感谢上帝！你说呢，父亲？"

"我希望如此，亲爱的，"欧默先生说，"现在我喘过气了，我要为这位年轻的先生量体裁衣了。跟我到铺子里来好吗，科波菲尔少爷？"

照着他的吩咐，我站到了他的身前，他拿来一匹布，说这是上等料子，如果为父母服丧，这是首选，随后在一个本子上记下了他刚给我量过的尺寸，并在记录时给我看了一些存货，有的款式他说"正流行"，有的他说"刚过时"。

"因为这个，我们赔了不少钱，"欧默先生说道，"不过款式的流行与过时跟人是一样的，没有人知道它们什么时候流行，因为什么而流行，怎样流行，同样也没有人知道它们会在什么时候过时，因为什么过时。依我看，如果你把人生也这样看待的话，一切都可以折射出人生。"

或许是我太悲伤了，以至于不能探讨这样的问题，或许我没有资格去探讨它，最后欧默先生便带着困难的喘息将我带回了客厅。

来到客厅，他朝门后那道陡峭的台阶下面喊了一声："把准备好的茶和奶油面包拿上来！"在那两样东西拿上来之前，我一直朝我的周围张望、思考，静听裁衣声和作坊里锤子发出的那很沉闷的调子。原来那两样东西是为我准备的。

"我认识你，"欧默先生看了我一会儿说道，但是在那一段时间里，我没有花任何心思在

那份早餐上，因为黑色的东西让我没有胃口，"我认识你很久了，少爷。"

"真的吗？"

"从你出生之后，不，应该说在此之前我就认识你的父亲。他身高五英尺九英寸半，占地二十五英尺。"

"咚——嗒嗒，咚——嗒嗒，咚——嗒嗒。"作坊中传来锤子的击打声。

动静结合
我只听到作坊里锤子的击打声写出了母亲去世对我的打击之大。

"占地二十五英尺，如果只占五英尺的话，"他说，"那肯定是他要求的，要不就是她的指示，具体的，我也记不太清楚了。"

"我的弟弟，你知道他现在怎么样了吗？"我问。

他摇了摇头。

"咚——嗒嗒，咚——嗒嗒，咚——嗒嗒。"

"他现在已经躺在他母亲的怀里了。"

"哦，可怜的人！他死了？"我呜咽地问。

"不要过多地关注那些你无能为力的事，不过，他已经死了。"

动作描写
写出了大卫因母亲和弟弟的死而伤心痛苦的心情。

听到他这么说，我崩溃了，旧处的伤痕裂开了。我抛弃了那份未尝过一口的早餐，走到一张桌子前，把头埋在那里。明妮见此，连忙收拾了铺在桌子上的丧服，否则我的泪水一定会弄污它。她是一个美丽而性格柔和的女孩，她温柔地拨开了散落在我眼前的头发。但是由于她快要完成她的工作因此表现得很愉快，与那悲伤的我相比，实在是差之千里啊！

锤声停了之后，一位英俊的青年从院子里走了进来，手里握着一把锤子，嘴里含着钉子。

"约拉姆！"欧默先生问，"做完了吗？"

"嗯，做完了！"他取出钉子后回答说。

明妮的脸变红了，另外两个女孩也相视一笑。

"啊？这么说，昨天晚上，就在我从俱乐部还没有回来时，你就一直在烛光下工作，是吗？"欧默先生闭着一只眼问道。

"是的，"约拉姆说，"因为你答应，如果做完它，我们就去做一次旅行，明妮和我——还有你。"

"哦！我认为你把我给忘了呢！"欧默先生笑道，最后笑得咳出了声。

"因为你答应过，所以我也就用心去做了。对了，还得请你把你对它的一些想法告诉我呢。"

"一定，一定，"欧默先生站了起来，面向我问道，"想去看看你的——"

"别，父亲。"明妮喝住她父亲。

"我想这是应该的。但是，也许你是对的。"

我也不清楚自己是如何知道欧默先生要我去看的是我那亲爱的母亲的棺材的。之前，我从未听说过棺材，也从未见过，但是，当听到锤子的敲击声时，我能想到那是什么。当那个英俊的年轻人进来之后，我就已经猜到他在做什么了。

明妮和另外两个女孩的活儿也干完了。她们整理了残留在自己衣服上的碎布和线头之后，那两个女孩进了店铺，稍作打扫之后，便开始等待顾客了。明妮则待在客厅，跪在那里整理刚才她们裁好的衣服，然后把它们装进两只筐子，嘴里还哼着小调。她的男友走了进来，似乎忽视了我的存在，趁她忙的时候，吻了她一下。告诉她说，欧默先生已经去预订马车了，他得去准备一下，说完便出去了。她收拾好顶针、剪刀之后，把一根穿有黑线的针很熟练地插在了长衫的胸口。然后对着门后的那面镜子打扮着自己，从那镜子中可以看见她高兴的面孔。

这些都是我坐在房间拐角的一张桌子旁，手扶着头，胡思乱想时看到的。没过多久，马车便停在了店铺门前。我跟在那两只筐子之后上了车，随后他们三个也上车了。那幽暗色的半客半货的车子由一匹黑马拉着，马车很宽阔，我不用担心会被挤得喘不过气来。

想起他们的动作，面对他们在车上的那种愉快的表情，我想和他们在一起的那种奇特的感觉平生是第一次经历也是唯一的经历。我并不生他们的气，我想大部分是因为怕他们，仿佛我被遗弃在一群与我没有丝毫共同特征的动物之间。他们异乎寻常地高兴。那个老头子坐在车前赶着马，两个年轻人坐在他的两侧，无论什么时候，只要他对他们说话，他们便会靠近，很用心地聆听。当他们对我说话时，我躲开了，满腹愁情地坐在一旁，烦恼他们那调情与欢笑的声音，虽然他们的声音还没有达到喧嚣的程度。对于他们这样完全不顾及别人感受而尽情享乐却全然没有丝毫责备，这让我感到很奇怪。

当他们停下车子喂马、吃喝、玩乐时，我没有去碰他们的任何东西，依旧坐在那里禁食。当我们到家之后，我很快便从后面下了车，避免在那些充满严肃氛围的窗子前面对他们一张张快活的嘴脸。那些原先明亮的窗子现在如同紧闭的双眼一样站在我面前。哦！当我看见我母亲的窗子以及在它旁边陪我度过美好时光的我的那扇窗时，世界再没有比这更让人泪流满面的场景了。

当我还没有走到门口时，就被皮果提抱住扶进了屋子。当她看见我的那一瞬间，她便爆发了哭声，但是不久便控制住了情绪，放低了声音，连走路也很轻了，仿佛怕惊扰到死者。我发现，她已经很久没有上床睡过了，整夜整夜地坐在那里守候。她说，只要在她那可怜又可爱的美人儿入土安葬之前，她便会一直守候着她。

当我进入客厅时，默德斯通先生也在，但他却没有发现我，只是坐在火炉旁无声地哭泣。他姐姐坐在那张摆满书信和文件的书桌旁，看见我之后，便指着我用极为严厉而低沉的声音问我是否为丧服量过了尺寸。

"已经量过了。"

"你的衣服呢，带回来了没？"

"都带回来了,所有的衣服。"

以上便是她给我的全部问候。在那样的场合,对于她的所谓的自制、坚定、毅力、常识以及冷酷所显露出的全部恶毒的东西,她很自豪于这一点,当然我也并不怀疑。对于她那处理事务的能力尤为自豪,不会为任何事所感动,以纸和笔来炫耀自己的才华。自从见她的那一刻开始,她不曾离开过那张书桌,用一支笔镇定自若地乱写着,用同一种语调很冷静地对待着每一个人,永远都不会松弛脸上的任何一块肌肉,或缓和声音中的任何一个语调,或者让她的衣着哪怕露出一丁点失态的样子。

默德斯通先生有时拿起一本书,但据我观察,他只是打开书看着它,好像很仔细地读,但这样待上一个小时却不见他翻过一页,之后便放下了书,在客厅中徘徊。默德斯通先生现在和他姐姐之间几乎没有言语了,和我之间也是绝对没有的。不过,在那死寂的房子里,除了那些走动的钟之外,他便是唯一能发出响声的东西了。

在我母亲出殡前的日子里,除了上下楼经过母亲和那个婴儿躺卧的房间时她总在那附近,睡觉之前她来到我房间像往常一样坐在我床头,除此之外的其他时间,我很少看见皮果提。在母亲安葬前一两天吧——那时,在那段沉闷的日子里,我脑中混乱得对时间的反应已近乎迟钝且无知了——她领我进了那个房间。在那张床上的白布下,仿佛躺着一位严肃而安静的天使。当她要去揭开那块白布时,我抓住了她的手叫道:"哦,不!哦,不要!"

即使出殡发生在昨天,我也不能全部想起了,但是对于客厅中的氛围,烧得很旺的火炉,闪着光的酒,各式各样的酒杯与碟子,散发出淡淡清香的点心以及默德斯通小姐和我们那些黑衣服所散发出的气息,我都记得一清二楚。当时,齐力普先生也在,看见我,便向我走来。

"我们的大卫少爷好吗?"他很慈祥地问道。

我不能告诉他说很好,因为我确定不太好,我只是把手伸向了他,他握了起来。

"哎呀!"他带着一种很祥和的微笑说,"我们的小家伙已经长大了,长得连我们都快认不出来了呢,小姐!"

这话是对默德斯通小姐讲的,但是她却毫无反应。

"似乎进步很大吧,小姐?"

齐力普先生得到的回复仅仅是她的一次皱眉和一个轻微的点头,受了如此挫折之后,齐力普先生便握着我的手走进了一个角落,不再开口。

我之所以要写这一情节,是因为我记得,而并非是在关心自己,回家以来我还不曾关心过自己。

钟敲响了,默德斯通先生和其他几个人过来让我们准备。像皮果提在很久以前告诉我的那样,当初给我父亲送殡的人们也是在这个房间内让她们准备。

房间里有默德斯通先生、邻居格雷普先生、齐力普先生和我。当我们来到门口时,杠夫已经抬着母亲和婴儿进入花园了。他们在我们面前走过小径,越过榆树,穿过花园的大门,来到了那块我经常在夏天的早晨去听鸟歌唱的墓地。

感觉那天有点异乎寻常，仿佛阳光也换了一种格外惨淡的颜色。现在那里到处是严肃而寂静的气氛，那是我们和即将入土为安的人从家中带来的，我们光着头围站在墓穴前聆听教士的声音："万能的主说，我是复活生命！"随后便是啜泣声。在旁观者中我发现了那个忠诚而善良的仆人（默德斯通小姐说葬礼只有家人才能参加，就这样找了个借口排除了她）。现在，在这个世上，我最爱她，我幼稚地断定，终有一天上帝会称赞她："干得漂亮！"

在那样一群人中，有许多我熟悉的面孔。有我在教堂做礼拜四下张望时就已经熟悉的面孔。即使那些面孔都在我面前晃动，即使他们都很熟悉，但是现在我并不关心那些，除了我的哀伤，也很冷漠地看待明妮站在旁观的人群中向她那挨近我的她的情人抛来的那些飞吻。

母亲下葬之后，我们回去了。那所房子耸立在我们面前，依然映射着往日的辉煌，它与我心中那个逝去的人联系得太紧了，其他所有的哀伤与它让我想起的哀伤相比，实在是太渺小了。回来的路上，齐力普先生一边扶着我一边安慰我。到家之后，他给我倒了杯水。之后，当我上楼去卧室时，他用女人一般温柔的声音同我道了别。

这一切又如同发生在昨天。后来发生的许多事已经随海浪漂到对岸了，所有忘却了的在未来某个时间一定会再次出现，但是这件事如同一座巨大的海岛耸立在大海之中。

我能预感到皮果提将会来陪我，因为那天的寂静对我们如此哀伤的两个人来说是再适合不过了。她来到我的床头，坐在我身旁，握着我的手，一会儿把它贴近自己的嘴唇，一会儿又用她的另一只手轻轻地拍着。之后，她便告诉了我母亲临终时的一些情况。

"有那么一段时间，她总是精神恍惚，心情不畅。起初我错误地认为，或许在她的孩子出世之后，一切都会好起来的，但是她却一天接一天地衰弱、单薄。孩子出世之前，经常见她独自坐在那里流泪。孩子出世后，家里就时常能听见她那轻柔的歌声——即将消逝的歌声。

"到后来，她更加怯弱了，很容易受惊吓，哪怕是一句粗暴的话也会像一个拳头一样击伤她的心。但在我看来，她没有变，在她那愚笨的老仆人皮果提眼里，她是一样的，永远是不会改变的，我那可怜又可爱的美人永远都不会改变。"

说到这里，她停了一会儿，轻拍着我的手。

"上次我见她精神振作是在你从学校回来过寒假的那天晚上，也是最后一次。当你离开的那天，她说：'我再也不会见到我那可爱的大卫了，我有这种预感，而且相当真实。'

"你走后，她很想打起精神振作起来，当他们说她没有烦恼、没有思想时，她总会装出一副很精神的样子，但这现在都已经成为过去了。直到那一夜——她离开前的一个多星期——她才对她的丈夫说：'亲爱的，我不久便要离开人世了。'之前除了我之外，她没对任何人提起过，她害怕对任何人提起。

"那晚，我服侍她上床休息时，她对我说：'现在一切都轻松了，他会相信的，可怜的人，默德斯通先生会慢慢接受这个事实的，然后一切又都会恢复原样的。我现在很累，让我睡一会儿吧。当我睡着之后，请别离开我，守候着我。皮果提，求上帝保佑我的两个孩子！上帝啊，保佑和照顾我那从小就失去父亲的孩子吧！'

"自那以后,我便一直守候在她身旁。楼下那对姐弟也经常上来看她,她同他们聊着天,因为她爱他们,她爱周围的一切,不过当他们离开时,她便面向我,仿佛只有皮果提才能让她安息,让她入睡。

"在她去世前的那天夜里,她吻了吻我,对我说:'如果我的婴儿也活不成,皮果提,让他们把他放在我的怀里,将我们一起安葬吧。(我照她的意思办了,因为那个可怜的羔羊在她离开的第二天也跟着她去了。)让我那亲爱的大卫送我们去安息的地方吧,转告他,他的母亲躺在这里时会为他祝福的,不是一次,而是成百上千次的祝福呢。'"

之后她又停下了,轻轻地拍着我的手。

"夜深之时,"皮果提说,"她跟我要了点水,喝过之后,便朝我默默地笑了笑,那么可爱!那么美!

"天亮了,太阳升起来了,这时,她告诉我科波菲尔先生过去对她是那么慈爱,那么体贴,容忍她,他会用这样的话——一颗仁爱的心比智慧更好,更有力量——去安慰那个不自信的她,在她心里,他是幸福的。'亲爱的皮果提,再靠近我一些吧,'她是那么的软弱,'让你的胳膊托起我的脖子,好让我靠近你一些,你的脸是那么的远,让我靠近些,看清你的脸。'我照做了,哦,大卫啊!时候到了,第一次我与你分别时说的话应验了——她喜欢将她那可怜的头躺在她那愚蠢的皮果提的怀中——她就像一个沉睡的孩子一样睡着了,再也没有醒过来!"

皮果提就这样结束了她的叙述。当我得知母亲已经去世时,有关我脑海中的那些让她安享晚年的概念片刻间荡然无存。从那时起,关于母亲的一些印象,我只记得她是位年轻的母亲,她将那闪光的鬈发一圈圈地绕在手指上,经常在黄昏时分与我一起在客厅中跳舞。皮果提告诉我的一切并没有使我对她的晚年有多少幻想,却让那些年轻时的回忆在我心中扎了根。这很奇怪却又那么真实。在她死后,留在我脑海中的她的那份平静与无忧无虑的青春覆盖了其他的一切。

我的母亲在我还是个孩子时便离我而去,长眠于地下了,而她怀中的那个小人儿,让我想起过去我是怎样一度被她搂在胸前的。

精彩点拨

大量的心理描写写出了大卫在母亲死后的内心活动。学校里大卫感受到了克里克尔太太和同学们的善意;棺材铺里,大卫看着别人的幸福快乐,自己独自悲伤;回到家中的大卫也在观察着其他人的表现,外表冷漠内心悲伤;虽然皮果提向大卫叙述了母亲临死前的一些事情,而大卫只有对母亲年轻时的回忆。

阅读积累

做礼拜

做礼拜是对每天进行的一种宗教活动的称呼。礼拜（即拜功）是"五功"之一，是穆斯林、基督教的重要宗教活动，也被认为是其宗教的基础。

礼拜来源于犹太教的安息日。礼拜是星期天，安息日是星期六。公元1世纪左右，天主教成立，可是却被犹太教排挤，他们无法进入犹太教堂参拜，只好自己重新找地方。后面就慢慢演变成了星期天。可是目的还是一样。这是用来休息的一天，用来和家人朋友增进感情的一天。如此，才能与上帝更加亲近。

基督教徒相信，做礼拜的时候耶稣会在场，以此来帮助他们清洁自己的灵魂和自己过去一周的罪过，并且在接下来的一周内，有抵抗恶魔做好人的力量。

第十章

> **精彩导读**
>
> 母亲死后,默德斯通小姐赶走了皮果提,大卫和巴吉斯把皮果提送到了皮果提先生家。大卫又见到了他亲爱的小爱米丽。巴吉斯和皮果提结婚了,大卫也回到了自己的家。默德斯通姐弟俩让奎宁先生把大卫带出去当学徒,大卫也被赶出了自己的家。大卫的学徒生活会怎样呢?

母亲出殡的日子过去一段时间之后,那时,阳光照进屋子时也不显得那么沉闷了。此时,默德斯通小姐所做的第一件事就是告诉皮果提让她在一个月后离开。对皮果提来说,她并不喜欢这种工作,但是,我确信,她可以为了我放弃这世间最好的工作。当她告诉我说我们不久就会分开,以及分别的原因时,我们相互安慰着彼此。

对于我做何打算,默德斯通小姐并未涉及过一句,也没有任何表示。我想,如果他们也像打发皮果提一样打发我,他们一定会很高兴。有一次,我鼓起勇气问默德斯通小姐什么时候回学校读书,她很冷淡地回了一句,她相信我可以不用回去了。除此之外,没有别的任何指示。皮果提和我都很想知道他们要怎样处置我,但是,我们却得不到一点风声。

在那段时间里,我的地位发生了变化,对于这种变化,虽然打消了我目前所处的不安,但是,假如认真思考一下,这将使我对于未来的安置更加迷茫,更为不放心了。那种变化具体是这样的:过去我受到的那些约束现在被完全解除了。现在,我无须再留在客厅中那个令我烦恼的椅子上了,甚至有几次,当我坐在那里时,默德斯通小姐眉头紧锁让我离开。而且现在他们也不关心我是否与皮果提在一起了。除了默德斯通先生,没有人继续承担我的教育工作,或是由他姐姐来完成这项任务,但是,慢慢我发觉,这种担心是完全没有必要的,因为在他们那里我已经受到了冷落。

当时,母亲离去的阴影在我的脑海中并未消除,也就无心顾及其他的事,当然,他们的冷落并未给我造成多大的痛苦。不过,偶尔也会想到以下这种令我担忧的可能性:终止了教育,无人照料,长大后会成为一个庸俗不堪的人,在农村过着一种碌碌无为的生活。偶尔也会想到另一种可能:脱离了目前的状态,像神话故事中的英雄一样,去另一个地方寻找属于自己的梦想。不过这些如同过眼云烟,转瞬即逝,都是一些平时我可以见到的白日梦,又好像淡淡地刻画在卧室的墙上,等到它们消失的那一刻,墙上没有留下任何痕迹。

一天晚间，当我在厨房的火炉旁取暖时，我带着一种深思的口吻对皮果提说道："默德斯通先生比以往更不喜欢我了。一直以来他都不大喜欢我，但是，皮果提，如果他不愿意，他连见都懒得见我了。"

"也许是因为他也太过悲伤了吧。"皮果提摸着我的头发说道。

"也许是这样吧，皮果提，我很伤心。如果真的是他太过悲伤……但是我根本不这样认为。肯定不是啊，不是，不是那个原因。"

"你怎么知道不是呢？"她沉默了一会儿继续问道。

"因为，因为他表现出的悲伤完全是另一回事。假如他和他姐姐很悲伤地坐在火炉旁一言不发，但是，但是如果我此刻走过去，那情况就变了。"

"他会怎么样？"

"发怒，"我不禁模仿着他那看上去阴险的紧锁的眉头，"如果他只是悲伤，那么他就不会以那种表情看我，而是应该和我一样：因为悲伤，而表现得更加和蔼。"

皮果提沉默了很长时间，似乎在想着其他的一些事，我也只是跟她一样沉默地坐在火炉边烘手取暖。

"亲爱的大卫啊！"她终于开口了。

"什么事？"

"我用尽了所有办法，能想到的，不能想到的，在布兰德斯通找一份适合我的工作，但是，亲爱的大卫啊，结果只是徒劳啊。"

"你想要什么样的工作呢？"我想了一会儿问，"你是说想要去碰碰运气吗？"

"我看我得回雅茅斯了，可能不会回来了。"

"我以为你要去一个很远的地方，以后再也见不到面了呢。"我笑道，感觉有点高兴，"我可以去看望你啊，亲爱的皮果提。但是，但是你不会去世界的另一头吧？"

"上帝保佑，不会！"她高兴地说，"只要你还在这里，我每个星期都会来看你一次。只要我活着，每个星期必有一天来这里看你。"

我觉得她的话应该可以打消我心中的一个顾虑，但是后来她说的话证实我的那些顾虑多多少少还存在一些。

她说："再过不久我就得走了，先去我哥哥那住半个月，让我好好静一静，考虑一下。对了，也许他们会同意你和我一同去，因为他们似乎不愿意你留在这里。"

那时，除了皮果提，我与附近所有人的关系都发生了变化。如果还有什么能令我感到愉快的话，那就是皮果提的这个建议了。此刻，

语言描写
通过大卫的语言侧面写出了默德斯通先生的虚伪。

神态描写
写出了皮果提为大卫的未来而担心的心理。

以往那些记忆又浮现在我的眼前：被那些热情欢迎我的诚实面孔所环绕，可以听到钟在鸣响，向海中丢石子，船穿梭在雾气中，享受星期天早晨的那份宁静，告诉小爱米丽我的烦恼，同她快乐地玩耍，在海滩上拾贝壳、石子。但是，这些往事所带给我的那份宁静不久便被默德斯通小姐是否同意这样的疑虑所扰乱，幸运的是，这个疑虑没过多久便得到了解决。正当我们还在继续说话时，她来到了储藏室，这时，皮果提怀着令我吃惊的勇气提出了她的想法。

"在那里他会变懒的。"默德斯通小姐看过一个泡菜坛说道，"一切罪恶都可以归因于懒惰。但是，我想，这孩子不管在哪里，即使是这里，他也会变懒的，因为对他来说这是必然的。"

此刻，皮果提已经准备发怒了，但是，为了我，终究还是咽下了，继续缄默。

"唉！但是目前最重要的就是让我的弟弟免于一切惊扰或者被弄得不舒服。所以，我还是答应了吧。"她面对着那坛泡菜说道。

我面无表情地向她道了谢，不敢带有任何高兴之色，生怕她会收回刚才的承诺。当她的目光移出泡菜坛看我的时候，带着一种莫大的酸味，似乎眼睛里充满了那种味道，她的这种表情让我想到刚才的顾虑是有必要的。但是，她并没有收回这种承诺。那一个月的期限快到来时，我和皮果提也准备动身了。

巴吉斯先生走进屋子扛起了皮果提那个最大的箱子。以前他从未进过花园的大门，而这次却进了屋子。当他走出屋子的时候看了我一眼，如果他的脸上可以流露出内心的情感的话，我想，我读懂了其中的意思。

皮果提离开时表现得很沮丧，因为这么多年来，她把这里当作了自己的家，更何况是离开她一生之中的依恋——母亲，她和我一大早就去墓地了，待了很久才回来。上了车之后，她只是用手绢蒙着双眼静静地坐在那里，一言不发。

皮果提保持沉默的那段时间，巴吉斯先生也没有任何想要活动的迹象，只是像以前一样坐在原先的位置上懒散地赶着马车，着实像一个大模型坐在那里。当皮果提心情开始好转时，她向周围看了看并同我说了几句话，而此刻巴吉斯先生不断地点头、龇牙，我不明白他为什么这样做，做这些动作是为了给谁看。

"天气晴朗，阳光明媚啊，巴吉斯先生！"出于一种礼貌，我觉得应该说点什么。

"天气不错。"他回道，他从来不为了暴露自己而多说一个字。

"皮果提她现在已经感觉好点了，巴吉斯先生。"我这么说是为了能让他高兴一些。

"真的？"

想了一会儿之后，巴吉斯看了看她问道：

"现在，你感觉很舒服了，是吗？"

皮果提笑了笑，以此作为一种肯定的答复。

"真的感觉很舒服是吗？"巴吉斯从原先的位置上向她移了移，并用胳膊撞了她一下问道，"真的吗？很舒服是吗？嗯？"他每问一句便要向她靠近一点，并撞她一下，最后，我们被挤到车的一个角落里。

当我快透不过气时，皮果提提醒他注意一下我的处境，他才往回移了一下。但是我得说，他想到了一种甚为奇妙的方法：用简单而简约的话语表达出他自己的意思，从而避免了谈话啰唆时带来的不便。因有这样的方法他暗自笑了很长时间。接着又开始面向皮果提，重复了刚才的意思："你真的已经很舒服了吗？嗯？"接着又开始向我们进攻，直到我被挤得近乎断气才告终。接着又问了一遍并向我们靠近，无疑结果是相同的。后来，一见他向我这边靠近，我就站起来，佯装在欣赏周围的景色，自那以后，我舒服多了。

他想得太周到了，在一家酒馆前停下，买了一些烤羊肉和啤酒。当皮果提喝酒的时候，他又重复了那些动作，差点呛到她。当我们快要到站时，他的事渐渐多了起来，当然与皮果提调情的机会就变得少之又少了。当刚踏上雅茅斯的人行道时，我们被颠得快散架了，自然也就没有心情去做其他的事了。

皮果提先生和汉姆早就在那里等我们了，他们见到我们，很热情也很高兴地与巴吉斯先生握了手，巴吉斯先生的帽子朝后仰着，从头到脚一副忸怩的神态，一副傻头傻脑的样子。他们各拿起一个箱子正准备走开时，巴吉斯先生伸出他的一根手指向我示意要我同他到附近的拱门下面。

"嗯，"他说，"一切都很顺利呀。"

我仰望着他，故意装出一副深沉的样子应道："哦！"

"事情还没有结束，但一切都很顺利呢。"巴吉斯先生点头自语。"哦！"

"你知道谁愿意吗？巴吉斯！只有巴吉斯啊！"

我点头表示同意。

"一切都很顺利呢，我们是朋友。事情进行得如此顺利首先是你的功劳啊！一切都很顺利呀！"

巴吉斯的话似乎是要弄清楚，但又显得格外神秘。如果皮果提不来叫我，我想我会站在那里一直看他那张如同停了摆的钟面一样的脸，一直看上个把钟头，当我们在行进过程中，皮果提问我他对我说了什么，我说，他说一切都很顺利呢。

"厚颜无耻，"她说，"但是我不会介意的！亲爱的大卫，如果我结婚了，你会怎么想？"

"嗯——我敢肯定，那时候的你对我的喜欢同样不会有丝毫改变，对吧？"我考虑了一下说。

听到我这么说，她停了下来，拥抱着我，还说了许多不变的誓言，这一举动令周围的行人和她的亲人都甚感惊奇。

"我想知道你的想法。"我们继续前行时她问道。

"你是要嫁给——巴吉斯先生吗？"

"嗯，是的。"

"我认为，这是一个不错的主意。因为到那个时候，你随时都可以坐马车来看我了，而且不用花钱。"

"亲爱的，有见识啊！"皮果提叫道，"一个月前我也这么想！没错，那时我就更独立了，你也知道，没有任何事比在自己家中更让人觉得舒心了，更何况，如果现在去当一个仆人，处在一个陌生的环境中，我真不知道该做些什么。现在我就靠近我的美人儿的安息地，随时都可以去看她。等到我也离开的时候，我同样也可以挨着她。"

好一会儿我们都没有说话。

语言描写

写出了皮果提对大卫的爱。

"但是,如果亲爱的大卫反对我这么做。"她高兴地说道,"我便不会再想,即使在教堂中被问上三十三次,即使戒指烂在我的口袋中,我也不会去想。"

"你是想知道我是否真的愿意吗?"其实我打心底就同意她这样,而且全心全意地同意。

"好了,亲爱的,"她挤了我一下继续说道,"我曾经整日整夜地想这个问题,我想这是最好的处理办法了,但是我需要再想一下,也需要跟我哥哥商量一下,但是大卫,目前只有你我知道,帮我保守这个秘密吧。巴吉斯是个善良而老实的人,如果我在他身边尽我的责任的时候,如果我感到不舒服了,那一定是我的过错。"她微笑着说道。

她的这句话让我感到很高兴,我笑了一会儿。当我们看见皮果提先生的小屋时,我们格外兴奋。

环境描写

写出皮果提先生的家没什么改变,表现了大卫对这个家的喜爱。

小屋的样子没有变,不过看上去好像比先前小了点。高米芝太太站在门前迎接我们,仿佛从上次分别时她就不曾离开过,房子中的东西没有移过位,就连我们房间中蓝杯子里的海藻也不曾凋零过。我来到屋外,四处张望,仿佛那些龙虾、螃蟹、大海虾似乎还缠在一起,在那个角落里。

但是唯独没有看见小爱米丽,于是问皮果提先生她在哪儿。

"她上学去了,"皮果提先生一边擦着汗一边说,"大概在半小时内便可以到家了,"他看了一下那个荷兰钟说道,"我们都很想她,她那么可爱!"

高米芝太太叹着气。

"高兴一点,老妈妈!"皮果提先生说。

"我比你们任何人都想她,我是一个孤苦无依的人,而她从来没有跟我作过对。"

高米芝太太哭着,摇着头,专心去吹火。此时,皮果提先生用手遮着嘴向我们低声说道:"老头子!"他这么说,让我可以肯定,自从上次来过以后,高米芝太太的心情并没有好转。

或许,这里,应该说整个这个地方向来就是很愉快的,但是给我的印象却不是如此,我感到失望,也许是小爱米丽不在吧。我认识那条路,于是连忙起身沿路去找她了。

没走多远,眼前便出现了一个人影,很快我便断定那是小爱米丽,虽然年龄已经长了几岁,但是就个头来说依旧没有长高多少。走近发现,她那双蓝眼睛比以前似乎更蓝了,那张长有酒窝的脸更加光彩动人了，她似乎比以前更漂亮、更美了。这时，我发了愣，好像不认识她了，继续向前走去。如果我没有记错的话，后来也发生过如此类似的情况。

小爱米丽清楚地看见了我，却装作不在意，非但没有转过身叫我，还笑着跑走了。最后，我只好去追她，一直跑到小屋附近才赶上。

"是你啊！"小爱米丽说。

"现在知道了，爱米丽。"我说。

"难道你不知道那是我吗？"她说。

当我凑过去吻她时，她却用手遮住了她的嘴唇，还说，她现在已经不是小孩子了，说完便笑着跑进了屋。

她好像更加喜欢捉弄我了，在我看来，这似乎是一种奇怪的变化。桌子已经摆好了，原先我们坐的那个小箱子也拿来了，但是她却没有跟我一起坐，反而坐在那个总是满脸愁容的高米芝太太身旁。皮果提先生问她怎么不跟我坐在一起时，她只是用头发遮着脸一味地笑。

"真像一只可爱的小猫！"皮果提先生轻轻拍着她笑道。

"对！对！"汉姆笑道，"大卫少爷，她就是一只可爱的小猫！"他带着赞美和愉悦的心情坐在那里对她笑，脸红得像火一般。

实际上，他们把小爱米丽给宠坏了，尤其是皮果提先生，只要她走到他身边，把她的脸贴在他那乱蓬蓬的胡子上，他就可以满足她任何事。至少当她做这样的举动时，我是这么想的，不过我觉得皮果提先生的做法是完全对的。因为她的热情，还有那种稍带狡猾而害羞的态度，足以让我对她更加着迷。

她是善良的，饭后当我们围坐在火炉旁时，皮果提先生一边吸着烟一边对大家说我过去的一些不幸的遭遇，小爱米丽坐在对面用那双柔和而又充满泪水的眼睛望着我，这实在让我感动。

"啊！"皮果提先生握着她那如同流水一般柔顺的头发说道，"她也是个孤儿，你知道的，少爷。"随后他又拍了拍汉姆说道，"又是一个，虽然看起来不太像。"

"如果你是我的监护人，皮果提先生，我想，我不会认为自己是一个孤儿的！"我摇着头说道。

"说得对，少爷！"汉姆高兴地说道，"呵呵，说得好！你也不会认为自己是个孤儿了。"说着也用手拍了拍皮果提先生，此时小爱米丽站了起来，吻了皮果提先生一下。

"那位待你友善的朋友还好吗，少爷？"皮果提先生对我说。

"你是说斯梯福兹吗？"

"就是他！"皮果提先生向汉姆说道，"我想这个名字与我这个行业扯上了一点关系。"

"你以前说的可是鲁特弗啊。"汉姆笑道。

"用船桨来前进，相差无几啊，我说得对吗？"皮果提先生反驳道，"他现在怎么样？还好吗？"

"嗯，在我离开之前，他确实很好。"

"那才算得上一个真正的朋友啊！"皮果提先生叼着他的烟斗说道，"如果你提到朋友，他就是一个！上帝啊，能看他一眼那都是眼福啊！"

"他很英俊,对吧?"我的心快要沸腾了。

"的确!"皮果提先生叫道,"在你面前,他像——像——呵!我不知道他不站在你面前又像什么。他是那样勇敢!"

"我相信!如果要跟他说书本上的知识,那是无人能及的。"皮果提先生吐了一口烟看着我说道。

"的确,没有他不知道的,他是那样聪明,足以令所有人惊叹。"我兴奋地说道。

"那才是一个朋友呢!"皮果提先生摆了一下头严肃地说道。

"似乎没有能难倒他的,任何事,他一看便通。还是一个很好的棒球手,而下棋时,可以让你很多棋子,然后轻而易举地让你败阵。"

皮果提先生又摆了一下头,好像在说:"的确如此!"

"他还是一位口才很好的演说家,可以说服任何人,还有,如果你听到他的歌声,你的夸赞之词便会不断涌现。"我说。

皮果提先生又摆了一下头,好像在说:"是这样的!"

"而且,他还是一个大方、优秀而高尚的人。"我已经被这个伟大的话题迷住了,"对于他的称赞我无法找到那么多的词来形容。他是那样保护一个比他小那么多的我,我要说对于他我永远也感激不尽。"

我看着小爱米丽,一边滔滔不绝地进行着我的话题。她趴在桌子上,屏住呼吸听着,她的那双如同蓝宝石一样的眼睛发出光芒,双颊涨得通红。她那极为诚恳而美丽的样子使我中断了对斯梯福兹的赞赏。见我停了下来,大家也同时面向她,一边笑一边看她。

"爱米丽也想见他一次呢!"皮果提先生说。

爱米丽被我们看得慌了神,红着脸垂下了头。过了片刻,从她那散开的鬈发中朝我们望了望,见我们依旧在看她(我相信,我可以看她几个钟头不眨眼),她便跑开了,躲了起来,一直到就寝的时候才出来。

我躺在先前睡过的那个房间,风也像以前一样悲伤地吹拂着海滩。但是,现在,我倒觉得这是在为那些被它吞没的人而悲伤。那一刻我不担心,海浪会在夜里将那只船吞没,想的是自上次听过海风声时,海水曾经吞没了我那幸福的家。我记得,当风声渐渐消失时,我在祷告,并在其中加了一句话,祈求在我长大后,我可以娶小爱米丽为妻。怀着这样一种满足,我睡着了。

时间就这样一天天地过去,我的周围却出现了一种变化——小爱米丽已经很少同我在海滩上嬉戏了。每天她除了功课,还要做针线活,大部分时间都不在家。但是,即使她没有这些事,我想,我们也不会像先前一样快活玩耍了。即便她很热情,充满幼稚的幻想,却更像一个大人了。在那一年多一点的时间里,她似乎有意疏远我,她喜欢我,但也嘲笑我,令我苦恼。当我去上学的路上迎接她时,她便偷偷地绕道而行,当我失望地回到门口时,她却站在那里大笑。但是令我感觉最愉快的时间便是她坐在门前做功课,我坐在她旁边的木质台阶上对她朗诵。在那个时候,我忽视了四月份里明媚的阳光,不曾见过那条旧船门口的那个活泼少年,无视如此湛蓝的天空、碧蓝的海水以及那些驶向海中在阳光下泛着金色光芒的渔船。

在到皮果提先生家的第一个晚上，巴吉斯先生面带一种异常呆傻而笨拙的表情，提着一包用手巾包裹的橘子拜访了我们。对于他带来的那包橘子，他未提一个字，因此，当他空手离去时，我们都以为他遗忘了，最后汉姆追过去还给他时，才得知那是送给皮果提的。自那以后，每天他都会在相同的时间过来，总拎着一小包东西，而且对于他带来的东西不曾提过一个字，来时习惯地放在门口，走时空手离开。他的那些用来求爱的礼物繁多而且古怪。我记得有四只猪蹄，一个针筒，大概半箱苹果，一对用黑玉制成的耳环，西班牙玉葱，骨牌，一个装有一只金丝雀的笼子，一条腌猪腿。

在我看来，巴吉斯先生的求爱方式异乎寻常。每晚与我们相处的时候，他就以那种坐在自己的马车上的姿势坐在火炉旁，只是傻乎乎地盯着坐在他对面的皮果提。一次，可能是受到了爱情的鼓舞，他忽然抢过皮果提的那个蜡烛头，揣进了口袋，带走了。从那以后，那个蜡烛头便是他的乐趣：当皮果提要用的时候，他就掏出那个粘在口袋中的半融状的蜡烛头，在她用完后，便又装进了口袋。他似乎很开心，即使是同皮果提一起漫步于海滩，他也不会因没有话说而感到不安，仅仅是问她是否舒服就足以让他感到满足。有时候，在他离开之后，皮果提会用围裙蒙住脸笑上半小时。当然，我们都为他们感到高兴，也只有高米芝太太是个例外，她当年的爱情似乎与之类似，他们的这些活动让她时常想起那个老头子来。

就在我将要离开时，巴吉斯和皮果提终于对我们大家说要去度假，小爱米丽和我一道陪伴他们。一想到能和小爱米丽在一起度过一天的美好时光，前一晚我便兴奋得整宿没睡好。动身的时间定在早上，就在我们还在吃早饭的时候，巴吉斯驾着车出现了，朝着他的爱情来了。

皮果提的打扮平常，依旧穿着那件干净而朴素的衣服，而巴吉斯却打扮得很体面，穿着一件新做的蓝色外套。那个裁缝想得如此周到：那个袖子完全可以在冬天的时候当手套使。那领口高得让他的头发都退避三舍，最后也只好立着，配的是大号的纽扣，在阳光底下反射出耀眼的光辉。那件外套，配上他穿的那条褐色裤子和黄色背心，此时我感觉巴吉斯是一个不同凡响的人物了。

我们在屋外忙乱时，我发现皮果提先生手里拿着一只旧鞋，说要抛在我们背后，图个吉利，最后，他把鞋交到高米芝太太手中，让她抛。

"别，还是由他人来抛吧，丹。"高米芝太太说，"我就是一个孤苦无依的人，我怕会坏了大家的兴致。"

"来吧，老妈妈！"皮果提先生说道，"拿在手里，抛出去！"

"别，丹，"高米芝太太哭着摇头说，"我可以通过多做事来减轻我的感伤。但是你同我不一样，丹，没什么事不顺你的意，你也不会与他们作对，还是由你来抛吧。"

皮果提先生在匆忙间一个接一个吻过我们之后便从车上喊，非要高米芝太太抛不可。于是，高米芝太太便做了，做完便哭了起来，她的哭声扫了我们出游的兴致。之后，便投入汉姆的怀中，说她知道自己是个负担，她应该进救济院。我那时想她说得很对，汉姆应该付诸行动。

当然，我们最后还是出发去度假了。途中第一件事就是来到一所教堂，巴吉斯先生把马系在栏杆上，便带着皮果提进去了，将我和小爱米丽留在车上。我乘机搂着小爱米丽说，因为不久我便要离开，因此，我们应当珍惜余下的时光，我们应当快活地度过这一天。她答应了，允许我吻她。于

神态描写

写出了小爱米丽觉得大卫比较幼稚。

是我便不顾一切地吻了她。我记得，我对她说，我会永远爱她，打算杀死一切追求她的人。

听到我这样说，她笑得更厉害了，那个仙女般的少女带着一种骄傲的神态说我是"一个蠢孩子"，接着又可爱地笑了。她那可爱的笑使我在快乐中忘却了那个名字带给我的痛苦。

巴吉斯先生和皮果提在教堂逗留了很久才出来，接着我们往乡间赶。我们在前进时，巴吉斯面向我给我使了个眼色——顺便提一下，我从来未想过，他还会使眼色——说道：

"以前，我在车子上留的那个名字是什么？"

"克拉拉·皮果提。"

"如果有个车篷，你猜我会写什么呢？"

"仍然是克拉拉·皮果提吧？"我说。

"克拉拉·皮果提·巴吉斯！"说完便大声笑了出来，连马车也震动了。

总之，他们结为了夫妻，刚才去教堂就是这个原因。皮果提决定在没有任何人观礼的情况下举行婚礼，由牧师做主婚人。当巴吉斯宣布这一事实时，她略显紧张，并采用挤压我的方式来表明她那不受损伤的爱情，但没过多久便冷静了下来，还说，对于这件事的结束她感到高兴。

我们来到一个路口附近的一家小旅店，那里已经为我们预备好了一顿丰盛的午餐，就这样，我们怀着一种莫大的满足感度过了这一天。如果皮果提在过去度过的那十年间每天结一次婚，我想她对于结婚恐怕也不会比今天这样感觉平淡了。结婚并没有使她有任何变化：每天依旧在喝茶之前带我和小爱米丽去散步。至于巴吉斯，则很有哲学味道地吞着烟，据我猜测，他的开心应归功于他对幸福的那种幻想。另外，那种幻想让他的胃口大开。我记得很清楚，午餐刚吃过两只鹅、许多猪肉和一些青菜，但是在喝下午茶的时候又吃了很多冷腌肉。

环境描写

写出了我们由于皮果提和巴吉斯结婚而非常高兴。

自那以后，我便经常想，对于那次婚礼是多么新奇而又不寻常啊！天黑不久，我们便坐着车，踏着星光，高高兴兴地往家赶。一路上，我的话让巴吉斯长了不少见识，我告诉了他一切我所知道的，凡是我说的他都深信不疑。他对我的才识表示出崇高的敬意，那时，他当着我们的面对他的妻子称赞我是"青年洛休斯"——我猜他所说的大概是天才少年的意思。

当我们不再谈论星星时，或许那时巴吉斯的才能已经消耗殆尽，小爱米丽和我在座位上垫起一个用旧包袱改成的外套，就这样一直坐到家。那时，我在想，我是多么多么爱她啊！如果她嫁给了我，我们可以去任何地方，树林中也好，田野中也罢，我希望我们永远都不要长大，不要变得聪明，像现在这样，永远是个孩子，无忧无虑地嬉戏在那阳光普照鲜花盛开的大地上，夜里在绿苔上进入纯洁而可爱的梦乡。当我们死去之后，由鸟来替我们安葬，这是多么幸福的一件事啊！一路上我都神往着这样一幅图景。没有实际的境界，由我们天真的光辉充实着，如同天上的星星一般迷离。一想到皮果提在结婚时由我和小爱米丽两颗纯洁的心陪伴，我就觉得开心。一想到爱神和快乐之神以如此轻快的方式结束了这朴实的婚礼，我就觉得高兴。

夜深之时，我们来到了那条旧船的房子门前，巴吉斯先生和太太向我们道了别，高高兴兴地朝自己的家赶去。那一刻，我感觉自己失去了皮果提。如果那一晚不是和小爱米丽同眠于同一屋檐下，我想我一定会因为痛苦而难以入眠的。

我心中的痛苦，皮果提先生和汉姆看得一清二楚，于是他们用一些晚餐和他们那些善于待客的面孔来驱除我心中的痛。小爱米丽也和我紧挨在那个箱子上——这是我来这么久唯一的一次，这大概是美好的日子里最美好的收场了。

那一晚涨潮了，我们躺下没多久，皮果提先生和汉姆就下海打鱼了。面对那样孤寂的住宅，我觉得自己很勇敢，因为我承担着保护小爱米丽和高米芝太太的责任。我情愿一头狮子或一条蛇或其他任何怀有敌意的怪物来袭击，那样我便可以消灭它让自己得到荣耀。但一整夜都没有类似的怪物徘徊于雅茅斯的海滩之上，于是我便竭力地去寻找替代品，做了整夜关于恶龙的梦。

皮果提伴着晨光来到我的窗子下叫我起床，仿佛车夫巴吉斯先生从来就是她的一个梦。早餐过后，她领我去了她那个美丽的家。那房子里最令我难忘的是客厅中那个黑木质的旧书架，上面的顶子缩了进去，如果把它拿下来打开，便成了一张简易的书桌，里面有一本福克斯的著作《殉道者记》。当我发现它时，便决心要去读它。此后，每当我来到这里时，便跪在一把椅子上，从箱子中拿出它来仔细地读。也许，让我感兴趣的是那些令人恐怖得发抖的插图。不过自那以后一直到现在，殉道者和皮果提的房子便成了我脑中不可分割的成分。

第二天，在皮果提屋檐下度过最后一夜后，我便与皮果提说，要她永远为我保持那间房间的模样（那本鳄鱼书放在床头的架子上），永远为我预备着。

"不管我是年轻，还是老了，亲爱的，只要我还活着，这所房子还在，你就会发现它还是现在这个样子。我会每天都去打扫它，就像以前替你收拾老家的那个房间一样。即使以后去中国，在你离开的那段日子里，你也可以相信它的样子一点没变呢。"

此刻，我体会到那亲爱的保姆对我的关心与忠诚，于是很想跟她道谢，但是这却不太容易做到，因为一大早她就搂着我的脖子说这些话，而我就要走了，就要在那个早晨被她和巴吉斯一起送回家了。在大门前，我们相互道了别，气氛很不愉快，最后车子把皮果提载走了，唯独我留在那些老榆树下眺望着那房子，再也没有一张带有爱情或愉悦的脸了，面对这样一种景象，我感觉很稀有。

此刻，我又处于一种被忽视的状态，一想到当时的情景，就甚感悲哀。我感觉自己处于一种孤

苦无依的境况——没有友好的脸色,没有同龄伙伴与我嬉戏,除了与自己的影子无味地打趣之外,没有任何伴侣——这种消极而悲观的思想在我这本书里留下了大片的暗影。

如果被再次送进那严厉的学校,我也是极为愿意的!不管去哪里,只要能教我一点东西就好。但我却从未看出默德斯通先生有这样的打算。他们讨厌我,采用各种阴险、残酷的手段冷落我。我想,那时候,默德斯通先生的生活是困窘的,但这并不相干。他不想收留我,他会希望尽一切办法来打发我,推卸他对我应尽的任何义务——结果他成功了。

我并未受到极度恶劣的对待。未挨打,未受冻;但是对于我的伤害却没丝毫的削弱,他们采用了一种系统而又冷酷的方法对我进行冷落:一天接着一天,一个星期接着一个星期,一个月接着一个月。当我面对这种情形时,我很想知道,如果那时我病了,他们会怎样,是否会任我躺在那孤寂的房间中死去,是否会有人医治我。

当默德斯通姐弟俩在家时,我便同他们一同用餐。当他们外出时,我只能独自一人吃喝。我可以在家附近散步,但是他们反对我交朋友。也许他们是怕我有了朋友,便要向他们诉说自己悲惨的遭遇。也是因为这个,齐力普先生邀我去他那里,在他的手术室中待上一下午,看一本未曾听闻的医药书,或者按照他的指导去研磨一点药材,但是这样幸福的事,我是很少得到允许的。

同样是因为这个,再加上平日里他们对皮果提的敌意,因此我很少得到去看她的准许。皮果提遵守了她对我的承诺,每个星期都来看我一次,或是在附近与我见面,在她没有空过来看我的时候,失望还是占据了我很大一部分思想,因为我不被允许去看望她。也许是相隔很长一段时间的原因吧,有很少的几次,我被允许可以去那里看望她。但是,我发现巴吉斯先生有点吝啬了,或者正如皮果提所说,有点小气。他把钱藏在床下的那只大箱子里,却只是说除了一些衣物箱子里什么也没有。他把那些财产保藏得甚为周密,即使哄也不过使他拿出极少的一部分。为此,皮果提必须预订一个长久而巧妙的计划才能解决每个星期六的开销问题。

在那段时间里,我感到所有希望都在离我远去,完全被冷落,如果我不曾拥有那些旧书,那么我会是多么苦恼,连我自己也无法想象了。它们是我唯一的慰藉,我忠于它们,正如它们忠于我,我一遍一遍地读着它们,记不清楚读了多少次。

就现在来说,只要我还能想起任何事,就永远也不会忘记那段时间。那时候的记忆,经常在不知不觉中,鬼使神差般地浮现在我的脑海里,扰乱我愉快的生活。

一天,我带着一种由那枯燥生活酝酿而成的无精打采的幻想在住宅附近徘徊了一会儿,当我转过房屋附近的一个拐角时,我看见默德斯通先生正在和另外一人向我走来,我慌了神,正要离开时,却听到那个男人叫道:

"布鲁克斯!"

"错了,是大卫·科波菲尔。"我纠正道。

"轮不到你来指正我,你就是布鲁克斯。希菲尔的布鲁克斯。"那个男人叫道,"这才是你的真名!"

听他这样说,我很仔细地看了看他,我记起了他的笑声,他是奎宁先生,以前(不记得是什么时候了，也没必要记得了）默德斯通先生带我去罗斯托夫特进见过他。

"你还好吗？在哪读书啊，布鲁克斯？"奎宁先生问道。

他把手搭在我的肩上，把我转向他，要我同他一起走。我不知道怎么回答他，犹豫不定地望着默德斯通先生。

"他现在只是待在家中，不准备送他去读书了。但是我现在也不知道如何处置他呢，的确是比较棘手的一件事。"默德斯通先生代我答道。

他那阴险的目光移到我身上，停留了片刻，随后眉头一锁，眼光暗淡下来，带着一丝憎意转向他处去了。

"啊！多么好的天气啊！"奎宁先生面对着我们俩说道。

随后便是一阵沉默。当时我正在想如何将我的肩膀挣脱出他的手掌，然后逃开，这时他说：

"我想，你还很懂事吧，嗯？布鲁克斯？"

"嘿！他是够懂事的，我说，你还是放开他吧，我想他会感激你的。"默德斯通先生不耐烦地说。

在他的暗示下，奎宁先生放开了我，我连忙向屋里跑去。在我进入花园门口时，我向后望了望，发现默德斯通先生背靠着墓地的柱门和奎宁先生聊着什么。他们都在那朝我看，因此，我觉得他们聊的话题是关于我的。

那一晚，奎宁先生在我家住了一宿。第二天，早餐过后，当我起身正要出去的时候，默德斯通先生叫住了我。这时，他面无表情地走向了他姐姐坐的那张书桌，奎宁先生双手插在衣袋中，面对着窗外站在那里，我跟他来到他们旁边，站在那里看着他们。

"大卫，"默德斯通先生说，"对于年轻人，这是一个时刻需要行动的世界，而非游手好闲到处乱逛的世界。"

"像你这样。"默德斯通小姐补充道。

"珍，还是让我说吧。我刚说过，对于年轻人，这是一个时刻需要行动的世界，而非游手好闲到处乱逛的世界，尤其是对像你这样有气度的年轻人，虽然你的脾气还有许多要改正的地方。这样的气度，除了压迫它、破坏它、强迫它遵守这劳动世界的法则之外，没有别的更好的办法了。"

"因为这里不能容忍倔强，对付倔强的办法只有压迫，必须压迫！也一定能够压迫它！"他姐姐说。

他瞅了她一眼，眼神中带有一半赞同，一半反对，继续说道：

"我想你也知道，大卫，我并不富有。即便你以前不知道，那么你现在知道了。你已经接受了不少的教育，何况那是很费钱的。即便那不费钱，我也不能供应，但是，我认为留在学校中对你也不会有任何益处。现在你面前站的是整个世界，而且你必须同它战斗，越早准备越好！"

我觉得，那时我已经很拙劣地准备了，不管当时怎么样，现在应该如此了。

"我想你也许听到有关'账房'的风声了。"默德斯通先生说。

"账房？"我不解地问。

"默德斯通—格林伯公司的账房，造酒的。"

我仍然疑惑不解，他继续说道：

"你也许听到'账房'，或那个买卖，那个酒窖，或是那个码头，或者其他任何与之有关的事。"

"我想我曾经听人提起过，"我积极追忆他和他姐姐那有关账房的事说道，"但是，我忘了是什么时候听人提起过了。"

"时间忘了没有关系，奎宁先生正在打理着那项生意。"

我怀着应有的敬意朝那面向窗外的奎宁先生望了一眼。

"奎宁先生说，公司既然可以去雇用别的孩子，他想也应该用相同的条件来雇用你。"

"因为，他已经没有别的前途了，默德斯通。"奎宁先生侧着身子低声说道。

默德斯通先生没有注意他的话，而是做出了一种极不耐烦甚至愤怒的姿态，说道：

"你可以自己挣够自己吃的、喝的和零花，你的房租已经由我付上，你洗衣服的费用也——"

"也不得超出预算。"他姐姐连忙说。

"你的衣服我会提供，因为你一时还挣不到那些。就这样吧，现在就跟奎宁先生去伦敦凭自己的双手去开创世界吧。"

"总之，你得到了赡养，尽你自己的责任去吧！"他姐姐说。

虽然我很清楚这样的宣告是为了除去我，但那时的我是高兴还是吃惊，我却没有印象了。唯一的印象是，对于这个问题，我处于一种混乱之中，摇摆于两点之间，却又接触不到其中的任何一点。当然，我也没有时间去厘清这些纷繁的思绪，因为奎宁先生第二天就离开这里去伦敦了。

到了第二天，看看我的穿着吧，一顶缠着黑纱的破旧小白帽，黑纱是为了纪念我的母亲，一件黑短衣，一条紧绷绷的厚棉裤——默德斯通小姐认为这是一件未来我同世界作战的最好护腿铠甲——看看我的装束吧，拎着一只小箱子便能装下的全部财产，一个孤苦无依的人，与奎宁先生一起坐上了去雅茅斯转伦敦马车的邮车！不久，我们的房子和教堂便消失在了视线中；那片墓地也被遮挡了，尖塔也随之消失了，天空中除了零星地飘了几朵云便一无所有了！

心理描写
写出了大卫当时迷惘的心理。

环境描写
写出了大卫离开自己家时的恋恋不舍之情。

精彩点拨

巴吉斯虽然物质上比较穷困，但是他们在自己的能力范围之内给自己爱的人——皮果提以幸福。他用来求爱的礼物繁多而且古怪，他并没有给皮果提一个盛大的婚礼，但是，在普通的教堂里两个朴素而善良的人举行了一场没有亲人参加的特殊的、很与众不同的婚礼。爱情不是外在的形式，而是发自内心的对对方的爱。

阅读积累

牧 师

牧师是新教多数宗派中的主要教职人员。《新约》中以牧人喻耶稣，以羊群喻教徒，所以新教用牧师称呼主持教务和管理教徒的教牧人员。新教各派认为每个信徒都可凭借自己的信仰与上帝直接相通，教职人员只是引导教徒走向基督的"引导人"，而非"中介人"。在实行长老制的教会中，牧师由地方会众选举产生，与长老共同组成各级大会、堂会或区会，并为该会的主持人。在实行公理制的教会中，牧师为各独立自主的堂会的教务负责人，由信徒直接民主选聘产生。在实行主教制的教会中，牧师（圣公会译为"会长"）的职位介于主教与会吏之间。神甫（父）与牧师不同。

神甫（父）是罗马天主教的宗教职位，千百年来只有男性才可担当此职位，而且他们终身皆不可结婚，近年有天主教改革派人物曾倡导容许由女性担任神甫（父），但被教会内的保守派拒绝。而牧师可以结婚，女性亦可以成为牧师。

第十一章

> **精彩导读**
>
> 　　大卫开始了在默德斯通—格林伯公司的苦力生活。大卫一个人在伦敦过着孤独而贫困的生活，遇到了他的房东米考伯先生。米考伯先生因为债务被捕入狱，在狱中，米考伯先生和哈普金船长一起做了给下议院要求的呈文签字活动，米考伯先生的命运如何？大卫会一直这样生活下去吗？

　　经历这么多事后，发觉自己的承受能力变强了，同时也变得冷漠了，到了不再为任何事感到吃惊的程度，但是就在那样的年纪却被人抛弃，即使现在来看，也多少有点令我感到吃惊。一个优秀的孩子同样具有很强的观察能力与对事情做出快速反应的能力，具有待人接物的那份热情，当然也避免不了脆弱的一面，精神和身体方面也极易受到伤害。因为这个而令我感到吃惊，吃惊没有任何一个人考虑一下我的处境：我仅仅十岁就成了默德斯通—格林伯公司的一个苦力。

　　那家公司的批发店原坐落在靠近布莱克·弗赖尔的一条小河边。不过经过后人对那个地方的改造，现在它成了那条狭窄的街道尽头处的一所房屋。那条街道曲曲折折地从山上延伸到河边。那个店已经很破旧了，拥有自己的码头，潮水上涨时淹没那几级台阶，退潮时能看见它一直延伸到泥土之中，且常有老鼠出没。那间被污垢和烟尘染了色的房间（我估计已经有一个世纪之久了），腐烂的地板和楼道，到处充斥着老鼠尖叫声的地下室，如此恶心的污垢，现在仍能时常想起。时隔多年，奎宁先生牵着我那发抖的手刚进房间时的那一幕现在仍浮现在我的脑海中。

　　跟默德斯通—格林伯公司做生意的人遍及社会各个阶层，但邮船是其主要的合作对象，向其出售酒类饮料。至于那些邮船行驶终点的确切位置我已经忘了，但是我想大概是去印度群岛的。它们回来时带回的那些空瓶子便是我和那些被雇用的少年的工作：对着光检查是否有裂纹，并剔除那些破裂的，洗干净晾干后，在装满酒的瓶身贴上标签，加塞子，再在塞子上贴上封印，最后装箱。

　　我们，算上我，共四人。我们在店里的一个角落中干着这些活。奎宁先生可以从账房凳子下面的那根横木上透过窗子观察我的一举一动。就在我很荣幸地开始独立过生活的第一个清晨，那个年龄最大的长工少年过来交代了我要做的工作。他叫米克·沃克尔，他头上顶着一顶纸质的帽子，腹部围着一条破围裙。他告诉我他父亲是个船家，戴着黑天鹅绒毛巾，在伦敦市长就职的赛会中跑腿。他还说，领我们班的是一个名字甚为奇怪的少年，好像叫赛白粉·马铃薯，但是我后来才知道，那并不是他的教名。这只是店里的人给他起的一个昵称，因为他的皮肤像粉一样白。赛白粉的父亲曾是一名水手，并善于抢救火灾。因为这小小的一点长处而被某家戏剧院所雇用，另外赛白粉的另一个家人——我猜是他妹妹——也在那家戏院的一个哑剧中扮演小鬼。

面对周围这一群人，拿现在的这些伙伴与我以往愉快的童年生活中的那些——至于斯梯福兹，特拉德尔以及其他学生就不提了——比较，我就会隐约感到我的梦想——成为一个学识渊博而德高望重的人——会磨灭在我的心中，无法用言语表达出心中的那种痛。当时毫无希望可言，以及那样的工作带给我的羞辱，面对以前所想的、所学的、爱好的以及那些激发我幻想和好胜心的东西在一天天、一点点地消失在我的记忆中，这所有的一切给我带来的痛苦是无法言表的。每天上午在米克·沃克尔离开之后，我便带着心中那随时有破裂危险的伤痕呜咽着，泪水滴落在洗刷酒瓶的水中。

我们午饭的时间是在十二点半，此刻奎宁先生敲了敲窗子并示意我进去，进去后发现账房中站着一个身穿褐色外套、黑紧裤，秃顶的中年肥胖男人，他把那张宽大的脸面向我之后，我发现他衣衫褴褛，但里面的硬领衬衣却很显眼。他拄着一根系有褪了色的穗子的手杖，外套外面悬有一只单眼镜，后来才发现，那不过是他的装饰品，很少使用它，即便用了，也看不清任何东西。

"他，"奎宁先生指着我说，"就是了。"

"他，"那个陌生人带着一种屈尊下交的口吻，显露出上流社会的那种难以言表的神气说道："就是大卫吗？你好吗，少爷？"

我对他说我很好，也希望他好。上帝很清楚我当时的不安与苦痛，但是当时不便诉说，因此很违心说我过得很好，也希望他好。

"呵呵，上帝保佑，我很好。前不久，默德斯通先生来信说让我把我家那未住人的房屋后部——简单地说，租为卧房——给我有幸结识的年轻的创业者。"那个陌生人一面摆手说道，一面把他的下巴缩进硬领衬衣中。

"米考伯先生。"奎宁先生介绍道。

"嗯！这是我的姓。"他说。

"米考伯先生和默德斯通先生是朋友。他给我们介绍生意通过寻找雇主而得到佣金。在收到默德斯通先生的信之后，他愿意向你提供住房。"

"我住在温泽里的都会路。"米考伯先生带着上流社会人所带着的那种神气和另一种突发的勇气说道。

我向他鞠了一躬。

"我猜想，"米考伯先生说，"你在这大都会可能不太熟，如果你沿都会路穿行在现代巴比伦迷宫，也许你会感到无所适从，简单地说，你也许会迷路，今晚我会过来，顺便领你熟悉一下周围的环境。"

我很诚恳地谢了他，他是那样不怕麻烦，那完全是他的好意。

"晚上什么时间，我可以——"米考伯先生问道。

"八点吧。"奎宁先生说。

"那好，就八点吧，到时我过来，不打搅了，奎宁先生。"

于是他戴上了帽子，夹着手杖，直挺着身子，哼着小曲走出了账房。

现在我被奎宁先生正式雇用成为默德斯通—格林伯公司的批发店的一名员工了，至于报酬，一星期六先令。现在已记不太清楚到底是六先令还是七先令了，但是我宁愿相信刚开始是六先令，后来是七先令的。他从口袋中掏出六先令拿给了我。晚间的时候，我付给赛白粉六便士以酬谢他带我把箱子搬到了温泽里，箱子虽不是很重，但那时以我的气力是搬不动的。我又花了六便士为我的午餐买了份肉饭，配着自来水吃完了午饭之后，我来到街上散了一会儿步，因为午餐时间是一个钟头。

米考伯先生在约好的时间来了。之前我便洗好了脸，以示对他的敬意，之后我们便向我们的住宅（此刻，我想我可以这样称呼它了）走去，路途中，米考伯先生向我介绍了街道的名称和周围的一些标志性建筑，他这么做是为了方便第二天早晨我可以寻路回去。

到了他的家之后——这所房子和他一样褴褛，却跟他一样力求排场——他向我介绍了那个坐在客厅中喂着一个婴儿的老女人——米考伯太太。看上去她是一个瘦弱而面容憔悴的女人。那个婴儿是双胞胎之一，顺便提一句，在我住的那段时间里，那两个婴儿从没有同时离开过米考伯太太，其中总有一个在她怀中吃奶。客厅中没有任何家具，帘子也从来没有拉开过，似乎为了遮挡着邻居的眼睛。

客厅中还有另外两个孩子，大约四岁的米考伯少爷和他三岁大的妹妹。另外还有一个黑皮肤，有哼鼻习惯的年轻女人——米考伯先生家的仆人，进屋不到半个钟头，便从她口中得知她是来自附近圣路加教养院的一个孤儿。家中的所有成员都在这里了。我的房间在后面的屋顶上，是一间印满蓝色松饼状花纹的狭窄的房间，当然也没什么家具。

"在我还没有结婚的时候，"米考伯太太带着那对双胞胎和其他两个，领着我去了我的房间，她坐下来喘着气说，"那时我同父母住在一起，我从没有想过有收房客的必要，但是现在米考伯先生已经有困难了，当然我也就不能再由着自己的性子了。"

"是的，太太。"我说。

"目前，米考伯先生已经很窘迫了，能否挺过这一关我也不清楚。当我还没有出嫁时，我的字典里就没有'困难'这个词，但是我现在懂了，也清楚地明白了它背后所蕴藏的含义，我想，爸爸以前也曾担心过吧。"

对于米考伯先生当过海军军官这回事，我记不清是出于自己的想象还是出自米考伯太太之口了，但是，我相信，他曾入过海军，但至于原因就不清楚了。现在，他在城里为各种各样的商店招揽生意，我想，收入应该很微薄吧。

"如果那些债主不肯宽限他时间，"她说，"那么他们也不会得到任何好处，他们把这件事办得越绝越好。他们现在从米考伯先生这儿得不到一分钱，正如同从石头身上压榨不出半滴血一样。"

我一直想不明白，是因为我过于庄重而使得米考伯太太不能断定我的年纪，还是那令她烦心的问题无人可诉，即便不是我，我想她甚至会对那对双胞胎谈起此事，而且这仅仅是个开端，自我认识她以后,她便一直在说这件事。

　　她实在太可怜了!她说她努力过,当然对于她的话我并不怀疑,街门的中心被一张刻有"米考伯太太的年轻女人招待所"的铜牌遮挡着,但是在那里我压根就没有见到任何年轻女人住过或来访,也没听到有任何年轻女人提议说来过,当然她也就没有任何接待的准备。

　　唯独见过和听到过的只有债主。他们会在任何时间到来,当然凶恶是他们共有的特点。一个看上去像鞋匠的满脸污垢的人习惯在七点进入走廊,冲着楼上的米考伯先生嚷道:"喂!我知道你还在家里!快点还我们钱。不要躲躲藏藏的,那是卑劣的行为。如果我是你,我一定不会像你那样卑劣。快还我们钱!你必须还我们钱,喂,你听见了没?"在这些怒骂之后,当发现没有起任何效果,气急败坏之下便冲他喊"骗子""土匪",仍然没有回应,便走到街对面对着二楼的窗子(他很清楚米考伯先生就在那里)叫骂。面对这种情形,米考伯先生甚是羞愧,甚至拿起剃刀做出了自杀的架势(这也是从米考伯太太的尖叫声中得知的);但是还没有半小时,他便擦亮了靴子,哼着小调带着比过年时还要体面的神气出了门。相比之下,米考伯太太对此的反应也有过之而无不及,有一次大约在三点钟被债主的账单和诉讼费逼得昏了过去,但一小时过后便津津有味地吃着用两只茶匙典当来的炸羊排和热麦酒。还有一次,他们刚被法庭强制执行过,那晚我提前在六点之前回到家中,发现她昏倒在地上,当然那对双胞胎在她怀中,头发散落在脸上。也就是在那个晚上,她一面吃着烤牛肉一面跟我聊起有关她父母的事,以及平时他们的一些琐事,那晚的她是我见过的最为开心的一次了。

　　在这个家里同这家人度过了我的空闲时间。我的早餐是那价值各一便士的面包和牛奶,另外我还在卧室的一个特殊的架子上收藏了一小块面包和小片干酪,这是晚上回家后我的晚餐。光吃饭就占去了薪水的大部分,白天待在店里,每个星期只能用那笔薪水养活自己。从每周一的清晨到周六的夜晚,就连我想要去天堂的时候,我都不曾记得有任何人对我有过任何祷告、建议、鼓励、安慰、帮助、支持!

　　我是如此年幼以致不能料理自己的生活起居,但是这又有什么办法呢?清晨去默德斯通—格林伯公司的路上,面对那以半价出售的陈蛋糕时,我抵挡不了这种诱惑,用去了吃午餐的钱,而随后的午餐我或是不吃,或买一点布丁。我记得有两家布丁店,其中一家靠近圣马丁教堂,现在也全都拆迁了,那家的布丁是用小葡萄干做的,很特殊

侧面写出了米考伯先生借债不还的特点,还写出了债主对米考伯先生不还债的气愤之情。

气急败坏:上气不接下气,狼狈不堪。形容十分慌张或恼怒。

的一种，当然也特别贵，花两便士买到的结果还没有那种普通的便士买到的分量多。另外一家在斯特兰大街，卖的是很普通的那种大块的灰色布丁，里面零星地散落着大而扁的葡萄干，吃起来很松软，最后我根据自己的经济状况选择了后者。每天那家布丁差不多随着我下班一道上市，所以常常拿它当午餐。如果想要吃得正常一些、丰盛一些，我便去一家店里点上一根腊肠和一便士的面包，或者一碟四便士的牛肉；或者在我工作地点对面的一家叫狮子或狮子和什么（它的名字我已经忘记了）的酒店里点一碟面包和干奶酪，另外再加一杯啤酒。记得有一次，我夹着一块用纸包裹着形似一本书的面包来到一家靠近德鲁里的牛肉店，点了一小碟。面对我这样一个如此陌生而又独自行动的小怪物，我不知道那个茶房会是什么想法，但是，就在我吃那一小碟牛肉和从家中带来的面包时，他连同另外一个茶房目不转睛地盯着我，就是现在我还能清楚地想起那时候的情形呢，结果我给了他半便士的小费。

我想，我大概可以花半小时去吃点心。在钱够用的时候，我买半品托咖啡和奶油面包；当囊中羞涩时，便来到海军街的野味店；或走到可芬花园市场去看菠萝。我常去那个拥有黑色拱门而略显神秘的阿尔菲台街散步。记得有一天晚上我从河边小酒馆的拱门来到酒馆前面的一片空地上，坐在一条凳子上看那群挑煤的人在跳舞。对于我这样一位观众，我不知道他们会想到什么。

面对我这样一个年幼的孩子，当我走进陌生酒馆点一杯麦酒或黑啤酒来滋润我带来的午餐时，店主竟不敢拿给我。记得在一个很热的夜晚，我走进一家酒店，对店主说：

"这里最好的——口感最好的——麦酒怎么卖？"因为那是一个特殊的日子，也许是我的生日。

"两便士半一杯，是正宗的斯丹宁麦酒。"

"那，"我掏出钱摆在桌子上说，"麻烦你给我来一杯满满的正宗的斯丹宁吧。"

听我这么说，店主脸上露出了一丝诡异的笑，站在柜台内把我从头到脚仔细打量了一遍，非但没有去倒酒，却是同屏风后的妻子低声说着什么。她带着她手中的活来到柜台内，和她丈夫一道打量着我。那时的情形我现在还能清楚地想起：未穿外套的店主倚在柜台前，他的妻子从那小半截门框向外看，而我，则很不解地站在柜台外仰望着他们。他们询问了我一大堆问题：多大年纪，怎么称呼，家住哪里，在哪儿工作，如何来到这里，等等。对于他们的问题，我怕会因此而牵连别人，于是撒了一些谎言。最后店主给我倒了一杯，但我怀疑那不是正宗的斯丹宁。老板娘走出了那小半截门，蹲下来，把钱还给了我，另外吻我一下，那个吻带着一半的赞赏，另一半包含同情，但是我相信那是善意的一个吻。

我清楚，我在不自觉地夸耀自己财政的赤字或生活的窘迫；我清楚，在任何时候奎宁先生给我一先令，我肯定会花在一顿饭或点心上；我同样清楚，我是一个穷苦的人，得和那些成年人或比我小的从早工作到晚；我清楚，当自己又累又饿时游荡于大街的处境；我还清楚，单就从我受到的照顾来看，若不是上帝的庇佑，我恐怕早就是一个强盗、流氓了。

在默德斯通—格林伯公司，我也保持着一种地位。对于粗心而又忙碌于一些异乎寻常之事的奎宁先生来说，他把我看得与众不同，这是很难得的，更何况，对于我的经历，我从不向这里的任何人提起，当然自己的苦恼也不作任何些微的表示。我独自忍受那份苦痛，除了自己，没人知道。我所忍受的痛苦所达到的程度，前面我已提过，那是我表达能力之外的事。但是我仍旧保守着自己的那份痛，继续工作。刚开始我就明白一点，不能做他们一样的工作，便会受歧视。幸好没过多久便熟练地掌握了那些工作，速度也赶上了那两个比我小的人，虽然我们之间很熟，但是就行为和态度来说我们之间还是有一定距离的。我被他们叫作"小先生"或"小萨弗克人"。一个叫葛里高雷的装箱工头和另一个叫狄普的身穿红短衣的车夫习惯叫我"大卫"，但是这也不过是在我们亲近的时候，或者当我拿那些从家中带来的旧书款待他们的时候。面对我如此显赫的地位，赛白粉·马铃薯曾表示他的不满，但这一情绪很快便被米克·沃克尔压制了。

　　我认为要脱离这样的生活连一点希望都没有，因此也就放弃了这种想法，但是，对于这样的生活我从未妥协过。虽然时刻在为这件事烦恼，但我还是忍住了，就连在给皮果提的信中也没有透露，一半是为了爱她，一半是因为羞愧。

　　另外，米考伯先生的困难对我的精神又是一个打击。在我那段孤苦无依的日子里，我同他们的关系一天天地在升华，经常为米考伯太太的筹款而伤神，为米考伯先生的债务而担忧。对于我来说，星期六的晚上是一个美好的时刻，因为那时拿到薪水，面对店铺想着如何利用这笔钱，这是件大事，另外，那天我可以提前下班。米考伯太太会在那天晚上和第二天清晨告诉我关于她的一些伤心事。每个礼拜的早晨，我会把前一晚就准备好的茶或咖啡调好，坐在那里享用那顿过了时的早餐。在星期六晚上谈话之前，米考伯先生先是狠狠地啜泣，但是接近尾声时，便又哼起小曲。有一次曾见他流着泪回来吃晚饭，嘴里还念叨着只有监狱在等着他了，但是在入眠之前还在想着装修窗子的费用，他的口头禅是那句：如果出现机遇的话。那也是他最得意的一句话。米考伯太太跟他的情况类似。

　　虽然我们之间的年龄相差甚远，但是因为各自的遭遇将我们联系在了一起，营造出了一种友好平等而又奇特的关系。但是在米考伯太太当我是她的挚友之前，我从不肯应他们的邀请与他们一同吃饭，因为他们与那些屠夫、面包商关系紧张，而且自己也经常饿肚子。米考伯太太拿我当挚友的具体情形是这样的：

　　"科波菲尔少爷，"她说，"我拿你当自己人，所以才对你说，现在，米考伯先生快要处于危难之际了。"

　　听她这么说，我感到极为难受，甚为同情地望着米考伯太太那充满泪水的双眼。

　　"目前，储藏室里除了一块荷兰奶酪——但这对于一个年轻的家庭来说是极不合适的——什么也没有了。'储藏室'这个词在我同父母一起生活时就已经习惯了，现在还是很不自觉地冒出一两次。我是说，家里已经没有任何东西可吃了。"

　　"啊？"我甚为关心地叫出了声。

　　我赶紧掏出口袋中仅剩的那两三个先令（据此推断，那一定是在星期三的晚上），希望米考伯太太能收下这笔借款。但她一面吻我一面让我把钱放进口袋，说她怎么也不能接受。

　　"不行，少爷，"她说，"我压根就没这么想过！你的心智已经超过了你的年龄，如果你愿意，你可以帮我一个忙，那样我一定会感谢你的。"

　　我问她有什么是我能够帮得上忙的。

"在不同的时间里,我已亲自把六个茶匙、两个盐匙和一把糖钳拿去典当了。但是现在这对双胞胎却成了我的累赘;不过一想到父母,便感觉此前的交易是如此令人痛心,由于米考伯先生的性子,我永远也不会让他处理这样的事。至于克里吉特(那个教养院来的仆人),又过于愚笨,如果我相信她而把这些事交给她,那么事情更令人痛心。科波菲尔少爷,如果我可以求你的话——"

我已经明白了米考伯太太的话,于是答应了她的请求。当晚,我便开始处理那些易于携带的物品了。差不多每天清晨,在我工作之前,我都会出去典当一次。

首先典当的是在米考伯先生书房中的那为数极少的几本书,一本接着一本地拿到了都会路附近的一家书摊卖掉,不管什么价。那个摊主每晚都喝醉酒,第二天总能听见他老婆的叫骂声。很多次,当我一大早赶到那里的时候,发现他青肿着一只眼,额头上带着伤站在床铺前,由此看出昨夜他又醉酒了。接着他便用那双颤抖的手翻找着散落一地的衣服,希望能从中找到一些钱,而他的老婆趿着一双破鞋抱着婴儿站在他旁边不断地骂。当然,他也有摸不到钱的时候,便让我下次再来,但他的老婆似乎很有钱(不过我猜想,应该是在他醉酒后拿他的)。就在我们下楼时,悄悄地结束了一笔交易。

在当铺中,我也开始变得小有名气了。当我去典当时,那个柜台后的掌柜经常要我变换着使用一个拉丁文的名词或形容词,或者当面给他活用一个动词。每次典当之后,米考伯太太便会开一个小派对,我记得很清楚,每顿饭都会有一些美味。

米考伯先生的困难在那天清晨终于爆发了——他被捕入狱了。当他上车之时,他心碎地告诉我他的死期不远了,我的心也碎了,但是后来我听别人说,在晌午之前他还高兴地玩着九柱戏。

就在他入狱的第一个礼拜天,我准备去探望他,顺便同他一道用餐。我向人问到了去巴洛监狱的走法:我先得去那样一个地方,在它不远处我将会看见另外一个地方,在那另一个地方有一片空地,穿越空地一直走,就会看见一个监狱看守,于是也就到了目的地。我照办了,当看见那个看守时,让我联想起罗德利克·兰顿在监狱时的那身装束——身上仅有一块破布,此刻,那个看守在我那发暗的双眼和跳动的心前浮动了起来。

那时,米考伯先生已等候我多时了,走进他的那间牢房之后,我们大哭了一场。接着,他很慎重地拿他自己作为惩戒来教导我:"如果一个人的年薪是二十镑,即便他用去了十九镑十九先令零六便士,那么他也是快活的,相反,如果他多用去了一先令,那他也应当苦恼。"后来,他向我借了一先令给了看守,并给我写了个借据,然后便收好了他的小手巾,舒畅了起来。

我们坐在火炉前(炉栏已经生锈了,为了节约烧煤量,在炉栏两边各放了一块砖),差不多中午的时候,与米考伯先生同房的另一个债务人带着我们合股的午餐——羊腰肉——回来了。接着便让我带着米考伯先生的问候去顶层房间找"哈普金船长"借一副刀叉。

我带着他致米考伯先生的问候和刀叉回来了。不过我顺便提一下在他门口用时不到两分钟看到的一切:房间中除他之外,还有一个很脏的女人和两个面如死灰的女孩,面对他的两个头发凌乱的女儿,我想借刀叉胜过借哈普金船长的梳子。船长两颊长有络腮胡,全身只有一件破旧的褐色大衣。面对那个卷在墙角的卧具,还有那放在架子上的锅碗瓢盆,我断定(上帝知道我是如何断定的)那两个头发凌乱的女孩即便是他的女儿,那个脏女人却不是他的妻子。

那顿午餐不但美味可口,还带有一种吉卜赛式的风味。午餐过后不久我还回了刀叉,之后便回去了,米考伯太太一见到我便晕倒了,之后当我用探访后的情况安慰她时,她烫了一小壶甜鸡蛋酒来慰劳我。

> **动作描写**
> 写出了米考伯太太对丈夫的关心以及对大卫的感谢和感激之情。

至于家中的家具,我并不清楚是由谁经手,怎样典当的,反正我没有参与此事的任何一个环节。最后家具被一辆货车拉走了,家中只剩下床铺、几把椅子和一张饭桌,和这些财产一起,我们——米考伯太太,四个孩子,孤儿女仆和我——扎营在温泽里的那所房子的两个空荡荡的客厅里,整日整夜地住在那里,时间我已经忘却了。与米考伯先生同房的那个债务人换房之后,米考伯先生便独立地拥有了一个房间,因为这个,米考伯太太终于决定搬去了监狱。我最后把钥匙还给了房东,而他则是非常高兴能收回这些钥匙。除了我的那张床铺之外,其余均被送进了监狱。与米考伯一家相处这么久,我们已经到了无法别离的程度了,最后我很满意能在离监狱不远处租了一个房间来安置我的那张床。至于那个孤儿女仆也在那附近租到了一间费用不多的住所。我的卧室面朝木场,一个安静的后顶楼,住在这里可以离米考伯先生一家近点儿,而且还能感受到他的困难,我想这里实在是一个绝佳的住所。

在那样一段时间里,我带着一种卑贱的样子以及刚开始那种无端受辱的感觉,和那样一群下贱的伙伴一起在默德斯通—格林伯公司做着苦力。<u>但是我从未(我觉得这是件幸事)与任何一个人结识,甚至没有同那些出入批发店或在吃饭时或在街头徘徊时所见到的任何少年攀谈过。我独自过着这样一种不愉快的生活,从不依赖任何人。</u>与之前相比,我觉得自己发生了些许变化,首先,我已经变得邋遢,身上的衣服甚为褴褛了;其次,以往那些米考伯先生和太太的困难给我所带来的苦痛已经减轻了不少,因为现在,他的那些亲戚朋友开始帮助他们了,在监狱中他们活得更快活了。现在,具体的情况我已忘记——因为某种特殊的照顾,我每天和他们在一起吃早餐,至于牢门在什么时候打开让我进去,我也忘记了,但是我知道,我通常在六点钟起床,一有空便坐在老伦敦桥上看过往的人,或者从围栏上看那顶在纪念塔顶上的金色太阳倒映在水中的一幕。有时,我会碰到那个孤儿女仆,跟她聊起那些码头和伦敦塔的一些恐怖故事,对于那些故事,我宁愿它们都是真的。晚上的时候,我经常同米考伯先生在监狱

> **简要叙述**
> 写出了我在伦敦时的孤独和痛苦生活。

的运动场中散步，或者同米考伯太太一边打牌一边听她聊着她父母的一些事。至于我现在的情况，默德斯通先生是否知道我并不清楚，因为我对于默德斯通—格林伯公司的人从不提自己的事。

米考伯先生现在已经度过了最危急的时刻，却遭受了一种所谓"契据"的牵连。我听过不少关于契据的事，现在想，那应该是给债权人的借据，不过对于当时年幼的我来说，我实在无法弄清楚它们与那些曾在德国盛行一时的恶魔文件有什么本质的区别，但是后来它们好像又失去了原有的那些法律效力，已经不再成为债务人前进的绊脚石了。后来，米考伯太太对我说，她的娘家人认为米考伯先生有权依据破产者法案要求对其无罪释放。她盼望着这部法律能够在一个半月之内使他脱离牢狱之苦。

"到那个时候，"米考伯先生说，"上帝保佑，我也就没有任何债务了，我会过着另一种新的生活，如果——简单地说，出现什么机遇的话。"

那时，米考伯先生开始起草一篇要求修改因债务而受牢狱之苦的法律的呈文，准备交给下议院。我之所以把这件事记在这里是因为我用往日读过的旧书桌配合自己改变了生活，用市井琐事和人物为自己编造故事的方式，都可以使我自己从这上头得到一个例证，并且，在我写传记时，我不自觉地发展的性格的某些主要特点，怎样在这时不断地逐渐形成，也可以使我自己从这上头得一个例证。

监狱中有一个俱乐部，对于米考伯这样一个摩登人物来说，着实可以成为其中的权威了。当他把这呈文的想法提出来之后，俱乐部中其他人都表示赞成。于是米考伯先生（他是一个非常和气的人，积极于自身之外的任何事，而且非常乐意去忙那些与自己利益无关的事）便开始起草了，在一个特定的时间里，在桌子上铺了一张大纸，俱乐部或监狱中的任何人都可以来到他的房间中签上自己的名字。

在临近这个仪式之前，我向公司请了一小时的假，来到一个角落里，急切地希望大家一个紧跟着一个去签名（那时，我与监狱中的大多数人都互相认识了）。那天到场的人实在太多，先进去的人把米考伯先生挤到了呈文面前，由站在呈文前的老朋友哈普金船长（为表示他对这仪式的重视，他刚梳洗过）向那些未曾领略呈文内容的人讲述其中的深意。随后打开门，那些苦难的人排成长队逐个走进去，签上自己的名字，之后走出去。每进来一个人，哈普金船长便会问："你知道这呈文的意思吗？""不知道。""那么你想了解吗？"只要那个人表现出一点点想要知道的样子，哈普金船长便会用高嗓音把呈文的每个字都读一遍，即便有两万个人想听，他也一定会一字不落地读上两万遍。当他读到"列席国会之人民代表诸君""所以聚集大家向贵院郑重提出申请""仁慈陛下之不幸万民"等语句时，便会摇头晃脑，仿佛这些语句对于他来说是一些甘甜爽口的美味；而此刻，米考伯先生则带着一些虚荣心，一面听着呈文，一面呆望着墙上的那些大铁钉。

每天，当我在萨德克与布莱克·弗赖尔之间来回行走时，当我吃饭后徘徊于那不知名的街道（也许街道的那些石头已被我那年幼的双脚磨得异常光滑了）时，我不知道，那群聆听哈普金船长读呈文的人中，现在还剩多少！当我回想起年幼时那漫长的痛苦时，我不知道，那记得很清楚的事实会笼罩着多少我为寻到那些人而虚构的历史！当我踏上往日的土地时，似乎并不吃惊于看见和同情一个天真烂漫的少年从我面前走过，用那些异常的经验和卑贱的事物来造就他的想象空间。

精彩点拨

米考伯爱慕虚荣，喜好挥霍，不切实际、不肯脚踏实地，他经常负债累累。在他因欠债被关进法院监狱时，他曾告诫大卫："一个人要是每年收入二十镑，花掉十九镑十九先令六便士，那他会过得很快活，但要是他花掉二十镑一先令，那他就惨了。"就在他刚经过这样沉痛的忏悔后，他又马上向大卫借了一先令买啤酒喝，并又变得高兴起来。他就是这样一个不折不扣的乐天派。

阅读积累

下议院

下议院是一些国家两院制议会的组成部分。渊源于英国的平民院，后来为许多资本主义国家所采用。但称谓各不相同，有的国家称"众议院"(如美国、日本等)，有的国家称"国民会议"(如法国)，而荷兰则称"第二院"。

下议院议员由选民分选区按人口比例选举产生，通常人数较多，并定期改选，对议员资格限制各国规定也不尽相同。

下议院一般都享有立法和监督政府、监督财政等权力。在议会内阁制国家中的下议院较之总统制国家的下议院有更多的权力，地位也优于上议院。如组成内阁、缔结条约以及制定财政预算案等都须首先经下议院审查和通过。尤其是在通过财政预算否决案或通过对内阁的"不信任案"时，除非解散下议院，否则内阁必须辞职。

第十二章

> **精彩导读**
>
> 米考伯夫妇离开了伦敦，前往普利茅斯。大卫也向皮果提打听了贝西小姐的大概地址，想要离开这里。在大卫逃走时，一个赶驴车的青年要把大卫带到警察局，于是，大卫丢下箱子，一个人转向格林威治，大卫在路上会遇到什么事情呢？

机遇终于来了：米考伯先生的呈文最终得到了受理，根据该法律条文规定，他接到了出狱的通知，当然我为这事高兴了好一阵子。至于那些债主现在似乎也能理解了，据米考伯太太说，那个凶狠的鞋匠也公开说他不过是为了要回自己的钱，对米考伯先生并无恶意，他还说，这大概是人性中的弱点吧。

米考伯先生的案子审完之后，他再次回到了监狱，因为在他得到最后的自由之前，还有一些账要结算，有一些手续要办理。俱乐部很热情地接待了他，并为他开了一场联欢会，而我和米考伯太太在趁其他人睡着之后悄悄地吃了一顿羊杂碎。

"面对如此的机会，科波菲尔少爷，我要再添一些加料酒，"米考伯太太说，但这之前我们已经喝了不少，"为了纪念我的父母。"

"他们都去世了吗？"在与她碰杯之后我问道。

"米考伯先生生活窘迫之前，或者说在这些困难还没有严峻之前，我的母亲，便离我而去了。而我的父亲在保释米考伯先生几次却毫不见效时，也与世长辞了，我们都很痛惜。"

米考伯太太摇着头，恰巧把一颗含满孝意的泪滴在了怀中的那个婴儿的额头上。

面对这样一个绝佳的机会，我问了一个与我密切相关的问题：

"恕我冒昧，现在米考伯先生已经摆脱了那些债务，不久也将恢复自由，你和米考伯先生打算做什么，决定好了吗？"

"去我娘家，"她说（但是此刻我想象不出她所指的还有谁），"我的意思是说米考伯先生离开伦敦，去施展他的才华。他是一个有大智慧的人哪，少爷。"

我回答说我相信他。

"有大智慧，"她重复了一遍，"我的意思是说，像他这样有大智慧的人，只要得到哪怕一丁点儿的帮助，便可以在海关上施展才华，大有作为。但是我娘家的势力还没有涉及伦敦，因此他们希望他也立刻去普利茅斯。"

"随时都可以动身吧？"我试探着问道。

"嗯，随时都可以，如果出现什么机遇的话。"

"你也会一道去吧？"

面对当时的情形和那对双胞胎，也许还因为那些加料酒，此刻米考伯太太已完全控制不住自己的情绪了，流着泪说：

"我永远也不会丢下米考伯先生不管的。或许刚开始他隐瞒过他的困难，因为他那乐观的态度或许使他认为他一定能够渡过这些难关。母亲的珍珠项链和手镯以原价一半的价钱当掉了，父亲给的那副珊瑚手镯嫁妆则是相当于废物一样扔掉了。但是，我永远也不会丢下米考伯先生不管的，不，不会的！"她叫道，现在更加激动了，"我永远都不会那么做，要我做出那样的事是绝对不可能的！"

我很担心——好像米考伯太太认为我会逼她那样做一样！于是忐忑不安地坐在那里看她。

"米考伯先生也有缺点：他根本不会去算计人，对我隐瞒着他的财产和债务。但是这不是我能够丢下他不管的理由。"

这时米考伯太太的喊声用尽了她全身的力气，吓得我跑向俱乐部向米考伯先生报告她这一令人吃惊的状况。而此刻米考伯先生正坐在一张长桌前领着大家唱：

前进，都宾（一匹马的名字），

前进啊，都宾，

前进，都宾，

前进，前进啊——

听见我这么说，他立刻大哭着，穿着那件沾带虾头虾尾的背心跟着我走向房中。

"我的天使恩玛！"来到门前他便大声嚷道，"出什么事了？"

"我永远都不会丢下你不管的，米考伯！"

"我的宝贝儿！"他跑过去搂着她说，"我知道。"

"他是我孩子的爸啊！还有一对双胞胎呢！他是我的丈夫！我永——远——都——不——会——丢下他不管的！"

米考伯先生把她抱得更紧了。

米考伯先生被她的忠贞感动了，而我那时也两眼汪汪，他带着那份感动将她拥在怀中，叫她向上看，请她安静。但是她却不愿向上看，也更不安静起来。这样只是在徒添伤感罢了，米考伯先生及他太太和我都哭得一塌糊涂。最后，米考伯先生为了能够很好地服侍她睡下，便让我带着梯子去楼梯上等他，本来打算回去睡了，但是他非得等到摇送客铃时才允许我离开，于是他也搬了一把椅子坐在了我身旁。

"米考伯太太现在好点了吗？"

"她太紧张了。"他摇了摇头说,"面对这样一个可怕的日子,我们现在更加孤立无援了——一切都离我们而去了!"

米考伯先生握着我的手呻吟着,接着流下了泪。我既感动又失望,因为我曾想,米考伯先生恢复自由之时,我们应是开心愉快的。但是米考伯夫妇,我想他们习惯了往日的困难处境,一想到马上就可以从那困难当中解放的时候,他们便感到十分空虚绝望。他们以往的那些对于这个社会的适应能力,现在全都消失了,变得那么无所适从,我还从来没见过他们有哪一次难过甚于那晚的一半。当铃声摇响之后,米考伯先生送我来到我的住处,当我们相互祝福分手时,面对他那沉重的悲哀,我实在不忍心离开他。

面对那些出乎意料的事所带给我们的混乱与沮丧,我很清楚,米考伯夫妇一家要离开伦敦了,而且别离的日子屈指可数。在那夜我回去的路上以及躺在床上难以入眠的那段时间里,我闪过一个念头——我不知道这个念头是通过什么方式进入我的头脑的,也是我第一次起念头——这个念头在后来形成了一种甚为坚定的决心。

我与米考伯先生一家患难与共,在这患难中走得更近、更熟了,一旦他们离去,我便又孤立无助了,重新寻找住所,重新面对新面孔,仿佛往日的经历,带着由经验获得的对于那经历的现成知识,又出现在我现在的生活当中。当脑中闪过这一情形时,便会想起因为经历所滋生出的对事物过于敏感的情感和它们在我心中留下的羞辱与苦痛,此刻,它们在我脑中开始慢慢变大,对于这样的生活,我实在无法忍受了。

唯有逃跑,否则就没有任何希望摆脱那样的生活,对于这一点,我十分清楚,有关默德斯通先生的任何消息,我全然不知,对于默德斯通小姐也知道得很少:奎宁先生曾转交给我两三包完好的或带有补丁的衣服,每个包袱中夹带着一张便条,大意是,她希望我用心工作,尽心尽职——至于我是否可以拥有脱离这种卑贱的苦差去做别的事的机会,她没有提,也不曾给过哪怕一点的暗示。

当我刚因为这个念头而兴奋时,第二天,便有事实表明,米考伯太太对我谈论他们的离开并非没有原因的。他们打算在我住的房子里租一个地方住一个礼拜,之后便动身前往普利茅斯。下午,米考伯先生便亲自去见了奎宁先生,告诉他,他即将离开,而且必须得舍下我,另外给了我一种在我看来完全能够承担得起的高度赞赏。于是奎宁先生便叫来了那个车夫狄普(他是一个有家的人,最主要是刚好有间房要出租),便将我安排住在他家。他没有问我是否同意,但是他似乎有足够的理由认为我们都不会反对。因为我没有说任何话来表明我的态度,虽然我已下定了决心。

在与米考伯先生一家同住的那一个星期里,每晚我们都待在一起,时间剩得越少,我们相处得也越融洽。在最后的那个礼拜天,我们共进了午餐,他们请我吃了猪腰肉、苹果酱和布丁。前一晚我送给了小威尔金·米考伯一个带有斑点的木马,送给小恩玛一个小娃娃,作为离别的礼物,另外给了那个即将再度成为孤儿的孤儿女仆一先令。

我们度过了快活的一天,虽然我们都悲伤于即将别离的时刻。

"科波菲尔少爷,"米考伯太太对我说,"如果我不会回想起米考伯当初所受的那份困苦便罢,否则我一定会想你。你是那种最体贴,也最愿意去帮助别人的人,我从来没有把你当作一个房客看,而是作为一个朋友,真正的朋友!"

"亲爱的，"米考伯先生说，科波菲尔，对于这样的称呼，他已经叫顺口了，"当他的朋友在困苦的时候，他会用一颗忧虑的心去为他着想，用手去……简单地说，拥有一种非凡的才能去典当那些不必要的物品。"

对于他如此的赞赏我表示会心，并说，对于我们的别离我很痛惜。

"我亲爱的朋友，"米考伯先生说，"我比你年长，在人生的各个方面都比你的经验要丰富，尤其就困难这一方面来说，简单地说，也有一点经验。现在，在出现什么机遇之前（我想，他肯定时刻想着那个机遇会出现），除了劝告之外，我没有其他的可以赠送给你了。我想我的忠告还是有一点价值的，我自己——简单地说，因为没有履行这样的劝告，才成为——刚开始还眉飞色舞，容光满面，此刻已满脸愁容——你现在所见到的这样一个悲惨的人。"

"亲爱的！"米考伯太太说。

"我说，"米考伯先生又容光满面了，"站在你面前的是这样一个悲惨的人。我要送给你的忠告就是，坚决不要把今天该完成的事拖到明天。延迟是偷时间的盗贼。抓住它吧！"

"这是我那可怜的父亲的忠告。"米考伯太太解释说。

"亲爱的，"米考伯先生说，"你父亲的忠告很好，简单地说，我们这辈子也许都不会——简单地说，认识一个和他差不多的、有一条裹着布的腿，另外在读那些印刷的字迹时不用戴眼镜的人了。我不应去诋毁他，但是，他把那样的忠告强加于我们的婚姻之上，亲爱的，我的婚事办得太早了，且有些操之过急了，花去的费用是我永远也偿还不了的。"

米考伯先生斜视着他的妻子并补充说道：

"那一年的收入是二十镑，而那一年的花费是十九镑十九先令六便士，那便是一种幸福。而年薪是二十镑，开销赤字却仅有六便士，那也是一种苦恼。到那时，只能眼睁睁地看着叶零花谢，连阳光也会消失，于是——简单地说，你就永远失败了，像我一样！"

米考伯先生为了能够使自己这样的榜样更为动人，便带着一种极为愉悦的心情给自己灌了一杯酒，之后便哼起了圆舞曲。

那时，我真真切切地被他们感动了，因此坚定地对他们说，我会把那些忠告珍藏在心中，虽然我不需要那样做。第二天，我在马车售票窗口碰到他们，只见他们满脸凄凉地坐在车的后面。

"愿上帝保佑你！"米考伯太太说，"我不会忘记的，即使我能够忘记，我也不愿意那样。"

写出了米考伯先生对大卫的称赞，以及对大卫的感谢之情。

操之过急：处理事情，解决问题过于急躁。

"再见了,科波菲尔!"米考伯先生说,"希望你在未来的岁月里一切幸福,顺利!同时,我也希望我的不幸会成为你今后的一个警戒,那样,我便觉得我并非无益地存在过了。如果有什么机遇能够使我改善你的未来,那么我就很高兴了。"

当我站在那里看着米考伯先生一家坐在车后时,我眼眶湿润了,泪水模糊了我的视线,我相信,那时米考伯太太肯定看出我有多么渺小。我之所以这样相信,是因为她脸上带着一种慈母般的表情,招我过去,搂着我的脖子吻了一下,如同我是她自己的孩子一般。我们刚一分开,车便出发了,他们摇摆着手巾向我们挥别,不到一分钟,车便走远了。我和孤儿女仆四目相对茫然地站在街中央,随后握手道别,我想她也只能回到原先的那个教养院了,而我只能去默德斯通—格林伯公司度过那令人厌倦的一天。

但是,对于那样令人如此厌倦的日子,我不想再过下去了,不!我下定了决心逃离,即使用尽一切方法,也要逃到乡村见我在这世上仅有的亲眷——贝西小姐,决定把我的所有遭遇统统告诉她。

我已经提过,我不知道这种念头是通过什么方式进入我的头脑的。但是一旦形成,想要消除恐怕也难了。它在我的脑海中形成了一种主张,一种没有比这更坚定的主张。但是,我不敢说这一定能成功,然而,既然我打定了主意,就一定会将其付诸实现。

自那个念头初次产生并为此失眠的那一夜开始,我便一次又一次地(可能有几百次之多)重温母亲告诉的有关我出生的情形。我的姨奶奶当时显得有点威严且可怕。但是她当时的行为之中显露出一个让我玩味很久的小特征,也正是这样一个特征时而给了我一些轻微的鼓励。我不能忘记,那时我母亲想,她觉得姨奶奶用并不粗暴的手摸她那好看的头发;虽然那或许完全是我母亲的幻想,或许实际上并没有任何根据,但是我用它制成一幅图画,画出对我记得那么清楚,爱得那么深切的少女萌发慈悲心的我那可怕的姨奶奶,这幅画使得整个故事柔和了。很可能这图画已在我的头脑中很久了,逐渐坚定了我的决心。

因为连贝西小姐住的地方也不知道,我便写了一封长信给皮果提,不经意似的问她是否记得;托词说,我听说有这样一个女人,住在一个什么地方(这地方是我随便举出的),因而想知道是否在这地方。在那封信中,我顺便告诉皮果提,我有一种特殊的需要,她若能借给我半基尼,到我能归还的时候,我就非常感激她了,随后我会告诉她我需要这笔钱的理由。

皮果提的回信不久就到了,同往常一样,具有热烈的忠诚之感,她附来半基尼(我恐怕她一定经过无数困难才从巴吉斯先生的箱子里取到这笔钱),并且告诉我,贝西小姐住在靠近多佛的地方,不过是住在多佛当地,还是在海斯,或弗克斯通呢,她说不定。但是我们伙伴中的一个,当我问他这些地方时,告诉我,这些地方都靠在一起,我认为这对我的目的已经够了,于是决定在那个星期末出发。

因为我是一个很诚实的人,也不愿玷辱我走后留在默德斯通—格林伯公司的印象,我认为必须待到星期六夜间;并且,因为我初来那里时,预支了一个星期的工资,所以决定不在平日领工资的时间去账房。因为这一项特殊的理由,我借了那半基尼,免得没有旅行的准备金。因此,当星期六夜晚到来时,我们都等在批发店里领工钱,永远占先的车夫狄普首先进去拿钱,我握住米克·华克尔的手，请他在轮到他领钱时，对奎宁先生说，我去把箱子搬到狄普处；然后，我对赛白粉·马铃薯说了最后的再见，就走了。

我的箱子在河对面的旧寓所，我已经在一张我钉在桶上的地址卡片后面写了几个大字："大卫少爷，留在多佛票房，待取。"我把这张纸片放在衣袋里，预备取出箱子时，然后拴上去；当我走向寓所时，我向四下张望，想找一个把箱子运到票房去的人。

有一个长腿的青年人，赶着一辆很小的空驴车，当我走过时，我碰到了他的眼光，他叫我"瘪三"，希望"我认清楚他好作证"——没有疑问，这是指我瞪他了。我停下来，对他解释，这样做并没有冒犯的意思，只是不能断定，他喜欢不喜欢做一件事。

"啥事？"那个长腿青年人问道。

"运一只箱子。"我回答道。

"啥箱子？"那长腿青年问道。

我把我的地址告诉他，说箱子就在那边的街上，我要他把它运到多佛的马车票房，运费是六便士。

"就是六便士吧！"那个长腿青年人说道，立刻上了车（那不过是架在车轮子上的一个大木盘），用我勉强赶得上那头驴子的速度跑起来了。

这个青年人有一种挑衅的态度，特别是对我说话时他嚼草的样子，使我不大喜欢；不过既然交易已经讲妥，我便把他带到楼上即我就要离开的那个房间，我们一同把箱子搬下来，放在他的车子上。现在，我不愿意把那张纸片拴上去了，恐怕我的房东家的什么人怀疑我的行为而把我拘留起来；于是我对那个青年人说，当他来到最高法院监狱没有窗户的墙外时，请他停留一分钟，我的话刚一说出口，他就赶着车跑起来了，仿佛他、我的箱子、车子，连那头驴子，都发了疯。我在他后面一边跑一边喊，当我在约定的地点赶上他时，我实在喘不过气来了。

因为太兴奋也太紧张了，在掏取纸片时，我把那半基尼从衣袋里翻出来。安全起见，我把它放在嘴里，虽然我的手抖得很厉害，我却非常满意，我把那张纸片拴上去了，就在这时，我觉得被那个长腿青年人在我下巴底重重地拍了一下，眼见那半基尼从我嘴里飞入他的手中。

"什么！"那个青年人捉着我的短衣领，可怕地龇着牙说道，"这是一件违法的事，是不是？你想逃走，是不是？到警察局里去，你这个小坏蛋，跟我到警察局去！"

"请把我的钱还给我，"我非常恐慌地说道，"不要管我的事。"

"去警察局！"那个青年人说道，"你必须到警察局去证明！"

"请把我的箱子和钱还给我。"我哭着叫道。

那个青年人依然回答道，"去警察局！"同时用一种粗暴的态度把我赶向那头驴，仿佛那头畜生和警官有多少相似之处。后来他改变了念头，跳进车子，坐在我的箱子上，嘴里说着他要一直赶到警察局里去，就比先前更用力地赶着车跑走了。

我尽可能快地在他后面追赶，但是我没有力气喊，即使有，在当时也不敢喊。在半英里以内，至少有二十次，我几乎被车撞上。我时而看不见他，时而看见他，时而挨鞭打，时而受吃喝，时而陷进泥中，时而爬起来，时而撞进什么人的怀中，时而撞在路边的杆子上。后来，在震惊和愤慨的

激动下,同时悬心这时是否半个伦敦都在捉拿我,我终于由着那个青年人带着我的箱子和钱去他所要去的地方。我一面喘着,一面哭着,但是绝对不停下来,转向格林威治,我知道那地方是在多佛大道上;带着比我出生时(我的出生给了我姨奶奶那么多不快之感)带到世界来的多不了多少的取自世界的东西,走向我的姨奶奶贝西小姐隐居的地方。

精彩点拨

米考伯先生有着自我安慰心理,他一边忠告大卫"坚决不要把今天该完成的事拖到明天。延迟是偷时间的盗贼。抓住它吧!"自己一边背道而驰,每次都是面对事情时后悔,但是事情一旦过去他就恢复成原样。米考伯太太也是这样,所以他们把自己本来美好的生活过得债务缠身,不得不离开伦敦。

阅读积累

圆舞曲

华尔兹,又称圆舞曲,一种自娱舞蹈形式,是舞厅舞中最早的,也是生命力非常强的自娱舞形式。

华尔兹根据速度分化为快慢两种之后,人们把快华尔兹称为维也纳华尔兹,而不冠以"维也纳"三字的即慢华尔兹,它是由维也纳华尔兹演变而来的。作为三步舞的华尔兹,其基本步法为一拍跳一步,每小节三拍跳三步,但也有一小节跳两步或四步的特定舞步。

快慢两种华尔兹都以旋转为主,因速度慢,除多用旋转外,还演变出复杂多姿的舞步,其中有不少舞步在步法上与探戈、狐步舞和快步舞的同名舞步基本相同,只是节奏和风格不同。再加上四大技巧在华尔兹中得到全面和充分的体现,所以它被列为学习国标舞的第一舞种。

第十三章

> **精彩导读**
>
> 　　大卫先当掉了背心，在当掉外衣时被一个老头欺骗。一路上，大卫风餐露宿，还要忍受流浪汉们的辱骂和抢夺。终于，大卫到达了目的地，可是他到处都打听不到贝西小姐的踪迹，没有钱，也没有认识的人，大卫该怎么办呢？

　　当我不去追那个赶驴车的青年人面向格林威治出发时，我好像出现了一路跑去多佛的念头。假如我有过那样的念头，我那昏乱的意识不久就又清醒过来。因为我在一条大道上的一排房子前停下来了。房子前面有一个小池子，池子中央有一个吹干贝壳的雕像。我坐在那里一个门前的台阶上，被我已有的努力弄得精疲力竭，几乎没有力气哭我那失去的箱子和那半基尼了。

　　天在这时黑了下来，当我坐在那里休息时，我听见这处报时的钟敲出了十点。那是一个夏天的夜间，天气也很好，当我透过气来、除去心里的窒闷感时，我站起来又向前走了。在我那困苦中间，我并没有回去的念头。即使在这里有场瑞士的大风雪，我也不相信我会有回去的念头。

　　但是我的资产（所有不过三个便士，我相信我也奇怪怎能在一个星期六的晚间我衣袋里还剩三便士！）并不因为我向前走而少困扰我。我开始想象，作为一条报纸新闻，在一两天内，我的死尸在围篱或其他什么地方被人发现。我艰难困苦地、但是尽可能快地向前走，直到我走过一个小铺子为止。铺子的墙面写着收买男衣服装，高价收买破布、骨头、厨房用具的字样。这铺子的主人没穿外衣，吸着烟坐在门前；因为有许多上衣和裤子从低低的天花板上垂下来，并且里边只点着两支蜡烛照出这是些什么东西，我幻想他的样子像一个已经报了仇的人，已经把所有的仇人吊死，然后在那里自得其乐。

　　我从来考伯先生和太太那里得到的经验提醒我，这里或许有一个救急的方法。我走进附近的小巷，脱下我的背心，整齐地卷在我的臂下，然后回到铺门前。

　　"对不住了，掌柜的，"我说道，"我要把这卖一个公道价钱。"

　　道勒伯先生——最低限度，道勒伯是铺门上的名字——拿起背心，把他的烟斗朝下靠在门柱上，带着我走进铺子，用手指掐过两个烛芯，把背心铺在柜台上，在那里打量它，把它对着光举起来，又在那里打量它，终于说道：

　　"那，这一件小背心，你要多少钱？"

"哦！出个价吧，掌柜的。"

"我不能既是买主又是卖主啊，"道勒伯先生说道，"在这小背心上标一个价儿吧。"

"十八便士——"我迟疑了一下示意道。

道勒伯先生把它又卷起来，还给我。

"假如我肯为它出九便士，"他说道，"我就要打劫我的家了。"

就是因为这办法使我这样一个完全的陌生人负起那不快意的责任，请求道勒伯先生为了我的缘故打劫他的家。不过，我的境遇是那么窘迫，我说，只要他同意，我愿意只卖九便士。无多怨言的道勒伯先生给了我九便士。我对他说了再见，走出铺子，多了这一笔钱，却少了件背心。不过我扣起我的外衣后，这也就没啥了。

我很清楚地知道，我的外衣就快随着出手，我只能穿着一件衬衫和一条裤子去多佛。假如我能穿那样的服装到那里，就算幸运了。但是我的思想并不像一般推测地那样集中在这上头。除了对于我前面的路程，对于虐待我的赶驴车的青年人所有的一般印象，我想，当我的衣袋中带着九便士再度出发时，我对于将要遭遇的困难并未有很清楚的意识。

我想到一个过夜的计划，我就要把这计划付诸实行。这计划就是，睡在我旧时的学校的后面，在那时一处墙角常有一干草堆。在我的想象中，跟那些学生和我常在里边说故事的卧室离得那么近就好像有了伴似的；虽然那些学生对于我的到来一无所知，那卧室也不会遮风挡雨。

我已经有过艰苦的一天了，当我终于爬到一处平地时，寻找学校使我费了一些事；但是我终于找到它，我也找到墙角的一个干草堆，我在旁边躺下来；未躺下之前，我先围着墙走了一圈儿，向上看那些窗子，看出里边都是黑暗的，静寂的。第一次躺在头上没有屋顶的地方那种凄凉的感觉，我永远不会忘记！

睡神降临在我身上，正如它降临在那一夜许多别的被院门所拒、被狗所逐的流浪者身上——于是我梦见我躺在旧时学校的床上，在我的卧室中同学们谈话；醒来时发现自己直挺挺地坐着。当我记起在那不适宜的钟点我在什么地方时，一种感觉偷偷地涌上我的心头，我站起来，怀着一种无名的恐惧徘徊。但是那暗下去的星星，还有天空出太阳的地方的灰白色的光线，使我安了心；我又躺下来，睡去了，直到太阳温暖的光波和萨伦学校的起床铃把我唤醒的时候。假如我能希望斯梯福兹在那里，我一定藏在附近，等他独自出来；但是我知道他必然在好久以前就离开那里了。或许特拉德尔还留在那里，但对于他的审慎和好运，我没有十分的信任把我的近况告诉他。于是，在克里克尔先生的学生们起来的时候，我偷偷地离开学校，走上那尘灰弥漫的多佛大道。当我是一名学生时，我就知道那是多佛大道了，那时我不会想到，有人会在上面看见现在是旅行者的我。

这个星期日早晨和雅茅斯的星期日早晨有很大的不同，当我一步一步地前进时，在适当的时间，我听见礼拜堂的钟声；我遇见去礼堂的人们，我经过这里正在聚会的一两个礼拜堂，唱歌的声音传出来，司仪坐在廊下或站在松树下乘凉，手遮着前额看我走过。不过星期日早晨的宁静我却享受不到垢污和灰尘，对于我的头发，我觉得很不妥。假如没有我想象出来的那幅安静的图画——画出在火炉旁哭着的我那年青美丽的母亲，和对她发发慈悲心的我的姨奶奶——我很难相信，我有继续走的勇气。但是那幅图画总走在我前面，我跟随在后头。

在那个星期日，我在那条路上走了二十三英里，但是走得并不很容易。当暮色四合时，我发现腿痛身乏的自己来到桥上，我吃着买来充晚餐的面包。有一两所悬有"旅客宿舍"告示的小房子使我动心；但是我既怕用掉我仅有的几个便士，更怕我所遇见的那凶恶的流浪汉们的样子，因此，我不去找露天以外的宿处；既经千辛万苦地走进查坦木——那地方，在那夜间看来，不过是场梦，其中有白垩、便桥和混浊的河水中像诺亚方舟一般有篷无帆的船——我终于爬上一个长满草的炮台，台下是一条小径，有哨兵在那里走来走去。我在这里挨近一尊炮躺下来；幸而有哨兵的脚步声为伴，虽然他对于在他上面的我，并不比萨伦学校的学生对于躺在墙外的我知道得更多，我在那里很熟地睡到早晨。

早晨我的脚又硬又痛，而鼓的响声和军队的行进使我完全惊醒了，当我向那狭而长的街道走下去时，仿佛那支军队从四面八方把我包围在里边。我想到要保存一些到旅途终点的气力。在那一天只能走很少的路，我决定把卖外衣作为那一天主要的事情。因此，我脱下外衣，以便习惯没有外衣也可以。我把外衣夹在臂下，巡视起各种旧衣铺来。

那是一个卖外衣的适当的地方，因为旧商人不计其数，并且都在铺门前守候顾主。只因他们大多数人总在他们的货物中悬有一两件肩章辉煌的军外衣，我自愧于外衣的破旧，因而走了许久，未把我的货物给任何人看。

我将自己的注意力转向那些水手用具店，以及比普通商家更相宜的铺子。我终于在一条污秽的小巷角（一端是长满刺人的荨麻的围墙）找到我认为看样子有希望的一家，在围墙的栅栏前，有一些仿佛从铺子里泛滥出来的旧水手的衣服，在一些吊床、火枪油布帽以及装满那么多条、那么多种类的、似乎多到可以开世界上所有门的生锈的旧钥匙的一些盘子中间飘荡。

我怀着一颗惊悸的心，走下几级台阶，进入这又低又小的铺子。铺子原有一个小窗子，但上面挂满衣服，使得铺子不但不亮，反而变暗了。当一个丑陋的老头子从铺子后面一个污秽的洞穴的房间中冲出来时，我的心并未松下来。那个老头子脸的下半部完全被麦茬一般的灰色髯子遮盖起来。他是一个看起来令人害怕的人，穿着一件肮脏的法兰绒背心，散发着强烈的酒气。他就是从那个放着破旧床铺的洞里出来的，里边还有一个小窗子，露出更多的刺人的荨麻和一头癞驴。

"哦，你来干什么？"那个老头子龇着牙用一种可怕的单调的鼻音说道。"哦，我的眼睛胳臂腿，你来干什么？哦，我的肺肝，你来干什么？哦，咕噜，咕噜！"

我被这些话，特别是最后那两个翻来覆去的未听过的字（那是他喉中一种咕噜咕噜的声音）吓得不能回答。于是那个老头子重复道：

"哦，你来干什么？哦，我的眼睛胳臂腿，你来干什么？哦，我的肺肝，你来干什么？哦，咕噜！"他用使他的眼睛从眼眶突出的力量挤出末后两个字。

"我想知道，"我颤抖着说道，"你要不要买一件外衣。"

"哦，让我们看看那件外衣！"那个老头子叫道，"哦，我的心冒火了，把外衣给我们看哪！哦，我的眼睛胳臂腿，拿出外衣来呀！"

"哦，外衣啥价钱？"那个老头子看过以后叫道，"哦——咕噜！——外衣啥价钱？"

"半克朗。"我镇静地回答道。

"哦,我的肺肝,"那个老头子叫道,"不行!哦,我的眼睛,不行,哦,我的胳臂腿,不!十八便士。咕噜!"

每当他这样嚎叫时,他的眼睛似乎都有突出的危险;他所说的每一句话,他总用完全相同的调子发出来,那种调子好像一阵先低后高然后又低落的风。

"好啦,"我说道,但愿结束这一项交易了,"我就要十八个便士吧。"

"哦,我的肝!"那个老头子一面把外衣抛在一个架子上,一面叫道,"去铺子外边!哦,我的肺,去铺子外边!哦,我的眼睛胳臂腿——咕噜!——不必要钱,拿来交换吧。"

在我这一生中,不论以前还是以后,我从来没有那么惊慌过;但是我低声下气地告诉他,我需要钱,别的任何东西对我都没有用处,不过我可以顺着他的意思等在外面,并不催促他。于是我到外面,坐在一个角落处的阴影中。我在那里坐了那么多个钟头,直到阴影变成阳光,阳光又变成阴影,我依然坐在那里等那一笔钱。

我希望,在那一行,再也不会有像那样一个醉酒的疯子了。他在附近是很有名气的,享有把自己卖给魔鬼的声望,我不久就从他所受到的孩子们的攻击中晓得这情形了。那些孩子不断地在铺子附近作战,叫喊那一类的故事,叫他拿出他的金子来。"查雷,你知道,你是装穷,你并不穷。拿出你的金子来。你把自己出卖给魔鬼,把你得来的金子拿出一些来吧。来呀!金子缝在褥子里呢,查雷。把褥子拆开,让我们拿一些吧!"这些叫喊,还有借刀子给拆褥子的许多建议使他激怒,全天在他是一连串的冲锋,在孩子们是一连串的逃窜。有时,在他的愤怒之下,他把我当作孩子中的一个,于是向我扑来,嘴里嘟囔着仿佛要把我撕碎;后来,刚好来得及,想起是我,就钻进铺子,我从他的声音判断,知道他又躺在床上了。他用他自己刮风一般的调子,发狂一般地唱着《纳尔逊之死》;在每一行前面加上一个"哦",在中间加上无数的"咕噜",仿佛这对于我还不够坏,因为我衣服不全,耐心地、坚定不移地坐在门外,那些孩子把我和那个铺子连在一起,整天用石头打我,虐待我。

他用许多方法引诱我答应一种交换:一会儿拿出一根钓竿,一会儿拿出一把提琴,一会儿又拿出一顶三角帽,不一会儿又拿出一支笛子。但是我拒绝这一切提议,无可奈何地坐在那里;每次都眼睛里含泪求他给我钱或还我衣服。他终于开始一次半便士地给我钱了;用去整整两个钟头,才逐渐增加到一先令。

"哦,我的眼睛胳臂腿!"停了好久以后,他向铺子外面凶恶地叫道,"再给你两便士,你肯走了吧?"

"我办不到呀,"我说道,"我就要挨饿了。"

"哦,我的肺肝,三便士,你肯走了吧?"

"假如我办得到,我任什么不要也肯走,"我说道,"不过我非常需要钱哪。"

"哦,咕——噜!"当他从门柱后边仅仅露出他那奸猾的脑袋偷看我的时候,他发出一声绝叫的样子,真是无法形容的,"四便士,你肯走了吧?"

我是那么软弱,那么疲乏,我同意了这个数目。不无颤抖地从他的爪子里取过钱来,在将近日落的时候,非常饥渴地走开了。但是用去三个便士以后,我立刻完全恢复过来;因为当时精神好转，又在路上一瘸一拐地走了七英里。

夜间我的床铺是在另一干草堆里，我在一条小河里洗了我那起泡的脚，用清凉的叶子尽可能地包裹起来，然后在那里休息。当我第二天早晨再上路时，我发现那条路穿过一连串的蛇麻田和果园。那已经是熟苹果染红果园的季节，有几处蛇麻工人已经开始工作了。我觉得这些十分美丽，于是，我想象着跟一长列一长列被绿叶缠绕着的杆子结成快意的伴侣，就打定主意当晚睡在蛇麻中。

那一天那些流浪汉比往常更坏，给了我直到现在依然活灵活现的恐怖。他们中间有一些是相貌极端凶恶的恶徒，在我走过的时候死盯着我；或停下来，叫我回去和他们说话；当我逃走时，就用石头打我。我记得有一个年轻的家伙——就他的工具袋和炭火炉来判断，我猜，他是一个补锅匠——他同一个女人在一起，他转过身来死盯着我，然后用那么大的声音叫我回去，使得我停下来，四下张望了。

"叫你来，你就来吧，"补锅匠说道，"否则我要撕开你那个小身子。"

我想最好还是回去。当我走近他们、想用笑脸安抚那个补锅匠时，我看见那个女人有一只青肿的眼睛。

"我要去多佛。"我说道。

"你从什么地方来？"补锅匠说道，一扭他抓住我衬衫的手，把我抓得更牢固了。

"我从伦敦来。"我说道。

"你是哪一行？"补锅匠说道，"你是一个小偷儿吧？"

"不——是！"我说道。

"不是？老实说！假如你想骗我，"补锅匠说道，"我要敲出你的脑浆子来。"

他用那只空着的手做了一个要打我的姿势，然后从头到脚地打量我。

"你带有买一品特啤酒的钱吗？"补锅匠说道，"假如你有，拿出来，不要等我动手！"

假如我不是碰到那个女人的眼光，看见她轻轻地摇头，用她的嘴唇形成一个"不"字，我一定拿出来了。

"我很穷，"我勉强笑着说道，"没有一个钱呢。"

"哈，什么意思？那个补锅匠说道，他那么严厉地看我，我几乎害怕他看见我衣袋里的钱了。"

"老板！"我结结巴巴地说道。

"你戴我弟弟的丝围巾，"补锅匠说道，"是什么意思？拿过来！"他立刻把我的围巾从我脖子上拿下来，抛给那个女人。

那个女人大笑起来，仿佛她认为这是一种玩笑，把围巾抛还给我，像先前一样轻轻地点了一下头，用她的嘴唇做出一个"走"字。我还未来得及照办，补锅匠就从我手里夺过那条围巾，草草地绕在自己的脖子上，把我像一片羽毛一般抛开，咒骂着转向那个女人，把她打倒。我见她向后跌倒在硬路上，躺在那里，跌落了头巾，头发完全在尘土中变白，那景象我永远无法忘记。当我从远处向回看时，见她坐在人行道上，那是大路旁的一道堤，用披巾的一角擦去脸上的血，他则向前走去，那景象我永远不能忘记。

这一次险遇使得我那么吃惊，此后，我一看见任何这样的人走来，就退到一个可以躲藏的地

对偶手法

写出了对母亲的思念是支撑我生活下去的信念。

方,在那里等到他们走到视线以外的时候;这种情形常常发生,使我的旅程拖延得很厉害。但是在这种困难下,正如在途中一切别的困难下,我似乎都得到关于我母亲(在我出生以前正当青春的她)的幻想的图画的支持,这幅画永远不会离开我。<u>当我躺在蛇麻中睡觉时,它在那里;当在早晨前进时,它与我同行;它整天走在我前面。</u>从那时以后,我总把它同仿佛在曙光中的坎特布雷街道联想在一起;也同那里的古老房子、大门和白嘴鸦绕顶飞旋的庄严的灰色礼拜堂联想在一起。当我终于来到多佛附近光秃宽阔的高原时,那幅图画用希望减轻了这景象的荒凉之感;在我逃走的第六天、我到达我的旅途的第一个大目的地以前;我实实在在踏进那个市镇以前,那幅图画都没有离开我,但是,说也奇怪,当我穿着破鞋支撑着风吹日晒的、衣衫褴褛的身体站在期望已久的地方时,那幅图画似乎像梦一般消失了,使我陷入无依无靠的状态。

我先在船夫中间探问我姨奶奶的踪迹,得到各式各样的回答。一个说,她住在一座灯塔里,因此烧去了她的翳子;另一个说,她被绑在港外的大浮标上,在海潮涨落时才能看见;第三个说,她因为偷小孩被锁进了麦斯通监狱;第四个说,有人见她在上一次大风中骑一把扫帚,一直飞向天堂。然后我在车夫中间探问,他们同样不正经地回答;最后在店主中间探问,他们不喜欢我的外表,根本不听我说什么,就回答说,他们没有什么打发我。我觉得这一天比我逃走后的任

何一天都悲哀都困苦。我的钱完全用光了,我也没有别的东西可以换钱;我又饿又渴又疲乏,似乎离我的目的地与我在伦敦的时候一样远。

精彩点拨

对母亲的回忆是大卫生活的支柱,这种理想信念支撑着大卫离开伦敦寻找贝西小姐。这一路他经历了身体和精神上的多种折磨,但信念一直陪伴着他,可是到了目的地,这幅画像梦一样消失了,这让童年的大卫陷入了一种无依无靠的精神困境中。

阅读积累

诺亚方舟

诺亚方舟,又译为挪亚方舟,根据《圣经》记载,此船是诺亚依据神的嘱托而建造的一艘巨大船只,建造的目的是让诺亚与他的家人,以及世界上的各种陆上生物能够躲避一场因神惩而造的洪灾,最后方舟实现了目的,这个故事被代代相传保留并记录在《圣经》中。《创世纪》第6章到第9章记载了诺亚方舟的故事。

创造世界万物的上帝耶和华见到地上充满败坏、强暴和不法的邪恶行为,于是计划用洪水消灭恶人。同时他也发现,人类之中有一位叫作诺亚的好人。耶和华神指示诺亚建造一艘方舟。方舟上载了诺亚一家八口,以及各种飞禽走兽,不洁净动物雌雄各一对,洁净动物雌雄各七对,在洪水来临之时,大地全部被洪水淹没,只有诺亚方舟上的各种生物得以幸免,在洪水过后,诺亚方舟搁浅在了阿勒山上,最后,上帝以彩虹为立约的记号,不再因人的缘故诅咒大地,并使各种生物存留永不停息。

第十四章

> **精彩导读**
>
> 大卫终于找到了贝西小姐，在贝西小姐的家里，他还认识了狄克先生和女仆珍妮。在洗了澡和吃了些食物后，大卫向他们讲述了自己的经历，这让贝西小姐很是伤心。大卫在温暖的床上进入了梦乡，贝西小姐会收留他吗？他会在贝西小姐家过上幸福的生活吗？

那一天上午就在这些探问中度过，我坐在与近市场的街角上一个空铺子的台阶上，正在考虑向哪里游荡去，这时一个赶车经过的车夫落下一张马被。当我把那东西递上去时，那人脸上露出一种和蔼的表情，这使我有勇气问他，能否告诉我，特洛伍德小姐住在什么地方；不过我提那个问题的次数太多了，这一次几乎说不出口来了。

"特洛伍德，"他说道，"等我想一下。我知道这个姓，是个老婆子吧？"

"是的，"我说道，"不错。"

"腰板儿很挺拔？"他挺起身来说道。

"是的，"我说道，"我觉得很像。"

"携带一条口袋？"他说道，"一条很大的口袋——脾气很不好，待人严厉？"

当我承认他叙述的没有疑问时，我的心沉下去了。

"那么，我告诉你吧，"他说道，"你走到那里的时候，"他用鞭子向那些高冈子指着，"一直向右去，你走到一些面海的房子的时候，我相信你可以打听到她的消息了。我认为她什么也不会给你的，喏，这是给你的一便士。"

我满怀谢意地接受了那赏赐，用来买了一个面包。我一面吃一面顺着他指的方向走去，走了许多路，还没到他所说的那些房子前面。最后我看见前面有一些房子了，走到附近时，我进入一个小铺子，是我们在家乡称为杂货铺的那种小铺子，求他们告诉我，特洛伍德小姐住在什么地方。我是对着柜台后面的一个男人说的，他正在为一个年轻的女人称一些米；但是那个女人以为我在问她，连忙转过身来。

"我的东家吗？"她说道，"你要找她做什么，小伙伴？"

"我要，"我回答道，"同她谈一谈，对不起。"

"向她讨饭，你是说？"那个姑娘反问道。

"不，"我说道，"不是。"

我这时忽然记起，实际上我来并非为了别的目的，我惶恐得无法出声，觉得我的脸发烧了。

我姨奶奶的女用人（我从她说的话断定她是的）把米放进一个小篮子，然后走出铺子。她告诉我说，假如我要知道特洛伍德小姐住在什么地方，可以跟着她走。我所需要的也不过如此，虽然这时处在那样一种又惶恐又激动的境地，我的腿颤抖了。我跟随那个年轻的女人，不久就来到一所很整洁的具有敞亮的弓形窗的小房子，房子前面是一个小小的四方形院子，里面有着细心培植的气味芬芳的花儿的园子。

"这就是特洛伍德小姐家。"那个年轻的女人说道，"你知道，我所能说的不过是这些。"说着这几句话，她匆匆忙忙地走进屋里，仿佛要摆脱使我出现的责任。我站在花园的大门前，闷闷地从门外向客厅的窗子张望。窗子有一幅纱帘子，在中间扯开一部分。窗槛上系有一个弧形的大绿屏风或风扇，里面有一张小桌子、一把大椅子，这使我想到我姨奶奶那时或许正威风凛凛地坐在那里呢。

我的鞋子这时已经陷入可悲的状况：鞋底已经一片一片地脱落，上面的皮子也破裂得失去了鞋子的原形；我的帽子比它要强点；我的衬衫和裤子，沾有暑气、露水、草以及泥土——再加上破烂——当我站在门前时，会使我姨奶奶花园里的鸟儿吃惊。我的头髯自从我离开伦敦就没见过梳子和刷子。从头到脚沾满泥沙，我仿佛从一座石灰窑里刚钻出来似的。怀着对于这种状况的强烈的自卑，我等着把自己介绍给我那可怕的姨奶奶，使她接受我这最初的想象。

过了一会儿，客厅窗子依旧那么寂静，使我推测，她不在那里。我抬起眼睛看上面的窗子，我看见那里有一个红颜白发、神情愉快的男人，他带着一种奇怪的样子闭起一只眼睛，向我点了几次头，又摇了几次头，笑了笑，然后走开了。

我本来已经够烦乱的了，他这出乎意料的行为使我更加烦乱。我正要躲开去想善后的办法，这时从房子里走出一位女人。她帽子上扎着一条手巾，手上戴着一副打理园子的手套，身上围着一条收税人的围裙一般的口袋，手里拿着一把大刀子。我立刻知道她是我的姨奶奶贝西小姐，因为她大模大样地走出房子，正如我那可怜的母亲时常叙述的她大模大样地走进我们家花园的样子。

"滚开！"贝西小姐远远地瞟了一眼摇着头说道，同时用她的刀子在空中乱砍了一下子，"滚！这里不准男孩子来！"

当她走向花园的一角，俯下去挖掘一棵小树根时，我提心吊胆远远地看着她。终于，以一副豁出去什么都不顾的精神，我轻轻地走过去，站在她旁边，用手指碰了碰她。

"对不起。"我开始说道。

她吃了一惊，转头看看我。

"对不起，姨奶奶。"

"呃？"贝西小姐用一种我从未听过的诧异的声调叫道。

"对不起，姨奶奶，我是你的外孙。"

"哦，天哪！"我姨奶奶说道，同时仰坐在花园的小径上。

"我是大卫·科波菲尔，出生在萨弗克的布兰德斯通，我出世那一晚，你在那里，同我那可

爱的母亲在一起。我和母亲生活在一起，但自她去世之后，我的生活就变了样：受冷落、辍学，独自在伦敦谋生，做一种并不适合我的工作。最后下定决心逃到你这里了，但是刚出发不久，便受到了抢劫，一路上，从我出发的那晚起，便没有睡过床。"此时，我已完全丧失了自尊心，然后便向她显露出我那褴褛的模样，以此来向她说明一路上我所受到的苦，然后便发出那憋闷了一个礼拜之久的哭声。

除了吃惊，我姨奶奶脸上再无其他表情，她坐在地上瞪着我，直到我哭出了声才慌忙地站起身，揪着我的衣领进了客厅。来到客厅的第一件事就是打开柜子的锁，随便拿出几个瓶子，然后把每个瓶子的东西往我嘴里倒了一些，有茴香液、鱼酱、冷果汁。她向我倒了这些营养品之后，我并没有因此而好些，依旧悲哀地呜咽。她揪着我，然后放在了沙发上，在我的胸前围了一条围巾，又把她头上的那条手巾裹在了我的脚上，防止我玷污了她的沙发套，然后她便坐在那绿屏风后面，如同狼嗥一般，每过一分钟便喊一声："上帝啊！"

生字背囊

褴（lán）：
褴褛。指衣服破烂不堪。亦作"褴缕"。

过了片刻，她摇了铃，喊道："珍妮！"那女仆进来后，我姨奶奶说道："到楼上去叫狄克先生，就说，我有些事要同他谈。"

珍妮看见我笔直地躺在沙发上（我担心我动一下我姨奶奶会不高兴）显得有点吃惊，但还是上了楼。我姨奶奶背着手徘徊在客厅里，最后那个从窗子里向我点头微笑的男人微笑着走了进来。

形象地写出了贝西小姐对我的遭遇的伤心和痛苦之情。

"狄克先生，别装疯卖傻，如果你愿意，我想没有人比你更懂得如何去处理事务，这一点我们都了解，因此，不管怎样，都不要装疯卖傻。"

他立刻严肃了起来，望了望我，仿佛在恳求我别提之前通过窗子我们见过面的事。

"狄克先生，我想你还记得我对你提过大卫·科波菲尔吧？那，千万别装作不记得了，因为你和我都很清楚地了解这一点。"

"大卫·科波菲尔？"他说，但我觉得他似乎应该没有印象了，"科波菲尔？嗯，记得，大卫嘛，记得！"

"好了，"我姨奶奶说，"这，便是他的儿子。即便与他的母亲不相像，我想，也一定很像他的父亲。"

"他的孩子？大卫的儿子？哦，当然！"

"是的，现在他做了一件很不错的事。他逃了出来。啊！要是他的姐姐贝西·特洛伍德，她是肯定不会逃走的。"我姨奶奶坚定地摇了摇头，对那个未能如她所愿出世的女孩的性格和行为持有坚定的信心。

"哦！你如此坚定地认为她不会逃走吗？"狄克先生说。

"上帝啊！"我姨奶奶尖声地叫道，"你这叫什么话？难道我还不了解她吗？她会跟她的婆婆一起相亲相爱幸福地生活在一起。那么他姐姐从哪儿逃？这里吗？又逃到哪里去呢？"

"肯定不会发生此类逃离事件。"狄克先生说。

"那就可以啦，"这时我姨奶奶缓和了语气，"不过你的话跟外科医生的注射针头一样锋利，狄克，你怎能如此装疯卖傻呢？我想问你的是，对于这个大卫·科波菲尔我应该如何处置？"

"如何处置？"狄克先生搔着头怯怯地说，"哦！处置？"

"没错！"我姨奶奶伸出那食指严肃地指着他说，"现在，我需要一种妥当的处置办法！"

"如果我是你的话，"狄克先生很茫然地看着我说，"我会——"他打量我过后，似乎想到了一种极为得意的办法，于是笑道，"我会把他洗干净！"

"珍妮，"我的姨奶奶怀着一种得胜归来的神态叫道，"看狄克先生给我们指出了多么妥当的办法啊！赶紧去烧水，把他洗干净！"

虽然对于他们的谈话感到十分有趣，但在他们谈话的过程中，我还是观察了我的姨奶奶、狄克先生、珍妮以及那个房间。

我姨奶奶是一个高挺的、长相并不难看而脸色却很严厉的女人。从她的脸上、说话的声音以及走路的姿态，都可以读出她的那种刚强，如此你便可以想象她的这些性格对我那柔和的母亲所产生的影响。虽然看起来严肃，她坚定，却还算俊俏，我尤其注意她那双灵活而明亮的眼睛。她的白头发在便帽下面分成了两部分。她那干净而整齐的紫色衣服，虽然尺寸小了点，但仿佛是她为了尽量减少妨碍而特地这样做的。我当时在想，她的衣服看上去与那剪去多余下摆的骑马装极为相似。腰上坠着金表，还附有链子和其他装饰，从那金表的款式和大小来看，应该是男人用的，脖子上有一块如同衬衫领口的领子，手腕戴有像衬衫小袖头的东西。

至于狄克先生，前面已经提过，是红颜白发的。除了这些，另外他那下垂得极为厉害的头使我想起学生被克里克尔先生打过之后的情形，他那灰色而突出的大眼睛泛出一种奇特而水汪汪的光，还有那种神志不清的态度，对我姨奶奶的服从，以及当他受到称赞时表现出那种儿童般的喜悦，这让我很怀疑他恐怕有疯癫。假如我的怀疑是正确的，那么对于他来到这里的经过却又令我十分费解，他的着装很普通：一件宽大的外衣，一条白色裤子，裤兜里放着表，钱在衣袋里哗啦哗啦地响，仿佛在摆阔。

对于珍妮，当时没有仔细地观察，但乍一眼看去，是一个美丽的少女，全然如一幅图画一般美，年纪也就十九或二十岁。后来我发现，她是我姨奶奶所有学徒中的一个，而她们从我姨奶奶那里学到的唯一技能便是如何去疏远男人，最后通过嫁给面包师这种方式来表示她们对于男人厌弃的决心。

那个房间如同珍妮或我姨奶奶一般整洁。就在刚才我放下笔回忆那个房间里的情形时，那洋溢着花香的海风迎面吹来，此刻眼前又浮现了那房间里的一切：油光发亮的家具，那绿屏风旁摆着我姨奶奶那不可侵犯的桌椅、地毯、壶架、猫、两只金丝雀、盛满玫瑰花瓣的酒钵、装着各式各样器皿的橱柜，还有跟房间中一切显得极不和谐的躺在沙发上打量着周围一切的满身污垢的我自己。

珍妮去烧水了，接下来发生了一件令我极为恐慌的事，姨奶奶愤怒得几乎吼不出声地叫道："珍妮，驴子！"

那一刻，房子像着火似的，珍妮连忙从楼上跑到园子里，赶走了那两头大胆踏入草地的驴子。姨奶奶随之冲出，抓住了一根驮有孩子的驴的缰绳，赶忙拉出了那片神圣的草地，随后给了那个孩童耳光，作为亵渎那片神圣的草地的惩戒。

直到现在，我也没弄清对于那块草地，我姨奶奶到底有没有法律上的拥有权，但是我想她认定那片草地是她的财产，况且法律上的拥有权的有无在她来说都是一样的。在她的一生中，她不能容忍而且必须惩戒一头驴子从她那干净无尘的草地上走过这种不法行为。不管她当时在做什么，也无论话题多么对她的口味，一旦发现这样的不法行为，她都会转变念头，向它扑过去。在园子中，她藏了盛满水的暖瓶和小壶，准备用来攻击那些入侵者；门后埋伏着棍子，随时都可能发生战争。也许，那些赶驴的孩童把它当作一种刺激的游戏；也许那些聪明的驴子明白这一切的后果，却仍带着那种天生的倔强，喜欢进来走走。我记得，在我洗澡之前，一共发生了三次类似的状况，最后一次也是最严重的一次，姨奶奶单枪匹马与一个差不多十五岁大的孩童在战斗，在他还没来得及明白这是怎么一回事之前，他的头发便被她揪起向大门猛烈撞去。这些插曲甚为好笑，当时她正在一勺一勺地喂我喝汤（她坚定地认为，对于饥饿的人来说，刚开始必须一点点地进食），正当我张开嘴等着她的汤时，却见她放回了勺子，喊道："珍妮！驴子！"随后跑去冲锋陷阵了。

洗澡的确是一大享受。因为旅途中长时间地睡在野外，四肢早已疼痛不已，此刻又是如此困乏和虚弱，哪怕坚持五分钟不合眼，也能将我击垮。洗完澡之后，姨奶奶和珍妮拿了狄克先生的衣物给我穿上，随后又给我包了三条毛巾，我也不知道自己被包成了什么样子，只是觉得很热，很乏力，很想睡，没过多久便倒在沙发上睡熟了。

也许是那幅画给我留下的印象至深，使得我做了个梦：我姨奶奶来到我身边，理了理我脸上的头发，然后为了让我更舒服一些，重新摆正了我的脑袋，之后便站在那里注视着我，嘴里似乎还说着"可爱的人"或"可怜的人"这样几个字。但是当我醒后，我怎么也不相信那几个字是出自我姨奶奶之口，因为她那时正坐在弓形窗前看海。

我们坐在桌边吃烤鹅和布丁是我醒后不久的事，但是我被包得像一只绑着翅膀的鸟一样，坐在桌边，艰难地移动着我的两臂。但是既然姨奶奶将我包好，我也不去向她诉说这其中的艰难了。可我却非常想知道，她会如何处置我，而她除了沉默地吃饭之外，仅仅是偶尔抬起头看看我，说一声："上帝啊！"但是仅凭这一句又怎能消除我心中的不安呢？

撤了桌布之后，拿来了一种葡萄酒，我也喝了一杯。当狄克先生又被我姨奶奶请来和我们坐在一起听我讲述我的遭遇时，他便极力摆出一副很明白的样子。我过去的那些遭遇被我姨奶奶的一系列问题所引出。当我在讲述时，她目不转睛地盯着他，否则，我相信他早就已经睡着了。但是他的每一次微笑却又被我姨奶奶的皱眉拦了回去。

"我实在想不明白，为什么那个不幸的'吃奶的孩子'一定要改嫁？是什么样的信念在指使她非去那样做不可？"当我说完我的遭遇之后，我姨奶奶由此疑问。

"也许是她与她的后夫相爱了。"狄克先生说。

"相爱！你是什么意思？她为什么要爱上他？"姨奶奶问。

"也许，"狄克先生想了一下之后发出了一声傻笑说，"也许是为了享乐。"

"享乐，的确！"我姨奶奶点着头说，"像她这样一个'吃奶的孩子'能够把她那如此简单的信仰寄托在一个如此虐待她的杂种身上，这的确是一种惊人的享乐啊！我很想知道她会如何自圆其说。她已经结过一次婚，也给那个从孩提时代就一直在追求蜡娃娃的大卫·科波菲尔送了终。她已经有一个孩子——在那个周五的晚上，她生下这个孩子的时候，真可以说他们是一对吃奶的孩子呢！——她还想要什么呢？"

狄克先生向我摇了摇头，好像对于这话他无力反驳。

"她生的孩子全都一个样，他（姨奶奶指着我）的姐姐贝西·特洛伍德在哪儿？用不着你告诉我，她还没有出世！"

狄克先生大为吃惊。

"还有那个垂着脑袋的医生，"我姨奶奶说，"吉力普，甭管他怎么称呼吧，他能做什么呢？他能做到的也只是像一只知更鸟一样告诉我——他就是一只知更鸟——'那个是男孩呀'，一个男孩！他们全是一群傻头傻脑的家伙！"

她这一声发自内心的吼叫让狄克先生大吃一惊，说实话，我吃的惊不比狄克先生的小。

我姨奶奶继续说："到后来，不，这仿佛还不够，她把他的姐姐贝西·特洛伍德害得好像还不够。她改嫁了，居然还嫁给了一个杀人犯（默德斯通与杀人犯在英文中的读音相近），这更是害惨了那个孩子！另外，除了那个'吃奶的孩子'，其他任何人都清楚他（姨奶奶指着我说）会颠沛流离，在他长大成人之前与该隐（亚当与夏娃之子）有相同的命运。"

狄克先生仔细地打量着我，仿佛要看穿我的命运。

"另外，那个与异教徒名字相近的女人，"姨奶奶说，"就是皮果提，她也嫁了人，因为她还没有看透这世间的罪过。据这个孩子说，她也嫁了人。我倒是希望，"姨奶奶摇了摇头说，"她的丈夫是报纸上常登的那种恶徒，用铁链鞭笞她。"

我实在无法忍受我那善良的保姆受到如此的诋毁和侮辱。我对我姨奶奶说，她实在是误会皮果提了。在这个世界上恐怕再也找不到像

讽刺手法

写出了贝西小姐对大卫母亲幼稚的嘲讽。

词苑撷英

颠沛流离：由于灾荒或战乱而流转离散。形容生活艰难，四处流浪。

皮果提这样可以信任、忠心、尽心尽力而又没有私心的仆人了，她就是一个朋友！她非常爱我，也非常爱我的母亲，我母亲临终前曾在她怀里给了她最后那一感激的吻。我哽咽在对她们的回忆当中，当我想说，她的家就是我的家，她所有的一切都愿意同我分享，如果不是担心会给她那卑贱的地位徒增烦恼，我一定会逃到她那里，当这些话还在口中时，我便哭了，趴在桌子上哭了。

"好啦！好啦！这个孩子是在维护曾保护他的人，这很好——珍妮！驴子呀！"

我想，如果不是那些驴子在捣乱，我一定会得到很好的安慰，那时，姨奶奶已经把她的一只手搭在了我的肩上，在她这种行为的鼓舞下，我已有心过去搂着她，希望她能保护我。但是这时有关驴子的插曲以及门外混乱的战争让她异常烦乱，也中止了我一切温柔的念头；另外让她开始了对狄克先生的演讲——她决定向法律发出求助，以此来惩戒多佛所有养驴人的犯罪行为——一直持续到喝茶才告一段落。

喝过茶之后，我们便坐在窗子旁——姨奶奶一脸严肃的表情，我想她是在警戒入侵者——一直到夕阳西下，之后珍妮点了蜡烛摆上了双陆棋盘（一种类似飞行棋的游戏），拉下了百叶窗。

"狄克先生，"我姨奶奶带着一种威严的态度用食指指着狄克先生说，"我现在还有另外一个问题。看着这个孩子。"

"大卫的孩子？"狄克先生聚精会神却又一脸茫然地望着我说。

"没错，现在你打算如何处置他？"

"处置他？"

"对！处置他！"

"哦！"狄克先生说，"我应当——处置——我会让他去睡觉。"

"珍妮。"我姨奶奶怀着与先前一样的神态叫道，"狄克先生给我们指出了多么妥当的方法啊！如果床已经铺好，那就带他去睡吧。"

当珍妮说床已铺好之后，我便被他们和蔼地领去睡了，姨奶奶走在前面，珍妮在我身后，觉得自己像是一个囚犯。接下来发生的一件事让我看到了一点希望。当我们上楼时，姨奶奶突然问起弥漫在空气中的气味，除了我身上的那堆甚为可笑的东西，再没有别的衣物。另外在她们离时反锁了房门，给我留下了一支仅够燃烧五分钟的蜡烛。现在想起来，可能当时姨奶奶对我不了解，怀疑我有逃跑的怪癖，所以事先准备好了这一切警戒措施，将我完全地密封好。

那是一个可爱的房间，高居屋顶，俯临大海，柔和的月光洒在海面上。我祈祷过后，蜡烛熄灭了，我依旧希望能看见我那可爱的母亲带着她的孩子踏着月光向我慢慢走来，像我最后一次见到她那美丽的脸庞一样望着我。最后，我转过脸，心中的那种庄严也因看见那雪白的床铺所产生的感激与安逸所代替。当我轻轻地躺下依偎在那雪白的被子里时，这样一个感觉是怎样在一步步深化啊！当我回想起睡在那没有屋顶的荒凉之地时，我祈祷不再做流离失所的人，也永远不会忘记那些流离失所的人。再后来，我踏上了海上那条令人发愁的小道，进入了梦乡。

精彩点拨

　　贝西小姐是一位固执、不允许自己的生活被别人改变的人。她不能忍受家里的不整洁，草地上出现了驴子这种不法的行为会使她勃然大怒。对于大卫的母亲，她更是不能理解，她觉得不符合自己思想的都是错误的。但是他内心是善良的，她给了大卫以亲人的温暖。

阅读积累

双陆棋

　　双陆棋由一块双陆板和三十枚双陆子组成，木板的两个长边各有一排十二个"梁"标，左右各六，因名双陆。

　　双陆棋是一种供两人对弈的棋盘游戏，棋子的移动以掷骰子的点数决定，首位把所有棋子移离棋盘的玩者可获得胜利。游戏在世界多个地方演变出多个版本，但保留一些共通的基本元素。在游戏中，每位玩者尽力把棋子移动及移离棋盘。每次掷骰子时，玩者都要从多种选择中选出最佳的走法。双陆棋中虽然有一定的运气成分，但同时策略也相当重要，因此，双陆棋在欧美桌游和益智游戏圈内十分流行。双陆棋使用一个棋盘，所用的棋子被称为宝石。每个玩家有 15 颗同种颜色的宝石，它们沿着棋盘上的 24 个棋格放置。棋格都有连续的编号。棋盘由位于其中心的横木分成两半。在棋盘右侧，您可以看到点数计算。这是将您的宝石移进自己的领地并将它们收藏起来所需要走的棋格总数。游戏开始时，每位玩家的点数计算都显示为 167 个棋格。点数计算显示每位玩家变化的点数计算。

第十五章

精彩导读

贝西小姐向大卫介绍了狄克先生的经历。她还写了信邀请默德斯通先生到她家来商量大卫的问题，默德斯通姐弟的语言和行为让贝西小姐很气愤，她一语中的指出了默德斯通先生的贪婪和冷酷，最后她收留了大卫。大卫的新生活会怎么样呢？

第二天早晨来到楼下，发现姨奶奶趴在桌子的茶盘上，她想得那么入神，以至于罐子里的东西从茶壶中流到桌子上，桌布已完全浸透，她都全然没在意。直到我走到她跟前时，才把她从思绪中拉出来，我猜想她应该在想如何处置我，因此，我便急于知道她处置我的办法。但我却未向她表露出自己的焦急，怕她会生气。

我的嘴相对于眼睛来说还是比较容易控制的，而那双眼睛在吃早餐的过程中经常被她吸引。但我也总发现她用一种把玩的眼光望着我，好像我并非坐在她对面而是另外一个很远的地方。我姨奶奶吃完早餐之后，便双手交叠在胸前坐在那把大椅子上，眉头紧锁，聚精会神地看着我，她那目光令我感到不安；使我手中的刀叉相遇时，刀却卡在了叉缝里；肉没吃上嘴，肉片却被我切得飞到了一个惊人的高度；茶似乎也在跟我作对，结果把我呛到了，我放下手中的东西干坐在那里，在我姨奶奶那查看的目光注视下，面红耳赤地坐在那里。

"嘿！"过了好长一段时间，我姨奶奶对我说。

我抬起头看着她，毕恭毕敬地迎接她那锋利的目光。

"我已经给他写信了。"我姨奶奶说。"谁？"

"你的继父，我已经写了封信寄给他了，请他有所准备，我对他说，让他当心，否则我们之间会发生一场唇枪舌剑般的争吵！"

"那么，姨奶奶，你跟他说我在这里了吗？"我惊慌地问道。

"在信里，我已经提了。"她点了点头说。

"你打算把我交——给——他——处置吗？"我吞吞吐吐地问道。

"这个，现在还不好说，看情况而定。"

"哦！如果要我回到默德斯通先生那儿，"我失声叫道，"那我该如何是好啊？"

"现在，对于这个问题，我完全没底，"我姨奶奶摇了摇头说，"说实在的，现在我也不知道，到时候看情况而定。"

听她这样说，我开始显得消沉了，很失落，很伤心。而我的姨奶奶却未在意我，只是从衣橱中拿出了一件有胸巾的围裙，穿上之后便开始亲自干起了活，洗好茶杯之后，将其放回了茶盘；叠放了桌布，随后摇铃叫来珍妮让她拿走了；接着戴上了一副手套，拿起扫帚开始扫地毯上的面包渣，直到看不到一丝尘土才肯罢休；随后又打扫起了那个干净而又整齐的房间。当这所有的一切都达到了令她满意的程度时，她摘下了手套和围裙，整齐地叠好之后，便放回了刚才那个衣橱的原来那个角落；随后拿起她的针线匣来到那张小桌子旁坐下，绿屏风遮挡了从那敞开的窗子中射进来的阳光，开始了她的针线活。

"希望你替我到楼上去，"我姨奶奶在穿针时说，"问候狄克先生，另外代我问他，他的呈文准备好了没有。"

当我快速地站起了身，连忙照着她的指示去做这件事时，姨奶奶像刚才那样穿针时闭着一只眼睛说：

"我猜，你肯定会为狄克先生这样一个简短的名字而惊讶吧，嗯？"

"昨天我就有这样的感觉了。"我承认道。

"但是你不要认为他没有一个更长的名字，当他想用的时候，"我姨奶奶带着那种骄傲的神气说，"他的真实姓名是李查德·巴布利。"

当我正想谦卑而又不失礼仪地去提议，我还是称呼他真实姓名比较稳妥时，我姨奶奶却打消了我这一念头：

"但是无论如何你也别称呼他的真实姓名。他害怕听到那个名字，这似乎是他的一种特性，然而我也不清楚这到底是不是他的一种特性；因为过去他一直受那一姓人的虐待，他受够了，因而极其厌恶那样一个姓，上帝可以明鉴。现在，无论是在这儿还是在其他任何地方（包括那一姓人居住的地方），狄克先生是他的名字。所以要当心啊，你只能叫他狄克先生，千万别叫他的真实姓名啊。"

我记下了姨奶奶的忠告，随后便带着我的差事上了楼。在上楼时，我回想起，当我先前下楼时透过那半敞的门看见狄克先生正在写着什么，如果他用这相同的速度工作到现在，我想他应该已经写了不少了。但是当我走进房间时，却依然见他拿着一支长笔埋头专心地写着，他是那样认真，并没有发现我，以至于给了我充分的时间去观察那墙角的风筝，他的手稿，摆在桌子上的笔和那最令我注意的一打半加仑容量的墨水。

"啊！阿波罗（希腊神话中太阳和光明之神）！我要告诉你这个世界目前的状况，我不愿听人提起，但这是一个——"此刻，他向我招手示意我到他跟前，然后贴着我的耳朵说，"这是一个疯狂的世界。如同疯人院一般！"说着便伸手拿起桌子上圆盒中的鼻烟，随后大笑起来。

但是我并不想就这样一个问题与他进行深刻的探讨，我只是完成了我姨奶奶交给我的任务。

"好的，也替我向她问好。我，我想我已经开了一个头。"他一边说着，一边摸着他那一头白

发,还向他的手稿看了一眼——没有丝毫信心的一眼,"你上过学吗?"

"上过学,不过那是相当短的一段时间。"

"那你是否记得,"他一面拿起笔,一面很和蔼地问我,"查理一世是在哪一年被送上断头台的?"

我很坚信地告诉他说那是一六四九年。

"嗯——"他用笔挠着耳朵,犹疑不定地看着我说,"书上也是这么记载的,但是我却想不通这到底是怎么一回事。因为在那么多年以前,他周围的那些人是如何将他头脑(送上断头台之后)中的那些难题误装进我的大脑中的呢?"

对于他这样的问题,我感到吃惊和迷糊,没有和他进行任何的探讨。

"而且奇怪的是,"他一面失望地看着他那些手稿,一面摸着头发说,"我甚至无法把这些问题处理好,永远不能把它弄明白。但是,这没关系,也不要紧!"他高兴地勉励着自己说,"时间还多得很!代我向特洛伍德小姐问好,告诉她我这边一切顺利。"

当我正打算走出门时,他让我看了那只风筝。

"那只风筝怎么样?"

我说很漂亮。我想,它看上去大概有七英尺长。

"那是我亲手做的,不久我们便要去放了,你和我,"狄克先生说,"上面的字你看见了吗?"

说着便指给我看,风筝上糊着密密麻麻的草稿,但很清楚,我一行行地读着,我相信,在这其中的一两个地方我又看见了关于查理一世脑袋的那种问题。

"线很长,当然它们飞得很高,那样它就会把这些事实传递到很远的地方。我用这种方法来传播它们。虽然我不知道它会落在何方,当然这由风向来决定,但是我会将它们传播出去。"

他那柔和的脸上带着一种饱满的精神,愉快之中带着一种崇高的味道,这使得我无法断定他是真的要这么做还是跟我开玩笑。但是,我笑了,接着他也笑了,离开时,我们成为要好的朋友。

"孩子,"当我来到楼下时,姨奶奶问,"狄克先生今天怎么样?"

我传达了狄克先生对我姨奶奶的问候,说他一切进展顺利。

"你感觉他怎么样?"姨奶奶问道。

模糊之中,我似乎产生了一种逃避这个问题的想法,于是告诉她说,我感觉他是个好人。对于我如此的敷衍,显然不能了事,她放下了手中的活,把那针线匣放在了膝盖上,然后把手叠放在上面说:

"喂!你的姐姐会爽快地告诉我她对任何人的看法。你要尽量跟你姐姐学习,老实告诉我吧!"

"他——狄克先生——我不太清楚,但我想问,他是不是神志不清啊?"我结结巴巴地问,因为此刻我正处于一种危险的境地。

"没有的事!"

"哦,的确!"我有气无力地说。

"不管狄克先生是怎么样的,"她拿出很大的决心和魄力说,"根本没有神志不清这回事。"

"哦，的确！"我怯生生地说，我找不到比这更好的词了。

写出了大卫由于不了解情况而害怕自己说错话的神态。

"人们都说他疯狂，我带着一种自私的欢喜去感受他被人说成疯狂时的样子，否则，在这过去的十几年里——事实上，自从你的姐姐令我失望开始——我是无缘得到他的陪伴和意见的。"

"这么长久啊！"我吃惊道。

"不过，那些说他疯狂的人都是些好人。狄克先生是我的一个远亲——用不着管这些，我也不必提。如果没有我，我想此刻他还仍然被他的亲兄弟关着呢。事实就是这样的。"

当看见我姨奶奶在这一问题上表示出愤慨时，我也想表示出愤慨的样子，但觉得这很虚伪。

"一个骄傲的傻瓜！他哥哥有这样一个怪僻——虽然他身上的怪僻没有其他人一半多——他不想在他的家周围见到狄克，于是就送狄克进了一所私立疯人院，虽然他们的父亲也把狄克当成了一个白痴，在临死前嘱咐他哥哥照顾他。他的父亲能如此洞察他，可见他的聪明之处！毋庸置疑，他哥才是一个疯子呢！"

毋庸置疑：事实明显或理由充分，不必怀疑，根本就没有怀疑的余地。

当我姨奶奶表现出一副坚信的样子，此刻，我又得做出与她一样坚信的样子。

"最后，我插手了，我跟他提了一个建议。我说，你的弟弟完全正常——至少比你正常，而且将来也是如此。还给他应得的那份遗产吧，让他与我同住。他不会令我感到害怕，我也不会骄傲，而且我打算照顾他，并且不会去虐待他，像某些人一样。经过一番争辩之后，他哥哥妥协了，自那以后，便一直住在这里。在这个世上恐怕找不到第二个像他这样友好、听话的朋友了，还有他的那些意见！除了我之外，没有人能够理解他。"

我姨奶奶摇着头摸着衣服，那样的动作让人觉得她好像是要将世界上所有的污蔑驱逐出她的脑袋和衣服。

"他还有一个可爱的妹妹，她是一个好姑娘，待他很好。但她最后跟她们一样——嫁了一个男人。他也跟他们一样——虐待她。此事对狄克先生产生了一种不良影响，但我想那并不是疯狂，还有对他哥哥那种残酷的惧怕，最终他病了。这些都是来到我这里之前的情况，但是就算是在现在，一旦想到那时的情形，他仍然会伤感。我猜他跟你问过查理一世吧？"

"问过，姨奶奶。"

"啊！"我姨奶奶摩擦了一下鼻子，好像有些烦乱，"这是他表示那种情形所打的比喻。我所用的比喻是将他那时的病痛与那些大的扰乱和激动联系在了一起，但是如果他觉得合适，这又有何不妥呢！"

"这个当然。"我说。

"但是这不是一种有条不紊的说话方式，是现时这个社会所摒弃了的，对于这一点我很清楚，因而我希望，在他的呈文里，最好一个字也不要谈及这个。"我姨奶奶说。

"他写的呈文是关于他自己的过失吗，姨奶奶？"

"是啊，"我姨奶奶又摩擦了一下鼻梁，"他是为了他自己的事写呈文，给大法官看，或大什么，抑或是别的什么——总之，花钱买呈文的人便是其中之一。我想，要不了多久这呈文便出版了。我担心他的呈文中避不开那种表达自己的方法，但是没关系，只要他有事可做就好。"

事实上，据我后来观察，狄克先生曾经过十多年的努力想要把查理一世的问题从他的呈文中丢弃，却是徒劳，因为他不时地将其掺杂在里边。

"我重申一遍，"我姨奶奶说，"除了我之外，没有人能理解他；在这个世界上恐怕再也找不到第二个像他这样友好、听话的朋友了，就算他偶尔想放一次风筝，那又有什么要紧的！富兰克林也经常放风筝啊，更何况他还是——如果我没有记错的话——一个教友会的信徒，没有哪个人会比一个教友会的信徒放风筝更可笑了。"

我想我姨奶奶跟我说这些琐事大概是为了表示对我的一种信任，因此我应该感到很光彩，并且从她那看得起我的态度上抱有乐观的想法。但是我不禁会想她之所以要对我说这些事，是因为那个问题从她头脑中被引了出来，虽然只是对我一个人说，但与我并没有太大的关系。

另外，我想说，她保护那可怜的狄克先生免受伤害的那份义气，让我这年轻的心产生了她同样会保护我的那份自私的希望，同样让我这颗年轻的心对她也开始温暖了起来。我相信同时也知道，我姨奶奶有许多怪僻的性格，但同样也有值得赞许和信任的地方。那一天，虽然她跟以前一样严肃，也会经常因为驴子而冲出去，另外一个路过的青年人让她大为愤怒，因为他站在窗前向珍妮抛来暧昧的目光，但是这些似乎让我觉得她更为可敬了，如果不是使我的害怕减轻的话。

在收到默德斯通先生的来信之前的那段时间，我的忧虑一天天地在加深，但是我设法压制它，尽量表现出与我姨奶奶和狄克先生投合的样子。除了第一天换上的那套冠冕堂皇的衣服，我还不曾换过其他衣服，如果并非如此，我想狄克先生肯定带我放风筝去了。因为我的衣服，我被困在了屋内，只是在天黑之后，睡觉之前，我姨奶奶才为了我的健康而带我去外面的悬崖边散一小时的步。默德斯通先生终于回了信，令我吃惊的是，他在信中说第二天会亲自来跟我姨奶奶谈。第二天，我依旧穿着那奇怪的衣服，坐在客厅里数着时间等待着。内心的希望在下沉，恐惧在上升，面对这种落差，我顿时红透了脸，全身发烫；等待着那张晦气的脸出现，然后吃惊，但是在他来之前的每一分钟里，我都在吃惊。

我姨奶奶为了接待那位让我害怕的客人而做的准备，除了稍微表现得暴躁和严厉之外，我实在看不出还有其他任何形迹。她坐在窗子旁工作，而我则坐在她旁边胡乱地猜想着默德斯通先生造访之后的一切可能与不可能的结果。就这样一直坐到傍晚，而我们的午餐也在无限制地往后推迟；但是最后等得实在是太晚了，就在我姨奶奶说要吃饭时，她突然听见了一声关于驴子的警告，使人既惊又恐，我发现默德斯通小姐坐在驴背上一直走过了那片神圣的草地，来到门外停下，朝四周张望。

"快给我滚开！"我姨奶奶透过窗子摇着头，挥舞着拳头叫道，"你没有来到这里的权利，你竟敢私闯？滚开！哦，你这吃了熊心豹子胆的东西！"

默德斯通小姐朝四周张望时的那份冷静，令我姨奶奶愤怒得不能动弹，没能像往常那样向外冲锋。利用这个机会，我告诉了姨奶奶她的身份，又介绍了刚刚来到那令人厌恶的家伙身边的男人——默德斯通先生。

"我不管她是谁！"我姨奶奶叫道，从那窗子里做了一个赶他们走的手势，"我绝对不允许别人侵犯我，快滚开！珍妮，把它拉走，赶走它！"此刻，我站在姨奶奶背后，看着那幅匆忙之间绘就的战争图：那头驴的四肢插在不同的方向，珍妮捉着缰绳拼命地往外拉，默德斯通先生则牵着它往里走，驴子却抗拒着他们站在那里，而默德斯通小姐则拿起太阳伞不停地打珍妮，其中还有一些跑过来凑热闹的孩童在旁边蹦着跳着喊着。当我姨奶奶从那群孩童中认出了那个年轻的罪犯——看守驴子的人，不过十岁出点头，却经常冒犯我姨奶奶时，便冲进了战场，径直向他扑去，把那个头上蒙着外衣的年轻罪犯拖进了园子，接着便喊珍妮去叫来警察和法官，将他抓去，审问之后直接正法。但是整场战斗中的这一部分却没有坚持多久，因为那个小恶棍在闪躲方面是个好手，而我姨奶奶对他的套路却又完全不懂，因此没过多久便让他在叫骂中逃脱了，让他更为得意的是他的那头在草地上留下深深脚印的驴也被他弄到手带走了。

在后期的战斗中，默德斯通小姐下了驴，在我姨奶奶接见他们之前，同她的弟弟站在门外等候。而我姨奶奶的衣服在刚才的战斗中略显凌乱，她从他们身边很威风地进了屋，在珍妮通报他们拜访之前，根本不去搭理他们。

"姨奶奶，我需要回避吗？"我颤抖着问道。

"不需要，少爷，完全没有必要！"说完便把我推到了离她不远的一个角落里，用一把椅子拦在我面前，如同这是一个监狱或是被告席。在他们会谈期间，我只能待在那里，站在那里，我看见默德斯通姐弟俩进了屋。

"哦！"我姨奶奶说，"我已经忘了刚开始反对的是谁了，但是我绝不允许任何人骑驴从那片草地上走过，没有谁可以例外，我绝不允许任何人那样做。"

"对于陌生人来说，你的规矩是那么的令人讨厌呢。"默德斯通小姐说。

"是吗？"我姨奶奶说。

默德斯通先生怕短兵相接，于是连忙插了一句：

"特洛伍德小姐！"

"抱歉，"我姨奶奶的眼中带着一种锋利的光芒说道，"你就是默德斯通先生，那个娶布兰德斯通鸦巢——我并不知道它为什么叫鸦巢——我那死去的外甥大卫·科波菲尔的妻子的人吗？"

"是的，我是。"

"如果，"我姨奶奶说，"如果你没有去沾惹那个可怜的孩子，请你原谅我这样说，我想，那应当是多令人愉快的事啊。"

"到现在为止，我同意特洛伍德小姐的话，我觉得可怜的克拉拉在所有大事面前完全是一个小孩。"默德斯通小姐说。

"这应当是你感到高兴的事，小姐，"姨奶奶说，"现在我们已经老了，外貌已不太可能为我们增添烦恼了，也没有人能用到你刚才所说的话来形容我们了。"

"这是毋庸置疑的！"默德斯通小姐说道（但是我想她的附和并非她情愿，也是不十分高兴的），"像你说的那样，如果我弟弟不与她结为夫妇，这的确是一件快活的事，而且我一向都持这样的看法。"

"你的看法，我并不怀疑，"我姨奶奶说，"珍妮，"她摇了一下铃说，"代我问候狄克先生，并请他到这里来。"

在狄克先生到来之前，我姨奶奶只是挺直了腰眉头紧锁地面对着墙坐在那里。在他到来之后，我姨奶奶便向他们介绍了。

"这位是狄克先生，一个我多年的挚友，他的洞察力，"我姨奶奶加重了语气，目的是对那啃咬食指指甲模样愚笨的狄克先生一种暗示，"为我所折服。"

在这样的暗示下，狄克先生迅速从嘴里取出了手指，脸上立即换了一副庄重而严肃的表情。随后我姨奶奶面向默德斯通先生，听他说道：

"特洛伍德小姐，收到你的信之后，我认为，为了表明我自己的态度，也为了尊重你——"

"十分感激，"我姨奶奶那锋利的目光依旧没有削弱，"你没有必要这样。"

"我认为还是亲自来一趟比寄信要好得多，虽然路上遇到了很多麻烦。"默德斯通先生说，"这个晦气的家伙，逃离了他的朋友和工作——"

"他是一个，"默德斯通小姐说着并让大家看穿得奇模怪样的我，"羞耻的家伙。"

"珍·默德斯通，"她弟弟说，"请你让我说完好吗？这个令人晦气的家伙，特洛伍德小姐，他一直都是家庭纠纷和不安的因素，无论是在我那挚爱之妻生前还是死后。他怪僻、叛逆，还有一种暴躁、不听话、不服管教的性格。我姐和我都用尽力气想纠正他的那些恶习，但终究是徒劳。因此我认为——我敢说是我们两个都有此想法，因为姐姐从未怀疑过我——你应当认真思考一下这郑重而又不带任何意气的判断。"

"无须我再来证明我弟弟的话，但是我要补充一下，我相信，在这个世界上像他这样坏的孩子恐怕找不到第二个。"

"<u>你说得太过分了吧！</u>"我姨奶奶连忙接过话。

"但事实就是如此。"默德斯通小姐说。

语言描写

写出了贝西小姐对默德斯通小姐说法的不满。

"呵！你呢，先生？"我姨奶奶说。

"有关那些教养他的最好方法，我有我的一些看法，这些看法一方面是依据我对他的了解，另一方面是依据对我自己的认识。至于这些看法，我觉得我很负责地实施了，因此我不会有任何怨言。我给他找了一份崇高的职业，并且托我的一个朋友去照顾他。但是他却讨厌那个工作，逃跑了，成为一个到处流浪四处漂泊的小乞丐，衣衫褴褛地跑到你这里来控诉我。如果你要袒护他的话，我会在我的能力范围内，把那确实不移的后果明明白白地告诉你。"

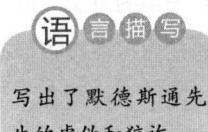

写出了默德斯通先生的虚伪和狡诈。

"先说说那份崇高的职业吧，如果他是你亲生的，我想你也会让他去做吧？"

"如果他是我弟弟的儿子，我想，他一定会是另外一副品行。"

"这样一个可怜的孩子，如果他的母亲现在还在人间，我想，他也会去做那份崇高的职业，对吧？"我姨奶奶说。

"我想，"默德斯通先生侧着脑袋说，"克拉拉不会反对我和珍妮都认为的好事。"

默德斯通小姐用那出奇低的声音佐证了他的这一看法。

"唉——"我姨奶奶说，"一个不幸的吃奶的孩子！"

我姨奶奶用一个眼神制止了狄克先生一直在哗啦着口袋中钱币的这行为后，说：

"那个可怜的孩子的年金跟他的母亲一样，不存在了吗？"

"是的，不存在了。"默德斯通先生说。

"另外，那笔小小的遗产——那所没有任何乌鸦却被称作鸦巢的房子和花园——中没有任何财产给这可怜的孩子吗？"

"那遗产是她从她的第一任丈夫那里无条件地继承来的。"默德斯通先生刚要开始说却被我那愤怒而且不耐烦的姨奶奶给挡住了。

"哦，上帝啊，你没有理由这样说，无条件地继承！我觉得，大卫·科波菲尔试图在寻找那些存在与不存在的条件，即使它们就近在咫尺。当然是她无条件地继承了。但是当她再婚时——简单地说，当她选择了那极为不幸的做法，嫁给你的时候——就没有一个人站出来替他说话吗？"

"你的亡妻就是一个不中用，整天烦闷而且可怜的吃奶的孩子，"我的姨奶奶摇着头说，"她就是这样的一个人。现在你还有什么话要说吗？"

"你说得没错，但是，特洛伍德小姐，"默德斯通先生说，"我

来是为了把大卫带回去——无条件地带他离开，然后照我认为稳妥的方法去处置他，按照我认为正当的态度去对待他。在这里我不会做出任何承诺，也不向任何人做任何保证。而你对于他的逃离与诉苦有偏袒的意思，因为你表现出一种不想去和解的态度。那么，现在我要对你说清楚，也请你听好，如果你现在袒护他，那么以后你就得照顾他；如果你现在想要插手我和他之间的事，那么以后你就得接手。我不是在说笑，现实也不受他人无理取闹。我来这里是为了将他带走，这是第一次同时也是最后一次。他打算走吗？如果他不打算走——从你的态度中，我看出他不想跟我走，我不管也不关心你用什么样的借口表达这样的意思——那么，我的门将永远不对他敞开，那样，我认为，你应当接受他。"

我姨奶奶很认真地听他说着这番话，她双手交叠在腿上笔直地坐在那里盯着默德斯通先生。见他说完之后，便看着他姐姐，姿势并没变动，问道：

"喂，小姐，你还有什么话要说吗？"

"老实说，特洛伍德小姐，"默德斯通小姐说，"我的弟弟已经把我想说的话表达得很清楚了，他已经把我所知道的一切表明得那么明白了。的确很感谢你那非同寻常的客气。"这句讽刺对我姨奶奶产生的影响，和我来的旅途中在那门大炮边入睡所给我带来的影响一样。

"那么，孩子，你还有什么话要说吗？你想跟他走吗，大卫？"我姨奶奶问道。

我说不，同时请求她不要抛弃我。我说，默德斯通先生和小姐一向都很讨厌我，一直都在虐待我；他们还让以往那么爱我的母亲开始为我而经常落泪，这一点我知道，皮果提也很清楚；对于如此年幼的我却受到如此多的痛苦，我想，谁都无法相信。我乞求我的姨奶奶——当时我所说的话现在已经忘却，但是我记得我被那些话感动了——看在我死去的父亲的面子上照料我，保护我。

"狄克先生，我应该如何处置他呢？"

狄克先生想了一会儿之后面带喜色说："我会立刻为他量身定做一身衣服。"

"狄克先生，"我姨奶奶甚为得意地说，"把你的手伸给我，因为你的建议是宝贵的、无价的。"

她带着一种莫大的诚意握住他的手，然后把我拽到她身边，接着告诉默德斯通先生说："如果你高兴，你现在就可以离开了，我来照顾这个孩子，如果他真的如你所说的那样，我至少可以采用你对待他的办法去处置他。但是你的话我一点也不相信。"

"特洛伍德小姐，"默德斯通先生站起身耸了耸肩膀说，"如果你也是一个男人——"

"呸！胡说！给我闭嘴！"我姨奶奶接过话。

"多么客气啊！实在是了不起的客气啊！"默德斯通小姐站起来叫道。

"你以为我不知道？"我姨奶奶没搭理她，而是带着一种锋芒的眼神冲她弟弟说，"你把那个可怜的不幸的吃奶的孩子引上了怎样一条误途，你让她过的是怎样一种生活！你以为我不知道吗？当你——你能够对她卖弄风情，但我打包票你绝对不敢对一只鹅发脾气——接近她时，也就是那个软弱的小人可悲之日！"

"如此高雅的话我还是头一次听见哟！"默德斯通小姐说。

"你以为我现在所看到的你——老实对你说,这让我感到很不高兴——与以前听说的那个你有什么改变吗?哦,上帝啊!像你默德斯通先生如此柔顺乖巧的人恐怕再也找不到第二个了。那个可怜无知上了当的孩子从来不曾见过这样一个糖做的男人。他崇拜她,宠爱她的儿子——近乎溺爱!他成为他的继父,一起坐在乐园里生活,是吗?呸!快给我滚开!滚!"我姨奶奶说。

"这样的人我还是头一次见。"默德斯通小姐叫道。

"那个可怜的小傻瓜一旦被你控制住,"我姨奶奶说,"对于我如此的称呼,希望上帝能够饶恕我,她已经去你不肯去的地方了,因为你还没有害够她和这可怜的孩子,于是你开始训练她,是不是?开始把她当成一只关在笼子中的鸟一样折磨她,教她唱你的调子,消耗掉她那上了当的生命?"

"你不是发了疯,就肯定是喝醉了酒,"默德斯通小姐因无力将我姨奶奶那滔滔不绝的话题转向她自己而感到十分苦恼,"我怀疑,你肯定是喝醉了酒。"

贝西小姐根本无心去理睬她插嘴,仿佛此事没有发生过一样,继续对默德斯通先生说:

"默德斯通先生,"我姨奶奶摇着手指头说,"在那个无知的吃奶的孩子眼中,你是一个独裁者,她的心受到了你的挫伤。她很可爱——我很清楚,在你还没有认识她的若干年前我就清楚这个事实——因为她的弱点,你却给她留下了那致命的创伤,不管你乐意还是不乐意,这是个事实,一个足以让你感到安慰的事实。你和你的爪牙可以多思考一下这个问题。"

"请允许我插一句,特洛伍德小姐,"默德斯通小姐说,"你所谓的我弟弟的爪牙指的是谁?"

贝西小姐继续她的话题,丝毫没有把默德斯通小姐的话放在心上,完全不受那声音的影响。

"现在已经很清楚了,像我对你说的那样,在你还没有认识她的若干年前——世事难料,你们怎么会相识,这着实令人费解——现在已经很清楚了,不过那个可怜软弱的东西早晚都会嫁人,但是我所能希望的是结果不要像现在这样糟糕。默德斯通先生,这个可怜的孩子出生了,却成了你折磨她的工具——这是何等不快的回忆啊——以至于现在他成了这般模样。唉——唉!你没必要躲着,我很清楚这就是事实,即使不是那样。"

在那段时间里,默德斯通先生一直是眉头紧锁却面带微笑地站在门边打量着我的姨奶奶。看得出来,他虽然微笑依旧,却又立刻变了色,仿佛长跑过后那么喘息。

"祝你好运,先生!"我姨奶奶说,"后会有期!也祝你好运,小姐,"我姨奶奶突然转向她说,"胆敢让我再看见你骑着驴子从我的草地上走过,如果你的脖子结实,我会敲下你的帽子,用脚踩!"

如果想要描述出我姨奶奶此刻发泄那意外事件所露出的脸色和默德斯通小姐听到那句话所做出的反应,需要一位画家,一位非凡的画家。我姨奶奶说那句话的态度不下于那句话本身所表露出的愤慨,默德斯通小姐没有说话,只是很小心地挽着她弟弟的臂膀昂着头走出了房子;而我姨奶奶则站在窗子前看着他们出了住宅;我相信,如果那头驴出现在那片神圣的草地上,她肯定会实践她的警告。

见没有发生此类挑衅的行为，她的脸随之松弛了下来，变得那么柔和，这让我有了勇气去感谢她亲吻她；我带着莫大的诚意搂着她的脖子亲吻了她，之后又同狄克先生握了许多次手，然后又用一次又一次的笑声来庆祝如此愉快的结局。

"狄克先生，今后你就成这个孩子的监护人了。"我姨奶奶说。

"能作为大卫的儿子的监护人，我感到很荣幸。"狄克先生说。

"好，那就这么说定了。另外，我经常想，我可以让他跟我姓呢！"

"好，好！让他姓特洛伍德，好！"狄克先生说。

"你是说特洛伍德·科波菲尔？"我姨奶奶说。

"对，完全正确，是的，就叫特洛伍德·科波菲尔。"狄克先生开始有些害羞了。

对于这样的建议，我姨奶奶是那么的赞成，那天下午便给我买来了衣服，在我穿上之前，亲自用不褪色的墨水在那上面写着"特洛伍德·科波菲尔"。另外还规定，所有为我做的衣服上都要标上这个名字。

就这样，我使用了这个新的名字，在这样一个新的环境中，开始了我新的生活。此刻，我感觉，这么多天来的恐惧像一场梦一样消失了。以前，我不曾想过，我能有像我姨奶奶和狄克先生这样两个古怪的监护人。对于周围的这一切，我永远不曾清楚地想过，但是在我头脑中有这样两件事是很清楚的，一是，往日在布兰德斯通的生活渐渐远去了；二是，在默德斯通—格林柏公司的生活也被一层幕遮挡了。而且自那以后，没有人揭开过那层幕，就算在我的叙述中，我也只是很不情愿地稍微揭了一下那层幕，随后连忙松了手。回忆那时的生活给我带来的无尽的痛苦、苦恼与失望，最后连静下来回想那段时光的长度的勇气也没有了，一年？或是更多，也许比此要少？我不知道。但是我所能知道的便是，那样的生活曾经有过，以后不会再有了；既然写到这里，就把它留在这里吧！

精彩点拨

默德斯通先生是一个狡诈、贪婪、冷酷的人。他利用大卫母亲的单纯幼稚向她求婚，从而达到霸占了她的财产的目的。并一步步逼迫大卫母亲，让她认同对他对大卫的看法。他反复强调大卫是个坏孩子，他把大卫一步步逼走，目的就是更好地占有大卫母亲的财产。他还为自己无耻的行径蒙上一层虚伪的面纱，真是一个小人。

阅读积累

阿波罗

阿波罗，是古希腊神话中的光明、预言、音乐和医药之神，消灾解难之神。同时也是人类文明、迁徙和航海者的保护神。亦是宙斯和勒托之子，阿尔忒弥斯的孪生弟弟。

阿波罗又被称作福玻斯·阿波罗，而福玻斯是"光明"或"光辉灿烂"的意思。阿波罗是所有男神之中相貌最英俊的一个，他快乐、聪明，拥有着阳光般的气质，是许多艺术家在诗画中赞颂的对象。

阿波罗常被现代人说成是太阳神，而事实上，公元前5世纪已经将他赫利俄斯等希腊土著文明所信奉的太阳神进行并同。在古希腊神话晚期，阿波罗已经有太阳神属性。在著名的《荷马史诗》（公元前8世纪）的记载中，阿波罗被称为弓箭之王、远射神、金剑王。

第十六章

> **精彩导读**
>
> 　　大卫和狄克先生成了好朋友。贝西小姐想送大卫进入坎特布雷学校读书，于是，他们先去拜访了维克菲尔德先生，大卫暂时在维克菲尔德先生家住了下来，认识了维克菲尔德先生的女儿爱妮丝。大卫在这里会过得怎么样呢？在这个新环境中，他会认识什么人呢？

　　很快，我便与狄克先生成为要好的朋友，我们常常在他每天的工作完成之后便出去放那只大风筝。每天，他都会花很长的时间坐在那里写呈文，工作非常辛苦，进展却甚为微小，因为关于那个查理一世的问题他总是抛不开，掺杂在头脑中，最后只好弃稿，重新起了一个头。在他写呈文的过程中有这样一些情形给我留下了深刻的印象：他对于查理一世的那种主观上的错误理解，抛开查理一世的问题而做的微弱的努力，掺杂进呈文中有关查理一世的问题对那呈文破坏的必然性，以及他那忍受这无穷尽的失望的耐心。即使呈文完成了，狄克先生希望的结果是什么呢，这呈文应该给谁看，起什么作用呢？我想对于这个问题，他不比其他任何人了解得多。更何况他也没有必要为这些问题烦恼，因为，如果这个世界上存在真实的事物，那么他的呈文永远无法结稿就是一个事实。

　　风筝正在高飞时，正在放风筝的他着实令人感动。曾在他的房间中，他告诉我说他相信他的那些条件（不过是那些流产的呈文而已）会随着风筝向外传播，有时，他也许认为那不过是在幻想而已，但是当他面对天空中的风筝，同时感受到它在他手中一拉一扯，那便不再是一种幻想了。他放风筝时的样子是那么恬静。每到傍晚，我们便来到那草色青青的山坡上。坐在他旁边，看着他仰望着那飞在高而平静的天空中的风筝，我经常这样认为，唯独那风筝才能使他的头脑清醒，把他的所有混乱全都带向了高空。最后他绕起了线，风筝随着夕阳一同落下，最后落到了地面上，如同死物一般静静地躺在那里。而他此刻也像走出了梦境；我记得，当他拾起那风筝时，若有所失地看着四周，如同他与风筝一道沉落，此刻我非常同情他。

　　在我与狄克先生的友谊与交情有了很大发展的同时，我姨奶奶对我的宠爱也加深了。她是那么喜欢我，以至于在短短几周内，那个我刚使用不久的姓便被她简称为特洛；有时我甚至怀疑，如果我始终如一，那么用不了多久，我便可以享有我姐姐贝西·特洛伍德所享有的特权了。

　　"特洛，"一天晚上，当双陆棋盘子摆上桌之后，我姨奶奶对我说，"对于你的教育，我们不应当忘记。"

这是我所放心不下的问题，因此，我很高兴她能对我提及。

"进坎特布雷学校，你愿意吗？"我姨奶奶问道。

我对她说很愿意，因为那所学校离这儿很近，当然也就很靠近她。

"那好，"我姨奶奶继续问道，"那你愿意明天就去吗？"

这段时间我对于我的姨奶奶有些了解，她办事迅速，因而我也就并不因为如此突然的提议而吃惊了，说："愿意。"

"那好，珍妮，明天上午十点去把那匹小灰马和双轮车雇来，另外，今晚去收拾一下特洛伍德少爷的衣服。"

当听到我姨奶奶如此吩咐时，我十分高兴，但是当我发现狄克先生听到这些吩咐所表现出的模样时，我开始为我刚才的自私而自责。对于我的离开，狄克先生表现得那么沮丧，根本没有心思陪我姨奶奶玩双陆棋，当我姨奶奶用色子筒警告了他几次之后见他依然如此，便合上了盘子，没有跟他继续玩了。但是，当我姨奶奶说星期六我可以回来，而他也可以在周三去探望我时，他又精神振奋了起来，并且还向我承诺说要做一只比现在更大的风筝。第二天早晨，他又沮丧了起来，为了让自己振作些，他便掏出了身上所有的钱全部递给了我，却被我姨奶奶制止了，将他的馈赠限制为五先令，而他却苦苦哀求，才将这数目增加了一倍。最后我们在花园门口以热情的方式分了手，狄克先生一直站在那里，直到我姨奶奶把我载到看不见住宅时，他才进了屋。

我姨奶奶如同一个体面的车夫一般笔直地坐在车上，用她那娴熟的技术将那匹小灰马从多佛大道上赶过，她全然不顾民众的舆论，总是盯着那匹马，绝不允许它擅自行动。但是我们来到乡村大道时，她允许它松松劲了，转过来问坐在她旁边靠垫上的我感觉如何。

"我很开心，也很感激你，姨奶奶。"

对此她很满意，并用鞭子轻轻拍了拍我的脑袋。

"那所学校很大吗？"我问。

"嗯，我也没去过，我们先去拜访一下维克菲尔德先生。"

"他是开学校的吗？"

"不是，特洛，但他有一个办事处。"

我没有再向她询问任何有关维克菲尔德先生的事了，因为她什么都不愿透露，于是，那一路上，我们只探讨别的话题。恰巧那天坎特布雷的人们在赶集，于是，我姨奶奶拥有了一个很大的机会去驾着那匹小灰马走在车子、筐子、蔬菜和小贩的货物之间。过于迅速的转弯动作引起了周围多为不满的评论，但是，我姨奶奶对于此类怨言全然不放在心上，只顾专心地赶着车子。我想，如果让她驾着车子穿行在敌人的国度里，她也一定会由着自己的性子，持着对周围一切漠不关心的态度那样做的。

最后，我们在大路上的一所突出的旧房子前停下了；那长而低的方格窗更为突出，末端那刻着人面孔的横梁也突了出来。当时我在想，这所房子之所以向前方倾出，大概是为了想看清那些走在狭窄道路上的人。那房子真是干净得看不见一丝尘土。低矮弓形门上那刻着花果波纹的老式铜门

环,在阳光反射下如同星星一般耀眼夺目;门前的台阶如同细麻布一般白;如同山一般古老的突角和陷石,雕刻和塑刻,奇怪的小玻璃板以及那更奇特的小窗子,却又如同山上的新雪般清洁无尘。

马车停下之后,我专注于那所奇特的房子,忽然看见底层的小窗子中闪过一张面如土色的脸。随后那扇低矮的弓形门被打开,那张脸露了出来。现在看那张脸和刚才在窗子里没什么两样,只是脸上带有一种红发人皮肤上带有的那种红色。他是一个红发人——现在想来,他不过只有十五岁,只是样子显得很老——头发与那刚破土的麦苗一样短;淡红色的双眼,没有睫毛,更看不出有任何眉毛,一双完全没有掩护的眼睛,没有任何可以遮盖的东西,那时,我曾奇怪他怎么入睡。他围着一条白领巾,穿着一件还能入目的黑衣外套,衣领直耸,双肩突起,瘦骨嶙峋,尤其是那双细长而瘦弱的手,当他来到马车旁一边仰起头看着坐在车里的我们,一边用手擦着下巴时,我尤为注意那只手。

"尤来亚·希普,维克菲尔德先生在家吗?"我姨奶奶问。

"他在家中,"尤来亚·希普说,"请进。"他用那瘦弱的手指向他说的房间。

让尤来亚·希普牵着马,我们便下了车,来到一间靠近街道的大而低的客厅。透过客厅的窗子,我发现尤来亚·希普的行为好像是在给马施邪术:朝它的鼻孔吹气之后,又立刻用手盖住了。在那高高的古老的火炉架对面的墙上挂有两幅画:一幅画是一个白发浓眉的男人(但不是一个老头子)正在看扎有红丝带的一些文件;另一幅是一个宁静而可爱的女人,她正在看着我。

当我想在墙上寻找尤来亚的画像时,房间末端的一扇门开了,走出来一个男人,当我看见他时,立即转过身,想要证实那第一幅画并没出那框架,果然那幅画并未移动半毫;当他走出黑暗时,我发现他比那幅画要老一些。

"贝西·特洛伍德小姐,"他说,"请进,刚才我在处理一些事,但我想你会见谅的。我这一生只有一个动机,而且你也知道得很清楚。"

我姨奶奶谢过他之后,便来到了他的房间。那房间被书、文件、白铁箱等其他东西布置成办事处的模样。窗外是一片花园,壁炉架上面有一个砌在墙壁中的铁保险箱,坐下之后,我在想当清扫烟囱的时候该如何转动那扫帚。

"嘿,特洛伍德小姐,"维克菲尔德先生(后来我发现他是一位律师,也是本州一位富人的经纪人)说,"是什么风把你吹到这里来啦?我希望不是不愉快的风。"

"不是,此次前来并非为了法律上的纠纷。"

"很好,我想你为其他的事而来似乎要好一些。"

他的头发如雪一般白,而眉毛却如墨水一般黑。他有一张英俊而令人喜欢的脸。他的皮肤中有一种红葡萄酒般的色泽,他那肥胖的身躯也归因于这种色泽。他的服装——蓝外套、条纹背心和棉布裤——非常整洁,还有那使我联想起天鹅胸部羽毛的柔软洁白的细致衬衫和白葛布领巾。

"这是我的外甥。"我姨奶奶说。

"实在不知道你还有一个外甥啊,特洛伍德小姐。"维克菲尔德先生说。

"准确地说,应该是我的外孙。"我姨奶奶解释道。

"不过说实在的,我还真不知道你有一个外孙呢。"

"现在我留养了他，"我姨奶奶摆了一下手，表示他知道与否都无关紧要，然后接着说，"我之所以带他来找你，是想通过你为他找一所可以得到良好教育和优良待遇的学校。请你告诉我，在哪能找到这样一所学校，是哪所学校，以及其他的一些情况。"

"如果要想知道我的意见，"维克菲尔德先生说，"首先得弄清楚一个问题，你也知道，你的动机是什么？"

"别胡闹！"我姨奶奶叫道，"动机本来就显而易见，而你却总是在深处寻找！嘿！我的动机就是让这个孩子愉快，有用。"

"我想，这顶多是一种模糊的动机。"维克菲尔德先生摇着头，很不信任地说。

"模糊？胡扯！你自称说只为一个老实的动机而做所有的事，我希望，你不认为在这个社会中你是唯一老实的商人吧？"

"但，特洛伍德小姐，我一生只有一个动机，"他微笑着说，"我与别人的不同之处在于，他们有成打的或成百个的，而我却永远只有一个，但这是题外话了。你想要找最好的学校是吗？无论你的动机是什么，你想要找最好的，是这样吗？"

我姨奶奶点头表示同意。

"但是有一点，你的外孙目前不能住校，在那些所有最好的学校当中。"

"但是，他可以住在别人家里吧，我想？"我姨奶奶提议说。

对于这样的提议，维克菲尔德先生表示赞同。经过一番讨论之后，他建议陪我姨奶奶一同去学校，让她亲自考察一番，随后，以同样的动机带她去了两三户人家——当然是他认为我可以寄宿的地方。对于这样的建议，我姨奶奶表示了赞同。正当我们出发时，他却停了下来说：

"对于这样的处置办法，我们这位小朋友或许持一种反对的动机呢，所以，我想，还是留他在这里比较好。"

看得出来，我姨奶奶似乎有意想就这个问题与他争论，但是为了能使事情顺利进行，我说，如果他们乐意，我可以留在这里。于是我又回到了维克菲尔德先生办事的房间，在先前的椅子上坐下，等他们回来。

恰好这把椅子的对面是一条狭窄的走廊，走廊的尽头有一个圆形的房间，当初我看见尤来亚·希普那张面如土色的脸孔时正是那个房间。他把马牵进附近的马厩之后，就开始坐在这个房间的书桌旁抄写那些挂在铜架子上的文件了。有些时候，由于那悬挂的文件挡在我们中间，即使他想看我，也不会看见；但是，当我定神向他望去时，我便感到不安，因为我发现，从那份文件下面经常会溜过来那两个红太阳般无法入睡的双眼，甚至每看一次都长达一分钟之久，在他看我的时间，笔却像先前一样快速敏捷地写着，也许是在假装抄写。有那么几次，我想方设法躲开那两颗红太阳——站在椅子上看对面墙上的地图，浏览报纸上的新闻——但是总被它们吸引过去；而且无论在什么时候，只要我朝着那两颗红太阳看，都肯定能看见它们，不是在上升，便是在往下沉。

在我姨奶奶和维克菲尔德先生回来之后，我便安心了不少。但是他们的进展似乎并不那么顺利，对于学校的优点，我姨奶奶并没有提出任何异议，却没有同意维克菲尔德先生为我挑选的寄宿的几户人家。

"很不幸,"我姨奶奶说,"现在我真不知道如何是好了,特洛。"

"的确很不幸,但是我倒有一个办法,特洛伍德小姐。"维克菲尔德先生说。

"什么办法?"

"暂时让你的外孙住在这里。他是一个文静的孩子,肯定不会打扰到我。这里是最好的求学地方了,跟修道院一样安静、宽敞,让他留下吧。"

对于这个办法,我姨奶奶非常喜欢,但是觉得有点过意不去,我也有同样的感觉。

"特洛伍德小姐,"维克菲尔德先生说,"这个办法可以解决目前的困难。你也知道,这只是一种暂时的安排。如果事情进展得不那么如人所愿,或者对我们双方都不太方便,那时可以将他很容易地向后转。另外,也有足够的时间给他寻找更好的住处。我建议你还是暂时让他住在这里比较好!"

"感激不尽,"我姨奶奶说,"我知道他也很感激你,但是——"

"好啦!你的意思我明白,你也没必要如此,如果你喜欢的话,你可以付他的房租,但是我们没有必要为这件事伤神,你随意好了。"

"如此的默契,"我姨奶奶说,"却又没有因此而削弱真正的恩惠,你能收留他,我很高兴。"

"既然如此,就让我们来见见我的小管家吧。"维克菲尔德先生说。

于是我们上了一个古老的楼梯,这楼梯如此宽敞以至于我们三个人可以并排着走上去。我们来到一间古老阴暗的休息室。室内有三四个我曾在街上见过的古典而雅致的窗子,室内那几把古老的橡木椅子似乎与闪光的地板和天花板上的横梁用相同的木料做成。室内还有一架钢琴、一些花和一些鲜艳的器皿,摆设相当美观。房间中的角落摆放着书架,或椅子,或碗橱,或一个奇特的小桌子,或其他什么东西,于是我想,这个房间中再也找不到如此美好的角落了,但是当我看到另外一个角落时,便发现它是同样美好,这才看清,房间中到处都是这些美好的角落。而且房间中的每件东西上都蕴含着这所房子所具有的那份悠闲与雅致。

维克菲尔德先生敲开了一个角落的门之后,一个与我差不多年纪的女孩迅速地走了出来,吻了他。看到她的脸,我立刻想起了楼下墙上那幅画中的女人的宁静而可爱的表情。我想,那幅画中的女人是多年以后的她,而此刻她不过是个孩子。从她那红润而愉快的脸上,我看到了一种让我至今不曾忘记今后也不会忘记的宁静、善良、平和的神态。

维克菲尔德先生说这是他的女儿,同时也是他的管家,爱妮丝。当我听见他说那几句话的语气,看见他握她手的姿势时,我就猜到了他平生那唯一的动机是什么了。

她挎着一只装着钥匙的篮子,她是一个同这房子一样庄重且心细的管家。她面带微笑地听她父亲说起关于我的话题,当他说完之后,便建议我姨奶奶说,我们应当到楼上看看我的房间。于是她在前面领路,宽阔的栏杆一直通到我的房间门口,那是一间拥有很大橡木梁和菱形镶板、辉煌而古老的房间。

我突然想起一个教堂中绘有彩色的玻璃窗,我不记得是在什么时候,具体什么地方记过,也不记得它反映什么样的故事,但是当她站在那个古老而幽暗的楼梯上转过身来等我们时,我想起了那扇彩色玻璃窗,从此把那恬静的光线和爱妮丝·维克菲尔德联系在一起。

对于我受到如此安排，我姨奶奶与我都感到很高兴。我们既兴奋又满意地回到了休息室之后，由于她担心那匹小灰马在天黑之前不能赶回家，怎么也不肯留下来吃晚饭。当然维克菲尔德先生很了解她，清楚争辩只是徒劳，于是就为她准备了一些点心，随后，爱妮丝去找她的女教师去了，维克菲尔德先生也进了他的办公室。那样，我们便可以毫无拘束地在那里道别了。

她对我说，维克菲尔德先生会帮我安排好一切，我不会缺少任何东西，最后她又和蔼地叮嘱我，给了我一些最好的忠告。

"特洛，在今后的日子里，要对你自己负责，也要对我负责，更要对狄克先生负责，愿上帝保佑你！"

听她这样说，我感动得不知道该说什么才好，除了感谢之词，再也找不到别的言语了，最后请她替我向狄克先生致以敬爱之意。

"永远不要卑劣地做任何事，也不要弄虚作假，更不要残忍地对待任何事物。杜绝这三种恶习，特洛，我永远都对你的前途抱有希望。"

我尽我最大的可能去答应她，不会滥用她的仁慈，也绝不会忘记她的忠告。

"马已经牵到了门口了，"我姨奶奶说，"我得走了！别送了，安心地在这里住下吧。"

说完之后，她匆匆忙忙地抱了我一下，随后向屋外走去，出门后立即关上了身后的门。对于如此分别的方式，刚开始我很吃惊，担心惹怒了她，但是当我向她望去，见她是那么无精打采地踏上马车，头也不抬便驾车离去了，那一刻，我开始读懂了她，不再误会她了。

五点钟，这是维克菲尔德先生吃晚餐的时间，我打起了精神，准备去吃晚饭了。席位只有我们两个的，但是，在吃晚饭前，爱妮丝在休息室中等候她的父亲，然后一道下楼，面对面地坐在桌旁。我甚至怀疑，没有她的陪伴，他是否有食欲。

晚饭过后，我们没有继续坐在餐桌旁，而是都又回到了休息室。在那个房间一个美好的角落里，爱妮丝为她的父亲拿来一只酒杯和一瓶红葡萄酒，那时，我想，如果是其他任何人为他摆上那瓶酒，他肯定会饮之无味。

他坐在那里喝了两小时的酒，几乎喝光了瓶中的酒；在那段时间里，爱妮丝除了弹钢琴、做手工活，还同我们聊天。在那大部分时间，他是快活的，愉悦的；但有时他的眼睛停在她身上，陷入一种沉思，没有语言，也没有动作表情，但是她总是能一眼看透他，用问题把他从那思绪中脱离出来，之后他又喝了更多的酒。

爱妮丝泡好了茶之后，给我们都斟了一杯，茶后一直到她睡觉的那段时间，我们度过时间的方式与刚才一样。她就寝前，她父亲搂过她，吻了一下，在她离开后，他吩咐在办公室点起蜡烛。于是我也去睡了。

那晚，我来到楼下，信步来到街上，在那里散了会儿步，想再看一眼那古宅和教堂，想要回想起往日我是如何从那座古城走过的，以及如何从我现在所居住的房屋前毫无感觉地经过的。当我回来之后，发现尤来亚·希普正在关办公室的门；我抱着对所有人的友好之感，走过去与他闲谈，与他握手道别。但是，啊，他的手是那么的黏湿！碰到和看见一样可怕！离开后，我拼命地摩擦着手，想要把手搓热，也想搓走他的手。

那是令人感到多么不舒服的一只手啊,当我进入房间之后,它给我的冷而湿的感觉始终没能从我的记忆中抹去。探着身子向窗外望去,看着横梁上的那些面孔,仿佛看见了尤来亚·希普的那张脸也出现在那上面,于是连忙关上了窗子,将他关在了屋外。

精彩点拨

为了大卫的未来,贝西小姐准备把大卫送去一个可以让他得到良好教育和优良待遇的学校去学习,她为大卫去维克菲尔德先生那里去咨询,并对维克菲尔德先生能暂时收留大卫住宿而感激万分,在离开时,她给了大卫三个忠告,让大卫杜绝三种恶习,这才是真正爱大卫的表现。

阅读积累

修道院

修道院是基督教组织机构名称。是天主教培训神父的学院,又译神学院。简称修院,分为备修院、小修院、大修院三种。

在黑暗时代的动乱期间,少数坚定地献身宗教的基督徒离开社会到荒凉而让人生畏的文明边缘地带过着隐士生活。隐士的行为唤起更多陈腐的教士去发誓约守贫穷和奉献,重新聆听耶稣基督的教诲。这种教士组成一个新的同质信徒团体,称为修道院。

教皇格列哥里在信奉基督教的欧洲各处,鼓励建立修道院。在某些欧洲地区,修道院成为唯一剩存的学问中心。有些人相信爱尔兰的僧侣在他们的修道中保存了当时的文化。这些僧侣游走欧洲各处,教育民众恢复对学问的兴趣。修道院成为教养人们的中心,这些受到教育的人可以协助管理政府,不少人当上国王的助手。

当时的修道院如罗马教会,享有对外接受捐献的权利,随着土地捐献的增加,修道院也变得越发富裕。不同的修道院各自订定明规,以达到不同的目的。部分修士会恪守戒律,若干受过训练的传教士会被派到荒野之中,有些会在教会的教条上对教皇作出建议,有些则提供重要的社会服务,如照顾老者、医疗照护和救急扶危。

第十七章

> **精彩导读**
>
> 　　大卫又开始了他的学校生活，在新的学校，他认识了斯特朗博士和他的太太安妮，还认识了很多性格温和的新同学，他在学校过得很愉快。大卫和维克菲尔德先生以及爱妮丝参加了斯特朗先生的生日宴会，他的生活会一直这样幸福吗？

　　第二天早餐过后，我便又开始了我的求学生涯。维克菲尔德先生带着我去了那所学校，一个庄严的建筑坐落于庭院中。那建筑被一种学术的氛围环绕着，那种氛围似乎和那些乌鸦——飞过教堂上空，带着传教士的神气在草地上散步——非常适合。见到我的新老师斯特朗博士之后，维克菲尔德先生把我介绍给了他。

　　初次见到斯特朗博士是在他的书房中，我觉得他像校园外那高耸的铁栏杆和大门旁的石瓮一样坚硬沉重；还有他那未刷干净的衣服，凌乱的头发，未扣好的纽扣，火炉边地毯上那双开了嘴的鞋；他那双毫无神气的眼睛让我想起了一匹已忘却多时的瞎眼老马（那匹老马在布兰德斯通的墓地中吃草时常被坟墓绊倒）。他用那双毫无神气的眼睛望着我说，他很高兴见到我；随后向我伸来他的手，但是我却不知如何应付，因为它什么都不做。

　　但是，一位正工作在斯特朗博士身旁的年轻漂亮的女人——他称呼她安妮，我猜想，应该是他的女儿——将我从那种不知所措中解救出来，她跪在那里快活而迅速地帮斯特朗博士穿好鞋，系上鞋带，之后我们便一同向教室走去。当维克菲尔德先生问候她时以"斯特朗夫人"称呼她，这让我很吃惊，正当我在想她的身份究竟是斯特朗博士的太太还是他的儿媳时，无意之间被斯特朗博士点明了。

　　"我说，维克菲尔德，"他站在走廊上把手搭在我的肩膀上说，"至今你都还未能替我妻子的表兄找一份适当的差事呢。"

　　"还没，还没有。"维克菲尔德先生说。

　　"希望你能尽快处理此事，维克菲尔德，杰克·麦尔顿不但穷而且还懒，这两种坏癖结合在了一起，那就更麻烦了。看看华兹博士怎么说，"他看着我，提高了他所引用的那句话的音调说，"'对于懒人，魔鬼会迫使他做任何坏事。'"

　　"不错，博士，"维克菲尔德先生接过他的话说，"如果华兹博士很了解这个社会，那么他也

强调了那些坏人不择手段地赚钱专权就是干坏事。

可以这样说，'对于忙人，魔鬼同样会迫使他们做任何坏事。'你要相信，在这个社会中，忙人做够了坏事。在近一两百年间，那些忙人不择手段地赚钱专权，难道做的不是坏事吗？"

"依我观察，杰克·麦尔顿从来不为任何事而忙碌。"斯特朗博士摸着下巴深思道。

"也许是吧，让我们回到正题吧，对于我刚才的打岔还请您见谅。我还没有想到任何办法去处理杰克·麦尔顿先生的事呢。我想，"他带着一些疑虑继续说，"我看穿了你的动机，恐怕事情会更困难了。"

"我的动机不过是为了安妮的童伴——她的表兄，找一份适当的工作。"斯特朗博士说。

"这个我当然知道，"维克菲尔德先生说，"但是在国内还是国外呢？"

"嗯——"博士很明显是在为他如此强调那几个字而奇怪，"在国内或者是国外？"

"你的意思，当然没有谁比你更清楚，"维克菲尔德先生说，"或者是国外。"

"是的！"博士说，"是的。这样或是那样。"

"这样或那样？你没有选择的余地吗？"

"没有！"博士说。

"当真没有？"维克菲尔德先生感到有点吃惊。

"本来就没有。"

"没有想过让他去国外而不愿让他留在国内的动机？"维克菲尔德先生说。

"没有。"

"我不能否认你，坚决相信你。如果刚开始我清楚这一点，那么我就轻松了。如果我想说，我持有另外一种不同的意见。"

斯特朗博士听到他这么说便甚为不解地看着他，但不久那目光便柔和了，露出了和蔼而宽厚的微笑。事实上他的态度中包含了一种天真，当你透过他脸上那好学沉思的神态直视那种天真时，你会发现这对于青年学生来说是极具吸引力和希望的。斯特朗博士一再斩钉截铁地重复"没有""根本就没有"，以及其他类似意思的短句。博士迈着奇怪而不均匀的步子摇摇晃晃地走在我们前面，我们紧随其后；而维克菲尔德先生则是严肃地对自己摇头，完全没有注意我在看他。

教室在校园中最安静的地方，是个宽敞的厅堂，对面差不多可以

斩钉截铁：形容说话或行动坚决果断，毫不犹豫。

看见六个大石瓮，另外还可以看见博士那古老而僻静的花园，园中南面墙边的桃子正在面向阳光而逐渐熟起来，窗外草地上摆了两盆大龙舌兰，那宽硬的叶子，让人感觉寂静清幽。教室中，大约有二十五名学生在聚精会神地晨读，见到博士，便都起立向他问早安，当目光转向维克菲尔德先生和我时，便站在那里不动了。

"各位，这是一位新同学，特洛伍德·科波菲尔。"博士说。

随后班长亚当走出座位欢迎我，他戴着一条白领巾，像一名年轻的传教士，很和气、很有礼貌地告诉我座位，又向我介绍了各位老师，如果有能让我感到安心的东西，那么就是他的态度。

但是，自从我与萨伦学校的学生和那同龄的伙伴（除米克·华克尔和赛白粉·马铃薯外）分别如此之久，此刻是我有生以来第一次感到生疏。对于我的遭遇，他们全然不知，而我所拥有的经验、年龄、外表以及和他们相同的身份，又显得那么不搭调，我实在过于敏感这些了，我想，如果我以一种刚刚入学的学生身份来到这里，实在是一种欺骗。在默德斯通—格林伯公司那么久之后，学生们的运动和游戏对我来说是那么不习惯，在他们看来是最为普通的事，而我却毫无经验，异常迟钝。以前我学过的那些东西从那为了生计而整日卑贱的忧虑中消失了，因此当检验我所了解的知识时，我一窍不通，于是成为学校最低的一级。我不但会为缺乏游戏技巧和书本的知识而感到苦恼，那些我所不知道的使我与同伴们更加疏远，这还让我更加感到不安。很多时候，我都在想，他们要是知道我熟悉监狱里的一切，他们会如何呢？我身上会不会存在一种东西把我同米考伯先生一家的那些行为——典当东西，吃晚餐——在我不知不觉中泄露出来？如果他们有人认出那个疲惫、衣衫褴褛地从坎特布雷大街走过的我时，我该如何是好？当他们知道我是如何收攒我的零钱来买我的那些午餐——腊肠、啤酒和那些布丁——时，对于阔绰的他们来说，他们会怎么议论我呢？又或者对伦敦生活和街市的近乎无知的他们发现我对于这两种东西的某些卑贱的部分却又何其渊博时，他们会受到怎样的感动呢？在与斯特朗博士相处的第一天里，我把这些问题想了那么多遍，以至于最后认为那些最细微的态度和姿势都会出卖自己；那些同学只要一接近我，我便退缩了，放学铃一响，我便逃走了，害怕我那些不可告人的秘密会在任何友好的待遇面前暴露无遗。

但是维克菲尔德先生古宅中存在那样一种力量，我的不安会在当我臂下夹着课本敲门时逐渐消退。进入我那古老而又空气流通的房间时，仿佛那古老楼梯的影子倒映在我的疑虑和恐惧中，这使得我过去那些往事蒙上了一层水汽，朦胧不清。坐在那里，聚精会神地一直看书看到吃晚餐的时候，学校是三点钟放学，随后我便带着一份可以成为一个过得去的学生的希望走下楼。

维克菲尔德先生此刻正在办公室里与人谈事情，爱妮丝则是在休息室等候她父亲。见到我，便露出愉快的微笑，问我是否喜欢那所学校。我对她说，刚开始有点生疏不适应，但是我会很喜欢它的。

"你是不是从来没有上过学，"我问，"上过吗？"

"哦，当然，每天。"

"啊，你是说这里，在你自己家里吗？"

"你知道的，爸爸不允许我去其他任何地方，他的管家应当在他自己家里。"

"我相信，他一定很爱你。"我说道。

她点了点头。随后去了门口，听他有没有过来，好去迎接他，却没有听到任何动静，便又回来了。

"我一出生，妈妈就死了，"她很平静地说，"我也只是在楼下的那幅画中见过她。昨天我见你在看，我想你一定在想她是谁吧？"

我对她说是，还说那幅画与她很像。

"爸爸也经常这么说，"她高兴地说，"听，爸爸来了！"

当她转身去迎接他，当他们相互挽着进屋时，她那活泼的脸上流露出欣喜的光芒，他很亲切地与我打招呼，同时还告诉我说，斯特朗博士是个宽厚的人，在他的教导下，我一定会很快活。

"也许有些人——我希望没有——滥用他的仁慈，"维克菲尔德先生说，"但是，特洛伍德，在做任何事时，希望你不要成为那样的人。在与博士交往中，无论大事小事，他都很少去猜忌任何人，无论这是优点还是缺点都应当去重视。"

在他说这些话时，我隐约感到他似乎对什么事感到不满意，有些疲惫；但是在我还没来得及去追究这些问题的时候，就接到了吃晚餐的通知。于是我们走下去，来到先前的位置上。

我们刚坐下，尤来亚·希普便从门口探进了脑袋和瘦弱的手，说：

"麦尔顿先生请求说一句话。"

"我才打发走他啊。"他的主人说。

"是的，不过他又回来了，他要求说一句话。"

当尤来亚用手推开门的时候，他似乎在看我，看爱妮丝，看盘子以及盘中的食物，看房中的一切，又好像目空一切，只是用他那忠诚而顺从的眼睛注视着他的主人。

"抱歉。请你让一让。"一个声音从尤来亚背后传来，随后他的脑袋被推开，门口出现了那个说话的人，"冒昧打搅还请见谅——对于这个问题，我似乎没有抉择权，我应当越快出国越好。当与我的表妹谈论这个问题时，她说，她希望她的朋友都能在身边，不愿意看到他们被放逐，于是那位老博士——"

"斯特朗博士？"维克菲尔德先生严肃地问道。

"当然，但是我称呼他老博士——总而言之是一样的，你知道的。"

"我怎么会知道？"

"得，我相信斯特朗博士也一定是相同的态度。但是他似乎因为你为我定的计划而改变了他最初的想法。那样的话，我也就无话可说了，我也只有离开，越早越好。因此，我想回来再说一句，我应当越早离开越好。如果到了不得不逃的时候，留在岸上拖延是没有任何用处的。"

"你放心，你的事我会尽快处理。"维克菲尔德先生说。

"谢谢，"他说，"十分感激。我不想在别人对我的好意中找茬，何况也是绝不应当的；否则，我想可以按她自己的意思来安排这件事。我相信，只需要她跟那位老博士开口。"

"你的意思是，只需斯特朗夫人跟她的丈夫开口，是这样吗？"维克菲尔德先生说。

"不错，只需要说一声，她就可以把事情弄成她想的那样，不存在任何问题。"

"为什么不存在任何问题呢，麦尔顿先生？"维克菲尔德先生镇定地吃着饭，问道。

"为什么？因为与那个老博士——我是指斯特朗博士——相比，安妮是一个可爱而年轻的姑娘。"麦尔顿微笑道，"我不想得罪任何人，但是，在那样一种婚姻中，有一种补偿也是公道合理的。"

"作为那位夫人的补偿吗？"维克菲尔德先生严肃地问。

"作为那位夫人的补偿。"杰克·麦尔顿先生笑着回道。但是当他发现维克菲尔德先生仍然是那么镇定地在吃饭时，他似乎感到从他那紧绷的脸上找不到一丝希望，于是继续说：

"但是，我要说的话已经说完，为刚才的打扰再次向你道歉，现在我可以离开了。考虑到这本与博士一家无关，仅仅是你我之间的问题，我当然遵从你的安排。"

"吃过饭没有？"维克菲尔德先生问。

"谢谢。我正打算过去与我的表妹一道用餐呢。再会！"杰克·麦尔顿先生说。

对于他的离开，维克菲尔德先生并未起身相送，只是坐在那里沉思地目送着他。他给我的印象是，天生一副英俊的面孔，谈吐敏捷，但很浅薄、自负。当在那天早晨听到博士提起他的时候，我还没有想过能那么快就见到他。

晚饭过后，我们又来到那间休息室，所发生的一切与前一天类似。在相同的位置，爱妮丝为她父亲拿来了酒杯和一瓶酒，接着维克菲尔德先生便坐在那里开始喝酒，又喝了很多。爱妮丝坐他旁边弹琴，之后做着手工和我们聊着天，和我玩纸牌游戏。在适当的时间为我们泡了茶；随后，当她看见我拿下来一些书的时候，便告诉了我一些关于那些书的知识（她说这些都是小事情，我却不那么认为），又教给我一些学习它们的良好方法。当我回忆起这些的时候，我想起她那温文尔雅、恬静安详的态度，耳边回响起她那平静而悦耳的声音。后来她对我产生的影响已经深深印在我的心中。对爱妮丝的爱与对小爱米丽的不同，但是我觉得，只要有爱妮丝的地方，便充满了仁慈、和平与真理；许久以前的那教堂中的彩色玻璃窗的恬静而柔美的光线洒在了她的身上，当我靠近她时，也照到了我的身上，以及环绕在她周围的所有东西上。

当她离开我们去睡觉之后，我也准备去睡了，当我把手伸向维克菲尔德先生时，却被他拦住了。

他对我问道："特洛伍德，你是愿意留下与我们一同住在一起呢，还是另觅他处？"

"同住。"我迅速回答说。

"真的吗？"

"如果不打搅的话，如果我可以的话。"

"但是，孩子，我怕你会受不了我们这里的沉闷生活。"

"我并不比爱妮丝更觉得沉闷啊，先生。我不觉得很沉闷啊！"

"比爱妮丝，"他慢慢走到那个大壁炉前，随后靠在上面说，"比爱妮丝。"

那一晚他喝了太多的酒，以至于眼中布满了血丝（也许是在幻想）。这只是我在不久前看见的，当时他正低垂着头，并用手遮着眼。

"我想知道，"他自言自语道，"我的爱妮丝是否已对我开始厌倦。但是，我会在什么时候厌倦她呢！但这不是一码事——完全是不同的两回事。"

比喻手法

形象地写出了对于维克菲尔德先生来说离开爱妮丝的想法是错误的。

他沉默了，没有说话，我也没作声。

"这的确是一所沉闷的古宅，"他说道，"生活也极其乏味；但是我不能离开她。如果想到我们会因死亡而离开彼此，如果在此快乐的时刻这想法便像一个魔鬼那样冒出来，那我就只好让这想法丢弃——"

他没有再多说什么，而是走到他刚刚坐的地方，习惯地做从空瓶子里倒酒的动作，然后放下瓶子，又走回来。

"如果她认为在这儿是痛苦的，"他说道，"那她离开后呢？不！我绝不可能去做这种试验。"

他靠在壁炉那儿沉思了好久，我不知道我究竟是应悄悄地走开还是静静地等待他清醒过来。他终于清醒了，朝周围扫了一圈儿，接着我们的眼光在空中相遇，他停了下来。

"和我们一起住？特洛伍德，嗯？"他说道，"我喜欢你和我们一起。你可以和我们俩做伴。你能在这儿住下太好了。对我好，对爱妮丝好，也对……对我们大家来说都是好事，是吧？"

"是的，这对我来说是好事，先生，"我说道，"我很高兴你能喜欢我留在这儿。"

"好孩子！"维克菲尔德先生说道，"你要是喜欢，你就可以在这儿住下来。"他和我握了握手，又拍了拍我的背，并说等晚上爱妮丝走了后，如果我想有个伴而他又在那里的话，尽可以去他的房间和他待在一起。我真诚地向他道谢。过了一会儿，他下楼去了，但是我并不觉得困乏，于是我拿了本书下楼去消磨一些时间。

然而当我看到小圆阁那办事处的灯光时，我又不自觉地想着要去尤来亚·希普那里，我觉得他确实有点让人着迷。于是，我就向他那里走了过去。我看到尤来亚正在那儿专注地读一本厚厚的大书，他用瘦长的手指在每一页上都留下了痕迹（或者是我想象的吧）。

"现在天已经很晚了，你还在工作啊，尤来亚？"我说道。

"是的，科波菲尔少爷。"尤来亚回答道。

神态描写

写出了尤来亚·希普面对大卫时的不安和自卑心理。

我坐到他对面的凳子上以便和他谈话，然而我却发现他脸上并没有真正的微笑，他只是把嘴向两边咧开，在双颊下分别挤出一道生硬的皱纹。

"我现在并不是在为事务所做工作，科波菲尔少爷。"尤来亚说道。

"那么你现在在做什么工作呢？"我问道。

"我在学习法律知识呢，科波菲尔少爷，"尤来亚答道，"我快要读完《提德诉讼程序》了。提德先生真是一位伟大的作家啊！"

他说完后又用食指指着读起书来，我坐在凳子上观察起他来：他的鼻孔薄且尖，中间向下凹陷。它们那样奇特地一张一缩，好像在代替眼睛来眨动，令人看了感觉很不舒服。

"你现在已经成为一个了不起的法律学者了吧？"我向他问道。

"我？"尤来亚说道，"哦，不！我是一个很卑贱的人，科波菲尔少爷。"

然而，我看到他不时把两手掌心相向搓来搓去，我对他的手的感觉不是幻觉，因为他除了偷偷用小手帕不断去擦，还想要去把它们捏干。

"我知道我在这世上是最卑贱的人，"尤来亚·希普谦卑地说道，"不管别人怎样说。我母亲和我一样也是一个很卑贱的人。我们在一个卑贱的地方居住。我父亲先前做的也是很卑贱的职业，他在教堂看墓，是看墓人。"

"那么他现在在干什么呢？"我又问道。

"现在他已升往天国了，科波菲尔少爷，"尤来亚·希普答道，"不过，有许多方面应当让我们心怀感激，比如能和维克菲尔德在一起！"

"你和维克菲尔德先生相处有多久了呢？"我问道。

"我们相处有四年了，科波菲尔少爷，"尤来亚边说边在他读到的那页书上做了个记号，接着把书合上了，"那是从我父亲去世一年后开始的。瞧，这是多么值得我感谢的啊！我在维克菲尔德先生门下免费做练习生，这多么值得感谢，否则，以母亲和我这样卑贱的身份又怎么可能办得到呢？"

"那么当你学习期满的时候，你就可以成为一名正式的律师了，是吗？"我说。

"愿上帝保佑，希望如此，科波菲尔少爷。"尤来亚答道。

"也许，可能有那么一天你还会和维克菲尔德先生一起合作呢，"我想让他高兴起来，于是如此说道，"那就会出现维克菲尔德—希普事务所，或者是希普—已故维克菲尔德事务所了。"

"哦，不，科波菲尔少爷，"尤来亚摇头道，"我是一个卑贱的人，怎么可能会出现那样的情况呢？"

他谦卑地坐在那里，斜着眼睛看着我，嘴向两边咧开，双颊上又压出了两道皱纹，就像是我窗外横梁上雕刻的那张脸似的。

"维克菲尔德先生是一个非常不一般的人物，科波菲尔少爷。"尤来亚说道，"如果你们认识的时间足够长，我相信，你一定会知道他比我所说的还要好得多呢。"

"我也相信如此，"我回答道，"可是他虽然是我姨奶奶的朋友，我们认识却不久。"

"哦，真的，科波菲尔少爷，"尤来亚说道，"你的姨奶奶真是一位可爱的女士。"

这时，他用一种很难看的姿势扭来扭去来表现他的热情，于是我的注意力从他对我亲戚的称赞转移到对他的姿势上了——他的身体像蛇那样扭来扭去。

"真的是一位可爱的女士！"尤来亚·希普又说道，"我想，她对爱妮丝小姐也非常赞美吧，科波菲尔少爷？"

我大胆地说了声"是的"，请上天宽恕我的谎言吧，因为事实上我对此一点也不知晓，但是我不想因为那样而引起不愉快。

"我肯定你也是那样,科波菲尔少爷,"尤来亚说道,"你一定是那样的。"

"每个人都会那样的。"我答道。

"哦,真的吗,科波菲尔少爷?"尤来亚·希普说道,"谢谢你说这话!确实是这样的!就算是像我这么卑贱的人,也知道确实是这样的,这话非常正确!哦,谢谢你!"

他有些激动地从凳子上扭着起身。然后就开始做回家的准备了。

"我的母亲在家里等我呢,"他从衣服口袋里拿出一只表面模糊的灰色表看了看,说道,"她会感到不安的,科波菲尔少爷,因为我们虽然很卑贱,但彼此关心。如果有哪一天下午你能来看我们,无论哪一天,可以在我们那卑贱的地方喝杯茶,母亲也一定会像我一样感到荣耀呢。"

"我非常愿意去你家里。"我说。

"那么非常感谢你,科波菲尔少爷,"尤来亚一面把书放在一个书架上,一面说道,"我猜,你在这里还要再住一段时间吧?"

我说:"我相信,只要我在学校里读书,就会住在这里。"

"哦,是真的吗!"尤来亚叫道,"那么,你是否也要加入这一行呢,科波菲尔少爷?"

我本想说我现在没有那种想法,我也没有做出过那样的计划,可是尤来亚却翻来覆去地说:"哦,科波菲尔少爷,我想你会的,真的!你会的,肯定会的!"因为我要离开事务所去睡觉了,他就问我熄灯是否会影响我,他在我刚说出"没有"时就把灯熄了。我在黑暗中握了握我觉得他那就像一条鱼一样的手,接着他就从临街的门打开的一条缝中钻了出去,然后他把门关上,把我留在黑暗中。我摸索着在屋子里走,不小心还被他的凳子绊到摔了一跤。那天夜里我觉得有一半的时间都梦见了他,就是因为这个。在我的梦中,他打开皮果提先生的房子去抢劫,还在房子的桅梢上挂了一面黑旗,在旗上写着"提德诉讼程序"几个大字,然后就是在这面煞气十足的黑旗下面,他把我和小爱米丽带到了西班牙海要去把我俩淹死在那里。

当我第二天去上学的时候,我的不安稍微减轻一些,接着每过一天就又减轻一些,于是我一点点地摆脱了不安,心情慢慢平静下来。不满半个月,我与新伙伴们已经相处得很愉快了,在一起时也很自在快活了。不过,和他们一起做游戏时,我还是不够灵活;而且在学习成绩这方面,我和他们相比也是落后很多。然而,我觉得我在游戏方面可以适应从而取得进步,而努力也可以使我在学习成绩方面获得进步。于是,我在做游戏时和在学习方面都十分用功,受到大家一致的称赞。由于在很短的时间里我就感觉以前在默德斯通—格林伯公司的生活变得很遥远了,以至我不敢去想象我曾经有过那样的生活;我对现在的生活很熟悉,就如同我已经在这种环境中生活很久了。

斯特朗博士的学校很出类拔萃,与克里克尔先生的学校相比正如善与恶的差别。这所学校制度健全,治学严谨,教学有序,时刻想着怎样来让学生向好的方向进步,而且它显然对学生是抱着信任的态度,这种信任收到了很好的效果。这让我们都觉得我们在学校管理方面也有份儿,也应该去好好维护它的品格和尊严,使其不被损害。因此没过多久,我们就觉得自己是与学校紧密相连的了——我可以十分确定地说,因为我就是一个这样的学生;而据我在这学校的整个期间的情况来看,所有的学生都是像我这样的——我们怀着光明的理想学习,想为自己争光,不想给学校抹黑。我们很认真地学习,但我们也有很多时间来游戏,也有很多自由可以享受。我还记得,那时学生们在镇上口碑很好，因我们的仪表或举止而玷污了斯特朗博士和斯特朗博士之学生的名声的事情几乎从不会发生。

还有一些高年级的学生寄宿在斯特朗博士的家里，我从他们那里听说到博士经历的一些小的传闻——比如他和在他书房里出现且被我见到的那美丽少女结婚还不到一年，他娶她是为了爱情的缘故，她却分文不名，但是有好多穷亲戚（我的同学这么说），这些穷亲戚竟然想把博士从学校和家里面挤出去。还有他总心事重重的原因是他总在思考希腊文的词根。当时愚昧无知的我见博士散步时总盯着地面，竟然认为他是一位生物爱好者，后来我才知道，原来他是在冥想他计划中的那本新词典中应该收取哪些词根。根据传言所知，被称为"数学迷"的亚当（我们的班长）曾经按照博士的计划，并根据博士的进展速度等计算出了博士完成这部词典所需要的时间。他认为，从博士六十二岁生日算起，这部词典可在那次生日过后的第一千六百四十九年截稿。

博士是受到全校人崇拜的，否则，肯定不会有如此好的校风；因为他作为最最善良的人，心里面总是怀着一些连墙上的石瓮也会感动的纯真的信念。每当学校旁边的院子里有他在走来走去时，就连那些徘徊在附近的小鸟也都狡黠地转头看他，好像就连它们也认为在世故方面它们竟然可以强过他。假如有一个无赖接近他那咯吱作响的鞋边，而且使他去留意到一个故事中的一句话，那结果就是这个无赖在接下来的两天里就可以享福了。由于此事在学校里实在太过出名了，从而使那些教员和班长只能费尽心思地把无赖们都赶出去，不让他们去引起博士的留意。有的时候，当他晃晃悠悠地在徘徊时，这类事就在他身边不远处发生，而他却一点也没有觉察到。当他走出自己的思想领域又没有别人的保护时，他就会任人宰割了。在我们中间流传着这样一个故事，其真实性我也无从考证，反正这么多年我都确信它是真的，于是我就一直当它是真的了。这个故事发生在一个寒冷冬季的日子里，他把他的裹腿给了一个女乞丐，让那女乞丐把这裹腿用来包裹一个漂亮的小婴儿，并挨家挨户地给别人看，结果在附近一带引起了一些谣传。并且使得博士的裹腿在附近一带人人都熟悉，就像那个教堂一样。这个故事还提到唯一不认识那个裹腿的人是博士自己。过了一段时间后，当那个裹腿被放在一家名声不太好的小旧货铺前陈列时（在那儿这种东西可以用来换酒），很多人都看到博士拿起那东西又摸又看，直夸做得好呢；他好像比较欣赏那东西有些新奇的样式，并且认为他本人的也有所不如呢。

博士和他那年轻貌美的太太在一起的模样看起来真让人高兴。他对她的爱如父亲般的慈祥，这就足以证明他绝对是一个大好人了。我常常可以在结有桃子的花园里看到他们在那散步。有些时候，我到离他们更近一些的书房或客厅里看他们。虽说我认为她对他那部字典从来都未有什么兴趣，但我觉得她很关心博士，她很喜欢他。他们在散步的时候博士好像总是把书中的那些难解部分放在衣服口袋或者帽衬里，向她做着解释。

我经常可以见到斯特朗夫人，原因之一是她在我第一次和博士见面时就喜欢我，于是从此她一直关心我并对我很好，至于其二便是她非常喜欢爱妮丝，常常会在我们住处的周围走动。我觉得，她和维克菲尔德先生之间的相处有一种奇特的感觉（她好像怕维克菲尔德先生）。她晚上到这里来时，每次都不让他送她回去，而是和我一起离开。有的时候，我们高兴地一起跑着穿过教堂的院子时，常常会出乎意料地和杰克·麦尔顿先生相遇，而他见到我们也总是会大吃一惊。

我非常喜欢斯特朗夫人的妈妈,她的名字叫马克兰太太,但像我们学生都习惯叫她老兵,原因是她看起来挺威风,而且她还会很内行地带领众多亲戚来讨伐博士。她的个头不大,目光却很锐利,总喜欢戴着一顶几乎从不变样的帽子,有一些假花和两只被想象成在花上飞舞的假蝴蝶在上面做帽子的装饰。我们都盲目地坚信这帽子产自法国,因为这样的东西只有在那个能干的国家的工厂里才能造出;不过,有一点我倒是可以确定:马克兰太太出现在哪儿,那顶帽子也就会在哪里。她去赴友人的聚会时,就会把那顶帽子放进一只印度篮子里带着去;那两只假蝴蝶好像拥有一种不住颤动的本领,绝不会错过任何来占博士便宜的机会。

有一天晚上,我得到了一个很好的机会观察那位老兵——我这么称呼她并没有任何不敬的想法。还有一件事使那天让我难以忘记,此事等下我会加以叙述。那天晚上,为欢送杰克·麦尔顿先生去印度,在博士家举行了一场小小的宴会。麦尔顿先生是以类似见习军官身份去那里的,维克菲尔德先生终于办妥了这件事。刚好那天恰巧也是博士的生日。我们那天放假,早上送礼物给他,并由班长代表大家说了话,然后我们为他欢呼,喊得我们嗓子都哑了,他也流出了眼泪。晚上,我和维克菲尔德先生,还有爱妮丝,去赴以他个人名义举办的宴会。

杰克·麦尔顿先生比我们早一些到达那里。当我进屋时,斯特朗夫人正在弹琴,她身穿白衣,戴着大红的缎带蝴蝶结,麦尔顿先生则在俯身翻看乐谱。她身体转过来时,我觉得她那白里透红的脸色不像往常那么艳丽,但她看上去确实很美。

斯特朗夫人的妈妈说道:"博士,我差点忘了向你致生日贺词——我的贺词绝不仅仅是生日贺词。我祝愿你长命百岁。"

"夫人,谢谢你。"博士回答道。

"你要活得长长久久的,"老兵说道,"不光是为了你,也为安妮,为杰克·麦尔顿,为许多人。杰克,我觉得你好像还是个小家伙,和大卫少爷相比还要矮上一个头,在后花园的醋栗树丛后和安妮玩过家家的恋爱游戏,这一切简直就像发生在昨天似的。"

斯特朗夫人说道:"我亲爱的妈妈,现在别提那些了。"

"安妮,傻孩子啊,"她的母亲说道,"你现在早就已经结过婚,是一个老女人了,这样的话还使你这样害羞,那要到什么时候你会听了才不害羞呢?"

"老?"杰克·麦尔顿先生惊讶地大叫了出来,"安妮,是吗?"

"是的,杰克,"老兵答道,"确实是一个早就结了婚的老女人。虽然年纪并不算老;我什么时候说过一个二十岁的姑娘就算老了呢?因为你表妹做了博士太太,所以我才会那么说她。杰克,你表妹做了博士太太,那对你可是大有好处的呀。你应该清楚,他是一个心地又好又有影响力的朋友,如果你够格的话,我敢说,他肯定会做得更好呢!我从来都愿意老老实实地承认,说我们家有些人需要有一些朋友帮忙。在你表妹为你弄到个有影响力的朋友之前,你就是那些人中的一个。"

这时,只见博士摇摇手,好像要阻止这件事再说下去,好不再揭穿杰克·麦尔顿先生的老底。可是,马克兰太太在博士旁边的一把椅子上坐下,然后把扇子放在他的衣袖上,又接着说道:

"不,我亲爱的博士,如果你认为这事我说得太多,请你一定要原谅我,因为我实在是太激动了。这是我最喜欢说到的话题,这是我的偏执狂症。你是上天恩赐给我们的福星,你应该明白的。"

"区区小事，何足挂齿？"博士说道。

"不，我请求你的原谅，"老兵接着说道，"这里除了我们忠实的朋友维克菲尔德先生，再没有别人，我不允许别的人来阻拦我。身为岳母，我要运用我的特权，如果你再这样的话，我可就要骂你了。我是很诚恳的。我现在要再说一遍当初你向安妮求婚而使我吓了一跳时说的话——你是否还记得我那时受到惊吓时的样子呢？其实那求婚行为本身是很正常的——如果说它本身有异常的话那就实在是太可笑了！可是，因为你认识他的父亲，所以在她才六个月大时你就认识她了，因此我从没有往那方面想过，我怎么也不会想到求婚的人会是你——原因就是如此，你应该是知道的。"

"是的，这件事情我可以理解，你别把它放在心上。"博士和颜悦色地说。

"可我又怎能忘记这件事情呢，"老兵把扇子放到博士的嘴上说道，"我将永远地把这件事放在心上。我要以回忆这些来作为警示，如果我错了就请纠正我。当时我就和安妮谈这件事，告诉她发生了什么。我对她说，'亲爱的，斯特朗博士已正式向你求婚了。'我没有带一点强迫的意思。我说，'安妮，你要对我说实话，你现在有没有爱上什么人呢？''妈妈，'她哭着答道，'我还很年轻呢。''那么，我亲爱的，'我说，'我们应该给斯特朗博士一个答复，不能看着他像现在这么心绪不宁啊。''妈妈，'安妮还是哭着说，'如果没有我，他就会不快乐，那么我想我就答应他吧，因为我是那么敬佩他。'于是这件事就这样定了下来。直到这时，我才对安妮说：'安妮，斯特朗博士不但要成为你的夫君，还要代表你的死去的父亲，他将会成为我们的一家之主，我可以说他将代表我们家的一切财产，他是我们家得到的恩赐。'那时我用了这个词，今天我还是用这个词。如果这也算是我有的一点长处的话，那就是始终如一地坚持。"

当这段对话进行的时候，那个女儿盯着地面一动不动坐在那里，而那位表兄站在她身边也同样盯着地面。那个女儿颤颤巍巍地问道：

"妈妈，你应该讲完了吧，我希望是这样。"

"没，还没有，亲爱的安妮，"老兵答道，"既然你问，我亲爱的，那我就回答你，但是我还没。我要说，你对你的家实在有点残忍；对你说这话是完全没有用处的，我是要对你的丈夫说，嗯，亲爱的博士，瞧瞧你那可爱的太太吧。"

博士露出了天真仁慈的微笑，那般和蔼地面对她，而此刻她的头垂得是那么低。这时我发觉维克菲尔德先生正目不转睛地看着她。

"有一天，我对那个淘气鬼说，"她母亲开着玩笑说，"她可以向你提出任何请求，但是她说你对她实在是太好了，只要是她提出的请求你都能够满足她。"

"安妮，"博士说，"这就不对了。这等于夺去了我的一种快乐啊。"

"我对她也是这么说的！"她母亲认真地说，"真的，我知道她本可以对你说，却为了这个而不肯对你说时，我一定会亲口对你说的。"

"如果你愿意，我就很满意了。"博士说。

"能那样做吗？"

"当然。"

"那我一定会那样做的！"老兵说，"那就一言为定了。"目的已达到，她用扇子把博士的手拍了几下，然后得意扬扬地回到她先前的座位上。

又进来一些客人，其中有亚当和两位教员，话题变得热闹起来，自然也就转到了杰克·麦尔顿先生，他的旅行，要去的国家，各种计划和希望。那天晚上，晚饭过后，他要去格雷夫森德，要乘的船就泊在那里。我记得，大家当时一致认为印度是个被人误解的国家，除了它有一两只老虎和天气有点热之外，并没什么令人不满意的。至于我，则将杰克·麦尔顿先生看作活着的辛德巴德，把他想象成了所有东方君主、国王的朋友。

知识延伸

辛德巴德：《天方夜谭》里那位了不起的探险家。

我知道，斯特朗夫人唱歌非常出色，常可以听到她独自在唱。但是那天晚上不知是嗓子不对劲儿还是怕在别人面前出丑，反正她没唱。

那夜，我们玩得很开心。尽管有那对蝴蝶的密切监督，博士仍犯了不少错误，使得那对蝴蝶非常气愤。斯特朗夫人没有玩，说是感觉不舒服，她表兄也以要收拾行李为借口早早地走了。可收拾完行李又回来了，他们就坐在沙发上一起聊天。她不时还过来看看博士手里的牌，帮他出。

借代手法

用"蝴蝶"代指斯特朗夫人的母亲，形象生动。

"安妮，"博士一面看表，一面把杯子添满，"该是你表兄杰克动身的时刻了，我们不能再挽留他了。杰克·麦尔顿先生，你前面还有漫长的航程，还有一个陌生的国家等着你。"

"能够亲眼看到还是他孩子时就认识他的好小伙子，"马克兰太太说，"要去世界的另一头，把他的朋友们都甩在身后，也不知前面还有什么等着他，这实在太难过了。一个能做出这样牺牲的小伙子，"她看着博士说，"真值得对他不断支持和爱护啊。"

博士接着说："我们中有些人，按天理说，不能在你回来时欢迎你了。真希望你能再次平安回来，那当然是再好不过了。"

马克兰太太一面扇扇子，一面摇头。

词苑撷英

衣锦还乡：旧指富贵以后回到故乡。含有向乡里夸耀的意思。

"再见了，杰克先生，"博士站起来说，我们也都站了起来，"在旅途上一帆风顺，在事业上一番繁荣，在将来能衣锦还乡！"

我们都干了酒，都和杰克·麦尔顿先生握手道别；那之后，他便匆匆和在场的人告别，随即又匆匆走到门口。上了马车后，我们这些学生又向他发出一阵阵欢呼声。为了要赶过去加入这个队伍，我曾离开动的马车很近。在一片喧闹和一阵灰尘中，当车咕隆隆开过时，我看到杰克·麦尔顿先生表情激动，手拿一个红色的东西，这给我留下了很深的印象。

同学们接连为博士和博士夫人发出了阵阵欢呼，然后就都离开了。随后，我走到屋里，看到客人们都围站在博士的四周，正在议论杰克·麦尔顿先生发生的种种。正当议论在热烈进行过程中，突然，马克兰太太叫道：

"安妮呢，有人看到她去哪儿了吗？"

这时大家才发现安妮不在那里，于是他们就叫她的名字，可是没听到她的回答。接着人们就全部到屋外去找她，竟然发现安妮躺在走廊的地板上。看到这种情形大家恐慌了起来，当大家发现她处于晕厥状态时，便用常用的方法来急救使她逐渐清醒了过来。博士把她的头托起来放在自己的膝盖上，轻轻地用手梳理她有些散乱的头发，向周围看了看，然后说道：

"我可怜的小宝贝！她是那样的心软啊！她那昔日的伙伴和朋友，她喜欢的表兄离开竟然使她伤心成了这样。啊！我可怜的小宝贝啊！"

她睁开眼后，环顾了一下四周，看到我们站在她周围，接着她就扶着人站了起来，转过脸倚在博士肩上（至于原因为何，我也不能肯定，可能是想把脸藏起来吧）。我们把她扶进起居室，让她的母亲单独留下来陪伴她；可她说她感觉很好，不用休息，她坚持和我们待在一起。于是，我们又把她扶出来，并让她在一张沙发上坐了下来。不过她的脸色很苍白，看起来是那样柔弱。

"安妮，我的小宝贝，"她母亲边为她整理衣服边说道，"看看这里！这里的缎带你好像弄丢了一条。请问你们有谁愿意去找一下缎带，那是一条打了结子的红色缎带。"

她说的是安妮戴在胸前的那条缎带。于是，我们又都到处去找它，我们很认真地找遍了可能的地方，可是没一个人找到它。

"你记不记得你丢在了哪里，安妮？"她母亲问道。

她回答说刚才还在的，她也不知道何时不见的，不过她认为没有必要大家都忙着去找。话虽如此，但是我很奇怪地看到，在说这些话的时候她的脸色是那么苍白，几乎没有一点血色。

大家又找了一遍，仍然一无所获。虽然她一再恳求大家不要再找了，可是大家还是找了一遍又一遍，直到她完全清醒过来，大家还是没有找到，于是客人们就都结束寻找，然后告辞回去了。

在回家的路上，我们走得很慢，爱妮丝和我赞赏月光，而不知为何，维克菲尔德先生几乎一路上都在盯着地面。当我们终于抵达自己的房屋前面的时候，爱妮丝却发现她的小手袋遗落在博士家里面了。因为我总是想为她做一点事，于是我就连忙跑回去帮她找回来。

我走进放着小手袋的那间餐厅，发现里面没有点灯。看到博士的书房里亮着灯，于是我便走过去，想去取支蜡烛并顺便说明我的来意。

博士坐在火炉边的安乐椅上高声读着他那部不知何时才能完成的字典文稿中阐述某一学说的一部分，而他那年轻漂亮的太太就坐在他脚前的凳子上，抬头看着博士那温和的微笑着的脸庞。不过，相对于博士那温和的微笑，他太太的脸更是让我有说不出的惊叹，那是我从没看到过的脸，如此美丽的样子，如此灰白的颜色，如此专一的神情，好像还带着那么一种对我所不知道的什么东西的如梦如幻的强烈的恐惧。我对她那时的情形依然记得清清楚楚：睁得大大的眼睛，褐色分成两大束披在肩上的头发，还有那因为失去了缎带而有些散乱的白衣裙。但我却始终不明白它所表现出的确切意义是什么。这样的情形即使发生在现在老练于判断的我面前，我仍然还是不能说明它所表现

出的意义。我在那上面都看到了什么？忏悔、悔恨、羞惭、骄傲、热爱、忠诚和对于我所不知道的某种东西的深深恐惧。

这时我走了进去，并向他们说明了我的来意，我走路的响动和说话声才把他们从他们的思想中惊醒过来。当我找到爱妮丝的小手袋又把蜡烛送回书房的桌上的时候，我看到博士正像慈父那样拍着她的头，自责让他太太陪他读书到那么久，并让她早些去睡觉。

可是她并不愿意如此，她要留在他身边好可以随时都感觉到他对她的信任（其意大致如此，我并未听得清楚）。她的眼睛除在我离开那儿走到门口时看了我一眼外，一直都在博士身上。当我离开的时候我看到她把双手交叉放在他的膝盖上，又一次重复我来时的情形，他又开始慢慢读起他的手稿来，而她的表情也渐渐平静了下来。

这一幕在我的脑海中留下了深刻的印象，我将永远记得，直到我记忆消失的那一天，机会适当的时候我还会再次提起的。

精彩点拨

本文进行环境描写，介绍了大卫看到新学校教室的环境，重点写了校园环境的安静清幽，写出了大卫对新环境的喜爱之情。新学校的人际关系让大卫也喜欢，斯特朗博士的善良和学识的渊博，同学们的礼貌和学习氛围都让大卫为之欣喜。

阅读积累

魔 鬼

犹太教与基督教中的魔鬼来源于犹太圣经，也就是基督教的《旧约》。原文的意思是毁谤者，也指撒旦，在《圣经》中是一个与上帝对抗的大能的灵体，也是当前人类世界的统治者。因此在犹太教和基督教圣典中这个词具有单一指代意义。

在宗教定义中，魔鬼指引诱人犯罪的恶鬼；神话传说中指迷惑人、害人的鬼怪。根据天主教传统，上帝创造了天使，但是由于骄傲，有三分之一的天使堕落，和上帝为敌，在世界诱惑人类，成为人们口中的魔鬼。其中领导的堕落天使叫作撒旦。这个说法没有圣经正典的依据。犹太教则直截了当地认为魔鬼是上帝的仇敌。

然而在其他文化中，魔鬼的含义有所变化，但是普遍认为这个词含有贬义成分。

第十八章

> **精彩导读**
>
> 大卫与皮果提通信，贝西小姐和狄克先生经常去学校探望大卫，狄克先生在学校受到师生的欢迎，他和斯特朗博士成了好朋友。大卫受尤来亚的邀请去他家做客，在拜访中遇到了米考伯先生，于是大卫去拜访了米考伯夫妇，米考伯先生要去伦敦了。大卫还会遇到什么朋友吗？

自从我逃出默德斯通—格林伯公司以后，我都没有想过皮果提，但是，当我在多佛被收留时，我马上给她写了一封信；当我被我姨奶奶正式收养时，我又写了封信，把我的遭遇详细地告诉了她。之后，我又写信告诉她我在斯特朗博士的学校时的快乐与我设想的前途，同时附上了上次借她的那半个基尼，由邮局代我寄送，另外在这封信中，我向她提起了那个赶驴车的青年人。当然那半个基尼也是狄克先生给我的，对于像这样花狄克先生的钱，我感到从未有过的快乐。

对于这些信，她像一个商人的秘书一样迅速地作答着。对于我的旅途的遭遇，她用她那绝佳的表达能力（当然这些能力并非体现在笔墨方面）表达了自己的全部感情，就连四张感叹句开头的信也不足以表达她的那些感情。当然这其中有不少模糊的地方，但在我看来，那些地方比最好的文字更能让我感动，因为从那些地方我可以看出，皮果提曾不住地哭，对于此，我还能乞求什么呢？

从她的信中，我领会到，对于我姨奶奶，她还不能完全接纳，对她持了那么久的偏见，想要在一段时间内化解，似乎也不大可能。她说，我们从未真正看清过一个人，但是贝西小姐竟与我们所想的大相径庭，这的确是件乖事（这是皮果提的言语，我猜她想说的是怪事）！从她请我代向贝西小姐转达的怯生生的慰问中我看出，显然她还是怕贝西小姐的，同时也担心我，担心我在不久后会再度逃走，因为在信中，她不止一次地向我表示说她已为我准备好了去雅茅斯的路费。

另外，她的来信中还提到了这样一件令我异常难受的事：在我的老家中，家具被卖出，默德斯通姐弟俩已搬走了，房子上了锁，出租或出卖了。当他们居住在那里时，丝毫没有我的份儿，但是一想到从此以后与那个亲爱的老地方断绝关系，花园中杂草丛生，小径被厚而湿的落叶所覆盖时，我便陷入无限的痛苦。我想象，寒风围着它低嚎，冻雨拍打着玻璃窗，空荡荡的房间中映出一些鬼影，它们是怎么终日度过那百无聊赖的寂寞啊！想到那树下的坟墓时，仿佛那所房子也死了，一切与我父母有关的东西都消失了。

除了这些，皮果提还提到，巴吉斯除了有点小气之外，就其他方面看，他称得上是一个出色的

丈夫；除了巴吉斯的小气，我们大家都犯过错，她也有许多（说实话，从她的信中我并未明白那是些什么）；巴吉斯附笔向我问好，另外那间小卧室她依旧为我准备着；皮果提先生和汉姆都很好，高米芝太太依旧不太好，小爱米丽说如果皮果提愿意可以代她向我问好，自己却不肯附笔问候。

除了小爱米丽以外，我把皮果提告诉我的消息一字不落地对我姨奶奶说了，因为我本能地觉得我姨奶奶很讨厌小爱米丽。在我入学后不久，我姨奶奶曾在我意料不到的时间来坎特布雷看过我几次，我想她是在考察我。后来她发现我在学校的品行、成绩等各个方面都提升很快时，便终止了访问。我每过三四个礼拜，在一个星期六去多佛度假时见她一次。每隔一个星期，狄克先生会在星期三正午坐马车来看我，住一宿，第二天早晨离开。

每次来，狄克先生总是带着一个装有文具和那个呈文的皮写字箱，至于那个呈文，他的念头是：现在时机已经紧张，那个呈文也应该出手了。

姜饼是狄克先生的最爱。为了让他的到访更为舒心，我姨奶奶让我在点心店专门为他立一个赊东西的折子，限定点心店在一天之内供给他的点心不得超出一先令。对于这些账目，还有他在旅社中的那些账单，在付账之前，都得先让我的姨奶奶过目，对于这一点，我怀疑，我姨奶奶只是允许他的钱在口袋中哗啦响，却不许他使用。进一步的观察佐证了我的怀疑，或者说在花销上他与我姨奶奶之间存在一种不成文的约定，那就是他的所有开销均需向我姨奶奶汇报。他没有任何想要欺骗她的念头，而且总是想方设法让她高兴，用钱这一方面自然很节省。对于这一点，和其他人一样，他相信我姨奶奶是最聪明、最出色的女人；他不止一次地用一种极低的声音极为秘密地告诉过我。

"特洛伍德，"一个星期三，狄克先生告诉我这段秘密之后，带着一种神秘的态度问道，"有个男人藏在我们住宅附近，有时跑出来恐吓她，他是谁啊？"

"恐吓我姨奶奶吗？"

他点了点头。

"我相信在这个世界上还没有什么东西可以恐吓到她，因为——"接着，他压低了音量说，"因为她是最聪明、最出色的女人。"说完便缩了回去，打量着我对他的这些评论所做出的反应。

"第一次，那男人出现是在——让我想想——查理一世被杀的那年，你说过是在一六四九年对吧？"

"嗯，是的。"

"我实在想不通这到底怎么可能。"他很为难地摇了摇头，"我实在不相信我已经活了这么久。"

"你确定那个男人出现的时间是在那一年吗？"

"这是真的，但是我实在想不通怎么会在那一年。特洛伍德，那一年你是从历史书中得知的吗？"

"是的。"

"我想历史永远都不会欺骗任何人，对吧？"他似乎看到了希望。

"哦，绝对不会！"我很坚定地说，对于当时那天真而年幼的我，自然相信这种说法。

"但是我想不通，肯定是某个环节出了问题。但是，在查理一世的那些难题误装进我的大脑之后，没过多久，那个男人就出现了。那天，天刚黑，下午茶后，我和特洛伍德小姐刚出门，他就已经来到我们住宅附近了。"

"四处徘徊吗？"我问。

"四处徘徊？"他重复道，"让我想一下，我得想想。不——没有，他并不是在四处徘徊。"

"那他在干什么？"我直截了当地问。

> **词苑撷英**
> 直截了当：形容说话做事爽快、干脆。

"我们并没有发现他，直到他来到她背后对她低声说话之后，她转过身晕了。当时，我只是一动不动地站在那里看他，随后，他便离开了，应该说把他自己藏了起来（地下或是其他什么地方）。这事可相当奇怪啊！"

"自那以后，他就藏起来了吗？"我问。

"绝对没有错，"狄克先生狠狠地点了一下头说，"昨天晚上之前，他绝对不曾出现过！昨晚我们在散步时，他又出现在她背后，我认得他。"

"他又恐吓我姨奶奶了吗？"

"战栗了一下，"狄克先生模仿了我姨奶奶当时的模样震响着牙齿说，"倒退了一步，伏在栏杆上，哭了。但是，特洛伍德，"他把我拉到他身边，然后轻声对我说，"但是，她为什么会在月下给他钱呢？"

"也许他是一个流浪者，在向她乞讨吧。"

他摇了摇头表示对这种说法的不赞同，然后反复回答说："<u>不是流浪者，不是流浪者，不是流浪者！</u>"

> **反复手法**
> 通过三个反复表现出狄克先生对这种说法的不赞同。

狄克先生又带着坚定的口气说，在夜深时分，当他通过窗子看，却发现我姨奶奶在围栏外月光下把钱给了那个男人，之后他便悄悄消失了——他认为可能又钻到地下了——不见了；而我姨奶奶则是慌慌忙忙、<u>鬼鬼祟祟</u>地回了家，一直到第二天早上，我姨奶奶还没有恢复往日的气色，这让狄克先生很为她担心。

> **词苑撷英**
> 鬼鬼祟祟：形容行动偷偷摸摸，不光明正大；或者另怀鬼胎，暗中使用诡计。

当我听到这个故事的开端，我想，那个陌生人只不过是狄克先生幻想出来的关于时运不济的查理一世的臣民而已。但是细想之下，我便开始担心那是否是一种企图，或者是带有某种企图的恐吓，他第二次的出现可能是想把那可怜的狄克先生从我姨奶奶的保护之中带走，而我的姨奶奶是否是因为他的劝诱而迫使她为了狄克的安全与宁静而付下那笔钱。由于我跟狄克先生关系甚密，对他的安全尤为关心，这使得我更加肯定了这一忧虑。后来在相当长的一段时间里，每当他来看望我的那个星期三来临时，我都担心他不会从车里走出来。但是，那个满头白发的他总会微笑着走出车厢，至于那个陌生的男人，他再没有告诉我更多。

那些个星期三对于狄克先生来说，可谓平生最快活的日子了，当然那些日子也给我带来了不少的快乐。没过多久，学校中的每个学生都认识他了。他除了和我一起放风筝，从未积极地和我们一起玩过游戏，但是对于我们的运动他却有着强烈的兴趣。有那么多次我曾见他脸上带着一种无以言表的趣味专注于我们玩的石弹或陀螺的比赛，甚至到紧要时刻，他激动得不能呼吸呢！有那么多次，当我们在群狗逐兔的游戏时，他在那白头上方拼命地摇摆着他的帽子，为所有人呐喊助威，那时他忘却了查理一世脑袋的问题，以及与之相关的一切了！有那么多个夏天的日子，他幸福地站在板球场外呐喊！有那么多个冬季的日子，见他青着鼻子在风雪中高兴地拍着那绒绒的手套，看我们滑过那么长的滑雪道。

他是受大家欢迎的，他做那些小物件的技巧是无人能及的。他可以把橘子刻成一个我们任何人也想象不到的玩意儿，串针和其他东西可以在他手里变成一只船，羊膝骨做的棋子，旧扑克做的罗马战车模型，线轴做的轮子，铁丝做的鸟笼，一切都是那么惟妙惟肖。但是他的杰作要数他用草和线做成的饰物了。见到他所做的东西之后，我们都认为，凡是任何手工制品，他都可以做。

狄克先生的威望并非只是局限于我们中间。几个星期之后，斯特朗博士亲自询问了我有关他的事，于是我把姨奶奶曾经对我说过的话统统告诉了他，听完之后，博士有了很大的兴趣，以至于最后他对我说，让我把他介绍给狄克先生。当狄克下次来访时，我主持了这个仪式，博士承诺说，如果在车票房没找到我，狄克可以去他那里休息，一直到早课结束。当然，没过多久，狄克先生便养成了去他那里的习惯，如果我们拖堂了（在星期三这是常发生的），他便会在院里散着步等候我，也是在这里，他认识了博士的那位年轻漂亮的太太（她只是很苍白，我们大家都很少能见到她，她总是那么闷闷不乐，但是美丽漂亮却丝毫未减）。对于这里，狄克先生越来越熟悉了，到最后他可以在教室静静等候了。他总是坐在固定的角落固定的位子上，最后，那个位子被大家叫作"狄克"。他总是垂着他那个白脑袋坐在那里，怀着深厚的敬意听着那些他不曾了解的学问。

慢慢地，狄克先生将那份敬意扩大到了博士身上，认为他是以往任何时代都不曾有过的最精深也最有成就的哲学家。很长一段时间，狄克先生在同他说话时会脱帽表示敬意；在他们成为密友之后，当他们在院子里散步于那块被我们唤作"博士散步场"的地方时，为了表示他对于智慧与知识的那份敬意，他也会时时向博士脱帽致意。在他们散步时，我不知道博士是如何面对着那本著名的字典诵读里面的片段的，也许，刚开始他觉得这与以往对着自己诵读是一样的，但是后来，这也成为一种习惯。听着博士的朗读，狄克先生露出一种得意而欢喜的笑容，他打心底里相信，那本字典是世界上最有趣的书了。

每当我想起教室外窗子前他们那来来去去的身影时——博士带着温和的表情读着，有时会拓展一下原稿，或者郑重地摇摇头，而狄克先生则是在一旁全神贯注地听着，难以想象，对于那些晦涩难懂的文字，他那可怜的想象会飘到什么地方——我觉得这是平静中最愉悦的事了。我觉得他们会永远这么来来去去地走下去，最后世界不知怎样就从他们的散步中得到益处——仿佛这个世界上那么多的事对于这个世界或对于我都不及从中得到的好处。

很快，狄克先生与爱妮丝也成了好友，由于他经常来我的住处，也结识了尤来亚。他同我的友谊在这样一种奇特的基础上不断加深，那基础便是：狄克先生虽然是我的监护人，但就一些小问题却总是拿来与我商量也总是履行我的意见；对于我的聪明，他怀有很大的敬意，同时也坚定地认为，这份睿智绝大部分是受我姨奶奶的遗传。

一个星期四的清晨，在我回学校上课之前（早餐前，我们有一小时的功课时间），陪狄克先生去车票房的路上遇见了尤来亚，此时他提醒我先前曾承诺过和他母亲一起喝茶的约定，但是最后加了一句："但是科波菲尔少爷，我们没有对此抱太大的希望，相对于您，我们是那么低贱。"

当时，对于尤来亚，我实在说不出是喜欢还是憎恶；当我和他相对而视时，我站在那里犹豫不定。不过这被别人看作一种骄傲对我来说是很大的侮辱，于是我说，我只是一直在等待他的邀请。

"如果是这样的话，那么科波菲尔少爷，请不要怨我们的低贱阻拦，请你今晚就过来可以吗？对于我们的低贱，你大可不必去隐讳，因为我们的处境我们自己很清楚。"

我对他说，我要征求一下维克菲尔德先生的意见，如果他同意（我相信他是一定会的），那么我会很高兴去的。于是，在那天晚上六点，我便对尤来亚说，我已经准备好动身了。

"我母亲肯定会为此而感到骄傲的。"当我们出发时，他对我说，"或许应该这么说，如果骄傲不是一种罪过的话，那她肯定会为此而感到骄傲的，少爷。"

"但是就在今天早上，你还以为我很骄傲呢。"我说。

"没有，我没有那么认为，请你相信我，我从来没有过那样的念头啊！我也从没有把你认为我们过于低贱而配不上你看作一种骄傲啊。但是我们又确实太低贱了啊。"

"最近你还在研究吧？"我换了话题。

"哦，少爷，"他带着种自卑的神态说，"对于我的诵读，那很难被你认为是研究啊，我不过是在晚上看一两小时提德先生的作品而已！"

"我想，他的作品一定很难懂吧。"我说。

"嗯，有时感觉他确实很难，但是我不知道在一个有才能的人面前，他又会怎样。"

在前进过程中，他举起那瘦弱的右手，随后用两根手指在他的下巴上敲出了一个小调，继续说：

"对于提德先生书中的这样一些用语，你也知道，少爷——拉丁文字——像我这样一个学识浅薄的读者是很难懂的。"

"你想学拉丁文吗？"我对他说，"现在我也在学，如果你想，我很高兴教你。"

"非常感谢你，少爷，"他摇了摇头说，"对于你的提议，我相信这是出于你的好意，但是，但是我太低贱了，不配去接受。"

"简直胡说，尤来亚！"

"请你原谅，少爷！我很感激，说心里话，我很愿意那样，但是我太低贱了。有那么一些人，在我还没来得及去冒犯他们之前，他们便开始来践踏地位低贱的我了。知识永远与我无缘。像我这样一个人，野心是要不得的，如果要存活于世，也只能低贱地存活，科波菲尔少爷。"

我从他发表这些感想时的扭动、摇头的动作中发现，也是第一次发现——他的嘴竟能张得那么宽，两颊的皱纹竟有那么深。

"尤来亚,我想你错了,如果你愿意学,我想我还有几种东西是可以教给你的。"

"哦,我并没有怀疑你的能力,但是少爷,一点也没用。因为你不低贱,或者说对于那些低贱的人,你不大能为他们着想。对于那些高贵的人,我不想用知识去惹恼他们,感谢你。我的确太低贱了。我们到了,科波菲尔少爷,这就是我低贱的住处。"

我们从街上一直走到一间低矮的旧式房屋,见到了希普太太,除了矮点儿,她简直就是尤来亚的一个精确的影子。她接待我的态度很谦卑,甚至因为吻她儿子这一举动也要向我道歉,她说,虽然他们低贱,但也有七情六欲,还希望他们不会因此而冒犯任何人。那个房间有一半是客厅,另一半是厨房,除了让人感到有点不舒畅之外,其他还过得去。有一个角橱,桌子上摆着茶具和其他一些很普通的器具,水壶正在火炉架上烧着。有一个柜子——带有抽屉和写字桌面——供尤来亚在晚间读书写字,上面摆着一个向外半露出文件的蓝皮包,柜子上还躺着堆书,最上面那本是提德先生的作品。整体看去,那些东西给人一种赤裸、磨损而又瘦弱的感觉,但是就其中任何一件物品看,却又看不出一丁点儿的这种意味。

我不清楚希普先生过世有多长时间了,但是希普太太却依旧穿着那寡妇的丧服,也许这是谦卑的表现。除了她的帽子有点变通之外,其他的部分都像是在服新丧。

"我说,尤来亚,今天是一个值得纪念的日子,"正在泡茶的希普太太说,"因为科波菲尔少爷来拜访我们了。"

"我知道你一定会这么想的,母亲。"

"如果你父亲现在还在世的话,"希普太太说,"那么今天下午会感到无比荣幸的。"

她的这些恭维让我感到不安,但是我很感激被他们当作贵宾接待,感觉希普太太是个值得去亲近的女人。

"少爷,我的尤来亚等今天已经很久了,但是他担心因为我们的低贱会碍了此事,我也有这样的疑虑,况且我们过去低贱,现在还是低贱,将来我们也将永远低贱。"

"我想以后不会那样的,除非你们不想去改变。"我说。

"谢谢你,少爷,"希普太太说,"我们很清楚我们的处境,对于现在的处境,我们满怀感激。"

我感到希普太太和尤来亚逐渐向我靠近,很谦卑地劝我用桌上的食物。虽然没有我特别嗜好的食物,但是我感觉那些微薄的物品中包含着他们那浓浓的情意,也让我感觉到他们的殷勤。不久,他们便谈起了姨奶奶,于是我告诉了他们姨奶奶的事;随后当我们谈论起父亲母亲时,我也告诉了他们我父母的事;当他们继而谈论继父这样一个话题时,我也开始准备告诉他们——却又停了下来,因为我姨奶奶曾叮嘱过,不让我谈论那个问题。但是,当时我是在孤军奋战啊,如同一个软木塞如何能对付一对拔塞钻,一颗幼嫩的牙如何能对付两名牙医,一个羽毛球如何能对付一对球拍一样。对于那些我不愿意透露的,想起来就脸红的事,他们是那样为所欲为地把它们一点一点地刺探出来。当时我那年幼的坦白哟,竟能如此自豪地去信任别人,觉得完全是在受他们的眷顾呢,那情形就更是如此了。

他们彼此相亲相爱，对于此，我认为这是人之常情，但是我却无法防御他们一个说另一个接过去的那种技巧。最后，当他们发现从我这刺探不出更多的事情来的时候（因为关于在默德斯通—格林伯公司的事，以及我逃出那里时一路上发生的事，我绝口不提），他们便开始把话题转向了维克菲尔德和爱妮丝。先是尤来亚把球抛给希普太太，她接住，随后又抛给了尤来亚，尤来亚接了一会儿，又抛给了他的母亲，他们像这样抛过来抛过去，最后我也弄不清那球究竟在谁手中，晕头转向。当然球自身也在变换。一会儿是维克菲尔德先生，一会儿是爱妮丝，接着是关于维克菲尔德先生业务与资产的问题，随后又是我晚饭过后的生活，维克菲尔德先生所饮的酒，喝酒的原因以及对他喝得太多的可惜。一会儿这件事，一会儿那件事，一会儿所有的事同时出现。这期间，我并没有说太多的话，除了担心他们会感到自己下贱和我的光临令他们拘束时，偶尔说一点鼓励的话之外，我并不觉得我做了什么，同时还发现，当我在泄露那些不必要的事时，我从尤来亚那深陷的鼻孔的翕合中看出了我这种行为的影响。

此刻，我已感到有点不安了，希望能尽快结束这次拜访，这时，有个人影从门口经过向街上走去——门是开着的，那是为了透透气，那天天气很闷热，房间中更为闷热——随后他又折了回来，朝里看，走了进来叫道："科波菲尔！怎么会这么巧！"

是米考伯先生！他是米考伯先生，胸前的口袋中挂着那个单眼镜、手杖、硬挺的衣服、上流的神气，还有他声音中那谦逊的摇曳，丝毫没变啊！

"亲爱的科波菲尔，"米考伯先生向我伸出手说，"这样的见面应当让人感到世事难料啊——简单地说，这是一种不平常的见面的方式。正当我走在街上，心想如果有什么机遇出现（现在我很看好这样的机遇）时，让我看到了一个青年，一个宝贵的朋友出现在我眼前，一位与我那个重大的时期紧密相关的朋友，可以这么说，也是一位与我此生的转机紧密相连的朋友。科波菲尔，我亲爱的朋友，你还好吗？"

我不敢说——我真的不敢说——在那里见到米考伯是一件愉快的事，但是我依然高兴能够再次见到他，便伸出手与他亲切地相握，同时问候米考伯太太。

"很感激你，"米考伯摆着手并向领子里缩进了他的下巴说，"她差不多已经全好了。那对双胞胎现在也不从大自然中索取食物了——简单地说，"他在一阵突发的勇气之后说，"他们已经断奶了，现在，米考伯太太已经是我的旅伴了。对于从各个方面证明是神圣友谊圈中一位有价值的人，重温旧交，我想，她一定很高兴呢。"

我说我也很高兴能再次见到她。

"你真是太好了。"米考伯先生说。

他一面微笑着环顾四周，一面向衣领中缩进下巴。

"据我所知，"米考伯先生对着我们大家说，"我的朋友科波菲尔并非离群索居，却与一位遗孀共同参加此聚会，另外一位很明显是她的令郎——简单地说，"他又在另一阵突发的勇气中说，"她的儿子。如果我被引见给他们，我会感到无比荣幸的。"

听他这么说，我只得向尤来亚·希普和他的母亲引见米考伯先生了，当然，我也那么做了。当

他们说了一些贬低自己的话时，米考伯先生一边坐下，一边用他那最为礼貌的态度摆了摆手。

"科波菲尔的朋友，也就是我的朋友。"米考伯先生说。

"我们实在是太低贱了，我的儿子和我，实在不配与科波菲尔少爷做朋友。承蒙他的好意，来与我们一起喝茶，对于他的光临，我们感激不尽，对于你的垂顾，我们甚感荣幸。"

"太太，"米考伯先生向她鞠了一躬说，"您实在太客气了。"随后把话头指向我问，"科波菲尔，你现在在做什么？还在造酒厂吗？"

听到这话，我一心想带着米考伯先生离开，便拿起了帽子，当然也是红着脸对他说，我现在在斯特朗博士学校读书。

"读书？"米考伯先生扬起了眉说，"听你这么说，我很高兴。虽然像我的朋友科波菲尔这样的人，"面对着希普母子俩说，"并不需要如此的修养。因为他的大脑中即使没有那种待人接物的经验，也依然充满生机——简单地说，"米考伯先生又一次突发出勇气笑着说，"这是一种无师自通的能力。"

无师自通：指没有经过老师或者其他人的传授和指点帮助就能理解、摸透或者通晓某种东西。

尤来亚将双手交错在一起，轻松地扭动着，继而上半身又做了可怕的一扭，以此来表示他同意米考伯先生对我的推崇。

"米考伯太太在家吗？我想去看看她。"我想借机带走米考伯先生。

"如果你肯施惠于她，科波菲尔，"米考伯先生起身说，"面对在座的朋友，我可以对大家说，我是一个受债务而困扰多年的人。"一直以来，他常以他的困难而自负着，因此，我猜到他一定会这么说的，"<u>我和我的困难一直在搏斗着，有时我处在上风，有时被我的困难打败，有时我给我的困难当头一棒，但是它们实在太多了，我只能做出让步</u>。引用波西阿斯的话说，'柏拉图，你的估计是对的，现在一切都为时已晚，我已经没有能力再战斗了。'但是我这一生，所享有的满足与那些注入我的朋友科波菲尔心中的我的悲哀相比，是微不足道的。"

形象地写出了米考伯先生生活中的困难。

最后，米考伯先生用下面的话结束了他的那段体面的赞歌："再见，希普先生！再见，希普太太！"然后带着那份体面和我一起离开了，一路上，他用鞋子踢出了异样的踢踏曲，同时口中还唱着一支曲子。

米考伯先生住在一家旅店中由商务室分隔开的一个房间，房间中弥漫着烟草的气味。从地板裂缝中冒上来的那些暖热的油腻气味，我猜测，下面一层应该是厨房，另外墙壁上还有一种潮气。从酒杯声和酒精气味中，我得知这附近有家卖酒的店铺。墙上挂着一幅奔马图，客厅中摆着张小沙发，米考伯太太靠近火炉，正坐在沙发上，清扫着桌子上的那些芥子。米考伯先生进去之后对她说："亲爱的，让我给你引见斯特朗博士学校的一位学生吧。"

慢慢地，我发现，虽然对于我的年龄和身份，米考伯先生像先前一样含混不清，但是作为一种雅事，我是斯特朗博士学校的一名学生他却记得很清楚。

米考伯太太很吃惊，却很高兴。当然，能再次见到她，我也甚为欣喜，经过一阵寒暄之后，我便在那张小沙发上靠近她坐了下来。

"亲爱的，"米考伯先生说，"我想现在科波菲尔一定想你告诉他一些有关我们的状况，我要去浏览一下报纸，看广告中是否会出现什么机遇。"

"我以为你们现在肯定在普利茅斯呢。"他出去之后，我对米考伯太太说。

"亲爱的科波菲尔少爷，普利茅斯我们去过了。"

"那现在是在就近等待机遇吗？"我示意问道。

"是这样，我们是在就近等待机遇。但是，税关上现在没有招人。在当地，以我娘家的势力还不足以在那个机关为具有米考伯先生这样才能的人谋取到任何职位。他们不愿意接纳米考伯先生这样一个有才能的人，那样只会反衬出他们自己的无能。另外，"米考伯太太说，"我不想对你隐瞒什么，亲爱的科波菲尔，当我娘家那些在普利茅斯定居的人得知我们举家前往时，并没有用他们的全部热情来接待刚刚恢复自由的我们。准确地说，"米考伯太太压低了声音说，"这也只能对我们自己说——我们受到了冷落。"

"哎呀！"我叫道。

"没有错，"米考伯太太说，"就此看来，这的确是令人痛苦的，但是，科波菲尔少爷，我们的的确确是受到了冷落。这是毋庸置疑的。实际上，我们去那里还不到一周的时间，他们对于米考伯先生的态度就已经很不好了。"

我说，同样我也这么想，他们应当为自己的那些行为而感到羞耻。

"但，事实就是这样，"她继续说道，"在那样的情况下，摆在一个具有米考伯先生的精神的人面前只有一条路，从他们手中借一笔回伦敦的路费，不管怎样，我们都得回来。"

"于是，最后，你们都回来了！"

"是的，但是从那时起，我便和我娘家中的另外一些人合计着适合米考伯先生的道路，因为他必须去找一个生计，"米考伯太太斟酌着问候道，"对于一个六口之家来说，不算女工，很明显不能靠空气过活啊。"

"这是肯定的。"

"我娘家的另外一些人的看法是，建议米考伯先生多注意一下煤这个产业。"

"注意什么？"

"煤，注意煤这个产业。经过多方打听，米考伯先生自己也认为在梅德维的煤产业中为像他

那样有才能的人谋取一个职位也许是个生计。那么接下来，第一个步骤便是去看梅德维。当然，我们已经去过那里了。我说的是'我们'，科波菲尔少爷，因为我永远都不会，"她带有感情地说，"我永远都不会丢下米考伯先生不管的。"

我很含糊地表示了同意，表达了赞美。

"我们已经去看过大部分的梅德维了，我个人的结论是，关于那道河上的煤业，或许缺乏才能，但肯定也急需资本，但除了资本，米考伯先生才能多得是。另外，由于离这儿比较近，米考伯先生说，如果不来看一下那个教堂，那未免也太仓促了。一、我们从未来看过，况且它那么美；二、对于一个有教堂的市镇来说，机遇出现的可能性不大，因而急也是没有用的。我们已经来这里三天了，却没有出现任何机遇，你也许不会吃惊我们已在等待从伦敦寄来的汇款，以来偿还我们在这个旅店的全部费用，但是若一个陌生人知道了，肯定会大吃一惊的。在那笔钱还没有到来之前，"此时，她已经非常激动了，"我不能回家（本唐维尔的那间房子），不能见我的儿女，还有那对双胞胎。"

我向刚刚回来的米考伯先生表达了我对于他们身陷此种困境的深刻同情，另外，还告诉他们，我希望能够借给他们一些，尽一些自己的力。米考伯先生激动地与我握手说道："科波菲尔，你可谓一个真正的朋友。凡是还没有达到一个糟糕的程度时，拥有刮胡刀的人，都会有一个朋友。"面对这种可怕的暗示，米考伯太太迅速搂住了他的脖子，央求他冷静。他哭了，但是又在瞬间高兴了起来，随后摇铃叫来茶房，为早晨的点心预订了一个热腰肉布丁和一碟小虾。

告别时，他们邀请我在他们离开之前吃顿饭，他们是那么恳切，以至于我无法谢绝。但是，因为第二天晚上有很多功课，故而不能来，于是米考伯先生约定他会在早上去斯特朗博士学校（同时他也预感那笔汇款会在那时寄到），还说，晚餐可以定在后天。第二天，当我被叫到有人找时，发现米考伯先生已在客厅等候，他来是为了通知我晚餐时间不改动，照原计划如期举行。当我问及那笔汇款时，他只是握了一下我的手，便走了。

那晚我告别之前，当我透过窗子朝外看时，看到令我吃惊、也感到不安的一幕：米考伯先生同尤来亚臂膀相互挽在一起走过，尤来亚很谦卑地领会这样的举动给他带来的那份荣耀，米考伯先生则因为他的眷顾扩展到尤来亚而感到欣喜。但是第二天去米考伯先生暂住的那间小旅店后，让我更为吃惊的是，米考伯先生告诉我他曾陪尤来亚回过家，还在他家中喝了一杯兑过水的白兰地。

"科波菲尔，我想说的是，你的朋友希普是一个绝对有担任首席辩护能力的人。如果，能早一点认识他，那么，在我危难时刻，我可以说，我会让那些债主领略到很好的管教。"

当得知米考伯先生的债务一点都没有偿还时，我实在想不通，但是我也不想去问个究竟。另外，我既不愿意说我希望他不要太相信尤来亚，也不愿意去问他们是否提到我。因为我怕伤害米考伯先生，或者应该说，我怕伤害米考伯太太，因为她太过敏感，但是，对于这件事，我时常想起，也感到很不安。

晚餐甚为精美：有鱼一碟，鹧鸪一只，炸腊肠一根，烤小牛腰一个，还有一个布丁，葡萄酒一瓶，还有烈麦酒，饭后，米考伯太太又亲自热了一碗加料酒。

我从未见过米考伯先生比那一晚更快乐的时候了,加料酒使他的脸闪光,仿佛刚漆过油漆一般。对于这座城市,他说,他和米考伯太太在这里过得非常舒服,感到极度的畅快,已经对这座城市产生了深厚的感情,在坎特布雷度过的这段时光是他们永远也无法忘怀的,说完便举杯为它祝酒。随后为我祝酒,重温了往日的那段感情之后,我带着一种礼貌举杯对米考伯太太说:"米考伯太太,祝你身体健康。"接着米考伯先生就米考伯太太的品德进行了高度的赞美,她是他的引路人、思想者、战友。另外,他对我说,在我到达法定结婚年龄后,要娶一个和她一样有高尚道德情操的人,如果还能找到像她那样的女人的话。

喝完加料酒后,米考伯的脸上露出和蔼之色,比刚才更快活了。米考伯太太很高兴地领唱了《忆旧欢》。当我们唱到"伸出你的手,我可爱的朋友"时,我们围着桌子挽起了手;当米考伯先生说"take a right guide willie wanght 好心好意地喝了一场",虽然这句话我一点也不明白其中的意思,但是那一刻,我们被感动了。

总之,我在那里留到九点一刻才回去,直至我跟他和他那慈爱的太太诚恳告别时,我都不曾见过有比米考伯先生还要快乐的人。但是后来发生了一件出乎我意料的事,大概在次日早晨七点,我收到了一封米考伯先生的来信,落款时间是在我离开后一刻钟。

我亲爱的青年朋友:

骰子已掷出——一切都成为过去了。用可憎的欢快之假面掩饰住内心之忧伤,今晚我不曾告诉你:汇款已无望了!在这样的情形下,耻于忍受,耻于多想,同样耻于叙述,我已用一张期票打发了此处的债务,并约定十四天后在伦敦——我的本唐维尔寓所兑现。期票到期,准是无法兑付,那结果就是毁灭。雷就要打来,树一定会倒。

让现在给你写信的可怜人做你一生之鉴吧,亲爱的科波菲尔。他为了这意向,也为了这希望,写了这封信。假若他可以相信自己多少还有点用处,或许他那毫无欢乐可言的阴郁余生会透进一丝阳光呢——虽然说他的生命在目前(至少是这样)还极成问题。

这是你接到我的最后一封信了,我亲爱的科波菲尔。

沦为乞丐的流浪者

威尔金·米考伯手启

我为他的断肠而震惊,于是立刻起身向那个小旅店跑去,想去安慰米考伯先生,同时也顺便从那里绕道去学校。但是,跑到半路,我却发现米考伯先生泰然自若地坐在去伦敦的马车里,胸前口袋里插着一个瓶子,他一面吃着手边纸袋里的核桃,一面微笑着听米考伯太太说话。当时,他们没有看见我,我想,最好还是不去见他们为好,于是心中放下了一个重担。转身抄近道去了学校。总的来说,对于他们的离开我感到轻松,但是我依然非常喜欢他们。

精彩点拨

　　希普太太和尤来亚是一对虚伪的小人。他们邀请大卫去他们家做客，语言非常谦卑，但是，在谈话过程中，他俩千方百计地从大卫嘴里刺探大卫的隐私。年幼的大卫虽然无法做到全部守口如瓶，但仍牢记贝西小姐的嘱托，他们的行为让大卫感到了不安和厌烦。这也与大卫第一次见到尤来亚时的感受相呼应。

阅读积累

期　票

　　期票是指由债务人对债权人开出的，承诺到期支付一定款项的债务证书。按照资本主义国家票据法的规定，期票到期如不是伪造的或过期的，债务人必须无条件偿付，否则债权人可诉诸法庭。期票在未到期前，可背书转让，作为支付手段或购买手段加入流通。在资本主义制度下，期票可以多次转让，转让后的期票到期不能偿付，背书人有付款的责任。期票在到期前也可向银行申请贴现，作为融通资金的工具。

第十九章

> **精彩导读**
>
> 　　大卫在新的学校如鱼得水，还短暂的和在尼丁格尔太太学校读书的谢福德小姐谈了一场恋爱。大卫成了班长，还接受了一直欺负他们学校的屠夫的挑战。大卫又爱上了拉金斯小姐，并参加了人生中第一次成年人舞会。不久，拉金斯小姐结婚了，大卫失恋了，大卫的爱情在哪里呢？

　　我在学校里度过的那些岁月，还有从童年到青年时的那段生活，它们是在无声地前行，甚至看不出也察觉不到它的一丝进展。现在让我回顾一下那段流水般的生活（现在已成干渠，杂草丛生），看看这一路走来是否留有痕迹，让我记起它曾存在过。

　　此刻，我已想象坐在教堂中，每个周日的清晨我们会先在学校集合，然后一起去教堂。周围弥漫着阴暗的空气，泥土的气息，给人一种离世脱俗的感觉，那感觉像一对翅膀把我带回过去，朦胧之间带我翱翔在黑白色走廊之上，以及那侧堂的风琴声中。

　　在学校里，我已不是最差的一名学生了，入学后的几个月我已赶上几个人了。但是，我觉得我与那个第一名相差太远，他是那么非同凡响，那么高不可攀。但是爱妮丝却说"不对"，认为像我这样基础薄弱的人也一定能够达到他的高度，我却不太赞同，说那个非凡的人已经掌握了常人无法想象的知识。虽然他与斯梯福兹——我个人的朋友，公共保护人——有很大的不同，但是对于他，我却保持那份应有的崇拜与敬意。但是，我依然想知道，在他从斯特朗博士学校毕业后，他的命运会如何，这个社会会采用什么样的办法不去给他一个职业。

　　现在在我脑海中浮现出这样一个人，她就是我所爱的谢福德小姐。

　　她在尼丁格尔太太学校读书。短外套、圆脸、淡黄色的鬈发，啊，我太崇拜她了。尼丁格尔太太学校的那些少女跟我们一样也会来教堂。见到谢福德小姐时，我便无心思看那些教文了；当唱诗班响起那悦耳的声音时，我也只能听见谢福德小姐的声音。有多少次，我把她的名字刻在心里带入教堂，有多少次，把她的名字列入王室里面。甚至有时在自己的房间中，带着那份对爱的冲动叫道："啊，谢福德小姐！"

　　有那么一段时间，对于谢福德小姐，我完全不知道她的感情，但是后来，得到上天的眷顾，我们在舞蹈学校相遇了，有幸成为她的舞伴。当我触到她的手套时，我感到手尖有一股暖流，沿着手臂直达头顶。那时，我们之间没有说过一句热情的话，但是我相信，我们彼此了解。谢福德小姐和我青梅竹马，两小无猜。

我自己也弄不明白，到底为何给谢福德小姐偷偷送了十二个巴西核桃。它们不是爱情的象征，也很难包装；纵使放在门缝里，被压开也是困难的，即使压开了也是油腻的，但是我相信这些东西对于谢福德小姐来说是非常合适的。另外，我还送过她松软的饼干、无数个橘子。曾经，我在谢福德小姐的衣帽间吻了她，当时那种激动的心情简直无以言表！在第二天，我听说她受了尼丁格尔太太的责罚，就因为她用脚尖向内走路！我是多么痛苦，多么愤怒啊！

但是我实在想不到，我怎么会跟一个让我魂牵梦萦的人断绝来往。不知不觉间，我们之间滋生出了一种冷淡的情绪。后来我听到了一些闲言碎语，她希望我们之间不要如此令人注目，并且她还亲口对我说，她更喜欢宙恩斯——更喜欢宙恩斯！那是个一无所长的家伙！我和谢福德小姐之间越来越疏远了，直到那一天，在尼丁格尔太太学校放学时，我们相遇了，她对我做了个鬼脸，还面对着她的同学大笑。一切都过去了，那一生的感情——似乎没有一生，但这没有区别——就此落幕了；谢福德被我退出了教堂，她从王室中逐渐消退了。

后来，随着我在学校中地位的升高，也就没有人敢来扰乱我了。那时，对于尼丁格尔太太学校的学生们丝毫没有崇拜的感觉，纵使人数再多一倍，每人都比现在漂亮二十倍，我也不会爱上她们中的任何一个。另外，我感到在舞蹈学校是一件极让我厌烦的事，为什么那些女生不放开我们，独自跳舞？当时我在拉丁诗方面已不再去注意那些小节，成就逐渐大了起来。对此，斯特朗博士在全班表扬我是一个有希望、有前途的青年学者，当然狄克先生也很高兴，另外，我还得到了我姨奶奶从邮局寄来的一基尼作为奖励。

此刻，一名青年屠夫浮现在我的脑海中，如同《麦克白》中那个戴头盔的怪物。大家都说，他从那用来搽头发的牛腰脂中获得力量，同时也是成年人的仇敌。宽大的脸、牛一般的粗脖子、粗糙的红腮帮、思维混乱的大脑、善于咒骂的舌头。诋毁斯特朗博士学校的学生是他舌头的主要功能，他公开挑衅说，他可以接受任何学生提出的挑战。他还对某些学生（也包括我）说，他可以绑上一只手，用另外一只也可以轻易地打倒我们。他经常去袭击那些年龄小的学生，专打他们那些毫无防备的脑袋，还当街跟在我背后发出挑战。因为这些理由，我决定接受他的挑战。

一个夏天的夜晚，我和屠夫依约来到一片草地上。我身边有一群学生，他则是由另外四个人相伴——两名屠夫、一位年轻的酒店老板、一个扫烟囱的人。首先，我和他相对而立，没过多久，我感觉眼前全是晃动的星星；又过了一会儿，我找不到墙，找不到其他人，也找不到自己。我们纠缠在一起，在草地上滚来滚去。时而我见到流着血却依然镇静的屠夫，时而只是被我的同学扶坐着，什么也看不清、看不见，时而我会向那屠夫疯狂地袭过去，即使用手指抓破他的脸，他也丝毫没有在意。最后，我醒过来，仿佛昏睡了很久，仍然晕头转向，见屠夫穿上衣服走了，被另外两个屠夫、酒店老板和扫烟囱的人祝贺着，至此，我可以断定，我输了这场战斗。

我被凄惨地送回了家，眼睛又被牛肉片敷着，用醋和白兰地摩擦，嘴唇青肿着。我在家休养了三四日，样子很难看，眼睛被一个绿色的眼罩蒙着。如果没有爱妮丝像姐妹一般地陪我度过那段时间，安慰我，给我朗读，我想我一定会很烦闷。对于爱妮丝，我一向都很信任她，我告诉了她我与那屠夫之间的一切，还有那些他给我的损伤，她也认为除了决斗之外，别无他法，但是想到我们之间的战斗，她就害怕和战栗了。

时间总是在不知不觉间溜走，这时班长已经不是亚当了，他也已经不当班长很长时间了。在亚当离开学校许久之后再次回来探望斯特朗博士时，认识他的人已经很少了。不久后，亚当成了一位律师，作为一位辩护人，他戴起了假发。让我吃惊的是，他现在比我所想象的还要谦逊，也不那么堂皇。现在他还没有什么惊世之举，因为此刻，世界一直在照旧继续着，仿佛他不存在一样。

一段空白，诗和历史的战士以庄严的步伐迈过那段空白——后来情况如何！现在班长是我了，我怀着屈尊下交的意味俯视着那些学生时，那些让我想起我刚来时的情形的一些学生，我感到异常亲切。似乎当初刚来的那个小人并非我自己，当我想起他的时候，他似乎是我人生道路上被我遗落的一件东西——如同我从它身旁经过时的一件东西而并非我是那个幼小的人——我想到他的时候几乎是想起另外一个人。

还有那个小女孩，也就是我来维克菲尔德家时看见的那个小女孩，她现在在哪儿？消失了。代替她的是那个在家中到处活动的人——那幅画像的化身爱妮丝——我亲爱的妹妹（我早已把她当成妹妹了），我的顾问和朋友，都受到了她那平静而善良性格的影响——现在已完全长成一个大人了。

除了我身材、面貌和积聚的知识改变之外，我还有哪些变化呢？我佩戴了一块金表和一条金链，小指上多了一枚戒指，穿着一件长燕尾服，涂抹了大量的熊脂（一种发油）——这种东西与戒指很不搭配，看上去很不舒服。我又恋爱了吗？没错，我崇拜最大的拉金斯小姐。

她——高高的，黑黑的，黑眼睛，身材苗条——并不是一个小女孩，也并不是一个雏儿，因为连最小的也不是，而最大的拉金斯小姐肯定长最小的拉金斯小姐三四岁。也许她是一个接近三十岁的成年人了，但是我对她的热情没有任何东西可以成为障碍。

让我觉得难堪的一件事是最大的拉金斯小姐认识军官。我经常能看见那些军官和她站在街上聊天。当那些军官见到她和她妹妹的软帽（戴软帽是她的一大嗜好）从人行道上经过时，便会走过街道来和她打招呼，她和他们说笑着，似乎很喜欢这样。大部分空余时间，我都在四处徘徊，希望能见她一面。如果能够一天向她鞠一次躬（因为我可以向她鞠躬），那么我就很满足了。当然，向她鞠躬的荣幸我时常能够领略到。当我得知最大的拉金斯小姐会与那些军官在赛马舞会跳舞时，我觉得我的痛苦应该得到一种补偿，如果这世上还有公道的话。

我的胃口被我的热情吞并了，一次又一次地佩戴我的新丝巾，如果我不穿上最好的衣服，不一次又一次地将我的靴子擦干净，我会感到不安。只有这样，我才觉得我与拉金斯小姐比较般配。

她的一切以及与她有关的任何东西在我眼里都是宝贵的。偶尔拉金斯先生——一个眼睛不能

动、双下巴、很粗鲁的老头子——弥补了我心中的失落，如果我找不到她时，便会去一个可能会见到他的地方，然后说："你好啊，拉金斯先生，你的女儿们及全家人都好吧？"感觉很露骨，我的脸红了。

我当时经常为我的年龄而发愁。那时，我十七岁，太年轻，根本配不上最大的拉金斯小姐，但这又有什么关系？更何况，我马上就会是二十一岁的人了。当我在拉金斯先生家周围散步时，看见那些军官走进屋子，或者见他们坐在客厅听最大的拉金斯小姐弹竖琴时，我很失落。有那么几次，当他们入睡之后，我带着颓废而恍惚的神态围着那个住宅转了一次又一次，想找到最大的拉金斯小姐的房间（现在，我认为，那时我肯定把先生的房间错认为是她的了），想象着那里出现火灾，当所有人都呆望在那时，我从人群的后面扛着一架梯子冲过去，将梯子在她的窗前靠定，爬进去将她抱出来，随后转身去拿她的那些落下的物品，葬身火海。对于爱情，我没那么自私，所以，能够在拉金斯小姐面前显一次身手之后死去，也就无憾了。

想象手法
通过大卫的想象表现出了他对拉金斯小姐的爱。

至于那些悲剧基本上就是这样，但也并非总是那些悲剧，有时，我也幻想着一些喜剧会发生。我打扮好（差不多用去两小时）之后，在去往拉金斯先生家参加舞会（等了三个星期之久）的路上时，我用一些美好的喜剧来满足自己。我鼓起勇气跪在拉金斯小姐面前向她求婚，此刻，拉金斯小姐会把头倚在我的肩膀上，对我说道："科波菲尔先生，这是真的吗？告诉我，我没听错！好吗？"想象第二天清晨拉金斯先生会在此等候，对我说："亲爱的科波菲尔，我的女儿把一切都告诉我了，年龄不是问题，这儿有两万英镑，祝福你们！"我的姨奶奶也动了慈悲之心，祝福我们，狄克先生和斯特朗博士来参加我们的婚礼。我相信——我是说，现在我相信——我很懂事，也很谦虚，但是这一切幻想始终没有停止。

知识延伸
英镑：英国国家货币和货币单位名称。

我来到了那令我陶醉的房屋，有灯光、音乐、鲜花、聊天声，让我难受的军官们，当然了还有最大的拉金斯小姐，一束美丽的火焰。蓝外套，头上插着一枝蓝花——勿忘我花——她戴勿忘我花，似乎真的很需要呢！此次舞会是我第一次参加的成年人舞会，因此，我感到有点紧张与不安。我的出现是那么多余，大家和我之间似乎不存在任何共同语言，也只有拉金斯先生向我问候了我的同学，但是这根本就是多此一举，因为此次前来我并不是来受辱的。我站在门槛上，陶醉

知识延伸
勿忘我花：又名琉璃草。

地看着我心中的女神，过了不久，她向我走来——她是最大的拉金斯小姐啊！——带着微笑问我怎么不跳舞。

我向她鞠了一躬，然后吞吞吐吐地说："可以与你跳吗？拉金斯小姐。"

"为什么？"

"因为我不想跟其他人跳舞。"

她笑了，泛红了脸（或许只是我觉得）说道："下一次吧，我很高兴。"

跳舞的时间到了。

"我想，这应该是华尔兹。"在我请她时，她犹豫道，"华尔兹，你会吗？如果不会跳，那么白雷上尉——"

凑巧我会，而且跳得还很不错，于是便从白雷上尉身边将她领走了，很严肃地领走了，很明显，他很不高兴，但是这和我有什么关系！要知道，我也曾失落过啊。我和她跳了舞，我弄不清楚具体在哪儿，周围有哪些人，也不清楚我们跳了多久，但我知道的是，我带着那位蓝天使很陶醉、很幸福地游来游去，后来，我发现我们同在一个小房间的沙发上休息。我纽扣孔中的那朵红山茶（价值半克朗），她很喜欢。于是我送给了她，却说：

"我要你的一样无价之宝与此交换。"

"我有吗？什么啊？"拉金斯小姐问。

"那朵勿忘我花，我会像守财奴吝啬自己的金子一样珍惜它。"

"一个大胆的家伙，"拉金斯小姐说，"给你吧。"

她把花给了我，并无不悦之色，我接过花，把它含在嘴里，随后放入了怀中。拉金斯小姐把手伸进了我的臂弯，并面带微笑对我说："现在，领我回去见白雷上尉吧。"

当我正在玩味刚才与她愉悦的相会，还有那华尔兹时，她又来了，不过挽着一个已过中年、其貌不扬的男人（我见他整晚都在打牌），说：

"这就是刚才我说的那位胆大的朋友！科波菲尔先生，戚肃尔先生想要结识你呢。"

当我看出他是拉金斯先生一家的朋友时，感到莫大的荣幸。

"老弟，你的鉴赏力我很欣赏。"他说，"你的鉴赏力，同样

知识延伸

吞吞吐吐：指想说，但又不痛痛快快地说。形容说话有顾虑。

比喻手法

写出了大卫对这朵勿忘我花的珍惜，对拉金斯的爱。

词苑撷英

其貌不扬：指长得不漂亮，相貌普通。

知识延伸

忽布：一种造酒的植物。

也令人敬佩。我想你对忽布应该没什么兴趣，但是我倒有一大片种植园，如果你愿意来阿希福德观光一下我们住的地方，我们很乐意招待你，住多久随你的意。"

我很感激地同他握了握手。当我和最大的拉金斯小姐再次翩翩起舞时，我感觉自己像是在做一个幸福的梦，她还称赞我跳得非常好！那晚我带着一份激动和幸福回了家，整夜，头脑中都是我挽着那位美丽的天使跳华尔兹的画面。自那以后的连续几天中，我一直都处在这快乐的回忆中，但是，之后我既未在街上碰到过她，也未在拜访时见过她，我只能用那神圣的东西——已经枯萎了的花——来慰藉我这颗失望的心。

"特洛伍德，"一天晚饭过后，爱妮丝说，"猜猜看明天谁会结婚？一个你崇拜的人呢。"

"我猜，爱妮丝，应该不是你吧。"

"不是。"她放下正在抄写的乐谱笑着说，"爸爸，刚才你听见他猜的是谁吗？是最大的拉金斯小姐明天结婚。"

"和——和白雷上尉？"我只能鼓起这样的力气了。

"不是，不是什么上尉。是那个戚肃尔先生，一个种植忽布的人。"

动作描写

写出了我听到拉金斯小姐结婚后的沮丧和伤心失望。

此后，我沮丧了一两个星期，摘下了戒指，穿那些最破的衣服，不再涂熊脂，时常对那朵枯萎的花叹气。那时，我厌倦了生活，同时又受到了那屠夫的一次又一次挑衅，我毅然扔了那朵花，接受了他的挑战，战胜了他。

在我十七岁那一年，现在能够给我留下的痕迹中，除这件事外，另外就是我重新戴上了那枚戒指以及很重地涂抹熊脂油。

精彩点拨

运用多种描写手法写出大卫对拉金斯小姐的爱。心理描写，大卫想象拉金斯小姐遇到危险时自己为拯救她而死的心理活动；动作描写，大卫见拉金斯小姐之前，穿上最好的衣服，一次又一次地将自己的靴子擦干净；语言描写，舞会上，大卫对拉金斯小姐说："因为我不想跟其他人跳舞。"

阅读积累

教 堂

基督宗教是欧洲人生活中的一个重要组成部分。因此，作为宗教活动传播的主要场所，教堂大多历史久远，并且遍布城乡各地，成为城、镇的重要组成部分。

教堂是基督教三大流派（天主教，基督新教，东正教）举行弥撒礼拜等宗教事宜的地方，按照级别分类有主教坐堂，大教堂（大殿），教堂，礼拜堂等。

现今世界前三大教堂是天主教的：圣伯多禄（圣彼得）大教堂，米兰大教堂，塞维利亚大教堂，全世界共有1520座宗座圣殿，其中大部分分布在欧洲，特别是在意大利。

欧洲的教堂主要分为四种建筑风格：罗马风格、哥特风格、巴洛克风格和现代主义教堂，也有少数其他风格的教堂。

第二十章

精彩导读

大卫毕业了,经过讨论,贝西小姐最后决定让大卫独自去旅行。大卫去和维克菲尔德先生、爱妮丝以及斯特朗博士告别,他们谈论起了麦尔顿先生在印度的生活。大卫离开了家,去了伦敦,在伦敦的旅馆里,大卫碰到了他幼时的同学斯梯福兹。他们会干些什么呢?

词 苑 撷 英

冠冕堂皇:形容外表庄严或正大的样子。

比 喻 手 法

形象地写出了大卫即将开启自己独立人生的感受。

毕业的时间快到了,即将离开斯特朗博士学校的时候,我实在是弄不清自己到底是高兴还是悲哀。悲哀是因为,我在那里很快乐,在那样一个小圈子里我觉得自己地位显赫,而且对于离开博士也很依依不舍。但是也有些其他的原因(说来很空洞)让我感到高兴。在我脑中存在这样一些模糊的概念诱惑我离开,可以独立于世,人们对于独立的人保有那份尊重,可以<u>冠冕堂皇</u>地去做一些力所能及的事,以及对这社会造成那么一种奇妙的影响。这些诱惑是那么有力地占据着我那幼稚的大脑,以至于现在想来,似乎并没有因为离开而感到任何惋惜,此次离开也并没有给我留下其他任何印象,对于当时的情形,也完全想不起来了,但这对于我的回忆没有太大的关系。我相信,即将开始的人生使我产生混乱,我也知道,那点经验简直就是沧海一粟;同时,我还知道,<u>人生与其他一切相比更像个故事——一个伟大的故事,而它此刻对于我正慢慢拉开帷幕。</u>

对于我从事什么职业的问题,我和我的姨奶奶已经在一年多的时间里郑重地商谈了无数次,她经常重复那个问题,我喜欢什么样的职业?当然我也在想一个令自己满意的答案。但是,后来,我发现,对于任何事,我都没有特别的嗜好。我倒是可以就自己所掌握的有关航海方面的知识,去率领一支船队,周游世界,以求发现一块新的大陆而闻名于世。但是,我缺乏任何航海设施,另外我也不太想去做那种耗费我姨奶奶资产过多的职业,但是不管我从事哪个行业,我会努力尽我的本分去做好。"

在我与我姨奶奶商谈时，狄克先生总是一脸深思的样子一本正经地坐在那里。所有的会谈中，他只提过一次建议，那次他突然说（我也不知道他是如何想到的），做一个铜匠应该比较合适。对于这样的建议，我姨奶奶甚为不满，自那以后，他便不敢再提任何建议了，只是坐在那里划拉他的钱，一切建议只限于我姨奶奶了。

"特洛，我说亲爱的，"在我离校后的那个圣诞节期间的一个早晨，我姨奶奶对我说，"这个问题我想一时间也无法解决，也为了让我们不从我们的决定中犯错误，我想，还是先把这个问题暂且搁置一下比较好。另外，你也应该设法从另外一个角度看待这个问题，记住你现在已不是一个学生了。"

"我会的，姨奶奶。"

"我曾经这样想，或许我们应该变换一下，去看看外面的生活，这也许对你有帮助，至少可以先冷静一下，静下来思考这个问题。比如说一次小小的旅行，至于地点，可以去乡下，去探望那个——那个名字野蛮而又不正当的女人。"因为我姨奶奶永远也不能宽恕皮果提。

"世界上就数这件事让我感到欢喜了。"

"得，不过我也和你一样高兴，但这纯属巧合。但是我相信，你喜欢这样的旅行是合理的、自然的。另外，特洛，不管你以后做什么，都要记住是合理的、自然的。"

"我会的，姨奶奶。"

"你的姐姐，贝西·特洛伍德，肯定是个最合理最自然的女孩，以后你要以她为榜样。"

"姨奶奶，我只希望以后我所做的任何事都能够对得起你，那样的话，我就很满足了。"

"但可惜的是你那可怜的吃奶孩子一般的母亲已经过世了，否则，此刻她一定会沉浸在快乐之中，以至于她那软软的小脑袋中没有发昏的部分也会因此而完全乐昏呢。啊，特洛，你让我想起她来了！"

"我想，是愉快的吧？"我说。

"他的模样，狄克，"我姨奶奶很激动了，"他的模样，和生下他的那个下午的样子是那么的像——哎呀，他的模样，他此刻看我的那个眼神跟她是那么的相像！"

"真的？"狄克先生说。

"他和他父亲也很像。"我姨奶奶很确定地说。

"对，他们非常像！"狄克先生说。

"但是，特洛，我所希望你能够做到的，我说不是身体这一方面，我所希望的是道德，因为身体上你很强壮，不欠缺任何东西；在道德上，我希望你做一个坚定的人，一个拥有自己意志而坚定的人。做事要有决心。"我姨奶奶对我摇摆着她的帽子紧握起拳头说，"要果断地对待发生的一切，培养优异的品格。除那些正当的理由外，品格的力量不应当受其他任何因素的影响。这些都是我希望你能够努力去做的。而且这些也是你父母都可以做到的，也都可以从中得到很大的帮助。"

我说我会尽力去做到的。

"为了让你从小事上就开始对自己有信心，有主见，所以，我决定让你一个人去旅行。曾经我

想过让狄克先生陪同你一起，但是，后来我想还是让你独自行动的好，让他留下来照顾我。"

有那么一会儿，狄克先生曾露出一脸失落的样子，可当后来得知能够照顾全世界最聪明、最出色的女人时，脸上立刻恢复了光彩。

"另外，"我姨奶奶对狄克先生说，"还有你那个呈文。"

"的确，"狄克先生连忙接过话，"特洛伍德，这个呈文，我想马上就结稿——也应该结稿了！然后将它出版，你知道的。"狄克先生停了好一会儿之后说，"这是暴风雨来临前的宁静啊。"

照我姨奶奶给我做的打算，她很快便为我准备好了行装还有一笔可观的路费，之后便很亲切地与我道别了。临别前，她给了我一个良好的劝告，还有许多热吻。她告诉我说一路上多留个心眼儿，多想一下身边发生的事，另外她允许我此次去伦敦多住几天，至于是在去萨弗克的途中还是在回来的路上，都可以随我自己安排。总之，大概三个礼拜到一个月的时间，我都有这样的自由——想做什么就做什么的自由，除了之前她给我的劝告，让我多留心，另外一星期给她写三次信以报告沿途发生的一切之外，别无其他条件限制我的自由了。

首先，我去了趟坎特布雷，同维克菲尔德先生和爱妮丝道别（当时，我还没有从他家中搬出来），另外我也同斯特朗博士道了别。当爱妮丝见到我的时候，她很高兴，还对我说，打我离开之后，那个家就变了样。

"当我不在这里时，我相信，我也变了样。"我说，"自从与你分开之后，我仿佛失去了右手。但这个比喻并不那么恰当，因为我的右手既没有心也没有大脑去思考。凡是那些与你认识的人，爱妮丝，都会来向你请教，蒙受你的教导。"

"我相信，那些认识我的人，也都纵容我。"她笑着说道。

"不对。那是因为你与别人不同，你有好的性格，高尚的品格，而且你永远都是对的。"

"照你这么说，"正在做手工的爱妮丝笑道，"我与拉金斯小姐没什么分别了。"

"好啦，拿我对你的信任开玩笑是极不公道的一件事。"此刻我想起了那位蓝天使，脸颊有些泛红，"但是，爱妮丝，我会一直信任你，不会改变。一旦我陷入困难，或是坠入情网，不管在什么时候，我都会告诉你，如果你愿意听——即使当我认真地坠入情网时，我也会告诉你。"

"呵呵，你从来都很认真啊！"她又笑了。

"但是，那时，我只是一个未成年的孩子啊，或者说只是一个学生罢了。"我害羞地笑了笑说，"现在不同了，迟早我会很认真起来。但让我觉得奇怪的是，到今天，你都没有认真过呢，爱妮丝。"

爱妮丝笑着摇了摇头。

"我知道你还没有认真过，因为，如果你认真了，我想你肯定会第一个告诉我的，或者，"我发现她的脸有些泛红了，"至少你会让我自动发现。但是爱妮丝，就我目前所认识的人，没有哪一个可以配得上你的。要我说，与我在这里所见到的所有人相比，他应该具有更高尚的品格，在各个方面都要有更高的成就。以后，我会考核所有向你求爱的人，对于成功的那个人，我会提出更多更高的要求。"

就这样，我们带着一份亲密与认真继续玩笑着。这份亲密是我们从孩童玩伴时慢慢滋生出来的。但是，爱妮丝突然抬起头，正视着我的眼睛，换了一种语气说：

"特洛伍德，我想问你一件事，除了今天，或许得过很长的一段时间我才有机会去问你了，这也是一件我不肯问别人的事。你有没有看出我爸爸的身体与以前有什么异样呢？"

那种变化我早已察觉，也曾猜测是否也被她看出了。此刻，我可能在我的脸上表露出了我的意思，因为我看见她含着泪垂下了头。

"把你看到的告诉我。"她用一种很低的声音说。

"我认为——我是那么仰慕他，爱妮丝，我可以说实话吗？"

"嗯，可以。"

"我认为，从我刚住进来那时起，他那不断增强的嗜好，对他是有害的。他经常神经过敏——也许这只是我的幻觉。"

"这并不是幻觉。"爱妮丝摇着头说。

"他的手经常颤抖，话也说不清，眼中时常能见到那种发狂的神态。人们总是在他最不如意的时间来找他，也就是在那样的时间里，察觉出了这种异样。"

神态描写
写出了维克菲尔德先生的身体和精神变化。

"尤来亚。"她说。

"是的。但是遇到那些让他不能胜任或不得要领的事时，脸上总会露出一种不愿表露的神态，这使得他非常不安，情况一天比一天糟糕，越来越疲惫，越来越憔悴。爱妮丝，不要吃惊，多日之前的一个晚上，我发现他把头枕在书桌上流泪，像个孩子一样。"

在我还没说完时，她用手轻轻地拦住了我的嘴，眨眼工夫，就见她去房门口迎接她父亲去了，并且将头靠在了他的肩膀上。当他们站在那里看我时，她脸上露出的表情异常感动我。从她那美丽的脸上，我看出有一种至深的爱，有对他的一份感恩，还有对我的一种祈求，请求我从心底要温和地待他，不能对他有半点粗暴。她忠于他，以他为傲，却又为他担忧，同时也那样坚定地认为我也跟她一样。我觉得此时她的表情能说明一切，比其他任何言语更能使我感动。

动作描写
写出了爱妮丝对她父亲的爱。

我们照习惯的时间去了博士家喝茶。围在火炉旁的除博士和他年轻的夫人外，还有她的母亲。对于我的离校，博士极为重视，把我视为上宾，仿佛我就要去中国一样，他吩咐在火炉中添一块大木头，以便他能够透过火光看清他的学生的脸庞。

"自特洛伍德之后，我不打算去教更多的新面孔了，维克菲尔德。"博士在火炉旁烘着手说，"我渐渐变得懒惰了，同时也需要休

息了。六个月后,我便会离开这里,过一种相对安闲的生活了。"

"这话,你说了十年了,博士。"维克菲尔德先生说。

"但是,这次与以往不同,我的首席老师会接替我的工作——这次我是认真的——因此,要不了多长时间,你就要准备合同了,那合同会像约束恶人一般将我们两个人约束在那里面。"

"要留心,当心上当!如果让你去订任何合同,我想你一定会上当的。得!还是我来准备好了。在我这个行业里,没有比这个更坏的任务了。"维克菲尔德先生说。

"到了那个时候,除了我的字典和另一份合同——安妮之外,我便了无牵挂了。"博士微笑道。

安妮正与爱妮丝一起坐在茶桌旁。当维克菲尔德先生把眼光聚焦到安妮脸上时,她却避开了——带着一种迟疑和怯弱避开了。但是这让维克菲尔德先生的注意力更加集中了,似乎他得到了什么暗示。

"我见到有一班邮轮从印度返港了。"维克菲尔德先生静默了片刻说。

"顺便说说杰克·麦尔顿先生寄来的那些信吧!"博士说。

"真的!"

"我那可怜的杰克!"马克兰太太摇着头说,"那样恶劣的天气!他们说,如同活在一片沙漠中,一面取火的镜子下!他看上去很强壮,但事实并非如此。我亲爱的博士让勇敢的杰克去冒险,看好的是他的精神,而并非他那看似强壮的身体啊!亲爱的安妮,我想你应该记得,你的表哥一向都不强壮——'结实'这个词从来都不适合他,"马克兰太太看着我们大家很用力地说,"自从他和我的安妮小的时候相互挽着一同玩耍时,他就不是强壮的。"

安妮没有作声。

"你的意思是,麦尔顿先生病了,是吗?"维克菲尔德先生问。

"病!"老兵说,"亲爱的先生,你说他任何东西都行。"

"健康除外?"维克菲尔德先生说。

"的确,健康除外!"老兵说,"他中暑了,毫无疑问,肯定感染过丛林热和痢疾以及其他你能说出名字的疾病。还有他的肝脏,"老兵无奈地说,"自他离开时,他就已经不顾一切了!"

"这些都是他亲口说的吗?"维克菲尔德先生很不解。

"说?"马克兰太太摇着头和扇子说,"当你有此疑问的时候,证明对于我那可怜的杰克·麦尔顿还不太了解。说?那绝不是他,你大可以用四匹野马去拖他。"

"妈妈!"斯特朗夫人说。

"我亲爱的安妮,这是最后的机会了,我必须很认真地请求你不要打断我,除非你能反驳我的话。你和我一样清楚,你表哥任多少匹马去拖他——我为什么一定要说四匹呢?肯定不止四匹啊!——八匹,十六匹,三十二匹,他都不会说他会推翻博士的计划。"

"维克菲尔德先生订的计划,"博士带着悔意看着他的顾问说,"准确地说,是我们一起为他计划的,我说,国外或国内。"

"我说,去国外。是我安排他出国的。这应当由我负责。"维克菲尔德先生说。

"哦！负责？这一切的安排都非常好，亲爱的维克菲尔德先生，这所有的安排都非常好，非常仁慈，这些我们都能理解。但是，如果他们会死在那里，那么他在那里就是不能存活。如果他不能活下去，他宁愿死在那里，也绝不会推翻博士给他订的计划。我很了解他，"老兵带着一种先知的苦恼平静地坐在那里摇着扇子说，"他宁愿死在那里，也绝不会推翻博士给他订的计划。"

"好啦，好啦，"博士高兴地说道，"我并没有坚持我的计划啊，我可以让它失效，重新拟订一个新的计划。如果杰克·麦尔顿先生因病归家，我就不会再让他回印度了，在国内，我们再想方设法为他谋取一个更适当、更幸运的职业。"

博士的这番宽大的话将马克兰太太感动得实在太厉害了——无须说，此话定出乎她的意料——她对博士说，此番话与他的为人很像，接着便多次吻过她的扇骨之后将其拍打在博士的手上。之后，便轻轻地责骂了她的女儿安妮，当她孩童时的玩伴因为她而蒙受如此大的恩惠时，却没有任何表示。随后她又对我们说了有关她家族中其他一些值得加以扶持的有价值的一些事。

在她谈起那些事时，她的女儿没有说过一句话，也没有抬过一次头。这期间，维克菲尔德先生的眼光很专注地落在他女儿身边的她身上，他只是一心注意着她以及他头脑中出现的一切与她有关的想法，至于有没有人在注意他，他绝对没有想过。这时，他问："杰克·麦尔顿先生信的具体内容是什么？"

"信在这儿，"马克兰太太从博士头上的炉架上拿来一封信说，"那个可怜的人对博士说的话——在哪啊？哦！'抱歉，但是我要对你说，我的身体已受到严重的伤害，恐怕我得回家休养一段时间，作为恢复健康的唯一希望。'已经说得很清楚了，可怜的人！他那恢复健康的唯一希望啊！但是在给安妮的信中说得更清楚呢。安妮，把给你的那封信拿来给大家看看。"

"等一会儿吧，妈妈。"她低声祈求说。

"亲爱的，对于某些问题，你似乎是这个世界上最可笑的人，对于自己在家中的权利，也似乎是最不关心的了。如果当初不是我亲自找你要那封信，我们恐怕永远也不会知道有那封信了。你这是对博士的信任吗？你的行为让我感到吃惊呢，你应该更懂事啊。"

安妮很勉强地拿出了那封信，当她递过那封信时，我发现那双不情愿的手在不断地颤抖。

"让我找找那段话在哪儿，"马克兰太太戴上眼镜说，"哦！'往日的回忆，我亲爱的安妮'——等一下——不是这段。'那个和蔼的老壮士'——他说的是谁啊？安妮，你表哥的字竟会如此潦草，而我又竟会如此糊涂！肯定是'博士'了。啊！和蔼是肯定的！"她停了一下，吻过扇子，又把扇子向那带着和蔼而满足的神态看我们的博士扇去，"找到了。'安妮，当你知道后千万别吃惊'——既然我们一直都知道他并非强壮，那么也没必要去吃惊了；刚才我是怎么说的？——'在这里，我吃尽了苦，无论如何也要离开这里，如果有可能，我会请病假，如果没有病假，那我会辞职。我在这里已经忍受的和正在忍受的，是常人所无法想象的。'如果那个最好的人儿不去鼓励他，"马克兰太太折起信说，"我觉得稍微想一下也无法忍受呢。"

那个老兵在盯着维克菲尔德先生，似乎在求他发表一下自己的意见。在得知这个消息之后，维克菲尔德一语未发，只是默默地坐在那里低着头盯着地面。当我将这个问题抛开聊起了别的话题时，在那段时间里，他依然那么默默地坐着，只是偶尔紧皱着眉头看一眼博士或他的妻子，或者他

们两个，其他时间则很少抬头。

博士很喜欢音乐。爱妮丝的歌喉很好，很动人，斯特朗夫人也一样，于是我们开了一场很小的却令人满意的音乐会。但是，我却注意到这样两件事：一、不久，安妮便恢复了，唱得十分自然了，但是她和维克菲尔德先生之间被一片空白完全隔绝了；二、对于安妮与爱妮丝的亲近，他似乎不那么喜欢，带着一种不安在观察着。此刻，我带着前所未有的意义想起了麦尔顿先生离去那晚的情形，并且使我感到不安。在我眼中，此刻她脸上的那种天真烂漫的美已不是过去那般美了；对于她显露出的那种自然的魅力，我已不那么信任了；于是当我看到她身边那如此善良而忠实的爱妮丝时，心中产生一种疑虑，这种友谊是多么不相称啊。

不过，这友谊使安妮感到由衷的开心，大家也都如此，因此，那一夜过得就像一小时那么飞快。那夜很特别，她们相互告别，当爱妮丝刚要拥抱她、亲吻她时，维克菲尔德先生就在这一刻，好像不经意似的，闯到她们中间，很快把爱妮丝拉走了。那天晚上我站在门口与博士夫妇道别，在那一刻看到了夫人与博士相对时的表情，我大脑一片空白。

说不清那种表情给我留下了什么样的印象，更不清楚后来再想到她时，记起她的美丽与天真，想把她与这表情分开又是多么不可能。回家后，这表情仍萦绕脑际。我觉得离开博士家时，他家屋顶上乌云密布。在我向那白发苍苍的首领致敬时，怀着对那些背叛他的人仍给予信任而生的怜悯，还怀着对那些伤害他的人的愤恨。一种巨大的痛苦的情绪袭上心头，像一个污点落在我学生时代上课和游戏的地方，残酷地破坏了原有的美好。想到那些千百年来默默无言的龙舌兰，想到那整齐平滑的青草地，想到那些石瓮和'博士散步地'，还有缭绕在晚暮中的教堂钟声，我再也感觉不到乐趣了。仿佛我少年时的印象在眼前被洗劫，它的宁静祥和与光荣辉煌全失去了。

早晨一到，我就要离开这所古宅了。我所想的只是道别。无疑，我不久后还要来这里，我可以再次——也许经常——在老房间里睡觉，但是我住在那里的日子却一去不再来。当我把放在那里的书和衣物清点完准备送往多佛去时，我的心情远比我脸上的微笑沉重。尤来亚·希普那么殷勤地帮我清理，可我竟不领情地认为他为我的离开而暗自感到高兴。

不知为什么，离开爱妮丝时，我带着一种炫耀的刚毅和冷漠上了去伦敦的马车。坐到包厢里，车从镇上经过时，我竟那么大度和仁慈，居然想到要向我往日的仇敌——那年轻的屠夫点头致敬，还想扔给他五先令。可是，他站在店里的大砧木边，看上去是那样执拗，而自我把他的一颗门牙打落后，他的性格一点也没变好，我又觉得最好别和他套近乎了。

我仍记得，当时一心想的就是对那车夫装老到，说些极粗鲁的话。说那些令我感到极不自在的话，但我却坚持着说下去，因为我觉得成年人就该这么说。

"你要坐到底吧，先生？"车夫问道。

"是的，先生，"我放下架子说，"我要去伦敦，还要去萨福克。"

"去打猎吗，先生？"车夫问道。他和我一样明白，在这个季节里，去那儿打猎是徒劳的，可我仍感到很有面子。

"我不知道，"我说道，"是否要去打次猎。"

"鸟儿很畏怕人的，我听说。"

"我也听说过是这样的。"

"萨福克是你老家吗？"

"是呀，"我挺像回事儿地说道，"萨福克是我的老家。"

"我听说那一带的麻团很好吃。"

我先前并没听说过这一点，可我想有必要夸夸老家特产，也有必要表明我对那特产很了解，便像模像样地说："我相信你这话！"

"还有马呢，"威廉说道，"那才叫真正的马呢！一匹萨福克马，碰上好的，足足顶得上同样重的金子。你自己养过萨福克马吗，先生？"

"还好，"我说道，"没正经养过。"

"我敢说，我身后那位，"威廉说道，"可养过好些马呢。"

车夫说的那位乘客，长着一只斜得厉害的眼睛，下巴外翘，戴了顶窄边的白色高筒帽，褐色的紧身裤，外侧裤线上那些扣子好像从靴口一直排到屁股。他的下巴离我非常近，好像一直翘到车夫的肩上，我的后脑勺被他的呼吸弄得痒痒的。我转身去看他时，他一副很内行的模样，正用那只不斜的眼看拉车的那匹领头马。

"你养过吧？"威廉说道。

"养过什么？"那人问道。

"萨福克马呀？"

"是，"那人说道，"我什么马都养，什么狗都喂。马和狗都是让人养着玩的，对我来说却是衣食父母——我的房子、老婆、孩子和我的皮鞋、烟草、睡觉，都靠它们！"

"他不是应该坐在包厢后面座位上的人，对不对？"威廉摆弄着缰绳凑在我耳旁说道。

我把这话看作一种暗示，识趣地让那个人坐在我的座位上。

"算了，如果你不介意，"威廉说道，"我觉得那样更好。"

我一直认为这是我生平一大耻辱：一个衣衫褴褛的乡巴佬竟占据了我的位子。

我常常在这些小事上产生这种心理，尤其在不该如此想的场合偏又会这么想。我想"成熟"也没用。在后来的一路上，我一直从喉咙里发声来说话。

不过，现在的我，坐在四匹马的后面，受过很好的教育，穿着体面的衣裳，口袋里装着金钱，向车外那些过去在艰辛旅途中住宿过的地方望去，还是挺特别地让人感觉奇妙。对每一个熟悉的地方，我都思绪万千。我朝下看去，看到迎面走来的乞丐，那是我认识的面孔，就好像又感到那补锅人把黑手伸进了我的衬衣。当车轮从查坦木那狭窄的街道上驶过时，我又看到了那买短外套的老怪物所住的小巷，我伸长脖子急切地想看看我当时坐在日光和阴影中等待拿钱的地方。

终于来到离伦敦不到一站路的萨伦学校。在那克里克尔先生严酷责打学生的地方经过时，我真想把我所有的钱都拿来以换得法律许可，下车把他打一顿，然后再把关在笼子里麻雀般的学生全放掉。

我们走到金十字旅馆，这是靠近人口密集处的一家旧旅馆。一名侍者把我带进咖啡厅，一名女仆把我带进我的小卧室，那间封得像酒窖的房间里充满了出租马车里一样的气味。我痛苦地意识到

由于我的年轻,没人向我表示一分敬意——女侍者不在乎我在任何问题上有什么看法,男侍者对我很随便。

"先生,"男侍者很亲热地说,"晚饭想吃什么?年轻的先生大多喜欢吃家禽,来只鸡吧?"

我尽可能明确地告诉他,自己不喜欢吃鸡鸭之类的东西。

男侍者说:"那就来一份小腰片吧?"

我再没法说别的,只好同意了。

"喜欢吃土豆吗?"男侍者歪着头,堆着奉承的微笑,"大多数年轻的先生都会点土豆。"

我用最低沉的声音吩咐他,来一份小牛腰加土豆,再加上一切配料,然后我让他到柜上看看有没有给特洛伍德·科波菲尔的信。我知道那儿没有,也绝不会有,可我觉得这样做才够派头。

他很快就回来了,说那里没有信,听到这话我做大吃一惊状。他为我在靠近火炉的一个座位铺上桌布,同时还问我喝什么酒。听我说"半品托雪利酒"时我猜他准会暗自窃喜,他好因此而把几个瓶中的残酒凑成"半品托雪利酒"。我这么想是因为在看报时,瞥见他在低低的板壁后(那是他的住宿处)忙着把一些瓶里的东西倒进另一个瓶里,就像一位化学家或药剂师一样。酒拿上来时,我觉得淡而无味,比起纯酒来说,它的渣滓多得出人意料,但我很享受地喝了它,什么也没说。

由于心情愉快,我决定去看戏。地点是考文特花园剧院,在一个中厢后面,我看了《恺撒》和哑剧。那些尊贵的罗马人在我眼前复活了,他们走来走去,他们代替了往日学校里那些严肃的拉丁文教义,这真是一种享受。而且在全剧中真实与神秘的交织,诗歌、灯光、音乐、观众、布景快速而惊人的变换,都使人心醉神迷,感到兴奋欢欣。在夜晚十二点走在落着雨的大街上,觉得犹如在云端过了几年浪漫生活后又跌回一个苦恼的世界上。这里充满喧嚣,一片龌龊,火把照着,雨伞挣扎着,马车挤撞着,还有木屐行走时溅起泥水。

从另一个门出来,在街上站了一会儿。我受到了粗暴的拥挤和推推撞撞,很快就清醒了。走上回旅馆的路,边走边回想那辉煌的景象。直到一点钟,喝了些黑啤酒又吃了些蚝子后,还坐在咖啡室里望着火炉回味。

那出戏占据了我的心——因为那出戏在某种意义上犹如一个水晶球,通过它我可以看到早年的生活。不知什么时候,我眼前出现了一个青年的身影,他穿得潇洒,长得英俊,我记得在哪儿见过他,却并没注意到他进来。

我仍然坐在咖啡室里望着火炉冥想。

最后,我起身就寝了,这可让那侍者松了口气。他的腿早已不耐烦了。在他的小食品间里不断扭来扭去、踢打着。向门口走去时,我经过那已进来了的人,清楚地看见了他。立刻转身折回来,仔细看了他一眼。

他没认出我,我却一眼就认出了他。

如果在别的时候,可能没勇气找他说话,会等到第二天再这么做,或者错过这机会。可当时是被那出戏占据了思绪,他往日对我的照顾是那么值得感激,我对他的仰慕自然而然充满了胸间,我便立刻走向他,说道:

"斯梯福兹!你愿意和我说话吗?"

他看着我，一如他有时打量陌生人那样，我看出他的表情是认不出的样子。

"难道你不记得我了？"我说道。

"我的上帝！"他突然大叫道，"是小科波菲尔！"

"我从来都没这么高兴过！我亲爱的斯梯福兹，见到你我真是非常非常高兴！"

"我见到你也很高兴！"他亲热地握住我的双手说，"喂，科波菲尔，孩子，别太激动！"

我擦去无论怎么努力也忍不住流下的泪水，又为此大笑一阵，然后我们并肩坐下。

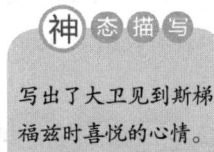
写出了大卫见到斯梯福兹时喜悦的心情。

"嘿，你小子怎么来到这儿的？"斯梯福兹拍拍我的肩头问。

"我是今天从坎特布雷坐车来的。我已被那儿的一个姨奶奶领养了，刚在那儿接受完教育。你怎么来这儿了？"

"我成了他们叫的牛津人，也就是说，我无时无刻不感到乏味得要命——现在，我要去我母亲那里。你可真是个可爱的孩子，科波菲尔。现在，让我好好看看你。你还是老样子！一点也没变！"

"我可一眼就认出你了，"我说道，"不过记起你来要更容易些。"

他一面抚摸他的鬓发，一面大笑，然后高兴地说：

"是的，我在做一种义务旅行。我母亲住在离市区不远处，可是道路颠簸，我们家也很单调，所以我今晚留宿在这里，不往前走了。我来了还不到六小时，都花在发牢骚和在剧院里打瞌睡上了。"

"我也看戏了，"我说道，"是在考文特花园剧院。多好啊，多有声有色的一出戏呀，斯梯福兹！"

斯梯福兹又开心地笑了。

"我亲爱的大卫，"他又拍拍我的肩说道，"你可真是一朵雏菊呀。日出时田野里的雏菊！"

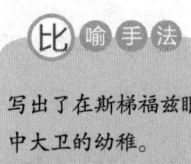
写出了在斯梯福兹眼中大卫的幼稚。

"你把我朋友科波菲尔先生安排在哪儿了？"斯梯福兹对本站在远处观察我们的男侍者说。

"对不起，先生。"

"他睡在哪儿？几号房？听得懂我说的话吗？"斯梯福兹说道。

"懂，先生，"侍者露出歉意的微笑说，"科波菲尔先生现住在四十四号房。"

"你把科波菲尔先生安顿在马厩上的那间小阁楼里了？"斯梯福兹质问道，"这是什么意思？"

"唉，你知道，这不归我管呀，先生，"侍者诚惶诚恐地答道，"如若科波菲尔先生不满意。我们可以让他住七十二号。先生，如果你满意，就在你隔壁，先生。"

"当然，"斯梯福兹说道，"快去安排吧。"

侍者忙去换房间。斯梯福兹因为我曾被安排在四十四号觉得好笑，拍着我的肩头，他请我明天早上十点钟和他一起用餐。我在感到受宠若惊的同时也十分乐意接受的邀请。时候不早了，我们拿了蜡烛上楼，在他的房门前友好地道别。我发现新卧室比先前的好多了，一点怪味也没有，放有一张大床，简直是天堂。躺在床上，在够六个人用的枕头中，我很快就睡着了。梦见了古罗马、斯梯福兹，还有友谊。直到清早，窗下门外驶过的马车又使我梦到了雷公和众神，这才醒来。

精彩点拨

斯特朗博士是一位善良、热心、不对任何人设防的好男人。大卫对斯特朗博士是十分崇敬的，但是博士的妻子安妮对博士的背叛，他的丈母娘马克兰太太一方面帮自己的女儿掩饰，另一方面还从博士手中获取物质好处。对于帮助情夫麦尔顿先生的安妮和那些背叛他的人，斯特朗博士仍给予信任。这让大卫内心很痛苦。

阅读积累

圣诞节

基督教纪念耶稣诞生的重要节日。亦称耶稣圣诞节、主降生节，天主教亦称耶稣圣诞瞻礼。耶稣诞生的日期，《圣经》并无记载。公元336年，罗马教会开始在12月25日过此节。12月25日原是罗马帝国规定的太阳神诞辰。有人认为选择这天庆祝圣诞，是因为基督教徒认为耶稣就是正义、永恒的太阳。5世纪中叶以后，圣诞节作为重要节日，成了教会的传统，并在东西派教会中逐渐传开。因所用历法不同等原因，各教派会举行庆祝的具体日期和活动形式也有差别。圣诞节习俗传播到亚洲主要是在19世纪中叶，日本、韩国等都受到了圣诞文化的影响。现在西方在圣诞节常互赠礼物，举行欢宴，并以圣诞老人、圣诞树等增添节日气氛，已成为普遍习俗。圣诞节也成为西方世界以及其他很多地区的公共假日。

第二十一章

> **精彩导读**
>
> 斯梯福兹邀请大卫去海盖特，到自己家去做客。大卫见到了斯梯福兹太太和达特尔小姐，斯梯福兹太太很崇拜自己的儿子，达特尔小姐的伤疤引起了大卫的好奇，原来这个伤疤是斯梯福兹小时候弄的。大卫还会发现斯梯福兹的什么事情呢？

大约八点钟，那个女茶房叩开了我的门，对我说，已经在外面为我备好了刮脸水，但我痛切地感到这东西对我来说是多余的，于是躺在床上脸红了。我怀疑当她在对我说这话的时候她也笑了，这样的怀疑使得我穿衣服都不那么安心。当我下楼去吃早餐，在楼梯上碰见她时，这样的怀疑让我感觉自己很鬼祟。的确，对于年龄我觉得比我自己所希望的要小一些，因此那时我甚至觉得自己很自卑，连从她身旁走过的勇气都没有了，当我听见她在那里扫地的声音时，我只是一味地张望窗外那查理一世的雕像，雕像的周围杂乱地围着许多马车，浓雾细雨中，雕像并不雄伟，我一直张望到那个女茶房警告我说那位先生正在等着我时才下了楼。

斯梯福兹等我的地点并不是餐厅，而是一个挂着红窗帘铺着土耳其地毯的房间，炉火很旺，清洁的桌布上精致地摆放着热气腾腾的早餐。火炉、早餐、斯梯福兹以及那房间中的一切全都倒映在餐具架子上的那面小圆镜中。刚进去时，我为斯梯福兹的那份镇静与高雅所折服，与他相比，我没有任何一项可以与之媲美的，因而感到一点害羞，但是不久便从他那份从容的接待中恢复了过来，让我觉得很舒服，他在金十字旅店所造成的改变，是应当为我所称颂的。同时，我昨天所经历的沉闷与孤零对比我今天早晨所享受的那份安乐，实在是难以启齿。现在那个茶房的一些不客气的态度已消失殆尽，似乎从未发生过一般。我甚至可以说，他是在披麻蒙灰地侍候我们。

"科波菲尔，"当房中只剩我们两个人时，斯梯福兹说，"我现在很想知道，你要到哪里去，对未来做何打算，以及其他关于你的一切。有时，我甚至感觉你就是我的附属品呢。"

当我得知，他仍旧对我的事有如此兴趣时，我激动得满脸通红。我将我姨奶奶让我去独自旅行的计划以及要去的地方告诉了他。

"既然此事不着急，"斯梯福兹说，"那么你与我一道去海盖特吧，去我家玩几天。见到我母

亲你一定会喜欢她的——虽然她对我有点矜夸,也有些唠叨,但这些都是可以体谅的——她也一定很高兴见到你。"

"我希望是这样。"我微笑道。

"那些喜欢我的人,她也一定会喜欢。"

"这么说,我想我即将成为一个受人宠爱的人了。"我说。

"好!让我们来证实你刚才所说的吧。我们先游览一两个小时——陪一个如你一样的新角色去游玩确实是件趣事,科波菲尔——之后我们便坐马车去海盖特。"

我真不敢相信眼前的一切,以为一切皆是梦,不久便会醒来,孤零零地在餐厅中面对着那个很不客气的茶房。我给姨奶奶写信说凑巧遇到了多年前我所喜欢的老同学,同时也将受到他邀请的事告诉了她。将信寄出之后,我们便乘马车外出了,欣赏了一些图画和一些优美的风景,最后,我们又来到博物馆,在那里我注意到,斯梯福兹似乎有无尽的学问,却又不随意展示他的知识。

"我想你会在大学里拿到一个很高的学位,斯梯福兹,如果以前你还不曾拥有这样一个学位的话,他们应当以你为傲呢。"我说。

"拿到一个学位!"斯梯福兹叫道,"不会!亲爱的雏菊——这么称呼你,你不会介意吧?"

"一点也不!"

"那才是一个好人!亲爱的雏菊,"他笑了,"在那方面,我没有任何想要去炫耀我自己的想法,为我自己,我已经做得很多了。但是,我觉得,我现在的这个样子很迂腐。"

"但是名誉——"

"你这荒唐的雏菊!"他笑得很真诚,"我为什么要费尽心机去让一些愚蠢的脑袋仰望我呢?他们应该去仰望其他人,名誉是为那种人准备的,热烈欢迎他去拥有呢。"

对于自己犯下如此重大的过错,我觉得羞愧,我一心只想转移话题,幸亏这对于斯梯福兹来说并不是件难事,他一向都可以随着自己的性格转移话题。

游玩过后,我们吃了顿饭,冬天里日子过得是那么快,当我们乘车来到海盖特山顶上的一所古老的砖房门前时,夕阳已经开始西下了。一位俊秀而年长的女人(并不是很老)带着一份高傲的神态站在门口迎接我们,她搂过斯梯福兹嘴里喊着"我亲爱的詹姆斯"。这个女人便是他的母亲,对于我的到来她表示了一种很有威仪的欢迎。

这所房子很安静,很整齐,颇具大家风范。从我住的房间中的窗子向外看去,整个伦敦尽收眼底,如同一团雾气在远处飘浮着,零星地透出一些灯光,一闪一闪的。换衣服时,我用那仅有的空闲匆匆看了一眼那些坚固的家具,一些手工制品的框子(我猜这大概是斯梯福兹母亲未嫁之前做的),框子里以女人为素材的蜡笔画像——女人的头发上和鲸骨褡上都扑了粉,在刚刚燃起的炉光中,它们的影子在墙上忽隐忽现,这时我被一个声音叫去用餐了。

餐厅中还有一个身体瘦矮的女人,相当黑,看上去很碍眼,但也有一些好看的地方。她吸引了我的注意,也许是因为不曾期待斯梯福兹家还有另外一个女人,也许是我们正相对坐着,抑或是她身上的确有那么一些值得人去注意的地方。黑头发,黑眼睛,却很锐利,嘴上有一处疤痕。这是一个老疤——应当叫缝痕,因为它很深,并未变色,而且早已痊愈——这个疤一直切过嘴到达下巴,从我现在的角度看过去，除上唇（上唇也变了样）和更上的部分外几乎看不出了。我揣测，她大概有三十岁了。有些残败，好似一所招租过久却并未入住的房舍，即使如此，她身上还有一些好看的地方，这，我已经强调过了。她的内心似乎燃起了一种销蚀的火，似乎要从眼睛中喷出一般，也似乎是这团火烧得她如此瘦弱。

她被称作达特尔小姐介绍给我，却被斯梯福兹和他的母亲称呼为萝莎。我发现她以斯梯福兹夫人女伴的身份在这里入住多年了。她在表达她的意思时并不是直来直往地说，而是采用暗示的方法，可结果越是暗示就越让人听不明白。有一次，斯梯福兹夫人开着玩笑说，她怕她的儿子在大学里过着一种颓废的生活，结果达特尔小姐插了一句：

"哦，是这样吗？我是多么愚蠢啊，但我想问的是，是否总是这样呢？我想那样的生活皆被看成——是不是？"

"那是从事任何一种严肃的职业之前应当接受的教育，萝莎。"斯梯福兹夫人带着少许冷淡回答道。

"的确，这是应该的，"达特尔小姐接过话，"但究竟是不是这么一回事呢？如果我说错了，我希望有人帮我更正——真的是那样吗？"

"真的什么？"斯梯福兹夫人很不解。

"哦，你的意思是并不是那样吗？这让我很高兴！现在，我明白如何做人了，这就是经常发问的好处。关于那样的生活，我不会允许任何人谈及荒废、放荡以及其他诸如此类的话了。"

"你说得没错，"斯梯福兹夫人说，"我儿子的那位导师是一个正直的人，即使我不能十分相信我的儿子，我也应该对他持有绝对的信任。"

"你也应该？"达特尔小姐说，"正直，对吗？真正直？"

"没错，我信任他。"斯梯福兹夫人说。

"这是多么好啊！"达特尔小姐说，"多么让我心安啊！如果是真正直，那么他应该不是——当然不会是那样的了。此刻，我对他抱有大希望呢。当我知道他是真正直的时候，你一定想象不出，我是如何瞧得起他呢！"

她就是这样对每一个问题和别人对她更正的每一件事发表着这样的暗示，有时，我费了很大的努力也无法掩饰那份不明白，有时甚至与斯梯福兹发生冲突。晚餐时就发生了一件这样的事。当斯梯福兹夫人问及我去萨伦弗克的目的时，我随口说道如果能有斯梯福兹同行，我会很高兴的，接着便告诉他，我是去那里拜访我的那位老保姆以及她哥哥一家，提醒他，曾在学校中见过面的那个渔家。

"哦，是那个直爽的人啊！"斯梯福兹说，"另一个是他的儿子吧？"

"不是，那是他的侄子，但是，他把他当作儿子一样看待呢。另外他还收养了一个可爱而美丽的小甥女，待她如亲女儿一般。你一定会喜欢见见那些接受他恩惠和仁慈的人们。"

"我会吗？呃，我想我应该会的，或者说我可以考虑一下，去见一下那样一伙人，或能与他们生活一段时间——与雏菊一起旅行的那份快乐我就不提了——也不枉此行了。"

当我看到这样的希望时，我的心因快乐而跳动着。但是一直用那锐利的眼光监视我们的达特

尔小姐又插了嘴,原因是当斯梯福兹说"那样一伙人"时语调有些异样。

"哦,但,这是真的吗?请你告诉我,他们真的是吗?"她说。

"他们是什么?谁是什么?"斯梯福兹问道。

"那一伙人啊。他们真的是什么异兽或傻子吗,属于另外一个世界?我很想知道。"

"他们和我们之间有很大的距离呢。"斯梯福兹冷淡地回答说,"<u>他们不会像我们这样容易受惊,也不像我们这样对问题过于敏感,也不太容易受伤。</u>但是我相信他们很正常,对于那些反对这一点的人,我不会与他们争论什么。他们唯一缺少的是精细的性格,他们很容易满足,和他们那粗糙的皮肤一样,他们不容易受到伤害。"

对比手法
突出了斯梯福兹认为"我们"这些人容易受惊、对问题过于敏感、太容易受伤。

"真的!"达特尔小姐说,"我不知道以前还有什么时候比现在听了这些话更令我感到高兴的了,现在我非常安心!当我得知那一伙人在自己受到伤害时却全然不知,这是多么令人开心哪!过去我曾替那一伙人感到不安。但是现在,对于他们的感受我并不那么关心了。我会在生活中学习,我过去的那些疑虑已经被我完全清除了。过去我还不了解,但是现在我完全明白了,这样的好处完全得益于经常发问——是不是?"

我相信,刚才斯梯福兹的话只是在说笑,或者说在逗达特尔小姐发笑,当火炉旁只剩我们两个人的时候,我很希望他会这样告诉我。但他只是想知道我对她的一些看法。

"她很聪明,对吧?"我说。

"聪明!她见到东西就会去磨,一直磨到锋利为止,如同在过去的这些年间,她把她的脸和身体磨得这么锐利一般,在那不断的磨中消耗了自己。最后她只剩下锋刃了。"

"她嘴上的那个疤吸引了我的注意!"我说。

斯梯福兹低下了头,阴沉着脸,停了一下。

"实际上,那个疤是我造成的。"

"是一个意外吧!"

神态描写
写出了斯梯福兹对达特尔小姐造成伤疤这件事的回忆是不高兴的。

"不是,那是在我很小的时候,她把我惹怒了,结果我抓起一把锤子向她砸去。我想,我过去一定是一个很有希望的小天使!"

谈及这样一段令他伤心的往事,我感到后悔,但是现在后悔也不起任何作用了。

"自那以后,她就带着那个伤疤了,会一直带着它长眠于地下,如果她会在坟墓中得以安息的话,但是我宁愿相信她不会在任何地方得到安息。她的父亲和我的父亲是表兄弟，她自小就没了母亲，后来父亲也去世了，我的最后已经守寡的母亲将她带回了家，做了女伴。她有两千英镑，每年还能得到一些利息。这些就是关于萝莎·达特尔的过去。"

"毋庸置疑，她爱你像爱亲兄弟一般了？"

"哼！"斯梯福兹面对着火说，"有些兄弟没有被人溺爱而有的爱——不过，喝酒吧，科波菲尔！为了你而祝福那田间的雏菊，也为了我——这些我很羞愧——祝福山间的那些不忙碌不勤奋的百合！"高兴地说完这祝福词之后，那弥漫在他脸上的微笑消失了，随即又恢复了那份坦白，很动人。

当我们去喝茶时，我不禁带着一份痛苦去看她的伤疤。我发现，那处伤疤在她脸上是最敏感的部位，在她的脸变白之前，那个疤便会变成铅色，如同一条隐形的墨水痕经火烤过之后完全显露出来。我是在她与斯梯福兹玩双陆棋游戏时发生的一次小争论中发现这些的。

对于斯梯福兹夫人对她儿子的那份崇拜，我并不觉得奇怪，她似乎不会去想别的任何事。她从一个金色的盒子里拿出了他婴儿时的相片递给我看，另外盒子里还留有他的胎发，随后又递给我刚与他结识时的相片，脖子上挂着他现在的相片。在靠近火炉旁的一个柜子里收藏着他写给她的所有的信。她本来是想拿出一些读给我听的，当然我会很乐意去聆听，可被他阻止了，把她哄了过去。

"他告诉我，你们是在克里克尔先生的学校里认识的。"斯梯福兹夫人说。此刻，他们两个正在另外一张桌子上玩双陆棋，而我正同斯梯福兹夫人坐在桌旁聊着。"没错，我记得他曾对我提起一个比他小却为他所喜欢的学生，但是，你的名字我已想不起来了。"

"那时候，他对我很大方，很有义气；那时候，我也急需像他这样一个朋友。如果不是他一直在维护我，我想，我早就遭了殃。"

"他一直都是很大方，很有义气的。"斯梯福兹夫人因她儿子而骄傲。

我很真诚地表示了我的同意，从她待我的那份有所降低的威仪中，我也可以看出她明白我的诚意，当然在称颂她儿子时，那副神气依旧那么高高在上。

"总的来说，那所学校对于小儿并不适宜，"她说，"相差甚远呢，不过在那时，有一些特殊条件应当考虑，与选择学校相比，它们似乎显得更为重要呢。因为小儿的性格高傲，需要找一个让他感觉自己优越、甘心向他臣服的人，在那所学校正好有这样一个人。"

这个我知道，同时我也知道那个人。但是我并非因此而更恨他，倒感觉这是他的一个可以赎罪的优点呢，如果接受像斯梯福兹那样一个不可被拒绝的人能够算得上一大优点的话。

"在那儿，在一种自发的竞争心和自觉的自尊心的指引下，小儿的才能得以最大限度的发挥，"她继续说，"他可以不受任何约束的，但是，当他发现，在他们中间自己就是一个君主时，于是决定以后所做的一切都要对得起自己的身份。他就是这样的。"

我再一次真诚地应道，"他就是这样的。"

"不受任何强迫，凭借自己的意志去做一切，在他高兴时，可以采取方法越过任何与之竞争的对手。科波菲尔，小儿还对我说，你很崇拜他，就在你们昨天相遇时，你还欢喜地哭了起来。我若

对于小儿这样感动人心的能力感到吃惊,那么我就不是一个诚实的女人,但是我也绝不会冷淡地对待那些崇拜他的人,因此对于你能来我感到很高兴,同时,也可以跟你保证,他把你们之间的友谊看得很重,对于他的保护你可以完全信任。"

达特尔小姐玩双陆棋的那份兴趣与做别的事一样浓厚。如果我第一次见到她而她却又正在玩双陆棋时,我一定会想,她身体的瘦弱以及她瞳孔的放大,都是因为这场竞赛,别的任何东西都不能使她如此。但是,当我带着那份快乐听斯梯福兹夫人对我说这番话,以及她对我的重视,让我觉得这是我离开坎特布雷以来从未有过的老练时,如果我认为达特尔小姐会漏掉一个字,或是错过我的一次神色,我就大错特错了。

当那晚被消磨掉大半时,一个盛着酒杯和酒瓶的盘子被端了进来,斯梯福兹烤着火对我说,他要花点时间好好想想跟我去旅行这个问题。他说,不着急,一个礼拜应该是不成问题的,他母亲也很客气地这样说。在我们聊天的过程中,他多次把我称作雏菊,这个绰号又令达特尔小姐很不解。

"科波菲尔先生,这是个绰号吗?他又为什么给你起这么个绰号?是不是——呢?因为在他眼里你很年幼而且近乎无知呢?对于这些事,我是非常愚蠢的。"

我红着脸对她说,我想大概是这样吧。

"哦!"达特尔小姐说,"明白了这一点让我感到很高兴!我在追求知识,我很高兴能明白这一点。在他眼里你年幼无知,而你们却又是朋友,这的确很有趣啊!"

不久她便睡了,斯梯福兹夫人也睡去了。只剩斯梯福兹和我在那里一边烤火一边聊起特拉德尔以及萨伦学校的其他人,半小时后,我们也一同上了楼。因为斯梯福兹的房间在我隔壁,也就顺便去看了一下。他的房间中弥漫着安乐祥和的空气,那些由他母亲亲手装饰的安乐椅、靠枕板凳,应有尽有,一件也不少。墙上挂着她的一幅画像,眼神正在打量着她的爱儿,仿佛她觉得,在他入眠之后,那幅画像也应该去照顾他。

回到卧室,我发现我房中火炉的火把卧室照得很亮,窗帘和床周围的帷子拉下之后,房间突然显得那么整齐。我坐在离火炉不远的一把大椅子上享受着这份幸福,过了一会儿,我发现火炉架上那幅达特尔小姐的画像正热烈地看着我。

那个画师在替她作画时并未添上那个伤疤,最后我把它加了上去,于是那个伤痕便留在了那里,时隐时现:时而只局限于嘴唇,像我在吃饭时坐在她对面见到的那样,时而全部露出,和她生气时露出的一样。

我想不通,他们为什么把她放在我这里,而不是其他什么地方。为了躲开她,我匆忙脱了衣服,熄了灯,上了床。但是当我睡着时,她却出现在我梦中,依旧在那里看我。当我在半夜醒来时,我想起,在梦中,我见人就问:"这到底是不是真的呢?我想知道。"至于我想问什么我也不清楚。

精彩点拨

作为一个生性活泼的年轻人,斯梯福兹总是精力充沛。然而,这个聪明的年轻人却没有自己的理想和抱负。在大卫他俩的一次游历中,科波菲尔意识到,斯提福兹在无数不同的题目上有渊博的知识,但是他好像并不看重这些。于是,科波菲尔认为他应该在大学得到更高的学位,但斯梯福兹说他才不干,他认为为什么要费事使一些笨家伙仰望呢?让他们去恭维别人吧。名声是给那些人准备的。从这我们不难看出,斯梯福兹并不打算将来在学业上有什么发展,也不想费力去获取什么"名声"。所以,他实际上是无所事事的。

阅读积累

查理一世

查理一世(1600—1649),又译查尔斯一世,斯图亚特王朝的第十位苏格兰国王、第二位英格兰及爱尔兰国王,詹姆斯一世和丹麦公主安妮的次子,英国历史上唯一被公开处死的国王,欧洲史上第一个被公开处死的君主。

查理一世在位期间的特点就是混乱的宗教冲突。臣民们普遍对国王的信仰持不信任态度,一方面,在三十年战争中,他的失误成功地帮助了新教势力,然而另一个事实却是他迎娶了一位罗马天主教的公主。

查理一世还重用当时具有争议的教会人物。他的很多臣民都认为这样做使得英格兰教会与罗马天主教会的关系太紧密了。此后,查理一世还试图迫使苏格兰进行宗教改革,从而引发了主教战争。这一切都使英格兰和苏格兰国会更加坚定了自己的立场,最终促成了查理一世王朝的灭亡。

第二十二章

> **精彩导读**
>
> 　　大卫和斯梯福兹开始了旅行，他们来到了雅茅斯。大卫先拜访了欧默先生，并在他的店里见到了爱米丽，但是大卫没有和她相认。接着大卫去了皮果提家里，并和斯梯福兹在她家里吃了晚餐，然后他们一起去了皮果提先生的旧船，并得知汉姆与爱米丽订婚了。爱米丽的婚事会一帆风顺吗？

知 识延伸

S：斯梯福兹姓的第一个字母。

 面描写

通过女佣们的行为写出李提默是个体面的人。

 苑撷英

而立之年：人到三十岁可以自立的年龄。后为三十岁的代称。

　　斯梯福兹在大学里雇了一个用人，他与斯梯福兹走得很近。就外表看，他是一个体面的人，同时我也相信，在与他相同地位的人中没有比他更体面的了。一张不太柔顺的脸，直挺的脖子，整齐而光滑的头发，沉默寡言，轻手轻脚，态度文静，心细如尘，轻声细语，在他口中的那个S也被他低声说得那么清楚，在我看来，这个字母他比任何人使用得都要多。他在重视他的态度时都会让他的所有特征都体面起来，我想象着他甚至可以令一个颠倒的鼻子也体面起来。他的周身弥漫着一种体面的空气，体面得那么彻底，让人丝毫找不到他有什么不对的地方。他是那么体面，以至于没人会想到让他穿着和其他仆人一样的衣服，同样也不会有人想到去侮辱一个体面的人让他去做任何丢面子的事情。对于这些，家中的女佣们都那么自然而然地了解，因此宁愿自己去做那些事，也不会让那个在客厅火炉旁看报纸的他去插手。

　　如此沉默的人我还是第一次见。他的所有性格都是在陪衬他的体面，尤其是他的沉默，让他显得更加体面。甚至他的教名我们也无从知晓，这个事实似乎也是他体面的一部分，我们所能知道的就是李提默这样一个姓，但也丝毫找不到任何可以去驳斥的理由。可以去绞死彼得，让汤姆流放，但李提默却是体面的。

　　在他那种抽象的体面面前，甚至令我感觉也变得年轻了。在他那体面而又平静的态度下，我甚至无法看出他的实际年龄（这或许是他值得称赞的地方），说他是而立之年可以，已过半百也未尝不可。

第二天早上，我还没有起床，李提默便端着那令我憎恶的洗脸水来到我的房间，摆好我的衣物之后，如同抱一个婴儿一般把它轻轻放下了，并掸去了上面的灰土，随后又按照跳舞的脚型摆好了我的靴子。当我拉开床帷看他时，见他带着一种甚为体面的温度，似乎没有受到冬天里任何寒冷气候的影响，连呼出的气也不见白色。

我问候他早安，同时也问了他时间。他从口袋中掏出了一个体面的双盖怀表，用拇指按着表盖，使它露出一条很小的缝隙，然后用一种问话的神秘态度向里看了一眼表盘，随后便关上了，对我说，已经八点半了。

"斯梯福兹很想知道你昨晚睡得怎么样呢，先生。"

"多谢，睡得很好。斯梯福兹呢，他也好吗？"我问。

"多谢，他也很好，先生。"这是他的另外一个特征，永远都是些平淡的词汇，不见任何华丽的辞藻。

"还有什么可以为你效劳的吗？预报钟九点敲响，九点半用餐。"

"谢谢你，没有了。"

"我要谢谢你，先生。"他来到我身边，稍稍低了一下头说了句"对不起"，作为纠正我的话的一种道歉，之后便关上门出去了，他关门的动作那么轻，让我觉得我似乎是刚刚入睡他不想弄出任何响声来惊扰我的美梦一般。

每天早晨，我们都是这样交谈着，不多一点，也从来不少一点。在与斯梯福兹的友谊中，在斯梯福兹夫人对我的信任中，或是与达特尔小姐的聊天中，无论我觉得自己有多么成熟，但是一面对他这样体面的人，我便又坚定不移地像那些不太闻名的诗人所说的"变回一个孩子了"。

他为我们准备好了马，然后由无所不能的斯梯福兹教我骑，他又为我们准备了圆头剑和手套，我从斯梯福兹那里学习击剑，增进拳术。我丝毫不介意斯梯福兹说我在这些方面是外行，却无法忍受在那体面的人面前显示自己的笨拙。从他那体面的颤动着的睫毛中我看不出也不太相信他精通这些技术，但是只要他出现在我们的训练场上，我便觉得自己甚为笨拙、幼稚、毫无经验。

对于他我特别注意，不光是在当时他对我产生了一种影响，后来所发生的事也让我格外注意他。

我快乐地度过了那个星期。可以想象，在我这样如此愉悦的心情之下，那个星期过得怎样的快，但是在那个礼拜里，我对斯梯福兹有了更进一步的认识，同时也得到了成百上千次去称赞他的机会，因此当那个星期结束时，我又觉得与他度过了那么长的一段时间。比起其他任何他对我的态度，没有比他把我当成玩物的那种矜夸的态度更能让我满足了。这种态度让我想起了往日我们之间的友谊，仿佛这是它的延续，同时他对我的这种态度让我感到他并未改变；这种态度使我在用任何平等的标准去衡量我与他的优劣以及我在这份友谊上所拥有的权利时，让我的不安得到了最大程度的减轻；另外最重要的一点是，除了我之外，他不曾对任何人使用这样一种不拘束、亲昵而热情的态度。曾经在学校里，他待我与其他人不同，同时我也乐意相信，他待我也与其他所有的朋友不同。我相信，在他所有的朋友当中，我是最接近他内心的一个，同时也因为对他的敬慕而温暖了自己。

斯梯福兹决定与我一道去旅行，动身的时间到了。刚开始也曾犹豫要不要带上李提默，后来还

是决定不带。那个易于满足的人，将我们的箱子送到了去伦敦的马车上，在安置它们时，他是那么细心，以免在车上遭受任何震动，当我客气地赠给他礼金时，他是那么镇静地收下了。

我满怀谢意与斯梯福兹夫人、达特尔小姐道了别，斯梯福兹夫人满怀仁慈地与儿子道了别。李提默那沉静的眼神是我临走前所见到的最后一样东西，我幻想着，他那充满沉静的眼神中透出这样一个信念：我的确是个孩子呢。

在这里我不想对这样的感想——能够顺利回到往日那熟悉的地方而怀有的激动之情——加以描写了。当我们途经黑暗的街道向旅店赶去时，对于雅茅斯的名誉，我很担心，但是斯梯福兹的话却让我消除了这一不安，他说这是个新鲜而又偏僻的黑洞呢。一到旅店我们便睡了（经过老朋友"海豚"的门口时，我看见了他的一双脏乱的鞋子和鞋套）。第二天早上，我们的早餐吃得很晚。在我起床之前，精神旺盛的斯梯福兹已从海滨散完步回来了，据他告诉我，那里差不多有一半船夫他都已经认识了。另外，他还告诉我说，他看见了一所烟囱正冒着烟的住宅，并断定那就是皮果提先生的家，他还告诉我，他走了进去，并对他们发誓说，他就是我，那个已经长得他们认不出来的我。

"你打算什么时候带我去那里呢，雏菊？"他说，"现在我完全听你的安排，由你调度。"

"我想，就在今天晚上吧，当他们围在火炉旁时，我想这是一个绝佳的时刻，我希望你能够在这样一个幸福的时刻去拜访那个非常奇妙的地方。"

"就这么定了！"斯梯福兹说，"今天晚上。"

"我不会去通知他们说我们会去拜访他们，"我高兴地说，"我们应当突然出现在他们面前，让他们感到意外和惊喜。"

"当然！如果我们的出现毫无悬念，那就没有乐趣了。让我领略一下当地人的本性吧。"

"但是他们依旧是你所说的那一伙人吧。"

"呵！你大概是想起我与萝莎之间的冲突了吧，我说得没错吧？"他很机警地说，"那个可恶的女孩，我开始有些怕她了，倒像个恶魔，但是随她去吧。我猜你现在要做的是先去看望你的那位老保姆吧？"

"没错，我的确是应该去看望皮果提了！"

"得，"他看了一下怀表说，"如果我把你交给她，然后让她守着你哭上两小时，这时间够吗？"

我笑着说，那么长的时间已经够我们去哭了，也提议让他去，因为他会明白，他未至而声望已至，在她眼里，他和我一样，是一个伟大的人物。

"你要是喜欢，我就去，你喜欢我怎么做，我就怎么做。告诉我去那里的方法吧，在接下来的两小时之内，无论是喜剧还是悲剧，我都会随你的意思登台。"

我将巴吉斯先生的住址告诉了他，然后，带着我们之间的约定便独自出了门。地面干燥，空气清爽，海面微波粼粼，太阳虽然没有散发出很高的热，却也发出了耀眼的光芒，一切都是那么新鲜、活泼。能够来到这里，在那份愉悦的心情下自己也变得那么新鲜、活泼。我真想拦住街上的每一个人，与他们握一握手。

很明显，街道在我眼里显得小了些。那条街道我仅在孩童时期见过，但是我相信，当我再次回去时，它不会有所改变。街道上的一切我都还能想起，我没有发现任何不同，除了欧默先生的店铺。那块招牌上原来写着"欧默"，现在改成了"欧默—约拉姆"，其他的"布商""成衣匠""服饰商""丧事用品商"等字样依旧未变。

当我在街对面读过这些字的时候，我很不自觉地向那个铺子走去，来到门口向里张望。一个漂亮的女人怀里抱着一个婴儿站在店铺后面，旁边站着一个小孩牵着她的围裙。我认出那是明妮，我想那两个应该是她的孩子。客厅的玻璃门并没有完全打开，但那个老调子从院子对面的作坊中依稀传来，似乎一直都不曾间断过。

"欧默先生在吗？我想见他一面。"我走进去说。

"是的，先生，他在。"明妮说，"他的气喘不适宜户外这样的天气。乔，去叫你外公！"

那个牵着她围裙的小孩发出了一声雄壮的叫喊，那叫喊声令他自己都害起了羞，在她的称赞下，用她的裙子蒙住了自己的脸。随后便听见一阵沉重的喘气声向我们靠近。没过多久，欧默先生便站到了我面前，样子并不老，但呼吸更加短促了。

"先生，有什么可以为你效劳的吗？"欧默先生说。

"如果你愿意，欧默先生，我想与你握一握手呢，"我伸出自己的手说，"以前你待我很好，但是那时我并未向你表示过感谢。"

"以前我是那样对你的吗？"那个老人说，"我很高兴听你这样说，但是我确实记不起来了。你肯定那是我吗？"

"一点没错。"

"我越来越感觉自己的记忆力和我的呼吸一样短了，"他看着我摇了摇头说，"我已完全记不起你来了。"

"难道你不记得了吗？那天你去车站接我，我在这里吃早餐，我们（我、你、约拉姆先生，还有约拉姆太太——那个时候她还没有嫁给他呢）一起坐车去布兰德斯通，你还记得吗？"

"哦！上帝啊！"欧默先生吃惊地咳嗽了一声后叫道，"我想起来了，亲爱的明妮，你还记得吗？哎呀，是啊——那是一位太太的丧事吧？"

"是家母。"

"没错，"欧默先生用手指摸着我的背心说，"另外还有一个婴儿呢，那是给他们两个送殡啊，婴儿躺在她怀里。对，是布兰德斯通，对，对！哎呀！自那以后，你过得还好吗？"

"很好。"我谢过他，同时也问候他好。

"哦！但是，你知道，这没有什么可抱怨的啊，我只是觉得自己的呼吸越来越短促了，但是一个人的呼吸不会因为年纪的增长而延长啊。既然如此，那就遵循这样的规律吧，尽可能让自己活得久一点便是了，这是最佳的办法了，是吧？"

欧默先生笑了，因为笑又咳嗽了起来，站在他身边柜台后面的那个怀中抱着婴儿的他的女儿过来帮他平息了下来。

"没错，那是给两个人送殡呢！同时也是在那趟旅行中我们敲定了明妮与约拉姆结婚的事。'一定要选个时候了'，约拉姆说，'是啊，一定，父亲'，明妮应和着。现在孩子都已经入了这行。看！这是最小的呢！"

明妮笑着抚摸着自己两鬓结扎起来的头发，此刻她父亲把一个胖指头伸向了她怀中的婴儿。

"的确，那是给两个人送殡！"欧默先生一边回忆着一边点着头说，"没有错！而那时约拉姆正在用银钉做一副棺材，比他怀中的婴儿的尺寸还要大两寸呢。你要不要吃点什么？"

我谢绝了他。

"我记得，"欧默先生说，"巴吉斯的妻子——皮果提先生的妹妹——与你家是什么关系啊？她在你家当过下人吧，是吗？"

我的肯定让他感觉很满足。

"我的记忆力好了许多，我相信我的呼吸也会随之延长的，"欧默先生说，"另外，先生，在我们这里有一位年轻的女人在帮忙，是她的亲戚，我敢说，她对成衣业的那种高雅的趣味是英国任何一位公爵夫人所不能相比的。"

"那不会是小爱米丽吧？"我不自觉地问。

"她名字是爱米丽，而且也不大。"欧默先生说，"我相信，她生有一张令本市一半的女人都要嫉妒得发疯的脸。"

"胡说！"明妮叫道。

"亲爱的，我并没有把你算在内啊，"欧默先生朝我使着眼色说，"我只是说，雅茅斯一半的女人——方圆五里——都会嫉妒得发疯呢。"

"那她就应该安守本分，不给她们留下任何把柄，那样她们怎么会嫉妒她呢。"明妮说。

"她们不会，亲爱的！"欧默先生说，"她们不会！这难道就是你对人生的看法吗？尤其是在另外一个女人的美貌上，你认为那些不该做的事她们就不会去做吗？"

接下来发生的一切，让我真的相信，欧默先生在开过这一讽刺的玩笑之后便这么完结了。他咳嗽得那么厉害，呼吸那么短促，所有努力去恢复的尝试都近乎徒劳，我在等待他的头沉到底下。但是，他最后还是好了起来，但依旧喘得厉害，近乎筋疲力尽，只好坐在踏脚凳上。

"你也知道，"他擦着头上的汗很艰难地吸着气说，"在这儿，她没有接近过任何人，对那些特殊的相识或朋友，她也没有更亲近，更不要说情人了。可是，却四处流传开这样一个恶意的故事，说爱米丽想要成为一位阔太太。我的想法是，这件事之所以会被四处传播，主要是因为她在读书的时候曾这样说过，如果她是一位阔太太，她一定会给她的舅舅——你知道的——买许许多多的东西。"

"你的话我完全相信，欧默先生，"我急切地说，"因为我们在很小的时候，她也那样对我说过。"

欧默先生擦着下巴点着头说："正是如此，并且，她可以用比大多数女人少得多的东西将自己打扮得更漂亮，当然，这就使得情况变得不那么愉快了。但是，她似乎有点任性，有时甚至我也这么认为，心思不大定，还有点娇气，自控力不够。反对她的话不过如此吧，明妮？"

"的确不过如此，"约拉姆太太说，"我还相信，最糟糕最难听的也不过如此了。"

"在她来这里之前，曾经看护过一个脾气不好的老女人，因为相处并不好，于是决定离开。"

欧默先生说，"来到这里之后，签了三年的学徒，现在差不多已经过了两年，她要多好有多好，能够顶得上任何六个！明妮，她现在是否能够顶得上六个？"

"绝对能，父亲。"明妮说，"千万别说我毁谤她！"

"不错，"欧默先生说，"那是很好的。所以，少爷，"他又擦了擦下巴说，"免得你认为我呼吸短促，话多，我想我已经说完了该说的。"

当他们谈到爱米丽的时候，把声音压得很低，以至于我想她应该就在这附近不远。当我向欧默先生问起时，他点头赞同，并朝客厅的门点头向我示意。当我问能否看她一眼时，他的回答是"请便"，于是我透过玻璃看见她坐在那里工作。一个美丽可爱的人儿，天生一双曾看透我的内心的明亮的蓝眼睛，微笑着转向那个正在她身旁玩耍的明妮的另一个孩子。她那鲜艳的脸上带着那份任性的神气，也潜藏着往日那种令我难以揣摩的羞怯意味，但是，我相信，她美丽的容貌中处处含有向善的追求幸福的意思，也保持着那份善良幸福的状态。

作坊中那仿佛没有间断过——唉！事实上就是没间断过啊——的调子依稀入耳。

"你不想进去和她聊聊吗？"欧默先生说，"进去吧，别客气啊！"

那时，我实在太害羞了，不敢那样——我怕会让她感到难为情，也怕自己会难为情，但是我问了她在晚上下班的时间，以便我们能够按时来访，接着便向欧默先生与他的漂亮女儿和她的孩子们告了辞，径直来到我的老保姆皮果提家。

那时她正在厨房做饭，我敲了门，她开了门问我有何指教，我面带微笑地看她，但是她却很冷淡地回看我。虽然我从未间断过给她写信，但是至今我们已相隔七年未见了。

"太太，巴吉斯先生在吗？"我装作很粗鲁地问道。

"在，但是患了痛风正躺在床上呢。"

"现在，他不去布兰德斯通了吧？"

"他的病好转的时候会去。"她说。

"你去过吗，巴吉斯太太？"

她仔细地打量着我，随后迅速地合上了双手半举在胸前。

"我想打听一所那里的住宅，叫——叫什么来着？鸦巢的一所住宅。"我说。

她吃惊地倒退了一步，带着一种犹疑不决的态度伸出了双手，仿

侧面描写

通过欧默先生对爱米丽的评价写出她的能干。

知识延伸

痛风：风湿免疫病的一种。

词苑撷英

犹疑不决：形容拿不定主意。

佛要赶我走。

"皮果提！"我叫道。

"亲爱的！"她叫道。随后我们搂抱着哭成一团。

她是怎样的忘形，又是如何痛快地笑、痛快地哭，以及怎样表达了自己的骄傲、快乐以及悲哀，我不忍叙述了。我也不必担心自己过于年轻，以致不能理解她的情感。我相信，这一生绝对没有——以往对她也没有——哪一次比那个早晨笑得更痛快，哭得更随便。

"巴吉斯一定会很高兴的，"皮果提用围裙擦拭着眼角的泪水说，"你的到来比任何药都管用呢。亲爱的，我可以把你到来的消息告诉他吗？你要去看他吗？"

我当然要去的。但是皮果提向巴吉斯房间走得是那样艰难，因为每当她走几步，便会回过头看我一眼，又折了回来伏在我肩膀上笑一会儿，哭一阵。后来我决定与她一同前往来到门口时，我在门外等了一分钟，让她去通知巴吉斯先生，之后便出现在了那个病人面前。

他见到我时是那么高兴，但又痛得厉害，连与我握手的力气也使不出，最后他求我去握住他睡帽上的缨子，我很诚恳地照做了。当我坐在他床头时，他说，他又像是驾着车和我奔驰在布兰德斯通的大道上一般，感到无限的快乐。他仰面躺着，除了露出脸，身体的其他部位全被盖住了，此时他的样子是我见过的最奇特的东西了。

"先生，我在车子上写的那个名字是什么啊？"巴吉斯带着病痛的微笑问。

"啊！关于那个问题，我们曾有过很严肃的讨论呢，是不是？"

"我们曾经经过一段很长的时间吧？"

"不短。"

"我从未后悔过，你还记不记得，有一次你告诉我，她会做各种各样的苹果馅饼以及各种好吃的饭菜？"

"记得，记得很清楚。"我说。

"那如同蔓菁一样真，如同，"巴吉斯点了一下睡帽（他痛得只能够让他的睡帽微微抖动）说，"纳税一样真，再也没有比这些更真实的了。"

巴吉斯先生把目光移向我，似乎是在让我同意他思考出结果。我点头表示赞同。

"再也没有比这更真实的了，"他重复道，"我这样一个穷人躺在床上想出来的。我是一个穷人啊，先生。"

"听你这样说，我很难受，巴吉斯先生。"

"的确，我是一个很穷的人。"巴吉斯说。

这时，他从被子中慢慢地伸出右手，毫无目的地摸来摸去，摸到一根松松地系在床边的棍子，用棍子在地上拨了几下，每拨一下脸上总是显出焦躁的表情，当棍子碰到床底的箱子时，焦躁的表情便平静了下来。

"是些旧衣服啊。"巴吉斯说。"哦！"

"但我希望那是钱呢。"

"我也希望，真的。"

"但不是啊。"他的瞳孔扩张得很厉害。

我表示完全相信,他随后用一种温和的眼神面对他的太太说:

"她,克拉拉·皮果提·巴吉斯是这个世上最好、最有用的女人,她有资格配得上任何人对她的任何称赞。亲爱的,晚上准备一顿好吃的饭菜,请科波菲尔留下来吃饭,好不好?"

当我想去推辞他的这种不必要的客气时,却发现坐在对面的皮果提流露出一种极度想让我留下的表情,因此也就默许了。

"在我身边的某个地方,还剩一点钱,但是现在我有点困了,你同大卫先出去一下。让我睡会儿,在我醒来后,我会设法找出它们。"

遵照他的要求,我们离开了卧室。刚出门时,皮果提便对我说,现在巴吉斯比以前更小气了,从他的钱库中拿出哪怕一分钱,也会使用一下这样一个计策,然后忍受着莫大的痛苦独自爬下床,从那个箱子中取出钱。事实上,当我们在门外时,也听到了他发出的那种痛楚的呻吟,因为每一个动作都会牵动他身上的每一处关节。可以看出皮果提对他充满了怜悯,但是仍然说,他那宽厚的动机对他是有帮助的,因此也就没有去阻止他。他呻吟着下了床行动着,一直忍受着痛苦爬上床,这才告一段落。接着我们被唤进去,他假装醒来,然后从枕头下拿出一基尼。他的满足——对我们进行了那巧妙的欺骗以及保持了那个箱子中的秘密的满足——似乎抵偿了他的所有痛苦。

另外,我通知皮果提说,斯梯福兹也会来,没过多久,他便到了。我相信,不管他是以我的好友的身份出现,还是以她的恩人的身份出现,对她都没有分别,因为不管怎样,她都以最大的感激和忠诚来招待他。但是他凭着他那活泼的性格、和蔼的态度、俊秀的脸以及投合所有人的心意的能力,只花了五分钟便俘虏了她,单说他待我的那种态度也能完全征服她。不过,我相信,因为这种理由,在他离开之前,她确实崇拜他。

他和我一起留在那里吃了晚餐。他像阳光和空气一般进入巴吉斯先生的卧室,那个房间瞬间明朗爽快起来。他所做的事不需要声张,没有矜持,也无须费力,却恰到好处,一切都是那么温文尔雅,那么惬意而自然,就算是现在想到,也那么令我感动呢。

我们围在那个小客厅里有说有笑,书桌上依旧摆着那本自我读书之后便未沾过其他人的手的《殉道者记》,此刻,我又翻开那些可怕的插图,却再也找不到丝毫往日的那些感觉。皮果提聊到了她为我预备的那个卧室,以及留我在那里过夜的准备,同时也希望我能够留下,当我还在迟疑时,我看了看斯梯福兹,他便完全明白了。

"嗯,在我们旅行的这段时间,你在这里睡,我回旅店。"

"但是既然带你来,却又把你一个人丢在那里,似乎有点对不起朋友。"

"呵!你本来就属于这儿!与这个相比,'似乎'是多么渺小啊!"

于是立刻决定了。

一直到八点我们去皮果提先生的旧船之前,他都一直保持着他那些令人愉快的品质。随着时间的推移,这些品质活泼地显露了出来,那时我在想——当然现在也毫无疑问地以为,他在讨人欢喜那方面所获得的成功,使他激发出一种新的体贴的意味,虽然那么让人捉摸不透,但让他更容易讨人喜欢了。如果,那个时候,有人这样对我说,说这一切都是他的障眼法,他不过是因为自己的好

拟人手法

渲染悲伤的氛围，暗示后文情节。

词苑撷英

郁郁寡欢：形容心里苦闷。指闷闷不乐。

胜心，为了一时的享乐和消遣去得到那些事后没有价值的东西，那么当我听了之后会如何发泄我的愤慨，我自己也说不清楚！

我带着一份忠实陪他一起在黑暗中走过那寒冷的沙滩来到那条旧船，一路上风在叹息着，似乎比我第一次拜访皮果提先生家时更为悲伤。

"这里很荒凉，是不是？"我问。

"在这黑暗中确实显得有些凄凉，"斯梯福兹说，"海的怒吼声似乎要连同我们一并吞没呢。是那条点着灯的船吧？"

"是的。"我说。

"今天早上，我所见的就是这条，我相信，那个时候，我出于本能，一直向它走去了。"

当我们靠近灯光时，我们没有说话，轻手轻脚地来到门前，当我把手搭在门闩上时，低声让斯梯福兹靠近我一些，然后走进去。

在外边时已听见一片嘈杂，走进去，又听到鼓掌声。令人感到惊奇的是，那后一种声音是发自一向郁郁寡欢的高米芝太太的。可是，高米芝太太并不是唯一兴奋的人。皮果提先生一脸欢喜，大笑着张开粗壮的双臂，像是等着小爱米丽投进他怀中；汉姆握着小爱米丽的手，好像要把她交给皮果提；小爱米丽又羞又怕，却因为皮果提先生的高兴而高兴，她正要扑进皮果提先生怀中时，我们走进去。我们从那又黑又冷的夜幕中走进这温暖明亮的屋里时，第一次看到他们这样；在暗处的高米芝太太像疯了似的鼓掌。

我们刚进去，那幅画面就消失了，简直让人怀疑它是否存在过。我站在那里惊慌失措，与皮果提先生四目相对，向他伸出了手，这时，汉姆大声说：

"大卫啊大卫！"

我们大家随即握手，互相问好。皮果提先生见了我们两人很是得意、开心，简直不知说什么好，只是一次次地和我握手，接着又和斯梯福兹握手，然后把他一头乱蓬蓬的头发揉得更乱，最后高兴得大笑起来。看来他是真开心呀！

"喂，你们两位先生，请到这里来，我相信，这是我一生中从没有过的事！爱米丽，我亲爱的，你也到这儿来！这是大卫的朋友，就是你过去听说过的那位先生。他和大卫来看你了！"

一口气发表了演说后，皮果提先生又满怀热情，欢天喜地地用两只大手捧住外甥女的脸亲了起来，然后又满怀得意地把她的脸贴在宽阔的胸膛上，然后再放开她。她跑进以前我当过卧室用的小房间里，他把我们仔细打量。

因为他当时高兴，竟觉得热得透不过气。

"如果你们两位——我应该改口称先生了吧？"皮果提先生说。

"是这样的，是这样的！"汉姆说，"他们是这样的，大卫他们成年了！"

"如果两位先生，"皮果提先生说，"听了这事的原委，一定请你们饶恕了。爱米丽，亲爱的！她知道就要宣布了，"说到这里，他又忍不住欢喜，"所以她逃走了。请你现在找下她，大姐？"

高米芝太太点点头就出去了。

"今晚是我一生中最快乐的一晚——我没法说得更明白。这个小爱米丽，"他小声对斯梯福兹说道，"就是你刚才在这儿见到的。"

斯梯福兹点了点头。

"我这个小爱米丽，"皮果提先生说，"一直就住我们家里，我承认——我是个大老粗。这个眼睛水汪汪的可人儿是世上唯一的。我爱她，爱得不能再爱了。你明白吧！我爱得不能再爱了！"

"我很明白。"斯梯福兹说。

"我知道你明白，先生，"皮果提先生说，"再次谢谢你。大卫能记得她过去的样子。"皮果提先生说，"我粗鲁得像头野猪，可是，我相信，除非是一个女人，否则没人能知道在我眼中小爱米丽是什么样子。这里没外人，"他放低了声音，"那个女人也不是高米芝太太。这儿有一个人，从爱米丽的父亲溺水后就认识了她，他看着她从小长大。看起来他不是什么了不起的人物，"皮果提说，"有点像我这样——粗鲁却很爽快——不过总的来说，是个诚实的小伙子。"

"无论这个水手干什么，"皮果提先生满面春风地说，"他的心总牵挂着小爱米丽。他听她的，成了她忠实的仆人。你们知道，现在，我可以看见我的小爱米丽结婚了。不管怎样，现在我可以指望她嫁给一个可以保护她的人了。我不知道我还能活多久；可我知道，如果有天晚上我在雅茅斯港口翻了船，在我不能抵抗海浪的最后一眼能看到这镇上的灯火，还会想到岸上有个人，忠诚于我的小爱米丽，上帝保佑她，我就可以安心地沉下去了。"

皮果提先生热情地摆着手，好像是最后一次对镇上的灯火告别，然后他的目光和汉姆的交会，又相互点头，仍像先前那样说下去。

"我劝他去对爱米丽说。他年纪也老大不小了，但他却比一个孩子还要怕羞，他不肯去说。于是，我就去替他说了。'什么！他？'爱米丽说，'这么多年我很熟悉他，也很喜欢他！我绝不能嫁给他。尽管他是那么好的一个人！'我吻了她一下，只好说：'亲爱的，你自己去选择吧，你像一只小鸟一样自由。'于是，我到他那儿，我说：'我希望能好梦成真，但不行。不过，你们仍可以像过去那样交往。我要告诉你的是，依旧要像过去那样对待她，做一个光明磊落的男子汉。'他握着我的手说，'我一定会这样做！'就这么两年过去了，他果然那样，我们家也完全和过去一样。"

皮果提先生脸上的表情随他的叙述而起伏着。现在，他又像之前那样露出了得意的表情。他把一只手放在我的膝盖上，另一只放在了斯梯福兹的膝盖上，然后，他对我们说了下面这番话：

"突然一天晚上——也许就是今天晚上，小爱米丽下工回家，他也跟着来了！你们会说，这有什么稀奇的呀。没错，因为他一直像个哥哥一样照顾着她。无论白天或是黑夜，什么时候都是这

样。这个年轻的水手边抓住她的手,边高兴地对我叫道:'看!她就要成为我的小太太了!'于是,她也半推半就、半笑又半哭地说:'是呀!舅舅,只要你高兴。'只要我高兴!"皮果提先生高兴得摇头晃脑地说,"好像我就应该不高兴似的!'只要你高兴,我现在坚定了,也想得明白了,我要尽可能成为他的太太,因为他是个值得信赖的人!'这时,高米芝太太开始鼓掌,你们就进了屋。喏!这回真相大白了!"皮果提先生说,"你们进来了!此时此地发生的就是这件事。这就是要和她结婚的那个人!"

看到像汉姆这么一个汉子,现在因为得到了那个美丽的小公主的心而发颤,我觉得好感动。皮果提和汉姆对我们所持的信任这本身也令我好感动。我不知道我的感动有多少是来自童年回忆的影响。在那里我是否依然怀着对小爱米丽的残余幻想呢,我也不知道。我只知道,因为这一切而满心喜乐,不过,开始有会儿,我的快乐多少有些带着伤感,差一点就会酿成痛苦了。

斯梯福兹说:"皮果提先生,你是一个真正的好人,你有权利享受今晚的快乐。我向你保证!汉姆,恭喜你啊。我也向你保证!皮果提先生,如果你不能把你的外甥女劝出来,我可就要走了。在火炉旁边,我们共度一个美好的夜晚!"

于是,皮果提先生就走进我过去住过的小卧室去找小爱米丽。刚开始,小爱米丽怎么也不肯出来,后来汉姆又进去了。不久,他们把她带到了火炉前。她很紧张,羞答答的——可是看到斯梯福兹那么温和地对她说话,她没多久就放开了。他巧妙地回避令她不安的事;他对皮果提先生谈潮汛和鱼,谈大小船只;对我谈在萨伦学校与皮果提先生见面,谈他很喜欢船和船上的一切;他轻松自如,终于把我们每个人都带入一个迷人的世界,我们大家就都无拘无束地谈开了。

确实,小爱米丽那个晚上很少说话,可是她却仔细聆听,神色兴奋,她样子好可爱。斯梯福兹讲了个很惨的沉船故事,他讲得活灵活现的,小爱米丽一直盯着他,好像也亲身体验了那一切一样。为了逗大家开心,他又给我们讲了一个自己的冒险逸闻,他讲得那么愉快,像是他本人也和我们一样对这个故事感到新鲜有趣。小爱米丽的笑声像微风一样在那条船里荡漾开了,大家也因那件事十分开心而又不得不同情地大笑起来。这使得皮果提先生唱了起来:"暴风要刮就一定要猛烈地刮,一定要刮就有猛烈的时刻。"他自己也跟着唱了一支水手的歌。他唱得那么动人、那么好听,不禁让人生出许多美妙幻想。

可是,斯梯福兹不只让大家注意他,也不止一个人成为话题中心。小爱米丽变得更大胆了,隔着火炉和我说起话来,谈起从前我们在海滩上散步捡石子和贝壳的情形,我问她是否还记得我曾怎样倾心于她时,我们不约而同都脸红了。斯梯福兹总一言不发静静地看着我们,若有所思。那一晚上,她一直坐在那只靠火炉小角里的小箱子上,汉姆则坐在我从前坐过的老地方。

我们告别时已近半夜。我们用饼干和干鱼当夜宵,斯梯福兹从口袋里掏出一瓶荷兰酒,在场的男人把它全喝了。我们高高兴兴地道别,他们很友善,我能看到汉姆身后望着我们的那对蓝眼睛,还听见她叮嘱我们一路小心的声音。

"我们多幸运啊,"我说道,"赶上了看他们订婚的快乐场面!我从没见过这么快乐的人,我们身处其中,分享了他们率真的快乐,多开心啊!"

"那是个愚蠢的家伙,配不上这女孩,对不对?"斯梯福兹说。

他刚才还是那么亲热，现在却说出这么冷淡的话，这令我大吃一惊。我马上转身看他，见他眼中的笑意，原来是句玩笑，我又放心了。

"嘿，斯梯福兹！你当然有资格笑话穷人了！我知道，这些人的每一种情感，每一种喜怒哀乐，都深深打动了你。为此，斯梯福兹，我更加崇拜你、爱你！"我答道。

他停下了脚步，看着我说："雏菊，我相信你是诚实的、善良的。同时我也希望我们都是这样的！"说完，他愉快地唱起皮果提先生的歌，和我一起快步向雅茅斯走去。

大卫常常情不自禁地称道斯梯福兹的优雅举止和独特魅力。一方面作者也揭露了斯梯福兹不道德的行为。斯梯福兹在皮果提家和皮果提先生的家里总是能够很好地运用他十分出色的交际能力、英俊潇洒的外表和优雅迷人的举止吸引周围的人，皮果提先生认为他是个伟大的好人，小爱米丽对他很有好感，大家因为斯梯福兹的存在而度过了一个美好的夜晚。而结尾斯梯福兹的话让善良的大卫很是吃惊。

潮汐

潮汐是指定期上涨的潮水。

受太阳和月球的引力作用，地球上的海水每昼夜涨落两次。上涨时，就是潮。每逢阴历初一、月半，太阳、地球、月球在一条直线上，引力大，就会涨大潮，称为潮汐。

由于月球以一月为周期绕地球运动，随着月球、太阳和地球三者所处相对位置不同，潮汐除周日变化外，并以一月为周期形成一月中两次大潮和两次小潮。在朔（初一）日、望（十五）日，由于月球、太阳和地球运行位置处于一条直线上，月球和太阳的引潮力相互叠加，此时海面升降最大，形成一月中两次最高的高潮和最低的低潮，称为大潮。在上弦日（初七或初八）与下弦日（廿二或廿三），由于月球、太阳和地球相互运行的位置接近直角三角形，月球、太阳对地球的引潮力相互消减，此时海面升降最小，称为小潮。事实上，由于自然环境和海水运动的惯性以及海底摩阻力等的影响，大潮通常发生在朔日、望日后，小潮通常发生在上弦、下弦后。习惯上把大小潮称为大小潮汐。

第二十三章

> **精彩导读**
>
> 大卫去了父母的墓地，斯梯福兹买了一艘船，他向大卫说了自己的苦恼，想着自己做船员的生活。莫奇小姐来拜访了斯梯福兹，她为斯梯福兹修理了头发和胡须，大卫去了皮果提先生家，爱米丽帮助玛莎离开家乡去伦敦生活。汉姆和爱米丽的爱情生活会怎样呢？

斯梯福兹和我在那里住了半个多月，大部分时间我们都在一起，但时而也会小别几个钟头。我有些晕船，但他却没有这样的毛病，因此每当皮果提先生出海时，他总是一起去，而我则只能留在岸上。另外，我住在皮果提为我准备的房间里受到的某种约束是他所没有的：因为我了解她夜以继日地服侍巴吉斯所遭受的那种辛苦，因而晚上会早点回去，而斯梯福兹却可以随意外出而不受任何约束。因此我经常听到这样的事：在我睡觉之后，他出现在皮果提先生经常光顾的那家如意居，以东道主的身份请那个打鱼的人喝酒；有时会披着渔夫的衣服整夜整夜地留在海上直到早潮涨满时才回旅店。但是对于这些所有的事没有一件令我感到吃惊，因为我明白他喜欢在那些粗糙的劳动和恶劣的天气上发泄他那好动的性格和勇敢的精神。

我们小别还有这样一个原因，我对在布兰德斯通重温那往日的情愫怀有一种莫大的兴趣，但这些对于斯梯福兹来说却极为冷淡，陪我去过一次之后，便不大愿意再去了。因此，有那么三四次，我们早早吃过早餐后便各自上路，最后在晚餐中相遇。我虽然不知道他是如何度过这一天时间的，但这并非我所担心的，因为他在那个地方的威望已经不低了，而且对于让自己开心的方法，他会在别人连一种也想不到的时候想出二十种来。

而我则独自来到那往日的大道上走我走过的每寸土地，留连在那些过去我经常走的地方。我一小时接一小时地徘徊在我父母的墓地旁——当它只属于我父亲时，我曾怀着又惊奇又深情的想法向它张望过；当它被掘开来埋葬我母亲和她怀中的婴儿时，我又是带着怎样的凄凉站在那里俯视——徘徊在那忠诚的皮果提在他们坟墓附近培植的花园旁，在一个安静的角落里，无数次地念出墓碑上的文字。此刻当我听见那教堂沉闷的钟声，我大吃一惊。此刻那些回忆与我以后要成为怎样的一个人和那些我所要做的一些事紧紧联系在一起。当我回想起这一切时，总会应和这个调子，如同我回家之后在我母亲身旁建起一座空中楼阁。

我老家的变化很大。那些早就被乌鸦遗弃的破鸟巢现在已经没有了，树也被修剪得失去了往日的模样，住宅中的窗子有一半是紧闭着的，花园也已荒废，但家里有人居住，一个可怜的发了疯的男人还有那些照料他的人。他坐在我的小窗子前，面向那个墓地，我想知道，此刻他所想的与我往日所幻想的——一个玫瑰色的早晨，当我穿着睡衣透过窗子看那些在晨光中悠闲地吃着草的羊时所幻想的——是否一致。

往日的邻居格雷普先生和太太早已去了南美洲，雨已浸透了外面的墙壁，穿过了屋顶。齐力普先生的新妻——一个高高瘦瘦的高鼻梁的女人——为他生了一个瘦弱却有沉重的脑袋的男婴，从他那软弱而直瞪的双眼中透出这样一个疑问：为什么要生他出来。

经常，我悲喜交加地徘徊于我的故乡，一直到发红的冬季太阳向我发了警告时，我才离开那里往回走。当我把它置于身后时，尤其是当与斯提福兹愉快地坐在火炉旁享受晚餐时，想起已经去过那个地方是很令我愉快的。当我回到皮果提早已为我整理好的房间，一页一页地翻起那本鳄鱼书（那本书一直都摆在那张桌子上）时，怀着一颗感激的心去追忆，能够获得斯梯福兹的友谊和皮果提这样一个保姆，以及代替我那些早年失去亲人位置的一个不平凡的宽厚人——我的姨奶奶，我是何等幸福，又是何等快乐。

当我结束这漫长的散步，乘渡船回到雅茅斯，渡船能把我带到一个沙滩上，在那里我可以免去一大段弯路一直来到市镇。皮果提先生的房子在那片离我还不到一百码的荒凉地段，因此当我走过时停下望了一会儿，此刻刚好遇到斯梯福兹也在那里等待我，于是我们便一起在那寒冷的天气和在黑暗的夜晚渐浓的雾中向那市镇的灯火处走去。

在一个黑暗的夜晚，我回来得比以往要晚——因为我们的旅行就要结束了，于是在那一天便去布兰德斯通进行最后的告别——我发现他独自坐在皮果提先生家的火炉前沉思。他是那么入神，对我的靠近完全没有察觉，当然，即便不去专心地思考问题，也不那么容易觉察出我的临近，因为在沙滩上行走是很难听见脚步声的，但是让我惊讶的是在我走进去叫他时，也并未使他清醒。我来到他身旁看着他，他依旧坐在那里眉头紧锁着沉思。

当我把手搭在他肩上时，他吓了一跳，我也被他吓了一跳。

"你怎么像个怨魂一般出现啊！"他近乎发怒地说。

"但是我总得让你知道我的到来啊，"我说，"我有没有把你从星球上叫下来呢？"

"不，没有。"

"那么，是把你从什么地方叫上来的吗？"

"我在打量火里的图画呢。"他说。

"但是你没有给机会让我看了。"这时他拿起一块燃烧的木头搅动了炉火，瞬间迸出许多火星，朝那个烟囱飞去，被寒风吞没了。

"你是不会看见那些图画的，对于黄昏我甚为憎恶，因为它们既不是白天也不是夜晚。你回来得多迟啊！你去过哪些地方？"

"我在跟那些我往日散步的地方道别呢。"

"刚才我在想，"斯梯福兹浏览着那间房说，"我们初来的那一晚，我们见到的那些快活的人

会从这个地方的荒凉景象看出——在未来的某个时刻分离,或去世,或者遭受我们所不能想象的伤害。大卫,我真的希望过去的二十年里有一位严明的父亲在教导我呢!"

"亲爱的斯梯福兹,你怎么了?"

"我希望,过去我得到了比现在更好的指导!"他叫道,"我希望过去我能够更好地指导我自己!"

他那过度的沮丧实在令我诧异,他比我想象的还要失去常态。

"现在如果让我与贫穷的皮果提先生或他那粗鲁的侄子交换身份,"他站起来靠在火炉架旁面无表情地看着炉火说,"都比现在的我要强,虽然我与他们相比要富二十倍也聪明二十倍,但总好过刚才这半个钟头内在这该死的船中苦恼自己!"

他的变化让我觉得恐慌,刚开始,我只能静静地看着他,而他则只是用手扶着头站在那里,满脸忧郁地垂着头面对着炉火。最后,我很诚恳地请求他,求他告诉我那些令他苦恼的到底是什么,即使我没有能力去劝慰他,我也希望能够同情他,但我还未说完,他便大笑了,刚开始笑声还有点不太自然,但不久也就恢复了兴致。

"没什么的,雏菊!这并没有什么!"他说,"在伦敦的旅店中我就对你说过,有时,我很讨厌自己。刚才,我仿佛是做了一场噩梦——一定是这样。在我非常沉闷的时候,我会想起一些儿时莫名其妙的童话来。我想,我肯定是把那个'不小心'成了狮子口中餐——我想,这比被狗吃掉会更堂皇一些——的坏孩子与自己弄混了。被老女人们称为恐怖的东西从我头顶一直爬过脚尖。我害怕自己。"

"我相信,其他的没有能让你感到害怕了。"我说。

"也许吧,也许还有更令人害怕的东西存在呢。"他说,"得啦!事情都已经过去了!我不会再苦恼了,但我要告诉你的是,如果我曾有一位坚定而严明的父亲,那肯定对我有很大的帮助呢!"

他的表情永远是丰富的,但是当他面对着火说那几句话时,脸上却流露出一种我从未见过却又无以言表的真诚。

"到此为止吧!"他做了一个向空中抛一件毫无重量的东西的手势说。

"哈,因为它离开了,现在我又是个男子汉了,像麦克白那样。吃饭的时间到了!如果我不曾(像麦克白一样)用最可怕的纷扰结束了宴会,雏菊。"

"但我想知道,他们大家去哪了?"

"我也不知道啊,"斯梯福兹说,"在去渡船那里没找到你之后,我便回来了,却发现这里空荡荡的。这样的情形引起了我一连串的思绪,一直到你来。"

挎着篮子的高米芝太太回来了,证实了这个家当时没有任何人:因为高米芝太太会在皮果提先生回来之前忙着去买一些生活用品,却又担心汉姆和小爱米丽回来之后找不到她,于是门便没有上锁。高米芝太太被斯梯福兹的愉快问候和诙谐的拥抱大大提高了兴致,随后斯梯福兹便挽起我的胳膊把我拖走了。

当然,他也将自己的兴致提高了,我想绝不在高米芝太太之下。当我们走在路上时,他又开始高兴地与我聊起来了。

"这么说,"他似乎愉快地说,"明天,我便要结束这种海盗式的生活了,是吗?"

"是啊,你也知道,我们已经买了马车票噢。"

"哦!无法挽救了,我想,这个世界上已没有任何要做的事了,除了在海上荡来荡去。我希望不是这样。"

"只要没有失去对生活的兴趣。"我笑着说。

"大致如此,"他说,"然而这句话略微带有一点像我的小朋友这样老实的人不应该带有的讽刺。好啦!大卫,我想我是个没有坚韧毅力的家伙,我很清楚我自己,但是正当铁还热时,我还能用力去打。同时,我也相信,我完全可以通过航海舵手的严格的考试了。"

> **比喻手法**
> 形象地写出了斯梯福兹对增强自己毅力的鼓励。

"皮果提先生称赞你是个奇才呢。"

"航海奇才,对吧?"

"是的,他是这么对我说的,你也知道,他是个实实在在的人,同时他还知道你在追求一样东西时会付出多大的热情,又是那么轻而易举地掌握了那些技能。但是有一点你让我最为惊讶——像这样一阵子一阵子地施展你的才能,你总会从中得到满足。"

"满足?"他调皮地笑道,"除了对你的嫩,我从未感到满足过,可爱的雏菊。至于一阵子一阵子,我想说的是,我从来都不曾掌握一种技能,将自己绑在现代伊克西翁。不知道怎么回事,我在一种不好的学徒生涯中错过了这样一种技能,当然,现在也就不去关心了。我在这里买下了一条船,你知道吗?"

> **知识延伸**
> 萨利亚王,因为爱宙斯之妻赫拉,且引诱成功,结果被绑在地府的旋轮上。

"奇怪的家伙,斯梯福兹!"我停下来说——因为这是我第一次听说此事,"也许,你永远也不想再回来了呢!"

"回不回来我不知道,但我却很满意这个地方。不管怎么样,"他挽着我轻快地向前走去,"有一条船刚好出售,我便买了下来,皮果提先生说那是条很不错的快船,当然我不在这儿的时候,它的所有权归皮果提先生。"

"现在我终于明白你的意思了,斯梯福兹!"我大喜,"你佯装给自己买了条船,但事实上却是想送给他一件礼物。既然我很清楚你的为人,那么刚开始我就应该明白你的意思啊!亲爱的斯梯福兹,仁慈的人哪!对于你的慷慨,我应该如何向你表达我此刻的感想啊?"

> **直抒胸臆**
> 直接表达了大卫对斯梯福兹的赞美之情。

"闭嘴吧!"他脸红了,"越少说越好。"

"难道我不了解吗?"我说,"我不是曾经对你说过,面对在这些诚实的人的心中的那些快乐、悲哀或其他任何感情,你都不会无动

于衷吗？"

"得啦，得啦，"他说，"这些你都对我说过。我们已经说得够多的了，到此为止吧！"

当我们更快地往前走时，我这样盘算着：既然他不重视这个问题，那么多说可能会惹怒他。

"这条船在下海之前必须得重新装修，为了保证这条船装修的质量，我决定将李提默留下监工。对于李提默的到来，我跟你说了吗？"

"没有。"

"哦。他今天早晨带了母亲的一封信来到了这里。"

当我看到他的目光时，发现他目不转睛地看着我，但嘴唇却是那么苍白。我担心，在皮果提先生家的火炉边坐着发呆可能是他与他母亲之间发生了某种不快。于是便稍微问了一句。

"哦，不！"他微笑地摇摇头说，"根本不是你想的那样！是的，他来了，我那个人。"

"和往常一样？"我说。

"和往常一样，像北极一样疏远，一样宁静。他马上就要为那条船重新命名了。目前它的名字是海燕，但皮果提先生对海燕并没有太大的兴趣，我要为它重新命名。"

"取什么名字呢？"我问。

"小爱米丽。"

因为他反对我去颂扬他，于是便目不转睛地看着我，似乎在提醒我。听他这么说，虽然我表现得那么欢喜——欢喜他会使用这样一个名字，但是我却没有任何只言片语，于是他脸上又挂满了微笑，似乎放了心。

"看，"他盯着前方说，"那个真的小爱米丽！那个家伙也在，说实话，他是个真正的武士呢，他是永远也不会离开她的！"

汉姆已经完全发挥了他的才能，成为一名熟练的船匠了。他穿着一套工人装束，看上去很粗鲁，却也伟岸，充当他身边那美丽的小人儿的保护者是最好不过的人选了。一副率真的神气，也有一种没有任何掩饰的因她而产生的满足，以及他对她的爱情，他把这些都毫无保留地显露在脸上，我觉得他的脸也因此而变得美丽了。连他们向我们走来的那种姿势，我也觉得他们实在般配。

当我们停下来和他们打招呼时，她怯生生地从他的臂弯中抽出了手，然后红着脸把手向我和斯梯福兹伸来，寒暄了几句之后，他们便向家走去，但是她却没有再去挽他了，只是怯生生地走在他身旁，走得很不自然。我们站在那里，看着他们渐渐在新月的光线中远去，这一切都那么可爱、那么好看，似乎斯梯福兹也这么想。

突然有个年轻的女人从我们身边经过——很明显是在跟随他们。对于她的靠近，我毫无察觉，但是当她经过时，我觉得那张脸曾经在哪儿见过。她身上的衣服很少，但看上去却勇敢、强悍，同时也矜持、贫穷。当时，她除了去跟随他们之外，似乎什么也不去想。黑暗吞并了他们的影子，也逐渐吞并了她的影子，但是她与他们之间依旧保持着原来的距离。

"那个黑影是在跟随着那个女孩呢，她到底想干什么？"他那低沉的声音几乎令我吃惊。

"我想，她是想跟他们乞讨吧。"

"一个乞丐并没什么大不了的，但是今晚的这个乞丐却做出那种样子，确实很怪啊。"斯梯福兹说。

"怎么说？"

"也许，是因为，"他停顿了一下，"当那个黑影经过时，我头脑中闪过一种类似的东西。我实在弄不清楚，它是从哪儿钻出来的！"

"可能是从这面墙的阴影中钻出来的吧。"那时我们经过一条路，刚好路旁有一堵墙。

"那个东西已经闪过了，消失了！"他朝身后望去，"所有的不幸都随它而去吧。现在我们该回去吃饭了。"

但是他又回过头把那远处闪光的水平线看了一次又一次。就在我们剩下的短短的路程中，有那么几次他甚至语无伦次地表示着自己的疑虑，最后当我们回到旅店舒服地坐在餐桌旁时，当那些温暖的炉火和烛光打在我们身上时，他似乎才忘记。

李提默也早已在那里了，他那往日在我身上的影响依旧保持着。当我向他问候斯梯福兹夫人和达特尔小姐时，他恭恭敬敬地（当然也保持着那份体面）回答说，她们都好，并谢过我，随后替她们问候了我。我们之间的话不过如此，但是我觉得他似乎很明显地告诉我说："你很年轻，你非常年轻呢，少爷。"

当我们的晚餐快结束时，他从监视我们（还不如说在监视我）的角落里朝他的主人跨了两步说：

"抱歉，少爷，莫奇小姐也来这里了。"

"谁？"斯梯福兹大吃一惊。

"莫奇小姐，少爷。"

"嘿！她怎么到这儿来的？"

"这儿好像是她的故乡，她还对我说，每年，她都会来进行一次职业上的访问。恰巧，下午我们在街上相遇，她让我问一下，可否在晚餐过后来拜访你，少爷。"

"雏菊，你认识我们刚刚所提到的那个女巨人吗？"斯梯福兹问我。

我承认了我与她之间根本不相识的这个事实，虽然在李提默面前承认这个让我感到害羞。

"没关系，因为你马上就能见到她了，"斯梯福兹说，"她是世界上七大奇迹之一。当她来时，带她进来。"

听他如此比喻过后，这个女人立即引起了我对她的好奇心与兴奋感。但是当我提及她时，斯梯福兹便会哈哈大笑，拒绝回答我关于她的一切问题，这便使我更加好奇兴奋了。当然，在桌布撤去之后的半个钟头里，我只是怀着一种极大的期待的心情默默地坐在火炉旁，门终于被打开了，李提默依旧带着那种平静的态度喊道：

"莫奇小姐。"

我朝门口看去，但什么也没看见，我依旧看那门口，想莫奇小姐的动作怎么会这么慢，正在此刻，让我感到惊奇的事发生了：一个大约四十或四十五岁的又矮又胖的女人摇摇晃晃地从沙发旁经过。巨大的头、肥大的胸、狡猾的眼睛、极短的胳膊。当她朝斯梯福兹飞眼时，为了把食指乖巧地按向她那扁平的鼻子，中途不得不把头伸向前去迎接。她的下巴（那是一个双下巴）竟肥到完全吞

没了她软帽子的绳子和绳结。虽然她上半身一直到腰部超过了十足的长度，虽然她像普通人一样下半身一直到脚跟为止都正常，但是她的脖子、腰以及腿竟然是那么短，她站在一把普通高度的椅子旁，如同别人站在桌子旁一样，最后，她只好将随身带来的那个小袋子放到了椅子上。

这个女人一身轻便的行装，艰难地把食指和鼻子贴在了一起，站在那里，头那么使劲地歪着，闭着一只狡猾的眼，露出一张狡黠的脸，朝斯梯福兹飞了一阵眼，之后便滔滔不绝地说起了话。

"什么！我的花儿！"她摇着过分的大脑袋开始愉快地说，"你怎么会来？你是淘气的家伙，你离开家来到这么远的地方干什么？肯定是淘气了吧！哦，你这狡猾的家伙，斯梯福兹，一点不错，我也是，对吧？哈，哈，哈！我想你一定敢打赌说在这里不会碰见我，对吧？那你可要听清楚了，我无处不在。我就像魔术家手绢里的那半克朗，想在哪里在哪里，总之无处不在。说起手绢，你是你那幸福的母亲怎样的安慰啊！亲爱的孩子，越过我的一个肩膀，至于哪一个（越过左肩意味着行为不检）我就不提了。"

她说到这里，解开了帽子，将帽绳抛到了背后，坐在火炉前的凳子上喘息着——此刻她头顶上的那张餐桌便成了她的凉亭。

"哎呀呀！"她拍着膝盖，很机警地看着我说，"我实在是太胖了，这是事实。爬过一段楼梯之后，我甚至连喘一口气都要像拎一桶水那样艰难。当你看见我从楼上的一个窗子向外张望时，你肯定会认为我是个漂亮的女人呢。"

"不管在哪里看见你，我都是这么认为呢。"斯梯福兹说。

"滚开，你这狗，滚！"那个小人儿拿起擦脸的手绢在他眼前甩着，叫道，"别不害羞！不过实话告诉你，上周在米塞尔夫人家——那才叫漂亮女人！那么年轻！先生来到那个我正伺候她的房间——那才是漂亮男人！他也那么年轻！已戴了十年假发却也丝毫不觉得老——他是那样客气，使得我开始想，我得给自己敲警钟了。哈！哈！哈！他是一个没有道德的有趣的坏东西。"

"你伺候米塞尔太太做了些什么呢？"斯梯福兹问。

"我的可爱的孩子，这个你没有必要知道，"她又用食指点了一下鼻子，扭了一下脸，乖巧地眨了一下眼说，"你也没必要关心！你是不是想知道我使她的头发不脱，帮她染发，或给她的皮肤润色，又或者修整她的眼眉？我的宝贝，当我告诉你的时候，你自然会知道的！我曾祖父的姓名你知道吗？"

"不知道。"斯梯福兹说。

"沃克尔，他是沃克尔家族中的一员，我也从这个家族中继承了所有的遗产。"

莫奇小姐的眼睛让我感到惊奇，甚至觉得无人能及。她总是那样侧着头，像喜鹊一样上下翻动着眼睛去听别人的话或者等着别人回答她的问题。总而言之，我坐在那里看着她，惊奇得忘了形，甚至忘记了所有的礼节。

她把椅子拉到自己的身边，匆忙地从袋子里掏出（每一次都把袋口碰到肩头）一些小瓶子、刷子、海绵、梳子、几块绒布、几把卷发用的烙铁，还有一些其他的小器具，放在椅子上堆成了一座小山丘。之后，她停下了手中的一切，对斯梯福兹问道（这让我感到十分狼狈）：

"你的这位朋友怎么称呼啊？"

"科波菲尔先生，他也想认识你呢。"

"得，他肯定可以认识！而且我觉得他已经认识我了呢！"莫奇小姐摇着手中的袋子对我笑道，"一张桃子型的脸蛋！"她踮起脚后跟捏了我的脸（我是坐着的），"很漂亮的一张脸！我十分喜欢桃子。很高兴能与你认识，科波菲尔先生。"

我说能够认识她是我的荣幸，这样的快乐属于彼此。

"哎哟哟，我们竟会如此客气啊！"她竟荒谬地去尝试用她的小手捂住自己的这一举动，"但这又是多么的胡说八道啊！"

她的这种亲切是对我们两个说的，此刻她的小手离开了脸，连臂带肩一起插进了袋子。

"这是什么意思啊？"斯梯福兹问。

"哈！哈！哈！我们竟是这样一群有趣的骗子，这是毫无疑问的，是不是，我可爱的孩子？"她歪着头，眼珠向上翻着在袋子里摸着说，"瞧！"她取出一件东西叫道，"这是俄国公爵的指甲！我叫他字母公爵，因为他的名字是由所有的字母杂乱无章地拼凑而成的。"

"那个俄国人是你的老顾客了吧？"斯梯福兹说。

"没错，我的孩子，一周我为他修理两次手指和脚趾！"

"他给你的酬劳很丰厚吧，我希望？"斯梯福兹说。

"他是肯出钱的，我的孩子，肯定不像你们这些年轻人。如果你们看见他的胡子，你们一定会说，染黑了的红胡子。"

"一定是你弄的了。"

莫奇小姐眨了一下眼表示她的同意："除了我没人能办到，无可奈何。在这里是染不了的，而在俄国却能够染得很好，这是因为气候的影响。像他那样一个锈了色的，我想，你从未见过呢，简直是一块锈铁！"

"因为这个，你把他叫作骗子吗？"斯梯福兹说。

"啊，多么直爽的一个好孩子啊！"她那么猛烈地摇着她的大脑袋说，"我刚说过，我们都是一群骗子，我拿出公爵的指甲给你看看，用作证明。在那些摩登的人家中，我的全部才能与公爵的指甲相比，那简直是天壤之别。这些指甲我总是随身携带，因为这是我才能的最好证明。既然莫奇小姐能够为公爵修剪指甲，那么她应当是有些技术的。我送给那些年轻的阔女人一些，我相信，她们会将它放在纪念册中珍藏。哈！哈！哈！我敢说，一个公爵的指甲就能代表这全

> **侧面描写**
>
> 写出了莫奇小姐的脸很大的特点。

> **词苑撷英**
>
> 天壤之别：天和地，一级在上，一级在下，比喻差别极大。

部的社会制度哟！"那个女人点着大脑袋还妄想着交叉起她那双短小的胳膊。

斯梯福兹笑得那么认真，我也跟着笑了，她则不断地摇头（差不多总是偏在一旁），一只眼珠向上翻着，另一只眼则在传情。

"好啦！好啦！"她站起身来说，"这只是做生意的一种手段。斯梯福兹，来，现在来让我们探一探北极地带。"

她挑了两三件小器具和一个小瓶子，然后问（让我吃惊）这张桌子能否承担她的重量。在听到斯梯福兹的肯定回答之后，她便搬一把椅子到桌子旁，让我扶着她，接着她便很敏捷地登了上去，仿佛登上了一个舞台。

"如果你们有谁看见了我的脚踝，"她稳当地站在上面说，"就痛快地告诉我吧，我这就回去自杀。"

"我没看见。"斯梯福兹说。

"我也没有看见。"我说。

"既然这样，好啦，那么我可以继续下去了，那。小鸭，小鸭，小鸭，到邦德太太这里来挨杀！"

她念的是咒语，目的是让斯梯福兹听任她摆布。

随后斯梯福兹便背对着桌子坐了下来，把头交给她检查，对着我笑，很明显，这只不过是为了让我们开心罢了。莫奇小姐站在桌子上，取出口袋中的那个放大镜，打量着他那满头褐发，这实在是一种令人惊奇的景象。

"一个英俊的小伙子！"她大略看了一下后说，"但是如果你没遇见我，那么，不出一年，你肯定会成为一头秃驴。我现在要给你的头发擦点东西，不出半分钟，你的鬈发可以保存十年之久。"

说着，便向一块小绒布上倒了一点儿小瓶子里的东西，然后向刷子上涂抹了一些，然后以空前的匆忙在他的头上用绒布擦，用刷子刷，还不停地说着话。

"查理·派格雷夫，一个公爵的儿子，你认识他吗？"她向下看了一下他的脸说。

"知道得不多。"斯梯福兹说。

"他是那样好的一个人！他的胡子，长得是那般漂亮！还有他的脚，如果是一双的话（实际上不是），没有能够赶得上他的。但他连我这样一个禁卫军中的人都不信任呢，你会相信吗？"

"疯了！"斯梯福兹说。

"看上去很像。但是不管他疯没疯，他已经干过了。"莫奇小姐说，"你瞧瞧他干了些什么，他居然到一家香料店问售货员要一瓶马达加斯加水。"

"查理这样干？"斯梯福兹不解。

"查理想这样干，但他没得到一丁点儿马达加斯加水。"

"那是什么呢？能喝吗？"斯梯福兹问道。

"喝？"莫奇小姐停下活，拍拍他的腮帮说道，"那是用来修理胡子的。你知道，店里有个女人，上了年纪，却实在是个泼辣货。'请原谅，先生，'那泼辣货对查理说，'那是胭脂吧？''胭脂，'查理对泼辣货说，'你认为我要胭脂做什么？''别生气，先生，'泼辣货说，

'人们找我们买东西时有很多理由,所以我以为或许是那东西呢。'瞧,我的孩子,"莫奇小姐一面擦着,一面继续说,"这是我说过的可笑的骗子的一个例子。我自己也玩这套把戏,也许经常,也许偶尔——很有趣,我亲爱的孩子——别在意!"

"你说的是什么东西?胭脂那一类吗?"斯梯福兹说。

"把这两个放在一起,我的乖学生,"狡猾的莫奇小姐摸着鼻子说道,"按照秘诀来配制,制成的东西就能给你满意的结果。一个阔寡妇把它叫唇膏,另一个叫作手套,还有一个把它叫作花边。她们叫它什么,我就叫它什么。我向她们提供东西,我们却又彼此欺骗,装得没什么事的样子。不久她们就公开了,当着我的面用上那东西了。我伺候她们,她们把那东西厚厚地涂在脸上——就像这样——有时还对我说:'我看起来怎么样呀?白吗?'哈!哈!哈!这是不是很好笑!"

莫奇小姐站在餐桌上,一面说着笑话,一面不停摆弄斯梯福兹的头,此情此景,我还是头一次见到呢。

"啊!"她说道,"这一带不怎么需要那东西。所以我只好走了。到这儿来后,还没有见过一个标致的女人呢。"

"真没有见过?"斯梯福兹说道。

"一个影子也没见过。"莫奇小姐答道。

"我想,我们可以告诉她一个,"斯梯福兹朝我递个眼神说道,"是吧,雏菊?"

"对呀。"我说道。

"是吗?!"莫奇小姐机警地看看我的脸,又看看斯梯福兹的脸后叫道,"真的假的?!"

第一个感叹是对我们两个发出的,第二个是专对斯梯福兹而发的。似乎感到两个都得不到回应,她便把脑袋一歪,眼珠朝上翻,做思考状。

"你的一个姐姐?科波菲尔先生。"

"不是的。"我还没来得及回答,斯梯福兹就说,"根本不是。而且相反,科波菲尔先生曾一度对她很有好感呢。"

"哈,他现在变心了?"莫奇小姐马上说道,"哦,真是让人羞愧呀!他每朵花都采,每天都在变,直到见了波丽才使他的心得以平静吧。她的名字叫波丽吗?"

她突然提出问题,并用一种窥探的目光逼向我,我有一会儿真是张皇失措。

"不,莫奇小姐,她叫爱米丽。"

"是吗?"她又像先前那样叫道。

她的语气和态度使我对这一问题深感不安。我就用格外严肃的态度说:

"她端庄得不亚于她的美丽。她已和一个跟她地位相当的人订了婚。对此,你可不要乱说啊。"

"说得好!"斯梯福兹叫道,"听呀!现在,我要让这个小法蒂玛的好奇心得以满足,不让她再存这些歪念。莫奇小姐,她现在就在当地经营制作服饰的约拉姆公司做学徒。你听明白了吗?约拉姆公司。我朋友说的婚约是和她表兄订的。她表兄汉姆,是个船匠,本镇人。她和一个亲戚住在一起。亲戚名字不详,职业为航海人,本镇人。她是世上最漂亮、最迷人的。"

这些话他说得又慢又清晰,莫奇太太歪着脑袋听着,他停下来,她就又活跃起来:"哦!就这

些吗？"她手里的小剪刀不停地修着他的连鬓胡须，那剪刀绕着他脑袋，"很好，很好！故事结尾应该是'从此他们过上了幸福的生活'，是不是？"

她不怀好意地看着我，不等我回答，自己喘一口气又往下说道：

"嘿！如果我伺候过一个无赖——那就是你——斯梯福兹。我告诉你这个，你听到了吗，亲爱的，"她往下看看他的脸，"现在，你可以逃开了，如果科波菲尔先生愿意坐下，我就为他修理一番。"

"你是怎么想的，雏菊？"斯梯福兹起身时笑着问道，"要打扮一下吗？"

"不。谢谢，莫奇小姐。"

"不要说不。眉毛可以再浓点儿吧？"

"谢谢，"我答道，"这次免了吧。"

"来稍稍打扮一下吧，"她请求道，"让我们把架子搭好，修修胡子吧！"

我红着脸，还是拒绝了莫奇小姐。莫奇看出我的确不愿意由她来修饰我的脸，她便不再坚持。在我的帮助下，莫奇小姐从桌子上下来了。

"费用？"斯提福兹问。

"五先令，"莫奇小姐答道，"极便宜！"

"这是钱箱。"莫奇小姐说道，站到椅子边，把先前拿出的各种小东西塞进口袋里，"我把所有的道具都收好了。喏，我知道你们伤心了，可我非走不可。鼓起你们的勇气，试着忍受吧。再见，科波菲尔先生！"

她肩上挎着那口袋，大摇大摆地走了。

那晚我们谈论的话题都是围绕她。我下楼回去睡觉时，斯梯福兹从楼梯栏杆上对我叫道："Bob Swore."

当我来到巴吉斯先生的住宅前面，却见汉姆在房前踱来踱去，这很奇怪。更奇怪的是听他说到小爱米丽在屋里。当时我就问他，为什么他不进去，而是一个人在外头走来走去。

"你知道，"他犹疑地答道，"爱米丽，是和一个人在里面谈话。"

"我想，"我笑着说，"这就是你在这儿的原因吧，汉姆。"

"一般说来是这样的，"他说，"不过，"他压低了嗓音很严肃地说道，"这是个女人，一个年轻女人，这是爱米丽偶然认识的一个女人。"

听完这话，我便想到几小时前我见过的那个跟踪他们的身影。

"这是个穷女人，"汉姆说道，"受到全镇的厌恶，大街小巷的人都厌恶她，就连埋在墓场里的死人也不像她那样遭人厌恶。"

"汉姆，今晚我们在沙滩上相遇后，我看到的就是她吗？"

"盯着我们？"汉姆说道，"好像是这样。那时我不知道她在后面，后来她偷偷来到爱米丽的小窗前，看到灯亮，就低声叫：'爱米丽，爱米丽，看在上帝的分儿上，用女人的心肠对待我吧。我从前和你一样呀！'这话听起来很可怜！"

"的确是。汉姆，那爱米丽又该怎么办呢？"

"爱米丽说,'玛莎,是你?哦,玛莎,真是你呀!'她们曾一起在欧默先生那里共事过很长一段时间。"

"现在记起她了!"那是我初次去时见到的两个女孩,其中一个就是她,我叫道,"我记得很清楚!"

"玛莎·恩德尔,"汉姆说,"比爱米丽大两三岁,和她一起上过学。"

"我从没听说过这名字,"我说道,"我不想打断你的话。"

"就为了那,"汉姆继续说道,"几乎一切都在这句话里头,'爱米丽,爱米丽,看在上帝的分儿上,用女人的心肠对待我吧。我从前和你一样呀!'她想和爱米丽说话,但爱米丽却不能那么做,因为她的舅舅回家了,他不愿意——不,"汉姆很诚恳地说,"他是那么善良。"

我感受得出这话的真实,立刻全明白了。

"爱米丽就在一张纸片上写了点什么,"他往下说道,"再交给窗外面的她,要她带到这儿来。'把这纸片',她说,'交给我姨妈巴吉斯太太,如果她爱我,便会把你留在火炉边,等舅舅出门后,我就可以来了。'她又把我告诉你的那番话一字一句说给我听,求我带她来这儿。可我有什么办法呢?她本不应该认识那种人的。她的眼泪淌下时,我又无法拒绝她。"

他把手伸进粗糙的外衣前襟里,小心翼翼地拿出一只钱包。

"就算她眼泪淌到脸上时我也能拒绝她,"汉姆轻柔地把那小钱包托在他粗糙的手掌上说,"但是当她把这东西交给我保管时,我又怎么能拒绝?这么一个好看的东西!"汉姆看着钱包若有所思地说,"里面就这么一点钱。"

他把钱包放回怀里,我紧紧地握住他的手。后来,门开了,皮果提出来了,她向汉姆招手,示意让他进去。我本想躲开,她却赶了上来,也将我请了进去。本想避开她们待着的房间,可她们就待在那间瓦顶厨房里。而住宅门一开就是厨房。那个少女——正是我在沙滩上见到的——在靠近火炉的地方,就坐在地上,头和胳膊倚在一把椅子上。那少女的头发遮住了脸,也许是她自己弄乱的吧。不过,可以看得出她很年轻,皮肤白净。皮果提哭过,小爱米丽也哭过。我们进去时,在那一片沉寂中,碗柜旁那只荷兰钟的嘀嗒声似乎比平常更响了。

爱米丽先说了话。

"玛莎想去伦敦。"

"为什么要去伦敦?"汉姆问。

他站在她们中间,既同情又嫉妒地看着那个少女。他同情她、嫉妒她。这情景我将永远刻骨铭心。他俩都用很柔和、很低的声音说话,但很清楚。

"那里比这里要好,"第三个声音,这是玛莎,虽然她一动不动——高声说,"那里没人认识我。而这里谁都厌恶我。"

"她到那里干什么呢?"汉姆问。

"她要走正路了,"小爱米丽说,"你不知道她对我说过什么。他知道吗?他们知道吗?"

皮果提同情地摇摇头。

"我要去试试,"玛莎说,"如果你们肯帮我离开,我在哪儿也比在这儿好。我说不准会好起

来。让我离开这里吧，这儿的人从我还是个孩子起就认识我了！"

爱米丽把手伸向汉姆，后者把一个小帆布袋放到她手里。她以为是自己的钱包，接过后往前走了几步，可是发现不是，她又回到他那里，把小帆布袋给他看。

"这都是你的呀。"我听见他说。

她眼中充满了泪水，转过身朝玛莎走去。对玛莎说了什么，我不知道。只看到她弯下腰，把钱放进玛莎怀里，低声又说了些什么，还问够不够用，然后握住玛莎的手吻起来。

动作描写
通过对爱米丽的一系列动作描写显示出了她的善良。

最后，玛莎站了起来，披上头巾并掩脸大哭起来，慢慢挪向门口。离开前停了一下，好像想说什么，又像是要转过身来，却没说出任何话，只是在头巾下发出一声隐隐的呻吟就走了。

刚关上门，小爱米丽看着我们三个，随后便呜咽起来。

"别这样。"汉姆轻轻拍着她肩头说，"别这样，亲爱的！你不该哭呀，亲爱的！"

她伤心地哭着说："作为一个女孩，我做得不够好。我知道，有时我没有应有的感激之心！"

"有的，有的，你有！"汉姆说。

"没有！没有！"小爱米丽呜咽着摇头说，"我没有！我应该做得那么好！没有！没有！"

她一个劲儿地哭，好像心都裂开了。

"我不尊重你的爱情。我知道我是这样的！"她呜咽着说，"我老和你闹别扭，常对你变心，可我根本不该那么做，你从来都不那么对我，而我为什么老对你那样呢，实际上我只应感谢你，让你开心！"

"你已让我很开心了，"汉姆说，"亲爱的！看到你，我就很开心了。想到你，我一天到晚都开心。"

"哦，亲爱的，如果你爱上一个人，一个比我更坚定、可贵的人，一个全心全意爱你的人，你也许会更幸福！"

"可怜的爱米丽，玛莎把她给闹昏头了。"汉姆低声说。

"姨妈，"爱米丽呜咽着说，"请你来，我今晚好伤心，姨妈！我不像女孩应该做得那么好。今晚陪陪我吧。"

皮果提来到火炉前的椅子上坐下，爱米丽跪在她身边，搂住她的脖子，抬头望着她的脸。

比喻手法
写出了皮果提对爱米丽的安慰和爱。

她把头垂在老保姆的胸前，这才渐渐平静下来。老保姆则像拍抚一个婴儿那样安慰她。

那天晚上，我看到过去从未见过的事：看到她天真地亲吻未婚夫的脸，并渐渐向他的身躯靠拢。在月光下，他们一起走去。从后面看他们，发现她双手握住他的手臂，紧紧靠着他。

精彩点拨

本章表现了斯梯福兹的思想矛盾和痛苦。"我就坐在这儿思考，大卫，我万分沮丧，我这二十年来没有一个严明的父亲！""我的确遗憾过去没得到更好的管教，"他的声音中带着无法抑制的悲伤，令大卫十分惊讶。他比大卫想象的更失态。他现在宁愿是皮果提先生或是他粗鲁的侄子，而不是他自己。从这儿我们不难体会到斯梯福兹当时是多么苦恼，心情是多么烦闷，甚至我们能够深切地感受到他精神上所受的折磨。

阅读积累

麦克白

《麦克白》是英国剧作家莎士比亚于1606年创作的戏剧。自19世纪起，同《哈姆雷特》《奥赛罗》《李尔王》被公认为是威廉·莎士比亚的"四大悲剧"。由朱塞佩·威尔第于1847年在佛罗伦萨完成谱曲，后又经过多次修订。

《麦克白》的故事，大体上是根据古英格兰史学家拉斐尔·霍林献特的《苏格兰编年史》中的古老故事改编而成。《麦克白》讲述了利欲熏心的国王和王后对权力的贪婪，最后被推翻的过程。

第二十四章

> **精彩导读**
>
> 贝西小姐希望大卫去做代诉人，斯梯福兹与大卫讨论了对职业的看法。贝西小姐来到了伦敦，她领着大卫去了斯宾罗—约金士事务所，在路上，她遇到了一个让她惊恐害怕的乞丐。大卫在事务所开始了他的试用期，贝西小姐为大卫租了一个房子之后就离开了，大卫的工作会怎样呢？

清晨醒来之后，非常怀念小爱米丽，也曾一度想起昨夜玛莎离去后她的心情。昨晚我仿佛处在一种神圣的友情之中去倾听那些家庭的弱点与难处，即使是把这些向斯梯福兹透露，也让我觉得不安。对于那个儿时曾与我结伴的美人儿，过去，现在，直到我离世的那一刻，我无时无刻不相信，我曾爱过她，爱得那么真诚，并且比对任何人的感情都更深。如果把她向我诉说的她的那些内心无法抑制的情感向任何人透露——也包括斯梯福兹——我都觉得残忍，对不起自己，更对不起我们童年时那段美好的光辉（我经常能够看见我们被这光辉所环绕着）。因此，我打定主意，把这件事永远藏在我心中，不去对任何人透露，同时这件事在我心里给她增添了一种新的光彩。

在我们吃早饭的时候，我姨奶奶寄来了一封信。我把信中的那些有关归途的问题与斯梯福兹讨论了一下，因为我觉得和他商量是合情合理的，也可以从他那儿得到更多更好的意见。现在，让我们忙的一件事就是向所有人道别。首先是巴吉斯，他对我们的那种依依不舍丝毫不亚于别人，我相信，如果我们可以在雅茅斯多留两天，他肯定会再去打开那个箱子，拿出另一基尼。对于我们的离去，皮果提以及她哥哥的一家都满怀离别之痛，同我们道别的还有欧默—约拉姆店铺的所有人。当我们准备上车时，为斯梯福兹效劳的海员更是不计其数。我甚至可以相信，纵使在我们离开时带上一个连的行装，我们也无须花钱去雇人搬运。总之，对于我们的离去，有那么多的人惋惜和难过。

"你会在这里住多长时间，会很久吗，李提默？"当他来送我们时，我问。

"不，先生，应该不会太久。"

"现在他也说不好，他清楚自己该干什么，也必须去做。"斯梯福兹说。

"这个他肯定会去做好的。"我说。

李提默用手触了一下帽子以表示对我赞许的答谢，他的这一举动让我感觉自己只有八岁了。他又触了一下帽子，以此祝愿我们一路顺风，于是我们便离开了站在人行道上送别的他，离开了那个如同埃及金字塔一样体面的一个谜。

有一段时间，斯梯福兹默默地坐着，而我则是在想何时才能回到这里，而那个时候，我和他们又会有什么样的新的变化。一向感情丰富的斯梯福兹终于又快活起来，拉了拉我的胳膊说：

"说说，大卫，早餐时你提到的信怎么样了？"

"哦！"我从口袋里掏出信说，"我姨奶奶寄来的。"

"在信里她都说了些什么，需要考虑吗？"

"她提醒我说，让我在这次旅行中处处留心，也要认真考虑一下。"

"的确应该这样，那么你已经这样做过了吗？"

"事实上我不敢说我已经认真考虑过，反而是我差不多把这件事给忘却了。"

"得！那从现在开始就处处留心一下吧，以弥补你过去这段时间的疏忽，"斯梯福兹说，"向右看一片平地，一片被沼泽覆盖的平地，向左看同样如此，向前看没有任何不同，向后看仍然如此。"

我笑了，说，在这个地方，我找不到任何适当的工作，也许是因为它太过古板了吧。

"至于这个问题，你姨奶奶是什么态度？"他看着我手中的信问，"她有什么建议吗？"

"不错，她问我是否会喜欢当一个代诉人，你怎么看？"

"哦，这个我也不知道，"他冷冷地说，"不过，依我看，这个和其他别的什么职业没什么两样。"

我忍俊不禁，并对他说，在他眼里似乎所有的职业都一样，没有轻重之分。

"斯梯福兹，代诉人是个什么样的职业啊？"我问。

"僧院的辩护士，它与博士院——离圣保罗教堂不远的一个懒散、古老而又偏僻的角落的那些过时落伍的法庭之间的关系，如同律师同法院之间的关系，这种职业本应在两百年前灭绝的，它已经不合时代的发展了。想要了解它，就得先知道博士院。他们在那样一个偏僻的地方处理所谓的教会法，又用那些陈旧而奇怪的案例去变戏法。至于那些案例，绝大多数的人对此浑然不知，其余的那一小部分还以为这是爱德华诸王时代挖掘出来的化石呢。对于他们来说，自古以来他们涉及的范围是遗嘱纠纷、婚姻诉讼，以及那些有关大小船只的争议。"

"瞎说！"我大叫道，"你的意思是教会与航海之间存在某种千丝万缕的关系？"

"当然我不会那样说，"他回答，"我的意思是，对于这些问题都是由博士院中的那些人去处理的。今天在那里，你或许会发现，他们会因为'萨拉·珍'被'南塞'撞沉，又或者因为皮果提会和雅茅斯船夫一起去营救暴风中遇难的"纳尔逊号"而胡乱读一段《杨氏字典》中的那些航海术语；当你明天再去那里时，他们会到处收集一些赞成和反对的证据，去辩护或是驳斥一位行为不端的教士；你会发现，在今天航海案中充当法官的人在明天或许就成了辩护士，或是相反的结果。他们如同演员，在不同的剧本中充当不同的角色，时而法官，时而辩护士，但总是以一种愉快的态度在那些特选的观众面前进行一些不公开的表演。"

"但辩护士和代诉人之间总还是存在不同的吧？"我开始有点迷糊了。

"没错，辩护士是法学家，具体说是那些在大学获得博士学位的人。但辩护士为代诉人所雇，

他们之间形成一个强有力的小团体，待遇优厚，互分酬劳。总之呢，我是劝你高高兴兴地去博士院当代诉人。在那里他们才会夸着自己的高贵呢。"

对于斯梯福兹谈论这个问题时带有的那种轻薄的态度，我并不怪他。当我想起那个离圣保罗教堂不远的一个懒散、古老而又偏僻的角落时，顿时感到一种庄严而古旧的氛围，当我处在这样一种氛围中去思考我姨奶奶的建议时也并未感到不悦。她在信中提到，她是在最近去博士院找她那位代理人立遗嘱——以我为继承人——时想到这一意见的，当然，她最后请我自己决定。

"不管怎样，在姨奶奶看来，这都是一种很妥当的安置，同时也是一种值得赞美的处置。"当我对他提起这一点原因时他说，"雏菊，我想唯独应该高高兴兴地去当代诉人。"

代诉人：代理诉讼的人，法定称呼是诉讼代理人。

我已经很愿意那样去做了。随后对他说，我姨奶奶在信中还说，她已经在靠近林肯院广场的一家有台阶以及屋顶有天窗的旅店等我们一个星期了，她之所以选择这样一间旅店，是因为她坚定地认为，伦敦的夜间每一家都会有发生火灾的危险。

一路上，我遥想着在博士院担任代诉人时的情形，斯梯福兹也用各式各样幽默的话语去模拟那时的情形，就这样，我们高兴地谈论着博士院结束了我们的旅途。到达终点时，他回家了，说后天来看我，接着我便坐车去了林肯院广场，当时我姨奶奶正在等候晚餐。

我们重逢时是那样的欢喜，似乎我周游世界刚回来。我姨奶奶立即搂着我哭了起来，并且强撑着笑脸说，如果我那可怜的母亲还在世的话，毋庸置疑，她一定会流泪的。

写出了贝西姨奶奶对大卫的爱。

"狄克先生没跟你一起来吗，姨奶奶？我感到很难受。珍妮，你好啊！"

珍妮一面行着礼，一面向我问好，此刻我发现姨奶奶把脸拉得很长。

"我也感到难受，"姨奶奶擦着鼻子说，"在你出门的那天起，特洛，我就没安心过。"

我还没来得及问她原因，她便告诉了我。

"我想，"我姨奶奶带着那种忧郁却又坚定的神气把手放在了桌子上，"狄克太缺乏意志力了，他那软弱的性格还不足以去驱赶那些践踏草地的驴子呢。我应该让珍妮留下的，那样我也许会更安心些。如果我的草地今天曾被一头驴子践踏过，"我姨奶奶加重了语气，"那肯定是在今天下午四点。一股寒流从我的头顶一直侵袭到我的脚尖，我知道，那一定是一头驴子！"

关于她说的驴子，我想说点什么去安慰她，但她却不肯接受。

"那一定是头驴子，而且是那头默德灵小姐骑进我草地的短尾巴驴子。"自那以后，默德灵便被我姨奶奶认定为是默德斯通小姐的唯一姓名了。

"在多佛，再也找不到像那头让我更难以忍受的驴子了。"我姨奶奶拍着桌子说。

珍妮冒险暗示说，她想那头驴子这时可能正在帮着那些工人驮沙石，没有工夫去践踏草地，因此劝我姨奶奶不用那样苦恼，但是我姨奶奶却怎么也不听。

晚餐被端进来了，虽然我姨奶奶选的房间是旅店中最高的一间——我不清楚她住这么高是为了更接近屋顶的天窗，还是为了使她的钱免于火灾而多要了几级台阶——但当晚餐被端进来时还是热腾腾的，一只烧鸡，煎肉和一些蔬菜，对于这些，一切都是那么合我胃口，自然也就没有去辜负。但是对于伦敦的这些食物，我姨奶奶却抱着异样的态度，吃得也很少。

"我相信这只不幸的鸡一定是在一个地窖中喂大的，除了在那破旧的菜车上，肯定整天都是暗无天日地生活着。我很希望这块煎肉是牛肉，但我怎么也不会相信的。在伦敦，除了垃圾，其他一切都是假的。"

"这只鸡也许来自乡村呢，姨奶奶？"我暗示道。

"怎么会，怎么可能会让一个伦敦的商人去出售一件货真价实的货物，那样他们会浑身不自在的。"

听她这么说，我也就不去冒险反驳她了，但是食量却并未因她而减少。见我如此，姨奶奶大为满意。餐桌收净之后，珍妮帮她完成了就寝前取暖的一系列准备：绾起头发，戴上睡帽（构造甚为巧妙，姨奶奶说，这可以防备火灾），折起长衫的下摆。接着我便按照她那不容许有丝毫变动的规则为她倒了一杯热水，温了一杯酒，准备了一片细长的烤面包。一切安排妥当之后，珍妮便去睡了，坐在我对面的姨奶奶喝着酒和水，吃面包之前总要蘸一下酒水，吃面包时总是从睡帽的边缘中间慈爱地看我。

"特洛，"她说道，"关于那个代诉人的职业，你感觉如何？你想过吗？"

"我已经认真考虑过了，亲爱的姨奶奶，也跟斯梯福兹商量了很久。我实在很喜欢这个职业。"

知识延伸

默德灵：英文意思是杀人的。

词苑撷英

暗无天日：昏暗得看不到天上的日光。形容在反动势力统治下社会的黑暗。

动作描写

通过大卫照做贝西小姐丝毫不会变动的规则，表现了贝西小姐的固执。

"好!这让人感到很高兴!"

"但是姨奶奶,还有一点让我感到担心呢。"

"说出来吧,特洛。"

"据我所知,想得到这样一份工作,似乎要达到一些条件呢。我想知道,是不是需要很多钱才能得到这份工作呢?"

"为了让你签约习艺,刚好一千英镑。"

"那,亲爱的姨奶奶,"我把椅子拉近一点说,"这让我很不安呢,这笔钱数目不小啊。对于我的教育,您已花去了很多,而且在其他方面您待我也是那么宽厚。对于我,您已经付出了全部的慷慨。肯定有其他一些工作是不需要任何费用就可以得到的,只要有决心,肯努力,同样有奇迹的可能。让我们试一试吧,您不认为那样会更好吗?您能够确定您有这么大一笔财产吗,并且如此使用是正当的吗?我真心地希望您——我的第二位母亲——能够再仔细考虑一下。您能确定吗?"

我姨奶奶盯着我看,直到吃完了她手中的那片烤面包,随后将手中的水杯放在了火炉架上,双手交叉着放在了折起的下摆上,然后说:

"特洛,我亲爱的孩子,如果我的此生有一个梦想,那就是设法让你善良,明白事理,幸福快乐。我一直在这样努力着——狄克也是如此。关于狄克对于这个问题的见解,我希望我认识的人都能听一听。他的那些见解高明之处实在让人感到惊奇,但是关于他的智慧,除了我,无人能够理解!"

她停了一下,随后握起我的手说:

"特洛,如果回忆过去能够对现在产生一些影响,那当然是有益的,否则就不要去回忆吧。也许我应当与你那可怜的父亲成为更好的朋友,也许我应当与你那可怜的母亲成为更好的朋友,纵使你的姐姐贝西·特洛伍德让我失望。当我看见那个满脸尘土、疲于奔波的你来投靠我的时候,我就应当那样了。自那时起一直到现在,特洛,你是我的骄傲与快乐。对我的财产,我没有其他任何打算。至少"——说到这里,令我感到惊讶,她也迷糊了,迟疑了——"没有,对于我的财产,我没有其他任何打算——我当你是我的孩子。在我这样的年龄,我只希望你能够有仁爱之心,能够容忍我的那些怪想法。对于一个女人来说,她在青年时没有拥有那些快乐与安慰,那么接下来你所要做的比那个老女人为你做的要多了。"

听我姨奶奶提及她的过去还是大姑娘上轿——头一回。她带着一种镇静中包含宽容大量的意味,把她过去的历史提起又安然放下,这让我对她的那种尊敬与爱慕又提升了一个层次。

"现在对于这一切我们都了解了,也都同意了,特洛。这个我们不需要谈起了,吻一下我吧,明早早餐之后我们去博士院。"

睡觉之前,我们在火炉前长谈了一次。姨奶奶和我的卧室在同一层,那天夜里只要窗外响起马车声或菜车声,她便会调皮地开我的门,问我是否听见了消防车,因此惊扰是免不了的,但临近清晨时,她睡得好一些了,也让我睡得安稳了一些。

将近正午时,我们开始动身往博士院斯宾罗约金士事务所赶去。对于伦敦,我姨奶奶还有另外一种看法,她觉得每个人都是小偷。因此她把一个装有十基尼和一些银币的钱袋交给我保管。

我们来到海军街的一家玩具店前，停在那里看圣丹斯坦教堂的人敲钟——我们算好时间，顺便在正午看他们敲钟——随后，我们便向拉给特山脉和圣保罗教堂方向走去。当我们经过拉给特山脉时，我发现姨奶奶显得很慌张，并且迈大了步子。同时，我发现了一个面如土色、衣衫褴褛的人（他曾停在我们前面观察我们）跟在我们后面，最后慢慢靠近姨奶奶而几乎碰到她。

"特洛！"我姨奶奶慌乱中抓起我的胳膊低声叫道，"我该怎么办啊？"

"先别慌，"我说，"没什么好害怕的，您到一个店里去躲躲，我去赶走那个家伙。"

"不，不，孩子！千万别跟他说话，求你，我命令你！"

"啊，他只是一个乞丐，一个倔强的乞丐而已！"

"你不知道他是什么！他的身份你也不知道！同时你也不知道你刚才在说什么！"

我们一边说一边在一家店铺门口停了下来，他也停止了脚步。

"别回头！"当我气愤地转过头时，我姨奶奶说，"去为我找辆马车，亲爱的，然后你去圣保罗教堂等我。"

"等您？"我说。

"是的，"我姨奶奶说，"我必须一个人走。我必须和他一起走。"

"和他，姨奶奶？他吗？"

"我很清醒，我必须！去为我找辆马车吧！"

虽然我非常吃惊，但是我知道，我并没有权利去违背她的这一命令。

正好有辆空马车从我们身边经过，我跑开几步叫停了它。我还没来得及把踏板放下，我姨奶奶便跳上了车，那个人也随即跟着上。她向我摆了摆手叫我走开，是那么恳切，虽然我处在一种极度慌张的情况下，但是遵照她的指示立即转了身。转身时，我听见她对车夫说："一直往前！随便去什么地方！"马车从我身边迅速驰过，朝山上奔去。

此刻这样一件事——狄克先生过去告诉我却被我认为是他的幻觉的一件事——进入了我的心中。我不能不怀疑，他就是上次狄克先生跟我提起的那个人，但是我却无法想象，他究竟从我姨奶奶身上抓住了怎样的把柄。来到教堂之后，大约过了半个钟头，那辆马车回来了，却只留下我姨奶奶独自一人坐在车内。

此刻，她却是那么激动，她喊我上了车，让车夫带我们在这附近转一会儿，以便静下来继续我们的访问。她只是对我这样说："亲爱的，永远别问我这究竟是怎么一回事，也永远别再提及它。"当她完全恢复镇定之后，说，可以下车了，她现在已经很平静了。随后便把钱袋递给我去付车夫的酬金，但我却发现，袋子中只剩下了那些银币，而那十基尼却不在了。

一条低矮的拱廊直通博士院。我们向博士院没走几步，却发现城市的喧嚣声魔术般的消失在幽远处了。经过几座沉闷的院落，走过几条狭窄的小道，斯宾罗约金士那带天窗的事务所便出现在我们眼前了。在那大门敞开的圣堂前廊中，有三四个人正在忙着抄写，其中一个戴着一头如同姜饼做的褐色硬假发且小而干瘦的人起身迎接我姨奶奶，随后把我们带到了斯宾罗先生的房间。

"现在斯宾罗先生正在法院呢，今天是拱形法院开庭日。法院离这儿不远，我这就派人去请他。"

　　我利用斯宾罗先生回来之前的这段空余时间四处打量了一番，到处是沾满灰尘的旧式器具，书桌上的桌布也已褪色，如同一个老乞丐一般惨淡苍白。桌上散乱地摆放着许多纸卷，有的标着"证件"，有的（使我吃惊）标着"诉状"（实为毁谤文件），有的标着"监督法院""海军法院""特权法院""代表法院"等。我想知道，这里到底有多少法院，我也想知道将这所有的法院完全熟悉需要多长时间。另外，还有一些大套被装订得很坚固的宣誓陈述书手稿，似乎每一套都包含了十卷或二十卷的历史。这所有的一切让我感觉很贵重，对代诉人这种职业顿生一种满意的念头。正当我带着浓厚的兴趣去观察这些和其他一些类似的物件时，门外传来了一阵快速的脚步声，一件白皮镶边的黑袍飘了进来，斯宾罗先生边走边摘下了帽子。

　　他，一个小个子，淡黄色头发，着装整齐的绅士，穿着最好的靴子，最硬的衣领，他那对精致的上卷的胡须，想必花过工夫。他的金表链是那般粗，这让我想象，他除非用那像金箔店的商标一样强壮的金胳臂才能将它拉出来。他是那般慎重地将自己装束得那么僵硬，以至于弯腰也是件极费力的事。当他坐在椅子上看文件时，是那样滑稽地以脊骨底部为圆心转动着整个身子。

　　我早已被我姨奶奶介绍过，在受到了客气的接待后他说：

　　"原来，科波菲尔先生，你也想加入我们这一行，是吗？前不久，我有幸会见特洛伍德小姐，"他把身子又滑稽地倾斜了一下，"我无意之间跟她提到，我们这里有一个空缺。承蒙特洛伍德小姐提起，她说她想让她的小外孙从事这上等的职业。我想，我现在有缘与他结识了。"

　　我向他鞠了一躬说："我姨奶奶曾写信跟我提过这件事，她相信我会喜欢它的。考虑之后，我很满意这工作，于是便欣然接受。但是我也不能绝对保证自己了解它之后能够继续喜欢这份职业。即使这只是一种形式，但是我还是想在转正之前能够有一个试用期，以便试验自己是否真的喜欢。"

　　"哦，这个自然！"斯宾罗先生说，"在我们这儿，我自己本想是规定两个月——三个月——事实上，是无期限的，但是我的另一个合伙人，约金士先生却不愿这样，因此，最后我们的规定是一个月——一个月的试用期。"

　　"酬金呢？一千英镑吗？"我问。

　　"酬金，连花销在内共一千英镑。"斯宾罗先生说，"我的看法已经向特洛伍德小姐表明过，同时，我也相信没有多少人能够像我这样了：把钱看得很轻。但是约金士先生似乎有自己的看法，而我却又不能无视他的看法。简单地说吧，一千英镑在约金士看来实在是太少了。"

　　"那么，先生，"我说（依旧想为我的姨奶奶省钱），"这里有没有这样的习惯，如果一个学徒能够快速通晓他的职务，而且格外有用——"如此称赞自己我不禁羞红了脸，"那么，在试用期结束，能否得一点——"

　　斯宾罗先生花了很大的力气将那脑袋伸出了衣领，在我还没来得及说出"酬劳"时，便回答了我。

　　"没有，约金士先生是不会同意的。如果没有他的限制，对于这个问题，我会认真加以考虑的。"

　　一想到那可怕的约金士，便使我狼狈不堪。但我后来发现，他很忧郁却又温和。他在这业务中的地位是自己不能出面，却又以最执拗不近人情的形象被别人提起。例如，约金士先生从不肯接受一个干事要求加薪的人；也绝不会同意雇主的诉讼费拖延太久，即使是斯宾罗先生很为难，而约金士先生也不肯放松一丁点儿。如果没有那个凶神约金士，我想那个吉神斯宾罗一定会放开他的手脚。当我年龄大了一点之后，我发现，我还经历过斯宾罗约金士办事的另外一些技巧呢！

当时商定，那一个月的试用期可以随我的意在任何时候开始，而我姨奶奶也无须留在这里等我的试用期结束，因为合同可以很方便地送到她的家中，让她签字。此刻，斯宾罗先生为了让我知道法院是个什么样的地方，便提议即刻带我去看看，而我也很想了解，便欣然前往。我的姨奶奶却认为那地方太危险——我想她大概将法院当成随时都有爆炸危险的火药厂了——于是便独自留下了。

我被斯宾罗先生领进一个大理石地面、并被一些朴素的砖瓦房环绕的院子。从门上标有的那些名字猜想，这估计就是斯梯福兹向我提起的那些学识渊博的辩护士的官舍。我们来到我左手边一个颇具教堂风范的宽敞却很沉闷的房间，房间的上面有一部分被栏杆隔开。在一个马蹄形的高台两侧，有许多绅士——穿着红长袍，戴着灰假发——舒服地坐在椅子上。马蹄的弯曲处，有一个眯着眼的老头儿，倘若那是只鸟笼，我一定以为那里站着一头猫头鹰了。但是，我却听说他是裁判官。马蹄的空处，摆着一张略低于高台的绿色长桌，围坐着一群与斯宾罗先生同等级的穿着白皮镶边的黑袍子的绅士。他们的衣领总是那么硬，却错误地认为他们的神气是那么傲慢，后来从他们当中的两三个人起身回答裁判官问话的语气中发现，自己的确是冤枉了他们，他们的声音是那么柔顺，似乎这个世上再也找不到比它更柔顺的了。法院中央的火炉旁有两个充当观众的人——一个围着围巾的后生，另一个则偷偷地从衣袋中取出面包屑往嘴里塞——正在烤火。除了火炉中发出的噼啪声和其中一位博士的说话声——他正从大概一图书馆的证据中慢慢吞吞地读出其中的一些细枝末节——之外，到处一片死寂。简言之，如此令人安逸乏困，昏头昏脑，毫无时间概念可言，陈旧的聚会，我还是第一次见；同时感觉，充当在其中任何一种角色——也许应该把投诉人排除出去——都可以是一剂镇静剂。

我满意于这里的僻静。当我对斯宾罗先生说我已经看够了的时候，便回去找我姨奶奶去了，之后便随我姨奶奶离开了博士院。在我们刚出事务所时，我被那些干事用笔指点着，这让我感觉自己异常年轻。

在我们回林肯院广场的途中，除了遇见一头让我姨奶奶产生痛苦联想的拉菜车的驴子，没有任何别的险遇。当我们安全回到旅店之后，就我的计划，我们又长谈了一次。她在伦敦整日感觉自己处在火灾、垃圾与小偷中间，半刻也得不到安宁，因而急于回家，当然我也劝她无须为我感到不安，大可放心由我自己照顾自己。

"当我来这里还不到一个星期的时候，便为你留意了一组家具齐全的律师公寓，我想你一定会喜欢的，特洛。"

随后便从口袋中掏出了一张边缘很整齐的剪报，上面刊登了这样一则广告：阿德尔菲布京汉街靠河边，有一组雅致、家具齐全的律师公寓预备出租，可作为一位青年绅士的上等寓所，房租低廉，即可迁入。仅住一月，未尝不可。

"啊，太满意了，姨奶奶！"我为能入住如此体面的公寓而红了脸。

动作描写

通过贝西小姐的动作写出了她对大卫的爱。

词苑撷英

唇枪舌剑：形容辩论时言语锋利，争辩激烈。

"那么，"她又戴上了一分钟前取下的围巾说，"我们去看看吧。"

我们动身了，向广告上落款的那位克鲁普太太家走去。我们连按了三四次那我们认为可以通知克鲁普太太的门铃，却依然不见人影，最后一个穿着紫花布长衫下加绒皱边的胖女人出现在了我们面前。

"带我们去看看那律师公寓，太太。"我姨奶奶说。

"是这位先生住吗？"她在衣袋中摸索着钥匙说。

"是的，由我的外孙住。"我姨奶奶说。

"那是相当雅致的一组房间啊！"克鲁普太太说。

接着我们便来到楼上。

让我姨奶奶感到满意的是，这房间处在顶层，避火梯就在附近。一条昏暗的走廊，一间伸手不见五指的储藏室，客厅、卧室各一间，家具齐全但很旧，不过也还过得去，并且一点不假，河就在窗外。

我姨奶奶与克鲁普太太去储藏室谈房租去了，而我则坐在客厅的沙发上发呆，怎么也不敢相信，自己会有如此的好运，入住如此高贵的宅邸。经过一番唇枪舌剑之后，她们回来了，令我高兴的是，从她们的面部表情看，这交易达成了。

"这些家具都是前一名房客留下的吗？"我姨奶奶问。

"是的。"克鲁普太太说。

"那他现在怎么样了？"我姨奶奶问。

克鲁普太太发出了一阵刺耳的咳嗽声，模糊不清地说："他生了病，于是——咳！咳！咳！哎呀！于是便死了。"

"哈！他是怎么死的？"我姨奶奶问。

"他的死是因为酒，"克鲁普太太毫不隐讳地说，"还有烟。"

"烟？你不是说这个烟囱吧？"我姨奶奶大吃一惊。

"不是，是雪茄和烟斗。"

"不管怎么样，这是不会传染的，特洛。"我姨奶奶面对我说。

"当然不会。"我说。

总之，我姨奶奶见我如此喜欢那里，便签了一个月的合同，一个月后可以再续一年。一切生活用品必备之后，克鲁普太太还向我提供了被褥和三餐，并且还明确表明心迹说，她会待我如同亲生儿子一般。我准备在后天入住，克鲁普太太说，上帝保佑，现在她终于有一个可以照顾的人了。

回去的途中，姨奶奶对我说，她是多么坚定地相信，我所欠缺的两种品质——坚定和自信——会在我即将度过的生活中得到弥补。第二天，当我们在谈将维克菲尔德先生家中的那些我的衣物和书籍取出的有关事宜时，她还把她的意思强调了好几次。姨奶奶在第二天动身回多佛了，我托姨奶奶给爱妮丝带了一封信，告诉她取行李的事以及我旅行中的一些事。过多的琐事我不想再多说了，只补充以下几点：为了供我在这一个月的试用期之内的所有开销，姨奶奶给了我很多钱；在她回多佛之前，斯梯福兹并未出现，这让我和她大为失望。她和珍妮安然地进了马车，为了即将能够战胜那些可恶的驴子而喜形于色。马车走后，我面朝阿德尔菲回想曾徘徊在那拱门附近的日子，以及玩味将我引入上层的那种幸福的转变。

精彩点拨

贝西小姐脾气古怪，性情奇特。如她不能忍受驴子去践踏自己的草地，对伦敦有偏见，认为伦敦的夜间每一家都会有发生火灾的危险，认为伦敦的食物是不健康的，等等。但她为了大卫不辞辛苦地来到自己讨厌的伦敦帮他找工作，为他找好适合的公寓并留下足够的金钱，她是一位善良的人。

阅读积累

博 士

博士是一个学位称呼，标志着一个人具备出原创理论成果的能力或学力的学位，是目前最高级别的学位（博士后并不是学位）。

拥有博士学位或博士学位同等学力，意味着一个人有能力由学习阶段进入学术阶段。具备出原创理论成果的能力或学力是博士学位的核心内涵，也是拥有博士学位的人的最本质特征。

博士是对攻读博士学位的研究生的称呼，同样也可用来称呼已获得博士学位的人员。主要通过拥有博士点的普通高等学校和拥有博士研究生培养资格的相关科研机构举办的"博士研究生招生考试"来进行招生。

在国外特指获得过博士学位的人，把博士生也称为某某博士。学士学位、硕士学位和博士学位三级学位中，博士学位是最高的一级。

1983年5月27日，我国首批18位博士诞生。1983年10月19日，我国培养出了第一批文科博士。至此，我国的学位制度全面趋于完善、成熟。

第二十五章

> **精彩导读**
>
> 　　斯梯福兹领着他的两个朋友去找大卫，他们在大卫的住所开起了宴会，他们疯狂地喝酒、吸烟、吵闹，喝醉了的大卫跟随他们去了戏院，在那里，他们的行为让观众们很厌恶，大卫在戏院看到了爱妮丝。第二天，大卫从醉酒中醒来，为自己的荒唐行为而悔恨，大卫以后会过这样的生活吗？

　　能够独自占据那一所高高在上的壁垒，这实在令人愉悦。每当我关起门时，便会想起那回到堡垒后升起梯子的鲁滨孙·克鲁索。能够揣着自己住宅的钥匙在城里散步，确实是一件令人愉悦的事。我能够邀请任何人来家里，如果我觉得这个家方便，那么任何人都不会觉得麻烦。出门归家，无须通禀任何人，乃是一件非常愉快的事。当我拉铃让克鲁普太太上来时，或者当她想上来时，她便会喘息着从地底下上来。对于这一切，都是那么的愉悦；但是，同样，也会有空虚寂寞的时候。

　　一天当中愉快的时光是在早晨，尤其是那些阳光明媚的早晨。在白天，感觉生活很新鲜自由，在阳光中这种感觉更是明显。但是当在傍晚时分，这样的感觉似乎随太阳一起沉没了，特别是在烛光中，这样的快乐时光就更少了。独自一人在卧室中，我想找个人说话。想念爱妮丝，同时发现我那笑颜常开的寄托心腹处存在的大片空白。此刻也感觉克鲁普太太离我甚远。想念在我之前死于烟酒的房客，我但愿他活在那里，不用他的死来烦恼我。

　　熬过两天两夜，仿佛比一年还要漫长，却并未发现自己年长了一些，反而和往常一样，因为自己的年轻而苦恼。斯梯福兹还是没来看我，我怀疑他肯定是生病了，于是便在第三天的时候提前离开了博士院，步行来到海盖特，是他母亲接待我的，并告诉我说，他和一个牛津的朋友去圣阿尔班看望一个朋友了，次日应该能够回来。我是太爱慕他了，甚至连他的那个牛津朋友都很妒忌呢。

　　那晚，她强留我用了晚餐再走。那时，我只记得，我们的话题只有他，没有涉及其他任何的事。我告诉她，在雅茅斯他是如何受人喜欢，又是怎样一个受人欢迎的客人。但是，对于我们在那里的生活，达特尔小姐又是满嘴的暗示和那些神秘的问题，"真的吗，究竟？"诸如此类的问题，她竟问了那么多遍，以至于最后从我口中探出了一切她想知道的事。她的容貌还是和我初次见到她的时候一样，没有变化，从她那自然而愉快的应酬中，我似乎感觉有些爱上她了，就在那一晚，我夜行回家时还不禁想，要是能和她这样一个有趣的伴侣漫步在白金汉街上是件多么令人愉快的事啊！

次日清晨，去博士院之前，当我在用咖啡和面包打发早餐时——顺便说一句，克鲁普太太煮的咖啡竟淡到令人吃惊的地步——我感到无限快乐，因为斯梯福兹来了。

"哦！亲爱的斯梯福兹，"我叫道，"我还以为我们永远都不会再见面了呢！"

"上次旅行回来的第二天，一大早就被人拉走了。呵，雏菊，在这里，像你这么老的光棍还真是少见哦！"

我带着少有的骄傲领他参观了我的住宅，就连厨房他也大加赞赏。"我要说，大孩子，"他补了一句，"除非你下逐客令，否则我真的要把这地方作为我在城里下榻的最佳之处了。"

这句话是那么令我开心，我告诉他，那个通知只会随着世界末日一道来临。

"还没吃早饭吧，和我一起吧！我可以用那个光棍用的锅给你烘一些腌肉，至于咖啡，克鲁普太太会为你准备好的。"当我准备拉铃叫克鲁普太太时，他说：

"别，别！别拉铃！我一会儿就走，去陪一个住在可芬花园碧阿沙旅馆的家伙吃早餐。"

"那么，晚上过来和我一起用晚餐吧？"

"说实话，我很想过来，但是我不能，因为我必须归那两个人占有。明天一早，我们仨便会离开。"

"那么，带他们一起过来吧，依你看，他们会来吗？"

"哦，当然，他们肯定愿意过来，但是我担心会对你有所打扰。我想还是和我们一起去别的地方吃饭为好。"

对于他的提议，我无论如何也不肯答应，因为我想借此来举行一场宴会，而且恐怕没有比这更好的机会了；另外，听到他如此赞赏我的住处，我心中又激起一阵新的骄傲，想竭力去发挥它的优势。最后，我强迫他去代表他的两个朋友向我郑重承诺，晚上六点过来用餐。

他走之后，我拉铃叫来克鲁普太太，将我这个不顾死活的计划告诉了她。但是克鲁普太太的观点是，首先，她肯定不会来伺候我们，但是她给我介绍了一个手脚麻利的年轻人，酬金是五先令，至于小费我可以随意给，我说，那就请他来帮忙。另外，克鲁普太太说还得请一个"小妞子"，让她借着烛光在厨房里洗那些油污的碟子。当我问起她的酬金时，克鲁普太太说，十八便士不会令我富裕，同样也不会因此而贫困潦倒。我说，不会的，于是便决定请她。随后克鲁普太太说，现在让我们来准备晚餐吧。

很明显，那个为克鲁普太太建造厨房火炉的铁匠缺乏远见，因为除了排骨和马铃薯，什么都不能煮。至于那个烧鱼的锅，克鲁普太太的意见是她自己也说不明白，建议我最好亲自去看一下。我要去看一下吗？即使看过了，我想可能也不会太明白的，于是便推辞了，说："有没有鱼无关紧要。"但是她却不太赞同我的意见，最后建议说，既然牡蛎上市了，为什么不去买一点呢，于是便用牡蛎代替了鱼。克鲁普太太随后向我提出了这样一些意见：两只烤鸡——去糕饼铺买；一碟猪腰，一碟炖牛肉——去糕饼铺买；一个馅饼，青菜，一些肉冻（如果我喜欢的话）——去糕饼铺买。这些都准备好之后，克鲁普太太说，这样她便可以集中注意力去烧马铃薯了，而且可以去预备干酪和芹菜了。

按照克鲁普太太的意见，我亲自去糕饼铺预定了这些东西。从糕饼铺出来沿途走在斯特兰大街上，来到一家火腿牛肉铺前，发现有一种如同云母一般坚硬的东西，标签上注的是"充龟"，便买

讽刺手法

"浓缩"讽刺了克鲁普太太对大卫买的食物的克扣。

了一块。当时我实在觉得这么大一块完全够十五个人吃,但是在花了一番工夫让克鲁普太太答应把它弄热之后才发现,它竟浓缩得那么厉害,如斯梯福兹所说仅仅够四个人吃。

这些准备做完之后,我又来到可芬花园市场为餐后买了一些零食,随后又在附近的酒店买了不少酒。回家之后,发现厨房的地板上那些数目众多的瓶子(少了两瓶,这让克鲁普太太很不安)排成的方阵,的确让我吃了一惊。

斯梯福兹的那两个朋友,一个叫葛雷格,另外一个是马肯,是两个活泼有趣的家伙!葛雷格的年龄比斯梯福兹要稍大一些;而马肯则很年轻,也不过二十岁。另外,我还发现马肯总喜欢称自己是"一个人",极少或者根本就不用第一人称单数。

"在这里,一个人大概可以过得很好呢,科波菲尔先生。"马肯说——指他自己。

"这里看上去挺舒适,房间都很宽敞。"我说。

"你们两个的食欲都不错吧,我希望?"斯梯福兹说。

"说实在的,"马肯说,"城市似乎能够增强一个人的消化能力。一个人整天都感觉饿,因此不断地在吃。"

生字背囊

忸怩(ní):形容羞愧或不大方的样子。

可能是刚开始有点忸怩,也可能是觉得自己太年轻,配不上主人这个头衔,于是开席之前,便强拉着斯梯福兹坐主人的那个位置,而我则坐在他对面。客人都入席之后,便开始喝酒;有斯梯福兹这样高明的人在为我撑场面,我们的宴会进行得很顺利,中间没有任何停滞。反倒是我,却并不那么善于应酬,整个宴会被那个手脚麻利的年

轻人分散了注意力；还有，因那个"小妞子"而感到不安。因为，我刚好对着门，而那个手脚麻利的年轻人不时地叼着一个酒瓶出现在门口；至于那个"小妞子"，与其说她不会洗碟子，倒不如说是她经常打碎碟子。另外，她似乎还有窥听别人谈话的习惯，因为她时常离开厨房靠近大厅，却又总是疑心会被我们察觉，最后终于踩到那些她之前仔细摆在地板上的碟子，破坏力极强。

但是，这些都只不过是些小插曲，撤去桌布，摆上零食之后，这一切就都被我们抛之脑后了；此刻，那个手脚麻利的年轻人似乎说不出话了，在我们示意他去陪克鲁普太太聊天之后，又打发了那个"小妞子"去地下室，接着我们便开始狂欢了。

渐渐地，我高兴起来，也更快活起来，但是那些几乎已经忘却的话以一种令我很不习惯的方式涌进了我的脑海。我很真诚地笑自己的笑话以及他们的笑话；我还承诺说要陪他去牛津；承诺在更改之前的每一周都会有与此相同的宴会；葛雷格整晚都在疯狂地吸着鼻烟，最后我终于忍不住，便偷偷跑进厨房，竟连打了十多分钟的喷嚏。

我在不断地说，不断地笑，不停地为大家倒酒，不断地开酒瓶，虽然暂时没有再开的必要。我举起酒杯，提议为斯梯福兹干杯，因为他是我最亲爱的朋友、童年时的保护者、现时的伙伴，我说，我很高兴为他祝酒，他的情义我这辈子也报答不了，而且凡是那些我能想出的任何华美的辞藻都不足以表达我对他的赞美。我说："斯梯福兹，我祝福你，愿上帝保佑你！"随后我们为他连喝了九次彩，干了九杯酒，接着又是一阵狂喝，以至于当我摇摇晃晃地起身准备过去同他握手时连我的酒杯也被我打碎了。我走过去对他说："斯梯福兹，你就是我的那颗启明星。"

我不断地说，不断地笑，突然发现有人在歌唱，原来是马肯！那时，他唱的是"当一个人的心被忧虑压抑时"。在他唱完那首歌之后提议说，祝福"女人"！对于他这样的提议，我给予了否定，也不能允许。我说，这个提议没有绅士风度，在我这里，我只许可去祝福"女士们"！我和他争得面红耳赤，可能是我觉得斯梯福兹和葛雷格在笑我，或是在笑他，抑或在笑我们俩。马肯说一个人不应该受人摆布，我说一个人应当。他说，那么一个人不应该被人侮辱。我说，这是当然，在我的屋檐下永远不会有人被侮辱，在这里，众拉神（罗马神话中的家庭保护神）是受人敬仰的，在这里，待客之道是至高无上的。他说，我是一个非常好的人，无心去损伤一个人的尊严。我立刻举杯，提议为他祝酒。

谁在抽烟？我们都在！我在抽烟，同时也在用力地压制那越来越厉害的颤抖。斯梯福兹发表了一篇几乎令我感动得流泪的演说。我谢了他，并且说，我渴望今天在场的所有人能够明后两天——下午五点——和我一起用晚餐，以便延续今晚谈话与交际的乐趣。顿时，我脑海中闪过一个人，我觉得非常有必要去祝福她——我的姨奶奶，贝西·特洛伍德，我觉得在所有的女性中，她是最好的一个！

有人从窗口向外探出身，一面享受着微风拂面的感觉，一面为了使头脑清醒，便把额头顶在冰冷的石栏杆上，那个人就是我。我对自己说："科波菲尔，你为什么要抽烟？要知道，不能那样啊。"又是什么人站在镜前摇摆不定地打量着他的面貌，那还是我。镜子中的自己是那么苍白，眼神是那么呆滞，我的头发——只有我的头发，没有任何其他的东西——早已将我的醉态暴露无遗。

听见有个声音对我说："去看戏吧，科波菲尔！"在我面前的不是卧室，而是那张满是酒瓶的餐桌。朦胧的灯光，对面是斯梯福兹，马肯在左，葛雷格位于我的右手，大家似乎都在雾里，相

隔甚远。看戏？当然。正合我意。走吧！他们应该原谅我，让他们先一个个地出去之后，然后熄了灯——谨防失火。

面对黑暗，我慌了，门也在眼前消失了。当我在窗帘中寻找那扇门的时候，斯梯福兹笑着抓起胳膊把我拉了出来。我们一个紧跟着一个走下楼。快到楼底时，什么人摔了一跤，滚了下去。听见一个声音说，那是科波菲尔。对于如此荒谬的报告，我实在感到气愤，但是在后来发觉自己仰卧在地板上时，我才开始想，那个报告也不是完全没有依据的。

一个多雾的夜，路灯被一些大圈子所环绕。有人神志不清地说，下雨了，而我却认为在下雾。来到一根灯柱下，斯梯福兹帮我掸拭了头上的尘土，并把我的帽子摆弄好。很奇怪，我感觉有什么人把我的帽子从什么地方拿了出来，因为之前它并没有被我戴在头上。这时，听见斯梯福兹说："科波菲尔，你好了没有？"我回答说："再好不过了。"

一个人透过窗子从雾中向外看，在接过什么人递给他钱的时候，问我究竟是否与他们一起，并显出一种让不让我进去的犹豫神气。没过多久，我们便坐在那戏院的高处，向下看一个似乎在冒烟的大坑，挤满坑中的人却又是那么不清楚。一个与街道相比更清楚、光滑的戏台，台上的人说着一些我几乎听不懂的事，另外，除了耀眼的灯光、音乐，以及厢座里的女人们，我实在没有看到其他任何东西。感觉眼前的那些建筑都在游泳，当我想竭力让它们静下来的时候，它们却又表现出一种令我无法形容的模样。

什么人提议去下面女人们所在的礼服厢看看，于是，我们便走下去。途中看见一个拿着望远镜，身穿大礼服靠在沙发上的男人，还有一个可以看见全身的大镜子。随后，我们便走了进去，当我们坐下之后，可能是自己说了些什么，听见身旁的人对什么人喊"别吵"，随之投来的是那些女人愤怒的眼神，还有——什么！没错！爱妮丝，她身旁坐着我不认识的一个男人和女人。此刻，我又看见她的脸，但是她看我的表情中却带着惊奇和惋惜。

"爱妮丝！"我模糊地说，"啊！爱妮丝！"

"嘘！别出声！"她说，但我不知道这是为什么，"你搅扰了观众。你看看台上！"

我照她的话，想去看戏台，也想听上面进行的是什么，但一切都是徒劳。当我逐渐地把目光转向她时，发现她退到一个角落，用那戴着手套的手按住前额。

"爱妮丝！你不舒服吗？"我很担心。

"是的，是的。别担心我了，特洛伍德，"她说，"听！你正打算离开了吧？"

"我正打算离开？"我不解。

"没错。"

当时，我脑子里产生了这样一个愚蠢的念头，想对她说，我要留在这里，好可以扶她下楼。我相信，我肯定表达出了自己的意思，因为她在认真看了我一会儿之后似乎明白了，于是低声对我说：

"如果我，我非常诚恳地求你，我知道，你一定会顺从我的请求的。现在就离开吧，特洛伍德，为了我，请让你的朋友送你回家吧。"

那时，我完全清醒了，我虽然很生气，但是也感觉害羞，于是说"再！"（我是想说"再见！"）便起身走了出去。他们跟在我身后，出了门便径直回了家。那时，只有斯梯福兹留下来陪我，帮我宽了衣，我不停地告诉他，爱妮丝是我的妹妹，另外我让他帮我拿来开瓶器，好让我再开一瓶酒。

躺在床上的什么人,整夜都在做着梦,说着一些相互矛盾的话,那张床是一个永远都不会静止的海!我意识到那个什么人正是我自己时,发觉自己的皮肤简直就是一层硬板,干渴,舌头如同一个在火焰上加热的空锅的锅底,手掌如同一个热盘子,似乎找不到任何一块足以令它冷却的冰块。

第二天清醒过来时,我所感到的精神上的痛楚,是那么悔恨,那么羞愧!昨晚犯过的那些令我无法救赎的——我记得爱妮丝看我时的那种令我终生难忘的眼神——罪过给我带来的恐惧啊!连她如何来到伦敦、现在住在何处都不知道,这让我因无法与她接近而要忍受痛苦啊!宴会过后房间的狼藉令我感到恶心啊!我那强烈震荡的头啊!令我头痛的烟味啊!杂乱无章的空酒瓶啊!要外出却又无法起床的痛楚啊!哦,我度过了怎样的一天啊!

在那个夜晚,我坐在火炉旁看着那盆羊肉汤,心想,我在步上一个房客的后尘呢,不但继承了他的房间,还得重演他的悲剧呢,此刻我真想赶回多佛,揭穿这一切!后来,克鲁普太太拿走了那个汤盆,把昨天宴会的全部残余——一只猪腰——送了过来。那时,我真想扑到她那紫花布胸前,带着真诚的忏悔对她说:"哦,克鲁普太太,别去管那些肉了吧!我现在很伤心呢!"但是,我怀疑克鲁普太太究竟值不值得我去信任。哦,这又是怎样的一个夜晚啊!

精彩点拨

作者大量地运用动作描写和心理描写写出了大卫喝醉之后的所见所感。如自己摔下了楼梯自己却不知道,戴上了不知道是谁的帽子,尤其是对大卫在戏院的描写:一个似乎在冒烟的大坑,挤满坑中的看不清楚的观众,清楚、光滑的戏台,演员说的话他几乎听不懂,大卫感觉眼前的那些建筑都在游泳。这些描写得很细腻生动。

阅读积累

启明星

启明星又称金星,天亮前后,东方地平线上有时会看到一颗特别明亮的"晨星",它不是光源,人们叫它"启明星";而在黄昏时分,西方余晖中有时会出现一颗非常明亮的"昏星",人们叫它"长庚星"。这两颗星其实是一颗,即金星,在汉族民间称它为"太白"或"太白金星"。每天晚上出来的第一颗启明星是金星。

金星是太阳系七大行星之一,按离太阳由近及远的次序排列为第二颗。

第二十六章

> **精彩导读**
>
> 大卫收到了爱妮丝的信，然后去拜访了爱妮丝。爱妮丝让大卫提防斯梯福兹，并告诉他尤来亚也来到了伦敦以及尤来亚强迫维克菲尔德先生合伙的事情，爱妮丝对此很是担心。大卫参加了华特布鲁克先生的宴会，碰到了老同学汤姆。宴会结束后，尤来亚来到了大卫的住处，并告诉大卫他爱爱妮丝的事情。令人厌恶讨厌的尤来亚会如意吗？

在那个头痛、恶心而又令我后悔的可悲的日子之后，上次关于我请客的情形，在我头脑中产生了一种混乱而又奇怪的想法，仿佛那一天被一群泰坦族的巨人（以身长力大著称）用一个大杠杆推到了几个月前。我边想边走出门口，看见一名车夫正拿着一封信在客厅中徘徊，见我正从楼梯顶部的栏杆上看着他，便快速跑上楼来到我跟前，筋疲力尽地喘息着。

"我找大卫·科波菲尔大人。"那车夫举起手中的手杖顶了一下头上的帽子说。

我简直不敢相信那封信是出自爱妮丝之手，我当时那个激动的心啊！于是，我便告诉他我便是他要找的大卫·科波菲尔大人。他也信了，把信递给我之后说要等我回信。于是我便丢他在门外楼梯口独自回房间去了。我是那样的激动，在决定拆开信之前，将它放在餐桌上细细打量了片刻。

拆开之后，信纸上是一段简短却又让我感觉和蔼的文字，内容中毫未涉及我在戏院中的情形。那段文字是这样写的："亲爱的特洛伍德，我现在在赫尔本的伊力巷，住在父亲的代理人华特布鲁克先生家中，今天有空来看看我吗？时间你定。爱妮丝亲字。"

我花了太多的时间，大概想了六封回信，这么做只是在揣度如何才能让她更满意一些，至于那个等候在门外的车夫，他肯定是在想我在练习写信。"我怎样才能从你的记忆中抹去那段令人恶心的印象呢？"——写到这里，我停了下来，写不下去了，揉成了一团。于是另起了一个头："亲爱的爱妮丝，莎士比亚曾说过这样一个奇怪的现象，一个人会将他的敌人送进嘴里（指喝酒）！"——这种语气让我想起了马肯，于是又揉成了一团。我甚至想用诗的形式给她回信，于是以六音诗开头，写道："哦，且莫要记起！"——这句诗让我想起了十一月五日的那个炸药阴谋，又付诸东流了。多次尝试之后，我写道："亲爱的爱妮丝，见到你的信就如同见到你一样，此刻，我已找不出比这更高的赞美了。四点钟我准时到——特·科"，当我把那封信刚递给那个车夫时，便产生了二十个将它撤回的念头。

如果我能感受到那天的重要性，那么博士院中一半的职务人员都会感到，我诚恳地相信，他以往在那腐败的宗教机关所做的坏事足以被他做的这点好事所弥补。虽然我在三点半动身，而且找到约定的地点也不过是几分钟的事情，但是当我最后终于鼓起勇气去按华特布鲁克先生家的门铃时，赫尔本的圣安德鲁教堂的时钟已明确指着四时十五分。

　　华特布鲁克先生一贯是在楼下处理一些普通事务，而那些高贵的事务（这类事有不少）则是在楼上进行。我被领进一间小巧的客厅，爱妮丝正一个人坐在那里编织一个钱袋。

　　她那安静而和蔼的模样，让我不禁回想起在坎特布雷的那段快活的校园生活，以及前一夜我那醉酒的、满身烟味的愚蠢模样。此刻我陷入了深深的自责与羞愧中，我不否认，当时我确实流了泪。就算是现在想来，我也不能断定我所做的事该定义为可笑，还是定义为聪明。

　　"如果当时不是你，爱妮丝，而是其他什么人，此刻我大概已经忘却了这件事，但当时出现在我眼前的偏偏是你！我现在宁愿我已经死了。"

　　她用手——我感觉这与其他任何手都不一样——握了一会儿我的胳膊；此刻我感受到她对我的爱护与安慰，情不自禁地握起那只手放在我的嘴唇边，满怀感激地吻了一下。

　　"别为此而苦恼了，特洛伍德。"她一面扶我坐下，一面高兴地对我说，"如果我都不能让你真正信任，那么你还能够信任谁呢？"

　　"啊，爱妮丝，我的幸运女神！"

　　她忧郁地（我感觉有点）摇头微笑着。

　　"是的，爱妮丝，我的幸运女神！永远都是！"

　　"如果真的是那样，特洛伍德，现在我极想提醒你一件事。"

　　她的意思我已经猜得七七八八了，但是我仍带着一种极想知道的表情看着她。

　　"我想提醒你，我想你去防备那颗灾星。"她坚定地看了我一眼说。

　　"亲爱的爱妮丝，你不会是在说斯梯福兹吧？"

　　"就是他，特洛伍德。"

　　"那样的话，爱妮丝，那他就太冤枉了。你的意思是说他是我的灾星，或者是任何其他人的灾星！但我要告诉你的是，他是指导者、辅助者、朋友！如果，爱妮丝，如果你仅凭着前一夜对他的印象来判断他，那是不公道的，也不是你的作风。"

　　"我的依据不是前一夜对他的最初印象。"她很平静。

　　"那，你的依据是什么？"

　　"很多事，虽然单独看它们是那么的微不足道，但是集腋成裘，那么多事综合在一起也就不能忽视了。我的依据部分是因为你对我说的那些关于他的事，也因为你的性格，以及他对你造成的影响。"

　　她那柔和的声音触及了我的心弦，弦随即反弹出她那柔美而诚恳的声音，似乎其中夹杂着能够驯服我的那种感动力。我坐在那里看着她，似乎仍旧在倾听，但是她却低着头做起了手工。斯梯福兹（虽然我异常爱慕他）却在她的声音中暗了下去。

　　"像我这样一个与世隔绝的人，"爱妮丝抬起头说，"对世事的了解是那么的微薄，竟然如此

大胆地向你提出如此坚定的劝告。但是，特洛伍德，我很清楚这些见解是从我们一起长大的那亲切的记忆中，还有对你的关心中滋生出来的。我如此胆大地向你提出如此有力的见解也是因为这个。我很确信我的判断，也很有把握。当我在提醒你，你结交了一个危险的朋友时，我感觉，对你说出此话的那个人不是我，而是另外一个人。"

当她的声音落下时，我看着她，依旧在倾听，他的影子（在我心中依旧那么牢不可破）又暗淡了。

"我并不是不讲情理地希望你，"她停了片刻，之后又以先前的语气谦虚地说，"立刻肯，或者能，改变你的情感——那已成为你一种信仰的情感。更不希望你立刻肯，或者能，改变在你那确信无疑的性格中扎了根的情感。你也不应该急着去改变。我只是求你，特洛伍德，在你时而想起我——我是说，"我正要插嘴，而她也知道原因，便带着一种安静的微笑说，"时时想起我——认真考虑一下我今天说过的话。也请你宽恕我，好吗？"

"那得到你对斯梯福兹持有公平公正的态度，而且像我一样喜欢他的时候，我才能宽恕你呢。"

"没到那个时候，你就不会宽恕我吗？"爱妮丝问。

当我提及斯梯福兹时，我见她的脸上飘过一个阴影，却依旧对我微笑，此刻我们又像以前那样毫无保留地相互信任了。

"那到什么时候你才能宽恕前一晚我犯的过错呢？"

"当我再次想起的时候。"她说。

对于这件事，她本来想到此为止的，但是我憋足了一肚子要对她说的话，我把我是如何丧失体面，又是怎么被一连串偶然事件送进戏院以及其他所有情形通通告诉了她。此后，我又向她详述了斯梯福兹对我的照料，这样我才安了心。

"你应该记得，"在我说完之后她便立即岔开话题说，"你会告诉我你陷入的困难，甚至坠入情网也会对我毫无保留的，继拉金斯小姐之后的是谁啊，特洛伍德？"

"还没有呢，爱妮丝。"

"总应该有一个吧，告诉我。"她翘起一根手指笑着说。

"没有，爱妮丝，真的！虽然我很喜欢与斯梯福兹夫人家的一位小姐聊天，当然她也很聪明。——达特尔小姐——但是那并不是爱。"

她因为自己的洞察力而自豪地笑了。她随后告诉我说，如果把每一次的疯狂恋爱的时间和结局都告诉她，那么她像记大事年表一样记到今天，大概也有一个练习本那么厚了。接着她向我提起尤来亚，问我是否见过他。

"尤来亚·希普吗？没见过，他来伦敦了吗？"

"每天他都会来华特布鲁克先生的事务所楼下，我比他晚到一个星期。我担心他干的是些不择手段的勾当呢，特洛伍德。"

"干一种令你不安的事，他干的会是什么呢？"

爱妮丝放下了手边的活，交叉着双手，用她那双清秀而温和的眼睛看着我说：

"我想，不久他便要同爸爸合伙了。"

"啊？怎么会？那样一个下贱的人，向人摇尾乞食的狗，竟会攀到如此高的地位了吗？"我很气愤，"你难道没去设法劝阻吗？你不能保持沉默！想一想这将是怎样一种结局，你一定要制止你父亲的这种疯狂计划。爱妮丝，趁现在一切都还来得及，你应当尽快采取行动加以制止。"

她只是看着我，对我的慷慨陈词只是很冷淡地摇摇头说：

"还记得上次我们就爸爸的变化展开的一次讨论吗？在你离开后不久——最多不过三天——他就对我作了第一次暗示。他装出此事由他做主的样子，却又无法隐藏被人强迫这样一个事实，见他挣扎在这两种心情之间，是令人悲哀的。我很替他担心。"

"强迫，爱妮丝！被谁强迫？"

"尤来亚，"她迟疑了一下，"现在爸爸已经离不开他了。他阴险却又乖巧。他先抓住爸爸的弱点，让它滋长，最后加以利用，一直到——我所有的意思概括成一句话，就是一直到他让爸爸怕他才肯罢休。"

我知道，就她所知道的或者她的猜疑，她能说得更多，但是她是那样爱护她的父亲，为了尽量少提到她的痛苦，我也就没再多加追问了。我感觉，这并不是一朝一夕的事。我也就没再出声了。

"他嘴上虽然对爸爸表示服从和感谢——也许是出自他的真心，当然我也希望如此——却处处令爸爸掣肘，他现在拥有着实际的权力呢，我担心他会不择手段地运用手中的权力。"

我说了一个让我感觉满意的词去形容他：猎犬。

"在我刚才提到的那个时候，就是在爸爸对我暗示的那天，"她继续说，"他对爸爸说他即将离开，因为有更好的前途在等着他，虽然他是那么难过，而且有千百个不愿意。那个时候，爸爸沮丧的程度是那么深，比你我平时见他时更加忧伤，最后，当爸爸提出合伙时，他似乎安了心，但也似乎为害羞的办法而苦恼。"

"对这件事，你是什么态度呢，爱妮丝？"

"特洛伍德，我做我希望是对的事呀。为了爸爸的平安，也为了减轻他身上的负担，同时我也希望有更多的机会去陪陪他，我劝他去做了，而且这样的牺牲是必须的。"她用手捂着流泪的脸说，"现在我觉得，我似乎是爸爸的一块绊脚石，没有资格做他疼爱的孩子。我知道他是怎样缩小自己的交际圈和职务范围，又是如何谢绝了那么多的事，又是如何遮暗他的生活，消耗他的精力，他所做的这一切都是为了一个念头，那就是他是为了我而转变。现在他不知不觉的衰老全是因为我，如果我能够替他分担一些该多好啊！如果我能让他恢复起来该多好啊！"

这不是我第一次见爱妮丝哭——这么悲哀地哭。就算是我从学校带回荣誉，上次谈及她父亲，旅行前互相道别，我也仅仅是见她含着泪转过和蔼的脸，但是见她如此悲哀地哭，我还是头一回。见她如此陷入我极度的悲伤，带着一种愚蠢的又极无可奈何的态度安慰她说："求你，爱妮丝，别，别这样，我亲爱的妹妹！"

就品格和意志来说，爱妮丝胜过我很多，没过多久，她那美丽而平静的脸上如同一片乌云刚刚从晴朗的天空飘过。

"我们单独相处的时间已不像以前那么多了，趁着现在还有机会，我诚恳地请求你，特洛伍

德，与尤来亚之间保持友好的态度，不要讨厌他，也不要憎恨他的那些你看得不顺眼的地方。他也许不应当受如此的毁谤呢，因为他具体有没有犯错，我们也并不知道呀。但是不管怎样，看在爸爸和我的面子上吧！"

此时房门被打开，爱妮丝便停下了，一个如同帆船一样的女人——华特布鲁克太太，高个子外套了一件很大的衣服，实在难以分辨哪里是人，哪里是衣服——驶了进来。我隐约想起曾在戏院一束暗淡的灯光下见过她；但是她却很清楚地记得我，怀疑现在我仍在醉着酒呢。

但是，当她慢慢发现此刻我很清醒，而且觉得（我也希望）我是一个谨慎的人之后，大大缓和了对我的态度，问我是否常去公园，接着又问是否有交际。当听见我的回答均是否定的时候，我发觉这似乎很令她满意，却又很优雅地掩藏了她的真实想法，于是邀请我明晚过来一起用餐。我欣然接受，随后告辞。离开之前，我去事务所拜访了尤来亚，但凑巧他不在，于是便留下了我的一张名片。

第二天我应约到访时，从面对街道那敞开的大门里传来一阵蒸羊腰肉的香味，此刻我发现客人并非只有我一人。人群中，我认出了那位化了装的车夫正在帮助那里的仆人站在楼梯下传报我的名字。他私下问我姓名的那种态度，似乎之前我们不只见过面一般。但事实上我们都彼此认识，清清楚楚地认识，我们两个都因良心而胆怯了。

华特布鲁克先生是个中年人，短脖子，宽大的硬领，黑鼻子，完全一副狮子狗模样。他对我说，很高兴能与我结识，我向华特布鲁克太太打过招呼之后，他便领我来到一位身穿黑绒服，头顶大黑绒帽子的可怕女人身边，然后恭恭敬敬地把我介绍给了她，乍一看去，她像是哈姆雷特的一个近亲——暂且认为是他的姑妈吧。

她是亨利·斯派克太太，她的丈夫也在她身旁。他是一个冷静的人，头上似乎撒了一层白霜。亨利·斯派克夫妇俩很受大家尊敬，据爱妮丝说，这大概是与亨利·斯派克夫妇的职业——与财政部门有那么一点联系或者是某个人的私人律师——有关。

我在人群中发现了尤来亚·希普，一身黑色装束，满脸谦卑的神气。当我走过去和他握手时，他实在感激我的屈尊下交，也以能够得到我的注意为荣。但是我却希望他能够少感激我一些，因为那一整晚他总带着那份感激徘徊在我周围，就连我与爱妮丝说一句话，他也会站在我们身后用那毫无掩盖的眼神狰狞地看着我们。

除了这样一个客人——在进门之前便引起我的注意，他被通报唤作特拉德尔先生——其他人都像酒一样临时被冰过了。此刻我的回忆停留在了萨伦学校，我猜测，不会是那个寄痛苦于骷髅的汤姆吧！

我带着那种异乎寻常的兴趣在人群中寻找着特拉德尔先生。他是一个具有退让态度的冷静而镇定的青年，可笑的头发，睁得很大的双眼。他退入偏僻角落的速度之快，让我很难再次找到他，但是我看得很清楚，他就是汤姆——那个往日常遭虐待的汤姆！

我来到华特布鲁克先生跟前说，我想，我在这里看见了一位老同学。

"真的！"他大吃一惊，"亨利·斯派克先生不会是你的同学吧？但你太年轻了。"

"我不是在说他，我是说特拉德尔。"

"哦！呃！呃！真的吗？"此时他兴趣大跌，"可能吧。"

"如果是他，那么我们在萨伦学校曾是同学呢，"我看着他说，"他的为人很不错。"

"哦，的确，他的为人不错，"他很迁就地点着头说，"特拉德尔的为人实在很不错。"

"真是太巧了！"我说。

"真的，"他接过去说，"是太巧了，本来特拉德尔是不会来这里的，但亨利·斯派克太太的兄弟病了，他的位置被空了出来，特拉德尔是今天早上才去请他的呢。亨利·斯派克太太是一个非常有绅士风度的人呢，科波菲尔先生。"

因为我不认识那个人，也就带着敷衍满富同情地哼了一声，随之向他问起了特拉德尔的职业。

"他学的是法律。是的，一个不错的人——除了自己，从不与任何人作对。"

"他跟自己作对吗？"我很惋惜。

"嘿，"他得意地扁着嘴玩弄着表链说，"我应该说，他很自暴自弃。是的，我应该说，例如他的身价怎么都不值五百英镑。特拉德尔是经我的一个朋友介绍的。哦，是的，是的。他能够用笔很清楚地记录案件，也具有起草答辩书的本事。一年之内，我能给他一些事做，给他做一些有价值的事。哦，是的，是的。"

当华特布鲁克先生吐出"是的"时，那极为得意、又极其满足的神气给我留下很深的印象。他的表情很奇妙，似乎存在一种看清别人出身的穿透力。他出身富贵之家，与生俱来随身携带一副"云梯"，然后顺着"云梯"，爬向人生高处，用一位哲学家的眼光看那些深在壕里的人。

就在主人宣布开席之前，我依旧为这个问题而思索着。华特布鲁克先生陪着哈姆雷特姑妈走了下去，华特布鲁克太太挽着亨利·斯派克先生，我向爱妮丝走去，但被一个连站都站不稳的喜欢傻笑的家伙抢了先。作为年轻人的我们——尤来亚、特拉德尔、还有我——尽量后下去。我并没有因为没能去挽爱妮丝而气恼，因为在楼梯上，我与特拉德尔相遇了，他那么亲切地问候我，而尤来亚竟露出那样勉强的微笑，并带着他那份谦卑扭来扭去，真想把他从栏杆上抛下去。

特拉德尔和我在餐桌上被安置在相距甚远的两个角落：他被一束红天鹅绒女人的炫光笼罩着，而我周身则弥漫着哈姆雷特姑妈的晦气。用餐花去了一段很长的时间，其间谈话主要涉及两个主题：一个是贵族，而另一个则是血。华特布鲁克太太不断地强调，如果她存在缺点的话，那就是血。

有几次，我曾这样想，如果我们不那么高雅（但是事实却又偏偏并非如此），我们过得也就不那么舒服了，范围也更是狭窄了。桌子上坐着古尔友治夫妇，他们跟银行的法律事实之间存在某种间接联系（至少古尔友治先生与之存在这样的联系）。我们只是一味地谈论银行或财政部的事。哈姆雷特姑妈喜欢自言自语，为了弥补这样聊天的烦闷，她总是就别人提出的问题事先对自己胡乱扯一遍，当然这样的机会也是不多的；但是当我们把问题与血联系在一起时，她那抽象的理论跟她侄子一样渊博呢。

这场宴会，我们仿佛是在人吃人，谈话的内容是那般血淋淋的。

"我与我太太的意见一致，"华特布鲁克先生把酒杯举在眼前说，"除了缺少血之外，其他的都非常合适。"

"哦？血几乎令所有人都感到满意！"哈姆雷特姑妈说，"一言以蔽之，在关于血这个问题上，没有比这更美妙的了，有那么一些低能儿（幸亏不多，但确实有一些）愿意做我所谓崇拜偶像的事。偶像！去崇拜那些捉摸不定的东西。但是，血就不一样了。如果鼻子里流出了血，我们会认得。如果我们发现了下巴上有血，我们会说，'它在那里！'血淋淋的！这是一种确定无疑的事实，我们能够指认，丝毫没有怀疑的余地。"

那个把爱妮丝挽下楼的站不稳的傻笑的家伙给出了一段那么精辟的诠释。"哦，你们知道，说到底。"他带着一种很白痴的笑容打量着桌子周围的人说，"我们不能没有血，你们知道。我们也应当有血，你们知道存在那么一些年轻人，也许在学习和道德的方面，落后于他人，也许是犯了过错，你们知道，最后使得他们自己和身边的人陷入困境，但是，说到底，一想到身上还有血，就会立马开心！而我自己呢，宁愿被一个有血的人打败，也绝不会让一个没有血的家伙把我扶起来！"

他的这番高谈阔论，把所有问题都诠释得那么清楚，令大家极为满意，尤其是在女士们离席之前，这家伙一直备受关注。自那以后，我发现，一直很幽默的古尔友治先生和亨利·斯派克先生结成了一个同盟，隔着餐桌交换着一种神秘的对白，以对付这个敌人，打败我们，推翻我们。

"关于那四千五百英镑的甲种债券案，到现在还没有找到一条所期望的途径去解决吧，古尔友治？"亨利·斯派克先生问。

"你指的是甲的丁吗？"古尔友治先生说。

"乙的丙啊！"

斯派克先生竖起了眼眉，显出想知道的样子。

"只需将这个问题向公爵禀报——他的名字我就不必说了。"古尔友治先生抑制着自己说。

"我知道了，"斯派克先生说，"丁。"

古尔友治先生含糊地点了一下头，"已经向他禀报了，他的答案是，'还钱，否则一直监禁！'"

"哎哟哟！"斯派克先生叫道。

"'还钱，否则一直监禁！'"古尔友治先生坚定地重复了一遍，"至于第二个欠债人——你明白我的意思吗？"

"戊。"斯派克先生带着一种凶兆说。

"——戊断然拒绝画押。为了让他画押，被送到新市场监视，但他却依旧拒绝那样做。"

斯派克先生表现得那么想知道，他完全傻了。

"现在，这个问题就这样被搁置了，"古尔友治先生向后靠在椅子上说，"事关重大，我不能对此——说明，我想华特布鲁克先生会见谅的。"

在餐桌上谈论这个话题，那些名字，即使这只是些代码暗示，但是华特布鲁克先生的表情只有满脸的欢喜。他表示能够了解这谈话的内容（但我相信，他并不比我明白得多），并且对他如此谨慎的态度给予了高度的评价。斯派克先生在接受此等秘闻之后，自然也向他的朋友惠赠了自己所了解的一件秘闻，就这样，他接着上一个话题继续了下去。此次对话，古尔友治先生吃惊了，就这样来来回回地持续着。在他们这全部对白中，我们这群局外人时刻遭受着这对话中的重大关系的压迫；而主人则是怀着那份骄傲把我们看作一种敬畏和惊讶下的牺牲品。

能够上楼与爱妮丝相见，和她聊天，向她介绍特拉德尔，这些实在让我感到高兴。特拉德尔很害羞，却讨人喜欢，和以前一样，性格仍然那么好。他明早得动身去别的地方住一个月因而今晚不能久留，便不能与他秉烛夜谈了。但我们彼此交换了地址，以便在他回伦敦时我们可以再次相聚。当我告诉他我见过斯梯福兹时，他很感兴趣，带着饱满的热情赞美斯梯福兹，我拉着他把他对斯梯福兹的见解告诉爱妮丝，但爱妮丝并未听他说话，只是一味地看着我，当只有我在看她时，很轻微地冲我摇了摇头。

当听爱妮丝说她在几天后即将离开，我几乎欢喜地跳跃起来，因为我相信，在这些人中间，她不会过得很快乐，但是一想到刚见面不久又分别，未免有些难受。在同她的聊天中，听她的歌声中，使我的记忆飘回到被她收拾得非常漂亮的古宅中的那段幸福时光，为了能与她多相处一会儿，我一直在那里留到客人散尽的时候，当华特布鲁克先生宴请宾客的灯火已全部熄灭时，我已经没有理由再留下了，最后只得逆着自己的心意去与他们道别。那一刻，我感觉——比任何时候更能感觉，她就是我的幸运女神！面对她那可爱的脸庞，平静的微笑，就如同天使般的光辉照耀在我的身上，而且我相信，那绝不是错觉。

客人已散尽，尤来亚除外，我不能把他归入那些在我之前道别的宾客当中。他一直都徘徊在离我们不远处，我下楼时，他尾随其后；我出宅门时，他紧贴在我身旁。将他那瘦长的手指缓慢地伸进比他手指长得多的大盖·克炸药阴谋主使者的手套中。

我并非想与尤来亚同行，但是当我想起爱妮丝对我的请求时，我便问他是否愿意到我的寓所喝杯咖啡。

"哦，真的吗，科波菲尔少爷？"他说，"请你能够原谅，科波菲尔先生，但是那样称呼你我倒觉得更自然一些呢。我不希望你勉强自己敞开高贵的门去欢迎一个像我这样低贱的人呢。"

"这根本谈不上勉强啊，"我说，"你来，可以吗？"

"能去，我十分高兴呢！"他扭了一下。

"得，那，你来吧！"我不禁对他有些粗鲁，但是他摆出一副完全不放在心上的样子。

我们抄近路，以免多说话。至于那副手套，他是那么谦卑，一路

秉烛夜谈：指手持点燃的蜡烛深夜交谈。比喻谈话很投合，很深入。也比喻某人工作很认真，很敬业。

形象地写出了大卫对爱妮丝的关注和爱。

大盖·克炸药阴谋主使者：习惯被称为奇装异服的人。

上一直在往手上戴，直到我的寓所也未停过，不过似乎一切都又那么徒劳。

为了避免他的头撞上什么东西，我牵着他的手走上黑暗的楼梯。他的手湿冷得如同一只青蛙，我真想甩开他的手独自逃开呢。但是，爱妮丝与待客之道重过一切，于是便将他领到火炉旁，随后我点上蜡烛，他通过这烛光打量这房间时，露出一种谦卑的喜悦。当我拿起克鲁普太太一贯用的那个锡罐（我想，这大概是个刮脸杯，为了防止这一重价的专利发明腐蚀在储藏室中）热咖啡时，我真想把他烫伤。

"哦，这是真的吗，科波菲尔少爷，我说的是科波菲尔先生，能够接受你的招待，连想都不敢想啊！但是，即使我经历那么多，但是就我这低贱的地位来说，这是我从来都不曾想到的事啊，这真像是上帝为我降的甘霖啊。另外，我想，你大概已经得知我升职的事了吧，科波菲尔少爷——我应当称呼你为科波菲尔先生！"

帽子和手套放在地板上，坐在我的沙发上，用膝盖顶着咖啡杯，轻轻转动着茶匙，把那双毫无遮掩的眼睛转向我，却并没有看我。他鼻中那令人讨厌的凹痕还在，以及他那从下巴到靴子透过全身的蛇一般的蠕动，那时，我便拿定主意，我永远都不会喜欢他。留他做客，让我感觉很不安，因为那时我很年轻，还不能做到喜怒不形于色。

"我猜，关于我升迁的事，你应该听到一些风声了吧，科波菲尔少爷——我应当说，科波菲尔先生！"尤来亚说。

"是的，听到了一点。"

"哈！我早就在想爱妮丝迟早会知道的！"他很平静地接下去说，"爱妮丝知道了，我很高兴呢，非常感谢你，科波菲尔少爷——先生！"

我真想抓起地毯的脱靴器朝他扔去，他竟然对我设套让我泄露关于爱妮丝的事，虽然这不是那么重要。但是我止于喝咖啡。

"你知道吗，科波菲尔先生，你是多么灵验的预言家啊！"尤来亚继续说，"哎呀，你的预言简直是太灵验了！不知道你是否还记得，你曾对我说，也许我会与维克菲尔德先生合伙，也许会成立一个维克菲尔德—希普事务所。你也许忘了，但是当一个人低贱时，科波菲尔少爷，他会把这样一些话牢记在心中呢！"

"我记得，但是那时我认为这种可能性是很渺小的。"

"哦！谁又能相信谁呢，科波菲尔先生！"他很兴奋，"我只想当时我肯定也认为是不可能的，我记得，我说过，我是太低贱了。真的，那个时候我确确实实这样认为呢。"

他，坐在那里，脸上挂着一个干瘪的微笑，他看我，我看他。

"但是，对于那些最低贱的人来说，科波菲尔少爷，"他接着说，"同时也是个好助手呢。这让我想起来感到很荣幸，我曾经担任过维克菲尔德先生的助手，也许我能够做得更好呢。哦，他是那么令人敬佩啊，科波菲尔先生，但是过去他却又是那么疏忽！"

"听你这么说，我感到可惜，"我说，随即我又很锋利地补了一句，"不管就什么观点。"

"的确如此，科波菲尔先生，不管就什么观点。尤其是我对爱妮丝的观点，那更是如此。难道你忘了你说过的那些感人肺腑的话了吗，科波菲尔少爷？但是我却记得很清楚呢，有一天，你曾这样说，每个人都得赞美她，因为这句话，我还谢过你呢！我想你大概忘了吧，科波菲尔少爷？"

"还没有。"我冷冷地说。

"哦，你还记得，我是多么高兴啊！"他叫道，"你是让我这低贱的人在心中燃起希望的火花的第一人哪，而且你还没有忘记！哦！——能够再赏赐我一杯咖啡吗？"

在他说燃起火花时着重强调的语气中，当他说话时看着我的眼神当中，有一种东西令我吃惊，我似乎看见他周身笼罩着一团火光。随后我用那个刮脸杯来款待他那不同腔调提出的请求；感觉自己根本不是他的对手，而且忧虑他随后将会说些什么，因而当我给他倒咖啡时，手不觉颤抖了一下，感觉这些都逃避不了他的注意。

他什么都没说，只是不断地搅动着勺子，呷着咖啡，用他那可怕的手微微抚摩着他的下巴，看火，打量房间，朝我微笑（更像是喘息），带着那种过分的谦卑蠕动，不断地搅咖啡，不时地呷一口，依旧不说话，最后我忍不住开口了。

"照你这么说，维克菲尔德先生，"我终于开口，"才能高出你——或我——五百倍的维克菲尔德先生也曾疏忽一时，是吗，希普先生？"

"哦，的确很疏忽，科波菲尔少爷，"尤来亚带着那种谦卑的叹息说，"哦，疏忽至极！如果你愿意，我高兴你称呼我尤来亚呢，那才像是过去啊。"

"得，尤来亚。"吐出这个名字我花了多少力气啊！

"谢谢！"他热切地说，"谢谢你，科波菲尔少爷！听到你叫我尤来亚，就如同听到往日的那些风声、钟声一样亲切。哦，抱歉，我们刚说到哪儿了？"

"说到维克菲尔德先生——"

"疏忽，非常的疏忽，科波菲尔少爷。除了你以外，我不会对任何人提起这个话题；但即使是对你，我也只能是提起，而不能详细地说。在过去的几年里，如果是别人代替了我，那么维克菲尔德先生一定会被他按在拇指下，会被按——在——拇指下了。"说着便把他那可怕的手伸到我的桌子上，用拇指按着，桌子在摇晃，最后似乎房间也在摇晃。

如果我不得不看到他用他的八字脚把维克菲尔德先生踩在脚下，我觉得我也无法更加恨他了。

"哦，哎呀，没错，科波菲尔少爷，"此刻他换了一种轻柔的语调（这与他那丝毫未减轻用力的拇指形成鲜明的对比）继续说，"这是毫无疑问的。这中间一定有为我所不知的损失，他比我清楚百倍。我不过是他的一个低贱的助手，又是那么低贱地在伺候他，我被他放在一个永远也无法达到希望的地位上。我应该怎么感谢他啊。"说完便向我转过脸，却并不在看我，他从桌子上把拇指移向他那瘦长的下巴，慢慢地，沉思地来回滑动着。

那一刻，当我看见他那被炉火的红光照出的阴险的脸准备谈及其他什么事的时候，我的心是何等愤慨地跳动啊。

"科波菲尔少爷，"他说，"我恐怕打扰了你休息呢。"

"你并没有打扰到我，我一向睡得都很晚。"

"非常感谢你，科波菲尔少爷！的确，当你第一次与我聊天时，我感觉自己一直都慢慢在摆脱我那低贱的地位，但是我依然低贱。希望我永远低贱。如果我对你说一些心里话，科波菲尔少爷，

你不会觉得我更低贱吧？是不是？"

"不会。"我很勉强。

"谢谢！"他掏出小手巾擦着自己的手掌说，"爱妮丝小姐——"

"嗯，尤来亚？"

"哦，听见被人很自然地唤作尤来亚，是件多么令人愉快的事啊！"他像一条挣命的鱼一般抖动着身体叫道，"今晚，她很漂亮吧，科波菲尔少爷？"

"她永远都是那样，在所有方面超越身边的每一个人。"

"哦，非常感谢你！这是事实！"他叫道，"哦，多谢，多谢！"

"你完全不用这样，"我表现得很傲慢，"你没有理由对我这样表示你的感谢啊。"

"科波菲尔少爷，实际上，这正是我要对你吐露的心里话。虽然我是低贱的，"他用尽力气去擦手，时而看我，时而看手，"虽然家母也是那样的低贱，我们的房子也是简陋的，但是我对爱妮丝（我的秘密，不担心让你知道，因为，科波菲尔少爷，自从那次车里见到你的时候起，对你，我已经没有秘密了）爱慕已久。哦，科波菲尔少爷，对于她曾走过的每一寸地面，我是怀着多么纯洁的爱啊！"

当时，我头脑中闪过这样一个疯狂的念头：抓起火炉中那红热的火箸刺入他的胸膛。但是这个念头如同子弹射出枪膛一般离开了我，可是被这红脸劣畜的非分之想所玷污的爱妮丝的影子依然清晰地存在我的脑海里。他那歪着身子坐在那里看我的样子，实在令我头痛。在我眼中，他似乎在膨胀，越来越大，房间中似乎充斥着他的回音；我被这样一种感觉——感觉似乎这一切都曾发生过，以及感觉到那些他随后要说什么——完全支配了。

这时，我所做出的任何努力都没有比看到他脸上流露出的那种自信的感觉更能使我想起爱妮丝以往的请求。我带着一种自己都不敢相信的镇静神气问他是否已向爱妮丝吐露过自己的心声。

"哦，没有，科波菲尔少爷！"他回答说，"哦，没有！除了你之外，我没有对任何人提起过。我只不过刚从我那低贱的处境中迈出一小步呢。我现在还只是希望能通过我对她父亲的帮助（我自信能够帮助他，科波菲尔少爷），或者能够帮他跨过一些障碍而使她对我产生好感。因为她是那么爱她父亲，哦！多么难得的一个人啊！我相信，为了他，她会对我刮目相看的。"

我完全明白了这个恶棍的全部阴谋底细，同时也明白了他对我公开的原因。

"如果你愿意替我保守这个秘密，科波菲尔少爷，或者说，不从中加以反对，那么这就是你对我天大的恩惠了，我想你也不想惹麻烦。我知道你宅心仁厚，但是你认识我的时候我很低贱（也许我应该说，那时是我最低贱的时候，因为我一直都很低贱），因此你也许会凭着这最初的印象在我的爱妮丝面前反对我，这也不是不可能的。我将她称作我的，你知道，科波菲尔少爷，记得有首歌是这样唱的，'宁愿舍王冠，唤她作我的'！我希望将来能够实现呢。"

亲爱的爱妮丝，善良而可爱的爱妮丝，那些凡是我能够想得出来的人没有谁能够配得上她，难道竟然会被这样一个恶棍娶了去？

"现在不用着急，科波菲尔少爷，"他带着那种奸佞的神色继续说，"我的爱妮丝现在还年轻，而母亲和我仍需向上爬，在时机成熟之前，还有许多事要做呢。所以我还有很多机会让她慢慢了解呢。哦，为了这个秘密，我是多么感谢你啊！哦，现在你知道了这些，肯定（我想你肯定不想在那个家中惹麻烦）不会来反对我，现在我是多么放心哪！"

他伸过他那黏湿的手，与我握了一下，随后看了一眼他那灰白色的表。

"哎呀，一点都过了。在叙旧时，时光竟会溜得这样快，科波菲尔少爷，马上就到一点半了呢！"

我对他说我以为比这还要更晚呢，我并不是真的那样想，而是那时我的表达能力确确实实已经消失了。

"哎呀！"他犹豫了一下，"回我的住处——靠近新开河底的一家旅馆——恐怕只能与周公畅谈两个钟头了。"

"真的对不起，我这里只有一张床，而且——"

"哦，不用床，科波菲尔少爷！"他伸直了一条腿接着说，"但是我可以躺在你的火炉前吗？"

"如果是这样，那么还是我来躺在火炉前吧，你睡我的床。"

对于我这样的提议，他是那么惊异，继而用一种高声谦让拒绝着，那声音高得几乎能够穿透远在水平线上的那个房间中熟睡的克鲁普太太的耳朵。在这里，顺便提一下那个帮助克鲁普太太睡眠的那个时钟，那个钟永远慢着不下三刻钟，每天早晨都需要借助那最可靠的权威来加以校正，每当我们在守时这个问题上产生哪怕一丁点矛盾，她都会拿出那个钟来佐证自己。当时，我向他提出一切能够让他接受的床的理由，却没有让他那谦让的态度发生丝毫改变。最后，我只得在火炉前为他拿来了沙发垫子（不及他那瘦长的身长一半长）、靠枕、外套、桌布，用这些为他铺了临时的一张床，对于这样的布置，他非常感谢我。最后我又给他拿来了一顶睡帽，他立刻戴上了（那么丑陋的一张脸出现在我的睡帽下！自那以后，我便没有戴过那顶睡帽子了），之后便躺下了。

那一夜，我至今都没有忘记，也永远不会忘记。忘不了那一夜，我是如何的辗转难眠；如何为爱妮丝烦恼，以及对这个家伙的憎恶；又是如何考虑那些我能够做的事以及我应该做的事；最后又是如何决定把他的这些话藏在心里，为了她的平安，什么都不做，什么也不说。一闭眼，脑海中便会浮现出那生有柔和眼眸的爱妮丝，以及站在她面前满怀爱怜之色的她的父亲，一想到这些，心中便有说不出的恐怖。醒来后，想起那睡在火炉前的尤来亚，记忆便像一个梦魇一样在惊扰我；同时为自己昨夜留宿了一个比恶魔更坏的东西而感到忧郁。

那根火箸不知怎的，也钻进了我的脑海，不肯出来，我想，那个东西可能现在还是红热的，而我已经取出刺入他的胸膛。我知道这不过是种空想，却时常为这个念头所搅扰，忍不住走近火炉边去窥探他：仰面躺着，嘴像邮筒一样张着，两腿叉开，鼾声震耳。没想到在现实中他竟比我的幻想更加丑陋，每隔半个钟头，我竟被他这憎恶的面貌引到他那里去，不自觉地走近他看一眼。这黑夜是那么的沉重而无望，丝毫没有白昼的迹象。

清晨，当我见他下楼时（哦，上帝啊！他没有留下来用早餐），他把黑夜也一起带走了。在我动身去博士院时，我特别叮嘱克鲁普太太别去关窗，好让空气在我的房间里流通一下清除掉他的气息。

精彩点拨

本章运用多种手法描写了大卫对尤来亚的厌恶。心理描写:"我想,那个东西可能现在还是红热的,而我已经取出刺入他的胸膛""可是被这红脸劣畜的非分之想所玷污的爱妮丝的影子依然清晰地存在我的脑海里"。动作描写:对尤来亚戴过的睡帽,大卫再也没戴过;大卫特别叮嘱克鲁普太太别去关窗,好让空气在自己的房间里流通一下清除掉尤来亚的气息。

阅读积累

哈姆雷特

《哈姆雷特》是由威廉·莎士比亚创作于1599年至1602年间的一部悲剧作品。戏剧讲述了叔叔克劳狄斯谋害了哈姆雷特的父亲,篡取了王位,并娶了国王的遗孀乔特鲁德;哈姆雷特王子因此为父王向叔叔复仇。《哈姆雷特》是莎士比亚所有戏剧中篇幅最长的一部。本剧是前身为莎士比亚纪念剧院的英国皇家莎士比亚剧团演出频度最高的剧目。世界著名悲剧之一,也是莎士比亚最负盛名的剧本,具有深刻的悲剧意义、复杂的人物性格以及丰富完美的悲剧艺术手法,代表着整个西方文艺复兴时期文学的最高成就。同《麦克白》《李尔王》和《奥赛罗》一起组成莎士比亚"四大悲剧"。

第二十七章

> **精彩导读**
>
> 爱妮丝和尤来亚一起回到了坎特布雷，大卫已经成了正式的学徒，斯宾罗先生邀请大卫去了他的诺伍德的住宅，路上他向大卫说起了博物院的重要性。在斯宾罗先生家，大卫见到了斯宾罗先生的女儿朵拉并立刻爱上了她，但是大卫还见到了默德斯通小姐，大卫的爱情之路会顺利吗？

再次见到尤来亚·希普是在爱妮丝离开，我去票房向她道别送行的时候，刚好他们坐一辆车回坎特布雷。看到他把准备穿的深紫色高垫肩短外套，还有那把像小天幕一样的伞一起放在车顶后的那个高高的座位上，这让我感到些许满足；爱妮丝已坐到车厢里去了。不过，我在爱妮丝眼前努力和尤来亚维持那所谓的友好，我想这努力应该没有白费。在车窗前，如同上次餐桌旁的秃鹰一样不断地在我们身旁徘徊，偷听着我和爱妮丝之间所说的每一个字。

想起上次在我的火炉旁他对我说过的话，让我感到很苦恼。在这种苦恼当中，我把爱妮丝对我说的有关她自己的话想了无数遍。"我做我希望是对的事呀。为了爸爸的平安，也为了减轻他身上的负担，同时我也希望有更多的机会去陪伴他，我劝他去做了，而且这样的牺牲是必须的。"为了她父亲，她不惜付出任何代价，妥协、让步，同时也凭这微薄的信念支撑自己，因为这悲惨的预兆，我也不断压迫着，更何况是她了。我知道她是那么诚挚，那么爱父亲，同时也深刻明白那并非出自她本意。而无形中对她父亲造成的影响，认为自己欠他太多，是那么真诚地想要归还。虽然她与她身边那个深紫色外套、面目可憎的家伙是那么的不同，但是我却没有丝毫的安心。因为最危险的就是他们之间的不同，一个是纯洁无私的灵魂，一个是卑劣自私的灵魂。毫无疑问，以他的狡猾，他不但知道这一切，而且早已把这些想得很透彻了。

但是，我知道得很清楚，这必然是以爱妮丝的终身幸福为代价；同时，我从她的态度中发现，她并未看破这一点，看来这些阴影还没有波及她。如果我现在对她透露这即将要发生的事，恐怕会立刻伤害到她，因此我未对她透露半分。她从车窗中向我挥手告别。她身边车厢中的那个恶魔扭来扭去，仿佛已经完全把她占有，得胜而归了。

那离别的情形在我的记忆里是挥之不去。接到爱妮丝的来信，被告知她已平安抵达时，我的悲哀又回到了与她道别的那一刻。我随时都在担心，这个问题终将发生，那时我的不安会是现在的

多少倍啊！接二连三的噩梦！这件事已成为我生活的一部分，像离不开我的脑袋成为我生命中的一部分。

此刻收到斯梯福兹的来信，他告诉我说现在他已去了牛津，因此在我不工作的时间里，便觉得异常寂寞，自然有了充足的时间去琢磨我对爱妮丝的不安。我感觉，此刻在我的意识里已潜伏着对斯梯福兹的不信任了。回信内容极为热情，但是总的想来，对于他离开伦敦，我还是暗自欣喜的。我怀疑，这可能是爱妮丝在我身上所造成的影响，似乎这种影响并非因为我想与他见面而发生丝毫的动摇；况且她在我心里占据着那么重要的地位，使得这种影响对我就更有力了。

就这样，时间一天天、一周周地过去了。我在斯宾罗—约金士事务所当学徒。每年除房租和零花钱外，姨奶奶额外给我九十英镑，在寓所续了一年的约，那个地方的夜晚不但漫长而且可怕，但我可以以一种均衡的心态却又无精打采地坐在那里拼命喝咖啡，现在想想在那段时间里，我所喝的咖啡似乎可以用加仑作单位来衡量呢。也在这个时候，我得到了三种发现，首先，得了鼻炎的克鲁普太太随后又患上了痉挛，以薄荷治疗；其次我发现储藏室里的白兰地瓶子炸裂了，这可能与温度有关；最后我发现在这个世界上我是那么的孤独，经常以叙事诗抚慰我那颗寂寞的心。

在我正式成为学徒的那天，只是在事务所用夹心面包和葡萄酒招待了一下那些雇用书记，并除此之外无其他任何庆祝仪式。晚上我独自去戏院看了场戏剧《陌生人》，为其中的恐怖战栗到那样的程度，回到家，竟怀疑镜子里的那个人到底是不是自己。签完契约之后，斯宾罗先生说，他的女儿在巴黎读书，不久便会归家，但是由于家里长久没人管理（早年丧妻，现在有个女儿）显得有些凌乱，否则一定会请我去他在诺伍德的住宅，为我举行一个庆祝仪式。但是他对我说，在她回家之后，希望我能够过去，我向他表达了谢意。

过了一两个星期，他再次对我提起这件事，说，如果我能够在下周六前往住到周一，他会感到很高兴。我欣然接受他的邀请，他于是决定用他的四轮马车接送我。

在那些雇用书记的眼里，诺伍德邸是个极神秘的圣地，当那个周六来临时，最后连我的毡提包也都成为他们崇拜的了。其中一个告诉我，他听人说，斯宾罗先生家用银杯喝水，用名瓷吃饭；还有一个告诉我，他家的香槟都是整桶整桶的。那个戴着假发的老书记曾有幸去过几次，他说那是多么多么奢华，还说他在那里喝过珍贵的东印度的褐色葡萄酒。

那天，我们宗教法院审判了一件拖延了很久的案子，有一个面包匠去教区委员会投诉说反对修路捐款，结果将他逐出教会六个星期，还罚了很多钱。据我估计，在审案时所列出的证据大概两倍于《鲁滨孙漂流记》，因此结束时已经很晚了。最后那个面包匠的代诉人、法官和两名律师一同出了城，斯宾罗先生带着我乘那辆四轮马车去了他家。

那是一辆造型精美的四轮马车，就连那两匹马也高傲地拱着脖子，抬着腿，似乎在属于博士院的各种排场中，他们会制造出许多精美的车子去互相攀比。但是我发现其中有一件最伟大的竞争品，那就是浆硬的衣服，我确信，未来也不会否认——代诉人的那些浆硬的衣服已经达到了世人所能忍受的最高境界了。

一路上，我们非常愉快。另外，就我的职业斯宾罗先生有一些指示。他告诉我说，我们这个职业是所有行业中最上等的，和律师那个职业是风马牛不相及的，更不能混为一谈，因为我们这个职业更多的是讲究专业，不像律师行业那么古板、机械，当然利益也是丰厚的。他还说，在博士院中的工作比其他任何地方的任务都要轻松，这无形中让我们成为一个特权阶级。他还告诉我这样一个令他不那么快意的事实，我们主要是被律师雇用，这是不可陷讳的，但是在这种雇用中间，他了解到，律师是一群劣等人，普遍被代诉人看不起。

我问他，在他看来最好的案件是什么。他告诉我说，最好的应该是一件存在争议的遗嘱案，有三四万英镑的遗产。他对我进行了具体分析，在这样的案件审理过程中，不光是辩论程度上有很多亮眼的机会，在质问与反驳过程中，双方也能举出无穷的证据；当然了，诉讼肯定是从那笔遗产中拨出，结果是鹬蚌相争，渔翁得利。之后，他把博士院向我赞颂了一遍。周密是博士院最值得称赞的地方，它的周密是一个完美的典型。世界上再也找不到任何比这里组织得更恰到好处的地方了。例如，你向宗教法院提交一件离婚案或一件索赔案。很好。宗教法院审理时，就如同你在一个家庭中斗小罗圈牌，安安静静地斗，从容不迫地把它斗完。如果你对结果不满意，怎么办？那么，请你去拱形法院。拱形法院是什么呢？和宗教法院本质是一样的。在相同的房间，在相同的被告席，还是刚才的那些律师，唯一不同的只是法官，但是宗教法院的法官可以以辩护士的身份出现在当场。得，你仍然是在斗刚才的罗圈牌。你仍然不满意，那么现在又该怎么办呢？只有去见那些代表了。那，代表又是谁呢？他们是一群辩护士，没有任何职位。刚才当你在斗罗圈牌时，他们均在场，目睹了洗牌、分牌、斗牌的全部过程。同样也与所有在场斗牌的人交流过，此刻他们扮演着法官。最后这个问题就这么解决了，令所有人都满意地解决了。他最后总结说。那些无知的家伙会说博士院闭塞、腐败，需要整顿；但是小麦价格在暴涨时，博士院的所有人都会被弄得手忙脚乱；我们可以把手放在心口然后对这个世界说："动博士院哪怕一根手指头，这个国家也就衰亡了！"

我全神贯注地听完了他这番话。但是，我却怀疑这个国家是否真如斯宾罗先生说的那样会去感激博士院，不过，对于他的意见，我仍然恭敬地服从。对于小麦的价格，完全是我能力所不能控制的，就算到现在，我也不曾战胜过它，而且在我这一生当中，在所有的问题上，它总出现来干扰，竟致毁灭我。现在，我仍不能十分了解，它究竟与我之间有什么关系，或者说它根本就没有任何权利来压倒我，但是每当见到我的老朋友时，我便弃械投降了。

这是一段离了题的话。我没有想去动博士院使国家衰亡的念头。我用沉默来谦卑地表示，对于那些年龄和学问都在我之上的所有人说的所有话，我都赞同。之后我们聊到了戏剧，聊《陌生人》，聊那两匹马，就这样我们来到了斯宾罗先生的宅邸。

门前有一个漂亮的小花园，可爱的草地，一丛一丛的树木，幽雅的小径，拱形的格子棚。那个季节虽然不是游玩花园的绝佳时节，但就花园收拾之后的那美丽程度来说，就已经很令我着迷了。

"斯宾罗小姐会独自在这里散步吗？"我想。

我们来到灯烛辉煌的住宅，穿堂中挂着各式各样的高帽，扁帽，衬衫，外套，手套，鞭子，手杖等。

"朵拉小姐呢？"斯宾罗先生问仆人。"朵拉！"我想，"多好听的名字啊！"

我们进入附近的一个房间之后，耳边响起了一个声音："科波菲尔先生，这是小女朵拉，这是小女的密友！"毋庸置疑，这是斯宾罗先生在说话，但是我没有听出来，也不关心。刹那间，所有

知识延伸

西尔斌：希腊神话中的气仙，貌美绝伦。

比喻手法

形象地写出了大卫对朵拉的一见钟情。

比喻手法

形象地写出了大卫对默德斯通小姐的厌恶之感。

的一切都静止了，我已经应验了我的命运，我爱上了朵拉·斯宾罗！我完全被她俘虏了，成了她的奴隶！

在我眼里，她不是一个凡人，而是一个仙女，一个<u>西尔斌</u>，我也不知道她是什么——从未见过却又人人想要得到的什么。<u>此刻我已处在爱情的深渊边缘，刚站到那深渊的边上，没有向下看，也没向后看一眼，甚至连一句话都还未对她说，就头朝下直陷了进去。</u>

"我……"我刚鞠过躬，耳边便响起了一个很熟悉的声音。

"和科波菲尔先生已经见过面了。"

这声音不是出自朵拉之口，不是！是她的密友，默德斯通小姐！

如果那时候我是吃惊的，我肯定不会相信，因为当时除了朵拉之外，物质世界的其他任何东西都不会再令我吃惊了，与朵拉相比，他们是那么微不足道。

我说："你好吗，默德斯通小姐？"

她说："很好。"

我又问候了她的弟弟，她回答说："舍弟很健壮，谢谢。"

斯宾罗先生见我们寒暄之后说：

"科波菲尔，没想到你与默德斯通小姐早就认识，我很高兴。"

"科波菲尔先生和我是亲戚，在他的童年时我们曾相处过一段时间，不过后来，境遇把我们分开了，现在我几乎已经认不出他来了。"默德斯通小姐镇静而严肃地说。

我回答她说，不管在什么时候、什么地方，我都能认出她来。这是千真万确的。

"小女朵拉自幼丧母，多亏默德斯通小姐，承蒙默德斯通小姐的好意，愿意做小女朵拉的密友兼保护者。"斯宾罗先生对我说。<u>当时我头脑中闪过这样一个念头，默德斯通小姐就是那藏在衣服里的暗器，说保护朵拉，还不如说攻击朵拉更贴切些。</u>除了朵拉以外的任何事，它们在我头脑中闪过的那些念头都是短暂的，因为我禁不住要看她，但是我却发现，她那可爱而任性的态度中，她似乎不大愿意与她的密友兼保护者保持亲密。此刻，钟敲响了，斯宾罗先生说，这是第一次晚餐钟。于是我便去换衣服了。

在那恋爱时的心情下，换衣服或者做其他任何事，都觉得有点可笑。我只能坐在火炉前咬着毡提包的钥匙发呆，想着她那苗条的身材，美丽的面孔，水汪汪的眼睛，文雅而迷人的态度！

钟又敲响了，两次钟声之间的间隔似乎是那么短暂，在那样的情形下，已容不得我去细细打扮了，只好匆匆忙忙换了件衣服，下了楼。楼下有一些客人，朵拉正在和一个满头白发的老头子聊天，虽然他已白发苍苍，但是我却仍然妒忌得发疯。

我当时是怎样一种心境啊！我妒忌这里的每一个人。他们比我更熟悉斯宾罗先生，这让我忍受不了；听到他们谈论我未参加过的事时，这让我痛苦。当有一个光滑的秃头隔着桌子用一种温和的语气问我是否第一次到这里来时，我想报复他——想出一切野蛮的行为报复他。

在那里，除了朵拉，我对谁都没有印象，在朵拉身边，我对于食物的全部印象是食之无味，结果六碟食物原封不动地撤回去了。我坐在她旁边，我和她聊着天。悦耳的小声音，动人的小微笑，令人愉快的小动作，让我着了迷，甘心成为她的奴隶。我觉得她的一切都是那么小，而且越小越可爱。

当她和默德斯通小姐（除朵拉外，宴会中唯一的女性）走出室外时，我陷入了一种可怕的忧虑，忧虑默德斯通小姐在朵拉面前毁坏我的形象，让我名誉扫地。

那个头顶反光的人温和地对我说了一个很长的故事，我觉得内容大概是关于种植园，因此当他提到"我的园丁"时，我故作听得很仔细的样子，心却神游到伊甸园陪朵拉在游玩呢。

我们来到客厅时，默德斯通小姐对我露出了那么残酷而又冷淡的神色，这让我更加忧虑，怕她会在我所爱的人面前诽谤我。但是这种忧虑却在一种出乎意料的情形下被我安然放下了。

"大卫·科波菲尔，"默德斯通小姐站在一边向我招手，"说几句话。"

我和她单独相对了。

"大卫·科波菲尔，"她说，"我不想在这里谈什么家务，因为那不是一个让人喜欢的话题。"

"一点也不是。"我说。

"一点也不是，"她同意道，"同样我也不太想去提起过去的那些相悖的意见，或者过去受到的野蛮的待遇。我遭受过一个人——一个女人，同样是女人，现在提起未免有些抱歉——的野蛮待遇，一提到她，我就恼恨、恶心，因此也不去提她。"

见她如此诽谤我姨奶奶，我觉得很恼怒，但我对默德斯通小姐说，既然她不想提，那就不去提吧。但我还对她说，当我听见别人在我姨奶奶背后毁谤她时，我一定会斩钉截铁地发表我的意见。

默德斯通小姐闭着眼垂下头，片刻之后慢慢睁开眼睛，说："大卫·科波菲尔，在你的童年时，我对你有偏见，而且对你感到很不满意，这是事实，现在我也不想否认。也许这一开始就是错的，也许你的那些毛病已经纠正了。当然，现在这些问题已不能成为我们之间沟通的障碍了。我相信，我出身自一个以坚定著称的家庭，我的那种坚定的性格并非造就于后天的因素，也并不因为后天的因素而有所改变。对你，我有我的看法，当然，对我，你也可以有你的见解。"

此刻我低下了头。

"但是，如果我们因为以往的那些不快而发生争执，这是根本没有必要的。"默德斯通小姐说，"既然上帝能够让我们今天在此相遇，那么以后也定能重逢。我提议，以后，就让我们以远亲的身份彼此相待吧。家庭的背景迫使我们这样，彼此不在此后议论对方，诽谤对方。这个提议，你同意吗？"

"默德斯通小姐，"我说，"在过去，你同你的弟弟是那么残酷而恶劣地对待我的母亲和我，

只要我活一天，那样的虐待就无法从我的记忆里抹去。但是现在你的提议我完全同意。"

默德斯通小姐又闭起了眼垂下了头。过了片刻，我发现手背袭来一阵凉意，是被她的手指碰了一下。之后她调整了一下手腕和脖子上的锁链，便走开了。这些手链似乎是我上次见到她时戴的那副，一模一样。看见她的这些锁链，想起她往日的那种性格，这让我联想起监狱门上的锁链，使那些从外面看见它的人便能想象里面的情形。那个晚上，我心中的皇后拿来一件像六弦琴的乐器，之后听她用法语唱着迷人的歌曲，歌词大意是：无论世事如何难料，我们尽管尽情地跳舞，嗒啦啦，嗒啦啦！我陶醉在她那柔美的歌声中，拒绝任何点心。当默德斯通小姐把她拘捕，带她离开时，她对我笑了，向我伸出了她那芬芳的手。我朝镜子里偷偷看了自己一眼，样子是那么的白痴，那么的愚蠢。那夜，我在陶醉中入了梦，第二天在迷恋中醒来。

那天早晨天气晴朗，因为我起得也早，于是便想去那些拱形格子棚附近的小径上散步，回想一下她昨晚令我痴迷的一些情形。当我走过穿堂时，刚好看见了她的小狗——吉普，全名叫吉普赛。我甚至连它也爱上了，于是便柔和地向它走去，但是它却钻到了椅子底下，露出牙齿向我狂吠，似乎不肯接受我的好意。

花园是那么寂静而且清凉。我边走边想，如果我能够与那个可爱的人儿订婚，那么我会幸福到什么程度啊，还想到关于结婚、财产等诸如此类的其他一些事。我想那时我肯定像过去爱小爱米丽一样天真无邪地爱上了她。叫她"朵拉"，给她写信，崇拜她，爱她，我相信，当她跟别人在一起时，心里想的仍然是我。我觉得这种想法已达到野心的顶点了，我觉得那是我的野心的顶点了。不用说，我是个情痴，而且多愁善感，但是我仍然有一颗纯洁的心，现在想想，虽然有些可笑，却丝毫没有轻视的意味。

没走多久，我便在一个拐角处碰到了她。当我现在想起那个角落时，我全身又颤抖起来，连笔也握不稳了。

"你——起得——真早啊，斯宾罗小姐。"

"待在家里是那么无聊，"她说，"而默德斯通小姐又是那么荒谬！她竟瞎说等天气干一干再出来比较好。干一干！（说着便笑了，声音那么悦耳）星期天的清晨，是我休息不去练习音乐的时候，我得找点事情做啊。所以在昨天晚上，我就对爸爸说，我必须出来，更何况，现在是一天当中最明亮的时候啊，你不觉得吗？"

我立马回答她说（当然语气有些吞吞吐吐）："我想的确很明亮，但是就在一分钟前，还很黑暗呢。"

"你是在跟我客套呢，还是天气真的变了呢？"

我回答说（比先前吞吞吐吐得更厉害了），我并未在跟她客套，而是确确实实的，虽然并未觉察出天气像她说的有过任何变化。随后我又害羞地补充了一句：这种变化是建立在我情感的基础上的。

她拨了下鬈发遮掩了羞红的脸，那样的鬈发我还是第一次见——我哪里能见到呢。因为从来就没有那样的鬈发啊！看到她的帽子和蓝结子，我想，如果能够挂在白金汉街我的卧室中，那将是一件无价之宝啊！

"刚从巴黎读完书回来吗？"我问。

"是的，"她说，"巴黎你去过吗？"

"没有。"

"哦！我希望再过不久你就要去了，你一定会非常喜欢那里的！"

我脸上露出了悲哀的痕迹。她居然希望我走，她竟然会以为我能走，这让我实在难以忍受。因为我看不起巴黎，更看不起法国。我对她说，就我现在的情形来看，为了哪怕任何理由，我也不会离开英国，无论什么都无法诱惑我离开。当她在拨动她的鬈发时，那只小狗朝我们跑来，把我从巴黎这一问题中解救了出来。

它妒忌我，总是对我吠。她抱起了它——哦，上帝啊！——抚摩着它，但它仍旧在朝我吠。当我伸手去摸它时，它却不让，于是她打它。她拍着它的鼻梁，它则闭着眼舔她的手，但是它的腹中仍发出如小低音般的吼叫，这次我更痛苦。它终于安静了——她用下巴轻轻地顶着它的头，它自然安静了！——接着我们便向一所温室走去。

"你和默德斯通小姐好像不是很亲密吧？"她说——"我的宝贝。"（她那最后一句是对小狗说的，但真希望是对我说的啊）"嗯，"我回答道，"很不亲密。"

"她是个令人讨厌的人。"朵拉说，"我实在想不通，爸爸为什么要选这么个讨厌的人陪伴我。谁需要一个保护者？我才不需要的。吉普是我们的保护者，比默德斯通小姐要好很多。吉普，是不是啊，亲爱的？"

她吻了下它的头，它只是懒懒地眨眨眼。

"爸爸称她为我的密友，但是我敢说，她配不上这个称呼——是不是，吉普？对于那种性情乖戾的人，我和吉普都不会信任她。我们信任谁随我们喜欢。我们的密友，我们自己寻找，不需要他们替我们寻找，是不是，吉普？"

吉普发出了一种舒服的噪声，有一点像茶水沸腾时的茶壶发出的声音。而对我来说，它的每一个字就像是一堆新锁链堆加在旧锁链上。

"我们自幼就丧失慈爱的母亲，却必须得让默德斯通小姐那样令人闷气的老家伙来时刻跟随着我们，这是很令人不舒服的——是不是，吉普？但是，没关系，吉普，我们不去信任她，无论如何，我们尽量让自己开心，捉弄她，不巴结她——是不是，吉普？"

如果再像这样下去，我想我一定被那锁链压得跪在路上行走，或者被立刻赶出宅子。但是，那温室离我们很近，不久便到了。

温室中到处都是美丽的天竺葵。我们行走在天竺葵之间，朵拉时而停下脚步欣赏这一盆，时而赞美那一盆，当然，我也跟着她赞美同一盆。她不时地将抱在怀中的狗举到那些花瓣前。那一刻，如果我们三个不会处在仙境当中，至少我一定在那里神游。直到今天，那些天竺葵叶的气息仍能够令我的情感在刹那间起伏，产生一种半玩笑半认真的惊奇。对于那一刻，我的全部印象是，一顶帽子，蓝结子，鬈发，两条秀美手臂中的那条小黑狗以及层层叠叠的花和闪光的叶子。

早餐的时间到了，默德斯通小姐在到处找我们了，最后她来到了温室。见到朵拉，于是便把那张被胭脂填平皱纹的令人不愉快的脸凑上来，让朵拉吻，随后挽起朵拉摆出一副军人的架势率领我

们去用早餐了。

由于茶是朵拉泡的,因此我坐在那里拼命地喝,忘了自己喝了多少杯,最后直到自己的全部神经系统(如果那些天里我的神经系统还存在完好的话)崩溃为止。没过多久,我们去了教堂。我和朵拉被默德斯通小姐隔开了;但在我心里,全教堂的人都在她唱诗的悦耳声中消失了。会中有一篇说教——自然是关于朵拉的——我想,关于那一次礼拜的所有情形,我所记得的恐怕也只有这些了。

我们很平静地度过了那一天,没有任何客人,只散了一次步,一席四个人的晚餐,晚上浏览了一会儿书画。默德斯通小姐面前摆了一本《圣经》,她那么聚精会神地看着我们,仿佛我们是她所管辖的嫌疑犯。晚餐过后,斯宾罗先生坐在我对面,用他的小手巾盖着脸,他哪里会想到,我正在幻想着成为他女婿后怎样热情地和他拥抱呢!夜深之后,当我起身与他说晚安时,他哪里会想到,我正在幻想着他同意我与朵拉的婚事之后怎样真诚地为我们祝福呢!

因为次日我们海军法院有一件救船的案件要审理,所以一大早我们就动身回去了。早餐时,朵拉又泡好了茶;当她抱着吉普站在门口送我时,我百感交集,坐在马车中下意识地朝她脱下了帽子。

关于这次的案件,需要引用航海技术中的一些知识,而博士院中的人又都不太了解,于是法院从向三一院请来了两位年老的专家来帮忙。

在这里,我不想做一些毫无结果的描写,描写那天我在海军法院的感受;描写当我在听审时,是怎样被案件弄糊涂;又是怎样坐在高等裁判席上梦着朵拉;最后当被斯宾罗丢下(我曾一度希望,他能够再带我回去)时,我又仿佛自己便是那条船的主人,船已开走,我被遗弃在一座荒岛上,对于这些我都不想费力去描写。我只希望那个一直在沉睡的老法院能够醒过来,见证我在法院中所做的那些关于朵拉的白日梦。

不只是在那一天做那些关于朵拉的梦,而是一天接一天,一周接一周,一个学期接一个学期地梦见。在法院,脑子里全是朵拉,丝毫没把案件放在心上。只不过案件一直在审理中拖到无法再拖的程度时,我才会稍稍想一下,但想的也只是在那些婚姻案件中想结了婚的人们为什么不幸福,以及思考如果我能继承某个遗嘱中的那些遗产,我首先会对朵拉采取什么样的行动。在那第一周里,我的行为是那么狂热,买了四件华美的背心(完全是为了朵拉,因为我根本不羡慕那种东西),在街上戴草色的羊皮手套,脚也因靴子而磨出了鸡眼。如果把那段时间我所穿过的靴子与我的脚的尺寸比较一下,我那时的心境便能很轻松地被表明了。

虽然,为了表明自己对朵拉的那种诚意而弄破了自己那可怜的脚,但是每天我依旧跛着脚走很多很多路,为的就是能够碰见她。由此,在诺伍德大街上,我和那著名的邮递员一样为人们所熟知了,以至于最后走遍了整个伦敦城。我经常在那些卖最好的女人用品的商店前徘徊,像一个极不安静的灵魂在那些商店面前左顾右盼,早已疲倦却依旧拖着疲惫的身躯在公园里晃荡。当然,上天总会给我碰见她的机会,但是这样的机会很少,相隔的时间也很长。偶尔会看见她坐在马车中朝我摇着手套;或者遇见她,陪她和默德斯通小姐走一段,和她说说话,但是说完之后却为自己的愚蠢而悲哀,因为发觉自己对她说的话中没有一句能够表明自己真正的心思,或者发觉她根本不知道我的用心良苦，另外感觉她根本就不关心我。在那段时间里，我一直都在期待能够再次被斯宾罗先生邀请，但一直都在失望。

在这段爱恋发生只有几个星期的时候，就连给爱妮丝的信中，我也只是很隐讳地写我接受了斯宾罗先生的邀请去他家做客，至于朵拉，我也只是写"他有一个女儿"，比这更露骨的话，实在没有勇气写。但是，克鲁普太太肯定是一个眼光锐利的女人，因为在这爱恋刚发生时，便被她一眼看破了。在那个晚间，我很烦闷地坐在火炉前，这时，她敲开我的门（当时她的痉挛发作了）问我有没有掺和着大黄和七滴丁香精的小豆蔻液，问我能否赏赐她一些，因为这是治她病的一剂良药，但是如果我没有，她说白兰地是次好的药剂，让我赏赐她一些。我实在没有听说过她所说的什么小豆蔻液，而我的壁橱中白兰地倒是常备，于是便给她倒了一杯。递给她后，她当着我的面（以免我怀疑她会拿它做什么不正当的用途）仰起头咕咚咕咚喝完了。

"打起精神吧，先生，"克鲁普太太说，"看到你这个样子，我实在不忍心哪，因为我自己也是一位母亲啊。"

对于她的话，我感到莫名其妙，但是我对她笑了笑，极力做出亲切的样子。

"喂，先生，请原谅我的冒失吧。"她说，"我了解了，这里头有一位年轻的小姐哟。"

"克鲁普太太？"我羞红了脸。

"哦，哎哟哟！要对自己有信心，先生！"她点着头对我鼓励说，"不要失望，先生！好姑娘多的是，如果她不对你微笑，有的是别人。你是一位受欢迎的年轻绅士，科波福尔先生，对于自己的价值，一定要清楚。"

克鲁普太太总是把我叫作科波福尔先生，当然，这不是我的姓；另外，我猜想，我的姓可能被她稀里糊涂地与洗衣日联系在一起。

"克鲁普太太，是什么使你想到这里有位年轻的小姐呢？"我问。

"科波福尔先生，"她带着很浓厚的感情对我说，"因为我自己也是一位母亲啊。"

有些时候，克鲁普太太只好把手贴在她那紫花布的胸衣上，然后用我给她的药抵挡着她的胸痛。最后，她终于说话了。

"就在你那亲爱的姨奶奶为你租下这里的时候，科波福尔先生，我就说过。我有了一个可以照顾的人。'上帝保佑！'我说，'现在我终于有一位我可以照顾的人了！'你吃得很少，先生，喝得也不多。"

"这就是你推测的依据吗，太太？"我问。

"先生，"她带着一种近乎严厉的语气说，"除你之外，我也为其他像你这么大的年轻人洗过衣服。一个年轻人大可不必把自己看得太重，同样也可以过分地去关心；可以不去注重他的发型，也可以把头发梳着太勤；至于靴子，可以穿太小的也可以穿太大的。这所有的一切全由他自己的习惯而定。但是，他如果走了极端，那么这里头必然有一位年轻的小姐。"

克鲁普太太那么坚定地摇了摇头，一时间，我连一块有利的阵地也找不到了。

"在你之前，死在这里的那位房客，"克鲁普太太说，"他和一家酒馆的女服务员坠入了爱河。整天喝酒，肚子都胀了起来，但还是立刻买了几件背心呢。"

"克鲁普太太，"我说，"我求你——必须请求你，别把与我有关的那位年轻小姐和那位酒馆中的女服务员或者如此类的人混为一谈啊。"

"科波福尔先生，"她接过我的话说，"我自己也是一位母亲啊，我不会那样的。如果我搅扰了你，先生还请见谅。我从不愿意闯进那些不欢迎我的地方。但是，你还年轻，科波福尔。我对你的劝告是，打起精神，要对自己有信心，对于自己的价值，一定要清楚。你应该去学点什么，先生。"克鲁普太太说，"喏，如果你去尝试着玩一下九柱戏，也许可以转移自己的注意力，或许对你会有所帮助呢。"

克鲁普太太说完，装着很感谢我的那杯白兰地——早已喝干——向我郑重地行了个礼，然后出去了。当她消失在黑暗之中时，我自然觉得克鲁普太太有些冒失。但是，她的劝告，从某种意义上来说，我愿意接受，并将它看作一种提醒、一种警告，以便将来对于自己的秘密加以保守。

精彩点拨

本章通过细腻的描写写出了大卫对朵拉的爱。一见面，大卫觉得自己完全被她俘虏了，成了她的奴隶，在大卫的眼里，她不是一个凡人，而是一个仙女；在朵拉身边，对食物食之无味；害怕默德斯通小姐在朵拉面前毁坏自己的形象，看到朵拉后，笔也握不稳了；在温室，朵拉赞美哪盆天竺葵，大卫就跟着赞美同一盆；朵拉泡的茶大卫喝了不知多少杯；而且大卫还为了打扮自己买了精美的背心和鞋子。

阅读积累

九柱戏

起源于公元3—4世纪德国的"九柱戏"被认为是现代保龄球运动的前身。

"九柱戏"是当时欧洲贵族间一种颇为盛行的高雅游戏，不过，它首先被作为教会宗教仪式的活动之一。人们在教堂的走廊里放置9根柱子（象征着叛教徒与邪恶），然后用球滚地击它们，叫作打击"魔鬼"。他们变为击倒木柱可以为自己消灾、赎罪，击不中就应该更加虔诚地信仰天主。不过，这项运动充满的趣味性让人们感到，与其说它是一项宗教仪式，倒不如说它是一种令人愉快的游戏。

第二十八章

> **精彩导读**
>
> 　　大卫去拜访了特拉德尔，他们一起回忆起了一起在萨伦学校上学的日子。从特拉德尔口中，大卫得知了特拉德尔已经订婚的消息以及自己准备结婚用品的事情。在特拉德尔家里，大卫还见到了米考伯夫妇，得知米考伯夫妇过着比较贫困的生活。大卫还会遇到谁呢？

　　也许是因为克鲁普太太对我的劝告，也许是偶然想起司凯特尔（九柱戏）的读音与特拉德尔有些许相似，第二天，便想起了特拉德尔，准备去看望他。何况他上次说去别的地方住一个月的期限早已过了，估计他应该回来了。上次他给我的住址上写着他住在一个靠近凯木登区兽医院附近的一条小胡同里。听博士院的一个抄写员告诉我，那个地方基本上住的都是些男学生，并且他们还喜欢去买一些驴回到宿舍去做实验。在那个抄写员的指点下，那天下午，我便动身去拜访我的那位老同学了。

　　走进那条胡同，我发现它并没有我想象中的那么令我满意（主要是特拉德尔的缘故）。因为那里的人似乎有一种随地乱扔那些即将失去价值的东西的习惯。他们的这一种习惯使得那条胡同充满了烂菜叶，脏乱潮湿而且臭。当然了，那些废弃物中也不全是菜叶，因为在寻找门牌号时，我发现了一些其他的东西，譬如鞋、锅、黑色的礼帽、雨伞等，它们破损的程度各有不同。

　　这里散发的一些气息，突然让我想起与米考伯夫妇同住的那段日子。当那所房子呈现在我面前时感觉它有一种说不出的破旧，与那条胡同里的其他房子有那么大的不同，这让我再次想起米考伯夫妇来。那条胡同里的房子是那么的单调乏味，完全没有视觉美，似乎是一个完全不懂建筑的人在胡乱涂鸦。在我到达门前时，送牛奶的人也正好到达，这更让我强烈地想起米考伯夫妇。

环境描写
突出了环境的杂乱和脏臭。

知识延伸
涂鸦：涂鸦一词起源于唐朝卢仝说其儿子乱写乱画顽皮之行，后逐渐演变成了带有时代色彩的艺术行为。

"我说,"那个送牛奶的人对那个开门的年轻女仆说,"我的那笔牛奶费准备好了没?"

"哦,我家主人说,他马上就去准备。"她说。

"因为,"那个送牛奶的人似乎并没有得到任何有利的答复,于是对她说,从他说话时的眼神可以看出,他更像是对房子里的什么人说的,"因为这笔牛奶费已经拖得很久了,我甚至相信它会这么一直拖下去,毫无音讯。现在,我再也忍受不了了。这,你是知道的!"他仍然朝房子里喊话,向廊子里瞪眼。

顺便提一句,由他来经营像牛奶这么甜美的东西还真有点儿大材小用,如果他是一个屠夫或者去经营白兰地,我都觉得他够凶。

那个年轻的女仆把声音压得很低,但是从她说话的嘴形来看,似乎在说,马上就去准备。

"老实告诉我,"他托着她下巴,很用力地瞪着她问道,"你很喜欢喝牛奶吗?"

"是的,很喜欢。"

"那么,好的,"他说,"从明天开始你就不会再喝到如此甜的牛奶了,你听见了吗?从明天开始,你连一滴也不会再见到了。"

我觉得,她似乎因为今天能够喝到牛奶而放了心。那个送牛奶的人愤恨地摇了摇头,随后放开了她的下巴,粗鲁地打开了牛奶罐,给她倒了和平常一样多的牛奶。倒完之后,便愤愤地走到了第二家,用报复一般的尖嗓门朝宅子里喊出了他那一些行业的术语。

"请问,这是特拉德尔先生的住所吗?"我问。

从廊子里传出了一个神秘的声音:"是的。"接着那个女仆说:"是的。"

"他现在在家吗?"我问。

那个神秘的声音又喊出了肯定的答复,接着那个女仆也给出了肯定的响应。于是,我进了门,那个女仆指点我上楼。当我来到客厅门口时,我隐约觉察到有神秘的眼光在注视着我,我估计,这和刚才那个神秘的声音应该同属一人。

当我上了楼梯之后——只有两层——特拉德尔早已来到楼梯口等候我了。我们那么开心地拥抱,随后,他怀着极大的诚意把我欢迎进了他的小卧室。那间卧室靠近房子的前面,里面的家具不是很多,倒也整洁。摆了一张沙发床,在书架的顶层,一本字典的后面摆着他的鞋油和一把鞋油刷。见到一张被文件覆盖的书桌,我仿佛看见他正披着一件旧衣服在劳苦地工作。记得当时我坐在那里,没有注意房间里的任何东西,但是它们却又跑入我的眼帘,连那个瓷墨水瓶上印着的那幅教堂风景图也被我看见,我想这大概是与米考伯夫妇同住的那段时间所造就的才能。对于其他的一切,他都进行了巧妙的布置,装饰衣柜,如何去摆放鞋子、刮脸杯,等等;另外,那件用来捕捉苍蝇用的纸质象房模型,以及以前我经常提到的常以有纪念价值的艺术品——用来安慰自己所受的虐待——让我格外想起那童年时代的特拉德尔。

但是让我不解的是,墙角有一样东西被一大块白布整整齐齐地覆盖着,我实在猜不透那底下到底是什么。

"特拉德尔，"我小坐片刻之后，又起身和他握手时说，"很高兴能再次见到你。"

"见到你，我也很高兴，科波菲尔，"他说，"当我们在伊力巷与你相遇时，我真的很开心，我相信你也很开心，因此给你了这个地址而没有通知你去律师公寓找我。"

"你有律师公寓吗？"我问。

"嘿，在那里，我拥有一个房间，四分之一的走廊，还有一个抄写员供我们使唤。我是和其他三个人一起合租的那套公寓，至于那个抄写员，每星期我给他半克朗。"

从他的微笑中，我隐约看出他那往日质朴善良的性格，以及他所受到的不幸。

"对于这个地址，我一般不会轻易告诉别人，你应该明白，科波菲尔，这并非因为我骄傲，只是怕那些人来了会不喜欢这里。而我此刻正在与困难搏斗，如果我非得装出其他的一些模样，那不免有些可笑。"

"华特布鲁克先生对我说，现在你正在学法律。"

"嘿，没错，"他反复地搓着手说，"现在我是在学法律，实际上，这事已经拖了很久，在签完合同之后，我才开始学，但是那一百英镑的学费的确令我很头痛。令我头痛啊！"他似乎像拔牙一般痛苦地往后缩了一下。

"特拉德尔，当我坐在这看你的时候，你猜我想到了什么？"

"猜不到。"

"我在想过去你常穿的那套天蓝色的衣服呢。"

"啊，的确！"他笑道，"很紧身的那件！哎呀！那曾经是多么令人不快啊，是不是？"

"我想，如果克里克尔先生不去虐待我们，那么，我想那些日子我们该多么快活啊！"

"也许你是对的。但是，哎呀，那个时候发生过多少有趣的事啊！还记得在宿舍里度过的那些夜晚，我们经常聚在一起举行夜宴吗？你给我们大家讲故事的情形，还记得吗？哈，哈，哈！还记不记得，在梅尔先生离去时，我为他哭却挨了打？老克里克尔！我也想再见他一面呢！"

"他曾经是那么野蛮地对待你呢，特拉德尔。"我在发泄我心中的不平。他那高兴的表情让我觉得他的挨打仿佛发生在昨天。

"你感觉是那样的吗？"他接过我的话说，"你真的这么认为吗？也许是吧，至少有一点，但这些事都已经过去那么久了，老克里克尔！"

"我记得，那个时候，是一个叔父在抚养你吧？"

"当然！那个时候，我总想给他写封信，但是怎么也写不成，嗯！哈，哈，哈！没错，那时，我的确有一个叔父，但是在我毕业后不久就去世了。"

"真的！"

"是的。他是一个歇了业的——你怎么称呼！布货郎——布商——他曾经指定我为他的继承人，但是当我长大以后，又不喜欢我了。"

"你说的这些都是真的？"见他那般镇定，我觉得他还隐藏了些什么。

"这是真的,科波菲尔!我没有骗你,这是一件很不幸的事,但他真的是一点也不喜欢我了。他说我根本就不中他的意,于是便娶了他的女管家。"

"那后来,你是如何打算的呢?"

"我没有提出任何异议,只是和他们住在一起,等待着我被他们打发出来,就这样,一直住到他犯了痛风病、病危、去世,她改嫁,我孤苦无依,这才离开。"

"那么,特拉德尔,你到底得到了什么?"

"有!"他说,"我得到了五十英镑。一开始我就没有掌握任何技能,所以也不知道做什么好。但是后来我得到了一个干自由职业的人的儿子的帮助,他也在萨伦学校读过书——饶勒尔,鼻子向一边歪着的那个,你还记得吗?"

"完全没有印象。他没有和我同学过,因为我在萨伦学校读书时,没有人鼻子是歪的。"

"想不起来没关系,"特拉德尔说,"在他的帮助下,我得到了一份抄写法律文件的工作。但是,这根本不够去维持生计,到后来,我便开始陈述案情,记录要点,以及类似的一些工作。因为我的勤奋刻苦,科波菲尔,现在,我已经学会如何全神贯注地去做那些事了。后来,因为要去学法律,那五十英镑剩下的部分也已经被我花光了。再后来,就是饶勒尔向两个事务所——华特布鲁克先生的事务所便是其中之一——举荐了我,因而我得到了不少的工作。同时也有幸认识了一位正在编写一部百科全书的主编,他让我参与编写,事实上——"(说到这里,他扫了一眼桌面)"现在我就是在为他工作。我的编写还不是那么糟糕,科波菲尔,"特拉德尔保持着以往一贯的轻松愉快的神气说,"但是,我却没有丝毫的创作灵感啊,一点也没有。我想,恐怕再也找不出任何一个比我更缺乏创造力的人了。"

我点了点头,因为看出他似乎在期待我去承认这是个理所当然的事实,于是他便像以前一样轻松愉快地说了下去。

"就这样,我省吃俭用,一点一点地攒钱,终于凑齐了那一百英镑,哦,上帝保佑,终于让我付清了——虽然那——那当然是一件,"他又像拔了一颗牙一般痛苦地往后缩了一下说道,"令我很头痛的事。现在我靠编写维持生计,我也希望哪天能够与出版社直接联系,并希望它成为我幸福的起源。科波菲尔,你一点都没变,那张漂亮的脸蛋儿真是人见人爱,我见到你又是那么高兴,所以,我不会对你隐瞒什么,因此,我要对你说,我已经订婚啦。"

订婚啦!哦,我的朵拉!

"她住在德文,是一位牧师的女儿,十个中的一个,是的!"他发现我正在朝那个墨水瓶上看,"没错,就离那个教堂不远!"于是他的手指顺着那个墨水瓶指过去对我说,"从这里往左,在一个门外,大概就是我拿笔的地方,那里就是她的家——你明白的,就在教堂对面。"

那时,我早已神游到斯宾罗先生的住宅和花园里去了,因而对于他的指点,我并未完全领会。

"她是那么可爱!"特拉德尔说,"她比我稍微大那么一点,却非常可爱!我对你说过我要出城吗?我已经去她家做过客了。我是步行去的,又步行回来,这之间我度过了那么美好的一段时光哟！我想，虽然我们已经订婚了，但是结婚恐怕还有很长一段时间，不过我们坚信'等待和希望'！我们经常说，'等待和希望'，我们总是这样说。她愿意等我，科波菲尔，等到她六十岁，或者就这么一直等下去！"

特拉德尔带着一份得意的微笑从椅子上起了身，把手搭在我刚提过的那块白布上。

"但是，现在我们已经朝以后的夫妻生活迈出了第一步。对，这第一步已经迈出。我们会慢慢来经营，但是我们已经迈出了第一步。看，科波菲尔，"他带着莫大的骄傲掀开那块布，"这就是我们迈出的第一步，花盆和架子，是她亲自买的。当你把它摆在客厅的窗前，"他的身体微微向后退，然后带着一种欣赏的眼光说，"盆里种上花，于是——于是你瞧！当然，我也买了一件，那张大理石面的圆桌（周长大概有二英尺十英寸）。放上一本书，当然，当有贵客临门时，再送上一杯茶，于是——于是你再瞧！多么值得令人赞赏的一件艺术品啊，坚如磐石！"

我大加赞赏了这几样东西，随后他很慎重地把那块白布又盖了上去。

"虽然像这样的家具不是很多，但至少也有了一些。但是，科波菲尔，诸如桌布和枕头套之类的东西是很令我气馁的。另外，像蜡烛盒、烤肉架之类的东西更是令我气馁，不但价钱不菲，而且价格仍在涨。但是，'等待和希望'！我敢向你保证，她绝对是最可爱的女孩！"

"这个我相信。"

特拉德尔回到他的椅子前坐下说："最后，我想就我刚才的唠叨再说一句：我要尽我最大的努力去挣钱，然后好好生活。我挣得不多，但是，我的开销也不大。和楼下的那些人一起搭伙食，总的来说，还是比较令人满意的。特别是米考伯夫妇，他们的人生阅历实在是太丰富了，是极好的朋友呢。"

"亲爱的特拉德尔！"我连忙叫道，"你在说什么？"

他把眼睛瞪得那么大，似乎想知道我在说什么。

"米考伯夫妇啊！"他重复了一遍，"我和他们是多么好的朋友啊！"

此刻，传来了两声敲门声，我脑中突然闪现出在温泽里时米考伯先生的敲门声，因为除了他之外，没有人会这样敲门，因此，这两声敲门声打消了他们是否是我的老朋友的疑虑。于是，我让特拉德尔把他的房东请上来。随后特拉德尔便来到楼梯的栏杆前照办了，接着便是那带有上流人的神气，而且丝毫没有发生任何变化的米考伯先生——紧身裤、手杖、眼镜，还有那硬衣领，都没有任何变化——出场了。

"打扰了，特拉德尔先生，"米考伯先生终止了口中那支柔和的小曲，然后用往日那响亮的声音说，"我实在不知道尊驾府上有一贵客。"

米考伯先生拉起他的硬衣领向我弯下了腰。

"你还好吗，米考伯先生？"我问。

"先生，蒙你垂问，实在感激不尽。我依旧如故。"

"那——米考伯太太呢？"我接着问。

"先生,上帝保佑,她也如故。"

"孩子们呢,他们还好吗?"

"先生,我同样欣于奉告,他们也都很健康。"

问到现在,虽然我就站在米考伯先生面前,但是他却丝毫没有认出我来。但是,当他看见我对他微笑时,便仔细打量了我一番,倒退了一步,大叫道:"哦,上帝啊!我居然有缘能与科波菲尔重逢!"然后便带着愉快的热情握住我的双手。

"啊,特拉德尔先生!我怎么也想不到,你居然认识我青年时期的一个朋友,往日的伴侣!"当米考伯先生走到楼梯栏杆前朝下喊话时,特拉德尔仍然为刚才他所说的话在发愣(当然,这是有理由的)。

米考伯先生叫道:"我的爱人,特拉德尔府上来了一位贵客,他想把他介绍给你呢!"

喊完话,他立即折了回来,又热情地握起了我的手。

"我们的那位好朋友,那位博士,还好吗?"米考伯先生说,"坎特布雷所有的诸位都还好吗?"

"他们都很好。"我说。

"呵呵,我听了非常高兴呢,"米考伯先生说,"上一次我们是在坎特布雷偶遇的吧。说得典雅一些,是在那因乔塞而名垂千古并且为那些古往今来世界各地的人们所朝圣的地方——说得简单一点,是在那所教堂附近偶遇的。"

我说是的。

米考伯先生似乎来了兴趣,在滔滔不绝地说;但是,他的脸上露出了一丝忧虑,很明显是在关心他爱人在隔壁洗手和匆匆忙忙开关抽屉的声音。

"你现在所看到的我们目前的状况,科波菲尔,"米考伯先生斜着一只眼看着特拉德尔说,"的确是一种规模狭小而又缺乏张扬的。你应该最清楚,我曾经是那么努力地在与困难搏斗,同时也战胜过许多困难,跨越过很多障碍,但是,人生中总有那么一些不如意的时候需要停下来,以待时来运转;有时必须退后一步,以便更好地发力往前冲,当然,这些事实是你最熟悉不过的了。而现在,我觉得正是人生中重大的转折期。当你发现我正在后退时,我是在更好地储存力量,以待最有力的冲刺,我相信,要不了多久,我就能够蓄齐这些力量了。"

当我对他表示我的欣慰时,米考伯太太推门进来了,比起往日她稍显邋遢了一些,或者说在我看来,的确有些不太习惯;但是,为了会客,也稍微打扮了一下,还戴了一副褐色的手套。

"亲爱的,"米考伯先生领她到我跟前说,"这位科波菲尔先生愿意与你重叙往日的友谊呢。"

在介绍我的时候,米考伯先生可能太过心急了,因为稍显年迈的米考伯太太被感动得那么厉害,以至于米考伯先生不得不慌慌张张地跑到楼下舀了一些水浇在她的额头上,帮她苏醒过来。见到我,她是那般欢喜,我们长谈了半个钟头。当我问及那对双胞胎时,她告诉我说,已经"长大成人了",当我问及米考伯少爷和千金时,她的回答是"绝对的巨人",但是当时,却并没有见到他们。

　　米考伯先生非常希望我能够留下来和他们一块儿吃饭，如果当时我没有看到米考伯太太眼神中的那种为粮食而犯愁的窘态，我肯定会答应的。于是我推托说我还得赴另外一个约会，米考伯太太立即如释重负，见她如此，我便坚持以约会为理由谢绝了他的挽留。

　　但是，临走之前，我对特拉德尔和米考伯夫妇说，我们应当选定个时间，去我家吃顿饭。因为特拉德尔受工作所限，最近没多少空闲，但是，最终我们还是敲定了一个我们大家都很合适的时间，于是我便与他们道了别。

　　米考伯先生为了能对我说几句心里话，便以向我指点近道为由跟我来到了一个街道的拐角。

　　"亲爱的科波菲尔，"米考伯先生说，"就算我不告诉你，我想你也应该明白，在我们现在这种状况下，能够拥有一位如同你的朋友特拉德尔那般光耀灿烂的——希望我能够这样说——头脑与我们同居，这是怎样的一种安慰啊。在我们隔壁住着一位帮人洗衣服挣钱的女人，客厅的窗口摆着那些硬面馍馍在卖，街对面住着一位警察，你可以想象，能与你的朋友同住对我们来说是莫大的安慰啊！亲爱的科波菲尔，现在我以贩卖谷类维持生计，但这根本无利可图——换句话说，就是亏本——所以，现在的经济困难就是这个原因。但是，我要说，目前，我已得到了一种机遇（具体的我不方便说），我相信，这次的机遇不光能够永远维持我的生计，而且连你的朋友特拉德尔也会享受到呢。对于他，我是那么关切啊。你可能也看出来了，以米考伯太太现在的身体状况，大有为我们的爱情再结一次晶的可能呢——简单地说，就是还有希望再添一丁。但是她娘家那边却对此甚为不满，我实在不明白，这对于他们来说，到底有什么相干，因此对于他们的徒有虚表的关切，我只能藐视了。"

　　说完，便与我握了手，转身离去了。

精彩点拨

　　特拉德尔对幸福家庭生活的追求：订婚之后虽然没有钱结婚，但是对未来抱有"等待和希望"；和未婚妻一点一点地置办家庭用品——花盆、架子和圆桌，并且想象以后自己生活的美好；把买的东西都用白布盖起来，等大卫大加赞赏了这几样东西之后，他很慎重地把那块白布又盖了上去。

阅读积累

朝 圣

朝圣，是一项具有重大的道德或灵性意义的旅程或探寻。通常，它是去一个人信仰的圣地或其他重要地点的旅程。许多宗教认为特定的地方有灵性、重要性。

常见的教徒归属的宗教有（排名不分先后）：佛教、天主教、伊斯兰教、基督教（新教）、犹太教等。（注：中国五大宗教中的基督教指的是新教，下文中的宗教圣地是三大教派共同的圣地，所以下文中基督教指的是基督宗教，包括天主教、东正教、新教。）

朝圣地是创立者或圣人的诞生或去世地，他们的"呼召"或灵性唤醒之地，他们与神性有（异象或启示）联结之地；施行或见证奇迹的地方，据称神生活或"居住"之地，任何被视为具有特殊灵性力量的场所。这类场所可能有圣陵或庙宇，信徒受鼓励为了自己的灵性益处去拜访：被疗愈，问题被回答，或获得一些其他的灵性益处。

如伊斯兰教徒朝拜麦加，基督徒朝拜耶路撒冷，佛教徒朝拜佛教圣地菩提伽耶等。认为可借此祈福赎罪，被疗愈或感恩还愿，获得物质或灵性益处等。

第二十九章

> **精彩导读**
>
> 　　大卫请米考伯夫妇和特拉德尔到自己的住处做客，正当他们吃烤肉时，李提默来到这里寻找斯梯福兹，李提默走后，米考伯夫妇对自己的未来进行了美好的设想。送走客人后，大卫见到了来访的斯梯福兹，他给大卫带来了皮果提的信。后来，大卫得知米考伯骗了特拉德尔的钱，大卫该怎么办呢？

　　在我款待新发现的那些老朋友的时刻到来之前，我主要靠朵拉和咖啡度日。在那段单相思的日子里，胃口也随之减弱了，但是我并不因此苦恼，相反，倒还觉得有些欣喜，因为如果食欲很好反倒觉得是对朵拉的不忠。我不断地去散步，但只有失望伴随着新鲜空气一起被吞进肚子，并没有得到希望的那些效果。也正因为那段时期的痛苦经历，我也怀疑一个长期受紧靴子挤痛的人是否会对肉食产生自然而然的嗜好。我相信，只有四肢健壮，胃口才棒。

　　此次宴请这些老朋友，我并没有重复先前的那些阔绰准备，只买了两条鱼，一个鸽肉馅饼和一只小羊腿。当我怯生生地请克鲁普太太帮我烹制那两条鱼和羊腿时，立马遭到她的反对，带着一种尊严却又夹杂着一些受了伤的语气说："不行！不行，先生！求你别让我做这些事，因为这些事我无法做到令自己满意！"但是后来，我们协调了一下，她答应帮我，但前提是此后两周之内我必须在家吃饭。

　　在这里，我可以顺便提一下，克鲁普太太加在我身上的那种霸道实在令我痛苦，而且近乎可怕，对于任何人，我都不曾怕到那种程度。对于一切事，我们都得去协商，稍一迟疑，她潜伏在身体里的痛便会奇妙地发作，随时都有可能侵犯她的要害。例如，差不多六次客气的拉铃之后却无任何反应，最后，我不耐烦地拉起了铃铛，最后她终于上来了——但不管怎样，这是靠不住的——她带着一种愤恨的神气走了上来，靠在门边的那把椅子上，把手贴在紫花布的胸衣上，奄奄一息，痛得那么严重，我真希望她能立刻离开，在我牺牲白兰地或其他什么之后。如果她得知下午五点钟我还没有铺床（我依旧觉得这种安排令我极为不舒服）时，她的手只要稍稍向那紫花布移动一点点，就足以令我结舌地向她道歉了。总之，她是我生活中的阴影，我宁可规规矩矩地去做任何事，也不愿去得罪克鲁普太太分毫。

　　为了这次宴会，我去买了一张半新的餐桌。我没再雇用那个手脚灵快的青年，因为一个星期天

的早晨，我看见他穿着一件背心——与我上次宴请宾客时丢失的那件很像——出现在斯特兰大街上，自那以后，我便对他有了偏见。我又请来了那个"小妞子"，但是我限定她在送完碟子之后退到第一道门外的楼梯口，如此一来便避免了她践踏碟子的可能，再者她那喜欢窥视的眼神也不易被客人所察觉。

我准备了一盘加料酒的材料，等待米考伯先生来调制。同时我还在梳妆桌上准备了一瓶香水、两支蜡烛、一包各式别针、一张针毡，以使米考伯太太更舒服些。我在火炉中生了火。铺好桌面之后，我便静候他们的到来了。

动作描写
通过大卫准备招待的过程表现了他对客人的重视。

我的三位客人准时赴约。米考伯先生换了一件比平时硬衣领更高的衣服，眼镜上的那条缎带也是新换上的；特拉德尔一手扶着米考伯太太，一手拿着她那被浅褐纸包着的帽子。对于我的住处，他们都很喜欢。随后我领米考伯太太去化妆，当看到我为她准备的那些东西时，她大为欢喜，叫进了米考伯先生。

"亲爱的科波菲尔，"米考伯先生说，"这是多么的豪华啊！这让我想起了我独自一人的时候，那是米考伯太太还没有被请到海门的祭坛前订约的时期。"

知识延伸
海门：希腊神话中的婚姻神。

"他的意思是说，被他请到，"她俏皮地笑了，"他不能替其他人负责啊。"

"亲爱的，"此刻米考伯先生露出一脸认真的表情说，"是我不愿意替他们负责。我太明白不过了，当你被那不可预测的命运留下来时，也许你已注定嫁给那个长期奋斗却仍旧入不敷出的人了，亲爱的，我明白你的意思。我为你的话感到抱歉，但是我能够忍受。"

词苑撷英
入不敷出：指收入不够开支，形容非常贫穷。

"米考伯！"她哭着叫道，"我有罪！我从没有丢下过你，也永远不会丢下你不管，米考伯！"

"亲爱的，"他非常感动，"你会宽恕我刚才的过分，我想与我们共患难过的朋友也会饶恕我一时的冲动，怜悯我那受伤的心，怜悯我那因与自来水公司一个下贱的管龙头的人之间发生的冲突而瞬间爆发的情感。"

随后米考伯先生搂抱了米考伯太太，同时握着我的手。我从那些零碎的暗示中猜测，他们因为不缴纳水费而被自来水公司在那个下午停了水。

为了避开这个令他痛苦的话题，我对米考伯先生说，我准备了一盆加料酒，特地等他来帮我调配，于是我便把他带到那存放柠檬的地方。刚才他脸上的那些不愉快全都消退了，更没有了绝望。他被柠檬和糖的香气、热腾腾的甜酒味以及那沸水的蒸汽所环绕，他是那么的开心——我从未见过比他那天下午更开心的人了。加料，调匀，尝试，似乎这一切并不只是他在调配那些加料酒，而是在经营他那子孙万世的基业，我透过那些微妙的香气的薄雾看他那张灿烂的脸，让我实在感到惊奇。至于米考伯太太，当她走出我的卧室时是那么的愉悦，就连云雀恐怕也不会比这个出色的女人更快活了。令我费解的是，令她有如此重大转变的究竟是她的那顶帽子所起的作用呢，还是我为她准备的那些化妆品呢。

我猜——我不敢问，一直以来只是在猜——克鲁普太太在烧过鱼之后又犯病了。因为在那之后停了一小会儿，随后送上来的羊腿是外面白里面红，似乎还沾着一些炉灰，大概是在烤的过程中她犯了病，让那只小羊腿跌进了火炉中。就连肉汁也被那个"小妞子"全部洒在了楼梯上，顺便提一句，那些肉汁一直躺在那里直到它蒸发干为止；鸽肉饼也只是金玉其外，败絮其中。总的来说，这场宴会是失败的，如果没有他们的那些非凡的兴致，如果没有米考伯先生的一个聪明的提议为我解围，我是很苦恼的。

"亲爱的科波菲尔，"米考伯先生说，"即使是管理得最好的家庭中，发生意外也是正常的，巧妇难为无米之炊嘛，别太在意了，乐观一点吧。但我想冒昧地说一句，这上面还有一些可以食用的部分，如果让那个年轻人去租用一个烤肉架，那么剩下的工作由我来做，我可以向你保证，只需一种小小的分工，我们便可以很轻松地弥补这一小小的不幸。"

刚好储藏室中有一个烤肉架，那是我第一天早上用来烤咸肉片的。于是我便立刻取了来，开始弥补这一不幸了。他所说的分工是：由特拉德尔将羊肉切成片；然后他在那些肉片上撒上胡椒、芥末和盐，接着我将它们一片片地在烤架上摆好，并在米考伯先生的指导下用叉子不断翻动，烤好后取下。烤好一些之后，我们便卷起袖子，边吃边烤，同时注意碟子里的肉片的分量，注意烤架上的肉片，以免烤煳了。

这样的烧烤实在是新奇、美好，也极为热闹，我们时而站起来烤，时而坐下来吃。我们是那么忙，那么热，也感到那么有趣，在那动人的喧闹声中，在那令人愉快的香味中，顷刻之间，羊腿只剩下了关节骨头。我的食欲也奇迹般地恢复了，那一刻，我真的已经把朵拉抛在了脑后，这次宴会让我感到满足的是，即使米考伯夫妇为了举行宴会而卖掉一张床，似乎也不能使我更加开心了。

特拉德尔一边吃，一边切，一边开怀大笑，一刻也没有停过。实际上，突然之间，我们大家似乎都是如此，我想，从来没有哪一次比今天更成功了。

当我们正兴高采烈地忙着烤最后一批肉片时，我发现房间中走进了一个人，手里拿着帽子，泰然自若地站在我面前，这个人是李提默。

"什么事？"我不自觉地问。

"抱歉，先生，有人指引我到这儿来。我的主人不在吗？"

"他没来。"

"你没见过他吗，先生？"

"没有，你不是从他那里来的吗？"

"不是，先生。"

"是他让你来这儿找他的吗?"

"也不全是,先生,但是我想,今天不在,也许他明天会来。"

"他已经从牛津回来了吗?"

"先生,"他很恭敬地说,"您坐,这个交给我就行了。"说完便从我那丝毫没有抵抗的手中取了去,然后全神贯注地俯在烤架上了。

即使是斯梯福兹亲自到来,我想,我们也不会感到如此的不安,但是面对他那体面的仆人,瞬间我们却成了谦卑中的谦卑了。米考伯先生靠在椅子上哼着小曲,装出很自在的样子,从他怀里露出了叉柄,仿佛已经被行刺;米考伯太太懒洋洋地戴上她的褐色手套,摆出一种上流人的神气坐在那里;特拉德尔则是笔直地站在那里用那沾满油的手摸着头发,对着桌布发呆;而我,只不过是一个孩子,一个坐在主位上的孩子,连看都不敢看一眼那个不知从哪儿跑到我这儿来整理我住处的体面的大人物。

肉烤好之后,李提默便取下然后庄重地朝我们递过来。此刻我们已经食欲全失,但是也都取了一些,只是做出想吃的表示而已。当我们一个一个地将碟子推开之后,他不动声色地将它们收走,然后拿来了干酪,用完之后又拿走,清理桌子,摆好酒杯,随后又自作主张将我刚买的那张摆满碟子的餐桌推进了食器室,他是低着头做完这一切的,而且做得那么妥当。但是,当他背对着我的时候,他的臂肘似乎充分表明了他那坚定的看法:我是非常非常的年轻。

"还有什么可以为你效劳的吗,先生?"

我谢过他,对他说,没有,然后问他用不用晚餐。

"不用,谢谢,先生。"

"斯梯福兹是不是要从牛津回来了?"

"我以为他今天会到这里的,先生,但是我却搞错了,看来他明天才能到,先生,毫无疑问,这是我的错,先生。"

"如果你先见到他——"我说。

"抱歉,先生,我想我不会在你之前见到他呢。"

"我是说万一,请你转告他,今天他没能来,我感到惋惜,因为今天来了一位老同学呢。"

"的确,先生!"他随即朝我和特拉德尔恭敬地鞠了一躬,抬头时看了一下特拉德尔。

正当他向门口慢慢走去时,我带着一种——对他来说,这样的举动实为不应该——想说点什么的微薄希望说:

"李提默!"

"还有什么可以为你效劳的吗,先生?"

"上次,你在雅茅斯住的时间长吗?"

"不是很长,先生。"

"你目睹了那条船完工的全过程吗?"

"是的,先生。我住在那里就是为了监督那条船完工呢。"

"我了解了!"我说(他很恭敬地抬起眼睛看我),"我想,斯梯福兹还没有见到那条船吧?"

"这个，我，不能说，先生。我认为——但是，先生，我实在不能说，先生。再见。"

说完，他向我们所有的人恭敬地鞠了一躬，便走了。他离开之后，我的客人似乎连呼吸也比较自由了，而我感到的轻松是前所未有的，因为处在一种低下的地位中（在他面前，这种感觉是常有的），除了让我感到拘束之外，我的良心也以为我对他的主人存在偏见而因此来低声咒骂我，我甚至不能压制我心中的那种焦虑——以为他可以发觉这事实的那种模糊的不安的忧虑。事实上需要掩饰的是那么少，但是我总觉得他能够看穿我的心事，这是为什么呢？

我被米考伯先生的那些赞美李提默的诗句从思考中唤醒，他把他称为最体面、最完美的仆人。看来，对于他的那一个鞠躬，米考伯先生已经完全接受，并带着无限的诚意接受了。

侧面写出李提默的行为给了我们不自在的感觉。

"亲爱的科波菲尔，但是这加料酒，"米考伯先生呷了一口酒说，"就如同这时光，不待人啊！现在这酒的味道真好。我的爱人，你怎么看？"

她回答说极佳。

"那么，"米考伯先生说，"亲爱的科波菲尔，恕我冒昧，我要为我的朋友科波菲尔，我那过去比较年轻的日子，以及我的朋友陪我一起并肩作战的日子干一杯。另外，我可以用之前我们唱过的那句来说明我和科波菲尔之间的关系——

并肩作战：密切配合，一起打仗。比喻团结合作，共同完成某项任务。

　　我二人曾跋山涉水
　　共采那美丽的哥文

从这种比喻中可以看出，我们曾这样过。虽然我并不清楚，"米考伯先生带着一种响亮的声音和一种无法形容的神气说，"也不管哥文到底是个什么东西，但是我坚信，科波菲尔和我肯定一起采过，也经常采那东西，如果这一切都是能够办得到的话。"

说完之后，我们一同举杯，一饮而尽。很明显，特拉德尔显得有些突兀，想不通我何时与米考伯先生并肩作战过。

"哈哈！"米考伯先生清了清嗓子，在酒和火的作用下说，"我的爱人，再来一杯？"

米考伯太太说不能再多喝了，但是，我们都不同意，于是又给她满上了。

"在这里，没有外人，科波菲尔先生，"米考伯太太喝了一口酒说,"我把特拉德尔也早已当成了我们家中的一分子,现在,对于米考伯先生的前途,我想听听你们的意见。要说谷类,"米考伯太太有根有据地说,"像我多次对米考伯先生提过的,这也许是高尚的,却无利可图,就算我们把标准再降低一些,半个月的薪水是两先令九便士,这能叫有利可图吗?"

我们都表示赞同。

"那么,"以见事透辟自负,也以使米考伯先生走正路的(他也有走歪路的可能)她那女性的智慧自负的米考伯太太说,"那么这样问我自己,如果谷类没有发展,那么做什么才能有前途呢?煤可以吗?一点也不。因为我娘家的提议,我们因而向那个行业投入了我们的注意力,并进行了考察,结果发现这根本就是一个错误的决定。"

米考伯先生把手插在口袋里,靠在椅子上窥探着我们,并微微领首,似乎在说,她已经把这个道理说得很透彻了。

"既然谷类和煤这一类东西,"米考伯太太更加有根有据地说,"都没有发展前途,那么科波菲尔先生,我自然要把目光转向其他行业了,并对自己说,具有米考伯先生这样的才能的人究竟在哪个行业才能有所发展呢?——一切只拿固定工资的事除外,因为那是不可靠的。我相信,只有那些绝对靠得住的生意才适合具有米考伯先生这种天资的人。"

特拉德尔和我都带着同情,低声说道:"米考伯先生必然会在这个大发现中一展抱负。"

"我无须瞒你,亲爱的科波菲尔,"她继续说,"我想了很久,觉得米考伯先生对于酿酒这个行业最适合不过了。瞧瞧特鲁曼—罕布里—布克斯顿公司吧!想想巴克雷—波京斯公司吧!依我看,将来米考伯先生一定会在那个行业做出一番事业的,另外,我还听说,那个行业利润相当丰厚呢!但如果米考伯先生连进去工作的机会都没有——当他甚至贬低自己的身份向他们效忠时,他们居然不回他的信——这个想法还能奏效吗?不能。我相信以米考伯先生的才能——"

"哼!亲爱的,这是真的吗?"米考伯先生打断了她。

"我的爱人,别打断我。"米考伯太太套上她那双褐色手套说,"我相信,科波菲尔先生,以米考伯先生的才能去从事银行业,那肯定是有很大的发展空间的。我在心中暗自揣度,如果我在一家银行有一大笔存款,由我出面去证实米考伯先生的才能,那一定会使米考伯先生得到信任,加以重用。但是话又说回来,如果银行不肯接受,也不去重用具有米考伯先生这样有才能的人,那这个想法还能奏效吗?不能。至于自己开设一家银行,我了解,我娘家有些人,如果他们能够把钱交给米考伯先生,然后去设定这样一个机构。但是,如果他们不借钱给米考伯先生——他们是不会那样做的——那这个想法还能奏效吗?我得说,现在我们仍然停留在原来的位置,没有向前进一点啊。"

特拉德尔和我都摇了摇头说:"一点也没有。"

"从这里,我得到了什么结论呢?"米考伯太太仍然带着那种把事情说得很清楚的神气说,"亲爱的科波菲尔,我得到的结论是什么呢?很明显,我们得设法活下去,我这样说有错吗?"

特拉德尔和我都说:"一点也没错!"后来我竟然聪明地补充了一句,"一个人如果活不下去,那他就得死。"

"没错，"米考伯太太接过我的话说，"的确如此。就目前的状况来看，亲爱的科波菲尔，如果不出现和目前状况截然不同的局面，我们就得死了，现在我已经很确切地这么认为了，最近，我也曾向米考伯先生指出过这个想法，我们不能期待机遇会自己出现。或许我们应当做点什么帮助它出现，也许我的想法是错误的，但是这个想法已经在我的脑中生了根。"

对于她的这个想法，特拉德尔和我都给予了很高的称赞。

"好啦，"米考伯太太说："那么我应该怎么做呢？一方面，米考伯先生是有资历的，有很好的才能……"

"我的爱人，这是真的吗？"

"亲爱的，求你别打断我，让我说完，一方面，米考伯先生是有资历的，有很好的才能——应该说是个天才，但这也许是我这做妻子的对他的偏见——"

特拉德尔和我同时低语道："不是。"

"而另一方面呢，米考伯先生至今都还没有一官半职。这个责任该由谁负？毫无疑问，是这个社会啊。那么，我的主张是，将这样一件可耻的事实公布于众，勇敢地向这个社会发出挑战，让它把这个事实改正过来，还米考伯先生一个公道。我认为，亲爱的科波菲尔，"米考伯太太极为严肃地说，"米考伯先生必须得向这个社会发出挑战，战书可以这么写，'谁敢应战，站出来！'"

我大胆地问米考伯太太，具体应该怎么做。

"在各大报纸上刊登广告，"米考伯太太说，"我认为，为了对得起自己，为了对得起家庭，甚至我可以说，为了对得起那一直将他忽视了的社会，米考伯先生必须在各大报纸上刊登广告，清清楚楚地告诉世人他是怎样的一个人，具有怎样的才能，最后这样落笔："喂，拿你们最丰厚的报酬来聘用我，投函凯木登区，邮局，威尔金·米考伯，邮费先付。'"

"亲爱的科波菲尔，米考伯太太的这些想法，"米考伯先生直起脖子斜看着我说，"事实上，就是上次见到你时对你说的飞跃了。"

"刊登广告得花不少钱啊！"我将信将疑。

"的确如此！"米考伯太太带着那种合乎逻辑的神气说，"这是不假的，亲爱的科波菲尔！这一点我也曾与米考伯先生提过。就算为了这样的理由，我认为米考伯先生也应当（如我已经说过，为了对得起自己、家庭，还有这个社会）去筹一笔款——用期票来借。"

米考伯先生靠在椅子上，看着天花板，玩弄着眼镜，但是我时而发现他也在留意正在看火的特拉德尔。

"如果，"米考伯太太说，"如果我娘家那边的人都不具有那天然的同情心，来通融那张期票——我想，应该有一种更好的商业用语——"

米考伯先生仍旧看着天花板，对她提醒说："贴现。"

"是贴现，将那张期票贴现，"米考伯太太说，"我的想法是，米考伯先生应当拿这张期票进城，直接去金融市场，能贴多少是多少。不过米考伯先生是否会被他们强迫而使自己蒙受很大的损失，这就得看他们的良心了。但是，我把它看作一种投资——一种必然获利的投资，当然我也这样劝米考伯先生，为了这种投资，我们得付出一切代价。"

我认为（但是我也不知道为什么会这样认为），这是米考伯太太会付出代价的忠实表现，于是我把这意思嘟囔了一遍，一直在看火的特拉德尔随着我的意思也嘟囔了一遍。

"没有必要，"米考伯太太喝完杯中的酒，拿起披肩，准备退回我的卧室时说，"我没有必要在米考伯财政这个问题上长篇大论。但是亲爱的科波菲尔，当见到你，也在特拉德尔先生面前（虽然我们只是刚认识不久，但我早已把他当成家中的一分子了），我禁不住想告诉你们我劝米考伯先生采取的那些途径。我认为，现在应该是米考伯先生奋发的时候了，我说的是，机遇已经出现了，我认为这是最好的方法了。我知道，我只是一个女人罢了，人们总习惯地认为，对于这些问题，男人应该有更独到的见解；但是，我仍然记得，当我还在闺阁之中的时候，就听爸爸经常这样说，'虽然恩玛的身体很脆弱，但是对于每个问题的见解却并不比任何人弱'。我知道爸爸一向都很偏袒我，但是我也从未怀疑——我的良心与理智不允许我怀疑——爸爸对于一个人的观察力。"

说完这些话，她谢绝了我们再干一杯的请求，便到我卧室里去了。此刻，我觉得她是那么高贵，而且她绝对有资格成为罗马贵妇，并且相信，在社会动乱时，她绝对可以建立各种丰功伟绩。

在我对她的这种印象下，我激动地举起杯，为米考伯先生能有这样一位贤妻而祝贺他，特拉德尔也一同举了杯。米考伯先生很感激地和我们握手，随后用他的小手巾蒙住了脸。片刻之后，又很高兴地喝起了酒。

他很健谈。他说，我们在新生的孩子里重生，在经济的压迫下，新生的孩子会格外令我们高兴。他说，但是对于这一点，米考伯太太近来感到有些不安，但是他的解释已让她安了心，至于她娘家的那些人，他们根本就不能与她相比，也根本配不上她，至于他们的那些意见，他也完全不会理会，让他们——他是这么说的——滚蛋吧。

随后，针对特拉德尔，米考伯先生发表了一篇激情洋溢的赞词。他说特拉德尔是一个很不错的角色，他那坚定的性格完全是他（米考伯先生）所不能及的，谢天谢地，他却能够加以赞美。随后，米考伯先生向特拉德尔满怀同情地提起那位与他相亲相爱的姑娘，米考伯先生立即举杯为她祝酒，我也照办了。特拉德尔谢过我们，然后带着质朴和诚实对我们说："我非常感激你们，同时，我也敢向你们保证，她是最可爱的姑娘！"

自那以后，只要有机会，米考伯先生便会带着绝佳的礼貌与关心问我的感情问题。他说，如果他在没有听到他的朋友郑重地告诉他"没有"之前，他便会相信他的朋友科波菲尔已经有心上人了。脸红，发烫，不安，结巴，否认，最后我终于按捺不住举起酒杯说："得！我要为朵拉干一杯！"见到我如此反应，他是那么兴奋，那么满足，随即拿起一杯酒跑进我的卧室，好让米考伯太太也为朵拉干一杯。米考伯太太带着很浓的热情干了那一杯，随后便从我的卧室传出一阵尖叫："听啊，听啊！亲爱的科波菲尔，我十分开心，你听见了吗？"同时轻轻敲着墙壁，作为喝彩。

随后，我们的话题涉及了一些比较世俗的事。米考伯先生对我们说，当广告发挥了作用，出现了一种令他满意的机遇之后，他想到的第一件事就是搬家，因为他在凯木登区感到不舒服。首先他对我们提到的是他时常关注的那条位于牛津街西端面对海德公园的胡同，但是他没有期望能够立即搬进去，因为这一小小的举动需要一大笔收入。他的计划是，能够在一个体面的商业区——如毕加狄力——拥有一栋楼的顶层，在那里住上一段时间，他就已经很满意了。米考伯太太也一定会喜欢那个地方。在那里，添一个弓形窗，或者在屋顶再加一层，或者做一些其他的变动，那样他们便可以舒服地住上几年了。最后，他还特别强调说，无论会出现什么样的机遇，也不管他们会搬到哪儿，总之我们可以放心——他会永远在那里为特拉德尔预备一个房间，为我准备一副刀叉。我们领受了他的好意，同时，他就刚才对我们提到的那些世俗的琐事向我们道歉，请求我们能够谅解。因为这对于一个快要彻底进行新的生活的人来说，谈到这些是很自然的，因此，我们要加以谅解。

此时，我们被米考伯太太敲墙壁的声音打断了，她问我泡茶的水是否已经烧好。随后，她走出我的卧室，很认真地为我们泡茶。每当我传递茶杯、奶油、面包从她身旁经过时，她便低声问我，朵拉是黑还是白，高还是矮，或者其他诸如此类的事，但是我觉得我非常喜欢听她这样问我。茶后，我们坐在火炉前聊着其他的一些话题；米考伯太太为我们唱起了她最拿手的《勇军曹》和《小塔夫林》，当米考伯太太还在闺阁之中时就以这两首曲子见长了。另外，米考伯先生对我们说，当他在她的娘家第一次见她，听到她唱《勇军曹》时，他便格外注意了；当她吟唱第二首时，他便下定决心，此生非她不娶。

十点过后，米考伯太太起了身，拿起那张浅褐色的纸把她的帽子包好了，重新换上了软帽。特拉德尔去穿外套了，此时米考伯先生拿出一封信偷偷递给我，并压低了声音对我说，让我在有空的时候再看。米考伯先生挽着他的爱人走在前面，特拉德尔拿着帽子跟在他们后面，我拿着蜡烛跟他们来到了楼梯的栏杆前给他们照路，我趁着这一小段时间，提醒了特拉德尔几句。

"特拉德尔，"我说，"米考伯先生并不坏，只是很可怜，但如果我是你的话，我不会借给他们任何东西。"

"亲爱的科波菲尔，"他笑着说，"我没有任何东西可以借给他们啊。"

"你要知道你还有一个名字啊。"我说。

"哦！的确，当然！很感谢你的提醒，科波菲尔，但是——我恐怕已经借给他了。"

"是被用在投资的期票上吗？"

"不是，不是用在那个上面。我还是第一次听说这种东西。不过，我刚才在想，很有可能在回家的途中他便会跟我提起了。但我的是另外一种。"

"我希望以后不会有问题。"我说。

"希望不会，我想应该不会，因为在前一天他还对我说，他已经有准备，'有准备的'——这是米考伯先生的原话。"

这时，米考伯先生抬起头朝我们看了一眼。我仅来得及把我的话跟他简单提醒了一下，他谢过我之后便下去了。但是当我见到他拿着帽子，那么温和地扶着米考伯太太时，我担心他很快便会被连皮带骨牵扯进金融市场了。

回到房间，正当我坐在火炉旁半认真半嘲笑地回想米考伯先生的性格以及往日我们之间的关系时，楼梯上传来一阵急促的脚步声。刚开始，我以为是米考伯太太落下了什么东西，让特拉德尔回来取，但是当脚步声临近时，我知道那是谁了。此刻我心跳加速，血液冲上我的脸，因为是斯梯福兹。

我从来都没有忘记过爱妮丝，也从未离开过一开始就在我的思想中为她建立的圣殿。但是当他

走进房间站在我面前时，那过去落在他身上的阴影瞬间消失了，被光阴所替代了，此刻我感到惶恐与愧疚，因为曾经我怀疑过我那么真挚的朋友。但是我仍然爱她，她依旧是我生命中的幸运女神，我痛责自己冤枉了他；如果我知道用什么可以赔偿他，如何赔偿他，我一定会不惜一切代价。

"喂，雏菊，傻啦！"他热情地握起我的手，而后愉快地放开，笑着对我说，"看来，我又碰上你宴请宾客了吧，你这奢侈的家伙！我相信，同博士院的这些家伙比起，我们冷静的牛津人，要快活百倍呢。"他坐在刚刚米考伯太太坐过的沙发上，把火拨旺，然后用他那双明亮而愉快的眼睛打量着我的房间。

"听出是你的脚步声，我是那么吃惊，我几乎连问候你的力气也没有了，斯梯福兹。"我带着所有的热情对他表示欢迎。

"得，油嘴滑舌！如同苏格兰俚语说的那样，眼痛的人见到我一定会好起来。但是雏菊，见了春光满面的你，那效果也是一样的。最近好吗，我的马库斯的信徒？"

春光满面：比喻人喜悦舒畅的表情。形容和蔼愉快的面容。

马库斯：罗马神话中的酒神。

"很好，虽然有三个人赴宴，但并非盛宴。"

"刚刚在街上，我已经遇到了他们三个，还听他们在大声地称赞你呢。"他说，"那位穿着紧身裤的朋友是谁啊？"

我压缩了一下语言，用简短的几句话向他介绍了米考伯先生。他真诚地笑了，笑我对于那位先生做了一些无力的描述，他说米考伯是一个值得去结交的人，他决定去认识米考伯。

"但是你猜猜看，另外的一位朋友是谁？"我说。

"我哪知道，"斯梯福兹说，"我希望不是一个讨厌的家伙，但是看上去有点像。"

"他是特拉德尔啊！"我很兴奋。

"谁？"他很无所谓的样子。

"特拉德尔啊！你忘了吗？当初在萨伦学校和我们住在同一间寝室的啊！"

通过斯梯福兹的评价表现了特拉德尔的善良。

"哦！是那个家伙！"他拿起火箸敲着火炉上的一块煤说，"他还像过去一样那么软心肠吗？你究竟是在哪儿碰见他的？"

我觉得在斯梯福兹眼里，特拉德尔一直是一个受轻视的角色，因此便极力去称赞特拉德尔。听完，斯梯福兹也只是点了点头，笑了笑，说他也很想见到那位老同学。他从来都是那么奇怪，说完便把这个话题抛在脑后，问我还有没有东西吃。在这简短的对白中，当他感觉很不爽快时，他总是懒洋洋地坐在那里依旧用火箸敲着那块煤。在我拿出剩下的一些鸽肉馅饼时，他的举动丝毫未变。

"呵，雏菊，这是一个宫廷御宴啊！"他大叫着跳到桌子旁坐下，"我要好好地吃上一顿，我刚从雅茅斯回来。"

"你不是去牛津了吗？"我不解。

"没有，我去航海了，非常快活。"

"今天李提默来了，到我这儿来打听你，我还以为他说你要从牛津回来呢；但是现在想想看，他的确没说过那样的话。"

"他居然来打听我，他比我想象中的还要傻。"斯梯福兹愉快地斟了一杯酒，举杯为我祝酒，然后说，"雏菊，如果你能够了解他，那么你就是我们当中最聪明的一个了。"

"的确，我不了解他，你竟然去了雅茅斯，斯梯福兹！"我把椅子移向他一点，想知道这是怎么一回事，"你在那里住的时间长吗？"

"不长，浪荡了大概一个星期。"

"他们都还好吗？小爱米丽结婚了吗？"

"还没有。不过快了，我相信，几个星期或者几个月之后，迟早要结的。我也不是经常能看见他们。对了，"他放下手中的刀叉，把手伸进了衣袋，"有你的一封信。"

"是谁写的？"

"是你的老保姆，"他从胸口的衣袋中拿出一些文件，说，"'詹·斯梯福兹大人，如意居的债务人'，不是这个。别着急，我立刻就能把它找出来。信的内容好像是说，老什么的情况不妙。"

"你是说巴吉斯吗？"

"是他！"他仍然在他的衣袋中摸索着，"我担心，可怜的巴吉斯快不行了。在那里有一名医生，曾经接你来到这世上的那个。我觉得，对于那种病，他非常精通，但是，他的结论是，那个车夫即将要走完他最后的旅程了。椅子上的那件外套，你去找找，我相信应该在那里面。找到了吗？"

"找到了！"

"这就是了！"

皮果提的信比以往更潦草、更短了。信中提到了巴吉斯那令人绝望的身体状况，还提到他现在又比往日吝啬了，当然更让自己舒服了。至于她的疲劳以及对他无微不至的照料，她在信中绝笔未提一字，却很称赞他，信中流露出一种质朴而未加任何修饰的诚挚情感（我知道这种感情是真挚的），结束语是"问候我永远亲爱的"——这指的是我。

当我在辨认那些字迹时，斯梯福兹在不停地吃不停地喝。

"这事的确让人感到悲伤，"他吃完后说，"但是每一天太阳都会沉没，每一分钟都会有人离去，我们不应该被这些人都逃避不了的命运所吓倒。但是如果我们因为公平的脚步在垂青别人，而此刻我们没有把握住自己的命运，那么我们便会失去一切。不，前进！需要时应当向前驰骋，过得去时不妨缓步，但是一定要前进！跨过一切障碍，去前进！在比赛中获胜！"

"什么比赛啊？"我问。

"我们已经参加过的比赛，"他说，"前进！"

他停了下来，举起酒杯，微微向后仰着他那俊秀的头，这时，我发现，他那红润的脸上带着些许海风的新鲜气息，同时也保留着上次我曾发现过的一些痕迹，仿佛在过去一段时间里，他一直在从事一种紧张的工作。此刻他那火一般的意志在他心中激起了一阵涟漪。本来，我想劝阻他放弃他所幻想的那些冒险行动——如与凶恶的大海搏斗，与恶劣的天气抗争——但是我的思想又回到了我们刚刚的话题。

"听我说，斯梯福兹，如果你那旺盛的精神愿意听我说话——"

"我的精神很蓬勃，愿意做你喜欢的任何事。"他走到火炉旁说。

"那么，听我说，斯梯福兹，我想我得去探望一下我的皮果提。也许我做的任何事都不会对她有益，或者确切地说不能够帮她什么忙，但是她对我是那么关心，我只希望我的探望能够在她身上产生一些影响，给予她一种安慰与支持。我想，与她曾经对我所做的一切相比，我即将做的根本<u>微不足道</u>。如果你是我，你会不会抽出一天的时间去探望呢？"

他很不安地坐在那里，想了一会儿之后低声说："得！去吧。你是不会碍事的。"

"你刚从那里回来，让你陪我去恐怕不会有结果了吧？"我说。

"对啦，"他说，"待会儿我得去看我的母亲，这么久没回家，良心上未免有些不安。因为对于她那浪荡的儿子来说，她却仍然爱得那么深，这很难得呀。呸！胡说！你是打算明天去吗，我猜？"他伸直了两只胳膊，然后把一只手搭在了我的肩上说。

"是的，我想明天就动身。"

"得，还是后天吧。本来，我打算让你去陪我们住几天的，现在到这儿来，就是为了邀请你，而你却偏偏要飞到雅茅斯！"

"斯梯福兹，你经常瞒着别人到处东奔西走，却说我偏偏要飞！"

他没出声，看了我一会儿，然后用那只搭在我肩上的手摇了我几下说：

微不足道：微小得很，不值得一提。指意义、价值等小得不值得一提。

暗示了斯梯福兹内心的不安，为下文情节做了铺垫。

"过来吧,明天!和我们快快乐乐地过一天。下次再见面是什么时候,谁都说不好!过来吧!明天一定得来!你要站在我和洛莎·达特尔之间,将我们分开。"

"没有我,难道你们会爱得太厉害吗?"

"对啦,也许是恨得太厉害。"他笑了,"但是不管是爱是恨,明天一定得来!"

我允诺了他,他穿上外套,点上雪茄,步行回家。我穿上外套去送他,一直来到一条空旷而寂静的大道。一路上他都很愉快,在我们分手时,我看着他迈着勇敢而轻快的步伐朝家走去,突然,我想起他所说的:"跨过一切障碍,去前进!在比赛中获胜!"同时也希望他去参加一种有价值的比赛。

回到卧室,当我脱下衣服时,米考伯先生递给我的那封信落在了地板上。我这才记起它来,于是打开了。落款时间是距晚餐还有一个半小时。我不知道曾经是否提过,在米考伯先生遭遇那些难以解决的问题时,他便会使用一种法律上的术语,这让他觉得,通过这种办法,似乎能够解决他的问题。

阁下——因我不敢称呼,我亲爱的科波菲尔:

我应当奉告:下方的署名人已经溃败。今日君或许见此人闪烁其词,乃不愿让君预闻彼之窘况。但希望已沉入地平线之下,下方署名人已遭溃败。

在受到某个人之迫害(我不能称之为社会)下我写就此信。彼人受雇于某经纪人,已处于烂醉状态。彼人已扣押署名人之住所,以追补租金,其扣押物中不仅包括本宅长住房客之署名人的各种动产,还连及内院荣誉学会会员寄宿人汤姆·特拉德尔先生所有财产。

此时"荐"(此乃某名垂青史诗翁之言)于唇边将溢之杯,如尚缺一滴忧郁,则可于下列事实中得之:前言汤姆·特拉德尔先生曾好意承受署名人二十三镑四先令九便士半之期票一张,现已到期,却无应有准备。不但如此,就事实而言,署名人之沉重负担,又因自然规律之程序,将添一弱小受苦者而变得更重矣;以弱小者出世之期——以数字示之——自即日算起,不到六个月矣。

上述之言,可以将其视作分外功行,署名人忏悔不已是也。

威尔金·米考伯谨启

可怜的特拉德尔!现在我算是看清了米考伯先生,也似乎了解了他从那打击下恢复的可能了;那一夜,我彻底难安,因为我担心特拉德尔,也在为那个住在德文的牧师的女儿——她是十个中的一个——而悬心,那么可爱、善良的一个姑娘,她可以为特拉德尔等到六十岁,甚至就这么一直等下去。

精彩点拨

米考伯先生是位绅士,有文采,而且其文采常流露于哼唱的歌曲和写的书信中。他对未来盲目乐观,总想靠运气过上好日子,却从来没有认真地规划过。

明明生活窘迫,还和妻子生了好几个孩子。他也是幸运的,在多次搬家远走,身陷牢狱时,他的妻子坚强地支撑着他和这个家,始终对未来抱有希望;还遇到了大卫和大卫的同学特拉德尔,并在困难时获得了他们的安慰和实际的帮助。

阅读积累

祭 坛

祭坛是古代用来祭祀神灵、祈求庇佑的特有建筑。祭祀制度起源于原始社会的自然崇拜和原始农业,祭祀对象为天地日月、社稷和先农等神。最初在林中空地上举行祭祀,逐渐演变为用土筑台,再由土台演变为砖石包砌。先人们把他们对神的感悟融入其中,升华到特有的理念,如方位、阴阳、布局等,无不完美地体现于这些建筑之中。祭祀活动是人与神的对话,这种对话通过仪礼、乐舞、祭品,达到神与人的呼应。

祭坛是迄今发现的人类最早的建造物之一。献祭活动则反映了人类最初对世界的理解。

在无数次的献祭过程中,作为祭品的牺牲,包括人体的各个部分,与所为之奉献诸自然神(自然万物)之间,便逐渐建立了一种神秘的——对应关系。而这一次次献祭仪式则成了原初人类最重要的营造活动的起源。

第三十章

> **精彩导读**
>
> 　　大卫去看望了斯梯福兹，见到了达特尔小姐的一系列让他摸不着头脑的行为。在告别斯梯福兹后，大卫去了雅茅斯，他向欧默先生打听了巴吉斯的病情，欧默先生给他讲了小爱米丽的一些事情，后来大卫去了皮果提先生家，并和皮果提先生一起去了巴吉斯家，不久巴吉斯去世了，皮果提该怎么办呢？

　　次日清晨，我便向斯宾罗先生请了几天假，因为我还没拿到过薪水，于是那个不通情理的约金士先生也就没说什么，当然请假也没费多少口舌。我趁此机会向斯宾罗先生问候了他女儿，但是在我说话时，我突然发出的声音堵住了喉咙，眼睛也模糊不清。但是斯宾罗先生说他女儿很好，而且对于我的问候也很感激，但是他说话时所带有的感情并不比谈论其他人时要多一些。

　　作为学徒事务员的我们都是那些即将成为高贵阶级的代诉人的幼苗，当然享有的待遇也是丰厚的，同时也是那么的无拘无束。但是，由于我不想那天一点钟或是两点钟之前动身去拜访斯梯福兹，同时，那天一大早，我们法院就在处理一件小小的逐出教会的案子，当然我和斯宾罗先生也出席了，在那里很愉快地坐了一两个小时。这个案子是狄普京斯提交审判的，目的在于使布洛克的灵魂得到感化。案情起因于他们的争斗，过程中一个人把另外一个人推到了教会屋檐下的一个水龙头上，恰恰因为这一推，便造成了一件宗教案。想起来这件事是那么有趣而可笑。一路上我坐在马车里想着博士院，以及斯宾罗先生所说的"动哪怕博士院的一根手指头，国家便会衰亡"的话，我这样想着直至我们抵达海盖特。

　　斯梯福兹夫人和洛莎·达特尔小姐见到我都很高兴。我发现李提默被一个害羞的帽子上系着蓝色结子的小丫头所代替，由她来伺候我们，这让我感到出乎意料的惊喜。与那个体面的人相比，这个小丫头让人感觉愉快，更不至于令人心慌意乱，但是，我在坐下还不到半小时就发现，达特尔小姐总是在打量我，眼神是那么紧逼，同时又在鬼鬼祟祟地把我的脸和斯梯福兹的进行比较，非得找出这二者之间会发生什么。因此我朝她看时，便会发现那双令人惊悚的黑眼睛。要么看着我，要么突然由看我的角度转向斯梯福兹，抑或一同将我二人摄入眼中。当她发现我在注意她时，她一点也没收回她那灼热的目光，反而以一种更为专注的表情盯着我，虽然我扪心自问没有任何地方能够让她抓住把柄，但是我实在忍受不了她那如饥似渴的眼神，最后不得不在她那好奇的目光中退避三

舍了。

在那一整天当中,我感觉整个住宅到处都是她的影子。当我在斯梯福兹房中聊天时,都能听到外面过道中她的衣服被风刮得窸窸窣窣的声音,当我们坐在草地上玩着我们往日玩的游戏时,我发现她的脸像一盏飘来飘去的灯,忽而出现在这扇窗户前,忽而来到那扇窗户前,最后终于定住了,站在那里监视我们。午后,我陪他们一起外出散步时,她那瘦长的手一把抓住了我的胳膊,叫我留下,一直到斯梯福兹和他母亲的脚步声消失时,她开始说话了。

"你已经很长时间没来这里了。你的全部注意力真是被你的工作所吸引了吗?它们真就那么有趣,那么吸引人吗?因为我无知,所以才有此一问,是想得到更好的指教。真的吗,先生?"

我对她说:"我确实喜欢这份工作,但是它还没有我想象中那样好。"

"哦,是这样!我很高兴知道真相,因为在我犯错时得到及时纠正是件令我再愉快不过的事情了。"洛莎·达特尔小姐说,"你的意思是这份工作很枯燥、很乏味是吗?"

我说,也许这份工作确实有那么一点儿乏味。

"哦!所以你想去放松一下,转换一下周围的气氛,寻找一些刺激,或其他与此类似的事?"她说,"啊!的确!但是对于他来说是不是有些——呃,我不是在说你。"

她向斯梯福兹挽着他母亲远去的方向投去了迅速的一瞥,我明确她指的是谁,但我也只是读懂了这一点,至于其他的,我一无所知,当然,毋庸置疑,当时我的脸上流露出了迷惑不解的神色。

"难道那样的事对于他来说就没有——我可并没有说是,只不过,我想知道一下而已——任何吸引力吗?难道那样的事就不会让他在访问那位盲目溺爱他的人时,也许,比平常要更疏忽一些吗——嗯?"说完又朝他们迅速地扫了一眼。随后,也带着相同的眼神看了我一眼,似乎要将我心灵深处那一点想法看破一般。

"达特尔小姐,"我说,"请你不要以为——"

"我没有做任何猜想!"她叫道,"哦,别以为我会去胡乱猜测什么!我并不多疑。我只是问了一个问题而已,但我没有发表任何意见,我只不过是想就你对我说的话为自己建立一种想法。哦!你的意思是说,这并非如此?得!我明白了,这很让人高兴呢!"

"当然不是那样的,"我在惊慌中说,"纵使斯梯福兹离开家的时日比以往都要长,那也与我无关。因为若不是听你提起,我也不知道此事呢。上次一别,直到昨晚我才见到他。"

"之前就没有见过?"

"当然千真万确,达特尔小姐,没有!"

她一直盯着我看,我发现她越发消瘦了,脸色也越发苍白了,那一道伤疤也似乎变长了,一直划过她那变了形的上唇,在脸上斜了一道杠,直穿下唇。她的那道伤疤以及她那锐利的眼光是那么的可怕。她目不转睛地盯着我,说道:

"那他都做了些什么?"

我是那么吃惊地把这几个字重复了一遍,与其说是在反问她,还不如说我在自言自语。

"那他都做了些什么?"

她说话时的那个样子，似乎在冒火，那火足以把她自己烧尽。"那个家伙究竟在帮他干什么啊？他看我的眼神永远是那么的虚伪，实在是令人费解！如果你高尚，忠于朋友，我是绝不会让你做出任何出卖朋友的事情。但是我只请你告诉我，那些迷惑他的，是愤怒、仇恨、浮躁、爱情，还是足以让他疯狂的念头？这到底是什么？"

"达特尔小姐，"我说，"要我怎样，你才肯相信我啊？对于斯梯福兹，我实在不知道他究竟与我第一次来这里见到他有什么不同。我想象不出，也相信他没有变化，甚至到现在，我连你的意思都没弄明白呢。"

她仍旧目不转睛地盯着我，那一刻，她那残酷的伤痕处微微抽搐了一下或者说是战栗了一下，随后便把嘴一撇，嘴唇随之掀起，似乎是在鄙视我，也许是在同情她所鄙视的对象，她连忙抬起手——竟是那么瘦弱的一只，曾经她在火炉前举起了它，遮住了脸，那时我曾经在想，这与细瓷又有什么区别啊——遮住了那东西，然后用一种迅速而又带有感情的语气说："刚才我对你说的，你要发誓替我保密！"随后便没有再听到她说任何话的声音了。

斯梯福兹夫人在她儿子的陪伴下显得很高兴，而斯梯福兹在此次回家探亲过程中也是格外关心她，对母亲毕恭毕敬。见他们俩在一起，我觉得非常有趣，这大概是因为他们之间彼此亲爱，更是因为他们之间那十分相似的性格，并且是那种傲慢与偏见，在她，或许是因为年龄或性别的关系而表现出一种仁慈之态。我曾经因为他们多次没有发生严重分歧而庆幸，否则，对于那样两种性格——我应该说是同样一种性格中表现出了两种不同的态度——甚至这两种极其不同的天性更难以和解呢。当然，这个想法也并非出自我自己的观察，而是洛莎·达特尔小姐的一句话提醒了我。

晚餐时，她说："哦，话是这么说，但是，我整天都在想，也十分想知道，所以，不管是谁，请告诉我吧。"

"你想知道什么，洛莎？"斯梯福兹夫人说，"哦，请你别这样神神秘秘的，行吗？"

"神神秘秘！"她叫道，"哦！是这样吗？你认为我是这样的吗？"

"难道我不是一直都在恳求你，"斯梯福兹夫人说，"用你最自然的态度把话说得让我们大家都能听明白吗？"

"哦！你的意思是说我在说话时很不自然是吗？那么，你得宽恕我，因为我在虚心求教。我们永远也无法了解我们自己。"

"那已经成为你的第二天性了。"斯梯福兹夫人很冷淡地说，"但是我记得——我想你也没有忘记——你以前不是这样的，洛莎，那时你是多么信任任何人啊，对任何人都没有疑心。"

"我想你是对的，那样一种坏习惯竟能在一个人身上滋生，长大！"达特尔小姐说，"我以前没有疑心而且相信任何人，这是真的吗？我怎么会改变了呢，而且我却全然不知？这太令我奇怪了，简直莫名其妙！我应当立刻设法找回以前那个我。"

"你会做到的。"斯梯福兹夫人微笑着说。

"哦，我是诚心想要去找回的，你知道！"她说，"我要向——让我考虑一下——向詹姆斯学习，学习如何对人坦白。"

"如果是这样，那可再好不过了。"斯梯福兹夫人赶紧说，因为洛莎在说话时总带着那么一点讽刺，虽然这次说出这句话是在那么不经意间说的。

"我也相信这再好不过了，"她异常激动地说，"如果我还有什么事可以让我去相信你的话，那么，我相信这是没有错的。"

我似乎感觉斯梯福兹夫人为刚才的急躁而后悔，因为她立刻变得和颜悦色地说：

词苑撷英
和颜悦色：脸色和蔼喜悦。形容和善可亲。

"好了，亲爱的，到现在，我们还不知道你到底想要知道什么呢。"

"我想要知道的？"她带着一种令人无法忍受的冷淡说，"哦，我不过是想知道，性格相似的两个人会不会——我这样说恰当吗？"

"没什么恰不恰当的。"斯梯福兹说。

"谢谢！性格相似的两个人，如果对一件事的态度产生了严重的分歧，那么会不会比平常人感到更加愤恨，而且造成的伤害也会更深呢？"

"我想是这样的。"斯梯福兹说。

"你真的这么想吗？"她应声道，"哎呀！那么，如果——我是说如果，况且那些未必会发生的事都可以用来假设——你和你的母亲之间产生严重分歧。"

"亲爱的，"斯梯福兹母亲很和蔼地笑道，"举另外一种假设吧！詹姆斯和我都很清楚彼此的责任，我也祈祷上帝保佑，不会发生那种事！"

"哦！"达特尔小姐沉思地点了点头，"但是这就可以避免分歧吗？哦！当然可以啦。的确，我竟然愚蠢到做出这样一种假设，你们因为清楚彼此的责任，进而能够避免分歧，这太好了！真的很感激你。"

侧面描写
通过大卫的评价写出达特尔小姐的性格特点。

另外，还有一件关于达特尔小姐的事，我觉得不能不提，因为后来，当那些无法挽救的过去都显露出来时，我肯定会想起这件事。那天，尤其是从这段时间之后，斯梯福兹很从容地使出他那聪明的技巧，让这个性情怪异的人成为一个令人满意而愉快的伙伴。当然，对于他的成功我并不感到意外，允许他对她那种令人愉快的技巧——那时，我在想，这应当是一种令人愉快的天性——所产生的那种魅力进行抵制，也没令我感到意外。<u>因为我知道，她有些固执，性情怪僻，而且多疑</u>。最后我发现，她的面容松弛了，态度也逐渐改变了，看他的眼神也是逐渐增加着钦佩，仿佛在责备自己的软弱，尝试着抵制他那迷人的魅力，但是，那入木三分的眼神终于缓和了，脸上露出了温和的微笑，过去我对她那种恐惧的感觉也随之消失了，我们围坐在火炉旁，如同一群无忧无虑的孩子说笑着。

是我们在餐厅中坐得太久了呢，还是因为斯梯福兹不想失去他刚刚得到的那些优势，我不得而知，反正在洛莎离开后，我们在那里没留上五分钟。"听见了吗？她在弹竖琴，"我们走到餐厅门旁，斯梯福兹轻声对我说，"在这三年里，我想没有人听见她弹过，除了母亲。"他说这句时，脸上出现了一种奇特的微笑，却又在眨眼之间消失了。我们走进屋里，发现只有她一个人。

"别起来！"斯梯福兹说（此时，她已起来），"亲爱的洛莎，别站起来！为我们弹唱一首爱尔兰歌曲吧。"

"你喜欢听爱尔兰歌曲？"

"非常喜欢！"斯梯福兹说，"喜欢它超过任何一切，雏菊也是打心底喜欢音乐的。给我们弹一首吧，洛莎！让我们在这里听吧，像往日那样。"

他扶着竖琴坐了下来，没有碰到她，也没有碰到她坐过的那把椅子。她却面带古怪之色在竖琴旁站了一会儿，然后举起右手做出了一些弹琴的指法，却没有触碰琴弦。最后她坐了下来，把竖琴拿到了她的面前，开始弹唱了。

在她的弹唱中，我觉得存在一种我所不知道的东西，让那支歌在我的印象中是那么的不同凡响，超越了一切我所听到过的歌或者凡是那些我所能想象得出的歌。它有那种让人感到亲切的味道，却也包含着一种令人恐惧的成分。似乎那支歌只是从她的内心迸发的，而未经别人的谱写。她的情感在那低沉的音乐中都得不到完全的表现，而当一切都归于沉寂之时，它又蜷伏了起来。她又倚靠在竖琴上，右手做起弹琴的动作，并没有触动琴弦，那时，我早已呆住了。

大概过了一分钟，我才被接下来发生的事所唤醒：斯梯福兹起身走到她面前，搂过她说，"喂，洛莎，以后我们要非常相爱了！"她打量着他，像野猫一样粗鲁地把他推开，随即冲出了房门。

"洛莎这是怎么了？"斯梯福兹夫人进来说道。

"刚才，她做过了一会儿的天使，妈，"斯梯福兹说，"因此，按照那不变的规律，她又走入那种相反的极端了。"

"要小心她，别去惹她，詹姆斯。她现在越来越爱使性子了，记住，别去招惹她，寻她开心。"

洛莎没有回来，直到我去跟斯梯福兹道晚安时，也没人提起她。那时，他嘲笑她，问我有没有见过像她这样一个蛮不讲理的小东西。

我把我对她的诧异表达得那么十足，并且问他能否猜出她突然之间生如此大的气到底是因为什么。

"哦，我怎么会知道，你可以说她是为了任何事去发脾气，也可以说她发脾气不为任何事，无缘无故，莫名其妙！但是我要对你说，她会去磨每件东西，甚至她自己，直到把它们磨到锋利为止。她有锋利的刃，要谨慎与她交往。她永远都是个危险的人物。晚安，好梦！"

"晚安，祝你好梦！"我说，"亲爱的斯梯福兹！明天早上，不等你起来，我就会离开，再见吧！"

他不想让我走，他站在那里，像上次在他家里一样伸直了两只胳膊，并把一只手搭在我的肩上。

"雏菊，"他微笑着对我说，"这个名字不是你父母给你起的，只是我喜欢这样去称呼你——我愿意，我愿意，我愿意，你也可以给我起一个这样的名字！"

"嗯，这我当然愿意了！"

"雏菊，以后不管我们会因为什么而分离，你应该去想着我的好处。好啦，我们现在就约定如果我们一旦分离，那么去想我那些最美好的地方。"

"在我心里，斯梯福兹，你没有最好的，也没有最坏的。在我心里，你永远都是那么受我尊敬、喜爱。"

我为曾经对他的冤枉（虽然这种想法在我脑中还未成形）而感到悔恨，我想把我的真实想法告诉他，当时话已到嘴边，却又咽了下去。因为这样做必须得出卖我与爱妮丝之间的友谊，或者说我还是没有想到如何向他表达才能免去那种出卖她的危险，否则，在他说"愿上帝保佑你，雏菊，晚安！"之前，我肯定已经对他说出了。犹豫之下，我还是决定不说，于是便同他握手道别了。

第二天，我起得很早，悄悄穿上衣服之后，来到窗前朝他房中张望。他睡得很熟，头枕在手臂上，很安稳地睡在那里，像在学校中我见到他的那样。

分别的时候到了，但是却来得那样快，当时，见他像在学校中时常见的那样睡下去，我近乎惊奇，竟没有任何东西能扰乱他的睡眠。让我再想念一下在学校时的他吧！接着，我在寂静的晨色中离开了。

——啊，斯梯福兹，求上帝宽恕你吧！我再也没有机会去握那只在爱情和友谊上都消极的手了，永远都不会有了，永远！

精彩点拨

　　大文学家鲁迅说过，文学作品欲写出人物的性格，首先要描写他们的眼睛。本章就通过描写达特尔小姐的眼睛表现了她的心理活动。如在大卫去斯梯福兹家后，文章先后写了达特尔小姐"令人惊悚的眼睛""如饥似渴的眼神""好奇的眼光""锐利的眼光"等，这些眼睛的描写无不透露出一个深陷爱情而又无法把握爱情的少女复杂的心理。

阅读积累

爱尔兰

　　爱尔兰是一个西欧的议会共和制国家,西临大西洋,东靠爱尔兰海,与英国隔海相望,是北美通向欧洲的通道。爱尔兰自然环境保持得相当好,全国绿树成荫,河流纵横。它的大学教育非常成熟,首都都柏林自中世纪起就被誉为大学城。国内气候温和,各地的气温相对均衡。因全国草地遍布,所以又有"绿岛""绿宝石""翡翠岛国"之称。

第三十一章

> **精彩导读**
>
> 大卫来到了雅茅斯，他先拜访了欧默先生，从他的口中得知巴吉斯先生的病情很严重，还得知小爱米丽这段时期精神不太正常。后来大卫到皮果提先生家里去探望皮果提，皮果提因为他的到来很是高兴。巴吉斯即使病重也还记得自己对皮果提的爱。可惜，巴吉斯先生去世了，皮果提该怎么办呢？

当天晚上，我便来到雅茅斯，首先找了家旅店。因为我很清楚皮果提特备的卧室——我的卧室——估计现在有人入住了，于是便先去找了家旅店，预订了一个房间，吃了饭。

十点钟的时候，我动身了。那时候街道上所有的店铺都停止营业了，一切显得那么萧条、凄凉。当我走近欧默—约拉姆公司时，发现窗户紧闭，但门还开着。朝里张望，发现欧默先生正在离客厅的门不远处抽烟，于是便走了进去，问候他。

"嗯，你还好吗？"欧默先生一面招呼我坐下，一面说，"抽烟不妨碍你吧，我希望？"

"没关系，我很喜欢——看着别人抽烟。"

"嗯？你不抽吗？"欧默先生笑着说，"这也好，先生。抽烟对年轻人来说是种毛病。我抽烟也只是为了我的气喘呢。"

在他大口喘着气坐下后，又用力地吸了一口，仿佛烟斗里有一种让他续命的良药。

"当我得知巴吉斯病危的消息之后，我感到很悲伤。"我说。

欧默先生很镇静地盯了我一会儿，随后摇了摇头。

"现在他是什么状况，你知道吗？"我问。

"正好我也想问你这个问题呢。"欧默先生说，"但是由于我们这个行业的潜规则，也是由于有所忌讳，所以对于当事人的情况，我们是不便过问的。"

对于这种情况，我实在无法开口，刚开始也没有想到。虽然在我刚踏进店门的时候，唯恐那往日的嗒嗒声又在耳边响起。但是听他这样说，我也大致清楚巴吉斯的状况了，于是对他说，这倒是真的。

"对了，对了，你知道的，"欧默先生点着头说，"我们不敢那样去做啊。难道要我们去说，我代表欧默—约拉姆公司问候你，今天上午或今天下午你感觉怎么样？这哪里是对当事人的问候啊？这对于他是多么大的打击啊！"

欧默先生和我互相点了点头，随后又从那个烟斗中找到了呼吸。

"干我们这一行的，我们不能对任何人随意表示我们的关心。"欧默先生说，"这么跟你说吧，如果我与巴吉斯认识才一年时间，当我走到他跟前时只是点点头；纵使与他结识四十年，我也只能是点点头而已，我不能跑过去问：'你还好吗？'"

我觉得这让欧默先生很为难，于是也就把这个意思告诉了他。

"我希望我不是一个唯利是图的人，"他说，"这么跟你说吧，我随时都可能一命呜呼，在这样一种情形下，我应该不是唯利是图的人。当一个知道他快要死了，或者知道在什么时候一定会死的人，更何况他已经有外孙女了，我想他应该不会是那样的人。"

"肯定不会。"

"我并不是在怨恨我的职业，我根本没有那么想过，同时，我也知道每种职业都有好的一面，也有不好的一面。而我所希望的只不过是每个当事人能够放宽心，坚强一些。"

欧默先生露出一种怡然自得、平易近人的样子，随后又静静地吸了几口烟，继续刚才的话题："因此，关于巴吉斯的病情，我们也只有通过爱米丽得知了。当然，她也知道我们的真正意图，于是把我们当作羔羊一般，不会对我们产生惊慌，也没有任何猜疑。明妮和约拉姆刚刚过去了，去问问爱米丽巴吉斯今晚的状况。实际上，爱米丽一下班便回去帮她姨母的忙去了。如果你愿意留在这里等他们回来，那一切自会清楚了。你想喝点什么吗？加水的柠檬酒怎么样？我在抽烟的时候便会喝它呢。"欧默先生举起了杯子说，"据说那东西可以滋润喉咙，让我的呼吸更加通畅呢。但是，我并不是呼吸道出了问题啊！我对我女儿说如果能够给足呼吸，那么我自己就会把呼吸道修理好呢，亲爱的。"

事实上他的气是不够他喘的，甚至看到他笑都会替他捏一把汗。当他理顺了气息，能够说话时，我谢绝了他所提议的加水柠檬酒，因为我刚吃过晚饭没多久。同时感谢他盛情相留，并决定留下等候他的女儿女婿回来。随后我向他问起了小爱米丽的情况。

"嗯，先生，"欧默先生从他嘴里取出了烟斗，以便搓他的下巴，"老实说，等她结婚之后我就高兴了。"

"这是为什么呢？"

"嗯，这阵子她总是心神不宁的。"欧默先生说，"我的意思并不是说她没有以前漂亮了，而是她比以前更漂亮了——我敢向你保证，她比从前更漂亮。另外我的意思也并不是说她的工作没以前出色，而是和以前一样的出色。在过去她能顶任何六个人，现在她同样能够做到。但是我总觉得她心事重重。我希望你能够明白我的意思。"

他又搓了一会儿下巴，吸了几口烟说："我用下面的话粗略地表达一下我的意思：使劲拉，用力拉，伙计们，一齐拉啊，哈哈！我想说的正是这些，而爱米丽所缺乏的也正是这个。"

欧默先生的表情是那么丰富，而且能够准确地表达出自己的意思，这让我心悦诚服地向他点了点头，表示已经领会了他的意思。他也似乎高兴我领会的速度，于是便接着说：

"我认为她心神不宁的状况主要是因为她的状况不太稳定。这你也是知道的，在她下班之后，我们——她的舅舅，她的未婚夫，还有我——已经把这个问题反复谈过很多次了。我的看法是，她

目前的状况不太稳定了。你应当永远记得，"他微微地摇了摇头说，"她是那么的热情活泼。有句话是这么说的：你不能用猪耳朵织出丝绸钱袋。我不明白它有什么深意，但是我认为如果你从小就开始做的话，一定会做到的。她已经用旧船改造了一个家，我连用石头和大理石砌成的家也比不上它啊。"

"我相信她能够办到！"我肯定地说。

"我看到她那样一个小东西，是怎样成天黏着她舅舅不放的。而且还一天比一天牢固，一天比一天亲热，简直让人开心。但是，你也得明白，这种情形的背后必然隐藏着一场斗争。为什么要毫无必要地拖下去呢？"

我一直都在注意听这个面慈心善的老人说的话，对他的话心悦诚服。

"所以我对他们说，"欧默先生很从容地说，"我说，我们应该灵活变通，合同上的期限完全可以由你们来支配。她的工作速度已经比我们想象的要快，学起来也比想象的要快。至于剩下的时间，我们可以一笔勾销。只要你们愿意，她随时都是自由的。如果她愿意留下继续在我们家做事这当然很好。但是如果她不愿意留下那也没关系。不管怎么样，我们都没有吃过亏。我想你会懂的。"欧默先生用烟斗碰了我一下说，"像我这样一个呼吸短促的人，况且已是一个做外公的人了，还会和她那样一个蓝眼睛的美丽小姑娘计较吗？"

"肯定不会，我敢打包票。"

"肯定不会，你说得没错！"他说，"嗯，先生，她的表哥——她要嫁给她表哥，这你知道吧？"

"嗯，我知道，我们很熟。"

"你当然跟他很熟喽，"欧默先生说，"好啦，先生，她的表哥（职业不错，待遇也很好）因为我的话，向我表示了感谢（大体来说，他的态度让我很敬重他），随后又为她租下一所舒服的小房子，如果你我看到那所小房子都舍不得挪眼呢。小房子里设备齐全，严密而整洁。如果不是巴吉斯病危而延了期，我想这时他们已经成为夫妻了。"

"那爱米丽现在好点了吗？"

"嗯，你要知道，"他又摸起了双下巴说，"这样的期望现在是不现实的。就眼前的变化与分离来说吧，离她很近又很远。如果巴吉斯去世，那他们的婚事肯定能快点办，但就目前而言，他们只能随着他的病一直拖下去。总之，现在的这种局面令人难以捉摸，你要知道啊。"

"我知道。"

"但是，"欧默先生说，"爱米丽仍然有些精神不振，心神不宁。应该说她比过去更严重了一些。随着时间的一点点逝去，她对她舅舅越发疼爱，也不愿与我们大家分离。甚至我的一句安慰都能让她的眼睛充满泪水。如果你看见她和我的外孙女一起嬉戏的情景，你会终生难忘。哎哟哟！"他沉思道，"她是那么爱那个小女孩哟！"

既然现在有这样一个再合适不过的机会，于是趁他的女儿女婿未回来之前，问一下关于玛莎的消息。

"啊！"他灰心丧气地摇了摇头说，"很不好，先生。无论你怎么看，都是令人悲哀难受的。我也从不认为她有什么过错，我不愿意在明妮面前提起她，因为我知道她会立即阻止我。但是我也从来没有提起过，我们谁都没有提起过。"

欧默先生在我之前听见了他女儿的脚步声，于是便用烟斗碰了我一下，朝我使了个眼色以示警告。随后她和她的丈夫便进了屋。

我从他们那里得到的消息是：巴吉斯先生的病已经糟糕到无以复加的地步了，完全不省人事。齐力普先生离开房间来到厨房时说，就算现在把内科医学院、外科医学院还有那个药剂师公会的所有医生都找来，也是无济于事了。齐力普先生还说，那两个医学院的智慧对他的病情已经束手无策，至于那个公会，也只会让他的病情更加严重。

另外，我还从他们那得知皮果提先生也在那里，便决定立即动身前往。于是便同欧默先生、约拉姆先生以及他太太告了别，带着一份庄重朝他家走去。这种心境足以令我感觉巴吉斯先生在我心里已成为一个迥然不同的新人物了。

我轻轻地敲了门，是皮果提先生为我开的门，但是当他见到我时并没有表现出任何吃惊之色。在见到皮果提时，她也如此。此后我也没有见到她有任何异常。我想，对于那个可怕的意外降临之前，所有的一切惊奇在她面前都化为乌有。

我与皮果提先生握过手之后，便随他进了厨房，轻轻掩上门，见小爱米丽坐在火炉旁，双手蒙着脸。汉姆站在她身旁。

我们低声私语着，而且还经常停下来听楼上是否出现任何异常。就在我上一次造访时，我还没有察觉到，在厨房里见不到巴吉斯先生竟是这般奇怪。

"你太好了,大卫先生。"皮果提先生说。

"没错,太好了。"汉姆说。

"爱米丽,我亲爱的孩子,"皮果提先生说,"看,谁来了。是大卫少爷!唉,打起精神来啊,我的好孩子!你不想和大卫少爷说点什么吗?"

我现在还能想起当时她浑身发抖的模样,现在还能感觉到当我触到她的手时所感到的那种冰凉。她随即从我手中挣脱出,然后起身,走到她舅舅的面前,静静地伏在他的胸前,却依然浑身颤抖着。

"像她这般柔弱的心肠,"皮果提先生用他那粗糙的手抚摸着她那浓密的头发说,"承受不了这样的悲哀是很自然的,大卫少爷,对于这样的烦恼,她一时还无法适应,这是很自然的。"

她把他抱得更紧了,既不抬头也不说一句话。

"已经很晚了,亲爱的!"皮果提先生说,"汉姆来这里是带你回去的。那,同他一起离开吧!你说什么,我的好孩子?"

我并没有听到她的任何声音,而他却俯下头说道:"你要跟舅舅一起留在这里?喂,你不会是想对我做出这样的请求吧,小傻瓜?你的未婚夫来这里接你回去啊!呵,谁会想到这个小东西居然这样依偎在一个经历暴风骤雨的人身旁?"他极为骄傲地看着我们说,"但是她对舅舅的那份爱比海里的盐还要多呢——愚蠢的小家伙啊!"

"爱米丽的这种做法是对的,大卫少爷!"汉姆说,"既然爱米丽想留下,那么就让她留在这里过夜吧。我也留下。"

"别,别,"皮果提先生说,"一个像你这样已经成家立业的人,或者说差不多已算得上成家立业的人不应该去荒废一天的工作。你不能守夜,白天还要工作呢,那样身体是吃不消的。回家睡觉吧。你不用担心爱米丽会没人照顾呢。"

汉姆听了他的劝告,于是拿起帽子准备走。当他走过去与她吻别的时候——每次见到他向她靠近时总那么彬彬有礼——她似乎把她舅舅搂得更紧了,甚至想逃避她那入选的丈夫。他走了,我跟过去轻轻掩上门,甚至不想扰动住宅的安静。当我回到厨房时,发现皮果提先生仍然在对她说话。

"好了,现在我要上楼去,把大卫少爷到来的消息告诉你姨妈,兴许她会高兴一点呢。亲爱的,现在你可以在火炉旁取取暖,把你那双冰冷的手烘热。你不用害怕,也不用悲伤。什么?你要跟我一起去?好吧!来吧!纵使她的舅舅被赶出家门,倒在一个水沟里。大卫少爷,"他怀着不小的骄傲说,"我相信她也不会离开我的!但是,很快就有另外一个人了,很快就有另外一个人了,爱米丽!"

后来,当我经过我的小卧室时,我隐约感觉到她躺在地板上,当时里面一片漆黑,这究竟是房中那些纷乱的影子呢,还是真的就是她,我说不准。

我独自坐在火炉前,在皮果提先生陪她上去之后,我一直都在想那漂亮的小爱米丽对于死亡的恐惧。又想起欧默先生的话,于是觉得找到了令她如此不安的原因。我坐在那里,一边想,一边数着时钟的嘀嗒声,一边感受着这所房子的死寂。见到皮果提,她把我搂在怀里,不断地感谢我祝福我。她还说,我的探望是她莫大的安慰。随后把我领上了楼,抽泣着对我说,巴吉斯先生一直都很喜欢我，称赞我；在他还未病危之前经常提到我。如果他能够醒过来，再次看见我的话，他一定会非常高兴的。

当我看见他时，感觉他连高兴的力气都不会有了。他靠在那只曾经给过他无数苦恼和困难的箱子上，头和手臂都伸出了床外，趴在床上，那种姿势令他很不舒服。关于那只箱子，我听说，当他已无力下床，也无力用那根木棍探查它是否安全时，便让人把它搬到了靠床的一把椅子上。自那以后，便整日整夜地抱着它。此刻，他的胳膊正搭在上面呢。时光已逝，而箱子仍在那里。"都是一些旧衣服哟！"这是他临终前的最后一句话。

"亲爱的巴吉斯！"当我和皮果提先生来到他的床前时，皮果提靠近他，带着泪水说，"那个最最亲爱的孩子来了，那个帮我们牵针引线的孩子来了，巴吉斯！那个替你传递口信的人啊！跟大卫少爷说句话啊，巴吉斯！"

他没有出声，像那只箱子一样，没有知觉，一动不动地躺在那里。

"潮水就要把他带走了。"皮果提先生捂着嘴对我说。

我的眼睛充满了泪水，皮果提先生的眼睛也模糊了。我不解地问："潮水带他走？"

"大多数住在海滨的人，"皮果提先生说，"会随着潮水的退尽一起离开。同样，在潮水没有涨满之前，也不会有新生儿——潮水未满之前是生不下来的。退潮的时间大概是三点半，半个钟头内差不多退尽。如果他还能坚持到潮水再次涨起时，那么他便能活过满潮，跟下次的潮水一道退尽。"

我们一直守在他身旁。对于我的陪伴，是否对他的病起到了什么神秘的功效，我不想去说，但是当他开始用微弱的声音说胡话时，我实实在在听到，是那些曾经他送我去上学的一些事。

"你醒了啊，巴吉斯？"皮果提惊叫道。

"潮水快要把他带走了。"皮果提先生碰了我一下，带着一种敬畏低声对我说。

"巴吉斯，亲爱的！"皮果提说。

"克拉拉·皮果提·巴吉斯，"他很脆弱地说，"恐怕再也找不到能与她相比的女人了。"

"看啊，巴吉斯！大卫少爷来了！"皮果提说。此刻他正好睁开了眼。

当我靠近他，想去问他还记不记得我时，他伸出手臂，微笑着对我说："巴吉斯愿意！"

此时，潮水已退尽，也带走了他。

精彩点拨

皮果提先生对死亡的态度是大多数住在海滨的人们对死亡的态度。他们认为"大多数住在海滨的人都会随着潮水的退尽一起离开。同样，在潮水没有涨满之前，也不会有新生儿——潮水未满之前是生不下来的。退潮的时间大概是三点半，半个钟头内差不多退尽。如果他还能坚持到潮水再次涨起时，那么他便能活过满潮，跟下次的潮水一道退尽。"这表现了海边的人们对所依赖的大海的爱。

第三十二章

精彩导读

巴吉斯去世后,大卫为他宣读了遗嘱。在安葬巴吉斯先生时,大卫去了布兰德斯通。后来大卫回到了皮果提先生家,皮果提先生说起对爱米丽的爱,汉姆带来了爱米丽的一封信,信中说她跟别人私奔了,而那个人就是斯梯福兹。汉姆与爱米丽的婚礼不能举行了,汉姆会怎么办呢?

在皮果提的恳请下,我最后决定留下来送那个可怜的车夫最后一程。很久以前,她在那个老古墓里挨近"她那可爱的孩子"的地方,用自己的积蓄为他们买了块地。

在留下来的那段时间里,我很满足自己为她做一些事(其实,所做的也并不多),就算现在回想起来,我也因为能够做一些令她感到安慰的事而高兴。尤其是在负责巴吉斯的遗嘱时,因为我正在做这方面的工作,因此比较熟悉,这让我感到更加欣慰。

我提议在那只箱子里寻找遗嘱,一番搜寻之后,从箱底翻出一个袋子,袋子里除了一些干草,还有一个挂着表坠儿带有表链的金壳老怀表,至于那只表,我也只见他结婚时戴过一次,除此以外,不曾见他佩戴过;一只白银制的烟盒,看上去像条腿,一个仿造的柠檬,里面满是些小杯小碟,我觉得这些是他想在我童年时打算送我的礼物;后来恐怕是舍不得了;八十七个半基尼,有一基尼一枚的,也有半基尼一枚的,崭新的钞票二百一十英镑,英格兰银行的一些证券;一个假先令,一个生了锈的马蹄铁,一个樟脑,一个牡蛎壳。那块磨得很亮的牡蛎壳中透出了缤纷的光彩。据此,我猜想,对于珍珠,巴吉斯先生可以说是有一些模糊的概念,根本谈不上对它有什么见解。

这么多年以来,每次出门,他都会带上那只箱子,与之形影不离。为了避人耳目,他给这个箱子编了个来历,说这是一只属于布来保先生的箱子,让他代为保管。箱子盖上他还曾清楚地写下了他编的谎言,只是由于年代已久,那些字迹早已模糊不清了。

> **侧面描写**
> 写出了巴吉斯对老怀表的爱惜。

> **侧要叙述**
> 写出了巴吉斯对箱子的重视。

这么多年，我发觉他的积蓄实在不少，现金几乎有三千英镑。他在遗嘱中这样说：将这其中的三分之一的利息作为皮果提先生的养老金，当他去世后三千英镑给皮果提、小爱米丽，还有我一人一千英镑。如果我们中间有谁也去世了，那么便让那些还活着的人继承；至于那些别的所有的遗产，全部由皮果提继承。

当我把这份遗嘱在各种仪式中读出，不厌其烦地向那些当事人解释其中的每一项条款时，我发觉自己已经完全称得上是一个代诉人了。于是我便想，博士院似乎有那么点价值，至少现在看来比我想象的要好。对于那些遗嘱，我进行了全面的考察，时而还用铅笔在那上面做了些记号，最后我宣布了这份遗嘱的合法性。当时还为自己能够明白如此之多而感到奇怪呢。

在安葬巴吉斯先生之前的那一周里，我一直都在为皮果提清理她所继承的那些财产而忙碌着，合理地为她安排所有的事务。对于每一个问题都为她想好解决的办法。当然这使我们都很开心呢。在那一周里，我并未见到小爱米丽的面，但是他们对我说，大概两个星期内，她便会举行简易的婚礼了。

我没有正式地参加葬礼，我的意思是说，我并没有穿黑色外套，也没有去拿驱邪幡，我只是在他们之前便赶到了布兰德斯通，当皮果提和她的哥哥陪伴巴吉斯先生到来时，我到了那块墓地。住在鸦巢的那个疯男人从我的小窗子里向那里张望，齐力普先生的婴儿站在那保姆的肩上，冲着那个牧师摇着她的那个大脑袋，并对他不停地眨着眼。后面除了欧默先生——他的呼吸还是那么短促——之外，再无别人了。一切都是那么寂静。葬礼结束之后，我们留在墓地里散步，并来到我母亲的坟前，从它旁边的树上摘了一些新叶。

对于这里，我感到一种莫名的恐怖。那遥远的市镇上方飘浮着一朵乌云，我独自一人往那市镇走去，很寂寞，也很怕靠近它。回想起来那个令人难忘的夜晚发生的那件事，而现在却又要因为去叙述而让它在我面前重新上演一次，这实在是令我无法忍受的。

但是这件事不会因为我现在的陈述而变得更加糟糕，即使停下不去叙述这件事，它也不会因此而变得更加好些。事情已经发生了，我们已无力扭转乾坤，甚至不能让它有丝毫的改变。

那天，小爱米丽在欧默先生的家待了一天。次日，我的老保姆准备陪我一起去伦敦办理遗嘱的一些手续，于是决定在那天晚上，我们在那所老船宅中碰面。汉姆按平日里去接小爱米丽的时间去了欧默先生的家。我则独自一人往回走，皮果提和她的哥哥照原路回去了，承诺说傍晚时分会在火炉前等我们。

在那个侧门旁——就是我们以前想象中罗德利克·兰顿背着他的行李休息的地方——我与他们分了手。但是，我并没有直接走回去，而是来到了通往罗斯托夫特的大道上，在那里散了会儿步。随后便转身去了雅茅斯，在那里找了家整洁的酒店用了餐。当我赶到渡口时，已经天黑了，那一天就这样被我消磨掉了。正当时，突然乌云密布，随后倾盆大雨而至。还好，雨后浓云散去，月光皎洁，因此还能看清路往回走。没过多久，皮果提先生的住宅便隐约可见，窗子中透出微弱的灯火。我在沙滩上经过一番艰辛的跋涉之后，便来到门前，推开门走了进去。

乍看上去，里面显得很舒服。皮果提先生刚抽完烟，餐桌上已经零星地摆上了几道菜。火炉里的灰刚掏过，因此火烧得很旺。那只为小爱米丽预备的柜子早已摆在那老地方。皮果提手里拿着那个盖上印有圣保罗教堂的手工匣、量尺和那块蜡烛头坐在原先的老地方。除了她那件丧服，似乎这

一切都未曾被惊扰过。高米芝太太还是神色忧郁地坐在老地方。这一切都显得那么自然。

"大卫少爷,你是第一个回来的!"皮果提先生带着一脸快活的表情对我说,"如果外套湿了就脱下来吧。"

"谢谢你,皮果提先生。"我脱下外套递给他挂起来的时候说,"还是干的呢。"

"真的呢!"皮果提先生把手搭在我的肩上说,"还很干呢!快坐下,少爷。现在一切欢迎之词都显得那么苍白无力,但我们真的很诚心诚意地表示对你的欢迎呢。"

"非常感谢你,皮果提先生!喂,皮果提!"我走过去一面亲吻她一面说,"你还好吗,我亲爱的老保姆?"

"呵呵!"坐在我们身边的皮果提先生搓着手笑道。笑得那么真诚,一半是因为他天生真诚,另外也因为解脱了近日的烦恼,"现在已找不到任何一个女人能比她更令人放心的了!少爷,并且这话我也曾对她说过。对于死者,她已尽了责,这一点死者也知道。死者对她做了应该做的,而她,对于死者也做了应当做的。而且——而且——而且这一切都是那么的和谐。"

高米芝太太在呻吟着。

"可爱的老妈妈,打起精神来吧!"皮果提先生说,并且偷偷地朝我们摇了摇头,显然这是在告诉我们,最近发生的事又令她回想起了那个老头子。"不要难过!打起精神来吧!就当是为了你自己,打起哪怕一丁点儿的精神,我想心情自然会好起来呢!"

"我做不到啊!"高米芝太太说,"我感觉什么都在跟我作对,我是那么的孤苦无依啊。"

"不是的,你还有我们啊!"皮果提先生安慰她说。

"是的,是那样的!"高米芝太太说,"和你们住在一起全靠你们养活我,我没有任何的积蓄。什么都在跟我作对,如果没有我,你们会更省心的。"

"瞧你说的!没有你,我们怎么生活呢?"皮果提先生用一种认真的语气责备她说,"比起过去,现在我们不是更需要你吗?"

"在从前,我早就意识到在这里是多么多余了!"高米芝太太悲伤地抽泣着,"况且现在有人这样明确地告诉了我这一点!我是那么的孤苦无依啊。总是与人作对,我还能期望别人需要我吗?"

皮果提先生因为自己的话被她这样无情地曲解而感到吃惊,但他只是一边摇着头一边卷起了袖子,带着一种痛苦的表情看了一会儿高米芝太太,随后转身看了一眼那个荷兰钟,便起身,剪了烛芯并将它拿到了窗边。

"喂!"皮果提先生愉快地说,"好啦!亲爱的老妈妈,快活起来吧。"

高米芝太太依旧在低声轻吟着。

"像往常一样亮了!你恐怕还不明白我这么做的原因吧,少爷?呵呵,这完全是为了可爱的小爱米丽准备的。因为这儿天黑之后路不太好走。于是一等到她回来的时刻,我便把蜡烛摆到窗前。这样一来,"皮果提先生带着那么大的兴趣对我说,"便可以达到两个目的:爱米丽说这里是家,还说舅舅也在这里!当然,如果我不在,那灯自然不会点上了。"

"真是个孩子!"皮果提说,尽管她这么想,但仍然喜欢她这一点。

"呵呵,我想可能是,但是看起来又不那么像呢。"皮果提先生叉开着两条腿站在那里,用双手很满意地上下搓着两条腿,来回地看我们和那火炉。

"的确不太像。"皮果提说。

"没错，"皮果提先生笑着说，"看起来的确不太像，但是现在想想还真有那么回事呢。但是我又不太在乎这些，哈哈！现在我要说，当我走进爱米丽的那个小房子时，我——"突然皮果提先生意味深长地说，"我觉得那房子里的每件小东西都是她，拿起来，抚摩着它们，又轻轻地放下，仿佛它们身上都带着小爱米丽的影子。她的小帽子等，其他任何东西都是如此。在我们面前，我不允许任何人用任何理由去糟蹋它们。她是一个像大海猪一样的孩子哟！"皮果提先生说完便大笑起来，似乎在发泄他那火一般的热情。

皮果提和我都笑了，只是没他那么大声罢了。

"这只是我的愚见。"皮果提先生又搓了一会儿腿，面带微笑继续说，"在她小的时候——那时她还没有膝盖高——便常常和我一起玩耍，扮法国人、土耳其人，其他国家的人，鲨鱼，哎哟哟，没错，还有狮子、豹子，以及其他我知道的和不知道的任何东西！现在我已经习惯了在窗前点上一支蜡烛。"他朝那支蜡烛很愉快地伸去手继续说，"我决定，在她出嫁离开这里以后，我会照常在这里点上蜡烛。晚上，当我在这里（不管我会遭遇什么不测）而她还未回来时，我也会在窗前点亮蜡烛，然后静静地坐在火炉前等她回来，就像现在这个样子。她是一个像海猪一样的孩子哟！"他说着又大笑起来，"每当我看见火烛冒着火花时，我便会对自己说：她已经看到它了！爱米丽就要回来了！她是一个像海猪一样的孩子哟！"这时，皮果提先生停止了笑，合起了双手说，"她回来了。"

汉姆戴着一个大斗笠进来了，但只有他一个人。那时，我在想，在我回来之后，雨肯定又下大了。

"爱米丽呢？"皮果提先生问。

汉姆微微摆动了一下脑袋，似乎在说，她在后面。这时，皮果提先生把蜡烛从窗前取下，剪去烛芯，放到了桌上。随后给火炉拨火去了。

汉姆说话了："大卫少爷，你能不能出来一会儿，爱米丽和我有东西要给你看。"

我们都起了身。当我走到门前近眼看到他时，他那苍白的脸吓了我一跳。这时，他连忙把我拉到屋外，关上了门，只剩我们俩。

"怎么了，汉姆？"

"大卫少爷！"他哭了，哭得那么令人心碎！

他这一哭让我有点不知所措，只能站在那里愣愣地看着他。这一刻，我不知道我在想什么，也不清楚自己在担心什么，只是一直愣愣地看着他。

"汉姆，可怜的人！告诉我到底发生了什么事！"

"我深爱的人——她是我的希望和骄傲，那个我愿意为她死的人——她已经走了！"

"走了？"

"是的，爱米丽已经走了！哦，少爷，想一想吧，想想她是如何逃走的吧，我是多么希望在她遭遇那毁灭与耻辱之前，仁慈的上帝就能结束了她的性命啊！"

他把脸转向那纷乱的苍穹，紧握的双手不停地颤抖，身体痛楚地扭曲，直到现在，他还与那荒凉的原野一起留在我的记忆里。在那里永远是那么昏沉，而他仿佛是那唯一的活物。

"你学识渊博，"他的声音在颤抖，"什么是对，哪些是最好的，你很清楚。告诉我，大卫少爷，进门之后我该如何开口啊？"

门动了，我下意识地去握住门闩，想去争取一点时间，但是太晚了。即使我能活五个世纪，恐

怕在皮果提先生开门的那一刻脸上所起的变化我都忘不了。

进屋后，便是一阵哀哭与吼叫，女人们站在皮果提先生旁边，很无助，很彷徨。我手中拿着汉姆给我的信，而皮果提先生则撕碎了背心，散乱着头发，脸色苍白，嘴唇发紫，口中喷出的血早已流到了胸口，愣愣地坐在那里看着我。

"念吧，少爷。"他的声音很轻，但很明显能听出他的声音在颤抖，"不过，别太快，我担心自己会听不太明白。"

在这如同死一般的沉寂中，我开始举起那张墨污的纸，念了起来。

"当你（你对我的爱早已超越了一切，纵使在我还清白的时候）看见这封信的时候，我已走远。"

"我已走远。"他缓缓地重复着，"停一下！爱米丽已经远去了，啊！"

"清早，当我离开我那个亲爱的家时——我那个亲爱的家啊——哦，我那个亲爱的家啊——"

信是前一天晚上写的。

我便决定不再回来了，除非他把我以阔太太的身份请回来。或许，会过很多小时你才能见到这封信，那时恐怕已经入夜，我早已远去。哦，我希望你能够了解我是多么的心痛，我希望那个被我伤害到无法原谅我的程度的你能够了解我是多么心痛。我的罪过太重了，已经没有再写下去的意义了。哦，拿我的缺点来安慰自己吧。哦，一定要代为转告舅舅，我对他的爱从来都不及现在的一半那么多。哦，不想去回忆过去大家对我的好，也不要想我们已打算举行的婚礼，就当我已经死了，在幼年的时候我就已经死了，已经被埋葬了。哦，上帝啊，保佑我的舅舅吧！告诉他，我从来都不及现在一半爱他。替我好好安慰他吧。去找一个好姑娘，一个能够照顾舅舅，能够配得上你，一心一意对你好的姑娘吧。以后，我会每天都跪拜上帝，愿上帝保佑每一个人，把祝福送给除了我以外的每一个人。最后，我对舅舅献上我的爱，把我的泪水和谢意献给舅舅。

我读完之后，他一直都在那里愣愣地看着我。后来，为了能够让他冷静下来，我走到他跟前握起了他那双冰冷的手。他对我说："谢谢你，少爷，谢谢！"身体并未有任何移动。

当汉姆对他说话时，对于汉姆的痛苦，皮果提先生是看在眼里，痛在心里。于是便紧紧握住汉姆的手，但是他仍然没有丝毫的移动，也没有人敢去打扰他。

最后，他终于从我的脸上慢慢地移开了眼睛，似乎刚从梦中醒来一样，四处张望，低声问道："那个男的究竟是谁？我想知道他是谁。"

汉姆扫了我一眼，那眼神令我不觉地感到一惊。

"这个人似乎很有嫌疑，他是谁？"皮果提先生问。

"大卫少爷！"汉姆带着一种哀求的语气说，"你先出去一会儿吧，等我对他说完你再回来。不应该让你知道呢，少爷。"

我又是一惊，往后退了一步，碰到了一把椅子。那时，我想说些什么，但却又开不了口，眼前也模糊了。

"他究竟是谁？"一个声音在我耳边响起。

"以前，"汉姆吞吞吐吐地说，"有一个仆人和一个绅士经常来我们这，他们是主仆关系。"

皮果提先生站在那里一动不动地看着他。

"就在昨天夜里，有人看见他跟我们那可怜的姑娘在一起。这一个多星期以前，"汉姆说，"我们都以为他早就走了，其实，他就藏在附近。离开这里吧，大卫少爷！"

我感到我的脖子被皮果提先生的胳膊围住了，但是，即使这整个房子倒在我身上，让我移动，我也办不到啊。

"就在今天早上快要天亮的时候，镇外的那条诺维奇大道上停了一辆很奇怪的马车。"汉姆继续说，"那个仆人向马车走去，又折了回来，然后又走了回去。当他回去时，爱米丽和他一起走向了那辆马车。带她走的那个人就是他！"

"上帝啊，"皮果提先生把手向前一推，向后倒退了一步，似乎是在阻拦令他感到害怕的东西一般，"千万别告诉我，那个人是斯梯福兹。"

"大卫少爷，"汉姆上气不接下气地说，"这与你无关，我一点也不怪你，但他真的是斯梯福兹，这个无恶不作的畜生。"

此刻，皮果提先生没有声音，没有泪，甚至连动都没动一下，就这样一直到他似乎再次从噩梦中醒过来。随后便走到墙角，取下了那件挂在钉子上的粗毛外衣。

"过来帮我一下吧！现在我连穿上它的力气都没有了。"他很烦躁地说，"过来帮我一下啊！"当有人帮他穿上了之后，他说，"顺便把那顶帽子递给我。"

汉姆问他去哪。

"去把我的外甥女找回来，把爱米丽找回来。但是，恐怕我得先去把那条船凿沉，因为我还有思想，一想到他的所作所为，我非淹死他不可！"他疯狂地挥舞着拳头说，"如果他现在就坐在这里，和我面对面，就算你们把我打死，我也非淹死他不可！我这就去把我的外甥女找回来。"

"去哪找呢？"汉姆来到门前拦住他叫道。

"无论去哪儿，就算走遍这整个世界，我也要把她给找回来。我那个受了侮辱的可怜的外甥女哟，我要把你找回来，别拦着我！我告诉你，我要去找她！"

"别去，别去！"高米芝太太哭喊着闯进他们中间，"别去，千万别去，丹尼尔。你现在这个样子，如何能去？等一会儿，等你恢复了力气再去找她吧！我的孤苦无依的丹尼尔哟！现在这个样子，你怎么能去啊？坐一会儿吧，饶恕我以往拿一些我的不如意去苦恼你的行为吧，和这个比起来，我的又算得了什么呢？丹尼尔，想想当初你是怎么收留我们的吧，那时她和汉姆都是个孤儿，而我也只是个孤寡的老太婆，想想吧，它能让你那可怜的心变软呢。"她把头靠在他的肩上说，"想一想那个时候吧，那样你可以减少些痛苦，因为你常说'在我的屋檐下，我不允许有任何人欺负你们，因为那就是和我作对'。这么多年以来，这里就是我们的家啊！"

这时候，他安静了下来，当我听见他的哭声时，我是多么想跪在他面前，因为自己所引起的破坏而向他忏悔，并且去诅咒斯梯福兹，当他破涕为笑时，我那充满伤痛的心也随他一起解脱了，但是我却哭了，真诚地哭了。

精彩点拨

本章写出了皮果提先生对小爱米丽的爱。一方面，晚上为小爱米丽在窗前点燃蜡烛，因为这儿天黑之后路不太好走。另一方面，在他走进爱米丽的那个小房子时，他觉得那房子里的每件小东西都是她，拿起来，抚摩着它们，又轻轻地放下，仿佛它们身上都带着小爱米丽的影子。她的任何东西，皮果提先生不允许任何人用任何理由去糟蹋它们。

阅读积累

遗嘱

遗嘱是公民生前对其死后遗产所作的处分和处理其他事务的嘱咐或嘱托。一方面指人在生前或临终时用口头或书面形式嘱咐身后各事应如何处理。另一方面指人在生前或临终时嘱咐处理身后各事的话或字据。《中华人民共和国继承法》第十六条明确规定："公民可以依照本法规定立遗嘱处分个人财产，并可以指定遗嘱执行人。公民可以立遗嘱将个人财产指定由法定继承人的一人或者数人继承。公民可以立遗嘱将个人财产赠给国家、集体或者法定继承人以外的人。"

大卫·科波菲尔 下

（英）查尔斯·狄更斯 ◎ 著　浮菱 ◎ 译

- 全本无删减
- 名师批注
- 无障碍阅读
- 有声伴读
- 原创手绘

北方妇女儿童出版社

第三十三章

> **精彩导读**
>
> 人们对爱米丽的私奔议论纷纷，莫奇小姐告知向大卫斯梯福兹是通过她与爱米丽联系的，他们已经出国了。皮果提兄妹跟着大卫回到了伦敦，他们一起拜访了斯梯福兹夫人，斯梯福兹夫人和达特尔小姐都认为爱米丽错了。皮果提先生离开了伦敦，开始了全世界寻找爱米丽的旅程，皮果提先生能找到爱米丽吗？

在我是自然的心情，推己及人，我想其他人大概也是很自然的，因此我不怕坦诚相告，我对于斯梯福兹的爱，没有任何时候比我与他感情破裂时更强烈。当我发现他的缺点时，我感到那般痛苦。但我更想念他的优点，回忆他的好处，甚至对于他那能够成为高尚而伟大的人物的性格。此刻，比起往日最崇拜他时更觉得可能。他破坏了一个诚实家庭的安宁，虽然我深切地感觉到我那出于无心的责任，但是我想，如果此刻他就在我面前，我也不会说出哪怕一句带刺的话来。我依旧那么喜欢他——虽然我对他已不像往日那么迷恋——永远都不会忘记曾经对他的爱慕，甚至会像一个精神受挫的孩子一样怀着一颗软弱的心去幻想能够与他言归于好的念头。但是，我从来不曾有过那个念头，正如他早已预料，我们之间已经完了。我从不知道，他对于我是怎样一个记忆——也许非常浅显，对于他的记忆，我却像是对一个死去的好友一般，记忆鲜活。

是的，斯梯福兹在这可怜的传记的舞台上永远地被除了名！但最终在评定孰是孰非时，指出那些反对你的证据，也许是我的悲哀，但是我也不会盛气凌人或是严词责问。

消息不胫而走，次日清晨，当我来到街上时，发现许多门户前聚集了许多人，都在谈论这些事。主要是在骂她，骂他的人很少，但是人群中，却弥漫着一种——对她的第二个父亲和她的未婚夫——仁厚和体贴的尊重。当那两个人来到海滩上散步时，远远望见他们的那些渔民都会自动离开，三五成群地站在一起，互道惋惜。

在一处近海的沙滩上，我见到了他们。即使皮果提先生先前不曾告诉我说，他们俩整夜都只是坐在那里不曾入睡，我也能从他的面容中很轻松地看出这一点——疲乏！经过那一夜，现在皮果提先生的头低得更厉害了，这么多年来还是第一次见，但是他们此刻看上去如同海——那一刻，海风平浪静地横在天空下，但表面那种沉重的起伏如同它在呼吸，并且与那太阳发出的金灿灿的光线水平相接——一样严肃，一样庄重。

"我们已经，少爷，"当我们静静地走完一段路之后，皮果提先生开口对我说道，"反复讨论

词苑撷英

波光粼粼：形容波光明净。波光：阳光或月光照在水波上反射过来的光。粼粼：形容水石明净。

过，现在哪些我们该做，哪些不该做，我们已经很清楚了。"

此刻，我偶然看见正在眺望那波光粼粼的海面的汉姆，心中顿生一种恐惧，他脸上并非充满了某种坚定的决心，我想如果斯梯福兹一旦被他遇见，他非结果了他不可。

"少爷，在这儿，我已经尽了我应尽的责任。现在我决定去找回我的——"他停了片刻，坚定有力地说，"我要找她回来。那将是我永远要尽的责任。"

当我问及他将从什么地方开始寻找时，他摇了摇头，随后问我明天是否动身回伦敦，我告诉他说我今天之所以留下是怕失去任何能够帮助他的机会，然后告诉他，如果他也想去伦敦，随时都可以陪他去。

"我要与你一同去伦敦，如果你觉得方便，那就明天吧。"

我们又静静地走了一段路。

"汉姆会把他的工作持续下去，陪我妹妹一起过。至于那条旧船——"

"你打算抛弃吗，皮果提先生？"我轻轻插嘴道。

"我现在的责任，大卫少爷，"他回答说，"已经不再停留在那里了。但是自从海面开始被黑暗所覆盖，同时也淹没了一些船只，那条船早就应该被黑暗吞并了，但是，但是大卫少爷，我不会抛弃它，永远不会。"

接着又沉默地走了一段路，随后他解释道：

"我的愿望是，少爷，无论是白天还是黑夜，夏季或是冬季，那条船都永远保持它的原貌，不让她感到陌生。万一哪天她流浪归来，我不想让它带着任何拒绝她的样子，而是以它原来的面貌出现在她的面前，让她不禁想要走近它，或许像一个鬼魂一般，从风雨中透过那个旧窗子，偷偷看一眼那挨近火炉旁的老座位。那时，也许当她看见只有高米芝太太在场的时候，她或许会鼓起勇气走进去，回到她的床上躺一会儿，让她那疲乏的身躯静静地躺在那过去曾令她愉快的地方，让她休息一会儿。"

那时，虽然我很想说话，但是我还能说什么呢。

把蜡烛拟人化，形象地写出了皮果提先生对爱米丽的爱。

"每个夜晚，那个旧玻璃窗前都会立着一支蜡烛，如果她能够看见，它就会对她呼唤：'回来吧，我的孩子，回来吧！'夜幕降临，如果有人在敲你姑妈的门——尤其是那种轻轻地敲——汉姆，你别去开门，让她去——你别去——接见我那堕落的孩子！"

一连几分钟，他都走在我们前面，在这期间，我又看了汉姆一眼，他脸上依旧是那表情，那眺望海面的眼神没有丝毫改变，这时，我轻轻碰了他的胳膊。

我喊了他两次，如同在喊一个沉睡的人起床一般，当他注意到我时，我问他究竟在专注什么事。

"想我面前的事，大卫少爷，想那边。"他胡乱地向海面指着。

"想前面的事，你的意思是？"

"大卫少爷，其实，我也不大明白这到底是怎么一回事，我不过觉得从那边来的——似乎就是那个结局。"他看我的眼神似乎刚睡醒一般，但依旧是那么坚定。

"什么结局呀？"我不解，甚至有些恐惧。

"我也不知道，"他若有所思地说，"但我想，一切都是从这里开始的，那么结局也会随之而来。但是，已经完了，少爷，"他补充说，据我估计，他大概是在回答我刚才的不解，"你无须为我担忧，我只不过是有点迷糊而已，没有什么感觉。"可以看出他失了态，已非常混乱了。

皮果提先生在前面等我们，我们迎面赶过去，都没有说什么。但是，对于这种情形伴随之前发生的一些事，会经常跑出来苦恼我，一直到那无法挽救的结局在命中注定的时刻到来时，才告终。

不知不觉间，我们已经走近了那条旧船，便进去了。那时高米芝太太在忙碌着准备早餐，并非如同往日一样坐在那个角落里皱眉。见我们进来，便接过皮果提先生的帽子，替他摆弄好座位，对他说话的语气是那般柔和、愉快，这让我惊讶，还以为认错了人。

"丹，我的好人，"她说，"你必须得吃饭，必须得保持体力，因为如果没有力气，你什么也做不了。吃点吧，那才是一个好人！如果我的罗道（她是指啰唆）让你心烦，那么，就直接告诉我吧，我可以改的。"

她给我们大家送上了早餐之后，便去了窗子边，在专心致志地为皮果提先生缝补那些破损的衣服，整整齐齐地叠好，放进一个水手用的油布袋。同时，又用温和的语气说：

"在任何时候，任何季节，丹，"高米芝太太说，"我都会留在这里，以后我所做的事都会顺着你的意思。我没多少知识，但是，当你出门在外的时候，我会经常给你写信的，你也可以给我写信，告诉我旅行中你那孤苦无依的情形。"

"我担心，在这里，你即将成为一个孤单的女人了。"皮果提先生说。

"不，不会的，丹，"她说，"我不会那样的，你也不必担心我。我还有很多事要做，我会为你打理好这个家，等着你回来——为任何回来的人打理好这个家。"

这么短的时间，高米芝太太竟会有如此大的变化，简直完全变了一个人！此刻，她是那么热心，明白什么应该说，什么应该绝口不提，那种忘记自己、关怀别人的精神确实令我敬佩。那一天，她竟坚持做了那么多完全非她所能胜任的工作，为所有不必要的事跑进跑出，搬运桨、帆、虾罐、砂囊、绳索、木材，将诸如此类的物体从沙滩搬回屋内，虽然这些事可以花点小费请海滨的人代为搬运，但是她却坚持自己做。在同情中保持同等的愉快，这也是她令人惊奇的一个改变。另外，似乎她已经忘却了自己的不幸，唉声叹气、怨这怨那是绝对没有的。在那一整天，直到黄昏前，我都不曾见过她流过一滴泪，甚至没有听到任何颤抖的声音；当皮果提先生疲倦地沉睡过去时，她把我拉到门口，按捺着呜咽和啜泣对我说："愿上帝保佑你，大卫少爷，也爱护那个可怜的人吧！"说完便跑出去洗了把脸，然后安安静静地坐在他身旁，好让他在醒来之后便能够看见她在工作。简言之，当那晚我离开时，我从高米芝太太身上得到的教训，以及她给我的经验，是我受用不尽的。

九点过后，当我怀着一种忧郁信步走过市镇，来到欧默先生家门口时，约拉姆太太对我说，她

父亲对此事很关心，也很苦恼，不吸烟就睡了。

"一个不诚实的恶毒的丫头，"约拉姆太太说，"从来，她就没有一点好的地方！"

"别这么说，"我接过话来说，"你不会真的这么想吧？"

"我是这么想的！"她很愤然。

"不，不！"我冲她吼道。

她拼命地摇头，想要做出一副非常苛刻的样子来，却又压制不住那颗柔弱而富有同情的心，于是便哭了起来。我感觉这同情对于贤妻良母的她来说是非常适合的，同时，也为这份同情而更尊重她。

"她想干什么呢！"明妮呜咽道，"她打算去哪里呢！她想要什么样的结局呢！哦，她又怎么可以如此残忍地对待自己、对待他呢！"

看见小明妮，我又记起约拉姆太太年轻漂亮的时候了，我想她大概也记起了吧。

"我的小明妮，"约拉姆太太说，"总算是睡着了。刚才在梦里还哭着喊爱米丽的名字呢。整整一天了，她哭了整整一天，反复地问我同样的问题，到底爱米丽是不是坏人。我该怎么对她说呢？前天晚上爱米丽还把系在脖子上的那个结子解了下来系在小明妮的脖子上呢，甚至还陪她一起枕在一个枕头上，直到小明妮熟睡！小明妮的脖子上现在还留着那个结子呢。这也许是不应该的，但我又能怎么办啊！爱米丽的确很坏，但是她们相亲相爱。孩子什么都不知道啊！"

最后她的丈夫终于出来安慰他那激动的妻子了，于是我便离开他们向皮果提家走去；那时我的忧郁更加沉重了。

而现在，皮果提家中除了她雇用的一个老女人之外，别无他人，她自己此刻正不顾近来的烦恼和多夜的失眠，打算陪她哥哥到次日早晨。至于那个老用人，我并不需要她的任何效劳，于是便顺着她的心意将她打发去睡了，而我则是坐在火炉前回想近日所发生的一切。

当我从巴吉斯临终时一直想到汉姆以那坚定的眼神眺望海面时，我被一声敲门声拉了回来。这个声音明显不是那个敲门锤（为来访的人预备的）击打出来的，而是一只手，一只很低的手轻轻敲出来的，从门上很低的地方发出来的。

这个声音着实令我吃了一惊，如同是贵人的门上响起了一个下人的敲门声。我打开门，下意识地向下看，让我感到惊讶的是眼底是一把伞，一把会独自走动的伞。后来才发现伞下的莫奇小姐。

她用了很大的力气也无法收起那把伞，于是便递给了我，如果她在转向我时仍然带着上次我们相见时给我留下深刻印象的轻佻的表情的话，我大概不会很客气地接待她，但是，当她是那般苦恼地交叉着自己的双手，又用那般诚恳的脸面对我的时候，这让我转变了刚开始的想法。

"莫奇小姐！"我向那条空荡荡的街道上四处张望，却并不知道自己想要看什么，随后说，"你怎么来这里啦？有什么事吗？"

她举起那条极短的右臂对我示意，让我帮她收起那把伞，随后便匆忙从我的身旁经过，直接去了厨房。我关上门，跟了进去，那时她已经坐下，在炉栏拐角——那个铁栏很低，顶上摆着两块平板，上面放了一些碟子——的那个汤罐的阴影里坐着，前后晃动着身体，像遭受了痛苦一般在膝盖上来回搓着手。

当时，我成了这不合时宜的访问的唯一接待者，而且又旁观了她这一奇怪的行为，因此不免有些惊慌。于是叫道："莫奇小姐，请告诉我，到底出了什么事！你是不是生病了？"

"我亲爱的年轻人，"她把双手交叉按在心口说，"我是这里生了病，而且病得不轻。我竟没想到事情会发展到这种地步,如果我稍微思虑一下,那么我便可以看穿,而且能够去阻止它的发生呢!"

她是那么来回摇晃着自己的身体,她的那顶大帽子(这与她是极不相称的)跟着她前后摆动着,墙上那顶帽子的影子也做着与之相同的动作。

"见你如此难过,却又极为认真,这让我很吃惊。"——说到这里,被她拦住了。

"没错,是这样!当你们这些发育健全、无忧无虑的年轻人见到像我这样一个小东西,吃惊是必然的!拿我当玩偶、寻开心、厌倦的时候,就将我一脚踢开,却又奇怪我为什么能比一个木偶或木兵拥有更好的感觉!是的,没错,就是这样子。老样子!"

"对别人来说,也许是那样,"我接过话来说,"但是,我可以向你保证,我绝不是那样的。也许见到你现在这个样子,我一点也不会感到惊讶,因为我对你的了解实在是太少了。这些倒是我的真实想法。"

"我又能怎么办呢?"那个小女人站了起来,伸出胳膊来表达自己,"看啊!我是个什么样子,我父亲、弟弟、妹妹都是这样。这么多年来,我都是为弟弟和妹妹工作——辛苦啊,科波菲尔先生。但是我们得生活啊,我无害于别人。如果有人是那么不加思考,那么残忍地来拿我寻开心,那么我除了陪他们开玩笑,拿他们来开玩笑,开其他一切东西的玩笑,我还能怎么办呢?如果那时我那样干,这又是谁的错,我的吗?"

不是,我知道这不是她的错。

"如果,在你那位虚伪的朋友面前,我把自己表现成一个敏锐的矮子,"那个小女人带着憎恨的眼神对我摇了摇头说,"你以为他会给我多少好意和帮助吗?如果小莫奇(年轻的先生,她的身材并非自己造成的)将她自己的不幸向他或他一类人诉说,你猜什么时候他们才能听见她的小声音呢?虽然小莫奇困苦、愚蠢,尽管她只有二尺之躯,她也得活下去啊!但是她不能那么做。不!到死,她也不会得到奶油和面包呢。"

她又坐到炉栏的拐角,掏出了一条小手巾擦拭眼睛。

"如果富有同情心(我相信你有),那么应当为我感谢上帝,"她说,"虽然在你们眼里我是那样一个女人,当然我也很明白这一点,但是我却能快快活活地承受这一切。不管怎么说,我得感谢上帝,因为从生活中我发现一些为人处世的小技巧,不用去领受别人给我的施舍。当然,对于那些别人因愚蠢或虚荣抛给我的嗟来之食,我的回敬也不会很客气。如果我衣食无忧,这固然很好,对于别人也不会更坏。如果在你们这些巨人眼里我是一个玩偶,那么在玩弄我的时候稍微宽厚一些吧。"

当她把那条小手巾放回口袋之后,用一种很庄重的眼神看着我,继续说道:"刚才,我在街上看见了你,但是你应该能够想象得到,我腿短,步子小,没有你那样的速度,根本就赶不上你;但是我早已猜出你会来这里了,只是那个好女人不在家。"

"你和她认识吗?"我问。

"对于她,我主要是从欧默—约拉姆公司听说的,大约早晨七点钟的时候走过那里。还记不记得,上次在旅店,与你们相见时,斯梯福兹对我聊起的那位不幸的姑娘吗?"

当她提及这个问题时,墙上的那个影子随着她头上的那顶帽子又开始前后晃动起来。

对于那天的情形,我曾想过那么多次,当然也就记得很清楚。

"但愿他遭殃,"那个小女人在她那放光的眼前伸出她的食指说,"希望那个恶棍遭十倍的殃；但是我过去一直想，那个对她怀有幼稚爱情的应该是你呢！"

"我？"

"幼稚，孩子气！"她前后摇摆着身体，扭着自己的手说，"为什么你会那么赞美她，甚至还脸红很激动的样子？"

我不能对自己隐瞒，我曾经的确那样过，但是与她所猜想的理由有很大的不同。

"我知道什么？"莫奇小姐说。她又掏出那条小手巾，不停地跺脚，每跺一次便要将小手巾盖在眼睛上，"看得出来，他是在妨碍你、欺瞒你，看得出来，在他手中你就是一块柔软的蜡。那天，我不是离开了房间一小会儿吗？你猜怎么着，'小天真'（他竟这样称呼你，今后你就叫他'老贼，好了'）被她迷上了，她似乎也犯糊涂了，决心去爱他，因此他的主人才决心要去挽救你们——这全然是为了你，而并非他自己——这便是他们来这里的主要目的。对于他的话，我不敢有半点怀疑啊！当时，斯梯福兹大加赞赏她，以此来让你高兴！你是第一个提起她的，你也承认小的时候就非常喜欢她。当我对你提起她的时候，你是身体一会儿热一会儿冷，脸色时而红时而白。当时我认为，你太年轻，过于放荡，缺乏为人处世的经验，而你的朋友却很能以为了你的好处——应该说是幻想——轻松地掌控你，除此之外，我还能怎么想，我应该怎么想？哦！哦！哦！他们害怕我能够洞穿他们的心思。"说着便起了身，挥舞着短臂，苦恼地走来走去，"他们利用我的乖巧——我必须得这样，因为生计——结果把我彻底给骗了，我代他们向那个可怜的姑娘投递了封信，后来，我十分相信，她与李提默搭上话，正是由于这封信引起的！"

我站在那里，看着莫奇小姐说出这一切违反信义的行为，惊得半天没回过神来。她只是一味地来回走动，最后终于用力喘息时才又坐了回去，掏出那条小手巾擦着脸上的汗。有很长时间，她只是摇头，没有其他任何动作，也未曾有要打破寂静的迹象。

"前天晚上，"她终于开了口，"当我来到诺维契的时候，偶然发现他们将你丢了下来——这让我感到诧异——很诡秘地来了又去，当时，我就怀疑有些不对劲儿了。昨天夜里乘车往这里赶，今早才下了车。哦，哦，哦！已经太迟了！"

可怜的莫奇小姐！那么激动地哭过之后，突然间变得那么冷淡，转过身，将她那可怜的冰冷的小脚架在火炉架上取暖，像一个木偶一样对着火发呆。那时，我坐在她对面的一把椅子里，很惆怅地回想着这一切，时而看火，时而看她。

"我该告辞了，"她说着便起了身，"已经很晚了。你不会对我的话有所猜忌吧？"

她是那样锐利地看着我，对于她那样小小的要求，我又怎能很坦白地回答一个不字呢！

"嗯？"她借助我的手越过炉栏，然后若有所思地看着我说，"如果我是一个长短合度的人，我想你就不会对我有所猜忌了吧！"

我觉得她说这句话时夹杂了许多感情，同时，也觉得惭愧。

"你还年轻，不妨听一听我这二尺之躯的人一句劝告。我亲爱的朋友，如果你没有确切的理由，最好不要把身体上的缺陷想象成精神上的缺点吧。"

随后，便越过了那个炉栏，同时，我也跨越了对她的猜忌。对她说，我相信她对我说的情况，而且我们都成了别人手中的棋子，受了狡猾之人的愚弄。她谢过我，并且说我是个好人。

"那，还有，"她从门口转过身来，举起食指锐利地看着我说，"从他们的谈话中——我的耳朵无时无刻不在敞开，我不能让我的官能遗弃不用啊——我感觉，他们已经出了国。只要他们回来哪怕只有其中的一个，只要我还活着，没人会比我——一个四处奔波的人——更早地知道此事。当然，不管我知道了什么，我也会想方设法让你知道。如果我能够为那个可怜的上当受骗的姑娘尽点力，只要上帝高兴，我一定会尽力去做！至于那个李提默，除我之外能再被一条猎犬缠住那才好呢！"

当我看见她说出最后一句话时所露出的神气时，不禁对她产生了更深的信任。

"对我，和那些长短合度的女人一样，不要给予太多的信任，也不要给予过少的信任，"那个小人儿拍着我的手腕祈求道，"当你再次见到我的时候，如果你发现和你第一次见到我一样，而并非今天这个样子，那么请你一定要注意我是在什么场合。你要知道，我是一个没有保障也无力改变一切的小东西。但是，想一想，当我在完成一天的工作之后，在家中陪伴和我一样的弟弟妹妹的情形吧，那时，你也许不会对我太过苛求了，当然，对于我今天的悲伤与认真的态度，你也就不会感到奇怪了。再见吧！"

我怀着与以前大不相同的见解与她握了手，随后为她开了门。撑起了那把伞，费了好大劲才让她掌握了平衡，见她在雨中一颠一颠地向街上走去。除非雨水冲力将伞面打向一边，使得莫奇小姐猛烈地挣扎着将它扶正，否则你会以为一把伞在大街上飘荡呢。有那么一两次，我冲出去想要帮她，但是在我未近她身之前，那把伞像一只大鸟一般跳跃开去，所以帮忙是徒劳的，于是我便进了门，躺到了床上。

一觉醒来已经是清晨了，皮果提先生和我的老保姆已经来接我了，高米芝太太和汉姆也早已等在车站为我们送行了，于是我们便动身出发了。

"大卫少爷，"当皮果提先生将他的提包安置在行李中间时，我被汉姆拉到了一边，低声对我说道，"现在，他的生活已经乱了套，毫无章法可循。他连去什么地方都不清楚，甚至不知道他面前会有什么在等着他；除非他找到她，否则，他会这么一直漂泊下去。请你好好照顾他吧，大卫少爷。"

"放心吧，我会照顾好他的。"我亲切地握住他的手说。

"谢谢，非常感谢你，大卫少爷。另外，还有件事要拜托你。我想你也知道，现在，我有稳定的收入，又不急着用钱；如果不是为了生计，钱对我来说就是一堆废物。如果这些钱能够用在他身上，那么我做起事来也格外用心。话虽如此，少爷，"他平静而温和地对我说，"但是你可以相信，无论如何，我都会尽全力去做事，要活得像个男人！"

我对他说，我相信这些，同时也对他说，我希望他的那种孤独能够早些结束。

"不，少爷，"他摇了摇头，"对我来说，那一切都已成为过去，我心中的那个缺憾除了她之外，没人能够填补。把这笔钱带上，他总会用得上的。"

我答应了他，同时提醒他，皮果提先生刚从他的妹夫那继承了一笔不多却很固定的收入。接着，我们便互相道别了。就算是现在，当我与他辞别时，恐怕我也会带着一种悲痛想起他那节制的忍耐和深重的愁苦。

至于高米芝太太，我根本无法描写出她是如何含着泪，如何望着皮果提先生追着马车，又是如何与行人冲撞的情形，这实在是一件极为困难的工作。因此，只好让她戴着那顶变了形的帽子，蹊着一只脚坐在一个面包店的台阶上喘着气，没再去管她了。

到站之后，首先要做的就是，为皮果提和她的哥哥找一个住的地方，安顿下来。很幸运，在与

我的住处相隔两条街的地方,在一家杂货店的楼上找到一处干净又便宜的地方,租下那间房之后,我去一家饭馆买了一些凉菜,随后便带着他们去了我的住处。我的这一举动并没有得到克鲁普太太的赞许,甚至起到了一种完全相反的结果。起因是,皮果提在坐下不到十分钟的时间内,便折起丧服,开始帮我们打扫卧室,这可把克鲁普太太惹怒了。在她看来,这似乎是抢了她的工作,而且近乎失礼,而且据她说,她最不能容忍的就是别人的失礼。

在来伦敦的途中,皮果提先生对我说,他想去拜访斯梯福兹夫人,对他的这一想法,我并没有感到意外和不安;反而,我觉得应该去帮他,同时作为他们之间的调停人。因此,我便给那位母亲写了一封信,言辞极为温和,没有带上丝毫伤害她的语气告诉她,他所受到的痛苦,以及这其中我应尽的责任。我对她说,他的地位虽然如此卑微,却高尚、正直;最后我希望她能够接见此刻正处于苦恼中的他,时间我定在下午两点。最后,我把信交给最早的那班车带去。

在信中约定的时间,我们准时来到那个门口——在那里,几天前,我们还是那么快活地待在一起,将我那与人无争的书生意气以及那热情洋溢的深厚情谊流露得那样彻底,而现在我却被拒之门外;此刻它对我来说,是一处废墟,一个残迹。

开门的不是李提默,而是在我上次拜访时就已经代替李提默的那个轻松愉快的面孔。走进客厅,斯梯福兹夫人早已坐在那里,而洛莎·达特尔小姐则迅速地溜到那一头她的椅子后。

就斯梯福兹夫人脸上的表情来看,恐怕她早已在她儿子那得知他的所作所为了,她的脸色是那般苍白,似乎已经远远超越那封信所引起的恐慌了。更何况,她的爱子之心,肯定会削弱我那封信的可信性,此刻,我感觉到那封信是那样的苍白无力,比这更令人可怕的是,斯梯福兹夫人与她儿子相像的程度,我恐怕皮果提先生也意识到了这一点。

她笔直地坐在她的靠背椅子里,冷静、坚定、严肃,似乎不能被任何东西所惊扰,当皮果提先生站到她面前时,她很犀利地看着他,他看她的眼神也丝毫不弱。而洛莎·达特尔那锐利的眼光将我们尽收眼底。他们之间相互看了一会儿,没有说一句话,最后她示意皮果提先生就座。他低声答道:"太太,我宁愿站着,坐在府上我觉得浑身不舒服。"接着又是片刻的沉寂,她终于开了口:

"对于你来这里的目的,我很清楚,也很抱歉。但是,我想知道,你对我有什么要求,你打算教我怎么做呢?"

他用胳膊夹着帽子,然后在怀里摸出爱米丽的信,打开,递给她。

"请你看看这个,太太。这是我外甥女的亲笔信呀!"

她在看信时,是那般严肃,那般冷静,似乎对于信的内容完全无动于衷,看完之后,便递还给他。

"除非以阔太太的身份把我请回来,"皮果提先生把那句话指给她看,然后问道,"太太,我想知道,他会不会承诺呢?"

"不。"她说。

"为什么不呢?"

"这是不可能的,那样只会有辱他的名声。你应该比我清楚,与他比起来,她要卑微得多。"

"但是,你可以提高她的身份啊!"

"她没接受过多少教育,也没有文化,没有知识。"

"她或许是,或许不是,"皮果提先生说,"但是,我想,她不是,太太。同时,我也没有资格评判这种事。但是，你完全可以把她教育好啊！"

"我本不想将此事说得太明白，但是你一直都在逼我，那么我告诉你，撇开其他的不谈，就从她那些卑微的亲属来说，这事就永远办不到。"

"请听我说一句，太太，"他的语气很慢，很平静，"你知道如何去爱你的孩子，我也知道。我对她的爱已达到了极点，她能够顶得上一百个我自己的孩子。如果我拥有全世界的财富，我也会用它把她赎回来，只要能够将她从这耻辱中解脱出来！她跟我们生活在一起，我们看着她长大，受到我们的钟爱，我们可以顺着她的意愿，不去管她；宁愿她能够快活地生活在另外一片蓝天下，而我们只是心里总想着她，就足够了，情愿将她托付给她的丈夫——或者她的孩子们——一直到在上帝面前，我们都平等的时候。"

他的这些不太顺口的话似乎对斯梯福兹夫人产生了一些影响，虽然她傲慢的态度没有丝毫改变，但是当她在回答他的时候，明显能听出一些柔和的味道了。

她说："我不去辩解什么，也不反对什么，但是我很抱歉，我不得不说，这是永远也办不到的。这样的婚姻，对小儿无疑是毁灭性的打击。这事现在办不到，将来也不可能办得到，没有比这一点更清楚不过的了。如果做什么能够弥补……"

"这让我想起了那张脸，"皮果提先生冷静而又带着一种激昂的神气插了嘴，"那张脸曾出现在我的家中，火炉旁——无所不在——对我微笑，那看起来是友好的微笑，而实际上却是那般阴险，想起来，简直令人发狂。如果那张脸想要用钱来弥补我那受了伤的孩子的损失，那是绝对难以忍受的；如果这种话从一个女人的口中说出来，那更是难以令人接受呢。"

听到这话，她顿时变了脸色，一种愤怒的红光布满双颊。她双手迅速地抓住椅子扶手，用一种盛气凌人的态度说："你打算怎样弥补我和我儿子之间产生的这道鸿沟？你对她的爱，比起我对他的爱，算得了什么？你们的分离又怎么能与我们相比？"

达特尔小姐轻轻碰了她一下，低头劝解她，她却一个字也听不进去。

"别出声，洛莎！让我把话说完！我的儿子，从他小的时候起，只要是他要求的，我都会去满足，时刻为他着想，他就是我生命的全部。从他出世之后，我们便不曾分开过，但是，突然之间，他竟和一个如此卑微的丫头同居，将我抛开！竟然为了她，用欺骗报答我对他的信任！竟然为了她，把我抛弃！竟然为了那可耻的爱情，置他母亲于不顾！孝顺，尊敬，感恩，这些颠扑不破的义务，他全然置之不理！这对我，难道不是一种伤害吗？"

"洛莎，别出声！如果他能将他的一切都押在那个微不足道的对象上，那么，我也能为了一个更伟大的目的，押上我的全部。他可以随意去什么地方，带着那些过去我因为爱心而供给他的财产去吧！他想长期不归家来令我屈服吗？如果是那样，那么他也太不了解他这个母亲了。无论什么时候，只要他抛开他的痴情，那么我永远都会欢迎他回来；但是如果他不抛开那个女子，只要我还有一口气在，只要我还有举手示意反对的力气，那么我都不会让他接近我。除非彻底与她断绝来往，向我负荆请罪，否则他休想接近我！这是我的权利！这是我一定要求的忏悔。我和他发生分歧的根源就在这里！这，"她又露出那种盛气凌人的态度，"对我，难道不是一种伤害吗？"

当这个母亲在讲这些话的时候，我似乎听见也看见她的儿子正在与她顶嘴。过去，从他身上看到的那种刚愎自用的性格，此刻在她身上也表露无遗；对他那种不适当使用精力的认识，在她身上我也得到了认识；另外，我还看到，在某些强有力的动机上，他们是那么的相似。

这时，她按捺住自己，低声对我说，她希望能够尽快结束这次会谈，再这么说下去也是徒劳。说着便傲慢地站起身准备离开，这时皮果提先生便向她示意，她没必要这样。

"不要担心我会对你有任何妨碍，我要说的不多，太太，"他一边向门口走去一边说，"来的时候，我没有抱任何希望，所以现在离开也不可能得到任何希望。对于那些我觉得该做的我已经做了，而且我也从来没有幻想过像我这样卑微的人能够得到什么好处。可恶的一家，实在令人难以忍受，我还怎么能够幻想从中得到好处呢？"

说完，我们便离开了。而她则站在那把靠背椅旁发愣，俨然一幅威严端庄、面目端正的画像。

出去之后，路过一道廊子，大理石的地面，两壁和顶子都安着玻璃，廊子的两壁攀缘了一些绿绿的葡萄藤。当我们经过那两扇通往花园的玻璃门的时候，洛莎·达特尔小姐轻轻向我们走来，低声对我说：

"你干得可真漂亮，居然把他带到这儿来。"

愤怒，轻蔑，竟都显露在她那双深黑的眼睛中，愤怒和鄙夷竟那般集中地表现，即使是出现在那张脸上也是我意想不到的事。那个因锤子造成的伤痕，此刻在她那紧张而兴奋的脸上竟是那般暴露。我盯着那个正在颤抖的伤痕时，她不禁举起手来，打它。

"他，应当被维护，应当被带到这里来，是吗？你干得可真漂亮！"

"达特尔小姐，"我回答道，"我想你应该不会不讲理，竟跑来责备我吧！"

"难道，你不知道他们都很顽固，骄傲，任性，他们都快要疯了，你怎么可以让这两个疯子相互争斗呢？"

"这是我的过错吗？"我反问道。

"这是你的过错！"她回答道，"你怎么可以带他来这儿？"

"你还不知道吧，达特尔小姐，"我接过她的话说，"他曾经受了那么大的创伤！"

"但是，我却知道，詹姆·斯梯福兹，"她把手放在胸口，仿佛要压制住那里的暴风骤雨，不让它发作，继续说道，"生来就是一个虚伪的叛徒。至于这个家伙和他的那下贱的外甥女，我有去知道、去关心他们的必要吗？"

"达特尔小姐，这样的伤害本来就已经够深了，而你，现在仍在加深！分别之前，我只想说，你实在冤枉了一个好人。"

"冤枉？我没有冤枉他，一群卑劣下贱的家伙，恨不得现在就拿鞭子狠狠地抽她。"

皮果提先生一言未发，沉默地出了门。

"无耻，达特尔小姐！实在无耻！"我愤怒地瞪着她，"对于他的创伤，你如何能够忍心践踏！"

"践踏？我恨不得践踏他们所有的人，"她回答，"恨不得拆毁他的房子。我恨不得在她脸上烙下印记，把她衣衫褴褛地抛到街上，活活饿死。如果我有权去审判她，我一定会狠狠地处置她。我要这样吗？非这样不可！我讨厌她，恨她！如果我有机会去揭开她那丑陋的嘴脸，痛骂一顿，我一定会那么做，不管付出多大的代价，就算她进了坟墓，如果我能跟进去，我也会那样做的。临死之前，如果只有我说一句话才能让她的灵魂得到安息的话，而我恰恰又知道那句话，就算要了我的命，我也不会对她说的！"

她虽然如此激烈地表达自己的愤慨，却给我一种软弱的印象。其实，她不用把声音抬得那么高，像平常一样，甚至更低一些，也能够完全表达出她的全部愤慨。任凭我如何去描写，也不能完全表现她在我记忆中的印象，甚至不能表现出她那种发泄愤怒的全部态度。我见过各种各样的感情，但是像她这样的我还是头一次遇见。

当我追上皮果提先生的时候，他正慢慢地向坡下走去，一脸愁容。走近他身边时，他便告诉我，在伦敦要办的事，现在已经办完了，他打算当晚便开始他的旅途。当我问及他准备去哪的时候，他的回答仅仅是："我得去，少爷，找回我的外甥女。"

当我们回到杂货店的那间房子之后，当我对皮果提提起此事时，她反过来对我说，清晨的时候，他也对她说过同样的话。至于他要去的地方，她也跟我一样，知之甚少，但是，她相信，他已经计划好了这一切。

在那种情形下，我不想把他们单独抛下，于是便留下和他们一起吃晚饭，主食是皮果提最拿手的牛肉饼。我记得很清楚，当时房间里除了牛肉饼的味道之外，还弥漫着茶、咖啡、干酪、面包、咸肉、蜡烛、酱油、核桃等奇怪的气味。晚餐过后，我们在火炉面前坐了一个钟头，但是大家都没怎么说话，随后，皮果提先生站起身，把他的油布袋和粗手杖都摆在了桌子上。

他从他妹妹手中接受了一些钱，作为巴吉斯临终前给他的那笔遗产，但是我想，这些顶多够他维持一个月，不过他答应说，有时间他会给我写信。之后便背上袋子，拿起手杖和帽子，与我道别。

"我可怜的妹妹，愿你万事如意，"他抱着皮果提说，接着又握着我的手对我说，"你也一样，大卫少爷！就算走遍天涯海角，我也要把她找回来——但是，这是不太可能的！——或者我找到了她，我是说，她和我要去一个没有流言蜚语的地方，一个甚至死后都没有流言蜚语的地方。万一我遭遇不测，那么，请替我告诉她最后一句话：'我会永远疼爱我那亲爱的孩子，我宽恕她了！'"

他很严肃地说了这番话，随后戴上了帽子，下了楼，我们把他送到门口。那时，已近黄昏，气温适宜，尘土飞扬，在那通往大道的小径上，行人稀少，夕阳西下，红霞满天。他向那条街的阴暗拐角走去，消失不见了。每当这种黄昏来临时，每当我半夜醒来时，每当我看到月亮、星星，听见风声雨声时，那个孤苦无依的身影便浮现在我眼前，耳畔响起他的话：

"就算走遍天涯海角，我也要把她找回来……万一我遭遇不测，那么，请替我告诉她最后一句话：'我会永远疼爱我那亲爱的孩子，我宽恕她了！'"

精彩点拨

作者在写莫奇小姐的个子矮时，一方面通过莫奇小姐自己的语言"在你们这些巨人眼里""我腿短，步子小""我是敏锐的矮子""我有二尺之躯"；大卫眼中莫奇小姐"极短的右臂""小人儿"。另一方面通过侧面描写：在莫奇小姐拜访时，大卫以为自己眼下是一把会独自走路的伞；在莫奇小姐离开时，你会以为是一把伞在大街上飘荡；以及相对于莫奇小姐矮个子的大帽子。

阅读积累

遗 产

被继承人死亡时遗留的个人所有财产和法律规定可以继承的其他财产权益。包括积极遗产和消极遗产。积极遗产指死者生前个人享有的财物和可以继承的其他合法权益，如债权和著作权中的财产权益等；消极遗产指死者生前所欠的个人债务。世界各国民法确定遗产的范围和价值，都是从继承开始时，即被继承人死亡或宣告死亡（见失踪和死亡宣告）这一法律事实发生的时间确定的。在中国，一般在继承开始地点（即死亡人最后的住所或主要财产所在地）的继承人，负责通知不在继承地点的其他继承人和遗赠受赠人和遗嘱执行人关于被继承人死亡的事实；保存遗产的人应当负责保管好遗产，不得擅自处理、隐匿和侵吞。如果在继承人中无人知道被继承人死亡，或虽有继承人知道但该继承人无行为能力又无法定代理人进行通知和管理的，则应由被继承人生前所在单位或居住地基层组织或公证机关负责通知和保管遗产。

第三十四章

> **精彩导读**
>
> 大卫亲自处理了巴吉斯留给皮果提遗嘱的事情。在事务所，大卫遇到了默德斯通先生，他又和一位单纯的姑娘结婚了。朵拉邀请大卫参加自己的生日野餐会，在宴会上，大卫认识了朵拉的好朋友朱丽亚，并和她们一起骑马旅行。在密尔斯小姐的帮助下，大卫向朵拉表白了，不久，他们订婚了。大卫订婚之后的生活会怎样呢？

我想我渐渐地爱上朵拉了，而且越来越甚。在我失望和苦恼的时候，她的身影便能给我安慰，甚至能弥补我对友谊的缺失。她的言行举止能带给我慰藉，尤其在我怜悯自己或他人的时候。朵拉就像高悬星空的星星，我在世界上所受的欺骗和苦恼越多，就越觉得她明亮、纯洁。她打哪儿来，与高级神灵有什么关系？我想我并无确切的概念。但谁要是怀着把她当作平凡少女的想法，我定会愤怒而轻蔑地驳斥他。

可以说我的朵拉带走了我的魂儿，我整个儿地陷入了爱她的思绪中。形象点说，如果把我的爱比作水可以拧出的话，那是可以淹死任何人的，而剩下的身里身外的水，仍够把我整个儿浸透。

回到伦敦，为自己着想，我做的第一件事就是夜间去诺伍德漫步。心里想念朵拉，就像童年怎么也猜不到的谜底一样，"围着房子四周转圈圈，却怎么也碰不到房子"。我相信这深不可测的谜底是高高在上的月亮。不管它是什么了，我的朵拉闹得我像受月亮蛊惑的奴隶一样，当真围着那所房子和园子足足转了两个钟头。我心神不宁——或是探头张望栅栏的缝隙里；或是使劲儿把下巴绕过锈了的钉子；或是给窗子里的灯光来个飞吻；还无厘头地拜托黑夜佑护好我的朵拉——至于佑护她什么，我就不得而知了。可能是保护她免遭火灾吧，也可能是保护她别碰到她所讨厌的耗子。

我对朵拉的爱强烈地占据着我的思想，对我来说，信任皮果提是自然而然的事。有个晚上，碰到她带着那套老工具在我的身边忙着清点我的衣柜。于是我借此机会含蓄地告诉了她我这天大的秘密。结果皮果提非常感兴趣。可我无法使她在这个问题上和我有一样的看法。她极力地偏袒我，完全不考虑我为何在这件事上感到悬心，并且提不起精神来。而她却说："那位小姐能得到像你这样的如意郎君只会感到满足。至于她的爸爸，"她接着说，"哎呀，那个男人还能怎么想！"

可是，我发现斯宾罗先生的代诉人的袍子和硬领把皮果提的气焰稍稍压低了点，使她对我眼

中一天天净化的那个人的敬意不断增高。当他直挺挺地坐在法庭上,文书案件围绕在他的身旁,我觉得他就像静静的海中的一个小灯塔一般,周身发出一圈光辉。捎带说下,我坐在法庭上时,我记得我时常发问,如果那些愚痴的老法官和老博士认识朵拉,他们会关心她吗?如果他们能与朵拉结婚,他们会高兴得头脑发昏吗?如果朵拉的歌声能让我为她而疯狂,而那些愚钝的人们却不为所动。这种情形我怎么也想不通。

我鄙夷他们中的每一个人,他们都是美丽心灵的花园中无知而冷漠的老园丁。我对他们都怀有像深受其害的敌意。在我看来,审判庭不过是一个残酷的错误制造地。比起酒店,法庭并没有什么更多的温情和诗意可言。

我亲自处理皮果提的事,骄傲地证明了那遗嘱并没什么讹误。跟遗产税局商议好后,我带她去银行,没过多久一切便安排妥当。为了调节情绪,让大家从法律的气氛中走出来,我们去海军街看一种冒汗的蜡像(都二十年了,我恐怕它们早已化了);去参观林乌德小姐的展览会(其实是座刺绣的灵庙,我记得那里适于反省和忏悔),还浏览了伦敦塔以及爬上圣保罗大教堂的高处。这些在当时都让皮果提尽可能地享受了其中的乐趣。但我觉得,只有在圣保罗大教堂才真正给她带来了乐趣。这是因为她与她那针线活的小匣子这么多年来的关系,她把圣保罗大教堂当成了她匣盖上图案的对手,觉得在某些方面,这教堂可不及她的艺术品。

皮果提的事(博士院俗称"例行公事",办起来只是个程序问题)快办妥了,就差交手续费了。一天早上我带她去事务所,老提菲说斯宾罗先生带一个领结婚证的绅士宣誓去了。我知道他一会儿就回来,因为无论是主教代理事务所还是主教辅佐事务所都在这附近。于是我就叫皮果提在那儿等一会儿。

在博士院中工作,对于遗嘱事务,我们要像丧事承办人一样,见到服丧当事人时,我们习惯做出点悲伤的样子。同样,遇到领结婚证的当事人,我们也要跟着高高兴兴地接待。故此我暗示皮果提道,看吧,斯宾罗先生不会沉浸在巴吉斯先生去世的震惊和悲痛中,他会很快恢复的。果然如此,他进来时像个新郎一样心情愉悦。

不过我和皮果提都没心情去注意他,此时我们发现与他一道而来的是默德斯通先生。默德斯通先生的头发还像以前那样黑,那样密,样子没怎么改变,尤其他的那双眼睛依然叫人望而生疑。

"嘿,科波菲尔?"斯宾罗先生迎上来,"我想你准是认得这位先生吧。"

我示意性地向他鞠了一躬,皮果提则只点了下头。见我们俩这样,他颇有一点尴尬。不过他又迅速向我走来以打圆场。

"我想,"他说道,"你过得不错吧?"

"你会感兴趣?"我回答道,"如果你一定要知道的话,就当很好喽!"

我们相互对视了一下,然后他又找皮果提搭话。

"你呢,"他说,"听说你没了丈夫,我为此感到难过。"

"默德斯通先生,这又不是我平生头一回失去,"皮果提浑身颤抖起来,"但我希望没有人在这件事中受到责难,也没有人需要为此负责。"

"哦!"他说,"想起来是令人愉快的。你已经尽力了?"

"我不曾伤害过任何生命，"皮果提说道，"默德斯通先生，没有！我为此感到快乐！我没有为难或是折磨过任何可爱的人，叫他们苦恼惊吓而死，这让我想起来就觉得愉快！"

他痛楚地——我想是吧，还有点懊悔地——望了她一会儿，然后转向我（并不看我的脸，只看我的脚）说：

"可能短时间内我们不会见面了——无疑，这是我们双方都满意的。因为这样的见面实在无法令人愉快。对于我为你好而实施的合法权利，你一直以叛逆的心理来面对。好了，我也不期望你什么了。我们之间彼此排斥。"

"这又不是一天两天的事了，你说呢？"我打断了他的话。

他用那双黑眼睛尽可能恶毒地看了我一眼，同时苦笑了下。

"这种心理侵蚀了你幼小的心灵，"他接着说，"它夺取了你那可怜母亲的生活乐趣。对，你说得也对，但我仍希望你会改正自己，让自己变好。"

他走进了斯宾罗先生的房间，至此事务所外部这个角落里的小声对话也就结束了。他圆滑地大声说道：

"干斯宾罗先生这一行的人知道这类纠纷的复杂性和难缠性，他见多了这类家庭纠纷。"他边说边付他的证书费。斯宾罗先生把那本叠得整整齐齐的证书递给他，说了些祝福他与夫人的客套话。默德斯通先生与他握了握手便离开了事务所。

听完他的一番话，皮果提<u>怒不可遏</u>（她是个好人，因为她发怒只是为了我），我好生劝她在这里不便与他计较。如果说劝解皮果提是件容易的事，那么克制自己便是件很难的事了。她如此激动，此刻我愿用我亲切的拥抱来平息我们往日所受伤害的记忆，即便当着斯宾罗先生和那些抄写员的面。

斯宾罗先生好像并不知道默德斯通先生与我是什么关系，不过也好，因为想起我那可怜母亲受罪的过去，即便在自己心里默认他，也是难以忍受的。斯宾罗先生如果想过这个问题，他似乎只认为我姨奶奶是我们家的一家之主，还知道有个反叛派，是由另一个人领导的——这是我在等待提菲先生算皮果提账单手续时，至少从他话中得出的结论。

"<u>特洛伍德小姐，</u>"他说，"<u>当然很坚定，她不会对反对她的人妥协，我欣赏她的品格</u>。科波菲尔，我可要祝贺你，你站对了立场。亲人间的争论是令人惋惜的——不过很常见——关键是要站在有理的一方。"依我看，他是说要站在有钱的那一边。

怒不可遏：愤怒得不能抑制，形容愤怒到了极点。

侧面描写

通过斯宾罗先生的评价可知贝西小姐的坚定不妥协的性格特点。

"我想,这是段美好的姻缘吧?"斯宾罗先生说道。

我回答他说我对此婚姻并不知情。

"是吗?"他说,"据默德斯通先生无意透露的几句——这本是人在这种情形下常有的事——加之默德斯通小姐的暗示,我可以确定,这是段不错的姻缘。"

"先生,你是说有钱吗?"我追问道。

"是啊,"斯宾罗先生说,"听说有钱,长得也好看。"

"当真?那他那位新太太年轻吗?"

"刚成年,"斯宾罗先生说,"最近才成年的,我还以为他们在等着这一天的到来呢。"

"上帝救救她吧!"皮果提说道。她说话时语气是那样的沉重,那样出乎意料,弄得我们三个都很不安,直到提菲拿着账单进来时才缓解了场面。

不过之后老提菲就进来了,把账单给斯宾罗先生查看。只见斯宾罗先生把下巴缩进领子里轻轻地蹭着,带着不以为然的神气,一项一项地复核——似乎这都是约金士做的——完了,他叹了口气把账单还给了提菲先生。

"嗯,"他说,"算得不错,都对。科波菲尔,如果能如实开销收费的话,那我就快活得不得了。不过我们这行不便只顾自己的想法。这就是这种工作讨人厌的地方。哦,我还有一个合作人——约金士先生。"

听他这样温和地惆怅(意思是说完全免费),我把钱付给了提菲先生,并替皮果提谢了他。于是皮果提往寓所赶去,我则和斯宾罗先生一道去了法庭。在法庭上,我们根据一条巧妙的小法令(我见过几桩婚约因这个法令而无效,不过现在它可能废除了)处理一件离婚案,这条法令是这样的:一个叫汤马斯·卡雅敏的丈夫在领取结婚证的时候只用了"汤马斯"。他想,为防备婚姻不像他所期待的那样美满,他就把"卡雅敏"隐瞒起来。后来他对婚姻果真感到不满,或者说对他的太太(无辜的人啊)感到厌倦了。他在婚后一两年,让另一个朋友宣告他叫汤马斯·卡雅敏。这样他就未曾结过婚了。令他满意的是,法庭倒也承认了。

我一定要说,我很怀疑这种判决的严正性,即便那是能化险为夷的一斛小麦,也不能把我吓住,让我不再怀疑。

可是斯宾罗先生却与我争辩,他说,无论是世界还是教会,都存在好的与坏的。这必然是一种体系的一部分,这没什么,你应该明白的。

如果我们早点起床脱下外套来工作,那么我们就可以把世界造得好一点。可是我没敢告诉朵拉父亲我的想法,但是我敢说我们是可以改良博士院的。结果斯宾罗先生却特别劝告我不要打这样的主意,因为这是不合乎上等人的身份的,但他倒也愿意听一听,看看我认为博士院还有什么可改良的余地。

这时,法庭已承认了那人并未真正结过婚。我们离开法庭途经遗嘱事务局时,我便以博士院离我们最近的地方作为例子。我说,遗嘱事务局就是一个有奇特管理的机关。斯宾罗先生问我为什么这样说。我以尊重他所拥有的经验(其实是对朵拉父亲的尊敬更多些)的语气说,巨大的坎特布雷省的注册局,整整三个世纪了,原本是为保存人们遗留下的财产的,实际上是一所随便的建筑物,并没有实现最初的目的。里面塞满了重要的文件,可是他们连基础的消防设施都没有。注册官为了自己的利益,还任意租用。实际上,注册局上上下下都被注册官当作谋利的宝地。人们的重要东西被任意堆放,不闻不问,实在荒谬至极!他们从人民那儿榨取民脂民膏,投机倒把,每年能赚八九千镑(更不用说助理注册官和资历深的抄写员了),却舍不得花一分钱找一个稍安全点、像样点的地方把那些重要文件保存起来。这能说得过去吗?在这个机构里,冠冕堂皇拿高薪的人都是些专出风头却不干实事的有头有脸的人,而那些在楼上又冷又暗的恶劣环境下工作的人,却是全伦敦市报酬最少最受忽视、而又最干实事的人,这公道吗?那些本该为人民谋利的主任注册官却利用职务,在拿高薪上大做文章(同时兼职教士及奉者,教堂执事等)——而人民反被抛在一边,每天下午局里忙碌的时候,我们总能看到这种状况,这似乎很不合乎礼法,我们也很好奇。一言以蔽之,坎特布雷教区的这个遗嘱事务所是个有害而无益的机构。要不是它躲在圣保罗教堂隐蔽的地方,像这样胡作非为的事业一定早就被人们闹得个底朝天。

谈论这个问题时,我的情绪越来越激动,对此斯宾罗先生只是微微笑了下,然后像往常和我讨论问题一样,发表了他的看法。他说,这到底算什么样的问题呢?这样的问题很主观。要是大家觉得自己的遗嘱很安全,认为事务局没有改良的必要的话,结果呢,谁也不会受到损失!至于那些拿高薪的人,对他们来说很好啊。那么好处占了优势!这个制度或多或少有不完美的地方,可是哪有什么完美的呢。不过他反对打楔子。对于遗嘱事务局来说,国家这一概念是光荣而神圣的,一旦把楔子打进了遗嘱事务局,国家的光荣也就荡然无存了。他觉得,明智的人应该以接受事物的本来面貌为原则。他也坚信我们这一代会将遗嘱事务局延续下去的。虽然我对此仍存有疑问,不过我还是听从了他的话。可是我发现他说得也有道理,因为这个机构别说是今天巍然屹立,就是十八年前的国会报告中,尽管它那样不尽如人意,也未能有人把它怎么样。我今天对事务局的意见在那份报告中都有。据那份报告,局里现存的遗嘱仅为两年半之内的数量。那以前的遗嘱他们是怎么处理的呢?是不是丢失了很多,抑或卖给奶油店了,我不知道,我也只能暗自庆幸我的不在那儿。愿主保佑我的遗嘱别那么快到那里!

这一章记的都是值得我高兴的事,它们也是值得记录的事。斯宾罗先生继续和我边说边散步,直到我们随便聊了点别的什么的。最后斯宾罗先生告诉我,再过一周朵拉过生日有个野餐会,当我听到他说要是我能参加他会很高兴时,我乐呆了。果然第二天我收到了一张花边小信笺,上面写着"爸爸同意,切记勿忘!"于是接下来的一周,我一直处于醉酒般幸福的状态。

在准备这幸福大事期间,我频频犯错。比如那条领带,我想起来就觉得羞愧,而我的靴子,简直可以当作刑具了!我买了只精美的小藤篮,让前天晚上去诺伍德的马车顺路捎去。我还在花篮里装了点刻有甜美词句字样的饼干,那只花篮看起来本身就像一篇宣言,就要向我的朵拉起誓!等到早晨六点我去了趟考文特花园市场,为朵拉买了个花球。十点钟,我骑上灰色的骏马(还是我特意为这次见面而雇的)往诺伍德赶去。我把花放在帽子里以让它保持新鲜。

我想象着,当我路过花园时,看见了朵拉,我却假装没看见,而是慌张地寻找住宅,就像别的年轻的小伙子在这样的情形下犯的两个错误一样(我觉得很自然)。我终于到达了目的地,也真的路过花园时下了马,拖着那双夹脚的靴子走过朵拉坐的那片草地。展现在我眼前的是如此美妙的一

幅画呀：在这样明朗的早晨，她戴着一顶洁白的帽子，身着像天空一样颜色的衣裙，安详地坐在紫丁香树下的椅子上，身边不时地飞舞着五彩的蝴蝶。

另外还有一位年轻的小姐——比她稍大些，差不多二十岁——在她旁边，她叫密尔斯，朵拉亲切地称她朱丽亚。她是朵拉的闺房密友，此刻我倒羡慕起密尔斯小姐能当她的密友。

吉普没看见我，不然它准会叫我。不过当我把花献给朵拉的时候，它嫉妒得龇牙咧嘴。正常，要是它能看出我对它的女主人的半点爱慕之心，它这样是无可厚非的。

"哦，科波菲尔，谢谢你！花儿真美！"朵拉说道。

我很想告诉她，花儿因为接近你而更美——这是我在来的那三英里的路上早就酝酿好的动人言辞。而现在真的见到她了，我则因接近她而意乱情迷，所以这些话我始终没能说出口。她太让人着迷了！她把花凑到她小小的下巴仔细地闻（下巴上有可爱的酒窝），此刻我简直灵魂出窍，手足失措，再也说不出一句话来。我就好奇，我当时忍住没说出来的是，"杰米斯小姐，如果你还心存仁慈，不忍心看我这样的话，那就杀了我吧，让我永远地死在此时此地吧！"

朵拉还把我的花给吉普闻，可是吉普发怒了，就是不肯闻，这倒逗笑了朵拉，把花塞到吉普的鼻子前，强迫它闻。吉普无可奈何，只好用牙咬住一点天竺葵花，想象着里面藏了一只惹恼了它的猫儿，死命地嚼着。于是朵拉打它，还噘起那可爱的小嘴怜惜起来："我可怜而美丽的花儿哟！"我听起来暗自窃笑，好像被咬的是我一样。要是它咬的真是我那该多好啊！

"科波菲尔先生，你听到了一定会很高兴，"朵拉对我说，"讨厌的默德斯通小姐去参加她弟弟的婚礼了，估计三个星期都回不来，高兴吧？"

我说，只要她觉得高兴，我就高兴。凡是能让她觉得高兴的事也能让我高兴。密尔斯小姐会意地对着我们微笑，脸上透露出她的智慧与仁慈。

"嗯，生平最讨厌的就是她了！"朵拉说，"朱丽亚，你无法想象她的脾气有多么暴躁，多么令人憎恶。"

"是的，亲爱的，我能想象！"朱丽亚应和道。

"哦，亲爱的，你能？也许吧。"朵拉把手搭在朱丽亚的手上说道，"我亲爱的，原谅我一开始把你和他们混为一谈。"

此番话让我看到，密尔斯在多变的生活中有过不愉快的经历。或许我可以认为她智慧而仁慈的态度也是因此而生。一天的相处，我总结了那个不幸的经过是这样的：她因错爱非人而受其伤害，听说，她早就打算带着她那些可怕的经历退隐了，不过对于年轻人未曾受伤的惯有的希望和爱情，她仍能以平静的心态去聆听。

就在此时，朵拉见斯宾罗先生走出宅子，便跑过去说："爸爸，你看多美的花儿呀！"密尔斯小姐听罢在一旁若有沉思地微笑起来，好像在说："浮游们，快快在这光明的早晨好好享受你们一生的短暂时光吧！"后来我们都离开了草地走向已准备好的马车。

这样的骑马旅行我再也不会有了，我也未曾有过。他们三个人坐在马车里，里面放着他们的篮子，我的，还有吉他琴匣。马车的后面是敞口的，我骑马跟在他们后面。朵拉面向我而坐。她把花挨着自己放在靠垫上，根本不让吉普接近花，以免把花揉碎了。她还不时地拿起花来嗅一嗅以提神。其间，我们的眼神常不期而遇。我没有从灰色的骏马上跌下来，翻到前面的马车上，这可算是奇迹了。

有灰尘，一定有，而且还很多，我相信。我隐约记得斯宾罗先生曾劝过我不要在灰尘里骑马。可是我却看不到灰尘，我只当它们是围绕在仙女朵拉周围的一层爱与美的云雾。至于我自己，我丝毫觉察不到。斯宾罗先生有时候会站起来问我外面风景怎么样，我告诉他风景美得让人愉快。我也是这样想的，因为我觉得它们都有朵拉的身影。太阳照耀的是朵拉，鸟儿歌唱的是朵拉，徐风吹拂的是朵拉，篱笆上的野花也是朵拉，就连其间的每个花蕊也是朵拉。让我感到安慰的是，密尔斯小姐了解我的心情，也只有她能完完全全地了解我的心情了。

那天到底走了多久，直到今天我也不清楚我们走到了什么地方。好像离吉尔福德那个地方不远吧，或许那是《天方夜谭》里的术士们专为我们的那一天而开拓的一个地方，那是一座小山丘上的一片绿地，泥土柔软，嫩草芳香，大树绿荫，还有石楠等各种各样的美景。那是属于我们的地方，我们一离开那个地方便永远地关闭。

当发现有人在等待我们的时候，我异常感到恼火，嫉妒之心一发不可收拾，就连女人也不肯放过。而那些与我同一性别的人就更别说了，简直有着不共戴天之仇。他们当中，有一个满脸红胡子，比我大三四岁的人，尤其引起我的反感。在我眼里他就像个大骗子一样可恶。而他却还不自觉地仗着他的红胡子耀武扬威。

我们打开篮子，准备野餐时，红胡子炫耀地说会做色拉（鬼才信呢）。一些年轻的姑娘便在他的指导下洗莴苣，切菜，朵拉就是其中的一个！看来我与他是免不了一场决斗了，反正不是他死便是我亡。

红胡子一边做色拉——我就奇怪了，那东西他们竟然也会吃下去，我可是死也不吃那东西——一边逞能要求打理"酒库"。倒也是个机灵的家伙，竟想到用树干上的洞来存酒。之后，我竟然见他端着盛有半只大龙虾的碟子跑到朵拉身边吃起来！

打遇到那可恶的红胡子后，我有那么一段时间对于发生的事提不起兴趣来。迷迷糊糊地在人群中，我装作不在意，还强忍着心里的不爽，努力让自己跟一个穿红裙子的姑娘说话，并做出很暧昧的样子。这个小眼睛的姑娘对我的殷勤表示接受，至于是因为我，还是像我对朵拉一样对红胡子有什么企图，那我就不得而知了。大家为朵拉敬酒的时候，我也站起来为她干杯，还做出了为此很不情愿中断谈话的样子，完事之后，我匆忙地继续我的谈话。在向朵拉鞠躬时，我从她的眼神中看到她对我流露的祈求。但是那眼神越过了红胡子，我便铁了心。

后来那个穿红裙子的小眼睛的姑娘的母亲（穿着绿裙子）把我们分开了，我想应该是出于计策的吧。大家在收拾完狼狈不堪的野餐残迹后都散去了。懊恼和后悔促使我一个人在树林子里没有方向地走着。我在想，或许我应该借口身体不舒服，骑着我的骏马赶快逃离这里。想着想着，我撞见朵拉了，她和密尔斯小姐在一起。

"科波菲尔先生，"密尔斯小姐叫住我，"怎么，你不高兴？"

我对她道歉，说一点儿也没有。

"还有你，"密尔斯小姐继续说道，"朵拉，你好像也不高兴呢。"

"啊？不，哪有不高兴！"

"科波菲尔先生，朵拉，"密尔斯小姐以一种老成可敬的语气说，"好啦，别因为小小的误会而否决春天花儿的绚烂。花儿在春天发芽，一旦枯萎了，就无法挽回。我是，"密尔斯小姐继续劝解，"以一个过来人的身份——那些遥远的无法改变的以往经验——说的。闪烁在阳光下的甘泉，可千万别因为一时的大意而将其堵塞；撒哈拉沙漠里一点可怜的绿洲，不值得花心思去耕耘。"

我不知道我做了什么事，只觉得浑身发烫，像发烧一样的程度。我只是握着朵拉的小手，我们互相吻着对方的手，我也吻了密尔斯小姐的手。我想，我们此刻已经到达了天堂。

我们继续在天堂漫步，不愿离开。一开始我们就在林子里走着，这里没有其他人。我挽着朵拉的胳膊，她羞怯怯地。天知道，我们的感情是那样的满足，那样的愚蠢。但要是能永远拥有这样的感情，永远没有方向地迷失在树林里，那将是天大的幸福。

只是时间过得太快了。我们从人们的笑声中听到有人在呼喊朵拉。我们就不得不回去了。他们起哄要朵拉献唱，红胡子还殷勤地说要到马车上去取琴匣。朵拉叫我去取，还说只有我知道琴匣在哪里，这下红胡子是彻底没希望了。我拿来琴匣，把琴取出来献给朵拉，还帮她拿手帕和手套，坐在她的身边。我静静地咀嚼她唱出的每一个音符，坚信她是为我而唱，别人可以听，可以瞎起哄，但他们是局外人。

我太陶醉了，唯恐我的幸福不是真的，唯恐醒来就回到了白金街看着克鲁普太太叮当着餐具做早饭。大家都和着朵拉唱着，密尔斯小姐也是。但是密尔斯小姐唱的是她那记忆深处的漫长岁月，仿佛她有世纪经历。当夜幕来临，我像先前那样快乐，与大家一起像吉卜赛人那样煮茶，喝茶。

聚餐结束了，包括失意的红胡子在内的其他人依次离场。我们也借着淡淡的余晖，趁着静谧的夜色回去了。途中阵阵香气不时迎面扑来，我有种发自内心的喜悦，步伐也比以前轻快了。斯宾罗先生在喝过香槟之后微醺：一路上向孕育葡萄的大地致敬，向做酒料的葡萄行礼，以及给葡萄能量的太阳致礼，最后在向供酒的伙计们行完礼后才在马车的一角睡下。为了能和朵拉说上话，我骑马赶上马车。她拍了拍我的马，还夸赞了它一句——哦，多么可爱的小手，在马背上尤其如此。她的披肩不时地往下掉，我便伸手替她围好，但愿她能明白此举的意思，明白披肩必须意识到它要跟我交朋友。

还有贤明的密尔斯小姐，她虽心力交瘁，却善心待人，虽然厌世，却从不让这种情绪影响自己和他人——她是位这样善良的小修女——她看上去也就二十岁，却做了如此仁义的事。

"科波菲尔先生，"密尔斯小姐说道，"方便的话到车的这边来吧，有些话我想对你说。"

瞧我这样儿——我骑在马上，把手搭在车门上，向密尔斯小姐俯下身子。

"朵拉要跟我住在一起了，我们后天就动身去我家。如果你愿意，去我家玩玩吧，我爸爸会很高兴见到你的到来的。"

我把密尔斯小姐的地址珍藏在记忆最深处，那个地方我是无论如何都不会忘的。此时，面对密尔斯小姐我不知道如何感激才好。我除了在心里默默祝福密尔斯小姐，用最真诚的眼神来感激她，我实在想不出用什么可以感激她的恩情。我对她说，我会永远珍视我们的友谊。

密尔斯小姐说完，和气地支开我："回到你的朵拉那儿去吧。"于是，我来到朵拉身边。朵拉探出头，我则把我的骏马挨着车轮骑，我们就这样维持着一路的交谈。我因为离马车太近，以致把我的骏马的前腿蹭去了一块皮。它的主人说是花了三镑七先令买的——是我付的那笔钱啦。不过用这些钱换来与朵拉共处的快乐，我觉得太实惠了！一路上，密尔斯小姐独自对月吟诗，估计她在回想曾与这对甜蜜的人儿有过多少相似之处。

我们离诺伍德也太近了吧，不久我们就到了。在此之前斯宾罗先生就已经醒了。他邀请我说："科波菲尔，你可要进来休息一下哟！"我接受了，进去吃了点夹心的面包，喝了点淡雅的酒。在灯光明亮的屋子里，我看见朵拉红扑扑的脸蛋儿可爱极了，以至于让我痴痴地看着不愿离开。直到最后斯宾罗先生实在撑不住打起疲惫的鼾声时，我才意识到已经很晚了，我们不得不分别了。一路上，我不厌其烦地回味着和朵拉离别时握手的温度，在心里一千次一万次地回想今天的点点滴滴。最后我都不知道自己是怎么到家的。晚上，我迷迷糊糊，终于睡下，可是我已经是个完全被爱情冲昏了头的傻瓜。

第二天一大早，我决定向朵拉表白我的心意，以了解自己未来的命运到底如何。结果是好是坏呢，这是我当时在意的苦恼。我当时已经考虑不到这世界上还存在别的问题，反正只有朵拉的答案对我最重要。在接下来的三天里，我把我和朵拉之间的事以最沮丧的心情（我无法控制自己，陷入爱情的人儿总是以这样的方式折磨自己）逐个分析，我想从中寻找让我快乐的安慰，结果我更加烦恼了。最后，我实在按捺不住了，便花了几个钱把自己郑重地打扮一下，还下定了求婚的决心。于是我奔向了朵拉的家。

我仍然在街上来回走了好几圈，一直担心地猜测，对于这个问题，什么样的答案是最好的呢？我不想再想下去了，便鼓足了勇气，命令自己走上台阶，我敲了敲门（里面的人没来得及开门，我就等了一会儿），其间，我有一种冲动想学学那个可怜的巴吉斯，假装问问是不是布来保先生家，然后道歉，然后匆忙地离开。不过最终我还是战胜了这种想法。

我不期望密尔斯先生在家，他其实也不在家，这样更好。不过密

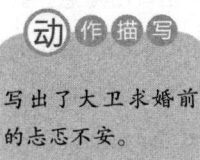

通过大卫觉得路途近衬托出他与朵拉相处的美好时光。

写出了大卫求婚前的忐忑不安。

尔斯小姐在家，这就够了。

仆人引领我到楼上的一个小房间里，密尔斯小姐和朵拉都在，吉普也在。我记得当时密尔斯小姐在抄一首新歌的谱子，叫《爱的挽歌》。我的朵拉则在画画，画的是花，而且是我送她的那些花，可想而知我当时多么兴奋！我不得不说画得很像，像所有美丽的花，不过从那包花的纸上还是可以看得出来她画的是我送她的花。

密尔斯小姐对我的到来感到很高兴，只是可惜她的父亲不在家，有点遗憾。不过我想其实大家都不是很在乎这一点。密尔斯小姐招待了我们一会儿，就把笔放下转身离开了。

我在犹豫，要不要把问题留到明天再说呢？

"希望你那可怜的马儿夜里回去的时候不要太累了，"朵拉抬起头，眨巴着那双明亮的眼睛说道，"那条路可不短哦。"

我又考虑了一下，还是今天说吧。

"对它来说那确实是条漫长的路，"我说，"因为它没有什么力量来源。"

"太可怜了，你怎么都不喂它点东西吃呢？"朵拉问。

天啊，我又在想是今天还是明天问这个问题了。算了，还是明天提吧。

"喂啊，我有喂啊。"我慌忙回答，"我把它照料得很好啊。我的意思是说，它不像我有迫切想见你的动力。"

朵拉俯下头，在画上停留了一会儿，说："是真的吗？可是上次的聚会中，你有段时间好像对这幸福并不领情啊。"

她说话期间，我直直地站在那里，心神不宁，手心热热的，我明白，我再也无法克制自己了，我必须立刻向她吐露心意。

"你坐在吉特小姐身边畅聊的时候，"朵拉微露皱眉，做出一副稍显生气的样子然后轻轻地摇了摇头说，"你好像并不以这为幸福啊。"

忘了说明，吉特就是野餐聚会上那个穿红色衣服的小眼睛的姑娘。

"我当然不知道你为什么要那样做。"朵拉说，"你为什么今天又要把这称作幸福事？但是，你一定是口出随意。我也知道，没人可以对此有意见，因为你有支配自己行为的权利。吉普，你这不识相的家伙，给我过来！"

我不知道我是怎么做到的，我像被什么控制了似的，一下子拦住吉普，把朵拉搂到怀里。我把我憋了一肚子的话一口气说完，挡都挡不住。我颤抖地告诉她我有多爱她，有多么崇拜她，只要她一句话，我连为她死都愿意。吉普以为我侵犯了它的小主人，疯狂地朝我叫。

朵拉低头抽泣，情绪也跟着激动起来，我越说越起劲儿。如果她需要，我愿为她上刀山下火海。不管什么事，只要她一声令下，我一定在所不辞！我不能忍受没有朵拉的生活，也不愿忍受。自第一次看到她，我时时刻刻这样想，对她的爱不曾停留，反而与日俱增。此刻我更是爱她爱得无法自拔。古往今来总不乏相爱的人们，但我敢肯定，不会有人能做到，不会有人愿意像我爱朵拉那样。我沉浸在这样的幸福中越久，说的话越多，吉普叫得越厉害。我们各自以自己的方式让自己的幸福不断地深化。

好啦，好啦，我和朵拉慢慢地平静下来。我们坐在沙发上，吉普安静地躺在朵拉的腿上对我眨着眼睛。我心旷神怡，犹如醉酒。最后，朵拉和我订婚了。

我想，我们都想过最终会走在一起过着幸福的生活。因为朵拉告诉我：得不到爸爸的允许，我们就不能结婚，这说明她也想过。可是享受幸福的年轻人不会考虑太多这样的现实问题，也忘乎这世界上除此还有别的想法。我们没有告诉斯宾罗先生，那时，我们也不觉得这样保密有什么对不起别人的。

朵拉去找密尔斯小姐了，还跟她一起回来的。看到密尔斯小姐，觉得她好像比平时静默了些。恐怕是因为看到我们的事，触景伤情，唤起了她内心深处的忧伤记忆。不过，她仍然为我们祝福，并且以那修道院惯有的方式向我们保证，她会永远是我们身后的朋友。

那时候，我们的生活是多么的自在。我们在一起的时光充满快乐，充满自由，像群傻气的孩子。

那时候，我拉着朵拉的手量她的无名指，打算给她做个刻有勿忘我花花样的戒指。我还把尺寸交给珠宝商去定做。当他看到订货单上的尺码时就取笑我，还为那个可爱的镶蓝宝石的挂件任意要价。在我的记忆里，这个戒指和朵拉的手密不可分。就在昨天偶然看到女儿手指上戴着另外一只时，瞬间有种痛楚滑过。

那些日子，我到处游行，为我们拥有的秘密感到满足而快乐。我给朵拉的爱，和朵拉给我的爱让我引以为豪。我想，就算我行走于云端，俯视着地上的芸芸众生，我也不觉得能比这些更值得了不起。

那些日子，我们在广场的花园幽会，躲在凉亭不起眼的地方分享我们的快乐。至今我还因为这些而喜爱伦敦的麻雀，想象着它们烟灰色羽毛能折射热带绚烂。

这期间，也就在我们订婚不到一周的时间里，我们首次发生了毕生最大的争吵。朵拉甚至要把戒指还给我，还用一张叠成三角形的信纸给我写了封令人绝望的信。信上写着："我们的爱以胡闹开始，就让它也以疯狂结束吧！"这些可怕的字眼儿使我失去理智地揪着头发，痛恨自己让事态发展到现在这个地步。

这时，我以最快的反应趁着黑夜跑去找密尔斯小姐。在存放轧布机的后厨房里，我们偷偷见面了。我恳求她在我们之间做点沟通，好挽救这个疯狂的局面。那段时间，密尔斯小姐担任我们的调解人。她把朵拉叫来，以她的苦涩经历为基础，好生劝我们要互相包容，不要让倔强把我们误导到撒哈拉沙漠干涸的境地。

那一刻，我们哭了，也和好了，一如当初的幸福。从此，那个存放轧布机的后厨房便成了我们的爱情宫殿。我们约定，将信件交给密尔斯小姐，由她转达。我们每天都要写一封以上的信。

多么幸福的时光啊！我们无所事事，却自在快乐，就像孩子享受他们的时光。时光老人支配着我一生的时光，却不曾有过哪一段能让我回忆起来带着微笑，能让我一直不厌其烦地回味！

精彩点拨

本章运用多种手法写出了大卫陷入单相思的情景。运用比喻手法，把大卫说成像受月光蛊惑的奴隶一样。运用夸张手法，写出大卫的爱如果是水的话，那么可以淹死任何人。运用想象的手法，大卫想象愚痴的老法官和老博士认识朵拉会怎样。运用侧面描写，写了大卫接到宴会邀请之后，工作频繁出错；大卫认为只要有朵拉的地方都是美的。

阅读积累

伦敦塔

伦敦塔，是英国伦敦一座标志性的宫殿、要塞，选址在泰晤士河。

詹姆士一世（1566—1625）是将其作为宫殿居住的最后一位统治者。伦敦塔最重要、最古老的建筑是位于要塞中心的诺曼底塔楼，它是整个建筑群的主体，因其是用乳白色的石块建成，史称白塔。

伦敦塔曾作为堡垒、军械库、国库、铸币厂、宫殿、天文台、避难所和监狱，特别关押上层阶级的囚犯，最后一次作为监狱使用是在第二次世界大战期间。

1988年被列为世界文化遗产。

第三十五章

> **精彩导读**
>
> 　　大卫把自己与朵拉订婚的消息写信告诉了爱妮丝。特拉德尔约大卫见面，他告诉了大卫米考伯夫妇债务缠身的现状，而他准备结婚的东西也被米考伯拿走抵了债，他请皮果提帮他从旧货商手里买回自己的东西。贝西小姐和狄克先生来到了伦敦，并告诉了他们破产的消息，大卫该如何负担一家的生活呢？

　　和朵拉订婚后，我就写信给爱妮丝通知她这件事。那封信很长。我想通过信来告诉她朵拉是多么讨人喜爱的人儿，而我又是如何幸福。我还一再强调千万别把我们的爱情和那些缺乏理智、一时之兴归为一类，也不要觉得跟我们平常取笑的那种稚嫩的幻想有什么瓜葛。我对她发誓，我们的爱情是不可估量的，史无前例的。

　　在一个明朗寂静的夜晚，我坐在敞开的窗前给爱妮丝写信，无意中眼前浮现她恬静的双眼和温柔的面容。这样的回忆让我近来因幸福而兴奋浮躁的心得到平静的安慰，于是，我竟然哭了。我记得信写到一半的时候，我就坐在那里，用手托着下巴心中依稀想着，爱妮丝将会成为我未来家中不可缺少的一员。似乎爱妮丝的加入会让朵拉和我在这个本来就神圣而清闲的家能得到更多的幸福。好像无论遇到什么样的感情问题——爱情、快乐、悲伤、希冀与失望——我都会不可避免地想到它的存在。因为那里是我最好的避风港，最好的朋友。

　　至于斯梯福兹，我没有说什么，只是提了下在雅茅斯，爱米丽的私奔给大家带来了痛苦的遭遇，以及与此相关的对我造成的加倍的伤害。我知道她对于真相一向比较敏感，也知道她怎么也不会第一个提出他的名字。

　　这封信发出后的返程邮车就带来了她的回信。读她的信感觉很亲切，就像她面对着我谈话一样，那么真实，那么恳切。对此，我还能说什么呢？

　　最近，在我不在家的时候，特拉德尔曾来过两三次。是皮果提接待的他。皮果提告诉我，当她告诉他，自己是我儿时的保姆（她总乐意跟愿听她絮叨的人这么说）后，他们挺谈得来的，还为此留下来讨论了我。这是皮果提对我说的，不过我恐怕整个谈话中只是她一个人在那里长篇大论，因为我了解她，她一说到我便没完没了，想让她停下都难。愿主保佑她！

　　说到特拉德尔，我不仅想起他私自跟我约定在一个下午见面（现在他来了），而且想起克鲁普

太太,她说她要放弃一切职务(不包括工资),不过得在皮果提不再出现前实现。克鲁普太太用她那很高的嗓门曾在楼梯上与皮果提像久违的老朋友做过多种谈话——不过事实上只有她一个人。之后还给过我一封信,里面记录着她的具体意见。在信里她用生平的一句口头语——她自己作为一位母亲——开头。她继续说,她见的世面可大了。在一生中,她最恨那些奸细、爱管闲事的人,她还表明她不会说出谁来。谁是这样的人自己心里最清楚。她从来看不惯做奸细、爱管闲事的人、间谍,尤其是"戴孝的寡妇"(这几个字还特意加了横线)。如果一个男人愿意当奸细、爱管闲事、间谍,那是他自己的选择,他有为自己寻开心的权利,别人也管不着。她——克鲁普太太——一再强调,她不屑与此类人搭上半点关系。她请求不要再管这套房子了。除非一切都回到原状——那种她所期望的状态。她还把小账本拿出来放在周六用餐的桌子上,请求立马结账,说是为了让各自免去不必要的麻烦。

从此,克鲁普太太特意用水壶等在楼梯上制造各种障碍物,想把皮果提摔倒,最好摔断她的腿。我也知道,这样被围攻的日子是难以度过的,可是我却拿她没办法,想不出什么解决办法来。

"科波菲尔,我亲爱的,"特拉德尔风雨无阻地在我面前出现,"你好啊?"

"亲爱的特拉德尔,"我说,"见到你很高兴,对于我以前的失约,我感到很抱歉。不过前段时间我实在太忙了。"

"是,是,我了解。"特拉德尔说,"应该要忙的,我猜你那位家住伦敦吧。"

"什么,你说什么呀?"

"她呀——对不起——朵拉小姐啊,别装了,"特拉德尔倒不好意思地脸红起来,"我想是在伦敦吧。"

"哦,对,是在伦敦附近。"

"我的她,你还记得吧,"特拉德尔一本正经地说,"——十个孩子中的一个,住在德文,所以某些事上我就没有你那么忙了。"

"我奇怪了,"我接着说,"老是见不到面,你倒也能熬得住。"

"呵,"特拉德尔若有所思地说,"科波菲尔,这不能不说是一个奇迹,不过这也是没办法的事。"

"我想也是,"我笑着回答,不自觉地脸红了一下,"特拉德尔,也因为你有这样的毅力能克制自己。"

"别,"特拉德尔顿了一会儿说,"你觉得我是那样好的人吗?说实在的,我可看不出我有这样的美德。不过她倒确实是个可爱至极的人儿。也许她可能熏陶了我。所以,科波菲尔,你现在这样说,我倒也没什么奇怪的。我向你保证,她光顾着照顾其他的九个以至于忘记了自己。"

"她是老大吗?"我问。

"哦,不是,"特拉德尔说,"老大可是个美人胚子。"

尽管我对此回答极力掩饰笑意,但还是被他发现了。为此他脸上露出智慧的笑说:"诚然我的苏菲——是个可爱的名字吧!——很美,我时常这样想,科波菲尔。"

"很美。"我说。

"在我的眼里，苏菲固然美丽，不过我肯定谁看到了她都会觉得她是史无前例的美人中的一个。但是，我所说的'老大是个美人胚子'，只是实事求是，我是说确实是个——"他急着用他的两只手在空中比画，"绝世美女，懂吗？"特拉德尔绘声绘色地说着。

"是吗？"我应道。

"对，我敢打赌。"特拉德尔继续说，"真的是世上屈指可数的。你也知道，就是天生拥有受注目的气质，但是他们家里条件有限，因此她的才华没能得到充分发挥。所以她这样的人难免会脾气古怪，有点过于追求完美。苏菲却能在这个时候哄她开心。"

"那苏菲是最小的吗？"

"不，也不是，"特拉德尔摸着下巴说，"小的两个九岁、十岁，苏菲负责教育他们呢。"

"是第二个孩子吗？"我再次猜道。

"不是，"特拉德尔说，"第二个孩子是萨拉，一个脊骨有点问题的可怜女孩。不过医生说躺上一两个月，这个病会慢慢好的。于是善良的苏菲又主动照顾她。苏菲是老四啦。"

"那他们的母亲还在世吗？"我冒昧地问道。

"哦，对，还在。"特拉德尔说道，"她老人家是个很精干的女人，只是她的体质并不适应那个潮湿的环境。这么说吧——事实上，她的手脚都失去意义了。"

"哎呀，我的天啊。"我惊叹道。

"很不幸是吧，"特拉德尔继续说，"不过单纯从家庭日常生活上来说，倒也没到糟糕至极的程度。因为苏菲代替了母亲。她像个真正意义上的母亲那样照顾着家里的大大小小，包括她的母亲。"

这位年轻能干的姑娘用她的行为深深地震撼了我。想到特拉德尔的好性情，我衷心地告诫他要保持这样的性格，不要受到别的诱惑而改变性情，以免因此毁了他们的美好前程。接着我问起米考伯先生的近况。

"很好，他很好。谢谢你惦记他，科波菲尔。"特拉德尔说，"不过我们已经不住在一起了。"

"不住在一起？"

"嗯，不在。你应该知道，"特拉德尔压低声音说，"为了逃避一时的困境，他改了名字，现在叫莫提默。每天天黑以前他绝不出门，即使出门也会戴上墨镜。因为他的房子欠租了，我们的宅子还受到了强制收租。米考伯太太因此陷入了凄惨的境地。没办法，我只好在我们曾经关于这个问题的第二张期票上签了名字。米考伯太太见事情解决了，人也恢复了往日的精神。你可想而知，科波菲尔，我那时有多么的高兴啊。"

"嗯！"我说道。

"不过她高兴的日子并没有持续太久，"特拉德尔说，"因为一周内，不幸又一次毫无商量地来临了。这一次执行把那个家也给拆了。从那以后，莫提默一家人就神出鬼没的。我则住在一所公寓里，里面还带了家具。科波菲尔，我要是告诉你，当时执行的人把我的云石小圆桌和苏菲的花盆、架子都拿走了，你不会认为我的想法是自私的吧。"

"太残忍了。"我愤怒道。

"这是一件——很困难的事。"特拉德尔说这话时,作了他所有的让步,"你要相信我说这话并没有责难的意思,而是另有目的。你知道,科波菲尔,当时我就想把那些东西赎回来,可是我没能实现。原因有二:第一,那些旧货商看出我需要那些东西,所以故意抬高价格;第二,因为——我确实没有钱。自此,我便时刻留意那个在托腾罕路的旧货摊的动向。"特拉德尔带着不可捉摸的语气说着自己的秘密,"终于,我今天在街角对面发现属于我的东西摆出来了。现在,我手头还有几个钱。我是这样想的——也许你会赞成的——我想让你的保姆同我去那个铺子一趟。不过我不会进去的,到时我会在街的转角处给她指路。我想让她假装自己要买那些东西,而且要死命地砍价。你知道,那些旧货商人认得我的,如果让他们知道是我买,他们会抬高价格的。"

特拉德尔饶有兴趣地与我讨论着他的计划。那股自以为巧妙得意的劲儿,我至今都记忆犹新。

我答应他了。还告诉他皮果提会很乐意帮他的,我还可以一同去呢。不过我跟他提了个要求,要求他以后坚决不要把自己的名义或别的什么东西借给米考伯先生了。

"亲爱的科波菲尔,"特拉德尔说,"我已经做到了。我已经意识到过去那样做太疏忽大意了,这对苏菲也是不公平的。我对自己发誓,以后再也不会出现这样让人担忧的事了,我愿让你作证。现在我已经还清了第一次失误而欠下的债务。我相信要是米考伯先生有钱还的话,他一定会还的,但是他没有。值得一提的是米考伯先生还是有可取的地方。我是从那个尚未到期的第二次债务看出来的。虽然他并没有对我说钱的事已经筹备好了,但是他说也许近来某一天会有着落的。所以我觉得他的话意味着他还是个诚实的人,良心犹存呢!"

我对他的话表示赞同。因为我不想打击他内心对此仅存的信心。我们又谈了一会儿,然后就去那个杂货店找皮果提。晚间我邀请他留宿,但他谢绝了。因为他要在别人把那些东西买走之前尽快买回来,以免夜长梦多。最主要的还是因为他会按惯例在那样的晚间给这世界上他最亲切的姑娘写信。

就在皮果提与那些旧货商人讲价的时候,他为避嫌只得在托腾罕路的拐角处焦急地张望。皮果提狠狠地杀了一个价后,慢慢地向门外走去。旧货商人后悔起来便叫她回去,于是她又回去了。此刻,特拉德尔显得很激动,那样子叫人永生难忘。最终皮果提以相当少的钱买下了那些东西,特拉德尔高兴得不知如何是好。

"我要好好谢谢你。"当特拉德尔得知他今天晚上就能在他的住处见到他的东西时,他说道,"科波菲尔,我希望你不要以为我得寸进尺,因为我还想请你帮我一个忙。"

我抢过话头说道:"怎么会呢?"

"那么要是你乐意,"特拉德尔说,"我现在就想把花盆带回家。科波菲尔,这可是苏菲的呀!所以我要亲自带走它。"

皮果提当然乐意,便把花盆送到他手上。他先是对她千恩万谢,脸上露出我见过的最快乐的表情,然后亲亲热热地抱着花盆踏上回家的路。

于是我们也打算回寓所。一路上我们慢慢地走着,因为皮果提对路旁的商店抱有极大的兴趣,我一边看她打量橱窗里,觉得有趣,一边顺着她的意思停下来等她。就这样,我们花了好长的时间才回到阿德尔菲。

回到家，我提醒皮果提注意，克鲁普太太设计的陷阱都不见了。而且楼梯还有被人踩踏的痕迹。再往上走点，只见先前被我关好的门现在却是敞开的，里面还传来说话的声音。我们两个都吓了一跳。

我们相互对视，完全不知道是怎么回事，只好冲进卧室看个究竟。令我意外的是，这些入侵者不是别人，正是我姨奶奶和狄克先生。只见我姨奶奶像个女鲁滨孙·克鲁索一样端坐在行李上喝茶。她膝上有只猫，面前是两只鸟儿。狄克先生靠在一只大风筝上（那风筝很像我们曾经一起放的那只），若有所思的样子，在他的周围堆放着很多的行李。

"亲爱的姨奶奶，"我几乎叫起来，"天啊，真是从天而降的喜事！"

我和姨奶奶亲切地拥抱问候，并跟狄克先生热情地握手问好。<u>克鲁普太太忙着沏茶，异常殷勤。嘴里还热情地说，她就猜到科波菲尔见到这些亲戚会高兴得不得了的。</u>

"哈啰！"我姨奶奶上前对皮果提打起招呼来，而皮果提对她威严的态度有点不自在，"你好啊！"

"这是我姨奶奶，还记得吧，皮果提？"我问道。

"孩子，看在上帝的分儿上，"我姨奶奶说，"别再用南海岛的那个姓称呼她了。要是她结了婚，不就摆脱那个姓了吗（这是最好不过的）？你应该尊重她的情况变化，相应地做称呼上的变化。你现在姓什么——皮？"为了折中一下她讨厌的名字，我姨奶奶说。

"巴吉斯，小姐。"同时皮果提礼貌地屈了屈膝。

"不错，这样才像是人的姓嘛，"我姨奶奶说，"这个姓听起来不再像是需要一个传教士点化你一下才好。你好啊，巴吉斯，但愿你好吧。"

巴吉斯听了姨奶奶这番热情的话而且看到姨奶奶把手伸给她，受到了鼓励，便迎上去握住姨奶奶的手，再次屈膝道谢。

"比起以前，我们都老了，你明白，"我姨奶奶说，"你也知道我们以前只见过一次面，那时我们干了一件漂亮的事！我亲爱的特洛，再来上一杯。"

姨奶奶腰板儿笔直地坐在那里，这是她的标志姿态。我遵命献上一杯茶，并冒昧地劝她不要坐在箱子上。

"姨奶奶，我去把沙发或安乐椅搬过来吧。"我说，"何必坐在这上面呢，多不舒服。"

动作描写

动作描写写出了克鲁普太太见风使舵、见钱眼开、阿谀奉承的特点。

语言描写

写出了贝西小姐不想让大卫想起过去的痛苦生活，表现了贝西小姐对大卫的爱。

"谢谢，特洛，"我姨奶奶说，"我情愿守着我的财产，坐在上面。"我姨奶奶说这话时白了一眼克鲁普太太，并告诉她，"太太，这里不劳你照料我们了。"

"走之前，我给你加点茶吧，小姐？"克鲁普太太说道。

"不啦，太太，太麻烦你了。"我姨奶奶说道。

"那奶油呢，要不要再来一块，小姐？"克鲁普太太继续殷勤地说道，"来只新鲜的蛋怎么样，或者烤点咸肉片？科波菲尔先生，难道真没有可以为尊敬的姨奶奶效劳的吗？"

"行啦，走吧，太太。"我姨奶奶说，"多谢了，就这样吧。"

克鲁普太太一边面带笑容地说，表示自己脾气好；一边不断歪着脑袋，表明体质柔弱；一边搓着手，表示愿意听从话够得上资格的人的吩咐；一边到最后自己笑着、歪着，搓着手向门外走去。

"狄克！"我姨奶奶说，"还记得我对你讲过的话吗，有关阿谀奉承、见钱眼开的话？"

狄克先生慌张地肯定了一下，仿佛已经忘了有这么回事。

"克鲁普太太就是那一类人的典型代表，"姨奶奶说，"麻烦你，巴吉斯小姐，我要再沏一杯茶，因为我不喜欢喝这种女人沏的茶！"

根据我对姨奶奶的充分了解，我猜她心里一定有些重要的事，就这次到来的目的就有一般人想不到的重要原因。我注意到，当她以为我的心思在别的上面时，她便把目光停留在我的身上；她内心好像有着罕见的迟疑，可是，表面上看来却保持着坚强和平静，我迅速细数以前的事，难道我做了什么让她不高兴的事了？我良心不安地对自己说，可是我还未曾告诉她朵拉的事啊。难道是因为这个？我迫切想知道答案。

我在她身边坐下，尽可能装得从容的样子逗鸟儿说话，逗猫玩。事实上，我一点儿都不自在。因为我了解她只会在适当的场合才会跟我说那些话。靠在我姨奶奶后面的大风筝旁的狄克先生尽可能地抓住每个机会对我摇头或是从背后指着她以暗示我。但是我更加觉得不安了。

"特洛，"姨奶奶喝完茶，擦干嘴，低着头使劲地抚摩她的衣服，终于开口说，"巴吉斯，你不需要离开这里——特洛，你已经足够坚强，信得过自己了吧？"

"我希望我可以，姨奶奶。"

"那你自我感觉呢？"贝西小姐追问道。

"我想我可以的，姨奶奶。"

"那好，我亲爱的，"姨奶奶看着我，亲切地说，"那你能猜得出来为什么我今天晚上情愿坐在我的财产上吗？"

我摇摇头，表示我猜不出来。

"是因为，"我姨奶奶说，"因为我一无所有了，这里便是我的全部财产了。"

在场的所有人，连同那所房子仿佛一下子都栽到河里了。我受到的震惊没有比这更大的了。

"狄克知道是怎么回事。"姨奶奶把手放在我的肩上，平静地说，"特洛，我破产了！我现在在这个世界上所有的，除了在这房间里你看到的，就剩下我的那所房子了，不过我把它留给珍妮租出去了。巴吉斯，今晚我要负责这位先生的住宿，或许你能帮我安排一下，这样可以节省点。只要能度过今晚，随便就好。明天再细谈这些事。"

她抱着我的脖子哭了一会儿，说只是为我感到难过。这让我从惊愕中和为她——我肯定是为了她——的忧虑中明白过来。过段时间，她便能从这样的情绪中走出来。到时她会带着得意大于失意的语气说：

"我亲爱的，我们要振作地、勇敢地面对失败，不要被失败吓倒。我们要学会演好这场戏，要转败为胜，特洛！"

精彩点拨

本章写到克鲁普太太在皮果提来了之后，认为大卫当了奸细，说皮果提是"戴孝的寡妇"并不再为大卫做事了，她还特意用水壶等在楼梯上制造各种障碍，想让皮果提摔倒，最好摔断腿。这写出了她为了钱而不顾一切的小人行径。而贝西小姐来了之后，克鲁普太太殷勤地侍候贝西小姐，所以贝西小姐一针见血地说克鲁普太太就是那种阿谀奉承、见钱眼开的人的典型代表。

阅读积累

传教士

传教士一般指西方国家的宗教组织向海外派出的，传播天主教、基督教的人员。1622年，罗马教廷设立了负责向新大陆传教区的教廷传信部（今万民福音部）。

15世纪后期，随着地理大发现及西班牙、葡萄牙的对外扩张，欧洲传教士纷纷前往世界各地传教。中国是天主教传教的重点地区。明万历年间，耶稣会士率先入华，掀开了明清时期中西方科学与文化交流的序幕。

清代雍正年间，禁止天主教在华传播，传教士除少数在朝廷供职者可获豁免外，皆被逐离中国。鸦片战争后，外国传教士凭借不平等条约卷土重来。据天主教方面1949年统计，当时在中国传播天主教的外国传教士有5500人。

传教士在中国的活动备受争议。一方面，传教士在促进中西文化交流，传播西方科学技术，从事慈善救助活动等方面，做了一些好事。另一方面，1840年鸦片战争后，中国逐步沦为半殖民地半封建社会。在这个过程中，西方的基督教和天主教被殖民主义、帝国主义利用，充当了侵略中国的工具，一些西方传教士扮演了不光彩的角色。

第三十六章

精彩导读

　　大卫向狄克打听贝西小姐破产的消息,大卫还向贝西小姐说了自己爱上朵拉的事。大卫做梦梦到了自己未来的种种困境,于是他向斯宾罗先生提出取消契约的要求,但约金士先生拒绝了。大卫回去的路上遇到了爱妮丝,爱妮丝拜访了贝西小姐,并为大卫找到了一个为她爸爸做书记员的工作。大卫的新工作会怎样呢?

　　听到姨奶奶说的消息,我当时就惊住了,一时无法镇静。待我回过神来,我提议让狄克先生去睡皮果提先生在杂货店刚留下的那张床。狄克先生对此欢喜得不得了。因为那些日子,位于汗格福市场的杂货店是个与今日不一样的地方。当时门前有一溜矮矮的栅栏,就像旧式晴雨表里小男人小女人住的那种房子的门前一样。他住在那里尽管生活上有点不方便,不过我想他还是觉得荣幸的。其实也没什么不方便的,就是空气有点混杂,空间有点狭小罢了。为此克鲁普太太还曾愤怒地极力劝说他,说那里连个逗猫的地方都没有。可是狄克先生很是迷恋这里的环境,他坐在床脚上摸着腿理直气壮地对我说:"我并不要逗猫,你是知道的,科波菲尔,这对我来说没什么影响,因为我根本就不逗猫。"

　　我想跟狄克先生打探我姨奶奶业务突遭变故的原因。如我所料,他毫不知情,只能告诉我,前天我姨奶奶问他:"狄克,我视你为哲学圣人,你果真如此吗?"他说他希望如此。于是姨奶奶告诉他:"狄克,我破产了。"他只说了句:"哦,是吗!"对此姨奶奶还夸奖了他一番,他听了也很高兴。后来他们喝了瓶装黑啤酒又吃了夹心面包就来到了这里。

　　狄克先生带着意想不到的笑容坐在床角上讲述着这些话,眼睛睁得大大的,还一边搓着腿。他怡然自得的表情使我忍不住提醒他(说来冒失了点),破产意味着贫穷、困苦、饥饿;顿时他脸色苍白,表情悲哀得无法形容(任谁看了都觉得心疼,即使他的心比我的还硬)。当我看到他收起笑容的脸颊上流下两行眼泪时,我更对自己的话深深地懊悔起来。为此我花了好大的力气才使他恢复到以前的笑容。后来我才知道(我应该早就想到),因为他敬仰我姨奶奶的智慧与神秘,同时对我抱有无比的信赖,所以他才这么放心。他甚至觉得除非那灾难绝对的致命,不然以我的能力一定能轻而易举地解决。

　　"特洛伍德,我们该怎么办呢?"狄克先生问道,"那个呈文——"

"那个呈文当然不能忘。"我说,"我们要装得若无其事的样子,而且要尽可能地开心,千万别让姨奶奶察觉我们在想那个问题。"

他恳切地答应了我。还请求我,一旦发现他稍有按捺不住的苗头,要用尽可能有效的办法提醒他。可是我给他的打击太大了,即使他使尽浑身解数也无法装得若无其事。这让我觉得对不起他。整个晚上,他忍不住地看姨奶奶的脸,那眼神充满凄凉和担心,似乎稍不留神她的脸就会消瘦下去。他意识到这点,便努力不让他的脑袋转过去。可是他控制了脑袋,眼珠却不由自主地转动。晚餐上,他凝视着一块面包(一块小的),那神情好像我们正在闹饥荒。他甚至把面包和干酪掉下的碎屑收进兜里,以备我们日后更加拮据的时候用。

再看看姨奶奶,她的镇定给了我们——尤其是我——一种教训。除非我失口以皮果提称呼我的保姆,其他时候她对皮果提一直都极其和蔼。虽然她表面很自在,其实我知道,她对伦敦还是有点陌生的。她睡我的床,我则睡在起居室,这样可以守护她。她认为我们的寓所挨着河边有一个优势,因为当火灾来临时,水源比较易得。

"特洛伍德,我亲爱的,"在我依照惯例为她调理晚上的饮料时,她叫住我,"别弄了!"

"真的不要吗,姨奶奶?"

"亲爱的,麦酒就行了,不要葡萄酒。"

"姨奶奶,你一直都是用葡萄酒调制的呀,而且我们现在也有啊。"

"把它留到生病的时候用吧。"姨奶奶说,"特洛,我们别再浪费了,来半品脱麦酒就行了。"

姨奶奶如此坚持,以致我都认为狄克先生会因此跌倒在地上便不省人事。于是我亲自取来麦酒。后来皮果提和狄克先生说要一起回杂货店了,因为天色已经不早了。我送他们到街角,告别时,他身后背着那个大风筝,样子活像人类的灾难碑石。

回到家,只见姨奶奶一边在室内来回走动,一边卷起睡帽的边缘。我按习惯烧好了麦酒。她戴上睡帽,把裙子折到膝盖上部,也做好了准备。

"亲爱的,"姨奶奶尝了一口说道,"这不那么苦,比葡萄酒好多了。"

可能我不自觉地表现了疑问的表情,她便补充道:

"好啦,好啦,孩子。能有麦酒喝就不错了,我已经很满足了。"

"姨奶奶,我是应该这样想的,我相信。"我说道。

"嗯,那你为什么那样想呢?"我姨奶奶问道。

"因为我跟你是不一样的人啊。"我说道。

"胡说八道,特洛。"我姨奶奶说。

姨奶奶怀着一种满足感,静静地把面包浸在热酒里,再用茶匙舀到嘴里喝起来(看起来难免有造作之意,但并不易察觉)。

她继续说道:"特洛,通常我并不在意陌生人的长相,不过我单单喜欢巴吉斯的脸庞。"

"你能这样说,我比得到一百英镑还要开心呢。"我说道。

"这世上真是千奇百怪,"姨奶奶揉揉鼻子说道,"她怎么姓那个,真令人费解。要是姓杰克逊,或与此类似的岂不省事得多。"

"啊，这也不是她的错啊，说不定她跟你有一样的想法呢。"我说道。

"我也这么觉得，"姨奶奶虽这样承认，可是有点勉强，"让人觉得很不舒服。不过她现在叫巴吉斯也算是一种安慰了。特洛，巴吉斯非常地疼爱你吧。"

"是的，她什么都做，只要能证明她的忠心。"我说道。

"我也相信是这样的。"姨奶奶继续说，"刚才在这里，那个可怜的笨蛋觉得自己有很多钱，还一再地恳求我允许她把部分拿出来给我。真是蠢啊！"

姨奶奶太欣慰了，竟任凭眼泪流进了热麦酒里。

"她是自古以来最令人发笑的人，"姨奶奶说，"在我初次见她与你那稚气未脱的母亲在一起的时候，我就发现了。不过巴吉斯还是有很多优点的。"

她假装要笑，并使劲用手往眼睛上擦，接着她继续吃着，谈着。

"啊，哎呀！"姨奶奶叹道，"特洛，我都明白了，在你和狄克出去的时候，我与巴吉斯聊了很多。我并不知道这些可怜的姑娘想要去哪里。我纳闷她们怎么不在——不在壁炉架上磕出脑浆来。"大概是看到了我的壁炉，便这样说的。

"爱米丽太可怜了！"我说。

"哦，不要在我面前怜悯她，"姨奶奶接道，"她应该知道她的行为会带来这样的灾难，特洛，吻我一下吧，想起你幼年时的经历我就觉得难过。"

当我俯下身子时，她为拦住我，将杯子摆在我的膝盖上，说道：

"特洛，哦，特洛。你也觉得自己恋爱了呀，是这样的吗？"

"我想我是，姨奶奶！"我回答她，同时脸要多红有多红，"我一心一意地爱慕她！"

"是朵拉，啊？"我姨奶奶继续说，"我想你是想说那个姑娘很令人着迷吧。"

"我亲爱的姨奶奶，"我说，"任谁也无法想象她是怎样的一个人。"

"啊，不会太傻吧！"我姨奶奶问。

"傻？姨奶奶。"

我敢说在朵拉傻不傻的问题上，我未曾停留过一刻钟的思考。我也讨厌这样的念头，所以我当时惊了一下，因为对我来说是另一层次的认识。

"不轻浮吧？"我姨奶奶继续问。

"轻浮？姨奶奶！"我依然大胆地推测，以回答刚才那个问题一样的感情。

"行了，行了！"姨奶奶说，"我没有贬低她的意思，只是随便问问。可怜的一对儿。那你觉得你们是天生一对，像两块甜美的甜点，要过一种像晚餐会一般的生活，是吗，特洛？"

她带着那种有点像玩笑，又有点像怜悯的语气问我。和蔼得让我感动不已。

"姨奶奶，我知道我们年轻，也缺乏经验。"我回答她，"我知道我的言行举止都欠考虑，但是我敢肯定，我们彼此相爱。要是哪天我的朵拉抛弃我移情别恋，或者我遗弃她爱上别的人，我无法想象我会变成什么样子——我怕我会发疯！"

"啊，特洛！"我姨奶奶郑重地摇摇头，笑着说，"盲目啊，盲目了，盲目了！"

"特洛，根据我的了解，"她顿了顿，接着说，"这种人就像未断奶的孩子一样，性格温顺，对爱情却要求忠诚不渝，完美无缺。特洛，深刻的，坦诚的，忠实的应当是那个人所追求的，可以用来支撑他，完善他。"

"姨奶奶，我只能说要是你能明白朵拉的真诚就好啦。"我大声说道。

"哦。特洛！"她又说，"盲目啊，盲目啊。"我不明白怎么忽然模模糊糊地觉得不幸，不幸丢失了，或是因某个东西缺失了，感觉就像被一团云雾围绕。

"话是这么说，"我姨奶奶说，"我无意于让两个年轻人扫兴，让他们不快乐。所以，虽然恋爱是男孩子和女孩子的事，他们的爱情时常——我可没说一定哦——是个无言的结局，但是我们依然要对未来憧憬，依然要认真对待。我们有足够的时间去培养一份好的感情。"

心理描写
写出了大卫对未来的迷惘之情。

总体来说，处于热恋中的我不乐意听到这番话，不过我姨奶奶能与我分享我的心思，还是让我觉得高兴。我怕她累着，便就她慈爱的心意和其他方面对我的疼爱表示谢意之后，与她道了声晚安，拿起睡帽进了我的卧室。

躺下后，我以最糟糕的心态一次次想象我在斯宾罗先生面前的穷酸样儿——我是多么可怜啊！我想我应该坦诚地告诉朵拉我的困境，要是必要的话，我们可以取消婚约，因为我已经没有向她求婚的信心了。想到我实习期间一分钱都没赚到，所以我现在应该设法帮助我姨奶奶学会谋生。可是我不知道该做什么。我想象着自己衣衫褴褛，没有钱，没有骏马，没有礼物地出现在朵拉面前，穷困窘迫，毫无排场可言。我很难过，因为朵拉我自私地只考虑自己的苦恼，虽然我知道这样做无耻而自私，可是我没办法控制自己。至此，我的自私无法与朵拉分开，我也知道，在这困难时刻，我只想自己而忘了姨奶奶的想法是卑鄙的，可是我无法做到因为任何凡夫俗子而把朵拉置之不理。那个夜真叫人难熬啊！

想象手法
写出了大卫因为穷困而对自己的爱情产生了恐惧之情。

至于睡眠，我好像还没入睡就开始梦见我各种各样的穷困光景。一会儿我以半便士六捆的价格买火柴给朵拉；一会儿是斯宾罗先生见我穿睡衣和靴子去事务所，便骂我不该穿得这样寒酸就出现在当事人面前；一会儿是在圣保罗教堂的钟敲响时，老提菲在吃焦面包，而我在一旁饥饿难熬地吃他掉下的面包屑；一会儿又是我以一只尤来亚·希普的手套，不抱任何希望地想换取一张与朵拉结婚的证书费，可是这个博士院没有人肯接受。虽然我依稀记得我还在我的房间里，可是我忍不住在被子里翻来覆去，像在茫茫大海遇难的船一样，颠来

颠去。

一夜间，时常听见我姨奶奶在卧室里走来走去，我猜她也难以入眠，她就穿着那件法兰绒睡衣（估计有七英尺高），像个惊魂未定的鬼魂一般，两三次来到我的沙发边。她头一次这样的时候，我被吓了一跳，赶忙问她发生什么事了。她说她看见天空发出一种奇怪的光，以为是西敏寺着火了，因而想问问我，要是风向发生改变会不会烧到白金汉街。说完后我便继续静静地躺下，她却在我身边坐下，自言自语地说："可怜的孩子啊！"我听了感到二十倍难过，因为她说她那样无私地惦记我，而我却只知道关心自己。

难以想象，别人怎么会觉得那个夜晚短暂，对我来说它是那么漫长啊！这种念头让我无法停止幻想，甚至眼前浮现一个舞会。会中人们一连好几个钟头一直跳着舞。直到最后，我看见了朵拉，于是音乐重复播放一支曲子，朵拉重复跳一种舞姿，她看都不看我。一切便成为梦境，终于阳光洒进窗子，整夜弹竖琴的人企图用一般尺寸的睡帽把竖琴遮住，我被急醒了，应该说，我停止幻想，累得想睡了。

当年，斯特兰路外分出第一条街的街口有个年代久远的罗马浴池，我曾经在那里多次洗过冰水浴（也许今天它还在吧）。那天我吩咐皮果提照顾好我姨奶奶，然后我努力使自己平静地穿上衣服，就冲进浴池想洗个能使我冷静的凉水澡，之后再去汗普斯特。这简单的方法使我的大脑得以清醒点，我很快就计划好第一步，我要试图终止我实习的约定以要回我的那笔学费。在希兹吃了点东西后，我怀着对我们改变了的处境作初步努力的决心，闻着夏日花草（是贩子们用头顶着运进城里的，它们都是花园的花）令人愉快的芳香步行到博士院。

我到底来早了点儿，只好在博士院前前后后晃悠了半小时，直到老提菲拿着一串钥匙出现，他通常是第一个上班的。于是我面对烟囱上的太阳光，在我那个阴暗的角落坐下，心里不禁想起朵拉来，一直到斯宾罗先生衣冠整齐地来上班。

"科波菲尔，好啊！"斯宾罗先生说，"今天天气可真不错！"

"是的，先生。天气很美。"我说，"在你出庭前，我想对你多说句话，行吗？"

"可以，"他说，"去我屋里说吧。"

他领我到他的房间，迅速着手穿袍子，并在更衣室门上悬挂的镜子前整理衣装。

"很不幸，"我说，"我姨奶奶来了，并带来了一个令人窒息的消息。"

"哎呀！"他说，"不会吧！我祈求可千万不要是卧床不起啊！"

"先生，与她的身体没有关系，"我回答，"她遭遇了重大的损失，实说吧，她的财产已经所剩无几了。"

"听起来很吓人，科波菲尔！"斯宾罗先生说。

我摇摇头说："的确如此，先生。她现在的状况如此糟糕，我想问问能不能——为此，我们应该拿出部分学费来，"见他的脸上露出了失望的表情，跟着我又加了句，"取消文档契约！"

没有人懂得我对斯宾罗先生的这种提议付出了多大的牺牲，就好像请求他将我发配边疆，让我见不到朵拉，然后我还感恩戴德一样。

"取消契约，科波菲尔，你确定取消契约吗？"

我以不太使人尴尬的态度坚定地解释道，我要去自食其力，除此之外我的生计将毫无依靠。我还以一种坚毅的语气对他一再强调，我对前途并不感到迷茫。好像我的言外之意是要告诉他，说不定将来哪天我依然有资格当他的女婿，只是迫于眼前，我才不得不作此打算。

"科波菲尔，听了你的话，我深表歉意。"斯宾罗先生说，"很抱歉，因为这个而取消契约是从来没有的，当然你也不能认为你就可以开创先例，这是不符合职场程序的。非常不现实，但同时——"

"你太好了，先生。"我嘟囔着，心里默默祈祷他可以让步。

"不必客气，我一点也不。"斯宾罗先生说，"我想说，同时，要是没有我的合作人——约金士先生，我自己就能做主——"

我知道我的希望破灭了，但我仍然尝试别的方法。

"先生，"我说，"你觉得要是我把这个问题也跟约金士先生提出如何——"

斯宾罗先生否定地摇摇头："科波菲尔，我向来不会坏他人名义，尤其是对约金士先生。但我了解我的搭档，对这特殊的提议，约金士先生不能接受，他不是那种人。要想使约金士先生反常答应，那是很困难的事。你了解他这个人的。"

我想我并不了解，只知道这个机关本来是他一个人管理的，现在他自己住在近蒙塔哥古场的一所房子里。那所房子年久未漆。每天他都迟到早退，好像不需要别人同他商量什么事；他有一个小房间在楼上，那里阴暗肮脏，不曾进行过任何业务交易。他的写字台上有块画纸板，又旧又黄，却一点墨迹都没有，据说有二十年之久了，除此之外，我对他一无所知。

"先生，我跟他提这个问题，你赞成吗？"我问。

"我不反对，"斯宾罗先生说，"不过，科波菲尔，我到底与约金士先生相处了那么多年，他的脾气我了解。但愿并非如此，我愿意无论什么都能令你满意。科波菲尔，我不会反对的，只要你觉得值得。"

取得许可，我与斯宾罗先生热情地握了握手。在约金士先生到来之前，我借此机会坐下来，一边看着墙上从烟囱顶悄悄移下的太阳光，一边想着朵拉。约金士先生出现后，我来到他的门口。显然我的出现令他感到意外。

"科波菲尔，请进，"约金士先生说，"请进！"

我进去坐下，开始向他重复我对斯宾罗先生说过的话。其间我发现，约金士先生身材高大，脾气温和，面净无须，约莫六十岁，并没有想象中的那么可怕。他吸烟，关于这点，博士院盛传他的体内已经容不下任何别的食物了，主要依赖这种兴奋剂活着。

"我想，你已经跟斯宾罗先生说过这个问题了吧？"听完我的话，约金士先生显得局促不安地说道。

我告诉他，是，还告诉他斯宾罗先生提过他。

"他是不是告诉你我肯定会反对的？"约金士先生说道。

我承认，斯宾罗先生曾这样说过。

"科波菲尔，我不能满足你的要求，很抱歉。"约金士先生紧张地说，"哦，对了，我与银行

还有个约会呢,望你原谅。"

他还没说完就匆匆忙忙地要走出房间,我见他就要离开,立即斗胆问他,我的事是不是没法通融了。

"没有!"他在门口停下,摇摇头说,"没有,你知道,我不赞成。"他迅速说完后面的话就走了,然后又一折回来,从门外探出头来说,"要是斯宾罗先生反对——"

"他个人没有反对呀,先生!"我说。

"哦,他个人!"约金士先生不耐烦地说,"实话告诉你,这种困难的事是没有希望的。你的愿望实现不了。我——我在银行真有约会。"他说着就飞快地走了。后来听说,三天后他才在博士院出现。

由于我想不遗余力地解决问题,斯宾罗先生一进来,我就把整个过程向他叙述。因为我想让他明白,只要他愿意,我还是期待他能软化约金士先生的铁石心肠。

"科波菲尔,"斯宾罗先生和蔼地笑着说,"你不像我,认识我的伙伴约金士先生这么久。我并不认为约金士先生在使用什么虚伪的方式。不过没办法,科波菲尔,约金士先生表明反对的方式常常让人感觉像是在受骗。"他摇摇头说,"相信我吧,你是劝不了约金士先生的。"

到底谁才是真正的反对者,斯宾罗先生还是约金士先生?我百思不得其解。但我清楚地明白,要回我的学费给姨奶奶是不现实的事了,因为这个事务所里有不讲情面的地方。我失望至极(这样的心情想起来就觉得内疚,因为它总是牵扯着朵拉而太在乎自己)地离开事务所,准备回家。

我计划着应付将来,以最坏的、最残酷的方式。忽然一辆马车跟过来在我的身边停下来,我抬起头看。只见从车窗里伸出一只嫩白的手来,一张脸在对我微笑。这张脸,在第一次见到她时,她从一棵带有很宽栏杆的老橡树的楼梯上转过来,而我由她的脸的柔和美联想到教堂窗户上彩色的玻璃。从此以后,她的脸总能使一种宁静和幸福围绕我。

"爱妮丝!"我欣喜若狂地叫起来,"哦,亲爱的爱妮丝,于千万人中能遇到你是多么令我开心的事啊。"

"是吗!"她亲切诚恳地说。

"我很想跟你聊聊,"我说,"任何时候一见到你,我心里的一切负担便烟消云散了!要是我有顶魔术师的帽子,我任何人都不要,我只要你。"

"啊,你说什么?"爱妮丝说道。

"呃,或许先要朵拉!"我承认道,脸都红了。

"当然,我也希望第一个要朵拉。"爱妮丝笑着说。

"然后再要你!"我说,"你这是要去哪里啊?"

她是去我的寓所看我姨奶奶。这一天天气不错,所以她高兴地走出马车(在这期间,我把头伸进车里,在里面我闻到黄瓜架下的马棚气味),我打发走车夫,她挽着我的胳膊,我们一起走着。有爱妮丝在我身边,我瞬间就能感觉到自己的变化,她就像我希望的化身。

我姨奶奶曾用一张与钞票一般大小的纸给她写过一封简短的信(她一贯把她的写信水平发挥到这层境界)。信中她说由于遭遇不幸,将永远地离开多佛。但无须他人担心,因为她很坦然。爱妮丝此行就是为看我姨奶奶来的。这些年，从我在维克菲尔德先生家住时起，她们之间便建立起友好往来。她还告诉我她是跟她爸爸一道来的，一起同行的还有尤来亚·希普。

"他们现在成为合作人了？"我说，"去他妈的！"

"是，"爱妮丝说，"我是趁他们的便来的。他们是过来处理公事的。我恐怕我已经被人残忍地传染了偏见，所以你也不要以为我是单纯地来访友，我是因为对爸爸放心不下，才一起跟来的。"

"他还像以前一样，什么事都对维克菲尔德先生呼来唤去的吗，爱妮丝？"

"家里已经完全地变样儿了，"她摇着头说，"估计你都认不出曾经那个亲切的老地方了。他们现在与我们同住。"

"他们？"我惊讶起来。

"希普先生和他妈。他就在你以前的房间睡。"爱妮丝抬起头，看着我的脸说。

"我恨不得叫他梦见什么就是什么，"我说，"他会睡很久吗？"

"我的那个房间还归我所有，"爱妮丝说，"以前我在家里温习功课的那个，你还有印象吗？就是那个有铁板门的小房间，它还连着休息室的。时光如梭啊！"

"当然记得，我第一次见到你就是从那扇门出来的，那时你腰间还挂着个盛有钥匙的怪篮子，对吧！"

"只有那个地方和以前一样，"爱妮丝笑起来，"你能这样带着欢喜的心情回忆起来，真使我高兴啊！以前，我们是多么快乐啊！"

"那个房间依然由我保管。只是免不了与希普太太碰面。"爱妮丝静静地说，"我想单独一个人的时候，却不得不与她做伴儿。我并没有什么抱怨之类的，只是她总反反复复地在我面前夸她的宝贝儿子，说他多么多么好。我也知道作为一位母亲，夸自己的儿子是情理之中的事，可就是叫人烦得慌。"

她说话间，我看着她的眼睛，没有看出她对尤来亚诡计的意识。当我们眼神相遇时看到她的眼神充满温柔、诚恳，样子坦白而可爱。她恬静的脸色也没有发生任何变化。

"他们住在家里最大的不方便是，"爱妮丝说，"尤来亚·希普老是挡在我们之间，使我不能随时随意地与爸爸在一起——我不能好好守护他，要是我这样说不过分的话。但是，要是谁要对他实施什么诡计和不道德的行为，我希望纯洁的爱与忠实最终能打败世间一切邪恶。"

她脸上本来独有的愉悦笑容，在我还沉浸在她的善良亲切的时候消去了，取而代之的是紧张的表情。她迫切地问我关于我姨奶奶不幸的原因。我告诉她我姨奶奶没说，她听了变得心事重重的，似乎她的胳膊都在我胳膊里颤抖。

回到家，只见姨奶奶情绪有点激动地独自坐在那里。原来她跟克鲁普太太发生了争执（关于律师公寓是否应该让女人住的抽象问题）。姨奶奶并不怕惹毛她的神经质，毫不忌讳地拆穿她身上有我的白兰地香味。就这两句话，克鲁普太太觉得足以到法庭上解决。她还表明打算向"不列颠九弟"（我想她是想说陪审团）投诉的意向。后来，姨奶奶毫不客气地请她出去，这场争执才得以平息。

不过皮果提带着狄克先生去近卫骑兵队前看骑兵时,姨奶奶有了足够的时间去冷静,另外爱妮丝的出现也给她带来了极大的喜悦。所以姨奶奶最后非但没有生气,反而得意起来。接待我们时她高昂的情致丝毫未减。爱妮丝放下帽子,在姨奶奶身边坐下。她眼神温柔亲切,前额干净发亮,让我不禁觉得有她坐在那里是多么的合适。尽管她还很年轻,还缺乏经验,可是她纯洁的爱心、忠实的品质是多么有感染力,我姨奶奶对她那么信任。

我们开始聊起姨奶奶的损失,我把早上尝试过的努力告诉了她们。

"特洛,"我姨奶奶说,"你做的事,虽然初衷是好的,但是未免不理智。孩子——不,我想我应该叫你年轻人了——你是个心地善良实在的人,亲爱的,你让我感到自豪。好啦,就这样啦!那么特洛,爱妮丝,现在咱们得把贝西·特洛伍德的问题提上日程,看看它究竟是怎么回事。"

我注意到,爱妮丝认真地看着我姨奶奶,脸都白了,而我姨奶奶抚摸着她的猫,也在认真地看着爱妮丝。

"贝西·特洛伍德,"之前一直闭口不谈财产的姨奶奶终于开口,"特洛,我这里仅代表我自己,而非你姐姐——曾有一笔财产。至于多少无关紧要,反正够她用的,而且比够她用还多。因为她还储存了一点,她的财产只会有增无减。有一阵子,贝西用钱买了公债。后来,她的代理人劝她用钱买地以地产的方式作为抵押的债券。这种生意做得很好,赚了很多钱。一直到贝西还清债务才收手没干。这时期的贝西犹如一艘战舰上得逞的船员,开始清闲起来。于是贝西开始观察形势,寻找新的投资目标。这时,她的代理人——就是爱妮丝的父亲——不再像以前那样对业务熟悉了,她觉得她比这个代理人更善于经营管理这项业务。于是她想另起炉灶,自己来做主投资。她看中一个外国市场,便把钱调过去了。"我姨奶奶说,"那是一个很不景气的市场。起初,她先后在矿业以及潜水业(一种打捞宝物或干汤姆·泰德勒那一行的事)赔本。"姨奶奶搓着鼻子,接着说,"这件事平息后,她又在银行上搞投资。因为不懂银行股票的行情,"姨奶奶接着说,"我相信票面价极低了,但是那家银行距离我太远了。据了解,它垮了;反正它倒闭了。贝西的全部家当都在那里存着。可是银行再也不会,也不能把它们归还给她。于是贝西的钱便在那里终结了。算了,还是不说的好。"

姨奶奶滔滔不绝地总结完这段大道理后,以得意的眼神看着爱妮丝,这时才见爱妮丝的脸渐渐恢复了血色。

"故事到此结束了吗,我亲爱的特洛伍德小姐?"爱妮丝说道。

"我希望,这些就够了,孩子。"姨奶奶说,"要是贝西还有多余的钱,我想她一定另寻出路,然后继续把钱抛出去,到时一定还有故事可说。不过现在钱没有了,所以故事也没有了。"

一开始姨奶奶在说这些时,爱妮丝仔细听着,大气不敢出,后来才稍稍平缓下来,不过脸色还是一阵红一阵白。我想我是知道其间的原因的,她是在担心,发生了这么多的不幸,她那不幸的父亲或多或少也有责任。我姨奶奶将她的手握起来,开始大笑。

"故事到此结束了吗?"我姨奶奶重复说道,"呵,是的,故事到此结束了,要补充的就是'从此她过着快快乐乐的生活!'或许以后还可以再谈谈贝西别的故事。好啦,爱妮丝是个头脑聪慧的孩子,当然——除某些时候——特洛你也是,这一点我不敢恭维你。"说着姨奶奶对着我摇头晃脑，用她那种特有的一股劲儿，"大家想想，接下来怎么办呢？不计好的时候和坏的时候，平均下来那个房子每年有七十英镑的收入。我想，照我们目前的消费应该够用的。行啦——这些便是我们目前所拥有的了。"我姨奶奶说道。我姨奶奶说话的风格就像有些马，本来还跑得正欢快呢，在人不经意时却突然刹住不跑了。

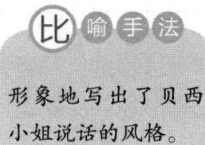

形象地写出了贝西小姐说话的风格。

"另外，狄克，"我姨奶奶歇了一会儿，接着说道，"他每年固定收入是一百英镑，不过那当然是他自己的。我最了解他了，他到时一定会把钱拿出来给我花，而不是自己留着。想到这里，我宁愿赶他出门，也不让他留在身边为我花钱。用我们自己的——我的和特洛的——钱，该怎么样计划才能利用合理呢？爱妮丝，你给参谋参谋吧。"

"姨奶奶，照我说，"我忍不住说道，"我该找点什么做才好！"

"你的意思是说当兵？"姨奶奶听了我的话，吃惊地说，"或者是出海远航？我绝对不考虑这样的做法！你将来要当个代诉人。咱们这个家再也承受不了任何打击了。对不起，我的小祖宗，我不能答应你！"

正当我打算跟她解释我未想过以那样方式来养家糊口时，爱妮丝问，我的寓所还能租多久。

"我亲爱的，你说到要害了，"我姨奶奶说，"除非我们二手转让他人，要不我们至少可以再住上半年，不过不现实。在我们之前，一个房客死在这里了。有一个穿紫花布胸衣和法兰绒裙子的女人，将这里住的六个人中至少弄死了五个。我赞成你的提议，在我们的房子到期之前，尽快在这附近为狄克找到合适的房子。我这里还有一点现金可用呢。"

我提醒姨奶奶（我觉得这是我的本分）她住在这里不会觉得清净的，因为克鲁普太太会不断地与她打游击战。但是她对这难题却不以为然。她的意思是说，她不会给她机会的，一旦克鲁普太太开火攻击，她便给她一点颜色看看，叫她有生之年都活在惧怕她的阴影中。

"特洛伍德，我琢磨，"爱妮丝不知道该不该说，但还是说了，"要是你有时间——"

"我时间多着呢，爱妮丝。晚上四五点和大清早上我都没什么事可做，总能找到时间的，"我说道，脸都有点羞愧地红起来，因为我突然意识到我在诺伍德街上、城市之间浪费了那么多的光阴，"反正时间有的是。"

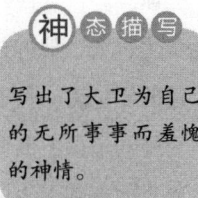

写出了大卫为自己的无所事事而羞愧的神情。

"你不会拒绝的吧，"爱妮丝的声音很细柔，我至今都记得她的声音中充满着一种叫人舒服的关怀之意，"一个书记的职位。"

"拒绝，亲爱的爱妮丝？"

"是这样的，"爱妮丝解释道，"斯特朗博士依照他多年来的心愿，已经告老还乡了，现在就住在伦敦。我听爸爸说，他正在寻找一个书记员呢。与其用不熟悉的人，倒不如用他的得意门生，你说呢？"

"爱妮丝，"我说道，"我该如何感激你才是？就像我以前说过的，你是我的福星啊！我从来都这样认为你。"

爱妮丝笑着对我说，有你的朵拉做你的福星就够啦。她还补充告诉我，我的工作时间与此基本无冲突。博士一般在清晨和晚上到书房里做事。比起我独自去谋生，能在我的老师手下自食其力更使我开心。简言之，在爱妮丝的引荐下，我写了一封信给博士，说明了我的意思，并约定明天早上十点去拜见他。他住在海盖特——一个非常值得纪念的地方。我写好地址，亲自去投寄，不敢怠慢一步。

无论在哪里，爱妮丝总能以她的态度把那个地方感染到她娴静贞雅和气沉稳的气氛。我寄信回来时，发现姨奶奶的鸟儿已被关回笼子里，那情形使我想起以前在老房客厅里挂着的样子；我的安乐椅按照我姨奶奶的意愿，以尽可能使她安乐的位置摆放在窗子前；就连随姨奶奶一起带来的绿色的圆扇也被钉在了窗台上。这些东西像被不动声色地计划好了似的，各就各位。一看这情形我就知道它们是出自谁人之手。即使我当爱妮丝远在千里之外，即使我并未亲眼瞧见她微笑地将我凌乱的书本按照我上学那会儿的老规矩整理好，但只要我看见它们整齐地、规规矩矩地、安静地摆放在那里，我便一眼就能认出是她做的。

泰晤士河虽然没有那所房子前面的大海壮阔，可是当阳光照耀在上面时波光粼粼、晶莹闪亮，倒的确也有可观之处。我姨奶奶对此倒也满意。但是她对伦敦的烟尘仍然十分憎恶。她称这烟是"好好的东西上撒上了胡椒"。对于这"胡椒"，我们做了一次革命性的清洁工作。整个寓所的拐拐角角都被我们翻了个遍。在此次革命中，皮果提很卖力。我眼里看着，心里却想，皮果提什么都做，却做得并不彻底，所以真正做好的并不多。而爱妮丝呢，她有条不紊地张罗着，所以她不仅做得好，而且做得多。想着，这时传来了敲门声。

"我看，"爱妮丝脸色苍白，说道，"是爸爸。他跟我说他会来的。"

我开了门，除维克菲尔德先生外，还有尤来亚·希普。我有些时日未见到维克菲尔德先生了。他的样子改变了许多，虽然在此之前，我曾在爱妮丝的话语中料想到他的改变。不过见到他还是让我吃了一惊。

他变化很大，他的样子老了好几岁，尽管他的穿着还和以前一样的细致整洁，但还是掩盖不住表态；他的面色有一种非健康的红；眼睛布满了血丝，眼球还向外突起；他的手病态地抖动（抖动的原因我是知道的，前些年我也一直看着）。不过我吃惊的并不是这些变化，也不是他日渐苍老的面孔，或者他那读书人的言行举止——他并没有失去这些东西——最使我触目惊心的是，拥有这么多优良品质的他，居然对卑贱化身的尤来亚·希普唯唯诺诺。从他们的性格品质而言，我觉得维克菲尔德先生才应该处于发号施令的执权地位，尤来亚则应该唯命是从，而他们却恰恰相反。对这种情形稍有认知的人一定会有一种无法言语的痛楚。我想，即使看见人被猴耍，也不会觉得比这个更可耻、更恶心。

维克菲尔德先生自己好像也深刻意识到这一点了。他进门时，站在那里低着头，一动不动，好像明白这点似的。而此刻，我看见尤来亚脸上露出令人生厌的笑。我想，爱妮丝也发现了，因为她躲开了他，向她爸爸走去（这一刻的沉默才得以打破）。爱妮丝轻柔地对她爸爸说："爸爸，特洛伍德小姐在这儿。你老长时间都没看到她了吧，还有特洛伍德。"于是他向我姨奶奶走来，很局促地把手伸给她，不过跟我握手时倒亲切了些。

至于我姨奶奶有没有发现什么，就不好说了。除非她自己说出来，要不然即使对她施用相面术，也看不出她的想法。我相信姨奶奶要是想隐藏什么想法的话，是没有人在外表上可以达到她那冷静镇定的程度的。在谜底揭开以前，她的脸就好像是堵连窗户都没有的墙那样坚硬封闭，任何光线都无法进入她的内心。后来，她终于开口了，以她一贯的生硬态度打破了沉默。

"喂，维克菲尔德！"听到我姨奶奶这样叫他，维克菲尔德先生终于肯抬起头来看她，"因为你在相关业务上已经生疏了，所以我不能完全信任你，于是我独自将我的钱财处理掉。这些我刚才都告诉了你的女儿。我们还在一起将各个方面都考虑进去，进行了一番商议，结果不错。在我看来，爱妮丝一个人就能抵上你们整个事务所。"

"要是你愿听鄙人一言，"尤来亚扭了扭身子说，"贝西·特洛伍德小姐的意思我完全接受。如果可以的话，我也很高兴爱妮丝成为我们的一员。"

"你自己就是其中的一员，是吧？"姨奶奶说，"我想你大概很满意吧。自我感觉到底如何呢，先生？"

碰到这样冷峻而又噎人的问题，希普先生握住他的蓝色提包，显得十分不安，说自己很好，并向姨奶奶表示了谢意，也希望她能好。

"你呢，科波菲尔少爷——不，应该叫科波菲尔先生了。"尤来亚接着说，"但愿你也很好。即使在目前的情况下，我见到你依然感到很高兴，科波菲尔先生。"他似乎对我的事很感兴趣，所以我相信他说的话，"你的朋友们也不愿意看到你遭遇这样的困境。不过科波菲尔，人的成败不在于钱的多少，而在于——我才疏学浅，实在不知道该用什么词来表达。"尤来亚胁肩谄笑，再一次扭动一下身子说，"反正不是钱。"

说完以一种异常的方式跟我握手：他好像怕我，远远地站在那里抓着我的手，然后像水泵喷出的水一样上下地抖动。

"科波菲尔少爷——错了，应该是先生。你觉得我们的精神面貌怎么样？"尤来亚摇尾乞怜地说，"先生，你觉得维克菲尔德先生是不是精神饱满？我们的事务所在这些年间没有多大的改动，只是让卑贱的人得到了提升——比如我跟我的母亲；让美丽的人更加美丽——"他停了一下，事后像忘了什么似的，又追加了一句，"这其中比如爱妮丝小姐。"

言毕，他竟然手舞足蹈起来，那样子实在叫人无法忍受，姨奶奶对此失去了所有的耐心，坐在那里狠狠地瞪着他。

"让他见鬼去吧！"姨奶奶语气硬了起来，"他在做什么？别再像被电了似的抽搐了，老先生！"

"特洛伍德小姐，我请求你的谅解。"尤来亚说，"我明白你心里不畅快。"

"去你的，老家伙！"姨奶奶毫不客气地说，"胡说，我绝不是你说的那样。要是你是滑腻的泥鳅，那好，你就去做泥鳅的行为吧！要是你还觉得自己还人模人样，就管好自己的胳膊啊腿的。我的上帝啊，你老……"姨奶奶愤怒地说，"你再这样像蛇一样扭来扭去地把我弄疯了，我可不答应！"

我姨奶奶像定时炸弹般突然发起飙来，她还做出一系列的动作：发怒地摇着椅子，同时忍无可忍地摇着脑袋，好像非要逮着他狠狠地揍他一顿才算解气。她的这些动作也很好地配合了她刚才那番话的气势，像多数人一样，希普先生顿时觉得羞愧难当，但是仍然装得很驯顺的样子，对我说：

"科波菲尔少爷，我知道的，特洛伍德小姐固然是位优秀的女人，只是脾气有点焦躁，我觉得这很正常。她的脾气没有比以前更糟已经是个不小的奇迹了。要说明的是，此次来访，我们只是想了解一下，面对目前的状况是否有用得着我们的地方，要是有的话尽管招呼下就是啦。我母亲和我还有维克菲尔德—希普事务所很乐意为你们服务。这样说不过分吧！"尤来亚带着一张令人作呕的笑脸对他的伙伴说。

"特洛伍德，"维克菲尔德先生说，声音生硬生硬的，态度还很勉强，"尤来亚·希普对待业务还是很卖力的。我完全同意他所说的。我向来也很关心你们。且不说这些，我也会完全同意的。"

"能受到如此信任，"尤来亚晃着他那条腿，似乎忘了挨过我姨奶奶的一顿骂的苦，说道，"实在觉得过奖！科波菲尔少爷，不过我希望我能替他分担业务，让他别那样疲劳。"

"有尤来亚·希普的帮助，对我来说是一种安慰。"维克菲尔德先生说这句话的时候声音仍然沉沉的，"像他这样的伙伴真替我减少了不少负担呢，科波菲尔。"

这些话都是尤来亚那只老狐狸强迫他说的。我知道这是在向我验证，那个被搅得无法入睡的夜晚他跟我说过的话。我看看他的脸，他正在盯着我看，脸上仍然是那一成不变的讨厌面孔。

"爸爸，你走吗？"爱妮丝关切地问，"你跟我还有特洛伍德一起走吗？"

我猜他在给女儿答复之前一定会先看看尤来亚这个大人物的意思，不过尤来亚抢在他之前发话了。

"我还有个预订好了的约定，"尤来亚说，"不然跟我的友人们同行，我一定会求之不得。不过就让我的伙伴全权代表本事务所陪同你们去吧。再见，爱妮丝小姐！再见，科波菲尔少爷！哦，我还没向我尊敬的贝西小姐致以我最卑贱的一礼呢！"

说罢，他用他那大手冲我们来了个飞吻，走之前还狡黠恶毒地斜视了我们一下。

我们坐下来聊了一两个小时，全是关于旧日坎特布雷的愉快时光。维克菲尔德先生和爱妮丝在一起待了一会儿便恢复了先前的自我。不过他那种忧郁感深深地在他身上扎根了，他怎么看都觉有点儿闷闷不乐。尽管如此，他到底还是高兴起来了，听我们谈到过去的点点滴滴，他很兴奋，他甚至还能就其中大多数侃侃而谈。他说他感觉回到了那个只有爱妮丝和我的时代，过着无忧无虑、自由自在的日子。他祈愿那一段日子能永不褪色。我相信，爱妮丝平静的面容和她在他胳膊上的每一次触动，在他身上都能发挥出神奇的力量。

我姨奶奶一直在里间和皮果提忙着做事，她便要我同他们一道去他们的住处。我就去吃了顿饭。饭后，爱妮丝坐在他的身边，不断地给他倒酒，就像以前一样。维克菲尔德先生像个孩子般喝下她倒的酒，不再多要。天色渐渐暗下来，我们三个坐在窗户前说着话。天黑后，他在一张沙发上躺下，爱妮丝在他头下放了个枕头。不一会儿，我见她来到窗子前，眼中闪烁着泪花。

我叮嘱自己要永远记住这个叫人心疼的姑娘的爱与忠诚。就算忘，那也是我的末日快要到来了。即使在那样的时刻，我也希望我能记住她。她以她的行动给我做榜样，让我的柔弱得以坚强，使我的心充满坚毅——我不明白为什么，她给我出主意的时候，是那样的谦虚而温和，从不多嘴。——我内心混乱的激情和难以决绝的主意都能找到它们的方向。我郑重相信，我之所以能去行善事，之所以能不计较所受的伤害，都是得益于她。

我们坐在窗子前，黑暗中，她耐心地听我如何谈论朵拉，如何赞美朵拉，她自己也跟着赞美起朵拉。我那仙女般的朵拉也因她洒下的点滴纯洁的光辉而更加可爱、更加纯真了！哦，爱妮丝，我儿时的妹妹，要是我当时就能知道以后发生的事，那该有多好啊！

当我向着窗户转过头时，街上一个乞丐吓了我一大跳，当时我还在回想着她那宁静纯洁的双眸，仿佛听见乞丐说："瞎眼了，瞎眼了，瞎眼了！"

那声音仿佛是应和着早晨的回音。

精彩点拨

尤来亚是一位典型的从下层脱离出来的小人形象。之前，他对维克菲尔德先生和大卫都极尽讨好，并且语言行动很谄媚。等他借助于维克菲尔德先生获得成功后，便开始想尽办法去展示自己，这让大卫很讨厌他。在大卫说事务所在他们母子的帮助下得到了提升时，他很是得意，这让贝西小姐大为恼火，她说尤来亚是只泥鳅，骂他自己认为自己人模人样，直说得尤来亚羞愧难当。

阅读积累

公 债

公债是政府为解决账户透支的问题而采取的借债。政府可向社会的企业、事业机构及个人借债，向中央银行借债，也可向国外借债。所以，可以将公债定义为国家或政府举借的债，是指国家或政府以债务人的身份，采取信用的方式，向国内外取得的债务。它是国家财政收入的一种特殊形式，是政府调节经济的一种重要手段。

1. 公债是一种虚拟的借贷资本

公债体现了债权人（公债认购者）与债务人（政府）之间的债权债务关系。公债在发行期间是由认购者提供其闲置资金，在偿付阶段是由政府主要以税收收入进行还本付息。公债资本与其他资本存在的区别在于公债资本（用于非生产性开支）并不是现实资本，而只是一种虚拟的资本。用于生产性开支的公债则表现为不能提取的公共设施等国家的现实资本。

2. 公债体现一定的分配关系，是一种"延期的税收"

公债的发行，是政府运用信用方式将一部分已作分配、并已有归宿的国民收入集中起来；公债资金的运用，是政府将集中起来的资金，通过财政支出的形式进行再分配；而公债的还本付息，则主要是由国家的经常收入——税收来承担。因此，从一定意义上讲，公债是对国民收入的再分配。

第三十七章

精彩导读

大卫回到了海盖特，找到了斯特朗博士，接受了博士给他的工作，做了博士的书记员。在吃早餐时，大卫见到了从印度回来的杰克先生。狄克先生和博士重新恢复了友谊，特拉德尔还给狄克先生找了一份抄写法律文件的工作，使得大卫他们的生活状况有所改变。米考伯来信了，大卫和特拉德尔一起去探访了米考伯夫妇，大卫的生活还会有什么变化吗？

早晨起来，我先去罗马浴池洗了个凉水澡，然后便打算去海盖特。此刻我已经不再沮丧，面对最近发生的不幸遭遇，我的心态发生了很大的变化：穿着破旧的外套，我不再感到不自在；对于俊伟的灰马，我也不再迷恋。我必须用行动告诉姨奶奶：我并不是一个麻木不仁的人，我不会辜负她曾经对我的恩情。我必须行动起来，利用先前所受苦难的磨炼，振作精神，坚定不屈地工作；我必须行动起来，像那樵夫拿起斧子，在困难林立的道路上，披荆斩棘，直到我开创通往朵拉的坦途，那时我才肯收手。我这样想着，便健步如飞，仿佛只要我走快点儿，我的梦想便会实现。

当我回过神来，发现已经回到熟悉的海盖特大街上。昔日走在这条路上时所拥有的欢快乐趣不禁浮现眼前。但此次我路过此处却带着完全不同的目的，就好像我整个生活都改变了，不过这些改变并不使我垂头丧气，却使我有了新的目标，新的追求。我将会很忙碌，但同时我也将会收获很多，其中最大的收获便是朵拉了，朵拉非我莫属。

想到这些我兴奋不已，竟然觉得我的外衣还不够破，便难过起来。我要全副武装，尽我所能，将困难之林的树木奋力砍倒。那天，路上有一个戴着铜丝眼镜的老人在砸石子，我冲动地想把他的斧子借过来，好立即就开拓一条花岗路，一直通到朵拉的面前。我兴奋不已，浑身发热，呼吸急促，好了，已经有一大笔钱被赚到手了。就这样，我看见一所待租的房子，我便进去仔细观察一番——我觉得，从实际开始才成。这正是我和朵拉所要找的房子：房前有个小花园，吉普可以在里面跑着玩，看见了栅栏那边路过的商贩，它就狂吠起来。楼上还有一间特别好的房子，留给我姨奶奶住。看到这些，我更加激动，身体内的热血快速地流动着，我走出小房子，一口气跑到海盖特。我跑得太快了，以至于我到那里比约定的时间早了一小时，我要去散散步，即使我时间不够我也要去。在见到人之前，我要在漫步中使自己冷静下来。

做完这些必要的准备之后，我第一个关注的就是博士的住处。他并不与斯梯福兹夫人一样，住

在海盖特那一块,而是在那个小市镇的对过住。我找到那个地方后,一种无法抗拒的诱惑将我引向与斯梯福兹夫人家相邻的一条巷子里。我从花园的墙角向里探着脑袋,只见斯梯福兹的房间门紧紧关着,温室的门倒是敞开着的。没戴帽子的洛莎·达特尔在草地旁边石子铺就的小路上来回地走,步伐迅速而急躁,她的样子就像一头凶猛的野兽脖子上拴着铁链,在一条毫无新意的老路上走来走去,以此来消磨它的心血。

我蹑手蹑脚地从观察点撤出,带着后悔不该来的心情避开那一带,继续晃悠到十点钟。我并不是从现在那个竖立在山顶上的尖顶教堂得到时间的,再说当时还没有这个教堂。我是在一所红房子得到时间的,我还记得那个红房子作为学校使用,是个很适合学习的老房子。

当我来到博士的那所小房子——这是一个很讨人喜欢的老地方。房子像是刚装修不久,从这点上来判断,我猜他在这所房子上已经花了不少的心思和钱——只见他穿着和以前一样的衣服在花园里散步。好像从我还在当学生时起,他就一直在那里散步,从未停息过。园子附近仍有很多高大的树木,草地上还有三两只乌鸦死死地守着他,好像它们收到坎特布雷的乌鸦的来信,所以在那里密切地观察他呢。它们多像他昔日的伴侣啊。

我知道离他那么远,要想引起他的注意是非常困难的。所以我就大胆地推开门进去了。我跟在他的后面,想在他转过身子的时候跟他相遇。果然他回头时看见了我,他有那么一会儿只是看着我,显而易见想不到会是我,不一会儿,他双手握着我的手,本就慈祥的脸上显现出无比快乐的表情。

"喂,我的亲爱的科波菲尔,"博士说,"你长大了!现在过得怎么样?见到你可真是高兴啊!你进步不小啊!我亲爱的科波菲尔,你简直是——嗯,是的——哎呀!"

我向他问安,也向斯特朗夫人问安。

"哦,很好!"博士说,"安妮很好,见到你她一定会很高兴的。她本来就很欣赏你。就在昨晚我把你的信给她看时,她就是这么说的。还有——毫无疑问——科波菲尔,你还记得杰克·麦尔顿先生吧?"

"一点没忘记,先生。"

"那是当然的,"博士说,"当然,他很好。"

"先生,他回来没有?"我问。

"你是说从印度回来吗?"博士说,"对,他难以适应那里的气候,我的亲爱的,马克兰太太——你还记得吧?"

忘记那个老兵!并且在极短的时间内!

"马克兰太太很是为他操心,"博士说,"可怜的一个人哪!所以我们把他叫回来了。我们还为他找了一份适合他的工作,在一个小专利局。"

根据我对杰克·麦尔顿先生的了解,可以断定所谓的工作是个事少报酬多的差事。博士殷勤地将仁慈的脸面对我,并将一只手搭在我的肩上,一边在院子里溜达着一边跟我说:

"哦,亲爱的科波菲尔,关于你的提议,老实说我很满意,觉得很适合,但是我觉得你可以做更重要的事。你也看到了,在你原来和我们一起的时候,你就已经开始出类拔萃。你有能力找到更好的事做，凭借你扎实的基础，你可以建造任何规模的高楼大厦。现在要将你毕生的青春时光牺牲在我所提供的这件小事上，你不觉得怪可惜的吗？"

我听到博士这样说，不由得高兴起来。于是我开始用夸张狂野的话坚持着我的请求。还告诉他我已经有了份工作。

"很好，很好，"博士回答说，"那很好。你刚有工作，正处于熟悉业务阶段，这期间很重要。但是，我的年轻人，一年七十英镑又算得上什么呢？"

"斯特朗博士，这意味着我的经济来源增加了一倍。"我说。

"唉！"博士说，"想想看！我并没有严格限定每年七十英镑的意思。因为，对于像你这样被聘用的小伙子，我总设法给点额外的礼物。毫无疑问，"博士的手仍搭着我的肩膀边走边说，"我总想每年给点什么作为礼物。"

"亲爱的老师，"我说（这回我是真情实意，毫不掺假），"你待我情重如山，实在不是我所能承受得了的……"

"别，别，"博士说，"我真的不该啊！"

"我早上和晚上的那些时间要是你能接受，并且认为它们值得的话，你所给我的好处，便是我无法用言语所能表达的了！"

"唉！"博士天真地说，"想来，我用那么点钱就可以换来那么多。哎呀，哎呀！要是你有另一个比这更好的机会，你会选择它吗？老实告诉我哦！"博士说——他总用像那样严肃的话来激起他的学生的尊严。

"实话实说，先生！"我说道，犹如我还是当年那个学生。

"那就这么定了。"博士拍了下我的肩膀说，手仍然停在我的肩膀上，我们继续这样走着。

"要是我的工作能与你那部字典搭上关系，"我略带奉承的语气——但愿我是善意地——说，"那我就二十倍地高兴了，先生！"

博士停住步子，满脸微笑地拍了一下我的肩膀，脸上带着一种让人看了会非常舒服的得意神气（看来我对于人类最深层次的智慧有了深刻的了解）说："我亲爱的年轻人，你倒是说中了，就是那部字典。"

哪还能有别的呢，他的口袋就犹如他的脑袋一样，里面塞满了编字典的材料，这些东西在他的身上随处可见。他跟我说，他从教书职业上退下来就进行着这项工作，而且相当顺利，他很满意我所提供的工作时间，因为他习惯用白天的时间边散步边整理思路。在我之前，杰克·麦尔顿先生当过他的临时书记员。不过杰克·麦尔顿先生并不习惯这份工作，文件被他弄得杂乱无章。不过，不久的将来，这些错误就会被我们更正了。我们的工作也将顺利进行下去。在我开始工作后，我发现杰克·麦尔顿先生不仅犯了不少错误，他甚至将很多士兵和女人的头像画在博士的稿本上，这让我像误入了混乱的迷宫一样，思维模糊不清。他的工作能力比我想象的还要糟糕，还要讨厌。

想到我们将要在这项伟大的事业上成为伙伴，博士也显得十分兴奋。我们计划明天早上七点正式开始工作。每天工作4~5个小时，早上两小时，晚上两三个小时。当然周末除外，那是我休息的时间。我认为，这些对我来说都是优越的条件，宽松的安排。

　　我们俩都很满意这样的工作安排。博士带我去他家中，我见到了斯特朗夫人，她正在博士的新书房里帮博士掸拭他的书——他视他的书为神圣不可侵犯的宝物，从不准任何别的人去动它们。

　　因为我，他们将早饭延迟了。在我们坐下来用餐没多久，便听见门外有脚步声。我猜有客人要来，因为斯特朗夫人脸上的表情暗示了我。果然一位男士骑马从大门进来。他下了马，将缰绳套在胳膊上，毫不客气地将马拴在院子里空车房围墙里的铁环上，然后向早餐桌走来，手里还拿着马鞭。他便是杰克·麦尔顿先生。瞧他这般模样我便可以判断印度之旅并没有达到改变他的效果。对于像这类不肯面对困难之林的荆棘的青年人，我总是怀有成见地看待他们。所以我对他的印象可是要大打折扣。

　　"杰克先生！"博士说，"这位是科波菲尔！"

　　杰克·麦尔顿先生与我握手，可是并不太热情，而且带着懒洋洋地给我赏脸的意味。这种态度让我的内心暗暗感到侮辱和愤慨。不过他与他表妹安妮说话的时候，倒是不这样表现。

　　"杰克先生，你早上吃了吗？"博士问他。

　　"我很少吃早饭，先生。"他说这话时，坐在安乐椅上，把头往后一仰，"我认为吃早饭是件很烦人的事。"

　　"今儿可有什么新闻？"博士问道。

　　"回先生，什么也没有，"麦尔顿先生回答道，"不过有一条是关于北边的人挨了饿，情绪不满，正在闹呢。但是这世上，总该有部分人挨饿，情绪不满，这很正常呀！"

　　博士表情严肃起来，好像打算换一个话题，他说："这样啊，就是说没有新闻喽。不过人家说没有新闻就是最好的新闻。"

　　"先生，报纸上还登了一段有关暗杀的事件。"麦尔顿先生说道，"被人暗杀的事时有发生，觉得没意思，就没仔细读下去了。"

　　在那个年代，不关心世间的所有事情和感情的人，我觉得并不是什么高尚的品格，这与后来人们所看待的不一样。在那时这态度已经开始流行，而且发展迅猛，我还看见一些赶流行的男女，他们做事就像新生的幼虫一样。而此刻，这种态度却令我感到新鲜，给了我异常深刻的印象。这态度没能让我给杰克·麦尔顿先生打好的分，更未让我对他的信任增强。

　　"我是来请安妮今晚去看歌剧的，不知她意下如何！"麦尔顿先生转而问安妮，"那个里面有一个拥有完美音质的女歌唱家，今晚是这个季度最后一次演出了。你真应该去看看，她的样子还丑得惹人爱呢。"麦尔顿说这话的时候又恢复了懒洋洋的神态。

　　博士对他的年轻的太太很在意，只要她觉得高兴，他就鼓励她去做，不论是什么事。于是他对他太太说：

　　"安妮，你要去的，你要去的！"

　　"我不想去，"她对博士说，"我更愿意在家里待着，我要在家里待着。"

　　然后她看都不看她的表兄，就直接跟我说话，向我打听爱妮丝的情况，问我哪天可不可以叫她过来，见个面聊聊天。她看起来有些不安，我看了一眼博士，他正在一旁给烤面包涂奶油。我好奇，这样显而易见的事，博士能不能察觉其中的含义呢？

不过，他丝毫没有察觉。他反倒和和气气地劝她去，让她趁着年轻多去寻找属于自己的快乐，别一天到晚面对他这个老头子，过着沉闷的生活。他还告诉她，他想听她唱最近的新歌，所以她只有去了才能学会。博士就这样执意地为她揽下了约会。他邀请杰克·麦尔顿先生过来吃晚饭。杰克·麦尔顿先生起身向门外走去，样子还是那样傲慢，我估计他是回他的专利局了。

我很好奇她到底去看戏了没有。次日清晨，我才知道，原来她没有，只是打发人去伦敦找到她的表兄，将约会辞了。那天下午，她说服博士陪她一起去看望爱妮丝了。博士说，晚间回来时，他们在田野里散步了，那是段愉快的时光。我心里纳闷，要是爱妮丝不在伦敦，她会不会去看戏？是不是爱妮丝对她产生了好的影响？

心理描写
写出了大卫对斯特朗博士和安妮生活的关心。

她为我们做好了早餐，我们边吃边工作，她就在窗子下坐着，所以我总能看到她的脸。我认为她看起来并不快乐，不过她的脸倒是看起来很真实，要不然那就是虚伪。到九点，我要离开这里了，这时她蹲在那里给博士穿鞋裹腿。正好从矮房子上窗户外挂着的几片叶子透射进来的光照到她的脸上，她的脸显现出一层柔和的样子。回来的路上，我忍不住想起博士读书时她在一旁看他的脸庞。

那段日子我很忙，每天早上五点便起床开始工作。直到晚间九点才能回家休息。但是我从不因为觉得累而怠懈自己，我从不允许自己缓慢地走路。我反而对这样的忙碌感到满足和充实，越是让自己卖力工作，我就越觉得对得起朵拉。另外我的生活习惯发生了很大的变化：我只用少量的熊脂涂头发，花露水和香皂根本就不沾身。我还将我的那三件背心以非常不可思议的低廉价格出售了。因为这些东西在我艰苦奋斗的岁月里实在是奢侈品。再过几天，朵拉就要来看密尔斯小姐了。至今我都没向朵拉诉说我的改变。只是在信中（我们的信一直都由密尔斯小姐帮忙传递）对她说，我有一肚子的话想说给她听。我打算在她来伦敦的时候将我的情况告诉她。

词苑撷英
不可思议：原为神秘奥妙的意思。现多指无法想象，难以理解。

我对自己采取的种种措施仍觉得不够，心急如焚，于是就去拜访特拉德尔，想多找一点事做。当时，他所住的地方在荷尔本加斯尔街一所房子的花墙后面，我带着狄克先生一同去的。那时，狄克先生已经跟我去过海盖特两趟了，与博士重新建立起了交情。

词苑撷英
心急如焚：心里急得像着了火一样。形容非常着急。

我之所以带狄克先生一起去，是因为他深深地同情我姨奶奶的不幸遭遇，同时他真诚地相信我工作起来的卖力程度，连摇桨的奴隶和狱中的囚犯都比不及。一想到他自己面对一切却无所事事，他就觉得

自己烦恼忧闷难耐，以致觉得精神萎靡，食欲不振。这种状态使他无法完成那个呈文，觉得它比以前更糟糕了。他越是努力工作，那颗不幸的脑袋就越是容易让那个查理一世伺机混入。我对他的状态实在放心不下，可是该怎样帮他呢？或许可以给他一个善意的谎言，让他相信自己给予过帮助的；或许可以给他点事做，让他真的发挥他的用处，这是最好的解决办法。于是我决定去找特拉德尔。我写了一封信给他，问他对此有没有什么法子。结果特拉德尔回了我一封使我满意的信，他还在信中对我表示了友好和同情。

见到他时，他正对着他的墨水瓶和文件努力地工作。在他小寓所的一角，摆放着一个花盆架和一张小圆桌。他说这样可以让他精神清爽些。他接待我和狄克先生时，态度十分诚恳热情。不一会儿便与狄克先生建立了友谊。狄克先生为此还深信不疑地说，他认识特拉德尔。我们也说："很可能！"

我曾听人说，报告会议的辩论场合是许多成名人士事业的开端，各行各业的都有。我对特拉德尔说起这件事，这也是我要跟特拉德尔商量的第一件事。我把新闻业与辩论赛联系起来，这也是特拉德尔的愿望之一，他曾经亲口告诉过我。我在信里也向特拉德尔求助过，问他如何才能使自己成为新闻事业上的合格人才。此刻，特拉德尔给了我答案。他说，根据他的统计，要想在这番事业上出人头地，就要求读写速记的功底非常地扎实，这程度跟精通六国语言的水平差不了多少。要想在短短几年内达到这样的水平，非同一般的恒心和努力是必不可少的。依照特拉德尔，这样一来，问题便得到了解决。但这对我来说就不是那么简单了。它们就是我前进路上的大树，我需要果断地拿起斧子将它们铲除！这样才能在这荆棘的道路上开辟通向朵拉的坦途。

"亲爱的特拉德尔，真是太感谢你了！"我说，"明天我就要着手去做。"

特拉德尔吃了一惊。他当然要吃惊了。不过我猜他根本想不到我此刻的心情是怎样的兴奋。

"我需要一本书，一本记录了这种技能纲要的书，"我说，"在博士院学习过程中，我要利用起大量无事可做的时间，用来记录法庭中的发言，把它当作一种练习——我亲爱的朋友，特拉德尔，我一定要掌握这种技能。"

"哎呀呀！"特拉德尔说，还把眼睛睁得大大的，"科波菲尔，你是一个这样有意志力的人，真是出乎我的意料啊！"

不知道他怎么会这样想，因为这对于我自个儿也是没有过的，我将这一件事告一段落，向他问起狄克先生的难题。

"你明白，"狄克先生说，样子很是期待，"特拉德尔先生，要是能让我也尽一份力——比如——就算去吹一种乐器也行！"

多可怜的人啊！在他心里，他热爱这个职业胜过一切别的，这一点我毫不怀疑。自始至终，都不肯露出笑脸的特拉德尔依然镇定地说：

"不过先生，你的字写得很好，科波菲尔，我记得你曾跟我说过，对吧？"

"写得确实很好！"我实话说道，"他的字确实写得十分潇洒整洁！"

"那你不觉得，"特拉德尔说，"你可以去找份抄写的工作来做吗？要是我能帮你们找到一份，你们觉得怎么样，先生？"

狄克看着我拿不定主意，问我："科波菲尔，你觉得怎么样？"

我对他摇摇头，他自己也摇了摇头，并且深吸了一口气，"你跟他说说那个呈文的事吧。"狄克先生说道。

我对特拉德尔解释道，狄克先生想要把查理一世从呈文中驱除掉时，遇到了一些困难。这时狄克先生在一旁恭敬而严肃地看着特拉德尔，同时吮吸着大拇指。

"不过你要知道，我跟你所说的文件是已经完成的，早已成稿了。"特拉德尔稍稍思考了一会儿说，"并不需要狄克先生花心思的，科波菲尔，这不碍事儿吧！不管怎么样，先试试，好不好？"

特拉德尔先生的话重新燃起了我们的希望。于是我与他商议起来，狄克先生在椅子上坐不住了，焦急地看着我们，最后我们拟订了一个计划。照计划，狄克先生明天就开始工作。结果，他做得很好。

我们将特拉德尔给狄克先生找到的工作——一种抄写法律文件的工作——主要是通行权的法律文件——究竟抄了多少，我已经记不得了——布置在窗前的桌子上，窗子对着白金汉大街。那个不平凡的呈文还有部分没完成，我们将它放在另一张桌子上。我们一再嘱咐狄克先生要照抄原文，丝毫不能出差错。还提醒他，对查理一世稍有一点灵感，就立即到另一张桌子上把想法及时地记录下来。我们鼓励他要建立信心，还让我姨奶奶陪同他。后来姨奶奶向我们报告，开始他还无法恰当地安排好这两件事，像个敲锣打鼓的人，东掷一锣西敲一鼓。这样一来，他被弄得疲惫不堪，于是他重新调整，踏踏实实地抄写文件，等到有灵感时再去写呈文。我们只想给他带来有益的帮助，所以并不要求他做太多。结果到了周六的晚上，他竟然赚了十先令九便士。而所用的时间连一周都没有。他拿到钱，挨家挨户地找附近的铺子，想把他的钱换成六便士的。换好后，他找来一个盘子，高兴地将这些钱摆成一个心的形状后，眼中闪烁着骄傲的泪花献给了我的姨奶奶。他的一举一动怕是我这辈子都难以忘怀的了。自从他认为自己做了有用的事起，每天就像受着咒语支配一样，当然这个咒语是幸福吉祥的。就在他得到六便士的那个晚上，他是那样的满足，他满足地认为姨奶奶是这个世界上最神奇的女人，而我则是最了不起的年轻人。要是一定要在这个世界上评出谁是最幸福的人的话，那晚便就是他这样懂得满足的人了。

"特洛伍德，我们以后不用忍饥挨饿了。"在一个角落里，狄克先生握着我的手说道，"以后她的衣食住行都由我来负责，先生。"说着他将他的双手在空中摆动，好像他手中掌握着十个银行。

我跟特拉德尔都很高兴，分不出谁更甚。

"最近，"特拉德尔忽然拿出一封信给我，说，"我都想不起来米考伯先生了！"

这信（有什么事米考伯总习惯用信来表达）是给我的，封面标有"敬劳内院托·特拉德尔大人转交"。信里写着：

亲爱的科波菲尔：

　　时来运转，机缘巧合，我遇到了一个机遇，你听到了不会觉得意外吧。似乎我曾经

也跟你提过，我是在期待这样的一个机遇。

海南岛算个得天独厚的风水宝地吧。我将移居到那里的一个市镇上。那个地方行业混杂，是个半农半教的社会，我将深入一种专业性很强的职业。我的妻儿也将与我一同前往。那里有座建筑墓场，在它漫长的岁月里，它已经享誉全球了，无论是中国还是秘鲁，无人不知无人不晓，这样说一点不过分。在将来的某一天，我和我的妻儿的尸骨将会选择在这里长眠。

在这个现代的古巴比伦，我们经历过很多风风雨雨，现在我们就要向它告别了。我将以不卑不亢的姿态向它行最后的道别礼，但是米考伯太太做不到这点，在这里有着很多与我们祖祭有关的人。今日一别，或许数年，或许永世。要是你能偕同你的朋友汤姆·特拉德尔先生在我们离别的前夕来寒舍一聚，在那里我们互换祝福，那你便是施恩于我了。

威尔金·米考伯
敬启

听到米考伯先生摆脱屈辱的困境，并且已经有机遇向他招手，我非常高兴。特拉德尔提醒我信中他约我今晚见面，我毫不犹豫地答应了。米考伯先生当时是以莫提默先生之名在格雷院路顶端的寓所里租的房子。那晚我们便在那里见到了米考伯先生。

在他那设备简单的住处，我们见到了他的双生子，都已经八九岁了，就躺在起居室的床架上。就在这个起居室里摆着一个洗手罐，他就用这个为我们调制一种美味的饮料，大家都知道他这门手艺。这次，我还有幸与米考伯少爷重叙旧情。他已经长大了，有十二三岁了，有着这个年纪的特征，一刻也坐不住，非常活泼爱动。我还结识了他的妹妹，米考伯说，她的到来"给她母亲带来了活力和青春，让她的母亲就像死而复生的菲尼克斯鸟一般"。

"亲爱的科波菲尔，"米考伯先生说，"在我们移居以前，你们肯来看我们，想必过往为你们带来的那些琐碎的麻烦，你们是可以原谅的了。"

我恰当地回答了他的这番话，并用余光扫视了一下家里，看到他们能带动的东西都已经收拾好了，不过行李也不是特别多，显然他们很快就要搬走了。我为此祝贺他们。

"亲爱的科波菲尔先生，"米考伯太太说话了，"我相信，你对我们家的事，无论大小及轻重与否，都十分关注。我娘家的人将我的移居看得像发配充军一样，但我是个妻子，是个母亲，自始至终我都要对我的丈夫不离不弃。"

米考伯太太说话时，用目光紧紧地注视着特拉德尔，于是特拉德尔对此深深地表示赞同。

"'我，爱玛，嫁给——威尔金。'当年我从这张嘴里说出了这句永世不得更改的话时，我对这个家便有了责任。"米考伯太太说，"亲爱的科波菲尔先生，亲爱的特拉德尔先生，就在昨晚，我还将这个仪式的记录就着昏黄的蜡烛光仔细地重对了一遍，可是我收获的只是——我要对米考伯先生不离不弃，然而，"米考伯太太说，"然而我可能曲解了这个仪式的本意，但我情愿这样！"

"亲爱的，"米考伯先生忍不住地说，"我真难以想象，你会做出这样的举动。"

"亲爱的科波菲尔先生，我知道，"米考伯太太继续说，"我就要进入一群陌生的面孔中去，在那里寻找我们生存的机遇。米考伯先生曾给我娘家人写过一封信通知他们我们的打算，用尽了高尚文雅的词句。可是我娘家人根本就不理会，我知道他们并不支持我们。也许我的想法有点迷信，"米考伯太太继续说，"我觉得这是冥冥之中注定不会得到回音的。从他们沉默的态度就可以预知，他们反对我的决定。不过科波菲尔，就算我的双亲在世，那他们也休想让我改变决定，任凭他们将我误处歧途。"

我向她表示，我觉得她的做法是正当的。

"如果说让像我这样的人蛰居在一个有大教堂的城市里，"米考伯太太说，"也能算一种牺牲的话，那么，科波菲尔先生，像米考伯先生这样拥有才华的人，那无疑更是一种牺牲了。"

"哦！你们去的地方是一个有大教堂的城市吗？"我问道。

"去坎特布雷。"米考伯先生回答道，他一直在用洗手罐给我们倒酒。"亲爱的科波菲尔，不瞒你说，我跟我的朋友希普已经约定好了，我将留在他身边帮他做点事，尽我所能地为他服务，而且还是当他的左右手。"我吃惊地睁大眼睛盯着他看，他见了我这样反倒开心起来。

"我应该跟你坦白，"他装模作样地说起来，"这主要得归功于米考伯太太干练的办事才能和周密的思路，我才得以成功。有一次米考伯太太提出一件有挑战的事，我便通过广告的形式告知外界，想不到我的朋友希普看了非常赞成，于是我们在这一点上达成共识。说起我的朋友希普，"米考伯先生说道，"我愿用尽可能的方式对他的精明强干加以恭敬。虽然对于我正式工作的薪水具体有多高，他没有给予明确的承诺，但是他在财政危机上给予了我很多的帮助。他也根据我的工作价值给了我所想要的回报。我要将我并不系统的有限的知识和口才上的能力，"米考伯先生带着向来的儒雅神气，有些夸张，有些自谦，"都毫不保留地为我这位朋友效力。我已拥有一点法律方面的知识——正因为我亲历了作为民事法庭的债务被告——我更应研读以英国最伟大的法学家布莱斯通法官先生的'释义'。我说了那么多，那么仔细，但愿这些都是必要的补充。"

他这些话并不是从头到尾顺畅地说完的，因为米考伯少爷无法控制他的行为：他一会儿跑到靴子上坐着，一会儿用双臂紧紧夹住他的脑袋，好像不这样，他的脑袋就要掉下来；一会儿又在桌子底下，不知什么原因地踢着特拉德尔；一会儿又把一只脚放在另一只上；一会

语言描写

写出米考伯太太对米考伯先生的崇拜之情。

词苑撷英

装模作样：指故意做作，故作姿态。

儿又是把脚朝着背后远远地伸出去；一会儿侧着脑袋趴在桌子上，任由他的头发散乱在酒杯中；一会儿又是身子动来动去，闹腾得让在场的人觉得不舒服。每当米考伯太太看不下去在一边不断地纠正他的不当行为时，米考伯少爷就横眉立目，反感起来。这样一来一去，米考伯先生的话就一直被打断。我在一旁听得迷迷糊糊的，不知道他到底在谈什么。只好一边对听懂的部分感到吃惊，一边整理着思路。直到后来，米考伯太太对前面的话作了番提示，我才弄明白怎么回事。

"我特别提醒米考伯先生，叫他多留心点，"米考伯太太说，"亲爱的科波菲尔先生，当他在这法律的小部门时，千万别就此将他的正经事给忘了。我坚信，凭借他的博学多才，再加上他那三寸不烂之舌，语言这类职业对他来说再适合不过了。他将来在这方面一定能有一番成就的。比方说，特拉德尔先生，"米考伯太太说到这里用意味深长的语气说，"一位高级律师，或者一名大法官，像米考伯这样的人，不可能因为从事了这种职业就失去了升迁的机会吧。"

"我的亲爱的，"米考伯先生一边说，一边带着打探的意味看了一眼特拉德尔，"关于这些问题，日后我们有的是时间去讨论。"

"不！"米考伯太太说，"米考伯，生活中你的缺陷就是目光短浅，就算你不考虑你自己，你也要为你的一大家子着想啊。你要对你的才能有个正确的定位，并且极尽所能地发挥。"

米考伯先生咳嗽了几声，便拿起酒来喝，脸上的表情很是得意。他依然那样看着特拉德尔，似乎愿听听他是如何想的。

"呵，事实上，米考伯太太，这件事，"特拉德尔态度温和地向她解释道，"这是明摆着的事，您也知道——"

"就是这样，"米考伯太太说，"亲爱的特拉德尔先生，像这样重要的问题，我是想能多平淡就多平淡，能多简单就多简单，但一定要实实在在的。"

"——对，"特拉德尔说，"就法律这个的分支来说，即使米考伯先生是个正儿八经的下级律师——"

"就是这么回事，"米考伯太太继续说着，"威尔金，瞧你的眼睛翻得，都快不能复原了。"

"与那个，"特拉德尔说道，"毫不相干！那种职位只有高级律师才有机会，但是米考伯先生没去法学院做过进修，那得需要五年。所以他不能当高级律师。"

"我是这样理解的，"米考伯太太本着实事求是的态度，亲切地对特拉德尔说道，"我亲爱的特拉德尔先生，你是说只要在法学院学习完五年，米考伯先生便有机会当高级律师、大法官了，我没理解错吧。"

"对，那样他就有资格了。"特拉德尔用力说着"资格"两个字。

"谢谢你，"米考伯太太说，"这就知足了。如果事情真像你说的那样，米考伯先生并不因从事那个职务而使前途利益受损，这样我就放心了。我以妇人的身份，"米考伯太太说道，"就像我娘家父亲说的那样，米考伯天生就是个从事司法的人，我从未怀疑过这点。所以我期望他的才能可以在他现在所做的这项事业上得到施展，最终进入领导阶层。"

我猜，米考伯先生用他那天生对司法敏感的双眼，已经想象出坐在法官席上的自己。他得意地摸摸秃秃的脑袋，骄傲地说：

"亲爱的，别在这里对未知的命运加以揣测，要是我有戴假发的命，那么我已经在外表上，"他指着他的秃头说，"已经为这个称号做好了准备。我并不一味地心疼自己的头发，我之所以掉头发，也许有什么特殊的原因，我也说不清。我亲爱的科波菲尔，我想让我的儿子将来做教会方面的工作。我承认我会迷醉于他的成绩给我带来声誉的快乐。"

"做教会方面的工作啊？"我说着，想起了尤来亚·希普。

"对，"米考伯先生说，"他能将脑后音唱得很好，要从唱诗班开始对他进行培养。我们搬到坎特布雷后，用我和当地人的关系，想让他在教堂里谋个职务不是很困难的。"

我再一次看了一眼米考伯少爷，看到他脸上的表情，仿佛听见他的眉头后面正在发出声音。我们便要求他给大家来一曲，可是他不肯。我们就为难他，要么唱歌给大家听，要么回去睡觉。于是他就唱了一首《啄木鸟》，那声音好像真的是从脑后发出来的。我们对他的表演大加赞赏。之后我们开始东拉西扯起来。我跟米考伯先生和太太说起了我的现状。我无法做到对此有所隐瞒。我姨奶奶的遭遇使他们夫妇俩开心极了，他们倍感亲切起来。那个样子，我实在无法用言语表达出来。

在我喝到最后一杯酒的时候，我拉着特拉德尔一起向我们的朋友送上祝福，大意是祝他们身体健康，生活幸福，在新的事业上取得成功之类的。米考伯先生给我们再次斟满酒，我们便按规矩干了。然后我们进行最后的告别：我们隔着桌子，我与米考伯先生握了握手，为表纪念，我还亲吻了米考伯太太。特拉德尔与我一样——行礼，但因与他们还稍有生疏，所以没有贸然亲吻米考伯太太。

"亲爱的科波菲尔，亲爱的特拉德尔，"米考伯先生将大拇指塞进口袋里，站起来对我说，"我要代表我本人和我的夫人，以及我的儿女们，向我的青年时期的伙伴，向我尊敬的朋友（要是这样称呼不过分的话）致以最热烈、最实在的谢意，请你们接受。在我们还未离开这里开始一段全新的生活之前，"米考伯先生说这话的样子好像他们就要到五十万里之外的地方一样，"像别的临行前的分别一样，我要对眼前这两位说几句临行的赠言。稍显啰唆了，因为我要说的前面已经说过了。我将要成为高等行业中微不足道的一员。我将尽我所能，借用这高尚的职业为桥梁，努力进取。不论我将会得到什么样的社会地位，总之我不会玷污这份职业。米考伯太太也将会全力支持我的。对于我的那些债务，本来我还以为可以很快偿清的，可是世事难料啊，所以至今还未能完全还清。迫于眼前的债务压力，我不得不本性显现，自卫起来，伪装着自己——我指的是眼镜等——甚至还改名换姓，当然这名字没有得到法律的认可。总之，我现在要说的是，乌云已经散去，太阳就要越过山巅，普照大地了！就在不远的下个周一的下午四点，当我们的车到达坎特布雷时，我的真名——米考伯，也将全新面世了。"

说完他坐下来，一口气喝了两杯酒。接着严肃地说道：

"我必须在走之前将一个法律上的行为完成。我的朋友汤姆·特拉德尔先生，为了我着想，两次在我的期票上——通俗地说——签下了自己的名字，第一次的欠款为二十三英镑四先令九便士，这为汤姆·特拉德尔带来了——简单地说，带来了麻烦，第二次，目前还没到期，签款为十八英镑六先令二便士，我的账上有记载。如果没算错的话，一共为四十一英镑十先令十一便士。科波菲尔，你可以为我们核实一下吗，我的朋友？"

我接过来核实了一下，没有发现错误。

"在我离开这座城市之前，"米考伯先生说，"如果我不将我的债务还清，我将会感到精神上的煎熬。所以，我的朋友特拉德尔先生，我已拟定了一份可以改变这点的文件。这是一张写有四十一英镑十先令十一便士的借据。你要收下，这样我才能在我的朋友面前抬起头来，才能活得没有负担。"

米考伯先生自己都对刚才的这番话感动起来。他把借据送到特拉德尔的手里，并且祝他一切顺心。我相信，这就算还清了钱，不仅米考伯先生这样认为，在特拉德尔来得及想清楚之前，他也是这样认为的。

米考伯先生认为自己做了对得起良心的事，于是在我们面前就昂首挺胸起来。在他打灯送我们下楼的时候，他的胸膛似乎宽了一半。我们热情地握手言别。我将特拉德尔送到他家门口，才自己回家了。我不禁在心里想起这件事，觉得十分稀奇古怪，米考伯先生这种借钱的态度很不负责，却从未向我借过钱，这可能是因为我曾经是他的房客，他对此还念有旧情吧。要是他向我提出来，我猜在道义上，我也不忍拒绝他。我相信这一点他和我一样的心知肚明。这点他还是值得表扬的。

精彩点拨

米考伯夫妇是一对盲目自信且充满乐观的夫妻。在债务缠身、生活极其困难的情况下，他们还不放过任何一个享受生活的时刻。米考伯太太坚信，凭借米考伯的博学多才，再加上他那三寸不烂之舌，语言这类职业对他来说再适合不过了。他将来在这方面一定能有成就的。他们夫妇在给了特拉德尔借据之后，又开始对自己的未来充满了希望。

阅读积累

菲尼克斯鸟

菲尼克斯鸟又译不死鸟，是一种神话中的鸟类。从它的外观看来，不死鸟可能是由埃及神话中的贝努传到希腊的。每隔五百年左右，不死鸟便会采集各种有香味的树枝或草叶，并将之叠起来后引火自焚，最后留下来的灰烬中会出现重生的幼鸟。在中国有时也会翻译作"凤凰"或"火凤凰"，但虽与中国神话中的凤凰类似却属于不同神话体系。

第三十八章

> **精彩导读**
>
> 大卫开始适应了新生活,贝西小姐把他们的家打理得井井有条。大卫送走了皮果提,迎来了他和朵拉的约会。大卫告诉了朵拉自己一贫如洗的现状,希望朵拉做好记账和烹饪的准备,这时朵拉晕了过去,密尔斯小姐救醒了朵拉。朵拉不能理解大卫为生活而干活的行为,大卫该如何向朵拉解释呢?

经过一周多的新生活适应期,我更加坚定了面对困难的决心。我依然快速行走,在这样的步调中,我朦胧地感觉到自己的进步,我做每一件事都全力以赴,以一个完完全全的牺牲者的身份去面对。我甚至要求自己不吃荤,笼统地想象自己是个吃草的动物,作为祭品献给朵拉。

朵拉对我的奋不顾身的决心还毫不知情,要是知道一点的话也是我在信中含糊地提过一些。不过就在接下来的那个周六晚上,她去了密尔斯小姐家。等到密尔斯先生不在家时,他的客厅里的窗子上便挂起鸟笼来,这就暗示密尔斯先生出门打牌了,在街上晃悠的我看到暗示便可以进去喝茶了。

此刻我们在布京汉街已经安顿下来了,狄克先生也高高兴兴地进行着他的抄写工作。我姨奶奶与克鲁普太太的战争也有了结果——我姨奶奶将她辞掉!毫不留情地将她用来在楼梯上做埋伏的一把水壶从窗子扔了出去,还重新雇来了一个仆人,亲自护送着那个仆人上下楼梯。也就是说我姨奶奶取得了胜利。克鲁普太太体会了我姨奶奶利索地采取着这一系列措施,以为她发疯了,胆战心惊地躲进自己的厨房里,吓得不敢露面。我姨奶奶对于克鲁普太太的看法压根不理会,对待别人她也是这样的,很是得意。面对这些,克鲁普太太过去那种跋扈野蛮的性格一下就软了下来,她现在根本就不敢与我姨奶奶顶着面儿:不是将她那强悍的身体藏在门后(只是偶见她那宽裙裾闪过),就是在阴暗的角落里躲着不敢见人,就更别提与我姨奶奶开战了,早就丢盔弃甲了。获得这样的战果,我姨奶奶很是得意。我想象得出,每当克鲁普太太可能要下楼时,她就将帽子戴在头上昂首挺胸来回地溜达,故意让克鲁普太太不敢出门,并且乐此不疲。

我姨奶奶是个爱整洁而细心的人,她所居住的地方总被布置得精细而整洁,我们现在住的地方也是。在她的布置下,我看起来非但不是个穷人,反而阔气起来了。比如说,她把食品储藏室腾出来给我当更衣室用。她还给我买了个床架,而且装饰了一番。白天进来看时,会让人觉得那是个书

架。我是她自始至终关心的对象，就连我那可怜的母亲也不如她，或者说不像她这样将全部心思花在使我快乐上。

　　在家务劳动中，只要让皮果提参加一些劳动，她便觉得那是无上的光荣。姨奶奶很信任她，同时也不断地鼓励她，这样一来皮果提先前对她的敬畏感稍有减轻，进而成了要好的朋友。但是就在我要去密尔斯小姐家赴约的周六已经到来时，她却不得不回家，处理汉姆的事。"那么，巴吉斯，你多保重。"我姨奶奶对她说，"再见！我实在没想过，没有你在身边我会感到难过。"

　　我在车站为皮果提送行。临别时，她哭了，并且嘱咐我要照顾好她的哥哥，像汉姆那样地嘱咐我。自从在那个阳光灿烂的下午他离开以后，就再也没有关于他的消息。

　　"对了，我的至亲大卫，"皮果提说，"在你出师前或者出师以后要想创业缺少钱的时候（我的心肝儿，这两者你将会选其一或者都做），你一定要告诉我。还有谁可以像我这样请求你赋予我借钱给你的权利啊！我就是那个又蠢又可爱的女人。"

自力更生：依靠自己的力量改变原来的情况而发展兴旺起来。

　　面对这个问题，不管我是如何想自力更生，我当着她的面也要告诉她，只要我需要借钱，我将第一个想到她。这话使皮果提很高兴。我知道这样的开心程度仅亚于我当面接受她给予的现金。

　　"亲爱的，对了，"皮果提凑过来低声说，"我是那么喜欢那个美丽的小天使，要是能够见上一面，哪怕是一分钟也好。你要记住向她传达我的意思。在她正式嫁入我们家前，只要你们不嫌弃，我定会回来帮你收拾新家的。"

　　我告诉她，这个家只准让她一个人碰，别人休想靠近。她听罢开心极了，这才放心地上路了。

　　每天在博士院，我都用各种各样的办法来使自己忙碌起来。周六晚上的约会时间到了，我奔向密尔斯先生居住的那条街。可是那次密尔斯先生吃过饭便睡去了，等了很久他都没出来，自然窗子上也没有出现鸟笼。

动作描写

写出了朵拉对大卫到来的期盼之情。

　　他让我等候那么久，我暗暗地希望他那个俱乐部惩罚一下他的迟到才好。他到底出现了。于是我便看见朵拉在窗子上挂上了鸟笼，她还从阳台向外扫视了一番，看看有没有我。当她见到了我，迅速地又跑了进去。可爱的吉普还留在那里，看见一条屠夫的狗，那条狗太大了，大得可以把它当药丸吃下去，可是吉普却还拼命地对它叫。

　　我来到客厅，朵拉正在那等我，吉普以为来了小偷，拖着它那叫累的身体，踉踉跄跄地爬了出来。于是我们三个一起进去了，要说有多快乐我就有多快乐，要说有多高兴我就有多高兴。正当我们沉浸在相见的喜悦中时，我把我的不幸向她吐露了——我是无意的，可是我太在乎这个问题了——我语无伦次地问朵拉，她是否能接受一个一贫如洗的乞丐？

我的朵拉是那样的单纯可爱，她对这个问题吃了一惊！在她的脑海里，乞丐给她的印象便是一张枯黄的脸和一顶肮脏的帽子；再不就是一只木质的假腿；再不就是一只狗，一只叼着滤酒瓶的狗。就是这一类的。于是她带着让人可笑的惊讶表情直瞪着我。

"干吗问我这个傻问题呀！"朵拉嘟起小嘴说，"爱上一个叫花子？"

"朵拉，我至亲至爱的！"我说道，"站在你面前的我就是一个叫花子了。"

"你蠢得可以啊！"朵拉说，还用小手打了一下我的手，"蠢到坐在这里说瞎话！小心我叫吉普咬你！"

她说这话的样子稚气可爱，我觉得再也没有比这更有意思的样子了。我又一本正经地重复了一遍，因为向她坦白实在是所难免的。

"朵拉，我生命的全部，你的大卫，现在倒霉透了！"

"你再在这里瞎说，"朵拉摇起她的鬈发说，"我可真叫吉普咬你了！"

我的态度是那样的严肃，朵拉见了，像感觉到什么似的将小手颤抖地放在我的肩上，她已不再摇头晃脑了，而是开始变得害怕起来，她都快哭了。这是多么糟糕的事。我跪下来，在沙发边上安慰她，告诉她我的心都碎了，求求她别再这样。可是，可怜的朵拉却喊起来："哎呀！哎呀！我的天哪，我真把她吓着了！朱可亚·密尔斯，我要见朱丽亚·密尔斯！"我这才想起来密尔斯小姐可能会帮帮她，便带她去见朱丽亚·密尔斯。这时我都快崩溃了！

我强烈地哀求着朵拉，并且对她的态度表示抗议，终于朵拉肯面对我了，可却是很害怕的样子。我抚摸着她的脸，直到最后只是单纯的爱怜。她将脸贴在我的脸上，我感觉到她的柔软。我将她搂在怀中告诉她，我有多爱她，爱到她无法想象。可是我现在是个穷人，我要向她提出取消婚约请求，这是应该的。可是我要是失去她，我该如何是好，这以后的路要怎样走下去。只要她不畏惧贫穷，我根本就不怕（因为我从胳膊到心都受到她的鼓励和感动）。我现在工作的勇气只有相爱的人才能理解，我已经学会了着手实际，放眼未来，我已经认识到自己赚得的面包屑总比一桌丰富却是施舍的酒宴来得喜悦。诸如此类的话我口若悬河，滔滔不绝地说了很多。虽然这些话自打姨奶奶突然通知我这个消息以来，我便日日想夜夜想，但能一口气说完我还是不敢相信的。

"你还是会把心交给我吗？"我问朵拉，可是明显我掩盖不住喜悦，因为我知道，她还是我的，要不然她也不会这样躺在我怀里。

"哦，当然！"朵拉说，"哦，当然，自始至终，完完全全，我都是你的。别再这样吓人好不好！"

我吓人，让朵拉感到害怕！

"别再说穷不穷的话，也别再告诉我你如何做苦力的事！"朵拉说着身子向我靠得更紧了，"哦，不要，什么都不要说！"

"我至亲至爱的人，"我说，"以我的努力换回的面包屑——"

"嗯，是这样的。可是我不要你再说什么破面包屑了！"朵拉说，"吉普每天都吃一块羊排骨，而且要在十二点的时候，要不就活不成了！"

她那稚气可爱的样子是多么的迷人，我深深被她吸引了。我心疼地向她解释着，吉普会有排骨吃的，而且一顿不落。我还跟她描述了一下我们的未来，前提是我有有限的工资。这个未来的家与我在海盖特见过的那个小宅子极为相似，我还跟她说了，我姨奶奶将住在楼上的房间里。

"喏，朵拉，我现在还那样可怕吗？"我温柔地说。

"哦，不是啦，不是啦！"朵拉说，"不过你姨奶奶最好大部分时间待在自己的房间里。我还希望她别像别的上了年纪的老人动不动就骂人！"

要是可以，我能做到给朵拉比以前更多的爱，但是我此刻觉得她的想法过于不切实际。刚才还满怀激情的我这会儿就受到了挫折，因为我难以将我的热情与她分享，于是我尝试了另一番的努力。她将她膝盖上的吉普的耳朵卷着玩，我知道她的心情已经不再那么激动了，于是我以庄严的口气问她。

"我的最爱，我可以跟你提件事吗？"

"哦，但我请你别再说那种不现实的话了，"朵拉哄着我说，"因为刚才让我感到害怕。"

"宝贝儿！"我对她说，"不会是什么可以使你害怕的事的。我只想让你在这个问题上从另一个角度上思考，朵拉，我想以此来激励你，感动你！"

"哦，这就够可怕的啦！"朵拉说。

"不，我的宝贝儿，即使是面对比这更糟糕的事，只要有坚韧的人格力量，我们便可以轻而易举地克服它！"

"可是我毫无力量可言，"朵拉又摇起她的鬈发说道，"吉普，你告诉我，我有吗？你要吻一下吉普，来乖乖儿！"

要是不吻那是不可能的，因为她已经抱起了吉普让我吻。她还给我做了一个示范，用她那甜美的小红嘴对着吉普做出吻的动作。她还要求我正正当当地吻它鼻子中间的部分，我乖乖地执行了她的指示——作为奖励，她还给了我一个吻——我顿时迷失了自己，刚才严肃的表情不复存在，我也说不上有多久。

"可是，朵拉，我的宝贝儿！"我可算恢复了严肃的本性，"我要提那件事。"

她听罢双手合并举向空中，祈求我别再做那样可怕的事了，她这样子，我估计就算苛刻的遗嘱事务法庭上的法官见了，也会心生怜悯。

"我的宝贝，我本意不是这样的！"我对她打包票，"可是朵拉，我的爱人，要是你抽空想一想——用不着垂头丧气地想，你明白我的意思，根本不要那样！——但你要是有空想一想——只是为自己打打气——跟你订婚的是个穷光蛋——"

"别了，别了！求求你别这样了！"朵拉叫起来，"多么可怕的事啊！"

"我的心肝啊，一点也不可怕！"我高兴地说，"要是你偶尔想一下，对你爸爸的家务事留留意，努力培养一种习惯——比如说记记日记用账什么的——"

可怜的朵拉半是呜咽半是绝望地呻吟着，对着我点点头。

"——这以后对我都是有好处的，"我接着说，"要是你能答应我去读一本简单的——一本简单的烹饪方面的书（我会寄给你），我们将来会受益匪浅。因为我们，我亲爱的朵拉，在我们人生的道路上，"一提到这个问题，我就会兴奋起来，"目前的道路是不平的，我现在要将它铲平，这样才能开辟我们的路，我们要勇敢，遇到障碍物，我们就要勇敢地迎上前去，力争将它打败！"

我情绪高亢，拳头紧攥，滔滔地将这些话说了下去，完全没考虑到朵拉的感受。可是我说得够多了，完全没必要再说下去了，因为我再一次使朵拉慌张起来！"哦，朱丽亚·密尔斯，你在哪里？哦，我要见见朱丽亚·密尔斯，你赶紧离开这里。"

于是，总之，我不明白怎么回事，只待在客厅里团团绕着，嘴里还胡言乱语。我觉得这一次我把她给吓着了。我给她在脸上扑了点水，我跪下身来，揪着自己的头发，狠狠地骂自己是没心没肺的畜生，是不通人情的野兽，我哀求能得到她的宽恕。我让她把头抬起来看看我。我想找装提神药的瓶子，手忙脚乱地翻了密尔斯小姐的手工匣，却六神无主地误拿了象牙针盒，还把所有的针倒在了朵拉的身上。我疯狂地向吉普挥了一拳，它叫起来同我一样的疯狂。密尔斯小姐终于出现，而我早已干尽蠢事，我已经神志全失了！

"这到底怎么了！"密尔斯小姐一边扑向她的朋友一边问道。

我告诉她：'我，是我干的！密尔斯小姐！你瞧，我就是那个破坏分子！'"——也许不记得怎么说的了，反正就是这意思——我向沙发倒去，把头埋在沙发垫里，害怕见光。

开始密尔斯小姐还猜测我们是不是吵了一架，感情正在向撒哈拉沙漠走去。不过没多久，就在朵拉疯狂地搂着她说我是个"可怜的苦力"时，她便明白了事情的原委。朵拉将我抱着，动情地为我哭着。她甚至问我要不要将她的钱拿出来交与我保管。然后她又扑向密尔斯小姐，搂着她的脖子，抽泣着，心碎了一般。

密尔斯小姐就是我们的福星。从我简单的几句话中，她便了解了状况。她开始安慰朵拉，告诉她我不是她想象的那个意义上的劳动者——我断定，朵拉把我想象成一个成天在一条板子上来来去去推车的挖河工人了。这可能是我过于严肃的态度造成的——于是我们都冷静下来。一切又归于平静。朵拉到楼上拿玫瑰水滴哭红了的眼睛。密尔斯小姐吩咐人去预备茶水。这会儿，我告诉密尔斯小姐，我此生都不会将她的恩情忘掉。她是我一辈子的朋友，直到我的心跳无法再延续的那天。

后来，我将我对朵拉难以启齿的事告诉了密尔斯小姐。密尔斯小姐安慰我说，按常理，温情充盈的寒舍总比冷清无情的宫殿受欢迎。只要有爱，一切皆有可能。

我对密尔斯小姐说是哦，我非常同意她的观点。我以特殊的爱来爱我的朵拉，古往今来不曾有的爱，所以不会有人能比我更了解其中的道理了。但是，密尔斯小姐却表现出失望的表情说，要是真的这样，那对某些人来说确实是好的。我向她解释，我的话应该仅限于男性。

随后我问密尔斯小姐，我那样迫切地向朵拉介绍关于账本、家政烹饪技术等，有没有切实的价值。

密尔斯小姐想了想说：

"科波菲尔先生，我不对你撒谎，那是没有切实价值的。对于某些性格的人来说，精神上的痛苦和煎熬比得上几个年头的岁月雕饰。我不跟你撒谎，就好比我现在是个修道院的修女一样。我的亲爱的朵拉是受大自然宠爱的孩子，她代表着光明、活力和快乐。你的那些建议对朵拉来说根本就不适用。坦白地说，能做到那样确实是件好事，但是——"密尔斯小姐摇了摇头。

密尔斯小姐最后给我的一点承认使我受到了鼓励。我问她，为了朵拉好，要是她有机会，她是否愿意提醒朵拉为将来正经生活做好准备。密尔斯肯定地给了我一个答案，说她很乐意帮忙。我进一步请求她帮我保存那本烹饪书，有机会就劝劝朵拉看看这本书，当然要在她十分情愿的情况下，千万别吓着她了。密尔斯小姐对我的请求都一一接受，但是并不抱很乐观的想法。

不一会儿，朵拉下来了。她看上去是那么可爱的一个人，我真不该用世俗的事来烦她的心。她是那么爱我。她真迷人，特别是在她逗吉普时，她举起面包，想训练吉普用后腿站起来吃东西，可是吉普不干，她就用热茶壶向吉普的鼻子靠近，假装要烫它。想起刚才，我觉得自己像个魔鬼蛮横地闯进仙女的闺房，将她吓哭了。

喝过茶，我们弹起了吉他，朵拉还唱了些可爱的法国老歌。歌词大意是：不管发生什么，不要停下舞步，啦呀啦，啦呀啦……直到最后我觉得自己是一个比以前更可恶的魔鬼了。

我们一直都很欢乐，只是遇到了一个小小的插曲。那是在临别前，密尔斯小姐无意中提到明天早上，我便贸然地说我明天五点就得起床，因为我还有活儿要干。朵拉好像误以为我是个私家守更人，不过我不能确定。反正这句话对她的影响很大，她放下吉他，歌也不唱了。一直到我跟她说再见的时候，她仍然受这个影响。她用那可爱的表情哄着我，好像我是她的布偶，我常这样认为——

"那，你这个不听话的孩子，你不许五点钟就起床。这太胡闹了！"

"我的宝贝儿，"我说道，"我要干活啊！"

"那就不干啊！"朵拉马上说，"你干吗非要做啊？"

她的小脸蛋虽然显得很吃惊，却依然可爱，我只好淡淡地说，我要为生活而干活。

"哦，太有意思了！"朵拉说。

"亲爱的，我们不干活，靠什么来生活啊？"我对她说。

"靠什么，不靠什么呀！"朵拉说。

她自以为已将那个问题圆满地解决，便得意地上来给了我一个天真的吻。就算给我一笔财产，我也不会让她对自己的答案不满。

得！我爱她，我一直爱她——全心全意、彻彻底底、毫不保留地爱。不过我在忙忙碌碌工作的时候，晚间却坐在姨奶奶面前琢磨：那一次，我怎么就把她吓着了？我该如何背上吉他盒，穿行在困难之林里？我常常这样想着，一直到我觉得我的头发在慢慢变白了。

精彩点拨

朵拉是个容貌美丽、但头脑简单的"洋娃娃"。她的家庭生活很优渥，从小被保护得很好，所以它天真单纯。对于大卫而言，她是大卫的最爱，当大卫为了他们的未来想让朵拉学习点记账和烹饪的事情，这就把朵拉吓晕了。她无法理解大卫五点钟起来干活，也不明白人们需要干活才能生活的事情，她认为生活就是无忧无虑的。

阅读积累

撒哈拉沙漠

撒哈拉这个名称来源于阿拉伯语，是从当地游牧民族图阿雷格人的语言引入的，在其语言中就是"沙漠"的意思。

撒哈拉沙漠约形成于250万年前，是世界仅次于南极洲的第二大荒漠，也是世界最大的沙质荒漠。它位于非洲北部，该地区气候条件非常恶劣，是地球上最不适合生物生存的地方之一。其总面积约容得下整个美国本土。

在上一个冰河时期，撒哈拉还不是一个沙漠，气候类似于东非，在沙漠地带发现了大约3万幅古代的岩画，其中有一半左右在阿尔及利亚南部的恩阿杰尔高原，描绘的都是河流中的动物，如鳄鱼等。同时也发现过恐龙的化石。但撒哈拉自从公元前3000年起，除了尼罗河谷和分散在沙漠中的绿洲附近，已经几乎没有大面积的植被存在了。

撒哈拉沙漠将非洲大陆分割成两部分，北非和南部黑非洲，这两部分的气候和文化截然不同，撒哈拉沙漠南部边界是半干旱的热带稀树草原，阿拉伯语称为"萨赫勒"，再往南就是雨水充沛、植物繁茂的南部非洲，阿拉伯语称为"苏丹"，意思是黑非洲。

第三十九章

> **精彩导读**
>
> 大卫开始向特拉德尔学习辩论。默德斯通小姐发现了大卫写给朵拉的信，并把这件事告诉了斯宾罗先生，斯宾罗先生认为大卫配不上朵拉，警告他离开朵拉。第二天斯宾罗先生突然去世了，朵拉也被她的姑姑接到了帕特尼。大卫只有通过密尔斯小姐去了解朵拉的一些信息。大卫和朵拉的爱情会怎样呢？

我已经下定决心，要在辩论赛上得到锻炼。这是我要锤炼的众多钢铁中的一块。它们急需锤炼，需要我用令人难以置信的坚忍的意志去烧热、锤炼。看到一本速记技术要领的书，我花了十先令六便士买来就立即开始研究它。这是一片令人沉闷的汪洋大海。不过我在短短几个星期内就深陷其中，简直令人疯狂。一个简单的小圆点就有诸多变化，环境不同意思就不一样，甚至完全不同；一个小圆圈也能让人浮想联翩；一个像苍蝇腿一样的东西做成的符号也能造成让人费解的结果；一个放错了地方的曲线，会产生严重的影响。这些东西时刻围绕着我，醒着的时候来烦我，睡着的时候也来烦我。我被弄得头昏脑涨，好不容易在其中摸索到一点门路，好不容易通晓了一些字母（它们就像埃及古神庙里的字符），可是随之而来的却是一连串新的可怕的问题，叫作不规则符号。它们是我见到的字母中最野蛮、最霸道、最不讲理的。举个例子来说，表示"期望"它们非要一种看起来像刚着手织的蜘蛛网的东西；要表示"不方便"，它们就用手画流星花。我费尽力气将它们塞进脑子里，却发现这些字母将别的学过的东西挤走了。于是我从头开始，可是我又将它们给忘了。我再次将它们捡回来，却又将别的凌乱的符号给遗落了。总之，那种感觉真叫人心力交瘁。

要是没有朵拉的存在，那定是叫人痛苦不堪的。幸而有她在，我那风里来雨里去的小船才没有失去支索和铁锚。在这种训练的方案中，我写下的每一横每一画，都是我的困难之林中盘根错节的橡树。我将它们一棵接一棵地砍下来，精神饱满，所向无敌！三四个月后，博士院的一位演说专家作了一次演讲。我借此机会看看我这段时间的训练成效。可是那天，还没等我准备好开始，他就已经结束离开了。将我一个人丢在那里，手里拿着那支傻笔，在纸上僵僵地画着，那样子就像抽风发作一般。这件事，我将永远也不会忘记。

显然，我没有达到那种水平。我这样飞得太高了，就不能飞得太远。我再去向特拉德尔请教。

他给我出了个主意，方法是这样的：他来演讲，我在一边将他的话记录下来。他的演讲速度先根据我稚嫩的水平来定，而且可以随时停下来照顾我。我觉得这个提议不错，就对他的帮助表示谢意。在接下来的夜晚，我一完成博士院的工作，我们就在白金汉相聚到一起，召开一种私人会议，这种会议几乎每天都开。

不过我希望在别的地方也能有这样的会议。依情况而定，我姨奶奶和狄克先生扮演执政党员或野党。特拉德尔根据"恩菲尔的演讲技术"或者会议演讲记录，大放厥词地呵斥他们。他站在桌子边，左手按住书边，右胳膊在头顶上挥舞，那样子就像皮特先生、福克斯先生、谢里登先生、伯尔克先生、卡斯特里爵士、西德茂子爵或坎宁先生在演讲。特拉德尔越说越激动，向我姨奶奶和狄克先生的恶劣事件进行强有力的攻击。我呢，在一旁坐着，全速将他的演讲词死乞白赖地追记在我膝盖上的记事本上。特拉德尔语无伦次，前言不搭后语，就算真的政客遇到他，也得自叹不如了。一周之内，他尝试了不同的政策，将各种不同的旗号挂在各种船的桅杆上。我姨奶奶像个无动于衷的财政官员，必要的时候，她还偶尔插上一两声。狄克先生不断发出"听"或"不对"或"哦"，这是他与我姨奶奶站在统一战线的最好表示（一个实实在在的乡间绅士）。在这些会议中，狄克先生面对这样的激烈指责紧张起来，好像他真的违反宪法干过危害国家的事。

这种辩论会常常开到蜡烛燃尽、终指针指向半夜的时候才收场。这种训练很有效。我渐渐地能跟上特拉德尔的速度了。如果我对所记的东西能懂一点的话，那我就大可以自鸣得意了。可是当我回过头来再看所记的东西时，我完全不认得。它们就像众多茶叶箱外包装上的汉字，或者像药店里那些红色绿色的瓶子上的金色文字。

没办法，我们只好折回去重新开始。这是很令人难过的事。尽管我心情很郁闷，但我依然从零起步。咬紧牙关，按部就班，用慢腾腾的蜗牛步伐在那使人厌倦的路程中，再次跋涉。我静下心来，认认真真、仔仔细细地从各个方面进行研究。哪些晦涩难懂的符号阻碍着我，我就用我最坚韧的力量，忍苦受累地将它们战胜。要求自己不管在什么地方、什么时候都能认出它们。我每天准时到事务所上班，也准时往博士家工作。我就像一个拉车的马，每天规规矩矩地工作。

有一天，我守时地往博士院走去的时候，看见斯宾罗先生在那里喃喃自语，表情还极其严肃。他一直都有头疼的毛病——我十分确信，他生来就有脖子疼的毛病，而他的领子把他勒得太紧了——刚开始，我还以为他是犯头疼，所以很担心，不过不一会儿我的不安便解除了。

平日见到他，他总是忙不迭地回答我的早安问好。今天却见他板着个脸看着我，让我顿时觉得好陌生。他说要我跟他一道去咖啡馆坐坐。我很紧张地跟在他的后面，感觉浑身发烫（就好像我所忧虑的事正在发芽而发热一般）。路窄容不下两个人平行而走，我就跟在他后面。我从后面看到，他的头很傲慢地仰起，这让我觉得很不安。难道他已经发现了我跟我亲爱的宝贝朵拉的事了？想到这，我的心都提到嗓子眼儿了。

我跟随他上了楼，当在其中一个房间里看到默德斯通小姐时，我就明白了，就算途中我没有胡思乱想，那么现在也不难猜测是怎么一回事了。默德斯通小姐背靠在食品架上。那个架上倒扣着一只没有盖子的杯子，这些杯子大概是用来盛柠檬汁的吧。旁边还有两只箱子，身上尽是些棱角和凹槽，样子古里古怪的。现在这些东西都见不到了。这实在不能说是一种幸运。

默德斯通小姐笔挺地坐在那里一动不动，只是向我伸来了冷冰冰的手。斯宾罗先生将门关上，示意我坐下，自己却在火炉前的地毯上站着不动。

"默德斯通小姐，"斯宾罗先生说，"让科波菲尔先生看看你手提袋里的东西吧！"

在我看来，这个陈旧的手提袋，就是我孩提时代见过的那个钢卡子提包。默德斯通小姐将提包打开，嘴巴却跟那个紧闭的手提袋一样，闭口不言，这时她的嘴巴稍稍张开了一点儿，却拿出一封我最近写给朵拉的信。那可是写满我爱意的情书！

"科波菲尔先生，我想，这字迹你认得吧？"斯宾罗先生再次说道。

我感觉头脑发热，愣愣地回答他："嗯，是我的字迹，先生！"可是这好像不是我在回答。

"如果不出什么差错的话，"默德斯通小姐再次从手提袋里拿出一封信，信上缠着一束可爱的蓝色绸带。斯宾罗先生看了看继续说，"科波菲尔，这个也是出自你之手吧？"

我胆怯地将默德斯通小姐手里的信接过来，在看到开头的"今生专属我的、最亲爱的朵拉"一句时，羞愧难当，脸都红到耳根了。与此类似的还有"我最爱的天使""我今生今世最可贵的人儿"，看到这些，我深深地将头垂下。

"拿回去吧，谢谢了！"我木木地将信交给斯宾罗先生。只听他冷冷地说，"我不打算将这些信据为己有。接着说，默德斯通小姐！"

那个看起来温文尔雅的人先是看看地毯想了一会儿，然后尖酸刻薄地说起来：

"我坦白，我早就怀疑大卫·科波菲尔与斯宾罗小姐的关系了。从他俩第一次见面时，我就开始观察他俩。他们那时留给我的印象叫人不舒服。人心的邪恶是非常的——"

"小姐，"斯宾罗先生打断她，"只说事实就好。"

默德斯通小姐耷拉着眼皮，并且摇摇头，好像无言抗议着斯宾罗先生打断了她的话，然后皱着眉头拉长着脸说：

"只说事实的话，那我只好尽量用枯燥干巴的话来说了。这样做也许是该有的过程。先生，有关大卫·科波菲尔的事，我刚才已经提过了，我怀疑斯宾罗小姐也有段时间了。我一直在找确凿的证据来证明这些，不过没有成功。所以我没敢贸然对斯宾罗小姐的父亲——也就是您——提起这件事。"说着，她将严肃的目光投向斯宾罗先生，"我清楚遇到这种事，凭着良心尽忠尽职的行为，并不太容易得到承认。"

默德斯通小姐一本正经地说完这些话。她的态度富有男性的威严，斯宾罗先生几乎被她吓着，于是向她摆了一下手，想叫她别用那样苛刻的眼神看着他。

"由于我弟弟的婚事，我请了一段时间的假。当我再次回到诺伍德的时候，"默德斯通小姐用鄙夷的口气说，"恰巧遇到斯宾罗小姐从她的朋友密尔斯小姐那里回来。我认为，斯宾罗小姐的行为比以前更可疑了。于是我紧密地观察斯宾罗小姐的事。"

多么恶毒的一条龙啊，可惜了我那至爱的单纯的小朵拉没发现她监视的目光。

"就在昨天晚上，"默德斯通小姐还在说，"我仍毫无头绪，不过我发现斯宾罗小姐与她的朋友密尔斯小姐频繁通信。鉴于她的父亲完全认同她这个朋友，"这下，可又一次打击了斯宾罗先生，"我就未加干涉。如果不许我再说人性本身的邪恶，那我至少能——应该——可以说所信非人。"

斯宾罗先生带着歉意小声地在一旁附和。

"昨晚，我们喝完茶，"默德斯通小姐继续说，"那只小狗嘴里衔着什么东西在客厅里跳来跳去，还呜呜地叫着打滚。见此状况我还问了问斯宾罗小姐，'吉普嘴里咬的是什么纸呀？'斯宾罗小姐当即把手伸进长袍一声尖叫，迅速向狗跑去。我拉住她说，'亲爱的朵拉，这就交给我来处理吧'。"

哦，可恶的狗啊，吉普你个讨厌的家伙，原来你是罪魁祸首啊！

"斯宾罗小姐，"默德斯通小姐说，"不让我去，还对我又亲又吻，甚至将她的手工匣、小饰品挂件送给我。她想以此来收买我，当然，我理都不理就直接向那只狗走去。小狗躲在沙发底下，我用火筷子将它赶出来，可费了我好大的劲儿。后来它终于出来了，可是信还在它嘴里。我伸手去夺信——这可是冒着被咬的危险——可是怎么也抢不过来，都快将它吊起来了，可它就是不松嘴，但我到底把信抢过来了。我将信看了一遍，估计斯宾罗小姐肯定还有别的。在我的追问下，她又给了我一些，也就是现在大卫·科波菲尔手里拿着的。"

她说到这儿停了下来，嘴巴紧紧闭着，表现出宁折不屈的样子。她还同时用力将手提袋的口关上。

"默德斯通小姐所说的话你也听到了。"斯宾罗先生面向我说，"那么现在，科波菲尔，你还有什么可说的没有？"

那一刻，我想象得出，我那美丽可爱的人儿是怎样在哭泣中度过了一夜——我可以想象得出，朵拉是怎样真诚地向默德斯通小姐求情，而她却是那般的无动于衷——我可以想象得出她是如何手忙脚乱地向默德斯通小姐献出亲吻、手工匣和小饰品挂件——我可以想得出，她承受了一个怎样令她难堪的局面，而这些仅仅是因为我——这些画面将我当时所振作起来的一点自尊心狠狠地削减下去了。有那么一两分钟，我全身战栗，尽管我极力掩饰，可是依然战栗。

"我无话可说，"我回答，"一切都是我的错。朵拉——"

"叫她斯宾罗小姐，先生！"斯宾罗先生威仪俨然地说。

"——听我劝说，受我诱导，"我吞回那个不亲切的称呼，继续说，"才答应将我们的事保密的。对此我追悔莫及。"

"先生，这完全是你的错。"斯宾罗先生在炉前的地毯上踱来踱去。他要强调这句话，可是他的领子和脊背太僵硬了，于是他不是用头部，而是动用起全身来加强他的话。

他说："你知道你在做一件见不得光的不合乎礼法的事吗，科波菲尔先生？我以为将一位绅士引进我的家门，无论他是十九岁、二十岁，还是九十岁，我都以极其信任的态度去对待他。科波菲尔，要是哪位绅士辜负了我的信任，那他就等于对我做了一件不光彩的事。"

"是的。不过我敢发誓，先生，"我回答他，"刚开始我没考虑那一层。斯宾罗先生，绝无半点谎言，我真的没想到有什么不光彩的。我真心地爱着斯宾罗小姐，爱得都快——"

"呸！满口胡言！"斯宾罗先生脸都红了，"你爱我的女儿，科波菲尔先生！请别在我面前说出这样的话。"

"现在假设我不爱她了，那先生，你能听听我对自己行为的辩护吗？"我低声下气地说。

"那么先生,要是你爱她,那你就能为自己的行为辩护吗?"在炉前的地毯上,斯宾罗先生突然停下来说,"科波菲尔先生,对于你和我女儿的年龄差距,你考虑过没有?你的做法使我与我女儿之间失去了彼此的信任,你考虑过没有?她的社会地位,以及为了培养她,我费尽心思拟订的计划,还有我打算留给她的遗嘱,你考虑过没有?科波菲尔先生,对于这些问题,你的时间在这上面做过一点点的停留吗?"

"先生,好像几乎没有。"我极力表现恭敬和歉意地回答,"但是你一定要相信我,我也考虑过自己的身份。可是我们早就订婚了,早在我跟你谈论我的遭遇之前就订婚了。"

"我拜托你,"斯宾罗先生说道,同时使劲地拍了一下手(以前就觉得他的样子像小丑潘趣,现在看着就更像了——即使在这种绝望的境地,我还是不可避免地这样去想),"科波菲尔先生,别再跟我提订婚的事!"

默德斯通小姐对待其他事情通常是不动声色的,而现在却发出了一阵咯咯短笑。

"先生,当初我跟你说我们的境况遭遇突变的时候,"刚才的表达方式他好像不太喜欢,于是我换了一种方式重新说道,"我们的保密工作便开始了——是我叫斯宾罗小姐这样做的。我感到非常的内疚。因为我的情况已经遭遇不幸,我很快就紧张起来,全身备战。我竭尽全力地去改善我的处境。我相信,我最终可以改善处境的。你愿意给我一点时间吗——无论多长都行。我们还很年轻,先生——"

"你说得对,"斯宾罗先生点着头打断我的话,眉头也皱了起来,"你们确实都很年轻,你们的行为也很不成熟。那么赶快停止这种不成熟的行为吧!从今天起,我们俩的联系仅限于在博士院了。这你应该明白的。不过我们可以达成协议,过往的事以后绝口不提。科波菲尔先生,就这样吧。你也是个聪明人,这样做才是最好的解决方法。"

我想告诉他我绝不答应,我不会照他的意思去做的。很遗憾,爱情比理智更高一层,它可以使我们抛开世间一切顾忌。我跟朵拉是相爱的,而我又像对待偶像一样崇拜着她。当然这些话我不能毫不顾忌地这样说,我是用尽可能婉转的语气向他说明我的意思的。但我仍然表示,我的心意是坚决的。我不觉得自己有什么可笑之处。不过我清楚地明白自己在这件事上的态度有多么坚决。

"那好,科波菲尔先生,"斯宾罗先生说,"看来我得好好调教我自己的女儿了。"

听到这里,默德斯通小姐深深吸了一口气,拖得老长的,不像是叹息,也不像是呻吟,但好像两者又都有,好像在表示斯宾罗先生早就该调教自己的女儿了。

"我非得要,"似乎听到这声叹息,斯宾罗先生得到了支持,说道,"调教好自己的女儿。科波菲尔,这些信你是不打算要了吧?"看到我将信丢在桌子上,他补充了这句。

我明确地告诉他,是这样的。并且希望他不要因此而动气。

"我手里的信,你也不肯要了吗?"斯宾罗先生问我。

"我不要!"我毕恭毕敬地回答他,即使信在他手里我也不会要的。

"那好!"斯宾罗先生说。

紧跟着是一阵沉默,我不知道在这种情况下我是该走还是该留下来。终于我还是忍不住气打算离开这里。我跟他打招呼,说我要离开了,也许这样可以使他的心情平静一些。说完我就小心地向门口走去。这时，他就用尽力气向衣服口袋伸去，用一种百般虔诚的语气对我说：

"科波菲尔先生，我是有一点财产的，而我的女儿又是我最亲近的人了，这个你应该了解的吧？"

我连忙回答他，我希望他不要因为我给朵拉的爱过于鲁莽，使她犯了错，就以为我的爱不是单纯的，就以为是图谋不轨的。

"我倒不是这个意思，"斯宾罗先生说，"科波菲尔先生，要是你想图谋不轨，我是说，要是你能谨慎庄重一点，少由着年轻人的性子胡来的话，那对你自己和我们大家就太好了。这不是我的意思。我是想说，我思考的角度不是以你作为出发点的，而是，你也知道，我留了点财产给我的女儿。"

这种想法，我当然有过。

"每天在博士院里，像这种对遗产不负责、随随便便地处理的事，我们也见过各种各样的——在这件事上，人性的种种奇特行为得到充分的暴露——现在，你不会以为我还没将遗嘱写好吧？"

我将头低下，表示同意他的意思。

"我已经为我的孩子做好了妥当的安排，"斯宾罗先生表现得比刚才更诚恳了，一边轮换着脚尖和脚跟支撑着身体，一边连连摇头说，"而你现在这种年轻人式的胡闹就会影响它，这是我绝不能容忍的事。你们这是在胡闹，自己都不知道自己在干吗！用不了多久，你们就会将这份情看得比羽毛还轻了。要是你们现在不能彻底终止这种胡闹行为，那么我就——为了避免结婚所带来的恶果，我将不得不在恰当的节骨眼儿上，对她采取保护措施。所以科波菲尔先生，我希望你不要再逼我将那已经写好了的一页生命簿再次打开，一刻钟也不行！更不要逼我将我那早已安排好的重要事件再次改动，一刻钟也不行！"

他的态度从容而平静，恰似夕阳西下的静穆，我看着都深受感动。他那么从容，那么平静，一看就知道他确实将一切都安排得周密妥帖了。这真叫人不能不为之动容。我分明看见，他眼中有眼泪在转动，这是他至深至切的感情吗？

可是我能怎么办呢？我能割舍我与朵拉的感情吗？他告诉我，给我一周的时间，我必须将他的话都想想明白。可是我该怎么反驳他，这一周的时间我不要，无论他给我多少时间我都不要，他无法影响我对朵拉的爱。我要怎么说明白？

"另外，跟一个有丰富人生阅历的人商量一下，像特洛伍德小姐就行。"斯宾罗先生理了理领子说，"反正一周之内，科波菲尔先生。"

我答应下来了，然后走出房间，失望至极，却还要表现出坚定的面容。默德斯通小姐眉毛紧拧，目送着我到门口——我只说她的眉毛，而不是她的眼睛，因为在她的整个脸上，眉毛是最重要的——她表情严肃，像她早上在布兰德斯通的客厅中等待我们时一样。这使我遐想起来，好像我又未完成功课，又好像是那本卵形木刻的旧拼字本，上面画着眼镜片模样，沉沉地在我精神上产生压力。

我回到事务所，我的写字台在一个特殊的角落，我走过去坐下，双手托着额头，想让自己看

写出了大卫的痛苦和对朵拉的爱。

不到老提菲那一干人等。这一切的一切犹如突发的地震，叫人猝不及防。我痛苦不堪，一遍又一遍地骂着吉普。我想到朵拉，于是又苦恼起来，难以自拔，就差拿起帽子跌跌撞撞地冲向诺伍德了。我想朵拉怎样被他们恐吓，把她吓哭了，而我却不能在她的身边给她安慰。我感到痛苦难耐，就疯狂地给斯宾罗先生写了一封信。请求他，因我的不幸而带来的后果由我自己承担，不要为难朵拉。我请求他，不要折磨她那柔弱的性格——她是一朵娇嫩的花儿，受不了任何蹂躏的行为——想想我跟他说话的语气，我好像把他当作一个可以吃人的怪物，或者说吃少女的那种万特雷的毒龙，而忘了他还是她的父亲呀。趁他不在，我将信封起来放在他的桌子上。他回来后，我从他半开的房门偷看到，他在读那封信。

一个上午，他都没跟我提那封信的事。到了下午他要下班时，他把我叫到他的房间里跟我说，他女儿的事用不着我操心。他已经提醒她，他没什么好说的，因为一切都是年轻人的胡闹。他还告诉我，他是位宽爱的父亲（他也确实是的），所以我没必要为她而担心。

"科波菲尔先生，如果你再犯傻，或者再执迷不悟的话，"他说，"你就是在逼我把我女儿送往国外上半年学。但我相信你，你不会那样做的。在几天内，我希望你能认清局势。至于默德斯通小姐，"在信里我提了她，"那位小姐敏锐的洞察力我是很佩服的，也很感激她。不过我警告过她，对这件事要守口如瓶。科波菲尔先生，现在我唯一希望的是，你当这件事没发生过。你唯一要做的是，也是当这件事没发生过，科波菲尔先生。"

守口如瓶：闭口不谈，像瓶口塞紧了一般。形容说话谨慎，严守秘密。

"唯一！"我给密尔斯小姐写了封简短的信。信中我将斯宾罗先生的这些"至理名言"忍住心酸地引用了。我痛楚地讽刺说，我现在唯一能做的就是把朵拉忘了。这就是我唯一必须做的。可那究竟又是什么东西呢？我请求当晚就能见见密尔斯小姐，要是密尔斯先生不让她出门的话，那也要在后厨房放轧布机的地方见见我。我到时会悄悄地到那里等她。我跟她说我的理智已经被动摇了，现在唯有密尔斯小姐可以帮我恢复它。我署名——她六神无主的朋友。我重读了一遍信，觉得与米考伯先生的风格颇为相似。然后我让信差送去了。

最终密尔斯小姐收到了信。晚上，我来到密尔斯小姐所住的那条街，在街上来来回回地走着。密尔斯小姐到底没出来，只让她的侍女秘密来见我。她的侍女带着我穿过地下道来到厨房。我觉得其实并没有什么要阻拦我从前门进入客厅，密尔斯小姐之所以让我走地下道，是因为她喜欢把事情搞出神秘的气氛。

见到她，我语无伦次，胡说一气。我想，我到这里本来就惹人嘲笑，而现在也真让我出尽洋相了。密尔斯小姐说，朵拉已经来信告急了，说所有的事都叫人发现了，还跟她说："哦，请你务必来我这里一趟，朱丽亚，务必啊，务必啊！"不过密尔斯小姐没敢去，因为这个时候去了只怕会让长辈们不高兴。我们也因此被困在撒哈拉沙漠中，求助无援。

密尔斯小姐滔滔不绝地说，她的话犹如倾盆而下的雨。她陪着我声泪俱下。可是我却觉得，她是在我们的痛楚中寻找了安慰。她在尽情地抚慰我们的同时也在吸取一种乐趣。她说，现在在我和朵拉之间横着一道鸿沟，只能用爱情架起的虹桥才能跨过去。面对这残忍的世界，无论是过去，还是将来，爱情都必然要承受苦难。不过没关系，密尔斯小姐又说，被蜘蛛网束缚的心终究会挣脱开来，那时爱情便要发挥它的力量。

可是这些话并未使我得到多少安慰，不过对于拿幻想当希望的做法，密尔斯小姐倒也没鼓励我。她把我弄得比来这儿时苦恼多了。但我还是怀着极其深厚的感激之情告诉她，她的的确确还是个朋友。我们最终商议，她明天一早就去朵拉家，想方设法（不管是用眼神，还是用言语）让朵拉明白我的忠诚与苦楚。到分别时，我们的心情都很沉重，但是密尔斯小姐这回可是好好享受了一把。

回到家中，我把发生的事告诉了姨奶奶。她用尽力气安慰我，可是我听不下去，意志涣散地睡下了，意志涣散地起床，意志涣散地出门，犹如行尸走肉一般。那天是周六，我径直向博士院走去。

到事务所门口时，我发现门口站满了人，这让我很吃惊。马车夫和搬运工在门外站着，交头接耳地谈论着。差不多六七个无事可做的人向窗子里探望，可是窗子却是紧闭着的。他们的表情引起了我的疑心，我加紧步子穿过人群，急急忙忙地向屋子里走去。

书记员们都在，却不在忙。从来不坐别人位置的老提菲，此刻却坐在别人的凳子上。他连帽子都没挂起来。

"科波菲尔先生，出了一场可怕的灾难！"我一进来，老提菲就对我说。

"什么？"我叫起来，"什么灾难啊？"

"你还不知道吗？"提菲喊道，同时我身边其他的人也一起喊道。

"不知道！"我望望这个，又望望那个说道。

"是斯宾罗先生。"提菲说。

"斯宾罗先生怎么了？"

"他死了！"

我相信，此时整个事务所在天旋地转。旁边一个书记员一把把我扶住，他们将我扶到一把椅子上，把我的领带松开，用冷水扑在我的脸上。我究竟昏迷了多久，我不知道。

"他死啦？"我说不上话来。

"昨晚，他在城里吃的晚饭，"提菲叙说道，"他之前将自己的车夫打发回家了，然后自己驾车回来。你也知道，他这样不是头一次了——"

"呃？"

"后来车回来了,就停在马房门前,不过他自己没回来。车夫就打着灯笼往车上一看,也没见到人。"

"是不是马受惊了?"

"可是马并不热啊,"提菲将眼镜戴上继续说道,"据我所知,马并不比平常跑路更热。不过马缰绳断了,拖在地上。于是一家子都惊动起来,有两三个人还沿着来途找去了。找了一英里,他们发现了他。"

"不止一英里呢,提菲先生。"一个年轻的书记员插嘴道。

"是吗?我想你说的是对的。"提菲接着说,"在一英里多的地方——那个地方在教堂附近——他们发现他时,他的脸朝上躺在车行道和人行道交界处,不知他是因为发病而从马车里跌出来的,还是因为感觉不舒服自己走出来的——那时他是不是已经离开这个世界了(毫无疑问,他已经死亡了)——好像没人能给出明确答案。即便发现他时,他还有呼吸,那他当时也已经不省人事了。大家以最短的时间找来医生和药物,不过已经派不上用场了。"

当我听到这个消息时,我无法形容我心里的滋味。这件事来得那么快,而且发生在一个与我意见不合的人身上,我是何等的震撼啊!在这个房间里,他的桌椅还在此静静地等候他,他昨天刚写下的字迹,现在就像一个幽灵——他昨天还在这个房间,而现在却是人去楼空,令人毛骨悚然了。这里每一处都与他有着千丝万缕的关系,到处都有他的气息,仿佛一推开门,他就会进来一般。事务所停止了一切业务,到处都是一片肃静,到处都是懒散的人们。同事们一直都在谈论这个事,好像永无厌腻的时候。还有那些进进出出闲聊的人们——哪一样都在告诉人发生了什么事。我所无法形容的是,我内心深处对于死亡隐隐有着一种嫉妒之意。我觉得死亡将我在朵拉心目中的地位排挤下来了。我嫉妒这件使朵拉伤心的事,说不上是怎样一种感情。我一想到,当朵拉向别人哭泣时,别人去安慰她,我就心神不宁。在这样一个不合时宜的时候,我却仍然有一种贪得无厌的想法,想让她心里排除掉任何别的事,只许我独占她所有的意念。

这种心情扰乱着我——但愿除了我,别的人也能理解我的心情——当晚我就赶往诺伍德,在斯宾罗先生家门口,我向一个仆人打探到,密尔斯小姐也在这里。我立即给密尔斯小姐写了一封信,地址和人名都是请我姨奶奶代写的。我在信中以最真诚的感情表达了我对斯宾罗先生的悼念之情,我还为他的匆匆离去大哭了一场。要是朵拉还能听得进别的东西的话,就有劳她跟朵拉提一下,斯宾罗先生曾与我谈过话。他的态度非常和蔼体贴。他对我谈论她的时候除了疼爱之情就没有别的了,连半句责备的话都没有说过。我知道我是因为自私才这样说的,我这样做只是为了能让我的名字在她的面前出现。但我却竭力自欺,把这个想成是对斯宾罗先生在天之灵的公正论述。我还真这样觉得了。

第二天,我姨奶奶收到一封简短的回信,信是写给我的。信中说道,朵拉悲恸欲绝,嘴里一直在喊着:"哦,我亲爱的爸爸啊!哦,可怜的爸爸啊!"她就一直这样哭着、喊着,就算当她的朋友问她要不要在信中向我致意的时候,她也是这个样子。可是她也没说不向我致意呀,于是我就抓住这点,尽可能地安慰我自己。

自从出事以来,约金士先生一直住在诺伍德,几天后才回到事务所。他和提菲先生私密地进行了一个小会议。不多时，提菲打开门向外看，招手叫我进去。

"哦！"约金士先生说，"为了将他个人的文件收集起来，我跟提菲先生打算清点死者的东西，主要是写字台、抽屉等能藏住东西的地方。另外我也在找一张遗嘱。我们都找遍了，可是连影子都没看到。要是你愿意的话，不如跟我们一起找吧。"

他如何安排我的朵拉的——比如谁当她的监护人等此类问题——我正急于想知道答案呢，而那份遗嘱正是能给我答案的一种途径。于是我们着手搜索。约金士先生将写字台和所有抽屉都打开，我们就将文件拿出来。我们做得很严谨。当我们遇到小挂件、铅笔盒或刻有名字的戒指时，我们便情不自禁地联想到他的生前，我们连话都不敢大声说了。

我们收拾了有一段时间，包裹都打了好几捆。整个房间被弄得尘土飞扬，我们仍然默不作声地继续着。这时约金士先生用他那已故的伙伴曾用来评价他的话说：

"想让斯宾罗先生按规矩办事是很不现实的。你们也了解他的为人，我认为他没有立过遗嘱。"

"哦，他立过的，我知道。"我说。

他们将手中的活停下来，看着我。

"在我最后见到他的那天，"我说，"他亲口告诉我他通过一份遗嘱已经将一切安排得妥妥当当了。"

他俩听了不约而同地摇摇头。

"看来是没希望了。"约金士先生说。

"你们不用再怀疑了——"

"科波菲尔，我的好孩子！"提菲把他的手搭在我的胳膊上，两眼一闭，摇摇头说，"如果你跟我一样在博士院待的时间长了，你就会认识到，人们在遗嘱问题上，往往前后矛盾，十分离谱。"

"呵，天哪，他真是那么说的。"我固执地说。

"我敢肯定，"提菲说，"我说的是——肯定没有什么遗嘱。"

我觉得这是无论如何也不可能的事，但是事实却是如此，根本就没有什么遗嘱。从他的文件来看，他连立遗嘱的意向都不曾有过。因为我们在他的草案或是备忘录里看不到任何暗示的记录。他根本就没想过要立遗嘱。我还惊奇地发现，原来他的事务是一团乱麻。据说，要整理出他到底欠多少钱、剩多少钱，是非常困难的。估计这些年来他自己都搞不清这些问题。慢慢地人们明白了，博士院里的人互相攀比，讲究外表和排场，因此他早就将他并不多的收入都花光了，甚至将他的私人财产都贴进去了。他的财政亏空得很厉害。提菲告诉我，将他在诺伍德的一些家具卖掉，房子租掉，除去所借的债务、事务所的倒账和可能不能讨回来的债，粗略地算了一下，他的遗产还不到一千英镑。

我备受煎熬地过了一个多月，而密尔斯小姐发过来的报告依然不改，我那芳心欲碎的朵拉在提到我的时候，依然只会说："哦，我亲爱的爸爸啊！哦，可怜的爸爸啊！"听到这些话，我真想杀了自己。她还告诉我，朵拉除两个姑姑外就再也没有其他的亲人了。那两个姑姑住在帕特尼，是斯宾罗先生待嫁的老妹妹。不过他们很长时间都不来往了。不要以为他们之间发生过什么争执（密尔

斯小姐跟我说),是因为在给朵拉起名行礼那天,斯宾罗先生只邀请她们喝茶,没有邀请她们用正餐。她们觉得伤了尊严,就通过书面形式说明,"考虑到大伙儿的幸福",她们就缺席不去了。从那以后,她们就过自己的日子,她们的弟弟也过自己的日子。

多年来一直未露面的两位老姑姑这时出现了。她们要求接朵拉到帕特尼去住。朵拉抱着她们哭着说:"啊,姑姑啊!我要朱丽亚·密尔斯小姐,还有吉普跟我一块儿去帕特尼。"在斯宾罗先生安葬不久后,她们就去了那里。

那段时间,我想方设法地在那附近出没,至于我从哪里挪出那么多的时间,我自己都不知道。密尔斯小姐对她的朋友尽忠尽职,将朵拉的事以日记的形式记录下来。一有时间,她就约我到公共地点见面,给我读记录下来的事,要是时间来不及的话,她就直接借给我读。这些东西我铭记于心,难以忘怀。下面我就摘抄其中一部分吧。

周一,朵拉依然心烦意躁,还感到头疼,实在叫人心疼啊。我为分散她的注意力,就在她的面前提起吉普油光闪亮的皮毛。朵拉就去抚摸吉普,可是她却由此想起了过去那些忧伤的记忆,一下子情不自禁地流起泪来。(眼泪是来自心灵的露珠吗?朱·密)

周二,朵拉虚弱而敏感,面色苍白,但美丽犹存(同那清辉的月光一样,朱·密)。今天包括吉普在内我们三个人乘车出去散心了。途中吉普一直看着窗外,一看到清道夫它就叫。朵拉看到它凶凶的样子,终于露出了笑脸。(人生之锁链竟由这些细碎的环节连接而成。朱·密)

周三,今天朵拉心情总算好了点。为哄她开心,我就唱起了《暮钟》,没想到反倒惹她伤心了。朵拉心情很低落,干脆回到了自己的房间,后来里面传来了呜咽之声。我对她读小羚的诗句和纪念碑上的忍耐之人,都无济于事。(问:干吗要在纪念碑上?朱·密)

周四,朵拉心情明显好转,晚上睡得安稳了,脸蛋儿也有了血色。我决意跟她提大·科。在出游散心时,我小心提之,朵拉立即悲伤起来:'哦,我最最爱的朱丽亚!哦,我是个不孝的孩子,我是个大逆不道的孩子!'我抱着她,安慰她,尽可能地将大·科说得生不如死,朵拉又悲伤起来:'哦,怎么办才好!哦,随便把我丢在什么地方吧!'我恐慌起来。朵拉就要晕过去,我从酒店取来些冷水保持她不晕。(门前光影错致的标志,人生变幻无穷的生涯。唉!朱·密)

周五,发生不幸的一天。这一天吉普和厨子待在厨房里,忽然进来一个手提蓝包的人,说是换女靴的跟子的。厨子告诉他没有谁要换。那人坚持说有。厨子便独自出去问问看有没有这个事,只留下吉普和那个人在厨房。厨子回来了,那个人还坚持说有,不过到底走了,可是吉普也不见了。朵拉几乎急疯了。于是报了警。那个人鼻大腿细,警方就以此展开搜索,可是仍然没有找到吉普。朵拉痛苦,安慰她也没有用。我又跟她读起小羚的诗来,这虽然跟她的情况很相似,但仍然没有用。接近傍晚,一个从没见过的孩子来访,说他见过那条狗。他鼻子是大,但腿不细。我们将他引入客厅,他索要一英镑作为酬劳,要不就不告诉我们。我们强迫他,没有用,朵拉只好拿出一英镑来。于是他领厨子到一所小房子里,只见吉普被绳子拴在桌腿上。朵拉甚喜,吉普吃东西的时候,朵拉绕之而舞。见朵拉如此兴奋,我便在楼上再提大·科,朵拉再次哭起来,凄惨地叫道:'哦,别,别,别啊!忘记爸爸想别的,太罪过了!'后来抱着吉普睡下了。(大·科,难道不该把自己束缚在时间的羽翼上吗?朱·密)

在这段时间里,我仅有的安慰就是密尔斯小姐和她的日记。能见到刚从朵拉那里来的她——在她那用怜悯之心写下的日记里寻找朵拉的简称,然后被她弄得越发苦恼——这些都是仅有的安慰。我感觉,好像我以前在一种用纸做成的宫殿里住着,而现在,这宫殿轰然倒下了,在一片残壁断垣中,只留下密尔斯小姐和我。好像我那天真的仙女周围被残忍的术士画了一道魔圈,除一对能把众生拖着飞过那里的翅膀外,再也没有别的东西可以做到这个了。

精彩点拨

本章运用多种手法写出了大卫对爱情的坚持。因为默德斯通小姐发现了大卫写给朵拉的信,大卫的爱情遭到了斯宾罗先生的极力反对,大卫私下通过密尔斯小姐去安慰朵拉。在斯宾罗先生去世后,大卫以贝西小姐的名义给密尔斯小姐写信,想让她帮忙劝慰朵拉。在朵拉跟着姑姑离开后,大卫还通过密尔斯小姐时刻关注朵拉并希望朵拉能幸福快乐。

阅读积累

埃及神庙

埃及神庙是古埃及的宗教建筑。公元前16世纪—前11世纪埃及新王国时期的主要建筑形式。多以石块砌筑。分带有柱廊的内院、大柱厅和神堂。大门前有方尖碑或法老雕像。正面墙上刻有着色浅浮雕。大柱厅内柱直径大于柱间间距,借以强化圣庙的气氛。建筑实例有卢克索的阿蒙神庙。

神庙是古埃及许多神与女神崇拜的圣居,神庙分成两部分:外神庙与内神庙。外神庙可让新加入者进出,内神庙只能让经过认可的,需要进一步接受更深入学识的人进去。

第四十章

> **精彩导读**
>
> 大卫先去了多佛，然后到了坎特布雷，并前去拜访维克菲尔德先生。在那里，大卫见到了米考伯先生，并向爱妮丝述说自己因爱情而烦恼，爱妮丝鼓励大卫去勇敢地追求朵拉。大卫很讨厌尤来亚母子对爱妮丝的态度，后来尤来亚·希普向大卫说了自己对爱妮丝的爱，这让大卫对尤来亚更加厌恶。尤来亚能娶到爱妮丝吗？

我姨奶奶要我去趟多佛，看她那要出租的小房子的情况，还要我跟现任房客续签一份租期稍长的合约。我猜想，她是被我长久以来的郁闷不安弄得难以安心才这样找借口叫我离开的。珍妮已经从多佛离开了。我在斯特朗夫人家天天能看到她，因为她在斯特朗夫人家当用人。她曾经考虑过要颠覆她受过的男子的思想教育。就在她离开多佛时，她还想过是否要嫁给一个领港的，以此来结束这种思想。不过最终没敢冒这个险。我相信，她是碰巧不喜欢那个男的，而不是因为她死守原则而不嫁的。

见不到密尔斯小姐的日子是难熬的。不过能去多佛，趁机跟爱妮丝过几个清静的钟头，我还是很愿意接受姨奶奶的安排的。走之前，我向那位好心肠的博士请了三天假。博士也想让我好好地放松一下——就欣然答应了，还说要多给我几天假呢。可是忍受不了联系不上密尔斯小姐的煎熬——我就决定前去多佛了。

至于博士院，我没有什么理由一定要上班，所以就没放在心上。老实说，在一等代诉人中，我们的声誉日渐败坏，没多久我们就落到一种极不可靠的地位。这个事务所在由约金士先生掌管的时候，业绩一塌糊涂。后来斯宾罗先生参与了，以新的排场、新的作风为事务所的业务带来了生机，虽然这确实给事务所注入了新鲜的血液，但是它的基础还很薄弱，所以在这突然失去支柱的冲击下，事务所难免摇摇欲坠起来。我们事务所的业绩大不如从前了，且不说约金士先生在所内的声誉怎么样，他本身就是个不问事的、没能力的人。指望他在外界的声誉，我们事务所早就关门大吉了！现在我归他门下，每次见到他吸着鼻烟无所事事时，我就觉得我姨奶奶那一千镑被糟蹋了，真是后悔莫及！

这还不是最糟糕的情况。博士院周围游荡着一群并不是真正代诉人的寄生虫和打手。他们以代诉人的名义在这里拦截事务所的业务，然后再转交给真正的代诉人。之所以真正的代诉人肯将自己的名义让他们借用,是因为这样可以接手更多业务——干这种事的大有人在。鉴于我们事务所现在迫切需要生意,我们也与这种组织同流合污。我们用办法引诱那些寄生虫和打手,将他们揽下的业务夺回来。现在对我们来说最赚钱的就是办理结婚证书和小额遗产鉴定的事务,也是我们极力承揽的业务。干这种事务性的竞争实在闹得不可开交。在博士院的每个入口都安插着做这种事的。他们的目标就是那些穿着丧服的人,以及看起来不太好意思的男人。遇到这两种人,他们就拥上去拦截下来,然后用尽一切办法将他们拉到各自雇主所在的事务所。他们那样忠心耿耿地执行着命令。有两次,在他们还没认出来我的时候,就将我连拖带拉地拽到我们的死对头那里去了。这群人利益彼此冲突,经常发生正面冲突。我们雇用的帮手(以前是制酒的,后来还在宣誓行业干过一段时间)曾经就遭遇过一次,一只眼睛被打肿了。那段时间他就那样出没博士院,影响院容。这些捐客看见一个穿着丧服的老妇人,就忙不迭地拥上去将她拉出马车。将她心中选好了的代诉人说得一文不值,然后再向她推荐,把他们的雇主作为那个代诉人的合法继承人。最后不管三七二十一就架着老妇人去他们雇主的事务所。我们也像这样接受过不少俘虏而来的人。至于办理结婚证书的人,那竞争就难以言喻了。办理结婚证书的害羞的人,面对种种竞争时,就无奈地跟着第一个遇到的人走,要不然就被多个人抢来抢去,谁抢赢了就跟谁走。在他们抢得不可开交时,我们有一个也干这种事的书记员,经常就戴好帽子坐在那里等候,好在第一时间将新逮到的俘虏领到主教那里宣誓。我还想,这些人干的事估计至今还有。就在前不久,我去了趟博士院,走到门口时,突然冒出一个穿白围裙的壮汉,他讨好地捉住我,凑到我身边,小声地说着"结婚证书"四个字。我大费周章地将他说服,才幸免于被他抢到某个代诉人的事务所去。

不再扯这些事了,就直奔多佛吧。

来到多佛,我发现姨奶奶的小房子一切安好。有件事我保证,她听了一定会引以为快。那就是,她好斗的精神现在被她的房客很好地继承了,房客在跟驴子打持久战呢。这就是我要跟她报告的事。在多佛,我办完了我要办的那些小事,就在那里过了一夜。第二天一大早,我就步行前往坎特布雷。那时又逢一个冬季,迎面吹来清新刺骨的寒风,望着那起伏延绵的丘陵,我抖擞起精神来。

到了坎特布雷,我在那古老的街道上徜徉。那时我的内心是平静安宁、舒畅明晰的。这里,铺子上的招牌依旧,招牌上的字样依旧,铺子里忙碌的身影依旧。从我还在这个地方上学的时候算起,中间好像走过了很多岁月,可是这里怎么没什么改变呢?我不由得感到奇怪,后来想想,其实我自己也没改变多少。说来奇怪,我内心那种无法与爱妮丝分割的力量,若隐若现的,好像在她所在的这座城镇也弥漫开来。教堂的高顶,巍然耸立。走过了几度春秋的群鸟和乌鸦,叽叽喳喳地在枝头叫着,它们银铃般的歌声将这个环境衬托得比它们沉默不语时更显幽静。那扇门已经坏了,它上面曾经刻满雕像。如今那些信仰它们的虔诚香客们日渐稀少,同样门上的雕像也早已剥落了寂静的角落里,墙壁坍塌破败,有几个世纪了的常春藤蔓攀附缠绕在上面。古老的房子,田野,果园,花园,这些原野景象无所不在,无所不有。同样一种静穆的氛围,同样一种恬静、使人思考的心情,都向我袭来。

到了维克菲尔德先生的宅子,我看见米考伯先生在楼下尤来亚·希普老坐的那个低矮的小屋子里一丝不苟地抄写着。在那个小屋子里,他穿着那一身黑衣服(像法官穿的那种),显得他更强悍

高大了。

米考伯先生看见我来了,欢喜得不得了,不过又稍稍有点局促。他说要带我去见尤来亚,但我拒绝了,同时向他表示了谢意。

"这个老屋子,我很熟悉,你记得吧,"我说,"我晓得从哪儿上楼。觉得干法律这行怎么样呢,米考伯先生?"

"我亲爱的科波菲尔,"他回答我,"法学是个琐碎细致的学科,这对一个拥有丰富想象力的人来说是很有难度的。即便在我们业务往来的信件中,"米考伯先生说着看了看他还没写完的信,"我们也不能凭空而跃,进行高飞远谈的表达,我们的思想很受局限。不过它仍然是个很伟大的职业!"

他还跟我说,尤来亚·希普的这所老房子已经被他租下了。能在自己的家中再次接待我,米考伯太太一定乐坏了。

"这个地方很卑贱,"米考伯先生说,"不过日后发达,可以用来当高贵家室的华丽台阶。这是我朋友的最经典的说法。"

我就问他,跟他那位朋友相处到现在,觉得他还好吧。他站起来走到门口,确定门关好了,走过来小声地对我说:

"我亲爱的科波菲尔,受经济困难压迫的人,工作起来总是处于不利的地位。当这种压力使你不得不预支工资的时候,这种劣势会越来越强。我能讲的就是:当我跟我的朋友希普提出不需要详细说明的请求时,他所能给予的解决方案足以体现他是明哲保身和心地善良的,就这些。"

"依我看,他不会有什么慷慨解囊的行为。"我说。

"对不起!"米考伯先生谨慎了起来,"我谈的是我眼中的朋友——希普。"

"你看到的都是那么好,我得为你感到高兴。"我接过话说道。

"你太关心我了,亲爱的科波菲尔。"米考伯先生说完哼起小曲儿来。

"你经常跟维克菲尔德先生碰面吗?"我转移话题说。

"不怎么能。"米考伯先生漫不经心地说,"依我看吧,维克菲尔德先生这个人确实不错,但是——怎么说呢,他过时了。"

"恐怕这都是拜他的老友所赐。"我说。

"我亲爱的科波菲尔,"米考伯先生在凳子上不安地转动了几下,才回答我,"我想说两句,希望你不要嫌我烦。我在这里身处要职,是以亲信的身份来为你办事的。有些方面的问题,即使是与米考伯太太——我多年共患难而且拥有才智的伴侣——商量的话,我都不由得觉得这样做不符合我应尽的义务。所以,我斗胆建议,在我们友好的交谈中——我愿这种交谈永远不受干扰——我们来画一道界线,在界线的这一头,"米考伯先生说着拿起事务所的尺子在写字台上画了起来,"是人类智慧所在的全部范围,这部分的东西都可以谈论,不过只有那么一点点除外;在界线的另一头,也就是除去的那一点点,是跟维克菲尔德—希普有关的事,包括一切与此相关的,我们都避讳不谈。我相信对我青春时期的伙伴提出这样的要求,让他心平气和地判断,他不会介意吧。"

米考伯先生出现了不自在的表现,好像他不适应这个新职务,但我又觉得我无权介意他的事,所以就没说什么，只是如实地告诉他我的想法，好让他放心。他确确实实也放心了，还跟我握了手。

"科波菲尔，"米考伯先生说，"我敢对你发誓，维克菲尔德小姐真叫我不由得喜欢她。她拥有脱俗的气质、美貌、品质，是个非常优秀的少女。说实在的，"米考伯先生一下子变得不知所措，竟然吻起自己的手来，还文质彬彬地弯了下腰，"向维克菲尔德小姐致以我的敬意！对！"

"最起码，我喜欢这样。"我说。

"有一个下午，我们有幸与你共度了一段愉快的时光，我亲爱的科波菲尔，要不是你亲口告诉我你喜欢的是朵拉，"米考伯先生说道，"我肯定以为你喜欢的人是爱妮丝。"

我们都经历过一种感觉，忽然间觉得我们在说的话或者在做的事，好像曾经的某个时间也说过做过——觉得我们曾经已经见过某张脸、某个物体、某个环境——觉得非常清晰我们接下来要说什么做什么，好像一切都排演好了的。我也有过这种感觉，但这一次在他说这句话时，这种感觉比以往任何一次都要强烈，都要神奇。

我向米考伯先生暂时告别了，嘱咐他要记得代我向他的家人问好。我走时，他像刚来时那样坐回原位，扭了扭头以便调整成一个舒适的写姿。这个时候，我心头清晰地感觉到，自从他从事了这份新工作以来，我们之间就出现了一道障碍，我们之间再也做不到像以前那样能敞开心扉地畅谈了，我们所谈论的东西也改变了。

我走进古朴典雅的客厅里，里面一个人也没有，不过客厅里留下一些痕迹，希普太太应该就在附近某个地方。我朝着现在还归爱妮丝所有的房间里看了看，只见爱妮丝在靠着火炉边的一张老式写字台上写字。

我把光亮遮住，她这才抬起头来瞧见我。顿时，刚才还全神贯注的脸上露出了愉快的笑容。她热情地欢迎我，问我这又问我那。我是她嘘寒问暖的对象，这真是莫大的快乐啊！

"唉，爱妮丝！"我们并肩坐下，我对她说道，"最近，我可想死你了。"

"是真的吗？"她接上说，"才多大一会儿啊，你又想啦？"

我摇摇头。

"爱妮丝，我也不知道是为什么，我好像少了一种精神方面的东西。我们过去那些岁月里，你总能替我出主意，我也总能向你请教，在你这里得到支持。我真觉得，这种东西我丢失了。"

"什么东西呢？"爱妮丝面带笑容地问道。

"我不知道该怎么去形容它，"我回答她，"我自认为还算是有诚意、有恒心的人吧。"

"我也觉得是这样的啊。"爱妮丝说。

"还有耐心吧，爱妮丝？"我犹豫了一下，问道。

"是呀，"爱妮丝说道，"确实是这样的啊。"

"可是，"我说道，"可是我好可怜啊，好忧郁啊，我缺乏自信心，做起事来优柔寡断、不能决绝。我知道，我定是少了——怎么说呢？——一种依赖。"

"要是你乐意，姑且那样叫它吧！"爱妮丝说道。

"好！"我接着说，"你看！你来到伦敦，我依赖你，生活就有了目标和应对的方法。如果我丢失了它，可当我来到你这里，我立马就感觉到自己的变化。事实上当我走进这个房间时，那些

苦恼及我的处境并没有发生变化，所以一定有某种力量在控制着我，使我能在瞬间发生变化。哦，这股力量使我改变得比以前不知道好了多少！可是那是一股什么力量呢！你到底有什么奥秘啊，爱妮丝？"

她低下头，望着火炉。

"我还是老一套，"我说，"要是我跟你说，无论大事小事，也不管是以前还是现在，它们的性质都一样。你可不要笑我哦。我以前的那些烦恼都是无理取闹，可现在的就是正经的了。但是无论什么时候，只要我已离开你这位不同姓的妹妹——"

爱妮丝仰起头——把那张纯洁的脸庞对着我——将手伸给我，我握住吻了一下。

"爱妮丝，无论什么时候，只要你不能在我身边从一开始就指导我怎么做，纠正我犯的错，我就会像无头的苍蝇横冲直撞，处处碰壁。当我总算找到你的时候（我总是在这个时候找你），我就有了安全感和幸福感。现在，我就像一个疲倦的旅人回到家一样，有了安全感和幸福感！"

这番话我有着切身的感触，我情不自禁，说着说着我便不能再说下去了，双手蒙起脸哭了起来。我写的这些都是我的真情实意。不管我内心有什么样的冲突矛盾，怎样像每个平常人那样言行不一致，不管我有过什么完全不同的情况（能够好得多的情况）；不管我做过哪些事不是听从自己良心的忠告，我概不知道。我只清楚我的身旁只要有爱妮丝存在，我就有了宁静和安定，我是真诚的。

爱妮丝以妹妹的身份，用她那安详恬静的态度，用她那清澈明亮的眼睛，用她那温柔细致的声音，以及那惹人疼爱的安定稳重的神情（这种神情早已让她所居住的这所房子变成了我的圣地），使我很快地从脆弱中逃离出来。我将我们上次离别后所发生的事一五一十地告诉了她。

"我全都说出来了，爱妮丝。"当我对她掏完心窝里的话时，我又说了这句，"我可就指望你了。"

"特洛伍德，你不该依赖我的，"爱妮丝愉快地说道，"还有一个人，你应该依赖。"

"你是说朵拉？"我问道。

"完全正确。"

"唉，爱妮丝，我难道没说吗？"我有一点儿不好意思起来，"朵拉啊，恐怕——我当然不会说她不值得依赖，因为她是纯洁和真实的象征——不过恐怕——我不知道怎么说才是，真不知道，爱妮丝。她这个人生性胆小，很容易担惊受怕。就在她父亲死之前不久，我觉得我应该跟她说明我的状况，那一次——只要你不嫌烦，我就告诉你当时的情况。"

于是我就告诉了爱妮丝，我如何告诉朵拉我的贫穷，如何想叫她学习烹饪、用日记记账等与此类似的其他情况。

"哎呀，特洛伍德！"她微笑着劝我，"你还是那个老样子，做起事来有股鲁莽劲儿。你努力谋生计固然态度诚恳，不过你没必要吓唬一个胆小、可爱的、又对生活毫无经验的小姑娘啊。朵拉太可怜了！"

她这次回答我时，声音里饱含亲切仁慈之感，是我从来都没听过的，好像我听到这话，就能看见她热情洋溢地拥抱着朵拉。她是在用一种温存体贴的行为来保护朵拉，也是在无声地批评我的鲁莽行为吓着了这个小人儿。然后，我在朵拉脸上看到天真烂漫的表情，那也很迷人。她靠在爱妮丝的怀里，对她说着谢谢，还撒娇地说要指控我。这稚气可爱的模样，分明是在说爱我。

对于爱妮丝，我还该怎样向她表达我的感激之情和敬佩之情呢？我仿佛看见她俩在一起，被光亮所包围，她们那样亲密无间，那样水乳交融。

"那现在我该怎么办呢，爱妮丝？"我看着炉火，过了一会儿问她，"要怎么做才算对呢？"

"要我说嘛，"爱妮丝说道，"你应该正大光明地给那两位老姑姑写信。任何偷偷摸摸的行为都是不值得的，你觉得呢？"

"不错，你觉得对就对。"我说。

"说起来，这种事我没资格指手画脚，"爱妮丝犹豫了一下，谦虚地说道，"但我真这么觉得——反正，我觉得，偷偷摸摸不是你的作风。"

"我的作风，你这种评价太抬举我了吧，爱妮丝。"我说道。

"你的作风，是说你天性坦白率真。"她说道，"所以你定要给那两位老小姐写信。你要把所有的事都告诉她们，而且能有多坦白就多坦白，能多透明就多透明。你定会向她们申请，希望她们允许你能偶尔拜访她们住的地方。你大可以夸下海口，说无论什么样的要求你都可以满足她们。因为你还年轻，你还可以努力为生计打拼。你还要跟他们请求，希望在恰当的时候，跟朵拉商量商量这个问题。你可以耐心等待。"爱妮丝温柔地说，"或多要求点。你肯定相信自己的忠实和耐力——也相信朵拉。"

"可是，爱妮丝，要是她们跟朵拉一提这些事，朵拉就受惊吓怎么办？"我说，"或者，朵拉一味地哭就是不肯提我怎么办？"

"会出现那样的情况吗？"爱妮丝脸上依然温柔忠厚，体贴地问道。

"愿主保佑她，她很容易被吓着，就像一只小鸟一样。我说，很有可能！再不然，那两位老姑姑不肯配合怎么办？像她们这样上了年纪的女人通常脾气古怪。"

"特洛伍德，我觉得，"爱妮丝抬起双眼，温柔地看着我，"这个问题不需要想太多。你应该考虑的是这种做法是否恰当，要是恰当的话就放手去做。这是最好的办法。"

在这个问题上，我再也没有疑问了。我如释重负，但我仍然有肩负重任的感觉，就用了整整一下午的时间写了一封信。为了这个，爱妮丝还特意将她的写字台腾出来给我用。不过我没有立即着手写，而是先下楼看看维克菲尔德先生和尤来亚·希普。

这个事务所建在花园中，是座还带着装修味的新建筑。它归尤来亚·希普所有。在一堆文书案件中我看到了尤来亚·希普，此刻他显得格外下贱。他上来迎接我，像他平时那样摇首摆尾，还假装米考伯先生没通知他我来了。说什么我也不相信他的话，他送我到维克菲尔德先生的房间里，然后就背对着火炉，站在那里取暖，还一边用他那瘦骨嶙峋的手摸着下巴。我跟维克菲尔德先生互相问好。我环视了一下房间，还有曾经的影子。为了方便那位新的伙伴，房间里各种设备都被搬走了。

"你在坎特布雷这段时间，就来我们这儿住吧，特洛伍德。"维克菲尔德先生不自觉地看了一下尤来亚，像是在用眼神征求他的同意。

"有空房间给我住吗？"我问道。

"当然有喽,科波菲尔少爷——该叫先生了,但少爷这个称呼总是不经意就溜出口了,"尤来亚说,"如果你希望,我乐意把你原来的房间腾出来给你。"

"不用了,不用了。"维克菲尔德先生说道,"不能麻烦你了。不是还有一个空房间吗,还有一个空房间。"

"哦。不过你要知道,"尤来亚龇牙咧嘴地说道,"我真的很乐意这么做!"

总之我告诉他要住另一个房间,别的我不住,他们就答应了。我向他们告别,等吃完饭的时候再见,就到楼上去了。

本来,我希望屋子里除了爱妮丝就不要有别的人,可是希普太太却说她要在客厅或饭厅这种有合适风向的地方待着,她的痛风病才会好一点,所以她要求在这个屋子里的火炉旁坐着织毛衣。我可以对此毫不关心,甚至将她赶到大教堂顶的寒风中去,但我还是顺水推舟做了个人情,客客气气地问候她。

"我很卑贱,但先生,我很感激你。"我问候她时,她这样回答我,"我还将就着。我没什么值得夸口的,不过要是能看到我的尤来亚成家立业,我就觉得我没什么可奢望的了。你看我的尤来亚还行吧,先生?"

我感觉他跟以前没两样,还是那样讨人厌,所以我就告诉她,没见尤来亚有多大变化。

"哦,你看不出来他的变化吗?"希普太太说,"我得很卑贱地请求你原谅,在这点上我和你的看法不同,你不觉得他瘦了吗?"

"没比以前瘦多少啊。"我回答。

"你看不出来!"希普太太说,"不过你跟我不一样,不是以一位母亲的心态来看他的。"

这时我的目光与他母亲的目光撞上了,我看得出,这种目光对希普诚然是慈祥仁爱的,可是对别人就是凶残恶毒的了。我相信,她与她儿子间是彼此关爱的。她将目光越过我转向爱妮丝。

"维克菲尔德小姐,难道你也看不出他比以前消瘦苍老了吗?"希普太太问。

"没有,"爱妮丝嘴上答道,不过仍在静静地做手头上的事,"你太紧张他了,他很好呀。"

希普太太将信将疑地深吸了一口气,又继续做她的毛线活儿。

我敢说她一刻都不曾离开过这里。我很早就来到这里,那时距离吃饭时间还有三四个小时。她就一直坚守在那里织着毛线,像个沙漏里流着的流沙一般,单调重复地织着。她在火炉一边坐着,我就在火炉前的写字台边,爱妮丝在另一边稍远的地方坐着。我细细考虑着我要写的信,每当我抬起双眼,爱妮丝就用那天使般的眼神鼓励我,督促我思考。与此同时,有一双邪恶的眼睛先是看看我,然后看看爱妮丝,最后回到她的毛线活儿上。她到底在织什么,我说不上来,因为我对此也不甚了解。不过看起来像在织一个像网一样的东西。她不停地用像中国筷子一样的棍子织着。烛光中看她,她就像一个丑陋恶毒的巫女,要不是她对面坐着散发神圣光辉的爱妮丝,她早就撒开网了。

直到吃晚饭,她仍然继续着她的工作,还在目不转睛地监视着我。晚饭后,她可算一边歇着去了,可是她的儿子又来接了她的班。在最后,我、他和维克菲尔德先生三人共处一室,他斜着眼睛看着我,还一边在那里抽风地抖着,实在叫人忍无可忍。在客厅里,那位老母亲又开始她的毛线活儿，同时也在监视着我们。在爱妮丝弹唱时，她就一直坐在钢琴边，她还点了一支曲子，说是尤来亚的最爱。这时，尤来亚躺在一把大椅子上打着哈欠。她时不时地转过身看他，向爱妮丝报告说尤来亚正听得手舞足蹈呢。她只要一开口——我不相信她能为着别的原因——就必定会提到他。我懂，这是她所受命的任务。

就这个样子，一直到我们睡觉时才停下来。看了这对母子像两只大蝙蝠一样在家里蹿来蹿去，用他们丑恶难看的身躯将宅子遮得暗淡无光。他们将我弄得躁动不安，我情愿整夜在楼下面对着那毛线活儿，也不要睡觉了。整夜，我压根儿就没睡。次日，她继续做着毛线活儿，他们继续监视着，就这样又过了一天。

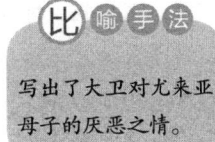
比喻手法
写出了大卫对尤来亚母子的厌恶之情。

我找不到机会跟爱妮丝谈话，十分钟都没有。我只好将信给她看。我叫她跟我一起出去走走。可是希普太太说自己病重了，爱妮丝便善意地在家待着陪她。天色近晚，我自己出去走走，心里盘算着该怎么做，尤来亚·希普在伦敦说的话该不该再对爱妮丝隐瞒了。这个问题又闹腾得我不安起来。

在兰斯格路上，有一条人行道很不错，黄昏时我就在那里散步，还没走到市镇边缘，后面忽然有人叫住我。只见那个人穿着瘦小的外套，踉踉跄跄地向我走来。是他，尤来亚·希普，错不了。于是我停下来等他过来。

"嘿！"我说。

"你走得真快呀！"他说，"就我这长腿也花了好一番力气才赶上呢。"

"你这是要去哪里啊？"我问他。

"我在追赶你呀，科波菲尔少爷，我希望你肯赏脸给我一个同老朋友散步的机会。"他边说话边扭着身子，像在讨好，又像在讽刺。他走在我身边，和我保持一样的步调。

"尤来亚！"在一段沉默后，我客气地说。

"科波菲尔少爷！"尤来亚同样叫了我一声。

"对你说句真话，希望你不要见怪，我已经有足够多的陪伴了，所以我才一个人出来走走。"

他斜着眼睛看我，僵硬地笑了一下："你是在说我母亲吗？"

"对，我就是在说她。"我说。

"哦！但你要知道，我们太卑贱了。"他接着说，"我也清楚这点，为了不被那不卑贱的人挤上墙头，所以我要小心点为妙。在情场

上和战场上,无论什么都是合情合理的,先生。"

他举起他那大手,在下巴前轻轻地搓着,同时微微冷笑。他的样子像极了一只凶残恶毒的猴子。

"你知道,"他摇摇头,依然冷笑着,叫人十分不舒服,"你是个阴险的对手,科波菲尔,你一直都是,你知道的。"

"就是因为我,你就叫人老看着她,把她的家弄得不像家?"我说道。

"哦,科波菲尔少爷!这话说得太重了。"他回答我。

"你爱怎么想就这么想,"我说,"我的意思,尤来亚,你跟我一样清楚。"

"哦,不是的!你要把话说清楚,"他说道,"嗯,真好,要不然我听不懂是什么意思。"

"你觉得,"看在爱妮丝的面子上,我努力让自己平静温柔地说,"我除了视维克菲尔德小姐为亲姐妹,还能有什么?"

"嘿,科波菲尔少爷,"他说,"我没必要回答你的问题,你知道。你也许没有别的意思,你清楚,但话又说回来,你也可能有别的意思。"

他那张卑鄙的脸,那没有睫毛、赤裸的眼睛,是我从来没见过的。

"唉,那么!"我说,"为了维克菲尔德小姐着想——"

"我的爱妮丝!"他别扭地抖着身体,令人作呕地说道,"科波菲尔少爷,叫她爱妮丝吧!"

"为了爱妮丝·维克菲尔德着想——愿主保佑她!"

"科波菲尔少爷,我向你的祝福表示谢意。"他打断我。

"我就跟你说吧,这话我是在任何情况下,只会告诉杰克·凯奇的,我根本不想跟你说。"

"先生,你告诉谁?"尤来亚把脖子伸过来,还把手放在耳朵上问我。

"就是刽子手,"我说,"最不可能的人!"——我觉得由他这张嘴脸想到刽子手再自然不过了——"我已经订婚了,是跟另外一个年轻的姑娘,这下你满意了吧。"

"你发誓!"尤来亚说。

我忍住气正打算说点什么来证明我所说的话以满足他贪婪的要求,还没等我开口,他就握紧我的手。

"哦,科波菲尔少爷,"他说,"那天晚上,我在你的起居室的火炉前睡觉,让你睡得不安稳了吧。那时,当我对你吐露心思的时候,要是你也肯对我说心里话,那我也就不这样怀疑你了。现在,已经知道了,很令人高兴。我回去就叫我母亲离开。我知道,对于我为爱情采取的预防措施,你会原谅的,对吧?只是很遗憾,对于我的信任,你总是不领情,更别提以同样的信任对待我了。我当然还继续信任你了,但是你总不像我希望的那样,给我面子地对待我。我知道,我喜欢你,可是你并不领情。"

他鱼骨头般的手一直牵着我,我感到他手心湿湿的,我想甩开他的手,可是这样做不礼貌,我就想尽办法轻轻地往外抽。但我失败了!他进一步将我的手臂挽进他穿深蓝色外套的胳膊里,挽着我的胳膊向前走。我简直是被强迫着前进。

"走吧，我们回去吧！"尤来亚说着就把我转向市镇的方向。我看见月亮刚刚升起来，整个市镇笼罩在一层淡淡的月光里，远处的窗子像镀上了一层银光一样，非常洁白。

"在我们转移话题以前，有句话我还是要说，"相当一段时间里我无话可说，我打破了这个沉默说道，"我相信，爱妮丝·维克菲尔德就像这月亮，永远挂在你的上空，高高在上！你永远没有希望得到她。"

"她很安详，对吧？"尤来亚说，"是的，非常。那么，科波菲尔少爷，说实话吧，你从来就没有像我喜欢你似的喜欢我，没什么好奇怪的，因为你自始至终都认为我很下贱。"

"说自己下贱的人我不喜欢。"我说，"自认为别的什么的人我也不喜欢。"

"行啦！"尤来亚说，在月光下，他的脸显得软弱而苍白，"我也知道这点！但是，科波菲尔少爷，你不明白，像我这样地位的，本身就得下贱！我父亲是在男童义校受的教育，我和他一样，我母亲是慈善机构出生的。从小，我就对谦卑耳濡目染。他们除了对我教育这个就没有别的。他们教我，要对这个谦卑，要对那个谦卑，在这个面前要脱帽行礼，在那个面前要弯腰鞠躬。我时刻不能忘掉自己的身份，遇到上级就要谦卑。可是我有多少上级！父亲谦卑，我向他学习，于是我们都得到班长的嘉奖，父亲还因此在教会谋得一个职务。父亲循规蹈矩，唯命是从，于是在上流阶层，没有不称赞他、不提拔他的。父亲教导我，'尤来亚，谦卑可以使你进步。这是学校一直以来对我们的教导。不过也很容易就能理解其中的意思。要谦卑！'父亲说，'你就可以混得下去了'，事实上，也确实很实用呀！"

我从没想过，原来这种讨厌的、装模作样的谦卑是他们家的风气。看来我一直只知其表象，不知其内因哪。

"在我很小的时候，"尤来亚说，"我就看到谦卑带来的好处，于是我就试着亲身去体验。当我受到屈辱的事，我就努力去忍受它。在求学的途中，我学到一定的程度就停止了，我要留在谦卑的程度上。在你提出教我拉丁文时，我就说'到此为止吧'。我懂得适可而止，这点你不如我。'人们总喜欢将你踩在脚下'，父亲说，'那就让他们踩去吧！'直到今天，我都是很谦卑的。不过科波菲尔少爷，我们可是把握住了一点权力！"

借着月色的光辉，我看到他的脸，我明白，他说了这么多就是要让我了解，他想让他的权利来弥补他的卑贱。他卑劣、阴险、奸诈，这点我从来没怀疑过。但是他很早就受了那种压抑，而且还经历了很长的时间，以致他现在有这种卑鄙毒辣的报复心理，这点我还是到今天才知道的。

说完这些自白，他觉得颇有成效，心情愉悦起来，便从我的胳膊中抽出了胳膊，继续抚摸着自己的下巴。既然让我脱离了他，那就休想再靠近我。我与他保持距离并肩而行，一路并不多言。

到底是因为他听了我的消息，还是因为他在这种自诉中得到了满足，具体是什么原因我不知道，反正他的兴致高涨起来，而且有一股力量在支撑着他的兴致。晚饭间，他明显比平日话多了，他问他的母亲（我们一回到家，他母亲就从她的工作岗位上撤下来了），他的年龄是否可以结婚了。他一直看着爱妮丝，这样子能刺激我不顾一切只为换得一句许可，允许我将他揍一顿。

饭后，只留下我们三个男人，他就更得意忘形了。他没怎么喝酒，或者说他根本就没喝酒，可

是他却发起酒疯。我看让他迷醉的只怕是感到胜利的傲慢，再加上我在场，他就更猖狂了。

他老想灌维克菲尔德先生酒，这个我昨天就注意到了。那时，爱妮丝在退下前还给我使了眼色，所以我只让自己喝了一杯酒，喝完酒提议去看看爱妮丝。今天我还打算这样做，不过被尤来亚抢先了一步。

"先生，今天这些客人都是稀客啊。"他对着维克菲尔德先生说，当时维克菲尔德先生坐在桌子的末端，比较他俩的样子，那就是两个极端，"要是你不反对，我提议再向科波菲尔少爷敬上一两杯酒表示欢迎。来，科波菲尔先生，祝你健康幸福！"

他伸过手来，我不得不握住它，然后再握起这个忧伤的老人的手，但这次的感情是完全不同的。

"嘿，我的伙伴，"尤来亚说，"我在这里失礼地请你带着大家为科波菲尔的亲人们干几杯吧！"

席间，维克菲尔德先生为我姨奶奶、狄克先生、博士院、尤来亚干杯。他是如何做到的，且不说，更让我不理解的是，这样的举杯他居然还重复了一次。面对自己的软弱，他努力克制，却总也做不到，他是如何的无可奈何，且不说；面对尤来亚的所作所为，他自觉羞愧，却又不敢得罪，这两个方面在他的内心是如何的交战不休，且不说；而尤来亚是如何将他当作战利品在我的面前炫耀，他是怀着这样愉快的心情在那里一会儿扭着身子，一会儿又转动着身子，且不说。一想到这些，我内心就闷得慌，现在写到这里也觉得写不下去了。

"嘿，伙伴！"尤来亚到底说了，"我卑贱地请求将酒倒满，我要向我眼中女性中最神圣的女神敬上一杯。"

我看了一下维克菲尔德小姐的父亲，他将手中的空杯子放下，朝着很像她的画像看了一眼，用手摸着自己的额头，向自己带扶手的椅子上退去。

"我这个人很卑贱，配不上她。"尤来亚还在说，"但我想向她表示我对她的敬佩和崇拜之情。"

他两手紧攥，这个一头白发的父亲，此刻身体上固然难受，但我相信，他精神上所受的痛苦更为严重。

"爱妮丝，"尤来亚说（我不知道他这行为的意义，但并不是我不关心他），"爱妮丝·维克菲尔德，我可以确切地说，她是女性中最像女神的那一个，在我的朋友面前我可以这样无所顾忌地说吗？作为她的父亲，是一个值得自豪的身份，但是作为她的丈夫……"

无所顾忌：没有什么顾虑、畏惧地去做某件事情。

爱妮丝的父亲从桌子边跳起来"啊"了一声。这样的叫喊，我希望我永远都不要再听到。

"怎么了？"尤来亚说道，脸色变得跟死人一般，"维克菲尔德先生，我但愿你不是在发疯！如果我要说，我有一种野心，想把你的爱妮丝变成我的，那我也跟别人拥有平等的权利啊，而且我比别人的权利更大呢！"

我一把抱住维克菲尔德先生，不断地跟他提起爱妮丝，想尽一切办法使他冷静一些。当时，他像发了疯一样：揪着头发，捶着头，还用力挣脱我。跟他说什么他都不理。他看不见人，也不去看任何人，只是在那里胡乱地挣扎，至于在挣扎着什么，他自己都不清楚。他的眼睛睁得圆圆的，嘴巴和眼睛都歪了，看起来可怕极了。

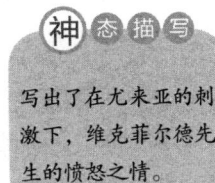

神态描写

写出了在尤来亚的刺激下，维克菲尔德先生的愤怒之情。

我时不时地用我最强烈的话劝他听听我所说的话，劝他别再这样。我劝他想想爱妮丝，想想我跟爱妮丝之间的情谊，想想我跟爱妮丝可是从小玩到大的，想想我怎样尊敬他爱护她，她又是怎样做到让他自豪和欣慰的。我努力在他面前勾画爱妮丝的形象，我急得都快责备他不该这样软弱，否则会让爱妮丝知道他现在的光景的。可能我的努力真的奏效了，也可能他已经发泄得筋疲力尽了。他慢慢地平静下来，慢慢地也能看到我了——刚开始还不认得我，后来，他的眼神告诉我他认出我了，以至于他开口说话了："特洛伍德，我晓得！还有我亲爱的孩子——我都晓得！但是这个家伙，你看看！"

他指向尤来亚，在一个角落里，尤来亚面色煞白，两眼直瞪。此刻，他一定感到意外，想不到自己的如意算盘打错了。

"你看看，就是这个人，一直折磨着我。"他说，"就因为他，我的名誉和地位，我的平静和安详，我的家宅和门户，都——离我而去。"

"你的名誉和地位，你的平静和安详，你的家宅和门户，我都——为你维持下来了，"尤来亚阴沉的脸带着惊慌失措的表情，只好退一步说，"维克菲尔德先生，别这样犯迷糊了。要是你觉得我有那么一点过分的话，那我现在就退回去，这有什么大不了的呢！"

"我把每一个人的行为动机都想得很单纯，"维克菲尔德先生说，"他接近我的动机想象成为谋权利，要是这样的话我还有点感到安慰，但是你现在看看，看看他这张嘴脸——天哪，你看他这张嘴脸！"

"科波菲尔，你要抱住他，尽可能地抱住他，"尤来亚伸出那瘦

长的食指对我叫道，"他就要胡说——听着——他醒了就会后悔的胡话。这胡话你听了也会觉得不该听。"

"我就要说，什么都说出来！"维克菲尔德先生叫道，那声音、那表情都是那么的绝望，"既然你都能掌控我，那让别人来掌控我又何妨呢？"

"听我说，科波菲尔，"尤来亚还在用警告的语气对我说，"你要还是我的朋友的话，你快堵住他的嘴，别让他说话。为什么你会被别人掌控呢，维克菲尔德先生？你跟我都很明白，是因为你的女儿，不是吗？狗儿睡得好好的，别自找麻烦地吵醒它——谁打算吵醒它呢？我不打算。你没看见，我能做到有多卑贱就有多卑贱地做着呢？我也说过，要是我做得过分了，我错了，还不行吗？先生，你到底还要怎么样呢？"

"哦，特洛伍德，我的特洛伍德，"维克菲尔德先生使劲地拧着手说道，"在这个宅子里，从你第一眼看到我，我就已经堕落成什么样子了！那时，我已经江河日下了，而从那以后，我的路走得凄惨不堪，非常可怕！我软弱，没骨气，我放任自己，任自己走向毁灭。我一味地记着一些，一味地不关心一些。对孩子母亲的哀悼，对这个孩子的疼爱，我的所作所为都已经变得病态了。这种心理传染了一切与我有关的东西。灾难已经被我引向了我所疼爱的人身上。我很清楚——你也很清楚。我本以为，我可以做到谁都不爱，只用心爱着世界上唯一的一个人；我本以为，我可以做到不管哪个在悼念着哪个，我只用心地悼念着世界上唯一的一个人。就这样，我将人生的信条全都曲解了。我这个病态懦弱的人被自己折磨着，而自己也被这颗心折磨着。我的悼念是卑劣的，我的疼爱也是卑劣的，而我面对这两者的阴暗面，想着逃避也是卑劣的。哦，你看看呀，看我这不争气的样子，可恨吧，躲我远远的吧！"

"我不知道，我那样没脑筋地干过多少事，"维克菲尔德先生说着把手一伸，好像在求我别责怪他，"他是知根知底的，"向尤来亚指去，"正因为他的存在，才有那么多馊主意出现。他就像套在我脖子上的磨石，你也看到了。你看看他在这个宅子里的架势，他在我的业务上也是这个架势。听听他刚才的话，也就不用我多说了。"

"你用不着多说，一半都用不着，你根本就不该说这些话。"尤来亚反驳道，同时又装得很可怜，"就因为你喝高了，要不然你不会这样说的。先生，明天早上起来，你再仔细想想。要是我多言了，或者比我本意多言了，那有什么大不了的呢？我并没有认死理儿呀！"

门被推开了，爱妮丝走进来，一句话都没说。她的脸色煞白煞白的。她直接向她的父亲走过去，搂着他的脖子，平静地说道："你有点不舒服了，爸爸。跟我走吧！"维克菲尔德先生把头倚靠在她的肩上，随着她走出门。他的样子好像遭受了天大的耻辱。爱妮丝的眼神与我的眼神遇上了，不过很快她就移开了。虽然时间很短，但我依然能看得出，刚才发生的事，她心里已经有数了。

"他发那么大的火，科波菲尔少爷，真想不到。"尤来亚说，"不过没事儿，为了他着想，明天我就能跟他恢复友好。我卑贱地为着他的利益着想。"

我没搭理他，径直走向楼上一个安静的房间里。就在这个房间里，以前常常在我看书时，爱妮丝就过来坐在我旁边。入睡前，没有人会来到这里打扰我。我找来一本书看起来。外面传来了十二点的钟声，我还在看书，可是在看什么，我不知道。就在这时，爱妮丝碰了我一下。

"特洛伍德，明天一早你就走了，我现在就跟你说再见吧！"

虽然此刻她的脸非常平静而美丽，但我依然看得出，她哭过！

"愿主保佑你！"她说道，同时把手伸给我。

"爱妮丝，我最亲爱的人，"我回答她，"我心里明白，你不希望我谈论今天晚上的事——难道一点办法没有吗？"

"唯有上帝值得信赖！"她说。

"我——一个一遇到烦恼的事就找你的人，难道什么都不能替你分担吗？"

"你在，我的烦恼就已经减轻了许多，"她回答我，"真的不需要做什么来替我分担，真的，科波菲尔。"

"亲爱的爱妮丝，"我对她说，"那些高贵的品质，像善良、果断，你都一应俱有，而我却非常缺乏，要让我来指引你的迷途，那实在是荒唐。你待我那么好，帮了我那么多，但你可知道，我是多么爱你呀。你无论如何也不能为误解的孝心而牺牲自己吧，爱妮丝？"

这时，她表现出从没有过的激动，在这样的激动的驱使下，她把手抽了回去，还往后退了一步。

"告诉我，这种想法从没有在你脑海中出现过。亲爱的爱妮丝，比亲妹妹还亲的爱妮丝！想想你的心灵是何等的高贵，你的爱是何等的无价！"

哦！在接下来相当长的时间里，她的表情僵在那里，看着我。但那不是惊讶、不是指责，也不是悔恨，良久以后，这表情终于成为讨人喜欢的笑。她笑着说，这件事，她一点也不着急——我也不用为她着急——告别时，她叫了我声哥哥，然后向门口走去。

天还未亮，我就走出旅店上了脚车。等我们打算起程时，天也才刚刚破晓。我坐在车里，想起爱妮丝，尤来亚从车旁探出脑袋来，这时白昼伊始，月色将尽。

"科波菲尔，"尤来亚用手勾着车顶的铁横杆，哑着嗓子说，"我跟维克菲尔德先生已经和好如初，一点过节都没有了。我相信，临行前听到这样的消息，你一定很高兴吧。我们在他的房间里握手言和了。我这个人很下贱，你也知道，但我对于他是有用的，只要他没有喝醉，他清楚这其中的利害关系。说到底，他还是很讨人喜欢的。科波菲尔少爷！"

我漫不经心地对他说，我很高兴他能道歉。

"哦，那算什么！"尤来亚说，"你知道，一个人既然很卑贱，道个歉有什么大不了的？容易得很！让我猜猜，"他扭了扭身子，"你采了未成熟的梨子吧，科波菲尔少爷。"

"可能吧，我采过一只。"我回答他。

"昨天晚上，我采过了，"尤来亚说，"只要照料好它，它早晚得成熟的。我等得了。"

他跟我好一番客气，一直到车夫来了，他才下去。据我了解，为了抵御早晨的寒冷之气，他在嚼着什么东西。他哑着嘴，就好像面前就有只完全熟了的梨子。

精彩点拨

尤来亚为了防止大卫抢走爱妮丝的爱,他和他的母亲希普太太在大卫来到维克菲尔德先生家之后,就一直监视着他们。在得知大卫已有了所爱的人之后,他便露出了真面目,他更得意忘形了。他老是刺激维克菲尔德先生,最后让维克菲尔德先生愤怒得发了狂。他在大卫面前表现出胜利的傲慢。这个让维克菲尔德先生和爱妮丝痛苦的小人。

阅读积累

常春藤

常春藤,五加科常春藤属多年生常绿攀援灌木,气生根,茎灰棕色或黑棕色,光滑,单叶互生;叶柄无托叶有鳞片;花枝上的叶椭圆状披针形,伞形花序单个顶生,花淡黄白色或淡绿白色,花药紫色;花盘隆起,黄色。果实圆球形,红色或黄色,花期9～11月,果期翌年3～5月。

常春藤叶形美丽,四季常青,在南方各地常作垂直绿化使用。多栽植于假山旁、墙根,让其自然附着垂直或覆盖生长,起到装饰美化环境的作用。盆栽时,以中小盆栽为主,可进行多种造型,在室内陈设。也可用来遮盖室内花园的壁面,使其室内花园景观更加自然美丽。常春藤全株均可入药,有祛风湿、活血消肿的作用,对跌打损伤、腰腿疼、风湿性关节炎等症均有治疗效果。

常春藤绿化中已得到广泛应用,尤其在立体绿化中发挥着举足轻重的作用。它不仅可达到绿化、美化效果,同时也发挥着增氧、降温、减尘、减少噪声等作用,是藤本类绿化植物中用得最多的材料之一。

第四十一章

> **精彩导读**
>
> 大卫写信给朵拉的两个姑姑。在路上,大卫遇到了皮果提先生,皮果提先生告诉了大卫他这几年寻找爱米丽的经过,只是到现在还没有找到,只有爱米丽写的一封信做线索,不过奇怪的是,皮果提先生还有两封信以及随信寄来的支票。皮果提先生又踏上了寻找爱米丽的旅途,他能找到爱米丽吗?

当晚,在白金汉,我们郑重其事地进行了一场谈话,谈话的内容是爱妮丝变故的家庭。就是上一章我已经详细写了的。我姨奶奶对他们一家人很是牵挂。谈话结束后,她两手抱胸,在屋子里来来回回地走了有两小时。每次她感到情绪很乱时,她就会这样不停地走。她情绪有多乱她就能走多久,而这次,她的情绪如此的乱啊,她都觉得要将卧室的门全部都打开,好让她可以从这间卧室最里端一直走到另一间卧室的最里端。狄克先生和我安静地在一旁坐着,她就沿着这条路线迈着平常大小的步子不断地进进出出,像钟摆一样有规律。

狄克先生要回去睡觉了,他出门后,屋子里就剩下我和姨奶奶。我坐下来给两位姑姑写信。这时,她也走累了,来到火炉旁按照往常习惯,叠起衣服坐下。每天晚上她坐在这里的时候,手里总会拿着一只杯子放在膝盖上,但今天那只杯子却放在火炉架子上。她左手托着下巴,右手放在左肘下,看着我,像在想着什么。每当我写着写着抬头时,就会发现她的眼睛在看着我。"我亲爱的科波菲尔,我的心平静得不得了,"她点了下脑袋,想叫我放心,"可是我感到心烦和苦恼!"

我光忙着写信,没注意到炉架上的夜间杂喝(这是她常用的专用名词)一点儿没动。当发现时她已经回房间睡觉,我敲她的门叫她喝,她带着比以往任何时候都要慈爱的表情来到门前,"特洛,我今天没心情喝那玩意儿。"她摇摇头,又回去了。

第二天早上,她看了我写给两位姑姑的信,说写得不错。信寄出去后,我无事可做,唯有耐心等待回音了。我一直这样等着,直到有一天,我从博士家回来,那是一个飘着雪花的夜晚,我依然保持着这种期待的心情(这种心情已经有一个星期了)。

那天非常寒冷,东北风已经刮了有段时间,吹得人刺骨的疼。当夜晚来临风停下来的时候,雪却下起来了。我还记得,雪花儿大片大片地飘起来,一直不断地飘着,慢慢地面上就积起了厚厚的一层。车和人从上面走过去,声音都被淹没了,好像街上铺了一层厚厚的羽毛。

往我家最近的路上——这样的夜晚，我当然要走最近的一条路了——要穿过圣马丁教堂巷。这个地方是因这个教堂而命名的，当时它的规模还非常小。胡同绕着好几道弯通往斯特兰街。走过圆柱下的台阶，在转弯的时候，迎面走来一个女人，那张面孔看了我一下就继续穿过胡同，消失了。这张面孔我认得。我在哪里见过她，具体在哪里我就不记得了。这张面孔触动了我心里的一些情景，可是当时我在想着别的事，所以我也搞不清楚我在哪里见过她了。

与此同时，在教堂的台阶上，我看见一个男人的身影，他将背上的包袱放到雪地上，正在弯着腰打算整理一番。我觉得，我光顾着自己的惊讶，而忘了停下脚步来。不过，不管怎么样，在我还在往前走的时候，他站起来转了一个身，朝着我走来，就这样，我与皮果提先生相向而立。

忽然我记起了那个女人的面孔，是玛莎，就是那天晚上爱米丽在厨房里给过她钱的那个玛莎·恩德尔——汉姆告诉过我，就算将海底的财富全部给皮果提先生，他也不愿意让自己的外甥女跟这个女人交往。

我们热情地握了手，一时间不知道说什么好。

动作描写

写出了皮果提先生见到大卫时的高兴之情。

"大卫少爷！"他把我的手握得紧紧的，"看到你真让我高兴。少爷这真有缘啊，真有缘啊！"

"我本打算今天晚上去看看你，"他说，"不过我晓得你跟你姨奶奶住一起——你那里我已经去过了，我去过雅茅斯了——我恐怕天太晚了，所以打算明天早上走之前去你那里看看。"

"又要走？"我问道。

"对呀，少爷。"他说道，同时不紧不慢地摇了一下头，"明天就走。"

"刚才你要到哪里去呀？"我问他。

"嘿！"他将头发上的雪抖了几下说，"我在找一个地方晚上睡觉。"

当年，有一个侧门通向金十字架旅店的马圈（现在一提到他的不幸，我就想到这家旅店），这侧门差不多正对着我所站的地方。我挽起他的胳膊向那个门走去。我看到马圈外敞开的三两家酒店中，有一家人很少，但炉火很旺，我就带他去了那一家。

外貌描写

写出了皮果提先生生活的不幸和遭受的苦难。

进了门，他抖了几下帽子上和衣服上的雪，在脸上摸了一把。<u>我就借着灯光注意到，他的头发很长也很乱，脸也被晒得黢黑黢黑的。比起以前，他的头发花白了很多，脸和前额的皱纹更深了。</u>他的样子烙上在各种环境下跋涉游荡的痕迹。但他看起来不仅身体很结实，意志也很坚定，似乎什么都不能将他打趴下。他背对着我们进来的门，在我对面坐下，再次用那双粗糙的手热情地跟我握手。

"大卫少爷，"他说，"我去了很远的地方，不过听到的东西不怎么多。我要将我的所见所闻跟你说说。"

我拉了一下铃，想要些热的东西喝。他不喝过烈的东西，只点了些麦酒。当麦酒拿来放在火上加热的时候，他若有所思起来，在他脸上，我看到一种纯洁厚实而又庄重的气息，我都不敢打扰他了。

"在她孩提时，"屋子里就剩下我们两个人了，他抬起头来说，"她就常常跟我说起，海水如何的湛蓝，阳光如何照在沙滩上。有时候，我琢磨，她这样想可是因为她的父亲死于海中的缘故。我说不好，你知道，也许她相信——要不就是希望——她的父亲能漂到一个地方，在那里花儿永不凋谢，太阳永不下山。"

"这可能是个小孩子家的幻想吧。"我说道。

"她失踪了后，"皮果提先生说，"我心想，她一定是被带到了异国他乡。我心想，他肯定跟她讲了那些地方的种种好处，然后如何用这种话让她听他指使，叫她在那里成为人妻。在我看到他母亲的时候，我就知道我没有猜错。于是我漂洋过海，去过很多地方。在法国那里登陆时，仿佛我是从天而降似的。"

我看见门动了一下，雪花伺机飘了进来。然后门又动了一下，还有一只手挡在了中间，不让门关上。

"在那里，我找到一个有权势的英国人，"皮果提先生说道，"我告诉他，我在寻找我的外甥女。他就给我办了几件文件，以便我在各地通行时派得上用场——但那些是什么文件我一点都不了解——他还说要给我钱。但我谢了谢他，没有要。在这件事上，我打心底里感谢他！'你起程以前，我就已经写了信，'他对我说，'写到你要去的地方，通知那些你可能认识的人。'我尽我所能表达的感激之情向他表示了谢意，然后走遍了整个法国。"

"你一个人徒步旅行的？"我说道。

"主要是徒步旅行的，有时候碰到赶集的人就借他们的货车搭个便车，偶尔也坐脚车。每天我都要走好几里路。路上有时候能遇到去那里看望朋友的老士兵，虽然我们之间语言不通，"皮果提先生说道，"但在那飞沙飘尘的旅途中，我们成为伴侣。"

他说话的语气亲切自然，都能想象得出他所描绘的那幅景象。

"每次到了一个市镇，"他接着说，"我就在旅店的院子里静候。希望能遇到一个说英语的人（通常都能遇得到）。找到了，我就告诉他们，我在寻找我的外甥女。然后他们指引我，说旅店里哪儿哪儿有上等人。我在门口等着，搜索着跟她长得相像的人。可是没有爱米丽，于是我加紧步伐继续前进。我来到了一个村庄，那里有好多穷人。在那里我竟然发现，走了这么久，这里的人才是最了解我的心情的。他们老叫我停下来歇歇，还给我吃的和喝的，甚至给我提供睡觉的地方。我遇到好几个跟爱米丽年龄一般大小的小女孩。大卫少爷，她们就在村口的十字架边等我，给我送来吃的和喝的。还有那些失去女儿的母亲，你不知道她们对我有多好。"

玛莎站在门口。她一脸憔悴,我看得非常清晰,她在门口十分投入地听着。我当时就怕他会回头来发现她。

"常常,他们把自己的孩子抱来——以小女孩为多数,"皮果提先生说,"我把她们抱在膝上。到夜幕来临时,我还是这样抱着他们的孩子在他们的门口坐着,好像抱着的是自己的孩子一样。哦,我亲爱的宝贝们!"

猛地说到这些悲伤的事,<u>他悲不自胜,用手捂着脸放声地呜咽起来。</u>当我颤抖着握住他的手时,他说:"少爷,谢谢你,不用担心。"

就这样,他哭了一会儿后,将手伸到怀中,继续叙述着他的故事。

"在早上,"他说,"他们常常跟我一块儿走一段路。走了一两里路,要分别的时候,我对他们说,'我非常感谢你们!愿主保佑你们!'从他们愉快的表情看来,他们好像已经听懂了我的话,但能听懂多少我就不得而知了。后来,我走到海边。你能想象得出,对于像我这种吃水里饭的人来说,要想去意大利,那是轻而易举的事。我来到意大利,还像以前那样,边找边流浪。那里的人像法国人一样,对我也很好。有一个人,收到了那个英国人的信,他通知我,说爱米丽在瑞士的一座山里。所以我没有在那里把每个城市挨个儿找,就直奔那个山里了。那个人说,他看见三个人跟我描述的人很像。他还跟我讲了他们的行程及当时的所在地点。大卫少爷,我往他所说的那个地方赶去,日夜兼程,一刻都没停下来。可是那座山离我那么的远,尽管我一直赶着,可仍然相差很远。后来我赶到了。我越过群山来到他指给我的那个地方,我还在默想,要是我找到她了,我可怎么办呢?"

门外的那张脸还在十分投入地听着我们的谈话,完全忘记了黑夜中凛冽的寒风,她对我打着手势求我不要赶她走。

"我一直都很信任她,"皮果提先生说道,"一直!一直都是!她只要看到我的脸,哪怕就一会儿——她只要听听我的声音,哪怕就一会儿——只要我能出现在她的面前,哪怕就一会儿,就算不能动也不能说话,都能让她回忆起儿时的光景来,还有这个被她遗弃的家——就算她当了上流人士的夫人,她也会在我跟前趴下!我清楚得很。很多次我梦见她,她还喊我'舅舅啊',她倒在我的面前,像死人一样。就在梦里我将她扶起来,轻轻地对她说,'亲爱的爱米丽,我来了,带着宽恕你的心来了,我要把你领回家呢!'"

说到这里他停了下来,深深地吸了一口气,摇了摇头继续说。

"现在他要怎么样我也不管了。爱米丽才是最重要的。我买了套乡下人穿的衣服,找到她我就给她穿。我知道,找到爱米丽,我就立马带她回家。我带着她走那些铺满石子的路。我走到哪里她就跟到哪

神态描写

写出了皮果提先生在寻找爱米丽时的焦急和痛苦。

里，今生今世都不得离开我半步。我要让她换上我给她准备的衣服——然后挽着她的胳膊一路向家里飘荡而回——有时我们会停下来，让她歇歇脚，还有她那颗伤得更重的心——这些就是我脑子里想的全部。我相信，至于他，我看都不看一眼。但是，大卫少爷，实现不了，一时间还实现不了！因为我赶到那里时，他们已经走了，我扑了一个空。他们去了哪里，我没有得到确切消息。有人说在这里，有人说在那里，他们说到哪儿我就会跟到哪儿，但仍然没有找到。我就只好回来了。"

"什么时候回来的？"我问他。

"四天前吧，"皮果提先生说道，"天黑下来后，我远远地看到那条老船，船上窗子里的灯还亮着。我走过去，透过窗子，我看见火炉边坐着一个人，那是忠心耿耿的高米芝太太。她在履行着我们的约定。我就喊道，'丹回来喽，别害怕哦！'我进了门，一瞬间，这条老船变得那么陌生，我想都不曾想过。"

说完，他小心地向胸前的口袋里伸去，拿出一个小纸包来。里面有两三封信，或者说是两三个小包，在桌子上放下。

"这是第一封信，"他从其中找出一份来，说道，"我走后还不到一个星期寄来的，这封信是在夜里偷偷放在门口的。字条里还裹着一张注明给我的五十英镑的支票，她刻意学别人的字迹，但我还是看出来了。"

他小心地将这张支票按照原来的折痕叠起来，慢慢地、轻轻地放在一边。

"这是两三个月前的，"他打开了另一封信说，"写给高米芝太太的，"他在递给我以前看了一眼，小声地对我说，"少爷，你来读读吧。"我接过来读起来。信上写道：

当你看到信，认出这字迹是我这只罪恶的手写的时，你会作何感想！不过，求你一定不要对我狠心。只要给我那么一小会儿的仁慈就够了——这并不是为了我，而是为了舅舅的仁慈。请对我这个可怜的女孩发发慈悲吧！求你找来一张纸，写信告诉我他过得怎么样，在你们还没放弃提起我以前，他都对你说了什么——告诉我，在我晚上回家的那个老时间点上，他是不是像在想着一个他永远疼爱的人那样？哦，我的心每次想到这里都如碎了一般。我在这里向你跪下了，恳求你，不要惩罚我，虽然我知道受惩罚是我罪有应得——我心里非常非常的明白这是罪有应得——但还是请求你要仁慈，要宽恕地把他的近况告诉我。请你不要再叫我"小"了，不要再叫我那被玷污了的名字。但是我恳求你能听进我的苦恼，可怜可怜我，给我写一封信，用几句简短的话就行了。这辈子怕是再也见不到他了。

亲爱的，要是你不肯可怜我的话——我知道，我是不该被可怜的——但是，听一听，要是你的心不肯可怜我，把我这可怜的祈求置之不理的话，请在你下定这样的决定之前，听听我最后一句话吧，问一问那个我本要嫁的那个人怎么样吧。我最最对不起的就是他了。要是他的心还很慈悲，肯说点什么的话，你就给我写封信——只要你跟他提起我，我想他一定会说的，他向来是坚强而仁慈的——就请你跟他说（别跟其他人讲），每当夜晚来临，夜风呼呼地刮起来的时候，我就觉得这风是因为看到他和舅舅，才这样愤怒地要刮到上帝那里去告我的状的。麻烦你转告他，要是明天我就要离开这个

世界,我一定尽我所能地为他和舅舅祈福,一定尽我最后一口气为他幸福的家祈福。

在这封信里,也附了一点钱,五英镑。这笔钱和上一笔一样,都没被动过。他像刚才一样将这张支票叠起来。爱米丽在信中详细地讲了该如何回信,但信是不能直接到她手上的,中间经过了好几次中转。她写信的地址不外乎别人跟他说的那几个地方。

"给她回信了吗?"我问皮果提先生。

"鉴于高米芝太太肚子里墨水太少,"他告诉我,"少爷,于是汉姆起草了一封信,她抄了下来。他们在信中告诉她,为了找她,我已经出门了。他们还把我临行时说的话写下来告诉她了。"

"你手里拿的还是信吗?"我问。

"不,少爷,是钱,十英镑,"皮果提先生展开一点给我看,"你瞧,就像第一封信,上面署名为'一个真诚的朋友送'。与第一次不同的是,这次不是放在门口,而是经邮局寄来的。前天刚收到。我还按邮戳上的地址找过。"他指着信上的邮戳对我说,我看了一下,是莱茵河上游的一个市镇。所以他就来到雅茅斯,找了些了解这个地方的外国商人。这些商人给他绘制了一张草图。这时他将草图拿了出来铺在桌子上,一边用手托着下巴,一边在草图上给我比画他的路线。

我问他,汉姆好不好,他直摇头。

"他很卖力地干活,"他说道,"那附近的人都知道他。你也了解,他一向都很热情,在那个地方别人对他也很热情。他从来不在别人面前发牢骚。但我妹妹认为(她只跟我提过),这事深深地刺痛了他的心。"

"他太可怜了,我觉得。"

"他做起事来,大卫少爷,"皮果提先生说到这里严肃起来,把声音压得低低的,"好像连命都不要。遇到恶劣的天气,要人做高难度的工作时,他冲上去;遇到危险性的事,需要冒险时,他冲上去。不过,在雅茅斯,孩子们都认识他,因为他跟孩子们一样的善良。"

他带着心思将信叠好,还用手压了压才放进原来的小包裹里。最后轻轻地装进了胸口的口袋里。门外那个人走了,雪依然飘进来,但是那里什么都没有了。

"好了!"他望着自己的提包说,"大卫少爷,既然今天碰巧遇到你(这方便了我的行程),那我明天一大清早就直接走了。在这里,该看的也都看了,"他将手搭在包裹上,"但令我放心不下的是,再将这些钱物归原主前会碰到什么意外,比如我死了,钱丢了或者被偷了,反正不管怎么样不在我身边了,她肯定会以为我接受了。要是这样的话,我去了另一个世界也不会安稳的,我必定会从阴间再爬出来!"

我与他都站起来了,在离开这家店以前,我们再次握了握手。

"就算我要走一万里路,"他说道,"就算我走到累死,我也要把钱送到她面前。如果我能完成这件事,同时找到爱米丽,那我就死而无憾了。如果我没有找到她,也许会在哪天,有人告诉她,她的舅舅一直在找她,直到死的前一刻也在找她。如果我对她还算了解的话,我想单是这一点就能唤醒她!"

我们走向寒气袭人的黑夜中,那个孤寂的身影从我们面前迅速地晃过去了,我叫住皮果提先生,找话跟他说,等那个身影完全离开。

他告诉我,他要在多佛大道上找一家干净简朴的地方过一夜。当我们走到西敏寺桥,我们在苏里岸上告别了。他将在飘雪中重新踏上孤单的旅程了。这一会儿,我觉得万物寂寥无声,好像是为了向他行礼致敬才这样的。

精彩点拨

皮果提先生在法国寻找爱米丽时,遇到了很多善良的人,这让这位老人感到了世间的温暖和爱。一位有权势的英国人给他办理了通行的文件;搭乘顺风车;好几个跟爱米丽年龄一般大小的小女孩在村口的十字架边等他,给他送来吃的和喝的。还有那些失去女儿的母亲常常跟他一块儿走一段路。皮果提先生虽然暂时没有找到爱米丽,但是这些善良让他感动,也支撑着他再次走向寻找的旅途。

阅读积累

支 票

支票是出票人签发的,委托办理支票存款业务的银行或者其他金融机构在见票时无条件支付确定的金额给收款人或者持票人的票据。同样支票制度也适用汇票的有关规定,所以,我们只介绍针对支票不同于汇票的特殊规定。

支票的特征表现在:其一,支票是委付证券,但支票的付款人比较特殊,必须是有支票存款业务资格的银行或非银行金融机构。其二,我国的支票只有即期支票,支票无承兑制度。

支票的特点:一是使用方便,手续简便、灵活;二是支票的提示付款期限自出票日起 10 天;三是支票可以背书转让,但用于支取现金的支票不得背书转让。

支票记载事项包括绝对记载事项、相对记载事项、非法定记载事项。《中华人民共和国票据法》和《支付结算办法》规定两项绝对记载事项可以通过出票人以授权补记的方式记载,其中包括:支票的金额、收款人名称,注意未补记前不得使用。

第四十二章

> **精彩导读**
>
> 大卫让特拉德尔陪着自己去见了朵拉的两个姑姑，她们答应了大卫与朵拉的婚事，大卫终于见到了朵拉。贝西小姐和朵拉的两个姑姑的交往也很融洽，这让大卫很高兴，不过，大卫发现大家对待朵拉像对待玩偶一样，这让大卫很担心，大卫想让朵拉学习生活技能结果都失败了，大卫和朵拉的未来会怎样呢？

我终于等到了两位姑姑的来信，信中她们说要向科波菲尔先生表示问候，她们仔细阅读了他的信，最终决定"考虑到双方的幸福"——见到这种表达，我不免有些害怕起来，因为当初她们闹家庭矛盾的时候，她们也这么说过一次。另外因为我曾经见过（我经常见到）这种形式的套话，就像爆竹，放起来容易，炸开后就原形尽失，显露出各种各样的形态和颜色。那两位斯宾罗小姐还说，对于我在信中的提议"用信的方式"说不清，要是哪天我在时间合适的时候肯光顾她们的家的话（合适与否由他而定，可带一知心密友），她们到时一定乐于讨论那个问题。

我一收到信，二话没说就毕恭毕敬地做了回应，说一定在指定的时间里带上我的内院朋友汤姆·特拉德尔先生前去给两位斯宾罗小姐请安。信寄出后，我的神经就一直处于紧绷状态。在她们约定的那个日期到来之前，一直都没放松过。

可是在这至关重要的时刻，密尔斯小姐却不能给予我她那不可缺少的帮助。这在很大程度上给我带来了不安。密尔斯先生一直以这样或那样的问题为难我——也许是我自己想的，不过从结果来看，这两者是一回事——这一回，他将那可恶的行为推向了高峰，在这紧要关头，他居然提出要去印度！为什么他偏偏要在这个时候去印度？除了让我难堪还有别的原因吗？不过事实上，他跟这个世上其他地方就没什么联系，但他确实跟那个地方有不一般的关系。因为印度的生意是他的全部，什么生意他都接（买卖金披肩和象牙，这种不切实际的梦我也做过）。在他年轻的时候，他在加尔各答住过。这回他打算以侨民的身份去那里。随他怎么办，这跟我没关系。但这件事对他很重要，他必须要去趟印度，朱丽亚也一同前往。现在朱丽亚回乡下跟亲戚们辞行了。他们要把家里的东西出租或转让，于是他家门前贴满了各种告示，家具（轧布机）都估好了出卖的价格。就这样，上一次打击的阴影我还没有走出，他又给了我一次打击。

约定日期来了，在这种重要的日子里我穿什么好呢？我拿不定主意。我想穿得风光一点，可是又怕那两位斯宾罗小姐见了会觉得我不务实际。于是我决定要在风光与现实之间找到一个折中的穿法。姨奶奶也很赞成这样的穿法。于是我和特拉德尔决定出发了。在我下楼的时候，狄克先生为了表示祝我们一切顺利，将自己的鞋子向我们甩来。

特拉德尔有个爱好，就是习惯把头发梳得往上翘。虽然我觉得他人很好，虽然我与他感情很深，但对于他这即便在庄重场合也不改改的习惯，真让我忍不住气他。他梳成这个样子让人觉得他很另类——更别提像炉台上扫帚一样的发型了——真担心他的头发会为我们带来不幸。

侧面描写
写出了大卫对于朵拉的爱意，以至于对与她姑姑的见面的细节也很重视。

在去往帕特尼的途中我直截了当地将我的意思跟特拉德尔说了，还告诉他，如果他愿意将头发往下压一压的话——

"我亲爱的科波菲尔，"特拉德尔摘下帽子，从中间将头发往四周压去，"没有什么事能比把头发梳成平的更使我高兴的了，它不一会儿就又竖起来了。"

"梳不平吗？"我说道。

"梳不平，"特拉德尔说，"试过各种方法都不行。如果我现在在头上放上五十磅的砝码，它就被压平，等到了帕特尼拿开砝码，它就又竖起来了。科波菲尔，它非常顽固，你想象不出有多顽固，它让我看起来像个十足的暴怒中的豪猪。"

比喻手法
写出了特拉德尔的头发很直很硬的特点。

不得不说，我失望了。但他的好脾气又让我着迷起来。我告诉他，我非常敬重他的好脾气，还开玩笑说，他之所以一点脾气都没有，是因为他的头发已经将他脾气中执拗的部分占尽了。

"哦！"特拉德尔笑着跟我说，"实话告诉你，我这倒霉的头发惹事已经不是一天两天了。我的婶婶就非常排斥它。她告诉我，我的头发惹得她非常生气。我刚开始和苏菲交往的时候，它也给我添了不少麻烦！"

"苏菲也讨厌它吗？"

"她倒不是，"特拉德尔说，"但是她最大的姐姐——就是那个大美人儿——我心里非常清楚，她老拿我的头发当笑料。事实上，她所有的姐妹，没有不取笑它的。"

"真有意思！"我说道。

"一点儿不差，"特拉德尔脸上的表情天真起来，说道，"我们都拿它当笑料来说。她们有意跟我说，在苏菲的书桌里，有一小绺我的头发，为了压平它，必须用一本非常厚的书才行。我们听了都笑起来。"

"我亲爱的特拉德尔，我想说，"我说道，"你的这些经历让我想起一件事情来，你跟苏菲订下婚约的时候，你有没有跟她家里人正式求过婚？就像我们今天要做的事——你是不是也做过？"我紧张起来，又加了后面一句。

"唉，"特拉德尔那张亲切的脸隐隐泛起沉思的意味，"这件事对我来说是非常困难的。你记不记得我跟你说过，苏菲对那个家的贡献很大，所以她们都害怕她出嫁的那一天。实际上，她们私底下已经商量好了，这辈子都不打算让她出嫁了，留在家里当老姑娘。所以就在我万分小心地跟克鲁洛太太提出求婚的事时——"

"她的妈妈吗？"

"对，她的妈妈，"特拉德尔说道，"哈里斯·克鲁洛牧师的夫人——就在我万分小心地跟克鲁洛太太提出求婚的事时，她听了受了很大的刺激，尖着嗓子叫了一声就昏过去了。接下来几个月，我提都不敢提这个问题。"

"后来你还是提了吧？"我问道。

"呃，不过是哈里斯牧师提的。"特拉德尔说，"哈里斯牧师真是个优秀的人，他在各个方面都很值得人学习。他指点苏菲的母亲，告诉她，作为一个基督教徒，要懂得牺牲（况且这算不算牺牲，还不能那么早下定论），不要对他带有敌意。这时候我觉得自己，说实在的，科波菲尔，我觉得自己像是这一家人残暴的禽兽。"

"我希望，她的姐妹们都能站在你的这边吧，特拉德尔？"

"唉，我可不能说她们都站在我的这一边，"他回答说，"我们刚把克鲁洛太太劝服得差不多了，就打算把这个消息通知萨拉。还记得她吧，就是那个脊柱有点毛病的女孩，我从前跟你提过。"

"记得！"

"她听后，两手紧紧地攥在一起，"特拉德尔带着恐慌的眼神看着我，"脸上一点血色都没有，眼睛也紧紧地闭上，不停地颤抖着。连着两天她什么也不吃，只能用茶匙慢慢地喂她点烤面包和水。"

"这姑娘太煞风景了，特拉德尔。"我说道。

"哦，科波菲尔，话不能这样说，"特拉德尔说，"她事实上是很讨人爱的，只是感情太细腻了。不只是她，这一家人都是这样的。这时候，苏菲告诉我，在她照顾萨拉的时候，萨拉表现得很自责，简直无法用语言说清楚。根据我自己的感情经历，我明白那是非常深刻的感情，这感情像犯了罪一样，科波菲尔。等萨拉恢复后，我跟其他八个孩子也说了这件事，她们对此反应也很强烈。苏菲就开导她们。直到最近，那两个最小的才不那么恨我了。"

"不管怎么样，我希望她们现在都接受了这件事吧？"我问他。

"对——对的，总的来说，她们基本上都接受了这样的命运安排。"特拉德尔停了一下说道，"但我们都回避不谈结婚的事。现在，我前途不明朗，现状不佳，倒给她们带来了不少安慰。等到我结婚那天，情况就会很难堪了。到时那场面就不再是结婚的喜庆而是像出丧的悲惨了。她们会因为我把她娶走而都恨我！"

他开玩笑似的冲着我摇摇头，看起来却非常认真。这张诚恳的脸在我以后的记忆里也常常感动着我，而且比当时还要清晰。因为当时我的心情过于激动，难以平静下来，注意力自然不能在这些细节上停留下来。当我们临近斯宾罗小姐的住所时，我从里到外软了一大截。特拉德尔为了让我打起精神来，拉着我去喝麦酒。于是我们就在旁边的一家酒店里喝了麦酒。然后我拖着沉重的脚步跟在他后面，来到斯宾罗小姐的门口。

使女开门让我们进去。我只蒙蒙眬眬觉得自己戳在那里供人观赏似的。我也蒙蒙眬眬发现自己穿过了一条走廊，走廊里摆着一个晴雨表，可是我是怎么穿过的我却一点都不知道。我们来到楼下一间安静的客厅里，客厅不大，在它对面是一个整洁的小花园。我在沙发上坐下，蒙蒙眬眬地看见特拉德尔摘下帽子，他的头发一下子就竖了起来，就像装在鼻烟匣子里面的弹簧小人儿，盖儿一打开，它就跳出来了。我蒙蒙眬眬听见炉架上那个老式钟在嘀嘀嗒嗒地响着，我想让它跟我的心跳保持一致——但它就是不听话。我蒙蒙眬眬地向四周张望，想看见朵拉的影子，但没看见。我蒙蒙眬眬听见吉普远远地叫了一声，但很快被谁堵住了嘴。终于，我意识到自己将特拉德尔挤到了壁炉那边，只得不知所措地向两位老小姐敬了礼。我看见，两位老小姐的衣服都是黑色的，跟死去的斯宾罗先生那么相像。

"坐吧。"其中一位老小姐说道。

我坐了好几次才坐正了：有一次，我歪到了特拉德尔身上，还有一次我坐在了一只猫身上，后来我坐好了，在什么东西上坐的我不知道——但我确定，反正不是猫。这时我可算能看清楚人了。我看了看眼前这两位斯宾罗小姐，她们确实是斯宾罗先生的姐姐，其中一位要比另一位大6~8岁，那个小点儿的手里拿着我的信，正在用单片眼镜看，估计是今天的会议主持人吧——她手里的信是我再熟悉不过的了，但现在却又那么陌生。两位老小姐的穿着一样，但这个穿得比另一个显得年轻一点。可能是她衣服上有花边，而且还佩戴了胸针、首饰等，这就增加了她的活力。她们同样端坐在那里，表情严肃，态度镇定，神气平静。另一位坐在那里，两手抱胸，像一尊雕像。

"这位就是科波菲尔先生吧，我相信。"手里拿着信的那位老小姐看着特拉德尔说。

这样的开场是可怕的，特拉德尔只得指向我，说我是科波菲尔先生，我也只得应上了。她们也只得摆脱成见，承认我是科波菲尔先生。我们几个人之间产生了一种微妙的感觉，使这种感觉更加微妙的是，吉普传来几声短促的叫声，然后又迅速被堵住了嘴。

"科波菲尔先生！"刚才那个老小姐继续说道。

我站起来行了个礼——好像我是这样做的吧——然后毕恭毕敬地等着她继续说，这时另一位老小姐插话了。

"我让我的妹妹，拉芬尼娅，"她说道，"来说说我们的意见吧，因为她对这类事有经验，我们会以最合适的方式达成双方的幸福的。"

后来我知道了，拉芬尼娅小姐在恋爱方面说话还是有分量的。因为几年前，据说有一个玩五点惠斯脱牌的男人，人称皮治尔先生曾经爱过她。我以个人的见解觉得，这种说法有点儿武断。我觉得皮治尔先生没有这方面的意思——据我所知，他对这种感情从没有过一丁点儿表示。但是拉芬尼娅小姐和克拉丽莎小姐一直都相信有。还说，若不是他过早（死的时候六十岁）离世（过量饮酒摧残了他的身子，后来想治好身子，又喝多了巴斯的水），他一定会向拉芬尼娅表白的。她们一致暗

自觉得，他是因为无法吐露心思，得相思病而死的。在她们家，我看见了他的一张画像，画像上，他的鼻子非常鲜红，我觉得，他不像是有什么相思的隐痛。

"关于那段往事，"拉芬尼娅小姐说，"我们就此打住吧。我的弟弟福兰西斯这么一死，那段往事也随之消失了。我的弟弟真是可怜啊。"

"过去的时间里，"克拉丽莎小姐说，"我与弟弟福兰西斯不常联系，但我们之间并没有闹什么大的纠纷或者有过裂痕，我们只是各过各的生活。我们认为这样有益于各自的幸福，这样做很好，事实上也很好。"

写出了大卫眼中斯宾罗姐妹的特点，侧面写出了大卫的紧张。

这两位姐妹不说话时都是端坐着，一说话就把身子向前倾一点儿，话说完了都习惯性地晃一下脑袋。克拉丽莎小姐的那两只胳膊就一直没动过，只是偶尔手指头在胳膊上打着拍子——我想也许打的是跳舞曲或者进行曲吧——但她的两只胳膊一定是不动的。

"我弟弟福兰西斯的离去，致使我们侄女的身份、地位不再像以前那样子了。"拉芬尼娅说，"所以，我们觉得关于地位上的意见，我们的弟弟也不再像以前那样了。我们十分相信，你对我们侄女的那份爱——我们没有理由怀疑你对她的那份爱。"我告诉她们（我逮着每一个机会这样说），我对朵拉的爱是从来没有在任何别人身上出现过的。特拉德尔也附和了我几句，以证明我所说的话。

拉芬尼娅小姐正打算做出回答，但克拉丽莎小姐好像只想谈论她的弟弟。

"如果当初，"她说，"朵拉的母亲在跟我们的弟弟结婚前就说明餐桌上没有给我们留有一席之位，那对于双方的幸福就更有益了。"

写出了克拉丽莎小姐对朵拉母亲的不满。

"姐姐，"拉芬尼娅小姐说道，"也许现在提这些事不是时候。"

"妹妹，"克拉丽莎小姐说，"我们要谈的问题包括这些内容。这个问题中你负责的那部分（也就只有那部分，你独有发言权），我不插嘴。但这个问题中的这一部分，我有发言权，也有权发表意见。如果当初，朵拉的母亲在跟我们的弟弟结婚前就说明餐桌上没有给我们留有一席之位，那对于双方的幸福就更有益了。那么当年我们该怎么想、怎么做心里就有数了。我们就会告诉她，'不管什么事，都别请我们去啦'，那么就不会产生那么多的误会了。"

见克拉丽莎小姐晃了一下脑袋表示发言完毕，拉芬尼娅小姐就接上刚才谈的地方，同时用单片眼镜看着我的信。岔开一下话题，她们两个的眼睛虽小却又圆又亮，转动起来跟鸟儿的眼睛一样。纵观她们全身，说她们像鸟儿也不过分。她们的动作敏捷利索，外表简洁整齐，就像金丝鸟儿一样。

拉芬尼娅小姐接着上面的话说道：

"科波菲尔先生，你来我们家是以向我们的侄女求婚者的身份来的，并且希望征得我与姐姐的同意。"

"如果我弟弟福兰西斯，"克拉丽莎又犯毛病了（要是把这种平静的打断视为犯毛病的话），"乐于将自己置身于博士院的气氛中，而且只置身于博士院的气氛中，我们哪能有权利和理由干涉他呢？我们无权过问，我相信。我们当然也从来不对别人的事妄加干涉，开始干吗不那么说呢？就让我们的弟弟和他的太太有他们自己的交际圈，也让我们姐妹俩有我们自己的交际圈。也会有人愿意成为我们的朋友的，我希望。"

她是对着我和特拉德尔说的，我只好做了一点回答，特拉德尔说话声音很小，我没听出来，我好像说了，这在一切有关的人都是可敬的。可是这话是什么意思我自己都不知道。

"妹妹，"克拉丽莎小姐说，她该说的都已经说完了，"我的亲爱的，你来说吧。"

拉芬尼娅小姐接着说：

"科波菲尔先生，你的这封信，我跟我姐姐已经仔细谨慎地讨论过了。你说你非常喜欢朵拉，我们相信你。"

"我说是的，小姐，"我乐坏了，说不上话来，"哦……"

这时候，就好像我打断了克拉丽莎小姐的话，她白了我一眼（那眼神锐利得就像金丝雀的眼神），我就跟她道了歉。

"爱情，"拉芬尼娅说话时就看看她的姐姐，看她是否同意自己的话，她姐姐稍稍地点点头，"只有以互敬互爱、忠贞不渝为基础，爱情才能成熟，它是含蓄内敛的，它的声音总是很低微，它总是谦逊羞涩，习惯于隐于暗处，畏怯不前，一遍又一遍地等待，就像成熟的果子一样。有时候，生命不在了，爱情依然不肯站出来表白，只是独自等待成熟。"

她总结的这个经验，是她单方面从那个苦难的皮治尔先生身上得来的，不过我当时没有反应过来。只见克拉丽莎小姐在一旁狠狠地点着头，想必这话是很有分量的。

"不慎重——比起方才所说的那种爱情，我不由得认为，那种年轻人的爱情是不慎重的——喜好，"拉芬尼娅小姐往下说，"打个比方，这种爱情像尘土一样微小，而我方才所说的则像磐石一样伟大而坚韧。我们判断不出这种喜好有没有实在的依据，不清楚能否经得住时间的考验，所以，我与我姐姐一时间也拿不定主意，科波菲尔先生，还有……"

"特拉德尔。"特拉德尔自报姓名，因为她在看着他。

"不好意思，我相信，你就是那个内院朋友吧。"拉芬尼娅小姐看了看信说。

"对，是我。"特拉德尔告诉她，脸却红了起来。

当时我就感觉，这两个老小姐对这件事怀着极大的兴趣。虽然没有谁直接告诉我，但我能感觉到，特别是拉芬尼娅小姐，我都觉得她是决定要在这件事上带着疼爱的心好好地发挥一番。因此，我的内心又感觉到一丝希望了。我认为，我也看得出，在考验我和朵拉这两个年轻人的爱情时，拉

芬尼娅小姐会得到令她满意的答案的。我也看得出，与此同时，克拉丽莎小姐在这个问题上专有的那一部分的发言权，也让她的满意程度只会增加不会减少。这些都给了我鼓励，我便用极热情的话告诉她们，我对朵拉的爱胜于我所能说出口的，也超乎所有人所能想象的。所有认识我的人都可以作证，你可以向我的姨奶奶、爱妮丝、特拉德尔等去取证。只要他认识我，他就能知道我有多爱她。因为爱她，我变得积极向上，特拉德尔可以证明我的话。于是特拉德尔一应而跃，就像是身临辩论会那样，他以坦诚、直爽的态度对这两位斯宾罗小姐慷慨陈词。经他这么一番证实，明显看得出这给她们留下了很好的印象。

"如果我告诉你们，以上是凭着我的个人经验而谈的，我在爱情这方面还是有一点经验的。"特拉德尔说，"我已经跟一个年轻的姑娘——十个孩子中的一个，她住在德文——定下了婚约。虽然我们结婚的日期暂且还很难说。"

"特拉德尔先生，"拉芬尼娅小姐说（可以看出，特拉德尔的事也引起了她的兴趣），"你的话大抵证实了爱情是以互敬互爱、忠贞不渝为基础，是含蓄内敛的，它的声音总是很低微，它总是谦逊羞涩，习惯于隐于暗处，畏怯不前，一遍又一遍地等待。"

"丝毫不差，小姐。"特拉德尔说道。

这时克拉丽莎小姐对着拉芬尼娅小姐一本正经地晃了一下脑袋，拉芬尼娅小姐会意地回应了她，同时叹了一口气，不过非常轻。

"我的妹妹，"克拉丽莎小姐说，"我这儿有提神液。"

拉芬尼娅小姐接过提神液，滴出几滴香醋来提神——在一旁，我跟特拉德尔精神高度紧张地等待着。然后，她显得非常虚弱地说：

"特拉德尔先生，像科波菲尔先生和我们侄女这样的年轻人之间的爱情，或者说他们认为的爱情，我和我姐姐就在该怎样面对的问题上产生了不小的疑虑。"

"我们的侄女也就是我们弟弟福兰西斯的女儿，"克拉丽莎小姐说，"要不是我们的弟弟福兰西斯的妻子生前没有不请我们吃正餐，那么现在，我们会更加了解这个孩子。妹妹，你说吧。"

拉芬尼娅小姐把我的信翻到写有姓名和地址的那一面，上面写有一些条理清晰的备注，她正拿着她那单片眼镜看。

"我认为，"她说道，"特拉德尔先生，我们要亲自观察他们这段感情，才能判断他们的爱情慎重与否，但到目前为止，我们对他们的爱情还什么都不了解，所以这其中究竟有几分真情，我们还无法下结论。但我们接受科波菲尔先生来此访问的请求。"

"两位亲爱的小姐，"我叫道（先前的担忧一下子变得多余，我如释重负），"你们的恩情我一辈子都不会忘！"

"但是，"拉芬尼娅小姐往下说，"但是暂且，我们把你的访问视为对我们的访问，在我们得出结论之前——"

"在你得出结论之前，我的妹妹。"克拉丽莎小姐插一句。

"就算这样啦，"拉芬尼娅小姐叹了一口气，说道，"在我得出结论之前，对于科波菲尔先生和我们的侄女之间的婚约，我们暂且不承认。"

"科波菲尔，"特拉德尔面向我说，"我打赌，没有比这样的安排更合理、更周全的了。你也这样觉得，是吧？"

"我也这样觉得！"我大声说，"我非常理解两位小姐的意思。"

"在这个前提下，"拉芬尼娅小姐说到这里，看了一下她的备忘簿，"只有以此为前提，我们才能接受他的请求。这期间，他与我们的侄女不可以私下偷偷地联系。这一点，科波菲尔先生必须一字一句地向我们保证。在向我们征求同意——"

"在向你征求同意，我的妹妹。"克拉丽莎小姐又插上一句。

"就算这样啦，克拉丽莎，"拉芬尼娅小姐无奈地同意道，"在向我征求同意——并且得到我们肯定之前——你与我们的侄女不可以有任何私自行动。这是最基本的要求，我们应该重视起来，同时任何情况都不可违反这约定。在信中，我们说，希望科波菲尔先生能带一个要好的朋友来，"在她看特拉德尔时，他向她鞠了一个躬，"就是不想出现一点疑问和差错。如果科波菲尔先生和特拉德尔先生在做决定之前感到一点困难的话，我们希望你们用点时间慎重考虑清楚。"

我像喝醉了酒一样，如痴如醉，对她们喊道，我不需要再想了，我激动地向她们声明，我接受那些约定，愿意让特拉德尔当我的监督人。如果在这件事上，我稍有一点逾越常规，那我就是个十恶不赦的人了。

"不要慌！"拉芬尼娅小姐把手一伸说道，"在你们俩进门以前，我们已经商量好了，给你们一刻钟时间单独在一起好好考虑一番，我们先回避了。"

无论我怎么跟她们说再考虑也是多余的，但她们还是执意在她们计划的时间内退下了。两位小姐就这样以威姿像鸟儿一样跳出去了。乘此机会，特拉德尔向我表示祝贺，我呢，就飘飘然仿佛进入了一个幸福的国度，直到她们俩带着更甚于出去时的威姿再次出现时，刚好过了十五分钟。她们轻柔着走出去，再轻柔地走进来，好像她们的衣裙是秋叶做成的，走路时能发出沙沙的声音。

当她们进来时，我仍然向她们声明，我会严守约定的。

"我的姐姐，"拉芬尼娅小姐说道，"接下来就交给你处理了。"克拉丽莎小姐伸手拿起信看上面的备注。据我观察，这是我头一次看见她打开双臂。

"如果每个礼拜天的下午三点，科波菲尔先生没什么安排的话，我们热烈欢迎你过来吃正餐。"

我向她们鞠了一个躬。

"除了礼拜天，"克拉丽莎小姐接着说，"科波菲尔先生可以过来喝茶。我们通常在六点半喝茶。"

我又向她们鞠了一个躬。

"但不能次数太多，"克拉丽莎小姐说道，"一个礼拜两次。"

我又向她们鞠了一个躬。

"在你的信中，你曾提及特洛伍德小姐，"克拉丽莎小姐继续说，"或许她应该到我们这里来一次比较好。但我们希望要是她的来访能给双方的幸福带来有益的作用的话，我们会比较乐于接受，同时我们也将会回访。如果访问没有达到理想的结果，甚至恶化了双方的幸福（就像我弟弟福兰西斯和他的家里人那样），那其他的事就另当别论了。"

我向他们说明，我姨奶奶能认识她们一定会感到荣幸的。不过我有必要提一下，我不敢保证她们能相处得愉快。当所有的事情都商定后，我向她们表示了最亲切的谢意。之后，我拿起克拉丽莎小姐的手送到嘴边吻了一下，同样也吻了一下拉芬尼娅小姐的手。

这时，拉芬尼娅小姐站起身向特拉德尔走去，请他自己在这里待一分钟，就叫上我离开了这里，我跟在她身后打着颤。我们来到另一个房间里，在这里，我看到了我那可爱的宝贝儿。她站在门后，将那张可爱的脸贴在墙壁上，双手捂着耳朵。我还看见在保暖器里，吉普被一条毛巾扎着卧在那里。

哦！她穿着一身黑袍子，可是看起来还是那么美丽。她刚见到我，就在那里呜咽起来，怎么劝她都不肯从门后转过身来。后来，她终于肯出来了，我们在一起是那样的相互疼爱。我从保暖器里抱出了吉普，它又看得见明亮的阳光了，可是它不停地打着喷嚏。我们三个又走到了一起，那一刻我是多么幸福哟！

"我亲爱的朵拉！此刻，你完完全全、真真切切、永永远远地属于我了。"

"哦，别这样！"朵拉求着我说，"求你了！"

"难道你不是永远地属于我吗，朵拉？"

"哦，不错，我当然是你的！"朵拉喊道，"可是，我感到害怕。"

"我亲爱的，害怕？"

"哦，对！我讨厌他，"朵拉说道，"怎么不让他走啊？"

"你说的他是谁呀，我的心肝儿？"

"你那个朋友啊，"朵拉说，"这里没他的事，可他还不走，他一定是个笨得不行的人！"

"我的亲爱的啊，"看着她幼稚起来的样子，叫人不由得喜欢她，没有比她更可爱的了，我说，"他是个非常好的人哪！"

"哦，可是这里用不着什么好人哪！"朵拉嘟起小嘴说道。

"我的爱人，"我向她解释道，"等你了解了他，你就会很喜欢他的。这用不了多少时间的。还有我的姨奶奶，她不久也就会来这里，你到时也会喜欢她的。"

"别啊，别叫她到这里来！"朵拉慌张地吻了我一下，把手并起来，说，"别啊，她是个又不规矩、又爱搬弄是非的老东西。我没说错吧！别叫她到这里来，道菲！"（"道菲"是她刻意错读的"大卫"的音。）

在当时的情景，劝她是徒劳的，我带着快乐的心情赞美她，对她充满爱意地笑了笑。她想让吉普给我表演刚学到的特技，就叫吉普举起前腿站在墙角里——不过它没保持多久，闪电的工夫就放下了前腿——在那里，我忘记了时间，那个房间的特拉德尔早就被忘到九霄云外了。要不是拉芬尼娅小姐叫我出去，我不知道我还要赖多久。拉芬尼娅小姐很疼爱朵拉（她说，她在朵拉那么大的时候，她跟朵拉一样——她必定改变了很多），像疼爱布偶一样地疼爱她。我想让朵拉出去跟特拉德尔见个面，可是当我提出这个建议时，她就躲到自己的房间里把门反锁起来。没办法，我只好自己出来了，然后跟着特拉德尔飘飘乎回去了。

"非常顺利，"特拉德尔说，"我认为，这两个老小姐还是很可爱的。科波菲尔，要是你比我先结婚，甚至早上个几年，我觉得很正常。"

"特拉德尔，你的苏菲懂乐器吗？"我得意扬扬地问他。

"懂点儿，可以给她的小妹妹们弹钢琴，也能教点儿。"特拉德尔说道。

"那唱歌呢，她会吗？"我问道。

"呵，偶尔哼几个小曲子。在其他的孩子情绪不高时，她就唱唱歌，活跃活跃气氛。"特拉德尔说，"但没正式学过。"

"她唱歌的时候不弹吉他吗？"我问他。

"嘿，不弹。"特拉德尔说道。

"那画画呢，会点儿吗？"我问他。

"一窍不通。"特拉德尔回答我。

我向特拉德尔保证，有机会一定让他听听朵拉的歌声，看看朵拉画的画儿，他欣然地答应下来了。于是我们胳膊挽着胳膊，兴高采烈地回家了。途中，我叫他多谈谈苏菲，他谈起她是那样投入，那样真诚，对此我没少夸赞他。我在心里将他的苏菲和我的朵拉对比，不禁得意起来。坦白对自己说，我觉得苏菲这个姑娘也是不平凡的，能跟特拉德尔配对，实在是再好不过的事。

回到家，我及时跟姨奶奶报告了今天会面的过程和结果。姨奶奶看我这样快乐，她也高兴起来，还答应我，她会去两个姑姑家访问的。当晚，在我给爱妮丝写信的时候，她又在我们的房间里漫步起来，且走了那么久，我在想，看她这架势，怕是得走到天亮才肯罢休了。

我怀着强烈的感激之情写完了给爱妮丝的信。我告诉她，我按照她的劝告去做，结果非常可喜。爱妮丝很快就给我回了信，顺着给我送信的那班车就带来了。看到她的信，我就能感到她内心跟我一样充满希望，跟我一样高兴，一样真诚。从那时起，她将永远是我的欣慰。

比起以前我的事更多了。就说去海盖特的路吧，我每天都要走，再加上帕特尼的路就更远了。可是我又是那么情愿地跑，跟两位姑姑说好的茶会，因为我的工作实现起来比较困难，我就跟她们商量，在不影响我那本来特许的周日的情况下，想在每周六下午过来一次。就这样，平时我怀着期待的心情等着周末的到来，然后再在周末的时间里寻找无比快乐的时光。

就我所见，总体来讲，我所担心的姨奶奶和朵拉的两个姑姑相处不和睦的情况并没有发生，这可让我松了一口气。在我从两个姑姑家回来后没过几天，我姨奶奶就应邀去了两个姑姑家，做了一次访问。几天后，两个姑姑也回访了，穿戴还十分的庄重整洁。在以后的日子里，差不多一个月的

互访成了我们的必修课，双方的感情也在这一次又一次的回访中日益增进。我姨奶奶常在早餐后或恰在喝茶前去访问，两位姑姑每次都能感到意外。那些日子，姨奶奶也不坐个车讲究一下排场什么的，而是步行着去帕特尼。还有她头上的帽子，常常是她想怎么戴就怎么戴，完全不顾及旁人怎么看待她。我心里也清楚，这会让朵拉的两个姑姑觉得不自在。不过两个姑姑很快就接受了她，还把我姨奶奶看成怪人，看得比男性还富有理解能力的女性。有时候，我的姨奶奶烦于这些礼俗，就表示了一下自己的见解，因此而触犯了两个姑姑的脾气。但她到底还是迁就了这些礼俗，不得不牺牲一下自己的小怪癖。因为她是那么在乎我。

在这个由我们组成的小世界里，吉普一下子不肯接受这个新环境，当然它是仅有的一个。每次见到我姨奶奶来访时，它就迅速钻到椅子底下龇牙咧嘴地叫唤，时不时还传来一两声惨烈的嚎叫，就好像我姨奶奶的存在让它的精神受不住一样。我们哄它、打它，想尽了各种办法想叫它安静一点，甚至都带它到白金汉大街上溜达，可是都不管用。在白金汉大街上，它看到两只小猫就扑过去，看到的人对此都吃惊不已，但它终于肯接受我姨奶奶了，与我姨奶奶和平共处了一会儿。可是几分钟过去了，它又用它那扁鼻子对着我姨奶奶叫起来，就像刚开始见到我姨奶奶那样。没办法，我们只好蒙住它的眼睛将它塞进了保暖器。以后几次里，朵拉一听到我姨奶奶来了就用毛巾把它包起来塞到保暖器。

慢慢我们的情况稳定了下来。但有一件事让我感到不畅快。事情是这样的，大家都不自觉地把朵拉看成一个中看的玩偶或者说玩物。我的姨奶奶在与她的相处过程中渐渐与她亲近起来，还以小花朵儿称呼她。而拉芬尼娅小姐则把她捧得像个受宠的孩子，给她卷头发戴饰品，视照顾她为人生的一种乐趣。与她一致，她的姐姐也做着这些事。我不理解，她们为何这样做。不过想想朵拉对吉普，她们大概对她这样也是各取所需吧。

我决定，要跟朵拉说说这个事儿。所以有一天，在拉芬尼娅小姐允许我与朵拉单独在一起散步时（得到这个许可并没有花费我多少时间），我趁机对她说，我希望她能作一些改变，让她们别那样看待她。

"我的甜心，你是知道的，"我好声劝她，"你现在是大人了。"

"你看，"朵拉说，"你又要惹人生气了！"

"惹人生气，我的爱人儿？"

"我敢说，她们非常疼我呀！"朵拉说，"而且我也感到快乐！"

"确实如此，但是，我至爱的生命的全部，"我说，"让她们恰当地看待你并不影响你的快乐啊！"

朵拉使出全身力气瞪了我一眼——多么讨人喜欢的一眼啊——然后就哭了起来，问我，如果我不喜欢她，干吗还要跟她订婚呢？如果我没有完全接受她，干吗现在不离开？

听到这里，我无计可施，唯有吻去她的眼泪，告诉她，我有多么爱她。

"我是多情的，我相信，"朵拉说，"大卫，你这样狠心对我是不对的。"

"狠心对你，我最最宝贵的宝贝儿！无论如何，我怎能忍心——怎能舍得——对你狠心哪！"

"那你就别要求我这、要求我那的了。"朵拉噘起小嘴，就像蔷薇花的花苞一样，"我会好的。"后来，她还跟我主动提起我老在她跟前提起的烹饪书，还叫我教她记账，这也是我以前跟她提过的，我高兴得不得了。回去我就把那本书精致地装订了一番，让人看起来觉得它还有一点吸引力。这本书在我第二次去的时候带给了她。我们在一块公共的地方散步时，我拿出了一本姨奶奶的旧账本。为了便于她练习，还给她准备了一些空本子，一个漂亮的小铅笔盒以及一些铅条。

朵拉翻了几页那本烹饪书，感到头痛得慌，等看到那些记满数字的账本的时候甚至哭了起来。她就将练习本上写下的东西擦掉，取而代之在上面画满了小花球儿，还有我跟吉普的画像，这才让她感到舒服了一点。

我想用玩笑的方式教教朵拉处理家事的方法。有一个周六的下午，当我们在一起散步的时候，我就想在她身上试验一下。比如，路过肉店，我就问她：

"我的甜心，假设我们已经结婚了，你打算晚上做羊棒子给我吃，你想学学该怎么去买吗？"

可是朵拉听了立刻拉下脸来，小嘴噘成了花苞样，十分可爱，好像她觉得得用一个吻将我的嘴封上，让我别说话似的。

"你想学学该怎么买吗，我的宝贝儿？"当我确定要这么做的时候，我就会十分执拗，我又问她。

朵拉停留了片刻，似乎自信起来：

"小笨孩，肉店老板知道怎么卖，我干吗还要学怎么买啊！"

像这样的提问还有过好几次。有一次我看到了那本烹饪书，就问她，假设我们已经结婚，我想吃美味的爱尔兰炖菜，她要怎么做。她说，她就叫仆人去做。说完以迅雷不及掩耳之速逮住我的胳膊，哈哈大笑起来，这样子使她更可爱了。

就这样，那本烹饪书放在了房间的一角，除了让吉普闲来站站，就再也没有别的用处了。在朵拉的训练下，吉普不用唤就可以叼着铅笔盒自动跑到书上站着。每当这个时候，朵拉就高兴得不得了，于是我也很高兴我买了那本书。

于是，我们再次拿起吉他，再画起画儿，再次在那永不停息的歌声中跳起永不停息的舞步。我的快乐都快漫过岁月的承载了。有时候，我想冒险提示下拉芬尼娅小姐待我心坎儿上的宝贝儿未免有些像待玩偶那样。有时我又如梦初醒，恍然发现，其实我自己也待朵拉像待玩偶那样，虽然不常有，但终究还是有的，这使我感觉像做错事一样自责起来。

> **精彩点拨**
>
> 朵拉的不谙世事是大家一起造成的。在斯宾罗先生活着的时候，斯宾罗先生把她照顾得很好，她就像温室里的花朵一样长大。在父亲去世后，大家都不自觉地把朵拉看成一个中看的玩偶或者说玩物。她的两个姑姑拉芬尼娅小姐和克拉丽莎小姐则把她捧得像个受宠的孩子，给她卷头发戴饰品，视照顾她为人生的一种乐趣。即使大卫觉出了不对，但他对朵拉的"改造"也会因为朵拉的乞求和眼泪失败。

阅读积累

豪 猪

豪猪又叫箭猪，意即满身针刺的猪。其实它根本不像"猪"，因为它从背部到尾部均披着猪所没有的、像簇箭一样的棘刺。特别是臀部棘刺长得更长、更多，其中粗者宛若筷子，长者近达半米。每根棘刺的颜色是黑白相间，鲜明夺目。豪猪除有棘刺外，它还有一个肥壮的体躯，锐利的牙齿，鼠一般的嘴脸，因此属于啮齿目动物。

豪猪以棘刺闻名，棘刺有保护御敌作用。遇敌时棘刺竖立抖动，发出"沙沙"的声响，紧急时能后退，再有力地扑向敌人将棘刺插入其身体。豪猪体型肥大，最大者体长达70厘米以上；头小、眼小、四肢短粗；背部与尾部生有长而硬的棘刺，此系防御天敌的重要器官；头骨较细小，颧弓不外扩，而鼻腔却甚膨大；有20枚齿根很浅的牙齿。

平时栖息于山坡、草地或密林中。洞居。夜间活动，并常有一定路线。走起路来棘刺相互摩擦有声。植食性。每年繁殖1次，1胎4仔。

分布于非洲、欧洲的地中海沿岸，亚洲西南部、南部和东南部的热带和亚热带森林、草原中。

第四十三章

> **精彩导读**
>
> 爱妮丝陪着维克菲尔德先生来到了伦敦，尤来亚母子也跟来了。大卫领着爱妮丝探望朵拉。尤来亚憎恨麦尔顿先生和斯特朗夫人，所以就把他俩的私情告诉了斯特朗博士，博士认为这一切都是自己造成的，希望大家忘记这件事。大卫收到了米考伯夫人的来信，米考伯先生发生了什么事情呢？

说到我如何担起对朵拉及其两位姑姑的责任，如何苦学速记又如何获得进步，我觉得这部书稿不应该让我自己来写，即使这部书稿只给我一个人来看。在这一段时期内，我经历过怎样的困苦，内心那种隐忍的能力怎样日趋成熟（如果它有什么特别的话，那就是我的一种优良品格），细数过往，除了这些，我还想再多说一句，正因如此，才为我的成功埋下了伏笔。在人生道路上，我算是一个幸运儿，有那么多人花大力气去工作，获得的还比不上我的一半。但是，我的成功也是得益于我认真、严谨、勤奋的习惯，还有我集中精力地应付每一件事，做一样像一样，不管面对的事是如何的急迫。苍天在上，我觉得这些话丝毫没有自夸之意，哪个人一页一页地回忆生平往事（就像我这样），要是他能免于愧疚和自责，没有觉得糟蹋过许多天赋，没有觉得什么邪思杂念在心中交战进而被打败，那这个人得是实实在在的好人才行。我敢说，我没有糟蹋过我的天赋。我只是想说，我这一辈子不论遇到什么事，我总能做到全力以赴；不论为什么事付出，我总能做到不遗余力；不论事大事小，我总能做到认真对待。任何才能，无论先天所有，还是后天所得，如果它能脱离坚韧的毅力和坦诚的努力而得到发挥，我敢说这世上是没有的事。天生的才行，侥幸的机遇可以构成助人上升的梯子的框架。但供人往上爬的阶梯必然要一种经得起磨炼的材料来构成才行，全心全意的热情和真诚是不可被取代的。那些值得我使出全身力气的事，我绝不会只是伸出一只手来做。在工作上，我从不妄自菲薄，今天看来，这已经成了我的金科玉律。

上述所总结的种种至理名言似的行为，有多少要归功于爱妮丝，我就不再啰唆了。我所记下的一字一句无不饱含着对爱妮丝的感激之情。

她在博士家逗留了半个月。维克菲尔德先生与博士是老交情了，博士也乐意同他聊聊，给他分析分析。上次爱妮丝来伦敦时，他们就提到过这个问题，这次的来访也是应着上次的结果。这次她陪同她的父亲一道来的。她告诉我，应希普太太的要求，她要在这附近找一所房子给她住，因为希

普太太说她的痛风症需要换换新空气,而这里的空气又不错。我听了,没觉得有什么好奇怪的。次日,那位母亲就被她那乖顺的儿子送来住了,我也没觉得有什么好奇怪的。

"科波菲尔少爷,"他硬拖着我到博士的花园里散步,说:"你也理解,陷入情网中的人免不了有嫉妒之心——至少老惦记着他所爱的那个人。"

"那么,现在你嫉妒谁呢?"我问他。

"有劳你操心了,科波菲尔少爷,"他说,"暂时还没有对哪个男人有这种想法。"

"难不成你嫉妒起哪个女人来了?"

他那阴险的红眼珠转向我,笑起来。

"说实在的,科波菲尔少爷,"他说道,"该改口叫先生了,不过我知道你不会怪罪我这改不了的习惯叫法——你善于引话题,就像瓶盖上的螺旋一样顺着就把话题给引出来了。好,但说无妨,"他握着我的手,湿湿的,"在斯特朗夫人看来我是个不会与女人套近乎的男人,一点都不会,真的。"

他看着我,眼神中流露出狡猾、卑贱之意,眼睛都快因嫉妒变绿了。

"为什么这么说?"我问。

"呃,科波菲尔少爷,我是律师没错,"他强颜欢笑,回答我说,"但现在我对你说的绝无半句虚言。"

"那你用这种眼神看我是什么意思呢?"我冷冷地问一句。

"什么样的眼神?哎呀,科波菲尔,真能察言观色,用这种眼神能是什么意思呢?"

"是呀,"我说,"用这种眼神是什么意思呢?"

他装出很好奇的样子,笑得那么用力,好像天性如此一般。他用手摸着下巴,低下眼睛接着说:"当年我还只是个书记员时,非常低贱,她也看不起我。她总让爱妮丝在房前屋后来来去去,她也总是只对你友好。每当这个时候我总觉得比她矮一截,那样引不起注意。"

"行了!"我打断他,"就算像你说的那样吧!"

"——也比他矮一截。"尤来亚顿了下,声音变得低沉,不过很清晰。他还老一个劲儿地抚摸着自己的下巴。

"博士为人如何你难道还不清楚吗?"我说,"竟然还敢设想你不在他跟前,他会以为有你的存在!"

他斜望着我,还将下巴伸得远远的以方便摸,他回答道:"哎!我不是说博士!他呀,蛮可怜的一个人!我说的是麦尔顿先生!"

一听他这么说,我心都凉了。在这个问题上,我曾做过的所有猜疑和担心,关于博士的毕生幸福平安以及那些我无法弄清可能是被误解或真是涉及败坏声誉的嫌疑,听他这么一说我顿时全明白了,原来都是眼前这个人成心玩弄的。

"他只要一来事务所,就定对我呼来唤去的,"尤来亚说,"像你们一样,他也是优秀上等人中的一个,而我现在和过去都是那么老实、低贱。不过无论是过去还是现在,我都不喜欢那个样子!"

他可算不再抚摸自己的下巴了,却狠狠地收缩两颊,眼看着两颊都快在嘴里碰面了,与此同时，他一直斜着眼看我。

"她像那些天仙一样美丽，她也只是其中的一员！"在他的脸颊开始慢慢放松时，他这样跟我说，"我了解，像我这种人，她总不乐于交往。正是因为她，我的爱妮丝才被教得高傲起来。而我又不像你们，能做到讨女人开心，但是科波菲尔少爷，我头上长着眼睛，老早就有了的，我们低贱的人都有，一直以来我们也是用这眼睛观察的。"

我努力装作若无其事的样子，不过从他的表情来看，我好像失败了。

"科波菲尔，被别人轻视是我自己所不能接受的，"他带着恶意将红色的眉毛（如果说那也可以称之为眉毛的话）往上翘了翘，他继续说，"我仇视这样的友谊，只要一让我遇上，我就要不惜一切代价去破坏它。斤斤计较是我的本性，我生来就有，所有与此相关的人，只要让我知道了有这样的人存在，我一定将他们排除，我可不想冒那个被人算计的险。"

"因为你自己总在算计，所以你也以这样的心态去想象别人，我敢说。"我说道。

"或许你说得对吧，科波菲尔少爷，"他回答说，"不过像我的伙伴常常说的那样，我有我的标准，我也拼命地去执行，我是个低贱的人没错，但也不能任人欺负，我不能任人骚扰。事实上，科波菲尔少爷，他们也不该挡我的路的。"

"不明白你说什么。"我说。

"你不明白？"他抽搐了一下，接着说，"科波菲尔少爷，你太让我感到意外了，一直以来，你都是一点就通的！以后我会说得更露骨一点——在门口骑马拉铃的人是麦尔顿先生吧？"

"好像是吧！"我努力让语气表现得毫不关心地回答他。

尤来亚忽然笑得喘不过气来，什么也不说，只见他将双手搭在两膝盖之间，可是他的笑却又一点声音都没有，嘴巴张得大大的，一点声音都没发。他的一举一动都那么令人生厌，尤其是这最后一招真叫人忍无可忍，我径自走开了，招呼都没打。花园里只有他一个人，这会儿他缩头缩脑的，像一个突然抽干了躯干的稻草人。

次日是周六，在那个晚间，我很确定不是前一个晚间，我叫来爱妮丝同朵拉见了个面。之前，我已与拉芬尼娅小姐将访问安排好了，爱妮丝来了我们就直接开始喝茶。

那个晚上，我总在为朵拉的可爱而自豪，又为能否让爱妮丝接受她而担心，自豪和担心交替进行着。我迎接爱妮丝往帕特尼赶，爱妮

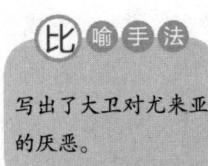

斤斤计较：指对无关紧要的事过分计较。

比喻手法

写出了大卫对尤来亚的厌恶。

丝坐在脚车里，我在外面。这时候，朵拉每一个我了解得不能再了解的可爱的动作不断浮现在我的脑海中。一会儿我觉得这个最好看，不一会儿又犹豫另一个是不是更可爱，就是这样的问题都搅得我头脑发热起来。

不过，不管是什么样子，她都是美丽可人的，但这一次的样子是我没见到过的美丽。我给爱妮丝介绍两个姑姑时，却发现她不在场，害羞地躲起来了。我也不知道她躲到了哪里，找了找才在旧门后面发现她，她将耳朵用手塞住了。

开始怎么劝她都不出来，后来她让我给她五分钟。五分钟后，她挎着我的胳膊向客厅走去，两颊绯红，可爱得要命，比以往任何时候都要美丽。来到客厅，她的小脸蛋又白了起来，不过那也是万分可爱的。

朵拉告诉过我，她怕爱妮丝，因为爱妮丝是个"智慧的人"。不过当她真正看到爱妮丝时，她惊喜地小声叫了一下，那么贴切，那么高兴，立即用她的热情，诚恳而友善地搂住爱妮丝的脖子，将天真可爱的脸蛋贴在爱妮丝的脸上。

我从没有像今天这么兴奋过。她俩并肩而坐，我的爱人神情自然地挑起双眼迎接爱妮丝那双诚恳的眼睛，而爱妮丝用她那温情暖人的目光看着朵拉，我在一旁看着她俩，内心却那么欣慰。这是世上独一无二的幸福茶会，拉芬尼娅小姐和克拉丽莎小姐以自己的方式对我的快乐表示高兴。茶会由克拉丽莎小姐主持。我将香子饼切开分给大家——两位小姐妹欢欢喜喜地拣着香子，啄着糖。拉芬尼娅小姐在一旁看着她俩，像个慈祥的保护神一样，好像这也是她的工作所在。在场的每一个人无不对现状感到知足。

爱妮丝愉快的情绪感染了每一个人。对于朵拉所喜爱的，她也平静地接受；吉普见到她很快就跟她走得很近。朵拉像往常一样在我身边坐下，但这一次朵拉感到害羞，只是爱妮丝表现得相当愉快。她谦逊恭敬的言行举止及安静稳重的态度不仅赢得了朵拉的信任，也使得我们的聚会更加完美。

"我太高兴了。"喝完茶，朵拉说道，"你竟然接受了我，我开始还瞎想你会不喜欢我呢！你知道吗，我比以往任何时候都需要被人所喜爱，因为我的一个朋友朱丽亚·密尔斯离开了我。"

补充一下，密尔斯小姐已经乘船去印度了。我和朵拉还在格雷夫岑德给她送行了。我们一起吃了些美味佳肴，如腌姜、番石榴，之后我们下了船，密尔斯小姐就坐在后甲板上的一把帆布椅子上哭了起来。在她的胳膊下方，我看到一本没记过日记的日记本，这个日记本将用来记录她受海洋激发所产生的新思考。

爱妮丝说，难不成她自己被我描述成一个讨人厌的人了？不过很快就被朵拉纠正了。

"哦，不是这样的！"她转向我，摇着脑袋，她一头的鬈发也跟着摇了起来，她说，"他对你只有赞美。对于你所给的建议他总是十分重视，就是因为这样才让我感到可怕。"

"对于他与他所熟悉的一些人的感情，我的意见并不能起多大作用。"爱妮丝笑着说。

"但是，我想听听你的意见，"朵拉撒娇地说，"要是你愿意的话。"

我们笑朵拉想叫人喜欢她的想法。朵拉却说我像只笨笨的鹅，而她一点都不喜欢笨鹅。就这样，那个晚间的短暂时光就在笨鹅那轻翅上划走了。不知不觉中，脚车该来接我们了，趁着我一个人在火炉前站着，朵拉冲过来惯例送上临行之吻，那么可爱。

"大卫，你不觉得要是我早一点就认识她的话，"朵拉对我说（眼睛闪亮闪亮的，她那只小手则在我大衣的扣子上漫无目的地摸着），"我会比现在聪明得多吗？"

"我的爱人儿，"我说，"你看你瞎说了！"

"你认为我在瞎说吗？"朵拉看都没看我抢着说道，"你相信，我在瞎说吗？"

"当然，你当然在瞎说！"

"差点忘了，"朵拉一边用手指转动着扣子，一边说，"你跟爱妮丝是什么样的关系，你这个可爱的小坏蛋。"

"不是亲生的，"我告诉她，"但是我们像亲兄妹一样，也是一起长大的。"

"我就奇怪了，你怎么会爱上我？"朵拉换了一颗纽扣继续转着。

"也许打我第一眼看见你，就注定爱上你了，朵拉！"

"假如我们不曾见过面。"朵拉转着另一颗纽扣说。

"假如我们不曾来到这个世上！"我高兴地告诉她。

我没再说什么，静静地欣赏她那只可爱的嫩手在我大衣的一行纽扣上移动，欣赏她那依偎在我胸前的一簇头发，欣赏她那漫无目的的手指头，欣赏她那垂下的睫毛慢慢地抬起来，猜不透她在想什么。她的双眼终于抬起来了，与我的双眼相对，她踮起脚，给了我一个最深最可爱的吻——一次，两次，三次——然后才肯离开室内。

五分钟过后，大家又回来了。朵拉刚才那少有的表情不见了，趁着车还没来的当儿，她很兴奋，一定要让吉普把它所学的都表演一番。这场表演直到脚车来了还没结束。与其说是因为表演节目丰富，不如说是因为吉普不肯配合。爱妮丝与朵拉做了一个匆忙但不失热情的告别，她们约定回去后相互通信。朵拉说，虽然自己的信写得很混乱，但她知道爱妮丝不会嫌弃的。就在车门前，她俩又做了一次告别。之后，尽管有拉芬尼娅小姐劝着，朵拉还是跑来车前做了第三次告别，一边嘱咐爱妮丝给她写信，一边又看着前座的我摇着鬈发。

在离考文特花园不远处，车夫将我放下，我们便搭上了另一辆脚车赶往海盖特，中间我们要先行一段路，对此我渴望很久了，因为这里我可以更好地听爱妮丝对我的朵拉的赞美。啊，该如何形容这样的赞美呢？她坦诚地赞美那个令我紧张的小人儿，是那么亲切、那么热情。她提醒我负起对那个孤儿的责任，但她是那样的得体，一点自负都没表现出来。

那个晚间我对朵拉的爱是最深刻、最认真的。我们再次下了车，走在通往博士家的大路上，我们在这寂静的星光下步行。我告诉她，这都得益于她。

"看到你坐在她身旁时，"我对爱妮丝说，"你像保护神一般守护着她，就跟当我的保护神守护我时一样。爱妮丝，你现在就是。"

"这个神是可怜的，"她回答道，"不过是忠实的。"

她的语调是那样清晰地直达我的内心，我非常自然地说道："在我今天看来，爱妮丝，那专属于你的愉快情绪（我没有在任何别的人身上发现过这种情绪）又回来了。我但愿你能在家里过得高兴一点，不是吗？"

"我自己觉得没有比现在更快乐的了，"她说，"我太高兴了，我是这样的一无所忧。"

她仰起明朗的脸,我看到使得她如此高贵的正是那些星星。

"家里没再发生什么变化。"过了一会儿爱妮丝说道。

"不要说这个了,"我说,"说这个——我不想让你难过,爱妮丝,但我忍不住想问——问问上次我们分手时所说的事。"

"不要,不要说这个了。"她回答我。

"我很关心这件事。"

"你要少过问那件事。你要明白,简单纯洁的爱和真理才是我所信任的。特洛伍德,不用担心我。"一会儿,她又说,"你是担心我要采取什么行动,我是不会那么做的。"

我诚恳地告诉她,虽然我在冷静时节的考虑从没有感到害怕过,但她忠实的嘴里能做出这样的保证,倒让我有着无法言语的安慰。

"这次访问结束,"我对她说,"也许我们再难有这样的机会单独相处了。你下次来伦敦大致是什么时候呢?"

"也许要过很长很长一段时间吧。"她说,"我想——为爸爸着想——我最好多待在家里,所以在以后很长的一段时间里,我们大概难再见面了。但我会与朵拉保持通信的,信会为我们捎来彼此的消息的。"

我们已经回到了博士宅子的小院里。时日已晚,看见斯特朗夫人房间的窗子射来一线烛光,爱妮丝指着它跟我道晚安。

"别再想我的不幸与烦恼啦,"她把手向我伸来说道,"你的幸福更能给我带来快乐,要是需要你帮忙的地方,我一定会告诉你的,相信我吧。愿主永远眷顾你!"

她那快乐的微笑和喜悦的声调让我再次想起与她在一起时的朵拉了，仿佛能看得见，也能听得见。内心受着爱情的熏陶，我带着感恩站在门廊上仰望着天空中的星星，过了一会儿才不舍地离开了。我预先在很近的一家麦酒店里定了一个床位，那家麦酒店比较干净整洁。正当我打算回酒店路过大门时，我不经意地回头看了一眼，发现博士房里还亮着灯。我不由得自责起来，博士在忙着"字典"的事，而我却不在他身边帮忙。我想进去确定一下，而且无论如何，要是他还在一堆书籍中间忙碌的话，我好歹得跟他道声晚安的。我便转身往回走，我小心翼翼地穿过走廊，然后推开门往里看。

屋里的灯光昏黄昏黄的，可是我看到的第一个人竟然是尤来亚，这令我感到十分吃惊。他站得离灯很近，一只瘦骨嶙峋的手捂着嘴，另一只搭在桌子上。在旁边的读书椅子上，博士坐在上面用手捂着脸，我还看见维克菲尔德先生向前俯向博士，表情显得很激动、很痛苦，有点不知所措地在博士胳膊上来回地摸着。

我的第一反应是博士生病了，这种想法促使我急忙向里面冲上几步。当我看到尤来亚的眼神时，我顿时明白了是怎么回事。我打算出去回避一下，但博士示意我别走，我便留下了。

"不管怎么样，"尤来亚那丑陋的身子抽搐了一下，可恶至极，"先把门关好，没必要闹得整个镇的人都知道。"

他一边说一边踮起脚向那扇没关的门走去。轻轻地关好门后，他又回到刚才的位置。比起他所做的任何举止，他的语调和态度所表现的无所忌惮的热情特别叫人无法忍受——至少我个人是这样认为的。

"科波菲尔少爷，"尤来亚又说话了，"其实我的意思他还没理解透，是吧？我觉得，让斯特朗博士知道我们所谈过的那些问题，是我分内的事。"

我没理他，只是狠狠地白了他一眼。我向博士走去，为了安慰和鼓励一下这位善良的老师，我说了几句话。他依然低垂着他那白发苍苍的头，只是用手抚着我的肩膀（小的时候，他就经常对我做这样的动作）。

"因为你没理解我的意思，科波菲尔少爷，"尤来亚继续献着他那过分的殷勤，说，"这里都是自己人，我就以卑贱的身份失礼地直说了，我刚才提醒了斯特朗博士留意着斯特朗夫人。科波菲尔，你要相信，我是十分不情愿与这类事沾上关系的，这是有悖于我的本意。可是事实上我们已经与这沾上了关系。这就是我要说的，少爷，在以前你没理解透的时候，我也是这意思。"

回忆中，每当想到他斜着眼看我，而我没冲上去勒着他的衣领使他窒息，都让我自己感到很吃惊。

"依我想，当时我没把话讲明白，"他还在说，"你也一样。一来二去，我们就避而不谈这件事了。但到底，我还是想清楚了，要实话实说。我对斯特朗博士已经说过什么，先生你说什么？"

后一句是说给博士听的，因为博士低吟了一声。这声低吟，我相信不管什么人听到了都会有所感触的，但尤来亚对此好像没产生任何反应。

"对他说，"他接着打断他的话继续说，"麦尔顿先生和斯特朗博士那位讨人喜爱的夫人走得太近了，这谁都能看得出来。是时候（我们已经与这种不该参与的事沾上了关系）该提醒斯特朗博士了。早在麦尔顿先生去印度时，就已经无人不知、无人不晓了。麦尔顿先生借口回国，也正因如

此，他决定不离开这里，也正因如此。就在我问我的好友时，你刚好进来了，少爷。"他对维克菲尔德先生说："跟斯特朗博士发誓吧，你早就认为是这个样子了。嘿，维克菲尔德先生，说呀！快跟我们说好吗？对还是不对，嘿，我的好友！"

"亲爱的博士，就看在上帝的分儿上，"维克菲尔德说的同时迟疑地将手搭在博士的胳膊上，"不要对我的猜想抱有太多的重视。"

"好了！"尤来亚摇摇头说，"这样的证明太沉痛了！是这样的吧？就他，还当自己一个什么样的旧交情？我的天呀，告诉你，科波菲尔，在他的事务所里，当时我只是个小小的书记员，有二十次（每次都一样）我看见过他为此事寝食难安——想到爱妮丝小姐也与这件不该她插手的事沾上了关系，他很气恼，你看得出来。（作为一个当父亲的人，也很正常，我明白我不该说他的不是）。"

"斯特朗，我亲爱的斯特朗，"维克菲尔德先生的声音颤抖起来，"我的朋友，我习惯于在每个人身上寻找他们行为的动机，再用一个狭隘的尺度来衡量一切行为，你向来就了解我的这个不良习惯。也许正因为这个不良习惯误导我进入以往的那种猜想。"

"维克菲尔德，你说你猜想过，"博士头也不抬地说，"你猜想过。"

"好友，放心大胆地去说吧！"尤来亚急着说。

"当然，有一段时间有过。"维克菲尔德先生说，"哦——主，请宽恕我——你也该猜想过。"

"没有，没有，没有！"博士的声音变得痛苦难耐，叫人很心疼。

"有段时间，我还以为，"维克菲尔德先生说道，"你刻意安排麦尔顿出国，好掩人耳目，拉开距离。"

"没有，没有，没有！"博士说，"我给她儿时的伙伴安排一下生计只是想让安妮高兴，别无他意。"

"我也看出来了，"维克菲尔德先生说，"在你跟我这么说的时候，我就停止了猜想。但是我觉得——请求你别忘了，目光短浅的判断正是我易犯的过错——因年龄差异过大而致使……"

"话是这样说的，科波菲尔少爷你注意。"尤来亚摇首摆尾而又带有挑衅之意装得怜悯地跟我说。

"像这样一个年轻貌美的女人，在当初跟你结婚时，免不了只是受财产的动机而支配的。尽管她对你的敬意毫不掺假。任何情况下，只要可以促成好事，我都是不加考虑的。这一点你可别忘了。"

"这样说是多么仁慈的啊！"尤来亚说着，还一边摇着头。

"一直以来，我只单从一点来观察她的。"维克菲尔德先生说，"但是我的老朋友，在你所看的范围内，请你也把这个加进去吧。我必须承认，这是避免不了的。"

"是啊！维克菲尔德先生，这是避免不了的，先生。"尤来亚插话说，"既然如此。"

"我承认，我过去确实，"维克菲尔德先生无可奈何地说，同时不知所措地看着他的好友，"我过去确实怀疑过她，觉得她对你不守本分。如果一定要把话都说开了，我并不喜欢爱妮丝跟她维持那样亲密的来往，以致让爱妮丝也看到了我看到的，或者说是因为我病态理论自以为看到的。我从没想过让谁知道这件事，也就没向谁提起过这件事。这番话你听起来也会感到可怕，"维克菲尔德先生怯怯地说道，"但是，你要是能想象我说这句话时感觉的可怕，你肯定会怜悯我的！"

博士伸出手，递出了他无可挑剔的善意。维克菲尔德先生与他握了一会儿手，但是头却一直垂着。

"我相信，"尤来亚扭动着身子，活像条海鳗，说道，"这个问题让谁碰上都会不高兴的。但话已说出，我就失礼提一下，科波菲尔也有注意到的。"

我看着他，问他怎么可以把我扯进去！

"哦！科波菲尔，你这个人厚道，"尤来亚整个身子都抽动起来，"你性格温柔而厚实，我们也都知道。但是，在那个晚上我们谈论的时候，你心里就明白我的意思。你一定知道的，科波菲尔，别不承认了！你不想承认，出发点固然是好的，但是你还是别不承认了，科波菲尔。"

在那一刹那，善良的老博士把那双柔和的目光投向了我，我往日所担心的和记忆中的事一下子在脸上显现出来了，藏都藏不住。这个时候发脾气是无济于事的，我又不能设法洗脱。反正我不管说什么样的话，都不能挽回这样的局面了。

一下子，大家都陷入了沉默，谁也没再说一句话，直到博士站起身来在房里来回走了两三次，然后他又坐回椅子上，他倚靠着椅背，不断地用小手巾擦眼睛，坦诚地说道（比起任何那些矫揉造作，这实在不能不让人为之敬佩）："在这件事上，我的责任更大。我相信，我的责任更大。我所爱的人受到这样的苦难，这样的唾骂都是因为我——即使谁也不说出来只是放在心里，我也认为是对她的唾骂——要不是因为我，她怎么也不会遭人唾骂的。"

尤来亚装样子吸了吸鼻涕，看样子是想让人知道他在同情。

"要不是因为我，"博士说，"我的安妮怎么也不会遭人唾骂，在座的各位，你们也看得到，我早就老了。在这样的晚上，我并不为着什么而活着了。不过要用我的生命——我的生命——作为担保，以此证明我们话题中提及的那个可爱的女人的名誉！"

我相信，即使是众人皆知的武士、画家心目中英俊而多情的人物，也没有哪个能说出比这位朴实的老博士更动听、更有威严的话了。

"我并不打算，"他接着说，"不承认——也许我无意识地打算承认——无形中，我给这个女人带来了一种不幸的婚姻。我这个人，拙于观察，我只好凭借各个年龄段和各个阶层的人所观察的（结论惊人的一致，而且还那么自然而然），他们远远超过我的观察。"

他给他年轻的太太的宽厚仁慈是我时时所称赞的（在其他的地方我也是这样写）。可是这一次，他提起她时表现的那种敬意的疼爱，以及对她的纯洁坚信不疑的态度几乎达到一种虔诚的信仰，让我觉得，他的高尚已经到了无法形容的地步。

"在她还很年轻时，"博士说，"我就将她娶过来了。当时她的人格尚未成形。我曾经视塑造她的人格为一种乐趣。我了解她的父亲，也了解她。为了让她尽可能地拥有美好的、崇高的人格，我颇费心思地教导她。要是我利用了她的感激和爱慕，又错误地对待她（看来，我是错待了她，但我绝不是有意这样的），我用我的心去请那位夫人恕罪！"

他走过房间，又回来扶着椅子。他的手和他那渐低的声音一样，都在热诚地颤抖。

"我自以为自己是她可以躲开人世险恶和变化无常的避风港。我认为，年龄上的差异不会影响我们自然而满足的生活。我不是忽略了给她自由的时候。那时她还拥有年轻、美貌，但已经变得成熟，拥有合理的判断力了——我想过，各位——相信我吧！"

他那不起眼的形体似乎因为他的忠臣宽厚而光彩焕发，他说出的每个字都铿锵有力，再也无须添加任何美德了。

"与她共处的日子里，我们一直都很快乐。就在今天晚上，我一直对愧于她的日子心存感激。"

他的声音抖得越来越厉害，于是停了一会儿，他又说：

"一旦我从梦中醒来——不知道为什么，我向来少有做梦——我看见，她要对她昔日的同伴和同身份的人心存悔恨的话，这是很正常的。要是她怀有一种单纯的悔恨，认为没有我的话会如何如何的那种想法，没什么好责备的。以这种想法来看待她，我想是很实在的。很多事我看到过，但我并没留意。就在刚才那令人心痛的时间里，这些事以一种全新的含义要我来面对。但是，各位，除了以上，请勿以一句可疑的话就把猜疑打到那个夫人身上，万万不可。"

有时他两眼发光声音坚定，有时他又陷入沉默，但后来，他还是像以前那样说道：

"这些令人不畅的消息因我而起，就由我一人默然承受吧。我才是该被责难的人，而她不是。我的职责就是为她消除误解，残酷的误解，就算是我的朋友给的误解也要被消除，越是绝尘外事越有利于我履行这样的义务。只要时间适宜——只要上帝乐意，它便到来得快些——只要我一死，她就能解除因素的话，我就甘愿看着她那散发光辉的脸庞，带着我无限的信心和爱合上我的双眼。任她去追逐比现在快乐得多、阳光得多的生活，到时候，一切忧愁便入云霄了。"

他的真诚与善良与他纯洁的态度互生光辉，我眼中噙满泪水，他在我眼中渐渐模糊。他向门口移去，同时说：

"各位，我的所想刚才都已经告诉大家，相信你们会重视起来的。今天晚上所讨论的，日后要绝口不提。维克菲尔德，请以一个老朋友的身份给我一只胳膊，扶我上楼吧！"

维克菲尔德先生立即向他跑去，一同向门外缓缓走去，他们并不说话。尤来亚在后面一直看着他们。

"行，科波菲尔少爷！"尤来亚温顺地面向我说道，"事情并非如期望那样，这个老学究——太特别的一个人——跟块砖头一样木讷，不过我看这个家已经遭殃了。"

光是他的声音，我就疯狂地发了一次最大的愤怒。

"你这个浑球，"我骂道，"你为什么要算计我？你这胡作非为的恶棍，你这么刻意提到我，搞得我好像跟你商量过一般。"

我们站在那里，互相看着对方。他脸上有着藏不住的高兴之意。我将我所知道的再联系起这张脸，我清楚了事件的原委。我所说的原委是指他在未经我允许的情况下，强塞给我他所知道的秘密，特以此叫我难过，然后围绕着这件事精心为我设下圈套，叫我防不胜防。他那张贱骨头的脸摆在我跟前找打，我使尽全身力气狠狠地甩过一巴掌，打得我都觉得手指头燃烧了般的刺痛。

他逮着我的手，我们就那样站着不动，盯着对方看。站了好长一段时间，我都觉得他脸上留下的手指印间的白色慢慢消失，而使红色的部分更红了。

"科波菲尔，"他到底开口了，有气无力地说，"你丧失理智了吗？"

"我已经丢弃你了才差不多，"我挣脱自己的手说道，"你这狗娘养的，从今往后我不认识你！"

"你不认识我？"他把手敷在脸上看样子很痛，说道，"恐怕你只得这样了。嗯，你这不是以怨报德嘛！"

"我以前没少警告你，"我说道，"我憎恨你。刚才我已经非常明白地给你看了，我就是那样。你对你身边的人干的那些恶毒事，我干吗要怕？你到底还想怎样？"

他心里明白得很，我暗示的是以前我跟他勉强交往还有的那么一点顾虑。要是那天晚上爱妮丝没跟我打下保证，这一掌和这些话不会出自我，不过没那么重要了。

又是一阵沉默。他看着我，各种丑陋的颜色在他的眼睛里应有尽有。

"科波菲尔，"他将手从脸上拿开说，"一直以来，你跟我对着干，你在维克菲尔德先生家一直跟我对着干，我晓得。"

"你爱怎么想就怎么想，"我依然怒不可遏，"要不是真那样，你被打就更对了。"

"可是我一直都很喜欢你啊，科波菲尔！"他还在说。

我懒得理他，就拿起帽子准备睡觉去，他在门口拦下了我。

"科波菲尔，"他说，"一个巴掌拍不响，我并不想当其中的一个。"

"你应该去死！"我回答他。

"可别这样说！"他回答我，"你会想收回这句话的，你把不好的脾气表现出来了，连我都不如，这怎么可以？但我原谅你。"

"你原谅我？"我鄙夷地重复了一下。

"我一定会，你别无选择。"尤来亚说，"你想想清楚我是你朋友，而你现在却打了我！不过要是没有两个对手就不会有斗争了，我不会做对手中的任何一个。无论如何，我是你的朋友。所以，你就知道，你还能期待什么了。"

这个时间太不适宜吵架了，为了不惊扰那一家人，大家的声音都压得很低（我说得很快，他正好相反），因而我的愤怒没有被很好地发泄，但我的感情还是冷却下来了。我只跟他说，我会像以前一样继续期望他，他倒从来没有令我失望过。我不顾他站在门前，只把门打开，把他当成一个待挤压的核桃。我离开宅子后，还没走到几百码远就追上来了，想起来他睡他母亲那里，也在宅子外面。

"科波菲尔，你知道，"他冲着我的耳朵说道（我一直没回头），"你站在一个错误的位置上，"鉴于当时我觉得他说的是实话，我就更加怒不可遏了，"这可不是什么勇气可嘉的好事，你要改变认识，你应该接受原谅。我没想过跟母亲说这件事，其他人也一样。我决定了要原谅你，但是，我难免感到意外，你明明知道我是一个非常谦卑的人，你还是打了我！"我觉得论起卑劣，我还是逊色于他，这点他比我更清楚。要是他公开反攻我，或者激我，我会觉得是一种安慰，一种辩解。可是他反而把我置身于慢火中使我苦恼了半夜。

早晨醒来，在教堂的晨钟鸣响时，我出来了，看见他与他的母亲在散步。他装得跟什么事都没发生过一样问候我，我也只得回答他。我看，他的牙痛得不轻，反正他头上包了条黑丝手巾，头上戴着帽子，尽管如此，他的面相可不会得到什么改善。听说他去看了一个伦敦的牙医，而且还拔了一颗牙，真希望拔的是大牙。

博士向大家说明，因为感觉不舒服，他每天多数时间将不见人。一周前，爱妮丝和她的父亲已

经离开了，我们的常规工作也跟着恢复了。就在恢复工作的前一天，博士当着我的面给了我一张叠着的短信，并没有加封，是写给我个人的。他用语亲切地告诫我，那天晚上的事就让它尘封了吧。我只是跟我姨奶奶说了就没再跟别人说起这件事。这件事不能跟爱妮丝讨论，她对这件事自然也没猜疑过什么。

我猜当时的斯特朗夫人也没发现什么异常。直到几个星期后，我才看见她发生了一些变化。她的变化是缓慢发生的，像无风天气下渐渐改变的云。博士与她说话时的态度更加仁慈，为了让她单调的生活充实一些，博士甚至主动与她和她的母亲相处，这些变化使她一开始难以适应。每当我们工作时，她就常常坐在一旁看着博士工作。那张脸，我总觉得可以制框做纪念了。有时候，她的眼里会闪着泪花，然后就起身向外走去。她那貌美的脸上渐渐地烙下了忧伤的阴影，而且日益加重。那时候马克兰太太经常来宅子里串门，她喋喋不休地谈这个谈那个，可是她却什么也看不出。

以前安妮总能为博士带来阳光，可是自从这潜移默化的变化降到她身上后，博士的外表变得更沧桑了，他比以前也更严肃了。但他的脾气却更加温和，态度更加仁慈，对安妮的关切也更多了（其实对她的关切早就不能再增加了）。在她生日的一个早上，我们开始工作，她像往常一样坐在窗子下，但不同的是她的神情显得很局促不安，叫人看起来很是心疼。博士走过来捧着她的额吻了一下，然后迅速地离开了，好像他激动的情绪使他不能再在这个地方待一刻了。她则站在原地一动不动，像尊雕像。后来我看见她低下头，双手握在一起哭了起来。她哭得那样伤心，我都不知道该怎样去形容。

从那以后，我总觉得她需要找人倾诉，有时候在我俩独处时她甚至想对我说，但她到底什么也没说。博士常常想着法子找机会让她与她母亲出门去一些娱乐场所，马克兰太太并不喜欢什么娱乐活动，但她更讨厌别的事，也就只好去娱乐场所了。常常她表现出极大的兴致去参加，然后给予极高的评价。而安妮整个人打不起精神，对什么事都不感兴趣，只是由着马克兰太太带到这里带到那里。

我对此毫无办法，姨奶奶想起来就来回回地走上个一百英里的路，想必她和我一样，内心难以平静，同时又无计可施。但是令人难以置信的是，这个看似无法插手解决的家事却被狄克先生解决了。

在这件事上，正如我不能解释他为什么要帮助我一样，他是如何想的，又是如何看待我的都不能加以解释。但是我对博士的崇拜之情是没有限制的，这种想法在我还在学校的时候就已说过。在真爱中，有一种微妙的解释，这种解释即使由一个低级动物对人类做出来，但也能超越高级智慧。狄克先生内心的智慧就被一种真理所照亮（如果这样说不过分的话）。

在狄克先生闲下来的多数时间里，他重新享受了陪博士散步的特权，为此他还很骄傲了一番。其实在坎特布雷时与博士散步已成了他的习惯。但自从出现情况后，他比往常起得更早，以便腾出更多的时间来陪博士散步。如果说以前博士给他读那部字典可以给他带来快乐，那么现在要是博士不从兜里拿出字典读给他听，那他就要苦恼了。每天就在我跟博士工作时，他便趁此空隙陪斯特朗夫人散散步，剪剪她心爱的花，除除花里的杂草，久而久之，他都养成了习惯。我敢说，他的话少得连一个钟头内也挤不出十句来，但他能保持恬静的心情使得这对夫妇间立刻心领神会。这对夫妇都知道对方喜欢这个人，而这个人也乐于与他们两个人交往，于是他成了连接他俩之间不可取代的桥梁。

一会儿，他带着让人难以捉摸的智慧跟博士散步，乐于听字典里深奥的字；一会儿，又拿着大喷壶，陪着安妮做事；一会儿又跪在那里，戴着手套穿行在小林子中间，小心翼翼地干活。他所做的每一件事，都可以看出带着想成为她朋友的微妙想法，这连任何圣人都无法表现出来。他拿着的喷壶喷出来的都是怜悯、真诚和爱慕。面对不幸，他永远也不迷失自己，从来都没有让那个倒霉的查理王来打扰这个花园。他视他的工作为一种快乐的服务，自始至终地坚持着。在这期间，一旦发现有什么做得不妥的地方，他就立即表现出想改正的态度——想想他所做的一切，再看看我费劲的努力，真为自己以前觉得他心智不全而感到羞愧。

"特洛，只有我最了解他，再也没有任何人了解他了。"我跟姨奶奶说到这件事，姨奶奶就得意地告诉我，"狄克还要好好地表现一下他自己呢。"

这一章就要收尾了，我有必要说说另一件事。在维克菲尔德先生家的那段时间，我注意到，每天早晨尤来亚都要收到两三封信。大家都离开了海盖特时，尤来亚还没走，所以他这段时间还是比较闲的。这些信都是米考伯写的，信封写得规规矩矩的。那时候，米考伯越来越像个老练的律师了。这些零零碎碎的事告诉我，米考伯先生现在过得不错。没想到米考伯那位和气的太太给我写了一封信，这令我大吃一惊，信中写道：

我亲爱的科波菲尔先生，收到这封信一定会令你大吃一惊吧。读这信你会更吃惊的。而那些请求你不要对别人说的事，则更使你吃惊。为人妻母的我，此刻需要安慰，

可是我又不愿意告诉我的娘家人（米考伯先生早就与他们翻脸了），我所认识的人中，你是我以前的房客，又是我的朋友，没有谁能更好地给我安慰了。

你大概也知道，我亲爱的科波菲尔先生，我跟米考伯先生一直都有着良好的相互信任的精神。偶尔米考伯先生有什么事不跟我讲，也就是关于期票或者具体债务期限的事，这也确实发生过。但总体来讲，米考伯先生对他这个还是很有情的妻子并没有想瞒过什么。每天晚上我们睡觉之前都会将当天发生的大事回顾一下。

所以，我亲爱的科波菲尔先生，你能想象得出在我告诉你米考伯先生跟以前完全不一样时，我是多么的难过。他常常保持沉默，对我有所隐瞒。在他这个同甘共苦的人——他的妻子——的眼里，他的生活变得像谜一样难以捉摸。我可以大胆地告诉你，对于他的生活，我除了知道他每天都待在事务所以外，其他的什么也不知道，我觉得我对南方那个人的生活了解得都比他多（孩子们都讨论他唱凉李子粥的故事），我是想借这个民间传说说明一下事实而已。

我要说的还没完，米考伯先生不像以前那么好脾气了，他越来越粗鲁了。他跟大儿子和大女儿都生分了，也不再对两个双胞胎引以为豪了，甚至对那个刚来我们家的那个客人也冷眼相对，事实上那人跟谁都无冤无仇。我们家的日常开销已经节俭得不能再节俭了，可是一跟他要钱，他就恐吓我们说要了结自己。对于他为什么要这样做他却只字不提。

这是叫人难以忍受的，也是伤透人心的。你能想象得出我这束手无策的无助，在这危难的时刻，要是你肯帮帮我，请告诉我怎么办才好。我知道你已经很多次对我伸出了援助之手，这将是又一次。孩子们向你问安，这个侥幸却还不懂事的客人也向你微笑。

正受危难的爱玛·米考伯
周一晚间，坎特布雷

对待像米考伯这样身世的太太，最好的方法就是劝她用爱心耐心地感染他（我也清楚不用说她也会这样做的）。我就没对她多做劝告了，看过这封信，我老是牵挂着她。

精彩点拨

尤来亚的阴毒在本章体现得最为淋漓尽致。他讨厌斯特朗夫人，觉得是她让爱妮丝看不起自己，所以他要想方设法地毁了斯特朗夫人，他一方面把自己知道的斯特朗夫人和麦尔顿先生的事情告诉了大卫，然后拉着维克菲尔德先生找到了斯特朗博士，假装自己是好心告诉了他夫人和麦尔顿先生的私情，还故意让博士去误解维克菲尔德先生和大卫。他这种不顾一切的报复心理让人害怕，真是一个典型的小人。

番石榴

　　番石榴是一种适应性很强的热带果树。原产美洲热带，16—17世纪传播至世界热带及亚热带地区，约17世纪末传入中国。我国台湾地区、海南、广东、广西、福建、江西、云南等地均有栽培，有的地方已逸为野生果树。

　　番石榴味道甘甜多汁，果肉柔滑，果心较少无籽，常吃可以补充人体所缺乏的营养成分，可以强身健体提高身体素质。比起苹果，番石榴所含有的脂肪少38%，卡路里少42%。

　　番石榴还广泛应用于食品加工业，主要目的就是增加食品维生素C的含量，使食品的营养得以强化和提高。

　　番石榴既可做新鲜水果生吃也可煮食，煮过的番石榴可以制作成果酱、果冻、酸辣酱等各种酱料。在制作各种酱汁、水果沙拉、派、布丁、冰激凌、优格以及某些饮品的时候加入番石榴也能增加风味。番石榴既可以带皮也可以剥皮食用，食用前需将果实一切为二，可根据烹饪需要酌量加入。

第四十四章

> **精彩导读**
>
> 　　大卫的工作获得了一定的成就，他买下来早已相中的小房子。朵拉的姑姑同意大卫和朵拉结婚了，贝西小姐和朵拉的两个姑姑忙着为他们置办结婚的东西，皮果提也来了，帮他们收拾屋子，大家忙得不可开交。大卫和朵拉领了结婚证书，他们的婚礼在教堂举行，大卫的婚后生活会怎么呢？

　　放下笔，让我再一次回顾一下生平值得纪念的日子吧。往日在眼前重演，我站在一旁看着自己的身影；它们影影绰绰地从我身旁走过。

　　周复一周、月复一月、季复一季地相继而去。但这些日子好像只有夏日的白昼或冬日的夜晚。我跟朵拉经常散步的那块公共场地，今天还是遍地花开，金光灿烂，明天这里的石南就被掩盖在一片白雪之下。我们周末经常散步的那条小河，在夏日阳光的照耀下，银光闪烁，一转眼到了冬季，一阵寒风袭来，或是吹起层层涟漪，或是一堆一堆的冰块儿漂浮荡漾着，河水向大海奔去，它翻滚着，明暗交替着，来势比往日更猛烈些。

　　还有那两个像鸟一样的女人，她们的家丝毫没有发生改变。火炉前方的时钟依旧发出嘀嘀嗒嗒的声音，墙上的晴雨表依旧挂在原处。我们对时钟和晴雨表所显示的信息不曾怀疑过，尽管这两样东西从来没有准过。

　　我二十一岁了，依法律规定，我正式拥有成人的尊严了。不过这是任何人都会有的尊严。让我总结一下我已经取得的成就吧。

　　那个狂野而神秘的技巧已经被我驯服了。我还因为这项技术不小地赚了一把。因为我把这项技术掌握得不错，受到了很高的评价，我就跟另外十一个人给一家晨报记录会议辩论内容。每个晚上，我都要记下那些不可能实现的推论和宣言，还有些只会让人越来越迷糊的解释。每天我都要在这些文字间翻来覆去。在我面前，不列颠——那个倒霉的女性——像只被束缚的鸡一样（她的翅膀被官府们用像利刀一样的文笔穿了起来，她的手脚被官腔的文章捆了起来）。我站在这幕后，把这政治生活的意义看得一清二楚。我对从事政治的人的信心已经荡然无存，而且永远也不会再现。

　　特拉德尔，我亲爱的朋友，也尝试过吃这行饭，但他并不适合干这行。他坦然地面对了失败，还跟我说，他向来觉得自己反应有点慢。偶尔，他也为这家报社做点事，收集一些干枯的事件概要，然后再交给文思稍好的人去润色、加工。他取得了律师资格证书，通过勤奋刻苦积攒了一百英镑，并以此作为学费交给了一位契约师，跟他学习事务所的事。他出庭那天，用去了不少热红葡萄酒。从酒的数量可以推知，内院从中肯定获了不少利。

我已经开始尝试别的职业了。我提心吊胆地、谨慎地干起了写作这一行。我写了一点东西，没有告诉任何人就寄给了一家杂志社，结果我写的东西在杂志上登了出来。受到这件事的鼓励，我就打起精神写了不少小品文字。现在，我常常在这个职业上得到一定的收入。总体上讲，我还过得不错。我从左手开始，以手指上的指节来计算我的收入，我竟数到了无名指的中节了。

我们从白金汉街搬出去了，现在的住处就是我第一次心血来潮看中的那所离得不远的小屋。那是所幸福的小屋。我的姨奶奶将她在多佛的房子卖掉了，赚了不少钱。但她却执意不肯与我同住，而是在我附近租了一所小宅子。她为什么要这样？因为我要结婚的！一点不错，是这样的！

一点不错，我要将朵拉娶进门了！这已经得到了拉芬尼娅小姐和克拉丽莎小姐的许可。要是说金丝鸟也知道心神不安的话，那她们现在就是。拉芬尼娅小姐主动提起监督我的心肝儿的嫁衣制作，用褐色的纸剪剪裁裁，制作胸衣。好几次，她都跟一个胳膊下夹着包裹和尺子，看起来很体面的年轻人发生了争执。那段时间一个在我家吃住的缝衣匠老是把针呀、线呀插在胸前，任何时候都不拿出来，即使是吃饭、睡觉都别在身上。我的宝贝儿被他们当成了人体模具，她不时地被叫去试穿衣服。晚上，我们在一起的时候，隔五分钟就有一个女人来敲门叫朵拉上楼试穿，真是讨厌。

克拉丽莎小姐和我姨奶奶走遍了整个伦敦，一件一件仔仔细细地挑选家具，然后叫我和朵拉过去看。要是可以不让我们过目，直接让她们把东西买回来就好了。因为，那天我们去看炉栏和烤肉板时，朵拉碰巧看见一个中国式的小房子，房顶上系着个小铃铛，她一看就非常喜欢，要买回来给吉普当房子。吉普住进去后，发现不管是进去还是出来，都会引起小铃铛一阵响，每次都把它吓得惊慌失措。为了适应这个新家，它可费了一些日子。

皮果提也过来帮忙了。她的工作大概就是不断地清洁每一样东西。她把所有的东西擦了又擦，直到把那些东西擦得跟她那忠诚的额头一样光芒四射时才肯罢休。就是在那段日子里，在晚上黑暗的街道上，我看见她的哥哥孤苦无依地走着，边走边在来往的人流中张望。这种时候我绝对不会走过去打扰他。当我看到他伟岸的身躯向前行进时，我明白他寻找的是什么，他担心的又是什么。

我有时间的时候就抽空去博士院看看，意思一下。这天下午，特拉德尔一本正经地来找我，他为什么这副表情呢？因为我而可爱的梦想就要成真了。我很快就去领结婚证书了。

这个文件虽然很小，却很重要。当特拉德尔看见我放在写字台上的证书时，他认真地打量它，半是羡慕，半是敬畏。证书上印着大卫·科波菲尔和朵拉·斯宾罗两个名字，它们就像昔日梦想中的那样，甜美地连接在一起。证书的一角印着对人生中各种活动善意关怀的印花，就像我们的父母一样目睹着我们的结合。还有坎特布雷大主教印在上面的文字祝福，这是以最便宜的价格印的哦。

可是，我还以为自己在做梦，异常不可思议的、又欢喜又仓促的梦，真不敢相信我就要结婚了。不过我不信也不行了，因为在街头碰到的每一个人都多多少少地看得出，后天，我就要结婚

了。我们宣完誓了。那天，特拉德尔并不需要一定到场，但他还是来给我打气了。

"我亲爱的朋友，希望下次是我陪你来，"我跟特拉德尔说，"也是为着同样的事，而且就在不久的将来。"

"借你吉言，谢谢你，我亲爱的科波菲尔，"他说，"我也希望如此。想到她愿意等我，而且不管等多久都愿意，又想到她着实是个可爱至极的姑娘，我不能不感到欣慰。"

"你叫脚车接她没，几点？"我问道。

"七点钟，"特拉德尔看了看手上的老银表——是上学时，他曾把表里的轮子取出来用来做水车的表——说道，"那时候，维克菲尔德小姐也差不多到了吧？"

"她稍迟了点，是八点半。"

"我亲爱的伙伴，我对你发誓，"特拉德尔说，"你能得到这样幸福快乐的结局，我想想就觉得高兴，仿佛是自己结婚一般。你请苏菲来参加这喜庆的典礼，邀她与维克菲尔德小姐一道当伴娘，这样的友情，这样的关照实在叫我感激不尽。我能深刻地感受到这份情谊。"

我听着他说话，然后同他握手。我们还在一起散步、聊天、吃饭等。可是我无法相信这一切，这都像是做梦了一般。

七点钟，苏菲来到了朵拉的姑姑家。苏菲的脸很讨人喜爱——算不上美妙绝伦，但非常可爱——我从没见过那样和蔼、天真、坦诚的一张脸。特拉德尔很是骄傲地跟我们介绍她。他拉着我来到一个角落，当我祝贺他作了一个不错的选择，他两手在一起搓了有十分钟，头上的头发也都全体翘起来了。

从坎特布雷来的脚车上，我迎来了爱妮丝，我再次看到她那因为高兴而变得美丽的脸。爱妮丝对特拉德尔的印象不错。他们互相见面时，特拉德尔将他那最可爱的情人介绍给了她，当时他脸上放出的光彩，真让人觉得不好意思。

我仍然不能接受这是事实。那个晚上，我们过得很愉快，愉快得不得了！叫人难以置信！我难以做到心绪平静。我的幸福到来了，可是我却不能辨出真伪。我整天处于迷迷糊糊的状态，好像上次睡觉还是一两个星期前，那天，我早早起来后就再也没睡下。我说不清楚昨天有什么事。我觉得我口袋里的证书足足放了几个月了。

次日，大家一道去看房子——我们的新房——朵拉和我所有的——我也反应不过来我是这所房子的主人。我好像是受谁的邀请而来的，我等着真正的主人快点回来，然后对我说，欢迎我的到来。这所宅子很美，里面的一切都很美，而且是新的；地毯上的花儿图案像是刚采的，壁纸上的绿叶儿看起来就像是刚长出来的。还有洁白的沙质窗帘，蔷薇色的家具，小钉子上挂着的带有蓝结子的帽子（是朵拉游园时用的）——尤记得，初次见她，我就爱上了戴这顶帽子的她，竖在角落里的琴匣，以及吉普的"宝塔"屋，每个人进来都差点被它绊倒，这些东西塞得宅子满满的。

又是一个愉快的晚上，与前几个晚上一样的不可思议。在我走之前，我去了趟我常去的那间房间，但朵拉却不在，我以为她应该还没试完新衣服。拉芬尼娅小姐往里张望，然后神秘兮兮地告诉我，她来了。但她没有马上出现，一会儿我听见门外有沙沙的声音，接着是敲门声。

我回答道："请进！"但那个人还是敲个不停。

我就走过去，看看究竟是谁。眼前的这个人，眼光闪烁，脸蛋发红，哦，是朵拉。拉芬尼娅小姐叫朵拉穿上了明天的衣服帽子。我见了一把搂住自己的小妻子，却把帽子弄掉了，拉芬尼娅小姐小声地叫了一下，朵拉却哭笑不得。我如此高兴，就更不敢相信这一切了。

"大卫，我漂亮吗？"朵拉问我。

"漂亮！"我当然会觉得漂亮。

"你确定自己喜欢我吗？"朵拉说。

这个问题会让帽子再次遇到不幸，拉芬尼娅小姐又以尖叫声提醒我注意，看看朵拉就好，但是碰不得的。于是，朵拉就在那里站了一两分钟，神情恍惚地让我欣赏了一番。然后，朵拉摘下帽子——这样自然多了！——拿着帽子跑开了。朵拉出来时又换回平常穿的衣服。她追着吉普问，是不是让我娶到了一个漂亮的小妻子。她嫁人了，它是否感到高兴。然后，她跪在地上，教吉普站在烹饪书上，这将是她出嫁前最后一次这样做了。

那天，我回到附近的寓所，觉得更加恍惚。第二天早早地起来，骑着马去接住在海盖特大路的姨奶奶。

这一次，姨奶奶的着装打扮是我从来没见过的。她穿着紫色的绸衣，戴着白色的帽子，让人一看就感觉一新。珍妮帮她穿戴好后，在那里等着我。皮果提准备去教堂的观望台上，等着一会儿看我的婚礼。狄克先生将在神坛前将朵拉交给我，他已经把头发烫卷了。特拉德尔跟我说好了在旋门前见面，这时，只见他穿着浅黄和浅蓝色相间的衣服，让人觉得晃眼。他跟狄克先生一样，给人一种只有手套的印象。

毫无疑问，我是看到了这些的，因为我知道是怎么回事，但我又眩晕了，好像眼前什么都没有一样，我也不相信眼前有什么。不过，当我们的敞篷马车行驶过时，我突然怜悯起那些无缘参加这场神仙般婚礼，却只知道忙忙碌碌进出商店的人们，他们是多么不幸啊。

一路上，姨奶奶握着我的手不放。到达目的地时，前面的皮果提应该先下车，但她却捏了下我的手，并且送过来一个吻。

"愿主保佑，特洛！对自己的孩子，我也做不到像这样疼爱了。今天早上我还想起那个可怜又可爱的奶娃娃了。"

"我也想她。也想起你对我所有的好，亲爱的姨奶奶。"

"行啦，孩子！"我姨奶奶说，然后继续饱含热情地向特拉德尔伸出手，于是特拉德尔向狄克先生伸出手，狄克先生又向我伸出手，我又把手伸给了特拉德尔，我们就这样来到了教堂门前。

原本，教堂是宁静的，但它并没有感染我，反而使我像一架全力工作的蒸汽织布机。我无法保持镇静，大脑一片混乱。

接下来发生的便是一场断断续续的梦。

梦里，我看见他们领着朵拉走进来。教堂招待员将圣坛栏杆线内的我们做了一下排序，俨然像个教练。这会儿，我还在好奇，教堂招待员为什么一定由男人来担任呢？难道他们讨厌女人，还是宗教害怕快乐得到蔓延，就必须将令人厌恶的人赶到天堂上去。

梦里，教士和书记员来了。有几个船夫还有别的人也跟了进来，我身后的古船散发出刺鼻的甜

酒味。一个深沉的声音宣布了仪式的开始,大家的注意力都高度集中了。

梦里,作为交出我的宝贝朵拉的代替人——拉芬尼娅小姐哭了,她是第一个哭出来的人,她正向皮治尔致敬呢(我是这样想的);一旁的克拉丽莎小姐闻了闻提神散;爱妮丝陪在朵拉旁边;姨奶奶表面装得很严肃,其实早就流出眼泪来了;朵拉浑身发抖,回答的声音很微弱。

梦里,我跟朵拉一起跪下,朵拉握住爱妮丝的手一直没放开过,比起刚才,朵拉抖得不那么厉害了。整个仪式顺顺当当地完成了。仪式结束后,我们都带着激动的神态看着对方在圣器室里,我年轻的妻子想起过去的悲痛,为她那可怜的爸爸大哭。

梦里,她很快就恢复了笑脸,于是,我们将自己的名字写在登记簿上。我走上观望台,叫皮果提带她去签名。在人少的地方,皮果提抱着我说,当年我那亲爱的母亲结婚时,她也在场。直到一切完事,我们才离开了这里。

梦里,我热情洋溢地唤着我那可爱的妻子,非常骄傲地走下台阶。我们走过人群、讲台、纪念碑、座位席、洗礼盆、大风琴、教堂的窗子,一切都似乎笼罩了一层迷雾,朦朦胧胧的。迷雾中回荡着故乡教堂静谧的气氛。

梦里,我走过的地方总听见人小声地议论,一对年轻的新人儿,而她是个可爱的小妻子。回去的途中,大家都很兴奋,一路畅谈。苏菲告诉我们,当人们叫特拉德尔拿出证书时(我临时放他那儿),她紧张得要命,她觉得他会把证书弄丢了,或者被偷了。爱妮丝听了大笑起来,笑得那样开心。朵拉非常喜欢爱妮丝,她一直握着她的手,现在还是。

梦里,我们吃了顿早饭,桌子上有好吃的、好喝的、美味的、营养的,我还是那样,吃不出也喝不出一点味道来。可以说,我以为自己吃的和喝的都是爱情和婚姻。即使是食物,我也一样不相信它是真的。

梦里,我梦游般进行了一番演说,说了什么我一点也不知道,但可以叫人确定的是,我并没有说什么。我们在一起相处得很开心,很温馨。我们给吉普吃了点喜饼,不过它吃了并不太舒服。

梦里,我们租好了车。朵拉离开了一下去换衣服。我姨奶奶和克拉丽莎小姐与我们在一起,我们一边散步,一边等她。今天早餐时,我姨奶奶做了一番演讲,使得两位姑姑受了感动。她现在可开心了,都有点自负了。

梦里,朵拉准备好了。拉芬尼娅小姐同她一道出来,一刻都不愿意离开这个给她带来快乐的、漂亮的玩偶。朵拉告诉大家一连串惊人的发现,又是说这个忘了,又是说那个也忘了,然后大家各自散开去寻找忘了的东西。

梦里,等到朵拉不得不向人们道别时,他们都簇拥过来。我的爱人被这些人围得透不过气来,好不容易才走出人群,然后投入了我的怀抱,而那时,我早已在一旁嫉妒了。

梦里,我打算抱吉普的(它跟我们一起来的),可是朵拉不答应,非要自己来抱,说以免让它以为她不喜欢它了。她的结婚会让它难过的。我们胳膊挽着胳膊往前走,朵拉忽然停下来转过头说:"忘掉吧,要是有我得罪的人或是对不住的人。"说完又哭了起来。

梦里,我们继续向前走,她摇着可爱的小手。忽然她又停了下来,跑向人群中的爱妮丝,完全不顾旁人的存在,最后一次吻了吻爱妮丝,并在此向她道别。

梦醒来时，我跟朵拉已经同坐在一辆车子里了。这时我才完全相信了。坐在我旁边的正是我日思夜想的可爱的小妻子。

"我的傻孩子，现在你觉得幸福吗？"朵拉问我，"你确定自己不会反悔吗？"

这些往日的影子——从我身边掠过。我刚才正在一旁观看着这些都已成为过去的影子。还有漫长的故事需要我继续讲述呢。

精彩点拨

梦境的叙述手法写出了大卫结婚时的心理和精神状况。在进入教堂之后，大卫就觉得自己的结婚过程就是一场断断续续的梦。梦里，他看见他们领着朵拉走进来，看见他的妻子朵拉的一举一动以及周围人们的欢笑。梦醒来时，大卫跟朵拉已经同坐在一辆车子里了。这时大卫才完全相信了。坐在他旁边的正是我日思夜想的可爱的小妻子。这场梦写出了大卫极度幸福的感受，他终于和他亲爱的姑娘结婚了。

阅读积累

洗 礼

基督教的入教仪式，通过礼仪表示入教人对基督的信仰，并被接纳为教会的成员。最早源自《新约》施洗约翰在约旦河给耶稣洗礼，基督教认为洗礼是耶稣基督亲自规定的重要礼仪。

洗礼分为点水礼和浸水礼。行礼时主礼者口诵经文，用水浸、浇或洒把水滴在受洗人的额上，或将受洗人身体浸在水里，表示赦免入教者的"原罪"和"本罪"，并赋予"恩宠"和"印号"，使其成为教徒。点水礼即施行圣礼的牧师将祝福过的水用手点在受洗者的前额，而浸礼则是在施行圣礼的牧师主持下，将受洗者全身浸入水中。中国教会存在这两种方式，无论哪一种方式，其效用及意义完全相同。

按照基督教的要求，接受洗礼的人，必须真正悔改，明白基督教信仰的基本道理，一般要参加教会一年以上的礼拜聚会，并接受教会专门针对拟受洗慕道友举办的培训班，通过信德考察，确认合格后，方可参加教会举行的洗礼。洗礼必须由经按立的牧师或由牧师授权的经按立的长老设身施行。

第四十五章

> **精彩导读**
>
> 大卫和朵拉的婚后生活被雇用的仆人弄得一团糟，大卫希望朵拉能够学着管管家务，但朵拉认为大卫不喜欢自己了，于是他们吵架了。贝西小姐劝告大卫，婚姻是两个人自己的事，对待朵拉要有耐心。在以后的生活中，大卫包容着朵拉，可是大卫心里也为之苦恼，大卫的婚后生活能幸福吗？

蜜月已经结束了，女方代表也回家了。这时小房子里只剩下我和朵拉两个人。我突然有种奇妙的感觉，如果说以前两个人恋爱是件有趣的工作，而我现在就完全失业了。

将朵拉永远留在我身边了，这是件多么不可思议的事呀！我不用出门就能看到她，也不需要再为她感到苦恼，也无须再给她写信更不用想方设法跟她幽会了。这是多么神奇呀！夜晚，我坐在那里写作，当我偶尔抬起头时，便能看到她就坐在我面前，我索性放下笔，倚着椅子想，这是多么离奇呀，我们自然而然地可以独处了——没有人再可以干涉我们了——当初我们定下婚约时的梦幻都已经束之高阁了，就任它去吧——我们不再需要征得任何人的同意了，只需要在乎对方——一辈子，只要在乎对方就够了。

遇到会议中有辩论时，我就要在外工作到很晚才能回家。当我徒步往家走时，想到朵拉在家中等我，我便立刻感到非常奇怪。我们要吃晚饭时，她轻轻地来到我跟前，跟我说话。见到她出现，起初我还感到难以置信。当我发现她裹头发用的是硬报纸的时候，我又感到很奇怪。而亲眼看到她确实做着这些事，实在是天大的惊奇。

关于家事料理，要说两只鸟儿比我这个可爱的人儿知道得少，我是无论如何都不相信的。所以我们雇用了一个仆人帮忙管家，就是现在，我还在心里想，这个仆人是克鲁普太太的女儿乔装混进来的。因为这个玛丽·安为我们制造了不少苦恼。

玛丽·安姓帕拉公，在我们雇她的时候，有人告诉我她的性格犹如她的姓。她的品行证明书写得像份宣言一样长。证明书上证明她无所不能，包括我所知道的和我从未听过的，她都会。这个女人，正当强壮之年，面孔严肃，身上（特别是两个胳膊上）长满麻疹，从来都没好过，还有火红的溃疡。她有个表兄，是禁卫军。她表兄的腿老长老长的，就像是下午照出来的人影。他的短军衣与他不合比例，军衣太小了，同样，对于这个宅子他显得太大了。本来这宅子就不大，他一来就显得更小了。我们的墙壁比较薄,有时候晚上,只要听见厨房发出连续不断的呼噜声,就可以知道他又来过夜了。

我们的这个活宝是撒谎不喝酒的。所以我们在煮水罐底下看到她时,我只好以为她的羊癫疯发作了。当我们的茶匙变少了的时候,也只好认为是倒垃圾的顺手拿走了。

可是,我们实在是拿她没办法。她使我们认清,由于我们本身缺少经验,所以我们没办法独立起来。要是她有那么一丁点的仁慈之心的话,我们倒愿意把事情交由她管。但她偏是个不但没有仁慈之心,而且很残忍的人。就是因为她,我与朵拉之间第一次闹得不愉快。

"我生命的全部,"有一天,我跟朵拉说,"你觉得玛丽·安的时间意识强吗?"

"怎么说起这个,大卫?"朵拉停下手中的画,天真地看着我。

"我的心肝宝贝,我们应该是四点吃饭的,可是现在都已经五点了。"

朵拉看了看钟,默不作声,像是在说钟走快了。

"我的宝贝儿,事实并非如此,"我看着自己的表告诉她,"相反的,它还慢了几分钟。"

我的小妻子来到我跟前,在我膝盖上坐下,然后哄我不要说话。还用画画的笔往我鼻子中间画了一笔。应该说这很逗趣,可是该吃饭还是不能免啊。

"我的宝贝儿,"我又说了,"你觉得,是不是该说说玛丽·安了?"

"啊,不行,我不要!对不起,大卫!"朵拉说道。

"我的心肝儿,干吗不能说呢?"我小声地问她。

"因为我像只鹅一样笨,"朵拉回答我,"她清楚我这点。"

"啊呀,你这个不听话的孩子,看看你的额头,又有了难看的皱纹了!"

朵拉坐在我腿上,一边说一边用笔描那些皱纹。然后又用笔涂自己的樱桃小嘴,把它画得很黑。就是这样的事,她也特别用心,我忍不住笑了起来。

"这样才乖嘛。"朵拉说,"要这样笑才会好看。"

"可是我的宝贝儿……"我又说了。

"别,别!求求你别这样!"朵拉吻了我一下,继续说,"别学那个不听话的蓝胡子!可来真的啊!"

"我的宝贝夫人,"我说道,"有些事,我们不能马虎对待。过来,坐这把椅子,我们俩挨着的!把铅笔给我,好了,我们正儿八经地商量商量。你懂的,亲爱的,"我握着她的小手,多么可爱的一只小手,还有多么漂亮的小婚戒,"你懂的,我的小宝贝儿,要是饿着肚子出门干活,是很不舒服的。对吧?"

"对啊——"朵拉说这话不怎么用心。

"我的宝贝儿,你怎么发抖,还这么厉害!"

"你会骂我的,对不对?"朵拉可怜地说。

"我的心肝儿,我们是在讲道理。"

"讲道理比骂人更坏!"朵拉几乎绝望地叫起来,"我跟你结婚不是为了来听你讲道理的。我是个可怜的人,要是你一开始就打算跟我讲道理才结婚,你干吗不提前通知我,你这个残忍的

骗子！"

我想让她平静下来，可是她摇着头，不让我看她的脸，还说："你是最最残忍的骗子！"朵拉一连说了几遍，我实在不知如何是好。我在房里走了几个来回，心里难以平静。然后我又回到朵拉身旁。

"我的心肝宝贝儿！"

"不是的，我不是你的什么心肝宝贝儿。你在后悔跟我结婚，是不是，要不然你也不会在这里讲什么道理！"朵拉喊道。

朵拉竟然这样责难我，而且还是不讲道理地责难我，这终于给了我发脾气的胆子。

"好，我亲爱的朵拉，"我说道，"这样说太孩子气了，你说的话没有道理，你知道吗？如果没说错，你应该记得，昨天晚上我饭还没吃完出门的时间就到了。还有前天，我匆匆忙忙吃了顿饭，而且牛肉还是半生半熟的，闹得我肚子不舒服。今天就更过分了，我根本就没有饭吃——现在我连早饭的事提都不敢提了，也不知道要等到什么时候——就是等了很久，连口水都没得喝。我不是在怪你，亲爱的，这确实不是什么令人愉快的事。"

通过大卫叙述自己这两天吃的饭可知，朵拉对于管家这件事的态度。

"你是最最残忍的坏蛋，你在骂我是个不讨人喜欢的妻子！"朵拉哭了。

"朵拉，我的亲爱的。你明白，我从来没有说过那样的话呀！"

"可是你说是我让人感到不愉快了！"朵拉说道。

"我说的是家里的家务事令人不愉快。"

"那是一回事！"朵拉心里确实是这样想的，因为她都哭了，而且哭得那样认真。

写出了大卫对朵拉不会管家这件事的不知所措。

我对朵拉是又疼又爱，可是心里一团乱麻。我沿着墙在屋里走了一遍。发生这种事，我十分自责，稀里糊涂地想往门上撞。但我还是坐下来，说道："朵拉，我没有责备你的意思。还有很多事需要我们不断地去学习。我们的目的只有一个，亲爱的，我只想告诉你，你真该——你真的应该学学如何管理玛丽·安。而且，你也要学习着做点事（在这个问题上我绝对不能松懈），为了你自己也好，为了我也罢。"

"你竟然说出这样无情的话，我实在想不到，"朵拉说，"前几天，我听你说想吃鱼，为了让你高兴，我亲自跑了很远的路，弄了一点鱼来，当时你还吓了一跳，难道你不记得了吗？"

"我的宝贝，我的心肝儿，我明白那是你的心意，"我回答她，"当时你不明白我是多么感激你。虽然你买的是条鲑鱼——让两个人吃实在浪费，但我还是忍着没说。而且买条鱼就花去一英镑六先令也不是我们经济范围内的消费,这些话我都没说了!"

"你很喜欢吃,"朵拉哭着说,"当时你还说我像只小耗子。"

"我的爱人,我以后还会说你像小耗子的,"我告诉她,"我还要说上个一千遍。"

朵拉的心本来就很脆弱,再经我这样一伤,现在我怎么安慰她都不听了。她哭了又哭,哭得那样伤心,好像我真说了什么连我自己都不知道的话伤害了她。到此,我急急忙忙地出门了。那天晚上,我待到了很晚才回家。整晚,我都被一种悲哀的悔恨所笼罩。我像个犯了罪的凶手,罪大恶极,可是是什么样的罪状我却说不清道不明,这种感觉困扰了我整个晚上。

半夜两三点,我回到家,发现姨奶奶来了,就坐在那里等着我回来。

"姨奶奶,这么晚过来有事吗?"我不知如何是好,慌慌张张地问姨奶奶。

"事倒没什么。来,特洛,"姨奶奶回答我,"过来坐下。小花儿情绪有点不畅,我刚才陪了她一会儿,没什么别的事。"

我坐下,用手支撑着脑袋,静静地看着火,想着自己最光明的希望刚实现不久,就出现了这样的意外和不快。在我这样想的时候,姨奶奶的目光停留在我的脸上。无意中,我发现她的目光带有担心的意思,但很快就消失了。

"我对你发誓,姨奶奶,"我说道,"把朵拉弄成这样子我自己心里也不痛快。整个晚上,只要一想到这事我就难过。但是我没有别的目的,只是想和和气气地讨论下家务事而已。"

姨奶奶听了我的话点了点头,表示她理解。

"但是,特洛,你不能这样心急。"她说。

"对,姨奶奶,我没有不讲理的意思。"

"不是,不是。"姨奶奶说,"但是小花儿还是朵娇嫩的花朵儿,风不可以一下子来得太猛,要慢慢吹。"

姨奶奶竟是这样慈爱地对待我,我打心底感激她,我也敢说,她明白我的心意。

"姨奶奶,"我又望了望炉火,说,"你要是能经常给朵拉一点忠告和指导,会对我们大家都好,你不觉得吗?"

"特洛,"姨奶奶有点紧张地说,"别啊!别跟我提这样的要求。"

她说得那样的恳切,我都吃了一惊,抬起头来看她。

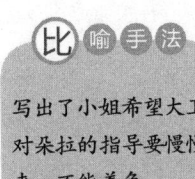

比喻手法
写出了小姐希望大卫对朵拉的指导要慢慢来,不能着急。

"孩子，回首我的一生，"姨奶奶跟我说，"想想那些入土了的人，我应该跟他们中一些处好关系的。要问我有什么理由去责备别人婚姻中犯的错误，那可能是因为我曾在这方面犯过严重的错误，我是在责备我自己。不管了，任他去吧。许多年前，我粗暴蛮横，固执不讲理，而且我现在一点没改，以后我也依然如此。但是，特洛，咱俩之间还是有点好处的——我的亲爱的，不管怎么样，你对我是有好处的。相处了这么多年，我们之间不应该闹得不开心。"

"我们之间闹得不开心？！"我叫道。

"孩子，孩子！"姨奶奶摸着自己的衣服说，"你们俩的事，我一旦插手，即使不说什么，也会很快使我们之间出现问题的。我会把我们的小花儿弄得不快乐。但是我希望我们共同喜爱的孩子也同样地喜欢我，希望能过得像只快乐的蝴蝶。还记得你母亲改嫁的事吗？千万别把你所隐藏的不幸强加给我和她。"

很快我就理解了姨奶奶的意思，她说得有道理。我看得出来，她对我这位亲爱的妻子带有怎样一份宽厚的感情哪！

"日子还长着呢，特洛，"她继续说道，"一天是建不出罗马来的，但你也不能以为一年的时间就够了。你按照自己的意愿选择了她，"我隐约看到，<u>她的脸上浮过一层乌云</u>，"你选择的是一个非常讨人喜爱、非常热心的人。你的任务是（我也知道这是你的幸福，我没打算做什么<u>长篇大论</u>）当你当初选择她时，以她所具有的品质来看待她，不要对她没有的品质做出评价。有必要时，你可以在她身上塑造她以前不具有的品质。但是，要是做不到的话，孩子，"说到这里，姨奶奶停下来揉了揉鼻子，"你就不要在那些没有的品质上要求什么。我亲爱的，你不要忘记了，你们俩的未来只是属于你们两个的，别人只是旁观，努力要靠自己的能力，像你们这两个单纯的林中婴儿，婚姻就是这么回事，愿主保佑婚后的你们，特洛！"

姨奶奶在说这番话时，不紧不慢，态度轻松。说完她吻了我一下，又追加了一句祝福的话。

"那好了，"她说道，"给我准备好我的小灯笼，我要从花园的小路回我的房子，你送送我？"在我们的小房子中间，有一条通往那个方向的小路，"送完我，你替贝西·特洛伍德跟小花儿打个招呼。特洛，无论你打算怎么做，千万别妄想把贝西当作吓唬小鸟的稻草人。因为我在镜子里看过她，她那张脸确实够吓人，够可怕的。"

姨奶奶边说边用一条毛巾扎头。在这种时候，她常常用毛巾把头扎起来。然后我将她送出门，送到花园里，她没让我再送，我往回走

神态描写

写出了贝西小姐对大卫婚后生活的担忧。

词苑撷英

长篇大论：滔滔不绝的言论。多指内容烦琐、词句重复的长篇发言或文章。

时，她举起小灯笼给我照路，我看了她的眼睛，觉得她的目光有着忧郁的意味，但我当时的心思不在这上面，而是在她刚才的那一番话上，我也很为那番话感动。事实上，这是第一次靠着自己的努力来面对我们共同的未来。我没有得到任何人的帮助。

朵拉在迎接我，因为不会再有人来了，她直接穿着拖鞋。看到我，她就伏在我的肩膀上，哭着说一开始自己太任性，而我又太残忍。我保证，我也跟她说了意思一样的话。就这样，我们和好如初了，而且互相约定，这次小小的争吵是第一次，也将是最后一次，哪怕我们会活到一百岁，也不会再发生第二次争吵。

在家务上，"仆人们的责难"成了我们的第二个考验。玛丽·安的表兄躲在我们家的煤窖里，有一天他被他所在的武装部队逮出来了。当时我们大吃一惊。他后来被手铐铐着，被他所在的部队派一种方队带走了。这种方队使我们的前园丢尽了颜面。发生了这种事，我最终决定解雇玛丽·安。但令我们感到惊讶的是，她走时却十分平静，后来才知道，她之所以这样并不是她拿了工钱，而是因为顺手带走了茶匙，而且还以我的名义背着我们跟一些商人借过钱。后来有一位奇吉布里太太在我们家做过一段时间。我敢说，在肯特郡，没有人比她住得更久了。她如此虚弱，连我们给她安排的基本工作她都完成不了。于是我们不得不解雇她，后来又找到个小宝贝来代替她。之所以说是小宝贝，是因为她为人温和，但是她每次端着茶盘上下楼梯时，她总也免不了摔跤，动作还像跳水运动员一样，连茶杯也一同摔向客厅。这个倒霉的人总要制造一些损失，无奈，我们必须辞退她。在她之后也来过几个，但都是这样不实用的家伙。最后雇用的那个人，长得还挺体面，也很年轻，但她竟敢私自拿朵拉的帽子，戴着去格林威治市场。在她以后，我就不记得了，反正一律都是以失败告终。

我所打交道的人，好像无一例外，都在欺骗我。我们一在商店出现，就意味着商店将要把恶劣商品拿出来，比如，我们要买只龙虾，那么那只龙虾定是注了水的；我们要买肉，那买回来的肉也被烤得咬不动；我们就算买面包，面包也是看不到什么皮的。为了弄清楚烤肉的技巧（烤熟了，但又不会焦），我亲自查阅烹饪书。书上说要按照一磅肉十五分钟的标准去烤。但是实行起来，总是因为这样或那样想不到的原因把肉烤得不是焦黑焦黑的就是鲜红鲜红的。我们总也做不到两者之间的结果。

我相信，比起成功，我们在失败上所用的钱要多出来许多，我是有根据的。我查看了商贩的账本，记录中，我们所买的奶油，足够我们将地下室铺一层还有余。我们用去的胡椒数量也是惊人的。不知道国税册上记录的胡椒销量有没有增加，要是没有的话，那么一定有家庭没有买到胡椒。然而最不可思议的是，我们家里还是一无所有。

有时，洗衣服的女人把我们的衣服当掉了，然后又喝得醉醺醺地跑来跟我们道歉。而我又相信，谁也难免出现一两次这样的事情。还有烟囱突然着火，教区前来募捐，教堂执事代表说假话，我也觉得都是难免要经历的。但是忽然之间我发现雇了个酒鬼，这实在是件倒霉的事。在我们的账本上，关于啤酒有许多莫须有的记录：比如"科太太——0.25磅甜酒汁""科太太——0.16磅丁香酒""科太太——一杯薄荷酒"。科太太指的是朵拉，这好像说明她把这些使人兴奋的东西都喝下去了。

起初,我们也弄点居家宴请之类的活动,像邀请特拉德尔过来吃顿饭就是其中之一,其实也就是顿便饭。他答应得很爽快,我便写信告诉朵拉,说特拉德尔要来家里访问。那天的天气令人神清气爽,我们一路上说说笑笑,聊的都是我的幸福家庭生活。特拉德尔听得津津有味,还表达自己也特别想拥有一个像这样的家。那时候,苏菲每天在家静候他,为他准备饭菜,他觉得那时他的幸福就毫无缺憾了。

我当然不希望有一个比我的娇妻更可爱的人坐在桌子对面,不过每当我们坐下时,我却希望能多一个人的位置。我也想不通是为什么,虽然只有我们两个人,可还是感觉到拥挤。不过等到找东西的时候,我又觉得地方太大了,大得我要的东西总是找不到。我怀疑这是因为屋里所有的东西都是流动的。当然也有例外,那就是吉普的高塔屋总是放在原来的地方,不过它也毫无例外地总是挡着大家常走的路。那一天,特拉德尔随便一个转身就有可能会碰到吉普的屋子,朵拉的琴匣、画架,以及我的写字台,他被困得晕头转向,我都快认为他能否用刀子和叉子了。不过他到底是脾气好,他跟我说道:"科波菲尔,这里跟海洋一样,很宽阔!我发誓,很宽阔!"

我还有一个愿望,就是吃晚饭时,希望别再鼓励吉普上桌子了。即使它不会去踩盐或者融化的奶油,它上桌子也是不像话的事。那天,它爬上桌子,就开始扑向特拉德尔,甚至跑过去踩特拉德尔的碟子。它仿佛觉得自己是专职监督特拉德尔的。它是如此大胆,如此固执,叫得谁也没机会开口说一句话了。

但是我知道朵拉心地软弱,要是说出看不起她的宝贝的话,她会很敏感,所以我就什么没说了。出于同一原因,望着地上散落的碟子,东倒西歪地像醉酒了一般的调味瓶,极乱摆放的碟、罐子,搞得本来就活动不便的特拉德尔再一次陷入窘迫的境地,不过我还是忍着没说。摆在我面前的是炖羊腿子,我仔细看了一下,竟然发现它长得怪模怪样的——想不通,难道卖羊肉的垄断了世间所有的残废羊?不过,我将所有的思想都悄悄埋在心里了。

"亲爱的,"我问朵拉,"放在那个碟子里的是什么东西呀?"

朵拉冲我做了个可爱的鬼脸,好像想吻我,不过我不知道为什么。

"亲爱的,那是蚝子。"朵拉小心地回答我。

"这是你的主意吗?"我笑着问她。

"嗯,大卫,是我的意思。"朵拉回答说。

"这个主意太好了,再也没有比这个更好的了!"我放下手中的刀叉叫了起来,"特拉德尔最喜欢这个了。"

"我也这样想,大卫,"朵拉说,"我特意买了一小桶,满满的。那个卖蚝子的人说,这个很好吃。但是——我有点担心它有点问题,它们有点不对劲儿。"朵拉说到这里把小脑袋摇了起来,眼里的泪花都快掉出来了。

"很简单,把壳掰开就行了。"我说道,"亲爱的,我们把上面的壳掰掉。"

"我试了,但是不行。"朵拉一边做出用力的样子,一边难过地说。

"科波菲尔,你懂的,"特拉德尔笑着观察那道菜说,"我看这是因为这家蚝子都是优质的;但是我又想,可能是因为——它们根本就没有被剖开过。"

是的，蚝子根本就没被剖开，但是我们又没有剖蚝子的刀，即使有，我们也不知道怎么用呀。没办法，我们只好吃着羊肉，看着蚝子。不管怎么样，羊肉熟了的部分还是要吃的。要是我任由特拉德尔的话，为了表达他此次赴宴的满意，他定会学一次真正的野蛮人，把羊肉生的部分也一起吃下去。但是我绝不会让我的朋友在友谊的祭坛上做这样的牺牲，碰巧橱里还有一点冷咸肉，所以我就换了咸肉吃。

　　一开始，我这可怜的小妻子还以为我会发脾气，因此她感到非常难过。不过当她后来并没有看到我发火时，她又高兴得不得了。我压抑的不快也随之消失了。总体来说，那个晚上我们过得还算愉快，我跟特拉德尔互相敬酒，朵拉把她的胳膊搭在我的椅子上，一有机会她就凑到我的耳边，小声地说，你真好，你已经不再是那个残忍的大孩子了。我们喝完酒，她就开始给我沏茶，她沏茶时，像在摆弄木偶一样，一举一动那样迷人，我看得都忘记茶是否好喝了。然后我跟特拉德尔打了两局牌，那时候，朵拉就在一旁和着大弦琴唱着歌儿。忽然我想起来了我与朵拉的订婚，这仿佛是一场激情的梦。还记得，第一次听她唱歌的那个晚上，天还没亮呢！

　　特拉德尔要走了，我就送了他一段。当我回到客厅坐下，我的夫人也把椅子移到我的旁边。

　　"我感到抱歉，"她说道，"大卫，你想想办法教导教导我吧！"

　　"朵拉，我在教导你之前，我也要被教导一番，"我说，"爱人儿，我跟你一样，都很糟糕呢！"

　　"哦，可是你能学得好，"她接着说，"你的脑袋瓜非常灵活！"

　　"胡扯，小耗子！"我说道。

　　"我也希望如此，"我的小夫人老半天都不说话，然后又问我，"我想到乡下，跟爱妮丝住上一整年！"

　　她环抱着我的肩膀，我的手正好托着她的下巴。她看着我的双眼，我看见，她的眼睛是蓝色的。

　　"为什么要这样做呢？"我问她。

　　"我相信，跟她待在一起我可以学习很多的东西，那样我就可以进步一点了。"朵拉说。

　　"我的爱人，这个时候不适合。你要明白，在她还是个很小的小孩时，她就担起照顾父亲的担子了，这么多年了，她一直这样，就像我们今天所看到的爱妮丝一样。"我告诉朵拉。

　　"我想要你叫我所希望听的那个称呼，你愿意吗？"朵拉坚定地问我。

　　"叫什么呀？"我笑着问她。

　　"就是那个很傻的称呼，"朵拉甩了甩头发，说，"娃娃妻子！"

　　我再次笑着问她，怎么会想到这样称呼，我用胳膊搂着她，使她的蓝眼睛离我更近一些，但是她却并没有动。

　　"你真笨，我的意思不是让你只叫我娃娃妻子，朵拉还是朵拉。我是希望你把我当作娃娃妻子。如果哪天我惹你发怒了，你要提醒自己，'别跟娃娃妻子计较什么！'如果哪天我做了让你的希望落空的事，你就对自己说，'我早看穿了，她只配当娃娃妻子！'如果哪天你发现我无论如何都不能成为你所希望的样子（我恐怕不会实现了），你就告诉自己，'我的娃娃妻子虽然笨了点，但是她很爱我！'事实上，我的的确确很爱你。"

一开始我是随随便便和她聊聊的，就是谈到这时，我也是很随意的。但想不到，她竟然会摆出这样认真的态度，不过她天性心肠软，我跟她说了几句真心实意的话后，她就开心得不得了，刚才眼睛里还泪光闪闪，现在又换上了笑意。后来，我发现她真的是我的娃娃妻子了。她在吉普的塔屋外的地板上坐下，不停地摇着铃铛，以此来惩罚刚才吉普不规矩的行为，吉普却懒懒地趴在屋里面，不屑于理会这样的挑弄，只是探出脑袋眨巴着眼睛。

朵拉跟我提的要求给我留下了深刻的印象。那段时间发生的事也一一浮现眼前，历历在目。我祈求，从那往日朦胧的迷雾中能看得到，朵拉那张无邪的脸再次转向我。我仍然可以告诉任何人，当时说的每一句话都时时刻刻印在我的脑海里。也许我没有充分理解那些话，因为年幼，缺乏经验，但是我绝对不会把那些天真的轻声细语当作耳旁风。

经过一段时间，也没有多久，朵拉跑来告诉我，她就要着手管理家务事了，一位伟大的管家就要诞生了。<u>她把写字板上的字迹擦得干干净净，学会了削铅笔，还买回来一个大的账本，打算用来记账。那本被吉普踩着玩的烹饪书已经被撕得乱七八糟了，但她学会了用针把它们缝合起来，还下了一番功夫去学习上面的技术，用她的话来讲，很是下了一番功夫。</u>可是那些记录的数字却依然秉性不改，不肯相加。有时候，她辛辛苦苦刚在账簿上记下两三个账后，吉普就第一时间摇着尾巴跑过来，在上面踩踏，然后记下的账又被抹得不清楚了。不管怎样，她每次都把自己右手的中指深深地印上墨汁，这是唯一不变的后果。

列举削铅笔、缝书等事件，真实具体有力地说明朵拉要管理家务了，很有说服力，读者便于理解。

有时候，晚上我在家里写文章——那时候我已经常常写文章了，而且不知不觉地以作家称呼了——我的娃娃妻子就在一旁努力地学习，这时候我就放下笔看着她学习。首先，她拿出买来的大账簿在桌子上放下；然后长叹一口气；接着，翻出上次吉普干的好事还叫吉普自己过来看看，结果，她又把心思转移到了吉普身上，又开始惩罚吉普，用墨水把它的鼻子抹黑。接着又开始对吉普进行训练，叫它像狮子一样在桌子上躺着——这是吉普的训练项目之一，但我可看不出它做得像狮子——要是碰到吉普心情好的话，它就照着做。做完这些她才肯开始拿笔写字。她拿起第一支笔，却发现上面有毛。然后她又换了一支，可是这支笔往外冒墨水。她只好又换了一支。还没写几个字，嘴里就开始嘀咕："天哪，原来这支笔还会讲话的啊，这样会吵着大卫的！"她觉得这样写也是白做工。然后她拿起账单，往"狮子"身上压,假装要把它压扁,接着干脆把账本扔在了一边。

当她心里很静的时候,就认真地来看看写字板或一个蓝色的小账单或者别的什么东西(不过,我看着那些东西像卷头发的纸)。她那样认真地看,仿佛想从中发现什么。她把手头上的东西仔仔细细、认认真真地进行一番比较,然后又在写字板上写写擦擦、擦擦写写,一边不断地数着左手指头。她被弄得那样苦恼,那样丧气,看起来十分不痛快,本来光亮的脸蛋慢慢地失去了光泽——仅仅是因为我——我看在眼里,痛在心里,于是我慢慢地来到她的身边。

动作描写
写出了朵拉写账单的苦恼。

"朵拉,怎么了?"

朵拉抬起眼睛,露出绝望的表情,回答说:"我没办法叫它们听我的话,相反,它们闹得我头都大了。"

我就哄着她:"我们一起,再来算。朵拉,我示范一次给你看。"

于是我开始演算给她看,刚开始她看起来注意力还很集中,可是还不到五分钟,她就觉得累了。为了清除自己的疲劳,她又是把我的头发卷起来,又是把我的领子翻过来,然后再观察我脸上有什么反应。要是我阻止她的举动,还在继续讲的话,那她马上表现出害怕而悲哀的样子。她越来越沮丧,往日那种天真无忧的样子又浮现在我的脑海,再想想她不过是我的娃娃妻子,我竟然责怪起自己。我只好放下笔,拿来六弦琴。

尽管我要面对很多工作,也有很多烦心的事,可是出于同样的原因,我都隐忍了。这种做法对于她是好还是不好,就是现在看来我也难以下定论。但是我明白我为什么要这样做,只因为她是我的娃娃妻子,我翻查着心中记下的陈年往事,彻彻底底把我心中的秘密记在这本书里。

我知道,曾经不幸失去的东西或者说缺乏的某些东西,都在我的内心占着一定的空间,但它们并没有影响我的生活,把我的生活弄得更痛苦。在天气晴朗的日子里,我独自旅行,空中弥漫着夏日的气息,我想是因为旧日天真的魔法所致。我明显感觉到,我还有些梦想没有实现。但我又觉得那些东西不可以强带到今天的生活,它们是旧日的光辉,应该慢慢地熄灭了。有时候,我有那么一瞬间曾经设想,我有一位智慧的妻子,她的认识比我更深刻,她可以给我可参谋的意见,她能改善我,并且会支持我。她能弥补我的不足。可是我又觉得这样的幸福太过完美,世上怕不曾有过,而且以后也不会出现。

想象手法
写出了大卫内心对朵拉不会管家务的不满之情。

我还年幼,是个稚气未脱的小丈夫。这本书记录了我所有的顾虑,所有的心肠变得仁慈的经历,除此之外,再也没有别的了。要是

我曾经犯过什么错误，那也是因为我误解了爱情，缺少了经验而犯的。书中所写的，无一虚言。因为现在对它遮掩是毫无意义的。

正因如此，我独自将生活中的苦果和忧虑包揽了下来，不让任何人与我一起分担。我们的生活日复一日，并没得到改善，家里还是那样，摆得乱七八糟的，但是我渐渐习惯了这样。朵拉见我不再苦恼，她也不那么烦恼了。于是她又变得快乐、幸福，天真的样子就像以前那样。她还玩以前的那些玩偶，并且从中感到快乐。同时，她也深爱着我。

当辩论的记录任务变重了——不是指质量要求高了，事实上，记的这些东西都大同小异，而是要记的东西多了——我不得不推迟回家的时间。但每次回来她都还没有睡，只要一听到我回来的脚步声，她就立即跑下楼来迎接我。晚上，有的时候，我不用做我的辩论记录，就在家里写文章。无论我写到多晚，她总是安静地坐在我旁边陪伴我，她安静得常常让我以为她都睡着了。但当我看她时，她都一如既往地、静静地看着我。

"哦，辛苦了这孩子！"有天晚上，我写完文章打算收拾写字台时，我看了她一眼，她也正看着我说道。

"也可惜了眼前的这位姑娘！"我说道，"而且这才是真的。我的爱人，以后别等我了，你先睡去吧。你等得实在太晚了。"

"我不要，别催我睡！"朵拉请求着我，"千万别催我睡！"

"朵拉！"

她搂着我的脖子，竟然哭了起来，我真感到意外。

"我的亲爱的，这样弄得我不舒服！别这样！"

"不，很舒服，我就要这样！"朵拉哭着说，"我要听你说，你答应我陪着你，看着你写文章。"

"呵，那双蓝眼睛在深夜里是那样的美丽！"我对她说。

"真的很美丽吗？"朵拉终于笑了，"听到你这样说我太高兴了。"

"你这小家伙，真虚荣！"我说道。

但我明白，这不是虚荣，这只是她小小的欢喜，因为我的赞美而产生的欢喜，并无害处。她还没说这话之前，我心里就很清楚了。

"你觉得好看，你就是在告诉我，我能留在你身边看你写文章了。"朵拉说道，"它们真的很美丽吗？"

"非常非常的美丽！"

"那就留下我，让我看你写文章吧！"

"可是朵拉，你留下来并不能让它们更美丽呀！"

"可以的！因为这样在你静静地思考这个、思考那个的时候，就总也不忘思考我。我想跟你说一句话，非常傻的一句话——从来都没有这样傻过的一句话——你不会生气吧！"朵拉靠在我的肩上，从侧面偷偷地观察着我的表情。

"那是什么话，那样傻？"我问她。

"我想帮你拿待用的笔。"朵拉说,"在你一丝不苟地花几个钟头写文章时,我想在其间做点事。哦,可以帮你拿待用的笔吗?"

我告诉她可以,她一听脸上就开了花。每当想起那张脸,我就觉得眼泪快要涌出来了。从那以后,我一坐下来开始写文章,她就拿着待用的笔坐在她上次坐的地方。她知道自己的工作跟我也有了联系,她是那样骄傲。每当我用完笔向她要一支新笔时,她都表现得无比快乐。这就又给我提供了新的方法来哄我的娃娃妻子开心。很多次我都是有意跟她要笔。有时候,我告诉她,有一两页的稿子需要抄一份,需要她帮忙,这可乐坏了朵拉。为了完成这项不平凡的任务,她要穿围裙,要走进厨房拿出一块布铺在胸前,防止被墨水弄脏,下了好一番的功夫。她还不断地停下来冲着吉普笑,似乎她想什么,吉普都知道。抄完了,她非要签上自己的大名不可,说这样才叫完成任务。完成了任务,她一本正经地交给我,那样子像个学生交考卷。我接过抄的作业,对她大加赞赏,然后她就把我的脖子又搂又抱。在别人眼里,也许这些小事都微不足道,可是对于我,却都是感动得流鼻涕、流眼泪的回忆。

抄完稿子,她又拿来所有的钥匙穿成一串,放在一只小篮子里。然后在自己的腰上系着,在屋子里里外外、上上下下地观察着,钥匙也跟着发出叮叮当当的声音。我常常看见,这些钥匙所开的锁是开着的。它们几乎派不上用场,只是用来被吉普当玩具。不过,朵拉高兴这样,朵拉高兴我也就高兴了。虽然是装模作样地管理家务,但她对此颇有成就感。似乎我们的这所住宅只是供我们游戏的,她乐此不疲地这样想着。

我们的生活就这样一天天继续。朵拉很爱我姨奶奶,都快不亚于爱我了。常常她们在谈心的时候,朵拉告诉过姨奶奶好几次,说自己以前很怕她,担心她是"一个不讨人喜欢的老家伙"。可姨奶奶对朵拉很宽厚,比对任何人都要宽厚得多。姨奶奶想逗吉普开心,但吉普却从不领情。每次来,姨奶奶都要听朵拉弹琴,但我看,她未必喜欢音乐。见到家里那些不管事的仆人,姨奶奶从来都不发脾气,尽管她已经被他们气得够呛了。她会走很远的路,寻找朵拉喜欢的小东西,然后她就把那些小东西买回来。她来的时候要经过花园,只要看不到朵拉在屋里,她就会喊:"小花儿呢,快出来!"

这叫声响彻整个屋子,谁听了都觉得幸福。

精彩点拨

大卫的妻子朵拉是一位"娃娃妻子",她什么都不懂,两人婚后的生活并不理想。朵拉的容貌很美丽,但头脑简单,像一个"洋娃娃",她完全不懂家务,把事情弄得一团糟。大卫对她的劝说使她感到惊慌失措,惴惴不安,她总觉得她跟大卫差得太远了。即使贝西小姐的劝解使大卫想明白了,但是大卫也感到"我现在这种快乐,永远缺少一点什么"。

禁卫军

　　禁卫军是禁军的俗称。禁卫军是皇帝身边的最高保卫人员，是在皇帝身边的贴身护卫，是皇帝在受刺杀时的优先警卫人员。禁卫军通常是精锐中的精锐部队，是从军队中精挑细选出来的。要求政治可靠，军事技能过硬。

　　周代天子的禁卫军名曰"虎贲"，诸侯的禁卫军名曰"旅贲"。据《周礼·夏官·虎贲氏》记载，王在出行时，虎贲在前后警卫；王休止时，虎贲宿卫王的行宫。王在国，虎贲守卫王宫。国家在遇到大敌、大丧等非常事变时，虎贲守卫王门。此外，虎贲还可以跟随士大夫出使四方，或在道路不通时奉征令之书向四方传达。

　　按照比较宽泛的定义，清代的禁卫军包括守卫皇宫的侍卫亲军，驻守北京的满族八旗禁旅，甚至主管京师治安的步军统领所属绿营部队。严格意义上的禁卫军是指清政府在立宪运动风起云涌的时代背景下，仿照普鲁士军事制度建立的一支近代化的宫廷卫队。

第四十六章

> **精彩导读**
>
> 　　斯特朗博士的岳母马克兰太太经常以斯特朗夫人安妮的名义提出一些要求。安妮和博士都很痛苦，狄克先生向大卫请教如何帮助博士夫妇，让他们重归于好。博士立下了把财产都给安妮的遗嘱，这样安妮对博士说出了马克兰太太和麦尔顿先生对博士的利用，而自己从没有背叛过博士的事情。博士以后会怎样对待他们呢？

　　有一段时间我都没有到博士那儿去了，不过我们常常能碰到面，因为我们住得很近。有过两三次，我们聚在他家吃饭或者喝茶。老兵住在了博士家，而且不打算走了。她没怎么变化，帽子上的两只蝴蝶还那样舞动着，它们永远都不会有被拿下来的时候。

　　马克兰太太，跟我所见过的其他母亲没什么两样，喜欢追求娱乐，这点可比她女儿爱好多。她需要不断地以娱乐消遣，但她总跟个老练的军人一样，拿她的女儿做借口，借机参加各种娱乐活动。结果是，在博士想方设法取悦安妮的时候，这位特别的母亲高兴得不得了。为此，她毫不保留地夸赞博士的细致入微，体贴温柔。

　　但是我敢说，马克兰太太的行为无形中在博士的伤口上撒了一把盐。马克兰太太虽然年岁已高，但她的行为仍然表现得欠缺思考，自私自利（这种表现并不一定随年龄的增长相应消失）。每次博士想出什么法子来减轻安妮生活上的沉重感时，马克兰太太就一个劲儿地表示同意。于是，博士那本来就敏感的心变得更加敏感了。博士越来越认为自己是一个束缚他太太的茧，并且他们之间的感情越来越缺乏沟通了。

　　"我的亲爱的，"那天，我在他们家，听见马克兰太太对博士说，"你要知道，老是把安妮关在家里，会把安妮闷得发慌，这是一定的。"

　　博士一脸仁慈，冲她点着头。"等到安妮上了我这把年纪时，"马克兰太太一边摇着扇子一边说，"那时候，情况就不一样了。只要几个高雅的人陪陪我，外加一个桌子和几副牌，就算你把我关在监狱里不让我出来，我也不会急。但是你要清楚，我跟安妮不是一样的人。"

　　"知道，知道。"博士说。

　　"你这个人，确确实实不错，但我要说句抱歉的话！"看到博士示意她别往下说了，她又这样说，"我要亲自对你说，你确确实实是个不错的人。在你的背后，我也是这样说的。但是，你也确

确实实——我没有胡说吧——跟安妮在爱好上、想法上没有共同语言。"

"没有。"博士说道,声音里分明夹着一种悲哀。

"没有,本来就没有。"老兵附和道,"就比方说你那部字典吧。它能解释字的意思,有很高的使用价值。要是没有你约翰生博士这样的工作者,我恐怕今天要把意大利熨斗叫作床架了。但是别指望这部字典——更别说它还没有成形——能给安妮带来什么乐趣,对吧?"

博士摇头,意思说不会。

"所以呢,我很赞许你想得那样周到,"马克兰太太合起扇子来,还用它拍了拍博士的肩膀,"从这件事上就可以看得出,你还不算糊涂。你不像其他老人,妄想着让年轻人接受老年人的想法。你了解安妮的,你知道该怎么做。在这一点上,我感到非常满意!"

这些听起来像是恭维的话,实际上是在挖苦。博士的那张脸永远保持着忍耐,但此刻,他也流露出一丝痛苦的意思。

"所以,我亲爱的博士,"老兵一边殷切地拍着博士一边说,"任何时候,我都恭候你的指挥。好,请记住,我完全听从你的安排。我可以陪着安妮去歌剧院、音乐会、展览会等各种不同的地方,只要需要,我随时可以去,永远不会觉得累。没有什么能比履行义务更重要的了,我亲爱的博士。"

她这样说的,也是这样做的。再多的娱乐她都不会拒绝,从来都没有退缩过。每天,她都会在家里最柔软舒适的椅子上坐着,用单片眼镜看上两小时的报纸。她总能发现新的东西,而且断言安妮一定会喜欢。尽管安妮说她并不感兴趣,但是她的反抗是无效的。因为她的这位母亲总会拿出这样的话来劝她:"好了,我的安妮,我的亲爱的。我相信大道理你懂得比我多。我必须要提醒你,拒绝这个就是在拒绝斯特朗博士的好意。"

她总是挑博士在场的时候说,而那时,就算安妮有话要说,也会顾忌博士而憋在心里了。因此,她总被她母亲安排着去这里去那里。事实上,那些地方都是这位母亲想去的。

那时候麦尔顿先生已经很少过来了。有时候,他们邀请我姨奶奶和朵拉去做客,她俩也就接受前往了。也有的时候,他们只邀请朵拉。开始我还挺担心让朵拉一个人去不好。但想到那夜在博士家里发生的事,我的疑虑很快被打消了。我相信,博士说得没错,所以不好的事也就不多想了。

有时候,在我跟姨奶奶独处的时候,她边揉鼻子边跟我说,她无法解释清楚这件事。她但愿他们能得到更多的快乐。她说,在这个问题上,她相信我们的军友(她常常以此来代替那位老兵的称呼)不会提供什么帮助。我姨奶奶还说:"不说别的,只要这位军友愿意把帽子上的蝴蝶剪下来在五月一日那天送给打扫烟囱的人,当作祝福的礼物,这对于她来说,可以说迈出了开始懂事的第一步。"

她对狄克先生的信任是坚定不移的。她告诉我们,这个人的大脑里明显有了主意,但目前对他来说比较困难的是如何去支配那个主意,一旦学会了支配,他将名声远扬了。

狄克先生对姨奶奶的预言毫不知情,他还处于跟以前一样的处境,在博士和斯特朗夫人之间维系着一种微妙的关系。他并没有取得什么进展,同样他也没有什么退步,只是停留在原来的位置上,像建筑物一样牢固不动。实话实说,与其说我相信他会移动,不如说我相信他是建筑物。

然而，在我婚后几个月的一个晚上，两个姑姑把我姨奶奶和朵拉请去喝茶，我独自坐在客厅写文章时，狄克先生过来探望我，他还意味深远地清了清嗓子，说道：

"特洛伍德，跟我说几句话怕是要影响你工作吗？"

"哪里，狄克先生。"我说道，"请进来啊！"

"特洛伍德，"狄克先生握了握我的手，又用手指头挤着鼻子的一侧，说道，"我先不坐，我想跟你说个事儿。你了解你姨奶奶的事吗？"

"多少了解点。"我告诉他。

"世间再也没有比她更神奇的女性了，我的老弟！"

狄克先生像炮弹一样把这句话说完后，才庄重地坐了下来。我看得出，他这一次比以往任何时候都要严肃。

"那么，孩子，"狄克先生瞪着我问，"你能回答我一个问题吗？"

"任何问题。"我说。

"我的老弟，你是如何评价我的？"狄克先生两臂交叉着说道。

"你是个非常可亲的朋友。"我说道。

"感谢你这样说，特洛伍德，"狄克先生面带笑容，把腰稍弯向我，握着我的手，说道，"但是，孩子，我想说的是，"他的脸再次变得严肃起来，"在这一方面，你是如何评价我的？"他把手放在额头上说。

我一时答不上来，但很快他又说了几个字，给了我一点提示。

"不主动？"狄克先生说道。

"呵，"我含含糊糊地应了一声，"我恐怕，有点。"

"确实如此！"狄克先生叫道，好像听了我的回答，反倒高兴了起来，"就是，特洛伍德，他们从某个人的大脑里拿出一些烦人的事，又放在另一个人的大脑里，有一种……"狄克先生两手相对，迅速地打了几个转，然后又两手合拢，来回地搓，"就像我现在遇到的那种情况一样，唉！"

我们俩互相点了点头。

"总之一句话，孩子。"狄克先生放慢语调说，"我这个人，头脑简单。"

我本打算说点什么，纠正一下这句话，但是他却抢着没让我说。

"是这样的，我就是这样的人！她有意把我说成不是这样的人。我说这样的话，她又不理会我，可我就是这样的人，我自己心里清楚。许多年前，要不是她出手相救，那么老弟，我现在还被囚禁着，过着一种孤苦愁闷的日子。但是我想好了，我要负责她的吃住。我通过抄写所赚的钱，一分都没花过，它们全都被我存在一个箱子里。我已经在遗嘱里写了，要把我所有的财产都留给她。她将会成为一个有钱人了——她富贵了！"

狄克先生掏出一条小手帕，擦了擦眼，又认认真真地叠起来，放在手心一压，然后装进了衣服口袋里，好像小手帕里正收藏着我姨奶奶。

"特洛伍德，你是个读书人，"狄克先生说道，"一个优秀的读书人，博士是什么等级的学问家，什么级别的伟人，你是很清楚的。一直以来，他都拿什么来善待我，你知道吗？不是他的博

学,不是他的骄傲,而谦虚,谦虚再谦虚——就连像我这样头脑笨拙、思想简单、一无所知而又可怜的狄克,他都虚心交往。天空中,有云雀飞翔,我就找来一张纸,记下他的名字,借着风筝送上天空。他的名字,被风筝喜欢,让天空晴朗。"

我真诚地说,我们所给予的至高尊敬和无上评价,他都是当之无愧的。狄克先生听我这样一说,也非常高兴。

"他美丽的夫人,就像天上的一颗星星,"狄克先生说道,"会散发出光芒。我见过她散发光芒,真的。但是,"狄克先生把椅子移向我,一只手抓着我的膝盖——"有乌云遮挡,真的,真的有乌云遮挡。"

狄克先生的脸变得忧郁起来,我也报以一样的表情,同时对他摇着头。

"那乌云是什么呢?"狄克先生说。

他真诚地看着我的眼睛,像个孩子般急切地想知道什么。我便一字一顿,明白无误地告诉他:

"很不幸,他们之间出现了裂痕,"我回答道,"这种隔阂闹得有点不愉快,但是外人却不知道。也许这是他们年龄的悬殊所造成的,也可能是凭空出现的。"

我说一句,狄克先生就点一下头,当我说完了,他也停了下来。但是,他仍然看着我的脸,手搭在我的膝盖上,思考着我刚才所说的那一番话。

"博士在生她的气吗,特洛伍德?"片刻过后,他问道。

"没有,博士对她只有爱。"

"这样啊,那我就明白了,孩子!"狄克先生说道。

他在我的膝盖上拍了一下,往椅子上一靠,同时把眉毛尽量往上挑。本来他就挺疯狂的,现在又突然变得这样欢喜,那就更加疯狂了。像刚才突然欢喜一样,他又突然换回了严肃的表情。再次把身子往前一靠,又从口袋里毕恭毕敬地掏出小手帕,就好像这手帕代表的是我姨奶奶一样,说道:

"世上最神奇的女性,特洛伍德,怎么不想办法帮助一下呢?"

"他们之间的问题很微妙,很棘手,我不便于插于其中。"

"优秀的读书人,"狄克先生用手指头碰了我一下,说,"他怎么也不想想办法呢!"

"道理是一样的。"我回答他。

"这样呀,那我就明白了,孩子。"狄克先生说道。这会儿,他比刚才更加兴奋了,他站到我的前面,不住地点头,然后不断地拍打着胸部,让人觉得点头和拍打都快把他体内的空气赶尽了。

"一个疯疯傻傻的人,一个可怜的人,老弟,"狄克先生说,"一个思想单纯的人,一个扭扭捏捏的人,就是你现在看到的这个人,你清楚他!"他再次拍着自己,"那些神奇的人不愿做的事,我却要去做。我要试一下,孩子,我要设法让他们重归于好,他们会支持我的,他们不会骂我的。就算我要做的事是错的,他们也不会怪我的。因为我是狄克先生,谁会跟狄克先生计较呢?狄克先生太不起眼了!呼!"他带着轻蔑的神气呼了一口气,好像这样就把他自己这个人给吹走了。

我们听见花园的小门前有马车的声音,看来是姨奶奶和朵拉回来了,幸好,狄克先生差不多把他的秘密说完了。

"什么也不要说，孩子！"他把声音放低，说道，"就把这事全权交由狄克——单纯的狄克——疯疯傻傻的狄克——负责吧。在此之前，老弟，有时候我觉得自己能想出办法来，现在办法真想出来了。听了你跟我说的话后，我就有主意了，真的！"

狄克先生在这里又待了半小时，但对于那件事，他一个字都未提。不过，他时不时地暗示我，让我千万别把秘密透露出来，他的这个举动闹得我姨奶奶很不安。

我很好奇他的计划会带来什么样的结果。因为在他想出办法的那一瞬间，他的思维是那样清晰，他显现了一道奇特的光芒——对他们的怜悯自不必说，他向来是富有同情心的。然而，在接下来的两三个星期内，他那边没有任何进展，这让我吃惊不已。后来我就认为，要不就是他把自己的计划忘到了九霄云外，要不就是退缩了，因为他的心情总是飘忽不定。

有一天晚上，星空晴朗，我们打算散步到博士家，但朵拉不想出门，我只好跟姨奶奶一起去了。那是秋天，夜晚的气氛没有被辩论所扰乱。我们踏着秋叶往博士家走去，闻着秋叶散发出来的那种像布兰德斯通花园里的气味。记忆中，阵阵秋风叹息而过，似乎也带来了往日的不愉快。

来到博士家，暮色已经降临。我们看见斯特朗夫人正在往花园外走，而狄克拿着刀子帮园丁修理桩子。斯特朗夫人告诉我们，房子里有客人，博士正在接见他们，但很快他们就走了，希望我们等一会儿。于是，她领着我们在客厅的窗子前坐下。窗外的天色渐渐暗下来。我们是老朋友，也是老街坊，所以我们的访问并不在乎什么礼节。

我们坐下来，没过一会儿，就见马克兰太太急急忙忙地跑进来，手里还拿着报纸，气喘吁吁地问道："安妮，我的上帝啊，书房里有客人，你怎么不早告诉我呀！"

"亲爱的妈妈，"她不动声色地回答，"你没有问我啊！"

"可是我应该知道啊！"马克兰太太往沙发上一倒，又说，"吓死我了，我可从来没有被这样吓过。"

"这么说，你去过书房了，妈妈？"安妮问她。

"是啊，亲爱的安妮！"她带着强调的语气说道，"我就在刚才去的！我还看见那个大好人——请你们理解理解我的心情吧，特洛伍德小姐和大卫——正在立他的遗嘱呢。"

安妮连忙从窗外收回视线，转向她。

"就是现在，我的安妮，我的亲爱的，"马克兰太太把报纸放在膝盖上，铺得像桌布，一边拍着手一边说，"商量遗嘱的事，他真是个热心肠的、讨人喜欢的人，考虑得那么远！我应该把我看到的都告诉你们，这样不枉这位热心人——这么说他，他是当之无愧的——我要把我知道的都跟你们讲。多多少少你也了解，特洛伍德小姐，在这个家里，看报纸想找把椅子坐得去书房才行，只有那里有把椅子。所以当我看见书房里灯亮着的时候，就开开门打算进去。我看见，在桌子旁边博士的身边站着两个人，看起来像是上班族的人，一看就知道是从事法律工作的。'就这样，这就是说，'博士手里拿着笔说道——天啊，我可听见了他提安妮——'就这样，这就是说，我充分相信斯特朗夫人，并将我所有的财产留给她。'这个上班族中的一个人随声附和：'都留给她，无条件留给她。'听到这里，我这个当母亲的自然流露出感激之情，我的上帝，请原谅我！我在台阶上摔了一跤，然后匆忙地从食品贮藏室的小路穿过来了。"

斯特朗夫人将窗子推开,来到走廊上,在一根柱子上靠着。

"你们看,斯特朗夫人年纪轻轻他就能有这样的举动,是不是不由得叫人感动,特洛伍德小姐、大卫?"马克兰太太目光直直地看着安妮,说道,"这一切只是证明了我曾经的预言是没有错的。当年,斯特朗博士来找我,讨好着我,请求我把安妮嫁给他时,我就告诉过安妮,'亲爱的,依我看,日后你在生活上将不用愁基本的吃穿了。不用说,斯特朗博士做的,比我们想的多得多'。"

她话说到这里,铃儿响了,跟着传来一阵脚步声。客人们走出来了。

"毫无疑问,遗嘱办妥了。"老兵听他们说了一会儿话,说道,"他已经签字盖章了,多么认真的一个人啊。东西也发了出去,大家该安心了。就应该这样!多么聪明的一个人哪!我亲爱的安妮,我要去书房看报纸了,我要时时更新我的消息。特洛伍德小姐、大卫,你们也跟着我一道去看看博士吧!"

我们随着她一道来到书房,中途看见狄克先生在灯光不亮的地方收拾刀子。这会儿,姨奶奶愤愤地揉着鼻子,表示她对这位军友的不满。记不得那天是谁先进的书房,然后不知道怎么的,马克兰太太就在安乐椅上坐下了,而我和姨奶奶都站在门口(大概是姨奶奶看得比我清楚一些,她把我拽住,在门口停下)。但我记得,当时他用手托着头,静静地坐在那里。桌子上堆满了折叠书。这时,斯特朗夫人一脸苍白,轻轻地走了进去。狄克先生一只手扶着颤抖的斯特朗夫人,另一只手放在博士胳膊上。就在博士被这一举动弄得不知所措,茫然地抬头看狄克先生时,他的夫人一下子扑到他的脚旁,同时若有所求地举起手。她看着博士,那种眼神叫人永生难忘。马克兰太太被她的眼神吓得目瞪口呆,手里的报纸都被她扔向了空中。她的样子像是竖在"惊讶"号船上的一尊雕像——这已经是我想出来的最好的比方了。

博士顿时感到惊慌,但在他的脸上仍然看得到仁慈。当时的那一幕是:这位夫人不失尊严地面露祈求之意,狄克先生亲切地注视着她,而我的姨奶奶则在一旁窃窃私语"真是个疯子",她说这句话时充满诚意(她自豪地表示,她将他从什么样的苦难中解救出来了)。就在我写这些的时候,我不仅能在我的记忆中找出当时的情景,而且能看得出。

"博士!"狄克先生说话了,"看着吧,到底有什么说不开的呢!"

"安妮!"博士叫起来,"不要在我面前跪着!"

"我要!"她说道,"我请求,所有人都要留下来!哦,你既然是我的丈夫,又是我的父亲,请你打开天窗说亮话,解开我们之间的疙瘩吧!告诉我们,横在我们之间的到底是什么东西!"

此时,马克兰太太回过神来,终于知道发话了。她立刻拿出家门的尊严和母亲的骄傲,自负地叫起来:"安妮,你给我马上站起来,要不然我就认为你希望我发火。你这样没尊严的举动正在侮辱所有和你有关的人,请不要这样!"

"妈妈,"安妮回答她,"你说这些话是没用的。这是我与我丈夫之间的谈话,就连你也插不上嘴。"

"插不上嘴?"马克兰太太叫喊了起来,"连我都插不上嘴!你这孩子反了啊,谁给我倒杯水去？"

我的注意力都在博士和他的夫人这儿，所以听到这个请求时，我并未反应过来。同时，其他人对这请求也没做出任何反应。马克兰太太更是气急败坏了，一边吹胡子瞪眼，一边使劲儿地扇扇子。

"我亲爱的安妮，"博士心疼地抱着安妮，说道，"从我们结婚以来，要是时间使我们的生活发生变质，而且是不可避免的变质，那一定是我造成的，完完全全是我造成的，与你无关。但是，我对你的爱情和尊重是至死不渝的，我只是希望你能得到快乐。我掏心掏肺地爱你、尊重你，千万别这样跪着了，安妮！"

但是她并没有按照博士所说的去做，她只是这样看着他，然后靠近他，她把胳膊放在他的腿上，然后把头枕在胳膊上，说道：

"如果这里还有谁称得上是朋友的话，就请帮帮我和我的丈夫，站出来在我们的问题上说句话；如果这里还有谁称得上是朋友的话，就站出来点破我内心的那些疑虑；如果这里还有谁称得上是朋友的话，他要是知道问题的根结——我请求这位朋友站出来说说话吧！请站出来，这是在尊重我的丈夫，也是在关心我。"

可是一片沉寂，谁也没有站出来。最后，我经过一番痛苦的挣扎，站了出来："斯特朗夫人，有一件事，我一直保密至今，斯特朗博士曾一再请求我不要说出来，但是我觉得是时候点破了，再瞒下去，信任与体贴也将变质了，你的这番话解除了我的压力。"

她转过脸来看我，虽然她的表情没能给我打百分百的包票，但是我知道自己做得对，我不该再拒绝这张恳切的脸了。

"你的出手，"她对我说，"将会决定我们将来的和谐与否。你不会对我有所隐瞒的，我相信。你，或者是其他的什么人跟我所说的话，只会说明我丈夫心灵的高尚，这一点我从一开始就知道。至于你要说的话，如果对我来说是带有攻击性的，请不要在意。等你说完，我要由上帝作证，当着他的面坦白我自己的想法。"

她说得如此诚恳，我都忘记征求博士的许可了，就直接把那天晚上在这个房间里发生的事一五一十地说了出来。我说得很实在，当然把尤来亚·希普的口气稍加缓和了一番。就在我说话的时候，马克兰太太做着无法形容的瞪眼、尖叫和叹息。

我把话都说完了，但是安妮并没有马上说话，而是像上次一样低着头。过了一会儿，她将博士的手拿到胸前（博士还保持着原来的表情）亲吻起来。狄克先生慢慢地将她扶起来。她依靠狄克先生站着，看着她的丈夫——她的视线一直停留在她的丈夫身上——打算说话。

"现在，我要把我自结婚以来我所想的一切跟你坦白，"她说得很轻很小声，让人能感觉到她的乖顺和温柔，"刚才的事已经点破了，我要是再瞒着什么不说的话，我就不得好死。"

"别这样，安妮，"博士温柔地说道，"我的好孩子，我从来没有怀疑过你，别这样，我亲爱的，没必要这样。"

"非常有必要这样，"她同样温柔地说道，"在你这宽容忠厚的灵魂前，我不应该将自己的心封锁起来。上帝可以证明，我对你的爱和尊敬，日复一日，年复一年地加深、加重！"

"是这样的，"马克兰太太插了一句话，"要是我知道一点……"

"你不知道，你这个人净想着坏事，哪干过什么好事。"我姨奶奶气愤地小声说。

"应该由我来说，说得这么详细没有必要嘛。"

"妈妈，除了我的丈夫，别人没有资格来说有没有必要。"安妮始终看着他的脸，"我的丈夫愿意听我说，所以妈妈，要是我说了什么话惹你生气了，请不要怪罪我。老早以前，我就先尝到了苦头，而且常常受苦。"

"真的！"马克兰太太气急败坏地说道。

气急败坏：形容因愤怒或激动而慌张地说话、回答或喊叫。

"在我还很年轻的时候，"安妮说道，"我还是个孩子什么都不懂时，是这位像朋友一样的老师——是我先父的好友，我永远敬爱的人——耐心地教我认知事物。我所知道的一切事物，随便提起哪一件，都会让我联系到他。我脑中最早收集的东西，而且是珍贵的东西，都是经他的品格盖章封存下来的。我敢说，要是这些东西是由别人教给我的，那这些东西不可能给我带来这么多的好处。"

"她的母亲在这里什么都不是了！"马克兰太太叫起来。

"妈妈，我不是这意思，"安妮说道，"只是我看到他什么样子，就说什么样的话。我一定要这样说。等到我长大了，他在我的生活中依然扮演着重要的角色。他给我的关心让我感到得意，我依恋着他，带着爱慕之情、感谢之意，强烈地依恋着他。我无法说明他在我心中占有怎样的重要地位——我视他为父亲，又视他为老师。他给我的赞美与别人给我的赞美是完全不同的。如果，全世界都欺骗了我，但是只有他不会欺骗我。妈妈，你还记得，在你以伴侣的身份跟我提起他时，我是那样年轻，那样缺乏阅历。"

"这里的人，至少听我讲过五十次这件事了！"马克兰太太说道。

"那就给上帝一点面子，别再说了，拜托！"我姨奶奶小声地说。

"这个转变太大了，刚开始我还觉得自己损失太多了。"安妮的表情和语调依然没变，说道，"我心里很乱，很难过。我还只是个孩子，我很难过，一直以来我都对他抱有尊敬之情，而现在却发生了那么大的转变。可是无论怎么做，他都无法回到过去的样子。他竟然如此看得起我，我感到骄傲。于是，我们就结婚了。"

"是在坎特伯雷的圣阿尔菲什教堂举行婚礼的。"

"混账女人！"我姨奶奶说道，"你就不能安静一下！"

语言描写

写出了贝西小姐对马克兰太太的不满。

"无论如何，我都没想过，"安妮的脸红了，接着说，"我的丈夫会给我留下世俗的利益。在我这个年轻人眼里，我对博士只有尊敬之情，并没有庸俗的想法。妈妈，是你，就是你第一个误导别人那样猜忌我和我的丈夫的，让我跟我的丈夫受了那么多的冤屈。"

"是我！"马克兰太太叫起来。

"嘿，对呀，当然就是你！"我姨奶奶说道，"别扇了，我的军友，扇子是扇不掉的！"

"在我的新生活中，这是第一次不幸，"安妮说道，"在我所遭遇的不幸中，这也是第一次。这种不幸，在最近的日子里，接连不断。但是，并不是由于我的丈夫，宽厚仁慈的丈夫所猜疑的那个原因。我内心的所有想法、所有回忆、所有希望都与你紧密相连，任谁也分不开。"

她抬起双眼，两手合并，像神灵那样，美丽、纯洁。与此同时，博士也像她看他时那样，目不转睛地看着她。

"以前，妈妈自私地跟你多要钱，但请不要责备她，"她继续说道，"我相信，她的本性不是这样的，她不应该受到责备——可是，我的名义被他人滥用，胡乱地跟你提出要求；因为我的原因，你被他人愚弄；连对你非常关心的维克菲尔德先生都愤怒了，而你却还是那样的宽容。因为这些，有段时间，我一直觉得自己的爱情被别人非议成是用金钱作为筹码换来的——而于千万人中，恰巧卖给了你——正由于这种非议，我硬拖着你受了玷污，这本不应该由你来承担。尽管我的灵魂可以告诉别人，在结婚那天，我一生的爱情和名誉都找到了归宿，但是这种恐惧和苦恼仍然充斥着我的内心。那是一种怎样的滋味，我无人可诉——妈妈，你无法想象那种滋味。"

"所谓的一个家庭里，只有一个人。"马克兰太太说得眼泪都流下来了，"为了照顾这个家庭，这个人竟受到这种报答！我想，我成了野人了！"

"我完完全全觉得你是——而且是土生土长的野人！"我姨奶奶说道。

"然而，就是在这样的时候，麦尔顿，我妈妈最上心的麦尔顿，我的表哥，"她平静地说道，"我曾经喜欢他，非常喜欢他。我们曾经还是小情人呢。要是没有发生后来的事，也许我真的以为自己爱上

了他,然后我们会结婚。等到那个时候,真正的不幸就降临了。夫妻俩最大的差异,便是想法不一致,目的不相同。"

听到这一句话,就算我有心继续听她说,也控制不住自己在这句话上细细咀嚼,仿佛它里面包含什么特殊含义,而我没有发现。

"夫妻俩最大的差异,便是想法不一致,目的不相同。我和表哥一点共同语言都没有,"安妮继续说道,"我早就发现,我跟他谈不来。我那缺乏修养的心灵,犯了生平第一个错误,还是他把我从这样的冲动中解救出来的。我的丈夫,为我做了那么多事,就算我不因为他为我做的其他事对他感恩,那我也至少为了这件事对他感恩。"

她静静地站在博士跟前,用一种诚恳的语气说着,叫我听了着实感动。她动也不动地继续往下说。

"那个时候,他利用我,等着你慷慨地给他施舍,看到他这样势利的行为,我心里感到不畅快,觉得他应该去闯荡自己的世界。我认为,如果我是他,不管我将要面对什么样的困难,遇到什么样的阻挠,我一定会那样做。就在他打算前往印度时,我还算瞧得起他。那天晚上,在我知道他心怀不轨,虚伪忘恩时,我也看出,维克菲尔德先生看我的眼神有着另一层意思。第一次,我发现自己的生活被一种猜疑笼罩着。我感到周围一片黑暗。"

"猜疑,安妮,"博士说道,"没有这样的事,没有猜疑,真的没有!"

"我的丈夫,我心里明白,你从没有猜疑过我!"她接着说道,"那天晚上,我来到你面前,打算跟你坦白我这些日子里所受的耻辱。我知道,我一定要让你明白,他,我的亲人之一,曾在你的屋檐下,跟我说过一些本不应自他之口的话。他把我想象成那种懦弱、图钱财的人——当时,我发自内心的憎恶这句话,觉得它肮脏得令我呕吐。我把这句话一直藏在心里没说出来,一直到今天。"

马克兰太太往安乐椅上一靠,轻声叹出一口气,她用扇子遮住脸,好像打算一直躲着不出来了。

"打那以后,除非你在场,我才会与他说上几句话,要不我私下从不跟他说话,就是怕像今天这样跟你解释不清楚。他知道我怎样看待他,这已不是一两年。为了他的前程,你背着我给他安排好了才来告诉我,想给我意外的惊喜。可是你知道吗,正是这种做法使得我因为那些私密感到更加苦恼,这件事给我的压力越来越大。"

她慢慢地在博士面前跪下,尽管博士竭力去拦她,她还是跪下了。她眼含泪水,抬起头望着博士,说道:

"不要急着说话,先听我说完。我不管该不该这样说,就算这件事重演,我还是会选择这样做。我嫁给你,是出于往日我对你的感情,我对你忠贞不贰,可是这样的忠心却被误解。他们认为我的爱情是买来的,最要命的是,这样的猜疑竟被表面的假象所证实。你不会明白,永远不会明白,我的心里是什么滋味。我年纪还小,而我与妈妈在这个问题上想法不一致,所以没有人告诉我该怎么办。要是我在处理这件事时犹犹豫豫,对自己受到的屈辱有所隐瞒,那都是因为我尊敬你。我希望,我也能得到你的尊敬!"

"我的安妮,你有一颗纯洁的心!"博士说,"我的孩子,我的亲爱的!"

"不要慌,我还有几句话!我经常就这样想,这个世界上有那么多的人,无论你娶了谁,她们都不会像我这样给你带来麻烦，给你添加包袱的！她们或许会给这个可贵的家添彩加色。也许，你应该继续当我的老师或者我的父亲，我觉得自己配不上你的学识和才华，这种想法常常让我感到害怕。可是，我是那样尊重你（也希望你哪天能同样对我），所以一想到我该不该说出这些话，我就犹豫不决，常常话都到了嘴边却又被咽了下去。"

"安妮，那样的一天早照耀起来了！"博士说，"只能有一个漫漫长夜，我亲爱的安妮！"

"最后说一句！后来，我打定主意——坚定地打定主意，私下打定主意——把那个人的坏烂在肚子里，宁愿自己痛苦一点也不要让你知道。我亲爱的，我的好朋友，请你听我说最后一句。现在我已经知道为什么你最近发生改变了。在此之前，这样的变化曾经令我难过而担心，也让我回想起往日所担心的事——当把它们跟现实中的假相联系起来，我就更是如此了。现在，一件偶然发生的事使我知道了真相，但纵然我被误解，我对你的信任也不会被减少。我努力地向你回馈以爱情和尊敬，但我相信，这还是配不上你的信任，你的信任是无价的！但是，即使面对我现在所知道的事，我也敢抬起眼睛面对这张亲切的脸庞（这张应该受到父亲般尊敬、丈夫般爱慕的脸。这张神圣的脸在我年幼时，它像朋友一样亲切）庄严地宣布，那些有愧于你的想法从来没有在我脑海中出现过。我从来没有动摇过对你应有的爱情和尊敬！"

她搂住他的脖子，他把生满白发的脑袋倚在她的黑发脑袋上，黑白混杂。

"哦，我的丈夫，请你把我抱得紧一些！不要离开我，更不要说我们之间存有悬殊，就算要那样说也是我太不懂事，太幼稚。这种认识在过完一年又一年之后越来越明朗清晰，你于我也越来越重要。哦，我的丈夫，请把我抱得紧一些。要相信我们的爱情是经得住考验的，因为我们爱情的根基是建立在磐石上的！"

接下来，一片静默，趁这会儿，我姨奶奶沉稳庄重地走到狄克先生身边，然后抱着他来了个响吻。她这样做是适宜的，这是他该得到的名誉。我敢说，那个时候我看见他打算做一个金鸡独立的姿势，似乎这才够得上表达他内心的喜悦。

"你干得很棒，狄克！"我姨奶奶大加称赞地说道，"别再装出其他的样子了，你比谁都了解，我知道的！"

说完这话，姨奶奶拉住他的衣袖同时向我点头，示意我离开。于是我们三个没打招呼就溜了出来。

"不管怎么说，这下可给这个老兵带来了当头一棒，"回家的路上，我姨奶奶说道，"不说别的，光这点就值得我们高兴一番。回去我可得好好睡一觉。"

"我猜，她现在一定很难过。"狄克大发慈悲起来。

"说什么！鳄鱼哪里知道什么叫难过！"姨奶奶问道。

"鳄鱼确实不知道难过。"狄克先生温柔地回答道。

"要是没她这个老东西掺和，就不会发生这样的事了。"姨奶奶着重说道，"女儿嫁出去以后，希望她们的母亲就不要再掺和太多了，不要过分关切她们了。这些母亲好像认为，一个倒霉的年轻女人来到这个世界上——天哪，好像这个年轻女人是自告奋勇要来的——这些母亲唯一得到的好处就是任意胡来，折腾得她们痛苦不已而离开这个世界。你在干吗，特洛？"

我在想听到的每一句话，想那些句子——"夫妻俩最大的差异，便是想法不一致，目的不相

同。""我那缺乏修养的心灵,犯了生平第一个错误。""我们爱情的根基是建立在磐石上的!"但是我们已经到家了。被我们踩过的秋叶静静地躺在地上,秋风呼啸而过。

精彩点拨

马克兰太太,一个自私自利、贪图享乐、不顾亲情的女人。她利用斯特朗博士对自己女儿的爱,以自己女儿的名义提出各种各样的享乐的要求。不但如此,还夹杂在博士夫妇中间,故意让别人猜疑自己的女儿和其表哥的关系,让自己的女儿和女婿陷入痛苦之中。她以爱的名义不顾女儿的心理感受,从而获取自己的利益,这种女人必将受到贝西小姐等人的唾弃。

阅读积累

歌 剧

一般而言,较之其他戏剧不同的是,歌剧演出更看重歌唱和歌手的传统声乐技巧等音乐元素。歌手和合唱团常有一队乐器手负责伴奏,有的歌剧只需一队小乐队,有的则需要一个完整的管弦乐团。有些歌剧中都会穿插有舞蹈表演,如不少法语歌剧都有一场芭蕾舞表演。歌剧被视为西方古典音乐传统的一部分,因此和经典音乐一样,流行程度不及当代流行音乐,而近代的音乐剧被视为歌剧的现代版本。

歌剧最早出现在17世纪的意大利,既而传播到欧洲各国,一直到18世纪,意大利歌剧依然是欧洲的主流,而意大利歌剧的主流一直是正歌剧,直至格鲁克在18世纪60年代推出的"革新歌剧",以对抗正歌剧的矫揉造作。著名的18世纪歌剧巨匠莫扎特,少年时先以正歌剧起家,既而以意大利语喜歌剧,风行各地。19世纪中后叶则被誉为歌剧的"黄金时期",其中理查德·瓦格纳和朱塞佩·威尔第在德国和意大利各领风骚。而黄金时期过后的20世纪初,西欧歌剧继续演变出不同风格。而在整个19世纪,在中东欧地区,尤其是俄罗斯和波希米亚,国民乐派的崛起造就了当地和西欧平行发展的歌剧作品。

第四十七章

> **精彩导读**
> 　　我路过斯梯福兹家被达特尔小姐请了进去，她告诉大卫斯梯福兹又一次出走了，她还让李提默先生向大卫说了爱米丽和斯梯福兹离家后的事情，斯梯福兹抛弃了爱米丽，爱米丽不知所踪。大卫把这件事告诉了皮果提先生，他俩一起找到了玛莎，玛莎会知道爱米丽的下落吗？

　　有一天晚上，我想构思最近写的书——经我坚持不懈的努力，我写的文章得到了越来越多的肯定。受这样的结果的鼓励，我正尝试着写一部长篇小说——我一个人在外面散步，回来途经斯梯福兹的家，根据我对时间的模糊记忆，这时是我婚后一年左右。以前，我居住在这附近时，我常常要路过这里，但是只要我能不从这里经过，我就尽量不从这里经过。虽然我这样说，但是弯路绕圈子有时也不容易，因为其他的路并不好找。所以总体来说，我还是常常从这里经过的。

　　每次经过这里时，我除了往那个方向瞟一眼，就再也懒得做其他的事了。每次我看到那个宅子时，它都是阴郁沉闷的。宅子里最好的房子并没有临着街道，那些老式的窗子嵌着粗实的框子，本来就狭窄的窗子不管在什么情况下都不会打开，百叶窗也从来未拉开过，它们看起来总让人觉得不愉快，觉得它惨淡凄凉。在石子铺就的小院子里，有一道通往入口的走廊，但是这个入口却从来没有人走进去过。在一个造型独特的楼梯上，有一个圆形的窗子，与其他窗子不同的是，它没有被百叶窗遮得暗淡无光，但它仍与其他的窗子一样，透露出空旷无人的气息。在我的记忆中，整个宅子的灯都不亮。要是我不认识这家主人，只是个过路的陌生人，估计我会认为是哪位孤家寡人死在里面了。如果我走运对这所房子毫不知情，然后又常常看到它这般模样，我想，我定随着自己的想象，对它加以胡乱的猜测。

　　但事实上，我尽力不让自己去想它。只是我的大脑跟我的身体并不一致，我的身体走过去了，就把它置于身后了，但是大脑却常常止不住地对它浮想联翩。就在那个晚上，我又思绪翻滚，百感交集，眼前不断浮现现实与想象，它们交会混杂。我胡乱地幻想过去和以后，一会儿是未成形的幽灵带着希望而来，一会儿是依稀可见的身影随着失望而去。它们交织在一起，在我的眼前来来回回。在我苦思写作的时期里，那所宅子比我以前见过的任何事物都善于引起我的幻想。这次，在我快要走过宅子，开始我出神的幻想时，一个声音惊吓了我。

　　这是一个女人的声音。我很快反应过来，这个丫头是斯梯福兹夫人客厅里的那个。这次，她帽子上没有以前那个蓝色的绸带，取而代之的是一两个暗黑色的结子，打扮得叫人觉得十分不舒服。依我看，这八成是因为那个家庭气氛的改变才做了这样的调整，只有调整了才能适应那里的气氛。

　　"打扰了先生，你是否愿意进屋与达特尔小姐聊聊？"

　　"是达特尔小姐的意思吗？"我问她。

　　"是的，先生，但不是今晚说的。其实差不多啦！前一两天晚上，达特尔小姐在这里见过你，她就吩咐我坐在楼梯上等你，看到你就叫你进屋聊聊。"

　　我转过身跟她走进去。我问她，斯梯福兹夫人过得怎么样。这位领路人告诉我，她的主人不太好，她不大出门，大多数时间都待在自己的房里。

　　当我们来到宅子里，这个小丫头指着坐在花园里的达特尔小姐，叫我自己过去见她。我看见，她正坐在露台的一角俯视着整座城。当时，夜色沉沉，空中只露出一点死气沉沉的灰光。远处的景象，渐渐退去光亮，我在心里想，把这一幕给这个泼辣跋扈的女人当背景再合适不过了。

　　看到我走来时，她稍坐起身以示迎接。我觉得，上次我见到她时，她就够虚弱单薄了，但她现在更加如此了。而且她闪光的眼睛和因受伤而留下的伤疤也越发明显了。

　　我们见面时，都表现得不太热情。上次我们就是以恼羞成怒告别的，现在她脸上还带有那种鄙夷不屑的意思，而且都没想过要收敛一点。

　　"听说你有话要跟我说，达特尔小姐？"她示意我坐下，但是我在她旁边站住，把手撂在椅子背上，谢绝了她。

　　"打扰了，"她说道，"我想知道你找到那个女孩儿了没有？"

　　"还没呢。"

　　"怕是又一次出走了！"

　　她看着我，薄薄的嘴唇在颤动着，似乎急着开口大骂那个女孩子一样。

　　"出走？"我把她的话又说了一遍。

　　"对，从他那里出走，"她笑起来，说道，"要是到今天还没有找到，那就可能以后也找不到了，说不定她已经死了。"

　　她的脸上露出了一种我在其他地方从来没有见过的残忍，同时她还露出了一种得意的神气。

　　"想她去死，"我说道，"恐怕这是她同性之一对她所抱的最慈悲的想法了。达特尔小姐，很高兴看到时间改变了你那粗暴的脾气。"

　　她忍着没有理会我这句话，只是鄙夷地冲着我说道：

　　"这位受害的少女挺优秀的，她的朋友也是你的朋友，你老出面挡在他们面前，给他们当护卫，维护他们的利益。关于她的事，我们已经了解到一些，你想知道吗？"

　　"乐意听听。"我回答她。

　　她站起来，脸上挂着丑陋的笑，她往眼前不远的篱墙（用来分隔那边的草坪和菜地）走了几步路，提高嗓门喊道，"到这里来吧！"——似乎被她召唤的是头不清洁的畜生。

　　"我想，科波菲尔先生，你断不会把你这护卫的身份暴露出来，进行什么复仇行为吧？"她回过头来看着我说道，脸上依旧是刚才的表情。

我没理解她的话是什么意思，只是低下头没有回答。然后，她又说了："到这里来吧！"只见李提默先生穿着体面，随着她向这边走来。李提默先生彬彬有礼地向我鞠完一个躬后，站到达特尔小姐身后。在我们之间，有一把椅子，达特尔小姐就歪在那把椅子上看着我，恶毒的表情显出得意的神气（但是说也奇怪，这副神情却不乏女性的动人之感），看来她那"恶毒公主"的称号果然名不虚传。

"现在，"她并不看他，只是在旧日的疤痕上摸了摸，摆出一副高傲的神气说道（疤痕颤动起来，但这时怕是因为高兴而不是因为痛苦），"跟科波菲尔先生说说她是怎么逃走的吧！"

"好的，小姐，詹姆斯先生和我……"

"看着我干吗呀！"她打断了他的话，并且把眉毛皱了一下。

"好的，那，先生，詹姆斯先生和我……"

"请你也不要看着我说。"我说道。

李提默先生没有露出一点慌张的表情，反而不紧不慢地鞠了一躬，以向我们说明，只要我们觉得好，他照办就是了。然后他开始说：

"詹姆斯先生和我，加上她一直住在国外。从詹姆斯先生掩护了那个小女人逃离雅茅斯后，就开始住在国外了。我们去过很多国家，见识过各种风景，比如法国、瑞士、意大利，可以说无处不到。"

他将视线固定在椅子背上，似乎跟他说话的是那个椅子背。说完他用手在椅子背上轻弹着，似乎弹的是钢琴上的琴键，只是没有任何声音发出。

"对于这个小女人，詹姆斯先生投入了热切的爱。有一段相当长的时期，他异常安定。那段时期是从我开始伺候他以来见过的最安宁的时期。那个小女人的脑袋瓜相当聪明，她学会了各个地方的语言，要是不认识的人见到她，根本想不到她是从乡间来的。我观察到，无论我们走到哪里，她都非常受欢迎。"

达特尔小姐将一只手叉在腰间。我看见，他偷偷看了她一眼，然后暗暗一笑。

"不骗你，那个小女人真的非常受欢迎。可能是她穿的衣服，可能是空气和太阳的衬托，也可能是被大家重视，反正不是这个原因就是那个原因，使得她的优点自然而然地被大家注意到。"

在他稍作停顿时，她望着远方的景物，眼珠四处乱转乱瞧，她用牙咬住下唇，不让它胡乱颤动。

李提默先生从椅子上拿开手，用一只手握着另一只手，将身子的

彬彬有礼：彬彬：原意为文质兼备的样子，后形容文雅。形容文雅有礼貌的样子。

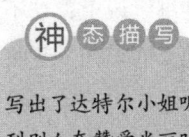

写出了达特尔小姐听到别人夸赞爱米丽时慌乱不安的心情。

重心放在一条腿上。他的视线向下移，体面的头偏向一方，同时向前微侧，继续说道：

"一段时间里，那个小女人，一直这样过着，只是偶尔会表现出无精打采的样子。渐渐地，我看到她无精打采的时候越来越多，因为这时詹姆斯先生也开始感到厌倦了，他们之间开始出现了不愉快。詹姆斯先生恢复了烦躁不安的脾气，而且越来越厉害，结果使她的脾气也跟着越来越糟。站在我的角度来看，可以说，那段时期，我夹在中间左右为难，度过得相当困难。不过，他们的感情还是可以在这里缝缝那里补补，勉强维持下去。算起来，我敢说，谁也想不到，他们还可以维持得那么久。"

达特尔小姐从远处将目光收回，又用刚才的表情望着我。李提默先生捂着嘴，体面地咳嗽一声，清了清嗓子，又换了另一条腿来支撑身体，说道：

"后来，大概他们之间发生了太多的争吵和责骂。有一天早上，詹姆斯先生从那不勒斯附近动身（因为那个女人说她喜欢看大海，所以我们在临海的那不勒斯买了幢别墅），表面上推说他一两天就回来，私下里却交代我跟她说，为了让大家过得好一点，他将……"说到这里，他停了一下，咳嗽一声，"再也不回来了。但是我要说，詹姆斯先生做事光明磊落。都这样了，他还为那个小女人着想，让她以后嫁给一个体面的男人，而且这个人能做到不计较过去。但按实际情况来说，那个男人又不能比她理想的人差，因为她的出身很卑贱。"

他再次换过支撑身体的重心，舔了下嘴唇。我敢说，这个恶毒的人在为自己说话。我可以在达特尔小姐脸上找到依据支持这种观点。

"有关这点，詹姆斯先生也交代我说出来。为了帮助詹姆斯先生解除困难，与那些为了他而忍受太多的亲人们和好。无论他要求我做什么，我都乐于奉献。因此，我身受这样的委托。我跟那个小女人说穿了所有的事，等她明白过来事情的真相，随之而来的便是令人猝不及防的狂暴。我将吃奶的力气都用上了，才将她制止住。要不然，就算她没有拿刀自杀，或者没有来得及往海里跳，那她也要把头往云石做的地板上撞。"

坐在椅子上的达特尔小姐表现出欣喜的神色，好像恨不得将这个家伙所说的每一句话都揽入她的怀中加以爱抚。

"我身受委托，当我告诉她詹姆斯先生的第二个交代时，"李提默先生不安地搓着手，说道，"那个小女人跟别的女人不一样，她非但不把这个主意看成恩惠对此千恩万谢，反而原形毕露，闹得比谁都凶。她的行为到了一种难以置信的恶劣程度。她比石头或木头更硬、更呆滞，她不知感恩、不知忍耐，毫无理智可言，要不是我有意防备着，我敢说，我已经被她送往黄泉路上了。"

"正因如此，我更加敬重她了。"我气恼地说道。

李提默先生低头轻语道："先生，你会吗？但你到底年幼不懂事。"

他继续说道："不多说废话了，反正那段日子里，我清除了所有她能够得着的、能伤及她自己和其他人的东西，我将她软禁起来，严加看管。尽管我做了这么多，她还是趁着夜里逃走了。她扒开了我亲手钉上木条的窗子，从窗子里跳下去，落在蔓生的葡萄藤上逃走了。从此，我四处打听，却没有一个人说见过她。"

"估计她死了吧。"达特尔小姐说道，脸上露出一种笑，好像她看见了那个无辜女孩的尸体，正要往上面踢一脚。

"我猜她是跳水自尽了，小姐，"仿佛达特尔小姐给了他一次对话的机会，李提默先生连忙答道，"非常有可能。不然她就是被哪个船夫或船夫的妻子救了。生来就是下流社会的人的她，总喜欢到海滩上找他们闲谈。她甚至，达特尔小姐，她甚至坐在他们的船边，特别是詹姆斯先生离开后，她就把整天整天的时间用来在海滩上度过。詹姆斯先生告诉我，有一次，她跟孩子们在一起时，听见她说她的父亲是个船夫，还听她说，很久很久以前，她可以在自己国家的海滩上游戏玩耍，跟他们一样玩得尽兴、快乐。当时，詹姆斯先生就因为这事闹得很不高兴。"

哦，爱米丽！苦命的爱米丽！仿佛我眼前出现一幅图景：在遥远的海滩上，有一群跟爱米丽儿时相像的孩子围着她坐着。这边，是一种细小的声音叫她母亲（如果她嫁给了哪个穷苦的人）。那边，是一种澎湃的声音永远叫着"永不再来"的海岸。

"当事情已成定局，我做什么都没有用，达特尔小姐……"

"不是跟你说过，别看着我说！"她用严肃同时又带着鄙夷的语气说道。

"是的，小姐，您告诉过我，"他回答说道，"我很抱歉。不过，我的职责便是服从命令。"

"这就对了，"她接过去说，"在你滚开之前，把故事说完吧！"

"当事情已成定局，"他顺服地鞠躬，脸上挂着没完没了的体面神气，继续说道："不可能再找到她了，我就跟詹姆斯在预先约定好的地方见面了。我将后来发生的事原原本本地跟他讲了。但没有想到，后来我们产生了分歧。所以，我认为，为我的人格起见，我应该远离他。跟詹姆斯先生一起，他给了我很多气受。我知道我应该隐忍，而且我也隐忍了，但是这一次，他把我侮辱得太过头了，这伤透了我的心。他不幸与他的母亲发生了矛盾，这点我知道，我猜她大概在担忧什么，所以我就大胆地回了英国，跟她说……"

"因为我给了他钱，所以他才说的。"达特尔小姐看着我说。

"就是这样的，小姐，跟她说我所知道的事。我所知道的，"李提默先生停顿了一下说道，"都跟她说了，毫不保留地说了。现在我没工作了，希望能找到一份像样点的工作。"

达特尔小姐瞅了瞅我，好像在问我是否有疑问。碰巧我也想起一件事来，所以我就问：

"想问这……东西，"我不愿找些客气的词来代替，就问他："我想了解一下，她家里给她写了一封信，那封信是被他们拦截下来了，还是他以为她收到了？"

他没有马上回答我，而是摆出一副沉默的表情，注视着地面，两手指尖一一对齐，做得那样完美，那样精确无误。

达特尔小姐不屑地转过头来看他。

"抱歉，小姐，"他从思考中走出来，说道，"对您，我该是唯命是从，可是我虽然是个低下的仆人，但我也有我的身份。科波菲尔先生跟您可就不一样了。那我就得失礼地跟科波菲尔先生说一声，要是科波菲尔先生想从我这里打探到什么消息，可以直接来问我嘛。我应该有我自己的人格尊严。"

我心里忍了一下，将眼珠转向他，说道："你不是听见了吗？现在把它当作对你的提问，你打算如何回答？"

"先生，"他的十个指尖灵活地对齐、分开，他说道，"我不能完全回答你，他的母亲可以知道詹姆斯先生的这个秘密，但是你就不一样了。我觉得，我只能告诉你，我猜詹姆斯先生不希望这个信件带来更多的忧虑和不愉快。除此之外，我无可奉告。"

"还有要问的吗？"达特尔小姐问我。

我表示，就这一个问题。"还有一点，我就这一点，"见他要走，我加了句，"我非常清楚这个罪恶的家伙在这个故事中都干了什么。我建议他，以后不要老在众人面前抛头露面。我要把这件事跟那忠厚的老实人讲，那个一手养大她的人。"

他听见我要说话，就停了下来，带着惯常的平静态度听着。

"先生，谢谢你的建议。但是，先生，接下来我要说的话你不要跟我急，我们的国家不是奴隶制，不存在奴隶和奴隶主，就更别谈动用私刑了，那是不可能的。要是有谁这么做了，我看，危机应该会降临在他们身上吧！总之一句话，我想去哪儿就去哪儿，我才不怕呢，先生！"

言毕，他装得很客气地分别跟我和达特尔小姐弯腰鞠躬，然后向他来时所经过的灌木篱墙走去。达特尔小姐和我，你看着我，我看着你地相互望了一会儿，她仍然保持着叫那个人来时的态度，完全没有改变。

"另外，他还说过，"慢慢地，她将嘴唇抿起来，说道，"詹姆斯先生正在西班牙，沿着海岸线航行。以后，他还要继续满足自己海上航行的嗜好，一直到他厌倦那样的生活。我知道，你对这个没兴趣，这对母子都非常不可一世，他们之间的裂痕比以前更深了，连补救的希望都很渺茫。因为他们的性格太相像了，时间只会使得他们更固执、更傲慢。我也知道，你对这个没兴趣，不过讲到这里，我可想起我要说的话了。那个恶魔（你还当她是天使），我说的是他在海边混浊的泥沙中捡到的那个贱女人，"她那双黑眼睛对我睁得圆圆的，手指头还百般殷勤地比画着，"可能还没死——因为我相信，贱命总能贱活着。要是她还没死，你一定要想方设法把那个宝贝找回来，好好看管着。你希望这样，其实我们也是的，这样就可以阻止他再次被她迷惑住。在这件事上，我们有着共同的利益。这就是我为什么特意叫人请你过来听刚才的故事。一直以来，我都想方设法给这个贱女人一点觉悟，免得她那样麻木无知。"

她的表情突然变了，一看就知道有人来了。来者正是斯梯福兹夫人，她本来就不太热情，现在看起来更加严肃了。她冷冷地将手递向我，但是，我看得出——这也是使我感动的——我与她儿子的旧情在她心中仍未磨灭。她的样子发生了很大的变化：本来消瘦匀称的身材，现在却弯了；本来清秀俊美的脸，却刻上了一道道皱纹；她的头发都白得差不多了。她在椅子上坐下，仍然是位端庄体面的夫人。我还记得，在我还是学生时，她那含着傲气的目光，明亮闪耀，连我在睡觉时，都能照亮我前方的路。

"萝莎，科波菲尔先生知道事情的原委没有？"

"嗯，知道了。"

"他直接听了李提默说的话吗？"

"是的，你想让他知道的都告诉他了。"

"你这姑娘，真乖。先生，我跟你以前的朋友也通过几封信。"她对我说道，"但是这可没打动他，叫他对我履行尽孝的义务，或者说是伦理道德的良心。所以，在这件事上，我想说的都已经由萝莎说了。我希望，能使那个还不算丧尽天良的人，也就是因为她你才来的那个人（这个人，我深表歉意——多的我也就不多说了）想办法减少忧虑。再让我的儿子从这个冤家所设的用来故意害人的陷阱里拔出来，那就再好不过了。"

她坐在那里调整了下身子，坐得更端正一点，然后眼睛直直地看着远处。

"夫人，"我礼貌地说道，"我知道该怎么做，我向您发誓，我没有曲解您的真正动机。可是有句话我要说，就是在您面前，我也要说，因为我打小就跟这个遭受不幸的家有交情。那个女孩，受了那么多的委屈，要是你认为她没有受到什么残酷的诱骗，还认为她厚着脸皮伸手向您那宝贝儿子讨水喝（我敢说，就是让她死上个一百次，她都不会那么做的），那你就大错特错了。"

"行了，萝莎，行了！"萝莎想要说些什么，可是被斯梯福兹夫人制止住了，"这不碍事，随它去好啦。据说你结婚了，先生？"

我告诉她，早在前些日子我就结婚了。

"过得还好吧？我现在过得很安定，外面的事知道得很少，但是我还是听说过，你的名气正在上升。"

"这是因为侥幸，"我回答她，"我才受到了一点赞赏。"

"你母亲不在世了吧？"她的声音变得低柔，说道。

"去世了。"

"可惜了，"她接着说道，"要是她能见到今天的你，一定会感到骄傲的，再见吧！"

她带着倔强的神气端庄地把手伸向我，我握住她的手，她的手很平很稳，似乎她的内心也是这样的平稳。我都觉得，她的脸上戴着平静的假面具，她的傲慢可以控制她的心跳，叫她手上的脉搏减缓跳动。她坐在那里，目光透过假面具直视远方。

我沿着露台往外走，不由得回头注视了她们一下，她们坐在那里一动不动，静静地凝视着眼前的一景一物。四周夜色越来越浓重，渐渐地融合在一起了。远方的城里，有些灯早早地亮起，这里一盏，那里一盏地闪着。天空的东边，光线死灰死灰的，还在那里恋恋不舍。这里与城市之间相隔一片广阔的低谷，一片云雾像大海一样翻腾而起，它们与月色相互交错，融合，眼看海水就要将她们围住。我相信我这样说是有道理的，我也相信，当时我是真的担心这个。因为我再次回头看她们俩时，那片波涛汹涌的大海已经翻腾到她们的脚前了。

词苑撷英

丧尽天良：没有一点良心。形容恶毒到了极点。

环境描写

渲染了悲伤的氛围，写出了斯梯福兹夫人和达特尔小姐的悲伤。

我再次回想那些话，觉得应该让皮果提先生知道这些事。第二天晚上，我就到伦敦去找他了。为了寻找他的孩子，他居无定所，不断地从这里跋涉到那里。但他在伦敦待的时间还是比其他任何地方都要长。那时候，我常常在深更半夜见他顺着街道走，想从这些为数不多的不该在这时出现的人中，找到他害怕见到的那个人。

在汗格德福市场的一家小杂货店里，他租了一个地方供他睡觉。那个地方我已经提过很多次了，他那关于仁爱的事业，就是从这个地方发迹的。我现在就是去找那个地方。我向店里人打探，他们告诉我，他还没出门。于是我到了楼上的房间，在那里我见到了他。

我往窗子那边看，看见他养了几盆小盆景摆在窗台上。他正坐在那里看书。一进来我就看到屋子里收拾得很整洁，我明白，这间房子做好了随时迎接她回来的准备。在他每次出门前，他都认为他可以把她找回来。我敲门，他没听见，我只好直接走到他身边，把手放在他的肩上。这时，他才发现有人，抬起头来看着我。

"大卫少爷！太谢谢你了，少爷！竟然让你上门来看我，叫我说什么好呢！快坐，热烈欢迎你的到来，少爷！"

"皮果提先生，"他给我搬来椅子，我接过手，说道，"我得到了一些消息，但你不要抱太大的希望。"

"跟爱米丽有关！"

他激动地捂起嘴，可是当他看到我的眼睛时，他的脸色唰的一下变白了。"可是消息并未提及她在哪里，只是说她跟他分手了。"

他坐下，目不转睛地看着我，一动不动地听着我讲述我所得来的消息。在听我讲述的过程中，他一次都没有打断过我的话，只是默默地听着。似乎他能在我的讲述中寻找她的身影，至于我话中别的一切，他都一晃而过，就像根本没说一样。在我说完时，他那专注的目光从我脸上移开，然后用手扶着额头，看着地。我清楚地记得，他那坚忍而庄重的脸上含着一种尊严，甚至是一种美的意味，这深深地感动了我。

当我把话说完时，他用手捂着脸，仍然一言不发。我把目光转向窗外看了片刻，继而又将那些小盆景一一看过。

"大卫少爷，你怎么看待这件事？"终于，他开口了。

"我相信，她没死。"我告诉他。

"我说不好，可能第一次的打击太强烈了，加上她内心的纷扰……多年以前，她常常跟我谈起那蔚蓝的海水，难道说，那是因为那儿就是她的葬身之处？"

他一边想着，一边压着吃惊，小声地说完这些话，然后还在房间里来回地走。

"但是，"他继续说道，"大卫少爷，以前我总认为她没死——每天醒来第一件事、睡前最后一件事，都是我告诉自己，我会找回她的——这个信念在过去指引着我、支撑着我，我相信，我没有被骗。嗯，爱米丽没死！"

他用力扶着桌子，那张黝黑的脸上显现出一股坚定的力量。

"我的外甥女，爱米丽，大卫少爷，她没有死！"他毫不含糊地说，"我在哪里听到的，通过什么途径听到的,我不记得了,但是有人告诉过我,她并没有死!"

他说这话时,像个灵感突发的人一样激动。我等了他一会儿,等到他将注意力放在我身上时,我将昨晚想出来的主意告诉他。

"好了,我亲爱的朋友……"我开口了。

"谢谢你,谢谢你,好心肠的少爷。"他两手并用,将我的手拉起,说道。

"她是有可能回伦敦的——因为要想隐藏起来,这座大城市是最好的选择了。如果她不愿意回家,那她现在最希望的就是把自己隐藏好。"

"她不愿意回家,"他难过地摇了摇头,说道,"要是她当初离开家是她自己的意思的话,她会回来的。可是实际上不是这样的,所以她不愿意回家,大卫少爷!"

"可是要是她来了伦敦,"我说道,"我敢说,有一个人会是第一个见到她的人。你还记得——请控制下自己的情绪,听我说说——想想你那伟大的目标吧!——那个叫玛莎的人。"

"你是说我们镇上的那个玛莎?"

他的表情告诉我,他懂我的意思。

"她就住在伦敦,你知道吗?"

"我在街上碰到过她。"他打了个激灵,说道。

"但是,有些事你不知道,"我说道,"比如在她离家出走前,汉姆通过爱米丽曾暗中救济过她。还有,那天晚上我们半路相遇,后来在喝酒的屋子里交谈时,她曾在门外听我们的谈话。"

"大卫少爷?"他很意外,说道,"就是下了很大的雪的那个晚上?"

"对,就是那个晚上。那天我跟你分开后,想跟她说几句话,还特意回去找了她,但是没找到。打那以后,就没见过她了。无论是以前,还是现在,我都不愿意和你提起她。但是现在我们需要提起她,我觉得,我们最好跟她聊聊。你明白我的意思吗?"

"非常明白,少爷。"他回答我。我们开始用低低的声音说话,都让人觉得是在私语。后来的谈话也是用这样的腔调。

"我在街上碰到过她,你觉得我们能把她找出来吗?我也只是希望靠运气碰见她。"

"大卫少爷,我想,有一个地方,她肯定在那里。"

"天都黑了。反正我们已经走到一起,不如现在就动身去找,连夜把她找出来,怎么样?"

他表示这个主意不错,然后收拾了一番,打算跟我同去。我偷偷地观察他,他将整个小房间仔仔细细地收拾了一遍:把蜡烛和点蜡烛的东西准备好放在一处,又将床铺整理了一下,然后打开抽屉,拿出一件她穿过的衣服(我见她穿过,我记得),和其他几件衣服放在一起,整整齐齐地叠起来。他又拿出一顶软和的帽子,将衣服和帽子一并在一把椅子上放下。我们走时,他没把衣服带着,我也没提。无疑,这些衣服,早已这样等过许多个夜晚了。

"大卫少爷,要是以前,"我们下了楼,他说道,"我根本就把她当成是爱米丽脚下践踏的污泥。但是今时不同往日,愿主宽恕我!"

在我们前去的途中,我们总要聊点什么,另外也是出于自己的需要,我跟他聊起汉姆。这一次,他告诉我的基本跟前一次一样:"他似乎一点都不把自己的命放在心上,但他也不埋怨诉苦,

所以大家都很喜欢他。"

我问他，究竟是因为什么，使得他们遭遇这样不幸的结果，汉姆心里又是怎样想的呢，会不会闹出什么危险来，比如说，要是哪天他跟斯梯福兹碰上面了，他觉得，那时候的汉姆会有什么反应？

"我无从得知，少爷，"他回答我，"我也常常想起这个问题，可是无论我怎么想，也想不出个所以然来。"

我暗示他，叫他想想她离开家后的第一个早上，我们三个都来到海滩上时他所说的话。"你还记不记得，"我说，"当时的他异常不平静，说到那结局时有一种不顾一切的样子？"

"当然，我没有忘记！"他说道。

"你觉得，他那样说是什么意思？"

"大卫少爷，"他回答我，"我也把这个问题考虑过很多次，不过一直都没有结果。但是，令人费解的是——他表现得很高兴，好像对这件事一点都不上心的样子。看到他这样，我就觉得自己不便于问他怎么回事。现在，他跟以前一样，对我说话时客客气气的，看不出来有什么变化。但是他却把自己包得严严实实的，叫人看不透他在想什么，真的，少爷，我怎么看都看不透。"

写出了汉姆在爱米丽离开后的内心的封闭。

"你说得没错，"我说道，"我也为这事感到着急。"

"是啊，我也是的，大卫少爷，"他又说道，"还有就是他变得不爱惜自己的生命了。说实话，把这两者一比较，我更加担心这个。我相信，无论如何，他都不会动粗的，但我终究不希望，他们俩碰面。"

我们已经穿过圣堂门，进了城。他没有说话了，跟着我在后面默默地走着。他在专心致志地想着他的心思。这心思是他踏实的生活中唯一的目标。他想得那样入神，要是混在人群中，他会显得很孤单。快到黑衣教士桥了，他头一扭，指着街对面闪过的一个人影。我立即会意到，这个独行的人影便是我们正要寻找的人。

专心致志：用心专一，聚精会神，丝毫不马虎，把心思全放在一件事上。形容非常认真地去做某件事。

我们横穿街道，向她追去。这时，我又想，要是不受人群和过路人的影响，找一个安静一点的地方，跟她说说，也许，更宜于她把那作为成年妇女对于一个迷失少女所抱有的同情表现出来。另外，我还想知道，她住在哪里。于是，我跟皮果提先生说，先跟着她吧，不要跟她说话。

他同意我的提议，于是我们就远远地跟踪她，与她保持适当的距离，既要保证让她在我们的视线范围内，又要保证不被她发现。路上遇到一个乐队，她停下来听了一会儿，没办法我们也只好跟着停下来了。

我们跟她走了好长一段路,但是她还是没有停下来的意思。从她走路的情况来看,她应该不是漫无目的地走。但是始终都在喧闹的街道边走,再加上我觉得这样跟在一个人后面,有种神秘感,所以我再一次觉得自己的提议是正确的。她可算走到了一条冷清偏僻的巷子里,总算摆脱了喧闹的人群。于是我跟皮果提先生说:"现在,我们可以跟她谈了。"我们便加快了速度,加紧向她追去。

精彩点拨

君子李提默先生和"恶毒公主"达特尔小姐的对比。达特尔小姐对爱米丽的怨恨,想要爱米丽去死的心理在大卫面前毫不掩饰。当听到李提默先生介绍爱米丽受别人夸奖时,她生气恼怒。当李提默先生说爱米丽可能已经死去时,她又高兴异常。她对待李提默先生像对待畜生一样,把他开除,又用钱让李提默告诉大卫这些事情。而李提默为了生存不得已收了达特尔小姐的钱,但是对事情一直客观地陈述,而且不论什么时候都彬彬有礼。

阅读积累

露 台

露台,一般是指住宅中的屋顶平台或由于建筑结构需求或改善室内外空间组合而在其他楼层中做出的大阳台。由于它面积一般均较大,上边又没有屋顶,所以称作露台。

现代的露台,成为常规建筑物之一,是室内和室外的交汇点,在周遭风景的衬托下,围绕与室内截然不同的气氛,是为家居美化的部分,理想的露台可以把生活素质提高。

在西方,露台发展较早,面积较小,传统的马耳他阳台是现代露台的雏形,其实不过是木制的闭合平台,从墙壁稍为延伸而已。欧洲在17世纪时,受巴洛克式风朝影响,建筑物常设露台。但到18世纪,露台却成了身份的象征,上流社会人士必置露台,贵族更会把宫殿露台装饰得美轮美奂。此外,露台具有宗教意义,往往教区的主教堂都有露台。

第四十八章

> **精彩导读**
>
> 大卫和皮果提先生找到了玛莎,玛莎当时正要跳河自杀,他们救下玛莎之后,玛莎说自己对不起爱米丽。后经过皮果提先生的劝慰,玛莎决定自己去寻找爱米丽,并拒绝了大卫的金钱帮助。回到家的大卫发现了姨奶奶贝西小姐正在给一个男人钱,大卫知道了他原来是贝西小姐的前夫——特洛。贝西小姐还会被他骚扰吗?

　　这时,我们都跟到了西敏寺。当她转过身向我们这个方向走来时,我们也转过身跟在她后面。在西敏寺教堂那儿,她走下大街,街上的灯火和喧闹都被她抛在了身后。在桥上,来来往往走着两队人马,她从中脱身后,就走得飞快,我们一直追到离米尔班克不远处的一条临河的小巷子里。可我们还是没追上,还跟她相距一段距离。似乎她听到有脚步声在向她逼近,她急切地要甩开它,连忙横穿过巷子,头也不回地往前冲。

　　我们所在的这个门道里非常暗,有几辆大货车停在那里过夜。在这个门道里,我们已看见对面的河,于是,我们就放慢了脚步。我没有出声,只是轻轻地拉了一下皮果提先生,他会意地停下来。于是我们都没有跑到对面,只是在这边跟着她。我们努力地跟踪她,同时尽可能地在暗处安静地前进。

　　这条巷子越往前去地势越低,在巷子的尽头,矗立着一所小房子,房子很破败,可能是座废弃的渡船站。这个小房子,就在我写这本书时,它还没被拆毁。这所房子处在巷子尽头,也在河流与巷子交接处一条大路的起点。可是走到这里,她却停了下来,好像这就是她走到现在所要去的地方。她观察着河水,然后开始小心翼翼地顺着河流走。

　　一路上,我还想象着,她最终会领我们到一个住处,我还蒙蒙眬眬地希望那个住处能给我们带来一个关于那个迷失了的少女的信息。可是从这门道放眼望到的那条河,我清醒过来了,这就是她的目的地。

　　当时,那一带还是非常荒凉冷清的,一到晚上就更加的寂寥、郁闷、哀伤了,这跟伦敦的郊区没什么两样。一条清冷空旷的大路,靠近一座没有窗子的监狱,既没有码头,也没有房屋。监狱的旁边有一条缓慢流淌的水沟,不断地往这里送来污泥。蜿蜒的湿地上杂草丛生,有一块地,竖立着几所房子的结构框架,但是不走运,还没建成,就被告停工了,现在这几所房子被岁月冲刷得渐渐烂掉了。在另一块地上，到处乱扔着锅炉、轮胎、曲轴、管子、风火炉、桨、锚、潜水艇、风磨帆，等等。还有很多奇奇怪怪我都叫不上名字的东西，它们都生了锈，因为自身的重力作用，在泥土里越陷越深，似乎它们不得不躲起来。这些都是以前的商人投机倒把积累下来的。河岸两边分布着各种各样的工厂，在夜间发出叮当的闹声和闪烁的火光，周围的一切都被扰乱了，只有工厂烟囱里持续不断冒出的烟依旧凝重浓厚，不受干扰。潮湿的缺口和堤道，从一堆旧木头中蜿蜒而过，穿过烂泥，穿过雪水一直通到落潮时的位置。旧木堆上缠绕着墨绿色的毛发之类的东西，看起来着实令人作呕，还有那悬赏打捞死者的告示，就贴在高潮线上，正随着风飘动。听人家说，当年严重的瘟疫流行时，为了阻止瘟疫传播，将死难者集中埋了起来，这就是其中一处。现在仿佛都能看到，那里不断有瘟疫之气冒出来，然后向四周散发。要不就是随着涨潮，污水已将它慢慢腐朽，变成了这种噩梦的光景。

> **环境描写**
> 写出了环境的肮脏和恐怖。

我们正在跟踪的这个女人，在这样的夜色中走到干涸的河床上，孤独而凄凉地注视着河水，她看起来与那群被丢弃的、等着腐烂的垃圾没什么两样。

> **比喻手法**
> 把玛莎比喻成垃圾，写出了玛莎的生活和处境非常艰难。

几艘小船和平底船搁浅在河滩的污泥上，我们借此当掩护，才使我们在几码以内没被她发现。我用手势示意皮果提先生先站在那里别动，自己则走到阴暗处，向她走去跟她说话。当越来越接近她时，我发现她一个人竟然能这样脚步坚定地来到这个阴森森的地方并且停住了，想到这些我不禁打了个寒战。她所站的地方接近铁桥孔洞，那里很阴暗，可是她停下来看灯光所照的河面。当河面轻轻荡漾时，折射出来层层的波光投影过来时，一种恐怖之感袭上我心头。

我想，她那时正在跟自己说着什么，似乎投入了整个心思去看河水。我看见她取下肩膀上的披巾，双手将自己环抱。她做这些事时，心神不定，不知如何是好，她不像是个大脑清醒的人，倒像个梦游的人。在她看到我，而我又没来得及抓住她的胳膊前——我还记得，而且以后也不会忘——她突发精神错乱的样子，我真怀疑她会晕过去。

这时，我说道："玛莎！"

随之而来的是她的一声尖叫，然后使出全身力气挣脱我，我都觉得我一个人制不住她了。但是，一只力气比我大得多的手抓住了她。她吃惊地抬起双眼，当她认出这双手的主人后，挣扎了一下就在我们之间晕倒了。我们将她抬到河岸上，在一个有石头的干地方将她放下。可是还没放稳，她就又哭又闹起来，这样闹腾了一会儿，她才在

石头上坐下,烦恼地抱起头。

"啊,我的河哟!"她激动地叫着,"啊,我的河哟!"

"安静一点,安静一点!"我说道,"不要出声!"

可是她对我的话完全置之不理,依旧一遍又一遍地叫喊着:"啊,我的河哟!"

"这条河就像是我的人生,我知道,"她撕心裂肺地叫道,"它是我的最终归属。我知道,像我这样的人,也只有它会陪伴我的一生了,我心里清楚得很!它从乡间流出时,还是清净纯洁的——可是它在流经阴郁的街道时被玷污了,于是就变得肮脏了——最终流向波涛的大海——我认为,这简直就是我的人生写照。我应该随着它一起去。"

她说这些话时的腔调让我见识了什么叫真正的绝望,在此之前,我可从来没有见过。

"我不能没有它,我时时刻刻想着它,它也日夜不离地缠绕着我。综观全世界,它是最符合我的东西,也是唯一配得上我的东西。啊,你这条可恶的河!"

皮果提先生站在那里不吭声也不动,尽管我对他的外甥女的事毫不知情,但是当我看到他脸上的表情时,我就明白过来了。

他的脸很恐怖,却又夹杂着同情之意,任何人都没有过这副表情,就是在画家的作品中,我也没见过。他不停地哆嗦,好像眼看就要倒下了。看到他这副模样,我感到心里发慌,我过去摸了一下他的手——是冰冷的!

"她的心智,非常错乱,"我小声地跟他说,"等一会儿她就不这样了,她会好好说话的。"

他的嘴抽动了一下,像是要说什么,又像是已经说完了,他还用伸出的手指着她。

这时,她把脸埋在石头间,就那样爬在我们面前又哭了起来,仿佛她是一尊蒙受耻辱、身败名裂的雕像。我知道,要想跟她好好谈,必须等她冷静下来才行。所以当我看见他打算走过去扶她时,我拦住了他。我们就在旁边一动不动,也不出声地站着,等着她平静一点。

"玛莎,"我走过去扶她,说道——看得出她是想站起来,但是她太虚弱了,只好在一条船边靠着坐下,"这个跟我一道来的人,你认识吗?"

"认识。"她上气不接下气地说道。

"我们在你身后,已经跟踪了好长一段路,你发现没有?"

她摇了摇头。她不看我,也没看他,只是一脸委屈地站着,一只手里拿着帽子和披肩(但是看起来像是没有知觉),另一只按着额头的手握成拳头状。

"你现在感觉平静一点没有?"我问道,"还记得那个下雪的夜里,我们所谈的问题,也是你所关心的问题吗?我们现在再谈谈好吗?"

"我不是为自己说话,"她歇了一会儿,说道,"我是坏人,坏到了无药可救的地步,一点希望都没有了。但是先生,请求你转告他,"刚才,她避开了他,"要是你对我稍有仁慈之心的话,请你转告他,无论怎么说,都不是我给他带来不幸的。"

"没有人说过是你带来的不幸呀。"她真诚地对我说,我也同样真诚地对她说。

"那天夜里,"她说一会儿停一会儿,又说道,"她给我怜悯,不但不像其他的人那样见到我就躲，反而走向我，宽容地给我帮助。要是我没看错的话，那天来厨房的人是你！先生，是你吧？"

"对，是我。"我说道。

"我没有做对不住她的事，"她盯着河流，眼神却非常恐怖，"要是有的话，我早就跳河自尽了。我跟那件事也没有关系，要是有的话，那我就看不到入冬后第二天的太阳了！"

"她为什么离家出走，我们已经非常清楚了。"我说道，"我们完完全全相信你，那件事跟你一点关系都没有——我们已经清楚原因了。"

"要是那个时候我多懂得一点善良的话，我一定会对她有所帮助的。"那个女孩带着非常痛苦的懊悔的表情，说道，"一直以来，她对我都很好！她对我说话时，语气和用词都恰到好处，叫人听着舒服。我知道自己是什么货色，我怎能叫她也学我的样子！当我生命中一切珍贵的东西都消逝了的时候，我回想起来，最使我难过的，便是再也见不到她！"

皮果提先生在船边站着，眼睛往下看看，一只手扶着船的边缘，另一只手蒙着脸。

"在我偷听你们下雪天的谈话前，镇上的一个人跟我讲了她的事。"玛莎哭了，"在我内心，令我最最苦恼的便是，人们看到她曾经跟我走得很近，于是就认为是我带坏她的！只有上帝明白我的心意，要是能恢复她的声誉，我死都愿意！"

她这个人本来就不知道控制自己的情绪，现在这爆发出来的悲痛和悔恨着实叫人感到恐惧。

"死，无济于事——那我能做什么呢？——活着！"她喊道，"流离在阴郁的街道和市井之间，苟且活到老——在黑暗的环境中徘徊不定，遭人憎恶——看着无光彩的房屋间渐渐升起的太阳，然后想着，就是这个太阳，曾经怎样给我的卧室带来光明，将我唤醒——要是这样可以挽回她的话，忍受辱骂的日子我也愿意过。"

她一屁股倒在石头上，双手紧紧地抓起两把石头，似乎要将手里的石头捻碎了。她不停地扭着身子，更换姿势，一会儿将两臂挡在面前，做着旋转的动作，这样以便把眼前仅有的一点光亮挡住；一会儿耷拉着脑袋，似乎脑袋里存着什么回忆，重得抬不起头来。

"我到底应该怎么做才叫对呢？"她在失望中挣扎，说道，"我过得孤苦伶仃，就这样害了自己的一生。每个人见到我，都把我当成羞辱的活标本，这样的生活，我怎能忍受得下去！"忽然，她抬起头，看着皮果提先生说道，"来践踏我啊，来杀了我啊！那个时候，你把她当成自己的骄傲，要是在街上，我蹭了她一下，你就要以为我对她做了什么伤害的事。你无法相信——为什么你要相信呢——我所说出来的每一个字。就是现在，我要是跟她说上了一句话，你仍然觉得我给你带来了莫大的耻辱。我不会有什么怨言的，我没有说，她跟我是一样的人——我们之间的距离还差得很远，我心里清楚。我只是想说，面对着我所受过的罪恶和苦恼，我打心底里感谢她，我用我的灵魂去爱护她。不要觉得我丧失了所有爱别的东西的能力！远远地躲着我吧，像这世界上任何一个人所做的那样。看看我如今落魄的样子，而且我又认识她，来吧，你可以杀死我，但你不可以把我想成那个样子！"

当她发了疯一般说完最后一句话时，皮果提先生注视着她。慢慢地，她恢复了镇静，他小心地扶起她。

"玛莎，"皮果提先生说道，"我当然不会那样评价你。我（特别是我）当然不会做出那样的事，我的孩子哟！你自以为知道我心里在想什么，可是你却不知道我近来思想上发生的变化，你对此毫不知情。呵！"说到这里他停顿了一下，又说道，"你不知情为什么我跟这位先生要找你谈话。你不知情我们现在面临的问题。听我讲给你听吧！"

他的这番话在她身上发挥了很大的作用，她站在那里，畏畏缩缩的，好像还是不敢看他的眼睛，但她刚才那痛苦的号叫已经平息下来了。

"要是你听清了我跟大卫少爷在那个雪夜里的对话，"皮果提先生说道，"你应该知道我已经去了很多地方——哪儿都去过——去找我那心疼的外甥女。那让我心疼的外甥女。"他着重地重复了一遍，"可是，玛莎，我发现本来就很惹人爱的她现在就更加惹人爱了。"

她将脸用双手捂着，但并未做出其他的举动。

"以前，她告诉过我，"皮果提先生说道，"在你很小的时候，你就没有了父母，也没有哪个朋友，哪怕像打鱼的粗人，给你以父母般的照顾。所以一旦你遇到像那样的朋友，随着日子的推移，你就会喜欢上她。也许，你看得出我的外甥女就像小女儿一般亲切。"

他看到她在那里一声不出，只是哆嗦，便将地上的披肩捡起，认认真真地给她披上。

"所以，"他说道，"我知道，有一天当她看到了我，不外乎有两种结果，要么她从此跟随我海角天涯地走；要么，她还是海角天涯地走，但是总是在逃避我。虽然我给她关爱，她不该怀疑，因为完全没必要，因为完全没必要。"他带着坚信的口气重复了一遍，"可是，会横插在我们之间把我们隔开的，却是羞耻之心。"

他的话朴实无华却着实令人感动，可以看得出，在这个问题上的方方面面，他都仔细考虑过了。

"依我们——大卫少爷和我，看来，"他接着说，"也许有那么一天她会一个人孤苦伶仃地回到伦敦来。我们——大卫少爷、我自己，还有我们大家伙儿——相信，对于她所遭遇的不幸，你是清白无辜的，就跟肚子里的婴儿一样清白。你跟我说，她跟你在一起时非常温柔和气，使你们的相处感到愉快。愿主护佑她，对什么人，她都是那样的。既然你也爱她、感激她，那就尽你所能，助我们一臂之力，帮忙寻找她吧。上帝会纪念你的！"

他急切看着她，这是那晚她第一次看他，她的表情像是在怀疑他刚才的那番话。

"你愿意相信我吗？"她小声地说道，同时露出不敢相信的表情。

"完全相信，打心底里相信！"皮果提先生说道。

"如果让我找到了她，就一定拦下她跟她答话。要是我有住的，也让她有住的。然后背着她通知你们过来见她，对吗？"她几乎一口气说完这些话。

我们不约而同地回答道："对，就是这样！"

她抬起头来，一本正经地说，她将全心全意、忠贞不贰地完成这项任务。不管发生什么，她都不会动摇最初的决心，改变当初的心意，只要还有一线希望，她就抓住不放弃。一旦她对这项任务有丝毫的不忠心，那就让她一直以来在一件毫无过错的事上所投入的希望将她抛弃吧，就让她日后在河上的这个夜晚更加孤苦无依（如果还能更糟的话），就让她遭受人类和神灵的唾弃，看着她无助的样子！

她说话时的声音并不大。她不是看着我们说，而是望着夜空说的。说完这些话她并没有坐下，只是安安静静地望着阴郁的河水。

我们觉得，是时候让她知道我们最新得到的消息了。于是，我就跟她详细地把情况说了一遍，她听得很认真，并且随着我所说的内容相应地变换表情。但不论做出什么样的表情，她那坚定的意志都未曾动摇过。有的时候，我看见她的眼中噙着泪水，但是被她控制住没流出来。好像她的精神发生了彻底改变，她平静得再也无法平静了。

当我把话说完了，她问我，要是那项任务完成了要到哪里找我们通知这件事。于是，我借着昏暗的路灯拿出记事本，将我们的地址分别写在其中的一页，撕下来递给她。她把那张纸放在她那寒酸的胸衣里。我又问了她的住处，她犹豫了一会儿告诉我，她的住处不固定，叫我还是别问了。

皮果提先生凑到我耳边提醒我给她一些钱，其实这件事我也想到过。于是我拿出一点钱给她，可是她怎么都不接受，即使我退一步让她日后收下，她也不肯，没办法，我又不能勉强人家。在我劝她说皮果提先生现在的经济状况还不算穷得不能过时，她却回答我们，她要凭借自己的力量去完成那个任务，不用我们一分一厘，这使得我们俩目瞪口呆。她最终还是坚持下去了，在这点上，虽然皮果提先生也劝过她，但他和我一样，都未成功。后来她还说，她从心底里感谢我们，但是这个钱坚决不能收下。

"也许能找到事做，"她说，"我决定去找找看。"

"但是，在你找到之前，"我接过她的话说道，"应该接受一点资助吧！"

"那项任务我已经接受下来了，就不要让我因为钱再接受一次了。"她回答说，"就算我被饿死，我也不能要你们的钱，我接受你们施舍的钱就等于在收买对我的信任，收买我去完成你们交给我的任务，将我唯一不再投河的原因剥夺。"

"上帝是伟大的公正的审判人，包括我们在内的所有人，日后都要进入属于他的神圣时代，到他的面前，面对着他。就看在上帝的分儿上，"我说道，"打消那个可怕的想法吧！只要我们愿意，我们是可以做好事的。"

这时，她全身直打哆嗦，嘴唇颤抖，脸色比刚才更加苍白了，回答道：

"面对这样一个可怜的人，你们心里还想拯救她，给她机会，让她重新开始。我不敢有这样的念头，这念头太冒险了，过去我所做的每一件事都不会给大家带来好处，也许我还可以从现在期望，以后做一点善事。现在你们敢将这项任务交给我去办，那便是对我的信任，这在我多年艰难困苦的生活中，还是头一次。至于别的方面，我不知道，我也不能说。"

眼角刚刚有一点泪水要流出来，却又被她忍回去了。她将颤抖的手伸向皮果提先生，想在他身上寻找一种治病的能力，然后踏上偏僻的路走了。这一动作给了我近距离观察她的机会，我这才发现，她很虚弱、很憔悴，她应该是病了好长一段时间了。那双深深陷下去的眼睛分明在说她经历过困苦和忍耐。她走在前面，我们走在她后面，大家都是往明亮热闹的街道走，我们就这样一起走了一段路。当时，我的内心是完完全全地信任她的承诺。于是，我就告诉皮果提先生，不要这样跟着她走了，以免让她觉得这才刚开始，我们就又要怀疑她了。皮果提先生跟我有一样的想法，同时也

十分信任她。于是我们就踏上了去海盖特的路,而她则仍然走着自己的路。皮果提先生和我一起走了很长一段路,直到分手时,我们再次提起我们所做的努力,祈祷能够得到成功。当时,我看见他带着一种难以掩盖的亲切和怜悯之情,这种亲切和怜悯与以往是不一样的。

直到十二点了,我才回到家。我站在自家的大门口,听着圣保罗大教堂敲起的钟声,我觉得这种钟声还混杂了无数不一样的钟声。我看了一下姨奶奶的家,发现门是开着的,门上那盏灯正发出微弱的光,一直射向对面的街。我吃了一惊。

我以为姨奶奶又犯了神经,正在向远处张望,寻找那个幻想中的火灾。于是我向她家走去,打算跟她说话。然而让我意想不到的是,在她的小花园里,我竟然看见一个男人。

那个男人一手拿着杯子,一手拿着瓶子,站在那里喝着什么。遇到园外一丛茂密的树叶,我停了下来,因为当时月亮已经升到空中,只是被一些乌云遮住了。这时,我认出了那个男人,他就是狄克先生说的那个人,我曾经还一再以为是他们想出来的。这个人也是我跟我姨奶奶在伦敦大街上一度碰见的那个家伙。

他看起来饿极了,在那儿吃了又喝,喝了又吃。同时他用好奇的眼神打量着那所小房子,仿佛这是他第一次见到它。他弯着腰将瓶子放在地上,然后望望窗子,又望望四周。从他的神情中可以看得出一种不满足和急躁的神气,好像他要急着走。

廊上投放出一个黑影,原来是我姨奶奶来了。她的情绪很激动,数了几个钱塞给了他,那些钱叮当作响。

"这些钱能干什么?"他问我姨奶奶。

"我就这些,再也没有了。"我姨奶奶回答道。

"那我就不走了,"他说道,"拿回去吧!"

"你这个恶棍,"我姨奶奶非常愤懑,说道,"你怎么能这样对待我?可是我们又是何必呢?你就是抓住了我的软弱!我要怎样做才能永久地摆脱掉你的骚扰,怕是要等着老天来收拾你的那天了。"

"那为什么你不等着老天来收拾我呢?"他说道:

"你还敢来问我为什么!"我姨奶奶回答道,"你这到底安的什么心!"

他站在那里,气哼哼地摇晃着手里的钱,同时不住地摇着头,好一会儿才说道:

"那么,你是说你就打算给我这点了?"

"我能给你的就都在这儿了,"我姨奶奶说,"你也知道,我破产了,不像以前那样不怎么穷了。这些我早就说过了。钱都给你了,为什么你还让我看到你,让我知道你的难处,成心让我心里难过是不是?"

"你是在说我变得很寒酸吗?"他说道,"我的日子过得跟猫头鹰一样啊!"

"我所有的那点财产,大部分都被你拿去了,"我姨奶奶说,"这么多年来,我之所以感到厌世,全都是因为你。你对待我太虚伪、太薄情、太残忍了。你应该好好地向主忏悔一番。你给我带来的伤痛已经够多的了,请不要再在这伤口上撒盐了!"

"哎!"他跟着说道,"说得真动听!——行!看来这阵儿,也只能这么干了。"

我姨奶奶愤慨极了，都快掉眼泪了，他见此难免表现出一点羞愧之意，泄了气般往花园外走。我急忙装作刚过来的样子走了两三步。在门口，我要进去他要出来，我们正好碰上，彼此不怀好意地相互打量了一番。

"姨奶奶，"我急急忙忙地说，"这个人又来吓唬你了！他是什么人？"让我来跟他说。

"孩子，"我姨奶奶抓着我的胳膊，说道，"进屋吧。十分钟后再跟我说话。"

在我姨奶奶的小客厅里，我们坐了下来。姨奶奶退到那个绿色的圆扇屏后，不时地擦眼泪。大概过了十五分钟，她走出来在我身边坐下。

"特洛，"我姨奶奶平静下来了。说道，"他是我的前夫。"

"你的前夫，姨奶奶？我一直以为他死了呢！"

"在我的心里，他已经死了，"我姨奶奶回答道，"不过事实上他没死！"

我惊讶得说不出话来，我坐在那里直发怔。

"现在的贝西·特洛伍德已经不是一个迷恋爱情的人了。"我姨奶奶平静地说道，"不过，她曾经是那样的人，那时她全心全意地信任那个人。特洛，那时，她是真的爱他，只要做什么可以证明她是爱他的，她一定会去做。然而他给她的回报却是：挥霍她的财产，然后挥霍她的心意。后来，她就挖了一墓穴将她给他的感情埋在了里面，然后填土，再压平。"

"我的好姨奶奶，我亲爱的姨奶奶！"

"跟他离婚时，"我姨奶奶像往常一样把手搭在我的手上，接着说，"我很慷慨。这么多年过去了，特洛，我还是可以说，我很慷慨地跟他离了婚。跟他在一起的时候，他对我做过很多残忍的事，我完全可以在离婚时自私点，少给他一点钱，但是我没那样。我跟他分手后没多少时日，他就将我给他的财产挥霍得精光。他堕落得一日不如一日，变成了一个玩家，一个赌徒，一个骗子。我想他后来应该又娶了一个人。可是他现在过的是什么样的生活，你刚才也都看见了。当初我嫁给他时，他还是个俊秀的人啊，"她的话中透露着往日的得意和爱慕的神气，"那个时候，我信任他——那个时候我就是一个笨蛋！——觉得他是荣誉的转世！"

她握着我的手用了一下力，然后又摇了摇头。

"现在，他已经完全走出了我的心，特洛——我心里完全没有他了，但是，要是让我看到他因为犯罪而受罚（要是他在国内仍然这样游手好闲，他早晚得那样），我还是于心不忍的。所以，每次看到他，我都给他一些超出我能力范围的钱打发他。在这个问题上，我是一个没法回头的笨蛋，就像我当初傻傻地嫁给他时一样。只因为我曾经信任过他，所以就是面对那个不切实际的幻想的影子，我都不忍心加以训斥。如果这世上存在过认真的女人的话，特洛，我曾经就是那样的人。"

说完这些，我姨奶奶深深地吐了一口气，然后抚摸起她的衣服。

"唉，我的亲爱的！"我姨奶奶说，"现在，你知道整个过程了，你全都知道。从此以后，我不再提起这事，你也不许提，并且你跟谁也不要提起这事。这是我荒诞不经的经历，特洛，不要告诉任何人！"

精彩点拨

玛莎是一个有良知的下层少女形象。她从小没有父母,没受过关爱,所以当爱米丽对她进行帮助时,她看到了生命的曙光。所以在爱米丽离家之后,她匿名给皮果提先生寄钱。在知道皮果提先生到处找爱米丽时,她偷听皮果提和皮果提先生的对话,想从中得知爱米丽的消息。当知道家乡的人们都认为是她带坏了爱米丽时,她想着以死来谢罪。当皮果提先生说这件事与她无关时,她便要求自己去找爱米丽,并谢绝了大卫给的钱。

阅读积累

梦 游

梦游是睡眠中自行下床行动,而后再回床继续睡眠的怪异现象。在神经学上是一种睡眠障碍,症状一般为在半醒状态下在居所内走动,但有些患者会离开居所或做出一些危险的举动。

梦游的奇怪现象是,当事人可在行动中从事很复杂的活动,会开门上街、拿取器具或躲避障碍物,而不致碰撞受伤。活动结束后,再自行回到床上,继续睡眠。成年人发生梦游,多与患精神分裂症、神经官能症有关。

据统计,梦游者的人数约占总人口的1%~6%,其中大多是儿童和男性,尤其是那些活泼与富有想象力的儿童,大多都出现过数次。而患有梦游症的成年人大多是从儿童时代遗留下来的。如果将仅出现一次梦游的儿童也算进去,梦游的出现率约为25%。一般来说,儿童梦游不算什么大毛病。相比之下,成人梦游则少得多了,但成人梦游则是一种病态行为,并且成人的梦游往往伴具备攻击性。

第四十九章

> **精彩导读** 大卫的事业获得了成功，他成了一位作家。但是他家的家政还是一团糟，于是大卫决定好好地改造朵拉，结果以失败告终。大卫放弃了计划，从自己身上找原因，他们的家庭生活更加幸福了。不过不久朵拉生病了，虽然大卫他们都围绕着她，逗她高兴，但是朵拉的身体越来越差了，朵拉的病会好吗？

报馆的事，我一点都没耽误，每天都按时上班。同时，我还孜孜不倦地勤勉地写自己的书。后来书出版了，并且取得了很大的成功。随之而来的便是响彻耳孔的赞美，虽然我对此很敏感，而且我敢说我比谁都赏识自己的成就，但我并没有被赞美弄得晕头转向。我观察过人类的本性，无一例外地总结道：一个人只要充分相信自己的能力，他就不会在别人面前通过炫耀来博得他人对自己的信任。因为相信自己的能力，我在自尊、自重的同时保持着谦逊。别人越是称赞我，我就越要虚心上进，这样才能配得上那份称赞。

我出版的那本书，写的都是我人生非常重要的回忆，但是我并不打算在这本书里详细说明我写那本书的经过。那些书能说明它们自己，就让它们自己来说明它们自己吧。要是我在哪里偶尔提起它们，那只是以我生活进展中的一部分出现的，仅此而已。

那个时候，已经有不少依据使我相信，先天的才能和后天的机缘造就了我这个作家。因此，我满怀信心地做着这份工作。要是没有那个信心，我想我早就撒手不干了，那样的话我的精力就会用到其他的事情上。我一定要认识到，是先天的才能和后天的机缘，最终把我造就成了什么样子，而且是唯一的样子，没有其他样子的可能性。

我往报纸上和其他可能的地方投稿，很顺利地刊登了。当我不断取得成功时，我就理所当然地认为，我可以将辩论的工作辞掉了。因此，在一个晚上，我带着愉快的心情记录了一个冗长且讨厌的演讲。这将是我最后一次做这样的事，以后再也不去听这样的演讲了。但是每逢国会期间，报纸上登着一连串的会议纪要，不过那都是大同小异的老腔调，要说有什么不同，那就是更加冗长了。

写到这里时，大约是我婚后一年半了。说起我们的家政，我已经尝试过几种不同的方法，可是仍然劳而无获，因此我们也就不管了。我们让家务事顺其自然，只是雇用了一个小家伙当差使。但是这小差使把大部分时间都花去跟厨子斗嘴。说到吵架，这小子可真是惠顿二世。只可惜他没有那

只猫,所以更别提当上伦敦的市长了,那个可能性是微乎其微的。

我觉得,他整天都生活在一种满天势如冰雹的锅盖击打声的环境中,他生活的全部目标便是一场战乱。常常,他在我们最不期望的时候——像我们约来几个好友进行一次小小的聚餐,或者是几个朋友晚间来串门时——大呼救命,然后跌跌撞撞地从厨房跑出,尾随其后的是一些铁器飞舞而来。我们想过要辞退他,可是他很依恋我们,就是不肯走。他很能哭,只要我们稍一提辞掉他的事,他就哇哇大哭。他哭得那样伤心,没办法,我们就一直把他留着。他不仅仅没有妈妈,连一个稍沾亲带故的人也没有。原本有一个姐姐,但是在姐姐刚将他脱手给我们时,她就逃到美洲了。就这样,他在我们家住下了,他像一个被调包的可怕精灵一样。一提到他的不幸遭遇,他就会很敏感,所以不时地用外套的袖口往眼睛上擦,或者弯下腰用小手绢的一角擦鼻涕。他的小手绢一直都放在上衣口袋里,用时只用手绢的一角。他永远把那条手绢遮遮掩掩的,用时力求节省。

这个倒霉蛋,每年要付给他十英镑六先令,自从雇了他以来,我就没过过一天安稳日子,他总是给我制造麻烦,我眼看着他一天天长大——他像红花豆一样长得非常快——我苦恼地想象着,他将开始刮胡须的样子,然后是他的头发开始脱落,花白的样子,我没办法不担心这样的事。我想不出打发他走的那天。每次想到他的将来时,我就常常想:当他在这里终老时,他将是个多么大的包袱啊!

这个倒霉蛋最终还是与我家脱离了关系。但是脱离的过程却叫我吃惊不已。事情的缘由是这样的:朵拉的表跟别的东西一样居无定所,后来他就将朵拉的表顺手拿走了。他将用表换得的钱全用来打车了,而且只是打来往于伦敦和阿克斯桥的脚车,这个孩子可真是笨得可以。凭记忆,他是在第十五次做这样的事时被警察抓到送去包街的。他们在他身上还搜出了四先令六便士,以及一支旧横笛,但是他并不会用它吹曲子。

要是他不知道悔过的话,那这件事引起的惊扰及惊扰的后果也许不会给我带来那么多的不愉快。但是他非常诚恳地悔过,而且是以一种让人意想不到的方式表现出来的——不是一次性彻底地悔过,而是一点点地悔过。比如说吧,我不得不为他的事跑到警察局跟他对证,但是在那第二天,他又自暴一个秘密:地下室的一个篮子里面全是瓶子和木塞,而我们却一直还以为装的是酒。这可算厨子最恶劣的行为了,他把这个都供出来了,我想他该安心一会儿了吧。可是,还没过一两天,他又良心发现,痛心疾首,供出了另一件事,说厨子有个女孩儿,她拿我们的面包当早饭,而且天天如此。还供出他自己被一个送牛奶的买通,他给了那个送牛奶的一些煤炭。过了两三天,我接到警察局的通知,又听了一次他的悔过。这次他供出:厨房的垃圾堆中藏有牛腰肉,破袋中有床被单。说完过了一会儿,他在另一个意想不到的地方又供出了一件事,说他知道我们宅里的画是被送酒的人偷去的。随后,那个送酒的人也被捉到了这里。他这个受害者当得让我觉得实在惭愧。我情愿多花一点钱塞住他的嘴叫他不要再说话;要不花大价钱将这里的人买通,帮助他从这里逃走也好。但是我的这点想法,他毫无察觉,他还以为自己在用一种全新的角度来报答我(但愿他别再这样报答我了),这实在是件令人恼怒的事。

后来几次,警察一来我家,我就自己先走,免得他再带来什么新的消息。我就这样跟警署的人藏猫猫地过了一段日子。直到他被审判完,送去流故,我的那种日子才算告一段落。即便到了那个时候，他也不能老老实实地待着，常常给我们写信，说在离开这里之前，他非常想见朵拉一面。朵拉就应了他的请求前去探访他。可是当朵拉去了，发现自己被铁栏杆圈着时，她竟然昏了过去。反正一句话，他一天不走，我们就一天不能安安静静地过日子。后来，听别人说他下了乡，在一个不知道叫什么的地方放羊。我一直都不知道那个地方叫什么。

发生了这么多的事，我进行了一次认真的检讨，于是我从一个全新的角度将我们的错误做了一番总结。我很疼爱朵拉，没错，但是这个问题我必须要跟她提。于是一个晚上，我告诉她："我的宝贝儿，这样没秩序、没条理地管理家事，不仅让我们自己的心受累（虽然我们早已习惯了），而且也会连累他人的。一想到这个，我就不由得感到苦恼。"

"很长时间你都没有闹意见了，你看你又闹意见了，你看你，又要不听话了是不？"朵拉说道。

"不是这样的，我的心肝儿！请听我讲清我的意思。"

"我觉得，我没有必要清楚你的意思。"朵拉说道。

"但是朵拉，我的宝贝儿，我希望你清楚。不要这样抱着吉普，把它放下。"

朵拉将吉普的鼻子对着我的鼻子，冲着我说了一声"去"，想以此让我收回这股一本正经的劲儿。但是她失败了，她只好叫吉普回自己的塔屋里，然后在我身边坐下。她将手搭在我的手上，摆出一副无可奈何的表情。

"实际情况是这样的，我的亲爱的，"我进入正题，"我们的毛病像瘟病一样，把身边的人都感染了。"

要是朵拉的脸上透露一点她明白我的话，并且表示好奇如何去改变这种不卫生的状况，那我就会以这个比喻向她说明我的意思，并且提出新的注射剂或药物来预防。但是她的表情告诉我，她并不懂我在说什么，我只好打消这个念头，直接将我的意思明说。

"我的心肝儿，向来我们做事都马马虎虎的，而且没打算学着点如何谨慎。"我说道，"我们才因此伤财又伤神，甚至都因此而伤了和气。那些被我们雇用的人做事不安分不老实，我们却纵容他们，因此才将他们宠坏了。所以有些祸是他们闯的，但实际上责任却是我们的。这种情况在那些跟我们有买卖关系的人中间也是存在。于是我就开始反省，错误的发生并不是哪一方造成的。他们之所以在我们面前表现出恶劣的行为，正是因为我们不好，才给了他们表现的机会。"

"天哪，真是罪过啊，"朵拉把眼睛睁得大大的，喊道，"竟然说你亲眼看到我偷金表哎！哎呀！"

"我的至爱，"我劝道，"快别这样瞎说！没有那个意思！"

"你有过，"朵拉接过我的话，说道，"你心里最清楚，你有过。你说了，我这个人不好，还将我与他比较。"

"他是谁？"我问道。

"那个小差使，"朵拉呜咽道，"啊，你这个人心眼真坏。我是你亲爱的妻子，可是你却拿我跟发配边疆的人比较！在我嫁给你之前，你怎么不把这些想法摆在桌面上，当面讲清楚啊！你这个铁石心肠的坏蛋，当时你怎么不告诉我，你认为我还不如一个发配边疆的人呢？哦，你把我看得那

么可恶！啊，我的天哪！"

"好啦，朵拉，我的亲爱的，"我说道，同时想把她捂在眼睛上的小手帕轻轻地移开，"你说的这话是非常可笑，也是非常错误的。首先，这是你不实际的想法。"

"你以前常说他不说真话，"朵拉哭着说，"今天，你又来这样说我！啊，这要我怎么办才好！这要我怎么办才好！"

"我的情人，我的宝贝儿，我得好好求你清醒一点，想想清楚我过去是怎么说的，今天又是怎么说的。我的爱人朵拉，只有我们先对那些被雇用的人尽到应有的责任，他们才会对我们尽到相应的责任。我们给了他们机会犯错，这个机会是无论如何都不应该给的。即使我们在处理家务事时有意这样懒散——我们并不是当真乐意如此——即使我们心甘情愿过这种状态——我们并不是心甘情愿如此——我敢说，我们不该这样松弛下去。我们在助长人们的惰性。朵拉，我们要思考这个问题，我们理应如此，也不能不如此。我总是不由自主地思考着这个问题，一思考起来，我就常常感到不安心。唉，我的亲爱的，事情就是这样的。好啦，别在这里犯傻了！"

很长一段时间里，朵拉都在用小手绢捂着脸，任我怎么挪都挪不开。她在那里一边呜咽，一边嘴里念念有词，问我，既然有今天的不安心，当初我又为何要娶她？既然知道自己的心不安，那在去教堂行结婚礼的前一天怎么不说？这样好趁早不要结婚啊！既然我不能包容她，干吗不把她送到帕特尼姑母那里，要不然送到印度朱丽亚·密尔斯那里也行啊！朱丽亚见到她一定会高兴得不得了的，朱丽亚才不会说她是发配边疆的差使，无论如何，朱丽亚都不会那样说她。反正当时的情形就是朵拉非常痛苦，她这个样子也使得我非常痛苦。我想尽管我已百般温柔了，但这种没有改进的努力再用下去也是徒劳，我必须另想办法。

还有什么别的办法可用呢？"塑造她的人格"！就是这一句平常的说法，让我觉得还有希望，于是我乐观起来，决定给朵拉塑造人格。

我着手自己的计划。当朵拉耍孩子脾气，我非常想哄哄她时，我竭力装出一副严厉的样子——这把她弄得很不安，也把我自己弄得很不安。我把我心想的事告诉她，给她念莎士比亚的作品——却把她弄得疲惫不堪。我有意无意零零碎碎地给她一些用得到的知识和合理的建议——可是我话还没出口，她就惊得像点燃的爆竹。任我装得再无心、再顺其自然，我最终还是发现，她总能本能地觉察到这种塑造人格的想法，她如此敏感，因而如此忧虑。最突出的一点是，她把莎士比亚想象成一个可恶的人了。结果是，我的塑造人格计划进展很慢。

我未跟特拉德尔打招呼，就硬让他帮我。只要他一来我家，我就对他拉响我的地雷，旨在让朵拉从旁学习。通过这种方式，我教了特拉德尔大量的可用知识，而且这些知识都是精挑细选的。可是这种示教的结果是，朵拉变得紧张兮兮的，她生怕下一个就轮到她自己被教育。除了这种结果，别无其他。我发现，自己成了一个老师、一个圈套、一个陷阱，不断地扮演着蜘蛛的身份来捕捉朵拉这只苍蝇，不断地跨出自己的巢穴来吓唬朵拉，叫她惊慌。

我还心存期待，相信过了这阵子适应期，我与朵拉会做到完美的和谐，那时朵拉的人格将被塑造得合我心意。所以，我把这个方式坚持了好几个月。然而，我最终看到，虽然那段日子里，我的决心像豪猪或者刺猬身上的刺一样长满全身，但是我的努力却毫无成效。于是我就想，是不是她的人格已经定型了。

我考虑再三，越来越觉得是这样的。于是我放弃了我那个听起来很不错办起来却很难的计划。我发誓，我就满足这个娃娃妻子，以后再也不想着用什么方法去改变她了。我这种小聪明的做法着实令我自己反感，无论如何，我也不要再让我的宝贝受约束了。后来有一天，我想讨好我的娃娃妻子，就给她买了副耳环，给吉普买了个项圈。

朵拉一见到这两个小礼物就心花怒放，高兴得要吻我。但是我们之间有一片轻微的阴影，我下定决心，一定要消除这片阴影。要是那片阴影非得找个地方存养的话，那就把它挪到我的内心存着吧。

我跟我的娃娃妻子都坐在沙发上，我挨着她帮她戴耳环。我对她说，我们近来的相处比不上以前和睦了，这个事，我是有责任的。我真的这样觉得，而且实际情况也是这样。

"实际上是，朵拉，我的命根子，"我说道，"我以前做得太自以为是了。"

"不过结果也使我变聪明，"朵拉怯生生地说，"对不，大卫？"

她抬起眉毛，用可爱的表情问我，我点着头回答她，然后向那张嘴送上了一吻。

"毫不见效，"朵拉摇着头，耳环跟着叮当作响，"你是知道的，我是那样的一个小东西，我也一开始就跟你说了你该怎样称呼我。要是你做不到的话，我担心你再也喜欢不上我了。你敢保证，你有时认为，最好当初……"

"当初怎么了，我的亲爱的？"说到这儿她停住了，我就问她。

"当初没怎么。"朵拉说道。

"当初真的没怎么？"我又一次问道。

她上前搂着我的脖子，笑着叫自己爱听的称呼，小笨鹅，同时把脸使劲儿地往我的肩颈部塞。她的头发那么多，我想扒开她的头发看着她的脸，竟然发现是很难办的事。

"我是不是最好当初别去想着塑造我小妻子的人格，"我自己笑起自己，说道，"你想说的就是这个吗？非常正确，我也这样想过。"

"以前，你在做的就是这个吗？"朵拉叫道，"啊，你这孩子，太可怕了！"

"但是我以后再也不动这个心思了，"我告诉她，"你以前的样子，我非常非常的喜欢。"

"不许骗人——是真的吗？"朵拉向我靠拢一点问道。

"那么久了，我都一直把你当作宝贝对待，现在干吗要改变呢？"我说道，"你本来的样子已经表现得登峰造极了，再也不能更进一步了。朵拉，我的亲爱的，那些小聪明的做法就不要再去试了，我们要回到过去，快乐地生活。"

"快乐地生活！"朵拉接过去说道，"好的，一直延续下去！偶尔出现一点状况，你也不会在意吧？"

"不会的，不会的，"我说道，"我们要齐心协力去避免状况的出现。"

"你不会再跟我说，我们把别人带坏了，"朵拉哄诱我，说道，"对吗？因为，你心里明白，那样说是很讨人厌的。"

"不会了，不会了。"我说道。

"我觉得，我笨点总比不快乐好得多，对吗？"朵拉问道。

"朵拉本来的样子，是世界上任何事物都无法企及的。"

"世界上！哦，大卫，那范围可就大着了。"

她把头一摇，然后用那双含着喜悦的亮眼睛看着我，对我又是吻又是笑，接着跳开去找吉普，给它戴项圈。

那是我最后一次尝试改变朵拉，得到的结果就是这样的。那个尝试在进行的过程引起了不愉快。我自己都受不了这种自以为是的聪明。当初，她要我以娃娃妻子称呼她，而这个尝试是与那个请求相悖而行的。我决定，用我一个人的力量去默默地改变我们的行为。但是我却估计，那力量应该用得非常细微，不然，我又要变异成蜘蛛在那里潜身埋伏，等待时机了。

我提过的那个阴影从我们之间挪走了，它完完全全存在于我自己的内心！那个阴影该如何消除呢？

我的生活充斥着一种不愉快的气氛，那种气氛我提过。要说这种气氛有了什么改变，那就是比以往更深了。但是对于这气氛的意识，我还是比较模糊的，就像一首忧伤的曲调，依稀传入我的耳中。我疼爱我的妻子，并且从中寻找到乐趣。但是这不是我曾经所期待的幸福，总觉得现实中少了点什么。

为了实现我对自己的要求，我将我的想法在书中记下，然后回过头来仔细地考察，将其中的奥秘提出来。那些我念念不忘的东西，我依然视为——我向来视为——我儿时的梦想，视为无法实现的东西，视为我发现它无法实现时，我会像正常人一样本能地流露出痛苦的东西。但是，我清楚要是我的妻子能给予我帮助，与我共享我压在心底的众多想法，那将会为我带来好处，这是可能实现的情况。

我现在面对着两种结论：一个是，我的感受是正常的、不可避免的；另一个是，这种专属我个人的，跟正常的又是不一样的。这两种背道而驰的结论，我竟然出奇地做到了使它们平衡。我对它们的对立并没有明朗的认识。每当想起我儿时无法实现的梦想时，我就提醒自己，在我成人以前，我过过一些情况好一点的日子。接着，那所亲切的老房子浮现在我面前，与爱妮丝在那儿度过的令人知足的日子，像幽灵一般在我的面前出现（它永远也不会再现了，要是有的话，也只能在这个世界的另一面存在了）。

有的时候，我设想，要是我的生命里不曾有过朵拉，那么现在是什么样子，以后又是什么样子？可是朵拉和我是那样的密不可分，所以那种设想是毫无意义的，它很快就像空中飘浮的游丝一样，飘散、消失。

我从未间断过爱她，我现在所写下的东西，在我思想的最深处，慢慢睡着，慢慢醒来，又慢慢睡下。它在我的身上找不到任何痕迹，我说的每一句话、做的每一件事，都不带有它的影子。在我们之间因为小状况所带来的忧虑，我都照着我要求的那样去做，将它们隐忍下来。每天晚上，朵拉帮我拿着笔，我们都觉得，这是我们为了各司其职所做的调整。她发自内心地爱我，以我为荣。爱妮丝给朵拉写信，说我的老朋友们知道了我的荣誉，而且我的荣誉还在逐渐增长。每次看我所写的书，他们都觉得是在亲耳听我给他们读，他们对我的书表示出极大的兴趣和无限的自豪。她说得那样真诚，朵拉在读她的信时，明亮的眼睛都闪出了泪花。可是她又是那样欢喜，说我是个讨人喜欢的、智慧的、名扬四海的大孩子。

"那缺少修养的心灵犯了生平第一个错误。"这时，斯特朗夫人所说的那几句话不断出现在我的脑海中，似乎这句话未曾离开过我的思想。常常，我在半夜睡醒后都会想起这句话。甚至我在梦中都看见墙上刻着这句话，然后我将它们念了出来。因为那个时候我明白，当初我爱朵拉时，我的心是修养不够的。要是我的内心有多点修养的话，那么在我们结婚后，我就不会感到内心阴暗处的东西。

"夫妻间最大的差异，便是思想不一致，目的不相同"，这句话我也记得。我曾经用尽心思，想让朵拉跟着我的步伐走，结果发现这是不可能做到的。没办法，我只得跟上朵拉的步伐走。尽我所能快乐地分享她的一切。当我开始思考时，我就明白我的心灵应该有的修养正是这些。它使我婚后的第二年比第一年更加幸福，而且，更重要的是，朵拉的生命也充满了阳光。

但是，当那一年过下去时，朵拉是不健康的，我曾经希望有比我更灵巧的手帮助塑造她的人性。我曾经期待，有一个婴儿躺在她怀中，她会因为这个孩子由娃娃妻子成长为一个大人，但是这是不切实际的。有一个小天使，在它那小囚室门口还没多扇动一下翅膀，就无牵无挂地飞走了。

"哪天我恢复了往常的样子，能到处奔跑，姨奶奶，"朵拉说道，"我定要跟吉普比比谁跑得更快。它越来越懒了，也越来越笨了。"

"我的亲爱的，我猜呀，"坐在她身旁的姨奶奶依旧安静地做着事，同时说道，"它的毛病啊，不只是笨了、懒了，朵拉，它怕是上了年纪了。"

"你是说它老了？"朵拉慌张起来，说道，"哦，吉普也有老的一天，这是件多么奇怪的事呀！"

"上了年纪，避免不了这里痛那里痛的，小东西儿，"我姨奶奶面露喜色，说道，"就拿我来实话实说吧，我也越来越多地感觉到这种病痛了，这在以前的日子里是没有的。"

"可是吉普，"朵拉的心怜悯起来，看着吉普说道，"这个小小的吉普，难道它也不能幸免吗，啊，多么可怜的小家伙儿！"

"依我看，它应该还能坚持一些时日，小花儿，"我姨奶奶用手拍打着朵拉的小脸蛋儿，而朵拉正坐在长椅上侧过身子向吉普张望，只见吉普为了回应它的小主人站起后腿来，连头带肩地往上用劲，动得气喘吁吁的。"要在它的窗子上铺一块毛绒布给它过冬了，如果说明年春天，花儿恢复生机时，它也一同恢复，我一点也不感到意外。愿主保佑这只小狗儿吧！"我姨奶奶叫道，"要是它像猫一样，有九条命，就算它在过它最后的一条命，那它也要在吞下最后一口气前叫我呢，我保证它会！"

这时，吉普被朵拉抱上了沙发。它还真的叫着我姨奶奶。它把它对姨奶奶的敌意发泄得凶猛至极，它的身子歪向了一边，叫得都快站不住了。我姨奶奶越是望着它，它就越是叫着她。那些日子，我姨奶奶佩戴了眼镜，它是因为某个让人费解的理由，觉得那副眼镜应该被排斥。

朵拉说了很多好听的话，才将它安抚下来。它在她旁边安静地趴下。这时，朵拉若有所思，用手将吉普的耳朵摸了又摸，重复着说道："就连这个小小的吉普，也不能幸免！哦，多么可怜的小家伙。"

"它的元气还很足呢，"我姨奶奶高兴地说道，"你看它，那股憎恨我的劲儿丝毫未减。所以让它再多活几年，根本没问题。但是，小花儿，它已经不再是一只能跟你比赛跑步的狗了，要是你想要的话，我可以给你再弄一条来。"

"你太好了，姨奶奶，"朵拉有气无力地说道，"可是，不要这么做，抱歉！"

"不要？"我姨奶奶将眼镜摘下来，说道。

"我只会养一条叫吉普的狗，其他的狗我不养，"朵拉说道，

语言描写
写出了朵拉对吉普深厚的感情。

"养了其他的狗就太对不住吉普了。而且,我只能跟吉普成为朋友,对其他的狗我做不到。因为其他的狗,在我结婚以前,并不了解我。在大卫第一次到我们家时,它没有叫他。我只在意吉普,其他的狗我不会去在意的,姨奶奶。"

"可不是!"姨奶奶又在她的小脸蛋上拍了拍,说道,"你说得也是。"

"你不会生我的气吧?"朵拉说道,"对不对?"

"呀,我的小宝贝,你又多情起来了!"姨奶奶亲切地把身子歪向她说道,"竟然想到我会生气呢。"

"不是那样的,不是那样的,我并不是那个意思,"朵拉说道,"是因为我有一点乏了,于是一时间犯起糊涂来——一直以来我都是个小迷糊,这个你了解的。现在加上聊到吉普,我就要更加迷糊了。它很早就跟随我,陪着我走过很多境遇,对吗,吉普?现在,它稍稍有了点变化,我就冷落它,我做不到——对吗,吉普?"

吉普向朵拉靠得更近了,慢慢地舔着小主人的手。

"吉普,你是老了,可是不至于弃我而去吧,对吗?"朵拉说道,"我们还要在一起相守一些时日呢!"

在接下来的一个周日,老特拉德尔惯例来我们家共同进餐,我那美丽的朵拉,当她下楼吃饭见到老特拉德尔时是那样的高兴,让我们觉得,再过上几天,她就能像以往一样满地乱跑了。可是他们告诉我,还要再过几天。几天过后,他们又说还要再等几天。很多天以后,她还是不能跑,连下床走动她都不行。她的气色看起来非常好,也很快乐,可是她的那双小脚,曾经围着吉普迈着轻盈舞步的脚,现在却沉重迟缓,活动不便。

从那以后,我天天早上抱她下楼,晚上再抱她回去。每次抱她时,她都搂着我的脖子哈哈大笑,笑得那样开心,好像我是为了打赌才抱她上下楼的。吉普则在我们脚下围着转,又是叫又是跳,又是跑到我们前面,在楼梯口停下来回过头,气喘吁吁地注视着我们。我姨奶奶,最优秀的护士,高兴地抱着披巾和枕头,跟随在我们后面。狄克先生拿着蜡烛,这蜡烛他谁也不给,只当这是专由他负责的事。楼梯底下,特拉德尔抬头往上看,他将朵拉开玩笑的内容记录下来,然后再传给他那世间最讨人爱的姑娘。我们组成一队快乐的人马,而这队人马中,我的娃娃妻子是最快乐的。

可是,有时候,我将她抱在怀中,却发现她轻了。一种恍惚空蒙的可怕感觉在我心中萌生。它就像一片冰霜凛冽的地带,它将冻结我的生活,而我却没有完全看清就向它走去。我不想用任何一个名词来证明这种感觉,也不愿在这种感觉上多做什么思考。可是,有一个晚上,这种感觉强烈地沉在我的心头。我的姨奶奶跟朵拉告别,叫"再见了,小花儿",那时我一个人在写字台旁边坐着,心里想,哦,这个名字太不吉祥了,花儿在树上还开着,这就枯萎了!我哭了。

精彩点拨

改变一个人不如改变自己，大卫在家事一团糟时，就一直想办法去对朵拉进行改造，可是无论用怎样的方法，最终都以失败告终，而且还弄得自己和对方身心疲惫，感情变差。后来，大卫接受了这一现实，他想起斯特朗夫人所说的那几句话，大卫觉得要是他的内心有多点修养的话，那么就不会感到内心阴暗处的东西。当他发现想让朵拉跟着自己的步伐走是不可能做到的时，他只得跟上朵拉的步伐走，尽所能快乐地分享她的一切。当大卫开始思考时，他们的婚姻生活就更加幸福了。

阅读积累

莎士比亚

威廉·莎士比亚（1564—1616），是英国文学史上最杰出的戏剧家，也是欧洲文艺复兴时期最重要、最伟大的作家，全世界最卓越的文学家之一。

莎士比亚崇尚高尚情操，常常描写牺牲与复仇，包括《奥赛罗》《哈姆雷特》《李尔王》和《麦克白》，被认为属于英语最佳范例。在他人生最后阶段，他开始创作悲喜剧，又称为传奇剧。莎士比亚流传下来的作品包括39部戏剧、154首十四行诗、两首长叙事诗。他的戏剧有各种主要语言的译本，且表演次数远远超过其他任何戏剧家的作品。

第五十章

精彩导读

大卫收到了米考伯先生的来信,而特拉德尔也收到了米考伯太太的来信,他俩没看懂信的内容,于是和贝西小姐商量,准备一起赴约。他俩见到了早到的米考伯先生,因为米考伯先生精神很糟糕,所以就一起回到了贝西小姐家里。在大家的劝导下,米考伯先生揭露了希普先生的罪行。大卫他们会告发希普先生吗?

一天早上,我收到一封信,是从坎特布雷寄过来的,地址写的是博士院。我颇为好奇,打开信来读道:

吾亲爱的先生:

因事不遂人愿,吾离开吾亲爱的朋友已有段时间了。每当工作闲暇之时,怀念往昔之事,念及旧日之情,顿增快慰之感。实际上,吾亲爱的先生,汝因高才而声名显赫,吾又怎么敢再用科波菲尔来称呼吾昔时之友伴呢!但是,这一称呼将永远与吾家各种债据和抵押文书(也就是米考伯太太所保管的与吾家旧房客有关的文件)一起受到珍视,受到敬爱,这才是吾敢告诉你的。

现在这位执笔写信之人正处于紧急危难之中,如将沉之舟,盖因错误与恶运交加。故不复能在此将恭贺之词多加陈述,还是留待那些高洁之士来说吧。

假若先生果真地能将此信读到此处,必欲知吾作此信用意何居?君故当有理由做此一问,然则我也须声明:吾意不在金钱也。

指挥雷霆,发纵怒火,吾是否有此能力,姑且不论,但吾想在此告知先生:吾之希望永绝——吾之平安永绝——吾之快乐永绝——吾之心脏已离正位——吾亦不复能在人前昂首阔步也。花有毒虫,杯满苦酒。虫毒正盛,花亡无日矣。愈早愈佳,我不欲多言矣。

吾心苦闷,米考伯太太虽身兼异性、妻子、母亲,亦无能对我加以宽慰。我欲做短期之逃避,以四十八小时之光阴,重游首都昔日行乐之地。谈及吾避难养心之所,最高法院拘留所乃吾必去之地。后日晚七点整,吾将在民事拘留所之南墙外。陈述至此,吾做此信之目的达也。

吾昔日之友科波菲尔先生，或吾著日之友内院汤姆·特拉德尔先生，若能屈尊惠临，重叙与吾昔日之友情，故此生所愿，不敢请耳。我得承认，在吾上文提及之时间及地点，君等可以见到已坍塌的塔楼之残迹也。

威尔金·米考伯

附言：吾当说明，米考伯太太尚不知晓吾之计划也。

这封信，我从头到尾读了好几遍。我知道，米考伯先生这个人写起文章来确实有点浮夸，而且他一逮到机会，定要长篇大论一番。但是我总觉得，他这封信写得拐弯抹角的，好像隐藏着什么重要的信息。我将信放下，开始琢磨其中的隐含之意，然后又把信拿起来读了一遍。我还在这样追寻其中的意思，并且迷惑得不能再迷惑时，特拉德尔来了。

"我亲爱的朋友，"我对他说，"现在见到你比任何时候见到你都要使我高兴。你来得正是时候，用你那冷静的大脑给我一些帮助吧。米考伯先生给我寄来了一封信，但是他写得怪怪的，特拉德尔。"

"是吗？"特拉德尔叫起来，"真有这么一回事？米考伯太太也给我写了一封信！"

特拉德尔说着就将米考伯太太的信拿了出来递给我，我也将米考伯先生的信递给了他。这时我看见他因走路而满脸通红再加上兴奋，他的头发一根根竖了起来，好像他看见了一个实实在在的鬼魂被吓着了一般。他将米考伯先生的信仔细研读了一番，抬起眼睛看着我，说道："指挥雷霆，发纵怒火，天哪，科波菲尔！"——我也看了他一眼，然后打开米考伯太太的信，仔细地读起来。

以下是信的原文：

汤姆·特拉德尔先生万福。若君尚记得往昔有幸与君结识之人，可容吾恳求先生抽少许之闲暇，以读此信否？吾向特拉德尔先生作保，若非身陷困惑之中，绝不至于冒昧相扰也。

言之心痛，往昔极顾家的米考伯先生现与其妻及其家人相当疏远，此乃吾向特拉德尔先生作此信并求其帮助之原因也。米考伯先生的行为与以往迥异，其野蛮粗暴又非特拉德尔先生可以想象者。此种变化正逐渐加重，他已现精神错乱之迹象也。吾向特拉德尔先生准确地说，他之病情之发作，日日有之。余已习惯于米考伯先生说他已委身于恶魔。他不再信任他人，而是变得诡秘无比。余言至此，余情可知。假若因细微之事触犯了他，如问他晚餐欲吃何物，也会使他愤愤闹着要离婚。昨夜，双生子索取两便士，去买本地一种叫"柠檬宝"的糖果，他竟举刀相向。

请你原谅，特拉德尔先生，向君谈这些琐碎之小事，但假若不这样，特拉德尔先生又如何了解我伤心之状况呢？

余今可以冒昧请求特拉德尔先生理解此信的目的否？我能获许向特拉德尔先生请求谋取帮助否？当然，余知其心者也。

女性由于情专，故眼光敏锐，不易上当受骗。米考伯先生将去伦敦了。今日早餐前，他偷偷地将地址写在一小纸上，并将其挂到一只棕色的旧小提包之上。他让马车送到金十字街。余能冒昧请求先生到那看我丈夫并对其加之理喻否？余可以冒昧地请先生为米考伯先生与他苦闷的家属调和否？否，否，若是吾之要求太过矣。

假若科波菲尔先生尚记得我等默默无闻之辈，还望特拉德尔先生亦代吾向他致以问候，并转致我的同一恳求。切记切记，此信要绝对守密，万万不能在米考伯先生面前提及。余不敢有此奢望，但如蒙惠复，请寄至坎特布雷邮局交E. M收。这较写明收信人姓名所引起的不幸后果会小得多。

爱玛·米考伯

"你怎么看待那封信？"特拉德尔问我，刚好我将信看完了两遍。

"那你又是怎么看待另一封信的呢？"我问他，只见他又读了一遍，然后眉头紧锁。

"科波菲尔，综合这两封信，我认为，它们所提供的有用信息，比米考伯先生及其太太平常所写的任何信都要多得多——但是我还是没理解其中的用意。他俩各写各的信，而且写得非常真诚。可怜啊！"这会儿，他所说的是米考伯太太的信，当时我们紧挨着站在一起，将两封信做比较，"不管怎么说，要给她回一封信。她会觉得这是对她的赏赐。我们就写信告诉她，米考伯先生那儿，我们是一定会去的。"

这个提议，我非常赞成。因为上一次她写给我的那封信，没有引起我足够的重视，所以此刻我非常自责。她上一次的信，引发了我许多的想法，这个我已经说过。但是，由于我本人事务繁忙，加之后来没有更多的消息从那个家庭里传过来，我就慢慢把这件事给忘了。从那时起，我也有过几次想到他家的人，但都是些像在坎特布雷时，搞的什么"经济纠纷"之类的事，再不然就是，米考伯先生当上了尤来亚·希普的书记员，看到我时羞羞答答的样子。

反正，最后就是给米考伯太太写了一封旨在安慰的信，署名是我跟特拉德尔。信是我跟特拉德尔一起步行去城里寄的，一路上，我们就这个问题做了大篇幅的讨论，提出了许多的揣测和推想，这些东西在这里就不细加记叙了。当天下午，我还叫来姨奶奶跟我们一起讨论，但是我们只得出了一个结论：没办法，赴米考伯先生的约是势在必行的了。

那天，我们提前一小时来到约定的地方，不过，发现米考伯先生比我们来得还早。在一堵墙边，他两臂交叉背对着我们站着，神情忧郁地看着墙上的铁钉子。他好像把这些铁钉子当成了交错的枝杈，在他幼年时给他遮阳挡光。

我们走上前跟他打招呼，却看见他更加颓废，而且少了分儒雅的气质。他这次来赴约，特意将那件出庭时穿的黑色大褂脱了下来。他今天穿的是穿过的贴身外套和裤子，但穿不出以前的那种感觉。当我们打开话匣子时，他往日的神韵才渐渐显现。他的眼镜很别扭地挂在那里，他衬衫的领子虽然还是以前的尺寸，但是软不拉几地直不起来。

"二位绅士！"我们相互寒暄了几句，米考伯先生开始说话了，"都说患难见真情，而你们，正是这样的朋友。在这里，我要问候一下科波菲尔先生上任的太太及特拉德尔先生待任的太太（换句话也就是说，特拉德尔先生尚未与其意中人缔结连理，同甘共苦），我愿她们身体健康！望两位

能接受我的问候。"

我们对他的客套话表达了谢意，同时给予了必要的回答。随后，他向墙面指去，开始发言，"我请两位先生来作证"，他说得这样一本正经，我一听就制止了他，叫他以前怎么跟我们说话，现在就怎么跟我们说话。

"科波菲尔，我的亲爱的，"他将我的手握起说道，"你待我如此诚恳，我甘拜下风。像我这种曾经称为人，而现在则是一片残垣断壁——如果我能以这种方式来形容我自己——你都能这样对待，这足以说明，你的心是人类共有天性的一种荣耀。我打算告诉你的是，我一生中最快乐的时光已经过去了，我现在面对的正是一片宁静。"

"我倒觉得，那种快乐正是因为有米考伯太太的缘故，"我说道，"但愿她一切都好！"

"谢谢你，"听我这样说，米考伯先生的脸当时就灰了，"她过得一般一般啦，这个。"米考伯先生露出低落的神情，不住地点着头，说道，"就像是牢狱之中！在那个地方，在许多流逝的年岁里，才第一回听不到让人烦躁不安的讨债声；在那个地方，不会有哪个债主找上门来，一个劲儿地猛敲；在那个地方，没有诉讼，也没有审判，继续服刑的状纸只能在门外搁下罢了！绅士们，当墙上的铁钉在操场的石子上投下影子时，我曾看见我的孩子们，躲开暗线，只走明线，穿过斑驳的影子。要是我表现出我的软弱，该如何去原谅我，你们一定知道吧。"

"打那个时候起，米考伯先生，我们就已经开始发生改变了。"我对他说。

"科波菲尔先生，"米考伯先生难过起来，他接过我的话说道，"当我在那个地方逃避灾难时，我能做到与我相同处境的人平等相处，要是他们得罪了我，我可以冲着他的头挥上一拳。现在，我与那些处境相同的人之间的关系已不再是值得炫耀的了。"

米考伯先生说完这话，心情沮丧地转过身来。我跟特拉德尔都将胳膊伸给他，然后他就在我们中间，分别挽起我们的胳膊，一同往前走去。

"在一个人赶往黄泉路的途中，"米考伯先生回首顾之，颇有恋意，说道，"会遇到一些标志界限的石碑，要不是一个人怀有一些邪思杂念，那他是不会再往前走的。那个牢狱在我动荡不安的一生中，就是这样的一个石碑。"

"啊，你有心思了，米考伯先生。"特拉德尔说道。

"是啊，先生，我有。"米考伯先生回答他道。

"但愿，"特拉德尔说道，"不是法律所给你带来的憎恶感——因为，你知道，我自己也是搞法律这行的。"

米考伯先生没有吐出一个字。

"米考伯先生，我的那位朋友希普，他过得怎么样？"大家保持一段沉默后，我开口了。

"科波菲尔，我的亲爱的，"米考伯先生忽然露出局促不安的神色，脸色也苍白了，说道，"我的东家，要是你视之为你的朋友，现在来跟我问候他的情况，我只好说声抱歉；要是你视之为我的朋友，现在来跟我问候他的情况，我只能付之一笑。反正，不管你出于什么缘由来问候我的东家，望你谅解，我都只能告诉你——无论他的身体如何，就算他的那张脸不是凶神恶煞，那至少也是阴险狡诈的。在我的职业生涯中，至于我是如何被驱赶到绝望的路上，请你允许我以一个私人的身份，拒绝讨论下去。"

这个问题使得他这样的激动，我觉得自己实在有点冒犯，为此，我向他表示道歉："我能做得到把刚才所犯的错误就此搁下不再重犯。现在，我想问候下我的旧友维克菲尔德先生及其女儿，可以吗？"

"维克菲尔德小姐，"说到这儿，米考伯先生的脸红了一阵，说道，"她是一个典型人物，一个光明的代表，她向来如此。我亲爱的科波菲尔，现在的日子过得多么惨淡无光，但她却是唯一散发光芒的地方。面对这样一位年轻的小姐，我非常尊重她，也非常称赞她的品格。但是，她的仁慈、信任和善良，进一步加重了我对她所抱感情的忠诚！——找个人少的地方，"米考伯先生说，"把我带过去。因为，说真的，眼下这种心情，我实在扛不住了！"

我们看到一条小巷子，我把他扶了过去。到了那儿后，他背靠着墙站着，掏出一小块手绢。当时，特拉德尔很严肃地看着他。我在心里想，要是我也这样做的话，他一定会觉得我们两个在他身边，一点也没让他感受轻松。

"这就是我的命啊，"米考伯先生毫不掩饰地哭了出来（不过，虽然他哭了，脸上却保持着儒雅的样子），"这就是我的命啊！二位绅士，放在别人身上那是优美的感情，到了我这儿却成了攻击的对象。我对维克菲尔德小姐的敬意，就像射来的一阵利箭，插在我的心头，请你们弃我而去吧，就让我当无家可归的浪子吧。"

我们没有理会他的要求，只是依然站在他的身边陪着他。后来，他将小手绢收好，理了理衬衫领子。他将帽子歪戴在一边，为了不让路人看见他这副德行，他还哼起一支小曲。这时，我提议——恐怕我们将他一个人放在这会有什么意外——要是他愿意与我坐车同去海盖特（我们可以给他住处），我一定很乐意把他介绍给我姨奶奶认识。

"你要亲手给我们做一杯加料酒，而且要你最擅长的那种，米考伯先生。"我对他说道，"想想过去那些快乐的时光，并且从中将你所烦恼的事忘掉吧！"

"要不然，如果你觉得与朋友聊天可以使你的内心舒畅，那就跟我们聊天吧，米考伯先生。"特拉德尔细心地想到了这点，于是对米考伯先生说。

"二位绅士，"米考伯先生回答，"你们希望我怎么做，我就怎么做！我是那大海上的一棵小草，正由气候向四面八方横冲乱打——抱歉，我应该以天气来作比喻。"

我们再次胳膊挽胳膊地走着。走到脚车车站，我们碰巧遇到一辆要走的脚车。于是，我们就坐着这辆脚车顺顺当当地来到了海盖特。这要怎么说、怎么做才好，我心中没数，拿不定主意——显而易见，特拉德尔跟我一样，不知如何是好。这一路上，米考伯先生陷入一种深沉的抑郁之中。有时候，他哼着一支曲子的结尾，试着让自己打起精神来。可是他那歪戴在一边的帽子和那陷在衬衫领子里的双眼，让人一看就知道他那悲哀的情绪又来临了，而且更加悲戚动人。

那个时候，朵拉正在生病，所以我就没有把他带到我家里而是去了我姨奶奶家。我姨奶奶一听见有人来找，很快就出来了。见到米考伯先生，她表现得非常热情，非常和蔼。我姨奶奶将手伸给米考伯先生，他吻过之后，向窗子边退去，掏出小手绢来。在内心深处，他自己正同自己做着一番斗争。

狄克先生也在家中。他那个人，天生对那些遭受苦难的人抱以怜悯之心，而且又善于在人群中发现这些人。所以那天，他从见到米考伯先生开始，头五分钟内就跟他握了至少六次的手。在正处于苦难中的米考伯先生眼里，一个未曾谋面的人，却能这样热忱地对待自己，这实在令他感动不已。所以他们每握一次手，米考伯先生就说："我太感激你了，我亲爱的先生。"狄克先生听了非常高兴，于是他握手的勇气一次次增加。

"这位先生的友好示意，"米考伯先生对我姨奶奶说，"小姐，请您允许我说下去，用我们野蛮的国民竞技的术语来说，就是——我被他打得一败涂地了。对于一个遭受烦躁苦恼和忐忑不安的重压，并且拼命垂死挣扎的人来说，我敢对你发誓，这种待遇是叫人担当不起的。"

"狄克先生，我的朋友，"我姨奶奶得意地说道，"是个不同寻常的人。"

"这句话说得是，"米考伯先生说道，"我亲爱的先生，"这时狄克先生又过来同他握手，"你的好意，我能深刻地感受到！"

"现在感觉如何？"狄克先生带着极为关切的样子问他。

"没什么了，我亲爱的先生。"米考伯叹息了一声说道。

"打起精神来，"狄克先生说道，"尽量别逼得自己难受。"

狄克先生那握着他的手，再加上这几句好听的话，让米考伯先生感动得不得了。"人的一生就像个万花筒，变幻多端，"他说道，"这其中，我也是遇见过沙漠之中的绿洲的，但像这样一个草木葱葱、泉水涓涓的绿洲，我还是头次遇见。"

比喻手法
写出了米考伯先生对狄克先生的劝慰的感激之情。

要是在其他的时候出现这样一种情形，我会觉得很愉快。但是我们都有点局促不安，像受了什么拘束。米考伯先生像是想跟大家说点什么，但是却欲言又止，摇摆不定。我等着他说，焦躁使我浑身发热。特拉德尔则在椅子上坐着，头上的头发竖得比平时更直了。他眼睛睁得大大的，看看我又看看米考伯先生，又回头看看我，大家一点换话题的意思都没有。而我的姨奶奶，又能够用犀利的目光注视着她的新来客，不过她一点都不紧张。她领着他交谈，他则不论乐意与否，只得开口说话。

写出了特拉德尔在等待米考伯先生说话时的焦急。

"我侄外孙很早就认识你，你们是朋友，米考伯先生，"我姨奶奶说道，"我本应该早点认识你。"

"小姐，"米考伯先生回答道，"若是有缘，我也愿早点认识您。我如今是落魄了，不过，我以前可不是今天这般模样。"

"我但愿,米考伯太太及其家属都安康,先生。"我姨奶奶说。

米考伯先生低下头:"他们呀,小姐,"他停了一下,然后豁出去了似的说道,"就跟那些孤苦无依的人一样,只能期望那个层次的愿望了。"

"哎呀呀,先生,"我姨奶奶说这话时,给人一种突如其来的感觉,"你这说的是什么话啊?"

"我们一家人的生计,小姐,"米考伯先生说道,"我的东家——"

说到这里,米考伯先生吊人胃口地打住了,却开始剥起柠檬片来。那些柠檬和用来做加料的东西都是我按照我的理解摆在他的面前的。

"怎么了,你的东家?"狄克先生扮起提示者的身份,温柔地碰触了一下他的胳膊。

"我的好先生,"米考伯先生接着说下去,"你提醒了我,这太谢谢你了。"他们俩再次握了握手。"小姐,我的东家——就是希普先生——老在我面前絮叨,说要不是他雇用了我,我现在怕是个街头卖艺的人,在江湖上表演吞刀、吐火的把戏。要是不这样的话,那就是让我的孩子们靠马戏团那种扭肢转体的把戏混饭吃,到时,米考伯太太还可以在一旁拉拉手风琴,营造营造气氛呢。"

米考伯先生将手中的刀子随手一挥,意在表明,只要他活着一天,就不会让这样的事发生。随后,他脸上的最后一丝希望消去了,埋头剥起柠檬皮来。

我的姨奶奶常常在一张小圆桌旁坐着,这一次她也是。这会儿,她将胳膊肘儿靠在小圆桌上,将视线集中在米考伯先生身上。其实我很讨厌说出什么话,再度引起他不愿意谈论的话题。但是,见到他做出这样奇怪的举动,我还是决定拾起那个话头吧。这时,只见他将柠檬皮收拾到一个壶里,用鼻烟碟装了一点糖,再把酒精倒到一个空瓶子里。他拿起蜡烛盘往外倒,似乎深信不疑会有开水倒出来。这些都是非常值得注意的行为,我知道,要出事了,真的要出事了。只听见"哗啦"一声,所有的用具都被他摔到了桌子上,然后,他从椅子上霍地站起来,掏出小手巾,一下子哭了出来。

"科波菲尔,我的亲爱的,"米考伯先生用手捂着脸说道,"在所有的工作中,干这个最需要平心静气,自尊自爱。但现在,我做不到,这份工作我做不下去了。"

"米考伯先生,"我问他,"发生什么事了?告诉我们吧,在场的都是自己人。"

"都是自己人,先生!"米考伯先生重复说了一遍(在他心中隐藏至今的事,一会儿就要爆发了),"老天啊,就是因为都是自己人,才把我的心情弄成现在这个样子。发生了什么事,各位先生?什么不是个事儿?恶棍是个事儿,卑鄙劣行是个事儿,虚伪、阴险也是个事儿。所有这些事,都可以总结归纳起来叫——希普!"

我姨奶奶拍起手来,在场的一个个像鬼魂附体了一般,都站了起来。

"挣扎已经结束!"米考伯先生说道,他手拿小手绢在空中用力地挥舞作势,同时不住地抡着双臂,仿佛他正在困难中游泳,可是那困难却是常人难以克服的,"这种生活我受够了,我再也不要过了。我太可怜了,那些可以使生活过得好一点的东西,都被别人争光了。跟着那个恶魔无赖的日子里,我做什么都受拘束。把我的太太还给我,把我的家还给我,把现在这个穿着靴子一天到晚跑来跑去的可怜虫打发掉,把原来的米考伯还给我。就算天亮了就叫我去表演吞刀,我也不会拒

绝,而且我情愿去吞刀!"

长这么大,我从来没见过情绪这样激动的人。我想让他冷静一点,好好地讨论一下,可是他越来越激动,说什么他都听不进去。

"直到我把……哦……可恶的……毒蛇……也就是希普……炸成肉末之前,"米考伯先生又是大口喘气,又是唾沫四溅,又是呜呜抽泣,像是个在冷水中挣扎的人儿,"谁也别跟我握手!直到我把……哦……维苏威火山……压在那个不知廉耻的恶棍……希普……脑袋上……哦……在它爆炸以前,谁款待我也不接受!直到我把……那个骗人……没一句真话的……希普的……眼睛珠子……抠出来,家里的……哦……吃的东西……尤其是加料酒……天啊……难以下咽!直到我把……那个……这世上找不到第二个伪君子和发假誓的人……希普……压得……啊……面目全非……我……啊……跟那个人没交情……也……啊……以后也不认识!"

我真害怕,米考伯先生就这样当场断气。他上气不接下气地说完这些话,他的样子真可怕。不过后来,他喘着粗气,脸上冒着汗,倒在了椅子上。他眼睛睁得老大,看着我们,他的脸红一阵、紫一阵。他的喉结一上一下的,看样子是打算冲上额头的了,他的样子,好像就快要断气了。我打算过去帮他一把,但是他摇着手叫我别过去,我说话他也不听。

"别,科波菲尔……我可不能跟你们联系了……直到维克菲尔德小姐……哦……从那个恶绝透顶的……希普……那里所受的委屈,得以申冤之前……不许告诉任何人……哦……绝对保密……哦……对谁都是……再过一周……哦……在吃早饭的时间……嗯……在场的每一个人……包括姨奶奶……嗯……以及友好得要命的狄克先生……起到坎特布雷的旅馆……嗯……到时,我跟米考伯太太……也在那里……同台演唱一首《忆往日》……而且……把那个叫人厌恶的恶棍……希普!无话可说了……啊……也不要听人劝……马上离开……跟着那个挨千刀的叛徒……希普……不要啊……朋友!"

米考伯先生丢下这些话就往宅子外面冲去,留下我们在那里又是紧张,又是希望,又是惊讶,但是我们的心情却被弄得跟他没什么两样。但是即便在那个时候,他还是没能控制住自己爱写信的嗜好。当时,我们紧张、希望、惊讶的高潮还未退去,一家酒店给我送来一封简短的信,就是下面这封,写得像田园诗一般,这还是他特意去我们约定的那家酒店写的:

绝密!

我亲爱的先生:

我恳求你,代我向你的姨祖致歉,因为我刚才失态而无礼了。由于我内心激战,有如蒸腾之火山久抑未发,今日一发便不可遏制,此情只可意会,不可言传。

我曾约各位于下礼拜今日上午会于坎特布雷社交所。我夫妇二人将与各位同唱特威德这位名垂青史的收税人的著名歌曲,也在那里。适间未能言明,特补嘱之。

行看我责任已尽,亦将我之过错尽补(盖因唯有补过后我方有脸面对着世人),我将不复闻于人世。但求能将我之骸骨置于世人归宿之地,只求其碑刻上:

村中故老何其多,

人各安眠小墓中。

——然后刻以贱名。

威尔金·米考伯

精彩点拨

　　米考伯先生除了他肖像滑稽可笑之外，更在于他的言行和举止。在语言上，他处处都试图显得文雅，说话中带着上等人屈尊就教以及喜欢卖弄学问的那种迂腐的味道。例如本章中他写给大卫的信中的语言："花有毒虫，杯满苦酒。虫毒正盛，花亡无日矣。""由于我内心激战，有如蒸腾之火山久抑未发，今日一发便不可遏制，此情只可意会，不可言传。"就显示了这个特点。

阅读积累

鼻　烟

　　鼻烟是发酵烟叶粉末调香而成，以鼻吸用的无烟烟草制品。鼻烟的粗细度、湿润度、色泽、刺激程度及香味，根据配方多种多样。当代世界鼻烟有1000多种，主要风味有烟草、薄荷、干果、浆果、花、草药、咖啡、酒香、木香、泥土、皮革、麝香、龙涎香等。中国清代将鼻烟风味类型总结为酸、膻、豆、糊、甜五种。白鼻烟是一种特殊的鼻烟类型，特指无烟草成分的鼻烟。

　　鼻烟是明万历九年（1581）由意大利传入中国的。其原料为经晾晒后的富有油分且香味好的干烟叶。制作时，先拍除烟叶上的沙土，再在碾磨上磨细，筛取100目以下部分，和入必要的名贵药材，然后封贮在陶缸内埋入地下，使其陈化一年以上，并窨以玫瑰花或茉莉花增加其香气。用时以手指粘上烟末送到鼻孔，轻轻吸入。消费者主要为西藏、内蒙古等地的牧民。

第五十一章

> **精彩导读**
>
> 皮果提先生和玛莎一直在寻找着爱米丽。一天,玛莎让大卫跟自己去黄金广场,在那里,大卫看到了达特尔小姐和爱米丽,达特尔小姐不顾爱米丽的恳求大骂着她,并逼迫爱米丽离开这里,还让她去死。不久,皮果提先生找到了这里,并带走了晕倒的爱米丽,爱米丽以后的生活会怎样呢?

现在,距离上次和玛莎在河岸边谈话已经过了好几个月了。这期间,她跟皮果提先生保持着联系,他们之间通过几次信,但我一次都没见过她。到目前为止,她那热心的帮助一直都没有结果。从皮果提先生对我所说的话来看,关于爱米丽的命运,暂无任何轨迹可循。我坦白地承认,我们对于她归来的希望越来越渺茫,并且开始慢慢地相信,她已经离开了人世。

但是皮果提先生的信念却仍是风吹不动的。单从我所了解的来说,我相信,他那忠诚笃实的心,在我面前是透明的。他坚信自己终会将她带回家,并且从未动摇过这个信念。他这颗执着的心是永远都不知疲倦的。我总烦恼于他的希望破灭的那天,那一天的他一定会痛苦万分。但是他对这份希望所抱有的信心,具有一种叫信仰的东西。他的信心渗透到他的一颦一笑中,是在他优良的、纯洁的天性中最深处扎根的,因此,我对他的敬仰和佩服之情与日俱增。

他不是个有意偷懒的人,他很老实。他一生都是个名副其实的实干家。他知道,无论做什么事,就算他需要他人的帮忙,那他也得要先自己干好自己的事,自己先帮自己的忙。有时候,他担心,老船上没有灯从窗外就看不到光了,于是就连夜爬起,步行到雅茅斯。有时候,他从报纸上看到一点好像和爱米丽有点关系的消息,便靠拐杖支撑,长途跋涉七八十英里去寻迹。当我把达特尔小姐的话告诉他后,他就从海上出发,在往那不勒斯的途中漂了一个来回。他一路上省吃俭用,过得很艰苦,就是想省着点钱,待到日后找到了爱米丽,再给她用。在整个漫长的追寻中,他没有过任何怨言,从来都不说一句他累了,也不说失去信心了的话。

我结婚后,常常跟他见面。朵拉很喜欢他。我的眼前忽然浮现了那一幕:他拿着他的粗布便帽站在沙发旁,我的娃娃妻子坐在沙发上抬起那双蓝色的眼睛看他,又害怕、又害羞、又惊讶。有时候,到了日落黄昏的时候,他来到我家。我将他领到花园里开始交谈,他则嘴里叼着烟,慢慢地同我在院子里走着。那时候,我心头生动鲜明地出现那个被他舍之而去的家。那个家彻夜亮灯,四周刮着凄凉的风,人在屋子里听得很清楚。在我童年时期,那个家却非常温暖而舒适。

有一天晚上，就在现在这个时候，他告诉我，前天晚上，他正打算出门，走出寓所没多远，就看见玛莎在那里等着他。玛莎告诉他，不要离开伦敦，好让她下次可以随时找得到他。

"那她有没有说是什么原因呢？"我问道。

"我是问她来着，但是，大卫少爷，"他回答我，说道，"但她这个人向来是说一半留一半的。当她得到我不离开的保证后，她什么也没有说就走了。"

"那下次见面，她给出大概时间没有？"我问道。

"也没有，大卫少爷，"他想了想，摸着脸说，"这个我也问她来着，但是她告诉我，她不能说。"

已经有段时间，我不再用那种虚无缥缈的希望给他打气了，所以听到这件事，我只对他说，很快，他就可以见到她了，除此之外，我什么都没多说。听到这个消息，我在心里还是做了一些猜测的，但是我没说，因为那些猜测也是没有根据的。

大概过了半个月，一天晚上，我一个人在花园中漫步。那个晚上的事，我印象非常深刻，因为在上一个星期，米考伯先生焦灼忧虑，惶惶不安。那一整天都在下雨，空气非常潮湿，树上茂密的叶子垂下来，滴着水珠。这时天气暗沉沉的，但雨已经停了，鸟儿在枝头愉快地唱着歌儿。我在花园里漫步，夜色悄悄来临，树上的叶丝毫不动，只是偶尔有一滴水滴下，引起一阵晃动。鸟儿的歌声也渐渐静下来了，一种寂寞的气氛开始到处弥漫，这是只有在乡下才能看到的气氛。

在我们的小屋旁边，有个葡萄架，还有一些用常青藤编织的绿色栏架，通过这个栏架，我可以在园子里看到宅前的大路。每当我在花园里思考一些事时，我就会在不经意间把视线投向那里。这一次，我看见一个人向这个方向走来。那个人穿着很简朴，向前倾着身子，急切地向我走来，同时对着我打手势。

"玛莎！"我也走向那个人，并且喊道。

"请跟我走，可以吗？"玛莎着急地跟我说，不过她的声音很低，"他家我去过了，但没找到人。我在一张纸上亲手写下我想让他去的地方，我得到了一个消息，现在你能跟我走吗？"

我马上走出了大门，给了她一个"马上"的回答，她赶忙打手势示意我要淡定，不要大声说话。然后，我们转身往伦敦的方向走去。我看了一下她的衣服，想必她是从伦敦步行过来的。

我问她，这是不是要往伦敦走？她又匆忙地给我打了个手势，告诉我是的。于是，我截下一辆路过的脚车，一上车就走。我又问她，在伦敦什么地方停，她回答："黄金广场附近，哪儿下都行！要赶快！"说完她就往一个角落里缩，一只手蒙着脸，不住地抖着，另一只手做着以前做过的手势，好像任何声音都叫她受不了。

当时我心里很乱，在我的内心，希望与恐惧相互抵触，擦出阵阵火花，我被弄得眼花缭乱。我瞪着眼睛，注视着她，希望能从她身上得到一些解释，可是她依然那样强烈地保持沉默。我也知道，当时我的内心出于自然也希望这个样子。于是，我并不打算破坏这样的气氛。一路上，我们一句话都没有说。偶尔，她也会将目光投向窗外，好像在想这车走得太慢了。然而事实上，我们走得飞快。除了这个动作，她就坐在那里一动也不动。

通往那个广场的路口有很多，我们在其中的一个下了车。我没有吩咐车夫立刻就走，而是叫他在那里等着，以备不时之需。她拉着我的胳膊往其中一条黑乎乎的街道走，嘴上还在说我动作太慢。那一带的房子，要是独自居住的话，是再适合不过的了，只是它们早就贬值成租给贫民的房间。我们来到其中的一所房子，大门是开着的。这时她把手从我胳膊上拿开，走上一道共用的楼梯，招手叫我跟上。

这所房子里挤满了人。在我们往上走的时候，房门都一个个被打开了，里面的人探出脑袋往外面望，也有人要下楼梯，他们就从我们身边经过。快要到了的时候，我抬起头往上看了一下，看见摆有花盆的窗台上趴着一些女人和小孩。这些探到门外的脑袋多数是在看我们，似乎我们引起了他们极大的好奇，我们走的那道楼梯是木质的，非常宽。门上方的横檐上刻有花果形图案，窗下面安有宽大的座位。但这些可以证明过去那种华丽堂皇的气派的残痕剩迹，现在都变成满地尘埃了。地板经岁月的腐蚀，受潮腐烂渐渐变软，很多地方非常脆弱，甚至很不安全。我发现，在那些贵重的旧木具上，用一些廉价的松木这儿一块那儿一块地修补过。看得出他们尝试过在这个旧木具上注入一些新潮的血液。但是这种尝试看起来却像一个潦倒的老年人与一个身份低贱的叫花子配婚。这种门不当户不对的双方，都望着彼此，无法相融。楼道上有几个后窗，它们多数都暗不透光或是彻底堵死。剩下的窗子基本都是光秃秃的，连玻璃都没有。通过那几个散架的木框，恶浊的空气永远只有进，没有出。隔着这种窗户和其他没有玻璃的窗户，我看见其他的几所房子也是这样的。我被弄得晕头转向，再往下看，就是一个肮脏的院落，住宅里的人都把垃圾堆在那个地方。

我们向这所房子的房顶走去。记忆中，我觉得在那模糊的光线下，我两三次看见有穿着长裙的女人身影在我们前面往上走。在通往屋顶的最后一段楼梯口，我们转弯向上走，我看见门前站着一个身影，但刚看清楚样子时她就立即进门去，并且随手将门也带上了。

"怎么回事呀！"玛莎小声地说道，"那个人是谁啊，怎么跑到我房间里了？"

当时，我很惊讶，因为我认出了她，她正是达特尔小姐。

我用了几句简短的话对这个带路的人说明，这位小姐我以前就认识。我话还未说完，就听见她从室内传出来的声音，但是听不清她具体说什么。玛莎一脸吃惊，对着我做以前做过的手势，然后蹑手蹑脚地带着我上楼梯。来到一个小后门前，她轻轻一推（门好像没上锁），进到一个小阁楼里，这个小阁楼有个斜斜的屋顶，比厨房好不了多少。由这个小阁楼往里走，通过一扇半遮半掩的小门，便是她所谓的小房间了。我们走得气喘吁吁的，刚停下来站稳了脚，玛莎就用她的手轻轻地往我嘴上一捂。在我的眼前，是一个空荡荡的大房间，里面摆着一张大床，墙上贴着一些并不起眼的船画。达特尔小姐在哪里我看不到，跟她说话的人是谁，我也看不到。更别说我的同伴了，她站的位置更不适合观察。

有一段时间里，没有人作声。玛莎一只手捂着我的嘴，另一只手侧在耳边，做出倾听的样子。

"她不在家无所谓，"萝莎·达特尔小姐高傲地说，"我不认得她是谁。我是专程来找你的。"

"找我？"一个温柔的声音回答道。

这个声音引起了我一阵震惊，因为这是爱米丽的声音！

"对呀，"达特尔小姐又说道，"专程来看你的。难道你干了那么见不得人的事都不觉得丢脸吗？"

她的语气表现出刻骨的仇恨，那样冷酷无情的锋芒，那样极力压制的愤怒。她在我眼里，仿佛是站在强烈的光线之下的人。我看见她那闪光的黑眼睛，那在感情冲击下的身形，她那横过嘴唇的白疤痕，在她说话时颤抖跳动。

"我是专程来看你的，"她说道，"詹姆斯·斯梯福兹的心上人。那个跟他一起私奔的女人，那个成为街头巷尾议论的话题，给斯梯福兹那种人当伴侣，死不要脸、自以为是、习以为常的老手，我倒要见识见识她是什么样的货色。"

只听见一阵裙摆摇曳的声音，好像是那个苦命的少女受了她那样的辱骂，要往门外跑，可是那个正在说话的人迅速用身子往门前一挡，将她拦住。接下来没有一个人说话。

达特尔小姐又说话了，但她是咬牙切齿，跺脚甩手地说的。

"哪儿也不许去！"她说道，"要不然，我就当着这里所有居民的面，将你那不要脸的事情抖出来！只要你敢离开我一步，我就一定要拦住你，用手揪你的头发，用石子砸你的头！"

我听到的唯一回答只是一阵受了惊似的喃语，随后便是一阵沉默。我一点对策都没有。我非常想冲上去打断这段对话，可是又觉得自己无权这样做。现在能来看她、帮她的也只有皮果提先生了。可是他在哪里呢，难道他不打算出现了吗？我觉得，想到这些，我就无法再等待下去了。

"哼！"萝莎·达特尔冷笑道，"今儿可算是见到庐山真面目了，他竟然被你这么个装纯洁、整天耷拉着脑袋的家伙给迷住了，他真是个可怜虫啊！"

"哦，看在老天爷的面子上，你放过我吧！"爱米丽绝望地喊道，"不管你到底是谁，既然我那可怜的身世让你知道了，那就看在老天爷的面子上，要是你想让老天爷也放过你，你就先放过我吧！"

"要是我想让老天爷也放过我？"那位凶狠狠地接过去说道，"你觉得，我跟你是一样的人吗？"

"我们都是女的，除此之外我们没有一样的。"爱米丽放声大哭道。

"哟，"萝莎·达特尔说道，"被你这么个下三烂的人提出来，这理由多么有说服力呀！要是我对你除了鄙视和憎恶还有别的感情，那你这理由也把我给冻结了。我们都是女的！你还给我们女的争脸了！"

"我是该被骂的，"爱米丽说道，"但是这太恐怖了！小姐，亲爱的小姐，求求你想一想我所遭受的苦难，想一想我是怎么走上这条堕落的路！哦，回来吧，玛莎！哦，那个家哟，那个家哟！"

靠门的地方有一把椅子，达特尔小姐在上面坐下，眼睛看着下方，仿佛她的脚边趴着爱米丽。这时，她站在亮处，没有什么东西挡在我和她之间，所以我能将她那噘着的嘴看得清清楚楚，还有

语言描写

围绕对爱米丽的不满，从多个角度灵活渲染，批判她的语言、神态，也拿身份（奴隶）攻击她，鲜明表现出自己对爱米丽的厌恶之情。"容易上当受骗的人""笑容"皆有衬托之意，加深读者感受。

她那残忍的眼神正专注于一个地方，露出一脸贪得无厌的样子，我也看得清清楚楚。

"你给我听好了，"她说道，"收起你这装模作样的伎俩，把它留给那些容易上当受骗的人好啦。你觉得，用眼泪感动我有希望吗？这跟你那笑容一样，不可能迷惑我，你这个花几个钱就能买来的奴隶！"

"哦，请给我一点慈悲之心吧！"爱米丽叫道，"请给我一点怜悯之心吧，要不然，我就要发疯而死了！"

"用这个惩罚你所干的坏事，"萝莎·达特尔说道，"已经很便宜你了。你知道你都干了些什么吗？那个家被你糟蹋成什么样子了，你想过没有？"

"哦，这个我怎么能不日思夜想呢！"爱米丽喊道，同时，我也看见她了，她披头散发地跪在那里，抬着头向上看，脸色是煞白的，两只手合在一起，发了疯似的向前伸着，"无论我是睁着眼还是闭着眼，它的样子都在我的脑海中待着，一分钟都没有离开过。我走的时候它是什么样子，现在它还是什么样子，永远都不会改变！哦，那个家哟！哦，那个最亲爱的舅舅哟，如果让你知道了，在我堕落时，你对我的爱给了我什么样的痛苦，即使你非常疼爱我，你也不肯自始至终、一成不变地疼爱我。一生中，你至少要对我发一次脾气，那样才能叫我心安一些！在这个世界上，我感觉不到一丁点儿的心安，因为他们每一个人都这样宠着我！"在那个椅子上蛮横的人的脚前，她趴在那里，像乞丐一样想去抓她的衣角。

萝莎·达特尔坐在那里看着她，像一尊铜像一般，丝毫感动之意都没有。她的嘴唇紧紧地抿在一起，似乎她要出很大的力气才能控制住自己，——不要用脚去踹那个秀美的身体。我心里相信什么，我就写什么——她的表情，她的内心，都竭尽全力地表现出来，她要那样做，我在一旁看得一清二楚——难道他不打算出现了吗？

"真是个可怜虫，有一些可怜的虚荣心。"这时，她胸中的团团怒火终于被压制下去了，她开口说话了，"你的那个家！你以为我会惦记着你的那个家吗？你以为你那个下三烂的家被你祸害得无法用金钱来弥补好了吗？你的那个家！你对你那个家来说，只是用来赚钱的一部分，你的家人卖其他的物品，也卖你。"

"哦，别说了！"爱米丽叫道，"你随便说我什么都成，但是那些人和你一样，都是值得尊敬的人，请不要把比我所受到的耻辱更加耻辱的事加到他们的身上。就算你不同情我，也请你们对他们放尊重一点，才好配得上你的教养。"

"我刚才所说的，"她把爱米丽的请求当作没听见一样，她扯着自己的衣服，不让爱米丽触碰，"是指我现在所住的地方，那才是他的家。这个，"她伸出手指着趴在地上的爱米丽，带着不屑一顾的语气，说道，"就是那个受人尊敬的母亲和她的少爷儿子闹矛盾的主要原因。这个，就是弄出一个家庭悲剧的人。而她，连给厨房当使女都觉得抬举她。这个，就是制造愤怒、仇恨和谩骂的人。你这个烂货，不过就是从海边捡来的，花了一小时照顾，又被扔回去的烂货！"

> **词苑撷英**
>
> 不屑一顾：认为不值得一看。形容极端轻视。

"你不能这样说！你不能这样说！"爱米丽紧紧握住手喊道，"机缘巧合，我与他有了第一次的相遇——我多么希望，根本就没有过那一天，我也多么希望，我活着的时候不要再遇见他——我跟你及其他有教养的小姐一样，都很正派，而且你及其他有教养的小姐所能嫁的人，我也一样能嫁。你说你住他家，也跟他很熟，那你该了解，一个意志薄弱爱慕虚荣的女人见了他会有怎样的反应。我不是在替自己开脱，但是我跟他都一样心知肚明，就算不明白，那他在将要死的时候，内心后悔懊恼的时候，他将会明白，他用尽了招数诱骗了我，所以我听了他、信了他，也爱了他！"

萝莎·达特尔从椅子上跃起来，往后退了一步，朝着她的脸挥去一拳头。她的脸凶巴巴的，被怒火烧变了色，也烧变了形。我几乎横插在她们中间了，那个没有目标的拳头，一下子停在了半空中。她气喘吁吁地站在那里看着她，脸上的表情，说有多憎恶就有多憎恶。她因为愤怒和鄙夷，整个人都在那里颤抖。我敢说，这种场景我从来都没有见过，以后也不会看见这样的了。

> **神态描写**
>
> 写出了达特尔小姐对爱米丽的痛恨之情。

"你还爱他，就你？"她叫道，她握成拳头的手颤抖着，好像给她一件武器，她就会将这个惹恼她的人刺死。

爱米丽没有回答，她已经走出了我的视线。

"用你那张找抽的嘴，"她还在说，"把那句话再对我说一遍！他们怎么不用鞭子把你这种东西打死呢！要是我有权利能发出这样的命令，我一定叫他们把你这个死丫头打死。"

我非常相信她能干出这样的事。在她这种狂暴的劲儿未消去之前，要是让她逮到一种刑具，我相信她一定会用上它的。

她用手指着爱米丽，慢慢地慢慢地，发出一阵笑，仿佛爱米丽是天上人间所共同唾弃的一种异象。

"她爱！"她说，"就她那块腐肉！她居然跟我说，他关心过她！啊，哈！这种做买卖的人，竟然这么会撒谎！"

比起她的盛怒，她的嘲笑更加让人忍受不了。在这两者之间，我情愿成为她发怒的对象。不过，她只发了一小会儿的怒，就把它镇压下去了。尽管这种感情在她的内心折腾、翻滚，她还是尽力把它制止住了。

"我是专程来这里，你这个纯洁爱情的源泉，"她说道，"看——就像刚一开始我说的那样——你是个什么样的东西。我要好好地见识一番，现在我是看过瘾了。我也要警告你，你最好去找你那个家，越快越好。然后在那些好人中间，把你自己藏好，那些人可都是整天盼你回去的人，都是用你的钱可以安慰的人。等到一切都过去时，你就可以再去听，再去信，再去爱！你是知道的！以前我以为你是被人玩腻了丢在一边的破玩具，以为你是一个被丢弃的锈了的铜饰品，一分钱不值。但是我却发现你是一块打实的金子，你才是一个真正有教养的人，你才是无辜的受害者。你那颗纯洁的心，还有对爱情充满向往，充满忠诚——看来，这些都是真的了，这跟你所说的故事也相吻合！——有些话，我还要对你说，你给我听清楚了，我可是说得到就做得到的。你在听我说的话没有，你这个小精灵？我说什么你就照做什么！"

她又发了一会儿脾气后，就像痉挛发作过后一样，现在又笑了。

"躲好了，"她接着说道，"要不在自己的家中躲好，要不在其他的什么地方躲好也行，反正那个地方一定要让人找不到你。你就在那个地方过一种无人知晓的生活——或者，也是最好的，无人知晓地死去。我只是诧异，想不明白，你那滥情的心不碎，你的心就不死！以前，我听人家说过一种方法可以办到，我相信这种方法是不难找到的。"

爱米丽发出低低的抽泣声，她的话因此被打断了，她听着她的哭泣，像是在欣赏一场音乐一般。

"也许我这个人的性格跟别人的性格不一样，"萝莎·达特尔小姐还在不停地说着，"但是有你在的那个地方，我就不能顺畅地呼吸，我觉得那个地方的空气是被污染了的。所以我要对空气进行清扫，就要首先把你扫地出门。只要让我明天还在这里看到你，我就当着所有住在这共同楼梯两旁的居民，将你干的好事，还有你的身份地位，通通都公布于世。我听他们说，这所房子里也住着些规矩正派的女人，要是像你这样漂亮的人在她们中间埋没了，未免太遗憾了。如果你从这里离开，改名换姓，在这座城市找个什么地方藏好，一旦让我找到那个藏身之处，我还是会那样。在这件事上，我还是很有信心的，因为那个男人，就在没多少日子前还跟你求婚，现在会给我帮助的。"

难道他不打算出现了吗，不再出现了吗？这样一种状态我还要忍气吞声多久呢？我还能忍气吞声多久呢？

"哎哟哟，哎哟哟！"可怜的爱米丽发出绝望的喊叫，叫人听了无不为之动容，可是萝莎·达特尔的脸上依然保持着那种笑意，丝毫没有怜悯之心。"我该怎么做才好呀，我该怎么做才好呀！"

"该怎么做才好？"萝莎·达特尔听着，接上去说道，"以回忆度日吧，就这样快活地活下去吧，就这样快活下去吧！将你的余生都献给詹姆斯·斯梯福兹，靠着你俩甜美爱情的回忆，过你的日子吧——他要你，当听任他使唤的老婆，对吗？——再不然就把你献给那些正派的、该受赏识的人，将你作为礼物送给他们，答谢他们。要不然，那些自豪的回忆，自我品德的评价，还有在所有具有人的外表的家伙眼里，将你抬高了的光荣地位，都不能支持住你，那你就将就着屈尊俯就，嫁给他好了。要是这样做也不能解决问题，那你就干脆死掉算了！像你这样的死，这样的绝望，随便什么样的途径都能做到，到处都是放垃圾的地方——找出一条途径，逃到天上去好了！"

我听见，远远地从楼梯上传来脚步声。我觉得，这个脚步声是我所熟悉的。哦，谢天谢地，这正是他的脚步声。

只见她一边慢慢地向门口移去，一边说话，直到从我的视线里消失。

"但是，请你在脑子里记好！"正当她要把另一扇门打开时，她一字一顿地说，"除非你躲到哪里，叫我永远也找不到，要不然把你那诱人的假面具脱掉，否则，出于我所说的理由，也出于充斥我内心的仇恨，我是铁了心要将你扫地出门的。这都是我要跟你说的，我说得出什么，就能做得到什么！"

楼梯上的脚步声越来越近——越来越近——他上楼，她下楼，他们擦肩而过——他终于破门而入！

"舅舅！"

随着这声"舅舅"而来的，是一声可怕的叫喊。我愣了一会儿，醒过神来往里看时，只见爱米丽不省人事地躺在他的怀里。他注视着她的脸，足足过了几秒钟，随后他俯下身子吻了她一下——啊，多么亲切的一吻！——接着，他拿出一条小手绢蒙在她脸上。

"大卫少爷！"他将她的脸蒙好，声音颤抖地对我说道，"感谢我的天父，我的梦想实现了！我衷心地感谢他，因为他给了我指引，我现在才会出现在我的宝贝儿身边！"

他说着这些话，并把她抱在怀中。将她的脸正对着他自己的脸，一步一步地向楼下走去。而她一动不动，对外界一点反应都没有。

精彩点拨

达特尔小姐对斯梯福兹有多爱就对爱米丽有多恨。本章中达特尔小姐找到了爱米丽，对她痛骂"腐肉""下三滥""被人玩腻的破玩具""烂货"等，还认为爱米丽就是那个受人尊敬的斯梯福兹的母亲和她的少爷儿子闹矛盾的主要原因，是弄出一个家庭悲剧的人。是一个制造愤怒、仇恨和谩骂的人。她逼着爱米丽离开这里，否则就会向所有的人揭发她不光彩的事情。

阅读积累

天 父

　　天父是天主的许多名号之一,是宗教语言中的一个重要词汇。因为宗教语言是人类语言,必须用人间的事实、想象、隐喻及比拟,以类比的说法来表达神界的实相。天父一词,乃是用人类社会上为父的事实与想象来表达下列的基本观念:天主是生命之源;他是受造界照顾、保护个人的力量;他接纳人类进到一种父子的新关系中。

　　《旧约》中以色列称耶和华为父,纯粹是由于神自由地选了他们作他的子民,并立了盟约不断临在他们之中照顾他们。《新约》接收了《旧约》有关天父的观念,但增加了重要的新成分,如上帝是耶稣基督的父亲。天父的父性是人类之中一切父性的来源。

第五十二章

> **精彩导读**
>
> 皮果提先生向大卫和贝西小姐讲述了爱米丽离开斯梯福兹之后的生活经历,并告诉了他们是玛莎救了爱米丽,他还决定离开这里,带着爱米丽去遥远的澳洲生活。大卫和皮果提先生一起去了雅茅斯处理皮果提离开前的事情,大卫把爱米丽的事情告诉了汉姆,然后回到伦敦,爱米丽的生活会变好吗?

次日早晨,我跟我姨奶奶在花园里散步(这时我姨奶奶除了能在这里散散步,就没有其他运动了,因为她的大部分时间都被用来照顾我那亲爱的朵拉),有人传话,说皮果提先生来了,他有话要对我讲。我向大门走去,他正向花园走来,于是我们在半路上就相遇了。他一见我姨奶奶就脱帽行礼,这是他的习惯,另外也主要是因为他非常尊重我姨奶奶。那时候我正在把昨晚发生的事原原本本地跟她讲。所以,她一句话都没说,只带着一脸的真诚走上去,迎向他的手紧紧地握着,然后在他的胳膊上拍了几下。这一系列动作都已将她的心意包含在里面,所以她都不用再多说一个字了。皮果提先生对她的意思非常了解,仿佛她已经说了千言万语一样。

"特洛,那我这就进屋了,"我姨奶奶说道,"小花儿要起床了,我得过去照顾她。"

"我但愿,这不是因为我的到来,小姐?"皮果提先生说道,"今天早上我的心实在慌得很,要不然我不会这么早就贸然来访。"皮果提先生本想说,"心闷得很——你是因为我的到来而回避的吗?"

"我的好朋友,你们有话要说,"我姨奶奶回答他说,"我在这里待着不方便。"

"打扰了,小姐,"皮果提先生说道,"要是你不嫌弃我说的是废话,愿意用点心思听下去的话,那就是你对我的恩惠。"

"是吗?"我姨奶奶豪爽地回答道,"那我相信,我乐于听听!"

于是,她将胳膊挎在皮果提先生的胳膊里,两人一同往前走。在花园的尽头,有一个不大的凉亭,那里枝叶重叠,正好可以遮阳。我们就在那里停下,姨奶奶在一只凳子上坐下,我就挨着她坐在一旁。皮果提在一张粗石桌边站着,手扶在上面,其实还有位子让他坐的,但是他情愿这样站着。他站在那里,我盯着他的粗布便帽看,直到他开口说话了,我才将视线投在他那筋骨粗壮的手上。在他的这双手上,我看到了一种品格的力量。他的手与他那忠实的脸庞和黑白相间的头发相辅

相成。

"昨天晚上，我将我那亲爱的孩子，"皮果提先生抬起头，迎上我们的目光说道，"带到我已经预先准备好了的住处，这个住处很早以前就已经准备好了。她醒来后，很长一段时间内不认得我，等到她认出了我，她一下趴在我的脚下，仿佛在念祷告词一般，将整个事情的经过告诉了我。老实说，当我再次听到她的声音时（那声音还跟过去在家中时一样，叫人听着舒服）——仿佛她跪在我们的救世主用他那圣洁的手写了字的灰土上那样——我发自内心地感激这一切，却又深刻地感到一阵心痛。"

他用袖子擦了下眼泪，随后不避嫌地又把嗓子清了清。

"还好，这样痛苦的情绪并没有控制我太久，因为我找回她了。只要我一想到她现在已经回家了，我所有的痛苦便立刻烟消云散。但是我现在为什么要重提这件事，我一点也搞不清。捎带提一下，就在前一分钟，我想都没想过要说说自己。这些都是自然而然的流露，我一点都没有觉察到。"

"你这个人，乐于牺牲自我，"我姨奶奶说道，"老天爷就应该给你应得的报酬。"

枝叶在皮果提先生的脸上留下了影子，他向我姨奶奶点头，影子也随之摇晃。当皮果提先生向我姨奶奶的赞美表现谢意之后，又接着刚才的地方说下去。

"我的爱米丽呀，"当时他说得非常气愤，"那条印有斑纹的蛇从将她软禁的那个小房子里逃出来时——就是大卫少爷从那条印有斑纹的蛇那里听到的那样，他说的都是真的，愿主惩罚他！——当时的夜非常黑，没有月亮的天上闪烁着星星。她昏头涨脑的，沿着海岸线猛跑。她相信，再往前跑一点，就能到达那艘旧船。她以为我们在前面，她使劲叫喊，想叫我回头来看看她，想告诉我们她又来了。她自己听得见自己在喊，却觉得这声音不是从自己嘴里发出来的。她碰到那些棱角锋利的石头，身上的皮都被碰烂了，但是她一点都感觉不出来，因为她都快觉得自己也是块石头了。她跑了好远好远，都不记得有多远了，但是总有灯光在她的前方，总有呼喊声在她的耳旁。忽的一下——要不然就是她的自我感觉，你能想象吧？——天亮了，可是下起了雨，还有风，她在海边的一堆石头上躺着。一个女人向她走过来，用当地的话跟她说，问她怎么弄得这样狼狈。"

他嘴上叙述着这幅情景，我们眼前却真实再现了当时的情景。在他叙述的时候，他诚诚恳恳地将我记叙的上述东西描绘出来，那一幅幅画面非常清晰地在他面前上演，远比我所记叙的要生动。过了这么久，我今天将它写下来，我都误以为我曾亲临那些情景。那些场景给了我那么深的感慨，我被深深地打动了。

"当爱米丽睁开双眼——她的眼珠转得非常慢——这会儿才将说话的人看得清楚了一些。"先生继续说道，"她以前来海滩上时，常常找人说说话，这个女人就是其中的一个。从前她做过长途跋涉，有时候在陆地上走走，有时候在海上坐船，有时候她也坐车，所以沿海一带的许多地方她都挺熟的。那天夜里，她虽然跑了很长时间，但她还是遇上了熟悉的人。这个女人非常年轻，所以还没有大一点儿的孩子，不过用不了多久她就要做母亲了。我向主祷告，但愿主能听得到，请让这个孩子给她带来一生的幸福，让她一辈子得到安慰，一辈子过得体面！但愿这个孩子到她上了年纪时，爱护她、孝顺她，自始至终地给她带来好处，无论在天上，还是人间，这个孩子都以天使的身份相伴在她的左右！"

"阿门！"我姨奶奶说。

"刚开始，在爱米丽找孩子们说话时，"皮果提先生说道，"这个女人还有点怯生而感到害羞，表现得畏畏缩缩的，在离爱米丽很远的地方坐着，做纺织工作，要不然就是其他的话儿，反正跟纺织有关。但是爱米丽了解到她的内心，就主动走上前去和她说话。这个女人和爱米丽一样，都非常喜爱孩子，很快她俩就成为朋友。她俩的关系越来越近，只要爱米丽一过去找她，她就会送一朵花儿给爱米丽。那会儿，她就问爱米丽，她怎么被弄成了这个样子。爱米丽将经过告诉了她，后来，她就将爱米丽带回了她的家。"皮果提先生说到这儿，就用手把脸一捂。

从他听到爱米丽逃走的那一夜里，我从没见过他因为什么事而这样感动。我跟姨奶奶就让他这样哭着，不打算叫住他。

"她的家是一所很小的房子，这个你们也不难猜到，"随后，他接着说，"但是，她让爱米丽住下来了——她的丈夫出海去了——她不对外人说起这事儿，也跟她周围为数不多的邻居打了招呼，叫他们不要对外人说起这事儿。爱米丽的大脑发起热来，发生了一件让我难以理解的事情——也许那些有知识有文化的人很好理解其中的原因——她本来会说当地语言的，但是那会儿她全忘了，只知道说自己国家的话，但是没有人能听懂她的意思。她记得，她迷迷糊糊地躺在那里，用自己国家的语言，一个劲儿地说话，说在不远处的港湾里，就能找到那条她在找的老船，她苦苦哀求他们中的谁去给捎个信，说她自己快不行了，然后再从那里带回一封信，那是宽恕她自己行为的信，哪怕里面只写了一个字。她还一再觉得，一会儿是那个男人——你们知道我所指的是谁——在窗子下藏着，等她过去，一会儿是另一个男人——将她残害到这步田地的男人——在屋子里走来走去。于是爱米丽向那个好心肠的女人哀求，千万不要叫她走，可是她又想起来，那个女人根本不知道她在说什么，所以她害怕得要命，生怕自己被人带走了。她的眼睛再次看到那晚的火光，耳边再次响起那晚的呼喊，没有什么今天，也没有什么昨天，更没有什么明天，她一生所经历的事，所有不曾发生的事，也不会发生的事，一下子都挤进了她的脑海中，她分不清哪件和哪件，觉得所有事都是讨人厌的。但是，她却因此又是唱歌又是大笑！她保持这种状态过了多久，我无从知晓。后来，她昏睡过去了，经过那一场睡眠，先前那种超出常态好多倍的力量一下子没有了，她变得像婴儿一样虚软了。"

说到这，他没有再接着说下去，他松了一口气，好像这样的叙述太过恐怖。他安静了一小会儿又接着刚才的故事讲道：

"当她醒来时，那正是一个天气晴好的下午。四处静悄悄的，没有一点动静，只是大海里蔚蓝色的海水，涨涨落落，没法平静下来地掀起层层小浪。刚睁开眼，她以为是在家中一个周日的早晨。但是当她往窗外看去时，看见了葡萄叶和小山时，她才想起这些和老家的环境不一样，老家没有这些景象。后来，她的朋友来到屋子里，守在她的床边，她这才醒过来，原来附近的港湾并没有她要找的那艘老船，它在很远很远的地方。她终于明白过来，她此时身在何处，又为何来到此处。于是她就往那个女人的怀中一扑，放声哭了起来。很希望，那个女人的娃娃那一刻正躺在她的怀中，冲着爱米丽眨巴着眼睛，逗她开心！"

只要他一说到爱米丽那位好心的朋友,他就肯定要淌眼泪,想止都止不住。所以这会儿,他又在动情地为她祈福!

"这样做,对我的爱米丽是有帮助的,"在他动情地哭时,我也被他那强烈的感情感染了,不由得也哭了会儿,而我的姨奶奶呢,她早就放开来使劲儿地哭了。他的情绪平静了一会儿后,又接着刚才的地方说道,"这样做,对我的爱米丽是有帮助的。慢慢地,她开始恢复起来了。但是,她对当地的语言却一点记忆都没有了。她只好通过手势来与他们交流。她就这样生活着,一天一天过去,她的情况慢慢稳定,有了起色,一些不复杂的事物,她都能用当地语言叫出来——但是她在学习这些语言的时候,她像生平从来没有接触过似的——直到有一天晚上,事情才有了转变。那天她在窗边坐下,看一个小姑娘在海滩边玩耍,可是,那个姑娘冷不丁把手一伸,说道,'渔夫的女儿,你看这个贝壳'!——大家都知道,那个国家习惯称她这样的人为'漂亮的夫人',刚开始到那里时,她也被那样称呼。她就告诉他们,要叫她'渔夫的女儿'。现在这个姑娘出人意料地来了一句'渔夫的女儿,你看这个贝壳',爱米丽一下子就听懂了她的话。她带着眼泪回答了一句。接着,所有的往事又回到了她的脑海中!"

"爱米丽的身子又恢复了强壮,"皮果提先生顿了一会儿又说道,"她就想,是时候离开这里,去找她自己的家了。也就在这个时候,那个年轻女人的丈夫出海归来了。于是他们夫妻俩就将爱米丽送上了一只小商船。小商船把她带到勒格霍恩。她在那里再转程去了法国。爱米丽给他们钱,虽然只是很少的钱,但他们仍不肯接受,最后他们只接受了其中少得可怜的一部分。单因为这个,我就高兴得不得了。他们其实也很穷,可是他们立下的功劳是要记在一个无法被蠹虫蛀蚀也无法被盗贼偷走的地方。大卫少爷,人世间任何一样金银财宝也比不上他们的功劳那样的难腐蚀啊!"

"在法国上岸,爱米丽来到一家旅馆。她在里面打工,以伺候女性客人为主要工作。她在那儿,突然有一天,那条毒蛇也来到那里——祈求叫他别让我碰上!否则,我会对他做出怎样的报复我可不敢保证!——她一看到他,还没等到他注意她,她就又是害怕又是慌乱起来。于是在她未来得及进行第二次呼吸时,她就跑开了。后来她回到了英国,在多佛靠的岸。"

"我搞不明白,"皮果提先生说道,"打哪儿开始她变得那么胆小。就在由法国来英国的路上,她还在一心想着那个可爱的家,一心想回来。可是一上岸,她就转身向她那个家去了。但是在路上,她又转了回来,也许是担忧大家不能宽恕她,也许是担忧遭到别人的流言蜚语,也许是担忧她会给我们中的谁带来性命危险,总之是担忧了方方面面,她像是被什么硬拽着似的,变换了方向。'舅舅,舅舅,'她告诉我,'我这颗伤透了的心,流着血的心,非常非常想去做一件事,可是我担忧自己不够资格去做,这恐怕是世间最可怕不过的担忧了。于是,我换了方向。当时我全心全意地祷告着,就让我趁着夜色向那个老屋的门槛爬去吧,让我吻它一下,然后让我把这张罪恶的脸贴在上面,等到第二天天亮时,让人发现我死在了那里。'"

"她来到了伦敦,"这时皮果提先生露出极度害怕的样子,把声音压得低低的,说道,"她……一生都没来过这个地方……只有她自己……身上不名一文……年纪轻轻……长得又漂亮……来了伦敦。她刚来这个陌生的地方,还没站稳脚,就遇到了一个人(她认为那是个朋友),那个外表搞得很体面的人。她跟爱米丽说,她一直都在做着针线活儿,说能给爱米丽提供很多可以做的事。那个人又说,在那儿可以过夜,还说第二天带她去偷偷看看我及家里其他的人过得好不好。就在这个时候,"他激动得浑身上下战栗起来,他提高嗓子说道,"她走到了我不知如何去说、如何去想的危险边缘时——那个玛莎,对自己的许诺尽忠尽职的人,挺身而出救下了她!"

我太高兴了,竟然都叫出声来了。

"大卫少爷!"他伸出那有力度的双手,将我的手紧紧地握住了,说道,"是你第一个想到她的,太感谢你了,我的少爷!她是这样地忠心耿耿呀!她凭着自己的不幸经历,她知道到哪里能找到她,也知道该如何去处理那样的事。她成功地处理好了!上帝高高在上!当玛莎找到爱米丽的时候,她还在睡觉,玛莎就气急败坏地叫醒了她,并且告诉她,'赶快从这个还不如死去的地方逃开吧,快跟上我!'那里的人本来想上去拦住她们,而她们的去势像大海一样凶猛,他们拦也拦不住。'滚开!'她喊道,'你们这个不关门的大坟墓,我就是这儿的一个鬼,我现在要带她逃离这儿!'她还告诉爱米丽,我们已经见过面了,我说了我还爱护她,我会宽恕她。她急急忙忙地将自己的衣服给爱米丽披,她将爱米丽紧紧地搀扶着,虚弱的爱米丽止不住地发着抖。无论旁边的人在说着什么难听的话,她都当作耳旁风。我的孩子(我想的全是她了)被她就这样从人群中带出来。我的爱米丽就在这样的三更半夜,从毁灭的深渊平安得救了!"

"她照顾着爱米丽,"皮果提先生早就将握着我的手放开了,这会儿正放在他那喘息起伏的胸脯上,"我的爱米丽被她照顾得好好的。等到第二天晚上,爱米丽感觉到累,躺在那里神志不清,满口胡话。这时,她跑来找我,但我不在家,她就去找了大卫少爷您。她没敢和爱米丽说她出门是为了找我,她生怕爱米丽会因为害怕见我而再次躲起来。可是那个恶毒的女人是从哪里知道爱米丽在那里的,我说不上来。不知是我老提的那个人碰巧看见了她去了那里,还是爱米丽开始遇到的那个女人向她通风报信的?也许后者可能性比较大。算了,这个已经不重要了,反正我的外甥女已经回家了。"

"那天晚上,"皮果提先生说道,"我陪了爱米丽整整一夜。整个晚上,她一直在哭,哭得很伤心,都抽不出时间来和我说话。她的脸我也没怎么看到——这张脸啊,可是在这个家里成长的呀!整整一夜,她都搂着我的脖子不放,脸深深地埋在里面。我心里非常清楚,从此以后,我们将会一直相互信任下去了。"

他不再开口说话,他的手,非常安静地在桌子上按着,可是他的手心里握着一种能将几只狮子打倒的猛劲儿。

"当年,当我立志要给你的姐姐贝西·特洛伍德当教母的时候,特洛,"我姨奶奶抹了一下眼睛说道,"我还怀有一线希望,但她到底叫我失望了。与此同时,给她的孩子当教母,却是这个世上无与伦比令人开心的事了!"

皮果提先生点了点头,表示我姨奶奶所说的那些感情他已经理解了,但是至于她要称赞的那个人,他无法用任何语言来表达他的感情。然后是一阵沉默,大家都各自陷入了回忆,没有一个人说话。只是我姨奶奶在一旁擦着眼泪,一会儿一抖一颤地抽泣,一会儿哈哈大笑,还说自己是个傻瓜。终于,我开口说话了。

"至于以后的事,"我对皮果提先生说,"我的朋友,你想好了要怎么做没有?这个事儿应该

用不着我来操心吧。"

"早想好了，大卫少爷，"他回答我，"而且我已经跟爱米丽说了。从这里往很远很远的地方，有许多美好的地方呢，我们以后的日子将会在海外度过。"

"姨奶奶，他们要当移民搬到海外住了。"我说道。

"是呀！"皮果提先生脸上堆满希望的表情，笑着说，"我们要去澳洲，到了那里，没有人会认识我的宝贝，更不会去责怪她。我们要在那个地方开始一种全新的生活！"

我又问他，动身的日期安排了没有。

"今天一大早，我就去了趟码头，大卫少爷，"他告诉我，"看看有没有去往那个方向的船。后来找到了一条船，最快在一个半月后出发。我还上那条船看了看。"

"还有其他同行的人吗？"我问道。

"哦，大卫少爷！"他说道，"你也知道，我的妹妹非常关注你，也非常关注你的家人，让她去国外，她会不习惯的，所以让她也跟去不太合适。另外，千万别忘了，大卫少爷，她必须留下来照顾一个人。"

"那个可怜的汉姆！"我说道。

"他家里的事都由我妹妹来照顾。小姐，你也知道，他跟我妹妹相处得非常融洽，"皮果提先生特意看着我姨奶奶，解释道，"他要是碰上什么事了，如果不愿意和别人讲的话，那他至少能与我妹妹安静地坐下来，慢慢地讲给她听，多可怜的人呀！"皮果提先生在说话的同时摇了摇头，"别的什么东西也不能留给他了，她对他来说是仅剩下的那么一点儿东西了，我不能再去剥夺了。"

"那高米芝太太呢？"我说道。

"嘿，那个高米芝太太呀，"一开始提到她时，他露出了一点不知所措的表情，不过很快就消失了，"实话告诉你吧，这件事我也想了很久。你知道，每当高米芝太太想念她那老伴儿的时候，她很招人反感。这话可不能跟别的人讲，只对我与你，大卫少爷——小姐，包括你——但说也无妨。当高米芝太太想得哭时，要不是我们认识她那个老伴儿，我们没办法不说她脾气乖张。不过，我还确实认识她那个老伴儿，"皮果提先生说道，"他那个人，我了解，是个不错的人，包括她，我也了解她的背景和故事。但是那些不了解她的人呢，他们可不这样想——当然不可能这样想的！"

他的这番话，我跟我姨奶奶都表示同意。

"因为这个，"皮果提先生说道，"我妹妹多少——要说一点没有，那是不可能的——认为高米芝太太有时候给她添了点小麻烦。所以，我不打算让高米芝太太跟他们在一起长住，我要给她找一个属于她自己的家，那个家可以照顾好她。所以，在我走之前我给她准备了一笔生活费，好让她日后的日子过得舒服些。她这个人最忠心耿耿了。像她这样的老大妈，都这把年纪了，又没个后代能照应的，所以叫她坐船远航肯定不好了，更别说坐船到那些从没去过的森林或原野中，过一种颠沛流离的生活。因此，我想出了那样的方法来安排她日后的生活。"

他将每个人都考虑得面面俱到，他重视每一个人的权利和请求，单单只把自己除外。

"在我们动身出发以前，"他接着说道，"爱米丽会跟我住在一起——真是可怜的孩子啊！她现在急需要休息。她要收拾一些用得着的衣服。我但愿，在她这个粗人舅舅面前，她会发现，他的仁慈和善良能带给她安慰，然后，她能将她往日所受的灾难渐渐地忘掉！"

我姨奶奶对着他点点头，表示支持他的想法，对他这样安排，她很高兴。

"差点忘了件事，大卫少爷，"他在说话的同时，非常严肃地从胸袋里拿出一个小纸捆儿，就是以前见过的那个。他将小纸捆儿放在桌子上打开，"这里全是那些钱——共五十英镑十先令。这其中包括她花去的钱。我问过她怎么用的，她不说。我就将这些算好了。我这个人没什么学问，麻烦你再帮我算一次吧。"

他因为肚中文墨少，带着不好意思的样子将那张纸递给了我。我在算的时候，他的视线没离开过我。算好后，没发现有错的地方。

"谢谢你，大卫少爷，"他将那张纸拿回，说道，"这些钱，大卫少爷，我打算在我离开这里以前，用信封包好，在信封上写上她的名字，然后再在外面用另一个写给他妈的信封包好，你觉得这样做行吗？我还要跟她说明，简单用几句话就好，告诉她这些算什么东西，还要跟她说，这个钱她没办法再给我了，因为我已经离开了。"

我对他说，这样做挺好的——我确信，他觉得对的事，我也这样觉得。

"刚才我是说只有一件事，"他将那个小纸捆包好，在原来的口袋里放好，又一本正经地说道，"其实我还有另外一件事。在今儿早上来的时候，我还在考虑，要不要告诉汉姆这件不幸中万幸的事。于是在我今天来的时候，我给邮局送了一封信，跟他说了整件事的过程，也把我明天过去做一些必要的事跟他们说了。也许，是跟雅茅斯告别。"

"需要我跟你一起去吗？"见他嘴里含着一句话，欲说未说的样子，我问道。

"大卫少爷，你肯帮我的忙，这太好了！"

在这个决定上，我的小朵拉很高兴，她也支持我去。以前跟她说起这件事儿的时候，她表示过，所以我迅速做出陪同他一起去的决定，这也正合他意。于是，第二天清晨，我们又踏上了这条老路，坐上了去雅茅斯的脚车。

到了晚上，我们到达了那些熟悉的街巷——我的衣服和包都被皮果提先生拿着，任我怎么说，他都不敢让我拿——经过欧默和约拉姆的店铺时，我往里望了望，只见我的老朋友欧默先生在抽烟。我不想在一开始皮果提先生和他妹妹及汉姆相见时在场，于是我上前跟欧默先生打招呼，让自己落在皮果提先生后面一段路。

"这些日子以来，欧默先生过得好吗？"在门口看到他，我就说道。

他将呼出的烟用手扇开，更清楚地看了看我，他很快就认出了我。

"我要站起来迎接你的到来才是，先生。"他说道，"可是我现在腿脚都不灵活了，得坐在车子上滚来滚去。还是值得一谢的，我跟一般人一样，身体挺硬朗的，只是这腿脚不太方便，还有我的呼吸不太畅快，其他的都还行。"

能看到他过得这么开心，又这么满足，我感到可喜可贺。我注意了一下他的安乐椅，确实是带滚轮的。

比喻手法

写出了欧默先生对自己的安乐椅的赞美。

语言描写

写出了欧默先生的乐天知命的性格特点。

"这个玩意儿挺灵巧的，不是吗？"他见我看他的安乐椅，就用胳膊在扶手上来回蹭，说，"它行动起来很轻快，就像羽毛一样，又很稳当，跟合辙的邮车一样。哎哟，我的小明妮——就是我的外孙女，明妮的孩子，知道吧——在我后面稍一用力，车子就被推动了，非常灵巧，很有意思！告诉你——在这把椅子上坐着抽烟，是再合适不过的了。"

我从来没见过哪个老头儿能像欧默先生这样过得安于天命。他满面春光焕发，让人觉得他的安乐椅，他的气喘，他腿脚的不方便，都是上天有意的安排，来给他的烟斗增加趣味的。

"我敢对你发誓，虽然我坐在这把安乐椅子里，"欧默先生说道，"可不比站着的知道的天下事少。每天都有很多人来我这里谈天论地，多得让你吃惊。真的，你见了一定会吃惊的！自从坐上了这把椅子，我从报纸上得到的新闻是以前的两倍。至于普通的读物，哎哟，也不知道我看了多少！你知道吗？我还感到以此为荣呢！要是我的眼睛不好使的话，我该怎么办呀？要是我的耳朵不好使，我又该怎么办呀？但是现在不好使的是我的腿和脚，这又有何妨呢？以前用两条腿跑路时，只是让我本来就喘的呼吸更加短促。现在呢，要是我想到街上或沙滩上去，只要冲着约拉姆最小的徒弟招呼一声，他就跑过来推着我出去。我是坐着自己的车出去的，哎，这跟伦敦市市长的待遇有什么两样？"

说到这儿，他自己笑得快喘不过气来。

"哎呀呀！"欧默先生吸了一口烟说道，"一个人过一辈子，要懂得知足，这是每个人都应该认识到的。约拉姆把生意打理得很好，非常非常好！"

"听你说这些，我感到很高兴。"我说道。

"我也知道你会感到高兴的，"欧默先生说道，"约拉姆跟明妮相处得像小恋人一样。一个人还有什么好期望的呢？两条腿跟这个比起来又算得了什么呢？"

他坐在那里抽着烟，用极度鄙视的口吻说着自己的两条腿。可是很奇怪，我正因为他这鄙视的口吻感到兴奋，觉得一生中见不了几件这样兴奋的事了。

"就在我大范围地阅读时，你是不是也着手一项大工程的写作，先生？"欧默先生带着赞许的目光将我上下看了个遍，说道，"你写得实在是太可爱了！用词那么贴切，我可是逐字逐句读的。那种看书看睡着的事是从来没有过的。"

我笑着表示了自己的满意,不过我得老实承认,这样的联想是很受我重视的。

"我对你发誓,先生,"欧默先生说道,"我把你那装成三个分册的书放在桌子上,看着书面整齐地装订,再想想我跟你家还有交情,我感到荣幸,得意得像小丑潘趣一样。哎呀,想想有很多年了,是不是?那还是在布兰德斯通的事,两个可爱的小当事人躺在一块儿,当时,你也是一个非常小的当事人啊。哎呀哎呀!"

我提起了爱米丽,这才将话题打住。我先向他表示他对她的关心和仁慈一直都铭记在我心里。然后我简单地跟他说了一下,她是如何在玛莎的帮助下最终回到她舅舅身边的。我看得出,这位老人听了这话感到非常高兴。他把我的话听得很仔细,直到我把话说完,他才激动地说道:

"先生,我听到这样的结局非常高兴!这么久以来,我听到了那么多的消息,但这是最使我感到高兴的一个。哦,哦,哦!那么,玛莎,那个苦命的年轻女人,你们打算怎么安排她呢?"

"你说的这个问题,我从昨天晚上就一直想到现在。"我说道,"不过这个事儿,我对你是无可奉告的,欧默先生。皮果提先生一直都没说这事,我也就不方便开口问。但是我知道,他是不会忘了她的,他总在心里记得那些无私的好人。"

"你要知道,"欧默先生接起刚才的话题,说道,"无论做了什么事,都要算上我的一份。只要是你觉得没错的事,请你一定要记得通知我一声。我从来都没有想过那个女孩很糟糕。现在你告诉我了,她的确并不糟糕,所以我很欣慰,我的女儿明妮也会很欣慰。在有些事上,年轻的女人总是左右为难——这一点跟她妈妈一样——但是她们的心地都非常善良、仁慈。以前说到玛莎时,明妮做出的反应都是装出来的,她干吗要装出那种反应呢?这个由不得我告诉你原因,反正她的反应是装出来的,哎!背着大家,她可是给过她帮助的。所以,只要是你觉得没错的事,请你一定要记得通知我,给我写一封简短的信,告诉我送到了哪里,哎呀!"欧默先生说道,"当一个人活到阴阳交界处时,当他发现尽管自己还很健朗,却整天只能坐在车子里,想到哪里去还得叫人推着去,这时候,要是他能做一件好事,他会乐坏了的。他还能做很多很多的好事呢。我这话说的可不只是我自己哦!"欧默先生说,"因为我认为,先生,无论我们多大年纪了,我们都是从山上往山下去的人,因为时光流逝,不曾作过一分一秒的停留。所以我们要时时刻刻做点好事并且从中寻到乐趣。嗯,就该这么做!"

他敲了敲烟斗,将里面的灰倒了出来,然后放在椅子后面一个专门用来放烟灰的地方。

"爱米丽的那个表兄,她不是本打算跟他结婚的吗?"欧默先生并不使劲儿地做着搓手的动作,说,"在雅茅斯的那个人,世上难找的好人!有时候,他在晚上到我这里来待上一个钟头,有时陪我说话,有时给我读书。我得说,这可是善意的行为!他的生活中的每一件事都是在做善意的事。"

"我这就要去看他呢。"我说道。

"哦,是吗?"欧默先生说道,"代我向他问好,并且转告他,我过得很好。明妮和约拉姆都不在家,他们去参加一个舞会了。要是他们今天也能见你一面,他们肯定跟我一样,感到非常荣幸。本来明妮说什么也不去,你也知道,像她说的那样'为了照顾爸爸'。后来我就说了,要是她今天不去,那我六点钟的时候就上床睡觉,后来,"想到他的计策得逞了,他笑得都把椅子带着晃

了,"她到底跟约拉姆去了那个舞会。"

我们互相握手,然后打个招呼离开了。

"再坐半分钟吧,先生,"欧默先生对我说,"要是你来了没看看我的那个小象,以后就没机会了。这样的光景你可从来没见过哦,明妮!"

不知从楼上什么地方传来了一阵天籁般的小声音,回答道:"外公,我就过来了!"很快从铺子外面跑来一个可爱的小女孩,她一头鹅黄的鬈发,长长地披在肩上。

"先生,小象,这个就是我说的小象,"欧默先生抚摸着孩子,说道,"还是暹罗种的呢。先生,看,我的小象!"

那头小象将客厅的门推开时,我注意到,这个客厅现在是欧默先生的卧室了,因为把他弄上楼实在是件不容易的事。这时,小象躲到了欧默先生的椅子后边,看不见她那漂亮的额头了,长长的头发却被弄得凌乱不堪。

"先生,你知道,"欧默先生对着我眨眼睛,说道,"小象在干活的时候就是用头撞的呢。来,一次,小象,加油,两次,三次!"

那头小象一听到这样喊数,就灵敏地(这个动作的灵敏程度,是真正的象无论如何也做不到的)把椅子转过来,呼噜呼噜地往客厅推去,经过门时,连门框碰都没碰。这一举动让欧默先生有说不出的欢喜,在半路上冲着我回头看,好像在得意地说,这就是我一生努力追寻的结果。

我在那个市镇上,走了一会儿路就来到了汉姆的家。那个时候皮果提已经搬到他家,并且打算一直住下去了。一个巴吉斯先生的接班人,干脚夫这一行的,给了她一笔为数不少的钱,把字号、车子、马匹都买下了,也把她的房子给租下了。我敢打赌,巴吉斯先生所用过的那匹笨马,现在还在干着这个活儿呢。

他们都聚在厨房里,我看到厨房很整洁。当时高米芝太太也在场,她是皮果提先生特意到老船上请来的。除了皮果提先生,我不相信还有哪个人能让她肯从那个地方挪开。显而易见,皮果提先生已经把所有事都跟他们说了,只见皮果提和高米芝太太都在那里用围裙擦眼泪。汉姆并不在场,说是到海滩上散步了。没过多一会儿,他回来了,见到我,他表现得非常高兴。我希望他们没有因为我的存在而感到别扭。后来,大家聊起皮果提先生去了那个地方后,财产渐渐多起来,也聊起他日后写给我们的信中会出现什么样的奇迹,气氛竟然活跃起来。我们谁也没提爱米丽这个名字,却不止一次间接说到她,在场的每一位中,只有汉姆最平静。

皮果提打着一盏灯,把我带到一间小卧室里(在桌子上,早就摆着一本"鳄鱼书",等着我来)。皮果提跟我说,这些年来,汉姆一直是这副模样。她确定(她哭着对我说),汉姆的心都碎了。但是他很坚强,又非常平易近人,在他工作的船厂附近,没有人做得比他更用心,完成得更好了。她还说,有时候他会在晚上说起在那艘老船上的往事,但是他只提儿时的爱米丽,就不说长大后的爱米丽。

我认为,他的眼神告诉我,他想私下与我聊聊。所以我想等到明天晚上他收工回家的时候,我去他回来的路上与他碰面。做好了这样的打算,我就睡下了。那天晚上,窗户上的蜡烛被拿下了,在过去的那么多夜晚里,它们一直在那里摆着。这艘老船上有一个旧吊床,皮果提先生在上面躺下了，海风围着他呜咽而过，就像往日那样。

第二天，从清晨到傍晚，他都在一心一意地弄着渔船和渔具，像是在处理他的小家当。他把东西一样一样地收拾好，用得上的用车运往伦敦了，用不上的就送人或者留给高米芝太太用。这一整天高米芝太太都围着他转。想到那个地方就要上锁了，我的心情非常惆怅。于是，我跟他们约好了，今天晚上见个面，我要来这个地方再看最后一眼。不过在我过去之前，我先去了汉姆那里。

想在路上跟他碰面是件非常容易的事，因为我知道他收工回家的路。我们是在沙滩边一个偏僻的地方碰头的，这里是他的必经之路。然后我跟他一块儿往回走，要是他真想跟我聊聊，这样就有机会了。我确实没看错他的眼神，因为我们在一起没走多远，他就对我说话了。但是他并不看着我。

"大卫少爷，你见到她了吧？"

"在她昏倒时，我匆匆地见了一面。"我用细柔的声调回答他。

又往前走了一小段路，他又说道：

"大卫少爷，你认为你想见到她吗？"

"或许这对她来说是件非常痛苦的事。"我回答道。

"这一点我也想到过，"他说道，"免不了感到痛苦的，少爷，免不了感到痛苦的。"

"但是汉姆，"我轻声细语地对他说道，"有些话我不能跟她面对面地说，但是我可以通过写信跟她说。要是你希望我帮你向她转达什么的话，我一定把它视为神圣的事来为你效劳。"

"我相信你会的。谢谢你，大卫少爷，再也没有谁比你更仁慈、更善良的了！我确实有几句话要说给她听，或者写给她看。"

"是什么样的话呢？"

他没有立即回答我，我们默默地往前走了一段，他开口了。

"不应该由我来宽恕她，不应该这样说，而是应该由我请求她宽恕我。因为以前，我强迫她接受我给她的爱。我常常想，要是我当初没有让她下保证，说一定要嫁给我，那么少爷，或许我跟她会成为朋友，或许她会信任我。当她感到内心矛盾时，她一定会找我倾诉，跟我商量，说不定我会给她一点帮助，那么她今天就不会吃了那么多的苦头。"

我握住他的手，问道："这些就是你要说的吗？"

"还有一点，"他回答道，"要是我能说出来的话，大卫少爷。"

他又停顿了一下，不过这一次我们走过的一段路比前几次走得要

长很多。他的话并不是连贯说出来的,中间做了多次停顿,在下文中我就用横线表示了。他一直都没哭,但是他很激动,为了把话讲得清楚一些,他在极力让自己镇定。

"曾经,我很爱她——就是现在,我记忆中的她也让我爱得要命——非常深刻的爱——她是不可能相信的,我是个快乐的人。忘了她——我才会过得快乐——可是我恐怕无法做到把这样的话告诉她。你是懂学问的人,大卫少爷,请你教教我,我该怎么说才能让她相信我还爱她、心疼她,但是我一点都不伤心难过。我还要叫她相信,我一点也没有厌倦生活的想法。我仍然在祈祷某一天能够见到她,那时,卑鄙的人不再恶搞,疲倦的人可以休息。我一点都不怪她——跟她说一些可以安慰她那哀愁心灵的话,让她知道我不会结婚的,在我的心目中,永远不会有谁能取代她的地位——请求你,把我刚才所说的这番话——加上,我为这个心爱的她所做的祈祷——一同告诉她。"

我再一次握住了他那双透着男子汉气概的手,告诉他,这件事交给我来办,我一定尽心尽力把它办好。

"谢谢你啦,大卫少爷,"他说道,"来这儿与我见面,你是出于好心。陪他一起过来,你也同样是出于好心。我知道,在他们动身以前,我的姑妈将会去趟伦敦,到时大家又都碰面了。但是大卫少爷,我恐怕到时不能去了。我不敢这样奢望,这一点谁也不明说,但谁心里都明白,实际上也只好这样了。在他临行前,你见到他时——那是最后一次见面了——请代表我这个没爹没妈的孩子将我的孝顺之心和感激之心转告给他。一直以来,他做得比亲生父亲还要好。"

这个事,我也郑重地应下了。

"我再次感谢你,大卫少爷,"他诚恳地握起我的手,说道,"我知道你还要去哪儿,就此告别吧!"

他轻轻地把手向我一挥,像在说那个老地方他不能再去了,然后他就转身离开。我在后面目送他的背影,看他在月光下穿过那片荒野,然后把脸转向海面那道银色光线射来的方向,边看边走,直到他的身影在远方渐渐模糊。

当我走进那艘老船时,发现船上的门是敞开的。我通过这扇门往里走,只见这里的摆设都被搬走了,就剩下一只旧箱子,高米芝太太正坐在上面,腿上放着一只篮子,眼睛睁得老大地看着皮果提先生。这时皮果提用单个胳膊肘靠在笨重的炉架上,望着炉里即将熄灭的余火。我刚进时,就见他一脸期待地抬起头来,高兴地跟我说话。

"按照我的邀请,来跟她辞行了,对不对,大卫少爷?"他将手中的蜡烛抬高了一点,说道,"你看,都空空荡荡的了,不是吗?"

"你动作真迅速。"我说道。

"哎呀,我们什么时候偷过懒,少爷。高米芝太太一做起事情来,简直就是——简直就是什么,我又说不上来。"皮果提先生望望她,一时间想不出什么恰当的比喻将她赞美一番。

高米芝太太趴在篮子上,一言不发。

"就是这个箱子,你以前常常跟爱米丽一起坐在上面!"皮果提先生放低了声音,说道,"这个我也要带过去,它是最后一件行李了。这儿,以前就是你的小卧室,认出来没有,大卫少爷?今晚,这儿要多冷清就有多冷清了!"

那晚的风并不大,却吹得非常严肃,和着一种凄惨的低泣声,在这个将要无人居住的住宅四周环旋。什么都没有了,连那用贝壳做框架的小镜子也没有了。我想起我第一次躺在这个屋子里的时候。那阵儿,家中第一次遭遇了不小的变故,那个有着蓝色眼睛的小女孩再次浮现在我的眼前,曾经叫我那样着迷。我又想起斯梯福兹,于是一阵可怕的愚蠢的想象袭上心头,让我觉得他就在我的不远处,我稍不留神就能碰见他。

"要让这条船找到新的主人,"皮果提先生用低沉的声音说道,"恐怕还需要些时日,现在人们都认为它是不祥之地!"

"这条船的主人是这附近做什么的?"我问道。

"一个造船桅的匠人,住在镇上。"皮果提先生回答道,"一会儿我就去把钥匙送给他。"

我们又去了另一个小房间,看了一遭又回来了。皮果提先生将蜡烛放在了炉架上,请坐在箱子上的高米芝太太站起来,好让他将箱子搬出去,把灯熄了。

"丹,"高米芝太太突然将篮子抛向空中,一把抱住他的胳膊,说道,"我亲爱的丹,趁我现在还在这所房子里,我最后再说一句,我是不会留在这里的。你不会把我留在这里的,丹!啊,你绝不能把我留在这里的!"

皮果提先生吃了一惊,望着高米芝太太,将视线移到我身上,又从我身上移到了高米芝太太身上,仿佛他做了一场梦,刚刚才醒过来一般。

"你绝不能,我至亲至爱的丹,你绝不能!"高米芝太太激动地叫道,"请把我也带上吧,丹,让我跟你,跟爱米丽,一同前往吧!我可以给你当使唤的老妈子,我会对你忠贞不贰、持之以恒的。要是你去的那个地方用得上奴隶的话,我心甘情愿地给你当奴隶,反正不要丢下我,丹,这样你才是一个讨人喜欢的好人啊!"

"我的大好人啊,"皮果提先生摇晃了一下脑袋,说道,"我们将要越过千山,走过万水,过一种非常艰苦的生活,你可知道啊!"

"我知道,丹!我能猜得出来!"高米芝太太喊道,"在这个屋子里,我最后再说一句,要是你不肯带我一起去,我就到救济院里去,在那里等死。丹,挖地我可以,做苦工我也行,我能吃得了苦,我会很体贴他人,我也能做到忍耐——丹,你不信,就来考验我好啦。那笔养老金,我碰都不会碰,就算我穷死了,我也不会去碰的。丹·皮果提,只要你点个头,我跟着你和爱米丽,就算走遍天涯海角我也愿意。我知道你在顾忌什么,你觉得我这个人太孤苦,没有依靠,但是,亲爱的人儿,我再也不会那样了!我在这里坐了那么长时间,看着你们所受的苦难,并且在心里琢磨着,我并不是一点收获都没有的。大卫少爷,帮我说说好话呀!他的性情,爱米丽的性情,以及他们所受的苦难,我都懂,我会常常给他们安慰,永远为他们干活!丹,亲爱的丹,就带我一起去吧!"

于是高米芝太太抓起他的手,用一种天真质朴的感情作为他应得的感激,热烈地亲吻它。

后来我们将箱子搬了出去,把蜡烛熄灭了,在离开之前,从外边将门锁好,它成了夜色弥漫中的一个黑点。次日,我们乘着脚车往伦敦赶。在脚车的后座上,坐着高米芝太太,旁边放着她的篮子,这时的她,心情非常愉悦。

精彩点拨

皮果提先生将每个人都考虑得面面俱到,他重视每一个人的权利和请求,单单把自己除外。他为了爱米丽离开自己的家乡,最后还要去澳洲生活,他考虑到了妹妹离不开大卫,还让她照顾可怜的汉姆。对于高米芝太太,他要给她找一个属于她自己的家,那个家可以照顾好她。并在他走之前给她准备了一笔生活费,好让她日后的日子过得舒服些。最后在高米芝太太的恳求下,他还是带着她一起离开了。

阅读积累

祷 告

祷告是主动和超自然的力量沟通来赞美、祈求、忏悔或者仅仅是表达自己的思想或愿望。世界上主要宗教的祷告往往依赖于咒语或者圣经文句进行独白,也在祷告中伴随着瞑目、合掌或者行进。

"祷"的本意是"告事求福也(《说文解字·示部》)"。"祈"同样有"求福"的含义,但"祷"是"祈"的一种。《周礼·春官》云:"掌六祈以同鬼神示,一曰类,二曰造,三曰禬,四曰禜,五曰攻,六曰说。作六辞以通上下、亲疏、远近,一曰辞,二曰命,三曰诰,四曰会,五曰祷,六曰诔。"

第五十三章

> **精彩导读**
>
> 米考伯先生约大卫和贝西小姐见面，到了维克菲尔德和希普所共有的事务所后，米考伯揭露了希普是怎样欺骗维克菲尔德先生以及贪污钱财和嫁祸维克菲尔德先生的。希普最后进了监狱，米考伯一家接受了贝西小姐的援助去了澳洲，爱妮丝会怎样呢？

米考伯先生约我在二十四小时以后去指定的地点见面，弄得神神秘秘的。我就跟姨奶奶商量，看怎么个去法比较好。因为我姨奶奶怎么都不愿意丢下朵拉一个人在家。啊，现在我那么轻易地就能将朵拉抱起，上楼下楼都不觉得费事了！

最后，我们觉得，虽然米考伯先生约了我姨奶奶，但她应该留下，就由狄克先生取代她，与我一同前去。后来，当我们说好了这么办时，朵拉却说要是姨奶奶留了下来，无论什么原因，她都会永远怪罪自己，怪罪那个不听话的孩子。就这样，我们又犹豫不决了。

"要是你留在家里的话，我就不跟你讲话了，"朵拉对着我姨奶奶，摇着一头鬈发说道，"我也不听话了！我要我的吉普，天天冲着你叫。我要证实，你是个不折不扣的老家伙了！"

"好啦，小花儿！"我姨奶奶笑着哄道，"难道你不晓得我不在你身边你不行啊！"

"我行的，"朵拉说道，"你对我来说，一点忙也帮不上。你一次都没有为我楼上楼下地跑。你也一次都没有在我身边坐好，对我讲大卫的事，说他什么鞋子破洞啦，什么浑身灰不溜丢的啦——哎，这样的小人儿真是可怜啊！你做的事呀，没一样是逗我开心的。不是吗，亲爱的？"朵拉又急忙吻了我姨奶奶一下，说道，"做了，你确确实实做了！我只是在说笑呢！"她是担心我姨奶奶对她的话信以为真。

"可是，姨奶奶，"朵拉嗲嗲地对我姨奶奶说道，"现在，听好了，你一定不能留在家里。只要你不答应我，我就一直淘气，直到你答应了才收手。要是我那个不听话的孩子叫你留下来的话，我就不让他过安稳的日子。我要让自己，能怎么被人讨厌就怎么做——吉普也会这么做。要是你留在家里，不乖乖地去，我就叫你后悔老长老长的时间。另外，"朵拉将鬈发拨到脑后，带着惊讶的表情看着我和姨奶奶，说道，"你们两个怎么不一起去呢？我的病根本就没有什么大碍。难道很有妨碍吗？"

"哟，瞎说什么！"我姨奶奶说道。

"瞎想什么！"我也喊道。

"就是呀！我知道自己是个小笨蛋！"朵拉说完后，慢慢地从这个人看到那个人，然后在床上躺下，嘟起可爱的小嘴吻过我们，"好啦，现在就这么定了，你们俩一定都要去，不然的话，我就不信任你们了！而且我都快要哭出来了！"

我看了看姨奶奶的表情，这会儿，她打退堂鼓了。朵拉也看出来了，她的脸露出了喜色。

"回来了，你们又要跟我说很多新鲜的事，恐怕我得花上一个星期的时间才能理解清楚呢！"朵拉说道，"要是里面掺着什么大事儿的话，在短时间内我是理解不了的，可是我知道，里面难免会有一些事儿的。另外，要是里面有什么账之类的东西要算的话，那我就更不知道得算到什么时候才是个头了。那时候，我的坏孩子就又要一直摆着张苦瓜脸了。这么说，你们都决定去了，对吧？区区一个晚上，你们走之后，我还有吉普呢，它能照顾我。大卫，在你离开之前，抱我上楼去吧。等你们回来了，我再下楼。你们要代我给爱妮丝写一封信，把她狠狠骂一顿，因为她从来都不来我们家！"

我们决定一起去，没有再商议下去了。走的时候，我们还说朵拉是个小骗子，她是想装病好让我们多多地疼爱她、抚摸她。她听了，开心得不得了。后来我姨奶奶、狄克先生、特拉德尔以及我，四个人连夜坐往多佛的邮车向坎特布雷赶去。

在半夜，我们颇费一番周折，才来到了米考伯跟我们说好的那个旅馆。我们在那里等他。在旅馆，我收到一封他写的信，说次日上午九点会来这里会合。这个时间实在叫人没法感到舒服。于是，大家决定各找各屋睡觉去了。我们打着哆嗦，走过一条封闭的走廊，闻到一股像存放了几个世纪的肥皂和马粪的混合溶液的气味，这才来到了几间卧室前。

第二天一大清早，我出来闲逛，经过了一条熟悉的老街，街上四下无人，非常静谧，随后又踏过那些庄严的走廊和教堂的影子。在这样一个晴好的清晨里，乌鸦围绕着教堂的钟楼飞过。那些钟楼高高在上，俯视着郁郁葱葱的村野和轻松欢快的河流，似乎没有什么类似于沧海桑田这种易变的东西。可是当那些钟声一下接一下地响起时，它们哀伤地告诉我一切事物都处于不断地变化之中；告诉我，它们自己的苍老岁月和我那可爱朵拉的青春年华。那些钟声余音回旋，钻到悬在钟里的黑太子锈了的铠甲里，飘到大海上的微尘里，然后像水中的旋涡一样越来越小，直到完全平静。它们又告诉我，那些不老的定律：人的出生，人的爱情，最后老去。

我站在街道的一角，注视着那所老房子。我不敢往前走近一步，生怕被人认出来，因而在无形中打断了我帮着实现的计划。初阳斜照，在那山墙边缘和方格窗儿上镀了一层金黄色，它往日那种宁静的光线再次射进我的内心。

我在乡村间闲逛了有一小时左右，然后顺着大街往回走。这趟回来，大街已经从昨夜的睡梦中醒过来了，商店陆陆续续地开门营业。在那些忙碌的身影中我看到了我曾经讨厌的那个人，就是那个屠夫。今天，我见到他竟然穿起了长筒靴子。他已经娶妻生子了，也开了个自己的铺子。这会儿，他正在照顾那个孩子，看起来似乎是这个社会上和气善良的一员。

我们坐下来准备吃早饭，可是大家都感到烦躁不安，因为九点半正在一步步向我们走近。我们对于米考伯的出现也越来越感到紧张，大家这顿饭吃得只是个形式而已，不过狄克先生可不是这样。后来我们终于不用再装模作样地吃早饭了，姨奶奶就开始在屋子里来来回回地走动，特拉德尔则坐在沙发上做出看报纸的样子，实际上他的眼睛盯着天花板。我透过窗子往外望，心想着米考伯先生一出现，我就向大家通报。这种状态并没有持续太久，他就在街头出现了，那时九点半的钟声刚刚敲响。

"他过来了，"我喊道，"可今儿他没穿他那件出庭时穿的衣服！"

我姨奶奶将头巾的绳子重新打起结来（吃早饭时其实就已经打好了），然后拿起披肩在身上披好，似乎她一会儿要面对的是件绝不能通融的事。特拉德尔将衣服上的扣子扣好，脸上一副坚定的表情。看到大家都这么庄重地做准备，狄克先生被弄得不知所措，觉得自己有必要跟着一起做做样子，于是用两只手将帽子戴上，还死命地往耳朵上压。可是随即又将帽子摘下来，向米考伯先生表示友好。

"各位先生、小姐，"米考伯先生一来就说道，"早上好！哦，我亲爱的先生！"这时，狄克先生热情地握起他的手，"你这个人，真是好得没办法再好了。"

"你吃过早饭没有？"狄克先生说道，"来一份排骨怎么样？"

"千万不能这么做，我的好先生！"眼看狄克先生要去拉铃叫菜，米考伯先生一把将他拉回，说道，"狄克先生，食欲和我，早就谁也不认识谁了。"

一听到这种新说法，狄克先生非常欢喜，带着感激之情握住提出这种说法的米考伯先生的手，哈哈大笑起来，笑得像个孩子一般。

"狄克，"我姨奶奶说道，"注意点儿！"

狄克先生脸一红，一句话都没说。

"现在，先生，"我姨奶奶将手套戴上，看着米考伯先生说道，"一切准备就绪，随便对付什么都行，维苏威火山也可以，只要你一声令下，我们就可以开始了。"

"小姐，"米考伯先生说道，"我相信，很快就会看到一场火山爆发了。特拉德尔，要是我跟他们说，我们早就私下里商量好了，我相信，你不会见怪吧？"

"事实就是如此，科波菲尔，"特拉德尔对我说，而我还一脸茫然地看着他，"米考伯先生是怎么想的，他都跟我商量过了，我也在我的认识范围内，尽量给他提了一些意见。"

"如果不是我在自欺，特拉德尔先生，"米考伯先生说，"我敢说，我所思考的问题，还暴露了一个重要的意义。"

"确实如此。"特拉德尔说道。

"也许，就目前的情况下，请小姐和各位先生暂时委屈一下，听听一个人的安排。虽然这个人在茫茫人海中只配做一个浪子的角色，虽然这个人受自己的过失和环境的压力所影响已经被压得失去了本来的面目，但是他依然是你们中的一员，站在你们的一方。"

"我们对你，怀有百分百的信任，米考伯先生，"我说道，"只要你需要我们做什么，我们就会做什么。"

"科波菲尔先生，"米考伯先生接过我的话，说道，"这一次，我不会辜负你的信任。请诸位原谅一下，我要先走五分钟，一会儿在维克菲尔德和希普所共有的事务所里我们再见，到时欢迎各

位访问维克菲尔德小姐。"

我和姨奶奶都望着特拉德尔，他点了点头。

"目前，"米考伯先生说道，"我要说的就这些。"

说完这句，他不专门对着哪一个人鞠了一个躬，算是给大家的，然后扬长而去。我惊讶极了，当时他的脸色非常苍白，他的态度让人觉得非常陌生。

我问特拉德尔，这唱的是哪一出，他只是摇摇头，笑而不答，头上的头发一根根地竖在那里。于是我看着表，数起那五分钟来，以此作为唯一的消遣。我的姨奶奶挽住特拉德尔伸过来的胳膊，于是大家向那所老宅子出发了，一路上无人说话。

当我们到达目的地时，只见在楼下一角的办公室内，米考伯先生正坐在桌子边奋笔疾书，或者说是在假装奋笔疾书。在他的背心里，放着一把办公室用的大戒尺，在胸前伸向一英尺多远的地方，有一个看起来倒像衬衫的一种新式装饰品。

我感觉大家希望我来说话，于是我提高嗓门，喊道：

"嘿，米考伯先生，你好呀！"

"科波菲尔先生，"米考伯先生一本正经地答道，"也希望你好！"

"我们来看看维克菲尔德小姐，她在吗？"我问道。

"维克菲尔德先生得了湿热，在床上躺着，先生，"他说道，"不过，我敢说，见到这些老朋友，维克菲尔德小姐一定会很高兴的。快进来，先生们！"

他领着我们来到餐厅——在这个宅子里，我踏进的第一步便是这里——他一边将维克菲尔德先生曾经的办公室门推开，一边扯着嗓子喊道：

"特洛伍德小姐，大卫·科波菲尔先生，狄克先生，汤姆·特拉德尔先生！"

从上次打了尤来亚·希普以来，这是我们头一次见面。显然我们的到来使他吃了一惊，但我以为，也是因为他见到了我们在惊讶。他并没有紧皱眉头，因为他的眉毛实在淡得可怜，但是他的额头却蹙得很厉害，因而那本来就小的双眼几乎都眯成了一道缝。与此同时，他那双皮包骨头的手迅速摸着下巴，因而他内心的狼狈和惊慌都被泄露了出来。姨奶奶站在我前面，我透过她的肩部观察到这些。不过这状况，只在我们刚进门的那一瞬间出现了，过了一小会儿，他又恢复了胁间谄笑和卑贱的外表。

"哦，我可要说，"他说道，"这可是叫人又惊又喜的荣幸！可以说圣保罗教堂周围的朋友们在一个时间里同聚一堂啊，真想不到会有这样的快乐！科波菲尔先生，如果不嫌我卑贱的话，那我就说句话，希望你过得好，无论你把我当朋友还是不把我当朋友，我都一律把你当朋友。还有科波菲尔太太，我也希望她过得好。最近总传来一些她身体不好的消息，说真的，我们很担心。"

他握着我的手，我有一种羞辱之感，可是在当时的情况下，我又实在想不出其他的办法。

"特洛伍德小姐，当年，我从一个小小的书记员做起，给你牵马，不过如今，这个事务所已不再是当年的那个样儿了。你说呢？"尤来亚笑着说，他的面目可恶至极，"但是我还是那个老样子，特洛伍德小姐。"

"哦，先生。"我姨奶奶回答他说道，"说真的，我真的觉得你很好地证明了'从小看大'这句话，这么说你该高兴了吧。"

"过奖了，特洛伍德小姐！"尤来亚令人生厌地扭动着身体，"米考伯，快叫人通知爱妮丝小姐——和我的母亲。我母亲要是见到家里来了这么多客人，一定很荣幸！"尤来亚摆弄着椅子说。

"现在没事吧，希普先生？"特拉德尔说道。尤来亚那双狡猾的眼睛想看我们，但又不敢做长时间的停留。这时，他的视线正与特拉德尔对上了。

"没什么事儿，特拉德尔先生。"尤来亚说道，同时坐回了他的办公椅，双手合并在双膝间，他的手和膝盖同样都瘦得只剩下骨头！"没我想象的那么忙。但是，你也了解，干律师这一行的，就像鲨鱼、吸血虫一样，不会轻易知足的！要不是因为维克菲尔德先生什么事都做不来，那我跟米考伯也不会有那么多事。但是我觉得为他效劳是一种快乐的义务。我想，特拉德尔先生，还不认识维克菲尔德先生吧？而且，这也是我第一次有幸见到你吧？"

"不认识，我是不认识维克菲尔德先生。"特拉德尔回答说，"要不然我早就过来伺候了，希普先生。"

听到特拉德尔的语气中有一种不一样的东西，尤来亚用一种很疑心、很狡猾的眼神又看了一眼说话的人。但是一见到那个人表情和善、样子老实、头发竖起，他放下了戒备，抖动了一下全身，清了清嗓子说道：

"是怪可惜的，特拉德尔先生。要不然你会和我们一样称赞他。他有一些小毛病，但那只会叫你更加敬爱他。不过，你要是有兴趣听听人家如何称赞我的伙伴，并且从来没听过科波菲尔谈起这方面的话，我建议你找他去。他一提到这个家，就很来劲儿。"

我很反感这样的奉承，可是还没等我开口否认，就看见爱妮丝跟在狄克先生后面进来了。以前见到她时，她都是非常安详的，可是这一次从她脸上能明显得到担忧和疲劳的痕迹。但是，她那热情诚恳的态度和那静雅幽娴的美貌，仍然使得她周身散发光辉。

我注意到，在她与我们打招呼的时候，尤来亚在监视她，就像反派的丑妖怪注视着一个善良的神灵。这时米考伯先生给了特拉德尔一个不易察觉的手势，于是特拉德尔悄悄地离开了这里，没有任何人发现，除了我之外。

"你用不着在这招待了，米考伯先生。"尤来亚对米考伯先生说道。

只见米考伯先生站在门前，手放在胸前的戒尺上，毫不掩饰地注视着他同伴群中的一个人，那正是他的东家。

"你在这里待着干吗呀？"尤来亚说道，"米考伯！没听见我说，这里用不着你来伺候了吗？"

"听见啦！"米考伯先生只说不动。

"那你干吗还在这里伺候？"尤来亚问道。

"因为——简单说来，我高兴！"米考伯先生脱口而出。

尤来亚的双颊失去血色，浮出一种灰中夹杂着淡红的颜色。他的脸绷得紧紧的，盯着米考伯先生看。

"谁都晓得，你是个败类。"他强颜作笑，说道，"恐怕你是想要我炒你鱿鱼了，快滚，一会儿我再找你算账。"

"如果说，我和这个世界上的哪个恶棍话说得太多了，"米考伯先生再次激动起来，说道，"那个恶棍就叫——希普。"

尤来亚往后退了一步，仿佛谁给了他一拳头，或者什么东西咬了他一口。他的脸上摆出尽可能凶恶、险毒的表情，将我们挨个儿看个遍，用低低的声音说道：

"哟！这是在搞什么阴谋啊！他们商量好今天一起来的！你跟我的书记员串通一气，对不对，科波菲尔？那我可得小心点。你这样搞，可一点收获都不会有，咱俩把对方看透了，你跟我是彼此没有好感的，在你刚介入这里时，你就像一条傲慢的狗，你看我步步高升，你就眼红了，我说得没错吧！想对抗我，收起你的阴谋吧！你要阴谋，我也以阴谋来对付你！米考伯，你先给我滚出去，一会儿我再找你算账。"

"米考伯先生，"我说道，"这家伙突然变了，这一点，他到底实话实说了，而且他也使我确信，他已经四面楚歌了。对待他该怎么办就怎么办吧，绝不能心软！"

"你们这群家伙，胡闹！"尤来亚急得脸上出汗，他一边用他瘦长的手擦他额头上的汗珠，一边用低低的声音说道，"买通我的书记员，一个社会的残渣——你自己看看，科波菲尔，在你受到别人施舍之前，你也是个社会的残渣，他现在就像当年的你——叫他说谎来毁我名誉？特洛伍德小姐，你最好管管他。要不然，我叫你前夫死缠着你不放。因为工作原因，我对你的过去清楚着呢，看来这点还能派得上用场，老小姐。维克菲尔德小姐，要是你还知道心疼你那个父亲，我奉劝你一句，最好不要跟他们掺和在一起，要是你不这样做，我就让他一无所有。行了，继续啊！我在你们每一个人身上都安置了靶子，趁靶子还未放下之前，好好想想清楚吧。米考伯，如果你还不想被毁，就再想想清楚吧。现在想收场还来得及，我劝你趁早滚出去，一会儿我再找你算账，你这个蠢货！我母亲怎么还没来？"说完，他突然意识到特拉德尔不见了，因而惊慌失措，把铃绳都拉断了，"在自个儿家中，竟然干出这样的好事！"

"希普太太到了，先生。"那个体面儿子的体面母亲跟在特拉德尔身后，特拉德尔说道，"很失礼，我已经自作主张把自个儿介绍给她了。"

"你以什么身份来介绍自己？"尤来亚问道，"你在这凑什么热闹？"

"作为维克菲尔德先生的代理人，也是朋友，先生。"特拉德尔带着职业性的镇定，说道，"我口袋里可有他写的一份全权委托书。"

"那老头儿酒喝高了，昏了头，"尤来亚说道，这时他的脸色更加难看了，"这委托书，是你耍手段骗他写的！"

"我只知道，有人在他身上耍手段骗过一样东西。"特拉德尔心不慌气不喘地说道，"希普先生，你自个儿心里也清楚吧！如果你愿意，我们就请米考伯先生出面讲清这事儿。"

"尤利……"希普太太开始焦躁起来，开口说道。

"别说话，母亲。"他止住了她母亲，说，"言多必失。"

"可是，我的尤利……"

"请你别说话，母亲，交给我来处理，行不？"

早在很久以前，我就看穿他的谦卑是装出来的。他从头到脚都包着一层阴险、虚伪的面具，但是在他撕下他的假面具之前，他到底虚伪到什么地步，我却一直没有一个正确的认识。现在他意识到这身假面具已经骗不了任何一个人了，就一口气将它撕下，于是他的恶毒，他的傲慢，他的仇视，统统都暴露出来了。但是就在这个时候，他对于他曾经做过的坏事依然感到得意——不过，他对我们感到无计可施，感到绝望无助——所有的这些，都跟我所了解的他相吻合。不过乍一见到他这样，就连熟悉他那么久、憎恶他那么深的我，都感到不可思议。

他站在那里，将我们一个个审视，他看我的眼神就不用多说了。一直以来，他都非常地憎恨我，从来没有忘记我在他脸上留下的那个巴掌印子。我看到，当他的目光划过爱妮丝的时候，他的眼神是那样的怒不可遏，因为他已经失去了在她身上的优势。

他失望的表情中暴露出他那丑陋的情欲（正因为这种情欲，他对她从来只有情欲的妄想，而对她的内在，却一点都不试着去了解，去关心）。这时，只要让我想象，她跟这种人待一个钟头，我都惊讶得不能接受，更不用说别的了。

他把手放在下巴上搓了一会儿，当他那瘦骨嶙峋的手指头挡在眼睛前面时，他用那双凶狠狠的眼望着我们。过了一会儿，他再次对我说话，像是在哀鸣，又像是在谩骂。

"科波菲尔，你向来因为自己的声誉，傲慢得不得了。现在你又在我的地盘上，和我的书记员串通一气，干一些见不得人的勾当，你还觉得对啊？要是我干出这样的事，那就没什么好奇怪的，因为我向来都不觉得自己是上流社会的人（不过像你过去那样流浪街头的事，我还没有过，这可是米考伯告诉我的），现在却是你——你也有胆子干这种事？你就不怕我回头报复你！到时你将被阴谋围绕，处处碰壁，整日愁眉不展！不错，我们走着瞧！那个叫什么的先生，你不是要米考伯发言吗，他人就在这里。你叫他开口啊！依我看啊，他已经知道教训了。"

他意识到，他说到现在，无论于我，还是于我们中的哪一个，都一点作用没有。所以，他只好往桌子旁边一靠，双手插进衣袋，一只脚放在另一只后面，顽固地等待后续的事。

这期间，米考伯先生窝着一股猛劲儿，我把吃奶的力气都用上了才使他没有爆发。好几次，他想骂他"恶棍"，不过刚说出"恶"字就被我制止了。这时，他冲了出来，为了自我保护，他将背心中那把尺子抽出来当武器。他从上衣口袋里拿出一份文件，文件是一张大纸，叠成了一封大一点的信的模样。他跟往常一样，动作非常夸张地把那个文件打开，然后带着一种欣赏艺术风格的态度，看着文件的内容，念道：

"'亲爱的特洛伍德小姐，以及各位先生……'"

"哦！"我姨奶奶用一种很低的声音说道，"要是写的是罪状，那他还得花上好几先令的纸才够呢！"

不过米考伯先生并未注意她的话，继续读下去：

"'现在，有大家在场，我不在乎自己会怎样，我只要将那个恶棍，一个实打实的恶棍，一个史无前例的恶棍暴露'，"米考伯先生一直看着信，只是像挥着魔杖一般，将尺子指向尤来亚·希普，"打我生下来，就已被无力偿还的债务所累，成为那方面的牺牲品，一直受到那种遭人唾弃的环境所揶揄。羞耻、贫困、无助、疯狂，总是单个地或一群地出现在我的生活中，它们成为我生命的跟班。"

词苑撷英

摇头晃脑：脑袋摇来摇去。形容自己感觉很有乐趣或自己认为很不差的样子。

神态描写

写出了尤来亚听到米考伯先生对他揭露后的恼怒。

　　米考伯先生在这些叙述中，把自己说成一个灾难的牺牲者。他读信时所表现的气势，只有他的重音和摇头才能相敌。每当他读了一句正中要害的句子时，他就摇头晃脑地表示敬意。

　　"我一身满载着羞耻、贫困、无助和疯狂。我进入的那个事务所，或者用我们那个风趣的邻居高尔人的话来说，写字间，名义上属维克菲尔德和——希普所共有，实际上由——希普一个人操纵全局。如果说这个事务所是机械，那么希普，只是希普，便是这个机械的发条。希普，全是希普，就他一个人在伪造证件、骗取财产。"

　　尤来亚听到这里，他本来苍白了的脸变成了青的。他向那信封冲去，好像要把那封信撕成碎片。不过米考伯先生灵巧地用尺子打中他伸过来的右手指，或者是碰巧打中，反正最终结果是，他那只手垂在腕上不能动弹，像是被打折了，那一下子像是打到木头上一样。

　　"该死！"尤来亚痛得做出了一个新的扭姿，说道，"这一下，我非还给你不可！"

　　"你再敢走近一步，你——你——你这个不知廉耻的希普，"米考伯先生吐着粗气，说道，"如果你的脑袋还有个人样，我就把它劈开。来呀，来呀！"

　　米考伯先生拿着那把尺子，做出持剑防守的架势，喊道，"来呀！"我跟特拉德尔走上前去，把他拉到一个角落里。我们还没完全松开手，他又冲了出来，我们只好再次把他拉回，这样来回拉了几次。我觉得，这个场景实在是太有趣了，我可从来没有碰到过——即便在此刻，我依然忍不住这样想。

　　米考伯先生的死对头，嘴里咕哝了几句，又把手搓了搓，然后动作缓慢地将领巾抽来包在手上，一脸的愤懑。

　　米考伯先生又开始读他的信了，这时他已经足够冷静。

　　"'我受雇于——希普，'"米考伯先生一说这个名字，他总要停一下，而且还加重语气地说，"'给我的报酬中，只明确了一笔每周二十二便士的微薄底薪，其他的收入都说得含含糊糊的。这种收入，要由我在工作上的卖力程度来定。其实是以我的品行恶劣程度，以我的利益贪婪程度，以我的生活贫困程度为标准。这标准，都是以我与希普之间的品质（准确地说应该是劣质）相似程度来作为指导的。每周我都得提前在——希普——那儿透支。显而易见，因为只有这样，我才能养活米考伯太太和我们那底子薄、人口多的一大家子；显而易见——希普——早就抓住了这点，才选中我来为他干活的。我想不需要我明说，我得拿一大把借据或有法律效力的借条才能换得这些钱；显而易见，这样一来，我就掉进了他精心为我准备的网罗中。'"

米考伯先生读着自己的不幸遭遇，虽然显示生活给了他很多的苦恼和忧患，不过此刻的他似乎更多地为着自己能写出这样的话而感到高兴。他接着又念起下文：

"'慢慢地——希普——让我熟悉他在业务上暗箱操作的部分过程。慢慢地，我变得软弱、脆弱和无助，就像莎士比亚书里所说的那样。后来我发现，在我工作中伪造作假是习以为常的事，而且，这些事都隐瞒迷惑了一个人，那个人，我就称为威先生吧。这位威先生受尽一切欺骗、蒙蔽和愚弄。但那个恶棍——希普——面对这样一个受尽欺诈的先生，还谈论感恩和友谊。真是坏透了！但是像那个思想深奥的丹麦人，用了那位伊丽莎白王朝丰功伟绩的诗人所说的那句放之四海而皆准的话：这算不了什么，后面还有更坏的！'"

米考伯先生觉得，这一句话的引用使得他的信温情并茂，因此他微伸下巴，稍皱眉头，又把那句话读了一遍，让大家以为他是看走了行。

"'信到此为止，'"他往下读道，"'在本信内，我只指出伤害了威先生的行为，那些情节不太严重的作恶行为（在这些行为中，我被动地参与过），我就不详细地——列举了，我已经在其他地方将这些罪状整理好了。曾经，我挣扎于报酬和没有报酬，面包和没有面包，生存和难以生存的斗争之中。当我摆脱了这种挣扎时，我将我的全部精力都放在抓住机会，寻找并揭发——希普都干过什么样的勾当，使那位威先生蒙受了什么样的冤屈的工作中。于是，我内受无声的鼓舞，外受动情的乞援——我说的是威小姐——我着手了一项秘密的调查工作。这项工作，辛苦自不必说，当我收集足够的数据、情报和证据后，十二个月已经早早地过去了。'"

他像面对一个会议的法案一样，将这段话诵读下来，而且他每读出一个音，他的精神都在为之振奋。

"'我要将——希普的罪状揭发出来，'"他在读的时候，看了他一眼，并且他把尺子夹在左胳膊下，以便必要时能及时抽出来使用，"'总结如下——'"

"'第一条，'"米考伯先生说道，"'在威先生办公能力变得薄弱，记忆变得混乱时（至于为何如此，用不着我来说明，而且也不便说明）——希普——趁机把事务所弄得混乱、复杂。当威先生办公状态最不佳时——希普却跑过来一直强迫他办公。在那样的情况下，

词苑撷英

暗箱操作：指利用职权暗地里做某事（多指不公正、不合法的）。也说黑箱操作。

知识延伸

那个思想深奥的丹麦人指哈姆雷特。

知识延伸

那位伊丽莎白王朝丰功伟绩的诗人指莎士比亚。

动作描写

写出了米考伯先生防止尤来亚做出的防备。

他把重要的文件说成不重要的文件，骗取威先生的签字。他代人保管一笔钱，然后用这样劝诱的方法，叫威先生签字以授权他动用其中的一部分，用来偿还业务上的债务和亏空。事实上，这些债务和亏空根本就不存在，就算有也是预先准备的。他用这种方式挪用的钱款有一万二千六百四十英镑二先令九便士。他制造假象，把这些事完完全全地嫁祸给威先生，使人相信，这一切都是威先生不诚实的意图和不诚实的行为所造成的。从一开始，他就以这件事做把柄，困扰着他，威胁着他。'"

"口说无凭，你，你……"尤来亚带着恐吓的态度摇着头，说道，"现在就给我举出实例来啊！"

"特拉德尔，你可以咨询一下——希普，他的房子现在被谁占有？"米考伯先生停止了读信，说道。

"还是那个傻子自己——他现在不就住在那里吗？"尤来亚不屑一顾地说道。

"请你咨询一下——希普——在他住的那所房子里，是不是有一个袖珍的笔记本？"米考伯先生说道。

我看到，尤来亚那搓下巴的手突然停住了，不过他自己好像没有意识到。

"也可以问他，"米考伯先生说道，"他在那个地方，是不是焚烧过一个笔记本。如果他给你的回答是肯定的，那你就继续问他，烧过后的灰烬都处理到哪里去了。叫他来问问我，我会给他一个对他不利的答案！"

米考伯先生说这话时，极有把握，站在一旁听的那位母亲吓得连忙紧张地说：

"尤利，尤利，拿出你的谦卑和他们和解吧，我亲爱的！"

"母亲！"他说道，"请你不要随便讲话，可以吗？你看你都不知道自己在说什么，更不知道你说的话有什么意义。谦卑！"他看着我，提高嗓子又喊了一遍，"我自己过去确实很谦卑，而且还带了在场的不少人跟我一样谦卑，还谦卑了相当长的时间呢！"

米考伯先生非常正经地摆动了一下颈巾中的下巴，跟着又往下念信：

"'第二条。根据我收集来的数据、情报、证据，希普不止一次……'"

"不过，那是不顶用的，"尤来亚吐出一口气，嘀咕道，"母亲，你还是不要随便讲话了。"

"一会儿我就会说出一个顶用的东西，给你致命一击。"米考伯先生回答说。

"'第二条。根据我收集来的数据、情报、证据，希普不止一次在各种账本、记录单和文件上，有计划地伪造威先生的签名。我手头上有一个例子，做得特别明显。这个例子我可以提供证据来。具体是这样的，可以这么说，也就是说……'"

米考伯先生又犯起了堆砌辞藻的毛病，并且堆得津津乐道。在他那个人身上，这种堆砌是很可笑的，但我不应该说，因为这是专属他个人的爱好。我一生中，见过很多喜欢这么做的人，这种爱好非常普遍。比如说，在宣誓中，宣誓人喜欢一连用几个意思一样的字眼，可是他们非但不觉得烦琐，反倒觉得很合适。比如他们喜欢用厌恶至极、憎恶至极、弃绝至极等与此类似的词。那些用过的诅咒，也出于同样的道理，被人们引用得不厌其烦。我们讨厌咬文嚼字，可是我们又喜欢咬文嚼字。我们从平常就不断收集那些华丽的辞藻，一到大的场面，就从脑中调出来使用。我觉得这些辞藻看起来必不可少，听起来也非常顺耳，这就像我们举行隆重的典礼时，我们叫来很多的随从仆人，可是他们具体有什么作用，我们并没有仔细考虑过，因为我们追求的是队伍的庞大，场面的气派。所以我们说话时，所用的词句到底有没有意义，有没有必要，我们并不考虑太多，我们只要把它们罗列成一个方阵就够了。不过有些人却因为仆人太多而使自己陷入困境，也可以说奴隶过多，他们也会起来反抗主人。就以一个国家为例，因为使用了太多随从，而引来了很大的困难，而且以后还会有更大的困难。

米考伯先生哑巴着舌头，继续说道：

"'具体是这样的，可以这么说，也就是说：因为威先生的身体虚弱，渐渐不支，一旦他离世，那么有些事必定会被人查出来，也许到时会让——希普——在威家毫无立足之地，依据我——威尔金·米考伯本人，下方是签署任命——的推断，于是他想尽办法干涉他的女儿，让她出于孝心，保护她父亲的颜面，因而阻止事务所受到任何检查。于是——希普——以威先生的名义伪造了一张借据，上面说明——希普替威先生垫付了一笔钱款外加利息，以此来维护威先生的名誉。这笔钱款前面已经提到过，一共一万二千六百四十英镑二先令九便士。然而这笔钱款根本就不是由他垫付的，其实早就偿还了。这张借据上，签名人是威先生，证明人是威尔金·米考伯，不过事实上这些都是他伪造的。虽然这个笔记本有部分被烧了，但谁见了都可以看明白是怎么回事。这里面的所有文件，我从来都没有出面证明过。而现在，这些文件落在了我的手中。'"

尤来亚·希普惊了一下，赶忙从衣服口袋里拿出一串钥匙。他将一个抽屉打开，突然又醒了过来，觉悟到自己在做什么，于是没看抽屉就转身向我们走来。

"'而这些文件，'"米考伯先生像在读《圣经》一样，又往下读，"'现在就落在了我的手里。我的意思是说，在我今天早上写这封信的时候，这些文件还在我手里。不过写完信后，我就把它交付给特拉德尔先生保管了。'"

"情况确实是这样的。"特拉德尔应和道。

"尤利，尤利！"那个人的母亲喊道，"用你的谦卑跟他们和解吧。各位先生，要是你们肯给时间让我儿子冷静一下，他就会再次谦卑的，我知道。科波菲尔先生，我相信，你是知道他这个人本来就很谦卑的呀，先生！"

她那套老把戏，儿子都已经觉得没用放弃了，母亲还在死咬着不放，真是令人费解。

"母亲，"他用牙咬着包着手的毛巾，不耐烦地说，"你去找来一支上了弹的枪，打死我好了。"

"可是，我疼爱你呀，尤利。"希普太太叫道。虽然看起来怪怪的，但是说他们互相疼爱，我是一点都不质疑的，他们到底是一家人，具有类似的本性，"你触犯了这位先生，你的处境更加危险了。我实在是听不下去了，我忍受不住了。在楼上的时候，那位先生跟我说，事情暴露了，我的第一反应就是告诉他，你是谦卑的，你会改过自新的。哦，你看看我是多么的谦卑啊，各位先生，请不要与他一般见识！"

"嘿，这儿是科波菲尔，母亲。"他用只剩骨头的手，指着我愤愤地说。他认为是我组织他们来揭发他的，对于这一点我也没有跟他承认或是否认，这会儿他正把他那满腔的怒火撒在我身上，

"这儿是科波菲尔,现在你闭上嘴不说话,他都愿意给你一百英镑!"

"我看不下去了,尤利,"那个母亲叫道,"我不能忍心看你因为太骄傲而自讨苦吃啊。你还是谦卑一点吧,你本来就是这样的人。"

有那么一小会儿他咬着那包扎手的毛巾,一句话都不说,然后皱着眉头对我说道:

"还有什么屁尽管放吧!还有吗?继续啊。你这样望着我干吗?"

与此同时,米考伯先生恢复他的诵读任务,因为令他满意的那一幕在他眼前上演了,因此他感到非常高兴。

"'第三条……这是最后一条了。现在我要拿出——希普的——假账目和——希普的——真账目了。那个被烧了部分的袖珍笔记本,是我跟米考伯太太刚搬进来时,有一天,她打开炉灰箱,竟然发现这个东西。当她拿给我看时,我还不知道它是个什么东西。就是这个笔记本,它证明了不幸的威先生性格的软弱、品德的高尚、父爱的伟大、名誉的强烈,以及他所犯的过错,这些年来——希普——正是利用他的这些特点,实现自己卑鄙、恶劣的目标的;它证明了,这些年来,那个卑鄙的、虚伪的、贪得无厌的——希普,有什么样的手段就使尽什么样的手段。欺骗掠夺那位威先生,聚集了大量的财产;它证明了——希普——除聚集金钱财富外,他另一个更大的目标就是完全地控制威先生和威小姐(至于他内心对威小姐所抱有的企图,我概置之不理);它证明了,他的最终目标是劝诱威先生出让在事务所的股份,甚至变卖家具,换取钱财作为年金,由——希普——每年分四次按时偿还。这个目的,是他在几个月前完成的;它证明了——希普——精心设计的那个圈套,从刚开始,威先生轻率鲁莽瞎投机时,他本人也没有面对什么按道义和法律应该承担的债务。然而——希普——先给威先生做假账,这些账目的虚假程度做得令人咋舌,然后,以他的名义借取大量的高利贷,而借钱给他的那个人正是——希普。他——希普——用尽各种阴谋诡计,以与此类似的投机倒把为由,榨取威先生的钱财。这种圈套越来越复杂,以使威先生永无翻身之日。威先生错以为,他的家世败落,名誉扫地,包括在各个方面的一切希望,都彻彻底底地输了,而现在他唯一的希望,就是这只披着羊皮的狼了。'"——米考伯先生觉得这种表达实在太经典了——"'这只披着羊皮的狼,把威先生弄得离不开他,从而达到使威先生身败名裂、前途尽毁的目的。以上所说的一切,都由我来出面作证,也许,我可以出面作证的事还多着呢!'"

当时爱妮丝坐在我旁边,她都听得哭了起来,半是因为高兴,半是因为悲痛。我就小声地跟她说了几句话。接下来,好像是米考伯先生已经把信念完了。于是,他表情非常严肃地说道:"抱歉。"然后他又怀着极端郁闷的心情,兴趣浓厚地读起信的结尾来。

"'现在,我要说的话都在信上写下来了。只等着由我出面来为这些罪行作证了。等一切结束了,我将会带着我那不幸的一家老小,离开这片土地。因为这片土地把我们视为了累赘。相信,用不了多久就可以离开了。按照常理的推断,我们的婴儿,家里最脆弱的一员,将会因为营养不良而离开人世,再接下来便是我们的那对双生子。就听天由命吧!至于我自己,在坎特布雷行巡礼时,我就已经深受打击了。日后,由于来自民事诉讼方面的牢狱之苦,加上缺衣少食的生活压力,我将要遭受很大的打击。我的这份调查是我冒着风险,劳苦耕作所得。而且我还肩负着作为一个父亲与穷困作战的压力。那个恶魔,时刻盯着我(把他比成恶魔实在是多此一举):晨光熹微的时候在,夕阳落下的时候在，夜色浓重的时候在，他不让我，也不让自己有一刻钟的休息。他不断给我本来就很繁重的工作施加压力。我还要面对贫穷的困扰。就是在这样的环境下，我要把那些微不足道的小证据一针一线地串联起来。现在这份报告已经完成了，我们要充分利用它的价值。或者像在我的尸体的灰烬上，滴上几滴清凉的净水。我没有什么特别的目的，我所做的一切，都无关乎自己和金钱。我只求得到公平的评论，我无意与那位英勇的海里英雄作比较'。"

"'为国，为家，为和'。"

"'威尔金·米考伯敬上'。"

米考伯先生虽然读得很哀痛，不过仍有几分得意之色。他将信折好递给我姨奶奶，好像我姨奶奶有意收藏这个似的，然后他向我姨奶奶鞠了一个躬。

那还是在许多年前，当我第一次走进这个家里，我就发现屋子里摆着一个铁质的保险箱。现在这个保险箱上插着钥匙。尤来亚突然疑心起什么，看了看米考伯先生，走到保险箱前，"当"的一声把箱门打开，保险箱里什么都没有。

"账本呢？"尤来亚惊慌失措地喊起来，"闹贼了不是，竟然偷我的账本！"

米考伯先生用尺子在自己身上轻轻地打了一下，说："我偷的！每天我都去你那儿取钥匙，不过今天早晨稍早了一点儿，就顺便开了保险箱，取走了账本。"

"不用担心，"特拉德尔说道，"账本在我手上呢。我会遵守职业规范，执行我所受的委托，好好保管这个账本的。"

"贼偷的赃货你也接，是不是？"尤来亚叫道。

"在现在这种情况下，"特拉德尔说，"是得说是赃货。"

一直以来，我姨奶奶都很镇静地听别人说话，这时，她以迅雷不及掩耳之势向尤来亚·希普扑去，两只手抓住他的衣领，当时的状况令我实在意想不到啊！

"用不着我说明，你该知道我要什么。"我姨奶奶说道。

"给疯子穿的束身衣服。"他回答道。

"错！我要我的财产！"我姨奶奶说道，"亲爱的爱妮丝，只要我相信，是你父亲把我的那份财产弄光的，我就不会——我亲爱的，向任何人透露半个字，连特洛都不肯，这一点他是知道的——将我把放在这里的钱作为投资资金的事说出去。但是，我现在弄明白了，原来全是他搞的鬼，现在我要要回我的那笔钱，你小子得负债！特洛，过来，把我的那笔钱从他这儿取出来！"

当时，我姨奶奶是不是真以为他的衣领里藏着她的钱，我不敢说。但是她抓着他的衣领，好像真这样以为。我赶紧拉开他们，站在他们中间，对我姨奶奶下保证说道，我们一定会叫他把他非法所得的财产一分都不剩地交出来。我的劝告给了她一点时间去思考，于是她平静下来了。她稳稳当当地回到自己的座位上坐下，可一点不为刚才的冲动有失态之感（不过她头上的帽子我就不敢说了）。

在最后几分钟的时间里，希普太太一个劲儿地劝自己的儿子要"谦卑"并且依次向在场的每一个人磕头、发誓，样子十分疯癫。她的儿子将她拽到自己的座位上，然后站在一旁，手抓着她的胳膊（不过并不粗鲁）。他凶狠地对我说：

"你到底想怎样?"

"我正打算告诉你该怎样。"特拉德尔说道。

"科波菲尔自己人呢?你不会讲话啊?"尤来亚嘟囔道,"如果你肯告诉我实话,是什么样的人把你的舌头割了,那我得为你多做一点事。"

"我的尤利,他的本性是谦卑的,"他的母亲叫道,"你们别把他的话放在心上,慈悲的先生们!"

"应该那样做的,"特拉德尔说道,"是这样。第一步,我们听到过一份出让契约,现在你必须马上交给我。"

"如果我说我不知道那个东西呢?"他打断道。

"但是,你有!"特拉德尔说道,"所以你应该明白,我们不会做那样的假设。"写到这里,我不得不说一下,这是我头一次发现我的这位老同学思路清晰,沉着朴实,是非明辨。"现在,"特拉德尔说,"你要做好交出一切财产的准备,一分钱都不能留。所有的账本和文件,所有的现金和支票,不管是事务所的还是你个人的,简单说来,这里所有的东西,现在全由我们掌控。"

"一定是这样吗?我怎么不知道呢?"尤来亚说道,"我得花点时间去想想。"

"没问题,"特拉德尔说道,"不过,在你思考期间,这些东西都由我们来保管,一直到一切都安排得令我满意为止。而且,你必须——说白点,就是强迫你——待在自己的房间里,与外界任何人都要断绝来往。"

"不可能!"尤来亚喊道。

"那么就找一个比较安全可靠的拘留所,那就迈德斯通监狱了。"特拉德尔说,"当然,我们递交给法院的诉讼,法院是得多花点时间去受理,而且也做不来像你在事务所那样,想怎么做就怎么做,他们并不能完全受理我们的诉讼。但是你会得到必要的惩罚的,这一点是毫无疑问的。哎呀,关于这个,你明白得并不比我差!科波菲尔,你能去趟市政厅,叫两名警察来吗?"

这时,希普太太又说话了,她来到爱妮丝面前,跪在地上求她替他说好话,并且告诉大家,她的儿子是非常谦卑的。她接受大家的指控,要是她的儿子不像我们说的那样去做,那她一定替他去做。她说了一大堆与此类似的话,因为她为她那宝贝儿子担心到了几欲发疯的地步。如果要问尤来亚,他有多大的勇气,他会怎么做,那就跟问一条具有老虎威风的杂种野狗怎么做一样。他是个彻头彻尾的懦夫。他的怯懦本性在他那阴郁沉闷的态度上一览无余,跟他卑贱的一生里任何时候一个样儿。

"够了!"他对我狂叫,同时用手往那发热发烫的脸上擦,"母亲,别跟他们废话。好!就让他们拿走出让契约吧。你去拿给他们吧!"

"狄克先生,跟去帮帮她吧。"特拉德尔说。

狄克先生接到这项任务时,感到非常自豪,也深知这项任务的重要性,所以他跟在她后面,像看守羔羊的狗跟在羔羊后面一样。希普太太非常配合,没有为难他,因为她除了把那个出让契约带出来,还把契约的盒子带来了。就在这个盒子里,我们发现了一本银行存折和其他的一些文件,这些东西我们后来还派上了用场。

"不错！"当他们回来时，特拉德尔说，"现在，希普先生可以去好好想想了。特别提醒一下，我们要你做的只有一件事，这个我已经当着大家的面儿跟你说了。这件事必须马上做，不得拖延。"

尤来亚一直低头看地，他的手在下巴上摸着，然后，他停下来，慢慢地走到门口，说道：

"科波菲尔，从一开始我就憎恶你。你老是跟我对着干，你就是个挡道的奸人。"

"如果没记错，我以前就跟你说过，"我对他说，"和全人类作对的是你自己，因为你这个人太贪婪、太狡猾。而贪婪和狡猾总会诱导人干一些匪夷所思的事，这是亘古不变的定律。你该好好地反省反省，说不定哪天对你还有用处。"

"或者说，像学校一直以来教导他们的一样，不可改变（我也是在那所学校里零零碎碎学会了如何谦卑）。他们说，在九点到十一点之间干活，那是一种不幸；在十一点到一点之间干活，那是一种运气、一种快乐、一种荣耀等一些我不理解的东西。"他带着一种讥讽的语气说道，"你讲的道理，差不多像他们所说的那样前后呼应。谦卑会让人占便宜吗？我敢说，要不是我能做到谦卑，我那些正经朋友就不会被我骗得团团转。米考伯，你真是个老浑球，你等着，我会收拾你的！"

他伸出手对米考伯先生指指点点，不过米考伯先生压根儿不理会他，仍然将他的胸膛挺得高高的。直到尤来亚灰不溜秋地出了门，米考伯先生才放下架势向我转身。他邀请我去见识见识"他与米考伯太太之间重建信任的关系"。于是，大家都跟过去，看看那个令人感动的场面。

"长期以来，我与米考伯太太之间都存在一道鸿沟，不过现在这道鸿沟已经被填平了。"米考伯先生说道，"我的孩子们和他们的父母又能以平等的身份相处了。"

我们都对他怀有感激之情，当时我们的心情都非常紧张和纷乱，想尽可能地把我们的感激之情向他表示出来。我相信我们中的任何一个人都愿意随他去看看，但是爱妮丝必须陪她父亲（当时，她父亲最最需要的，正是这熹微的希望之光），另外得留下一个人看守尤来亚，特拉德尔便接下了这项任务，过一会儿再由狄克先生来换班。于是，除了爱妮丝和特拉德尔，其余的人都随米考伯先生去他家了。爱妮丝，这个曾经给过我许多帮助的女孩，匆匆忙忙地与我告别。这会儿，让我想起，她是从那天早晨得到解救的——当然，她对这事也下过坚定的决心——我就对我年幼时所经历的那些苦难感动得不得了，正因为这些苦难，我才得以与米考伯先生相识。

有一条街直接通到他家，所以我们没走多会儿就到了。这条街的尽头正对着他家客厅，于是他以他那独有的方式一头闯进了屋子，我们随即跟上，一进屋子我就发现我们被这一大家子给包围了。米考伯先生大声叫道："恩玛！我的命根子！"说完便一头扎进米考伯太太的怀中。米考伯太太尖叫一声，同时双手抱着米考伯先生。米考伯小姐，正在抱着米考伯太太给我们写的上封信里提到的那个还不懂事的小客人，她见了此情此景，早已在一旁感动不已，而那个小客人则又蹦又跳。那对双生子善意地做着几种不恰当的小动作，以表示他们也很快乐。米考伯少爷，因为幼年吃了不少苦，他的性格变得孤僻阴沉，现在在这种场面下，天性暴露，竟然大哭起来。

"恩玛，"米考伯先生说，"我心中的乌云已经散开了。曾经，我们一度彼此信任，然而中途出现了一些小小的插曲，现在我们又和好如初了，而且从此再也不会出现裂痕了。现在，让我们享受贫穷吧！"米考伯先生声泪俱下，"享受苦难的无奈，享受流浪的艰苦，享受饥饿的难耐，享受衣裳的破败，享受狂风暴雨的猛烈，享受沿街乞讨的苦涩，只要彼此信任，我们就能撑下去！"

　　米考伯先生在说这些话时，将米考伯太太安坐在一把椅子上，然后叫来所有的孩子抱成一团。米考伯先生一面高呼要享受各种凄凄惨惨的境遇（但在我看来，他的这群孩子可不一定觉得享受），一面号召孩子们去坎特布雷市的街头卖艺乞讨。因为只有这样，他们才可以养活自己。

　　然而米考伯太太过于激动，竟然晕了过去。于是，我们最为急迫的事（比成立合唱队的事还要急迫）就是叫醒她。我姨奶奶和米考伯先生做到了，于是米考伯先生向她介绍我姨奶奶，米考伯太太把我也认了出来。

　　"请不要见怪，亲爱的科波菲尔先生，"那位可怜的太太把手伸给我说道，"可是我的身体不好。现在看到我与米考伯先生之间的误会被解除，我一下子太兴奋了。"

　　"孩子都在这儿，太太？"我姨奶奶问道。

　　"目前来看，就这些。"米考伯太太回答道。

　　"哎呀，我不是问这个，太太，"我姨奶奶说，"我是问你，这些孩子都是你的吗？"

　　"小姐，"米考伯太太说，"千真万确。"

　　"那位年纪稍大点的小绅士，日后——"我姨奶奶仔细打量着他说道，"有什么打算没有？"

　　"在我刚搬来这儿时，"米考伯先生说道，"我的计划是把他送进教堂的，更具体一点说是进唱诗班。但是那座为本市带来尊严的标志性建筑物里已经有足够多的男高音了。所以，他现在——说得简单点，他已经习惯在酒店里唱歌而不是在教堂中唱歌了。"

　　"不过他的天性是不错的。"米考伯太太轻轻地说。

　　"你说得对，我的爱人，"米考伯先生接着说道，"他的天性是不错的。不过到目前为止，还没见他的天性在哪方面体现出来过。"

　　米考伯少爷的天性又暴露出来了。他有点生气地赶忙问，他可以做什么工作？他是不是可以不用学就做木匠，或者做油车匠？他是不是生下来就不过是只鸟儿？他可不可以在邻近的街道上开个药铺？他可不可以硬闯歌剧院，光凭暴力争得名利？他可不可以不用特别学习，就能做任何事？

　　我姨奶奶琢磨了一会儿，说道：

　　"米考伯，我不理解，为什么你不考虑一下移居海外？"

　　"小姐，"米考伯先生回答说，"在我还很年轻的时候，我把这个当作理想；就在我年轻力壮的时候，我还把它当作目标。"顺便说一下，我敢说，他生平就根本没想过这个问题。

　　"哦？"我姨奶奶用目光在我身上扫了一下，说道，"那么，米考伯先生和太太，要是你们移居海外，你们二位及你们的孩子将会受益不少的。"

　　"本钱啊，小姐，没有本钱啊。"米考伯先生担忧地说道。

　　"这个问题很关键，可以说是唯一的困难，我亲爱的科波菲尔先生。"米考伯太太随声附和道。

　　"本钱！"我姨奶奶大声说道，"你在为我们做一件重要的事——我敢说，你已经帮我们做成了一件很重要的事，因为你从火炉里救出来的东西，一定会派得上很大的用场——现在，我们可以用来回报你的事，除了为你们筹钱，还有比这个更合适的吗？"

　　"我可不能把这个当作对我的回报而接受，"米考伯先生情绪高昂起来，说道，"不过你们可以适当地借我一点钱，可以按每年五分息，由我个人的名义担保偿还。比方说，我开几张收据，分成十二个月、十八个月、二十四个月来分期偿还，这样可以让我有时间等赚钱的机会出现——"

> 语言描写
> 写出了米考伯先生的不图回报的特点。

"可以，只要你一句话，我们当然可以，按照什么样的条件来办，由你说了算，"我姨奶奶往下说道，"那么二位，现在就考虑一下吧。在这儿，有一些大卫认识的人过些日子要去澳洲，要是你们决定下来，干脆就跟他们坐一条船去好了，那样路上也有个照应。现在就考虑一下吧，米考伯先生和太太。多花些时间考虑周全了。"

"只有一个担忧的，我亲爱的小姐。"米考伯太太问道，"那儿的气候，我相信，是有益健康的吧？"

"在这个世界上，再也找不到比那儿更好的地方了！"我姨奶奶说道。

"那就好，"米考伯太太说，"那我又有一个担忧的了。像米考伯先生这样的人才去了那个地方，那边的环境能让他的才能尽施吗？他能找到官升职迁的机会吗？现在我还不夸口当个总督长官那一类的职务。我只要求，那里能有一些适当的途径，给他提供机会让他的才能得到施展——这就行了——而不是压制他的才能增长。"

"对于那些为人端正、做事勤奋的人来说，"我姨奶奶说道，"那里是最易寻找到出路的地方了。"

"对于那些为人端正、做事勤奋的人来说，"米考伯太太拿出她做事时最明显的态度，又说了一遍，"真的是这样的。我觉得，显而易见，澳洲是米考伯先生最能活跃的舞台了！"

"我坚决相信，我亲爱的小姐，"米考伯先生说道，"照目前这种情况看来，我这一大家子最好的选择，也是唯一的选择便是那个地方了。一个非同寻常的机遇将在彼岸浮现。比较说来，那个地方并不算太远。给我这样的建议，正是你的一份心意。我向你发誓，那不过是个形式问题而已。"

就那么一会儿的工夫，米考伯先生便乐观起来，他觉得非常快乐。米考伯太太一下子就与大家滔滔不绝地说起袋鼠的习性来。那时候的我们，我是无论如何也忘不了啊！米考伯先生与我们一起步行回去。路过坎特布雷的街道时（恰巧这一天是上集市的日子），米考伯先生带着<u>风尘仆仆</u>的神气，向人表明，他刚来此地，暂时借宿，并非定居。一群公牛走过，他就拿出澳洲农夫的眼神看着它们。如今，当我想起坎特布雷街集市的时候，我怎能不想起那一天的他？

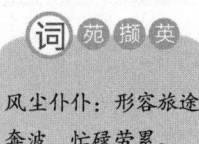

风尘仆仆：形容旅途奔波，忙碌劳累。

精彩点拨

米考伯先生收入不多却又爱慕虚荣、喜欢讲排场，所以常常是吃了上顿愁下顿，不得不变卖家当或四处举债。后来为了生计成了希普的秘书。在希普的逼迫下，他帮他干了很多坏事，后来在维克菲尔德小姐的请求下，他经过激烈的思想斗争，揭露了希普陷害威克菲尔并导致贝西小姐破产的种种阴谋。贝西小姐为了感谢米考伯先生，送他一笔资金，使他在澳大利亚发财致富，事业上取得成功。

维苏威火山

维苏威火山是一座活火山，位于意大利南部那不勒斯湾东海岸，是世界最著名的火山之一，被誉为"欧洲最危险的火山"。维苏威火山在历史上多次喷发，最为著名的一次是公元79年的大规模喷发，灼热的火山碎屑流毁灭了当时极为繁华的拥有2万人的庞贝古城，其他几个有名的海滨城市如赫库兰尼姆、斯塔比亚等也遭到严重破坏。直到18世纪中叶，考古学家才把庞贝古城从数米厚的火山灰中挖掘出来，那些古老的建筑和姿态各异的尸体都完好地保存着，这一史实已为世人熟知，庞贝古城至今仍是意大利著名的游览圣地。最为有趣的是，据记载，1944年维苏威火山再次喷发，从火山顶部的中心部位流出熔岩，喷出的火山砾和火山渣高出山顶约200~500米，火山爆发的奇妙景观使得正在山下激战的同盟国军队与纳粹士兵停止了战斗，成千上万的士兵跑去观看这一大自然的奇观。在过去的五百年里，维苏威火山多次爆发，熔岩、火山灰、碎屑流、泥石流和致命气体夺去的生命不计其数。

第五十四章

> **精彩导读**
>
> 朵拉的病越来越严重了，她经常回忆起自己与大卫恋爱时的点点滴滴。朵拉让大卫写信邀请爱妮丝到自己家中。在最后一晚，朵拉向大卫述说了自己因当不了一个好太太的自责，后来，她与爱妮丝单独说话，在大卫和老狗吉普一块在楼下等待时，吉普死了，朵拉会不会也在今晚离开大卫呢？

写到这里，我不得不做一次停顿。哦，我的娃娃妻子，在我的记忆里，来来往往的人群中，有一个身影，她安详，她静谧，她饱含天真的爱和稚气的美对我说，忘了我吧——看那枝头零落的小花儿，想想它吧！

我照做了。其他的记忆都渐行渐远，慢慢消失。我又回到我的小屋中，与朵拉坐在一起。她这样病了多少日子，我不知道。但是我的感觉却让我觉得她病了好久好久，我都无法将具体的日子算出来了。事实上，日子并不长，只有几个星期，要不然就是几个月。不过，从我的经历和我的感觉上来说，那是些令人厌恶、厌恶、再厌恶的日子。

他们已经不再跟我说"再等几天"的话了。我隐隐约约地害怕起来，觉得让我的娃娃妻子和她的老友吉普在阳光下赛跑的那种日子，是再也不会出现了。

似乎吉普也一下子老了。也许是因为，它没能从它的女主人那里得到鼓舞，因而无法激发它内在的青春活力。它整天无精打采的，而且两目无光、四肢无力。现在，当我姨奶奶在朵拉的床边坐下时，它会爬过去轻轻地舔她的手——它不再仇视她了。为此，我姨奶奶心里很是难过。

朵拉躺在那里，冲着我们微笑，她看起来是那样的美。她没有说气恼烦躁的话，也没有说埋怨厌恨的话。她反倒说，我们对她真是太好了。她说，她知道，她那亲爱的、体贴细心的大孩子可累坏了。她说，我姨奶奶从不睡觉，却可以一直保持着高度的警觉、百般的殷勤、万般的仁爱。有时候，那两位小鸟一样的姑姑会来看看她。于是，我们就会聊起我们结婚时的情景，聊起我们共同度过的一切快乐时光。

我坐在那个安安静静的卧室里，卧室非常整齐干净，稍被遮暗了。我的娃娃妻子用她那双蓝色的眼睛看着我，用小手指绕住我的手，这一幕在我的生活中——包括室内和室外的生活——是一种怎样奇妙的静息和停留！很多次我就这样在那里坐着，不知道坐了多长时间。在这很多次中，有三

次给我留下了深刻而形象的记忆。

有一次是在早上。那天我姨奶奶将朵拉打扮了一番,她是那样的娇美齐楚。她摆弄着头发,叫我看,看她的头发那样长、那样有光泽;看她的头发即使在她躺下时,也能在枕头上像波纹那样起伏。她还告诉我,她喜欢用一个发网将头发松散地虚拢起来。

"并不是我在自夸我的头发,看,你这个笑话别人的孩子,"她看到我露出了微笑,便说道,"而是因为你经常在我面前夸它好看,也是因为,最初我在心里装着你想着你时,我就常常坐在镜子前,好奇你是不是也非常想要一缕儿。哦,大卫,当我真的给了你一缕儿的时候,你那时候可比傻瓜还傻哦!"

"就是在那个时候,我告诉你我是如何爱着你,我送了你一束花,你还把那束花画成了画送给我。"

"哈!可是我可不愿意告诉你,"朵拉说道,"我因为相信你是真心真意地爱上我了,就对着那些花儿哭了半天!等到我能像从前那样可以下床到处跑的时候,大卫,我们一起去看看那些老地方,看看我们曾经在那里是怎样的一对小傻瓜!我们还要在那些老地方散散步,聊聊天,聊我那可怜的爸爸,好不好?"

"好的。我们一定去那里重温一下愉快的时光。所以,我亲爱的,你要快快康复起来。"

"哦,我会很快好起来的!我现在就觉得好了很多,只是你看不出来而已!"

还有一次是在晚上。我坐在一把椅子上,身边依然是那张床,依然有那双蓝眼睛看着我。她把那张稍含笑意的脸对着我,不过我们一直都没有说话。那个时候,我已经不再抱着我那身子单薄的娃娃妻子在楼道中上上下下了。她的每一天都是躺在这里度过的。

"大卫!"

"朵拉,我亲爱的!"

"刚才听见你说维克菲尔德先生身体欠佳,有句话我想说,但你不要觉得我是无理取闹啊。我想叫爱妮丝过来一趟,我非常地想见见她。"

"好的,我一定会写信叫她过来的,我亲爱的。"

"你会吗?"

"我现在就写。"

"多么可爱的孩子呀,真好说话!大卫,你把我抱起来。我亲爱的,这真是个奇思妙想啊。这可不是什么糊涂的幻想,我是真的很想跟她见一面。"

"我敢打赌,她一收到信就会过来的。"

"当你一个人待在楼下的时候,你很孤独,对吧?"朵拉搂着我的脖子,声音低微地说道。

"看到你坐的椅子上没有人,我怎能不感到孤独呢?"

"我坐的椅子上没有人!"她抱着我,默不作声,过了一会儿她说,"你真的想我坐在你的身边陪你吗,大卫?"她抬起眼睛,露出笑容来,"即使我是可怜的、不讲道理的、傻头傻脑的?"

"我的宝贝儿,在这个世上,还有谁能让我如此深刻地想念?"

"哦,我的丈夫。我是那样高兴,又是那样难过!"她双臂抱我,往我身上靠得更近了一点。她又是笑又是哭，然后又平静了下来，并且觉得十分愉悦。

"我真的这么觉得！"她说道，"在信中，你要代替我向爱妮丝问好。然后告诉她，我现在唯一的愿望就是见到她。"

"至少你还要希望早日恢复健康，朵拉。"

"哦，大卫！有的时候，我就告诉自己——我是个傻头傻脑的小东西，你是知道的——我是永远不会再有健康的时候了！"

"不许这样说，朵拉！也不许这样想，我最亲爱的人哪！"

"要是我能熬过去，我一定不会这样想这样说，大卫。但是，我很幸福，真的！虽然我那可爱的大孩子，面对他那娃娃妻子坐的椅子是空的，他会感到孤单寂寞！"

最后一次也是在晚间，那晚我们仍旧待在一起，爱妮丝在昨天晚上就已经来了。那天，她，我姨奶奶以及我都陪在朵拉身边，从早上到夜间一刻都没离开过。虽然我们说的话并不多，但是朵拉却表现得非常满足、非常愉快。现在，又是只剩下我们两个在一起了。

当时，我能想象得到，我的娃娃妻子就要离我而去了。他们已经这样跟我说了。他们跟我说的和我思想里所有的，都是相吻合的。但是我还不能说，这件事我已经在心里体会了，我是永远也不能接受的。今天一天，我有好几次偷偷跑出去抹眼泪了。我想起，哪个人曾为生离死别而哭泣。我想起，每个充满仁爱和同情的故事。我试着自己劝自己，叫自己心胸放宽一点。我只希望，我能多多少少地做到一点，但我的内心无法相信，那个结局始终是要来临的。我将她的手握起，我知道她的心完完全全是我的，我看到她对我的爱。虽然我认为她可以活下去的希望越来越渺茫，越来越朦胧，但我丝毫不能放弃这种希望。

"我想跟你说话，大卫。最近，我常常有一丝想法，现在我想把这些想法告诉你，你愿意听吗？"她温柔地看了我一下。

"愿意！我的心肝儿。"

"因为我不知道你的心里是怎样想的，或者，有的时候你是怎样想的。也许，你是常常跟我有一样的想法的。大卫，亲爱的，恐怕我还是太年轻了。"

我把脸放在枕头上，近距离看着她，她也看着我，然后用一种轻柔的声音与我说话。听着她说下去，我那颗受伤的心渐渐发现，她在以过来人的身份谈论着过去的自己。

"恐怕，我亲爱的，我还是太年轻。我不单指年龄，我指的包括内在的经验、思想和外在的年龄。我是个傻头傻脑的小东西！我看，我们俩最好像小孩子那样，有一种无猜无忌的爱，然后又迅速忘记。我已经发现，我当不了一个好太太。"

我强忍着我的泪水，回答道："哦，朵拉，我的爱人，我也同样当不了一个好丈夫，这是一样的道理！"

"我说不出来，"她摇了摇她的鬈发，像往常那样，"可能是吧！但是，要是我当得了一个好太太，你也会当好一个丈夫的。另外，你非常聪明，而我恰恰相反。"

"可是我们生活得很幸福呀，你这没法叫人不心疼的朵拉。"

"我生活得是很幸福，非常非常幸福。但是，日子久了，我那亲爱的孩子会对他的娃娃妻子感

到厌烦的。她陪伴他的时候越来越少了，他也越来越觉得家中某样东西正在消失。她是不会有什么好的状况出现的了，还是让上帝来安排一切吧！"

"哦，朵拉，我最亲爱的人儿啊，不要再对我说出这样的话啦！每听到你说出一个字来，我都会深深地责备自己！"

"不，请不要这样！"她吻过我，回答道，"哦，我亲爱的，你不应该感到自责，我那样爱你，无论如何我也不会真的——除了我长得漂亮——或者说，你是这样以为的——说让你觉得自责的话。这便是我唯一的好处。大卫，在楼下的时候，是不是觉得太冷清了？"

"是的，非常非常冷清！"

"不要掉眼泪！我坐的椅子没有搬走吧？"

"依然在那里放着。"

"哦，我这可怜的孩子流了这么多的眼泪！不要掉眼泪，不要掉眼泪啦！好啦，我最后说一句话，你一定要照办哦！我有话要对爱妮丝说。一会儿你去楼下待着，见到爱妮丝就叫她上来。我在跟她说话的时候，谁也不准进来，包括姨奶奶都不行。我的话只能对爱妮丝一个人讲，谁都不让听。"

我答应她，说爱妮丝一定马上过来。但是我悲痛不已，就是不愿离开她。

"我已经说了，就让上帝来安排一切吧！"她双手把我抱住，同时说，"哦，大卫，再过上几个年头，你对你的娃娃妻子的爱就不会比现在更强烈了。再过上几个年头，你一定会对你的娃娃妻子感到难堪和失望，到时，你对她的爱连现在的一半都不到。我知道，是我太年轻，太不懂事，就让上帝来安排一切好了！"

我下了楼来到客厅，向爱妮丝传达了朵拉的意思。于是她上了楼，我跟吉普留在楼下。

吉普中国式的房子放在火炉旁，它躺在房子里的绒布垫子上，捺不住性子地想睡又睡不着。窗外的月亮升得很高了，它散射着晶莹明澈的光芒。就在我看着这些夜景时，眼泪不知什么时候开始哗啦啦地掉下来了。我那涉世未深的心深深地——深深地自责起来。

我在火炉边坐着，带着浓浓的悔恨之意，想起我与朵拉结婚以来滋长的隐秘未告人的感情。我想起与朵拉相处时的点点滴滴，体会"人生是由点滴小事构成的"真理。在我记忆的汪洋大海中，总不断浮现我第一次见到她时的样子。哦，我亲爱的孩子，这个样子经由我和她稚嫩的爱情一装点，变成了焕发爱情独特魅力的样子。如果我们俩像小孩子那样，有一种无猜无忌的爱，然后迅速忘记，会不会这样子真的比较好呢？我这涉世未深的心啊，快告诉我答案吧！

我不记得我是怎样熬过那一段时间的。后来，听到我的娃娃妻子的老伴儿叫了几声，我就醒了过来。这时，它比平时更加烦躁不安了。它从它的房子里爬了出来，望了望我，又向门口走去，然后就呜呜呜地要上楼。

"吉普，今天晚上不能上去，今天晚上不能上去！"

它又慢慢地往回走。在我跟前，它停下来舔我的手，用它那双模糊昏花的眼睛看着我的脸。

"哦，吉普啊，也许永远都不能上去了！"

它在我的脚旁趴下，伸了个懒腰，仿佛要打算睡觉了，然后呜呜地叫了一声，就不再呼吸了。

"哦,爱妮丝!你看,你看,这儿!"

那满含怜悯、满含悲伤的脸啊!那势如雨下的泪啊!那令人震撼的、庄重的沉默,那停在半空中沉重的手啊!

"爱妮丝?"

结束了,眼前一片漆黑,脑中一片空白,好长一段时间我才回过神来。

精彩点拨

在描写朵拉的死的时候,作者通过朵拉临死前"那满含怜悯、满含悲伤的脸啊!那势如雨下的泪啊!那令人震撼的、庄重的沉默,那停在半空中沉重的手啊"这些细节描写写出朵拉的不舍和大家的悲痛。通过大卫"眼前一片漆黑,脑中一片空白,好长一段时间才回过神来"的身体和心理变化写出朵拉的死对大卫造成的影响之大。

阅读积累

袋 鼠

袋鼠主要分布于澳大利亚大陆和巴布亚新几内亚的部分地区。其中,有些种类为澳大利亚独有。袋鼠是食草动物,吃多种植物,有的还吃真菌类。它们大多在夜间活动。所有袋鼠,不管体积多大,有一个共同点:长着长脚的后腿强健。袋鼠以跳代跑,最高可跳到4米,最远可跳至13米,可以说是跳得最高、最远的哺乳动物。大多数袋鼠在地面生活,从它们强健的后腿跳越的方式很容易便能将其与其他动物区分开来。袋鼠在跳跃过程中用尾巴进行平衡,当它们缓慢走动时,尾巴则可作为第五条腿。所有雌性袋鼠都长有前开的育儿袋,但雄性没有,育儿袋里有四个乳头。"幼崽"或小袋鼠就在育儿袋里被抚养长大,直到它们能在外部世界生存。

第五十五章

> **精彩导读**
>
> 大家建议大卫出国散心，在米考伯家，特拉德尔向大家介绍了揭露尤来亚事情中大家所做的事情，以及现在贝西小姐和爱妮丝的金钱情况。爱妮丝和贝西小姐打算替米考伯先生偿还了债务，还资助他去澳洲发展。回到伦敦，贝西小姐领着大卫埋葬了贝西小姐的前夫。他们出国之后的情况会怎么样呢？

悲痛压得我的心很沉重，但是现在还不是诉苦的时候。我甚至觉得我的前途已断，我一生的精力和生活都将到此结束了。现在，我除了坟墓，就再也找不到可以藏身的地方了。我的这些想法并不是因为遭受了这样的悲痛和震撼才产生的，它从很早开始就已经存在了，然后越积越多，越积越明显。要是我后面叙述的不是逐渐深入，而是把我的悲痛在一开始时就弄得狂乱纷扰，在结束时还逐层深刻，那我就会真的很快就陷入我所说的那种绝望境界（虽然我认为，还不至于到那个地步）。不过事实上，在我完完全全意识到我的忧患之前，有一段让我缓缓气的时间。在那段时间里，我甚至以为，我最沉重的苦难已经成为过去了。那时候，我的心思可以花在世间最天真烂漫、最完美无瑕的食物上，花在那个不再重现的温柔故事上，借以此取得慰藉。

究竟是在什么时候，我听到了让我出国的提议，或者说出去散散心，换换环境，好让我找回往日的平静的提议，然后大家又是怎样在一起商量，一致通过这个提议。现在想来，我也是迷迷糊糊，不知道具体是怎么回事。在那段哀悼的日子里，爱妮丝的精神充斥着我们的思想，我们要做什么、要说什么都带着她的影子。我相信，我可以断定，是她影响了那个提议。但是她的影响却是无声无息的，谁也没有意识到是她在影响着我们，包括我。

现在，我真的开始想，当我过去把她和教堂的彩色玻璃窗联系在一起的时候，我已经预示她将会以什么样子出现在我遭遇人生苦难的时刻。在我那悲痛至极的日子里，她像神灵一样降临在我这个寂寥冷清的家中。我也不会忘记那次她举着手出现在我面前的那一刻。死神光顾我那个家庭的时候，我的娃娃妻子躺在她的怀中，面带微笑，永远地睡下去了。这些都是在我稍能接受这苦难事实的时候，他们告诉我的。当我从昏迷中睁开眼的时候，我首先看到的便是她那充满同情的眼泪，听到的便是她那富于鼓舞和同情的话。她用她那张温和的脸（仿佛是来自天国附近的清净之地的一张脸）俯临我那涉世未深的心，抚慰它的痛苦。

现在，我继续往下写了。

我很快就要出国了。这一点，似乎在它被提出的那一刻就已经被大家所接受。这时，有关我亡妻的、可以消去的一切，都已入尘埃。现在我唯一的期盼，便是米考伯先生的那句"希普终于崩溃了"和那些移民的起航。

特拉德尔，我患难中最热心、最忠诚的朋友发出邀请，于是我们——指的是我姨奶奶、爱妮丝和我——回了趟坎特布雷。我们说好了，在米考伯先生家会合。自从那次突发的聚会以来，他就一直在米考伯先生家和维克菲尔德先生家处理一些事务。我一进门就见到了米考伯太太，这位可怜的太太见我穿着丧服，显得十分激动。这么些年来，米考伯太太依然满怀慈悲。

"嘿，米考伯先生和太太，"当我们都坐定了，我姨奶奶说的第一句话就是，"我想问问，我那个移居海外的计划，你们考虑清楚了没有？"

"我亲爱的小姐，"米考伯先生说，"米考伯太太，还有你这卑贱的仆人，还有我们的孩子们（我可以把他们也算上），分别考虑过，共同商量过，最终得出了一个结论。这个结论，我还是借用一位名气很大的诗人写过的一句话来说明吧，那句话是这样说的：我的舟已泊岸边，我的船已浮海上。"

"很好，"我姨奶奶说道，"我敢把话说在前头，你们的决定非常合理，这个决定将会为你们带来好运。"

"小姐，借你吉言，"他回答道，然后看着一个笔记本，"我将乘着我那独木舟驶向大海创造事业。大家为了帮助我实现这个愿望给了我那么多的资助，关于大家给予的恩惠方面的事务，我重新考虑了一下，结果将我开的那些欠条重新定为十八个月、二十四个月和三十六个月。这些欠条，不用你说，我都按照此类文件的相关法规写在印有花纹的票子上。本来我定下的是以十二个月、十八个月和二十四个月分期付清的，但我担心这个时间有点紧，恐怕等不来有我赚钱的机会。在第一张欠条到期的时候，也许我们手头上的钱，"米考伯先生一边说，一边放眼整个房间，仿佛这个房间代表了几百亩作物已经成熟的农田，"并不多，说不定还没有钱呢。我相信，在我们那块殖民地上，在那块需要我们拼了命与那富饶的土地作斗争的地方，劳动力是很匮乏的。"

"你想怎么办就怎么办吧，先生。"我姨奶奶说道。

"小姐，"米考伯先生又说话了，"你们是我们的朋友，是我们的恩人，你们待我们这一家是那样善良，那样友好。但我的原则是实事求是，准时不误。既然我们打算要翻开人生全新的一页，既然我们要以退为进做一次非同寻常的跨越，那我的自尊心就要督促我以君子待君子的方式去面对那些欠条，这样做也好给我的孩子们起个示范作用。"

米考伯所说的"君子待君子的方式"有没有什么特殊含义，我不知道。我也常听见别人说这样的话，他们又是赋予了怎样的含义，我也不知道。我只知道，他非常得意地用了这句话，而且招人注意地咳嗽了一声，又说了一遍，"以君子待君子的方式去面对那些欠条"。

"我之所以提出，"米考伯先生说道，"以打欠条的方式——这东西在商界使用很广。我认为是犹太人最初发明这个的，而且也是犹太人使这东西广为流传的——是因为欠条可以流动兑现。不过如果你们要使用债券或者其他什么证券，我也会以君子待君子的方式在那些证券上签下

姓名。"

我姨奶奶说，在这个问题上双方没有什么异议，所以她觉得这个问题解决起来非常容易。米考伯说自己与她的想法一致。

"现在，就我们一家子在应付未来的命运上，如何专心致志地做着准备工作，我可以向小姐汇报一下。先说我的长女，每天早上五点，她都会准时去附近的一家厂子，学习挤牛奶的方法——如果，我可以说那是种方法的话。我们年龄较小的几个孩子也非常听话。我叫他们去市内贫苦的地方，然后寻找机会观察猪和家禽的习性。为了完成任务，他们曾经差一点儿让牲畜给踩死，有两次还被遣送回家了。至于我自己，从上个星期开始，我就开始研究如何把面包烤得漂亮一点。还有我的儿子威尔金，他从一群粗鲁的牧人那儿得到许可，给他们帮帮忙、打打杂，其实也就是拿一根长杆驱赶牲畜——但是他做得几乎没被他们承认过，总是被骂回来。站在我们本性的角度来说，受到这样的待遇，真让人觉得可叹啊。"

"都很好，"我姨奶奶鼓励他们说道，"我觉得，米考伯太太也不得闲吧？"

"我亲爱的小姐，"米考伯太太非常认真地回答，"但说无妨，虽然我十分清楚，在那块殖民地耕种和畜牧将需要花费我足够多的心思，但我却从来没有做过与这两项工作直接相关的事。去了那儿，当我不用做家务活的时候，我就把那些时间利用起来往我娘家写信，告诉他们我们在这边的情况。因为我认为，我亲爱的科波菲尔先生，"米考伯太太在说话时，不管她在跟谁说，最后总要提到我。我觉得她这是习惯成自然，做得不知不觉了。米考伯太太继续说道，"是时候该把过去的恩恩怨怨放下了。我娘家人和米考伯先生都应该主动向对方伸出手来言和。狮子应该与小羔羊共处，同样，我娘家人也应该与米考伯先生握手言和。"

我告诉她，我也有同样的看法。

"起码，我亲爱的科波菲尔先生，"米考伯太太往下说，"我是这样看待这个问题的。当我还在家里与父母住在一起的时候，遇到一些事，我们常常以这样小的规模来商讨。在每次这样的讨论中，我的父亲总忘不了问我一句：'我的恩玛，你是怎样看待这个问题的呢？'我知道，我的父亲对我有所偏爱，但是，在米考伯先生与我娘家人闹矛盾这件事上，我肯定有我自己的认识，虽然我的认识是很没根据的。"

"应该有的，太太，这没有疑问。"我姨奶奶说道。"但我的认识可能是错的，而且错的可能性还不小。在我个人的印象中，我娘家人与米考伯先生之间之所以会出现隔膜，可能是我娘家人造成的，我娘家人老担心米考伯先生会向他们要钱，我很容易这样想，"米考伯太太带着一种洞悉世事的神气说道，"我娘家有几个人认为，米考伯先生会在给我们孩子洗礼取名之外的情况下借用他们的名字，比如以他们的名义在一些票据上签名，然后拿到金融市场上流通兑现。因为这个，娘家人感到害怕和担心。"

米考伯太太在宣布她的这一发现时表现的那股聪明劲儿让人觉得，除了她就再也没有别的人能想到这一层了。我姨奶奶听了似乎很吃惊，她都不怎么经大脑思考，就直接回答道："呀！太太，总的来说，我相信，你的认识是正确的！"

"这么多年以来，米考伯先生都受着金钱的约束，"米考伯太太说道，"如今，他眼看就要摆脱那样的约束，而且就要到一个全新的环境中，开始他的新生活了。在那里他的才华将能得到施展——在我看来，这一点对米考伯先生来说至关重要。米考伯先生最需要的便是得到一个空间，让他的才华得以施展——我觉得，我的娘家人应该站出来给予鼓励。我希望，我的娘家人和米考伯先生同出一场宴会。这场宴会由我娘家人出资举办。在宴会上，由我娘家的一个有头面的人物做代表，给米考伯先生敬酒并祝他健康如意。同样，米考伯先生也可以把自己的想法在大家面前摊开来说。"

"我亲爱的，"米考伯先生抑制不住他的激动和愤怒，说道，"我必须得把话现在就说明白，要是我当着他们的面把我的想法摊开来说，恐怕我的想法会被看成带有攻击性的了。因为，在我眼里，总的来说你娘家人是一群下流无礼的市井小人，或者说是一些无恶不作的残暴恶徒。"

"米考伯，"米考伯太太说道，同时把头摇起来，"不是这样的！你从来都不了解他们，他们也从来都不了解你。"

米考伯先生咳嗽了几声。

"他们从来都不了解你，米考伯，"这位太太说道，"也许他们是没有办法做到这样。要是真的是这么回事的话，那便是他们的不幸。我只能为他们的不幸感到遗憾。"

"我非常过意不去，我亲爱的恩玛，"米考伯先生恢复了平静，说道，"要是我不小心说了什么让人难以接受的话，我想表达的意思只是，即使你的娘家人不肯站出来为我撑面子——简单说来，也就是把他们的肩膀带着讽刺的意味向上耸一下——我依然可以去海外。总的来说，我宁愿怀着我最初的动机离开这里，也不想随便让什么原因来督促我。另外，我亲爱的，要是他们重视你的信，肯给你回一封信的话——凭咱俩以往的经验，这是很难实现的——那么，在给你的愿望制造障碍的人，绝对不是我。"

说到这里，米考伯先生把胳膊伸向了米考伯太太，就这样，这个问题就算和美地解决了。米考伯先生往特拉德尔面前的桌子一瞟，看见一大堆账本和文件，于是就说，他们就不待在这里打扰我们了，然后<u>温文尔雅</u>地跟我们鞠了一个躬，转身离开了。

温文尔雅：形容人态度温和，举动斯文。现有时也指缺乏斗争性，做事不大胆泼辣，没有闯劲。

"科波菲尔，我亲爱的，"他们离开后，<u>特拉德尔带着一种奇怪的热情往椅子上一靠，他这样热情，眼圈都红了，头发也摆出各种奇奇怪怪的样子</u>，他对我说道，"我不用费心思我什么借口麻烦你来帮忙，因为我知道，你对这种事务非常感兴趣，而且这个活儿说不定还

写出了特拉德尔对大卫的理解和遭遇的同情。

能分散你目前的心思。我亲爱的朋友，我希望你没有伤着身子。"

"我已经恢复如初了。"我稍作停顿，又说道，"咱们要是想为别人考虑，那就考虑考虑我姨奶奶的烦恼吧。她做的太多了，这是有目共睹的。"

"应该的，应该的，"特拉德尔回答说，"怎能叫人忘掉呢？"

"不过，事实上还不只这些，"我说，"她还遇到了另一件令她苦恼的事，她每天都得去趟伦敦，而且当天就赶回来。这种情况从上上个星期就开始了。有几次，她一大清早就出门了，到了夜里才回来。就在昨夜，特拉德尔，她又出去了，但是她回来时几乎已经是半夜了。你知道，她这个人是如何替别人着想，所以，她的苦恼连向我都不肯说。"

在我说这些话的时候，我姨奶奶的脸色是煞白煞白的，一道道很深的皱纹也显露了出来。她就一直那样坐着，不说也不动。当我把话说完时，几滴泪水从她的面颊上滑过，她伸过手来握住我的手。

"什么事都没有，特洛，什么事都没有。用不了多久，所有的事就会归于平静的。日后，你会明白是怎么回事。现在，我亲爱的爱妮丝，咱们来好好地把这些事处理掉。"

"我应该公正地评价一下米考伯先生，"特拉德尔开始说话了，"虽然他在面对自己的事时不怎么上心，但是他在面对别人的事时却是尽心尽力、孜孜不倦。像他这样的人，我可从来都没见过。如果他总是照着这种方式活下去，那么算到目前，他的实际年龄应该有两百岁了。在他那饱满的热情没有消下去之前，凭他那股疯狂的猛劲儿，准能让他没日没夜地研读文件和账目。还有那些他在这个屋子里和维克菲尔德先生的住宅里写给我的多得数不过来的信，甚至他就坐在我的对面时，他也要跨过这张桌子的距离给我写信。其实他开个口说一下是很简单的事嘛。这些事都是令人惊叹的。"

"写信！"我姨奶奶叫道，"我敢说，他就是睡着了，梦里也不忘记写信！"

"还有狄克先生，"特拉德尔说道，"他也是一个了不起的人！他在监视尤来亚·希普时，做得那样周密细致，我从来没有见过做得比他好的人。他刚从看管的任务上撤下来，就投入到照顾维克菲尔德先生的工作中。他在我们所做的调查工作中，那样积极出力，又是选摘，又是抄录，又是拿这个，又是搬那个，叫我们看在眼里想不鼓足劲儿来干都难。"

"狄克先生一直都是个非常了不起的人，"我姨奶奶叫道，"我早就这样说过了。特洛，你听我说过的。"

"说来值得庆贺，维克菲尔德小姐，"特拉德尔立即换了个细心体贴、热心诚恳的态度往下说，"在你离开家后，维克菲尔德先生已经大大地好转了。他摆脱了那个长期附体的恶魔，生活中再也没有忧虑和恐惧了。现在的他跟以前几乎判若两人。以前他在处理一些事时记忆力和注意力根本跟不上，但是现在他有所恢复了。有的时候，他能跟我们解释某些事务，给我们提供帮助。要是没有他的帮助，面对有些问题，即使我们不是认为无法解决，那也是认为解决起来异常困难。不过，我就此将结果报告一下，很简单的一句，别让我来说明那些含有希望的事，因为我一开口就停不下来。"

他那不加造作的态度和令人欢喜的坦白，显而易见地表现他所说的话是为了让大家伙儿听了高兴，为了让爱妮丝听到别人这样讨论她的父亲增加信心。但是大家并不因为这些原因而给那愉快的气氛打折扣。

"现在我们要，"特拉德尔的视线停在桌子上的文件说道，"把我们的基金款项都给结算了。把那些有意无意算得乱七八糟的账和弄虚作假的账清理后，我们得出结论：维克菲尔德现在可以把事务所的业务和他负责的信托业务毫无亏损地结束了。"

"哦，谢天谢地！"爱妮丝激动地说道。

"可是，"特拉德尔说道，"尽管如此，维克菲尔德先生可用于生活的资金——我把买了这所房子所得的钱也算在内了——最多也就几百英镑。所以，维克菲尔德小姐，你最好考虑考虑，是不是他可以把他多年来负责的那个地产代理业务保留下来。你知道，他现在是个无所顾忌的人了，作为他的朋友们，我们可要这样劝告他。你自己，维克菲尔德小姐，科波菲尔以及我……"

"这个问题，我已经考虑过了，特洛伍德，"爱妮丝看着我，说道，"我觉得不应该保留下来，也断乎不可以保留下来。即使劝解我的那个人是我深深感激、深深亏欠的朋友，我也这样觉得。"

"我并不是说我要做这样的劝解，"特拉德尔说道，"我只是觉得我有必要把这一点提出来，仅此而已。"

"听到你这样说,我感到很高兴。"爱妮丝用坚定的语气说,"因为你这话叫我有了希望,甚至肯定咱俩的想法是一致的。亲爱的特拉德尔先生,亲爱的特洛伍德先生,只要能保全我父亲的名誉,我还能有何所求!我一直都在希望:如果我能把他从他所受的苦难中解救出来,那我也算回报了他那恩情中小小的一部分,我愿把我的生命奉献给他。这么多年来,就数这个愿望最大了。而我的第二大愿望就是:凭我自己的力量扛起我们未来的生活。第一大愿望便是,希望看到他从所有的责任和负担里解脱出来。"

"你做过具体打算没有,爱妮丝?"

"做过不止一次!我一点胆怯的感觉都没有,亲爱的特洛伍德。我相信自己一定能成功。在这里,我有那么多认识的人,我感觉他们一点都不怠慢我,那我就更不能信不过自己了。我们没有太多的需要,要是我能把那所老房子租出去,然后再办个学校,那我就是一个既有用又快乐的人了。"

她那愉快的声音非常平静,但又不乏热情。我听了她的话,记忆中那所老房子一下子活灵活现地钻进我的脑海中,然后我又想起我那冷冷清清的家,我的情绪很激动,话都说不出来。看看特拉德尔,他正在假装找文件的样子。

"还有,特洛伍德小姐,"特拉德尔说道,"该说说你的那笔财产了。"

"行,先生,"我姨奶奶叹了一口气说道,"我想说的只有一句话,要是我那笔财产不见了,我能承受得住;要是那笔财产还在,我会很高兴能取回它。"

"我想,那笔钱是统一的公债,有八千英镑?"特拉德尔问。

"一点没错。"我姨奶奶回答道。

"不过我算来算去,最多也就五……"特拉德尔带着不知道该不该说下去的表情说道。

"你会说的是千?"我姨奶奶异常镇静地问道,"还是英镑呢?"

"五千英镑。"特拉德尔说道。

"就那么多了,"我姨奶奶回答道,"我把它们卖掉三千,留一千给你交学艺的费用,特洛,我亲爱的,剩下的两千我自己留着。这笔钱我得存起来,等到我再没有其他的钱时,拿出来应急。特洛,我要看看你到底能不能忍受住艰难困苦!你做得非常好——能坚持忍耐,能独立克己!狄克先生也是这样。我现在有点紧张,请不要找我说话!"

她坐在那里,两臂抱胸,她的自制力是那样强,谁都看不出来她

动作描写

写出了贝西小姐内心的激动和紧张。

有点紧张。

"而且，说出来谁听了都会高兴，"特拉德尔先露出喜色说道，"那些钱已经如数收回了！"

"别来恭喜我，谁都不要来！"我姨奶奶叫道，"那么先生，你们是怎么把钱收回来的呢？"

"您觉得维克菲尔德先生把这笔钱给滥用了，对不？"特拉德尔问我姨奶奶。

"我肯定会这样觉得了，"我姨奶奶说，"所以我能保持静默，不对外声张。爱妮丝，不要提这件事。"

"事实上，"特拉德尔说道，"他以给你做代理的身份将那笔公债卖了，不过实际上是谁卖的，谁签的字，我就不多作说明了。那个恶棍将那笔公债卖了之后跟维克菲尔德先生说——还拿出一份数据记录来证明——那笔钱在他的手里（他还说，这是维克菲尔德先生的意思）。说遇到别的什么亏空和困难时，可以拿出来填补一下。可是，维克菲尔德在尤来亚所设的圈套里，他是那样无助，那样软弱，他虽然明知那笔钱早已不存在了，但他还不得不给你多付了几次利息。就这样，他成了那个骗子的帮凶。"

"后来，他自己将责任揽下，"我姨奶奶补充道，"他给我写了一封信，像发了疯一样往自己身上安抢劫财物的罪名和其他的我连听都没听过的罪名。我收到信后，在一个早上去见了他一面，用蜡烛把那封信烧了。我告诉他，要是他能返回那笔钱，为我出了这口气，那就追去，要是追不回来，为了他女儿着想，这件事就不要告诉别人了——如果现在谁跟我说话，我就立刻从这里走出去！"

于是我们都没说话，爱妮丝用手捂着脸。

"好了，我亲爱的朋友，"我姨奶奶歇了一会儿说道，"你当真从他那里把那笔钱取出来了？"

"呵，事情是这样的，"特拉德尔说道，"米考伯先生把他那儿层层包围，一点缝隙都不留。而且要是一个办法用了不起作用，就会有另一个新的办法在那里待用，他是不可能从我们的手掌心逃脱的。有一件事实在叫人不可思议，我无论如何都想不到，他贪得的那笔钱不仅用来发泄他的贪欲，而且还想报复科波菲尔，他非常仇恨科波菲尔，他曾坦白地跟我说过。他甚至说，他愿意把那笔钱用来做损害和伤害科波菲尔的事。"

"哦！"我姨奶奶把眉头皱起，看着爱妮丝说道，"他现在怎么样？"

"这个我就不清楚了。"特拉德尔说道，"他带着他的母亲离开这里了。这段时间，他的母亲老在我们面前跪地求饶，在那儿哀求，抖老底儿。他们买的是赶往伦敦的夜车票。临走时，他那股恨我的劲儿表现得肆无忌惮。他好像觉得，与其说是米考伯先生暗算了他，不如说是我害了他。我觉得，他这样想实在是太看得起我了，而且我也跟他说了。"

"你觉得他手上还有钱吗，特拉德尔？"我问道。

"呵，我觉得，他还有，"特拉德尔严肃地摇了摇头，说，"我敢说，他肯定用了同样的手段在这儿那儿地骗了不少钱。不过，科波菲尔，要是有机会让你了解他这个人的历史，我保证，你会发现，给他再多的钱也不能收买他作恶的本性。他生来就是当伪君子的料。不管他想做什么事，他一定会通过旁门左道去实现。也许他外表太过卑贱，唯有这样才能平衡他的内心。他永远都是爬在地面去追求他这个那个的小目的，遇到什么都把它看得不可跨越。所以谁要是挡在他所追求的目标前，哪怕是无心的，他都会带着恶意去猜疑那个人。所以在他那本来就绕弯了的途中，无论在什么

时候,哪怕一丁点儿的小事,甚至什么事都没有,他都会因为不善和猜疑越走越弯。只要你想想他在这里干过的好事,"特拉德尔说,"你就能明白这个人。"

"他就是一个下作的妖怪!"我姨奶奶骂道。

"我就想不明白,"特拉德尔带着不解说道,"有很多人,只要他们存心想做下作的人,就真的可以成为下作的人。"

"现在,我们说说米考伯先生吧!"我姨奶奶说。

"嗯。"特拉德尔露出高兴的表情说,"我得好好地把米考伯先生赞赏一番。长期以来,他默默地忍耐着、坚持着,要是没有他为我们收集那些证据,我们就不会有机会坐在这里谈论我们所获得的成功。我还认为,我们应该承认,米考伯先生是为正义而伸张正义的,因为大家可别忘了,米考伯先生完全可以保持沉默给尤来亚·希普当走狗。"

"我觉得确实如此。"我说。

"那么,你要如何谢谢他呢?"我姨奶奶问道。

"哦,在咱们考虑这个问题之前,"特拉德尔略显不安地说,"我多少得说件事,面对这样一种难办的事,我们处理的方法是不合法的——整个过程都是不合法的——由于没法做到面面俱到,有两点必须略去不谈,这样才比较妥当。米考伯先生从他那儿支了不少钱,都是打了欠条、立了字据的——"

"哦,不用说,得还清的。"我姨奶奶说道。

"那是当然,但是我还不清楚,他会在什么时候拿着这些欠条起诉米考伯先生,更不知道那些欠条放在哪里。"特拉德尔睁大了眼睛说道,"我估计,还没等米考伯先生起程离开这里,说不定就在什么时候被拘留或者被强制还债了。"

"那他也得时刻准备被解除拘留,免于刑罚,"我姨奶奶说,"他一共透支了多少钱?"

"呃,米考伯先生把这些业务——他把它称之为业务——毫不避讳地用了一个笔记本记了下来。"特拉德尔面带微笑地说,"那些业务加在一起总共一百零二英镑五先令。"

"那么,加上这个数目和我们借给他的,我们得给他多少钱呢?"我姨奶奶说,"爱妮丝,我亲爱的爱妮丝,至于咱俩日后如何分担先不说,先把他的事办好再说。我们给他五百英镑怎么样?"

我姨奶奶话刚说完,我跟特拉德尔就抢着说话了。我们两个都提议替他把欠尤来亚的钱还清,并且不要求他日后还给我们。除此以外,再给他一笔小数目的现金带在身上。我们建议,米考伯先生一家的旅行路费和行李装备费都由我们负担,另外再给他一百英镑。不过我们依然要承认这些钱是借给他的,因为让他保持这种责任感对他也许会有好处。关于这个建议,我又进一步提出了一点,我把米考伯先生的为人和经历私下里告诉皮果提先生,我知道皮果提先生是靠得住的,所以我把那笔接济米考伯先生的一百英镑先交给皮果提先生保管,等到时机合适的时候,由他交给米考伯先生。我又另外补充了一点,我觉得我可以而且有必要让米考伯先生知道皮果提先生的故事,这样可以引起米考伯先生对皮果提先生的关注。于是,他们俩在路上就好有个照应了。大家听了我这些意见都强烈地表示赞成,趁这会儿,我再提一下,没过多久,那两位当事人就做到了这点,他们诚心相待,彼此友善,和睦相处。

说到这儿,我看见特拉德尔又焦躁又担忧地看着我姨奶奶,于是我就提醒他,问他说的那个第二点，也是最后一点是什么。

"科波菲尔，假如我说了什么碰触到你们的痛处，请你和你姨奶奶不要怪罪我，好吗？我恐怕我一会儿要说的话就要碰触那个痛处了，"特拉德尔犹犹豫豫地说，"不过，我认为，提醒一下你们是非常必要的。在由米考伯先生组织的那个令人难忘的告发日子里，尤来亚·希普为了恐吓你姨奶奶，曾提到过一个人——你姨奶奶的前夫。"

我姨奶奶依然保持端坐的姿势，对特拉德尔点了点头。很明显，她保持得相当镇静。

"可能，"特拉德尔说，"这只是个没意义的恐吓吧！"

"他说的是真的。"我姨奶奶回答道。

"难道真的存在——抱歉——那样的人，并且尤来亚叫他做什么，他就做什么吗？"特拉德尔难以置信地把这句话断断续续地说完了。

"千真万确，我的朋友。"我姨奶奶回答他道。

特拉德尔明显地沉下脸，解释道，要是以前他不该问这问题，因为这些并不是他工作范围之内的内容。但是这次这件事与米考伯先生的债务有关，两件事的处境是相同的。在尤来亚做出什么伤害性事件以前，我们不能投诉他。但是我们中的某些人受了什么伤害或被什么事所困扰，那毫无疑问，一定是他干的好事。

我的姨奶奶依然保持镇静，没过一会儿她的面颊流下两行泪珠。

"你说得很有道理，"她说，"这个问题提得很有水平。"

"有需要我——或者科波菲尔——帮忙的地方吗？"特拉德尔温柔关切地问道。

"不需要。"我姨奶奶对他说，"我对你感激不尽。我亲爱的特洛，这个恐吓根本算不了什么！我们把米考伯先生和太太叫回来吧。请你们别再跟我说话了！"她说完理了理衣服，挺直了腰板坐在那里，目光停留在门槛上。

"嘿，米考伯先生和太太！"看见米考伯先生和太太走进来，我姨奶奶说道，"刚才我们在商讨你们移居海外的具体事项，让你们在室外久等，我们实感抱歉。快过来，现在我们要把我们商讨的结果告诉你们。"

我们商定的计划，经她这么一说，可把全家——那个时候，米考伯先生的孩子们也在场——乐坏了。米考伯先生听她说完，立马来起劲儿要去买写欠条用的印花，任谁劝他都不听，这也正是他向来在期票一类事务上严谨规矩的习惯。不过没过五分钟，他的这股兴奋就受到了突然袭击，因为他被一名法警盯上了。他只好回来，哭着告诉我们，一切都结束了。这当然是尤来亚·希普的计谋，不过我们早有对策，很快就拿出钱帮米考伯先生还清了债。又过了五分钟，坐在桌子旁的米考伯先生恢复了极度愉快的心情，正认真地填写欠条。当时他本来就发光的脸更加大放光彩了。这种情况只有在他做这种工作或调制酒的时候才会出现。他带着艺术家的神色填写着那些欠条，像画家那样给印花添色，又从侧面打量它们。他把这些欠条的日期和钱数以严谨的态度在袖珍笔记本上记下。然后，拿着这些欠条，以强烈的责任感去思考它们珍贵的意义。他这些举动，是叫人看着享受。

"可要是你能听我一句劝，先生，"我姨奶奶静静地看了他一会儿，说道，"你以后最好别再做那种事了。"

"小姐,"米考伯先生说,"我已经立志,在未来的那页新篇章上写下这类宣言。米考伯太太是我的证人。我坚信,"米考伯先生一脸正经地说,"我儿子威尔金一定谨记:宁愿把手放在火里烧掉,也不要用它来摆弄那条已经毒害他那倒霉父亲心灵的毒蛇!"米考伯先生先是深深地感动了一下自己,随即换了副失望的表情,用一种阴郁憎恨的眼神看了一眼那些毒蛇(不过他刚才对它们的那种爱慕之情仍然有迹可循)。他将那些欠条叠好,装进了他的上衣口袋。

写到这儿,那一晚的事就都结束了。我们都被悲伤和哀愁弄得筋疲力尽,我姨奶奶和我决定明天就回伦敦。当时我们是这样安排的:米考伯一家在把那些能卖的家具找到旧货商人卖掉后,就随我们一道去伦敦;维克菲尔德先生的事务由特拉德尔负责指导,适当快速地处理掉;爱妮丝在那些事务被处理完以前,也随我们去伦敦。那晚,我们就在那所老宅子里过了一夜。赶走了希普一家,这所老宅子就像赶走了瘟疫一般。那天晚上我是在自己以前的房间里睡的,那种感觉就像一个流浪的人遭遇沉舟之灾,然而劫后余生找回了家。

第二天,我们回到了伦敦——但我并没有回自己家,而是去了我姨奶奶家。当天晚上我们像往常一样,睡之前会在一起小坐一会儿,这时她对我说:

"特洛,你真的非常想知道近来老压在我心里的事吗?"

"我真的非常想知道,姨奶奶。如果说我在哪个时候因为不能分担你的悲痛和担忧而感到不安,那就是现在这个时候了。"

"光是你自己的事,就够你悲伤的了,孩子,就别再算上我这微不足道的小烦恼了。"我姨奶奶关切地说,"特洛,我一直对你隐瞒这件事,就是出于这样的原因。"

"这个我心里非常清楚,"我说道,"不过,现在还是告诉我吧。"

"明天早上,你愿意跟我坐车去一个地方吗?"我姨奶奶问道。

"当然愿意。"

"那就明天早上九点去。"她说道,"到时我再把事情告诉你,我亲爱的。"

第二天,我们准时在九点出发,坐着一辆四轮的小车往伦敦市赶。车子穿过几条街道,在一所大医院前停了下来。在医院附近,我看见一辆素洁的灵车停着。灵车上的车夫认得我姨奶奶,我姨奶奶把手往窗前一伸,他就把车慢慢地赶着走了,我们的四轮小车跟在灵车的后面。

"现在,你明白怎么回事了吧,特洛,"我姨奶奶说,"他已经离开人世了!"

"他是在医院死的吗?"

"是的!"

她在我旁边坐着,动也不动。不过,当我看她的脸时,她又流下了两行泪水。

"在他死之前,住过一次院。"我姨奶奶紧接着说,"他病了有一段时间了——这些年来,他一直处于病态,整个人支离下贱败坏。在他最后一次生病时,他知道自己时日不多,就求着他们把我叫过来。在那个时候,他说他很惭愧,也很后悔。真的很惭愧,也真的很后悔。"

"那次你去见他了,我知道,姨奶奶。"

"是,我是去了。在后来的日子里,我跟他在一起的时候比较多。"

"他是在我们去坎特布雷前一天晚上离开人世的吧?"我问姨奶奶。

我姨奶奶点了点头。"再也没有人能伤害到他了,"她说,"所以我说那句恐吓是没有用的。"

我们的车来到城外,在霍恩西教堂的墓地里停下。

"埋在这里比在街上流浪不知好多少倍。"我姨奶奶说,"他也是在这里出生的。"

我们下了车,那副素净的棺材也从车上卸了下来。我们跟在棺材后面来到一个角落里,在那里举行了下葬仪式。那个角落,我到现在还清楚地记得。

"往前数三十六年,就是今天,我亲爱的,"当我们往马车走去时,她对我说,"我嫁给了他,上帝宽恕我们每个人吧!"

我们一声不响地在车上坐下,她将我的手握起,坐了好长时间。后来,她竟然一下子哭了出来,还对我说:

"在我嫁给他时,他还是个英俊秀气的小伙子,特洛——可是他后来变了,变得叫人非常伤心!"

不过她没有哭多久。哭过后,她的心情畅快了一些,甚至有些高兴起来,她很快就恢复了镇静。她说,她的心实在撑不下去,要不,她是不会这样哭的。上帝宽恕我们每一个人吧!

于是我们坐车赶回了她在海盖特的小房子。在那里,我们收到米考伯先生的一封短信,信是今天早上最早那班邮车带过来的。信上写着:

我亲爱的小姐与科波菲尔:

最近在地平线上显现希望之美景,又被无法突破的浓雾所笼罩,永远超出那命中已注定要漂泊一生的可怜人的眼界了。

希普控告米考伯另一案的传票业已发出(发自西敏寺皇家最高法院),该案的被告业已成为本区掌有法律管辖权的法警的猎取物了。

正是此日逢此时,
前线崩溃敌王至。
王乃威骄爱德华,
铁链奴役为统治。

我将要委身于那法警,委身于一个匆匆的结局了(因为精神上的痛苦超过一定限度后是无法忍受的,我感觉到我已经达到那个限度了)。祝福你们,祝福你们!将来的旅行者,由于带着的好奇动机(让我们希望,在好奇心中夹杂着同情)而访问本市债务人拘留所时,当他在巡视那里的墙壁时,或许会(我相信他一定)对那些生出无限遐想,因为瞧见了那用锈钉刻下的模糊缩名:

威·米

星期五于坎特布雷

附言:我又一次开封启告,我们共同的朋友汤姆·特拉德尔先生(他还不曾离开我们,他的情形很好),已经用特洛伍德小姐尊贵的名义偿还了债务和诉讼费;我自己与全家再一次处在红尘中幸福之顶端了。

精彩点拨

在尤来亚的胁肩谄笑、摇尾乞怜的面具下，掩盖着攫取财富和地位的野心。他永远在窥视，永远在寻找损人利己的时机。他善于控听别人的隐私，作为在一定时机要挟、制服他们的把柄，他利用米考伯先生的贫困，以极其微薄的薪水和一笔笔小额借款，把这个好好先生和各种罪恶勾当拴在一起，供他驱使。卑鄙小人希普也是在金钱诱惑下一步步堕落的，最后落得个终身监禁的可耻下场。

阅读积累

殖民地

殖民地是指受宗主国的经济剥削、文化入侵与政治奴役的国家和地区。原始含义是在荒地上移民垦殖，可做贸易前哨或军事基地。后指一国在它所征服的地区（国家）建立的移民居留地，为宗主国获取新资源。

殖民地在资本主义时期特别是帝国主义阶段，专指领土被侵占、丧失了主权和独立，在政治上和经济上完全由资本主义强国统治、支配的国家或地区，目的是掠夺各项资源。

殖民地在更广的意义上，还包括保护国、附庸国等。殖民地的产生同资本主义生产方式的出现、发展密切关联。远古时代的殖民地多为拓殖型殖民地，即宗主国在海外的延续，如腓尼基人建立的迦太基。在古希腊时期，希腊诸城邦在地中海和黑海沿岸建立了许多殖民地，一度远至北非和西班牙海岸。希腊人的殖民运动始于与海外地区的贸易需要，同时也有一些希腊公民不满本城邦政治现状，或由于地少人多而移居海外。希腊人的海外殖民区建立起来之后，大多保持政治上的独立性，但同母邦保留一定的联系，派遣代表参加全希腊的古代奥林匹克运动会，并且以身为希腊文明的前哨而自豪。

第五十六章

> **精彩导读**
>
> 　　大卫到雅茅斯去，他要把爱米丽的回信直接交到汉姆手中。路上天气开始变坏，到了雅茅斯，风暴已经把大海变成了一个残暴的国君，好几只船出事了。当一只轮船在离岸边不远处出事后，汉姆不顾劝阻去海里救人，结果不幸去世了。一个渔夫找到大卫，他说救上来的人大卫认识，这个人是谁呢？

　　现在我要写我生平的一件大事了。那件事是那样难以磨灭，那样惊心动魄，它与这本书中所写的往事的联系千丝万缕、纵横交错。在我开始写的时候，我就觉得它像广阔草原上的高塔，我越往下写就越觉得它高大，甚至觉得它在我儿时的许多事上都提前投下了阴影。

　　在那件事发生后的头几年里，它还常常在我梦里重现。它是那样栩栩如生，那样活灵活现，当我从梦中惊醒时，仿佛仍能看到它那翻滚的狂涛，在那只有我一个人的夜里，在我这寂静的卧室里狂肆猖獗。直到现在，我有时也能梦见它。虽然现在不像以前那样，隔不了多长时间就会梦见一次，但我仍然不固定地梦上几回。只要一提到跟风暴、海岸稍微沾点关系的东西，我就立刻清晰明朗地想到它。现在我要把它清清楚楚地写下来，就像我当时所见到的那样。我可不是在回忆它，它现在可是在我眼前重现，我正眼看着它进行呢。

　　移民出国的船很快就要起航了。我那慈爱的老保姆来伦敦了（当她看到我的第一眼时，她的心几乎都为我碎了）。她，她的哥哥，还有米考伯一家，常常聚在一起，我也经常去找他们，但我从来都没有见过爱米丽。

　　有一天晚上（那时，起程的日子快到了），我和皮果提兄妹在一起。我们聊到了汉姆，皮果提就对我们说，她临行时，汉姆怎样热情地给她送行，他是怎样富有男子汉气概，又是怎样不乏沉静安详之态，特别是最近，她敢说他从来都没有这么痛苦过。这位热心人，只要一提到这个话题就没有放下来的打算。她非常喜欢说她与他在一起时，一桩又一桩的事。她说得那样津津有味，同样，我们也听得那样津津有味。

　　那时候，我和我姨奶奶都分别搬出了在海盖特的宅子。我打算出国，我姨奶奶打算回到多佛的老房子去。于是，我们在花园里找了个寓所暂时寄身。那天晚上，我与他们聊完之后就回那个寓所去了，途中我又想起上次在雅茅斯见到汉姆的一些事。本来我打算在给他们送行时，把那封给爱

米丽的信交给皮果提先生。不过我又觉得这样做并不好，还是现在就给他比较好。因为我认为，爱米丽收到我的信后，说不定还有几句临行的话要传达给那个不幸的情人。何不在她走之前亲口对他说呢？

于是，我在上床睡觉之前，坐在卧室里给她写信。我告诉她，我跟汉姆见过面，汉姆曾请求我代他向她传达几句话（这些话我已在这本书的其他地方写过了），然后我又把那番话原原本本地复述了一遍。虽然没人限制我不许给那番话添枝加叶，但我觉得没有那样的必要。那番话本身就已经是真诚宽容的了，用不着我或者其他的谁来粉饰渲染。我把信放在外面，打算明天一早就寄出去。信封上还附有一行："请皮果提先生将信转交给爱米丽"。写完信我就上床睡觉了，那时天已经破晓了。

那时，我实际上比我所能感受到的要虚弱得多，因为直到太阳升起来的时候，我才睡着。第二天，我在床上躺了很久，不过我一点精神都没有。当我姨奶奶轻轻地来到我的床边时，我这才惊醒了。我在睡梦中觉得她在我床边，这样的感觉，我相信大家都经历过。

"我亲爱的特洛，"我把眼睛睁开，听见她说，"我还在考虑叫不叫你起来呢。不过皮果提先生来了，叫他上来吗？"

我说，叫他上来。于是，没多会儿他就上来了。

"大卫少爷，"我们握了一下手，然后他说道，"我把信给了爱米丽，少爷，然后她回了这封信。她说了，请你在转交给他之前打开看一看，要是你觉得没什么不妥就给他吧。"

"你看过没有？"我问他。

他难过地点点头。我将信展开，信上写着：

你请人传达的口信，我已经收到。哦，你对待我的好心肠是仁慈的、圣洁的，叫我写不出什么话来感激你！

你对我所说的那些话我会铭记于心，只要我活着一天，我就记着一天。那些话像是尖利的刺，却又给我带来了不一样的安慰。我为那番话祈祷。哦，我已经祈祷得那么久了。在我眼里，你是什么样的，舅舅是什么样的，那上帝也就是什么样的，我可以在他面前哭泣、诉说。

永别了！哦，我亲爱的，我的朋友，今生今世就此永别了！去了另一个世界，要是我能被宽恕，或许来世我可以转世为你的孩儿。无尽的感激，无尽的祝福。愿你生生世世都平安！

这就是她的那封信，上面泪迹斑斑。

"我能跟她说，你觉得没什么不妥的地方，答应帮她转交吗，大卫少爷？"皮果提先生看我把信看完了，于是问我。

"可以的，"我说，"不过，我正心里想着……"

"什么，大卫少爷？"

"我正心里想着,如果我现在就去雅茅斯把信送过去,那我还能在开船以前赶回来。我总是想起他和他那孤独寂寞的心。现在,我就去把她亲手写的信送到他手里,这样,你在船起航以前就可以告诉她,她的信他已收到。你不觉得这会给他们双方留下好印象吗?他把这件事托付给我时,我是郑重其事地接受的,面对这样一位可亲的好人,我能做得多周全就要做到多周全。区区这一段路对我来说算得了什么?现在我心里很烦躁,正适合出去跑跑路,我要连夜赶过去。"

他表面上很认真地劝我不要去,不过我看得出来,他很赞成我的想法。我也知道,如果我现在稍有松懈的话,那他就更坚定他的劝解了。我请求他为我在邮车上订下一个座位,于是他亲自去了车票房。那天晚上,我就坐着那辆车踏上通往他家的那条大路。就在这条路上,我曾走过多少次。

"你没看出来,"过了伦敦,我在下一站问那个车夫,"今天的天色非常特别吗?我可不记得我什么时候也见过这样的天色。"

"我也不记得——出现过这样的天色,"他回答说,"起风了啊,先生。我看海上近来要出事了。"

那是一片昏暗混乱的天,浮云飞扬,奇堆怪垒、令人吃惊地翻滚成一堆一堆的,这儿那儿冒着火炉中湿柴那种颜色的烟,浓如墨黑令人难以想象的乌云层层堆砌,层与层间的高度,比那地上最深的山谷到天上的距离还要深远。疯狂失措的月亮在乱云堆中,逃也似的乱投乱窜,仿佛这种自然规则反常的可怕现象使得它受了惊吓,迷失了方向。风已经刮了整整一天,这会儿,风还在继续,不过不是刮,而是呼啸。一小时后,风力越来越强,天色越来越阴暗,风刮得越来越劲爆。

夜色越来越浓重,乌云越来越密集,本来就已经很暗的天空,现在被遮得密不透风。风越刮越起劲,而且还在加劲,以致我们的马儿无法迎风行走了。在夜色最浓重的时候(正当九月末,所以夜已经不短了),有好几次,拉车的马掉过头来,或者站在那里不走,我们真担心会出现马仰车翻的结局。在那场暴风雨来临之前,就已经有一阵一阵的疾雨如剑坠落。于是,只要我们遇到有树或有墙的地方,我们就恨不得停着不走了,因为实在是难以再挣扎前进了。

破晓时分,风依然在加势。我以前在雅茅斯的时候,就听那些出海的人说过,狂风刮起来如火枪轰鸣一般,但我却从来没有亲历过这样的风,哪怕与此接近的风都没有见过。

当我们到了伊普斯维奇时——天色已经相当晚了。自从我们离开伦敦十英里路后,我们就在挣扎着前进。我们走的是一步一个脚印啊。在那里,我们看见市场上聚着一群人,他们担心烟囱被风刮倒,所以连夜爬起来了。当我们来到一家旅店打算换马时,那群人中有几个人告诉我,有一块大铅瓦,被风从一座高大的教堂顶上刮了下来,砸在了一条巷子里,当时,那条巷子就被阻断不通了。还有几个人告诉我们,几个乡下人从周围的村子里来这儿的途中,看见一棵大树被风连根拔起,横在了路边。更不用说那些干草堆了,早就在马路上、田地里散落得到处都是。都已经这样了,可是那暴风雨毫无收势之意,反倒越来越猛烈。

我们挣扎着往前行,越来越靠近海岸(风是从海上往岸上肆虐的),风也越来越恐怖。在我们离海还远着的时候,狂风就已经能把从海里掀起来的水喷洒到我们的身上,浪沫溅到嘴边,有一股咸咸的味道。海水被风卷了出来,漫过了雅茅斯周围的许多低洼地带后,在狂风的作用下猛烈地撞

击着堤岸。它用尽它那微弱的力量,乘着浪花向我们攻击。终于,我们看到海面了,在无边的海面上,滔滔巨浪参差错落,不时有浪头从翻滚的深渊中腾起,好像是海另一边的阁楼台榭、房舍屋宇若隐若现。终于,我们来到镇上了,镇上的人们披头散发,头发随风飘扬。他们站在门口,惊讶着在这样的夜晚,竟然还有邮车敢来。

我在我以前住过的那家旅店里订了一个床位,然后就去看海上的情况。一路上,我沿着大街摇摆不定地前进,街上到处都是卷动的沙、草和飞溅的浪沫。一路上,我担心屋顶上摇摇欲坠的石板瓦砾会掉下来,在陡然转弯的街角,遇见谁就拉上一把。我来到海岸边,看见房舍屋宇后面躲避的不仅是渔人们,还有镇上一半的人。有些人迎着海风,时时从躲雨的地方走出来,向海上张望。他们回去时,却老被风吹得偏离原来的路线。

我挤进人群,看见一群哭泣的妇女,因为她们的丈夫坐着船出海打鱼或是采蚝去了。而这些船在这种天气里,在找到可以靠岸的地方前沉沦在大海里,那是一点都不奇怪的事。头发斑白的老水手们挤在人群中,他们摇着头,视线从海面移到天空,互相咕噜着几句;紧张不安的船主们夹在人群中,焦急地张望;挤成一团的孩子们,抬着头,盯着大人们的脸;焦急慌张的船夫们,从背风避雨的地方用望远镜向海上张望,似乎他们要观察的是一个敌人。

我稍稍缓过一口气来,往大海上望去,只觉得狂风迷眼,沙石飞天,喧响惊人,好一片可怕的大海,让我看得胆战心惊。当那高高矗起的水壁浪墙纷至沓来,它们涌至最高峰时,跌落成飞溅的浪头,似乎只用它们中最小的那一朵就能将整座市镇淹没。浪头退却时往后一扫,拍岸有声,似乎它是特意跑来在岸边挖一个很深的坑的。白顶的巨浪轰然翻滚,还没到达岸边就已经被撞得粉碎,似乎其中的每一碎片都带着极度愤怒的力量,然后迅速凑在一起组成另一个怪物。翻滚的深谷形成高山,时时会有一只孤零零的海鸥掠过高山飞向深谷。大片大片的海水轩然翻滚,狠狠地砸在海岸边。那些重涛叠浪,以一个形象驶来,很迅速地就换成了另一个形象,然后涌向前一个形象,从而改变自己的位置。天边的海面上,没有阁楼台榭,房舍屋宇的对岸,此起彼落,此高彼低。乌云浓密厚重地压过来了。我仿佛看到天崩地裂,眼前的一切正在反复折腾。

在这场叫人记忆深刻的狂风中,我没有看到汉姆,就决定顶着风去他家看看。说起那场暴风雨,那里的人们到现在还记忆犹新。他们把它说成当地最大的一场暴风雨。我来到他家,可是他家的门紧紧地关着,我叫门没有人答,于是我从幽静的巷子和小道去了他干活的船厂,他也不在,不过那儿有人告诉我,他去了罗斯托夫特,因为那儿有船急着要修,只有他的技术才能做得来那活儿。不过明天一早他准能回来。

我步行回到旅店,洗了澡,换了一身衣服,那时已经下午五点了,我想睡一会儿,可是又睡不着,于是我在咖啡室的火炉旁坐下,还没坐到五分钟,茶房以借火为由来找我聊天。他对我说,在几英里远的海上,有两条运煤的船沉海了,全体船员无一幸免,还有几条船,在将要靠岸的地方拼命挣扎,想要避免触滩。要是今天再过一下昨晚的那种天气,他说,那就只好祈求上帝保佑他们,保佑所有可怜的水手了!

我感到极其烦闷、极其无聊。因为汉姆不在,所以我极其不安。最近所发生的变故,给我带来了非常严重的影响,严重到什么地步,我说不清楚。吹了那么长时间的海风,我现在头昏脑涨的。

我的思想和记忆像一团乱麻一样，混乱不堪。我无法将时间和空间——对应起来。要是说我现在到镇上去，我遇到了一个熟悉的人，而这个人这时一定在伦敦，我敢说我一定不会惊讶我能在这里遇见他。可以说，对于这些事，我的大脑处于一种极端休眠状态，但是我的大脑并没有停止工作，它仍在忙着回忆与这个地方有关的记忆，这是我无法控制住的。我回忆得那么生动，那么鲜明。

在这个时候，茶房跟我聊那些沉船的悲惨消息，我不由自主地担忧起汉姆的安危。我确实是在担心他从罗斯托夫特回来时会走海路，因而失事或失踪了。我越想越担心，最后我迫使自己决定，一定要在吃晚饭以前去趟船厂，问问那里的人，他有没有可能会走海路回来。要是他们向我透露一丁点儿那种可能性，我非得亲自去趟罗斯托夫特把他领回来，免得他从海路走。

我随便订下了晚餐，急急忙忙地向船厂走去。我还算赶巧儿了，因为，门口有个船厂工人手里打着灯笼正准备锁船厂的大门。当他听完我的担忧时，他哈哈大笑起来。他告诉我，我的担忧是多余的。在那样的暴风雨的天气里，连傻子都不会放船载客，何况那些大脑正常的人哩！再说汉姆·皮果提自己就是个出海的水手。

我料到事情会这样，但是我没办法控制住自己不去这样做。想来，自己也觉得这样怪不好意思的。我又步行回了旅店。如果说那时的风还可以刮得更大的话，那我要说了，它正在刮得更大。那风暴的号叫狂吼，那门窗的叮叮当当，那烟囱的呼呼噜噜，还有我借宿的这所房子明显在摇摇晃晃，海水狂乱地喧哗，所有这一切都要比早上的时候更恐怖。这时天又黑了下来，给这场暴风雨又添了新的恐怖，真实存在的和幻想而来的恐怖都有。

我饮食难进、坐立不定，什么事都做不下去。我内心有些什么事与那外面的狂风微微地产生共鸣，我脑中潜伏的记忆被掀开，潜伏的深处引起一阵骚动。但是，我的思想跟那轰鸣的海水同样的疯狂。狂风和我对汉姆的担忧，永远处于我的思绪的最前端。

这顿晚饭，我几乎没怎么吃就收下去了。我想喝一两杯酒，提一提精神，但这是徒劳。我在火炉边昏昏欲睡，但是意识并不模糊，我既能听得清门外的呼声，又能说得出自己的所在。我又被另一种恐惧占据心头，我说不清它的来历。在这种恐惧下，我的那两种感觉渐渐退去。于是我醒过来了——或者说我从那个把我束缚在椅子上的睡意中解脱出来——我浑身上下被一种漫无目的、不可名状的恐惧所缠绕。

我在屋里来回地走动，我尝试看一份过期的报纸，听那可怕的呼呼声，看炉火中现在的面目、景物和形体。墙上的那个时钟一成不变地绕圈圈，发出规律的嘀嗒声，仿佛外面的呼呼声干扰不了它，但是它干扰到了我，我被它搅得下定决心回床上睡觉。在那样的夜晚，我听见旅店里的几个仆人商量好了要一起坐在那里守到第二天天亮，这是一个令人心安的消息。我坐在床上时，还觉得大脑昏昏沉沉，疲惫得要命。可是我一躺下，我所有的睡意像玩魔术一般，瞬间消失了，我异常地清醒过来。

我在床上等了几个钟头，听着窗外的风声和水声。我一会儿听见有惨叫声从海上传来，一会儿清晰地听到有人放了信号弹，一会儿又听见镇上的房子都倒塌了。有几次，我往窗外看，但是我什么都没看到，只有那支我没吹灭的蜡烛发着昏暗的光，再不然就是玻璃窗上我那张憔悴的脸，在一片黑暗的背景中看着我自己。

　　我烦躁不安，无法抑制，于是我急急忙忙穿好衣服，往楼下走去，我蒙蒙眬眬看见大厨房的房梁上吊着的咸肉和玉葱瓣，守夜的人们聚在一张为了避开那个大烟囱特意搬到门口的桌子周围，他们摆着各种各样的姿势。一个漂亮的少女，用围裙捂着耳朵，眼睛盯着门看，在看到我时，她"啊"的一声叫起来。她说，她以为自己看到的是鬼。不过其他的人可比她冷静多了，他们反倒欢迎新伙伴加入他们的组织。当我问他们刚才在讨论什么时，一个男仆人问我，那些运煤的沉船上淹死的水手会不会在这暴风雨中灵魂显现呢？

　　我想，我在那里待了有两小时。有一次，我推开院门朝那空荡荡的街上张望，沙石、海草和浪沫迎面扑了过来。我想关门，却发现抵不过风力，只好叫来几个人对抗着风把门关紧了。

　　当我再次回到那冷清的屋子里时，那里黑乎乎的。但是这时的我是真的累了，于是我再次爬上床，沉入——似乎我由高塔跌入深崖那样——深深的睡眠中。我总觉得，很长一段时间里，我在梦里总是被风围绕着，虽然我做了几个不同的梦，去了几个不同的地方。到最后，我对现实的那点微薄的把握也消失了，于是又梦见我和两位要好的朋友在轰隆隆的炮声中，穿过枪林弹雨，围攻一个市镇。但是那个要好的朋友是谁，我并不知道。

　　大炮一刻不停地轰鸣，因而我根本无法听到想要听的东西，最后，我努力挣扎，终于醒了过来。那时天早就亮了——已经八九点了。耳边的轰鸣声仍未断，不过这时是狂风而不是炮火。有人在敲门，还喊着我。

　　"什么事？"我喊道。

　　"就在附近，有一条船破了！"

　　我从床上一跃而起，连忙问道："那是什么船？"

　　"运新鲜果蔬和酒的船，是从西班牙或者葡萄牙发过来的。要是你想看看，就趁现在吧，先生！岸上有人预测，它随时都有粉碎的可能。"

　　那个声音惊慌急促，沿着楼梯上去了。我把衣服胡乱地一裹，要多快有多快地往大街上跑去。

　　我跟在一群人后面往海岸边跑去。我将许多跑着的人甩在后面，很快，我就来到那个咆哮的大海面前了。

　　也许这个时候风势有所减弱，但是这种减弱是叫人察觉不出来的，就像我梦里开火的几百门大炮其中几门熄火了一样。眼前的大海，昨夜又闹腾了一宿，比起上次我见它时的样子更叫人感到可怕。当时，它的任何状态，都带有膨胀扩大的趋势，浪头一个接一个地翻腾而起，一个高过一个，一个压下一个，以千军万马之势滚滚而来，那势头真叫人惊怕到极点。

　　在那淹没话语的狂风骇浪中，在那拥挤的人群中，在那无法形容的骚乱中，在我喘不上气来、拼命与恶天气相抗衡中，我是那样心慌意乱。我向海上张望，寻找那条失事的破船，然而除了那滚滚而来、浪沫四溅的巨浪以外，我什么都看不到。站在我旁边赤膊的船夫，用他那一丝不挂的手臂向左边一指（手臂上刺着一个箭头，也是指向那个地方）。于是，天啊，我这才看见了那条破船，就在离我们不远的地方。

　　一条桅杆从甲板上六七英尺或八英尺的地方折断，它倒在一边和乱糟糟的帆布、线索缠绕在一起。那条船一刻不停地颠簸、撞岸，猛烈得让人心颤。它每那样一次，那团乱东西就会在船的侧面敲打一次，仿佛敲不破船誓不罢休。即使在那种情况下，我知道，仍有人在努力砍那一团乱东西。因为那条斜侧着的船，在颠簸的过程中往我们这边一歪，我就能清清楚楚地看到船上的活动。

人们拿着斧子去砍，其中一个留长头发的人做得特别积极，特别引人注意。但是就在这会儿，岸上有人大喊一声，那声音穿越了狂风声和巨浪声直入人耳。因为颠簸那条船的大海掀来了一个巨浪，把船上的人、圆木、桶、木板和船舷等一堆堆像玩具的东西一扫而光，统统甩到了翻腾的巨浪中。

只有桅杆依然竖在那里，缠在上面的破帆布和断绳索迎风扑打。还是刚才那个船夫，他凑到我的耳边沙哑着嗓子说，那条船在触了一次礁后，失去了平衡，跟着又触了一次礁。他还告诉我，那条船会从中间断裂的。我跟他想的一样，因为海浪的撞击实在太猛烈了，无论人造出什么样的东西，都经不起这样长时间的撞击。就在他对我说话时，岸上又发出一声同情的尖叫，只见海中四个人与那条破船一同从海里浮上来，他们紧紧地握着那未完全折断的船桅，最上面的正是那个留长头发、行动积极的人。

船上有个钟。当那条船被大海颠簸得像头发疯的野兽翻滚乱撞时，它时而歪向一边，于是我们将甲板看得清清楚楚；时而疯狂一跃，来一个转身面向海的对岸，于是除了龙骨，我们什么都看不到了。就在它这样翻滚乱撞时，那个钟响了。那声响像是给那些不幸的人们送行的丧钟，顺着风飘入我们的耳中。那条船再次消失，又再次浮起。又有两个人不见了。岸上人的悲痛又增加了一些。男人们呻吟着，紧攥双手；女人们尖叫，背过脸去。有几个人一边发疯似的向等待救援却又无法施救的地方呼救，一边沿着海岸跑来跑去。我发现，我也成了那几个人中的一个，疯也似的哀求我所认识的水手，求他们不要让那两个身处绝境的人眼睁睁地在我们面前丧生。

他们慌乱地跟我解释说——我不知道是怎么一回事。他们说的话我本来就听得不多，能理解的就更少了——一小时前，他们曾组织了几名水手乘着救生船勇敢地去救援，但他们什么忙都帮不上，也没有人敢带根绳子游过去，把破船与岸上联系起来，因为那样做太冒险了。所有能用得上的办法都用尽了。这时，我发现岸上的人又一次骚动起来，人群很快分成两队，从他们中间，汉姆走了出来。

我向他跑去——据记忆，我把我的救助跟他重述了一遍。然而这时，我被一种从未见过的可怕景象弄得惊慌失措。而他的脸上却表现出一种决心，还有他那往海上搜寻的眼神——我记得跟爱米丽离家出走的那个早上的眼神一模一样——我猛然反应过来他的危险。我一把把他抱住，求我认识的那些水手过来帮忙，千万别让他任性，千万别让他出人命，千万别让他离开海岸！

岸上又传来一声尖叫，我往那艘破船上看，只见船帆粗鲁地一次接一次地猛扑狠打，把那两个人中靠下的那个人打落了，然后耀武扬威地缠绕剩下的那个行动积极的人。

在当时那种情况下，他视死如归，那样沉着，在场一半的人都听到了他的号召（他向来如此），要想在这个时候劝回他的心意，那我还不如对风祈求，叫它刮小一点。

"大卫少爷，"他激动地握住我的手，说，"要是天有意招我回去，那我躲都躲不掉；要是天无意招我回去，那我不想回来都得回来。主会护佑你我，护佑大家！兄弟们，给我准备好！我就要开始了！"

　　我被推到一边,但我知道,这并不是不善意的。身边的人拥过来拉住我,周围一片混乱,我仿佛听见有人跟我说,不管有没有人帮他,他是铁了心要去的。我要是再这样搅和,只会妨碍他们给他布置的安全措施。我听完说了什么,我不记得了,后来他们又说了什么,我也不记得了。我只看见海岸上的人手忙脚乱的。人们带着从绞盘上取下的绳子跑向人群,就是这群人把他围得叫我看不见他。当我再次看见他时,他已经穿好了水手衣装,人群已经散开,将他一个人留在那里,他手里握着一根绳子,也许绳子系在他的腕部,还有一根绳子系在他身上,缠在他身上的绳子松散在他脚下的沙滩上,绳子的另一头由几名水手在稍微远一点的地方牵着。

　　虽然我并不懂船,但我也能看得出那条破船就要断裂了。我看见它就要从中间分成两半,桅杆上仅剩的那个人的性命迫在眉睫,他仍然抱着桅杆不放。他戴着一顶红颜色的帽子,帽子非常特别,不像是水手常戴的那种,它的颜色非常显眼。因为将生死隔在一线之间的几条木板,本来就已经陷下去了,现在开始上下左右地乱转,水开始漫上来,那预告他死亡的丧钟眼看就要敲响。那个人不住地往岸上挥舞着那顶帽子。当时,我看到他那个样子,感觉自己就要疯了。因为他的动作让我想起我曾经一位亲切的朋友。

　　汉姆站在最前方望着大海,在他身后的是屏住呼吸的人群,在他面前的是粗暴的狂风。一个巨浪退下,他回头看了一下拉绳子的水手们,便一头扎进巨浪里,与大海展开搏斗。他随着巨浪一会儿跃到最高端,一会儿跌到最深谷,然后被浪涛掩埋住。结果,他被浪送回了岸,水手们赶紧把绳子往回收。

　　他受伤了。从我的角度能看见他脸上有血,但是他自己绝对没有注意到。他打着手势,好像在说,把他再放松一点——这是我从他那挥动着的胳膊推断出来的——然后,他又像刚才那样,准备向海上出发。

　　这一次,他奋力向那艘破船游去,随着巨浪,一会儿腾到浪顶,一会儿跌到浪谷,一会儿被冲向海岸的方向,一会儿被冲向破船的方向。他勇敢地与大海艰难地搏斗。终于,他接近那条船了,他离它那样近,只要再努力一把,就能触碰到它。但就在这关键的时刻,一股绿色的浪潮势如山崩地从船那边奔向岸边。他好像一下子陷进去了,那艘船也被淹没了。

　　我向水手们拉他上岸的方向跑去,只见海面零星漂荡着几片木片,在水里打着旋涡,仿佛海浪打破的不过是一只木桶。所有的人都变得恐慌起来。他们拉他上岸,在我跟前放下。他一动不动,魂已散。人们将他安置在最近的一所房子里。这时,再也不会有人阻拦我去接近他了。我陪在他身边,一个方法接一个方法地进行抢救。但是毫无起效,他已经死了,被巨浪劈死了,他那颗仁慈宽厚的心永远地停止跳动了。

　　我在床边坐下。那时,所有的希望都已落空,所有的事都已无法挽回。正在这时,有一个人,在门口压着声音喊我。我抬头一看,是个认识我的渔夫,我跟爱米丽还是孩子的时候,他就认识我。

　　"先生,"他说,他的双唇微微颤抖,脸色像死去一样的白,在他那风吹雨打的脸上挂着两行泪水,"你可以去趟那边吗?"

　　我想起过往的事,在他的脸上,我看得出他跟以往是一样的。他伸过胳膊来,我抓着他的胳膊惊慌失措地问他：

"有尸首被冲到岸上了？"

他告诉我："有。"

"他生前认识我？"我问道。

他并没有回答我。

我跟着他来到海边。在我和她儿时寻找贝壳的岸边——就在从昨夜被海风吹来的那条破船上飘落下来的零星碎片落地的地方——在他所伤害的支离破碎的家残余的痕迹之间——我看见他躺在那里，头枕在胳膊上。这正是他在学校常常做的躺姿。

精彩点拨

精彩的环境描写。本章从运用各种方法从不同角度写出了极端天气造成的海难的过程。运用比喻和夸张手法，"当那高高矗起的水壁浪墙纷至沓来，它们涌至最高峰时，跌落成飞溅的浪头，似乎只用它们中最小的那一朵就能将整座市镇淹没"。运用拟人手法，"它用尽它那微弱的力量，乘着浪花向我们攻击"。运用排比手法，"浪头一个接一个地翻腾而起，一个高过一个，一个压下一个，以千军万马之势滚滚而来"。本章还通过大卫的心理描写写出了海难给人带来的恐惧和灾难。

阅读积累

移 民

移民是人口在不同地区之间的迁移活动的总称，作为名词，是指人或人的集合（人群），即迁移人口的集合；作为动名词，是指人口的迁移活动。移民不一定伴有国籍转变，包括迁徙和国籍转变等。移民是重要的人口地理现象和社会现象，使迁出地、迁入地与人口这个基本要素相关的社会、经济、政治、文化、资源、环境条件发生了重要变化，导致生产生活、公共服务、公共设施、资源利用、生态和环境服务需求变化，它是一项涉及面广、问题复杂、社会经济影响深远的系统工程。移民扩大了人类生存空间，促进了生产地理空间的扩大，人类文明的传播，人种、民族的同化、融合，社会、经济、文化的发展，人的自我追求与自我完善，地区经济增长，人民生活质量提高，改善人与自然关系等。移民不当会导致族群、社会群体冲突，可能导致社会排斥和分裂，产生次生贫困，引起社会的不稳定，增加国家与地方经济负担，恶化生存环境等。

第五十七章

> **精彩导读**
>
> 　　大卫把斯梯福兹的遗体带回了伦敦，并把他交给了斯梯福兹夫人。在得知斯梯福兹去世后，斯梯福兹夫人悲痛欲绝，而达特尔小姐像疯了一样指责斯梯福兹夫人，说是她害死了她自己的儿子，并说出了斯梯福兹怎样勾引她并毁了她的容的事情，斯梯福兹夫人和达特尔小姐以后的生活会怎样呢？

　　哦，斯梯福兹！上次我们聚在一起聊天的时候，我无论如何也想不到，那竟然是我们最后一次见面。那次，用不着说"想着我最好的时候"，我向来都是这样想着你的。如今，我亲眼见到你这副光景，我还能如何改变呢？

　　他们找到一副担架。他们把他抬上担架后，又盖了一面旗子，然后向有人居住的方向抬去。抬他的人都认识他，跟他一起出海航行过，他们都亲眼见过他那阳光愉快、勇敢坚强的样子。他们静静地抬着他，穿过狂暴粗野的风，走过熙攘骚动的人群，向一所已经停放着一具尸体的小屋走去。

　　但是当他们走到小屋门口时，突然将尸体放了下来，先相互看了看，又看了看我，跟着在那里窃窃私语。我知道这其中的缘故，他们是觉得，将他安置在这样肃静的屋子有点不妥。

　　于是我们一同前往镇上，将这副担架安置在旅店里。我刚回过神来，就立即叫人把约拉姆请过来，请他帮我雇辆车来，好让我连夜把这遗体送回伦敦。我知道，照顾遗体、委婉通知他的母亲都是非常艰巨的任务，而这任务的负责人只能是我自己，我也希望能够忠实诚信地尽早完成这项任务。

　　我打算连夜动身，这样也许会少引起镇上人的好奇心。我负责将要照顾的东西在雇来的车上放好，然后坐着车往院子外赶去。虽然现在已经快到半夜了，但仍有很多人等候在那里。我们穿过市镇，上大路走了一小段，我看到的人越来越多，只是连续不断地出现。后来我们离开了市镇，与我和我儿时友情的残留相守的，只是那凄凉的黑夜和那广漠的旷野。

　　这是个秋意正浓的时节。地上落叶纷纷，正午的空气中弥漫着一股秋香。枝头，秋叶斑斓：有黄，有红，有紫，也有其他美丽的颜色，阳光透过这多彩的秋叶在地面上留下斑驳的影子。我已经来到海盖特了。还有最后一英里路，我步行过去，边走边想我那责无旁贷的任务。那辆车子，追随了我一整夜，现在我把它停在后面，等候出发的命令。

我离那所宅子越来越近，竟然发现它一点没变：所有的百叶窗都被遮得严严实实；那石子铺就的院落，依然沉静寂寞；还有那条走廊，通向一扇永远紧闭的门。所有的一切都死气沉沉，毫无生命的迹象。那时，风已经完全刮停了，不再有任何东西在空气中摇曳摆动了。

> **环境描写**
> 通过对宅子的描写，写出了宅子主人对生活的失望。

起初，我拿不出勇气去拉门铃儿，但我到底还是拉了，就在那一刻，我觉得这铃声正是为我这使命而专门拉响的。那个小使女出来了，她用手里的一串钥匙将大门打开，忠诚地看着我，说：

"对不起，先生。你生病了？"

"我遭受了很多打击，而且，疲乏极了。"

"有什么事很重要吗，詹姆斯先生？"

"小声点！"我说道，"是的，出事了，我必须通知斯梯福兹夫人。她人在家吗？"

那个女孩紧张起来，她告诉我，现在她的主人几乎只在家待着，老待在自己的房间里，从来都不出门坐车。她不见客人，不过倒愿意见见我。她还说，她的主人已经起床了，达特尔小姐正在房里。她问我，有什么要她替我上楼通报的。

我着重嘱咐她，什么都不要说，只把我的名片给她，然后告诉她我在楼下等候。这时我们来到了客厅，我就在客厅坐下，等候她的回音。这个客厅里，故人还在的时候，充满着那样多的乐趣，如今，门窗紧闭，一切欢声笑语都消失了。竖琴还摆在那里，但从很早开始，就无人问津了。他儿时的画像还挂在那里，他母亲用来保存他的信件的匣子还放在那里。不知道，她现在是否还翻阅这些信件，也不知道，她日后是否还有机会翻阅这些信件！

宅子里非常安静，女孩轻轻上楼的脚步声我都能听得见。她回来了，大意告诉我，斯梯福兹夫人久病体弱，下楼不便。要是我谅解她的话，她愿意在卧室里接见我。很快，我就上楼来到她的面前。

她不是在自己的卧室里，而是在他的卧室里。我认为她之所以住在这里，是因为她思念他太久了。还有他玩过的玩具、运动用品和他做过的功课的纪念品，都跟他离开家时的摆设一个模样，当然这也是因为她太思念他了。但是，她却喃喃地告诉我，因为待在自己的卧室里身体更加不适，所以才搬过来住的。她那样不苟言笑，叫人对她的话毫不怀疑。

> **环境描写**
> 写出了斯梯福兹夫人对儿子的思念之深。

达特尔小姐像往常一样，站在斯梯福兹夫人椅子旁边。当她用她那双黑眼睛第一次看我时，我就知道，她知道了我这次来不是传达什

么好消息的。那个疤痕,瞬间明显起来,她退到椅子后面,免得被斯梯福兹夫人看到她自己的脸。她的眼睛,一点都不迟疑、不退缩地盯着我看。

"看到你穿着丧服,我感到很难过,先生。"斯梯福兹夫人说道。

"我不幸地失去了太太。"我说。

"你还非常年轻,哪能经得住这样的打击,"她继续说道,"我为此表示难过。我但愿,时间可以冲淡你的痛楚。"

"我但愿时间,"我看着她的眼睛,说,"会冲淡每个人的痛楚。亲爱的斯梯福兹夫人。在巨大变故中,我们都得信赖这句话。"

我说得很诚恳,都快掉眼泪了,她见状,吃惊不已。似乎她所有的思绪都要中断、都要改变了。

我努力控制自己的声音,轻轻地说出他的名字,但是我的声音还是在颤抖,她自言自语地把他的名字轻轻地念了两三遍,接着装出镇静的样子对我说:

"我的儿子生病啦?"

"病得相当严重。"

"你们见过面?"

"是的。"

"你们和好如初了?"

我无法回答她是还是不是。她把头向椅子边上的萝莎·达特尔微微转去。这会儿,我用唇语告诉萝莎他"死了"。

为了不让斯梯福兹夫人看后面,而且,我明显看出来她还没做好心理准备去接受这件事,我连忙迎上她的视线。但是这时,我已经看到萝莎·达特尔悲恸欲绝,她恐惧万分地把双手举向空中,然后往脸上一捂。

那位清俊秀丽的夫人——很是相像,哦,很是相像!——眼神呆呆地看着我,手扶着前额。我劝她平静一些,准备听那件我早晚得说的事。不过,我应该劝她哭出来,因为她坐在那里动也不动,像一尊石像。

"上次见到达特尔小姐时,"我结结巴巴地说,"她告诉我,他还乘着船在海上到处航行。前天夜里,海上真是可怕极了。像我听说的那样,要是那天晚上他也在海上,而且在一个危险的海岸附近,要是我见到的那条船上真的有他……"

"萝莎!"斯梯福兹夫人说,"来我跟前!"

她照做了,但是她的脸上毫无同情和慰问可言。她看着他母亲的脸,眼中散发出烈火一样的光芒,出人意料地发出一阵可怕的狂笑。

"现在,"她说,"可算成全你的骄傲了吧,你这个疯婆子,现在他可算向你赎罪了吧——用的是他的生命!听见没有?——用的是他的生命!"

斯梯福兹夫人靠着椅子,身子笔直,除了一声呻吟,就再也没有别的言语。她睁大了眼睛看着萝莎。

"哎呀！"萝莎使劲儿地往胸前捶，她叫喊道，"你看看我呀，你呻吟呀，你叹息呀，你看看我呀！你瞧瞧我这儿！"她指着那个疤痕说，"这就是你那死去的儿子的杰作。"

那位母亲时不时发出一声呻吟，叫我听得揪心。那种呻吟一直含混不清，一直阻闷不畅；那种呻吟一直伴随着脑袋无力地晃动，脸上却丝毫不变；那呻吟一直都是发自僵硬的嘴唇和紧锁的牙关，仿佛痛苦使得她牙关紧闭，面部僵硬。

"这是他什么时候打的你还记得吗？"她往下说，"弄得我毁了容，这是他什么时候干的，因为他遗传了你的脾气，因为你溺爱他，纵容他的傲慢，于是他做出了这样的事。你看着我呀，以后我进坟墓了，我都要把印着他那粗暴脾气的伤疤带过去。这都是你惯出来的样子，你就呻吟吧，叹息吧！"

"达特尔小姐，"我劝解她，"就看在上帝的面子上……"

"我非说不可！"她面向我说道，她的眼中闪着利光，"你给我住嘴！你看着我呀，我说你看着我呀！这位骄傲的母亲，这位又骄傲又虚伪的儿子的母亲！你就为着把他养这么大，呻吟吧！你就为着把他惯得这么坏，呻吟吧！你就为着你失去他，呻吟吧！你就为着我失去他，呻吟吧！"

她的手紧紧地攥起来，消瘦的身体不停地乱颤，仿佛她的情绪正一英寸一英寸地吞噬着她的生命。

"谁恼怒他的任性，是你！"她歇斯底里地喊道，"谁被他的骄傲所害，是你！谁在白发苍苍的时候，反而把他生下，给了他双面的性格，是你！谁在他婴孩时就教育他，干预他的正常成长，把他培养成今天的这个样子，是你！如今，你这么多年来的辛苦得到回报了吧！"

"哦，达特尔小姐，这样太可耻了！哦，这样太残忍了！"

"你听好了，"她回答我的话，说道，"我非说不可。现在，我就站在这儿，谁都没有权利阻止我说话！我委屈了那么多年，话都不敢说，我今天说说不行吗？我给他的爱，不知道比你的多多少！"她转向她，凶她道，"我能做到爱他而不求任何回报。如果我成了他的妻子，只要他肯对我说一句情话，哪怕一年只说上一句，那我就愿意顺应他的脾气，给他当奴隶。我能做得到的！谁能比我清楚这点？你，尖酸刻薄、蛮横骄傲、古板拘泥、自私自利，我给他的爱，却是忠贞不贰、全心全意——可以把你那一文不值的眼泪踩在脚下，踩上几脚。"

她用脚踩着地，两眼闪着光，仿佛她现在正在踩那一文不值的眼泪。

"你看看这儿！"她凶凶地拍着那个疤痕说道，"他慢慢长大了，当他理解了他做过的是什么事的时候，他懂了，而且后悔了！我能唱歌给他听，能跟他聊天，能关心他所做的每一件事情，他对什么感兴趣，我就努力去学什么。我要让他在意我。在他本性最纯真的时候，他爱上了我。真的，他爱上了我！有好几次，他以算不上理由的借口把你打发走，然后抱我！"

她说这话时，她的疯狂——可以说她已经疯狂了——带着一种嘲弄的骄傲，带着一种如饥似渴的回忆，在她那回忆里，一种柔情的余火，又一次复燃。

"我沦为一个布偶娃娃——要不是他那天真无邪的追求叫我着了迷，我早就该意识到——一颗他无聊时解闷的花生米，随着他的心情，或是信手拿来玩玩，或是随意扔在一边，或是调戏玩弄。到他玩腻的时候，我也腻了。等到他的爱意淡了下来的时候，我不愿意在他无计可施才来娶我的时

候嫁给他,也不愿意极力迎合他而维护我的地位,我们就这样无声无息地分手了。也许你早就看出来了,但是你却不认为遗憾。从此,我对你们母子而言只是个破败的工具,没有眼睛,没有耳朵,没有感情,也没有记忆。你还在呻吟!那你也能为着把他弄成那个样子而呻吟,也能为着你对他的爱而呻吟。我可得让你明白,有一段时间,我对他的爱,是你任何时期都无法企及的!"

她站在那里,面对着那双圆睁着的双眼和僵硬的脸,她两眼发着光,发着怒气。那呻吟之声不停歇,她丝毫不松懈,仿佛那张脸只不过是幅画。

"达特尔小姐,"我说,"这是一位痛苦的母亲,你还这样残忍,你怎能忍心不去怜悯怜悯她……"

"那谁来怜悯我呢?"她锐利地反驳道,"这是她自己播的种,该由她自己来收获,让她呻吟去吧!"

"如果他的过失……"我说道。

"过失!"她的泪伴着她的话,"哪个敢来污蔑他?他的灵魂,抵得上几百万他折节下交的朋友!"

"谁也比不上我对他的爱慕,谁也比不了我对他的感念。"我回答说,"我想说的只是,如果你不肯同情他的母亲,如果他的过失……把你弄得这样痛苦不堪……"

"那不是真的,"她揪着自己的黑发叫道,"我是的的确确地气她!"

"……如果他的过失,"我往下说,"在现在这样的情况下,你都不能放下。你看看那个人吧,就算你把她看成你素不相识的人,给她一点帮助吧!"

从开始到现在,斯梯福兹夫人的呻吟就没有做过改变,而且也不可能改变。一直在那里,一动不动,僵硬呆滞,两眼直瞪,总以一种低哑的声音时时发出呻吟,脑袋总在无力地晃动,却没有一丝迹象表明她还有生命。达特尔小姐猛地在她面前跪下,给她解衣服。

"你这个倒霉蛋!"她回过头,用混杂着悲痛和愤怒的表情对我说,"你的到来本身就很不幸!你这个倒霉蛋,还不快滚开!"

我出了屋后,又赶紧回来拉铃,因为这样可以尽可能快地叫来仆人们。那时,她把那个没有知觉的身体抱在怀里,仍然跪着。她又是哭,又是吻,又是叫,又把她抱在怀里像哄孩子一般摇晃着,用尽一切温柔的方法来唤醒她的意识。我不用再担心把她单独留下,就悄悄地出了宅子。在我离开那所宅子时,把宅子里所有人都惊动了。

下午天黑的时候,我又回来了。我们将他安静地放在他母亲的房间里。我听他们说,后来她一直那样,达特尔小姐一直陪在她身边。请过医生了,还用了各种各样的方法给她救治,但是她一直像尊石像那样躺着不动,只是时不时从嘴里发出低低的呻吟。

我把那阴森恐怖的房子走了个遍,遮好每一扇窗户。他母亲那个房间里的窗子,我是最后遮好的。我沉重地举起一只手按在胸前。全世界死一般寂静,只有他母亲在呻吟。

精彩点拨

通过达特尔小姐的语言揭示了斯梯福兹性格的形成。斯梯福兹遗传了他母亲的骄横的坏脾气，而他母亲溺爱他，纵容他的傲慢致使他有两副面孔，还喜欢玩弄感情，他先玩弄了达特尔小姐的感情，还弄得她毁了容。后来他又勾引了爱米丽，后来又抛弃了她。所以在斯梯福兹去世后，达特尔小姐一直指责是斯梯福兹夫人害死了斯梯福兹，她这个母亲表面爱他，其实是害死了他。

阅读积累

名 片

名片，又称卡片，中国古代称名刺，是标示姓名及其所属组织、公司单位和联系方法的纸片。名片是新朋友互相认识、自我介绍的最快有效的方法。交换名片是商业交往的第一个标准官式动作。

商务活动需要印制个人的名片，印制名片时，在自己的职务那一栏目不应夸大，乱挂不实的头衔，要实事求是。

在商务活动时，不要忘记携带名片，名片应有专门的名片夹存放，名片夹最好是放置在上衣胸口的袋子里，不能放在长裤的口袋里。

交换名片时最好是站着有礼貌地递给对方，如果自己是坐着，对方走过来时，应站起来表示尊重，问候对方后再与对方交换名片。

地位较低或职位较低的人或是来访的人要先递出名片。如果对方来访的人多，应先与主人或者是里面地位较高的人交换名片。

随着计算机技术的迅猛发展，电子化的名片变得越来越流行，交换变得越来越方便。利用手机名片识别软件快速识别名片并转化成电子名片，同时生成个性化的电子名片展示网页，从而可以快速分享和交换名片，赋予名片更多的含义。

第五十八章

> **精彩导读**
>
> 大卫请求米考伯先生对皮果提先生他们瞒下汉姆去世的消息，米考伯一家做好了离开的准备，结果在临行前一天，米考伯先生因为希普的诉讼被捕了，特拉德尔帮他还清了债务。米考伯一家离开了国土，皮果提先生带着爱米丽和玛莎也离开了，大卫送别了他们。他们的新生活会怎样呢？

我在精神上接二连三地遭受打击，在我放任我的悲痛之前，有一件事我必须要做到，就是把这一连串飞来的横祸瞒着那些将要起航远行的人，不让他们知情那些事，叫他们能带着高高兴兴的心情去远航。这一点是我得立即着手去安排的，容不得我有半点犹豫。

就在当天晚上，我将米考伯先生拉到一边，悄悄地把那些噩耗告诉了他，并交代他不要让皮果提先生知道这件事。他应承下来了，并且诚恳地说，连同那些可能载有与那些噩耗相关文章的报纸也截留下来，不让他看到。

"要是把那个消息传达到他手上，先生。"米考伯先生往胸脯上拍拍，说道，"首先得过我这关！"

我觉得有必要说明一下，米考伯先生为了顺应新环境的变化，他拿出一种海盗的霸气和魄力，当然这绝对不是无法无天的霸气和魄力。他做这样的变化完全是出于自卫和敏感。但是，在别人看来，就把他当成那种生于荒野之中的野蛮人，那种没有文化的生活早就渗到他的骨子里，而现在，他又要重返那种荒野的生活了。

把所有的东西都准备好了之后，他又另外准备了一整套油布防水大衣和一顶外面涂有沥青或编了麻絮的矮帽子。他将这一身粗布衣裳穿好后，再在胳膊下夹着水手们常用的那种望远镜，他用那双机灵的眼睛往天空转悠几圈，看看是不是有坏天气。他这副模样，可就比皮果提先生这个真水手更像水手了。他家里的每一人（如果这样说不算错的话）都已经做好了动身的准备。看看米考伯太太，她戴的帽子本来就够严密结实的了，但她还在下巴那儿紧紧地打了个结。她披着披肩，把自己围得像个包裹（在我出生的时候，我姨奶奶就是这样包扎我的），然后，在腰后打了个结实的结儿。看看米考伯小姐，她也为暴风雨天气的来临做好了类似的准备，全身上下包得紧邦邦的，找不到一点多余的东西。看看米考伯少爷，他穿着古恩齐衬衫和一种难得一见的多毛外衣。他被包得严严实实的，几乎都看不到脸了。再看看其他几个孩子，每一个都被那种不透水的大衣像装咸肉那样裹在里面。这时的米考伯先生和他的大儿子都把袖子挽到手腕上，仿佛他们已经时刻准备好了，只要一接到命令就立刻"到甲板上聚集"，或者齐声唱着"嘿——哟——嘿"。

写出了皮果提先生一家已经做好了时刻出发的准备。

在日暮时分，我跟特拉德尔看见他们这样穿戴，聚集在以洪革佛楼梯命名的台阶上，一条装满他们行李和财产的船即将出发。特拉德尔已经知道那个令人悚然的消息了，他对此非常震惊。当然，也不能说，他得为这事儿保密。事实上，他也确实为此事保守了秘密，这可帮了我不小的忙。就在当时，我单独把米考伯先生拉到一边时，得到了他同样的保证。

悚（sǒng）然：形容害怕的样子。

那段日子里，米考伯先生暂住在一家肮脏的小酒馆里。那家小酒馆突出的木房顶斜斜地悬在河上，一行台阶把酒馆与地面连接起来。米考伯先生这一家子成了洪革佛里里外外人们饶有兴趣谈论的话题，因为他们是就要移民海外的人。现在，正有一群人注视着我们呢，没办法，我们只好去他的卧室里避一避。楼上有好几间木房间，他就住在其中一间。站在房间里，我们都能听得到脚下潮水流动的声音。我姨奶奶和爱妮丝都在屋子里，她们正忙着给孩子们在衣服上漆一点儿小装饰品。皮果提面前摆着木讷无知的旧手工匣、尺子和蜡烛头。它们已经经历了那么多的世事和变迁。

她问了我不少问题，要想回答好这些问题，是不容易办到的。当米考伯先生把皮果提先生带过来，我小声地告诉他，信已经安全送到，一切都顺利安好时，那是更加不容易办到的。但我到底还是应付了这两件事，他们也因为得到了满意的答案而快乐不已。如果我不小心在脸上透露了伤感的迹象的话，那我只能用我的悲哀伤痛来加以解释了。

"船什么时候动身呢，米考伯先生？"我姨奶奶问道。

米考伯先生渐渐觉得，有必要让我姨奶奶和他太太做好分手的准备。于是，他说，比他昨天预计的要早一些。

"我想，船上已经来通知了？"我姨奶奶说。

"是呀，来通知了，小姐。"他回答我姨奶奶。

"是吗？"我姨奶奶说，"那，船现在……"

"小姐，"他回答道，"他们通知我的是，明天早上七点以前必须上船。"

"哦，呵！"我姨奶奶说，"是很早呀。航海远行的都是这样的吗，皮果提先生？"

"是的，小姐。它要在退潮以前下海呢。如果明天下午的时候，大卫少爷和我妹妹在格雷夫岑德上船，那我们还能见上最后一面。"

"到时，我们一定去的！"我说，"一定！"

"在离别以前，在我们在海上漂泊以前，"米考伯先生看着我，说，"皮果提先生要和我一起看护我们的行李和财物。恩玛，我的爱人，"米考伯先生引人注意地咳嗽了一声，说，"汤姆·特拉德尔先生，我们好客的朋友，他对我说，为表示他对我们的送行之意，已为我们准备了少量的作料，用来制作一种烤肉时喝的饮料，那种饮料容易让我们想起旧日英格兰的岁月。我说的是——简单说来，就是加料酒。要是平时的话，我不敢奢望特洛伍德小姐和维克菲尔小姐赏脸与我们一同享用，不过……"

"就我个人而言，"我姨奶奶说，"我是非常乐意为米考伯先生举杯庆贺的。我愿你在以后的路上万事如意，心想事成！"

"我也是！"爱妮丝笑着说。

听罢，米考伯先生拔腿就往楼下跑。似乎他已经把这家酒馆摸得很熟了，没多会儿他就带回了一个冒着热气的瓶子。然后他打开他的折叠刀子，开始剥柠檬皮。这时的我，忍不住想要注视他的举动。他用的那把刀子约莫一英尺长（因为这个长度才配得上这种拓荒者的身份）。他拿刀子在外衣上蹭了两下，一举一动中都带着夸张炫耀的神气。这时，我发现米考伯太太和家里年龄比较大的孩子也装备了这样的工具，而其他年龄较小的孩子也各自佩带了木汤匙，还用粗绳子在身上固定下来了。米考伯先生本来可以在满架子的酒杯中随便拿几个，但他想让大家预先体验海上和荒野中的生活，就拿锡质的罐子给米考伯太太和他的儿子倒酒。他自己也用这种特殊的锡质罐子喝酒。当大家喝完酒后，他还把那些罐子放在衣袋里收好。他这样做的时候，是那样心甘情愿，那样满足。

"国土上的奢侈品，"米考伯先生将那些奢侈品置之身外，带着得意的语气说道，"我丢弃不用了。生于森林的居民，当然不能老惦记着这些文明国度的物品。"

当他把话说完的时候，进来了一个孩子。那个孩子告诉我们，楼下有个人要见见米考伯先生。

"预感告诉我，"米考伯太太将手中的锡质罐子放下，说道，"那个人是我娘家的。"

"如果真是那样的话，我亲爱的，"米考伯先生一提到这类问题，就有点愤懑感慨，这一次他也一样，"鉴于他是你娘家的人——我可不管是他、她，还是它——我们等候了那么长的时间，所以也让那个人等等吧，我有空的时候再去看看。"

"米考伯先生，"他的太太压低声音，说道，"目前这种情况……"

"'这不是斤斤计较的时候'，"米考伯先生站了起来说道，"恩玛，我接受谴责。"

"以前他们那样对待你，吃亏的，米考伯先生，"他的太太说，"不是你，而是他们自己。如果说，现在他们意识到他们过去所做的只是他们自己吃了亏，现在愿意主动与你握手言和，你就不要拒绝他们了。"

"我亲爱的，"他说道，"就随它去吧。"

"就算你不给他们面子，你也要给我面子吧，米考伯。"他的太太说。

"恩玛，"他回答道，"在目前的情况下，我对你的话无言以对。不过就到了这分儿上，我也不敢保证，我可以跟你娘家人握手言和了。但是，既然你娘家来人了，那我是不会怠慢他们的。"

米考伯先生下了楼，过了很长一段时间，他都没回来。于是，米考伯太太就有些着急了，她生怕他是跟她娘家来的那个人发生了争执。终于，又是那个孩子，他回来递给我们一张字条。那张字条上用铅笔写着字，开头就是以法律文件的方式写道"希普诉讼米考伯案"。在这张字条上，我得知米考伯先生又被捕了。字条上还写道，他因为被捕，情绪极端低落，他请求我把他的刀子和锡质罐子交给眼前这个孩子，让他转交给他。因为他就要坐牢了，虽然坐牢的时间不会太长，但这两样东西或多或少还是能用得上的。他希望，我能站在我们友谊的角度上考虑，最后一次满足他这个请求，帮他把他的家人送到教区贫民窟的学艺所里，然后忘了有他这个人存在过。

看完这张字条，不用说，我要带上钱随同那个孩子给尤来亚·希普送钱去。我来到楼下，发现米考伯先生坐在一个角落里，冷眼打量着站在一边的法警。因为这个法警将会执行逮捕他的任务。当他从这个法警手里重新获得自由的时候，米考伯先生热情高涨，一把把我抱住。事后，他又把那天的事在他的笔记本上记下——我还记得，当时我说漏了半便士，但他很较真地记了下来。

这个笔记本记录了他另一件非同寻常的事。当我们说要回到楼上时，他说他有一点不得不做的事，所以他先不回去，在楼下待一会儿。当他回来时，他拿出一张夹在笔记本里的小字条来，字条上笔迹整齐地写着一串很长的数字。当时在我眼中看来，我觉得我无论在哪本代数书上，都没见过这样一串数字。这些数字大体指的是他所说的"四十一英镑十先令十一个半便士"的本钱，在各个到期日里的本钱加利息的钱数。他仔细地考虑了那笔钱，再加上对实际财产的谨慎考虑，他最终算出自即日起，再过两年十五个月零十四天，他将把他所有的本钱和利息一起还清了。现在他已经写了一张欠条，上面清清楚楚地写着这一点了。他把欠条送到特拉德尔手中，还当场对他千恩万谢。就此，他的债务算是全部清理干净了（以君子待君子的方式清理了）。

"凭我的直觉，我隐约觉得，"米考伯太太带着少许失落的表情，摇着头说，"在我们起程远航之前，我娘家的人会在船上出现给我们送行的。"

对于这件事情，很容易看得出，米考伯先生也有他的直觉，但是他把他这直觉判断来的结果扔进了他的锡质罐子，然后一口吞进肚子里。

"如果你们途中遇到能寄信的机会，米考伯太太，"我姨奶奶说，"你一定要给我们写信，你懂得啦！"

"特洛伍德小姐，我亲爱的，"她回答说，"一想到还有人期盼着我们的消息，我就忍不住地高兴。信，我是肯定会写的。科波菲尔先生，作为一个有老交情的朋友，你不会拒绝听我们的消息吧。因为当我们的双生子还不知道记事的时候，我们可就相识了，我没说错吧？"

我说只要她有信来，我就一定乐意读。

"老天保佑，一定会有不少可以寄信的机会的，"米考伯先生说，"大海虽然茫茫，但船队还是随处可见的，我们旅途中一定能遇见不少船只，寄信不过是个摆渡的过程而已，"米考伯先生一边玩弄他的眼镜一边说，"不过是个摆渡的过程而已。那点路程不过是小菜一碟。"

在他说起从伦敦前往坎特布雷时，他说得好像要到天涯海角一般，但在他说起从英格兰前往澳洲时，他却把漂洋过海说成是小旅行一般。现在回想起他的话，觉得太新奇了。但这正是米考伯先生的风格。

"在航行的途中，"米考伯先生说，"我要不断地讲故事给他们听哦。我相信，当我的小儿子站在厨房里的炉火边唱歌时，他的歌声一定能赢得大家的掌声。当我的夫人习惯了在海船上熟练地行走时——但愿我这样说，不会让大家觉得有伤大雅——我觉得，她到时会给他们唱'小塔夫林'。我相信当我们向大海俯下身子时，可以常常看到窜来窜去的海豚。在船的左舷或右舷，我们也可以聚在一起谈论有意思的事。总之一句话，"米考伯先生依然带着那种贵族人的语气，说，"我们将会发现船上船下的所有事都能高涨起我们的情趣。当在桅杆楼上站岗的人喊出'是大陆哦'的时候，我们一定会吃惊得不得了。"

说完这句话，他拿起他那锡质罐子，大口大口地喝下里面的酒，仿佛他真的已经结束了那段航行，已经在当局海军最高领导者面前，获得了最高等的考试通过证书一样。

"现在我心里期望的，科波菲尔先生，我亲爱的。"米考伯太太对我说，"主要是，我们家所延续的后代中的某些人，可以重回这个历史悠久的故国生活。别皱着眉头，米考伯！我说的是我们自己的后代，并非指我娘家人的后代。小树长大了，茂盛了。"米考伯太太摇起头说道，"但是不能忘了根基啊！当我们有朝一日飞黄腾达了，富贵了，我不得不老实说，我愿意把我的财富汇入大不列颠的国库！"

"我亲爱的，"米考伯先生说，"这就要看大不列颠的运气了。我不得不说，它从来没给过我什么帮助，所以在这个问题上，我可没有什么特别的想法。"

"米考伯，"米考伯太太接过他的话，说道，"你可不能这样说啊。如今，你能离开这里去遥远的地方，米考伯，你该强调你跟阿尔比昂的关系，而不应该轻视你与它的关系呀！"

"我的爱人，我再说一次，"米考伯先生接过她的话，说道，"我并没从你刚才所说的那层关系中得到什么好处，因此我痛楚地觉得，我需要打破这种关系，再重新建立起另一层关系。"

"米考伯，"他太太说，"我也再说一次，你可不能这样说啊！你不了解你自己有多大能耐。米考伯，加强你和阿尔比昂的关系，正是你的力量来源，即使是在你要采取的这一步中，也是这样的。"

米考伯先生背靠着安乐椅上，眉毛抬得高高的，对米考伯太太说的话，半是接受半是排斥，但对这种高深的见解，他还是领会得很透彻的。

"科波菲尔先生，我亲爱的，"米考伯太太说，"我希望米考伯先生能理解到他该理解的程度。我觉得这一点至关重要，他应该在他刚一开始踏上那条船的时候，就能理解到他该理解的程度。凭你对我过去的了解，我亲爱的科波菲尔先生，你该看得出，米考伯先生那种乐天派的性格，我是不具有的。我性格的主要特征——如果我说得没错的话——是实事求是。我知道，这是一次路途漫长的海上旅行。我也知道，途中我们会遇到许多艰难困苦，许多无计可施的情况。我不能面对着这些事，闭起自己的双眼。不过，米考伯先生，我还是了解的。米考伯先生有什么潜在的能力，我是一清二楚的。故此,我觉得,至关重要的是,米考伯先生应该理解到他该理解的程度。"

"我的爱人,"他说,"我把话说出来,请你不要见怪。要我在目前的情况下,做到真真切切地理解到我该理解的程度,那是很难办到的。"

"我就不相信了,米考伯,"她说道,"这说不过去。科波菲尔先生,我亲爱的,米考伯先生的问题可不能一般对待。米考伯先生之所以要旅行到一个遥远的国土上,完全是为了让他的才能得到发挥,让他第一次真正地被了解、被赏识。我希望,米考伯先生可以往船头上一站,用坚定的语气说,'我来是要征服这片国土的!你有什么名誉吗?你有什么财富吗?你有什么薪水丰厚的工作吗?统统给我献上来,这些都归我了'!"

米考伯先生用眼睛把大家都扫视了一遍,仿佛觉得这话很有可取之处呢。

"如果我把我的意思讲得很清楚了,米考伯先生,我希望,"米考伯太太像是在参加什么辩论赛一样,说道,"你能站起来,当自己命运的恺撒。我亲爱的科波菲尔,我觉得,这才是他真正应该理解到的程度。我希望,他所乘的那艘船在起航的那一刹那,米考伯先生就能站在船头,大声喊道,'蹉跎耽搁的时日已久,失望落魄的时日已久,贫困受累的时日已久。这都是在旧日故土上的事,现在我就要进入一片全新的国土了。该补偿我什么,都拿来吧!献出你所能补偿的吧'!"

米考伯先生双手抱胸,以着坚定不移的态度听完上面的话,仿佛此刻他就站在船头上呢。

"当他能那样做的时候,"米考伯太太说,"——那他已经理解到他应该理解的程度了——我就可以说,米考伯先生对于他与大不列颠之间的关系就将不再是轻视,而是重视了,难道我说错了吗?一个大人物,在那半个地球上的社会里兴起并且活跃,难道对他的国家没有影响吗?如果米考伯先生在澳洲的那片土地上,发挥了才智,取得了权势,我能笨到假设,他在英国一点地位都没有吗?虽然我只是个妇道人家,但是,如果我荒谬地犯了那样的过错,我怎么能面对我自己,我又怎么能面对我的爸爸?"

米考伯太太坚信她的理论是无懈可击的,于是她的语气越来越激烈,这种语气,我在她以前的话中从来没有听到过。

"所以,"米考伯太太继续说,"我想要在未来的某一天,在我的国土上留下名声。这种想法越来越强烈。到时,米考伯先生会——我得重视起来这个可能性,米考伯先生将会——刷新历史的一页。到时,他就能站在那个生他养他的国土上扬眉吐气了!"

"我的爱人,"米考伯先生说,"你说得太热情了,我不得不为之动容。你的话,我向来都是言听计从。该来的事——还是会来的。我当然能慷慨地把我们后世所赚得的财富献给我的祖国!"

"就是,"我姨奶奶对皮果提先生点了点头,说道,"为了表示我对大家的热爱,我敬大家这杯酒。祝大家幸福在望,成功在即!"

当时,皮果提先生一边膝盖上坐着一个孩子,他听完这句话就将孩子们放下,站起来和米考伯先生及其太太反过来敬我们一杯。他握起米考伯先生的手,像老朋友那样亲切。他那铜褐色的脸上泛起微笑,放着光芒。就在这时,我觉得,无论他将去往何方,他一定会闯出一片天地来。在那个地方,他将会树立起他自己的名声,也会受到他人的爱戴和羡慕。

孩子们也很听话，都自己拿着木质的汤匙在米考伯先生的罐子里蘸了一点酒，然后向我们表示祝福之意。当大家相互之间祝福完毕之后，我姨奶奶和爱妮丝站起来，向那些将要移居海外的人进行告别。这是一场催人泪下的诀别，她们都哭了。孩子们拉着爱妮丝的手不肯放，直到最后一刻，才不得不放开了手。走的时候，米考伯太太处于一种很烦躁苦恼的状态。她坐在一支蜡烛旁抽泣，蜡烛昏黄的光线透过窗户射向屋外，站在河岸对面向屋子这边看，它仿佛是座悲哀的灯塔。

第二天，我们送他们上船。可是，在五点钟的时候，他们已经乘着一条小船走了。虽然，在我的脑海中，有关他们与那倾斜的酒馆和那木台阶儿的联系只是从昨天夜里才开始的，现在他们已经离开了，那两样东西看起来都那么悲惨凄凉，我觉得，还是离别的气氛所形成的。

次日下午，我的老保姆陪着我同去格雷岑德。当我们到河边，看见那条船正停在那里，它的四周还停着好几条小船。那天的风向很利于航行，开船的标志正在船桅杆上迎风飘扬。我迅速雇来一条小船，我们乘着小船，穿过大船周围的一群小旋涡，在大船边停了下来。

皮果提先生正在甲板上等着我们的小船。他一见到我们，就跟我们说，就在刚才，米考伯先生又因为希普的起诉被逮捕了一次（当然，这样的事以后再也不会有了），不过，他已经按照我之前跟他交代的，先把钱垫上了。于是，我这会儿就把那笔他垫上的钱还给了他。然后，他带着我们去了总船舱。刚开始，我还担心，他听到了什么有关那场横祸的谣言。不过当我看到光线暗处的米考伯先生时，我就放心了许多。米考伯先生走到光亮处，带着友善和照顾的神气挽着他的胳膊。米考伯先生告诉我，从昨天晚上开始，他一直寸步不离地陪在他身边。

我觉得，我当时所看到的景象是那样稀奇少有，那样窄小封闭，那样黑咕隆咚。我第一眼看去，根本就看不到他这个人。不过，当我的眼睛适应了黑暗的环境时，我却觉得，我看到的他像是奥斯塔德画里站着的那个人。在船上的大横梁上、货物堆中、用螺丝钉钉住的环子间，在移民者的床铺上、箱子上、包裹里及各种各样的行李堆中——都被到处挂着摇摆不定的灯笼及从通气窗和舱门射进来的黄昏的夕阳所照亮——这儿一群、那儿一堆地聚着人群。有的正在结识新的朋友，有的正在互道告别，有的正在说笑，有的正在苦恼，有的正在吃喝。有一些人选定一块几英尺大的地方，把东西安顿下来布置出一个小小的家庭。年龄较小的孩子在凳子上或小靠椅上坐着不动。那些没来得及找到安顿地方的人，只好快快地这儿站一会儿，那儿站一会儿。这个狭小的船舱里似乎聚集了各个年龄阶段和各行各业的人：小到出生不到半个月的婴儿，老到离死还有不到半个月之遥的老男人和老女人；贱到靴子上还沾有泥土的农民，贫到皮肉上还带有煤炭灰烟痕迹的铁匠。

我扫视了一下这个地方。在舱门敞开的地方，我看见一个身影正在逗弄米考伯先生家的一个孩子，我觉得她像爱米丽，不过她第一次引起我的注意，是因为这个身影与另一个身影特别相像。在一片混乱之中，那个身影悄悄地溜走了。这时我想起我所说的那个身影了——那是爱妮丝的！但是那一动作在这纷乱的人群中来得那么迅速，而我的思绪又是那样混乱，所以我很快就把那个身影弄丢了。当时我所想到的，就是通知来船上告别的客人，开船的时间到了。我的保姆，坐在我旁边的一只箱子上，一个劲儿地哭着；高米芝太太手忙脚乱地帮皮果提先生整理一些东西，同时有一位身穿黑色衣服的年轻女士弯着腰帮她的忙。

"最后，还有什么要说的吗，大卫少爷？"他问我，"还有什么没想到的事吗？趁着我们还没走，赶快说出来吧。"

"是有一件事！"我说，"关于玛莎！"

原来，那个女人，就是我刚才提到的那个年轻女士，正是玛莎！皮果提先生碰了一下她的胳膊，于是，她来到了我的面前。

"上帝会护佑你的，你是一个真正意义上的好人！"我叫出声来，"你决定带她跟你们一道儿去啦？"

她泪如雨下，算是替他给了我回答。在当时的情形中，我一句话都说不上来，只好紧紧地握住他的手。如果在我的一生中，我对什么人产生过敬佩之意，那么眼前这个人，就是我打心底里产生了敬佩之意的人。

很快，该下船的人都走得差不多了。这时，是我要面临最大考验的时刻了。那个已经离开人世的高尚灵魂曾经嘱咐我，在我给皮果提先生送行的最后时刻，代他捎上几句话，现在，那个时刻到来了。我将他的话转达给了皮果提先生。皮果提先生听完非常激动。然后，他还要我替他捎上几句饱含热情的嘱咐和悔恨的话。可是，想到我要到哪里再去找到那双已经不能再听到任何声音的耳朵，我就更加为他的话动容了。

开船的时间到了。我拥抱了他一下，就拉着和我胳膊挽着胳膊的皮果提匆忙离开。在甲板上，我看到米考伯太太，于是又跟她道了一次别。就是在这个时候，她依然左顾右盼地寻找着她的娘家人。她告诉我的最后一句话是，她会对米考伯先生不离不弃，直到永远。

跨过船帮，我们上了自己的小船。我们把小船划到离大船不远的地方，目送着大船起航。此时，夕阳返照，安静地洒在河面上，一道红光直照我们，而那条大船正好横穿过这道红光。因为船是背着光的，所以从我们这儿可以看得清楚船上的每一根绳索和圆木材。那条船，在落日余晖的红光中，静静地停在河面上，很唯美，很凄凉，又很有希望。船上的人都向栏杆边聚拢，在同一时间里，他们一起将帽子脱下，并且都保持着沉默。这样的一幕我可是从来都没见过。

他们保持沉默的时间并不长，只有那么一小会儿，就在船帆在风中升起，船开始启动时，所有小船上的人像是约定好了似的，突然爆发一阵震耳欲聋的欢呼声，大船上的人们同样喊了一声回应过去。就这样喊过来，喊过去，来来回回地喊了三次。在那拥挤的人群中，人们脱下帽子，呼喊着、挥舞着——就在这时，我看见她了——我的心顿时炸开了。

我看见她时，她正站在她舅舅的身旁，伏在她舅舅肩膀上不住地发抖。皮果提先生用手慌慌张张地指向我们，于是她也看见我们了。她就趁着这最后的机会，向我们挥手告别。哦，爱米丽，美丽的爱米丽，哀愁的爱米丽，用你那伤痕累累的心，把你全部的信赖都托付给他吧，依赖他吧。因为他那伟大的爱正全心全意地依恋着你呢！

他们俩站在人群中，四周一片玫瑰色的阳光。他们站在甲板上，挺直了胸膛，她依靠着他，他搀扶着她。他们庄严肃穆，渐行渐远。当我们回到岸上时，夜色已经将要落到肯特的山上——也沉沉地降落到我的身上。

精彩点拨

本章突出描写了米考伯太太对爱的忠贞不渝。米考伯太太在临行前一直渴望娘家人的到来,她希望能得到自己娘家人的祝福,可是最终也没有等到。她出于对祖国的爱,希望自己有朝一日飞黄腾达了,能够把财富带回自己的祖国。米考伯太太最爱的还是米考伯先生,她在他怎样落魄时都不离不弃,最后还跟着他远离故土,从这些地方可以看出,米考伯太太的忠贞和伟大。

海 盗

海盗是指在海上与沿海抢劫商船与城镇的强盗,和陆地上活动的土匪性质一样,这是一门相当古老的行当,自有船只航行以来,就有海盗的存在。特别是航海发达的16世纪之后,只要是商业发达的沿海地带,就有海盗出没,由于海盗的特殊性、神秘性,海盗已经成为人们观念中带有传奇甚至魔幻色彩的元素。以海盗为主题的电影、电视剧、动漫、音乐、电脑游戏层出不穷。而这些作品中呈现的骷髅海盗旗、独眼海盗等形象,更是成为广大年轻人喜爱的时尚元素。

目前,印尼、马来西亚、索马里、也门、尼日利亚海岸的海盗出没较多。索马里海盗形成的地理原因,除政治动荡和军火等原因外,还有很多的地理原因:索马里海域紧靠亚丁湾,狭窄的航道是海盗活动的理想地点;由索马里和也门环抱的亚丁湾位于印度洋与红海之间,是从印度洋通过红海和苏伊士运河进入地中海及大西洋的海上咽喉,战略地位十分重要;索马里陆地也不小,有很大的转移空间。海上被打可以跑到内陆。

第五十九章

> **精彩导读**
>
> 大卫离开了英国，开始了为期三年的国外旅行。在刚开始，大卫内心迷惘，过得浑浑噩噩。后来爱妮丝的信给了他生活的勇气，大卫又开始了自己的写作，并获得很大的成功。这时，大卫发现自己爱上了爱妮丝，可是又觉得自己已经失去了爱爱妮丝的机会，这让他很痛苦。大卫和爱妮丝的爱情之路会怎样呢？

  向我袭来的是沉沉的黑夜。漫漫的长夜萦回缠绕着许多希望的影子，那是许多可亲可爱的回忆，是许多过往错失，是许多无用的悲痛和悔恨的影子。

  我离开英国了。就是在那个时候，我仍不知道我不得不忍受的打击到底有多么沉重。我走了，抛下所有可亲可爱的人走了。我相信，那个打击我已经忍受过了，它已经结束了，就像战场上一个受到重伤的人并不知道受了伤一样，我那涉世未深的心在孤身独处时，丝毫没有意识到它必须面对的创伤到底是什么样子。

  我对于这一点的觉悟不是一下子就有了的，而是一点点、一步步觉悟的。出国时，我所感到的寂寥落寞之感，不定在什么时候就会加深、加重。刚开始的时候我只是感到失去和悲痛沉沉地压在心头，除此之外，再也找不出其他的了。这种感觉，以潜移默化的方式扩大到我所失去的一切——爱情、友谊和情趣，扩大到我所被打破的一切——包括我那最初的信任、最初的热情和我生命中全部的空中楼阁，扩大到我所有的一切——一片遭了践踏的通往黑暗的茫茫大地和荒野废墟。所有的一切都让我感到绝望和无助。

  如果说我的悲哀只是出于对自己的考虑，但是，我自己却并不知道它是那样的。我为那有着美满生活的娃娃妻子而哀悼，她还那么年轻，她还有那么美好的生活；我为他哀悼，那个可以赢得千千万万人的爱慕和敬仰的人，就像许多年前赢得我的爱慕一样；我为那受伤的心哀悼，那颗在狂风暴雨的大海中得到了安息的心；我为那个家庭的幸存者哀悼，那个漂泊异域的淳朴的家，记得儿时，我还常在那里听夜风吹拂。

  我在一层又一层的悲哀中越陷越深，终于失去了自拔的希望。我扛着我的重担，从一个地方漂泊到另一个地方。这时，我感觉出来了它全部的重量。我在这副重担之下，弯腰佝背，我对自己说，这副重担再也没有减轻的那一天了。

　　当我沮丧到了极点时，我相信我的生命该结束了。有时候，我愿意死在故土，就当真掉头返程，期望早日归乡。也有时候，我走过一座又一座城市，我不知道我到底要寻求什么，也不知道我到底要抛弃什么。

　　要把我所经历的那段痛苦时期——翻出来记录，那是我无力胜任的。有些梦境，我只能残缺地、朦胧地描述一下。当我逼着自己回顾我人生的这个时期时，我似乎是在重温那个梦境。我看见我自己，梦游一般，在异国城市里的宫殿、教堂、庙宇、画廊、城堡、陵墓和光怪陆离的街道等奇奇怪怪的物体——这些在历史上和幻想中经久不灭的古迹之中穿梭前进。我扛着我那一担子的痛苦，面对眼前消逝迭换的事物熟视无睹。我那涉世未深的心，被黑夜所包围，我无心过问这些事物，只一心让我的悲伤更悲伤。现在，我要从它那漫长的、悲哀的、惨淡的梦境中抬起头来——寻找黎明的曙光！

　　好几个月的旅行，我的心一直被一种乌云所笼罩，那乌云越来越浓，越来越密。我本打算回家的，但是一些莫名其妙的原因——那些我没办法清楚说明的理由——使我继续旅行下去。有时候，我烦躁难安，一个地方接一个地方地旅行，到哪儿都不停；有时候，我会在某一个地方长时间停着不走。但是无论在哪里，我的内心都没有明确的目标，我的灵魂都没有确切的寄托。

　　我到了瑞士。我由意大利出发，穿过阿尔卑斯的某个山口，在一名向导的带领下，在山群中的羊肠小道上漫游徘徊。如果那令人毛骨悚然的荒凉寂寥的境界与我的心灵交谈过，那我也不知道谈过什么。在那庄严可畏的高峰和峭壁中，在那奔腾轰鸣的激流和那雪冷冰封的荒野中，我寻迹到崇高庄严和奇异神妙的景象。不过，我并没有从它们那里得到任何其他的东西。

　　有一个傍晚，我趁着太阳还没有落山，走进了一个山谷，打算在那儿过夜。我沿着大山一边的曲折小道往山下走。那时，我远远地看见山谷闪烁着光芒，我觉得，一种早就生疏了的美与静的概念，一种使人温柔软化的力量，被山谷的静美所唤醒，然后悄悄地渗入了我的内心。我做了一次停留。当时，我带着一种并不叫人失落的忧愁停了下来，我一点都不觉得苦恼困惑，我记得，当时的我几乎祈求我的内心可以得到好的转机。

　　我来到山谷时，余晖已经洒满山谷外远处的雪峰山上，那些雪山闪烁着光芒，把山谷团团围住，像一片永不退去的云。

　　我收到一扎书信，就在几分钟前寄来的。于是我溜达到村外去看这些书信。这会儿，我的晚饭还没有准备好，其他的信还没有送到我手上，所以我有段时间没有收到信了。离开家以后，我没有耐着性子认真地写过一封信，往往只是简单写上一两行字，报报平安和汇报所在的地方，除此之外，就再也没有别的了。我手上正拿着这一扎书信。我把信打开，是爱妮丝写的。

　　快乐，有用，顺利，一切都如她所愿，这便是爱妮丝向我汇报的有关她自己的一切，其余的，都在谈论我。

　　她没劝解我做任何事，没有督促我履行任何义务，她只用独属于她的热切忠诚的态度告诉我，她是如何地信任我。她说，她相信，像我这样的一个人，一定会从苦难中得到收益。她知道，苦难的磨炼和情绪的波澜，只会让我这样的人更快定型。她绝对相信，经过苦难的磨炼，我会在我遇到的每一个目标上，以更加坚定、更加崇高的心去面对。她，以我的声誉为荣，并且期望我能获得更大的声誉；她，绝对相信，我一定会坚持不懈地努力。她知道，悲哀进入我的内心，它所产生的将是一股力量的效应，而不是软弱的后果。当时的我，儿时的困难让我定了型，所以再经历大一点的苦难便会促使我前进，不断地使未来的我比当下的我更好。既然苦难教导了我，那我也要教导别人。她把我托付给上帝，那个已经将我那纯洁稚气的爱人带走了的上帝，她会永远地爱护我，像妹妹爱护哥哥那样爱护，无论我走到哪儿，她的思想都伴我同行。我取得了一些成就，她感到自豪，我将来取得的成就，她更加感到自豪。

我把信放进靠近胸口的口袋里，然后开始想，在一小时前，我是什么样子！虽然我听见周围的声音渐行渐远，看见静静的晚云慢慢变暗，山谷中所有的色彩都在逐渐模糊，山顶上本来被照得金黄的雪，不知不觉中与昏灰的天边融为一体。可是我却觉得，我内心的黑夜正迎来它的光明。在这个世界上，我找不到任何词可以用来形容我对她的爱情。就在这一刻，我觉得她比以前更加讨人喜爱了。

她的那封信我反反复复地读了很多遍。在我上床睡觉以前，我给她写了一封回信。在信里，我告诉她，我从来都离不开她的帮助；没有她，我就不会，也不可能变成她理想中的那个样子；既然她肯给我鼓励，把我塑造成那样的人，那我就一定照着那个样子去努力。

我是真的照着那个样子去努力了。从我那悲伤的事发生以来，已经九个月了。我下定决心，在它满一周年之前，我什么都不做，什么都不想，只按爱妮丝教我的那个样子去努力。在那接下来的三个月里，我只在那个山谷及其附近的几个地方活动。

三个月过后，我打算到外面待一段时间，暂时在瑞士住下（回想起来那个特别的夜晚，我对那个地方的热爱越来越深刻），我重新拿起笔，开始我的工作。

爱妮丝给我指向哪儿，我就谦卑地把信赖放到哪儿。我寻觅自然，但这种寻觅绝不是徒劳无功的。长久以来，我回避对生活的兴趣，现在，我又重新享受了它的乐趣，没有过多久，我在山谷里交到了很多朋友，就跟在雅茅斯的时候一样。在入冬以前，我去了趟日内瓦，当我在春天回来时，他们纷纷送来诚恳的问候。虽然他们的问候不是用英语说的，却给了我一种乡音的感觉。

每天早上一起来，我就忍耐着、努力着写小说，一直写到晚上。我以我一生的经历为原型，写了一部小说（但这并非我的自传），然后寄给特拉德尔，让他找机会在于我有利的情况下，把它出版了。有时，我会从我偶然遇到的游客嘴里听到，我的名声正在日益增长。经

词苑撷英

徒劳无功：白白付出劳动而没有成效。

过一段时间的休息和调整，我又恢复了我以前的热情，把一种长久以来一直萦绕我思想中的想象记录下来。我越往下写，越觉得它亲切。于是，我用尽全身力气把这种想象记录下来。当时，我正在写我的第三部小说，在我经过一段时间休整后想回家的时候，那部小说的一半还没写完呢。

在那段漫长的时间里，我耐着性子去学习、去写作，同时，我也养成了做剧烈运动的习惯。在我离开英国时，我的身体非常虚弱，现在它完全恢复过来了。我见识过很多事，到过很多地方，我希望我的视野得到了扩大。

有关出国那段时期的事，我认为我该记下的我都已记下了，只是除了一件事例外。我单独把这件事挑出来留到现在才提，并不是我要压抑我内心的想法，而是因为这个故事就是我的回忆录（正如我在其他的地方所说的那样）。我想把我内心深处的秘密留下来，直到最后一刻。现在，我就要写它了。

写出了大卫对爱妮丝的爱，他们的爱是思想上一致的交流。

我的内心究竟有什么样的秘密，我还不能说个明白。所以，我也说不清楚，我究竟是什么时候萌发的这种想法，认为我应该把我内心最初的最光明的希望寄托在爱妮丝身上。<u>我说不准，在我悲哀伤痛的那个时期里，我在心里想：在我童年时，我就轻率地冷落了她那可真可贵的爱情。我相信，也许我感到某种我当年不了解的东西的缺少或遗失，我听到来自我思想深处的一阵低诉。</u>但当我被遗弃在这个世界上，孤零零地面对悲哀伤痛时，那种想法以另一种责备和悔恨之意在我的脑海中出现。

如果在那个时候我多多地跟她交流，我那孤寂脆弱的心一定会出卖我的想法。在我当初不得不决定离开英国时，我所担心惧怕的正是这一点。我不忍心看到我们之间的兄妹之情受到一丁点儿的破坏。我的那点想法一旦被泄露，我就会给我们之间的关系加上一种从没有过的拘束。

我会永远记得，她现在所给我的感情，是在我不受干扰的情况下发生的。如果她用另一种方式爱过我——有时候，我觉得，她大有那样做的机会——那就是被我忽略而未被接受。在我们都还是孩童的时候，我就已经开始习惯性地认为，她远非我这种恣意肆想的人所能般配的。而如今，这种爱情已经荡然无存了。本来我能做到的，我当时却没做到，而是把我那热切的感情放到了另一个人身上。我跟爱妮丝之间的距离，正是我们各自高尚的心所造成的。

在我的内心发生慢慢变化之处，在我想更多了解我自己，以便当一个更好的人时，有一种朦胧的暗示，我看到有那样的一天，我们忘掉了错误的过去，幸福地步入了婚姻的殿堂。然而，随着时间的流逝，这本来就很朦胧的未来，却越来越朦胧，直到完全消失在我的面前。如果她曾经真的爱过我，那我现在就更加要视她为神圣了。因为我曾经那样信赖她，而她又是那样了解我这颗浮躁不安的心。她因为要充当我的朋友和妹妹的身份，做了必要的牺牲，并且成功地扮演了那两个角色。如果，她从来没有爱过我，那现在我还能认为她会爱上我吗？

在她的恒心和毅力面前，我觉得我是那样的软弱而不坚定。现在，这种感觉就更加明显了。不管她怎样看待我，也不管我怎样认为她，就算很久以前，我是配得上她的，但是现在不同了，我变了，她也变了，一切都已时过境迁了。我错失了最好的时机，现在，失去她是在情理之中的事。

我在这种矛盾的心理下，感到万分痛苦。这种矛盾心理使我满心懊恼和悔恨，这是实实在在的事。但我依然有一种强烈的自我认识，既然我在我最有希望的时候，轻浮草率地冷落了那个可爱的女孩儿，按照这样的道理，在我希望渺茫的今天，我就更应该打消重回那个可爱的女孩身边的念头——这个念头如影随形，只要我一想到她，它就会随之出现——这也是实实在在的事。此刻，我已不再设法掩饰我的想法了，我爱她，崇拜她。不过，我心里非常清楚，现在一切都晚了。长期以来存在于我们之间的关系是那样的坚不可摧。

过去，我时常想起我的朵拉跟我假设，在那些并不能磨炼我们的岁月里可能会发生的事。曾经我仔细琢磨过，那些现实中没有发生过的事，从实际效果来看，往往跟发生过的同样真实。尽管在早年，我们那愚痴可笑的行为会在哪一天里成为现实，可能来得比较晚而已。我利用跟爱妮丝每一丝每一毫的关系，使自己觉悟自己的过失和不足，把自己变得更自制、更坚定。正因为对可能有的关系的反省，我最终告诫自己，要打消建立那种关系的念头。

从我离开家到我再次回到家的三个年头里，以上种种纷扰在我脑海里就像流动不止的流沙。从我移居海外以来，三个年头已经过去了，就在那同一个地方，同一个日落时分，在余晖中站在带我回家的船甲板上，我看见水面泛起玫瑰的颜色，在我当年看船影子的地方波澜荡漾。

三年了。说起来很漫长，但当它过去之后再回过头来看，却是很短暂的。这时的我觉得故乡很可爱，爱妮丝很可爱——不过，我不能拥有她——我永远不能拥有她了。本来，我是有机会拥有她的。但是，我却错失了那个拥有的机会。

精彩点拨

大量的心理描写写出了大卫出国后的内心世界。一开始的悲伤，后来的孤独以及绝望和无助，这些使大卫过着一种浑浑噩噩的生活，在爱妮丝的鼓励下，大卫终于重新获得了生活的勇气，可是他发觉自己爱上了爱妮丝，于是他陷入了无尽的痛苦之中，有时他回忆起他与爱妮丝的往事，觉得爱妮丝是爱他的；有时又觉得爱妮丝和他只是友谊，再加上对朵拉的回忆，这让大卫陷入了苦苦的相思之中。

阿尔卑斯山

　　阿尔卑斯山脉位于欧洲中南部，覆盖了意大利北部、法国东南部、瑞士、列支敦士登、奥地利、德国南部及斯洛文尼亚。阿尔卑斯山脉自亚热带地中海海岸法国的尼斯附近向北延伸至日内瓦湖，然后再向东北伸展至多瑙河上的维也纳。

　　阿尔卑斯山脉呈弧形，长1200千米，宽130~260千米，平均海拔约3000米，总面积大约为22万平方公里。其中有82座山峰超过4000米的海拔，最高峰是勃朗峰，海拔4810米，位于法国、意大利和瑞士的交界处。

　　阿尔卑斯山脉地处温带和亚热带纬度之间，成为中欧温带大陆性湿润气候和南欧亚热带夏干气候的分界线。高峰全年寒冷，在海拔2000米处年平均气温为0℃。山地年降水量一般为1200~2000毫米，但因地而异。海拔3000米左右为最大降水带。高山区年降水量超过2500毫米，背风坡山间谷地只有750毫米。

　　阿尔卑斯山脉是欧洲最大的山脉，同时也是个巨大的分水岭，欧洲许多大河如多瑙河、莱茵河、波河、罗讷河等均发源于此。各河上游都具有典型山地河流特点，水流湍急，水利资源丰富。

第六十章

> **精彩导读**
>
> 大卫回到了伦敦。他去拜访了特拉德尔，得知他已经结婚了。特拉德尔的妻子苏菲的姐妹们一起在他家，特拉德尔很幸福。出来后大卫碰到了齐力普先生，齐力普先生给他说了默德斯通姐弟俩的情况，以及他们对新的默德斯通太太的折磨。第二天大卫去看望贝西小姐，大卫会碰到爱妮丝吗？

在一个寒冷的秋季夜晚，我回到伦敦，并在那里上了岸。当时天黑得很，而且还下着雨。那个晚上，我在一分钟内所见的雾气和泥水比我以往在一年内所见到的还要多。我从税关开始找，一直找到纪念碑才遇到一辆马车。那些房子的门面，正对着雨水横流的水沟，虽然我觉得它们像是往日的老朋友，但我不得不说，它们都是些肮脏的老朋友。

以前，我常常说——我相信，大家都说过——我们离开故土的那一刻，也就是故土发生变化的那一刻。我坐在车子里，从窗户往外看，只见鱼市高街上，有一所老房子，上百年来从没有让漆匠、木匠或瓦匠碰过手，却在我出国的时候被拆掉了。还有那条邻街，以前那里不仅污水横流，而且交通也不便。如今，那里增加了排水设施，道路也加宽了。看到这些，我可以猜得到，那座圣保罗大教堂怕是也刻下了岁月的痕迹。

我们那些老朋友呢？他们又过得怎样呢？这我也多少有所听闻。我姨奶奶，已经搬回多佛，而且已经住了好几年；特拉德尔，在我离开英国后，他第一次上法庭处理了一些法律上的事务。现在，他搬到葛雷院了。在最近几次写给我的信中，他说，他是有希望在不久的将来与那世间绝无仅有的可爱的女孩儿结婚的。

他们估计，我会在圣诞节到来之前回来，但他们不会想到，我会提前这么多天回来。我有意不通知他们我提前到来，就是想看看他们突然看到我时所表现的那种激动的心情。不过，因为没人接，我自己一个人静静地走在这烟雾弥漫的大街上，竟有一种怪怪的失落感。

然而，沿街的商店都亮着灯，让人看着觉得舒心，也让我从中多少得到了一些安慰。在葛雷院咖啡屋的门口，我下了车。这时，我的心情已经恢复过来了。这个地方，首先让我想到的，是往日我在金十字架旅店借宿的那段非同寻常的日子，也让我想到从那个时候起所发生的种种变故。但这都是很自然的事。

"特拉德尔，你知道这个人在这院子里什么地方居住吗？"当我在咖啡屋里的火炉边烤火时，我向一个茶房打探道。

"何尔本院，二号，先生。"

"我相信，特拉德尔先生在律师界的名气越来越大了吧？"我问道。

"呃，也许是吧，"茶房答道，"先生，但是我从没听过这个人。"

这个瘦弱的中年茶房转而问一个更能管事的茶房，这个更能管事的茶房是个生得胖胖的老头儿，下巴都是双层的，看起来很粗壮。他的裤子和袜子都是黑色的。他从咖啡屋顶那头一个像教堂执事席的地方走出来，本来，他正在那里搞着钱柜、名单、律师总汇表和其他的一些本子、文件什么的。

"特拉德尔先生，"那个瘦弱的茶房说，"住在本院二号。"

那个粗壮彪悍的茶房摆着手示意他离开，然后一本正经地站到我面前。

语言描写

写出了大卫希望自己的朋友特拉德尔能成功的心理。

"我想知道，"我重复道，"那个特拉德尔先生，就住在这个院，他在律师界的名声是不是越来越大？"

"他的名字，我从来没听说过。"那个茶房用沙哑的声音重重地说道。

这时，我为特拉德尔感到难过。

"他是个新人吧？"那个粗壮彪悍的茶房不苟言笑地盯着我看，问道，"他入行多长时间了？"

"三年不到。"我说。

我看，那个茶房已经在教堂里干了四十年，都没耐心跟我讨论这种不起眼的问题，就问我晚饭要吃点什么。

这时，我才发现，我又重回了英格兰。但是对于特拉德尔，我实在感到失望，觉得他是彻底没希望了。想到这些，我便硬生生地点了一份鱼和牛排，然后默默地站在火炉旁，想他那默默无闻的事业。

心理描写

通过大卫的心理描写，写出了大卫认为特拉德尔没有成功的原因是他所待的环境。

我的视线随着那个茶房老头儿移动，心里控制不住地想到，能慢慢地把特拉德尔培养成这样一朵花的花园，肯定是一个很难上进出头的地方。这种地方的气氛太墨守成规，太顽固倔强，太庄严沉重了。我环视了一下整个房间，看到它那铺满沙子的地板，不用问，肯定跟那个茶房当孩子时的铺法一样——不过，我看啊，他有没有经历过孩童时期还是个问题呢。在屋子里，我看到那张桌子锃光瓦亮，自己的影子深深地印在平滑如水的老红木花纹上；我看到那些油灯被擦洗得干干净净，实在不愧为一个像样的装饰品；我看见那绿色的帷子，整整齐齐地挂在镀了铜的黄柱子上，用来遮挡那边的座位。这种布置真叫人看着舒心。我看到那个占了很大一块地儿的火炉子，正发着明晃晃的火焰；我看到那粗大的储酒坛子，一行挨着一行地整齐排列着，仿佛里面存的是昂贵的陈年干红一般。我又想到，无论是英格兰还是法律界，都是不好征服的东西。我在楼上的一间卧室里把我身上的湿衣服换下。这间屋子很老、很阔气，墙上都镶着壁板（没有记错的话，当时那所屋子正对着通往园内的拱门），四柱床沉重死板，衣柜庄重严肃，它们好像联起手来，向特拉德尔和他这一类贸然冲动的年轻人严厉地皱起眉头。要吃晚饭了，所以我又下楼去了。那顿饭菜那样泰然自若，那里的一切那样安静有序地进行着——当时的店里没什么来客，因为长长的休假还没结束——似乎连它们都在大声地疾呼，说特拉德尔的胆大妄为，和他日后二十年内的生活是没有指望的了。

打我出国以后，我就从来没见到过任何一样跟这有关的东西。而现在，我都看到了，我对我的老朋友所抱有的希望就在它的面前彻底粉碎了。茶房老头儿已经被我闹得没有耐心，直接不过来管我了，他这会儿正一心一意地接待一位穿长裹腿的绅士。这位老绅士根本没点一品脱特制红酒，现在他却喝上了这酒，仿佛这酒长了腿从地窖中跑出来一样。有一个低一级的茶房告诉我，眼前这位老绅士年轻时是干立据状师的，不过已经退休了，就住在广场上。大家都猜疑他给帮他洗衣服的女儿留下了巨额财产；人们还传言，他的橱柜里有一整套餐用器具，不过因为年久不用，都生了锈；另外，他家只有一副吃饭用的刀叉，再也没有人找出来第二副过。听到这儿，我真觉得特拉德尔这辈子算是死定了，我可以下结论地说，他是没有希望了。

但是，我太想见到我那个可亲可爱的老朋友了。所以，那个茶房老头儿看不看得起我，我完全不在乎。我狼吞虎咽地吃完饭，就从后门溜开了。在很短的时间里，我就找到了本院二号。我从门柱上的导航得知，特拉德尔住在顶层。于是我爬上楼，这道楼梯相当破旧。楼梯每转一次弯，都能见到一盏灯芯很粗的小油灯，灯芯被一片布满污点的玻璃罩着，它就像是被困在牢狱之中一样，奄奄一息地发着余光。

我跌跌撞撞地上了楼，越来越清晰地听到一阵阵愉快的笑声。这笑声，不是出自哪个代理辩护人或律师之口，也不是出自哪个代理辩护人的书记员或律师的书记员之口，而是出自三两个阳光活泼的少女之口。不过，正当我打算停下来仔细听时，突然发出"咯吱"一声，因为我不凑巧地踩进了一个洞里（这是光荣的葛雷院学会里少了块板而没及时补上的洞），并且应声摔了一跤，当我爬起来时，所有的声音都停了下来。

还有一小截路我没走完，于是我小心翼翼地往前摸索。在我看到写着"特拉德尔先生"字样的防盗门敞开着时，我的心不由自主地一阵猛跳。我在里门敲了敲，回应我的是一阵相当混乱的声音，接着就再也没有其他的声音了，我又在门上敲了敲。

于是出来一位鬼机灵的小伙子，他像是听差的，又像是书记员。他站在那里，上气不接下气地盯着我看，仿佛我得出示相关法律证件，才能证明我的身份一样。

"特拉德尔先生在家吗？"我问他。

"在，先生，但是他在忙。"

"我是来找他的。"

这个鬼机灵的小伙子将我上下打量了一番,然后把门开得更大一点,终于肯放我进去了。进门之后,我走在前面,他在后面指引我穿过过堂的一个小附间,然后进了一间小小的休息室。在那里,我见到了我的老朋友,他正坐在一张堆满文件的桌子旁,趴在文书案件上大口大口地喘气。

"仁慈的上帝!"特拉德尔猛地抬起头,叫了起来,"想不到是科波菲尔啊!"话没说完,他就向我冲过来一把把我抱住。

"一切安好吧,特拉德尔,我亲爱的?"

"一切安好,科波菲尔,我亲爱的,除了好的消息,还是好的消息!"

我们紧紧地抱在一起,几乎喜极而泣。

"啊,朋友啊,我亲爱的朋友,"特拉德尔兴奋地在头上一阵乱抓(这实在是添乱之举,因为他的头发已经够乱的了),说道,"我至亲至爱的科波菲尔,我好长时间没见面的科波菲尔,我最最想见的科波菲尔,你的出现是件多么令我高兴的事啊!你瞧你,现在晒得多黑!啊,我太兴奋了!我发誓,这股兴奋劲儿是我从来没有过的,真的,科波菲尔!"

同样的,我也不知道该如何表达我的心情,开始那么一段时间里,我都说不上话来。

"我亲爱的朋友!"特拉德尔说,"你已经非常有名气了!我满载荣誉而归的科波菲尔呀!我的老天呀,你什么时候回来的,从哪里来,一直以来你都在干什么呀?"

他一连串地问了我许多问题,容不得我回答上其中的某个问题,他已经把我拉到大火炉旁边的安乐椅上。他用一只手忙乱地捅着火炉里的火,用另一只手解开我的围巾,他这是因为把我的围巾当外套才有此举动的,他手里的火箸还没放稳就又来拥抱我,我也迎上去拥抱他。我们哭着哭着,又笑起来。然后我们把眼泪擦干,在椅子上坐下。隔着火炉,我们再次握了握手。

"真没想到,"特拉德尔说着,"你回来得这么早,不过,你还是没赶得上那场典礼!"

"什么典礼,特拉德尔,我亲爱的?"

"我的老天呀!"特拉德尔眼睛睁得大大的,就像以前那个样子,"我上次给你写的那封信你没收到吗?"

"如果你说的是那封提到什么典礼的信,我肯定是没收到的啦。"

"哦,科波菲尔,我的亲爱的,"特拉德尔用手理理脑袋上歪倒的头发,然后把手打在我的膝盖上,说,"我跟苏菲结婚啦!"

"你们结婚啦?"我高兴地叫起来。

"是呀!"特拉德尔告诉我,"在哈雷斯牧师的主持下,我跟苏菲在德文结婚了。嘿,我亲爱的朋友,看看窗帘后面,她正在那里藏着呢!"

这时,那个世间最可爱的女孩儿,笑着、脸红着,迅速地从那个藏身之处跑了出来,我被吓了一跳。我相信,这世上从来没有出现过比她更幸福、更亲切、更真诚、更光彩照人的新娘子了。我以老朋友的身份吻了她一下,同时献上我真心诚意的祝福。

"我的老天呀,"特拉德尔说道,"这样的相聚是多么值得庆贺的呀!你黑多了,我亲爱的科波菲尔!我的老天呀,我现在是如此的兴奋!"

"我也是。"我说道。

"我也是,我相信!"苏菲还是那样,嘴笑着,脸红着,说道。

"大家今天要有多兴奋就多兴奋!"特拉德尔说,"包括那些女孩儿也是很兴奋的。我的老天呀,我不得不说,我都把她们忘到一边了。"

"忘到一边了?"我问道。

"那些女孩,"特拉德尔说,"苏菲的那些姐妹。她们跟我们住在一起,她们过来是要参观游玩一下伦敦的。事实上,刚才——在楼道上摔了一跤的人是你吗,科波菲尔?"

"是我。"我笑着回答。

"那么,这么说吧,你在楼道口栽跟头的时候,"特拉德尔说,"我正在跟那些女孩做游戏呢,我们做的那个游戏叫'抢位置',但是,西敏寺厅不允许做这种游戏,要是她们被过往的顾客看到的话,就会有损我们法律界的颜面。所以她们一听到有人来,就迅速散开了。不用说,她们现在正听着我们说话呢。"特拉德尔往通往其他房间的门张望,同时说道。

"不好意思,"我又一次笑着说道,"我给大家带来扰乱了。"

"我敢说,"特拉德尔非常高兴地打断我的话,说,"要是你看到她们在听见你的敲门声后,先是迅速地跑散,然后又跑回来,捡那些掉在地上的梳子(梳子本来插在头上),接着又发疯似的跑开,那你就不会说那样的话了。我的亲爱的,你能把那些女孩儿叫过来吗?"

于是苏菲脚步轻盈地走开了,不一会儿,就听见她在隔壁房间里引发了一阵哄笑。

"简直是天籁之音啊,不是吗,科波菲尔,我亲爱的?"特拉德尔对我说,"真悦耳。这些古老的房子因它而生辉,对于一个长期处于单身状态的倒霉蛋来说,这是非常美妙的事,你懂的。真叫人陶醉啊!可怜的一群姑娘,苏菲一结婚,她们可就遭受了很大的损失——我敢肯定地告诉你,科波菲尔,苏菲以前是,现在是,以后也是,永远都是最讨人喜欢的女孩儿!——每当见到她们欢笑的样子,我内心有非常强烈的满足感,科波菲尔,虽然这有失法律界的颜面,但真的很令人愉快。"

他说得不太流畅,我知道,这是因为他的心地善良,怕自己的话触动了我的痛楚。知道他这一点,我就带着诚恳的态度听他说,并且对他的话表示同意,显然,我这样做让他在很大程度上放下心来,也让他高兴了许多。

"不过,"特拉德尔说,"说真的,我们家这种布局,完全不像是一个法律界人士的家庭布局。我亲爱的科波菲尔,就连苏菲在这儿住,也是不符合法律界人士的规矩。可是我们只有这个地方可以住呀。我们就像是乘着一叶扁舟驶向汪洋大海,不过我们也是为吃苦做好了充分准备的。苏菲在管理家务事上非常在行,她把那些女孩儿安排得非常妥当,让你看了会觉得难以置信。我敢说,我搞不懂她是怎样安排的。"

"那几个年轻的女孩儿跟你们住在一起吗?"我问他。

"老大,就是那个大美女,卡萝琳,跟我们住一起,"特拉德尔用低沉的声音,像是在说着什么秘密一样,说道,"萨拉,也跟我们住一起,就是那个脊椎有点毛病的女孩,你知道吧,我跟你讲过的,她现在好多了。还有那两个年龄最小的,苏菲负责教她们知识,所以她们就搬过来跟我们一起住了。路易莎也住这儿。"

"是吗？"我叫道。

"是呀！"特拉德尔继续往下说，"我们整个房子就三个房间，但苏菲却用了一种意想不到的妙方把她们安排得妥妥帖帖的，她们每天睡得不知道有多舒服。就是那个房间，安排了三个，"特拉德尔用手一指，说道，"在这边这个房间里，安排了两个。"

我不禁四下环顾，看看还有什么地方是特拉德尔先生和他太太住的。特拉德尔看出了我的想法，于是说：

"呵！"特拉德尔说，"就像我刚才说的那样，我们打算吃吃苦。上个星期，我们在这个地板上打了个临时地铺。不过，在屋子的顶端，有个小房间——一个很可爱的小房间，上去看看就知道是什么样儿了——苏菲想给我一点意外的惊喜，背着我她一个人把房间用纸糊了一遍。就这样，那儿就成了我们现在睡觉的地方。那个小房间呀，很有吉卜赛的风格。在那个小房间里，我们还能欣赏到很多的美景呢。"

"你总算如愿以偿地结婚了，亲爱的特拉德尔！"我说道，"为此，我是多么高兴呀！"

"谢谢你，我亲爱的科波菲尔。"这时，我们再次握手，特拉德尔往下说，"是呀，我现在幸福得不得了！你看那里，可都是你的老伙伴儿，"特拉德尔把头转向花盆和花盆架，脸上露出得意的表情，点着头说，"再看看那儿，是那张大理石的圆桌！你应该发现了，我们家的家具都是简朴而实用的。说到那些金呀、银呀的餐具，我的老天哎，我们连茶匙都没有。"

"努力工作能换取一切的！"我笑着对他说。

"没错，努力工作能换取一切。"特拉德尔说道，"虽然我们没有茶匙，但我们还是有能取代茶匙的工具的，不然我们怎么搅拌茶呢？只是茶匙是锡铜铝合金质的。"

"等到用银质工具时，那就更加光亮了。"我说道。

"你说对了，"特拉德尔说，"你知道，科波菲尔，我亲爱的。"他又压下声音来，说，"在我发表了某个张三控告李四的案件论点后（这个工作为我当上律师帮了不少忙），我去了趟德文，私下里跟哈雷斯牧师进行了一次相当严肃的谈话。我一再强调，苏菲——我敢打包票，科波菲尔，她是这世上绝无仅有的讨人爱的女孩儿！"

"我相信，我也这样觉得！"我说。

"她当然是那样的！"特拉德尔接着说，"不过，恐怕我说走了题。我刚才说到哈雷斯牧师吗？"

"你说，你一直强调——"

"对，就在这儿！我一直强调，老早以前，我就跟苏菲订婚了。现在，她的父母同意将她嫁给目前只能用得起锡铜铝合金质餐具的我，"特拉德尔像往常一样，带着率真的笑，说道，"哈雷斯牧师是位优秀的传教士，主教应该由他来当，科波菲尔。至少，他的生活比较充裕，没有受到贫穷的困扰。于是，我跟他提议，如果我时来转运，每年能搞到二百五十英镑的收入，如果我有信心，明年就能做到这一点，甚至做得更好，甚至如果我能购置一个像这样摆设的小地方。那么，到时，他们就应该把苏菲嫁给我。我冒昧地说一句，这么多年来，我们一直忍耐着。在她的家庭里，苏菲确实发挥着举足轻重的作用。但是她那过于热心的双亲，不应该以此当作她独立门户的绊脚石——你理解我的意思吧？"

"确实不应该。"我应道。

"科波菲尔，你能这样想实在叫我感到高兴。"特拉德尔继续往下说，"但是，我一点责备哈雷斯牧师的意思都没有。我承认，有时候，人们在这种问题上是自私的，更别说像父母、兄弟等一类的人了。行了！我也向他们表明，为那个家庭尽一份力乃是我最诚恳的愿望。如果哪天我出人头地了，而他又遇上了什么不顺当的事——我说的是哈雷斯牧师——"

"了解。"我说。

"——或者是克鲁洛太太——我会很乐意承担起照顾那些女孩儿的责任。他听了，用一种值得赞许的态度给了我回答，使我听了感到欣慰。他说他还会负起说服克鲁洛太太的工作。为此他们还跟她之间发生了很大的争执。于是，她的问题，从腿部穿过胸部，直达头部。"

"什么问题？"我问他。

"她的疼痛呀，"特拉德尔换了副严肃的表情，说道，"她的全部感情呀！以前我说过，她这个女人是相当出色的，唯一不足的就是她的两条腿瘫痪了。不管发生什么不顺心的事，烦恼最终会落到她的两条腿上。但是这一次，却由腿部穿过胸部，直达到了头部。简单地说，已经蔓延到了她的全身，而且是以一种惊人的速度蔓延的。不过，他们坚持不懈地给她全力的照顾，使她最终脱离了危险。截至昨天，我跟苏菲结婚已经整整六个星期了。结婚那天，他们一家人哭得一塌糊涂，东倒西歪的。你想象不出来，我当时看在心里有怎样的一种罪过感！在我们打算回我们自己家的时候，克鲁洛太太都不肯见我。她仍然不能原谅我把她女儿娶走了——但她是个善良的人，没有过多长时间她就原谅了我。这不，今天早上我还收到她寄来的一封令人愉快的信。"

"总结一句话，我亲爱的朋友，"我说，"你所感到的幸福，正是你应该感到的！"

"哦！因为你心存偏爱，所以你才这样说的。"特拉德尔笑着说，"不过，我现在的状态很令人眼红，这是肯定的。我在工作上很卖力，拿起那些法律性的书，一读起来就永远没有厌倦的时候。白天，我要将这群女孩儿藏起来。到了晚上，我就跟她们一起逗乐玩耍。不过，到周二——就是迈克尔节的前一天——她们就要回家了。相信我，因为这件事，我的内心是相当难受。女孩儿们过来了！"特拉德尔不再小声地说话，而是提高嗓门喊道，"科波菲尔先生，这是克鲁洛小姐——这是萨拉小姐——这是路易莎小姐——还有，这是玛格丽特和露西！"

她们就是一束玫瑰花，完美无缺，健康快乐。她们都是很好看的，而卡萝琳小姐则是漂亮的、美丽的。但是，他的苏菲，喜悦的表情里有一种乐天知足、宜家宜室的品质，这可比漂亮、美丽强多了。由此，我相信我的朋友作出了一个很正确的选择。我们围着火炉坐着，那个鬼机灵的小伙子，正在整理收集一些文件。我这才知道，刚才他上气不接下气的，是因为他在摆弄那些文件。随后，小伙子端来茶具。他把一切事情办妥了，就告退休息去了。他走的时候顺手"砰"地关上门了。特拉德尔太太的双眼中发出那种家庭主妇极度幸福、极度安详的目光。她为我们沏好茶后，在火炉旁坐下，安静地烤面包。

她一边烤面包，一边跟我说话。她告诉我，她见过爱妮丝。上次"汤姆"带她去肯特度蜜月的时候，她去看了我姨奶奶，她俩谈得很融洽，不过，从头到尾都是在说我的事儿。她丝毫没有怀疑过，在我离开的日子里，"汤姆"忘记过我。只要有"汤姆"在，一切事情就有了头绪，有了标准。显然，这个叫"汤姆"的人是她人生的偶像，不论遇到什么样的艰难困苦，他永远是她全部信

赖的所在,她对他敬佩得五体投地。

她和特拉德尔对那个"大美人儿"充满敬佩和称赞之意,为此我心里极为高兴。我的内心有这样的想法,我不知道合不合理,但我知道,他们这样想是令人感到愉快、感到舒心的。从根本上来讲,他们的性格本来就是这样的。如果说,特拉德尔会在什么时候怀念尚特争取的茶匙,想都不用想,那就是他在给"大美人儿"递茶的时候。他太太的脾气向来很温和,要是她在这件事上表现出什么反对的意识的话,我可以肯定地说,那是因为她是那个"大美人儿"的妹妹。从那个"大美人儿"身上,我略微察觉到一点娇惯任性的迹象。不过,在特拉德尔和他太太的眼里,他们把那视为她生来就有的特权和天然赋予的遗产。如果说,她生来就要成为蜂王,他们也生来就要成为工蜂,那他们就更加满足了。

比喻手法
写出了苏菲和特拉德尔对"大美人儿"妹妹的娇惯。

不过,他们那种忘掉自我的精神实在令我陶醉。他们以这群女孩儿为荣,顺从她们所能想到的奇思妙想。这是我所看到的,他们对自身价值最令人愉快的小小证明。这些大姨子、小姨子以"宝贝儿"称呼特拉德尔,一会儿叫他把这个东西拿过来;一会儿叫他把那个东西递过来;再过一会儿,又叫他把另一个东西送过去。每一次,他都照办得很好。在一小时内,特拉德尔至少有十二次像这样子被呼来唤去。没有苏菲,她们就什么都做不来。谁的头发松散了,只有叫来苏菲,才可以把头发绾起来;谁唱歌唱得好好的,突然中间忘了某一个节拍,只有叫来苏菲,才能把那个拍子唱出来;谁在绞尽脑汁想德文的一个地名,却怎么也想不出来,只有叫来苏菲,才能把它想出来;谁要往家里写信,汇报一下这边的某些事,只有叫来苏菲,才能趁着吃早饭前的那会儿写完;谁织毛线织错了某一步,只有叫来苏菲,才能把错的一步纠正过来。在这个家里,她们才是实际意义上的主人,苏菲和特拉德尔只是为她们服务的人。我想象不出来,苏菲到底照顾过多少孩子。不过,似乎大家都知道她很擅长用英语给孩子们唱各种各样的儿歌。她的姐妹们点出一首歌(不过通常最终唱什么,都是由那个"大美人儿"决定的),然后她用世间最清晰、最柔美的歌喉,成打成打地挨个儿唱完那些歌。只要一想到她们这样,我就觉得心迷神往。最可贵的是,虽然她们又是要求这个,又是要求那个,但那都是出于对特拉德尔和苏菲的爱和尊敬。后来,我起身要走,特拉德尔打算把我送到咖啡屋那儿。这时,我敢说,像他这样长满硬邦邦头发的脑袋,或者说长满其他什么头发的脑袋,在那样一阵狂亲乱吻中四处滚动,我可从来没见过。

排比手法
写出了苏菲的善良和能干。

反正,在我到了咖啡屋,特拉德尔跟我互道晚安后,我把那样的场面细细地回味了很久很久，就算那凋敝衰老的葛雷院的屋顶开放出一千朵玫瑰，我也不觉得那样能使它有当时那一半的光辉绚烂。只要我一想到在那枯燥无味的法律文件的承办所和律师事务所之中，还有这样一群德文的女孩儿；想到吸墨粉、羊皮纸、尺子、糨糊、墨水瓶子、公文纸、草稿纸、法律告文、令状、公告、诉讼收费书之中还有茶水、烤面包、儿歌，我就觉得这很微妙，是一种很可喜的情况。依稀之中，我仿佛看见苏菲那有名气的一家子已经列入律师的行列中。而那些会说话的鸟儿，会唱歌的树，金黄色的水，统统都引进了葛雷院。也不知道是怎么回事儿，一开始我为特拉德尔感到失望的心情，在我回到咖啡屋，与特拉德尔分别的时候，一下子荡然无存了。我就想了，管他英格兰茶房头儿定了什么样的规定，反正我的特拉德尔会顺顺当当地成长的。

我拖来一把椅子，在咖啡屋的火炉旁坐下。我静默下来，想想他的事儿，这会儿，我渐渐地把重点从考虑他的幸福上转移了。我把目光停留在火炉里的煤炭上，探寻着炉火里的千变万化。煤块慢慢变色，然后破裂，我一生的浮沉往事和种种离别的情形也浮现在我的眼前。三年了，我离开英国已经三年了。在这三年里，我从没见过炉火里的煤炭，取而代之，见到的都是些干柴火。当那些干柴火烧成灰，在炉底聚集成一堆一堆羽毛的形状时，我带着失落的心情，从中看到了我自己的希望渐渐消融。

我又开始回想过去，虽然仍旧沉郁不止，却已不再悲痛消沉，我是严肃地回想，同时，我也怀着一种无所畏惧的心情去想象我的未来。家，就它最美好的那个意思来说，我是没有家的。本来，我可以在她的身上倾注我更深刻一点的爱，偏偏我要叫她妹妹。现在，她就要嫁作他人妻，将会有另一个人占领她的爱情空缺。在她发现这些事的时候，她怎么都不会想到，我内心深处对她的爱情正在日渐成长。这是公平的，这正是对我那鲁莽冲动的爱情所做的惩罚，我罪有应得。我今日所收获的恶果，正是我往日所种下的恶种。

我正在思索着，通过这件事，我的心是否得到了真正意义上的磨炼，我能不能坚定我的意志，忍耐住这个事实，平静地充当着我曾经在那个家中所充当的角色——想着，想着，我发现我的目光停在了一张脸上。这张脸仿佛是随着炉火中的火焰升起的，因为他与我儿时的记忆有着密切的联系。

他是矮小的齐力普先生。就是这个医生（我在第一章里讲过），他曾在我生病的时候给过我悉心的照顾。这时，他正坐在对过一个阴暗的角落里看报纸。今天看他，他已经是个年高神衰的老人了。不过，他这个人身形矮小，性格温和谦卑，所以不大容易显老。因此，当时的我都觉得他还跟当年坐在客厅里等我出生的时候没什么两样。

在六七年前，齐力普先生搬离了布兰德斯通，从那以后，我就再也没有见到过他。他坐在那里，侧着脑袋看报纸，旁边放着一杯热气腾腾的尼加斯葡萄酒。他时刻都保持着那副谦卑至极的态度，就连对着报纸他都感到歉意，因为他竟然要把它读下去。

我往他坐的地方走去，跟他打招呼道："过得好吗，齐力普先生？"

这个问候对他来说是那样陌生，又是那样意外，他被弄得不知所措，只好慢腾腾地回答我，说："谢谢你呀，先生，你可真是个好人哪！谢谢你呀，先生，我也希望你过得好！"

"你不认识我了吗？"我问道。

"呵呵，先生。"齐力普先生露出谦恭的笑，一边仔细地看着我的脸，一边摇头晃脑，说，"是有点眼熟，先生，有点印象。不过，我真的叫不出来您的尊名贵姓了。"

"不过,在我自己知道我叫什么之前,你就已经知道了。"我接过他的话说道。

"是吗,先生?"齐力普先生说道,"难道我有幸,给先生接过……"

"说中了。"我打断他的话。

"我的天哪!"齐力普先生叫道,"不过,毋庸置疑,你从生下来到现在,样子改多了,先生。"

"恐怕是这样的。"我说。

"好了,先生,"齐力普先生说道,"要是我再请教一下您的尊名贵姓,但愿您不要怪罪我哦。"

于是,我报上了我的姓名。他听了很是感动。他伸出手和我认认真真地握手——这一举动对他来说是不一般的。因为平时他那双微微有点热、像小鱼儿的手,最远只会伸到离臀部一两寸的地方。要是有人跟他握手的话,不管那个人是谁,他都会感到极度的不安。就是这次他跟我握手了,他也一有机会就把他的手收回去,插到上衣口袋里。他安全地把手收回了,心就放下来了。

"我的天哪,先生!"齐力普先生歪着脑袋仔细端详着我,说,"科波菲尔先生,真的是你?行了,先生,我相信,要是我刚才把你看得更仔细一点,我肯定能认得出你来。拿你跟你那可怜的父亲作比较,你们确实有不少相像的地方呢,先生。"

"我压根儿没见过我父亲活着的样子。"我说。

"确实,先生。"齐力普先生用一种让人感觉安慰的语调说,"不管怎么说,这都是叫人遗憾的事!在我们那一块儿,先生,"齐力普先生轻轻地摇晃着脑袋说,"人们对你的名字并不感到陌生呢。你这儿一定累得不轻喽,先生。"齐力普先生拿食指轻拍着自己的额头,说,"你也觉得这份工作伤脑筋吧,先生?"

"你说的你们那一块儿指的是哪里啊?"我在他身旁坐下,问道。

"柏里·圣爱德蒙附近,先生,我就住在那里。"齐力普先生回答道,"齐力普太太的父亲给她留了一点遗产,就在那附近。后来,我领了当地的行医资格证。如果我告诉你,我在那里过得很好,你听了一定感到高兴吧。我的女儿,可是大姑娘了,现在她长得可高了。"齐力普先生又把他的小脑袋晃了一下,说,"就在上个星期,她的妈妈又给她的长裙放下了两个褶皱。你也知道,先生,光阴就是过得这样快啊!"

当那个小人儿发表完一番感慨后,拿起空杯子往嘴边送时,我劝他把杯子斟满了,我来陪他喝。"呵呵,先生,"他不紧不慢地说,"再喝,就过了我的酒量了。不过我不能错过跟你聊天的美事儿。在你小的时候,你身上出了疹子。我给你看病,照顾你。现在想起来,就好像是昨天的事儿。后来你康复得很好,一点后遗症都没有,先生。"

对于他这番恭维,我表示了我的谢意,然后叫来尼加斯酒,很快酒就送来了。"这实在有点强人所难!"齐力普先生一边在酒里搅拌一边说,"不过,这是个难得的好机会,我不能错过。你有儿女了吗,先生?"

我摇了摇头。

"听说,在几年前,你死了妻子,先生?"齐力普先生说,"是你继父的姐姐告诉我的。她的性子可真是刚强坚硬啊,对不,先生?"

"呵,是呀,"我说,"很刚强。你是在哪里见到她的,齐力普先生?"

"你没听说吗,先生?"齐力普先生平静地露出笑脸来,说道,"我跟你的继父又成了邻居。"

"没听说。"我说。

"我们现在又是邻居了，先生！"齐力普先生说道，"他娶了那一块儿的一个年轻小姐。那个年轻小姐有一笔为数不少的财产，可怜的人儿啊——现在，你那份费脑筋的工作，先生，你做起来觉得累吗？"齐力普先生看着我，他的样子像一只讨人喜爱的知更鸟一般。

我避开他的问题，重拾到关于默德斯通姐弟的话题上。"是听人家说过他结婚了。你去过他们家，给他们看病没有？"我问他。

"他们请我去过，但次数不多。"他告诉我，"默德斯通先生和他的姐姐一样，他们那与刚强性格有关的骨相都太发达了，先生。"

我给了他一个极有内容的表情，再加上尼加斯酒的作用，齐力普先生深受鼓舞，把头稍显摆动地摇晃了几下，然后带着沉思的意味叫道，"哦，我的天哪！往日的事，我们是忘不掉的了，科波菲尔先生！"

"那姐弟俩还在走他们的老路子，对不对？"我问道。

"呵，先生，"齐力普先生说道，"一个当医生的，经常出入各家各户，所以除了他工作分内的事，其他的事都不应该多嘴去问。不过，我不得不说，他们是很严厉的。这辈子是这样，下辈子还是这样，先生。"

"下辈子的事轮不到他们来安排，我相信。"我接着说，"他们这辈子到底在干什么呢？"

齐力普先生摇摇头，然后在酒里搅了两下，一小口一小口地往下喝。

"她是个挺讨人喜爱的女人呢，先生！"他的语气中倒有一种悲哀的意味。

"你指的是现在的默德斯通太太吗？"

"真是个挺讨人喜爱的女人，先生，"齐力普先生说道，"我敢在这儿说，她要有多温和就有多温和！齐力普太太的意思是，她结婚后，在精神上遭受了很彻底的打击，几乎患上了忧郁症。女人的眼睛，"齐力普先生胆怯地说，"看人真准，先生！"

"我相信，她会被他们强拉硬扯地塞进他们那个可恶的模具中。上帝快解救她吧！"我说，"她已经被他们塞进去了。"

"呵，先生。跟你实话实说，刚开始时，他们吵得不可开交。"齐力普先生说道，"现在，她已经形如走尸了。就当我私下告诉你的，自从那个姐姐过来帮忙以后，她几乎被那姐弟俩整成傻子了。你说，我这样说是不是过了头？"

我告诉他，我一点都不这样觉得。

"这儿就咱自己，先生，"齐力普先生喝下一口酒，壮壮胆子说道，"我想都不用想就敢说，她母亲的死因就在于此。就是他们这种蛮横粗暴、阴森压抑把默德斯通太太几乎整成傻子的。没结婚的时候，她还是个青春活泼的女人。结婚后，她就被他们的阴森压制和苛刻严酷给毁了。现在，他们三个一道儿出门的时候，丈夫不像丈夫，大姑子不像大姑子，倒像是她的监守人。这些事都是齐力普太太上个星期告诉我的。我能肯定地说，先生，女人的眼睛看人真准。本来，齐力普太太这个人看人就准得很。"

"他还装得很虔诚的样子信奉宗教（在这种联想下，使用这个字眼，真让我觉得羞愧），这样的人不阴暗吗？"我问道。

"正如你所说,先生。"齐力普先生说道。(我看到他的眼皮因为受到了过量酒的刺激,已经红透了)"这是齐力普太太说的最有力度的一句话。她说,"他用尽可能平静缓慢的语气说,"默德斯通先生给自己立了一尊像,还把它称作'神圣的天成'。我听了这句话,大为震惊。我敢打包票,在她说这话的时候,你用笔上的羽毛就能把她打得四肢着地。女人的眼睛啊,看人真准,先生。"

"天生的第六感。"我这样说道,他听了开心得不得了。

"你能这样赞同我的话,真叫我高兴啊,先生。"他接着说,"我敢跟你打包票,那些与医学无关的意见,我是不怎么随意发表的。有时候,默德斯通先生就当着公众的面儿发表言论,听他们说——说白点儿,先生,听齐力普太太说——近来,他越来越凶残霸道了,他的主张也越来越凶狠残酷了。"

"我相信,齐力普太太所说的话都是真的。"我说道。

"齐力普太太甚至说了,"那个再谦恭不得的人,得到了不小的鼓动,于是又往下说,"他们这种人所谓的宗教性的东西,其实就是他们用来发泄臭脾气和傲气的工具。我不得不说,先生,"他温柔地把脑袋歪向一边,往下说道,"在整本《新约》书里,我找不到默德斯通先生和小姐那么做的依据。"

"我也是!"我说道。

"另外,先生。"齐力普先生说道,"他们是很讨人厌的家伙。因为他们动不动就咒骂那些不喜欢他们的人下十八层地狱。在我们那块儿,光为这个下地狱的人多了去了!不过,齐力普太太告诉我,他们也接二连三地受到惩罚。因为他们在面对自己的时候,只能靠自己的心来维持下去,而他们的心又是多么糟糕呀!现在,先生,要是你不介意的话,我的问题要回到你那脑力活儿上来了。你脑子里的弦是不是绷得很紧啊,先生?"

在当时的情况下,齐力普先生自己脑子里的弦就已经绷得很紧了,再加上他过量饮的那些尼加斯酒现在正发挥着作用,所以要想转移他的注意力,叫他谈论自己的事,是非常容易办到的。所以,在接下来的半小时里,他长篇大论地谈起自己的事来。从他的话中,我得知,他这次来葛雷院咖啡屋,是因为他要在疯狂鉴定委员会上,给一个疯狂的病人做医学鉴定,证明那个人是因为过量饮酒而发疯的。

"我敢跟你打包票,先生。"他说,"在那种情况下,我的神经是极度脆弱的。威慑和恐吓都是我接受不了的,他们只会把我吓得魂飞魄散。就说你出世的那个晚上吧,那位小姐的可怕行为把我吓得……我过了好长一段时间才恢复过来元气。你知道这事吗,科波菲尔先生?"

我告诉他,明天早上我就会去我姨奶奶那儿。我姨奶奶就是那个晚上他所见到的"暴龙"。我还告诉他,其实我姨奶奶这个人是很热情、很棒的。如果他有机会多跟她沟通沟通的话,他就会清楚她是怎样的一个人。可是我还没多说什么,只是提了一下他们以后可能会相遇,他就已经慌得不得了。他苍白的脸上挤出一点笑容来,回答道:"她真的是那样的人吗,先生?真是那样的吗?"几乎是紧接着这句话,他点上一支蜡烛就往外走,说要回去睡觉,似乎他不管在哪儿待着都觉得危险。他走得非常不稳,但这可不是尼加斯酒的作用。不过,他会发现,他那本来平缓跳动的脉搏,从我姨奶奶因为失望,拿帽子在他身上打了几下后,肯定每分钟多跳了两三下。

已经夜半了,我疲惫不堪,就回房睡觉了。第二天,我整整一天都在坐脚车,往多佛赶去。当我一路平安地冲进她的老客厅时,她正在喝茶,那时她已经戴上了眼镜。她、狄克先生,还有那个亲爱的老皮果提(那时,她在这儿帮着我姨奶奶打理家事),都张开双臂,眼中带泪地欢迎我。当我们平缓下来心情时,我们就开始叙旧唠嗑儿。我告诉我姨奶奶,我见过齐力普先生,他说他至今还记得她当年凶凶的样子。她听了,觉得非常好笑。后来,她跟皮果提聊了很多我那可怜母亲的第二个丈夫和"那个魔德性的姐姐"——我敢说,无论如何,我姨奶奶都不会用任何教名或什么正式名字来称呼她的。

精彩点拨

默德斯通姐弟俩就像一个杀人不用刀子的刽子手。他们把克拉拉折磨死,然后霸占了她的财产。之后默德斯通先生又娶了个温和有财产的女子,他们用老办法把她折磨成行尸走肉。就是他们这种蛮横粗暴、阴森压抑把默德斯通太太几乎整成傻子的。就像齐力普先生所说的那样,"没结婚的时候,她还是个青春活泼的女人。结婚后,她就被他们的阴森压制和苛刻严酷给毁了。现在,他们三个一道儿出门的时候,丈夫不像丈夫,大姑子不像大姑子,倒像是她的监守人。"

阅读积累

知更鸟

知更鸟又称欧亚鸲,是一种小型鸣禽,分布于欧洲、亚洲西部和非洲北部。英国的知更鸟常会飞到园丁身边找虫子吃,至于它在欧洲大陆的近亲,比起它来便要野性得多了。英国人无论到哪儿定居,心里总怀念着知更鸟,因而把一些外表大致相仿,其实种属迥异的鸟类,也称为知更鸟。于是就出现了印度"知更"、北美"知更"和澳洲"知更"。知更鸟是一些文学作品的描写对象,在中国著名作家冰心女士的《山中杂记》中就提到过。

蓝知更鸟在北美洲东部分布很广。在这个分布区域内,北方如有这种知更鸟飞来就预告春天来临了。然而在其他的地区,蓝知更鸟大致定居,并不迁徙。这种鸟不仅羽毛美丽,歌声也动人,因此很受人欢迎。又因为这种鸟常常在果园内外筑巢主要吃昆虫和其他可能危害作物的虫类,所以农夫也很称许。

第六十一章

> **精彩导读**
>
> 贝西小姐向大卫说了爱妮丝的情况,并向大卫说她猜测爱妮丝之所以不结婚是因为心有所属了。第二天,大卫去看望爱妮丝,维克菲尔德先生向大卫讲述了自己对过去的懊悔之情,以及爱妮丝母亲的事情。大卫对爱妮丝述说了她对自己的帮助,但爱妮丝一直称他为哥哥,爱妮丝什么时候能体会到大卫的爱呢?

屋子里只剩下我姨奶奶和我,我们一直聊到深夜。我们聊到,移民海外的人们,如何寄回令人愉快的信件,叫人读来心中充满希望;我们聊到,米考伯先生如何陆续寄回小额钱款,以偿还他的金钱债务,那笔他以君子待君子的态度借下的债务;我们聊到,珍妮如何回来伺候搬回多佛的姨奶奶,她后来嫁给了一位生意做得不错的酒店老板,在这段婚姻中,我姨奶奶如何"教唆"帮助那个新娘,并且亲自到场,参加了那场婚礼。这是她对那个主张的画押认可。这些都是我们聊到的话题——这些事,我从以前收到的信中或多或少了解到了一些。和以往一样,狄克先生是不容忽视的话题。我姨奶奶告诉我,不管什么东西,只要一落到他的手上,他就抄抄写写,并且在与此类似的工作中,把查理一世的事忘得一干二净。他很自由,也很快乐,从来不为什么事儿而叹息,也从来不觉得生活单调乏味。所有这些都让我姨奶奶觉得是她自己的人生趣事,还把这些当作她所得到的回报中的一种。最后她以全新的认识总结出:这世上,除了她,再也没别人能这样全面地把他看个透了。

"特洛,你打算什么时候走,"我们像以往那样在炉火边坐着,我姨奶奶在我的手上拍了一下,说,"你打算什么时候去坎特布雷啊?"

"要是你不跟我一起去,姨奶奶,那明天一大早我就骑马过去,你去吗?"

"不去!"我姨奶奶给了我一个简洁明了的回答,"我哪儿也不想去。"

于是,我就说,我明天骑马过去。还告诉她,要是我来看的不是她,而是其他的人的话,那我就先到坎特布雷且不会不在那里停留。

她听了我的话,非常高兴。但是她却回答:"行啦,特洛,我这把老骨头还不至于等到明天就散了架!"于是,我坐在那里看火,又一次陷入一阵沉思。这时,她又在我的手上轻轻地拍了一下。

我之所以陷入一阵沉思，是因为我又故地重游，而且与爱妮丝如此接近，所以难免使我对往日怀有悔恨之意。或许，这悔恨之意已不如当年浓烈（我应当学些我以前没有学到的东西），但悔恨终究还是悔恨。"哦，特洛，"我仿佛听到我的姨奶奶又说话了。现在的我可比以前更加了解她了——"瞎了眼啦，瞎了眼啦，瞎了眼啦！"

　　接下来的几分钟内，我们都保持着沉默，一句话都没说。直到我再次抬起头，发现她正一动不动地看着我。或许，此刻的她看穿了我的心思。因为，我认为，虽然以前我的心思是那样的冥顽纵恣，但现在，它却是很容易被看穿的。

　　"到时，你会发现，她的父亲已是个白发苍苍的老人了，"我姨奶奶说，"不过，他各个方面都做得比以前叫人称赞了——他已经脱胎换骨，改过自新了。到时，你也会发现，他在衡量人类的快乐忧愁时，再也不用他那把可怜的尺子作为唯一的标准了。相信我，孩子，即便那些东西还能派得上什么用场的话，那也是些鸡毛蒜皮的小事了。"

　　"确实是的。"我说道。

　　"到时，你会发现，"我姨奶奶往下说，"她还像以前那样，仁慈、美丽、诚恳、无私。要是我还能说得出什么更好的赞美之词的话，那么，特洛，我一定会用到她的身上。对她，任何赞美之词都不会过分；对我，任何谴责之词都不会过分。哦，我偏离正道走了多远啊！"

　　"如果她能把她身边的女孩儿调教成跟她一样的人，"我姨奶奶眼里闪着真诚的泪花，说道，"上帝最清楚，她这一辈子就算没白过了！就像她那天所说的那样，做个于他人有益，于自己快乐的人。她怎么不是那样的人呢！"

　　"爱妮丝有没有——"我喃喃自语。

　　"嗯？嗳！有什么？"我姨奶奶用尖利的嗓音问道。

　　"有没有结婚？"我问道。

　　"结了二十次。"我姨奶奶得意之中带着愤慨之意，叫道，"我亲爱的，从你离开到现在，她完全有二十次结婚的机会。"

　　"毫无疑问，"我说道，"毫无疑问，这二十个人中没有一个能配得上当她的爱人。要是配不上的话，爱妮丝才不会看得上呢。"

　　我姨奶奶用手托着下巴坐在那里，像是在思考着什么。她慢慢地看向我正在抬起的双眼，说：

　　"我猜呀，她是心有所属了，特洛。"

　　"可能会有结果吗？"我问道。

　　"特洛，"我姨奶奶正正经经地说，"这我可说不好。刚才那句话我是连告诉你的权利都没有的。她从来没跟我说过这个事儿。这只是我的猜疑罢了。"

　　她看着我，那样仔细，那样关切，我甚至看到她在发抖。这时，我更加觉得她觉察出了我的心事。于是，我将我许多日夜以来，和我内心通过漫长斗争所定下来的决心，鼓动了起来。

　　"如果是那样的话，"我开始说话了，"那么我希望……"

　　"是不是那样，我可说不上来。"我姨奶奶赶紧打断我的话，"这只是我的猜疑而已，你不要受它影响，你应该把它放在心里。或许我的猜疑根本就没有根据，我本不该跟你说这些话的。"

"如果是那样的话,"我接着说,"在时机合适的时候,爱妮丝会告诉我的。这个小妹妹,我过去跟她吐露了那么多的心事。我的姨奶奶,让她跟我说这样一个心事很困难吗?"

我姨奶奶的视线一直停留在我的身上。当我说完这句话的时候,她慢慢地把视线收回了,然后带着心思一般用一只手捂着双眼,随后又用另一只手慢慢地搭到我的肩膀上。于是,我们就在那里坐着,默默地回首往事,我们没再说一句话,直到大家都站起身来各回各屋。

第二天一大清早,我骑马赶往我以前念书的地方。虽然我很快就能见到她了,但我什么也不能说。不过,想到我能克制住我的私心,我还是很快乐的。

那一段熟悉的路,我很快就越过去了。接着,我来到一条静谧的大街上。这里的每一块石头对我来说,都是儿时的一篇故事。我从这儿步行到那所老宅子。当我到了宅子前,我太激动了,以至于不敢进去又退了回来。终于,我还是回到宅子那儿了,穿过宅子,我留意了一下尤来亚·希普和米考伯先生经常待的那所矮房子。通过它低低的窗子,我看到,它现在被改成了小客厅,它不再是事务所办事处了。这所宅子,仍像我第一次见到它时那样,整洁、清净、肃穆。有一个我不认识的使女来迎门,我请求她转告维克菲尔德小姐,说有一位来自海外的朋友想来问候她一声。后来,由她带路,我走上了那段沉静阴暗的旧楼梯(这段楼梯我是再熟悉不过了,可是这个使女还叫我留心点儿)来到客厅。这个客厅还和以前一样,没发生什么变化。在那个老书架上,我依旧看到我跟爱妮丝以前一起看的书;在那个老地方,我仍旧看到我过去许多个夜晚读书用的写字台。当年,希普闯进这个家时,这里曾发生过一些小变化。不过现在,它们又变回来了。这里的一切,都跟在过去幸福时光时一个样子了。

我站在屋子里,透过玻璃窗,隔着那条老街,看对面的房子,回想起我刚来此地时,我怎样在阴雨的午后看着它们;回想起我常常怎样猜测在每个窗口里会出现的人,并且用目光跟随他们在楼梯里上上下下,然后看见穿木屐的女人们沿着人行道赶着路,发出啪啦啪啦的声音。午后的雨,阴沉闷心,雨水从对面的水洞里涌出来,然后流向大街。晚间,依然阴雨沉沉,那些没有找到安顿地点的人,用一根棍子挑起自己的行李,在这黄昏时分,一瘸一拐地往前走着。当年我是怀着怎样的心情观察他们的,现在这种心情又回来了,而且跟当年一样。我觉得满大街都弥漫着潮湿的泥土、缀水的枝叶和沾湿的荆棘的气味。我觉得我的艰难旅途中,有风微微袭来。

装有护墙板的墙上的小门敞开了,我吃了一惊,立马转过身来。她向我走过来,一双美丽、清澄、娴静的眼睛与我的双眼相遇了。她止住脚步,两手往胸前一抱,我张开我的双臂把她揽入怀中。

"爱妮丝!我亲爱的女孩儿!我回来得太匆忙了!"

"没有,没有!能看到你,我就会高兴,特洛伍德!"

"亲爱的爱妮丝,我们又见面了,我为此感到幸福!"

我把她紧紧地抱在怀中,有一会儿,我们俩都不说话。后来,我们并肩坐下,她把脸转向我,那张天使一般的脸庞带着欢迎的意味。这正是我这些年来朝思暮想的脸哪!

她真诚、美丽而又仁慈——我亏欠她那么多。面对这样一张可亲可爱的脸,我实在找不出一句恰当的话能准确表达出我的感情。我想给她送上我的祝福,我想向她表达我的谢意,我想告诉她,她都给我带来了什么样的影响（这句话，我在以前的信中不止一次提起过）。然而，我的努力都是徒然，我的爱和欢喜都是不能言语的。

她可爱娴静如故，在她的影响下，我那激动的心情慢慢地平静了下来。她引出我们离别时的话题，说她曾背着大家不止一次看望过爱米丽，她跟我关切地说朵拉的坟。她用她那高尚品质中不会出错的天性，那样轻柔和畅地拨动我记忆的心弦，使得我觉得那样自然而然，那样调和顺畅。我静下心来倾听其中悲哀凄凉的音乐，觉得它隐约而来，但我并不再回避它所唤起的任何回忆。所有的旋律中融有她那个可爱的人儿——我一生中的福星——我怎能畏缩回避呢？

"爱妮丝，"我犹犹豫豫地说，"现在，我们来聊聊你吧。这么长时间以来，你几乎没跟我说过你自己的事。"

"有什么好说的？"她笑了，笑容中散发着光芒，"我的爸爸安康。你也看到了，我们在自己的家中静静地过着自己的生活。我们的烦恼忧愁都消散了，我们的家又回到过去的样子了。亲爱的特洛伍德，这就是全部，你知道这些就等于知道了一切。"

"全部，爱妮丝？"我说道。

她的脸上表现出不安的惊讶，看着我。

"除此之外就没有别的可说了吗，我的妹妹？"我问道。

她红着的脸，刚才退去了一点，现在又红起来了，不过很快又退去了。她只是笑着摇摇头，并不回答我什么。我觉得，她的笑容中含有一种忧伤的意味。

本来，我是想把她引到我姨奶奶所猜疑的问题上。尽管这个谜底会让我痛苦不已，但我要磨炼我的心，对她这个人，要尽我所能地履行我应有的义务。但是，她是那样的不安，我只好搁下这个问题。

"你的事比较多吧，我亲爱的爱妮丝？"

"你是说我学校的事？"她变得愉快而坦然，抬起眼睛看着我说。

"是啊，学校的事很苦很累，对不对？"

"苦中自有乐趣，"她说，"把它说得又苦又累似乎有愧于它哦。"

"只要是好事，你都不会觉得困难。"我说。

她的脸色像刚才一样，红了又退。她把头低下，再一次露出一种忧郁的微笑。

"你在这儿多待一会儿，爸爸很快就回来，"爱妮丝高兴起来，说道，"跟我们一起把白天过了，好不好？晚上你还可以再回到你以前的卧室里睡。你以前睡的那个屋子，我们总也改不了口，老把它叫成你的。"

这样做不行，因为我答应过我姨奶奶，我会骑马回去过夜。不过，在这里度过一个愉快的白天还是可以的。

"我不得不充当一会儿牢犯了，"爱妮丝说，"不过这里旧书多的是，特洛伍德，还有我以前读过的乐谱呢！"

"当年的那些花儿，还在这里呀？"我四下环顾一周，说道，"再不就是旧的种新的苗。"

"在你离开英国的那段时间里，"爱妮丝笑着说，"我把家里按照我们读书那会儿的样子来布置了。我喜欢那个时候的样子，觉得那个时候的我们都非常非常幸福快乐。"

"是啊，那时候的我们确实非常非常幸福快乐！"我说道。

"不管那个东西小到多么微不足道，只要它能勾起我对哥哥的回忆，"爱妮丝的眼里充满热情和喜悦，她用那样的一双眼睛看着我说道，"它就会受到我的重视和陪伴，包括这个，"她指着一只小篮子说道，那只小篮子里装满了钥匙，像往日那样挂在她的身边，"也能响出过去那种叮叮当当的调子呢！"

她再一次露出了笑脸，然后从她刚才进来的那个门走了出去。

这种兄妹之情，我要以对待宗教信仰的那种精神，好好地守护它。这是遗留给我的一切，也是珍贵的一切。一旦我动摇了这份神圣的信赖和长久以来推心置腹的习惯（她就是在这个习惯的基础上，才将她的兄妹情托付给我的），那我就要永远失去这份感情了。我非常珍视这份情谊，我爱她越深，就越要把这点记牢。

我走在大街上，又看见那个老敌人屠夫了——如今，他当上了警察。这会儿，他的警棒正挂在店铺里呢——所以我就去我以前跟他交战的地方看了看。在这个地方，我想起谢福德小姐和大拉金斯小姐，还有那个年头所有不会有结果的爱情、喜好和憎恶，现在一切都不复存在了，只有爱妮丝依然如故。她是永远高照在我头顶之上的一颗星，她只会越来越明亮，越来越高远。

我回到宅子里，维克菲尔德先生已经从他自家的花园里回来了。那个花园在城区往外两英里左右的地方。当时的他，几乎每天都会过去照料那个花园。我看到他时，发现他确实就像我姨奶奶所描述的那样。我们跟五六个小女孩在一起吃晚饭，这时的他，就跟墙壁上挂着的那幅画里的俊秀的影子一个样。

那个地方，又弥漫起我记忆中的那种平和与安宁。因为维克菲尔德先生已经把酒戒了，所以我也不好自斟自饮。大家吃过饭就直接到楼上去了。爱妮丝带着她的小学生们唱歌、做游戏、做功课。直到喝完茶点，那几个小学生才离开了。于是，只剩下我们三个人坐在一起大谈过去的时光。

"过去，"维克菲尔德先生把他那白发苍苍的脑袋摇了摇，说道，"我干了很多叫我懊恼悔恨的事——我现在后悔得不得了。特洛伍德，这你知道得最清楚了。不过，就算我有能力把过去的事一笔勾销，那我也绝不会那样做。"

看着他旁边的那张脸，我很容易做到相信他的话。

"我要是把那些事给一笔勾销，那我也得把我以前的忍耐、忠诚、孝顺、童真的爱情也一同销去。"他继续说道。

"我了解你，先生。"我温顺地对他说，"对那段日子，我是以尊敬，向来都是以尊敬的态度来看待的。"

"可是，谁也不知道，就连你也不知道，"他接着说，"她都经历过什么事，吃过什么苦，她在那些艰难困苦中如何拼命地挣扎。爱妮丝，我亲爱的。"

她把手搭在他的肩膀上，恳求他别再说下去。这时，她的脸色苍白苍白的。

"行啦，行啦！"他深深地叹了一口气（我猜测，他把她所忍受过的或是正在忍受的苦难吞了下去。而那些苦难我姨奶奶已经告诉我了）。"呵！她母亲的事我没给你说吧，特洛伍德。你从别人那里听说过没有？"

"从来没有，先生。"

"可说的也并不多——不过痛苦的却不少。她违背她父亲的意思嫁给了我，并因此与她的父亲断绝了父女关系。在爱妮丝出生以前，她曾求过她的父亲，她那个父亲是个铁石心肠的人，而她的母亲早已不在人世了。她父亲到底不肯认她这个女儿。也因此，她的心彻底地伤透了。"

爱妮丝伏在他的肩膀上，轻轻地用胳膊搂着他的脖子。

"她天生性情温柔，热情，"他说道，"但这件事使她的心伤透了。我非常了解她那多情的本性，如果说我都不了解的话，还有谁能了解。她是真心地爱着我，但她跟着我没过一天快乐的日子。在这种痛苦下，她隐忍着活下去。本来，她的身体就不大好，再加上他最后一次拒绝她的哀求——这不是第一次出现这样的事了。她哀求过他好多次，但那是最后一次——她日渐憔悴，最后她永远地离开了人世。她走了，只留下半个月不到的爱妮丝，还有就是你第一次见到我时，我那头花白的头发。"

他在爱妮丝的面颊上吻了一下。

"对我这个可怜可爱的孩子，我以一种病态的爱去爱她、疼她，因为那段时期里，我是个精神完全不正常的人，这些我就不多说了。在这儿不要再说我了，特洛伍德，说说她母亲和她吧。只要我稍稍说一下我现在的样子和我以前的样子，我相信你会对整件事有个大体了解的，这用不着我多说。一直以来，我都能从她的言行举止中看到她那个可怜母亲的影子。我们三个人，经历了那么多，发生了那么多改变，现在又能聚到一起，所以说，今晚我就要把这些事告诉你。现在，我已经把所有的事都说出来了。"

她那低垂的头，她那天使一般的脸庞和孝心，在这个故事中比以往更添一层哀怜酸楚的意味。如果我认为要用什么东西来纪念那个晚上的相聚，那我就会用那天所说的事来纪念。

很快，爱妮丝离开了她的父亲，向她的钢琴走去。她在琴键上弹起几首我们以前经常听的曲子。

"你还打算外出吗？"我跟着也来到她的身旁。于是，她问我。

"不知道我的妹妹对此有何看法？"

"我希望，你不要再外出了。"

"那好，我就不外出了，爱妮丝。"

"你是来问我，特洛伍德，我才说出我的看法的。我觉得你不要再外出了。"她温柔地对我说，"你在外的名声越来越大，做善事的能力也越来越强，就算我能舍得我这个哥哥，"她拿眼睛看着我，说，"恐怕时事也不答应了吧。"

"我的一切，都是你的功劳，爱妮丝，这点你最清楚了。"

"是我的功劳，特洛伍德？"

"确实是这样的！爱妮丝，我可亲可爱的女孩儿！"我向她俯下身子，说道，"今天，我在第一眼看到你的时候，我就想跟你说，自朵拉离开以后，我的脑海里就常常想起一件事。那时你从楼上下来，到我们的小屋子里来见我，爱妮丝——用手往上指着，你还记得吗？"

"打那一刻，我就一直在想，在我眼里，我的妹妹，永远都是你那个时候的样子，永远都是用手往上指着，永远把我往更美好的方向指引，永远把我往更高的方向指引！"

她只是摇摇头，在她那满是泪水的双眼里，我又一次看到她那恬静的微笑中带着忧郁的意味。

"正因如此，我感激你，离不开你。但是，爱妮丝，我内心深处对你的感情是难以言语的。我希望你能知道，却又不知道该怎样让你知道。我只能说，我这一生都要敬仰你，都要受你的引导，就像你过去引导我走过那些暗淡的日子一样。不管日后发生什么样的变迁，不管你将有什么样新的结合，不管我们之间的关系发生什么样的改变，我都会像过去和现在一样，永远地依赖你，爱你。我要你给我安慰和依靠，就像这么多年来你所给我的那样。只要我还能呼吸，只要我的双眼还能看见，我至亲至爱的妹妹，我就要一直看着你站在我的面前，用手往上指着！"

她把手放到我的手中，对我说，我的话远非她所能担当的，但她为我的话感到骄傲。于是，她继续弹着柔和的调子，视线却一刻都没有离开过我。

"你知道吗，我在今晚所听到的那些话，爱妮丝，"我说道，"说得很玄乎，我觉得，我第一次见到你时，我对你所怀有的感情中就有了这样的一部分，就好像是我在狂野的学生时代时，我在你旁边坐着，那时的我就对你有了这样的感情。"

"我自幼没有母亲，你也知道这点，"她微笑着回答道，"所以你对我抱有怜悯之情。"

"不单单是这些，爱妮丝，那个时候，我就像今天晚上所知道的那样，已经知道你周身有一种温柔的亲切的东西，那东西到别人身上会成为忧郁的东西，但到你身上就完全不一样了。"

她还是那样看着我，继续弹着柔和的调子。

"你会嘲笑我所抱有的奇异幻想吗，爱妮丝？"

"怎么会！"

"早在那个时候，我就已经觉得，而且真的觉得，不论你遇到多大的艰难困险，你永远都能保持着发自你内心的热情，至死都不会改变。我这样说，你会嘲笑我吗？我做着这样奇怪的梦，你会笑话我吗？"

"啊，怎么会！啊，怎么会！"

就在这一瞬间，我在她脸上看见一道苦闷的光影轻掠而过。不过，就在我刚觉察到那个光影时，它跟着就消失了，取而代之的又是那份平静的笑。她还是那样看着我，弹着曲子。

在这样一个孤寂的夜晚，我骑着马往回赶。风从我身旁呼呼而过，带来叫人不安的回忆。我回忆着今晚的事，我想她的内心是不痛快的，我的内心也是不痛快的。但是，就此为止，我要虔诚地给往事盖上章封上印。无论我身在何处，只要想到她用手往上指着的样子，我就觉得她指的是我头顶上的那片天空。现在和无法预测的未来，我会用一种不同于世间任何一份爱的爱去爱她。我会告诉她，在我爱她的时候，我的内心经历了怎样的挣扎和格斗。

精彩点拨

爱妮丝美丽端庄，大方得体，温柔善良，恬静稳重，体贴周到，有敏锐的洞察力，坚强的性格和意志，宽容博爱的心肠，她是大卫的精神依托，美丽天使，任何人都会为有这样一个知心朋友而感到无比骄傲和自豪。为保护年迈的父亲，她挺身而出，和卑鄙恶劣的小人希普作坚忍不拔的斗争；在大卫饱受挫折的时候，也是她始终支持着大卫，帮他走出了生活的阴霾。她是作者着力刻画的一个完美女性形象，在她身上绽放着女性耀眼的光彩。

阅读积累

木 屐

木屐，简称屐，是一种两齿木底鞋，走起来路来吱吱作响，适合在南方雨天、泥上行走。木屐是由中国人发明的，是隋唐以前，特别是汉朝时期的常见服饰，在中国，是汉服足衣的一种，是最古老的足衣。其名来自中古音"屐屈"，常称作木屐，使用于室外。后传入日本，在日本流行至今。若鞋面为帛制成，则称为帛屐。牛皮制作则称作牛皮屐。木制底下是四个铁钉，耐磨、防滑。

尧、舜、禹以后，始服木屐。晋朝时，木屐有男方女圆的区别。汉、晋、隋、唐时期的，木屐尤其普遍。在汉代，女性出嫁的时候会穿上彩色系带的木屐。南朝梁的贵族也常着高齿屐。南朝宋之时，贵族为了节俭也着木屐。杜牧诗云："仆与足下齿同而道不同。"由木板与木屐带结合而成，木板的底面有两条突起的"齿"，目的是下雨天便于在泥上行走。屐是木履之下有齿者，又称木屐。江南以桐木为底，用蒲为鞋，麻穿其鼻。除了两齿木屐以外，古代行军打仗时也会使用平底木屐，以防止脚部被带刺杂草划伤。不仅军人如此，平民也往往在路上穿着木屐，防止脚被带刺植物划伤。

第六十二章

> **精彩导读**
>
> 大卫又开始了小说的创作，特拉德尔也帮助他处理一些事务。在大卫看来，特拉德尔和苏菲过着虽然贫穷但却十分幸福的生活。大卫和特拉德尔一起到了克里克尔先生管辖的监狱，在那里，他们见到了模范犯人——尤来亚和李提默先生。这样大卫对虚伪这个词语有了更深的理解。大卫会被他们影响吗？

在我的书未完成之前——它已经用去了我几个月的时间——我一直寄居在多佛，也就是我姨奶奶那儿。记得我最初留居在那里的时候，我经常在窗子前坐着，看海上的那轮明月。而现在，我只是静静地坐在那里，写我的那本书。

我原先的想法是，除非我的这本小说与我的传记偶然产生联系，那时我才会涉及我的小说。因此在小说中，我并没有阐述自己的抱负，甚至兴趣爱好和成功之类的事，我都没谈及。但是，在写这本小说时，我投入了那么多精力，甚至投入了我灵魂中的全部精力，这个我已经提过了。如果，我已写完的那些书有价值——这用不着我来说明，它自然会体现出来；如果我已写完的那些书，没有一丁点儿的价值，那么对于那些正在写的部分，将不会有人来问津了。

有的时候，我也会去伦敦走走：或是从那些嘈杂扰人的生活中，寻找创作的灵感；或是与特拉德尔一起，讨论一些事务问题。在我出国的那段时间里，特拉德尔帮我打理了一些事务，现在我的事业正在蒸蒸日上。当我的名声开始远播的时候，随之而来，我收到了许多陌生人的来信。信里的内容大多是无关紧要，甚至极难回复的。于是，便接受了特拉德尔的建议，在他的门上，用油漆写上我的名字。当然，那些信件便被我们区里忠诚的邮差送到他那儿。我常常去他那儿处理那些信件，不过那时的我，像一个没有俸禄的内阁大臣一般。

在那些信件中，时常有人——那些时常潜伏在博士院的人，提到这样一个建议（应该说是一种恳切的意见），想借我的名义（如果我能够将代诉人的手续办理完整）来实行与代诉人有关的事务，当然，会给我一定的报酬。因为我知道冒名的代诉人已经很多，而且我感觉到博士院已经够坏了，我也无须去干那些坏事使它雪上加霜，便谢绝了那些提议。

当特拉德尔的门上正式出现我的名字时，那些姑娘们已经回家了，至于那个鬼机灵的后生，看起来似乎不知有苏菲其人。而苏菲整天闷在后面的一个房间里做工，不时地望那个小花园。但是，每当我见到苏菲时，她总是那么轻松愉快。当没有听到陌生人上楼的脚步声时，她便会唱一些德文的小曲，那个鬼机灵的后生在她那悠扬的曲调中也变得柔和了。

刚开始，我常常发现，苏菲用一本字帖在练字，但是每当我出现时，她便会赶紧合上塞进抽屉里，但是，没过多少天那个秘密便泄露了。一天，当特拉德尔冒着雪从法院赶回家之后，便从那个抽屉里取出一份文件，问我对那些书法的感觉。

"哦，别，汤姆！"正在火炉前帮他烘拖鞋的苏菲喊道。

"亲爱的，"汤姆很愉快地说，"为什么别呢？对于书法，你是什么看法，科波菲尔？"

"妙哉，妙哉！我从不曾见过如此美妙的字迹！"

"你觉得这像出自一个女人之手吗？"特拉德尔说。

"出自一个女人之手吗？"我重复道，"泥石、砖瓦才更像是女人的字迹呢！"

特拉德尔哈哈大笑，随即告诉我，这是苏菲的手迹，同时，还对我说，苏菲相信，不久，他便会需要一位抄写员，而她想负担这项。至于她的书法，她说是找一个样本学来的，可以在一小时内抄——我不记得是多少张了。当特拉德尔对我说这些的时候，苏菲感觉很不好意思，她说，如果汤姆当了法官，他恐怕便不会随意提起这事了。汤姆却不赞同她的说法，他说，无论未来发生什么，他都会以此为傲。

"她是多么贤惠，多么令人敬佩的一位太太啊，特拉德尔！"我在她微笑着走开后说道。

"亲爱的科波菲尔，一点没错，她实在是一位招人疼爱的姑娘！知道如何去持家、料理家务、勤俭节约、有条不紊，还那样乐天知足！"

"的确，对于这些夸赞，她实在是担当得起。"我说，"你可真是有福气。我相信，你们使你们自己，使你们彼此，成为这世上最幸福的人了。"

"我也这么想，我们是最幸福的一对儿。"特拉德尔回答说，"不管怎样，这一点是毋庸置疑

的。每天清晨，天还没完全亮起来便起床，点起蜡烛开始忙碌一天的家务；无论阴晴雨雪，在同事还没有上班以前，便去了市集，用最简单朴素的材料预备最丰富的晚餐，又是布丁又是馅饼的；家里总是被她打理得那么有条有理；自己也总是打扮得那么漂亮，那么华丽；无论有多晚，她总会在火炉前温柔地依偎在我身旁；她所做的这一切，可都是为了我啊！因此，有时候我甚至不敢相信自己的眼睛呢，科波菲尔！"

当他那么怡然自得地把脚伸进那双拖鞋时，似乎对那双拖鞋也产生了感情。

"有时，我们真的不敢相信哪，科波菲尔！还有就是我们的那些兴趣啊！哎呀，这都不需要高昂的费用，但实在是美妙呢！夜幕降临之后，关上门，拉上帘——那些帘子都是她亲手做的呢——还有什么地方比这更让人感觉舒适啊！我们也会在晴朗的夜晚出去散会儿步，哦，大街上满是那些令我们开心的事啊！当我们来到珠宝店时，我对苏菲说，等我有钱时，我会把那些盘踞在白缎盒中的那条钻石眼送来给她。苏菲对我说，当她能够买得起的时候，她会把那块盖上镶着宝石的金表送给我，另外，我们还挑了一些我们都很喜欢的餐具——汤勺、刀叉、片鱼刀、夹糖块的钳子、抹奶油的刀子——等我们有钱了，我们会全部买下。但在我们离开时，仿佛他们已尽归我们所有！当我们来到广场和大街时，我们看见了一间正在出租的房子，有的时候，我们边打量着那所房子边设想着，如果我成为法官，我们会如何分配那些房间——这间留给我们，那间留给姑娘们等等类似的情况，最后依照我们自己的意愿，说这所房子望着行，或是不行，看形势而定。也有时，我们会买半价票，去戏院后排看戏，在那里，我们尽情享受戏中的每一句话，苏菲都很相信，我也那样。在我们散步回家的时候，我们会在食品店买些吃的，或去鱼贩那儿买些小龙虾，回到家一边吃着美妙的晚餐，一边聊着我们见过的东西。我说，科波菲尔，如果我成了大法官，我也就能做这些事了，这你是清楚的。"

"不管你成为什么样的人，亲爱的特拉德尔，我想，你也一定会做那些令人快乐、叫人喜欢的事吧。"之后我又大声对他说，"我想，现在你已经完全摆脱骷髅了吧？"

"说实话，"特拉德尔红着脸微笑着对我说，"亲爱的科波菲尔，我还没有完全摆脱它。因为前几天，当我坐在法院的后排时，我突然想用手中的那支笔试一试，看看是否还记得当初的笔法。在那张写字台的架子上，就放着一个，还戴着假发呢。"

说完我们便大笑起来，随后特拉德尔微笑着面对火炉并带着一种宽恕的态度说："老克里克尔！"

"在我这里，还有一封那个老——家伙的信呢。"我说。见特拉德尔如此容易便宽恕了他，我便格外愤怒他曾经打特拉德尔的行为。

"克里克尔校长的信？"特拉德尔叫道，"怎么会有这种事！"

"有那么一些人，为我的名誉和幸运所吸引，"我翻着那些信件说，"从来就很关心我，在这些人当中，就有那个老克里克尔。现在他已经不是校长了，特拉德尔。他已经从那一行中退职了，现在是米德塞克斯的法官了。"

我原本以为特拉德尔听后会大吃一惊，但是他却丝毫没有那样的表现。

"猜猜看，他是如何当上那个地方的法官的？"我说。

"哎呀！"特拉德尔回答说，"这可就不好说了。也许是他选举了某个人，或是借给了某个人钱，或是买了某个人的某样东西，抑或要挟了某个人，而这个人又认识什么人，那个人和当地的最高行政人员认识，于是便让他接手了这份差事。"

"不管怎么样吧，他反正是得到了那份差事。他在信中告诉我说，他正在实施一种监狱的惩戒制度，而且很乐意指给我看，还说那是一种唯一能使犯人改过自新的方法，他的方法是将每个犯人隔离开单独囚禁。你怎么看？"

"你是问我对那种制度的看法吗？"特拉德尔一脸严肃地问道。

"不是。我是说应不应该接受他的邀请去看看，另外你是否会陪我一起去？"

"这没有问题。"特拉德尔说。

"那我就给他回信了。我想，你应该还记得（我们当初所受到的苛刻待遇就不提了吧）那个将儿子赶出家门，让妻女过着困苦生活的克里克尔吧？"

"怎么能忘啊？"

"当初，我记得，他哪里还有什么同情心啊，但是，当你读完这封信时，你会发现，对于那些重刑犯，他都毫无保留地施舍他的同情呢。"

特拉德尔耸耸肩，丝毫没有吃惊的表现。对于此事，我自己当时也没有吃惊，也不曾期望他感到吃惊，因为对于诸如此类的现实讽刺我已见识不少。随后，我们便敲定了去那里参观的时间，于是当晚便给他回了信。

在约定的时间——我想应该就在第二天，然而这是无关紧要的——我们便起程去了克里克尔先生管辖的那所监狱。走近时，它给我的感觉是庞大、坚固，而且在建造时动用了大量的资金。来到监狱大门时，我在想，如果有一些年轻人遭受了什么人的蒙蔽向国会提议说，动用这里所用的一半的费用，给青少年建一所学校，或是建一所养老院，我想国会肯定会一片哗然，叫嚣声不断。

我们在一间办公室里被我们的老校长接见了。当时，那间办公室有那么一些人：两三个正在忙碌的事务员，另外还有一些参观者。他像一个在过去塑造我的思想，一直爱我的人一般接待我。当我提起特拉德尔时，他表示了同样的态度，只不过没那么强烈而已，他说一直以来他都是特拉德尔的向导、导师和朋友。外表上，他除了老了许多之外，并没有丝毫改变。脸还是和以前一样红，眼睛还是那么小，只是又陷进去了一些，在我印象中那些稀疏湿润的白发几乎已经落光了，头顶上暴露出来的那些粗大的血管让人感觉极不舒服。

和那些绅士聊了一会儿之后，便开始了我们的参观。当时，正好是吃饭时间，当我们来到那间大厨房时，每个囚犯的餐食如同钟表的机械一样有次序、很规矩地发放到每一个犯人手中。私下里，我对特拉德尔说，也许根本不会有人想到那些士兵、水手、农民、诚实的劳工者（就更别提乞丐了）每天吃的饭菜，恐怕他们当中每五百个人也不会有一个吃到比这里一半好的食物。但是，后来我听说，这种制度就得有如此高的待遇做后盾。简言之，那个制度可以排除一切障碍，解决任何不妥。在那个制度之外，似乎不曾有人想过还有其他的什么制度存在。

当我们来到那个富丽堂皇的走廊时，我问克里克尔先生和他的同僚们这样一个问题，在他们看来，这种管辖一切、凌驾于一切之上的制度的要点在哪里。他们的回答是，囚犯之间完全隔离——因此彼此之间不能沟通，互不了解；另外，被囚禁的人身心受到约束，因此能够真诚地感受悔恨与痛苦。

当我们逐个访问囚牢中的罪犯时，当我们走在囚室门前的廊子上时，当我们听到他们说起去教堂等类似的情形时，我感觉那些囚犯之间实在有很多机会去互相认识，也有很多机会去互通信息。当我在写作时，我想，这样的担忧已经被证实了，但是，如果在当时表示出这样的猜疑，那便是对那种制度的亵渎，于是便尽力去找他们当中的那些悔悟的行为了。

但是，我在寻找中又对此产生了很深的忧虑。我发现，那些囚犯悔悟的方式如同服装店里的衣服一样多，却又那么的单调，差别竟是那么微乎其微，更令我可疑的是，居然连忏悔的语言也没有太大的差别。有许多吃不到葡萄却去毁坏整个葡萄园的狐狸，但是，我很少发现那些不去偷唾手可得的葡萄的狐狸。而我发现，那些最懂得坦白的人最引起人们的注意，他们自负、虚荣，对刺激的渴望，对于欺骗的追求（其中有许多人，从他们的过去可以看出，对于欺骗的追求已达到近乎疯狂的程度），从这种坦白中发泄自己，并从中得到满足。

当我们来回行走在那条廊子上时，二十七号，我们听了无数次，似乎他是最受重视的人物，似乎是囚犯中的模范，但是，我决定在见到那个二十七号之前，保留我的一切看法。我又听说，二十八号也是那么的异乎寻常，但不幸的是，在那个二十七号耀眼的光辉下，他似乎被遮暗了一些。当我听说二十七号如何热诚地劝告他周围的人以及又如何给他母亲写一些言辞华美的信（似乎很替她担忧）时，我是那么急切地想要见到他。

但是，我必须按耐住性子，因为二十七号被作为压轴人物出场。终于，我们来到了他的囚室门前，克里克尔先生透过一个小孔向里张望之后，怀着那么大的赞美之心对我们说，他正在看一本赞美诗集呢。

刚一说完，那些绅士们便一拥而上，想要目睹那正在看赞美诗的二十七号的人竟有六七层之多。后来，克里克尔先生为了这种不便，也为了能够给我们营造一个与二十七号谈话的良好环境，便下令打开那间囚门，将他请到廊子里来。当他走出牢门的那一刹那，我与特拉德尔惊呆了，因为那个改过自新的二十七号，正是尤来亚·希普！

他也立即认出了我们，当他走出牢门时——仍旧带着往日的那种扭动——说：

"你好吗，科波菲尔先生？你好吗，特拉德尔先生？"

他的这一招呼立即引起了当场所有人的赞许。我甚至觉得，大家似乎因为他能够贬低身份与我们打招呼而受到了不小的感动。

"喂，二十七号。"克里克尔先生那赞赏的语气中似乎带着一种惋惜，"你今天感觉如何啊？"

"我是很低贱的，先生！"尤来亚·希普说。

"你一直都是这样的，二十七号。"克里克尔先生回应他。

此刻，另外一位绅士带着极为关切的口吻问候道："你舒服吗？"

"是的，先生，谢谢你！"尤来亚·希普对他说，"与外面相比，这里更令我觉得舒服。现在，我已经认识到自己的错误了，我因为这个而感到舒服，先生！"

有那么几位绅士很受感动，接着，第三个人怀着极度的感动挤到他面前问："你觉得，那个牛排味道如何？"

"非常感谢你，先生，"尤来亚冲着那个新的方向说，"昨天的牛排似乎比我想象中的要老那么一些，不过，我必须忍耐。因为我犯了错，诸位先生，"他带着驯服的笑脸环视着四周说，"对于这样的结果，我应当毫无怨言地去忍受呢。"

接着便是一阵低语：一部分是为二十七号那高尚的情操所感动，一部分是表达出自己对那个厨师的愤慨，对于后一点，克里克尔先生立即做了记录。此刻，那个站在我们中间的二十七号，似乎觉得自己是表功博物馆的一件重要文物。最后，放出二十八号的命令也被发出了，目的是让我们这些新皈依的人感受到更多的光明。

方才，我已经吃了那么大的惊，当见到李提默捧着一本劝善书走出牢门时，我感到的只有一种无可奈何的诧异了！

"二十八号，"一个到现在未曾开过口的戴着眼镜的绅士说，"我的好人，上个星期，你埋怨可可的不是，现在怎么样了？"

"谢谢你，先生，"李提默说，"现在好一点了。如果我可以冒昧地说一句，先生，我认为，跟可可同煮的牛奶并不纯，但是，先生，就整个伦敦来说，掺假的牛奶很多呢，纯牛奶是不容易得到的。"

我感觉那个戴眼镜的绅士似乎是在支持二十八号，与克里克尔先生的二十七号进行对峙，因为他们各自以改造他们为己任。

"二十八号，你现在的心情如何？"那个戴眼镜的绅士开始发问。

"谢谢你，先生，"李提默回答，"此刻我已感受到自己所犯的罪孽，先生。同时，我时而也会想起往日同伴所犯的罪恶，很为他们感到不安，先生，但我相信他们会得到宽恕的。"

"你自己现在是不是感到很快活？"那个发问的人向他微微颔首以示鼓励。

"非常感谢你，先生，"李提默回答说，"相当快活。"

"你现在想说点什么吗？"那个发问的人继续问道，"如果有，那么尽管说出来吧，二十八号。"

"先生，"李提默垂着头说，"如果我没有看错的话，现场有一位我早已结识的先生。我所犯的罪孽完全是因为在往日侍奉那帮年轻人的时候，过着一种毫无思想、无忧无虑的生活，同时也完全由着他们将我引入一种自己无力挣扎的歧途。如果那位先生明白了这一切，这或许对他是有益的，先生。我希望那位先生以我为戒，先生，不要责怪我的冒昧，这么做完全是为了他好啊。我已经开始为自己过去所犯的罪孽忏悔，同时，我也希望，他能够为属于他的那份邪恶与罪孽承担责任。"

这时，我看见有好几位绅士都各自用手遮住了眼睛，似乎他们刚进过教堂向上帝忏悔过自己所犯的罪恶。

"这一点，你着实令人可敬，二十八号，"那个发问的人说，"我早就想到你会这样。还有其他想要说的吗？"

"先生，"李提默轻轻挑了一下眼眉，但并未抬起他的眼，继续说，"曾经，我想帮助一位年轻的姑娘从深陷的迷途中走出来，结果却失败了。如果那位先生愿意帮我一个小忙的话，那么请替我转告她，对于她过去所针对我的那些不善意的举措，我已经原谅了她，同时，我也希望她能够悔改。"

"我想，二十八号，"那个发问的人接过他的话说，"你所说的那位先生会像我们大家一样为你刚才的那番光明正大的言辞所感动。那，我们就不耽误你了。"

"谢谢你,先生,"李提默说,"也祝福你们,各位先生,同时也希望你们自己和你们的家人也能够认识到自己的罪恶,并诚心悔改。"

说到这里,李提默同二十七号相互交换了一下眼色,似乎在传递某种信息,并非他们完全不相识,随后便进去了。关上门之后,又是一阵低语,称道他实在是一位体面的人物。

"二十七号,"克里克尔先生领着他的人走到空出来的舞台上说,"有什么事是我们大家可以帮助你的吗?如果有,尽管说出来吧。"

"我只有一个低贱的请求,先生,"他颤动着他那装满恶意的脑袋说,"我希望能够再写信给我母亲。"

"这个当然!"

"非常感谢你,先生!我很替她担忧,我担心她会遭遇什么不测。"

有人很不小心地问了一句,为什么会觉得不安全。但是随之而来的是一种愤慨的低语声,让他"别出声"!

"我说的是长远,永远都不会发生什么不测,先生,"尤来亚朝那个声音的源头扭动了一下说,"我希望我的母亲能够达到我的境界,如果我没有来到这里,那么,就算到死恐怕也不会达到目前的这种境界。我真希望母亲现在就在这里。如果这个世上的所有人都被关到这里,那么对他们的益处将非常大呢。"

他的这种看法让那群绅士们感到那么大的满足,甚至可以相信,这比刚才所发生的一切更令他们满足呢。

"在我还没有到达这里之前,"尤来亚扫了我们一眼——似乎在想摧毁外面的那个世界,如果他的力量足够大的话——继续说,"犯错误对我来说是司空见惯的,但自从来到这里以后,我便觉醒了。外面的那个世界,罪恶实在太多了。我母亲也有许多罪恶。这个世界上,唯独只剩下这一块儿净土了。"

"你与以前有很大的变化呢!"克里克尔先生说。

"哦,的确是这样,先生!"那个对未来充满信心的忏悔者叫道。

"如果你走出了这里,不会再犯同样的罪过了吧?"一个绅士问道。

"哦,永远不会了,先生!"

"嗬!"克里克尔先生说,"这让人很满意呢。你已经和科波菲尔打过招呼了,二十七号,那么,现在,你还想对他说点什么吗?"

"科波菲尔先生,在我还没有来到这里接受改造之前,我们就已经认识了,"他看着我说话的那种恶毒表情是我从来不曾见过的。"在你认识我的时候,虽然那时我一直都在犯错,但是,面对那些骄傲的人,我是那么低贱,而在那些粗鲁的人面前,我是那么老实驯顺,但是,科波菲尔先生,我想你还记得,你曾粗鲁地对待我,扇过我一个耳光,我想,这些你都还没忘记吧。"

一片同情的声音,甚至有几道愤怒的眼光向我射来。

"我宽恕所有曾恶意对待过我的人。因为挟嫌怀恨不是我的本意。我带着一种宽大的胸怀去包容你、宽恕你,同时希望你能够抑制住你的愤怒。我也希望威先生、威小姐以及那一帮满身罪恶的人都能够诚心悔改。过去,你也尝试到失去亲人的悲痛,我希望这对你是有所帮助的,但是,我想，如果你能够来到这里，那，帮助将会更加明显。同时，也希望威先生能够来到这里，威小姐也是。对你，科波菲尔先生，还有今天在场的所有绅士，我最大的愿望是，你们能够被抓住送到这里。当我想到我曾干的那些坏事，以及现在我所达到的境界时，我相信，来这里一定会对你们有益的。对于那些不被关在这里的人，我对他们表示我的同情啊！"

接着又是一片称赞的声音，在他回到牢房，上了锁之后，特拉德尔和我才把一颗悬着的心轻松地放下了。

对于这两个忏悔者，我很想知道，他们究竟是犯了什么法才被送到了这里，但这些事他们似乎又极为隐晦，不愿谈起。最后，当我与那两个狱卒打招呼时，我感觉他们似乎知道其中的隐情，于是便向他们中的一个询问了此事。

"我想你应该知道二十七号被送进来是关于什么案件吧？"

"一件与银行有关的案子。"

"英格兰银行诈骗案吗？"

"没错，先生。诈骗、伪造文件，那是一个很大的阴谋，唆使他人，行事周密，决心要弄一大笔钱，但是行事败露，功败垂成，最后的判决是终身流放。至于那个二十七号，他罪恶、为人狡猾，差一点就安然逃脱，但是并未成功，银行也就差那么一点没能抓住他的把柄——只是刚刚好。"

"那二十八号呢，你知道关于他的罪行吗？"

"至于那个二十八号，"那个报告者压低了声音，还不时地朝那个廊子望，唯恐自己如此不知天高地厚地谈论那两个纯洁无瑕的大人物时会被克里克尔先生和那群绅士们听了去，"那个二十八

号,就在陪同他那年轻的主人出国的前夕,抢了他主人约二百五十英镑现金和其他一些贵重物品,结果也是流放终身。因为是一个矮女人发现的,所以记得非常清楚。"

"一个什么?"

"一个极其矮小的女人,她叫什么,我已经想不起来了。"

"不会是莫奇小姐吧?"

"就是她!那个二十八号已经避开了所有人的耳目,但是,当他戴起了淡黄色的假发,贴上胡须——体面的行头啊——正准备逃往美国时,碰巧被那个在南安普顿沿街散步的小女人发现,一眼便认出了他,于是跑到他的胯下将他打翻在地,然后死死地揿住。"

"干得漂亮!"

"如果你当时和我一样站在法庭中间看见她的表现时,你的赞赏肯定不只这些,"我的朋友说,"她抓住他的时候,她的脸已被抓得伤痕累累,又被他残暴地踢打,但是她始终不肯放手,最后警察无奈只好将他们一起带走。在法庭上,她义正词严,受到所有人的赞许,回家的时候,欢呼声不断。在法庭上,她这样说,纵使他是大力士参孙,她也会单枪匹马抓住他。我相信她会那样做的。"

当然,我也相信她会的,因为她的出色表现,我更加崇拜她了。

我们把那里该看的东西统统都看过了。如果我们对克里克尔先生说二十七号和二十八号始终如一,毫无变化,也未悔过自新;说他们本来的那副嘴脸一点也没有变;说那两个虚伪的家伙此刻正在做着虚伪的坦白;说他们比我们清楚,这样的忏悔是避免流放的最佳渠道。总之,如果我们对克里克尔先生说,这完全是他们在为虚伪的忏悔作秀,我想,他肯定不会听的。最后,我们只好离开,带着那么大的惊奇离开了,尽管让他们自己和他们的制度去管理他们吧。

"让这种虚伪尽情发展下去吧,也许这是件好事呢,特拉德尔,因为不久便会有人对他产生厌恶了。"我说。

"我也希望如此。"

精彩点拨

虚伪的人组成虚伪的世界。在克里克尔先生管辖的监狱里,尤来亚如鱼得水,他用谦卑的态度、谦卑的语言说着流利的忏悔,他抓住那些上层社会人士的心理,以此来减轻自己的罪行。李提默也用他体面的彬彬有礼的态度获得了绅士们的一致好评。对于这个,大卫和特拉德尔感到无可奈何,因为即使他们对克里克尔先生说,这完全是他们在为虚伪的忏悔作秀,他也肯定不会听的,只能寄希望于有人对他们厌恶了。从这个情节可以看出作者对社会中的某些不良现象无能为力。

第六十三章

> **精彩导读**
>
> 圣诞节快到了，大卫照例去坎特布雷看望爱妮丝。大卫询问爱妮丝她的心上人是谁，这让爱妮丝哭了起来，大卫趁此说出了自己对爱妮丝的爱，原来爱妮丝也是爱着大卫的。不久，他俩结婚了。爱妮丝告诉了大卫朵拉在临死之前的愿望——让自己代替她的身份。大卫和爱妮丝的生活会怎么样呢？

年末了，圣诞节也快到了，我在家里待着大概也有两个月了。这些日子，我与爱妮丝经常见面。人们给了我很多赞美之词，我也从中得到了热情和干劲，但是，只要我听到对她的赞美，哪怕只有非常少的一点，我就觉得对我的赞美是那样微不足道。

每个星期，我至少有一次骑马去她那里。有的时候还不止一次，而且每次都会在她那里把晚上那段时间度过。有时候，我会连夜骑马赶回来，因为往日那种不痛快的感觉时时纠缠着我——只要她一离开我的视线，我就格外觉得惆怅和迷惘——所以，我情愿到外面走走，也不情愿把时间花在床上辗转难眠，或者是去做愁闷凄苦的梦。在那段日子里，我带着愁苦的心情度过那凄凉漫长黑夜中的大部分。每次，在从她家回来的路上，我那长期寄居国外时，充斥我全部思绪的想法，又在蠢蠢欲动。

如果我说，我是在听那些思绪的回音，也许更符合我的实际情况。它们从我的内心深处向我发出声音。我试着避开它们，好面对我那不可避免的身份。当我拿起以前写给爱妮丝的信细细回味时；当我看到我向她倾诉，她用那张认真倾听的脸面对我时；当我想起我说了什么令人感动的话，把她弄哭了或逗乐了时；当我想起我跟她说我对生活所抱有的不切实际的幻想，而她发出了真诚恳切的声音时。我开始思考，我本来会有怎样的人生——不过我只是想想而已，就像，我娶了朵拉以后，想过朵拉以后会成为什么样的人一样。

爱妮丝给我的那种爱，如果我扰乱了它，那我就是自私地、愚蠢地侮辱了它。那样做所造成的伤害是永远都不能弥补回来的，既然是我自己选择了我的人生，并且我急切的愿望得到了满足，所以，我现在无权抱怨，更无权诉苦，我只能默默承受。这便是我在这件事上，经过深思熟虑所得出的结论。这个结论，再加上我对爱妮丝该履行的义务，构成了我所想的和所知的一切。但是，我爱着她！我朦朦胧胧地设想，将来有那么一天，我可以直言不讳地向她坦白我的爱。那时，一切都已成为往事，我只能带着安慰的心情告诉她："爱妮丝，在我回来的时候，我就已经那个样子了。如

今，我已经成了老头儿了。不过，从那以后，我再也没有爱上过其他的人了！"

她从来都没有向我透露过，她改变了的想法。她在我眼里的形象，以前是那样的，现在还是那样，一点都没变。

打我回来的那个晚上起，我跟我姨奶奶之间出现了一种新的状况，但是这种状况不能说是一种约束，或者说是一种回避，反正像是我们俩都跟此事无关，可以说是一种默契吧。我们都想着那个事儿，但谁也不把它说出口。每天晚上，我们都按惯例在火炉边坐一会儿，然后这种状况就自然而然地出现了。我们就那样静默地坐着，那样心照不宣，没完没了的沉默，好像我们已经把那个事彻彻底底地说过了一般。那天晚上，我相信她已经知道了我内心的想法，就算不是全部，那至少也是部分，所以她一定明白，为什么我老是把我的心事遮遮掩掩的。

眼看就要到圣诞节了，但是爱妮丝那边并没有传来任何新的消息，于是，曾在我脑海里浮现过几次猜疑——难道她已经知道我的心思，但因为担心会给我带来伤害，所以干脆什么都不告诉我——在我的心头压得越来越沉了。如果真是那样的话，那我的努力就等于白费了，我对她连最起码的义务都没尽到。一直以来，我都尽量小心地收敛我以前避开过的动作，哪怕是一个眼神，我都不敢多给。我终于下定决心，一定要到她那里求得确切的答案——如果横在我们之间有那样一道鸿沟，那我一定要在第一时间把它填平。

那时正值冬季，寒风凛冽——我有一个充足的理由记住它！几小时前下过雪，但雪积得并不厚，只是在地上冻了一层冰而已。我往窗外看了一眼大海，北风呼啸而来。于是我联想到，在瑞士那无人寻迹的荒野中，也刮着风。不知在那幽静的山谷里和这荒无人烟的大海上，哪种风刮得更寂寞。

"今天骑马去吗，特洛？"在门前，我姨奶奶探出脑袋来问道。

"是啊，我骑马去，"我回答她，"我是去坎特布雷，今天这天气正适合骑马去。"

"我但愿你的马也这样认为。"我姨奶奶说道，"不过，现在它正站在门前耷拉着脑袋和耳朵，或许它认为待在马房里比较舒服呢。"

我在这里顺便说一下，那块禁地，我姨奶奶允许马去，但坚决不允许驴子过去。

"过一会儿，它就会打起精神来的！"我对我姨奶奶说。

"不管怎么说，这趟对它的主人是有好处的。"我姨奶奶望了望我桌子上的稿子，说道，"哦，我的孩子，你在这儿坐了很长时间了！以前我读别人写好了的书，可没想过，写起来这么费脑筋。"

"有时候，读书也是件费脑筋的事，"我接过她的话，说道，"说到写作，它自有它的乐趣所在，姨奶奶。"

"哦！我懂了！"我姨奶奶说，"有志气！喜欢赞美，富有怜悯之心，以及其他的什么，我想。行啦，赶你的路去吧！"

"关于爱妮丝的心上人，"我站在她面前，平静地说道——她在我的肩膀上拍了一下，然后走到我的椅子上坐下——"你得到新的消息没有？"

"我相信,我得到了,特洛。"她先看了看我的脸,然后说道。

"消息可靠吗?"我问她。

"确切可靠,特洛。"

她目不转睛地看着我,眼神像是信不过,像是同情和怜悯,又像是在担心和忧虑,而我似乎用了发自内心的笑回应了她,以此表示我的决心更加坚定了。

写出了贝西小姐对大卫和爱妮丝爱情的期望和担忧。

"另外,特洛——"

"说吧!"

"我相信,用不了多久,爱妮丝就要嫁人了。"

"愿主护佑她!"我打起精神来,笑着说。

"愿主护佑她!"我姨奶奶说,"还有她的丈夫!"

我跟在她的话后面应和了一句。我跟我姨奶奶告别,然后慢慢地下了楼,慢慢地上了马,向那个家奔去了。比起以前,我更有理由坚定我的决心了。

那个冬日里的旅行,我记得清清楚楚!风从草上刮下的冰雪末儿从我的脸上划过;马儿踏过结冰的硬土打出规律的拍子;那些耕作过的土地冻得铁一般硬;雪花儿从空而降,又被微风吹得乱打旋儿,最后落在了石灰坑里;运陈草的牛马儿在高冈上歇着,鼻子里吐着粗气,身上的铃儿跟着叮当作响;高远的斜坡向远方蜿蜒而去,白雪铺在上面,把阴沉的天空都衬亮了。这幅景象就像画在一块巨大石板上的画一样。

以恶劣的环境衬托大卫的决心,从而表现了大卫对爱妮丝的爱。

家里就爱妮丝一个人。因为那些女学生都已经回自己家了,所以她就独自坐在炉火旁看书。她见我来了,就将手中的书放下,像以前见到我时一样,她对我表示欢迎,然后带着她的针线盒儿在一个老式窗子前坐下。

我向她所坐的窗台前走去。然后我们开始聊天,聊到我正在忙的那本书,以及什么时候能把它写完,还有我上次来这里访问时取得了什么样的进展。爱妮丝一直保持着微笑,她还预言,用不了多久,我就要出大名了,到时,这类话题她都不能跟我谈下去了。

"所以,我要趁现在,能利用起多少时间就利用起多少时间,你知道,"爱妮丝说道,"跟你好好地聊聊。"

她那张专心工作的脸,美丽极了。当她抬起那温柔而纯净的双眼时,正好碰上了我在看她的双眼。

"我看,你心里藏着什么事儿吧,特洛伍德?"

"爱妮丝，我不知道，我该不该把我内心的事儿向你透露？不过，我今天是特意为此事而来的。"

以前，只要我一提到什么严肃的问题，她准会将手里的活儿放下，认真地跟我讨论我的问题。这次她也一样，把她全部的注意力都集中在了我的身上。

"爱妮丝，我亲爱的，我对你的真诚，你至今都不能完全信任吗？"

"不是啊！"她吃惊地看着我，同时回答道。

"那你是在怀疑我对你的心还像以前那样？"

"也不是啊！"她保持着刚才的表情，回答道。

"当我回来见到你时，我至亲至爱的爱妮丝，我想跟你说，我欠着你怎样一种恩情，我又对你怀着怎样一种热情。你还记得那件事儿吗？"

"没有忘记，"她慢慢地说，"一点都没有忘记。"

"你有一件事瞒着我，"我说道，"爱妮丝，你就跟我坦白吧。"她的眼睛低垂下来，浑身打起颤来。

"就算我没有从哪里听过——并不是从你口中听说，而是从其他的人口中听说，这说起来似乎很奇怪——你也不能一直瞒着我那件事啊。有一个人，你愿意为他付出你那珍贵的爱情，是不是？这件事跟你的幸福有莫大的关系，你就不要再对我有所隐瞒了。你说你信任我，我也相信你信任我，如果真是那样的话，比起其他重要的事，我在这件事上更应该给你充当朋友和哥哥的角色！"

她在窗子前站起来，眼神中有一种祈求（甚至是在责备我不该这样）的意味，仿佛不知该往哪儿走一般，她在房间里跑了一趟，突然用手捂着脸哭了起来。她哭得那样伤心，我觉得我的心都碎了。

不过我的内心却因为她的眼泪萌生了一种东西，这种东西叫希望。我也不明白是怎么的，我由她的眼泪联想到埋藏在我记忆深处的那种安静而忧伤的微笑。这时的我情绪非常激动，但是使我激动的不是担心害怕或是悲痛哀伤，而是希望。

"爱妮丝！我的妹妹！我亲爱的！我哪里做错了吗？"

"就让我离开这儿吧，特洛伍德。我觉得我心里好乱，我浑身不自在。我要一点儿一点儿地告诉你——但不是现在。我还是把它写在信里吧。现在别问我了，求求你了！求求你了！"

我努力回想，记起有过一个晚上我聊到她那无私的爱情以及她对我所说的话。看来我只有立马去上天下地搜寻一下整个世界了。

"爱妮丝，看到你这个样子而且想到是我把你弄成了这个样子，我怎能忍得下心哪！我至亲至爱的女孩儿，再也没有比你更亲更爱的女孩儿，如果你心里有什么不痛快的事，就请拿出来与我分享吧。如果你需要谁来给你帮助或劝解的话，那就让我来当那个谁吧。如果确实有什么担子压在你的心头，就请接受我的帮助，把它减轻一点吧。如今，我还在这个世界上延续着我的生命，你觉得除了你，我还能为着谁？"

"哦，放过我吧！我的心好乱啊！我另外找个时间告诉你吧！"这便是她给我的唯一回答。

我这样不经过大脑思考就把话说出来，是不是太过自私了？还有，出现这样一线希望，是不是意味着，将会给我一个机会让我实现我从前想都不敢想的事？

"我就要说,我说定了!我不能就这样放手让你走开!看在上帝的分儿上,爱妮丝,我们就不要再这样误解下去了。都过去这么多年,经历那么多事了,今天,我一定要把所有的话说开来。如果你是在担心,认为我会嫉妒你给别人的爱情,认为我不肯放手让你选择你心仪的守护者,认为我不能做到站在远处看着你幸福,那你就误解我了,我不是那样的人,请你消除这样的顾忌吧!我曾经受过的那些苦难,还有你对我的教导,并不是一点作用都没有的。我对你的情,我对你的爱,并没有含着自私的成分在里面。"

这时,她的情绪平静了一些。又过了一段时间,她抬起她那苍白的脸,看着我,说说停停地对我说话。虽然她的声音很小,但我还是能听明白她在说什么。

"你给我的友谊是那样纯洁无瑕,特洛伍德——我实在不应该怀疑这份友谊——但我必须告诉你,你想错了。除此之外,我再也没有别的话可说了。在过去的这些年里,如果我哪个时候需要什么帮助或是劝解的话,那我已经得到了那样的帮助和劝解;如果我在哪个时候有过不痛快的感觉,但那都已经过去了;如果曾有过一副重担压在我的心头,那现在,那副担子已经轻许多了;如果我对你隐瞒了什么秘密——那,那个秘密早就在我的心里扎下根了。但那——不是你所想象的那个秘密。我不能把那个秘密公开,更不能与你分享。这个秘密从很久很久以前就已经专属我一个人了,而且以后它也会专属我一个人!"

"爱妮丝!留下来!就一会儿!"

就在她要往门外跑的时候,我一把搂住她的腰,将她拦下来了。"在过去这些年里!""那个秘密早就在我的心里扎下了根!"我的脑海里翻滚起新的想法和希望,生命里所有的颜色都发生了变化。

"我至亲至爱的爱妮丝!我那样崇拜你,那样敬仰你——又是那样一心一意爱着的人!今天,我在出门的时候,我以为,无论什么样的理由都不可能会让我如此坦白我的真实想法。我以为,我可以把我的心事藏一辈子,直到我们都老去。可是爱妮丝,如果我真的存在一丝希望,在哪天,把你唤作亲于妹妹又完全不同于妹妹的人!"

她的眼泪止不住地往外流,但是现在的眼泪并没有带着刚才那种痛苦。于是,我从她的泪光中看到了我的希望。

"爱妮丝!爱妮丝!你是我一生的指导者,最好的支持者!如果我在我们共同成长的岁月里,你多为自己着想一点,少为我着想一点,我敢说,我那浮躁的恣意肆想就不会从你身上转移开。然而,你却比我强多了。在我幼年时所经历的希望或失望中,你都起着莫大的作用,所以,无论我遇到什么样的事,我都信任你、依赖你,这已经成了我的第二天性,而我的第一天性则是像现在这样爱着你!"

她依然流着泪,但已经完全没有了悲伤——她是快乐的、幸福的!我抱着她,她没有拒绝。我从来没有这样抱过她,而且我相信以前的我也不会这样抱着她。

"当我爱上朵拉的时候——疯狂地爱上朵拉的时候,爱妮丝,那时你是明白的——"

"是的!"她很诚恳,"而且我还因为能明白而感到高兴呢!"

"我深爱着朵拉的时候——即使在那个时候，如果没有你的同情，我想我的爱也不会完整，但是就在那个时候，我的爱因得到了你的同情而变得完整。当她在我生命中消失的时候，爱妮丝，如果没有你，我会是什么样子啊！"

她依偎在我怀里，把脸贴在我的心口，她那颤抖的手搭在我的肩上，那双含满泪水的温柔的眼是那么恬静地看着我。

"亲爱的爱妮丝，当我远离祖国时，我爱着你；当我留居海外时，依旧爱着你；最后回国时还是为了你！"

接着，我便告诉她，我曾经的经历以及那些内心的斗争与思考。我尽可能向她坦白自己所有的心事。我尽可能向她表示，在过去我是如何希望能够更了解自己、更了解她，最后又是如何决心服从从这种了解中所得到的结论，也是在那一天，我带着对这种结论的坚定来到那里。如果她爱我，能够接受我，接受我对她的那份真挚的爱，还有同情我遭遇的悲痛，因为这些，我才表达出我的爱。哦，爱妮丝，也就是那个时候，我透过你那坦诚的眼睛看到我妻子的灵魂正在打量我，并表示赞同，同时，也因为你，让我忆起了那朵在盛放时却凋零了的花朵。

"我真的很幸福，特洛伍德——我的心也因幸福而变得充实——但是，有件事，我非说不可。"

"亲爱的，你想说什么？"

她将那双柔软的手搭在我的肩膀上，那么平静地看着我。

"你猜一下，我到底想要说什么。"

"我不敢去猜，告诉我吧，亲爱的。"

"一直以来，我都爱着你！"

哦，我们是幸福的，真的很幸福！此刻，我们已经不再为我们所遭受的痛苦（虽然她的痛苦远大于我的）流泪了；现在，我们流的是幸福的泪水，因为已经没有任何障碍能够将我们分开了。

在那个冬夜里，我们漫步于郊外，似乎寒冷的空气也因为我们的幸福而变得宁静起来。我们时而漫步，时而抬头仰望天空中那闪亮的星光，心中感激上帝赐予我们的这份安宁与幸福。

当月光普照万物时，我们站在一扇旧式的窗前，爱妮丝安静而祥和地抬起头看着月亮。此刻，我的脑海中涌现了这样一幅画面：漫漫人生旅途中，一个衣不蔽体、孤苦无依的孩子在艰难跋涉，但他却一路走了过来。终于，他把那颗在我心旁跳动的心唤作他自己的了。

第二天临近晚餐的时候，我们去了我姨奶奶那里。皮果提告诉我说，楼上那整齐的书房是她的杰作，也是她最为自豪的地方。那一刻，她正戴着眼镜，默默地坐在那里看火。

"哟！"我姨奶奶打量着我们说，"你身旁的这位姑娘是谁啊？"

"爱妮丝。"

因为之前，我与爱妮丝约定好不告诉她实情，因此我姨奶奶感到不小的困惑。当我对她说是"爱妮丝"的时候，她满怀希望地看了我一眼，但是见我没有太多的表情时，便摘下眼镜，失望地用镜框蹭着自己的鼻梁。

虽然如此，她还是很亲热地与爱妮丝寒暄。当我们在楼下客厅的烛火中享受晚餐时，她曾有那么几次戴起眼镜注视我，但每次都是失落地摘下，然后在那里蹭鼻梁。但是，这却让狄克先生很不安，因为他明白这不是一种好的兆头。

"姨奶奶，"晚餐过后我说，"我已经告诉过爱妮丝，你曾经对我说的那些事了。"

"如果是那样的话，特洛，"我姨奶奶涨红了脸说，"那么就是你的错了，同时也失了信。"

"我想你不会生我的气吧，姨奶奶？如果你知道爱妮丝不会因为恋爱的事而感到不悦，我相信，你更不会生气呢。"

"胡扯！"我姨奶奶说。

此刻，我发觉她似乎被惹恼了，于是我便想办法让她消气。当我搂着爱妮丝来到她椅子后面俯向她时，我姨奶奶拍了一下手，透过眼镜扫了我们一眼，随即发了歇斯底里病，这还是我认识她以来的头一回，也是最后一次。

皮果提看到我姨奶奶这样歇斯底里，吃惊不小。等到我姨奶奶恢复过来时，她迅速地扑向皮果提，又是叫老笨蛋，又是用尽全身力气对她搂抱。然后，她又这样抱着狄克先生，这可让狄克先生受宠若惊，让他感到无上的光荣。后来她告诉了他们事情的缘由，于是皆大欢喜！

上次，我跟姨奶奶有过一段简短的对话，我不能理解，她是出于好意而故意跟我说谎的，还是曲解了我的心情。她说，她跟我说过，爱妮丝很快就要结婚了，这就足够了。她还说，现在的我比任何人都要了解，这是确确实实的事。

在两个星期内，我们把婚事办了。婚礼上，我们到场的来宾仅有特拉德尔、苏菲、斯特朗博士及其夫人。在他们兴致很高的时候，我们乘着车，离开了他们。我把我向来所有的可贵的希望源泉揽向我的怀中。我的中心、我的生活全部范围、我本人、我的太太和我给她的爱，都是扎根在磐石之上的。

"我至亲至爱的丈夫！"爱妮丝说道，"今天，我可算能用这样的称呼来称呼你了。有件事，我要告诉你。"

"说吧，我的爱人。"

"那件事，发生在朵拉去世的那个晚上。她派你来叫我过去。"

"是的。"

"她交代我，她给我留了一样东西。那是什么样的东西，你能猜出来吗？"

我想，我能猜出来那是什么样的东西。我把我怀里的妻子抱得更紧了。这个妻子默默地爱了我那么久。

"她交代我，她留给我的最后身份，也是对我的最后请求——"

"那个身份就是——"

"那个身份只有我能来代替。"

然后，爱妮丝靠在我的怀里，哭了出来。我也跟着她哭了，虽然我们现在是幸福的。

精彩点拨

　　本章运用环境描写衬托人物的心理。在大卫去向爱妮丝袒露内心之前，作者用"风从草上刮下的冰雪末儿从我的脸上划过；雪花儿从空而降，又被微风吹得乱打旋儿，最后落在了石灰坑里；高远的斜坡向远方蜿蜒而去，白雪铺在上面，把阴沉的天空都衬亮了"写出大卫因不知未来如何的心情。而在双方的心意都弄清之后，环境变成"似乎寒冷的空气也因为我们的幸福而变得宁静起来。我们时而漫步，时而抬头仰望天空中那闪亮的星光"，写出了大卫内心的幸福。

阅读积累

美　洲

　　亚美利加洲（Americas）分为北亚美利加洲（North America）和南亚美利加洲（South America），位于太平洋东岸、大西洋西岸。美洲位于西半球，自然地理分为北美洲、中美洲和南美洲，南纬60°～北纬80°，西经30°～西经160°，面积达4206.8万平方公里，占地球地表面积的8.3%、陆地面积的28.4%，美洲地区拥有大约9.5亿居民，占到了人类总数的13.5%。是唯一一个整体在西半球的大洲。北美洲和南美洲，以巴拿马运河为界，总称亚美利加洲，简称美洲，美洲又被称为"新大陆"。

　　美洲在西半球，面积 42068000 km^2。位于大西洋与太平洋之间，北濒北冰洋，南与南极洲隔德雷克海峡相望。由北美和南美两个大陆及其附近许多岛屿组成。巴拿马运河一般作为南北美洲的分界线；在政治地理上则把墨西哥、中美洲、西印度群岛和南美洲统称为拉丁美洲，北美洲仅指加拿大、美国、格陵兰岛、圣皮埃尔和密克隆岛、百慕大群岛。人口6.47亿（1983）。欧洲移民后代、印欧混血种人、黑白混血种人占多数，还有黑人、日本人、华人和原居民印第安人、因纽特（爱斯基摩）人等。大陆从东向西分为三个南北纵列带：东部是久经侵蚀的山地和高原，巴西高原是世界上面积最大的高原；西部为年轻的高峻山地，属美洲科迪勒拉山系，阿空加瓜山海拔6962米，是全洲最高点。山脉逼近海岸，沿海平原狭窄；东西部之间是广阔的大平原，北美中部大平原和亚马孙平原都是世界上著名的平原。主要河流有亚马孙河、密西西比河等；北美洲还有世界最大淡水湖群——五大湖。

第六十四章

> **精彩导读**
>
> 大卫和爱妮丝结婚十年了，他们有了三个可爱的孩子。有一天，皮果提先生突然来访，他带来了在澳洲人们的消息：爱米丽在知道汉姆的消息后，以寡妇自居；玛莎结婚了；米考伯先生已经在经济和政治上获得了成功。皮果提先生临走前给汉姆扫墓，并依照爱米丽的要求带回了汉姆墓地的土。爱米丽会振作起来吗？

我写的传记即将接近尾声了，但是我记忆中还有这样一件突出的事，每当我想起都会令我觉得快乐，如果抛开这件事不叙述的话，那么我花这么久结成的一张网便会存在一处破绽，变得不堪一击。

如今，我已名利双收，又有一个幸福美满的家庭。我结婚已经有十个幸福的年头了。一个春天的夜晚，爱妮丝陪我坐在伦敦家中的火炉旁，我们的三个孩子在客厅中嬉戏，此刻，仆人通报说，有人求见。

当我的仆人问他是否为某事而来时，他的回答是"不是"，他说他远道而来，是专程来看望我的。我的仆人还对我说，他已经很老了，看上去像个农民。

仆人的这番话让孩子们觉得很蹊跷，非常像爱妮丝时常对他们说的一个令他们都很喜欢的故事的开场白一样，说随之而来的是怎样一个怀着恶意的老女巫，大家又都是如何地憎恨她，因为这样，在孩子中间引发了一阵骚动。一个儿子跑到他母亲的身边，趴在她的膝盖上，借以寻求安慰，我们的最大的孩子小爱妮丝跑到窗帘后，把她的布娃娃放在了椅子上，来充当那个恐惧的她，随后从帘子后面探出了那金黄色的鬈发，一心想知道接下来发生的事。

"让他进来吧！"我说。

片刻之后，在那黑暗的门口便站了一位白发苍苍却很健朗的老头儿。当小爱妮丝看见他的面容时，觉得很好玩，于是便跑过去把他从门口拉了进来。当时，我还不曾看清他的脸，但我的妻子却从椅子上跳了起来，欢喜而又激动地对我说："原来是皮果提先生啊！"

果然是他！现在，他已经很老了，但依旧红光满面，精神抖擞。一阵寒暄之后，他便抱起孩子们在火炉旁坐下。当火焰打在他脸上时，我觉得他除了样子老了点之外，依旧是那么健朗、强壮。

"大卫少爷。"他说。往日的那个称呼被他这往日的声调呼唤着，让我觉得是那么亲切！"大

卫少爷，我是多么高兴能够再次见到你和你这位贤惠的太太幸福愉快地生活在一起啊！"

"您的拜访也让我们感到很高兴呢，我的老朋友。"

"还有这些惹人爱的孩子们，"皮果提先生说，"瞧瞧这些花朵吧！大卫少爷，第一次见到你的时候，你大概和这个小家伙——他指着我最小的孩子——一般高呢！那个时候，爱米丽也不大，而我们那个可怜的孩子也不比你们大多少。"

"但是，自那以后，时间给我的改变可比在你身上造成的变化大多啦，"我说，"还是让这些可爱的淘气鬼去睡吧。既然你来到了这里，那就住下吧，告诉我你的行李（我想知道那个跟随你多年的油布袋是否还在）存放的地方，明天我派人去取。现在让我们来一杯雅茅斯生产的水酒吧，顺便告诉我这十年来你的状况！"

"你是独身一人来到这里的吗？"爱妮丝问。

"是的，太太，"他亲吻着她的手说，"独身一人。"

当他坐在我们中间时，我们实在无法得知如何才能表达出我们对他的欢迎；当我耳边响起他那熟悉的声音时，我几乎在幻想，他仍然在为找他的外甥女而继续着自己的旅行呢。

"来到这里的时候，我走了很长一段水路，"皮果提先生说，"但也只能在这里住几个礼拜。但是水——特别是咸水——我已经习以为常了。朋友真宝贵，故我来相会——这是诗了，"当他觉得自己的话竟会如此押韵时也觉得诧异，"但是我并没有吟诗作赋的意思啊。"

"几千里地，这么大老远地跑过来，这么快你就要离开吗？"

"是的，太太，"他回答说，"在动身之前，我答应过爱米丽说几个星期就回去。你也知道，时光飞逝，对于我这样的老人来说，如果今天不来，也许就再也没有机会了。所以我想趁着自己还健朗的时候，来看望幸福中的大卫少爷和你。"

他是那么仔细地盯着我们看，似乎永远也看不够。爱妮丝微笑着把散下的灰色鬓发拂到后面，好让他看得更清楚一些。

"现在，"我说，"将这十年来所发生的事告诉我们吧。"

"现在，卫少爷，"他说，"我们都很顺心，不曾有过任何不如意的事。一直以来，我们都很本分地工作，刚开始的确是有点儿累，但一直都很顺心。放羊、饲养家禽、干这个或是干那个，我们的生活一直都很不错。似乎有上帝的庇佑呢，"皮果提先生很诚恳地说，"一直以来，我们过得都很幸福快乐。总之，我们就是这样的。如果昨天不是，那么今天就是，即使不是今天，明天也肯定会是。"

"那爱米丽呢？"爱妮丝和我异口同声。

"爱米丽，"他说，"在你们分别之后，太太，当我们在澳洲安顿下来之后，每天晚上她都会隔着帆布帷子向上帝祷告，那时，我不止一次地听到你的名字，当那天大卫少爷消失在夕阳的余晖中时，她有些精神不振，如果她知道大卫少爷对她隐瞒了那件事，我想她肯定活不下去了。但是，那时她需要照顾船上的一些病人和孩子，她整天都在忙这些事，这或许对她有益呢。"

"当她得知此事是在什么时候呢？"我问。

"当我得知此事之后，一直都没对她提起过，一直瞒着她，就这样大概过了一年。那时，我们住在一处僻静的地方，周围是葱葱郁郁的树木，墙角爬满了蔷薇。有一天，当我还在田间劳作的时候，从我们亲爱的英格兰的诺福克或是萨福克——且不去管到底是哪儿吧——来了一位旅行者，当然，为了表达对他的欢迎，我们全殖民地的人都拿出了最大的热情，提供他吃的和喝的。但是，就在他身上，有一份报纸，那上面有关于那场风暴的报道。结果那份报纸被她看到了，当我耕作回来时，发现她已经了解了此事。"

他把声音压得很低，脸上布满了严肃的表情。

"那个消息给她的打击大吗？"

"唉，不光是过去，"他摇了摇头说，"即使是在现在，给她的打击还是很大的。但是，我相信寂寞对她也许是有好处的。放羊，饲养家禽，这些事都需要去花心思，而她也的确那么做了，她就是这样熬过来的。大卫少爷，如果现在你看见了我的爱米丽，我都不敢说你是否还认得她呢！"

"她的改变有那么大吗？"我问。

"这个我不知道，因为我每天都能见到她，所以看不出来，但是，有的时候，我的确是那样想的。瘦弱的身子，"皮果提先生面对着火说，"柔和却又带着哀伤的眼神，一张标致的脸，轻轻向前垂着的脑袋，安静而祥和的态度——但看上去却有点怯弱。这就是爱米丽！"

他坐在那里看火，而我们则是静静地听他说。

"有的人认为，"他继续说，"她用错了感情；也有人说她失去了未婚夫，成了寡妇。但是没有人明白这其中的缘由。本来，她有很多机会可以再嫁的，'但是，舅舅，'她说，'那是永远都不可能的事了。'她幸福地与我住在一起。当有别人拜访时，她便会躲起来。她喜欢去教一个孩子，无论离得多远，或者是去照顾一个病人，又或是帮一个少女筹备婚礼（却从没有参加过一次），体贴细心、无微不至地去照顾她的舅舅。无论是年轻人还是老年人，没有不赞赏她的。无论是谁，凡是遇到麻烦，没有不找她帮忙的。这就是爱米丽！"

他轻轻叹了一口气，并用手抹了一把脸，随后面对火炉抬起了头。

"玛莎还是和你们住在一起吗？"我问。

"玛莎，"他回答道，"在第二年，她便结了婚。他是一个在农场劳动的年轻人，当他乘着他主人的火车去市场——来回大概有五百里地——途经我们那里的时候，他请求她嫁给他（在那个地方，妻子是很稀罕的），然后两个人一起便在内地经营生活了。之前，她让我告诉他她的经历，我照办了，于是他们便结了婚。在他们居住的地方，方圆几百里之内，除了他们自己的声音和一些鸟声之外，没有其他任何声音了。"

"那，高米芝太太呢？"我继续问道。

这实在是个令人开心的话题，当皮果提先生听到我问起她便哄然大笑起来，像在他那条沉没已久的船中开心的时候一样，开始用双手搓着他的两条腿。

"你相信我吗？"他说，"呵呵，居然有人向她求婚！他原本是一条船上的厨师，后来到了澳洲当了拓荒者。呵呵，大卫少爷，他居然向高米芝太太求婚！但这是千真万确的，如有半点虚假，愿遭天打雷劈——恐怕我再也找不到其他任何言辞来表达我的意思了！"

我从未见过爱妮丝像那天那样笑过，皮果提先生的这一举动，让她更加开心，似乎没有停下来的意思，她越笑，就越是逗我笑，而皮果提先生则是陶醉地搓着他的两条腿。

"那高米芝太太又是什么反应呢？"我忍住笑时赶紧问道。

"你相信吗？"皮果提先生回答说，"高米芝太太并没有对他这样说'我很谢谢你，同时也很感激你，但是像我这样年纪的女人，我恐怕不会再想这个问题了。'而是拎起手边的一桶水，泼到了他身上，使得那个厨子大呼救命，最后我忙跑进屋子才平息了这场纠纷。"

接着他又大笑起来，而我和爱妮丝也陪着他笑了一阵。

"但是，我应该为那个好心的人说几句公道话，"他擦了擦脸继续说，那个时候我们已经笑得精疲力竭了，"一直以来，她都履行着她对我们的承诺，而且力求更好。一直以来，她总是那么勤勤恳恳地做事，就算面对陌生的殖民地，她也不曾感觉到丝毫的孤苦无依，我敢保证，自从我们离开英格兰之后，她就从未想过那个老头子。"

"现在，说说我的最后一个朋友，却并非最重要的，米考伯先生。"我说，"在这里所欠的一切债务，甚至连特拉德尔的期票他也都还清了，这个你还记得吧，我亲爱的爱妮丝，因此，我想他的生活应当有所好转。最近有他的消息吗？"

皮果提先生微笑着把手伸进了胸前的一个口袋，取出了一个平整的纸包，随后从里面拿出了一张不同寻常的报纸。

"大卫少爷，"他说，"因为我们的生活还算富足，于是我们便搬离了内地，来到一个被称作市镇的米德尔贝港附近的一个地方。"

"米考伯先生也曾和你们在内地住过一段时间吗？"

"是的。他做事是那么尽心尽力，我从来没见过比他更尽心尽力的上流人士了。大卫少爷，当我看见他那在太阳底下流着汗的秃头时，我以为它一定会被晒化呢。现在，他已经是个知事了。"

"嗯，他成了一个知事？"我很诧异。

皮果提先生递给我那份《米德尔贝泰晤士报》，并指着一篇文章要我看，于是我便大声读了出来：

昨日在大旅社大厅公宴我们显赫的殖民地同胞与本地绅士米德尔贝区知事威尔金·米考伯大人。来宾甚众，将大旅社挤得密不透风。不计走廊与楼梯上的来宾，同时聚餐者达四十七人之多。米德尔贝的美女、贵绅与社会名流一起向如此受尊敬、如此多才多艺、如此闻名遐迩的人表示敬意。主持人是麦尔博士（米德尔贝殖民地萨伦学校的校长），贵宾们坐在他的右首。饭后演唱了"颂神歌"（歌唱得极好，我们不难分辨出其中有天才歌唱家威尔金·米考伯先生的公子那如银铃一般的声音），为国效忠的例行干杯仪式举行了多次。随后由麦尔博士发表感情充沛的演讲，他在演讲中提议为"我们的贵宾，为本镇的光荣干杯。但愿他若不是因为高升就永远不离我们而去，但愿他在我们中间取得的成功使他永远无法高升！"干杯时的欢呼声难以形容，起起伏伏，宛若大海中汹涌的波涛。威尔金·米考伯大人起身致谢，这才使得全场安静了下来。在目前本报财力缺乏的情况下，想全部载下我们尊敬的大人那典雅流利的演说实在难以办到！在此仅作一简短的介绍：那是一篇雄辩滔滔的杰作，其中一些片段特别提到他成功的来源，并谆谆告诫年轻人应当谨慎从事，切勿欠负他们难以偿还的债务。这些教诲就连那些最刚强之人也被感动得声泪俱下。随后举杯祝麦尔博士，祝米考伯太太（她风度优雅地在侧门边鞠躬领情，那里还有一大堆美人站在椅子上，一面见识那盛况，一面也为那场面增色不少），祝利吉尔·贝格斯太太（以前为米考伯小姐），祝麦尔太太，祝威尔金·米考伯大人的少爷（他幽默地说，他觉得自己难以用演讲来答谢，假若允许，他愿意以一曲代之，会众因此而哗然大笑），祝米考伯太太的娘家（不用说，当然是国内名门望族），等等。在致谢结束时，桌子如被魔杖点了一般移开了，接着舞会开始了。在那些歌舞之神的信徒中，威尔金·米考伯大人的少爷与麦尔博士之四小姐海伦娜女士尤为引人注目。众人尽欢，一直到太阳神驱车将至方才告一段落。

当我看到麦尔博士的姓名时，在那相当愉快的场合中，我发现了那个为德塞克斯判官当过助教的麦尔博士时，这让我感觉异常高兴。此刻，皮果提先生指着报纸中的一段，我发现了我的名字，于是便念道：

致名作家大卫·科波菲尔先生书

吾亲爱的先生：

自上次面晤以来，为时已久矣，想大部分文明世界均已熟悉先生之道貌矣。

吾亲爱的先生，吾虽不能见吾青年之伴友（盖因我尚无控制自身环境之力），但一刻不曾忘怀君之辉煌腾达也。

诗圣彭斯有诗云："惊涛骇浪，一海相隔。"然君所张心灵之盛宴，吾仍得以参与之。

是故，值吾辈敬重之人离此返国之际，吾亲爱的先生，吾不能不借此良机，代表自己，亦代表全体米德尔贝居民，感谢先生施与我之恩惠。

前进，吾亲爱之先生！君之大名已流传于此间，君之佳作已为此间所欣赏。我虽与君相隔千里，却并不因此而感觉孤立，感到忧伤，感到恍惚。前进，吾亲爱之先生，前途无量，鹏程万里！米德尔贝居民必心存欣喜、快乐、教益之心以望先生！

吾一息尚存，亦必于此地众人间侧身以望敬仰先生。

区行政官
威尔金·米考伯敬

我将报纸大略浏览了一遍，发现，原来米考伯先生是该报的一个勤恳的通讯员。在那份报纸中，还刊登了一封关于造桥的信，还有一则广告，内容是说米考伯先生近日将会出版他的书信集，如果我没看错的话，那篇社论也应该出自他的手笔。

在皮果提先生住在我们家的那段时间里，在许多个这样的夜晚，我们曾多次谈到米考伯先生。在那段时间里——我想应该没有一个月——他的妹妹和我的姨奶奶都来到伦敦来看望他。最后，在他离开时，爱妮丝和我送他上了船，我想，这大概是我们最后一次为他送行了。

在他离开之前，我陪他去了趟雅茅斯，去给汉姆扫了墓。当我按照他的请求把那份碑文抄给他

时,我发现他在坟墓上拔了一束草,抓了一些土,并将它们放进了胸前的那个口袋里。

"我来时,答应过爱米丽,她说让我帮她带回这些东西。"

精彩点拨

爱米丽天生美丽而又才华横溢,那个落后的小小的海边不能满足她的欲望,而贫穷生活和保守的民风又把她牢牢束缚,无奈之下,她接受了汉姆的求爱与他订了婚。后来他被斯梯福兹引诱,和他一起私奔,最后又被他抛弃。最后爱米丽为汉姆的行动深深地打动了,回到澳大利亚后,她终日在劳动中寻找安宁,并且终身未嫁。爱米丽是个当时保守社会的牺牲品。

阅读积累

太阳神

太阳神,传说、神话中的神,世人一般比较熟知的是希腊神话中的太阳神。希腊神话里被称为太阳神的有三位:许配利翁、赫利俄斯、阿波罗,但真正的太阳神是赫利乌斯。

最早的是十二提坦神之一的许配利翁,他是天神乌拉诺斯与地神该亚之子,司长光明与日光之力,是原始太阳球体的化身。

第二位赫利俄斯是真正的驾着太阳车的太阳神。他是许配利翁与提亚之子,月女神塞勒涅与曙光女神厄俄斯之兄。他是太阳的化身和议人化,赫利俄斯的形象为高大魁伟、英俊无须的美男子,身披紫袍、头戴光芒万丈的金冠。他每天驾驶着四匹火马拉的太阳车划过天空,给世界带来光明。

第三位阿波罗是光明之神。阿波罗是天神宙斯与第六位妻子暗夜女神勒托所生之子。阿波罗全名为福玻斯·阿波罗,福玻斯意为"光明、明亮"。

阿波罗视为司掌文艺之神、人类的保护神、光明神、预言之神、雄辩之神、迁徙和航海者的保护神、医神以及消灾弥难之神。出生于阿斯特利亚的一座浮岛提洛岛之上。他与赫利俄斯同时也被奉为太阳神。

第六十五章

> **精彩导读** 贝西小姐虽然年老但身体依旧很健康，皮果提每天都陪在她的身边，狄克先生一直快乐地和孩子们玩耍，斯梯福兹夫人发了疯，朱丽亚嫁给了一个富人，博士一边享受着家庭的温暖，一边编他的字典。特拉德尔已经成了一名律师，而大卫和爱妮丝也过着幸福的生活。

到此，我的传记快接近尾声了。在结束之前，我想再做一次回顾——最后的回顾。

想起和爱妮丝共度人生的那个我，看到周围的那群孩子以及我的一些朋友，还有那些在我前进过程中给予我关心的那些声音。

在那些飞驰而过的人当中，有一些脸我感觉很清楚。当我回忆那些人的时候，他们浮现在了我的脑海中。

首先是我的姨奶奶，一个八十多岁的老太太，鼻梁上挂着个眼镜，度数又深了一些，但是还能在寒冷的冬日挺直身子一口气走六里路。

永远陪在她身边的是我的那个慈爱的老保姆——皮果提。现在，她也戴上了眼镜，习惯在每天晚上坐在灯光前做针线活，在她的身旁总是摆着一块蜡烛头、一块直尺，还有那个绘有圣保罗教堂的手工匣。

在我童年的印象中，皮果提的双颊和两臂是那么红，那么硬，当时，我还在奇怪，鸟儿为什么不选择来啄她，而是啄苹果，但这时，它们都皱缩了一些；还有她的黑眼圈，现在也好了很多，但还是那么炯炯有神；但是那个如同香料擦子一般粗糙的食指却丝毫没有改变，当我看见我那最小的孩子握着她的那根食指从我姨奶奶身旁摇摇晃晃走过来时，我突然想起在我小时候鸦巢的那间小客厅。我姨奶奶多年来的愿望实现了，现在她终于可以当贝西·特洛伍德的教母了；朵拉（我的二女儿）说，她被她宠坏了。

皮果提的衣袋里依旧放着那本鳄鱼书，其中有一些纸张已经破碎了，但被她粘好了，而皮果提却将他当作珍宝一般，时常在孩子们面前夸耀它。当我想起那张看着鳄鱼书的我的脸时，不禁想起我的老朋友谢菲尔德的布鲁克斯，这让我感到很奇怪。

今年暑假的时候，我发现了一个老头儿正在和我的孩子们一起做大风筝，随后又带着那么大的

欢喜对着空中张望。当他看见我时，便欢喜地跑过来和我打招呼，又是点头又是挤眼，低声对我说道："特洛伍德，我想你知道了一定很高兴，在我没有其他事要忙的时候，我便回去写那个呈文，还有，你姨奶奶是这个世界上最出色的女人呢！"

花园里那位拄着拐杖的驼背女人——脸上依旧带着往日的那种骄傲的神气，软弱无力地与那易怒、迟钝、浮躁的心情斗争——是谁啊？还有她身边的那位刁钻、面容憔悴、嘴唇上依旧留着那道伤疤的女人。她们在说些什么呢，让我们来听听吧。

"萝莎，这位先生叫什么来着？"

萝莎附到她的耳边，冲她喊道："科波菲尔先生。"

"见到你，我很高兴，先生。见到你服丧，我很难过，我希望时间可以淡化所有的痛。"

她的女伴是那么暴躁地斥责她，并纠正她说，我并没有在服丧，并用力让她再看一眼。

"哦，你见到我的小儿子了吗，先生？"那位年长的夫人说，"你们和好了吗？"

她把手放在额头上，呻吟着，看我的眼神是那么呆滞。突然，她叫出了一种恐怖的声音："哦，萝莎，他已经离我而去了！"萝莎来到她面前跪下，时而安慰她，时而与她争吵着，时而极为严肃地告诉她："一直以来，我都比你更爱他！"时而搂过她，轻轻拍打着她的背，哄着她入睡。像这样，我离开了她们；像这样，我又能经常碰见她们；像这样，她们消磨着她们的时间。

那条从印度回国的是什么船呢？而船上那个与咆哮不已的苏格兰的老克里索斯（代指富人）结婚的女人是谁呢？难道她就是朱丽亚·密尔斯吗？

没错，她就是朱丽亚·密尔斯，乖张、华丽的朱丽亚。此时，她正在化妆室里被一个扎着头巾的古铜色皮肤的女人伺候着吃饭，身旁的一个黑人把一个放着名片和信件的金盘子递到她面前。现在的朱丽亚已没有写日记的习惯了，也不去唱《爱情的挽歌》了，每天唯一的事就是与那个老克里索斯——如同披了一张晒黑了的皮的狗熊一般——争吵，而争吵的唯一话题是钱。想想，我还是比较喜欢在撒哈拉沙漠的她呢。

也许这才是撒哈拉沙漠呢！因为，在朱丽亚身旁，我始终没有见到过任何青葱的植物，会开花结果的东西，虽然她住着堂皇的住宅，有有钱有权的朋友，每天都享用奢侈的宴席。至于她所说的名利场，有那位在专利局工作的杰克·麦尔顿先生，但他瞧不起那位给他工作的人，我们的那位老博士怎么突然间成了"非常好玩的老古董了"呢？在这个名利场上，全是些没有人生价值的人，朱丽亚啊，这个所谓的名利场中的人们公然表示对那些促进或是阻碍人类进步的东西表示漠不关心，我想，在这样一个撒哈拉大沙漠里，我们已经迷失了方向，还是让我们寻找一条路吧。

还有那个博士，永远是我们好友的博士，现在他一面享受着家庭的乐趣和与夫人在一起的幸福，一面依旧在竭力地编他的字典，已经编到D的某个地方了。那个老兵，现在已经少了不少威风，没有以前那么有权威了。

此刻，我想到了我亲爱的特拉德尔，法学院的律师事务所里，到处可见那忙碌的身影，他的头发因为与那个律师假发不断地摩擦，已经不像往日那么听话，脱落了不少，当我朝四周打量时，我发现了他桌上的那一堆又一堆的厚文件，便对他说：

"如果苏菲真的当了你的抄写员，那，特拉德尔，她一定会非常忙的！"

"是的，可以这么说，亲爱的科波菲尔！但是在何尔本的那段日子哟，我们过得很开心呢！"

"是她说你有一天会做法官的那段日子吗？不过，在那个时候，她的这句话还没有成为街谈巷议呢！"

"无论如何，"特拉德尔说，"如果哪一天我真的当上了法官——"

"喂，你知道你快要做了。"

"好啦，亲爱的科波菲尔，等到我成为法官的时候，我也不会改变我原来的想法，我一定会说起这段往事的。"

随后，我们便相互挽着向他家走去，那天是苏菲的生日。一路上，特拉德尔谈的都是他所享受到的那份幸运。

"亲爱的科波菲尔，对于过去那段我所关心而却又无能为力的事，现在我已经完全能够办到了。牧师哈雷斯得到了四百五十英镑的年薪，还有他的两个儿子，接受了最优等的教育，现在已成为著名的学者和好人，有三个女儿已成了家，生活幸福，三个正和我们住在一起，还有三个，自克鲁洛太太去世后，就开始帮忙郝雷斯打理家务，她们过得很幸福。"

"除了——"我提醒说。

"除了那个美人儿，"特拉德尔说，"不可否认，嫁给那样一个无赖的确是她的不幸，但是，话又说回来，他的外表实在为她所倾慕呢。但现在，我们已经让她摆脱了他，让她和我们住在一起，我相信她一定会高兴起来的。"

特拉德尔的公寓是——或很可能是——他与苏菲在晚上散步时相中的那间房子。那是一间大房子，但是，他们把那些最好的房间都留给那个美人儿和那些姑娘了，最后他和苏菲只好挤在顶层的那个房间，连化妆室里也摆满了他的文件和他的鞋子。据我所知，家中已没有空房间了，因为总有一些"姑娘们"会因为这样或那样留在这里，长期住下。在我们走进门时，她们便从楼上跑到我们面前，一个接一个地亲吻特拉德尔，最后直到他喘不过气来才告终。住在这里有那个带着小女儿的可怜的美人儿，还有那三个成了家的姑娘和他们的丈夫，还有其中一个丈夫的几个弟兄，另一个丈夫的表弟，以及第三个丈夫的妹妹——似乎她已经与那个表弟订了婚。朴实、直率的特拉德尔坐在那张大桌子的末端，如同一家之长一般，而苏菲坐在首端冲着他微笑，春风焕发。至于桌子上的那些闪闪发光的餐具绝不再是不列颠金的了。

现在，我本打算继续我的回忆的，然而，事情终究有结束的时候，我想还是就此打住吧，于是，在那一刹那间，那些脸全在我面前消失了。然而，仍有那么一张面孔——那么恬静，那么美丽——光芒四射，照亮了我周围的一切。她那么的超凡脱俗，高于一切，那张脸将永远留在我的心中。

当我转过头时，那张宁静而美丽的脸就在我身后。现在，夜已深，灯已暗，还有什么人——没有她就没有我啊——依旧陪在我身旁。

哦，爱妮丝，哦，我的灵魂，当我这一生即将消失的那一刻，我也希望你的面容像现在这样陪伴在我的身旁；当过去的那些事如同阴影一般消失之时，我希望能够见到在我身边向上指着的你！

精彩点拨

本章是故事的结尾，属于"善有善报，恶有恶报"的大团圆结局。特拉德尔虽然被苏菲的家人们挤得自己只能住非常小的屋子，他还是对这些亲人们充满了爱，没有抱怨之心。

大卫和爱妮丝历经艰辛和磨难终于幸福地生活在一起，善良的他们还照顾着斯梯福兹夫人。这种完美的婚姻使小说的结尾洋溢着一派幸福和希望的气氛。在这个人物身上寄托着狄更斯的道德理想。

阅读积累

狗 熊

狗熊是熊的一种。又称黑熊。哺乳动物。黑熊的头部又宽又圆，顶着两只圆圆的大耳朵，形状颇似米老鼠。它们的眼睛比较小，但有彩色视觉，这样它们就能分辨出水果和坚果的不同了。黑熊的口鼻又窄又长，呈淡棕色，下巴则呈白色。黑熊的毛虽不太长，头部两侧却长有长长的鬃毛，让它们的大脸更加宽大。黑熊以四只脚掌着地行走，属跖行类动物。它们的四肢粗壮有力，脚掌硕大，尤其是前掌。脚掌上生有五个长着尖利爪钩的脚趾，但它们的爪钩不能收回。另外，和其他熊科动物一样，它们的尾巴也很短。

黑熊是杂食性动物，以植物为主，喜欢各种浆果、植物嫩叶、竹笋和苔藓，等等。它们也爱吃蜂蜜，还有各种昆虫、蛙、鱼以及腐肉。

黑熊多数时候在夜间出行，白天则躲在树洞或岩洞中休息。到了秋天它们更少在白天外出。别看体形笨重，但它们都是游泳和爬树的好手。它们也能长时间依靠后腿站立，并利用前爪攻击对手或者获得食物。并非所有的黑熊在冬季到来之时都会全程冬眠，尤其那些居住在亚洲南部炎热地带的黑熊。